古典文學經典名著

上冊（全三冊）

西遊記

吳承恩〈著〉

黎庶〈注釋〉

前言

黎庶

《西遊記》是我國古代一部偉大的浪漫主義長篇小說，它以生動的神魔鬥爭故事、活靈活現的人物形象和震撼人心的藝術力量，打動世世代代的億萬讀者，成為中華民族永遠的藝術瑰寶，在中國文化史上永放光芒。同時，它被譯成多國文字，成為世界共有的精神財富。

《西遊記》作者吳承恩（一五〇一——一五八二年）字汝忠，號射陽山人，明代淮安山陽（今江蘇淮安）人。他的著作流傳下來的除《西遊記》外，還有後人輯彔的《射陽先生存稿》四卷。他出身於一個從「兩世相繼為學官」終於沒落為商人的家庭。據《天啟淮安府志》記載，他「性敏多慧，博極群書，為詩文下筆立成。」但卻「屢困場屋」，直到四十三歲時才補上歲貢生。後因母老家貧，就任長興縣丞，這時他已經六十多歲了。但不久即「恥折腰，遂拂袖而歸」。可見他的功名和仕途都不順利。他不滿現實，在詩中自稱「胸中磨損斬邪刀，欲起平之恨無力」（《二郎收山圖歌》）。這種情緒在《西遊記》中處處或直接或間接地反映出來。此外，吳承恩從小愛讀稗官野史，常常偷著買這類書籍閱讀。長大後，這種興趣愈益濃厚，這使他加深了關於神話傳說的知識修養。他對自己在稗官野史方面的能力是很自信的，他在志怪小說集《禹鼎志》（已佚）的自序上說：「國史非余敢議，野史氏其何讓焉！」這種自信在《西遊記》中得到了證明。

《西遊記》主要寫孫悟空三人保護唐僧西天取經的故事。故事本身是有歷史根據的。唐太宗貞觀三年（公元六二九年），年僅二十五歲的僧人玄奘曾隻身赴天竺（印度）取經，越過百餘國，歷經十七年，行程數萬里。回國後，弟子辯機根據他的自述撰寫了《大唐西域記》，記述了各國風土人情、佛教遺跡等見聞，但沒有什麼故事。此後，他的門徒慧立、彥悰又撰寫了《大唐慈恩寺三藏法師傳》，本書則增加了許多神話色彩。此後，唐僧取經故事開始在民間流傳。

南宋的《大唐三藏取經詩話》是當時藝人講說取經故事的底本，書中出現了化作白衣秀士的「猴行者」的形象，他神通廣大，從中可以看到《西遊記》中孫悟空的影子；還出現了「深沙神」的形象，則是沙僧的前身。元代出現了《西遊記平話》（今不傳），比《取經詩話》更為成熟完整，《永樂大典》中保存此書「夢斬涇河龍」的故事，與《西遊記》第十回前半部分內容基本相同。在古代朝鮮漢語教科書《朴通事諺解》中還記錄了《平話》中「車遲國鬥聖」故事片段，內容差似《西遊記》第四十六回。另外，此書還有八條注文，記述了《平話》的故事情節，其中有大鬧天宮、黃風怪、紅孩兒、女兒國等許多熱鬧場面，並出現了隨唐僧取經的沙和尚和黑豬精豬八戒。在金代元代和明代，取經故事還被搬上了戲劇舞台，金元本《唐三藏》、元雜劇《唐三藏西天取經》均已失傳，現在可見到的有元末明初人楊訥著《西遊記雜劇》，寫了唐僧出世、鬧天宮，收龍馬、收八戒、女人國逼婚、火焰山等故事。吳承恩《西遊記》正是在以上歷朝唐僧取經故事的基礎上進行再創造而寫成的。

《西遊記》共一百回，可以分為三個部分，第一部分（一—七回）寫孫悟空出身，包括石猴出生、訪道學仙、鬧龍宮地府，其中最為人熟知的就是大鬧天宮，最終被如來騙入掌心，鎮壓於五行山下。第二部分（八—十二回）寫取經緣起，交待唐僧（江流兒）身世、魏徵斬龍、觀音菩薩到長安訪察取經人、玄藏應詔西行。第三部分（十三—一〇〇回）寫唐僧西天取經，路上先後收了孫悟空、豬八戒和沙僧三個徒弟，經歷九九八十一難，終於取得真經，修成正果。

關於《西遊記》的思想意義，歷來眾說紛紜，莫衷一是。清代研究者即有「勸學說」、「談禪說」、「講道說」等等，亦有人認為是理學小說，即闡揚程朱理學和王陽明心學。進入20世紀，認識有很大變化，魯迅和胡適都做出了迥異於前人的評說，他們共同的大貢獻就是扯掉了以往「微言大義」的神秘主義面紗，還其本來面目。他們都認為是以游戲的態度寫神魔故事，是有「人的意味」的神話（詳見魯迅《中國小說史略》胡適《〈西遊記〉考證》）。這一真知灼見不僅撥開了前人認識的迷霧，而且也是後來研究者的津梁。一些論者所提出的有關《西遊記》主題的矛盾、人物的矛盾、情節的矛盾等等，都可以在魯迅和胡適的論說中找到答案。《西遊記》作者「玩世不恭」的游戲態度並不影響小說表達積極的思想意義。它不是說經講道的宣教，而是以游戲詼諧的筆調調侃人間神界的醜陋百態，也歌頌正義勇敢的美德和敢於向強權惡勢力挑戰的英雄主義精神。

作者生活的明代社會，政治黑暗，統治者荒淫無道，小說中所暴露的人世間和神魔界的醜惡正是現實的反映。正如魯迅所說：「諷刺揶揄取當時世態。」例如書中寫了九個人間國度，其中許多都是「文也不賢，武也不良，國君也不是有道。」比丘國國王服用長生不老之藥，要用一千一百一十一個小兒心肝做藥引，反映了統治者的愚昧和殘忍。至高無上的佛祖對取經的唐僧竟然索取「人事」，說以前賣賤了經，教後代兒孫沒錢用。唐僧只好拿出紫金缽才換取了有字經。這既是對西方極樂世界的揶揄，也折射出人世的貪婪和齷齪。

《西遊記》作者傾注最多心血的是對孫悟空形象的塑造。孫悟空有七十二般變化，武器是一萬三千五百斤的金箍棒，一個筋斗翻越十萬八千里。他鬧冥府，勾生死簿；闖龍宮，向龍王索要兵器。他敢於向至高無上的天庭挑戰，當他發現「弼馬溫」的封號是個騙局時，心中火起，打出南天門，索性豎起「齊天大聖」的旗號。玉帝給他造了「齊天大聖」府後繼續欺騙愚弄他，他於是再鬧天宮，天兵天將都不敵他的金箍棒，後來雖然被捉住投進老君爐焚燒，不僅沒傷他一根毫毛，還煉就了他火眼金睛。他向玉帝挑戰，「皇帝輪流做，明年到我家」，如不讓出天宮，「定要攪攘，永不清平！」在取經途中屢遭妖魔，經歷九九八十一難，全賴孫悟空才得以化險為夷。孫悟空的形象成為正義、智慧、勇敢、力量的化身，他是敢於和各種醜惡勢力鬥爭開戰而勝之的大英雄，在他身上寄寓著被奴役被壓迫人民爭取自由解放的理想。

《西遊記》在藝術上達到了中國浪漫主義文學的高峰。作者將民間傳說戲劇藝術升華為結構完整的鴻篇巨制，構造了一個龐大的神魔世界，塑造了千姿百態的藝術形象。它最突出的藝術成就是想象和誇張的運用。書中充滿了神奇的想象畫卷：鵝毛飄不起的流沙河，銅鐵身軀也要化成汁的火焰山，一扇即讓人飄出八萬四千里的芭蕉扇……孫悟空神奇的出世，超人的武藝，神鬼莫測的變化，等等，這些超自然的人物和自然現象，產生了強烈的藝術魅力。

《西遊記》的另一個藝術特點是詼諧和諷刺的風格。「雖述變幻恍惚之事，亦每雜解頤之言，使神魔皆有人情，鬼魅亦通世故，而玩世不恭之意寓焉。」（魯迅《中國小說史略》）如五十一回寫孫悟空與妖怪作戰丟了金箍棒，謁見玉帝求救：「『伏乞天尊垂慈洞鑑，降旨查勘凶星，發兵收剿妖魔，老孫不勝戰栗屏營之至。』卻又打個深躬道，『以聞。』旁有葛仙翁笑道，『猴子是何前倨後恭？』行者道：『不敢不敢。不是甚前倨後恭，老孫於今是沒棒弄了』……」這些官話從大聖口中說出，極為可笑，而那句「老孫於今是沒棒弄了」讀之則令人絕倒！又如寫車遲國佞道滅佛，到處捉拿和尚，就是「禿子、毛稀的都難逃。」寫孫悟空在朱紫國行醫，讓國王吃馬尿合成的丸藥。寫平頂山豬八戒巡山的滑稽表演，等等，都是諷刺幽默的經典段落。表現了作者對現實的不滿，也反映了他「復善諧趣」的性格和樂觀主義精神。

目錄

詞曰

混沌①未分天地亂，茫茫渺渺無人見。
自從盤古②破鴻蒙③，開辟從茲清濁④辨。
覆載⑤群生仰至仁，發明萬物皆成善。
欲知造化會元功，須看《西遊釋厄傳》⑥。

---

①混沌：傳說宇宙形成前模糊一團的樣子。
②盤古：神話中的創世者。
③鴻蒙：古人指天地開辟之前的混沌元氣。即為地。
④清濁：指天地。古人認為混沌之氣開辟之後，輕清者上揚，即為天，重濁者下沉，
⑤覆載：指天地養育人類。
⑥《西遊釋厄傳》：《西遊記》的一種版本。

第一回

靈根育孕源流出　心性修持大道生

蓋聞天地之數，有十二萬九千六百歲為一元。將一元分為十二會，乃子、丑、寅、卯、辰、巳、午、未、申、酉、戌、亥之十二支也。每會該（包含）一萬八百歲。且就一日而論：子時得陽氣，而丑則雞鳴；寅不通光，而卯則日出；辰時食後，而巳則挨排（接近）；日午天中，而未則西蹉（過，移）；申時晡而日落酉；戌黃昏而人定亥。譬於大數，若到戌會之終，則天地昏曚而萬物否（閉塞）矣。再去五千四百歲，交亥會之初，則當黑暗，而兩間（天地之間）人物俱無矣，故曰混沌。又五千四百歲，亥會將終，貞下起元，近子之會，而復逐漸開明。

邵康節（宋代哲學家）曰：「冬至子之半，天心無改移。一陽初動處，萬物未生時。」到此，天始有根。再五千四百歲，正當子會，輕清上騰，有日，有月，有星，有辰。日、月、星、辰，謂之四象。故曰，天開於子。又經五千四百歲，子會將終，近丑之會，而逐漸堅實。《易》（指《易經》）曰：「大哉乾元！至哉坤元（指《周易》的《乾卦》《坤卦》，即指天與地）！萬物資生，乃順承天。」至此，地始凝結。再五千四百歲，正當丑會，重濁下凝，有水，有火，有山，有石，有土。水、火、山、石、土，謂之五形。故曰，地辟於丑。又經五千四百歲，丑會終而寅會之初，發生萬物。曆曰：「天氣下降，地氣上升；天地交合，群物皆生。」至此，天清地爽，陰陽交合。再五千四百歲，正當寅會，生人，生獸，生禽，正謂天地人，三才定位。故曰，人生於寅。

感盤古開辟，三皇（古代傳說中的伏羲、燧人、神農為三皇，或者稱天皇、地皇、人皇為三皇）治世，五帝（通常指黃帝、顓頊、帝嚳、唐堯、虞舜）定倫，世界之間，遂分為四大部洲：曰東勝神洲，曰西牛賀洲，曰南贍部洲，曰北俱蘆洲。這部書單表東勝神洲。海外有一國土，名曰傲來國。國近大海，海中有一座名山，喚為花果山。此山乃十洲之祖脈，三島之來龍，自開清濁而立，鴻蒙判後而成。真個好山！有詞賦為證。賦曰：

勢鎮汪洋，威寧瑤海。勢鎮汪洋，潮湧銀山魚入穴；威寧瑤海，波翻雪浪蜃（大蛤蜊）離淵。水火方隅高積土，東海之處聳崇巔。丹崖怪石，削壁奇峰。丹崖上彩鳳雙鳴；削壁前麒麟獨臥。峰頭時聽錦雞鳴，石窟每觀龍出入。林中有壽鹿仙狐，樹上有靈禽玄鶴。瑤草奇花不謝，青松翠柏長春。仙桃常結果，修竹每留雲。一條澗壑（山溝）藤蘿密，四面原堤草色新。正是百川會處擎天柱，萬劫（萬世，指時間久遠）無移大地根。

那座山正當頂上，有一塊仙石。其石有三丈六尺五寸高，有二丈四尺圍圓。三丈六尺五寸高，按周天三百六十五度；二丈四尺圍圓，按政曆（曆法）二十四氣。上有九竅八孔，按九宮八卦。四面更無樹木遮陰，左右倒有芝蘭相襯。蓋自開辟以來，每受天真地秀，日精月華，感之既久，遂有靈通之意。內育仙胞，一日迸裂，產一石卵，似圓球樣大。因見風，化作一個石猴。五官俱備，四肢皆全。便就學爬學走，拜了四方。目運兩道金光，射沖斗府（北斗星或斗宿）。驚動高天上聖大慈仁者玉皇大天尊玄穹高上帝，駕座金闕（皇宮門前兩邊的瞭望樓）雲宮靈霄寶殿，聚集仙卿，見有金光焰焰，即命千里眼、順風耳開南天門觀看。二將果奉旨出門外，看的真，聽的明。須臾回報道：「臣奉旨觀聽金光之處，乃東勝神洲海東傲來小國之界，有一座花果山，山上有一仙石，石產一卵，見風化一石猴，在那裡拜四方，眼運金光，射沖斗府。如今服餌水食，金光將潛息矣。」玉帝垂賜恩慈曰：「下方之物，乃天地精華所生，不足為異。」

那猴在山中，卻會行走跳躍，食草木，飲澗泉，採山花，覓樹果；與狼蟲為伴，虎豹為群，獐鹿為友，獼猿為親；夜宿石崖之下，朝游峰洞之中。真是「山中無甲子，寒盡不知年。」一朝天氣炎熱，與群猴避暑，都在松陰之下頑耍。你看他一個個：

跳樹攀枝，采花覓果；拋彈子，邸麼兒（一種兒童游戲）；跑沙窩，砌寶塔；趕蜻蜓，撲虮蠟（螞蚱）；參老天，拜菩薩；扯葛藤，編草帓（帽子）；捉蝨子，咬圪蚤（跳蚤）；理毛衣（梳理皮毛），剔指甲；挨的挨，擦的擦；推的推，壓的壓；扯的扯，拉的拉，青松林下任他頑，綠水澗邊隨洗濯。

一群猴子耍了一會，卻去那山澗中洗澡。見那股澗水奔流，真個似滾瓜湧濺。古云：「禽有禽言，獸有獸語。」眾猴都道：「這股水不知是那裡的水。我們今日趕閒無事，順澗邊往上溜頭尋看源流，耍子（玩耍）去耶！」喊一聲，都拖男挈（帶領）女，喚弟呼兄，一齊跑來，順澗爬山，直至源流之處，乃是一股瀑布飛泉。但見那：

一派白虹起，千尋雪浪飛。海風吹不斷，江月照還依。
冷氣分青嶂，餘流潤翠微。潺湲名瀑布，真似掛簾帷。

眾猴拍手稱揚道：「好水！好水！原來此處遠通山腳之下，直接大海之波。」又道：「那一個有本事的，鑽進去尋個源頭出來，不傷身體者，我等即拜他為王。」連呼了三聲，忽見叢雜中跳出一個石猴，應聲高叫道：「我進去！我進去！」好猴！也是他：

今日芳名顯，時來大運通。
有緣居此地，天遣入仙宮。

你看他瞑目蹲身，將身一縱，徑跳入瀑布泉中，忽睜睛抬頭觀看，那裡邊卻無水無波，明明朗朗的一架橋梁。他住了身，定了神，仔細再看，原來是座鐵板橋。橋下之水，沖貫於石竅之間，倒掛流出去，遮閉了橋門。卻又欠身上橋頭，再走再看，卻似有人家住處一般，真個好所在。但見那：

翠蘚堆藍，白雲浮玉，光搖片片煙霞。虛窗靜室，滑凳板生花。乳窟龍珠倚掛，縈回滿地奇葩。鍋灶傍崖存火跡，樽罍（酒器）靠案見肴渣。石座石床真可愛，石盆石碗更堪誇。又見那一竿兩竿修竹，三點五點梅花。幾樹青松常帶雨，渾然像個人家。

看罷多時，跳過橋中間，左右觀看，只見正當中有一石碣（碑）。碣上有一行楷書大字，鐫（雕刻）著「花果山福地，水簾洞洞天。」石猴喜不自勝，急抽身往外便走，復瞑目蹲身，跳出水外，打了兩個呵呵道：「大造化（福氣，運氣）！大造化！」眾猴把他圍住，問道：「裡面怎麼樣？水有多深？」石猴道：「沒水！沒水！原來是一座鐵板橋。橋那邊是一座天造地設（自然形成）的家當。」眾猴道：「怎見得是個家當？」石猴笑道：「這股水乃是橋下沖貫石竅，倒掛下來遮閉門戶的。橋邊有花有樹，乃是一座石房。房內有石鍋、石灶、石碗、石盆、石床、石凳。中間一塊石碣上，鐫著『花果山福地，水簾洞洞天。』真個是我們安身之處。裡面且是寬闊，容得千百口老小。我們都進去住，也省得受老天之氣。這裡邊：

刮風有處躲，下雨好存身。霜雪全無懼，雷聲永不聞。

煙霞常照耀，祥瑞每蒸熏。松竹年年秀，奇花日日新。

眾猴聽得，個個歡喜。都道：「你還先走，帶我們進去，進去！」石猴卻又瞑目蹲身，往裡一跳，叫道：「都隨我進來！進來！」那些猴有膽大的，都跳進去了；膽小的，一個個伸頭縮頸，抓耳撓腮，大聲叫喊，纏（遲疑）一會，也都進去了。跳過橋頭，一個個搶盆奪碗，占灶爭床，搬過來，移過去，正是猴性頑劣，再無一個寧時，只搬得力倦神疲方止。石猴端坐上面道：「列位呵，『人而無信，不知其可。』你們才說有本事進得來，出得去，不傷身體者，就拜他為王。我如今進來又出去，出去又進來，尋了這一個洞天與列位安眠穩睡，各享成家之福，何不拜我為王？」眾猴聽說，即拱伏無違。一個個序齒（排列年齡順序）排班，朝上禮拜。都稱「千歲大王」。自此，石猴高登王位，將「石」字兒隱了，遂稱美猴王。有詩為證。詩曰：

三陽交泰產群生，仙石胞含日月精。借卵化猴完大道，假他名姓配丹成。
內觀不識因無相，外合明知作有形。歷代人人皆屬此，稱王稱聖任縱橫。

美猴王領一群猿猴、獼猴、馬猴等，分派了君臣佐使，朝游花果山，暮宿水簾洞，合契同情，不入飛鳥之叢，不從走獸之類，獨自為王，不勝歡樂。是以：

春採百花為飲食，夏尋諸果作生涯。
秋收芋栗延時節，冬覓黃精度歲華。

美猴王享樂天真，何期有三五百載。一日，與群猴喜宴之間，忽然憂惱，墮下淚來。眾猴慌忙羅（列隊）拜道：「大王何為煩惱？」猴王道：「我雖在歡喜之時，卻有一點兒遠慮，故此煩惱。」眾猴又笑道：「大王好不知足！我等日日歡會，在仙山福地，古洞神洲，不伏麒麟轄，不伏鳳凰管，又不伏人間王位所拘束，自由自在，乃無量之福，為何遠慮而憂也？」猴王道：「今日雖不歸人王法律，不懼禽獸威嚴，將來年老血衰，暗中有閻王老子管著，一旦身亡，可不枉生世界之中，不得久注（停留）天人之內？」眾猴聞此言，一個個掩面悲啼，俱以無常為慮。

只見那班部中，忽跳出一個通背猿猴，厲聲高叫道：「大王若是這般遠慮，真所謂道心開發也！如今五蟲（古人把動物分五類，稱「五蟲」）之內，惟有三等名色，不伏閻王老子所管。」猴王道：「你知那三等人？」猿猴道：「乃是佛與仙與神聖三者，躲過輪回，不生不滅，與天地山川齊壽。」猴王道：「此三者居於何所？」猿猴道：「他只在閻浮世界（泛指人類世界）之中，古洞仙山之內。」猴王聞之，滿心歡喜，道：「我明日就辭汝等下山，雲游海角，遠涉天涯，務必訪此三者，學一個不老長生，常躲過閻君之難。」噫！這句話，頓教跳出輪回網，致使齊天大聖成。眾猴鼓掌稱揚，都道：「善哉！善哉！我等明日越嶺登山，廣尋些果品，大設筵宴送大王也。」

次日，眾猴果去採仙桃，摘異果，刨山藥，斸（砍）黃精，芝蘭香蕙，瑤草奇花，般般件件，整整齊齊，擺開石凳石桌，排列仙酒仙肴。但見那：

金丸珠彈，紅綻黃肥。金丸珠彈臘櫻桃，色真甘美；紅綻黃肥熟梅子，味果香酸。鮮龍眼，肉甜皮薄；火荔枝，核小囊紅。林檎（沙果。檎）碧實連枝獻，枇杷緗（淺黃色）苞帶葉擎（舉）。兔頭梨子雞心棗，消渴除煩更解酲（醉）。香桃爛杏，美甘甘似玉液瓊漿；脆李楊梅，酸蔭蔭如脂酥膏酪。紅瓤黑子熟西瓜，四瓣黃皮大柿子。石榴裂破，丹砂粒現火晶珠；芋栗剖開，堅硬肉團金瑪瑙。胡桃銀杏可傳茶，椰子葡萄能做酒。榛松榧柰滿盤盛，橘蔗柑橙盈案擺。熟煨山藥，爛煮黃精。搗碎茯苓並薏苡，石鍋微火漫炊羹。人間縱有珍羞（通「饈」，美味）味，怎比山猴樂更寧？

群猴尊美猴王上坐，各依齒（年齡）肩排於下邊，一個個輪流上前，奉酒，奉花，奉果，痛飲了一日。次日，美猴王早起，教：「小的們，替我折些枯松，編作筏子，取個竹竿作篙（撐船的竹竿），收拾些果品之類，我將去也。」果獨自登筏，盡力撐開，飄飄蕩蕩，徑向大海波中，趁天風，來渡南贍部洲地界。這一去，正是那：

天產仙猴道行隆，離山駕筏趁天風。飄洋過海尋仙道，立志潛心建大功。
有分有緣休俗願，無憂無慮會元龍。料應必遇知音者，說破源流萬法通。

也是他運至時來，自登木筏之後，連日東南風緊，將他送到西北岸前，乃是南贍部洲地界。持篙試水，偶得淺水，棄了筏子，跳上岸來，只見海邊有人捕魚、打雁、挖蛤、淘鹽。他走近前，弄個把戲，裝個虪虎（做出嚇人的怪樣），嚇得那些人丟筐棄網，四散奔跑。將那跑不動的拿住一個，剝了他的衣裳，也學人穿在身上，搖搖擺擺，穿州過府，在市廛（市場）中，學人禮，學人話。朝餐夜宿，一心裡訪問佛仙神聖之道，覓個長生不老之方。見世人都是為名為利之徒，更無一個為身命者。正是那：

爭名奪利幾時休？早起遲眠不自由！騎著驢騾思駿馬，官居宰相望王侯。

第一回
靈根育孕源流出　心性修持大道生

只愁衣食耽勞碌，何怕閻君就取勾？繼子蔭孫圖富貴，更無一個肯回頭！

猴王參訪仙道，無緣得遇。在於南贍部洲，串長城，游小縣，不覺八九年餘。忽行至西洋大海，他想著海外必有神仙。獨自個依前作筏，又飄過西海，直至西牛賀洲地界。登岸遍訪多時，忽見一座高山秀麗，林麓幽深。他也不怕狼蟲，不懼虎豹，登山頂上觀看。果是好山：

千峰排戟。萬仞開屏。日映嵐光輕鎖翠，雨收黛色冷含青。瘦藤纏老樹，古渡界幽程。奇花瑞草，修竹喬松。修竹喬松，萬載常青欺福地；奇花瑞草，四時不謝賽蓬瀛（蓬萊、瀛洲，指仙境）。幽鳥啼聲近，源泉響溜清。重重谷壑芝蘭繞，處處巉崖（高而險的山岩）苔蘚生。起伏巒頭龍脈好，必有高人隱姓名。

正觀看間，忽聞得林深之處，有人言語，急忙趨步，穿入林中，側耳而聽，原來是歌唱之聲。歌曰：

「觀棋柯（斧頭柄）爛，伐木丁丁，雲邊谷口徐行。賣薪沽酒，狂笑自陶情。蒼徑秋高，對月枕松根，一覺天明。認舊林，登崖過嶺，持斧斷枯藤。收來成一擔，行歌市上，易米三升。更無些子爭競，時價平平。不會機謀巧算，沒榮辱，恬淡（不求名利）延生。相逢處，非仙即道，靜坐講《黃庭》（道教的經典）。」

美猴王聽得此言，滿心歡喜道：「神仙原來藏在這裡！」即忙跳入裡面，仔細再看，乃是一個樵子，在那裡舉斧砍柴。但看他打扮非常：

頭上戴箬笠（用竹葉子製作的帽子），乃是新筍初脫之籜（筍皮）。身上穿布衣，乃是木綿拈就之紗。腰間繫環條（帶子），乃是老蠶口吐之絲。足下踏草履，乃是枯莎（莎草）槎就之爽（鞋上的絞繩）。手執衡鋼斧，擔挽火麻繩。扳松劈枯樹，爭似此樵能！

猴王近前叫道：「老神仙！弟子起手（通「稽首」，行禮）。」那樵漢慌忙丟了斧，轉身答禮道：「不當人（擔當不起）！不當人！我拙漢衣食不全，怎敢當『神仙』二字？」猴王道：「你不是神仙，如何說出神仙的話來？」樵夫道：「我說甚麼神仙話？」猴王道：「我才來至林邊，只聽的你說：『相逢處，非仙即道，靜坐講《黃庭》。』《黃庭》乃道德真言，非神仙而何？」樵夫笑道：「實不瞞你說，這個詞名做《滿庭芳》，乃一神仙教我的。那神仙與我舍下相鄰。他見我家事勞苦，日常煩惱，教我遇煩惱時，即把這詞兒念念，一則散心，二則解困。我才有些不足處思慮，故此念念。不期被你聽了。」猴王道：「你家既與神仙相鄰，何不從他修行？學得個不老之方，卻不是好？」樵夫道：「我一生命苦：自幼蒙父母養育至八九歲，才知人事，不幸父喪，母親居孀（守寡）。再無兄弟姊妹，只我一人，沒奈何，早晚侍奉。如今母老，一發（更加）不敢拋離。卻又田園荒蕪，衣食不足，只得斫兩束柴薪，挑向市廛之間，貨（賣）幾文錢，糴（買）幾升米，自炊自造，安排些茶飯，供養老母，所以不能修行。」

猴王道：「據你說起來，乃是一個行孝的君子，向後必有好處。但望你指與我那神仙住處，卻好拜訪去也。」樵夫道：「不遠，不遠。此山叫做靈台方寸山。山中有座斜月三星洞。那洞中有一個神仙，稱名須菩提祖師。那祖師出去的徒弟，也不計其數，見今（現在）還有三四十人從他修行。你順那條小路兒，向南行七八里遠近，即是他家了。」猴王用手扯住樵夫道：「老兄，你便同我去去。若還得了好處，決不忘你指引之恩。」樵夫道：「你這漢子，甚不通變。我方才這般與你說了，你還不省？假若我與你了，卻不誤了我的生意？老母何人奉養？我要斫柴，你自去，自去。」

猴王聽說，只得相辭。出深林，找上路徑，過一山坡，約有七八里遠，果然望見一座洞府。挺身觀看，真好去處！但見：

煙霞散彩，日月搖光。千株老柏，萬節修篁（竹子）。千株老柏，帶雨半空青冉冉；萬節修篁，含煙一壑色蒼蒼。門外奇花布錦，橋邊瑤草噴香。石崖突兀青苔潤，懸壁高張翠蘚長。時聞仙鶴唳，每見鳳凰翔。仙鶴唳時，聲振九皋霄漢（指極深極遠處）遠；鳳凰翔起，翎毛五色彩雲光。玄猿白鹿隨隱見，金獅玉象任行藏。細觀靈福地，真個賽天堂！

又見那洞門緊閉，靜悄悄杳無人跡。忽回頭，見崖頭立一石碑，約有三丈餘高，八尺餘闊，上有一行十個大字，乃是「靈台方寸山，斜月三星洞」。美猴王十分歡喜道：「此間人果是樸實，果有此山此洞。」看夠多時，不敢敲門。且去跳上松枝梢頭，摘松子吃了頑耍。

少頃間，只聽得呀的一聲，洞門開處，裡面走出一個仙童，真個豐姿英偉，相貌清奇，比尋常俗子不同。但見他：

髽髻雙絲綰，寬袍兩袖風。貌和身自別，心與相俱空。
物外長年客，山中永壽童。一塵全不染，甲子任翻騰。

那童子出得門來，高叫道：「甚麼人在此搔擾！」猴王撲的跳下樹來，上前躬身道：「仙童，我是個訪道學仙之弟子，更不敢在此搔擾。」仙童笑道：「你是個訪道的麼？」猴王道：「是。」童子道：「我家師父，正才下榻，登壇講道，還未說出原由，就教我出來開門，說：『外面有個修行的來了，可去接待接待。』想必就是你了？」猴王笑道：「是我，是我。」童子道：「你跟我進來。」

這猴王整衣端肅，隨童子徑入洞天深處觀看：一層層深閣瓊樓，一進進珠宮貝闕，說不盡那靜室幽居，直至瑤台之下。見那菩提祖師端坐在台上，兩邊有三十個小仙侍立台下。果然是：

大覺金仙沒垢姿，西方妙相祖菩提。不生不滅三三行，全氣全神萬萬慈。
空寂自然隨變化，真如本性任為之。與天同壽莊嚴體，歷劫明心大法師。

美猴王一見，倒身下拜，磕頭不計其數，口中只道：「師父！師父！我弟子志心朝禮！志心朝禮！」祖師道：「你是那方人氏？且說個鄉貫姓名明白，再拜。」猴王道：「弟子乃東勝神洲傲來國花果山水簾洞人氏。」祖師喝令：「趕出去！他本是個撒詐搗虛之徒，那裡修甚麼道果！」猴王慌忙磕頭不住道：「弟子是老實之言，決無虛詐。」祖師道：「你既老實，怎麼說東勝神洲？那去處到我這裡，隔兩重大海，一座南贍部洲，如何就得到此？」猴王叩頭道：「弟子飄洋過海，登界游方，有十數個年頭，方才訪到此處。」

祖師道：「既是逐漸行來的也罷。你姓甚麼？」猴王又道：「我無性。人若罵我，我也不惱；若打我，我也不嗔（發怒），只是陪個禮兒就罷了。一生無性。」祖師道：「不是這個性。你父母原來姓甚麼？」猴王道：「我也無父母。」祖師道：「既無父母，想是樹上生的？」猴王道：「我雖不是樹上生，卻是石裡長的。我只記得花果山上有一塊仙石。其年石破，我便生也。」祖師聞言暗喜，道：「這等說，卻是個天地生成的。你起來走走我看。」猴王縱身跳起，拐呀拐的走了兩遍。

祖師笑道：「你身軀雖是鄙陋，卻像個食松果的猢猻。我與你就身上取個姓氏，意思教你姓『猢』。猢字去了個獸傍，乃是個古月。古者，老也；月者，陰也。老陰不能化育，教你姓『猻』倒好。猻字去了獸傍，乃是個子系。子者，兒男也；系者，嬰細也。正合嬰兒之本論。教你姓『孫』罷。」猴王聽說，滿心歡喜，朝上叩頭道：「好！好！好！今日方知姓也。萬望師父慈悲！既然有姓，再乞賜個名字，卻好呼喚。」祖師道：「我門中有十二個字，分派起名，到你乃第十輩之小徒矣。」猴王道：「那十二個字？」祖師道：「乃廣、大、智、慧、真、如、性、海、穎、悟、圓、覺十二字。排到你，正當『悟』字。與你起個法名叫做『孫悟空』，好麼？」猴王笑道：「好！好！好！自今就叫做孫悟空也！」正是：

鴻蒙初辟原無姓，打破頑空須悟空。

畢竟不知向後修些甚麼道果，且聽下回分解。

第二回

悟徹菩提真妙理　斷魔歸本合元神

話表美猴王得了姓名，怡然踴躍，對菩提前作禮啟謝。那祖師即命大眾引孫悟空出二門外，教他灑掃應對，進退周旋之節。眾仙奉行而出。悟空到門外，又拜了大眾師兄，就於廊廡之間，安排寢處。次早，與眾師兄學言語禮貌，講經論道，習字焚香，每日如此。閒時即掃地鋤園，養花修樹，尋柴燃火，挑水運漿。凡所用之物，無一不備。在洞中不覺倏六七年。一日，祖師登壇高坐，喚集諸仙，開講大道。真個是：

天花亂墜，地湧金蓮。妙演三乘（佛道指大乘、中乘、小乘）教，精微萬法全。慢搖麈尾噴珠玉，響振雷霆動九天。說一會道，講一會禪，三家配合本如然。開明一字皈誠理，指引無生了性玄。

孫悟空在旁聞講，喜得他抓耳撓腮，眉花眼笑。忍不住手之舞之，足之蹈之。忽被祖師看見，叫孫悟空道：「你在班中，怎麼顛狂躍舞，不聽我講？」悟空道：「弟子誠心聽講，聽到老師父妙音處，喜不自勝，故不覺作此踴躍之狀。望師父恕罪！」祖師道：「你既識妙音，我且問你，你到洞中多少時了？」悟空道：「弟子本來懵懂（糊塗），不知多少時節。只記得灶下無火，常去山後打柴，見一山好桃樹，我在那裡吃了七次飽桃矣。」祖師道：「那山喚名爛桃山。你既吃七次，想是七年了。你今要從我學些甚麼道？」悟空道：「但憑尊師教誨，只是有些道氣兒，弟子便就學了。」

祖師道：「『道』字門中有三百六十旁門（歪門邪道），旁門皆有正果。不知你學那一門哩？」悟空道：「憑尊師意思。弟子傾心聽從。」祖師道：「我教你個『術』字門中之道，如何？」悟空道：「術門之道怎麼說？」祖師道：「術字門中，乃是些請仙扶鸞（一種迷信求神吉凶的方法），問卜揲蓍（一種用蓍草占卜的方法），能知趨吉避凶之理。」悟空道：「似這般可得長生麼？」祖師道：「不能！不能！」悟空道：「不學！不學！」

祖師又道：「教你『流』字門中之道，如何？」悟空又問：「流字門中，是甚義理？」祖師道：「流字門中，乃是儒家、釋家、道家、陰陽家、墨家、醫家，或看經，或念佛，並朝真降聖之類。」悟空道：「似這般可得長生麼？」祖師道：「若要長生，也似『壁裡安柱』。」悟空道：「師父，我是個老實人，不曉得打市語（古代行幫使用的隱語）。怎麼謂之『壁裡安柱』？」祖師道：「人家蓋房，欲圖堅固，將牆壁之間，立一頂柱，有日大廈將頹，他必朽矣。」悟空道：「據此說，也不長久。不學！不學！」

祖師道：「教你『靜』字門中之道，如何？」悟空道：「靜字門中，是甚正果？」祖師道：「此是休糧守穀，清靜無為，參禪打坐，戒語持齋，或睡功，或立功，並入定坐關之類。」悟空道：「這般也能長生麼？」祖師道：「也似『窯頭土坯』。」悟空笑道：「師父果有些滴澾（囉唆，不爽快）。一行（一直）說我不會打市語。怎麼謂之『窯頭土坯』？」祖師道：「就如那窯頭上，造成磚瓦之坯，雖已成形，尚未經水火鍛煉，一朝大雨滂沱，他必濫矣。」悟空道：「也不長遠。不學！不學！」

祖師道：「教你『動』字門中之道，如何？」悟空道：「動門之道，卻又怎麼？」祖師道：「此是有為有作，採陰補陽，攀弓踏弩，摩臍過氣，用方炮制，燒茅打鼎（古代烹煮用的器物，一般是三足兩耳），進紅鉛（指女人月經），煉秋石（用男人尿熬成的藥），並服婦乳之類。」悟空道：「似這等也得長生麼？」祖師道：「此欲長生，亦如『水中撈月』。」悟空道：「師父又來了！怎麼叫做『水中撈月』？」祖師道：「月在長空，水中有影，雖然看見，只是無撈摸處，到底只成空耳。」悟空道：「也不學！不學！」

祖師聞言，咄的一聲，跳下高台，手持戒尺，指定悟空道：「你這猢猻，這般不學，那般不學，卻待怎麼？」走上前，將悟空頭上打了三下，倒背著手，走入裡面，將中門關了，撇下大眾而去。唬得那一班聽講的人，人人驚懼，皆怨悟空道：「你這潑猴，十分無狀！師父傳你道法，如何不學，卻與師父頂嘴？這番衝撞了他，不知幾時才出來呵！」此時俱甚報怨他，又鄙賤嫌惡他。悟空一些兒也不惱，只是滿臉陪笑。原來那猴王，已打破盤中之謎，暗暗在心，所以不與眾人爭競，只是忍耐無言。祖師打他三下者，教他三更時分存心；倒背著手，走入裡面，將中門關上者，教他從後門進步，秘處傳他道也。

當日悟空與眾等，喜喜歡歡，在三星仙洞之前，盼望天色，急不能到晚。及黃昏時，卻與眾就寢，假合眼，定息存神。山中又沒支更傳箭（指報告時間），不知時分，只自家將鼻孔中出入之氣調定。約到子時前後，輕輕的起來，穿了衣服，偷開前門，躲離大眾，走出外，抬頭觀看。正是那：

月明清露冷，八極迥無塵。
深樹幽禽宿，源頭水溜汾。
飛螢光散影，過雁字排雲。
正直三更候，應該訪道真。

你看他從舊路徑至後門外，只見那門兒半開半掩。悟空喜道：「老師父果然注意與我傳道，故此開著門也。」即曳步近前，側身進得門裡，只走到祖師寢榻之下。見祖師蜷跼身軀，朝裡睡著了。悟空不敢驚動，即跪在榻前。那祖師不多時覺來，舒開兩足，口中自吟道：

「難！難！難！道最玄，莫把金丹作等閒。不遇至人傳妙訣，空言口困舌頭乾！」

悟空應聲叫道：「師父，弟子在此跪候多時。」祖師聞得聲音是悟空，即起披衣盤坐，喝道：「這猢猻！你不在前邊去睡，卻來我這後邊作甚？」悟空道：「師父昨日壇前對眾相允，教弟子三更時候，從後門裡傳我道理，故此大膽徑拜老爺榻下。」祖師聽說，十分歡喜，暗自尋思道：「這廝果然是個天地生成的！不然，何就打破我盤中之暗謎也？」悟空道：「此間更無六耳，止只弟子一人，望師父大捨慈悲，傳與我長生之道罷，永不忘恩！」祖師道：「你今有緣，我亦喜悅。既識得盤中暗謎，你近前來，仔細聽之，當傳與你長生之妙道也。」悟空叩頭謝了，洗耳用心，跪於榻下。祖師云：

「顯密圓通真妙訣，惜修性命無他說。都來總是精氣神，謹固牢藏休漏洩。休漏洩，體中藏，汝受吾傳道自昌。口訣記來多有益，屏除邪欲得清涼。得清涼，光皎潔，好向丹台賞明月。月藏玉兔日藏烏，自有龜蛇相盤結。相盤結，性命堅，卻能火裡種金蓮。攢簇五行顛倒用，功完隨作佛和仙。」

此時說破根源，悟空心靈福至，切切記了口訣，對祖師拜謝深恩，即出後門觀看。但見東方天色微舒白，西路金光大顯明。依舊路，轉到前門，輕輕的推開進去，坐在原寢之處，故將床鋪搖響道：「天光了！天光了！起耶！」那大眾還正睡哩，不知悟空已得了好事。當日起來打混，暗暗維持，子前午後，自己調息。

卻早過了三年，祖師復登寶座，與眾說法。談的是公案比語，論的是外像包皮（表面現象）。忽問：「悟空何在？」悟空近前跪下：「弟子有。」祖師道：「你這一向修些甚麼道來？」悟空道：「弟子近來法性頗通，根源亦漸堅固矣。」祖師道：「你既通法性，會得根源，已注神體，卻只是防備著『三災利害』。」悟空聽說，沉吟良久道：「師父言之謬矣。我嘗聞道高德隆，與天同壽；水火既濟，百病不生，卻怎麼有個『三災利害』？」祖師道：「此乃非常之道：奪天地之造化，侵日月之玄機；丹成之後，鬼神難容。雖駐顏益壽，但到了五百年後，天降雷災打你，須要見性明心，預先躲

第二回

悟徹菩提真妙理　斷魔歸本合元神

避。躲得過，壽與天齊；躲不過，就此絕命。再五百年後，天降火災燒你。這火不是天火，亦不是凡火，喚做『陰火』。自本身湧泉穴下燒起，直透泥垣宮（指囟門，頭部額頂），五臟成灰，四肢皆朽，把千年苦行，俱為虛幻。再五百年，又降風災吹你，這風不是東南西北風，不是和熏金朔風（指春夏秋冬四季的風），亦不是花柳松竹風，喚做『贔風』（道家指三劫中的風劫）。自囟門（頭部額頂）中吹入六腑，過丹田，穿九竅，骨肉消疏，其身自解。所以都要躲過。」

悟空聞說，毛骨悚然，叩頭禮拜道：「萬望老爺垂憫，傳與躲避三災之法，到底不敢忘恩。」祖師道：「此亦無難，只是你比他人不同，故傳不得。」悟空道：「我也頭圓頂天，足方履地，一般有九竅四肢，五臟六腑，何以比人不同？」祖師道：「你雖然像人，卻比人少腮。」原來那猴子孤拐面，凹臉尖嘴。悟空伸手一摸，笑道：「師父沒成算！我雖少腮，卻比人多這個素袋（嗉囊），亦可準折過也。」祖師說：「也罷，你要學那一般？有一般天罡數，該三十六般變化；有一般地煞數，該七十二般變化。」悟空道：「弟子願多裡撈摸，學一個地煞變化罷。」祖師道：「既如此，上前來，傳與你口訣。」遂附耳低言，不知說了些甚麼妙法。這猴王也是他一竅通時百竅通，當時習了口訣，自修自煉，將七十二般變化，都學成了。

忽一日，祖師與眾門人在三星洞前戲玩晚景。祖師道：「悟空，事成了未曾？」悟空道：「多蒙師父海恩，弟子功果完備，已能霞舉飛升也。」祖師道：「你試飛舉我看。」悟空弄本事，將身一聳，打了個連扯跟頭，跳離地有五六丈，踏雲霞去勾有頓飯之時，返復不上三里遠近，落在面前，磁手（兩手交叉在胸前，表示恭敬）道：「師父，這就是飛舉騰雲了。」祖師笑道：「這個算不得騰雲，只算得爬雲而已。自古道：『神仙朝游北海暮蒼梧。』似你這半日，去不上三里，即爬雲也還算不得哩！」悟空道：「怎麼為『朝游北海暮蒼梧』？」祖師道：「凡騰雲之輩，早辰起自北海，游過東海、西海、南海，復轉蒼梧，蒼梧者，卻是北海零陵之語話也。將四海之外，一日都游遍，方算得騰雲。」悟空道：「這個卻難！卻難！」祖師道：「『世上無難事，只怕有心人。』」悟空聞得此言，叩頭禮拜，啟道：「師父，『為人須為徹』，索性捨個大慈悲，將此騰雲之法，一發傳與我罷，決不敢忘恩。」祖師道：「凡諸仙騰雲，皆跌足而起，你卻不是這般。我才見你去，連扯方才跳上。我今只就你這個勢，傳你個『筋斗雲』罷。」悟空又禮拜懇求，祖師卻又傳個口訣道：「這朵雲，捻著訣，念動真言，攢緊了拳，將身一抖，跳將起來，一筋斗就有十萬八千里路哩！」大眾聽說，一個個嘻嘻笑道：「悟空造化！若會這個法兒，與人家當鋪兵（元代專送緊急軍事文件的軍人），送文書，遞報單，不管那裡都尋了飯吃！」師徒們天昏各歸洞府。這一夜，悟空即運神煉法，會了筋斗雲。逐日家無拘無束，自在逍遙，此亦長生之美。

一日，春歸夏至，大眾都在松樹下會講多時。大眾道：「悟空，你是那世修來的緣法？前日老師父附耳低言，傳與你的躲三災變化之法，可都會麼？」悟空笑道：「不瞞諸兄長說，一則是師父傳授，二來也是我晝夜殷勤，那幾般兒都會了。」大眾道：「趁此良時，你試演演，讓我等看看。」悟空聞說，抖擻精神，賣弄手段道：「眾師兄請出個題目。要我變化甚麼？」大眾道：「就變棵松樹罷。」悟空捻著訣，念動咒語，搖身一變，就變做一棵松樹。真個是：

鬱鬱含煙貫四時，凌雲直上秀貞姿。
全無一點妖猴像，盡是經霜耐雪枝。

第二回

悟徹菩提真妙理　斷魔歸本合元神

大眾見了，鼓掌呵呵大笑。都道：「好猴兒！好猴兒！」不覺的嚷鬧，驚動了祖師。祖師急拽杖出門來問道：「是何人在此喧嘩？」大眾聞呼，慌忙檢束，整衣向前。悟空也現了本相，雜在叢中道：「啟上尊師，我等在此會講，更無外姓喧嘩。」祖師怒喝道：「你等大呼小叫，全不像個修行的體段！修行的人，口開神氣散，舌動是非生。如何在此嚷笑？」大眾道：「不敢瞞師父，適才孫悟空演變化耍子。教他變棵松樹，果然是棵松樹，弟子們俱稱揚喝采，故高聲驚冒尊師，望乞恕罪。」祖師道：「你等起去。」叫：「悟空，過來！我問你弄甚麼精神，變甚麼松樹？這個工夫，可好在人前賣弄？假如你見別人有，不要求他？別人見你有，必然求你。你若畏禍，卻要傳他；若不傳他，必然加害：你之性命又不可保。」悟空叩頭道：「只望師父恕罪！」祖師道：「我也不罪你，但只是你去罷。」悟空聞此言，滿眼墮淚道：「師父，教我往那裡去？」祖師道：「你從那裡來，便從那裡去就是了。」悟空頓然醒悟道：「我自東勝神洲傲來國花果山水簾洞來的。」祖師道：「你快回去，全你性命；若在此間，斷然不可！」悟空領罪，「上告尊師：我也離家有二十年矣，雖是回顧舊日兒孫，但念師父厚恩未報，不敢去。」祖師道：「那裡甚麼恩義？你只不惹禍不牽帶我就罷了！」

悟空見沒奈何，只得拜辭，與眾相別。祖師道：「你這去，定生不良。憑你怎麼惹禍行凶，卻不許說是我的徒弟，你說出半個字來，我就知之，把你這猢猻剝皮銼骨，將神魂貶在九幽之處，教你萬劫不得翻身！」悟空道：「決不敢提起師父一字，只說是我自家會的便罷。」

悟空謝了。即抽身，捻著訣，丟個連扯，縱起筋斗雲，徑回東勝。那裡消一個時辰，早看見花果山水簾洞。美猴王自知快樂，暗暗的自稱道：

「去時凡骨凡胎重，得道身輕體亦輕。舉世無人肯立志，立志修玄玄自明。
當時過海波難進，今日回來甚易行。別語叮嚀還在耳，何期頃刻見東溟。」

悟空按下雲頭，直至花果山。找路而走，忽聽得鶴唳猿啼，鶴唳聲沖霄漢外，猿啼悲切甚傷情。即開口叫道：「孩兒們，我來了也！」那崖下石坎邊，花草中，樹木裡，若大若小之猴，跳出千千萬萬，把個美猴王圍在當中，叩頭叫道：「大王，你好寬心！怎麼一去許久？把我們俱閃在這裡，望你誠如飢渴！近來被一妖魔在此欺虐，強要占我們水簾洞府，是我等捨死忘生，與他爭鬥。這些時，被那廝搶了我們家伙，捉了許多子侄，教我們晝夜無眠，看守家業。幸得大王來了！大王若再年載不來，我等連山洞盡屬他人矣！」悟空聞說，心中大怒道：「是甚麼妖魔，輒敢無狀！你且細細說來，待我尋他報仇。」眾猴叩頭：「告上大王，那廝自稱混世魔王，住居在直北下。」悟空道：「此間到他那裡，有多少路程？」眾猴道：「他來時雲，去時霧，或風或雨，或電或雷，我等不知有多少路。」悟空道：「既如此，你們休怕，且自頑耍，等我尋他去來！」

好猴王，將身一縱，跳起去，一路筋斗，直至北下觀看，見一座高山，真是十分險峻。好山：

筆峰挺立，曲澗深沉。筆峰挺立透空霄，曲澗深沉通地戶。兩崖花木爭奇，幾處松篁鬥翠。左邊龍，熟熟馴馴；右邊虎，平平伏伏。每見鐵牛耕，常有金錢種。幽禽睍睆聲，丹鳳朝陽立。石嶙嶙，波淨淨，古怪蹺蹊真惡獰。世上名山無數多，花開花謝繁還眾。爭如此景永長存，八節四時渾不動。誠為三界坎源山，滋養五行水臟洞！

第二回
悟徹菩提真妙理　斷魔歸本合元神

美猴王正默觀看景致，只聽得有人言語。徑自下山尋覓，原來那陡崖之前，乃是那水臟洞。洞門外有幾個小妖跳舞，見了悟空就走。悟空道：「休走！借你口中言，傳我心內事。我乃正南方花果山水簾洞洞主。你家甚麼混世鳥魔，屢次欺我兒孫，我特尋來，要與他見個上下！」

那小妖聽說，疾忙跑入洞裡，報道：「大王！禍事了！」魔王道：「有甚禍事？」小妖道：「洞外有猴頭稱為花果山水簾洞洞主。他說你屢次欺他兒孫，特來尋你，見個上下哩。」魔王笑道：「我常聞得那些猴精說他有個大王，出家修行去，想是今番來了。你們見他怎生打扮，有甚器械？」小妖道：「他也沒甚麼器械，光著個頭，穿一領紅色衣，勒一條黃絲絛，足下踏一對烏靴，不僧不俗，又不像道士神仙，赤手空拳，在門外叫哩。」魔王聞說：「取我披掛兵器來！」那小妖即時取出。那魔王穿了甲冑，綽刀在手，與眾妖出得門來，即高聲叫道：「那個是水簾洞洞主？」悟空急睜睛觀看，只見那魔王：

頭戴烏金盔，映日光明；身掛皂羅袍，迎風飄蕩。下穿著黑鐵甲，緊勒皮條；足踏著花褶靴，雄如上將。腰廣十圍，身高三丈。手執一口刀，鋒刃多明亮。稱為混世魔，磊落凶模樣。

猴王喝道：「這潑魔這般眼大，看不見老孫！」魔王見了，笑道：「你身不滿四尺，年不過三旬，手內又無兵器，怎麼大膽猖狂，要尋我見甚麼上下？」悟空罵道：「你這潑魔，原來沒眼！你量我小，要大卻也不難。你量我無兵器，我兩隻手彀（同「夠」）著天邊月哩！你不要怕，只吃老孫一拳！」縱一縱，跳上去，劈臉就打。那魔王伸手架住道：「你這般矬矮，我這般高長，你要使拳，我要使刀，使刀就殺了你，也吃人笑，待我放下刀，與你使路拳看。」悟空道：「說得是。好漢子！走來！」那魔王丟開架子便打，這悟空鑽進去相撞相迎。他兩個拳捶腳踢，一衝一撞。原來長拳空大，短簇堅牢。那魔王被悟空掏短脅，撞丫襠，幾下筋節（指打鬥的功夫、手段），把他打重了。他閃過，拿起那板大的鋼刀，望悟空劈頭就砍。悟空急撤身，他砍了一個空。悟空見他凶猛，即使身外身法，拔一把毫毛，丟在口中嚼碎，望空噴去，叫一聲「變！」即變做三二百個小猴，周圍攢簇（聚集）。

原來人得仙體，出神變化無方。不知這猴王自從了道之後，身上有八萬四千毛羽，根根能變，應物隨心。那些小猴，眼乖會跳，刀來砍不著，槍去不能傷。你看他前踴後躍，鑽上去，把個魔王圍繞，抱的抱，扯的扯，鑽襠的鑽襠，扳腳的扳腳，踢打撏（拔）毛，摳眼睛，捻鼻子，抬鼓弄（把人抬起來弄翻），直打做一個攢盤。這悟空才去奪得他的刀來，分開小猴，照頂門一下，砍為兩段。領眾殺進洞中，將那大小妖精，盡皆剿滅。卻把毫毛一抖，收上身來。又見那收不上身者，卻是那魔王在水簾洞擒去的小猴，悟空道：「汝等何為到此？」約有三五十個，都含淚道：「我等因大王修仙去後，這兩年被他爭吵，把我們都攝將來，那不是我們洞中的家伙？石盆、石碗都被這廝拿來也。」悟空道：「既是我們的家伙，你們都搬出外去。」隨即洞裡放起火來，把那水臟洞燒得枯乾，盡歸了一體。對眾道：「汝等跟我回去。」眾猴道：「大王，我們來時，只聽得耳邊風響，虛飄飄到於此地，更不識路徑，今怎得回鄉？」悟空道：「這是他弄的個術法兒，有何難也！我如今一竅通，百竅通，我也會弄。你們都合了眼，休怕！」

好猴王，念聲咒語，駕陣狂風，雲頭落下。叫：「孩兒們，睜眼。」眾猴腳屣實地，認得是家鄉，個個歡喜，都奔洞門舊路。那在洞眾猴，都一齊簇擁同入，分班序齒，禮拜猴王。安排酒果，接風賀喜，啟問降魔救子之事。

悟空備細言了一遍，眾猴稱揚不盡道：「大王去到那方，不意學得這般手段！」悟空又道：「我當年別汝等，隨波逐流，飄過東洋大海，徑至南贍部洲，學成人像，著此衣，穿此履，擺擺搖搖，雲游了八九年餘，更不曾有道；又渡西洋大海，到西牛賀洲地界，訪問多時，幸遇一老祖，傳了我與天同壽的真功果，不死長生的大法門。」眾猴稱賀。都道：「萬劫難逢也！」悟空又笑道：「小的們，又喜我這一門皆有姓氏。」眾猴道：「大王姓甚？」悟空道：「我今姓孫，法名悟空。」眾猴聞說，鼓掌欣然道：「大王是老孫，我們都是二孫、三孫、細孫、小孫——一家孫、一國孫、一窩孫矣！」都來奉承老孫，大盆小碗的，椰子酒、葡萄酒、仙花、仙果，真個是合家歡樂！咦！貫通一姓身歸本，只待榮遷仙籙名。畢竟不知怎生結果，居此界終始如何，且聽下回分解。

第三回 四海千山皆拱伏　九幽十類盡除名

卻說美猴王榮歸故里，自剿了混世魔王，奪了一口大刀。逐日操演武藝，教小猴砍竹為標，削木為刀，治旗幡，打哨子，一進一退，安營下寨，頑耍多時。忽然靜坐處，思想道：「我等在此，恐作耍成真，或驚動人王，或有禽王、獸王認此犯頭，說我們操兵造反，興師來相殺，汝等都是竹竿木刀，如何對敵？須得鋒利劍戟方可。如今奈何？」眾猴聞說，個個驚恐道：「大王所見甚長，只是無處可取。」正說間，轉上四個老猴，兩個是赤尻馬猴，兩個是通背猿猴，走在面前道：「大王，若要治鋒利器械，甚是容易。」悟空道：「怎見容易？」四猴道：「我們這山，向東去，有二百里水面，那廂乃傲來國界。那國界中有一王位，滿城中軍民無數，必有金銀銅鐵等匠作（作坊）。大王若去那裡，或買或造些兵器，教演我等，守護山場，誠所謂保泰長久之機也。」悟空聞說，滿心歡喜道：「汝等在此頑耍，待我去來。」

好猴王，即縱筋斗雲，霎時間過了二百里水面。果然那廂有座城池，六街三市，萬戶千門，來來往往，人都在光天化日之下。悟空心中想道：「這裡定有現成的兵器，我待下去買他幾件，還不如使個神通覓他幾件倒好。」他就捻起訣來，念動咒語，向巽（八卦之一，代表風）地上吸一口氣，呼的吹將去，便是一陣狂風，飛沙走石，好驚人也：

炮雲起處蕩乾坤，黑霧陰霾大地昏。
江海波翻魚蟹怕，山林樹折虎狼奔。
諸般買賣無商旅，各樣生涯不見人。
殿上君王歸內院，階前文武轉衙門。
千秋寶座都吹倒，五鳳高樓幌動根。

風起處，驚散了那傲來國君王，三市六街，都慌得關門閉戶，無人敢走。悟空才按下雲頭，徑闖入朝門裡。直尋到兵器館、武庫中，打開門扇，看時，那裡面無數器械：刀、槍、劍、戟、斧、鉞、毛、鐮、鞭、鈀、撾、簡、弓、弩、叉、矛，件件俱備。一見甚喜道：「我一人能拿幾何？還使個分身法搬將去罷。」好猴王，即拔一把毫毛，入口嚼爛，噴將出去，念動咒語，叫聲「變！」變做千百個小猴，都亂搬亂搶；有力的拿五七件，力小的拿三二件，盡數搬個罄淨。徑踏雲頭，弄個攝法，喚轉狂風，帶領小猴，俱回本處。

卻說那花果山大小兒猴，正在那洞門外頑耍，忽聽得風聲響處，見半空中，丫丫叉叉，無邊無岸的猴精，唬得都亂跑亂躲。少時，美猴王按落雲頭，收了雲霧，將身一抖，收了毫毛，將兵器都亂堆在山前，叫道：「小的們！都來領兵器！」眾猴看時，只見悟空獨立在平陽之地，俱跑來叩頭問故。

悟空將前使狂風、搬兵器一應事說了一遍。眾猴稱謝畢，都去搶刀奪劍，撾斧爭槍，扯弓扳弩，吆喝喝，耍了一日。

次日，依舊排營。悟空會聚群猴，計有四萬七千餘口。早驚動滿山怪獸，都是些狼、蟲、虎、豹、麖麂、獐、豝、狐、狸、獾、貉、獅、象、狻猊、猩猩、熊、鹿、野豕、山牛、羚羊、青兕、狡兒、神獒，各樣妖王，共有七十二洞，都來參拜猴王為尊。每年獻貢，四時點卯。也有隨班操演的，也有隨節征糧的，齊齊整整，把一座花果山造得似鐵桶金城。各路妖王，又有進金鼓，進彩旗，進盔甲的，紛紛攘攘，日逐家（每天）習舞興師。

美猴王正喜間，忽對眾說道：「汝等弓弩熟諳（熟悉），兵器精通，奈我這口刀著實榔槺（笨重不方便使用），不遂我意，奈何？」四老猴上前啟奏道：「大王乃是仙聖，凡兵是不堪用；但不知大王水裡可能去得？」悟空道：「我自聞道之後，有七十二般地煞變化之功；筋斗雲有莫大的神通；善能隱身遁身，起法攝法；上天有路，入地有門；步日月無影，入金石無礙；水不能溺，火不能焚。那些兒去不得？」四猴道：「大王既有此神通，我們這鐵板橋下，水通東海龍宮。大王若肯下去，尋著老龍王，問他要件甚麼兵器，卻不趁心？」悟空聞言甚喜道：「等我去來。」好猴王，跳至橋頭，使一個閉水法，捻著訣，撲的鑽入波中，分開水路，徑入東洋海底。

正行間，忽見一個巡海的夜叉，擋住問道：「那推水來的，是何神聖？說個明白，好通報迎接。」悟空道：「吾乃花果山天生聖人孫悟空，是你老龍王的緊鄰，為何不識？」那夜叉聽說，急轉水晶宮傳報道：「大王，外面有個花果山天生聖人孫悟空，口稱是大王緊鄰，將到宮也。」東海龍王敖廣即忙起身，與龍子、龍孫、蝦兵、蟹將出宮迎道：「上仙請進，請進。」直至宮裡相見，上坐獻茶畢，問道：「上仙幾時得道，授何仙術？」悟空道：「我自生身之後，出家修行，得一個無生無滅之體。近因教演兒孫，守護山洞，奈何沒件兵器。久聞賢鄰享樂瑤宮貝闕，必有多餘神器，特來告求一件。」龍王見說，不好推辭，即著鱖都司取出一把大捍刀奉上。悟空道：「老孫不會使刀，乞另賜一件。」龍王又著　大尉領鱔力士，抬出一捍九股叉來。悟空跳下來，接在手中，使了一路，放下道：「輕！輕！輕！又不趁手！再乞另賜一件。」龍王笑道：「上仙，你不曾看這叉，有三千六百斤重哩！」悟空道：「不趁手！不趁手！」龍王心中恐懼，又著鯿提督、鯉總兵抬出一柄畫桿方天戟。那戟有七千二百斤重。悟空見了，跑近前接在手中，丟幾個架子，撒兩個解數，插在中間道：「也還輕！輕！輕！」老龍王一發害怕道：「上仙，我宮中只有這根戟重，再沒甚麼兵器了。」悟空笑道：「古人云：『愁海龍王沒寶哩！』你再去尋尋看。若有可意的，一一奉價。」龍王道：「委的再無。」

正說處，後面閃過龍婆、龍女道：「大王，觀看此聖，決非小可。我們這海藏中，那一塊天河定底的神珍鐵，這幾日霞光豔豔，瑞氣騰騰，敢莫是該出現，遇此聖也？」龍王道：「那是大禹治水之時，定江海淺深的一個定子，是一塊神鐵，能中何用？」龍婆道：「莫管他用不用，且送與他，憑他怎麼改造，送出宮門便了。」老龍王依言，盡向悟空說了。悟空道：「拿出來我看。」龍王搖手道：「扛不動！抬不動！須上仙親去看看。」悟空道：「在何處？你引我去。」龍王果引導至海藏中間，忽見金光萬道。龍王指定道：「那放光的便是。」悟空撩衣上前，摸了一把，乃是一根鐵柱子，約有斗來粗，二丈有餘長。他盡力兩手撾過道：「忒粗忒長些！再短細些方可用。」說畢，那寶貝就短了幾尺，細了一圍。悟空又顛一顛道：「再細些更好！」那寶貝真個又細了幾分。悟空十分歡喜，拿出海藏看時，原來兩頭是兩個金箍，中間乃一段烏鐵；緊挨箍有鐫成的一行字，喚做「如意金箍棒」，重一萬三千五百斤。心中暗喜道：「想必這寶貝如人意！」一邊走，一邊心思口念，手顛著道：「再短細些更妙！」拿出外面，只有二丈長短，碗口粗細。

你看他弄神通，丟開解數，打轉水晶宮裡，唬得老龍王膽戰心驚，小龍子魂飛魄散；龜鱉黿鼉皆縮頸，魚蝦鰲蟹盡藏頭。悟空將寶貝執在手中，坐在水晶宮殿上。對龍王笑道：「多謝賢鄰厚意。」龍王道：「不敢，不敢。」悟空道：「這塊鐵雖然好用，還有一說。」龍王道：「上仙還有甚說？」悟空道：「當時若無此鐵，倒也罷了；如今手中既拿著他，身上更無衣服相趁，奈何？你這裡若有披掛，索性送我一副，一總奉謝。」龍王道：「這個卻是沒有。」悟空道：「『一客不犯二主。』若沒有，我也定不出此門。」龍王道：「煩上仙再轉一海，或者有之。」悟空又道：「走三家不如坐一家。』千萬告求一副。」龍王道：「委的沒有；如有即當奉承。」悟空道：「真個沒有，就和你試試此鐵！」龍王慌了道：「上仙，切莫動手！切莫動手！待我看舍弟處可有，當送一副。」悟空道：「令弟何在？」龍王道：「舍弟乃南海龍王敖欽、北海龍王敖順、西海龍王敖閏是也。」悟空道：「我老孫不去！不去！俗語謂『賒三不敵見二』，只望你隨高就低的送一副便了。」老龍道：「不須上仙去。我這裡有一面鐵鼓，一口金鐘；凡有緊急事，擂得鼓響，撞得鐘鳴，舍弟們就頃刻而至。」悟空道：「既是如此，快些去擂鼓撞鐘！」真個那鼉將便去撞鐘，鱉帥即來擂鼓。

少時，鐘鼓響處，果然驚動那三海龍王，須臾來到，一齊在外面會著。敖欽道：「大哥，有甚緊事，擂鼓撞鐘？」老龍道：「賢弟！不好說！有一個花果山甚麼天生聖人，早間來認我做鄰居，後要求一件兵器，獻鋼叉嫌小，奉畫戟嫌輕。將一塊天河定底神珍鐵，自己拿出手，丟了些解數。如今坐在宮中，又要索甚麼披掛。我處無有，故響鐘鳴鼓，請賢弟來。你們可有甚麼披掛，送他一副，打發出門去罷了。」敖欽聞言，大怒道：「我兄弟們，點起兵，拿他不是！」老龍道：「莫說拿！莫說拿！那塊鐵，挽著些兒就死，磕著些兒就亡；挨挨兒皮破，擦擦兒筋傷！」西海龍王敖閏說：「二哥不可與他動手；且只湊副披掛與他，打發他出了門，啟表奏上上天，天自誅也。」北海龍王敖順道：「說的是。我這裡有一雙藕絲步雲履哩。」西海龍王敖閏道：「我帶了一副鎖子黃金甲哩。」南海龍王敖欽道：「我有一頂鳳翅紫金冠哩。」老龍大喜，引入水晶宮相見了，以此奉上。悟空將金冠、金甲、雲履都穿戴停當，使動如意棒，一路打出去，對眾龍道：「聒噪（江湖上的用語：打擾了）！聒噪！」四海龍王甚是不平，一邊商議進表上奏不題。

你看這猴王，分開水道，徑回鐵板橋頭，攛將上來，只見四個老猴，領著眾猴，都在橋邊等候。忽然見悟空跳出波外，身上更無一點水濕，金燦燦的，走上橋來。唬得眾猴一齊跪下道：「大王，好華彩耶！好華彩耶！」悟空滿面春風，高登寶座，將鐵棒豎在當中。那些猴不知好歹，都來拿那寶貝，卻便似蜻蜓撼鐵樹，分毫也不能禁動。一個個咬指伸舌道：「爺爺呀！這般重，虧你怎的拿來也！」悟空近前，舒開手，一把撾起，對眾笑道：「物各有主。這寶貝鎮於海藏中，也不知幾千百年，可可的（剛好）今歲放光。龍王只認做是塊黑鐵，又喚做天河鎮底神珍。那廝每（同「們」）都扛抬不動，請我親去拿之。那時此寶有二丈多長，斗來粗細；被我撾他一把，意思嫌大，他就小了許多；再教小些，他又小了許多；再教小些，他又小了許多；急對天光看處，上有一行字，乃『如意金箍棒，一萬三千五百斤。』你都站開，等我再叫他變一變著。」他將那寶貝掂在手中，叫：「小！小！小！」那時就小做一個繡花針兒相似，可以揌（同「塞」）在耳朵裡面藏下。眾猴駭然，叫道：「大王！還拿出來耍耍！」猴王真個去耳朵裡拿出，托放掌上叫：「大！大！大！」即又大做斗來粗細，二丈長短。他弄到歡喜處，跳上橋，走出洞外，將寶貝攥在手中，使一個法天象地的神通，把腰一躬，叫聲「長！」他就長的高萬丈，頭如泰山，腰如峻嶺，眼如閃電，口似血盆，牙如劍戟；手中那棒，上抵三十三天，下至十八層地獄，把些虎豹狼蟲，滿山群怪，七十二洞妖王，都唬得磕頭禮拜，戰兢兢魄散魂飛。霎時收了法相，將寶貝還變做個繡花針兒，藏在耳內，復歸洞府。慌得那各洞妖王，都來參賀。

此時遂大開旗鼓，響振銅鑼。廣設珍饈百味，滿斟椰液萄漿，與眾飲宴多時。卻又依前教演。猴王將那四個老猴封為健將；將兩個赤尻馬猴喚做馬、流二元帥；兩個通背猿猴喚做崩、芭二將軍。將那安營下寨、賞罰諸事，都付與四健將維持。他放下心，日逐騰雲駕霧，遨游四海，行樂千山。施武藝，遍訪英豪；弄神通，廣交賢友。此時又會了個七弟兄，乃牛魔王、蛟魔王、鵬魔王、獅駝王、獼猴王、禺狨王，連自家美猴王七個。日逐講文論武，走斝（玉杯）傳觴（酒杯），弦歌吹舞，朝去暮回，無般兒不樂。把那萬里之遙，只當庭闈（內宅，指很近的路）之路，所謂點頭徑過三千里，扭腰八百有餘程。

一日，在本洞吩咐四健將安排筵宴，請六王赴飲，殺牛宰馬，祭天享地，著眾怪跳舞歡歌，俱吃得酩酊大醉。送六王出去，卻又賞勞大小頭目，攲（傾斜）在鐵板橋邊松蔭之下，霎時間睡著。四健將領眾圍護，不敢高聲。只見那美猴王睡裡見兩人拿一張批文，上有「孫悟空」三字，走近身，不容分說，套上繩，就把美猴王的魂靈兒索了去，踉踉蹌蹌，直帶到一座城邊。猴王漸覺酒醒，忽抬頭觀看，那城上有一鐵牌，牌上有三個大字，乃「幽冥界」。美猴王頓然醒悟道：「幽冥界乃閻王所居，何為到此？」那兩人道：「你今陽壽該終，我兩人領批，勾你來也。」猴王聽說，道：「我老孫超出三界外，不在五行中，已不伏他管轄，怎麼朦朧，又敢來勾我？」那兩個勾死人只管扯扯拉拉，定要拖他進去。那猴王惱起性來，耳朵中掣出寶貝，幌一幌，碗來粗細；略舉手，把兩個勾死人打為肉醬。自解其索，丟開手，掄著棒，打入城中。唬得那牛頭鬼東躲西藏，馬面鬼南奔北跑，眾鬼卒奔上森羅殿，報著：「大王！禍事！禍事！外面一個毛臉雷公，打將來了！」

慌得那十代冥王急整衣來看；見他相貌凶惡，即排下班次，應聲高叫道：「上仙留名！上仙留名！」猴王道：「你既認不得我，怎麼差人來勾我？」十王道：「不敢！不敢！想是差人差了。」猴王道：「我本是花果山水簾洞天生聖人孫悟空。你等是甚麼官位？」十王躬身道：「我等是陰間天子十代冥王。」悟空道：「快報名來，免打！」十王道：「我等是秦廣王、初江王、宋帝王、仵官王、閻羅王、平等王、泰山王、都市王、卞城王、轉輪王。」悟空道：「汝等既登王位，乃靈顯感應之類，為何不知好歹？我老孫修仙了道，與天齊壽，超升三界之外，跳出五行之中，為何著人拘我？」十王道：「上仙息怒。普天下同名同姓者多，敢是那勾死人錯走了也？」悟空道：「胡說！胡說！常言道：『官差吏差，來人不差。』你快取生死簿子來我看！」十王聞言，即請上殿查看。

悟空執著如意棒，徑登森羅殿上，正中間南面坐下。十王即命掌案的判官取出文簿來查。那判官不敢怠慢，便到司房裡，捧出五六簿文書並十類簿子，逐一查看。臝蟲、毛蟲、羽蟲、昆蟲、鱗介之屬，俱無他名。又看到猴屬之類，原來這猴似人相，不入人名；似臝蟲，不居國界；似走獸，不伏麒麟管；似飛禽，不受鳳凰轄，另有個簿子。悟空親自檢閱，直到那魂字一千三百五十號上，方注著孫悟空名字，乃天產石猴，該壽三百四十二歲，善終。悟空道：「我也不記壽數幾何，且只消了名字便罷！取筆過來！」那判官慌忙捧筆，飽掭濃墨。悟空拿過簿子，把猴屬之類，但有名者，一概勾之。捽下簿子道：「了賬！了賬！今番不伏你管了！」一路棒，打出幽冥界。那十王不敢相近，都去翠雲宮，同拜地藏王菩薩，商量啟表，奏聞上天，不在話下。

這猴王打出城中，忽然絆著一個草紇繨（疙瘩），跌了蹤踵（要跌倒的樣子），猛的醒來，乃是南柯一夢（指虛幻的夢）。才覺伸腰，只聞得四健將與眾猴高叫道：「大王，吃了多少酒，睡這一夜，還不醒來？」悟空道：「睡還小可，我夢見兩個人，來此勾我，把我帶到幽冥界城門之外，卻才醒悟。是我顯神通，直嚷到森羅殿，與那十王爭吵，將我們的生死簿子看了，但有我等名號，俱是我勾了，都不伏那廝所轄也。」眾猴磕頭代謝。

自此，山猴多有不老者，以陰司無名故也。美猴王言畢前事，四健將報知各洞妖王，都來賀喜。不幾日，六個義兄弟，又來拜賀；一聞銷名之故，又個個歡喜，每日聚樂不題。

卻表啟那個高天上聖大慈仁者玉皇大天尊玄穹高上帝，一日，駕坐金闕雲宮靈霄寶殿，聚集文武仙卿早朝之際，忽有丘弘濟真人啟奏道：「萬歲，通明殿外，有東海龍王敖廣進表，聽天尊宣詔。」玉皇傳旨：著宣來。敖廣宣至靈霄殿下，禮拜畢。旁有引奏仙童，接上表文。玉皇從頭看過。表曰：

「水元下界東勝神洲東海小龍臣敖廣啟奏大天聖主玄穹高上帝君：

近因花果山生、水簾洞住妖仙孫悟空者，欺虐小龍，強坐水宅，索兵器，施法施威；要披掛，騁凶騁勢。驚傷水族，唬走龜鼉。南海龍戰戰兢兢，西海龍淒淒慘慘，北海龍縮首歸降。臣敖廣舒身下拜，獻神珍之鐵棒，鳳翅之金冠，與那鎖子甲、步雲履，以禮送出。他仍弄武藝，顯神通，但云『聒噪！聒噪！』果然無敵，甚為難制。臣今啟奏，伏望聖裁。懇乞天兵，收此妖孽，庶使海岳（泛指世間）清寧，下元（指水下）安泰。奉奏。」

聖帝覽畢，傳旨：「著龍神回海，朕即遣將擒拿。」老龍王頓首謝去。下面又有葛仙翁天師啟奏道：「萬歲，有冥司秦廣王齎奉幽冥教主地藏王菩薩表文進上。」旁有傳言玉女，接上表文，玉皇亦從頭看過。表曰：

「幽冥境界，乃地之陰司。天有神而地有鬼，陰陽輪轉；禽有生而獸有死，反覆雌雄。生生化化，孕女成男，此自然之數，不能易也。今有花果山水簾洞天產妖猴孫悟空，逞惡行凶，不服拘喚。弄神通，打絕九幽鬼使；恃勢力，驚傷十代慈王。大鬧森羅，強銷名號。致使猴屬之類無拘，獼猴之畜多壽；寂滅輪回，各無生死。貧僧具表，冒瀆天威。伏乞調遣神兵，收降此妖，整理陰陽，永安地府。謹奏。」

玉皇覽畢，傳旨：「著冥君回歸地府，朕即遣將擒拿。」秦廣王亦頓首謝去。

大天尊宣眾文武仙卿，問曰：「這妖猴是幾年產育，何代出身，卻就這般有道？」一言未已，班中閃出千里眼、順風耳道：「這猴乃三百年前天產石猴。當時不以為然，不知這幾年在何方修煉成仙，降龍伏虎，強銷死籍也。」玉帝道：「那路神將下界收伏？」言未已，班中閃出太白長庚星，俯伏啟奏道：「上聖三界中，凡有九竅者，皆可修仙。奈此猴乃天地育成之體，日月孕就之身，他也頂天履地，服露餐霞；今既修成仙道，有降龍伏虎之能，與人何以異哉？臣啟陛下，可念生化之慈恩，降一道招安聖旨，把他宣來上界，授他一個大小官職，與他籍名在籙，拘束此間；若受天命，後再升賞；若違天命，就此擒拿。一則不動眾勞師，二則收仙有道也。」玉帝聞言甚喜，道：「依卿所奏。」即著文曲星官修詔，著太白金星招安。

金星領了旨，出南天門外，按下祥雲，直至花果山水簾洞。對眾小猴道：「我乃天差天使，有聖旨在此，請你大王上界。快快報知！」洞外小猴，一層層傳至洞天深處，道：「大王，外面有一老人，背著一角文書，言是上天差來的天使，有聖旨請你也。」美猴王聽得大喜，道：「我這兩日，正思量要上天走走，卻就有天使來請。」叫：「快請進來！」猴王急整衣冠，門外迎接。金星徑入當中，面南立定道：「我是西方太白金星，奉玉帝招安聖旨下界，請你上天，拜受仙籙。」悟空笑道：「多感老星降臨。」教：「小的們！安排筵宴款待。」金星道：「聖旨在身，不敢久留；就請大王同往，待榮遷之後，再從容敘也。」悟空道：「承光顧，空退！空退！」即喚四健將，吩咐：「謹慎教演兒孫，待我上天去看看路，卻好帶你們上去同居住也。」四健將領諾。這猴王與金星縱起雲頭，升在空霄之上。正是那：

高遷上品天仙位，名列雲班寶籙中。

畢竟不知授個甚麼官爵，且聽下回分解。

第四回

官封弼馬心何足　名注齊天意未寧

那太白金星與美猴王，同出了洞天深處，一齊駕雲而起。原來悟空筋斗雲比眾不同，十分快疾，把個金星撇在腦後，先至南天門外。正欲收雲前進，被增長天王領著龐、劉、苟、畢、鄧、辛、張、陶，一路大力天丁，槍刀劍戟，擋住天門，不肯放進。猴王道：「這個金星老兒，乃奸詐之徒！既請老孫，如何教人動刀動槍，阻塞門路？」正嚷間，金星倏到。悟空就覿面（當面）發狠道：「你這老兒，怎麼哄我？被你說奉玉帝招安旨意來請，卻怎麼教這些人阻住天門，不放老孫進去？」金星笑道：「大王息怒。你自來未曾到此天堂，卻又無名，眾天丁又與你素不相識，他怎肯放你擅入？等如今見了天尊，授了仙籙，注了官名，向後隨你出入，誰復擋也？」悟空道：「這等說，也罷，我不進去了。」金星又用手扯住道：「你還同我進去。」

將近天門，金星高叫道：「那天門天將，大小吏兵，放開路者。此乃下界仙人，我奉玉帝聖旨，宣他來也。」那增長天王與眾天丁俱才斂兵退避。猴王始信其言。同金星緩步入裡觀看。真個是：

初登上界，乍入天堂。金光萬道滾紅霓，瑞氣千條噴紫霧。只見那南天門，碧沉沉，琉璃造就；明幌幌，寶玉妝成。兩邊擺數十員鎮天元帥，一員員頂梁靠柱，持銑擁旄；四下列十數個金甲神人，一個個執戟懸鞭，持刀仗劍。外廂猶可，入內驚人：裡壁廂有幾根大柱，柱上纏繞著金鱗耀日赤鬚龍；又有幾座長橋，橋上盤旋著彩羽凌空丹頂鳳。明霞幌幌映天光，碧霧濛濛遮斗口。這天上有三十三座天宮，乃遣雲宮、毗沙宮、五明宮、太陽宮、化樂宮……一宮宮脊吞金穩獸；又有七十二重寶殿，乃朝會殿、凌虛殿、寶光殿、天王殿、靈官殿……一殿殿柱列玉麒麟。壽星台上，有千千年不謝的名花；煉藥爐邊，有萬萬載常青的瑞草。又至那朝聖樓前，絳紗衣，星辰燦爛；芙蓉冠，金壁輝煌。玉簪珠履，紫綬金章。金鐘撞動，三曹神表進丹墀；天鼓鳴時，萬聖朝王參玉帝。又至那靈霄寶殿，金釘攢玉戶，彩鳳舞朱門。復道回廊，處處玲瓏剔透；三簷四簇，層層龍鳳翱翔。上面有個紫巍巍，明幌幌，圓丟丟，亮灼灼，大金葫蘆頂；下面有天妃懸掌扇，玉女捧仙巾。惡狠狠掌朝的天將；氣昂昂護駕的仙卿。正中間，琉璃盤內，放許多重重迭迭太乙丹；瑪瑙瓶中，插幾枝彎彎曲曲珊瑚樹。正是天宮異物般般有，世上如他件件無。金闕銀鑾並紫府，琪花瑤草暨瓊葩。朝王玉兔壇邊過，參聖金烏著底飛。猴王有分來天境，不墮人間點污泥。

太白金星，領著美猴王，到於靈霄殿外。不等宣詔，直至御前，朝上禮拜。悟空挺身在旁，且不朝禮，但側耳以聽金星啟奏。金星奏道：「臣領聖旨，已宣妖仙到了。」玉帝垂簾問曰：「那個是妖仙？」悟空卻才躬身答應道：「老孫便是。」仙卿們都大驚失色道：「這個野猴！怎麼不拜伏參見，輒敢這等答應道：『老孫便是！』卻該死了！該死了！」玉帝傳旨道：「那孫悟空乃下界妖仙，初得人身，不知朝禮，且姑恕罪。」眾仙卿叫聲：「謝恩！」

猴王卻才朝上唱個大喏玉帝宣文選武選仙卿，看那處少甚官職，著孫悟空去除授。旁邊轉過武曲星君，啟奏道：「天宮裡各宮各殿，各方各處，都不少官，只是御馬監缺個正堂管事。」玉帝傳旨道：「就除他做個『弼馬溫』（民間傳說：猴子可以避馬瘟。這裡是用這三個同意字）罷。」眾臣叫謝恩，他也只朝上唱個大喏。玉帝又差木德星官送他去御馬監到任。

當時猴王歡歡喜喜，與木德星官徑去到任。事畢，木德回宮。他在監裡，會聚了監丞、監副、典簿、力士、大小官員人等，查明本監事務，止有天馬千匹。乃是：

驊騮騏驥，騄駬纖離；龍媒紫燕，挾翼驌驦；駃騠銀騔，騕褭飛黃；騊駼翻羽，赤兔超光；逾輝彌景，騰霧勝黃；追風絕地，飛翮奔霄；逸飄赤電，銅爵浮雲；驄瓏虎駠，絕塵紫鱗；四極大宛，八駿九逸，千里絕群。此等良馬，一個個嘶風逐電精神壯，踏霧登雲氣力長。

這猴王查看了文簿，點明了馬數。本監中典簿管征備草料；力士官管刷洗馬匹、軋草、飲水、煮料；監丞、監副輔佐催辦；弼馬晝夜不睡，滋養馬匹。日間舞弄猶可，夜間看管殷勤：但是馬睡的，趕起來吃草；走的捉將來靠槽。那些天馬見了他，泯耳攢蹄，都養得肉肥膘滿。不覺的半月有餘。一朝閒暇，眾監官都安排酒席，一則與他接風，一則與他賀喜。

正在歡飲之間，猴王忽停杯問曰：「我這『弼馬溫』，是個甚麼官銜？」眾曰：「官名就是此了。」又問：「此官是個幾品？」眾道：「沒有品從。」猴王道：「沒品，想是大之極也。」眾道：「不大，不大，只喚做『未入流』。」猴王道：「怎麼叫做『未入流』？」眾道：「末等。這樣官兒，最低最小，只可與他看馬。似堂尊到任之後，這等殷勤，餵得馬肥，只落得道聲『好』字；如稍有些尪羸，還要見責；再十分傷損，還要罰贖問罪。」猴王聞此，不覺心頭火起，咬牙大怒道：「這般藐視老孫！老孫在那花果山，稱王稱祖，怎麼哄我來替他養馬？養馬者，乃後生小輩，下賤之役，豈是待我的？不做他！不做他！我將去也！」忽喇的一聲，把公案推倒，耳中取出寶貝，幌一幌，碗來粗細，一路解數，直打出御馬監，徑至南天門。眾天丁知他受了仙籙，乃是個弼馬溫，不敢阻擋，讓他打出天門去了。

須臾，按落雲頭，回至花果山上。只見那四健將與各洞妖王，在那裡操演兵卒。這猴王厲聲高叫道：「小的們！老孫來了！」一群猴都來叩頭，迎接進洞天深處，請猴王高登寶位，一壁廂辦酒接風。都道：「恭喜大王，上界去十數年，想必得意榮歸也？」猴王道：「我才半月有餘，那裡有十數年？」眾猴道：「大王，你在天上，不覺時辰。天上一日，就是下界一年哩。請問大王，官居何職？」猴王搖手道：「不好說！不好說！活活的羞殺人！那玉帝不會用人，他見老孫這般模樣，封我做個甚麼『弼馬溫』，原來是與他養馬，未入流品之類。我初到任時不知，只在御馬監中頑耍。及今日問我同寮（今為「僚」），始知是這等卑賤。老孫心中大惱，推倒席面，不受官銜，因此走下來了。」眾猴道：「來得好！來得好！大王在這福地洞天之處為王，多少尊重快樂，怎麼肯去與他做馬夫？」教：「小的們！快辦酒來，與大王釋悶。」

第四回

官封弼馬心何足　名注齊天意未寧

正飲酒歡會間，有人來報道：「大王，門外有兩個獨角鬼王，要見大王。」猴王道：「教他進來。」那鬼王整衣跑入洞中，倒身下拜。美猴王問他：「你見我何干？」鬼王道：「久聞大王招賢，無由得見；今見大王授了天籙，得意榮歸，特獻赭黃袍一件，與大王稱慶。肯不棄鄙賤，收納小人，亦得效犬馬之勞。」猴王大喜，將赭黃袍穿起，眾等欣然排班朝拜，即將鬼王封為前部總督先鋒。鬼王謝恩畢，復啟道：「大王在天許久，所授何職？」猴王道：「玉帝輕賢，封我做個甚麼『弼馬溫』！」鬼王聽言，又奏道：「大王有此神通，如何與他養馬？就做個『齊天大聖』，有何不可？」猴王聞說，歡喜不勝，連道幾個「好！好！好！」教四健將：「就替我快置個旌旗，旗上寫『齊天大聖』四大字，立竿張掛。自此以後，只稱我為齊天大聖，不許再稱大王。亦可傳與各洞妖王，一體知悉。」此不在話下。

卻說那玉帝次日設朝，只見張天師引御馬監監丞、監副在丹墀下拜奏道：「萬歲，新任弼馬溫孫悟空，因嫌官小，昨日反下天宮去了。」正說間，又見南天門外增長天王領眾天丁，亦奏道：「弼馬溫不知何故，走出天門去了。」玉帝聞言，即傳旨：「著兩路神元，各歸本職，朕遣天兵，擒拿此怪。」班部中閃上托塔李天王與哪吒三太子，越班奏上道：「萬歲，微臣不才，請旨降此妖怪。」玉帝大喜，即封托塔天王李靖為降魔大元帥，哪吒三太子為三壇海會大神，即刻興師下界。

李天王與哪吒叩頭謝辭，徑至本宮，點起三軍，帥眾頭目，著巨靈神為先鋒，魚肚將掠後，藥叉將催兵。一霎時出南天門外，徑來到花果山。選平陽處安了營寨，傳令教巨靈神挑戰。巨靈神得令，結束整齊（裝束，打扮），掄著宣花斧，到了水簾洞外。只見那洞門外，許多妖魔，都是些狼蟲虎豹之類，丫丫叉叉，掄槍舞劍，在那裡跳鬥咆哮。這巨靈神喝道：「那業畜！快早去報與弼馬溫知道，吾乃上天大將，奉玉帝旨意，到此收伏；教他早早出來受降，免致汝等皆傷殘也。」那些怪，奔奔波波，傳報洞中道：「禍事了！禍事了！」猴王問：「有甚禍事？」眾妖道：「門外有一員天將，口稱大聖官銜，道：『奉玉帝聖旨，來此收伏；教早早出去受降，免傷我等性命。』」猴王聽說，教：「取我披掛來！」就戴上紫金冠，貫上黃金甲，登上步雲鞋，手執如意金箍棒，領眾出門，擺開陣勢。這巨靈神睜睛觀看，真好猴王：

身穿金甲亮堂堂，頭戴金冠光映映。
手舉金箍棒一根，足踏雲鞋皆相稱。
一雙怪眼似明星，兩耳過肩查又硬。
挺挺身才變化多，聲音響亮如鐘磬。
尖嘴齙牙弼馬溫，心高要做齊天聖。

巨靈神厲聲高叫道：「那潑猴！你認得我麼？」大聖聽言，急問道：「你是那路毛神？老孫不曾會你，你快報名來。」巨靈神道：「我把你那欺心的猢猻！你是認不得我！我乃高上神霄托塔李天王部下先鋒，巨靈天將！今奉玉帝聖旨，到此收降你。你快卸了裝束，歸順天恩，免得這滿山諸畜遭誅；若道半個『不』字，教你頃刻化為齏粉（碎屑）！」猴王聽說，心中大怒道：「潑毛神，休誇大口，少弄長舌！我本待一棒打死你，恐無人去報信；且留你性命，快早回天，對玉皇說：他甚不用賢！老孫有無窮的本事，為何教我替他養馬？你看我這旌旗上字號。若依此字號升官，我就不動刀兵，自然的天地清泰；如若不依，時間就打上靈霄寶殿，教他龍床定坐不成！」這巨靈神聞此言，急睜睛迎風觀看，果見門外豎一高竿，竿上有旌旗一面，上寫著「齊天大聖」四大字。巨靈神冷笑三聲道：「這潑猴，這等不知人事，輒敢無狀，你就要做齊天大聖！好好的吃吾一斧！」劈頭就砍將去。那猴王正是會家不忙，將金箍棒應手相迎。這一場好殺：

棒名如意，斧號宣花。他兩個乍相逢，不知深淺；斧和棒，左右交加。一個暗藏神妙，一個大口稱誇。使動法，噴雲曖霧；展開手，播土揚沙。天將神通就有道，猴王變化實無涯。棒舉卻如龍戲水，斧來猶似鳳穿花。巨靈名望傳天下，原來本事不如他：大聖輕輕掄鐵棒，著頭一下滿身麻。

巨靈神抵敵他不住，被猴王劈頭一棒，慌忙將斧架隔，喀嚓的一聲，把個斧柄打做兩截，急撤身敗陣逃生。猴王笑道：「膿包！膿包！我已饒了你，你快去報信！快去報信！」

巨靈神回至營門，徑見托塔天王，忙哈哈跪下道：「弼馬溫果是神通廣大！末將戰他不得，敗陣回來請罪。」李天王發怒道：「這廝銼吾銳氣，推出斬之！」旁邊閃出哪吒太子，拜告：「父王息怒，且恕巨靈之罪，待孩兒出師一遭，便知深淺。」天王聽諫，且教回營待罪管事。

這哪吒太子，甲冑齊整，跳出營盤，撞至水簾洞外。

那悟空正來收兵，見哪吒來的勇猛。好太子：

總角（未成年人的髮髻）才遮囟（頭頂中央部位），披毛未苫肩。神奇多敏悟，骨秀更清妍。
誠為天上麒麟子，果是煙霞彩鳳仙。龍種自然非俗相，妙齡端不類塵凡。
身帶六般神器械，飛騰變化廣無邊。今受玉皇金口詔，敕封海會號三壇。

悟空迎近前來問曰：「你是誰家小哥？闖近吾門，有何事干？」哪吒喝道：「潑妖猴！豈不認得我？我乃托塔天王三太子哪吒是也。今奉玉帝欽差，至此捉你。」悟空笑道：「小太子，你的奶牙尚未退，胎毛尚未乾，怎敢說這般大話？我且留你的性命，不打你。你只看我旌旗上是甚麼字號，拜上玉帝：是這般官銜，再也不須動眾，我自皈依；若是不遂我心，定要打上靈霄寶殿。」哪吒抬頭看處，乃「齊天大聖」四字。哪吒道：「這妖猴能有多大神通，就敢稱此名號！不要怕！吃吾一劍！」悟空道：「我只站下不動，任你砍幾劍罷。」那哪吒奮怒，大喝一聲，叫「變！」即變做三頭六臂，惡狠狠，手持著六般兵器，乃是斬妖劍、砍妖刀、縛妖索、降妖杵、繡球兒、火輪兒，丫丫叉叉，撲面來打。悟空見了，心驚道：「這小哥倒也會弄此手段！莫無禮，看我神通！」好大聖，喝聲「變！」也變做三頭六臂；把金箍棒幌一幌，也變作三條；六隻手拿著三條棒架住。這場鬥，真個是地動山搖，好殺也：

六臂哪吒太子，天生美石猴王，相逢真對手，正遇本源流。那一個蒙差來下界，這一個欺心鬧斗牛。斬妖寶劍鋒芒快，砍妖刀狠鬼神愁；縛妖索子如飛蟒，降妖大杵似狼頭；火輪掣電烘烘豔，往往來來滾繡球。大聖三條如意棒，前遮後擋運機謀。苦爭數合無高下，太子心中不肯休。把那六件兵器多教變，百千萬億照頭丟。猴王不懼呵呵笑，鐵棒翻騰自運籌。以一化千千化萬，滿空亂舞賽飛虬。唬得各洞妖王都閉戶，遍山鬼怪盡藏頭。神兵怒氣雲慘慘，金箍鐵棒響颼颼。那壁廂，天丁吶喊人人怕；這壁廂，猴怪搖旗個個憂。發狠兩家齊鬥勇，不知那個剛強那個柔。

三太子與悟空各騁神威，鬥了個三十回合。那太子六般兵，變做千千萬萬；孫悟空金箍棒，變作萬萬千千。半空中似雨點流星，不分勝負。原來悟空手疾眼快，正在那混亂之時，他拔下一根毫毛，叫聲「變！」就變做他的本相，手挺著棒，演著哪吒；他的真身，卻一縱，趕至哪吒腦後，著左膊上一棒打來。哪吒正使法間，聽得棒頭風響，急躲閃時，不能措手，被他著了一下，負痛逃走；收了法，把六件兵器，依舊歸身，敗陣而回。

那陣上李天王早已看見，急欲提兵助戰。不覺太子倏至面前，戰兢兢報道：「父王！弼馬溫真個有本事！孩兒這般法力，也戰他不過，已被他打傷膊也。」天王大驚失色道：「這廝恁的神通，如何取勝？」太子道：「他洞門外豎一竿旗，上寫『齊天大聖』四字，親口誇稱，教玉帝就封他做齊天大聖，萬事俱休；若還不是此號，定要打上靈霄寶殿哩！」天王道：「既然如此，且不要與他相持，且去上界，將此言回奏，再多遣天兵，圍捉這廝，未為遲也。」太子負痛，不能復戰，故同天王回天啟奏不題。

你看那猴王得勝歸山，那七十二洞妖王與那六弟兄，俱來賀喜。在洞天福地，飲樂無比。他卻對六弟兄說：「小弟既稱齊天大聖，你們亦可以大聖稱之。」內有牛魔王忽然高叫道：「賢弟言之有理，我即稱做個平天大聖。」蛟魔王道：「我稱做覆海大聖。」鵬魔王道：「我稱混天大聖。」獅駝王道：「我稱移山大聖。」獼猴王道：「我稱通風大聖。」禺狨王道：「我稱驅神大聖。」此時七大聖自作自為，自稱自號，耍樂一日，各散訖（結束）。

卻說那李天王與三太子領著眾將，直至靈霄寶殿。啟奏道：「臣等奉聖旨出師下界，收伏妖仙孫悟空，不期他神通廣大，不能取勝，仍望萬歲添兵剿除。」玉帝道：「諒一妖猴，有多少本事，還要添兵？」太子又近前奏道：「望萬歲赦臣死罪！那妖猴使一條鐵棒，先敗了巨靈神，又打傷臣臂膊。洞門外立一竿旗，上書『齊天大聖』四字，道是封他這官職，即便休兵來投；若不是此官，還要打上靈霄寶殿也。」玉帝聞言，驚訝道：「這妖猴何敢這般狂妄！著眾將即刻誅之。」正說間，班部中又閃出太白金星，奏道：「那妖猴只知出言，不知大小。欲加兵與他爭鬥，想一時不能收伏，反又勞師。不若萬歲大捨恩慈，還降招安旨意，就教他做個齊天大聖。只是加他個空銜，有官無祿便了。」玉帝道：「怎麼喚做『有官無祿』？」金星道：「名是齊天大聖，只不與他事管，不與他俸祿，且養在天壤之間，收他的邪心，使不生狂妄，庶乾坤安靖，海宇得清寧也。」玉帝聞言道：「依卿所奏。」即命降了詔書，仍著金星領去。

金星復出南天門，直至花果山水簾洞外觀看。這番比前不同，威風凜凜，殺氣森森，各樣妖精，無般不有。一個個都執劍拈槍，拿刀弄杖的，在那裡咆哮跳躍。一見金星，皆上前動手。金星道：「那眾頭目來！累你去報你大聖知之。吾乃上帝遣來天使，有聖旨在此請他。」眾妖即跑入報道：「外面有一老者，他說是上界天使，有旨意請你。」悟空道：「來得好！來得好！想是前番來的那太白金星。那次請我上界，雖是官爵不堪，卻也天上走了一次，認得那天門內外之路。今番又來，定有好意。」教眾頭目大開旗鼓，擺隊迎接。大聖即帶引群猴，頂冠貫甲，甲上罩了赭黃袍，足踏雲履，急出洞門，躬身施禮，高叫道：「老星請進，恕我失迎之罪。」

金星趨步向前，徑入洞內，面南立著道：「今告大聖，前者因大聖嫌惡官小，躲離御馬監，當有本監中大小官員奏了玉帝。玉帝傳旨道：『凡授官職，皆由卑而尊，為何嫌小？』即有李天王領哪吒下界取戰。不知大聖神通，故遭敗北，回天奏道：『大聖立一竿旗，要做齊天大聖。』眾武將還要支吾，是老漢力為大聖冒罪奏聞，免興師旅，請大王授籙。玉帝准奏，因此來請。」悟空笑道：「前番動勞，今又蒙愛，多謝！多謝！但不知上天可有此『齊天大聖』之官銜也？」金星道：「老漢以此銜奏准，方敢領旨而來；如有不遂，只坐罪老漢便是。」

悟空大喜，懇留飲宴不肯，遂與金星縱著祥雲，到南天門外。那些天丁天將，都拱手相迎。徑入靈霄殿下。金星拜奏道：「臣奉詔宣弼馬溫孫悟空已到。」玉帝道：「那孫悟空過來。今宣你做個『齊天大聖』，官品極矣，但切不可胡為。」這猴亦止朝上唱個喏，道聲謝恩。玉帝即命工干官——張、魯二班——在蟠桃園右首，起一座齊天大聖府，府內設個二司：一名安靜司，一名寧神司。司俱有仙吏，左右扶持。又差五斗星君送悟空去到任，外賜御酒二瓶，金花十朵，著他安心定志，再勿胡為。那猴王信受奉行，即日與五斗星君到府，打開酒瓶，同眾盡飲。送星官回轉本宮，他才遂心滿意，喜地歡天，在於天宮快樂，無掛無礙。正是：

仙名永注長生籙，不墮輪回萬古傳。

畢竟不知向後如何，且聽下回分解。

第五回

亂蟠桃大聖偷丹　反天宮諸神捉怪

話表齊天大聖到底是個妖猴，更不知官銜品從，也不較俸祿高低，但只注名便了。那齊天府下二司仙吏，早晚伏侍，只知日食三餐，夜眠一榻，無事牽縈，自由自在。閒時節會友游宮，交朋結義。見三清，稱個「老」字；逢四帝，道個「陛下」。與那九曜星，五方將、二十八宿，四大天王、十二元辰、五方五老、普天星相、河漢群神，俱只以弟兄相待，彼此稱呼。今日東游，明日西蕩，雲去雲來，行蹤不定。

一日，玉帝早朝，班部中閃出許旌陽真人，俯囟（磕頭）啟奏道：「今有齊天大聖，無事閒游，結交天上眾星宿，不論高低，俱稱朋友。恐後閒中生事。不若與他一件事管，庶免別生事端。」玉帝聞言，即時宣詔。那猴王欣欣然而至，道：「陛下，詔老孫有何升賞？」玉帝道：「朕見你身閒無事，與你件執事。你且權管那蟠桃園，早晚好生在意。」大聖歡喜謝恩，朝上唱喏而退。

他等不得窮忙，即入蟠桃園內查勘。本園中有個土地攔住，問道：「大聖何往？」大聖道：「吾奉玉帝點差，代管蟠桃園，今來查勘也。」那土地連忙施禮，即呼那一班鋤樹力士、運水力士、修桃力士、打掃力士都來見大聖磕頭，引他進去。但見那：

　　夭夭（茂盛）灼灼（明亮），顆顆株株。夭夭灼灼花盈樹，顆顆株株果壓枝。果壓枝頭垂錦彈，花盈樹上簇胭脂。時開時結千年熟，無夏無冬萬載遲。先熟的，酡顏醉臉；還生的，帶蒂青皮。凝煙肌帶綠，映日顯丹姿。樹下奇葩並異卉，四時不謝色齊齊。左右樓台並館舍，盈空常見罩雲霓。不是玄都凡俗種，瑤池王母自栽培。

大聖看玩多時，問土地道：「此樹有多少株數？」土地道：「有三千六百株：前面一千二百株，花微果小，三千年一熟，人吃了成仙了道，體健身輕。中間一千二百株，層花甘實，六千年一熟，人吃了霞舉飛升，長生不老。後面一千二百株，紫紋緗核，九千年一熟，人吃了與天地齊壽，日月同庚。」大聖聞言，歡喜無任。當日查明了株樹，點看了亭閣，回府。自此後，三五日一次賞玩，也不交友，也不他遊。

一日，見那老樹枝頭，桃熟大半，他心裡要吃個嘗新。奈何本園土地、力士並齊天府仙吏緊隨不便。忽設一計道：「汝等且出門外伺候，讓我在這亭上少憩片時。」那眾仙果退。只見那猴王脫了冠服，爬上大樹，揀那熟透的大桃，摘了許多，就在樹枝上自在受用。吃了一飽，卻才跳下樹來，簪冠著服，喚眾等儀從回府。遲三二日，又去設法偷桃，盡他享用。

一朝，王母娘娘設宴，大開寶閣，瑤池中做「蟠桃勝會」，即著那紅衣仙女、青衣仙女、素衣仙女、皂衣仙女、紫衣仙女、黃衣仙女、綠衣仙女，各頂花籃，去蟠桃園摘桃建會。七衣仙女直至園門首，只見蟠桃園土地、力士同齊天府二司仙吏，都在那裡把門。仙女近前道：「我等奉王母懿旨，到此摘桃設宴。」土地道：「仙娥且住。今歲不比往年了，玉帝點差齊天大聖在此督理，須是報大聖得知，方敢開園。」仙女道：「大聖何在？」土地道：「大聖在園內，因困倦，自家在亭子上睡哩。」仙女道：「既如此，尋他去來，不可遲誤。」土地即與同進。尋至花亭不見，只有衣冠在亭，不知何往。四下裡都沒尋處。原來大聖耍了一會，吃了幾個桃子，變做二寸長的個人兒，在那大樹梢頭濃葉之下睡著了。七衣仙女道：「我等奉旨前來，尋不見大聖，怎敢空回？」旁有仙使道：「仙娥既奉旨來，不必遲疑。我大聖閒遊慣了，想是出園會友去了。汝等且去摘桃。我們替你回話便是。」

那仙女依言，入樹林之下摘桃。先在前樹摘了二籃，又在中樹摘了三籃；到後樹上摘取，只見那樹上花果稀疏，止有幾個毛蒂青皮的。原來熟的都是猴王吃了。七仙女張望東西，只見向南枝上止有一個半紅半白的桃子。青衣女用手扯下枝來，紅衣女摘了，卻將枝子望上一放。原來那大聖變化了，正睡在此枝，被他驚醒。大聖即現本相，耳朵裡掣出金箍棒，幌一幌，碗來粗細，咄的一聲道：「你是那方怪物，敢大膽偷摘我桃！」慌得那七仙女一齊跪下道：「大聖息怒。我等不是妖怪，乃王母娘娘差來的七衣仙女，摘取仙桃，大開寶閣，做『蟠桃勝會』。適至此間，先見了本園土地等神，尋大聖不見。我等恐遲了王母懿旨，是以等不得大聖，故先在此摘桃，萬望恕罪。」大聖聞言，回嗔作喜道：「仙娥請起。王母開閣設宴，請的是誰？」仙女道：「上會自有舊規。請的是西天佛老、菩薩、聖僧、羅漢，南方南極觀音，東方崇恩聖帝，十洲三島仙翁，北方北極玄靈，中央黃極黃角大仙，這個是五方五老。還有五斗星君，上八洞三清、四帝、太乙天仙等眾，中八洞玉皇、九壘、海岳神仙；下八洞幽冥教主、注世地仙。各宮各殿大小尊神，俱一齊赴蟠桃嘉會。」大聖笑道：「可請我麼？」

仙女道：「不曾聽得說。」大聖道：「我乃齊天大聖，就請我老孫做個席尊，有何不可？」仙女道：「此是上會舊規，今會不知如何。」大聖道：「此言也是，難怪汝等。你且立下，待老孫先去打聽個消息，看可請老孫不請。」

好大聖，捻著訣，念聲咒語，對眾仙女道：「住！住！住！」這原來是個定身法，把那七衣仙女，一個個睖睖睜睜（眼神呆滯），白著眼，都站在桃樹之下。大聖縱朵祥雲，跳出園內，竟奔瑤池路上而去。正行時，只見那壁廂：

一天瑞靄光搖曳，五色祥雲飛不絕。
白鶴聲鳴振九皋，紫芝色秀分千葉。
中間現出一尊仙，相貌昂然豐采別。
神舞虹霓幌漢霄，腰懸寶籙無生滅。
名稱赤腳大羅仙，特赴蟠桃添壽節。

那赤腳大仙覿面撞見大聖，大聖低頭定計，賺哄真仙，他要暗去赴會，卻問：「老道何往？」大仙道：「蒙王母見招，去赴蟠桃嘉會。」大聖道：「老道不知。玉帝因老孫筋斗雲疾，著老孫五路邀請列位，先至通明殿下演禮，後方去赴宴。」大仙是個光明正大之人，就以他的誑語作真。道：「常年就在瑤池演禮謝恩，如何先去通明殿演禮，方去瑤池赴會？」無奈，只得撥轉祥雲，徑往通明殿去了。

大聖駕著雲，念聲咒語，搖身一變，就變做赤腳大仙模樣，前奔瑤池。不多時，直至寶閣，按住雲頭，輕輕移步，走入裡面。只見那裡：

瓊香繚繞，瑞靄繽紛。瑤台鋪彩結，寶閣散氤氳。鳳翥鸞翔形縹緲，金花玉萼影浮沉。上排著九鳳丹霞扆（屏風），八寶紫霓墩。五彩描金桌，千花碧玉盆。桌上有龍肝和鳳髓，熊掌與猩唇。珍饈百味般般美，異果嘉肴色色新。

那裡鋪設得齊齊整整，卻還未有仙來。這大聖點看不盡，忽聞得一陣酒香撲鼻；忽轉頭，見右壁廂長廊之下，有幾個造酒的仙官，盤糟的力士，領幾個運水的道人，燒火的童子，在那裡洗缸刷甕，已造成了玉液瓊漿，香醪佳釀。大聖止不住口角流涎，就要去吃，奈何那些人都在這裡。他就弄個神通，把毫毛拔下幾根，丟入口中嚼碎，噴將出去，念聲咒語，叫「變！」即變做幾個瞌睡蟲，奔在眾人臉上。你看那伙人，手軟頭低，閉眉合眼，丟了執事，都去盹睡。大聖卻拿了些百味八珍，佳肴異品，走入長廊裡面，就著缸，挨著甕，放開量，痛飲一番。吃勾了多時，酕醄（大醉）醉了。自揣自摸道：「不好！不好！再過會，請的客來，卻不怪我？一時拿住，怎生是好？不如早回府中睡去也。」

好大聖，搖搖擺擺，仗著酒，任情亂撞，一會把路差了；不是齊天府，卻是兜率天宮。一見了，頓然醒悟道：「兜率宮是三十三天之上，乃離恨天太上老君之處，如何錯到此間？——也罷！也罷！一向要來望此老，不曾得來，今趁此殘步（順路），就望他一望也好。」即整衣撞進去。那裡不見老君，四無人跡。原來那老君與燃燈古佛在三層高閣朱陵丹台上講道，眾仙童、仙將、仙官、仙吏，都

第五回

亂蟠桃大聖偷丹　反天宮諸神捉怪

侍立左右聽講。這大聖直至丹房裡面，尋訪不遇，但見丹灶之旁，爐中有火。爐左右安放著五個葫蘆，葫蘆裡都是煉就的金丹。大聖喜道：「此物乃仙家之至寶。老孫自了道以來，識破了內外相同之理，也要煉些金丹濟人，不期到家無暇；今日有緣，卻又撞著此物，趁老子不在，等我吃他幾丸嘗新。」他就把那葫蘆都傾出來，就都吃了，如吃炒豆相似。

一時間丹滿酒醒。又自己揣度道：「不好！不好！這場禍，比天還大；若驚動玉帝，性命難存。走！走！走！不如下界為王去也！」他就跑出兜率宮，不行舊路，從西天門，使個隱身法逃去。即按雲頭，回至花果山界。但見那旌旗閃灼，戈戟光輝，原來是四健將與七十二洞妖王，在那裡演習武藝。大聖高叫道：「小的們！我來也！」眾怪丟了器械，跪倒道：「大聖好寬心！丟下我等許久，不來相顧！」大聖道：「沒多時！沒多時！」且說且行，徑入洞天深處。四健將打掃安歇，叩頭禮拜畢。俱道：「大聖在天這百十年，實受何職？」大聖笑道：「我記得才半年光景，怎麼就說百十年話？」健將道：「在天一日，即在下方一年也。」大聖道：「且喜這番玉帝相愛，果封做『齊天大聖』，起一座齊天府，又設安靜、寧神二司，司設仙吏侍衛。向後見我無事，著我代管蟠桃園。近因王母娘娘設『蟠桃大會』，未曾請我，是我不待他請，先赴瑤池，把他那仙品、仙酒，都是我偷吃了。走出瑤池，踉踉蹌蹌誤入老君宮闕，又把他五個葫蘆金丹也偷吃了。但恐玉帝見罪，方才走出天門來也。」

眾怪聞言大喜。即安排酒果接風，將椰酒滿斟一石碗奉上。大聖喝了一口，即齜牙　嘴道：「不好吃！不好吃！」崩、芭二將道：「大聖在天宮，吃了仙酒、仙肴，是以椰酒不甚美口。常言道：『美不美，鄉中水。』」大聖道：「你們就是『親不親，故鄉人。』我今早在瑤池中受用時，見那長廊之下，有許多瓶罐，都是那玉液瓊漿。你們都不曾嘗著。待我再去偷他幾瓶回來，你們各飲半杯，一個個也長生不老。」眾猴歡喜不勝。大聖即出洞門，又翻一筋斗，使個隱身法，徑至蟠桃會上。進瑤池宮闕，只見那幾個造酒、盤糟、運水、燒火的，還鼾睡未醒。他將大的從左右脅下挾了兩個，兩手提了兩個，即撥轉雲頭回來，會眾猴在於洞中，就做個「仙酒會」，各飲了幾杯，快樂不題。

卻說那七衣仙女自受了大聖的定身法術，一周天方能解脫。各提花籃，回奏王母，說道：「齊天大聖使術法困住我等，故此來遲。」王母問道：「汝等摘了多少蟠桃？」仙女道：「只有兩籃小桃，三籃中桃。至後面，大桃半個也無，想都是大聖偷吃了。及正尋間，不期大聖走將出來，行凶要打，又問設宴請誰。我等把上會事說了一遍，他就定住我等，不知去向。直到如今，才得醒解回來。」王母聞言，即去見玉帝，備陳前事。說不了，又見那造酒的一班人，同仙官等來奏：「不知甚麼人，攪亂了『蟠桃大會』，偷吃了玉液瓊漿，其八珍百味，亦俱偷吃了。」又有四個大天師來奏上：「太上道祖來了。」玉帝即同王母出迎。老君朝禮畢，道：「老道宮中，煉了些『九轉金丹』，伺候陛下做『丹元大會』，不期被賊偷去，特啟陛下知之。」玉帝見奏，悚懼。少時，又有齊天府仙吏叩頭道：「孫大聖不守執事，自昨日出游，至今未轉，更不知去向。」玉帝又添疑思。只見那赤腳大仙又俯囟上奏道：「臣蒙王母詔昨日赴會，偶遇齊天大聖，對臣言萬歲有旨，著他邀臣等先赴通明殿演禮，方去赴會。臣依他言語，即返至通明殿外，不見萬歲龍車鳳輦，又急來此俟候。」玉帝越發大驚道：「這廝假傳旨意，賺哄賢卿，快著糾察靈官緝訪這廝蹤跡！」

靈官領旨，即出殿遍訪，盡得其詳細。回奏道：「攪亂天宮者，乃齊天大聖也。」又將前事盡訴一番。玉帝大惱。即差四大天王，協同李天王並哪吒太子，點二十八宿、九曜星官、十二元辰、五方揭諦、四值功曹、東西星斗、南北二神、五岳四瀆、普天星相，共十萬天兵，布一十八架天羅地網下界，去花果山圍困，定捉獲那廝處治。眾神即時興師，離了天宮。這一去，但見那：

黃風滾滾遮天暗，紫霧騰騰罩地昏。只為妖猴欺上帝，致令眾聖降凡塵。四大天王，五方揭諦：四大天王權總制，五方揭諦調多兵。李托塔中軍掌號，惡哪吒前部前鋒。羅睺星為頭檢點，計都星隨後崢嶸。太陰星精神抖擻，太陽星照耀分明。五行星偏能豪傑，九曜星最喜相爭。元辰星子午卯酉，一個個都是大力天丁。五瘟五岳東西擺，六丁六甲（六丁為道教中的陰神，六甲為道教陽神。他們都為天帝所役使，道士可以用符籙召請）左右行。四瀆龍神分上下，二十八宿密層層。角亢氐房為總領，奎婁胃昴慣翻騰。斗牛女虛危室壁，心尾箕星個個能，井鬼柳星張翼軫，掄槍舞劍顯威靈。停雲降霧臨凡世，花果山前紮下營。

詩曰：

天產猴王變化多，偷丹偷酒樂山窩。
只因攪亂蟠桃會，十萬天兵布網羅。

當時李天王傳了令，著眾天兵紮了營，把那花果山圍得水洩不通。上下布了十八架天羅地網，先差九曜惡星出戰。九曜即提兵徑至洞外，只見那洞外大小群猴跳躍頑耍。星官厲聲高叫道：「那小妖！你那大聖在那裡？我等乃上界差調的天神，到此降你這造反的大聖。教他快快來歸降；若道半個『不』字，教汝等一概遭誅！」那小妖慌忙傳入道：「大聖，禍事了！禍事了！外面有九個凶神，口稱上界差來的天神，收降大聖。」

那大聖正與七十二洞妖王，並四健將分飲仙酒，一聞此報，公然不理道：「『今朝有酒今朝醉，莫管門前是與非。』」說不了，一起小妖又跳來道：「那九個凶神，惡言潑語，在門前罵戰哩！」大聖笑道：「莫采他，『詩酒且圖今日樂，功名休問幾時成』。」說猶未了，又一起小妖來報：「爺爺！那九個凶神已把門打破，殺進來也！」大聖怒道：「這潑毛神，老大無禮！本待不與他計較，如何上門來欺我？」即命獨角鬼王，領帥七十二洞妖王出陣，「老孫領四健將隨後。」那鬼王疾帥妖兵，出門迎敵，卻被九曜惡星一齊掩殺，抵住在鐵板橋頭，莫能得出。

正嚷間，大聖到了。叫一聲「開路！」掣開鐵棒，幌一幌，碗來粗細，丈二長短，丟開架子，打將出來。九曜星那個敢抵，一時打退。那九曜星立住陣勢道：「你這不知死活的弼馬溫！你犯了十惡之罪，先偷桃、後偷酒，攪亂了蟠桃大會，又竊了老君仙丹，又將御酒偷來此處享樂，你罪上加罪，豈不知之？」大聖笑道：「這幾樁事，實有！實有！但如今你怎麼？」九曜星道：「吾奉玉帝金旨，帥眾到此收降你，快早皈依！免教這些生靈納命。不然，就屜平了此山，掀翻了此洞也！」大聖大怒道：「量你這些毛神，有何法力，敢出浪言。不要走，請吃老孫一棒！」這九曜星一齊踴躍。那美猴王不懼分毫，掄起金箍棒，左遮右擋，把那九曜星戰得筋疲力軟，一個個倒拖器械，敗陣而走，急入中軍帳下，對托塔天王道：「那猴王果十分驍勇！我等戰他不過，敗陣來了。」李天王即調四大天王與二十八宿，一路出師來鬥。大聖也公然不懼，調出獨角鬼王、七十二洞妖王與四個健將，就於洞門外列成陣勢。你看這場混戰好驚人也：

寒風颯颯，怪霧陰陰。那壁廂旌旗飛彩，這壁廂戈戟生輝。滾滾盔明，層層甲亮。滾滾盔明映太陽，如撞天的銀磬；層層甲亮砌岩崖，似壓地的冰山。大捍刀，飛雲掣電，楮白槍，度霧穿雲。方天戟，虎眼鞭，麻林擺列；青銅劍，四明鏟，密樹排陣。彎弓硬弩雕翎箭，短棍蛇矛挾了魂。大聖一條如意棒，翻來覆去戰天神。殺得那空中無鳥過，山內虎狼奔；揚砂走石乾坤黑，播土飛塵宇宙昏。只聽兵兵撲撲驚天地，煞煞威威振鬼神。

這一場自辰時布陣，混殺到日落西山。那獨角鬼王與七十二洞妖怪，盡被眾天神捉拿去了，止走了四健將與那群猴，深藏在水簾洞底。這大聖一條棒，抵住了四大天神與李托塔、哪吒太子，俱在半空中，——殺彀（同「夠」）多時，大聖見天色將晚，即拔毫毛一把，丟在口中，嚼碎了，噴將出去，叫聲「變」！就變了千百個大聖，都使的是金箍棒，打退了哪吒太子，戰敗了五個天王。

大聖得勝，收了毫毛，急轉身回洞，早又見鐵板橋頭，四個健將，領眾叩迎那大聖，哽哽咽咽大哭三聲，又嘻嘻哈哈大笑三聲。大聖道：「汝等見了我，又哭又笑，何也？」四健將道：「今早帥眾將與天王交戰，把七十二洞妖王與獨角鬼王，盡被眾神捉了，我等逃生，故此該哭。這見大聖得勝回來，未曾傷損，故此該笑。」大聖道：「勝負乃兵家之常。古人云：『殺人一萬，自損三千。』況捉了去的頭目乃是虎豹、狼蟲、獾獐、狐貉之類，我同類者未傷一個，何須煩惱？他雖被我使個分身法殺退，他還要安營在我山腳下。我等且緊緊防守，飽食一頓，安心睡覺，養養精神。天明看我使個大神通，拿這些天將，與眾報仇。」四將與眾猴將椰酒吃了幾碗，安心睡覺不題。

那四大天王收兵罷戰，眾各報功：有拿住虎豹的，有拿住獅象的，有拿住狼蟲狐貉的，更不曾捉著一個猴精。當時果又安轅營，下大寨，賞勞了得功之將，吩咐了天羅地網之兵，各各提鈴喝號，圍困了花果山，專待明早大戰。各人得令，一處處謹守。此正是：

妖猴作亂驚天地，布網張羅晝夜看。

畢竟天曉後如何處治，且聽下回分解。

第六回
觀音赴會問原因　小聖施威降大聖

且不言天神圍繞，大聖安歇。話表南海普陀落伽山大慈大悲救苦救難靈感觀世音菩薩，自王母娘娘請赴蟠桃大會，與大徒弟惠岸行者，同登寶閣瑤池，見那裡荒荒涼涼，席面殘亂；雖有幾位天仙，俱不就座，都在那裡亂紛紛講論。菩薩與眾仙相見畢，眾仙備言前事。菩薩道：「既無盛會，又不傳杯，汝等可跟貧僧去見玉帝。」一眾仙怡然隨往。至通明殿前，早有四大天師、赤腳大仙等眾，俱在此迎著菩薩，即道玉帝煩惱，調遣天兵，擒怪未回等因。菩薩道：「我要見見玉帝，煩為轉奏。」一天師邱弘濟，即入靈霄寶殿，啟知宣入。時有太上老君在上，王母娘娘在後。

菩薩引眾同入裡面，與玉帝禮畢，又與老君、王母相見，各坐下。便問：「蟠桃盛會如何？」玉帝道：「每年請會，喜喜歡歡，今年被妖猴作亂，甚是虛邀也。」菩薩道：「妖猴是何出處？」玉帝道：「妖猴乃東勝神洲傲來國花果山石卵化生的。當時生出，即目運金光，射沖斗府。始不介意，繼而成精，降龍伏虎，自削死籍。當有龍王、閻王啟奏。朕欲擒拿，是長庚星啟奏道：『三界之間，凡有九竅（耳、目、鼻、口及尿道、肛門的九個孔道）者，可以成仙。』朕即施教育賢，宣他上界，封為御馬監弼馬溫官。那廝嫌惡官小，反了天宮。即差李天王與哪吒太子收降，又降詔撫安，宣至上界，就封他做個『齊天大聖』，只是有官無祿。他因沒事幹管理，東游西蕩。朕又恐別生事端，著他代管蟠桃園。他又不遵法律，將老樹大桃，盡行偷吃。及至設會，他乃無祿人員，不曾請他；他就設計賺哄赤腳大仙，卻自變他相貌入會，將仙肴仙酒盡偷吃了，又偷老君仙丹，又偷御酒若干，去與本山眾猴享樂。朕心為此煩惱，故調十萬天兵，天羅地網收伏。這一日不見回報，不知勝負如何。」

菩薩聞言，即命惠岸行者道：「你可快下天宮，到花果山，打探軍情如何。如遇相敵，可就相助一功，務必的實回話。」惠岸行者整整衣裙，執一條鐵棍，駕雲離闕，徑至山前。見那天羅地網，密密層層，各營門提鈴喝號，將那山圍繞的水洩不通。惠岸立住，叫：「把營門的天丁，煩你傳報：我乃李天王二太子木吒，南海觀音大徒弟惠岸，特來打探軍情。」那營裡五岳神兵，即傳入轅門之內。早有虛日鼠、昴日雞、星日馬、房日兔，將言傳到中軍帳下。李天王發下令旗，教開天羅地網，放他進來。此時東方才亮。惠岸隨旗進入，見四大天王與李天王下拜。拜訖，李天王道：「孩兒，你自那廂來者？」惠岸道：「愚男隨菩薩赴蟠桃會，菩薩見勝會荒涼，瑤池寂寞，引眾仙並愚男去見玉帝。玉帝備言父王等下界收伏妖猴，一日不見回報，勝負未知，菩薩因命愚男到此打聽虛實。」李天王道：「昨日到此安營下寨，著九曜星挑戰，被這廝大弄神通，九曜星俱敗走而回。後我等親自提兵，那廝也排開陣勢。我等十萬天兵，與他混戰至晚，他使個分身法戰退。及收兵查勘時，止捉得些狼蟲虎豹之類，不曾捉得他半個妖猴。今日還未出戰。」說不了，只見轅門外有人來報道：「那大聖引一群猴精，在外面叫戰。」四大天王與李天王並太子正議出兵。木吒道：「父王，愚男蒙菩薩吩咐，下來打探消息，就說若遇戰時，可助一功。今不才願往，看他怎麼個大聖！」天王道：「孩兒，你隨菩薩修行這幾年，想必也有些神通，切須（務必）在意。」

好太子，雙手掄著鐵棍，束一束繡衣，跳出轅門，高叫：「那個是齊天大聖？」大聖挺如意棒，應聲道：「老孫便是。你是甚人，輒敢問我？」木吒道：「吾乃李天王第二太子木吒，今在觀音菩薩寶座前為徒弟護教，法名惠岸是也。」大聖道：「你不在南海修行，卻來此見我做甚？」木吒道：「我蒙師父差來打探軍情，見你這般猖獗，特來擒你！」大聖道：「你敢說那等大話！且休走！吃老孫這一棒！」木吒全然不懼，使鐵棒劈手相迎。他兩個立那半山中，轅門外，這場好鬥：

棍雖對棍鐵各異，兵縱交兵人不同。一個是太乙（即道家所稱的「道」）散仙呼大聖，一個是觀音徒弟正元龍。渾鐵棍乃千錘打，六丁六甲運神功；如意棒是天河定，鎮海神珍法力洪。兩個相逢真對手，往來解數實無窮。這個的陰手棍，萬千凶，繞腰貫索疾如風；那個的夾槍棒，不放空，左遮右擋怎相容？那陣上旌旗閃閃，這陣上鼉鼓咚咚。萬員天將團團繞，一洞妖猴簇簇叢。怪霧愁雲漫地府，狼煙煞氣射天宮。昨朝混戰還猶可，今日爭持更又凶。堪羡猴王真本事，木吒復敗又逃生。

這大聖與惠岸戰經五六十合，惠岸臂膊酸麻，不能迎敵，虛幌一幌，敗陣而走。大聖也收了猴兵，安紮在洞門之外。只見天王營門外，大小天兵，接住了太子，讓開大路，徑入轅門，對四天王、李托塔、哪吒，氣哈哈的，喘息未定：「好大聖！好大聖！著實神通廣大！孩兒戰不過，又敗陣而來也！」李天王見了心驚，即命寫表求助，便差大力鬼王與木吒太子上天啟奏。

二人當時不敢停留，闖出天羅地網，駕起瑞靄祥雲。須臾，徑至通明殿下，見了四大天師，引至靈霄寶殿，呈上表章。惠岸又見菩薩施禮。菩薩道：「你打探的如何？」惠岸道：「始領命到花果山，叫開天羅地網門，見了父親，道師父差命之意。父王道：『昨日與那猴王戰了一場，止捉得他虎豹獅象之類，更未捉他一個猴精。』正講間，他又索戰，是弟子使鐵棍與他戰經五六十合，不能取勝，敗走回營。父親因此差大力鬼王同弟子上界求助。」菩薩低頭思忖。

卻說玉帝拆開表章，見有求助之言，笑道：「叵耐（可恨）這個猴精，能有多大手段，就敢敵過十萬天兵！李天王又來求助，卻將那路神兵助之？」言未畢，觀音合掌啟奏：「陛下寬心，貧僧舉一神，可擒這猴。」玉帝道：「所舉者何神？」菩薩道：「乃陛下令甥顯聖二郎真君，見居灌洲灌江口，享受下方香火。他昔日曾力誅六怪，又有梅山兄弟與帳前一千二百草頭神，神通廣大。奈他只是聽調不聽宣，陛下可降一道調兵旨意，著他助力，便可擒也。」玉帝聞言，即傳調兵的旨意，就差大力鬼王齎調（帶著調兵之令）。

那鬼王領了旨，即駕起雲，徑至灌江口。不消半個時辰，直至真君之廟。早有把門的鬼判，傳報至裡道：「外有天使，捧旨而至。」二郎即與眾弟兄，出門迎接旨意，焚香開讀。旨意上云：

「花果山妖猴齊天大聖作亂。因在宮偷桃、偷酒、偷丹，攪亂蟠桃大會，見著十萬天兵，一十八架天羅地網，圍山收伏，未曾得勝。今特調賢甥同義兄弟即赴花果山助力剿除。成功之後，高升重賞。」

真君大喜道：「天使請回，吾當就去拔刀相助也。」鬼王回奏不題。

這真君即喚梅山六兄弟——乃康、張、姚、李四太尉，郭申、直健二將軍，聚集殿前道：「適才玉帝調遣我等往花果山收降妖猴，同去去來。」眾兄弟俱忻然願往。即點本部神兵，駕鷹牽犬，搭弩張弓，縱狂風，霎時過了東洋大海，徑至花果山。見那天羅地網，密密層層，不能前進，因叫道：「把天羅地網的神將聽著：吾乃二郎顯聖真君，蒙玉帝調來，擒拿妖猴者，快開營門放行。」一時，各神一層層傳入。四大天王與李天王俱出轅門迎接。相見畢，問及勝敗之事，天王將上項事備陳一遍。真君笑道：「小聖來此，必須與他鬥個變化。列公將天羅地網，不要幔了頂上，只四圍緊密，讓我賭鬥。若我輸與他，不必列公相助，我自有兄弟扶持；若贏了他，也不必列公綁縛，我自有兄弟動手。只請托塔天王與我使個照妖鏡，住立空中。恐他一時敗陣，逃竄他方，切須與我照耀明白，勿走了他。」天王各居四維（四面），眾天兵各挨排列陣去訖。

這真君領著四太尉、二將軍，連本身七兄弟，出營挑戰；吩咐眾將，緊守營盤，收全了鷹犬。眾草頭神得令。真君只到那水簾洞外，見那一群猴，齊齊整整，排作個蟠龍陣勢；中軍裡，立一竿旗，上書「齊天大聖」四字。真君道：「那潑妖，怎麼稱得起齊天之職？」梅山六弟道：「且休贊嘆，叫戰去來。」那營口小猴見了真君，急走去報知。那猴王即掣金箍棒，整黃金甲，登步雲履，按一按紫金冠，騰出營門，急睜睛觀看，那真君的相貌，果是清奇，打扮得又秀氣。真個是：

儀容清俊貌堂堂，兩耳垂肩目有光。頭戴三山飛鳳帽，身穿一領淡鵝黃。
縷金靴襯盤龍襪，玉帶團花八寶妝。腰挎彈弓新月樣，手執三尖兩刃槍。

斧劈桃山曾救母，彈打棕羅雙鳳凰。力誅八怪聲名遠，義結梅山七聖行。
心高不認天家眷，性傲歸神住灌江。赤城昭惠英靈聖，顯化無邊號二郎。

大聖見了，笑嘻嘻的，將金箍棒掣起，高叫道：「你是何方小將，輒敢大膽到此挑戰？」真君喝道：「你這廝有眼無珠，認不得我麼！吾乃玉帝外甥，敕封昭惠靈顯王二郎是也。今蒙上命，到此擒你這反天宮的弼馬溫猢猻，你還不知死活！」大聖道：「我記得當年玉帝妹子思凡下界，配合（婚配）楊君，生一男子，曾使斧劈桃山的，是你麼？我行要罵你幾聲，曾奈無甚冤仇；待要打你一棒，可惜了你的性命。你這郎君小輩，可急急回去，喚你四大天王出來。」真君聞言，心中大怒道：「潑猴！休得無禮！吃吾一刃！」大聖側身躲過，疾舉金箍棒，劈手相還。他兩個這場好殺：

昭惠二郎神，齊天孫大聖，這個心高欺敵美猴王，那個面生壓伏真梁棟。兩個乍相逢，各人皆賭興。從來未識淺和深，今日方知輕與重。鐵棒賽飛龍，神鋒如舞鳳。左擋右攻，前迎後映。這陣上梅山六弟助威風，那陣上馬流四將傳軍令。搖旗擂鼓各齊心，吶喊篩鑼都助興。兩個鋼刀有見機，一來一往無絲縫。金箍棒是海中珍，變化飛騰能取勝；若還身慢命該休，但要差池為蹭蹬（挫折，失敗）。

真君與大聖鬥經三百餘合，不知勝負。那真君抖擻神威，搖身一變，變得身高萬丈，兩隻手，舉著三尖兩刃神鋒，好便似華山頂上之峰，青臉獠牙，朱紅頭髮，惡狠狠，望大聖著頭就砍。這大聖也使神通，變得與二郎身軀一樣，嘴臉一般，舉一條如意金箍棒，卻就如崑崙頂上的擎天之柱，抵住二郎神：唬得那馬、流元帥，戰兢兢，搖不得旌旗，崩、芭二將，虛怯怯，使不得刀劍。這陣上，康、張、姚、李、郭申、直健，傳號令，撒放草頭神，向他那水簾洞外，縱著鷹犬，搭弩張弓，一齊掩殺。可憐衝散妖猴四健將，捉拿靈怪二三千！那些猴，拋戈棄甲，撇劍丟槍；跑的跑，喊的喊；上山的上山，歸洞的歸洞：好似夜貓驚宿鳥，飛灑滿天星。眾兄弟得勝不題。

卻說真君與大聖變做法天象地（形容巨大，如天高地廣）的規模，正鬥時，大聖忽見本營中妖猴驚散，自覺心慌，收了法相，掣棒抽身就走。真君見他敗走，大步趕上道：「那裡走？趁早歸降，饒你性命！」大聖不戀戰，只情跑起。將近洞口，正撞著康、張、姚、李四太尉，郭申、直健二將軍，一齊帥眾擋住道：「潑猴！那裡走！」大聖慌了手腳，就把金箍棒捏做繡花針，藏在耳內，搖身一變，變作個麻雀兒，飛在樹梢頭釘住。那六兄弟，慌慌張張，前後尋覓不見，一齊吆喝道：「走了這猴精也！走了這猴精也！」

正嚷處，真君到了，問：「兄弟們，趕到那廂不見了？」眾神道：「才在這裡圍住，就不見了。」二郎圓睜鳳目觀看，見大聖變了麻雀兒，釘在樹上，就收了法相，撇了神鋒，卸下彈弓，搖身一變，變作個餓鷹兒，抖開翅，飛將去撲打。大聖見了，搜的一翅飛起去，變作一隻大鶿老，沖天而去。二郎見了，急抖翎毛，搖身一變，變作一隻大海鶴，鑽上雲霄來嗛（啄）。大聖又將身按下，入澗中，變作一個魚兒，淬入水內。二郎趕至澗邊，不見蹤跡。心中暗想道：「這猢猻必然下水去也，定變作魚蝦之類。等我再變變拿他。」果一變變作個魚鷹兒，飄蕩在下溜頭波面上，等待片時。那大聖變魚兒，順水正游，忽見一隻飛禽，似青鷂，毛片不青；似鷺鷥，頂上無纓；似老鸛，腿又不紅：

「想是二郎變化了等我哩！」急轉頭，打個花（漩渦）就走。二郎看見道：「打花的魚兒，似鯉魚，尾巴不紅；似鱖魚，花鱗不見；似黑魚，頭上無星；似魴魚，鰓上無針。他怎麼見了我就回去了？必然是那猴變的。」一趕上來，刷的啄一嘴。那大聖就攛出水中，一變，變作一條水蛇，游近岸，鑽入草中。二郎因嗛他不著，他見水響中，見一條蛇攛出去，認得是大聖，急轉身，又變了一隻朱繡頂的灰鶴，伸著一個長嘴，與一把尖頭鐵鉗子相似，徑來吃這水蛇。水蛇跳一跳，又變做一隻花鴇（鳥名），木木樗樗（呆立的樣子）的，立在蓼汀（長著蓼草的水邊平地）之上。二郎見他變得低賤，——花鴇乃鳥中至賤至淫之物，不拘鸞、鳳、鷹、鴉都與交群（交配）——故此不去攏傍（靠近），即現原身，走將去，取過彈弓拽（拉）滿，一彈子把他打個踵。

那大聖趁著機會，滾下山崖，伏在那裡又變，變一座土地廟兒，大張著口，似個廟門；牙齒變做門扇，舌頭變做菩薩，眼睛變做窗櫺。只有尾巴不好收拾，豎在後面，變做一根旗竿。真君趕到崖下，不見打倒的鴇鳥，只有一間小廟；急睜鳳眼，仔細看之，見旗竿立在後面，笑道：「是這猢猻了！他今又在那裡哄我。我也曾見廟宇，更不曾見一個旗竿豎在後面的。斷是這畜生弄喧（耍花招）！他若哄我進去，他便一口咬住。我怎肯進去？等我掣拳先搗窗櫺，後踢門扇！」大聖聽得，心驚道：「好狠！好狠！門扇是我牙齒，窗櫺是我眼睛；若打了牙，搗了眼，卻怎麼是好？」撲的一個虎跳，又冒在空中不見。

真君前前後後亂趕，只見四太尉、二將軍，一齊擁至道：「兄長，拿住大聖了麼？」真君笑道：「那猴兒才自變座廟宇哄我。我正要搗他窗櫺，踢他門扇，他就縱一縱，又渺無蹤跡。可怪！可怪！」眾皆愕然，四望更無形影。真君道：「兄弟們在此看守巡邏，等我上去尋他。」急縱身駕雲，起在半空。見那李天王高擎照妖鏡，與哪吒住立雲端，真君道：「天王，曾見那猴王麼？」天王道：「不曾上來。我這裡照著他哩。」真君把那賭變化，弄神通，拿群猴一事說畢，卻道：「他變廟宇，正打處，就走了。」

李天王聞言，又把照妖鏡四方一照，呵呵的笑道：「真君，快去！快去！那猴使了個隱身法，走出營圍，往你那灌江口去也。」二郎聽說，即取神鋒，回灌江口來趕。

卻說那大聖已至灌江口，搖身一變，變作二郎爺爺的模樣，按下雲頭，逕入廟裡。鬼判不能相認，一個個磕頭迎接。他坐中間，點查香火：見李虎拜還的三牲（牛、羊、豬，泛指供品），張龍許下的保福，趙甲求子的文書，錢丙告病的良願。正看處，有人報：「又一個爺爺來了。」眾鬼判急急觀看，無不驚心。真君卻道：「有個甚麼齊天大聖，才來這裡否？」眾鬼判道：「不曾見甚麼大聖，只有一個爺爺在裡面查點哩。」真君撞進門，大聖見了，現出本相道：「郎君不消嚷，廟宇已姓孫了。」這真君即舉三尖兩刃神鋒，劈臉就砍。那猴王使個身法，讓過神鋒，掣出那繡花針兒，幌一幌，碗來粗細，趕到前，對面相還。兩個嚷嚷鬧鬧，打出廟門，半霧半雲，且行且戰，復打到花果山，慌得那四大天王等眾，提防愈緊。這康、張太尉等迎著真君，合心努力，把那美猴王圍繞不題。

話表大力鬼王既調了真君與六兄弟提兵擒魔去後，卻上界回奏。玉帝與觀音菩薩、王母並眾仙卿，正在靈霄殿講話，道：「既是二郎已去赴戰，這一日還不見回報。」觀音合掌道：「貧僧請陛下同道祖出南天門外，親去看看虛實如何？」玉帝道：「言之有理。」即擺駕，同道祖、觀音、王母與眾仙卿至南天門。早有些天丁、力士接著，開門遙觀，只見眾天丁布羅網，圍住四面；李天王與哪吒，擎照妖鏡，立在空中；真君把大聖圍繞中間，紛紛賭鬥哩。

菩薩開口對老君說：「貧僧所舉二郎神如何？——果有神通，已把那大聖圍困，只是未得擒拿。我如今助他一功，決拿住他也。」老君道：「菩薩將甚兵器？怎麼助他？」菩薩道：「我將那淨瓶楊柳拋下去，打那猴頭；即不能打死，也打個一跌，教二郎小聖，好去拿他。」老君道：「你這瓶是個磁器，準打著他便好，如打不著他的頭，或撞著他的鐵棒，卻不打碎了？你且莫動手，等我老君助他一功。」菩薩道：「你有甚麼兵器？」老君道：「有，有，有。」捋起衣袖，左膊上，取下一個圈子，說道：「這件兵器，乃錕鋼摶煉的，被我將還丹點成，養就一身靈氣，善能變化，水火不侵，又能套諸物；一名『金鋼琢』，又名『金鋼套』。當年過函關（函谷關），化胡為佛，甚是虧他。早晚最可防身。等我丟下去打他一下。」

話畢，自天門上往下一摜，滴流流，徑落花果山營盤裡，可可的（正巧）著猴王頭上一下。猴王只顧苦戰七聖，卻不知天上墜下這兵器，打中了天靈，立不穩腳，跌了一跤，爬將起來就跑；被二郎爺爺的細犬趕上，照腿肚子上一口，又扯了一跌。他睡倒在地，罵道：「這個亡人！你不去妨家長，卻來咬老孫！」急翻身爬不起來，被七聖一擁按住，即將繩索捆綁，使勾刀穿了琵琶骨（肩胛骨），再不能變化。

那老君收了金鋼琢，請玉帝同觀音、王母、眾仙等，俱回靈霄殿。這下面四大天王與李天王諸神，俱收兵拔寨，近前向小聖賀喜，都道：「此小聖之功也！」小聖道：「此乃天尊洪福，眾神威權，我何功之有？」康、張、姚、李道：「兄長不必多敘，且押這廝去上界見玉帝，請旨發落去也。」真君道：「賢弟，汝等未受天籙，不得面見玉帝。教天甲神兵押著，我同天王等上界回旨。你們帥眾在此搜山，搜淨之後，仍回灌江口。待我請了賞，討了功，回來同樂。」四太尉、二將軍，依言領諾。這真君與眾即駕雲頭，唱凱歌，得勝朝天。

不多時，到通明殿外。天師啟奏道：「四大天王等眾已捉了妖猴齊天大聖了。來此聽宣。」玉帝傳旨，即命大力鬼王與天丁等眾，押至斬妖台，將這廝碎剁其屍。咦！正是：

欺誑今遭刑憲（津法）苦，英雄氣概等時休。

畢竟不知那猴王性命何如，且聽下回分解。

第七回

八卦爐中逃大聖　五行山下定心猿

富貴功名，前緣分定，為人切莫欺心。正大光明，忠良善果彌深。些些狂妄天加譴，眼前不遇待時臨。問東君因甚，如今禍害相侵。只為心高圖罔極，不分上下亂規箴。

話表齊天大聖被眾天兵押去斬妖台下，綁在降妖柱上，刀砍斧剁，槍刺劍刳，莫想傷及其身。南斗星奮令火部眾神，放火煨燒，亦不能燒著。又著雷部眾神，以雷屑釘打，越發不能傷損一毫。那大力鬼王與眾啟奏道：「萬歲，這大聖不知是何處學得這護身之法，臣等用刀砍斧剁，雷打火燒，一毫不能傷損，卻如之何？」玉帝聞言道：「這廝這等，這等……如何處治？」太上老君即奏道：「那猴吃了蟠桃，飲了御酒，又盜了仙丹。我那五壺丹，有生有熟，被他都吃在肚裡，運用三昧火，鍛成一塊，所以渾做金鋼之軀，急不能傷。不若與老道領去，放在八卦爐中，以文武火鍛煉。煉出我的丹來，他身自為灰燼矣。」

玉帝聞言，即教六丁、六甲，將他解下，付與老君。老君領旨去訖。一壁廂（一邊）宣二郎顯聖，

第七回

八卦爐中逃大聖　五行山下定心猿

賞賜金花百朵，御酒百瓶，還丹百粒，異寶明珠，錦繡等件，教與義兄弟分享。真君謝恩，回灌江口不題。

那老君到兜率宮，將大聖解去繩索，放了穿琵琶骨之器，推入八卦爐中，命看爐的道人，架火的童子，將火扇起鍛煉。原來那爐是乾、坎、艮、震、巽、離、坤、兌八卦。他即將身鑽在「巽宮」位下。巽乃風也，有風則無火。只是風攪得煙來，把一雙眼熰（熏烤）紅了，弄做個老害病眼，故喚作「火眼金睛」。

真個光陰迅速，不覺七七四十九日，老君的火候俱全。忽一日，開爐取丹。那大聖雙手侮（捂）著眼，正自揉搓流涕，只聽得爐頭聲響，猛睜眼看見光明，他就忍不住，將身一縱，跳出丹爐，唿喇一聲，蹬倒八卦爐，往外就走。慌得那架火、看爐，與丁甲一班人來扯，被他一個個都放倒，好似癲癇的白額虎，瘋狂的獨角龍。老君趕上抓一把，被他一捽，捽了個倒栽蔥，脫身走了。即去耳中掣出如意棒，迎風幌一幌，碗來粗細，依然拿在手中，不分好歹，卻又大亂天宮，打得那九曜星閉門閉戶，四天王無影無形。好猴精！有詩為證。詩曰：

混元體正合先天，萬劫千番只自然。
渺渺無為渾太乙，如如不動號初玄。
爐中久煉非鉛汞，物外長生是本仙。
變化無窮還變化，三皈五戒總休言。

又詩：

一點靈光徹太虛，那條拄杖亦如之。
或長或短隨人用，橫豎橫排任捲舒。

又詩：

猿猴道體配人心，心即猿猴意思深。大聖齊天非假論，官封「弼馬」是知音。
馬猿合作心和意，緊縛牢拴莫外尋。萬相歸真從一理，如來同契住雙林。

這一番，那猴王不分上下，使鐵棒東打西敵，更無一神可擋。只打到通明殿裡，靈霄殿外。幸有佑聖真君的佐使王靈官執殿。他看大聖縱橫，掣金鞭近前擋住道：「潑猴何往！有吾在此，切莫猖狂！」這大聖不由分說，舉棒就打。那靈官鞭起相迎。兩個在靈霄殿前廝渾一處。好殺：

赤膽忠良名譽大，欺天誑上聲名壞。一低一好幸相持，豪傑英雄同賭賽。鐵棒凶，金鞭快。正直無私怎忍耐？這個是太乙雷聲應化尊，那個是齊天大聖猿猴怪。金鞭鐵棒兩家能，都是神宮仙器械。今日在靈霄寶殿弄威風，各展雄才真可愛。一個欺心要奪斗牛宮，一個竭力匡扶玄聖界。苦爭不讓顯神通，鞭棒往來無勝敗。

第七回

八卦爐中逃大聖　五行山下定心猿

他兩個鬥在一處，勝敗未分，早有佑聖真君，又差將佐發文到雷府，調三十六員雷將齊來，把大聖圍在垓心，各騁凶惡鏖戰。那大聖全無一毫懼色，使一條如意棒，左遮右擋，後架前迎。一時，見那眾雷將的刀槍劍戟、鞭簡撾錘、鉞斧金瓜、旄鐮月鏟，來的甚緊，他即搖身一變，變做三頭六臂；把如意棒幌一幌，變作三條；六隻手使開三條棒，好便似紡車兒一般，滴流流，在那垓心裡飛舞。眾雷神莫能相近。真個是：

圓陀陀，光灼灼，亙古常存人怎學？入火不能焚，入水何曾溺？光明一顆摩尼珠，劍戟刀槍傷不著。也能善，也能惡，眼前善惡憑他作。善時成佛與成仙，惡處披毛並帶角。無窮變化鬧天宮，雷將神兵不可捉。

當時眾神把大聖攢在一處，卻不能近身，亂嚷亂鬥，早驚動玉帝。遂傳旨著游奕靈官同翊聖真君上西方請佛老降伏。

那二聖得了旨，徑到靈山勝境，雷音寶剎之前，對四金剛、八菩薩禮畢，即煩轉達。眾神隨至寶蓮台下啟知，如來召請。二聖禮佛三匝，侍立台下。如來問：「玉帝何事，煩二聖下臨？」

二聖即啟道：「向時花果山產一猴，在那裡弄神通，聚眾猴攪亂世界。玉帝降招安旨，封為『弼馬溫』，他嫌官小反去。當遣李天王、哪吒太子擒拿未獲，復招安他，封做『齊天大聖』，先有官無祿。著他代管蟠桃園，他即偷桃；又走至瑤池，偷肴，偷酒，攪亂大會；仗酒又暗入兜率宮，偷老君仙丹，反出天宮。玉帝復遣十萬天兵，亦不能收伏。後觀世音舉二郎真君同他義兄弟追殺，他變化多端，虧老君拋金鋼琢打中，二郎方得拿住。解赴御前，即命斬之。刀砍斧剁，火燒雷打，俱不能傷，老君奏准領去，以火鍛煉。四十九日開鼎，他卻又跳出八卦爐，打退天丁，徑入通明殿裡，靈霄殿外；被佑聖真君的佐使王靈官擋住苦戰，又調三十六員雷將，把他困在垓心，終不能相近。事在緊急，因此，玉帝特請如來救駕。」

如來聞詔，即對眾菩薩道：「汝等在此穩坐法堂，休得亂了禪位，待我煉魔救駕去來。」如來即喚阿儺、迦葉二尊者相隨，離了雷音，徑至靈霄門外。忽聽得喊聲振耳。乃三十六員雷將圍困著大聖哩。佛祖傳法旨：「教雷將停息干戈，放開營所，叫那大聖出來，等我問他有何法力。」眾將果退。

大聖也收了法相，現出原身近前，怒氣昂昂，厲聲高叫道：「你是那方善士，敢來止住刀兵問我？」如來笑道：「我是西方極樂世界釋迦牟尼尊者，南無阿彌陀佛。今聞你猖狂村野，屢反天宮，不知是何方生長，何年得道，為何這等暴橫？」大聖道：「我本：

天地生成靈混仙，花果山中一老猿。水簾洞裡為家業，拜友尋師悟太玄。
煉就長生多少法，學來變化廣無邊。因在凡間嫌地窄，立心端要住瑤天。
靈霄寶殿非他久，歷代人王有分傳。強者為尊該讓我，英雄只此敢爭先。」

佛祖聽言，呵呵冷笑道：「你那廝乃是個猴子成精，焉敢欺心，要奪玉皇上帝龍位？他自幼修持，苦歷過一千七百五十劫。每劫該十二萬九千六百年。你算，他該多少年數，方能享受此無極大道？你那個初世為人的畜生，如何出此大言！不當人子！不當人子！折了你的壽算！趁早皈依，切莫胡說！但恐遭了毒手，性命頃刻而休，可惜了你的本來面目！」

大聖道：「他雖年劫修長，也不應久占在此。常言道：『皇帝輪流做，明年到我家。』只教他搬出去，將天宮讓與我，便罷了；若還不讓，定要攪攘，永不清平！」佛祖道：「你除了長生變化之法，再有何能，敢占天宮勝境？」大聖道：「我的手段多哩！我有七十二般變化，萬劫不老長生。會駕筋斗雲，一縱十萬八千里。如何坐不得天位？」

佛祖道：「我與你打個賭賽：你若有本事，一筋斗打出我這右手掌中，算你贏，再不用動刀兵苦爭戰，就請玉帝到西方居住，把天宮讓你；若不能打出手掌，你還下界為妖，再修幾劫，卻來爭吵。」

那大聖聞言，暗笑道：「這如來十分好呆！我老孫一筋斗去十萬八千里。他那手掌，方圓不滿一尺，如何跳不出去？」急發聲道：「既如此說，你可做得主張？」佛祖道：「做得！做得！」伸開右手，卻似個荷葉大小。那大聖收了如意棒，抖擻神威，將身一縱，站在佛祖手心裡，卻道聲：「我出去也！」你看他一路雲光，無影無形去了。

佛祖慧眼觀看，見那猴王風車子一般相似不住，只管前進。大聖行時，忽見有五根肉紅柱子，撐著一股青氣。他道：「此間乃盡頭路了。這番回去，如來作證，靈霄宮定是我坐也。」又思量說：「且住！等我留下些記號，方好與如來說話。」拔下一根毫毛，吹口仙氣，叫「變！」變作一管濃墨雙毫筆，在那中間柱子上寫一行大字云：「齊天大聖，到此一游。」寫畢，收了毫毛。又不莊尊（莊重），卻在第一根柱子根下撒了一泡猴尿。翻轉筋斗雲，徑（直接）回本處，站在如來掌內道：「我已去，今來了。你教玉帝讓天宮與我。」

如來罵道：「我把你這個尿精猴子！你正好不曾離了我掌哩！」大聖道：「你是不知。我去到天盡頭，見五根肉紅柱，撐著一股青氣，我留個記在那裡，你敢和我同去看麼？」如來道：「不消去，你只自低頭看看。」那大聖睜圓火眼金睛，低頭看時，原來佛祖右手中指寫著「齊天大聖，到此一游。」大指丫裡，還有些猴尿臊氣，大聖吃了一驚道：「有這等事！有這等事！我將此字寫在撐天柱子上，如何卻在他手指上？莫非有個未卜先知的法術。我決不信！不信！等我再去來！」

好大聖，急縱身又要跳出，被佛祖翻掌一撲，把這猴王推出西天門外，將五指化作金、木、水、火、土五座聯山，喚名「五行山」，輕輕的把他壓住。眾雷神與阿儺、迦葉，一個個合掌稱揚道：「善哉！善哉！

當年卵化學為人，立志修行果道真。萬劫無移居勝境，一朝有變散精神。
欺天罔上思高位，凌聖偷丹亂大倫。惡貫滿盈今有報，不知何日得翻身。」

如來佛祖殄滅了妖猴，即喚阿儺、迦葉同轉西方極樂世界。時有天蓬、天佑急出靈霄寶殿道：「請如來少待，我主大駕來也。」佛祖聞言，回首瞻仰。須臾，果見八景鸞輿，九光寶蓋；聲奏玄歌妙樂，詠哦無量神章；散寶花，噴真香，直至佛前謝曰：「多蒙大法收殄妖邪，望如來少停一日，請諸仙做一會筵奉謝。」如來不敢違悖，即合掌謝道：「老僧承大天尊宣命來此，有何法力？還是天尊與眾神洪福。敢勞致謝？」

玉帝傳旨，即著雷部眾神，分頭請三清、四御、五老、六司、七元、八極、九曜、十都、千真萬聖，來此赴會，同謝佛恩。又命四大天師、九天仙女，大開玉京金闕、太玄寶宮、洞陽玉館，請如來高坐七寶靈台，調設各班座位，安排龍肝鳳髓，玉液蟠桃。

不一時，那玉清元始天尊、上清靈寶天尊、太清道德天尊、五炁真君、五斗星君、三官四聖、九曜真君、左輔、右弼、天王、哪吒，玄虛一應靈通，對對旌旗，雙雙幡蓋，都捧著明珠異寶，壽果奇花，向佛前拜獻曰：「感如來無量法力，收伏妖猴。蒙大天尊設宴呼喚，我等皆來陳謝。請如來將此會立一名，如何？」如來領眾神之托曰：「今欲立名，可作個『安天大會』。」各仙老異口同聲，俱道：「好個『安天大會』！好個『安天大會』！」言訖，各坐座位，走斝傳觴，簪花鼓瑟，果好會也。有詩為證。詩曰：

宴設蟠桃猴攪亂，安天大會勝蟠桃。
龍旗鸞輅祥光藹，寶節幢幡瑞氣飄。
仙樂玄歌音韻美，鳳簫玉管響聲高。
瓊香繚繞群仙集，宇宙清平賀聖朝。

眾皆暢然喜會，只見王母娘娘引一班仙子、仙娥、美姬、毛女（傳說中的一位仙女），飄飄蕩蕩舞向佛前，施禮曰：「前被妖猴攪亂蟠桃嘉會，請眾仙眾佛，俱未成功。今蒙如來大法鏈鎖頑猴，喜慶『安天大會』，無物可謝，今是我淨手親摘大株蟠桃數顆奉獻。」真個是：

半紅半綠噴甘香，豔麗仙根萬載長。
堪笑武陵源上種，爭如天府更奇強！
紫紋嬌嫩寰中少，緗核清甜世莫雙。
延壽延年能易體，有緣食者自非常。

佛祖合掌向王母謝訖。王母又著仙姬、仙子唱的唱，舞的舞。滿會群仙，又皆賞贊。正是：

縹緲天香滿座，繽紛仙蕊仙花。
玉京金闕大榮華，異品奇珍無價。
對對與天齊壽，雙雙萬劫增加。
桑田滄海任更差，他自無驚無訝。

王母正著仙姬仙子歌舞，觥籌交錯（形容許多人在一起飲酒的熱鬧場面），不多時，忽又聞得：

一陣異香來鼻嗅，驚動滿堂星與宿。
天仙佛祖把杯停，各各抬頭迎目候。
霄漢中間現老人，手捧靈芝飛藹繡。
葫蘆藏蓄萬年丹，寶籙名書千紀壽。

洞裡乾坤任自由，壺中日月隨成就。
遨游四海樂清閒，散淡十洲容輻輳。
曾赴蟠桃醉幾遭，醒時明月還依舊。
長頭大耳短身軀，南極之方稱老壽。

壽星又到。見玉帝禮畢，又見如來，申謝曰：「始聞那妖猴被老君引至兜率宮鍛煉，以為必致平安，不期他又反出。幸如來善伏此怪，設宴奉謝，故此聞風而來。更無他物可獻，特具紫芝瑤草，碧藕金丹奉上。」詩曰：

碧藕金丹奉釋迦，如來萬壽若恆沙。
清平永樂三乘錦，康泰長生九品花。
無相門中真法主，色空天上是仙家。
乾坤大地皆稱祖，丈六金身福壽賒。

如來欣然領謝。壽星得座，依然走斝傳觴。只見赤腳大仙又至。向玉帝前俯囟禮畢，又對佛祖謝道：「深感法力，降伏妖猴。無物可以表敬，特具交梨二顆，火棗數枚奉獻。」詩曰：

大仙赤腳棗梨香，敬獻彌陀壽算長。

七寶蓮台山樣穩，千金花座錦般妝。
壽同天地言非謬，福比洪波話豈狂。
福壽如期真個是，清閒極樂那西方。

如來又稱謝了。叫阿儺、迦葉，將各所獻之物，一一收起，方向玉帝前謝宴。眾各酩酊。只見個巡視靈官來報道：「那大聖伸出頭來了。」佛祖道：「不妨，不妨。」袖中只取出一張帖子，上有六個金字：「唵、嘛、呢、叭、咪、吽」遞與阿儺，叫貼在那山頂上。這尊者即領帖子，拿出天門，到那五行山頂上，緊緊的貼在一塊四方石上。那座山即生根合縫，可運用呼吸之氣，手兒爬出，可以搖掙搖掙。阿儺回報道：「已將帖子貼了。」

如來即辭了玉帝眾神，與二尊者出天門之外，又發一個慈悲心，念動真言咒語，將五行山，召一尊土地神祇，會同五方揭諦，居住此山監押。但他飢時，與他鐵丸子吃；渴時，與他溶化的銅汁飲。待他災愆滿日，自有人救他。正是：

妖猴大膽反天宮，卻被如來伏手降。
渴飲溶銅捱歲月，飢餐鐵彈度時光。
天災苦困遭磨折，人事淒涼喜命長。
若得英雄重展掙，他年奉佛上西方。

又詩曰：

伏逞豪強大勢興，降龍伏虎弄乖能。
偷桃偷酒游天府，受籙承恩在玉京。
惡貫滿盈身受困，善根不絕氣還升。
果然脫得如來手，且待唐朝出聖僧。

畢竟不知向後何年何月，方滿災殃，且聽下回分解。

第八回 我佛造經傳極樂 觀音奉旨上長安

試問禪關（指佛教，佛界），參求無數，往往到頭虛老。磨磚作鏡，積雪為糧，迷了幾多年少？毛吞大海，芥納須彌（佛法廣大，可以藏須彌山於芥子之中），金色頭陀微笑。悟時超十地（佛教指菩薩修行經歷的十種境界）三乘，凝滯了四生六道（四生指胎生、卵生、濕生和化生；道指人生六種不同的苦樂結果）。誰聽得絕想崖前，無陰樹下，杜宇（杜鵑鳥）一聲春曉？曹溪（佛祖慧能講佛法的地方）路險，鷲嶺雲深，此處故人音杳。千丈冰崖，五葉蓮開，古殿簾垂香裊。那時節，識破源流，便見龍王三寶。

這一篇詞，名《蘇武慢》。話表我佛如來，辭別了玉帝，回至雷音寶剎，但見那三千諸佛、五百阿羅、八大金剛、無邊菩薩，一個個都執著幢幡寶蓋，異寶仙花，擺列在靈山仙境，娑羅雙林之下接迎。如來駕住祥雲，對眾道：

第八回

我佛造經傳極樂　觀音奉旨上長安

「我以甚深般若（智慧），遍觀三界（佛教指眾生輪回的欲界、色界和無色界）。根本性原，畢竟寂滅，同虛空相，一無所有。殄（滅絕）伏乖猴，是事莫識，名生死始，法相如是。」

說罷，放舍利之光，滿空有白虹四十二道，南北通連。大眾見了，皈身禮拜。少頃間，聚慶雲彩霧，登上品蓮台，端然坐下。那三千諸佛、五百羅漢、八金剛、四菩薩，合掌近前禮畢，問曰：「鬧天宮攪亂蟠桃者，何也？」如來道：「那廝乃花果山產的一妖猴，罪惡滔天，不可名狀；概天神將，俱莫能降伏；雖二郎捉獲，老君用火鍛煉，亦莫能傷損。我去時，正在雷將中間，揚威耀武，賣弄精神；被我止住兵戈，問他來歷，他言有神通，會變化，又駕筋斗雲，一去十萬八千里。我與他打了個賭賽，他出不得我手，卻將他一把抓住，指化五行山，封壓他在那裡。玉帝大開金闕瑤宮，請我坐了首席，立『安天大會』謝我，卻方辭駕而回。」大眾聽言喜悅，極口稱揚。謝罷，各分班而退，各執乃事，共樂天真。果然是：

瑞靄漫天竺，虹光擁世尊。西方稱第一，無相法王門。常見玄猿獻果，麋鹿銜花；青鸞舞，彩鳳鳴；靈龜捧壽，仙鶴噙芝。安享淨土祇園，受用龍宮法界。日日花開，時時果熟。習靜歸真，參禪果正。不滅不生，不增不減。煙霞縹緲隨來往，寒暑無侵不記年。

詩曰：

去來自在任優游，也無恐怖也無愁。
極樂場中俱坦蕩，大千之處沒春秋。

佛祖居於靈山大雷音寶剎之間，一日，喚聚諸佛、阿羅、揭諦、菩薩、金剛、比丘僧、尼等眾曰：「自伏乖猿安天之後，我處不知年月，料凡間有半千年矣。今值孟秋望日（農曆每月十五日），我有一寶盆，盆中具設百樣奇花，千般異果等物，與汝等享此『盂蘭盆會』（農曆七月十五佛教徒為超度亡靈所舉行的儀式），如何？」概眾一個個合掌，禮佛三匝領會。如來卻將寶盆中花果品物，著阿儺捧定，著迦葉布散。大眾感激，各獻詩伸謝。

福詩曰：

福星光耀世尊前，福納彌深遠更綿。福德無疆同地久，福緣有慶與天連。
福田廣種年年盛，福海洪深歲歲堅。福滿乾坤多福蔭，福增無量永周全。

祿詩曰：

祿重如山彩鳳鳴，祿隨時泰祝長庚。祿添萬斛身康健，祿享千鍾世太平。
祿俸齊天還永固，祿名似海更澄清。祿恩遠繼多瞻仰，祿爵無邊萬國榮。

第八回

我佛造經傳極樂　觀音奉旨上長安

壽詩曰：

壽星獻彩對如來，壽域光華自此開。壽果滿盤生瑞靄，壽花新采插蓮台。
壽詩清雅多奇妙，壽曲調音按美才。壽命延長同日月，壽如山海更悠哉。

眾菩薩獻畢。因請如來明示根本，指解源流。那如來微開善口，敷演（演說，講論）大法，宣揚正果，講的是三乘妙典，五蘊楞嚴（佛經名）。但見那天龍圍繞，花雨繽紛。正是：禪心朗照千江月，真性清涵萬里天。

如來講罷，對眾言曰：「我觀四大部洲，眾生善惡，各方不一：東勝神洲者，敬天禮地，心爽氣平；北俱蘆洲者，雖好殺生，只因糊口，性拙情疏，無多作踐；我西牛賀洲者，不貪不殺，養氣潛靈，雖無上真，人人固壽；但那南贍部洲者，貪淫樂禍，多殺多爭，正所謂口舌凶場，是非惡海。我今有三藏真經，可以勸人為善。」

諸菩薩聞言，合掌皈依。向佛前問曰：「如來有那三藏真經？」如來曰：「我有《法》一藏，談天；《論》一藏，說地；《經》一藏，度鬼。三藏共計三十五部，該一萬五千一百四十四卷，乃是修真之經，正善之門。我待要送上東土，叵耐（可惡）那方眾生愚蠢，毀謗真言，不識我法門之旨要，怠慢了瑜迦（這裡泛指佛門、佛法）之正宗。怎麼得一個有法力的，去東土尋一個善信，教他苦歷千山，詢經萬水，到我處求取真經，永傳東土，勸化眾生，卻乃是個山大的福緣，海深的善慶。誰肯去走一遭來？」

當有觀音菩薩，行近蓮台，禮佛三匝（周）道：「弟子不才，願上東土尋一個取經人來也。」諸眾抬頭觀看，那菩薩：

理圓四德，智滿金身。纓絡垂珠翠，香環結寶明。烏雲巧迭盤龍髻，繡帶輕飄彩鳳翎。碧玉紐，素羅袍，祥光籠罩；錦絨裙，金落索，瑞氣遮迎。眉如小月，眼似雙星。玉面天生喜，朱唇一點紅。淨瓶甘露年年盛，斜插垂柳歲歲青。解八難（地獄、餓鬼、畜生等三惡道，和聾、盲、啞、世智辯聰〔過分聰明的人〕、佛前佛後〔無緣見佛〕等八種。），度群生，大慈憫：故鎮太山，居南海，救苦尋聲，萬稱萬應，千聖千靈。蘭心欣紫竹，蕙性愛香藤。他是落伽山上慈悲主，潮音洞裡活觀音。

如來見了，心中大喜道：「別個是也去不得，須是觀音尊者，神通廣大，方可去得。」菩薩道：「弟子此去東土，有甚言語吩咐？」如來道：「這一去，要踏看路道，不許在霄漢中行，須是要半雲半霧，目過山水，謹記程途遠近之數，叮嚀那取經人。但恐善信難行，我與你五件寶貝。」即命阿儺、迦葉，取出「錦襴袈裟」一領，「九環錫杖」一根，對菩薩言曰：「這袈裟、錫杖，可與那取經人親用。若肯堅心來此，穿我的袈裟，免墮輪回；持我的錫杖，不遭毒害。」這菩薩皈依拜領。如來又取出三個箍兒，遞與菩薩道：「此寶喚做『緊箍兒』；雖是一樣三個，但只是用各不同。我有『金緊禁』的咒語三篇。假若路上撞見神通廣大的妖魔，你須是勸他學好，跟那取經人做個徒弟。他若不伏使喚，可將此箍兒與他戴在頭上，自然見肉生根。各依所用的咒語念一念，眼脹頭痛，腦門皆裂，管教他入我門來。」

那菩薩聞言，踴躍作禮而退。即喚惠岸行者隨行。那惠岸使一條渾鐵棍，重有千斤，只在菩薩左右，作一個降魔的大力士。菩薩遂將錦襴袈裟，作一個包裹，令他背了。菩薩將金箍藏了，執了錫杖，徑下靈山。這一去，有分教：佛子還來歸本願，金蟬長老裹栴檀（香木名）。

那菩薩到山腳下，有玉真觀金頂大仙在觀門首接住，請菩薩獻茶。菩薩不敢久停，曰：「今領如來法旨，上東土尋取經人去。」大仙道：「取經人幾時方到？」菩薩道：「未定，約摸二三年間，或可至此。」遂辭了大仙，半雲半霧，約記程途。有詩為證。詩曰：

萬里相尋自不言，卻云誰得意難全？求人忽若渾如此，是我平生豈偶然？

傳道有方成妄語，說明無信也虛傳。願傾肝膽尋相識，料想前頭必有緣。

師徒二人正走間，忽然見弱水三千，乃是流沙河界。菩薩道：「徒弟呀，此處卻是難行。取經人濁骨凡胎，如何得渡？」惠岸道：「師父，你看河有多遠？」那菩薩停立雲步看時，只見：

東連沙磧，西抵諸番；南達烏戈，北通韃靼。徑過有八百里遙，上下有千萬里遠。水流一似地翻身，浪滾卻如山聳背。洋洋浩浩，漠漠茫茫，十里遙聞萬丈洪。仙槎（木筏）難到此，蓮葉莫能浮。衰草斜陽流曲浦，黃雲影日暗長堤。那裡得客商來往？何曾有漁叟依棲？平沙無雁落，遠岸有猿啼。只是紅蓼花蘩知景色，白蘋香細任依依。

菩薩正然點看，只見那河中，潑剌一聲響亮，水波裡跳出一個妖魔來，十分醜惡。他生得：

青不青，黑不黑，晦氣色臉；長不長，短不短，赤腳筋軀。眼光閃爍，好似灶底雙燈；口角丫叉，就如屠家火缽。獠牙撐劍刃，紅髮亂蓬鬆。一聲叱吒如雷吼，兩腳奔波似滾風。

那怪物手執一根寶杖，走上岸就捉菩薩，卻被惠岸掣渾鐵棒擋住，喝聲：「休走！」那怪物就持寶杖來迎。兩個在流沙河邊，這一場惡殺，真個驚人：

木吒渾鐵棒，護法顯神通；怪物降妖杖，努力逞英雄。雙條銀蟒河邊舞，一對神僧岸上衝。那一個威鎮流沙施本事，這一個力保觀音建大功。那一個翻波躍浪，這一個吐霧噴風。翻波躍浪乾坤暗，吐霧噴風日月昏。那個降妖杖，好便似出山的白虎；這個渾鐵棒，卻就如臥道的黃龍。那個使將來，尋蛇撥草；這個丟開去，撲鷂（雀鷹）分松。只殺得昏漠漠，星辰燦爛；霧騰騰，天地朦朧。那個久住弱水惟他狠，這個初出靈山第一功。

他兩個來來往往，戰上數十合，不分勝負。那怪物架住了鐵棒道：「你是那裡和尚，敢來與我抵敵？」木吒道：「我是托塔天王二太子木吒惠岸行者。今保我師父往東土尋取經人去。你是何怪，敢大膽阻路？」那怪方才醒悟道：「我記得你跟南海觀音在紫竹林中修行，你為何來此？」木吒道：「那岸上不是我師父？」

怪物聞言，連聲喏喏，收了寶杖，讓木吒揪了去，見觀音納頭下拜。告道：「菩薩，恕我之罪，待我訴告。我不是妖邪，我是靈霄殿下侍鑾輿的捲簾大將。只因在蟠桃會上，失手打碎了玻璃盞，玉帝把我打了八百，貶下界來，變得這般模樣。又教七日一次，將飛劍來穿我胸脅百餘下方回，故此這般苦惱。沒奈何，飢寒難忍，三二日間，出波濤尋一個行人食用；不期今日無知，衝撞了大慈菩薩。」菩薩道：「你在天有罪，既貶下來，今又這等傷生，正所謂罪上加罪。我今領了佛旨，上東土尋取經人。你何不入我門來，皈依善果，跟那取經人做個徒弟，上西天拜佛求經？我教飛劍不來穿你。那時節功成免罪，復你本職，心下如何？」

那怪道：「我願皈正果。」又向前道：「菩薩，我在此間吃人無數，向來有幾次取經人來，都被我吃了。凡吃的人頭，拋落流沙，竟沉水底。這個水，鵝毛也不能浮。惟有九個取經人的骷髏，浮在水面，再不能沉。我以為異物，將索兒穿在一處，閒時拿來頑耍。這去，但恐取經人不得到此，卻不是反誤了我的前程也？」菩薩曰：「豈有不到之理？你可將骷髏兒掛在頭項下，等候取經人，自有用處。」怪物道：「既然如此，願領教誨。」

菩薩方與他摩頂受戒，指沙為姓，就姓了沙；起個法名，叫做個沙悟淨。當時入了沙門（指佛門），送菩薩過了河，他洗心滌慮，再不傷生，專等取經人。

菩薩與他別了，同木吒徑奔東土。行了多時，又見一座高山，山上有惡氣遮漫，不能步上。正欲駕雲過山，不覺狂風起處，又閃上一個妖魔。他生得又甚凶險。但見他：

捲臟蓮蓬吊搭嘴，耳如蒲扇顯金睛。

　　獠牙鋒利如鋼銼，長嘴張開似火盆。
　　金盔緊繫腮邊帶，勒甲絲條蟒退鱗。
　　手執釘鈀龍探爪，腰挎彎弓月半輪。
　　糾糾威風欺太歲，昂昂志氣壓天神。

他撞上來，不分好歹，望菩薩舉釘鈀就築（擊打）。被木吒行者擋住，大喝一聲道：「那潑怪，休得無禮！看棒！」妖魔道：「這和尚不知死活！看鈀！」兩個在山底下，一衝一撞，賭鬥輸贏。真個好殺：

　　妖魔凶猛，惠岸威能。鐵棒分心搗，釘鈀劈面迎。播土揚塵天地暗，飛砂走石鬼神驚。九齒鈀，光耀耀，雙環響亮；一條棒，黑悠悠，兩手飛騰。這個是天王太子，那個是元帥精靈。一個在普陀為護法，一個在山洞作妖精。這場相遇爭高下，不知那個虧輸那個贏。

他兩個正殺到好處，觀世音在半空中，拋下蓮花，隔開鈀杖。怪物見了心驚，便問：「你是那裡和尚，敢弄甚麼眼前花兒哄我？」木吒道：「我把你個肉眼凡胎的潑物！我是南海菩薩的徒弟。這是我師父拋來的蓮花，你也不認得哩！」那怪道：「南海菩薩，可是掃三災救八難的觀世音麼？」木吒道：「不是他是誰？」怪物撇了釘鈀，納頭下禮道：「老兄，菩薩在那裡？累煩你引見一引見。」木吒仰面指道：「那不是？」怪物朝上磕頭，厲聲高叫道：「菩薩，恕罪！恕罪！」

觀音按下雲頭，前來問道：「你是那裡成精的野豕，何方作怪的老彘（豬），敢在此間擋我。」那怪道：「我不是野豕，亦不是老彘，我本是天河裡天蓬元帥。只因帶酒戲弄嫦娥，玉帝把我打了二千錘，貶下塵凡。一靈真性，竟來奪舍投胎，不期錯了道路，投在個母豬胎裡，變得這般模樣。是我咬殺母豬，可（咬）死群彘，在此處占了山場，吃人度日。不期撞著菩薩，萬望拔救，拔救。」

菩薩道：「此山叫做甚麼山？」怪物道：「叫做福陵山。山中有一洞，叫做雲棧洞。洞裡原有個卵二姐。他見我有些武藝，招我做了家長，又喚做『倒踏門』（男子婚後在女方家裡生活）。不上一年，他死了，將一洞的家當，盡歸我受用。在此日久年深，沒有個贍身（謀生）的勾當，只是依本等吃人度日。萬望菩薩恕罪。」菩薩道：「古人云：『若要有前程，莫做沒前程。』你既上界違法，今又不改凶心，傷生造孽，卻不是二罪俱罰？」那怪道：「前程！前程！若依你，教我嗑風！常言道：『依著官法打殺，依著佛法餓殺。』去也！去也！還不如捉個行人，肥膩膩的吃他家娘！管甚麼二罪三罪，千罪萬罪！」菩薩道：「『人有善願，天必從之。』汝若肯皈依正果，自有養身之處。世有五穀，盡能濟飢，為何吃人度日？」

怪物聞言，似夢方覺。向菩薩施禮道：「我欲從正，奈何『獲罪於天，無所禱也』！」菩薩道：「我領了佛旨，上東土尋取經人。你可跟他做個徒弟，往西天走一遭來，將功折罪，管教你脫離災瘴。」那怪滿口道：「願隨！願隨！」菩薩才與他摩頂受戒，指身為姓，就姓了豬；替他起個法名，就叫做豬悟能。遂此領命歸真，持齋把素，斷絕了五葷三厭，專候那取經人。

菩薩卻與木吒，辭了悟能，半興雲霧前來。正走處，只見空中有一條玉龍叫喚。菩薩近前問曰：「你是何龍，在此受罪？」那龍道：「我是西海龍王敖閏之子。因縱火燒了殿上明珠，我父王表奏天庭，告了忤逆。玉帝把我吊在空中，打了三百，不日遭誅。望菩薩搭救，搭救。」

觀音聞言，即與木吒撞上南天門裡。早有邱、張二天師接著，問道：「何往？」菩薩道：「貧僧要見玉帝一面。」二天師即忙上奏。玉帝遂下殿迎接。菩薩上前禮畢道：「貧僧領佛旨上東土尋取經人，路遇孽龍懸吊，特來啟奏，饒他性命，賜與貧僧，教他與取經人做個腳力。」玉帝聞言，即傳旨赦宥，差天將解放，送與菩薩。菩薩謝恩而出。這小龍叩頭謝活命之恩，聽從菩薩使喚。菩薩把他送在深澗之中，只等取經人來，變做白馬，上西方立功。小龍領命潛身不題。

菩薩帶引木吒行者過了此山，又奔東土。行不多時，忽見金光萬道，瑞氣千條。木吒道：「師父，那放光之處，乃是五行山了，見有如來的『壓帖』在那裡。」菩薩道：「此卻是那攪亂蟠桃會大鬧天宮的齊天大聖，今乃壓在此也。」木吒道：「正是，正是。」師徒俱上山來，觀看帖子，乃是「唵、嘛、呢、叭、米、吽」六字真言。菩薩看罷，嘆惜不已，作詩一首，詩曰：

> 堪嘆妖猴不奉公，當年狂妄逞英雄。欺心攪亂蟠桃會，大膽私行兜率宮。
> 十萬軍中無敵手，九重天上有威風。自遭我佛如來困，何日舒伸再顯功！

師徒們正說話處，早驚動了那大聖。大聖在山根下，高叫道：「是那個在山上吟詩，揭我的短哩？」菩薩聞言，徑下山來尋看。只見那石崖之下，有土地、山神、監押大聖的天將，都來拜接了菩薩，引至那大聖面前。看時，他原來壓於石匣之中，口能言，身不能動。菩薩道：「姓孫的，你認得我麼？」大聖睜開火眼金睛，點著頭兒高叫道：「我怎麼不認得你。你好的是那南海普陀落伽山救苦救難大慈大悲南無觀世音菩薩。承看顧！承看顧！我在此度日如年，更無一個相知的來看我一看。你從那裡來也？」菩薩道：「我奉佛旨，上東土尋取經人去，從此經過，特留殘步看你。」

大聖道：「如來哄了我，把我壓在此山，五百餘年了，不能展掙。萬望菩薩方便一二，救我老孫一救！」菩薩道：「你這廝罪孽彌深，救你出來，恐你又生禍害，反為不美。」大聖道：「我已知悔了。但願大慈悲指條門路，情願修行。」這才是：

人心生一念，天地盡皆知。
善惡若無報，乾坤必有私。

那菩薩聞得此言，滿心歡喜。對大聖道：「聖經云：『出其言善，則千里之外應之；出其言不善，則千里之外違之。』你既有此心，待我到了東土大唐國尋一個取經的人來，教他救你。你可跟他做個徒弟，秉教伽持（佛教語，用佛教法力加以保護），入我佛門，再修正果，如何？」大聖聲聲道：「願去！願去！」

菩薩道：「既有善果，我與你起個法名。」大聖道：「我已有名了，叫做孫悟空。」菩薩又喜道：「我前面也有二人歸降，正是『悟』字排行。你今也是『悟』字，卻與他相合，甚好，甚好。這等也不消叮囑，我去也。」那大聖見性明心歸佛教，這菩薩留情在意訪神僧。

他與木吒離了此處，一直東來，不一日就到了長安大唐國。斂霧收雲，師徒們變作兩個疥癩游僧，入長安城裡，早不覺天晚。行至大市街旁，見一座土地神祠，二人徑入，唬得那土地心慌，鬼兵膽戰。知是菩薩，叩頭接入。那土地又急跑報與城隍、社令（即土地神），及滿長安各廟神祇，都知是菩薩，參見告道：「菩薩，恕眾神接遲之罪。」菩薩道：「汝等切不可走漏一毫消息。我奉佛旨，特來此處尋訪取經人。借你廟宇，權住幾日，待訪著真僧即回。」

眾神各歸本處，把個土地趕在城隍廟裡暫住，他師徒們隱遁真形。畢竟不知尋出那個取經人來，且聽下回分解。

附錄

陳光蕊赴任逢災　江流僧復仇報本

話表陝西大國長安城，乃歷代帝王建都之地。自周、秦、漢以來，三州花似錦，八水繞城流，真個是名勝之邦。彼時是大唐太宗皇帝登基，改元貞觀，已登極十三年，歲在己巳，天下太平，八方進貢，四海稱臣。忽一日，太宗登位，聚集文武眾官，朝拜禮畢，有魏徵丞相出班奏道：「方今天下太平，八方寧靜，應依古法，開立選場，招取賢士，擢用人材，以資化理。」太宗道：「賢卿所奏有理。」就傳招賢文榜，頒布天下：各府州縣，不拘軍民人等，但有讀書儒流，文義明暢，三場精通者，前赴長安應試。

此榜行至海州地方，有一人，姓陳名蕚，表字光蕊，見了此榜，即時回家，對母張氏道：「朝廷頒下黃榜，詔開南省，考取賢才，孩兒意欲前去應試。倘得一官半職，顯親揚名，封妻蔭子，光耀門閭，乃兒之志也。特此稟告母親前去。」張氏道：「我兒讀書人，『幼而學，壯而行』，正該如此。但去赴舉，路上須要小心，得了官，早早回來。」光蕊便吩咐家僮收拾行李，即拜辭母親，趲程前進。到了長安，正值大開選場，光蕊就進場。考畢，中選。及廷試三策，唐王御筆親賜狀元，跨馬游街三日。

不期游到丞相殷開山門首，有丞相所生一女，名喚溫嬌，又名滿堂嬌，未曾婚配，正高結彩樓，拋打繡球卜婿。適值陳光蕊在樓下經過，小姐一見光蕊人材出眾，知是新科狀元，心內十分歡喜，就將繡球拋下，恰打著光蕊的烏紗帽。猛聽得一派笙簫細樂，十數個婢妾走下樓來，把光蕊馬頭挽住，迎狀元入相府成婚。那丞相和夫人，即時出堂，喚賓人贊禮，將小姐配與光蕊。拜了天地，夫妻交拜畢，又拜了岳丈、岳母。丞相吩咐安排酒席，歡飲一宵。二人同攜素手，共入蘭房（這裡指洞房）。

次日五更三點，太宗駕坐金鑾寶殿，文武眾臣趨朝。太宗問道：「新科狀元陳光蕊應授何官？」魏徵丞相奏道：「臣查所屬州郡，有江州缺官。乞我主授他此職。」太宗就命為江州州主，即令收拾起身，勿誤限期。光蕊謝恩出朝，回到相府，與妻商議，拜辭岳丈、岳母，同妻前赴江州之任。

離了長安登途。正是暮春天氣，和風吹柳綠，細雨點花紅。光蕊便道回家，同妻交拜母親張氏。張氏道：「恭喜我兒，且又娶親回來。」光蕊道：「孩兒叨賴母親福庇，忝中狀元，欽賜游街；經過丞相殷府門前，遇拋打繡球適中，蒙丞相即將小姐招孩兒為婿。朝廷除孩兒為江州州主，今來接取母親，同去赴任。」張氏大喜，收拾行程。在路數日，前至萬花店劉小二家安下。張氏身體忽然染病，與光蕊道：「我身上不安，且在店中調養兩日再去。」光蕊遵命。至次日早晨，見店門前有一人提著個金色鯉魚叫賣，光蕊即將一貫錢買了。

欲待烹與母親吃，只見鯉魚閃閃𥈭（眨）眼，光蕊驚異道：「聞說魚蛇𥈭眼，必不是等閒之物！」遂問漁人道：「這魚那裡打來的？」漁人道：「離府十五里洪江內打來的。」光蕊就把魚送在洪江裡去放了生。回店，對母親道知此事。張氏道：「放生好事，我心甚喜。」光蕊道：「此店已住三日了，欽限緊急，孩兒意欲明日起身，不知母親身體好否？」張氏道：「我身子不快，此時路上炎熱，恐添疾病；你可這裡賃間房屋，與我暫住。付些盤纏在此，你兩口兒先上任去，候秋涼卻來接我。」光蕊與妻商議，就租了屋宇，付了盤纏與母親，同妻拜辭前去。

途路艱苦，曉行夜宿，不覺已到洪江渡口。只見梢水（撐船的人）劉洪、李彪二人，撐船到岸迎接。也是光蕊前生合當有此災難，撞著這冤家。光蕊令家僮將行李搬上船去，夫妻正齊齊上船，那劉洪睜眼看見殷小姐面如滿月，眼似秋波，櫻桃小口，綠柳蠻腰，真個有沉魚落雁之容，閉月羞花之貌，陡起狼心，遂與李彪設計，將船撐至沒人煙處，候至夜靜三更，先將家僮殺死，次將光蕊打死，把屍首都推在水裡去了。小姐見他打死了丈夫，也便將身赴水。劉洪一把抱住道：「你若從我，萬事皆休！若不從時，一刀兩斷！」那小姐尋思無計，只得權時應承，順了劉洪。那賊把船渡到南岸，將船付與李彪自管，他就穿了光蕊衣冠，帶了官憑，同小姐往江州上任去了。

卻說劉洪殺死的家僮屍首，順水流去，惟有陳光蕊的屍首，沉在水底不動。有洪江口巡海夜叉見了，星飛報入龍宮，正值龍王升殿。夜叉報道：「今洪江口不知甚人把一個讀書士子打死，將屍撇在水底。」龍王叫將屍抬來，放在面前，仔細一看道：「此人正是救我的恩人，如何被人謀死？常言道：『恩將恩報。』我今日須索救他性命，以報日前之恩。」即寫下牒文一道，差夜叉徑往洪州城隍、土地處投下，要取秀才魂魄來，救他的性命。城隍、土地遂喚小鬼把陳光蕊的魂魄交付與夜叉去。夜叉帶了魂魄到水晶宮，稟見了龍王。

龍王問道：「你這秀才，姓甚名誰？何方人氏？因甚到此，被人打死？」光蕊施禮道：「小生陳萼，表字光蕊，係海州弘農縣人。忝中新科狀元，叨授江州州主，同妻赴任，行至江邊上船，不料梢子劉洪，貪謀我妻，將我打死拋屍。乞大王救我一救！」龍王聞言道：「原來如此。先生，你前者所放金色鯉魚，即我也。你是救我的恩人，你今有難，我豈有不救你之理？」就把光蕊屍身安置一壁，口內含一顆「定顏珠」，休教損壞了，日後好還魂報仇。又道：「汝今真魂，權且在我水府中做個都領。」光蕊叩頭拜謝，龍王設宴相待不題。

卻說殷小姐痛恨劉賊，恨不食肉寢皮，只因身懷有孕，未知男女，萬不得已，權且勉強相從。轉盼之間，不覺已到江州。吏書門皂，俱來迎接。所屬官員，公堂設宴相敘。劉洪道：「學生到此，全賴諸公大力匡持。」屬官答道：「堂尊大魁高才，自然視民如子，訟簡刑清。我等合屬有賴，何必過謙？」公宴已罷，眾人各散。

光陰迅速。一日，劉洪公事遠出，小姐在衙思念婆婆、丈夫，在花亭上感嘆，忽然身體困倦，腹內疼痛，暈悶在地，不覺生下一子。耳邊有人囑曰：「滿堂嬌，聽吾叮囑。吾乃南極星君，奉觀音菩薩法旨，特送此子與你。異日聲名遠大，非比等閒。劉賊若回，必害此子，汝可用心保護。汝夫已得龍王相救，日後夫妻相會，子母團圓，雪冤報仇有日也。謹記吾言。快醒！快醒！」言訖而去。小姐醒來，句句記得，將子抱定，無計可施。忽然劉洪回來，一見此子，便要淹殺。小姐道：「今日天色已晚，容待明日拋去江中。」

幸喜次早劉洪忽有緊急公事遠出。小姐暗思：「此子若待賊人回來，性命休矣！不如及早拋棄江中，聽其生死。倘或皇天見憐，有人救得，收養此子，他日還得相逢。但恐難以識認，即咬破手指，寫下血書一紙，將父母姓名、跟腳原由（事情的原委），備細開載；又將此子左腳上一個小指，用口咬下，以為記驗；取貼身汗衫一件，包裹此子，乘空抱出衙門。幸喜官衙離江不遠。小姐到了江邊，大哭一場。正欲拋棄，忽見江岸岸側飄起一片木板，小姐即朝天拜禱，將此子安在板上，用帶縛住，血書系在胸前，推放江中，聽其所之。小姐含淚回衙不題。

卻說此子在木板上，順水流去，一直流到金山寺腳下停住。那金山寺長老叫做法明和尚，修真悟道，已得無生妙訣。正當打坐參禪，忽聞得小兒啼哭之聲，一時心動，急到江邊觀看。只見涯邊一片木板上，睡著一個嬰兒，長老慌忙救起。見了懷中血書，方知來歷。取個乳名，叫做江流，托人撫養。血書緊緊收藏。光陰似箭，日月如梭。不覺江流年長一十八歲。長老就叫他削髮修行，取法名為玄奘。摩頂受戒，堅心修道。

一日，暮春天氣，眾人同在松蔭之下，講經參禪，談說奧妙。那酒肉和尚恰被玄奘難倒。和尚大怒，罵道：「你這孽畜，姓名也不知，父母也不識，還在此搗甚麼鬼！」玄奘被他罵出這般言語，入寺跪告師父，眼淚雙流道：「人生於天地之間，稟陰陽而資五行，盡由父生母養；豈有為人在世而無父母者乎？」再三哀告，求問父母姓名。長老道：「你真個要尋父母，可隨我到方丈裡來。」玄奘就跟到方丈。長老到重梁之上，取下一個小匣兒，打開來，取出血書一紙，汗衫一件，付與玄奘。玄奘將血書拆開讀之，才備細曉得父母姓名，並冤仇事跡。

玄奘讀罷，不覺哭倒在地道：「父母之仇，不能報復，何以為人？十八年來，不識生身父母，至今日方知有母親。此身若非師父撈救撫養，安有今日？容弟子去尋見母親，然後頭頂香盆，重建殿宇，報答師父之深恩也！」師父道：「你要去尋母，可帶這血書與汗衫前去；只做化緣，徑往江州私衙，才得你母親相見。」

玄奘領了師父言語，就做化緣的和尚，徑至江州。適值劉洪有事出外，也是天教他母子相會，玄奘就直至私衙門口抄化。那殷小姐原來夜間得了一夢，夢見月缺再圓，暗想道：「我婆婆不知音信；我丈夫被這賊謀殺；我的兒子拋在江中，倘若有人收養，算來有十八歲矣，或今日天教相會，亦未可知。」正沉吟間，忽聽私衙前有人念經，連叫「抄化」，小姐又乘便出來問道：「你是何處來的？」玄奘答道：「貧僧乃是金山寺法明長老的徒弟。」小姐道：「你既是金山寺長老的徒弟……」叫進衙來，將齋飯與玄奘吃。仔細看他舉止言談，好似與丈夫一般。小姐將從婢打發開去，問道：「你這小師父，還是自幼出家的？還是中年出家的？姓甚名誰？可有父母否？」玄奘答道：「我也不是自幼出家，我也不是中年出家，我說起來，冤有天來大，仇有海洋深！我父被人謀死，我母親被賊人占了。我師父法明長老教我在江州衙內尋取母親。」小姐問道：「你母姓甚？」玄奘道：「我母姓殷，名喚溫嬌。我父姓陳，名光蕊。我小名叫做江流，法名取為玄奘。」小姐道：「溫嬌就是我。──但你今有何憑據？」玄奘聽說是他母親，雙膝跪下，哀哀大哭：「我娘若不信，見有血書汗衫為證！」溫嬌取過一看，果然是真，母子相抱而哭。就叫：「我兒快去！」玄奘道：「十八年不識生身父母，今朝才見母親，教孩兒如何割捨？」小姐道：「我兒，你火速抽身前去！劉賊若回，他必害你性命！我明日假裝一病，只說先年曾許捨百雙僧鞋，來你寺中還願。那時節，我有話與你說。」玄奘依言拜別。

卻說小姐自見兒子之後，心內一憂一喜，忽一日推病，茶飯不吃，臥於床上。劉洪歸衙，問其原故，小姐道：「我幼時曾許下一願，許捨僧鞋一百雙。昨五日之前，夢見個和尚，手執利刃，要索僧鞋，便覺身子不快。」劉洪道：「這些小事，何不早說？」隨升堂吩咐王左衙、李右衙：江州城內百姓，每家要辦僧鞋一雙，限五日內完納。

百姓俱依派完納訖。小姐對劉洪道：「僧鞋做完，這裡有甚麼寺院，好去還願？」劉洪道：「這江州有個金山寺、焦山寺，聽你在那個寺裡去。」小姐道：「久聞金山寺好個寺院，我就往金山寺去。」劉洪即喚王、李二衙辦下船隻。小姐帶了心腹人，同上了船，梢水將船撐開，就投金山寺去。

卻說玄奘回寺，見法明長老，把前項說了一遍。長老甚喜。次日，只見一個丫鬟先到，說夫人來寺還願。眾僧都出寺迎接。小姐徑進寺門，參了菩薩，大設齋襯，喚丫鬟將僧鞋暑襪，托於盤內。來到法堂，小姐復拈心香禮拜，就教法明長老分俵與眾僧去訖。玄奘見眾僧散了，法堂上更無一人，他卻近前跪下。小姐叫他脫了鞋襪看時，那左腳上果然少了一個小指頭。當時兩個又抱住而哭，拜謝長老養育之恩。法明道：「汝今母子相會，恐奸賊知之，可速速抽身回去，庶免其禍。」小姐道：「我兒，我與你一隻香環，你徑到洪州西北地方，約有一千五百里之程，那裡有個萬花店，當時留下婆婆張氏在那裡，是你父親生身之母。我再寫一封書與你，徑到唐王皇城之內，金殿左邊，殷開山丞相家，是你母生身之父母。你將我的書遞與外公，叫外公奏上唐王，統領人馬，擒殺此賊，與父報仇，那時才救得老娘的身子出來。我今不敢久停，誠恐賊漢怪我歸遲。」便出寺登舟而去。

玄奘哭回寺中，告過師父，即時拜別，徑往洪州。來到萬花店，問那店主劉小二道：「昔年江州陳客官有一母親住在你店中，如今好麼？」劉小二道：「他原在我店中。後來昏了眼，三四年並無店租還我，如今在南門頭一個破瓦窯裡，每日上街叫化度日。那客官一去許久，到如今杳無信息，不知為何。」玄奘聽罷，即時問到南門頭破瓦窯，尋著婆婆。婆婆道：「你聲音好似我兒陳光蕊。」玄奘道：「我不是陳光蕊，我是陳光蕊的兒子。溫嬌小姐是我的娘。」婆婆道：「你爹娘怎麼不來？」玄奘道：「我爹爹被強盜打死了，我娘被強盜霸占為妻。」婆婆道：「你怎麼曉得來尋我？」玄奘道：「是我娘著我來尋婆婆。我娘有書在此，又有香環一隻。」那婆婆接了書並香環，放聲痛哭道：「我兒為功名到此，我只道他背義忘恩，那知他被人謀死！且喜得皇天憐念，不絕我兒之後，今日還有孫子來尋我。」玄奘問：「婆婆的眼，如何都昏了？」婆婆道：「我因思量你父親，終日懸望，不見他來，因此上哭得兩眼都昏了。」玄奘便跪倒向天禱告道：「念玄奘一十八歲，父母之仇不能報復。今日領母命來尋婆婆，天若憐鑑弟子誠意，保我婆婆雙眼復明！」祝罷，就將舌尖與婆婆舔眼。須臾之間，雙眼舔開，仍復如初。婆婆覷了小和尚道：「你果是我的孫子！恰和我兒子光蕊形容（相貌）無二！」婆婆又喜又悲。玄奘就領婆婆出了窯門，還到劉小二店內。將些房錢賃屋一間與婆婆棲身；又將盤纏與婆婆道：「我此去只月餘就回。」

隨即辭了婆婆，徑往京城。尋到皇城東街，殷丞相府上，與門上人道：「小僧是親戚，來探相公。」門上人稟知丞相，丞相道：「我與和尚並無親眷。」夫人道：「我昨夜夢見我女兒滿堂嬌來家，莫不是女婿有書信回來也。」丞相便教請小和尚來到廳上。小和尚見了丞相與夫人，哭拜在地，就懷中取出一封書來，遞與丞相。丞相拆開，從頭讀罷，放聲痛哭。夫人問道：「相公，有何事故？」丞相道：「這和尚是我與你的外甥。女婿陳光蕊被賊謀死，滿堂嬌被賊強占為妻。」夫人聽罷，亦痛哭不止。丞相道：「夫人休得煩惱，來朝奏知主上，親自統兵，定要與女婿報仇。」

次日，丞相入朝，啟奏唐王曰：「今有臣婿狀元陳光蕊，帶領家小江州赴任，被梢水劉洪打死，占女為妻；假冒臣婿，為官多年。事屬異變。乞陛下立發人馬，剿除賊寇。」唐王見奏大怒，就發御林軍六萬，著殷丞相督兵前去。丞相領旨出朝，即往教場內點了兵，徑往江州進發。曉行夜宿，星落鳥飛，不覺已到江州。殷丞相兵馬，俱在北岸下了營寨。星夜令金牌下戶喚到江州同知、州判二人，丞相對他說知此事，叫他提兵相助，一同過江而去。天尚未明，就把劉洪衙門圍了。劉洪正在夢中，聽得火炮一響，金鼓齊鳴，眾兵殺進私衙，劉洪措手不及，早被擒住。丞相傳下軍令，將劉洪一干人犯，綁赴法場，令眾軍俱在城外安營去了。

丞相直入衙內正廳坐下，請小姐出來相見。小姐欲待要出，羞見父親，就要自縊。玄奘聞知，急急將母解救，雙膝跪下，對母道：「兒與外公，統兵至此，與父報仇。今日賊已擒捉，母親何故反要尋死？母親若死，孩兒豈能存乎？」丞相亦進衙勸解。小姐道：「吾聞『婦人從一而終』。痛夫已被賊人所殺，豈可靦顏從賊？止因遺腹在身，只得忍恥偷生。今幸兒已長大，又見老父提兵報仇，為女兒者，有何面目相見！惟有一死以報丈夫耳！」丞相道：「此非我兒以盛衰改節，皆因出乎不得已，何得為恥！」父女相抱而哭。玄奘亦哀哀不止。丞相拭淚道：「你二人且休煩惱；我今已擒捉仇賊，且去發落去來。」即起身到法場。恰好江州同知亦差哨兵拿獲水賊李彪解到。丞相大喜，就令軍牢押過劉洪、李彪，每人痛打一百大棍，取了供狀，招了先年不合謀死陳光蕊情由，先將李彪釘在木驢上，推去市曹，剮了千刀，梟首示眾訖；把劉洪拿至洪江渡口，先年打死陳光蕊處。丞相與小姐、玄奘，三人親到江邊，望空祭奠，活剜取劉洪心肝，祭了光蕊，燒了祭文一道。

三人望江痛哭，早已驚動水府。有巡海夜叉，將祭文呈與龍王。龍王看罷，就差鱉元帥去請光蕊來到，道：「先生，恭喜！恭喜！今有先生夫人、公子同岳丈俱在江邊祭你。我今送你還魂去也。再有『如意珠』一顆，『走盤珠』二顆，絞綃十端，明珠玉帶一條，奉送。你今日便可夫妻子母相會也。」光蕊再三拜謝。龍王就令夜叉將光蕊身屍送出江口還魂。夜叉領命而去。

卻說殷小姐哭奠丈夫一番，又欲將身赴水而死，慌得玄奘拚命扯住。正在倉皇之際，忽見水面上一個死屍浮來，靠近江岸之旁。小姐忙向前認看，認得是丈夫的屍首，一發嚎啕大哭不已。眾人俱來觀看，只見光蕊舒拳伸腳，身子漸漸展動，忽地爬將起來坐下。眾人不勝驚駭。光蕊睜開眼，早見殷小姐與丈人殷丞相同著小和尚俱在身邊啼哭。光蕊道：「你們為何在此？」小姐道：「因汝被賊人打死，後來妾身生下此子，幸遇金山寺長老撫養長大，尋我相會。我教他去尋外公，父親得知，奏聞朝廷，統兵到此，拿住賊人。適才生取心肝，望空祭奠我夫，不知我夫怎生又得還魂。」光蕊道：「皆因我與你昔年在萬花店時，買放了那尾金色鯉魚，誰知那鯉魚就是此處龍王。後來逆賊把我推在水中，全虧得他救我。方才又賜我還魂。送我寶物，俱在身上。更不想你生下這兒子，又得岳丈為我報仇。真是苦盡甘來，莫大之喜！」

眾官聞知，都來賀喜。丞相就令安排酒席，答謝所屬官員，即日軍馬回程。來到萬花店，那丞相傳令安營。光蕊便同玄奘到劉家店尋婆婆。那婆婆當夜得了一夢，夢見枯木開花，屋後喜鵲頻頻喧噪，想道：「莫不是我孫兒來也？」說猶未了，只見店門外，光蕊父子齊到。小和尚指道：「這不是俺婆婆？」光蕊見了老母，連忙拜倒。母子抱頭痛哭一場，把上項事說了一遍。算還了小二店錢，起程回到京城。進了相府，光蕊同小姐與婆婆、玄奘都來見了夫人。夫人不勝之喜，吩咐家僮，大排筵宴慶賀。丞相道：「今日此宴可取名為『團圓會』。」真正合家歡樂。

次日早朝，唐王登殿，殷丞相出班，將前後事情備細啟奏，並薦光蕊才可大用。唐王准奏，即命升陳萼為學士之職，隨朝理政，玄奘立意安禪，送在洪福寺內修行。後來殷小姐畢竟從容自盡。玄奘自到金山寺中報答法明長老。不知後來事體若何，且聽下回分解。

第九回

袁守誠妙算無私曲　老龍王拙計犯天條

詩曰：

都城大國實堪觀，八水周流繞四山。
多少帝王興此處，古來天下說長安。

此單表陝西大國長安城，乃歷代帝王建都之地。自周、秦、漢以來，三州花似錦，八水繞城流。三十六條花柳巷，七十二座管弦樓。華夷圖上看，天下最為頭。真是奇勝之方。今卻是大唐太宗文皇帝登基，改元龍集貞觀。此時已登極十三年，歲在己巳。且不說他駕前有安邦定國的英豪，與那創業爭疆的傑士。

卻說長安城外涇河岸邊，有兩個賢人：一個是漁翁，名喚張稍；一個是樵子，名喚李定。他兩個是不登科的進士，能識字的山人（隱士）。一日，在長安城裡，賣了肩上柴，貨了籃中鯉，同入酒館之中，吃了半酣，各攜一瓶，順涇河岸邊，徐步而回。張稍道：「李兄，我想那爭名的，因名喪體；奪利的，為利亡身；受爵的，抱虎而眠；承恩的，袖蛇而走。算起來，還不如我們水秀山青，逍遙自在；甘淡薄，隨緣而過。」李定道：「張兄說得有理。但只是你那水秀，不如我的山青。」張稍道：「你山青不如我的水秀。有一《蝶戀花》詞為證。詞曰：

煙波萬里扁舟小，靜依孤篷，西施聲音繞。滌慮洗心名利少，閒攀蓼穗蒹葭草。
數點沙鷗堪樂道，柳岸蘆灣，妻子同歡笑。一覺安眠風浪俏，無榮無辱無煩惱。」

李定道：「你的水秀，不如我的山青。也有個《蝶戀花》詞為證。詞曰：

雲林一段松花滿，默聽鶯啼，巧舌如調管。紅瘦綠肥春正暖，倏然夏至光陰轉。
又值秋來容易換，黃花香，堪供玩。迅速嚴冬如指拈，逍遙四季無人管。」

漁翁道：「你山青不如我水秀，受用些好物。有一《鷓鴣天》為證：

仙鄉雲水足生涯，擺櫓橫舟便是家。活剖鮮鱗烹綠鱉，旋蒸紫蟹煮紅蝦。
青蘆筍，水荇芽，菱角雞頭（芡實）更可誇。嬌藕老蓮芹葉嫩，慈姑茭白鳥英花。」

樵夫道：「你水秀不如我山青，受用些好物，亦有一《鷓鴣天》為證：

崔巍峻嶺接天涯，草舍茅庵是我家。醃臘雞鵝強蟹鱉，獐豝兔鹿勝魚蝦。
香椿葉，黃楝芽，竹筍山茶更可誇。紫李紅桃梅杏熟，甜梨酸棗木樨花。」

漁翁道：「你山青真個不如我的水秀。又有《天仙子》一首：

一葉小舟隨所寓，萬迭煙波無恐懼。垂釣撒網捉鮮鱗，
沒醬膩，偏有味，老妻稚子團圓會。
魚多又貨長安市，換得香醪吃個醉。蓑衣當被臥秋江，
鼾鼾睡，無憂慮，不戀人間榮與貴。」

樵子道：「你水秀還不如我的山青。也有《天仙子》一首：

茆舍數椽山下蓋，松竹梅蘭真可愛。穿林越嶺覓乾柴，
沒人怪，從我賣，或少或多憑世界。
將錢沽酒隨心快，瓦缽磁甌殊自在。酕醄醉了臥松蔭，
無掛礙，無利害，不管人間興與敗。」

漁翁道：「李兄，你山中不如我水上生意快活。有一《西江月》為證：

紅蓼花繁映月，黃蘆葉亂搖風。碧天清遠楚江空，牽攪一潭星動。
入網大魚作隊，吞鉤小鱖成叢。得來烹煮味偏濃，笑傲江湖打哄。」

樵夫道：「張兄，你水上還不如我山中的生意快活。亦有《西江月》為證：

敗葉枯藤滿路，破梢老竹盈山。女蘿乾葛亂牽攀，折取收繩殺擔。
蟲蛀空心榆柳，風吹斷頭松楠。採來堆積備冬寒，換酒換錢從俺。」

漁翁道：「你山中雖可比過，還不如我水秀的幽雅。有一《臨江仙》為證：

潮落旋移孤艇去，夜深罷棹歌來。蓑衣殘月甚幽哉，宿鷗驚不起，天際彩雲開。
困臥蘆洲無個事，三竿日上還捱。隨心盡意自安排，朝臣寒待漏，爭似我寬懷？」

樵夫道：「你水秀的幽雅，還不如我山青更幽雅。亦有《臨江仙》可證：

蒼徑秋高拽斧去，晚涼抬擔回來。野花插鬢更奇哉，撥雲尋路出，待月叫門開。

稚子山妻欣笑接，草床木枕攲捱。蒸梨炊黍旋鋪排，甕中新釀熟，真個壯幽懷！」

漁翁道：「這都是我兩個生意，贍身的勾當，你卻沒有我閒時節的好處。有詩為證。詩曰：

閑看天邊白鶴飛，停舟溪畔掩蒼扉。
倚篷教子搓釣線，罷棹同妻曬網圍。
性定果然知浪靜，身安自是覺風微。
綠蓑青笠隨時著，勝掛朝中紫綬衣。」

樵夫道：「你那閒時又不如我的閒時好也。亦有詩為證。詩曰：

閒觀縹渺白雲飛，獨坐茅庵掩竹扉。
無事訓兒開卷讀，有時對客把棋圍。
喜來策杖歌芳徑，興到攜琴上翠微。
草履麻絛粗布被，心寬強似著羅衣。」

張稍道：「李定，我兩個『真是微吟可相狎，不須檀板共金樽。』但散道詞章，不為稀罕；且各聯幾句，看我們漁樵攀話何如？」李定道：「張兄言之最妙。請兄先吟。」

「舟停綠水煙波內，家住深山曠野中。
偏愛溪橋春水漲，最憐岩岫曉雲蒙。
龍門鮮鯉時烹煮，蟲蛀乾柴日燎烘。
釣網多般堪贍老，擔繩二事可容終。
小舟仰臥觀飛雁，草徑斜敧聽唳鴻。
口舌場中無我分，是非海內少吾蹤。
溪邊掛曬繒如錦，石上重磨斧似鋒。
秋月暉暉常獨釣，春山寂寂沒人逢。
魚多換酒同妻飲，柴剩沽壺共子叢。
自唱自斟隨放蕩，長歌長嘆任顛風。
呼兄喚弟邀船伙，挈友攜朋聚野翁。
行令猜拳頻遞盞，拆牌道字漫傳鐘。
烹蝦煮蟹朝朝樂，炒鴨爊雞日日豐。
愚婦煎茶情散誕，山妻造飯意從容。
曉來舉杖淘輕浪，日出擔柴過大沖。
雨後披蓑擒活鯉，風前弄斧伐枯松。
潛蹤避世妝痴蠢，隱姓埋名作啞聾。」

張稍道：「李兄，我才僭先起句，今到我兄，也先起一聯，小弟亦當續之。」

「風月佯狂山野漢，江湖寄傲老餘丁。
清閒有分隨瀟灑，口舌無聞喜太平。
月夜身眠茅屋穩，天昏體蓋箬蓑輕。
忘情結識松梅友，樂意相交鷗鷺盟。
名利心頭無算計，干戈耳畔不聞聲。
隨時一酌香醪灑，度日三餐野菜羹。
兩束柴薪為活計，一竿釣線是營生。
閒呼稚子磨鋼斧，靜喚憨兒補舊繒。
春到愛觀楊柳綠，時融喜看荻蘆青。
夏天避暑修新竹，六月乘涼摘嫩菱。
霜降雞肥常日宰，重陽蟹壯及時烹。
冬來日上還沉睡，數九天高自不蒸。
八節山中隨放性，四時湖裡任陶情。
採薪自有仙家興，垂釣全無世俗形。
門外野花香豔豔，船頭綠水浪平平。
身安不說三公位，性定強如十里城。

十里城高防閫令，三公位顯聽宣聲。
樂山樂水真是罕，謝天謝地謝神明。」

他二人既各道詞章，又相聯詩句，行到那分路去處，躬身作別。張稍道：「李兄呵，途中保重！上山仔細看虎。假若有些凶險，正是『明日街頭少故人』！」李定聞言，大怒道：「你這廝憊懶！好朋友也替得生死，你怎麼咒我？我若遇虎遭害，你必遇浪翻江！」張稍道：「我永世也不得翻江。」李定道：「『天有不測風雲，人有暫時禍福。』你怎麼就保得無事？」張稍道：「李兄，你雖這等說，你還沒捉摸；不若我的生意有捉摸，定不遭此等事。」李定道：「你那水面上營生，極凶極險，隱隱暗暗，有甚麼捉摸？」張稍道：「你是不曉得。這長安城裡，西門街上，有一個賣卦的先生。我每日送他一尾金色鯉，他就與我袖傳（指算卦）一課。依方位，百下百著。今日我又去買卦，他教我在涇河灣頭東邊下網，西岸拋釣，定獲滿載魚蝦而歸。明日上城來，賣錢沽酒，再與老兄相敘。」二人從此敘別。

這正是「路上說話，草裡有人。」原來這涇河水府有一個巡水的夜叉，聽見了「百下百著」之言，急轉水晶宮，慌忙報與龍王道：「禍事了！禍事了！」龍王問：「有甚禍事？」夜叉道：「臣巡水去到河邊，只聽得兩個漁樵攀話。相別時，言語甚是利害。那漁翁說：『長安城裡，西門街上，有個賣卦先生，算得最準；他每日送他鯉魚一尾，他就袖傳一課，教他百下百著。』若依此等算準，卻不將水族盡情打了？何以壯觀水府，何以躍浪翻波，輔助大王威力？」

龍王甚怒，急提了劍，就要上長安城，誅滅這賣卦的。旁邊閃過龍子、龍孫、蝦臣、蟹士、鰣軍師、鱖少卿、鯉太宰，一齊啟奏道：「大王且息怒。常言道：『過耳之言，不可聽信。』大王此去，必有雲從，必有雨助，恐驚了長安黎庶，上天見責。大王隱顯莫測，變化無方，但只變一秀士，到長安城內，訪問一番。果有此輩，容加誅滅不遲；若無此輩，可不是妄害他人也？」龍王依奏，遂棄寶劍，也不興雲雨，出岸上，搖身一變，變作一個白衣秀士。真個：

豐姿英偉，聳壑昂霄。步履端祥，循規蹈矩。語言遵孔孟，禮貌體周文。
身穿玉色羅襴服，頭戴逍遙一字巾。

上路來拽開雲步，徑到長安城西門大街上，只見一簇人，擠擠雜雜，鬧鬧哄哄，內有高談闊論的道：「屬龍的本命，屬虎的相沖。寅辰巳亥，雖稱合局，但只怕的是日犯歲君。」龍王聞言，情知是那賣卜之處。走上前，分開眾人，望裡觀看。只見：

四壁珠璣，滿堂綺繡。寶鴨香無斷，磁瓶水恁清。兩邊羅列王維畫，座上高懸鬼谷形。端溪硯，金煙墨，相襯著霜毫大筆；火珠林，郭璞數，謹對了台政新經。六爻熟諳，八卦精通。能知天地理，善曉鬼神情。一槃子午安排定，滿腹星辰布列清。真個那未來事，過去事，觀如月鏡；幾家興，幾家敗，鑑若神明。知凶定吉，斷死言生。開談風雨迅，下筆鬼神驚。招牌有字書名姓，神課先生袁守誠。

此人是誰？原來是當朝欽天監台正先生袁天罡的叔父，袁守誠是也。那先生果然相貌稀奇，儀容秀麗；名揚大國，術冠長安。龍王入門來，與先生相見。禮畢，請龍上坐，童子獻茶。先生問曰：「公來問何事？」龍王曰：「請卜天上陰晴事如何。」先生那袖傳一課，斷曰：「雲迷山頂，霧罩林梢。若占雨澤，准在明朝。」龍曰：「明日甚時下雨？雨有多少尺寸？」先生道：「明日辰時布雲，巳時發雷，午時下雨，未時雨足，共得水三尺三寸零四十八點。」龍王笑曰：「此言不可作戲。如是明日有雨，依你斷的時辰、數目，我送課金五十兩奉謝。若無雨，或不按時辰、數目，我與你實說：定要打壞你的門面，扯碎你的招牌，即時趕出長安，不許在此惑眾！」先生欣然而答：「這個一定任你。請了，請了。明朝雨後來會。」

龍王辭別，出長安，回水府。大小水神接著，問曰：「大王訪那賣卦的如何？」龍王道：「有，有，有！但是一個掉嘴口（耍貧嘴），討春（算卦）的先生。我問他幾時下雨，他就說明日下雨；問他甚麼時辰，甚麼雨數，他就說辰時布雲，巳時發雷，午時下雨，未時雨足，得水三尺三寸零四十八點。我與他打了個賭賽：若果如他言，送他謝金五十兩；如略差些，就打破他門面，趕他起身，不許在長安惑眾。」一眾水族笑曰：「大王是八河都總管，司雨大龍神，有雨無雨，惟大王知之；他怎敢這等胡言？那賣卦的定是輸了！定是輸了！」

此時龍子、龍孫與那魚卿、蟹士正歡笑談此事未畢，只聽得半空中叫：「涇河龍王接旨。」一眾抬頭上看，是一個金衣力士，手擎玉帝敕旨，徑投水府而來。慌得龍王整衣端肅，焚香接了旨。金衣力士回空而去。龍王謝恩，拆封看時，上寫著：

「敕命八河總，驅雷掣電行；明朝施雨澤，普濟長安城。」

旨意上時辰、數目，與那先生判斷者毫髮不差。唬得那龍王魂飛魄散。少頃蘇醒，對眾水族曰：「塵世上有此靈人！真個是能通天徹地，卻不輸與他呵！」鰣軍師奏云：「大王放心。要贏他有何難處？臣有小計，管教滅那廝的口嘴。」龍王問計，軍師道：「行雨差了時辰，少些點數，就是那廝斷卦不準，怕不贏他？那時捽（摔）碎招牌，趕他跑路，果何難也？」龍王依他所奏，果不擔擾。

至次日，點札（點將調遣）風伯、雷公、雲童、電母，直至長安城九霄空上。他挨到那巳時方布雲，午時發雷，未時落雨，申時雨止，卻只得三尺零四十點：改了他一個時辰，克了他三寸八點。雨後發放眾將班師。他又按落雲頭，還變作白衣秀士，到那西門裡大街上，撞入袁守誠卦鋪，不容分說，就把他招牌、筆、硯等一齊捽碎。那先生坐在椅上，公然不動。這龍王又掄起門板便打，罵道：「這妄言禍福的妖人，擅惑眾心的潑漢！你卦又不靈，言又狂謬！說今日下雨的時辰、點數俱不相對，你還危然高坐，趁早去，饒你死罪！」

守誠猶公然不懼分毫，仰面朝天冷笑道：「我不怕！我不怕！我無死罪，只怕你倒有個死罪哩！別人好瞞，只是難瞞我也。我認得你，你不是秀士，乃是涇河龍王。你違了玉帝敕旨，改了時辰，克了點數，犯了天條。你在那『剮龍台』上，恐難免一刀，你還在此罵我？」

龍王見說，心驚膽戰，毛骨悚然。急丟了門板，整衣伏禮，向先生跪下道：「先生休怪。前言戲之耳，豈知弄假成真，果然違犯天條，奈何？望先生救我一救！不然，我死也不放你。」守誠曰：「我救你不得，只是指條生路與你投生便了。」龍王曰：「願求指教。」先生曰：「你明日午時三刻，該赴人曹官魏徵處聽斬。你果要性命，須當急急去告當今唐太宗皇帝方好。那魏徵是唐王駕下的丞相，若是討他個人情，方保無事。」龍王聞言，拜辭含淚而去。不覺紅日西沉，太陰星上。但見：

煙凝山紫歸鴉倦，遠路行人投旅店。
渡頭新雁宿眭沙，銀河現，催更籌，孤村燈火光無焰。
風裊爐煙清道院，蝴蝶夢中人不見。
月移花影上欄桿，星光亂，漏聲換，不覺深沉夜已半。

這涇河龍王也不回水府；只在空中，等到子時前後，收了雲頭，斂了霧角，徑來皇宮門首。此時唐王正夢出宮門之外，步月花陰。忽然龍王變作人相，上前跪拜。口叫：「陛下，救我！救我！」太宗云：「你是何人？朕當救你。」龍王云：「陛下是真龍，臣是孽龍。臣因犯了天條，該陛下賢臣人曹官魏徵處斬，故來拜求，望陛下救我一救！」太宗曰：「既是魏徵處斬，朕可以救你。你放心前去。」龍王歡喜，叩謝而去。

卻說那太宗夢醒後，念念在心。早已至五鼓三點，太宗設朝，聚集兩班文武官員。但見那：

煙籠鳳闕，香藹龍樓，光搖丹扆（朱紅色的屏風）動，雲拂翠華流。君臣相契同堯舜，禮樂威嚴近漢周。侍臣燈，宮女扇，雙雙映彩；孔雀屏，麒麟殿，處處光浮。山呼萬歲，華祝千秋。靜鞭三下響，衣冠拜冕旒。宮花燦爛天香襲，堤柳輕柔御樂謳。珍珠簾，翡翠簾，金鉤高控；龍鳳扇，山河扇，寶輦停留。文官英秀，武將抖擻。御道分高下，丹墀列品流。金章紫綬乘三象，地久天長萬萬秋。

眾官朝賀已畢，各各分班。唐王閃鳳目龍睛，一一從頭觀看，只見那文官內是房玄齡、杜如晦、徐世勣、許敬宗、王珪等，武官內是馬三寶、段志賢、殷開山、程咬金、劉洪紀、胡敬德、秦叔寶等，一個個威儀端肅，卻不見魏徵丞相。唐王召徐世勣上殿道：「朕夜間得一怪夢：夢見一人，迎面拜謁，口稱是涇河龍王，犯了天條，該人曹官魏徵處斬，拜告寡人救他，朕已許諾。今日班前獨不見魏徵，何也？」世勣對曰：「此夢告准，須喚魏徵來朝，陛下不要放他出門。過此一日，可救夢中之龍。」唐王大喜，即傳旨，著當駕官宣魏徵入朝。

卻說魏徵丞相在府，夜觀乾象，正爇寶香，只聞得九霄鶴唳，卻是天差仙使，捧玉帝金旨一道，著他午時三刻，夢斬涇河老龍。這丞相謝了天恩，齋戒沐浴，在府中試慧劍，運元神，故此不曾入朝。一見當駕官齎旨來宣，惶懼無任；又不敢違遲君命，只得急急整衣束帶，同旨入朝，在御前叩頭請罪。唐王出旨道：「赦卿無罪。」那時諸臣尚未退朝，至此，卻命捲簾散朝。獨留魏徵，宣上金鑾，召入便殿，先議論安邦之策，定國之謀。將近巳末午初時候，卻命宮人，取過大棋來，「朕與賢卿對弈一局。」眾嬪妃隨取棋枰，鋪設御案。魏徵謝了恩，即與唐王對弈。畢竟不知勝負如何，且聽下回分解。

第十回

二將軍宮門鎮鬼　唐太宗地府還魂

卻說太宗與魏徵在便殿對弈，一遞一著，擺開陣勢。正合《爛柯經》云：

博弈之道，貴乎嚴謹。高者在腹，下者在邊，中者在角，此棋家之常法。法曰：「寧輸一子，不失一先。擊左則視右，攻後則瞻前。有先而後，有後而先。兩生勿斷，皆活勿連。闊不可太疏，密不可太促。與其戀子以求生，不若棄之而取勝；與其無事而獨行，不若固之而自補。彼眾我寡，先謀其生，我眾彼寡，務張其勢。善勝者不爭，善陣者不戰；善戰者不敗，善敗者不亂。夫棋始以正合，終以奇勝。凡敵無事而自補者，有侵絕之意；棄小而不救者，有圖大之心；隨手而下者，無謀之人；不思而應者，取敗之道。《詩》云：『惴惴小心，如臨於谷。』此之謂也。」

詩曰：

第十回

二將軍宮門鎮鬼　唐太宗地府還魂

棋盤為地子為天，色按陰陽造化全。
下到玄微通變處，笑誇當日爛柯仙。

君臣兩個對弈此棋，正下到午時三刻，一盤殘局未終，魏徵忽然踏伏在案邊，鼾鼾盹睡。太宗笑曰：「賢卿真是匡扶社稷之心勞，創立江山之力倦，所以不覺盹睡。」太宗任他睡著，更不呼喚。不多時，魏徵醒來，俯伏在地道：「臣該萬死！臣該萬死！卻才暈困，不知所為，望陛下赦臣慢君之罪！」太宗道：「卿有何慢罪？且起來，拂退殘棋，與卿從新更著。」魏徵謝了恩，卻才拈子在手，只聽得朝門外大呼小叫。原來是秦叔寶、徐茂功等，將著一個血淋的龍頭，擲在帝前，啟奏道：「陛下，海淺河枯曾有見，這般異事卻無聞。」太宗與魏徵起身道：「此物何來？」叔寶、茂功道：「千步廊南，十字街頭，雲端裡落下這顆龍頭，微臣不敢不奏。」唐王驚問魏徵：「此是何說？」魏徵轉身叩頭道：「是臣才一夢斬的。」唐王聞言，大驚道：「賢卿盹睡之時，又不曾見動身動手，又無刀劍，如何卻斬此龍？」魏徵奏道：「主公，臣的

身在君前，夢離陛下。身在君前對殘局，合眼朦朧；夢離陛下乘瑞雲，出神抖搜。那條龍，在剮龍台上，被天兵將綁縛其中。是臣道：『你犯天條，合當死罪。我奉天命，斬汝殘生。』龍聞哀苦，臣抖精神。龍聞哀苦，伏爪收鱗甘受死；臣抖精神，撩衣進步舉霜鋒。扢扠一聲刀過處，龍頭因此落虛空。」

太宗聞言，心中悲喜不一。喜者：誇獎魏徵好臣，朝中有此豪傑，愁甚江山不穩？悲者：謂夢中曾許救龍，不期竟致遭誅。只得強打精神，傳旨著叔寶將龍頭懸掛市曹，曉諭長安黎庶。一壁廂賞了魏徵，眾官散訖。

當晚回宮，心中只是憂悶：想那夢中之龍，哭啼啼哀告求生，豈知無常，難免此患。思念多時，漸覺神魂倦怠，身體不安。當夜二更時分，只聽得宮門外有號泣之聲，太宗愈加驚恐。正朦朧睡間，又見那涇河龍王，手提著一顆血淋淋的首級，高叫：「唐太宗！還我命來！還我命來！你昨夜滿口許諾救我，怎麼天明時反宣人曹官來斬我？你出來！你出來！我與你到閻君處折辯折辯！」他扯住太宗，再三嚷鬧不放。太宗箝口難言，只掙得汗流遍體。正在那難分難解之時，只見正南上香雲繚繞，彩霧飄飄，有一個女真人上前，將楊柳枝用手一擺，那沒頭的龍，悲悲啼啼，徑往西北而去。原來這是觀音菩薩，領佛旨，上東土，尋取經人，此住長安城都土地廟裡，夜聞鬼泣神號，特來喝退孽龍，救脫皇帝。那龍徑到陰司地獄具告不題。

卻說太宗蘇醒回來，只叫「有鬼！有鬼！」慌得那三宮皇后，六院嬪妃，與近侍太監，戰兢兢一夜無眠。不覺五更三點，那滿朝文武眾官，都在朝門外候朝。等到天明，猶不見臨朝，唬得一個個驚懼躊躇。及日上三竿，方有旨意出來道：「朕心不快，眾官免朝。」不覺倏五七日，眾官憂惶，都正要撞門見駕問安，只見太后有旨，召醫官入宮用藥。眾人在朝門等候討信。少時，醫官出來，眾問何疾。醫官道：「皇上脈氣不正，虛而又數，狂言見鬼；又診得十動一代，五臟無氣，恐不諱只在七日之內矣。」眾官聞言，大驚失色。

正愴惶間，又聽得太后有旨宣徐茂功、護國公、尉遲公見駕。三公奉旨，急入到分宮樓下。拜畢，太宗正色強言道：「賢卿，寡人十九歲領兵，南征北伐，東擋西除，苦歷數載，更不曾見半點邪祟，今日卻反見鬼！」尉遲公道：「創立江山，殺人無數，何怕鬼乎？」太宗道：「卿是不信。朕這寢宮門外，入夜就拋磚弄瓦，鬼魅呼號，著然難處。白日猶可，昏夜難禁。」叔寶道：「陛下寬心，今晚臣與敬德把守宮門，看有甚麼鬼祟。」太宗准奏。茂功謝恩而出。當日天晚，各取披掛，他兩個介冑整齊，執金瓜鉞，在宮門外把守。好將軍！你看他怎生打扮：

　　頭戴金盔光爍爍，身披鎧甲龍鱗。護心寶鏡幌祥雲，獅蠻收緊扣，繡帶彩霞新。這一個鳳眼朝天星斗怕，那一個環睛映電月光浮。他本是英雄豪傑舊勳臣，只落得千年稱戶尉，萬古作門神。

　　二將軍侍立門旁，一夜天晚，更不曾見一點邪祟。是夜，太宗在宮，安寢無事，曉來宣二將軍，重重賞勞道：「朕自得疾，數日不能得睡，今夜仗二將軍威勢甚安。卿且請出安息安息，待晚間再一護衛。」二將謝恩而出。遂此二三夜把守俱安。只是御膳減損，病轉覺重。太宗又不忍二將辛苦，又宣叔寶、敬德與杜、房諸公入宮，吩咐道：「這兩日朕雖得安，卻只難為秦、胡二將軍徹夜辛苦。朕欲召巧手丹青，傳二將軍真容，貼於門上，免得勞他，如何？」眾臣即依旨，選兩個會寫真的，著胡、秦二公，依前披掛，照樣畫了，貼在門上。夜間也即無事。

　　如此二三日，又聽得後宰門，乒乒乓乓，磚瓦亂響，曉來急宣眾臣曰：「連日前門幸喜無事，今夜後門又響，卻不又驚殺寡人也！」茂功進前奏道：「前門不安，是敬德、叔寶護衛；後門不安，該著魏徵護衛。」太宗准奏。又宣魏徵今夜把守後門。徵領旨，當夜結束（穿戴）整齊，提著那誅龍的寶劍，侍立在後宰門前，真個的好英雄也！他怎生打扮：

熟絹青巾抹額，錦袍玉帶垂腰。兜風氅袖采霜飄，壓賽壘荼神貌。
腳踏烏靴坐折，手持利刃凶驍。圓睜兩眼四邊瞧，那個邪神敢到？

一夜通明，也無鬼魅。雖是前後門無事，只是身體漸重。一日，太后又傳旨，召眾臣商議殯殮後事。太宗又宣徐茂功，吩咐國家大事，叮囑仿劉蜀主托孤之意。言畢，沐浴更衣，待時而已。旁閃魏徵，手扯龍衣，奏道：「陛下寬心，臣有一事，管保陛下長生。」太宗道：「病勢已入膏肓，命將危矣，如何保得？」徵云：「臣有書一封，進與陛下，捎去到冥司，付酆都判官崔珏。」太宗道：「崔珏是誰？」徵云：「崔珏乃是太上先皇帝駕前之臣，先受茲州令，後升禮部侍郎。在日與臣八拜為交，相知甚厚。他如今已死，現在陰司做掌生死文簿的酆都判官，夢中常與臣相會。此去若將此書付與他，他念微臣薄分，必然放陛下回來。管教魂魄還陽世，定取龍顏轉帝都。」太宗聞言，接在手中，籠入袖裡，遂瞑目而亡。那三宮六院、皇后嬪妃、侍長儲君及兩班文武，俱舉哀戴孝；又在白虎殿上，停著梓宮不題。

卻說太宗渺渺茫茫，魂靈徑出五鳳樓前，只見那御林軍馬，請大駕出朝采獵。太宗欣然從之，縹緲而去。行多時，人馬俱無。獨自個散步荒郊草野之間。正驚惶難尋道路，只見那一邊，有一人高聲大叫道：「大唐皇帝，往這裡來！往這裡來！」太宗聞言，抬頭觀看，只見那人：

頭頂烏紗，腰圍犀角。頭頂烏紗飄軟帶，腰圍犀角顯金廂。手擎牙笏凝祥靄，身著羅袍隱瑞光。腳踏一雙粉底靴，登雲促霧；懷揣一本生死簿，注定存亡。鬢髮蓬鬆飄耳上，鬍鬚飛舞繞腮旁。昔日曾為唐國相，如今掌案侍閻王。

太宗行到那邊，只見他跪拜路旁，口稱「陛下，赦臣失誤遠迎之罪！」太宗問曰：「你是何人？因甚事前來接拜？」那人道：「微臣半月前，在森羅殿上，見涇河鬼龍告陛下許救反誅之故，第一殿秦廣大王即差鬼使催請陛下，要三曹對案。臣已知之，故來此間候接。不期今日來遲，望乞恕罪，恕罪。」太宗道：「你姓甚名誰？是何官職？」那人道：「微臣存日，在陽曹侍先君駕前，為茲州令，後拜禮部侍郎，姓崔名珏。今在陰司，得受酆都掌案判官。」太宗大喜，近前來御手忙攙道：「先生遠勞。朕駕前魏徵，有書一封，正寄與先生，卻好相遇。」判官謝恩，問書在何處。太宗即向袖中取出遞與崔珏。珏拜接了，拆封而看。其書曰：

「辱愛弟魏徵，頓首書拜大都案契兄崔老先生台下：憶昔交游，音容如在。倏爾數載，不聞清教。常只是遇節令設蔬品奉祭，未卜享否？又承不棄，夢中臨示，始知我兄長大人高遷。奈何陰陽兩隔，天各一方，不能面覿。今因我太宗文皇帝倏然而故，料是對案三曹（指審案時原告、被告、證人三方），必然得與兄長相會。萬祈俯念生日交情，方便一二，放我陛下回陽，殊為愛也。容再修謝。不盡。」

那判官看了書，滿心歡喜道：「魏人曹前日夢斬老龍一事，臣已早知，甚是誇獎不盡。又蒙他早晚看顧臣的子孫，今日既有書來，陛下寬心，微臣管送陛下還陽，重登玉闕。」太宗稱謝了。

二人正說間，只見那邊有一對青衣童子，執幢幡寶蓋，高叫道：「閻王有請，有請。」太宗遂與崔判官並二童子舉步前進。忽見一座城，城門上掛著一面大牌，上寫著「幽冥地府鬼門關」七個大金字。那青衣將幢幡搖動，引太宗徑入城中，順街而走。只見那街旁邊有先主李淵，先兄建成，故弟元吉，上前道：「世民來了！世民來了！」那建成、元吉就來揪打索命。太宗躲閃不及，被他扯住。幸有崔判官喚一青面獠牙鬼使，喝退了建成、元吉，太宗方得脫身而去。行不數里，見一座碧瓦樓台，真個壯麗。但見：

飄飄萬迭彩霞堆，隱隱千條紅霧現。
耿耿簷飛怪獸頭，輝輝瓦迭鴛鴦片。
門鑽幾路赤金釘，檻設一橫白玉段。
窗牖近光放曉煙，簾櫳幌亮穿紅電。
樓台高聳接青霄，廊廡平排連寶院。
獸鼎香雲襲御衣，絳紗燈火明宮扇。
左邊猛烈擺牛頭，右下崢嶸羅馬面。
接亡送鬼轉金牌，引魄招魂垂素練。
喚作陰司總會門，下方閻老森羅殿。

太宗正在外面觀看，只見那壁廂環珮叮當，仙香奇異，外有兩對提燭，後面卻是十代閻王降階而至。是那十代閻君：秦廣王、初江王、宋帝王、仵官王、閻羅王、平等王、泰山王、都市王、卞城王、轉輪王。

十王出在森羅寶殿，控背躬身，迎迓太宗。太宗謙下，不敢前行。十王道：「陛下是陽間人王，我等是陰間鬼王，分所當然，何須過讓？」太宗道：「朕得罪麾下，豈敢論陰陽人鬼之道？」遜之不已。太宗前行，徑入森羅殿上，與十王禮畢，分賓主坐定。

約有片時，秦廣王拱手而進言曰：「涇河鬼龍告陛下許救而反殺之，何也？」太宗道：「朕曾夜夢老龍求救，實是允他無事；不期他犯罪當刑，該我那人曹官魏徵處斬。朕宣魏徵在殿著棋，不知他一夢而斬。這是那人曹官出沒神機，又是那龍王犯罪當死，豈是朕之過也？」十王聞言，伏禮道：「自那龍未生之前，南斗星死簿上已注定該遭殺於人曹之手，我等早已知之。但只是他在此析辯，定要陛下來此，三曹對案，是我等將他送入輪藏，轉生去了。今又有勞陛下降臨，望乞恕我催促之罪。」言畢，命掌生死簿判官：「急取簿子來，看陛下陽壽天祿該有幾何？」

崔判官急轉司房，將天下萬國國王天祿總簿，先逐一檢閱。只見南贍部洲大唐太宗皇帝注定貞觀一十三年。崔判官吃了一驚，急取濃墨大筆，將「一」字上添了兩畫，卻將簿子呈上。十王從頭看時，見太宗名下注定三十三年，閻王驚問：「陛下登基多少年了？」太宗道：「朕即位，今一十三年了。」閻王道：「陛下寬心勿慮，還有二十年陽壽。此一來已是對案明白，請返本還陽。」太宗聞言，躬身稱謝。十閻王差崔判官、朱太尉二人，送太宗還魂。太宗出森羅殿，又起手問十王道：「朕宮中老少安否如何？」十王道：「俱安，但恐御妹，壽似不永。」太宗又再拜啟謝：「朕回陽世，無物可酬謝，惟答瓜果而已。」十王喜曰：「我處頗有東瓜、西瓜，只少南瓜。」太宗道：「朕回去即送來，即送來。」從此遂相揖而別。

那太尉執一首引魂幡，在前引路。崔判官隨後保著太宗，徑出幽司。太宗舉目而看，不是舊路，問判官曰：「此路差矣？」判官道：「不差。陰司裡是這般，有去路，無來路。如今送陛下自『轉輪藏』出身：一則請陛下游觀地府，一則教陛下轉托超生。」太宗只得隨他兩個，引路前來。

徑行數里，忽見一座高山，陰雲垂地，黑霧迷空。太宗道：「崔先生，那厢是甚麼山？」判官道：「乃幽冥背陰山。」太宗悚懼道：「朕如何去得？」判官道：「陛下寬心，有臣等引領。」太宗戰戰兢兢，相隨二人，上得山岩，抬頭觀看。只見：

形多凸凹，勢更崎嶇。峻如蜀嶺，高似廬岩。非陽世之名山，實陰司之險地。荊棘叢叢藏鬼怪，石崖嶙嶙隱邪魔。耳畔不聞獸鳥噪，眼前惟見鬼妖行。陰風颯颯，黑霧漫漫。陰風颯颯，是神兵口內哨來煙；黑霧漫漫，是鬼祟暗中噴出氣。一望高低無景色，相看左右盡猖亡。那裡山也有，峰也有，嶺也有，洞也有，澗也有；只是山不生草，峰不插天，嶺不行客，洞不納雲，澗不流水。岸前皆魍魎，嶺下盡神魔。洞中收野鬼，澗底隱邪魂。山前山後，牛頭馬面亂喧呼；半掩半藏，餓鬼窮魂時對泣。催命的判官，急急忙忙傳信票；追魂的太尉，吆吆喝喝趲公文。急腳子，旋風滾滾；勾司人，黑霧紛紛。

太宗全靠著那判官保護，過了陰山。

前進，又歷了許多衙門，一處處俱是悲聲振耳，惡怪驚心。太宗又道：「此是何處？」判官道：「此是陰山背後『一十八層地獄』。」太宗道：「是那十八層？」判官道：「你聽我說：

吊筋獄、幽枉獄、火坑獄，寂寂寥寥，煩煩惱惱，盡皆是生前作下千般業，死後通來受罪名。酆都獄、拔舌獄、剝皮獄，哭哭啼啼，淒淒慘慘，只因不忠不孝傷天理，佛口蛇心墮此門。磨捱獄、碓搗獄、車崩獄，皮開肉綻，抹嘴齜牙，乃是瞞心昧己不公道，巧語花言暗損人。寒冰獄、脫殼獄、抽腸獄，垢面蓬頭，愁眉皺眼，都是大斗小秤欺痴蠢，致使災屯累自身。油鍋獄，黑暗獄、刀山獄，戰戰兢兢，悲悲切切，皆因強暴欺良善，藏頭縮頸苦伶仃。血池獄、阿鼻獄、秤桿獄，脫皮露骨，折臂斷筋，也只為謀財害命，宰畜屠生，墮落千年難解釋，沉淪永世不翻身。一個個緊縛牢拴，繩纏索綁，差些赤髮鬼、黑臉鬼、長槍短劍；牛頭鬼、馬面鬼，鐵簡銅錘；只打得皺眉苦面血淋淋，叫地叫天無救應。——正是人生卻莫把心欺，神鬼昭彰放過誰？善惡到頭終有報，只爭來早與來遲。」

太宗聽說，心中驚慘。進前又走不多時，見一伙鬼卒，各執幢幡，路旁跪下道：「橋梁使者來接。」判官喝令起去，上前引著太宗，從金橋而過。太宗又見那一邊有一座銀橋，橋上行幾個忠孝賢良之輩，公平正大之人，亦有幢幡接引；那壁廂又有一橋，寒風滾滾，血浪滔滔，號泣之聲不絕。太宗問道：「那座橋是何名色？」判官道：「陛下，那叫做奈河橋。若到陽間，切須傳記。那橋下都是些：

奔流浩浩之水，險峻窄窄之路。儼如匹練搭長江，卻似火坑浮上界。陰氣逼人寒透骨，腥風撲鼻味鑽心。波翻浪滾，往來並沒渡人船；赤腳蓬頭，出入盡皆作孽鬼。橋長數里，闊只三攱（用拇指和中指張開的間距）。高有百尺，深卻千重。上無扶手欄杆，下有搶人惡怪。枷杻纏身，打上奈河險路。你看那橋邊神將甚凶頑，河內孽魂真苦惱。椏杈樹上，掛的是青紅黃紫色絲衣；壁斗崖前，蹲的是毀罵公婆淫潑婦。銅蛇鐵狗任爭餐，永墮奈河無出路。」

詩曰：

時聞鬼哭與神號，血水渾波萬丈高。
無數牛頭並馬面，猙獰把守奈河橋。

正說間，那幾個橋梁使者，早已回去了。太宗心又驚惶，點頭暗嘆，默默悲傷，相隨著判官、太尉，早過了奈河惡水，血盆苦界。前又到枉死城，只聽哄哄人嚷，分明說「李世民來了！李世民來了！」太宗聽叫，心驚膽戰。見一伙拖腰折臂、有足無頭的鬼魅，上前攔住。都叫道：「還我命來！還我命來！」

慌得那太宗藏藏躲躲，只叫：「崔先生救我！崔先生救我！」判官道：「陛下，那些人都是那六十四處煙塵，七十二處草寇，眾王子、眾頭目的鬼魂；盡是枉死的冤孽，無收無管，不得超生，又無錢鈔盤纏，都是孤寒餓鬼。陛下得些錢鈔與他，我才救得哩。」太宗道：「寡人空身到此，卻那裡得有錢鈔？」判官道：「陛下，陽間有一人，金銀若干，在我這陰司裡寄放。陛下可出名立一約，小判可作保，且借他一庫，給散這些餓鬼，方得過去。」太宗問曰：「此人是誰？」判官道：「他是河南開封府人氏，姓相名良。他有十三庫金銀在此。陛下若借用過他的，到陽間還他便了。」

太宗甚喜，情願出名借用。遂立了文書與判官，借他金銀一庫，著太尉盡行給散。判官復吩咐道：「這些金銀，汝等可均分用度，放你大唐爺爺過去。他的陽壽還早哩。我領了十王鈞語，送他還魂，教他到陽間做一個『水陸大會』，度（僧人道士幫助普通人出家）汝等超生，再休生事。」

眾鬼聞言，得了金銀，俱唯唯而退。判官令太尉搖動引魂幡，領太宗出離了枉死城中，奔上平陽大路，飄飄蕩蕩而去。畢竟不知從那條路出身，且聽下回分解。

第十一回

還受生唐王遵善果　度孤魂蕭瑀正空門

詩曰：

百歲光陰似水流，一生事業等浮漚。昨朝面上桃花色，今日頭邊雪片浮。
白蟻陣殘方是幻，子規聲切想回頭。古來陰騭能延壽，善不求憐天自周。

卻說唐太宗隨著崔判官、朱太尉，自脫了冤家債主，前進多時，卻來到「六道輪回」之所，又見那騰雲的，身披霞帔；受籙的，腰掛金魚；僧尼道俗，走獸飛禽，魑魅魍魎，滔滔都奔走那輪回之下，各進其道。唐王問曰：「此意何如？」判官道：「陛下明心見性，是必記了，傳與陽間人知。這喚做『六道輪回』：行善的，升化仙道；盡忠的，超生貴道；行孝的，再生福道；公平的，還生人道；積德的，轉生富道；惡毒的，沉淪鬼道。」唐王聽說，點頭嘆曰：

「善哉真善哉！作善果無災！善心常切切，善道大開開。
莫教興惡念，是必少刁乖。休言不報應，神鬼有安排。」

判官送唐王直至那「超生貴道門」，拜呼唐王道：「陛下呵，此間乃出頭之處，小判告回，著朱太尉再送一程。」唐王謝道：「有勞先生遠踄。」判官道：「陛下到陽間，千萬做個『水陸大會』，超度那無主的冤魂，切勿忘了。若是陰司裡無報怨之聲，陽世間方得享太平之慶。凡百不善之處，俱可一一改過。普諭世人為善，管教你後代綿長，江山永固。」唐王一一准奏，辭了崔判官，隨著朱太尉，同入門來。那太尉見門裡有一匹海騮馬，鞍轡齊備，急請唐王上馬，太尉左右扶持。馬行如箭，早到了渭水河邊，只見那水面上有一對金色鯉魚在河裡翻波跳鬥。唐王見了心喜，兜馬貪看不捨。太尉道：「陛下，趲動些，趁早趕時辰進城去也。」那唐王只管貪看，不肯前行，被太尉撮著腳，高呼道：「還不走，等甚！」撲的一聲，望那渭河推下馬去，卻就脫了陰司，徑回陽世。

卻說那唐朝駕下有徐茂功、秦叔寶、胡敬德、段志賢、馬三寶、程咬金、高士廉、李世勣、房玄齡、杜如晦、蕭瑀、傅奕、張道源、張士衡、王珪等兩班文武，俱保著那東宮太子與皇后、嬪妃、宮娥、侍長，都在那白虎殿上舉哀。一壁廂議傳哀詔，要曉諭天下，欲扶太子登基。時有魏徵在旁道：「列位且住。不可！不可！假若驚動州縣，恐生不測。且再按候一日，我主必還魂也。」下邊閃上許敬宗道：「魏丞相言之甚謬。自古云：『潑水難收，人逝不返。』你怎麼還說這等虛言，惑亂人心，是何道理！」魏徵道：「不瞞許先生說，下官自幼得授仙術，推算最明，管取陛下不死。」

正講處，只聽得棺中連聲大叫道：「渰殺我耶！渰殺我耶！」唬得個文官武將心慌，皇后嬪妃膽戰。一個個：

面如秋後黃桑葉，腰似春前嫩柳條。儲君腳軟，難扶喪杖盡哀儀；侍長魂飛，怎戴梁冠遵孝禮？嬪妃打跌，彩女欹斜。嬪妃打跌，卻如狂風吹倒敗芙蓉；彩女欹斜，好似驟雨沖歪嬌菡萏。眾臣悚懼，骨軟筋麻。戰戰兢兢，痴痴瘂瘂。把一座白虎殿卻像斷梁橋，鬧喪台就如倒塌寺。

此時眾宮人走得精光，那個敢近靈扶柩。多虧了正直的徐茂功，理烈的魏丞相，有膽量的秦瓊，忒猛撞的敬德，上前來扶著棺材，叫道：「陛下有甚麼放不下心處，說與我等，不要弄鬼，驚駭了眷族。」魏徵道：「不是弄鬼，此乃陛下還魂也。快取器械來！」打開棺蓋，果見太宗坐在裡面。還叫「渰死我了！是誰救撈？」茂功等上前扶起道：「陛下蘇醒莫怕，臣等都在此護駕哩。」唐王方才開眼道：「朕適才好苦：躲過陰司惡鬼難，又遭水面喪身災。」眾臣道：「陛下寬心勿懼，有甚水災來？」唐王道：「朕騎著馬，正行至渭水河邊，見雙頭魚戲；被朱太尉欺心，將朕推下馬來，跌落河中，幾乎渰死。」魏徵道：「陛下鬼氣尚未解。」急著太醫院進安神定魄湯藥，又安排粥膳。連服一二次，方才反本還原，知得人事。一計唐王死去，已三晝夜，復回陽間為君。詩曰：

萬古江山幾變更，歷來數代敗和成。
周秦漢晉多奇事，誰似唐王死復生？

第十一回

還受生唐王遵善果　度孤魂蕭瑀正空門

當日天色已晚，眾臣請王歸寢，各各散訖。

次早，脫卻孝衣，換了彩服，一個個紅袍烏帽，一個個紫綬金章，在那朝門外等候宣召。

卻說太宗自服了安神定魄之劑，連進了數次粥湯，被眾臣扶入寢室，一夜穩睡，保養精神，直至天明方起，抖擻威儀，你看他怎生打扮：

戴一頂沖天冠，穿一領赭黃袍。繫一條藍田碧玉帶，踏一對創業無憂履。貌堂堂，賽過當朝；威烈烈，重興今日。好一個清平有道的大唐王，起死回生的李陛下！

唐王上金鑾寶殿，聚集兩班文武，山呼已畢，依品分班。只聽得傳旨道：「有事出班來奏，無事退朝。」那東廂閃過徐茂功、魏徵、王珪、杜如晦、房玄齡、袁天罡、李淳風、許敬宗等；西廂閃過殷開山，劉洪基、馬三寶、段志賢、程咬金、秦叔寶、胡敬德、薛仁貴等，一齊上前，在白玉階前，俯伏啟奏道：「陛下前朝一夢，如何許久方覺？」

太宗道：「日前接得魏徵書，朕覺神魂出殿，只見御林軍請朕出獵。正行時，人馬無蹤，又見那先君父王與先兄弟爭嚷。正難解處，見一人烏帽皂袍，乃是判官崔珏，喝退先兄弟。朕將魏徵書傳遞與他。正看時，又見青衣者，執幢幡，引朕入內，到森羅殿上，與十代閻王敘坐。他說那涇河龍誣告我許救轉殺之事，是朕將前言陳具一遍。他說已三曹對過案了，急命取生死文簿，檢看我的陽壽。時有崔判官傳上簿子。閻王看了道，寡人有三十三年天祿，才過得一十三年，還該我二十年陽壽，即著朱太尉、崔判官，送朕回來。朕與十王作別，允了送他瓜果謝恩。自出了森羅殿，見那陰司裡，不忠不孝，非禮非義，作踐五穀，明欺暗騙，大斗小秤，奸盜詐偽，淫邪欺罔之徒，受那些磨燒舂銼之苦，煎熬吊剝之刑，有千千萬萬，看之不足。又過著枉死城中，有無數的冤魂，盡都是六十四處煙塵的草寇，七十二處叛賊的魂靈，擋住了朕之來路。幸虧崔判官作保，借得河南相老兒的金銀一庫，買轉鬼魂，方得前行。崔判官教朕回陽世，千萬作一場『水陸大會』，超度那無主的孤魂，將此言叮嚀分別。出了那『六道輪回』之下，有朱太尉請朕上馬。飛也相似，行到渭水河邊，我看見那水面上有雙頭魚戲。正歡喜處，他將我撮著腳，推下水中，朕方得還魂也。」眾臣聞此言，無不稱賀，遂此編行傳報，天下各府縣官員，上表稱慶不題。

卻說太宗又傳旨赦天下罪人，又查獄中重犯。時有審官將刑部絞斬罪人，查有四百餘名呈上。太宗放赦回家，拜辭父母兄弟，托產與親戚子侄，明年今日赴曹，仍領應得之罪。眾犯謝恩而退。又出恤孤榜文，又查宮中老幼彩女共有三千人，出旨配軍。自此，內外俱善。有詩為證，詩曰：

大國唐王恩德洪，道過堯舜萬民豐。死囚四百皆離獄，怨女三千放出宮。
天下多官稱上壽，朝中眾宰賀元龍。善心一念天應佑，福蔭應傳十七宗。

太宗既放宮女，出死囚已畢；又出御制榜文，遍傳天下。榜曰：

「乾坤浩大，日月照鑑分明；宇宙寬洪，天地不容奸黨。使心用術，果報只在今生；善布淺求，獲福休言後世。千般巧計，不如本分為人；萬種強徒，怎似隨緣節儉。心行慈善，何須努力看經？意欲損人，空讀如來一藏（指佛經）！」

自此時，蓋天下無一人不行善者。一壁廂又出招賢榜，招人進瓜果到陰司裡去；一壁廂將寶藏庫金銀一庫，差鄂國公胡敬德上河南開封府，訪相良還債。榜張數日，有一赴命進瓜果的賢者，本是均州人。姓劉名全，家有萬貫之資。只因妻李翠蓮在門首拔金釵齋僧，劉全罵了他幾句，說他不遵婦道，擅出閨門。李氏忍氣不過，自縊而死。撇下一雙兒女年幼，晝夜悲啼。劉全又不忍見，無奈，遂捨了性命，棄了家緣，撇了兒女，情願以死進瓜，將皇榜揭了，來見唐王。王傳旨意，教他去金亭館裡，頭頂一對南瓜，袖帶黃錢，口噙藥物。

那劉全果服毒而死——一點魂靈，頂著瓜果，早到鬼門關上。把門的鬼使喝道：「你是甚人，敢來此處？」劉全道：「我奉大唐太宗皇帝欽差，特進瓜果與十代閻王受用的。」那鬼使欣然接引。劉全徑至森羅寶殿，見了閻王，將瓜果進上道：「奉唐王旨意，遠進瓜果，以謝十王寬宥之恩。」閻王大喜道：「好一個有信有德的太宗皇帝！」遂此收了瓜果。便問那進瓜的人姓名，那方人氏。

劉全道：「小人是均州城民籍。姓劉名全。因妻李氏縊死，撇下兒女，無人看管，小人情願捨家棄子，捐軀報國，特與我王進貢瓜果，謝眾大王厚恩。」十王聞言，即命查勘劉全妻李氏。那鬼使速取來在森羅殿下，與劉全夫妻相會。訴罷前言，回謝十王恩宥。那閻王卻檢生死簿子看時，他夫妻們都有登仙之壽，急差鬼使送回。鬼使啟上道：「李翠蓮歸陰日久，屍首無存，魂將何附？」閻王道：「唐御妹李玉英，今該促死；你可借他屍首，教他還魂去也。」那鬼使領命，即將劉全夫妻二人還魂。帶定出了陰司，那陰風繞繞，徑到了長安大國，將劉全的魂靈，推入金亭館裡；將翠蓮的靈魂，帶進皇宮內院。只見那玉英公主，正在花蔭下，徐步綠苔而行，被鬼使撲個滿懷，推倒在地，活捉了他魂；卻將翠蓮的魂靈，推入玉英身內。鬼使回轉陰司不題。

卻說宮院中的大小侍婢，見玉英跌死，急走金鑾殿，報與三宮皇后道：「公主娘娘跌死也！」皇后大驚，隨報太宗。太宗聞言，點頭嘆曰：「此事信有之也。朕曾問十代閻君：『老幼安乎？』他道：『俱安；但恐御妹壽促。』果中其言。」合宮人都來悲切，盡到花蔭下看時，只見那公主微微有氣。唐王道：「莫哭！莫哭！休驚了他。」遂上前將御手扶起頭來，叫道：「御妹蘇醒蘇醒。」

那公主忽的翻身，叫：「丈夫慢行，等我一等！」太宗道：「御妹，是我等在此。」公主抬頭睜眼觀看道：「你是誰人，敢來扯我？」太宗道：「是你皇兄、皇嫂。」公主道：「我那裡得個甚麼皇兄、皇嫂！我娘家姓李，我的乳名喚做李翠蓮；我丈夫姓劉名全。兩口兒都是均州人氏。因為三個月前，拔金釵在門首齋僧，我丈夫怪我擅出內門，不遵婦道，罵了我幾句，是我氣塞胸膛，將白綾帶懸梁縊死，撇下一雙兒女，晝夜悲啼。今因我丈夫被唐王欽差，赴陰司進瓜果，閻王憐憫，放我夫妻回來。他在前走。因我來遲，趕不上他，我絆了一跌。你等無禮！不知姓名，怎敢扯我！」太宗聞言，與眾宮人道：「想是御妹跌昏了，胡說哩。」傳旨教太醫院進湯藥，將玉英扶入宮中。

唐王當殿，忽有當駕官奏道：「萬歲，今有進瓜果人劉全還魂，在朝門外等旨。」唐王大驚，急傳旨，將劉全召進，俯伏丹墀。太宗問道：「進瓜果之事何如？」劉全道：「臣頂瓜果，徑至鬼門關，引上森羅殿，見了那十代閻君，將瓜果奉上，備言我王殷勤致謝之意。閻君甚喜，多多拜上我王道：『真是個有信有德的太宗皇帝！』」唐王道：「你在陰司見些甚麼來？」

劉全道：「臣不曾遠行，沒見甚的，只聞得閻王問臣鄉貫、姓名。臣將棄家捨子，因妻縊死，願來進瓜之事，說了一遍。他急差鬼使，引過我妻，就在森羅殿下相會。一壁廂又檢看死生文簿，說我夫妻都有登仙之壽，便差鬼使送回。臣在前走，我妻後行，幸得還魂。但不知妻投何所。」唐王驚問道：「那閻王可曾說你妻甚麼？」劉全道：「閻王不曾說甚麼，只聽得鬼使說：『李翠蓮歸陰日久，屍首無存。』閻王道：『唐御妹李玉英今該促死，教翠蓮即借玉英屍還魂去罷。』臣不知『唐御妹』是甚地方，家居何處，我還未曾得去找尋哩。」

唐王聞奏，滿心歡喜，當對多官道：「朕別閻君，曾問宮中之事；他言老幼俱安，但恐御妹壽促。卻才御妹玉英，花陰下跌死，朕急扶看，須臾蘇醒，口叫『丈夫慢行，等我一等！』朕只道是他跌昏了胡言。又問他詳細，他說的話，與劉全一般。」魏徵奏道：「御妹偶爾壽促，少蘇醒即說此言，此是劉全妻借屍還魂之事。此事也有。可請公主出來，看他有甚話說。」唐王道：「朕才命太醫院去進藥，不知何如。」便教妃嬪入宮去請。那公主在裡面亂嚷道：「我吃甚麼藥！這裡那是我家！我家是清涼瓦屋，不象這個害黃病（比喻屋瓦一片黃色）的房子，花狸狐哨（顏色雜亂）的門扇！放我出去！放我出去！」

正嚷處，只見四五個女官，兩三個太監，扶著他，直至殿上。唐王道：「你可認得你丈夫麼？」玉英道：「說那裡話，我兩個從小兒的結髮夫妻，與他生男長女，怎的不認得？」唐王叫內官攙他下去。那公主下了寶殿，直至白玉階前，見了劉全，一把扯住道：「丈夫，你往那裡去，就不等我一等！我跌了一跤，被那些沒道理的人圍住我嚷，這是怎的說！」那劉全聽他說的話是妻之言，觀其人非妻之面，不敢相認。唐王道：「這正是山崩地裂有人見，捉生替死卻難逢！」好一個有道的君王：即將御妹的妝奩、衣物、首飾，盡賞賜了劉全，就如陪嫁一般。又賜與他永免差徭的御旨，著他帶領御妹回去。他夫妻兩個，便在階前謝了恩，歡歡喜喜還鄉。有詩為證：

人生人死是前緣，短短長長各有年。
劉全進瓜回陽世，借屍還魂李翠蓮。

他兩個辭了君王，徑來均州城裡，見舊家業兒女俱好，兩口兒宣揚善果不題。

卻說那尉遲公將金銀一庫，上河南開封府訪看相良，原來賣水為活，同妻張氏在門首販賣烏盆瓦器營生，但賺得些錢兒，只以盤纏為足，其多少齋僧布施，買金銀紙錠，記庫焚燒，故有此善果臻（到）身。陽世間是一條好善的窮漢，那世裡卻是個積玉堆金的長者。尉遲公將金銀送上他門，唬得那相公、相婆魂飛魄散；又兼有本府官員，茅舍外車馬駢集，那老兩口子如痴如啞，跪在地下，只是磕頭禮拜。尉遲公道：「老人家請起。我雖是個欽差官，卻齎著我王的金銀送來還你。」他戰兢兢的答道：「小的沒有甚麼金銀放債，如何敢受這不明之財？」尉遲公道：「我也訪得你是個窮漢；只是你齋僧布施，盡其所有，就買辦金銀紙錠，燒記陰司，陰司裡有你積下的錢鈔。是我太宗皇帝死去三日，還魂復生，曾在那陰司裡借了你一庫金銀，今此照數送還與你。你可一一收下，等我好去回旨。」那相良兩口兒只是朝天禮拜，那裡敢受。道：「小的若受了這些金銀，就死得快了。雖然是燒紙記庫，此乃冥冥之事；況萬歲爺爺那世裡借了金銀，有何憑據？我決不敢受。」尉遲公道：「陛下說，借來的東西，有崔判官作保可證。你收下罷。」相良道：「就死也是不敢受的。」

尉遲公見他苦苦推辭，只得具本差人啟奏。太宗見了本，知相良不受金銀。道：「此誠為善良長者！」即傳旨教胡敬德將金銀與他修理寺院，起蓋生祠（為活人建的祠堂），請僧作善，就當還他一般。旨意到日，敬德望闕謝恩，宣旨眾皆知之。遂將金銀買到城裡軍民無礙的地基一段，周圍有五十畝寬闊，在上興工，起蓋寺院，名「敕建相國寺」。左有相公相婆的生祠，鐫碑刻石，上寫著「尉遲公監造」。即今大相國寺是也。

工完回奏，太宗甚喜。卻又聚集多官，出榜招僧，修建「水陸大會」，超度冥府孤魂。榜行天下，著各處官員推選有道的高僧，上長安做會。那消個月之期，天下多僧俱到。唐王傳旨，著太史丞傅奕選舉高僧，修建佛事。傅奕聞旨，即上疏止浮圖，以言無佛。表曰：

「西域之法，無君臣父子，以三途（指惡人三種悲慘結局）六道，蒙誘愚蠢；追既往之罪，窺將來之福；口誦梵言，以圖偷免。且生死壽夭，本諸自然；刑德威福，係之人主。今聞俗徒矯托，皆云由佛。自五帝、三王，未有佛法；君明臣忠，年祚長久。至漢明帝始立胡神（指佛教眾神），然惟西域桑門（即沙門，指佛教徒），自傳其教。實乃夷（這裡指外國及從外國傳入中國的佛教）犯中國，不足為信。」

太宗聞言，遂將此表擲付群臣議之。時有宰相蕭瑀，出班俯囟奏曰：「佛法興自屢朝，弘善遏惡，冥助國家，理無廢棄。佛，聖人也。非聖者無法，請置嚴刑。」傅奕與蕭瑀論辨，言禮本於事親事君，而佛背親出家，以匹夫抗天子，以繼體悖所親；蕭瑀不生於空桑，乃遵無父之教，正所謂非孝者無親。蕭瑀但合掌曰：「地獄之設，正為是人。」

太宗召太僕卿張道源，中書令張士衡，問佛事營福，其應何如。二臣對曰：「佛在清淨仁恕，果正佛空。周武帝以三教分次：大慧禪師有贊幽遠，歷眾供養而無不顯；五祖投胎，達摩現像。自古以來，皆云三教至尊而不可毀，不可廢。伏乞陛下聖鑑明裁。」太宗甚喜道：「卿之言合理。再有所陳者，罪之。」遂著魏徵與蕭瑀、張道源，邀請諸佛，選舉一名有大德行者作壇主，設建道場。眾皆頓首謝恩而退。自此時出了法律：但有毀僧謗佛者，斷其臂。

次日，三位朝臣，聚眾僧，在那山川壇裡，逐一從頭查選。內中選得一名有德行的高僧。你道他是誰人？

靈通本諱號金蟬：只為無心聽佛講，轉托塵凡苦受磨，降生世俗遭羅網。
投胎落地就逢凶，未出之前臨惡黨。父是海州陳狀元，外公總管當朝長。
出身命犯落江星，順水隨波逐浪泱。海島金山有大緣，遷安和尚將他養。
年方十八認親娘，特赴京都求外長。總管開山調大軍，洪州剿寇誅凶黨。
狀元光蕊脫天羅，子父相逢堪賀獎。復謁當今受主恩，凌煙閣上賢名響。
恩官不受願為僧，洪福沙門將道訪。小字江流古佛兒，法名喚做陳玄奘。

當日對眾舉出玄奘法師。這個人自幼為僧，出娘胎，就持齋受戒。他外公見是當朝一路總管殷開山。他父親陳光蕊，中狀元，官拜文淵殿大學士。一心不愛榮華，只喜修持寂滅（即涅槃，指進入不生不滅的境界）。查得他根源又好，德行又高；千經萬典，無所不通；佛號仙音，無般不會。當時三位引至御前，揚塵舞蹈。拜罷奏曰：「臣等蒙聖旨，選得高僧一名陳玄奘。」太宗聞其名，沉思良久道：「可是學士陳光蕊之兒玄奘否？」江流兒叩頭曰：「臣正是。」太宗喜道：「果然舉之不錯。誠為有德行有禪心的和尚。朕賜你左僧綱、右僧綱、天下大闡都僧綱（管理僧人的僧官）之職。」玄奘頓首謝恩，受了大闡官爵。又賜五彩織金袈裟一件，毗盧帽一頂。教他用心再拜明僧，排次闍黎（僧人）班首；書辦旨意，前赴化生寺，擇定吉日良時，開演經法。

玄奘再拜領旨而出，遂到化生寺裡，聚集多僧，打造禪榻，裝修功德，整理音樂。選得大小明僧共計一千二百名，分派上中下三堂。諸所佛前，物件皆齊，頭頭有次。選到本年九月初三日。黃道良辰，開啟做七七四十九日水陸大會。即具表申奏，太宗及文武國戚皇親，俱至期赴會，拈香聽講。畢竟不知聖意如何，且聽下回分解。

第十二回

玄奘秉誠建大會　觀音顯像化金蟬

詩曰：

龍集貞觀正十三，王宣大眾把經談。道場開演無量法，雲霧光乘大願龕。
御敕垂恩修上剎，金蟬脫殼化西涵。普施善果超沉沒，秉教宣揚前後三。

貞觀十三年，歲次己巳，九月甲戌，初三日，癸卯良辰。陳玄奘大闡法師，聚集一千二百名高僧，都在長安城化生寺開演諸品妙經。那皇帝早朝已畢，帥文武多官，乘鳳輦龍車，出離金鑾寶殿，徑上寺來拈香。怎見那鑾駕？真個是：

一天瑞氣，萬道祥光。仁風輕淡蕩，化日麗非常。千官環佩分前後，五衛旌旗列兩旁。執金瓜、擎斧鉞，雙雙對對；絳紗燭，御爐香，靄靄堂堂。龍飛鳳舞，鶚薦鷹揚。聖明天子正，忠義大臣良。介福千年過舜禹，升平萬代賽堯湯。又見那曲柄傘，袞龍袍，輝光相射；玉連環，彩鳳扇，瑞靄飄揚。珠冠玉帶，紫綬金章。護駕軍千隊，扶輿將兩行。這皇帝沐浴虔誠尊敬佛，皈依善果喜拈香。

唐王大駕，早到寺前。吩咐住了音樂響器。下了車輦，引著多官，拜佛拈香。三匝已畢，抬頭觀看，果然好座道場。但見：

幢幡飄舞，寶蓋飛輝。幢幡飄舞，凝空道道彩霞搖；寶蓋飛輝，映日翩翩紅電徹。世尊金相貌臻臻，羅漢玉容威烈烈。瓶插仙花，爐焚檀降。瓶插仙花，錦樹輝輝漫寶剎；爐焚檀降，香雲靄靄透清霄。時新果品砌朱盤，奇樣糖酥堆彩案。高僧羅列誦真經，願拔孤魂離苦難。

太宗文武俱各拈香，拜了佛祖金身，參了羅漢。又見那大闡都僧綱陳玄奘法師引眾僧羅拜唐王。禮畢，分班各安禪位。法師獻上濟孤榜文與太宗看。榜曰：

「至德渺茫，禪宗寂滅。清淨靈通，周流三界。千變萬化，統攝陰陽。體用真常，無窮極矣。觀彼孤魂，深宜哀愍。此奉太宗聖命：選集諸僧，參禪講法。大開方便門庭，廣運慈悲舟楫，普濟苦海群生，脫免沉痾六趣。引歸真路，普玩鴻蒙；動止無為，混成純素。仗此良因，邀賞清都絳闕；乘吾勝會，脫離地獄凡籠。早登極樂任逍遙，來往西方隨自在。」

詩曰：

一爐永壽香，幾卷超生籙。無邊妙法宣，無際天恩沐。
冤孽盡消除，孤魂皆出獄。願保我邦家，清平萬咸福。

太宗看了，滿心歡喜。對眾僧道：「汝等秉立丹衷，切休怠慢佛事。待後功成完備，各各福有所歸，朕當重賞，決不空勞。」那一千二百僧，一齊頓首稱謝。當日三齋已畢，唐王駕回。待七日正會，復請拈香。時天色將晚，各官俱退。怎見得好晚？你看那：

萬里長空淡落輝，歸鴉數點下棲遲。
滿城燈火人煙靜，正是禪僧入定時。

一宿晚景題過。次早，法師又升坐，聚眾誦經不題。

卻說南海普陀山觀世音菩薩，自領了如來佛旨，在長安城訪察取經的善人，日久未逢真實有德行者。忽聞得太宗宣揚善果，選舉高僧，開建大會，又見得法師壇主，乃是江流兒和尚，正是極樂中降來的佛子，又是他原引送投胎的長老，菩薩十分歡喜，就將佛賜的寶貝，捧上長街，與木吒貨賣。你道他是何寶貝？有一件錦襴異寶袈裟、九環錫杖。還有那金緊禁三個箍兒，密密藏收，以俟後用。只將袈裟、錫杖出賣。長安城裡，有那選不中的愚僧，倒有幾貫村鈔。見菩薩變化個疥癩形容，身穿破衲，赤腳光頭，將袈裟捧定，豔豔生光，他上前問道：「那癩和尚，你的袈裟要賣多少價錢？」菩薩道：「袈裟價值五千兩，錫杖價值二千兩。」那愚僧笑道：「這兩個癩和尚是瘋子！是傻子！這兩件粗物，就賣得七千兩銀子，只是除非穿上身長生不老，就得成佛作祖，也值不得這許多！拿了去！賣不成！」那菩薩更不爭吵，與木吒往前又走。

行勾多時，來到東華門前，正撞著宰相蕭瑀散朝而回，眾頭踏喝開街道。那菩薩公然不避，當街上拿著袈裟，徑迎著宰相。宰相勒馬觀看，見袈裟豔豔生光，著手下人問那賣袈裟的要價幾何。菩薩道：「袈裟要五千兩，錫杖要二千兩。」蕭瑀道：「有何好處，值這般高價？」菩薩道：「袈裟有好處，有不好處；有要錢處，有不要錢處。」蕭瑀道：「何為好？何為不好？」菩薩道：「著了我袈裟，不入沉淪，不墮地獄，不遭惡毒之難，不遇虎狼之災，便是好處；若貪淫樂禍的愚僧，不齋不戒的和尚，毀經謗佛的凡夫，難見我袈裟之面，這便是不好處。」又問道：「何為要錢，不要錢？」菩薩道：「不尊佛法，不敬三寶，強買袈裟、錫杖，定要賣他七千兩，這便是要錢；若敬重三寶，見善隨喜，皈依我佛，承受得起，我將袈裟、錫杖，情願送他，與我結個善緣，這便是不要錢。」蕭瑀聞言，倍添春色，知他是個好人。即便下馬，與菩薩以禮相見。口稱：「大法長老，恕我蕭瑀之罪。我大唐皇帝十分好善，滿朝的文武，無不奉行。即今起建『水陸大會』，這袈裟正好與大都闡陳玄奘法師穿用。我和你入朝見駕去來。」

菩薩欣然從之，拽轉步，徑進東華門裡。黃門官轉奏，蒙旨宣至寶殿。見蕭瑀引著兩個疥癩僧人，立於階下，唐王問曰：「蕭瑀來奏何事？」蕭瑀俯伏階前道：「臣出了東華門前，偶遇二僧，乃賣袈裟與錫杖者。臣思法師玄奘可著此服，故領僧人啟見。」太宗大喜，便問那袈裟價值幾何。菩薩與木吒侍立階下，更不行禮，因問袈裟之價，答道：「袈裟五千兩，錫杖二千兩。」太宗道：「那袈裟有何好處，就值許多？」菩薩道：

「這袈裟，龍披一縷，免大鵬吞噬之災；鶴掛一絲，得超凡入聖之妙。但坐處，有萬神朝禮；凡舉動，有七佛隨身。

這袈裟，是冰蠶造練抽絲，巧匠翻騰為線。仙娥織就，神女機成，方方簇幅繡花縫，片片相幫堆錦簆。玲瓏散碎斗妝花，色亮飄光噴寶豔。穿上滿身紅霧繞，脫來一段彩雲飛。三天門外透玄光，五嶽山前生寶氣。重重嵌就西番蓮，灼灼懸珠星斗象。四角上有夜明珠，攢頂間一顆祖母綠。雖無全照原本體，也有生光八寶攢。

這袈裟，閒時折迭，遇聖才穿。閒時折迭，千層包裹透虹霓；遇聖才穿，驚動諸天神鬼怕。上邊有如意珠、摩尼珠、辟塵珠、定風珠；又有那紅瑪瑙、紫珊瑚、夜明珠、舍利子。偷月沁白，與日爭紅。條條仙氣盈空，朵朵祥光捧聖。條條仙氣盈空，照徹了天關；朵朵祥光捧聖，影遍了世界。照山川，驚虎豹；影海島，動魚龍。沿邊兩道銷金鎖，叩領連環白玉琮。

詩曰：

三寶巍巍道可尊，四生六道盡評論。明心解養人天法，見性能傳智慧燈。
護體莊嚴金世界，身心清淨玉壺冰。自從佛制袈裟後，萬劫誰能敢斷僧？」

唐王在那寶殿上聞言，十分歡喜。又問：「那和尚，九環杖有甚好處？」菩薩道：「我這錫杖，是那：

銅鑲鐵造九連環，九節仙藤永駐顏。入手厭看青骨瘦，下山輕帶白雲還。
摩呵五祖游天闕，羅卜尋娘破地關。不染紅塵些子穢，喜隨大德上靈山。」

唐王聞言，即命展開袈裟，從頭細看，果然是件好物。道：「大法長老，實不瞞你。朕今大開善教，廣種福田，見在那化生寺聚集多僧，敷演經法。內中有一個大有德行者，法名玄奘。朕買你這兩件寶物，賜他受用。你端的要價幾何？」菩薩聞言，與木吒合掌皈依，道聲佛號，躬身上啟道：「既有德行，貧僧情願送他，決不要錢。」說罷，抽身便走。

唐王急著蕭瑀扯住，欠身立於殿上，問曰：「你原說袈裟五千兩，錫杖二千兩，你見朕要買，就不要錢，敢是說朕心倚恃君位，強要你的物件？——更無此理。朕照你原價奉償，卻不可推避。」菩薩起手道：「貧僧有願在前，原說果有敬重三寶，見善隨喜，皈依我佛，不要錢，願送與他。今見陛下明德止善，敬我佛門，況又高僧有德有行，宣揚大法，理當奉上，決不要錢。貧僧願留下此物告回。」唐王見他這等勤懇，甚喜。隨命光祿寺，大排素宴酬謝。菩薩又堅辭不受，暢然而去。依舊望都土地廟中，隱避不題。

卻說太宗設午朝，著魏徵齎旨，宣玄奘入朝。那法師正聚眾登壇，諷經誦偈，一聞有旨，隨下壇整衣，與魏徵同往見駕。太宗道：「求證善事，有勞法師，無物酬謝。早間蕭瑀迎著二僧，願送錦襴異寶袈裟一件，九環錫杖一條。今特召法師領去受用。」玄奘叩頭謝恩。太宗道：「法師如不棄，可穿上與朕看看。」長老遂將袈裟抖開，披在身上，手持錫杖，侍立階前。君臣個個欣然。誠為如來佛子。你看他：

凜凜威顏多雅秀，佛衣可體如裁就。輝光豔豔滿乾坤，結彩紛紛凝宇宙。
朗朗明珠上下排，層層金線穿前後。兜羅四面錦沿邊，萬樣稀奇鋪綺繡。
八寶妝花縛紐絲，金環束領攀絨扣。佛天大小列高低，星象尊卑分左右。
玄奘法師大有緣，現前此物堪承受。渾如極樂活阿羅，賽過西方真覺秀。
錫杖叮郭斗九環，毗盧帽映多豐厚。誠為佛子不虛傳，勝似菩提無詐謬。

當時文武階前喝采，太宗喜之不勝。即著法師穿了袈裟，持了寶杖，又賜兩隊儀從，著多官送出朝門，教他上大街行道，往寺裡去，就如中狀元誇官的一般。這去玄奘再拜謝恩，在那大街上，烈烈轟轟，搖搖擺擺。你看那長安城裡，行商坐賈、公子王孫、墨客文人、大男小女，無不爭看誇獎，俱道：「好個法師！真是個活羅漢下降，活菩薩臨凡。」玄奘直至寺裡，僧人下榻（走下坐榻）來迎。一見他披此袈裟，執此錫杖，都道是地藏王來了，各各皈依，侍於左右。玄奘上殿，炷香禮佛，又對眾感述聖恩已畢，各歸禪座。又不覺紅輪西墜。正是那：

日落煙迷草樹，帝都鐘鼓初鳴。叮叮三響斷人行，前後街前寂靜。
上剎輝煌燈火，孤村冷落無聲。禪僧入定理殘經，正好煉魔養性。

光陰拈指，卻當七日正會。玄奘又具表，請唐王拈香。此時善聲遍滿天下。太宗即排駕，率文武多官，后妃國戚，早赴寺裡。那一城人，無論大小尊卑，俱詣寺聽講。當有菩薩與木吒道：「今日是水陸正會，以一七繼七七，可矣了。我和你雜在眾人叢中，一則看他那會何如，二則看金蟬子可有福穿我的寶貝，三則也聽他講的是那一門經法。」兩人隨投寺裡。正是有緣得遇舊相識，般若還歸本道場。入到寺裡觀看，真個是天朝大國，果勝裟婆；賽過祇園舍衛（兩處佛教聖地，釋迦牟尼曾在此居住講經），也不亞上剎招提（梵語，意為四方，代指佛教）。那一派仙音響亮，佛號喧嘩，這菩薩直至多寶台邊，果然是明智金蟬之相。詩曰：

萬象澄明絕點埃，大典玄奘坐高台。超生孤魂暗中到，聽法高流市上來。
施物應機心路遠，出生隨意藏門開。對看講出無量法，老幼人人放喜懷。

又詩曰：

因游法界講堂中，逢見相知不俗同。盡說目前千萬事，又談塵劫許多功。
法云容曳舒群岳，教網張羅滿太空。檢點人生歸善念，紛紛天雨落花紅。

那法師在台上，念一會《受生度亡經》，談一會《安邦天寶籙》，又宣一會《勸修功卷》。這菩薩近前來，拍著寶台，厲聲高叫道：「那和尚，你只會談『小乘教法』，可會談『大乘』麼？」玄奘聞言，心中大喜，翻身跳下台來，對菩薩起手道：「老師父，弟子失瞻，多罪。見前的蓋眾僧人，都講的是『小乘教法』，卻不知『大乘教法』如何。」菩薩道：「你這小乘教法，度不得亡者超升，只可渾俗和光而已；我有大乘佛法三藏，能超亡者升天，能度難人脫苦，能修無量壽身，能作無來無去。」

正講處，有那司香巡堂官急奏唐王道：「法師正講談妙法，被兩個疥癩游僧，扯下來亂說胡話。」王令擒來，只見許多人將二僧推擁進後法堂。見了太宗，那僧人手也不起，拜也不拜，仰面道：「陛下問我何事？」唐王卻認得他，道：「你是前日送袈裟的和尚？」菩薩道：「正是。」太宗道：「你既來此處聽講，只該吃些齋便了，為何與我法師亂講，擾亂經堂，誤我佛事？」菩薩道：「你那法師講的是小乘（佛教早期的主要派別，重於自我解脫。大乘教徒認為它不能超度眾人，故貶稱它為「小乘」）教法，度不得亡者升天。我有大乘（佛教的一個派別，認為可以普度眾生）佛法三藏，可以度亡脫苦，壽身無壞。」太宗正色喜問道：「你那大乘佛法，在於何處？」菩薩道：「在大西天天竺國大雷音寺我佛如來處，能解百冤之結，能消無妄之災。」太宗道：「你可記得麼？」菩薩道：「我記得。」太宗大喜道：「教法師引去，請上台開講。」

那菩薩帶了木吒，飛上高台，遂踏祥雲，直至九霄，現出救苦原身，托了淨瓶楊柳。左邊是木吒惠岸，執著棍，抖擻精神。喜的個唐王朝天禮拜，眾文武跪地焚香。滿寺中僧尼道俗，士人工賈，無一人不拜禱道：「好菩薩！好菩薩！」有詩為證。但見那：

瑞靄散繽紛，祥光護法身。九霄華漢裡，現出女真人。那菩薩，頭上戴一頂：金葉紐，翠花鋪，放金光，生銳氣的垂珠纓絡；身上穿一領：淡淡色，淺淺妝，盤金龍，飛彩鳳的結素藍袍；胸前掛一面：對月明，舞清風，雜寶珠，攢翠玉的砌香環珮；腰間繫一條：冰蠶絲，織金邊，登彩雲，促瑤海的錦繡絨裙；面前又領一個飛東洋，游普世，感恩行孝，黃毛紅嘴白鸚哥；手內托著一個施恩濟世的寶瓶，瓶內插著一枝灑青霄，撒大惡，掃開殘霧垂楊柳。玉環穿繡扣，金蓮足下深。三天許出入，這才是救苦救難觀世音。

喜的個唐太宗，忘了江山；愛的那文武官，失卻朝禮；蓋眾多人，都念「南無觀世音菩薩」。太宗即傳旨，教巧手丹青，描下菩薩真像。旨意一聲，選出個圖神寫聖、遠見高明的吳道子。——此人即後圖功臣於凌煙閣者。——當時展開妙筆，圖寫真形。那菩薩祥雲漸遠，霎時間不見了金光。只見那半空中，滴溜溜落下一張簡帖，上有幾句頌子，寫得明白。頌曰：

「禮上大唐君，西方有妙文。程途十萬八千里，大乘進殷勤。此經回上國，能超鬼出群。若有肯去者，求正果金身。」

太宗見了頌子，即命眾僧：「且收勝會，待我差人取得『大乘經』來，再秉丹誠，重修善果。」眾官無不遵依。當時在寺中問曰：「誰肯領朕旨意，上西天拜佛求經？」問不了，旁邊閃過法師，帝前施禮道：「貧僧不才，願效犬馬之勞，與陛下求取真經，祈保我王江山永固。」唐王大喜，上前將御手扶起道：「法師果能盡此忠賢，不怕程途遙遠，跋涉山川，朕情願與你拜為兄弟。」玄奘頓首謝恩。唐王果是十分賢德，就去那寺裡佛前，與玄奘拜了四拜，口稱「御弟聖僧」。

玄奘感謝不盡道：「陛下，貧僧有何德何能，敢蒙天恩眷顧如此？我這一去，定要捐軀努力，直至西天；如不到西天，不得真經，即死也不敢回國，永墮沉淪地獄。」隨在佛前拈香，以此為誓。唐王甚喜，即命回鑾，待選良利日辰，發牒出行，遂此駕回各散。

玄奘亦回洪福寺裡。那本寺多僧與幾個徒弟，早聞取經之事，都來相見。因問：「發誓願上西天，實否？」玄奘道：「是實。」他徒弟道：「師父呵，嘗聞人言，西天路遠，更多虎豹妖魔；只怕有去無回，難保身命。」玄奘道：「我已發了弘誓大願，不取真經，永墮沉淪地獄。大抵是受王恩寵，不得不盡忠以報國耳。我此去真是渺渺茫茫，吉凶難定。」又道：「徒弟們，我去之後，或三二年，或五七年，但看那山門裡松枝頭向東，我即回來；不然，斷不回矣。」眾徒將此言切切而記。

次早，太宗設朝，聚集文武，寫了取經文牒，用了通行寶印。有欽天監奏曰：「今日是人專吉星，堪宜出行遠路。」唐王大喜。又見黃門官奏道：「御弟法師朝門外候旨。」隨即宣上寶殿道：「御弟，今日是出行吉日。這是通關文牒。朕又有一個紫金鉢盂，送你途中化齋而用。再選兩個長行的從者，又銀鬮的馬一匹，送為遠行腳力。你可就此行程。」玄奘大喜，即便謝了恩，領了物事，更無留滯之意。

第十二回
玄奘秉誠建大會　觀音顯像化金蟬

唐王排駕，與多官同送至關外，只見那洪福寺僧與諸徒將玄奘的冬夏衣服，俱送在關外相等。唐王見了，先教收拾行囊、馬匹，然後著官人執壺酌酒。太宗舉爵，又問曰：「御弟雅號甚稱？」玄奘道：「貧僧出家人，未敢稱號。」太宗道：「當時菩薩說，西天有經三藏。御弟可指經取號，號作『三藏』何如？」玄奘又謝恩，接了御酒道：「陛下，酒乃僧家頭一戒，貧僧自為人，不會飲酒。」太宗道：「今日之行，比他事不同。此乃素酒，只飲此一杯，以盡朕奉餞之意。」三藏不敢不受。接了酒，方待要飲，只見太宗低頭，將御指拾一撮塵土，彈入酒中。三藏不解其意。太宗笑道：「御弟呵，這一去，到西天，幾時可回？」三藏道：「只在三年，徑回上國。」太宗道：「日久年深，山遙路遠，御弟可進此酒：寧戀本鄉一捻土，莫愛他鄉萬兩金。」

三藏方悟捻土之意，復謝恩飲盡，辭謝出關而去。唐王駕回。

畢竟不知此去何如，且聽下回分解。

第十三回

陷虎穴金星解厄　雙叉嶺伯欽留僧

詩曰：

大有唐王降敕封，欽差玄奘問禪宗。堅心磨琢尋龍穴，著意修持上鷲峰。
邊界遠游多少國，雲山前度萬千重。自今別駕投西去，秉教迦持悟大空。

卻說三藏自貞觀十三年九月望前三日，蒙唐王與多官送出長安關外。一二日馬不停蹄，早至法門寺。本寺住持上房長老，帶領眾僧有五百餘人，兩邊羅列，接至裡面，相見獻茶。茶罷進齋。齋後不覺天晚。正是那：

影動星河近，月明無點塵。雁聲鳴遠漢，砧韻響西鄰。
歸鳥棲枯樹，禪僧講梵音。蒲團一榻上，坐到夜將分。

第十三回

陷虎穴金星解厄　雙叉嶺伯欽留僧

眾僧們燈下議論佛門定旨，上西天取經的原由。有的說水遠山高，有的說路多虎豹；有的說峻嶺陡崖難度，有的說毒魔惡怪難降。三藏箝口不言，但以手指自心，點頭幾度。眾僧們莫解其意，合掌請問道：「法師指心點頭者，何也？」三藏答曰：「心生，種種魔生；心滅，種種魔滅。我弟子曾在化生寺對佛設下洪誓大願，不由我不盡此心。這一去，定要到西天，見佛求經，使我們法輪回轉，願聖主皇圖永固。」眾僧聞得此言，人人稱羨，個個宣揚，都叫一聲「忠心赤膽大闡法師！」誇贊不盡，請師入榻安寐。

早又是竹敲殘月落，雞唱曉雲生。那眾僧起來，收拾茶水早齋。玄奘遂穿了袈裟，上正殿，佛前禮拜，道：「弟子陳玄奘，前往西天取經，但肉眼愚迷，不識活佛真形。今願立誓：路中逢廟燒香，遇佛拜佛，遇塔掃塔。但願我佛慈悲，早現丈六金身，賜真經，留傳東土。」祝罷，回方丈進齋。齋畢，那二從者整頓了鞍馬，促趲行程。三藏出了山門，辭別眾僧。眾僧不忍分別，直送有十里之遙，噙淚而返。三藏遂直西前進。正是那季秋天氣。但見：

> 數村木落蘆花碎，幾樹楓楊紅葉墜。路途煙雨故人稀，黃菊麗，山骨細，水寒荷破人憔悴。白蘋紅蓼霜天雪，落霞孤鶩長空墜。依稀黯淡野雲飛，玄鳥去，賓鴻至，嘹嘹嚦嚦聲宵碎。

師徒們行了數日，到了鞏州城。早有鞏州合屬官吏人等，迎接入城中。安歇一夜，次早出城前去。一路飢餐渴飲，夜住曉行。兩三日，又至河州衛。此乃是大唐的山河邊界。早有鎮邊的總兵與本處僧道，聞得是欽差御弟法師，上西方見佛，無不恭敬；接至裡面供給了，著僧綱請往福原寺安歇。本寺僧人，一一參見，安排晚齋。齋畢，吩咐二從者飽餵馬匹，天不明就行。及雞方鳴，隨喚從者，卻又驚動寺僧，整治茶湯齋供。齋罷，出離邊界。

這長老心忙，太起早了。原來此時秋深時節，雞鳴得早，只好有四更天氣。一行三人，連馬四口，迎著清霜，看著明月，行有數十里遠近，見一山嶺，只得撥草尋路，說不盡崎嶇難走，又恐怕錯了路徑。正疑思之間，忽然失足，三人連馬都跌落坑坎之中。三藏心慌，從者膽戰。卻才悚懼，又聞得裡面哮吼高呼，叫：「拿將來！拿將來！」只見狂風滾滾，擁出五六十個妖邪，將三藏、從者揪了上去。這法師戰戰兢兢的，偷眼觀看，上面坐的那魔王，十分凶惡。真個是：

雄威身凜凜，猛氣貌堂堂。電目飛光豔，雷聲振四方。
鋸牙舒口外，鑿齒露腮旁。錦繡圍身體，文斑裹脊梁。
鋼須稀見肉，鉤爪利如霜。東海黃公懼，南山白額王。

唬得個三藏魂飛魄散，二從者骨軟筋麻。魔王喝令綁了，眾妖一齊將三人用繩索綁縛。正要安排吞食，只聽得外面喧嘩，有人來報：「熊山君與特處士二位來也。」三藏聞言，抬頭觀看，前走的是一條黑漢。你道他是怎生模樣：

雄豪多膽量，輕健夯身軀。

第十三回

陷虎穴金星解厄　雙叉嶺伯欽留僧

涉水惟凶力，跑林逞怒威。
向來符吉夢，今獨露英姿。
綠樹能攀折，知寒善諭時。
准靈惟顯處，故此號山君。

又見那後邊來的是一條胖漢。你道怎生模樣：

嵯峨雙角冠，端肅聳肩背。性服青衣穩，蹄步多遲滯。
宗名父作牯，原號母稱牸。能為田者功，因名特處士。

這兩個搖搖擺擺，走入裡面，慌得那魔王奔出迎接。熊山君道：「寅將軍，一向得意，可賀！可賀！」特處士道：「寅將軍豐姿勝常，真可喜！真可喜！」魔王道：「二公連日如何？」山君道：「惟守素耳。」處士道：「惟隨時耳。」三個敘罷，各坐談笑。

只見那從者綁得痛切悲啼。那黑漢道：「此三者何來？」魔王道：「自送上門來者。」處士笑雲：「可能待客否？」魔王道：「奉承！奉承！」山君道：「不可盡用，食其二，留其一可也。」魔王領諾，即呼左右，將二從者剖腹剜心，剁碎其屍。將首級與心肝奉獻二客，將四肢自食，其餘骨肉，分給各妖。只聽得嘓啅之聲，真似虎啖羊羔。霎時食盡。把一個長老，幾乎唬死。這才是初出長安第一場苦難。

正愴慌之間，漸漸的東方發白，那二怪至天曉方散。俱道：「今日厚擾，容日竭誠奉酬。」方一擁而退。不一時，紅日高升。三藏昏昏沉沉，也辨不得東西南北。正在那不得命處，忽然見一老叟，手持拄杖而來。走上前，用手一拂，繩索皆斷。對面吹了一口氣，三藏方蘇。跪拜於地道：「多謝老公公！搭救貧僧性命！」老叟答禮道：「你起來。你可曾疏失了甚麼東西？」三藏道：「貧僧的從人，已是被怪食了；只不知行李、馬匹在於何處？」老叟用杖指定道：「那廂不是一匹馬，兩個包袱？」三藏回頭看時，果是他的物件，並不曾失落，心才略放下些。問老叟曰：「老公公，此處是甚所在？公公何由在此？」老叟道：「此是雙叉嶺，乃虎狼巢穴處。你為何墮此？」三藏道：「貧僧雞鳴時，出河州衛界，不料起得早了，冒霜撥露，忽失落此地。見一魔王，凶頑太甚。將貧僧與二從者綁了。又見一條黑漢，稱是熊山君；一條胖漢，稱是特處士；走進來，稱那魔王是寅將軍。他三個把我二從者吃了，天光才散。不想我是那裡有這大緣大分，感得老公公來此救我？」老叟道：「處士者是個野牛精。山君者是個熊羆精。寅將軍者是個老虎精。左右妖邪，盡都是山精樹鬼，怪獸蒼狼。只因你的本性元明，所以吃不得你。你跟我來，引你上路。」三藏不勝感激，將包袱捎在馬上，牽著韁繩，相隨老叟徑出了坑坎之中，走上大路。卻將馬拴在道旁草頭上，轉身拜謝那公公，那公公遂化作一陣清風，跨一隻朱頂白鶴，騰空而去。只見風飄飄遺下一張簡帖，書上四句頌子。頌子云：

「吾乃西天太白星，特來搭救汝生靈。
前行自有神徒助，莫為艱難報怨經。」

三藏看了，對天禮拜道：「多謝金星，度脫此難。」拜畢，牽了馬匹，獨自個孤孤淒淒，往前苦進。這嶺上，真個是：

　　寒颯颯雨林風，響潺潺澗下水。香馥馥野花開，密叢叢亂石磊。鬧嚷嚷鹿與猿，一隊隊獐和麂。喧雜雜鳥聲多，靜悄悄人事靡。那長老，戰兢兢心不寧；這馬兒，力怯怯蹄難舉。

三藏捨身拚命。上了那峻嶺之間。行經半日，更不見個人煙村舍。一則腹中飢了，二則路又不平。正在危急之際，只見前面有兩隻猛虎咆哮，後邊有幾條長蛇盤繞。左有毒蟲，右有怪獸。三藏孤身無策，只得放下身心，聽天所命。又無奈那馬腰軟蹄彎，便屎俱下，伏倒在地，打又打不起，牽又牽不動。苦得個法師襯身無地，真個有萬分淒楚，已自分必死，莫可奈何。卻說他雖有災迍，卻有救應。正在那不得命處，忽然見毒蟲奔走，妖獸飛逃；猛虎潛蹤，長蛇隱跡。三藏抬頭看時，只見一人，手執鋼叉，腰懸弓箭，自那山坡前轉出，果然是一條好漢。你看他：

　　頭上戴一頂，艾葉花斑豹皮帽；身上穿一領，羊絨織錦叵羅衣；腰間束一條獅蠻帶；腳下踹（踩）一對麂皮靴。環眼圓睛如吊客（凶神），圈須亂擾似河奎（月中凶神）。懸一囊毒藥弓矢，拿一桿點鋼大叉。雷聲震破山蟲膽，勇猛驚殘野雉魂。

三藏見他來得漸近，跪在路旁，合掌高叫道：「大王救命！大王救命！」那條漢到邊前，放下鋼叉，用手攙起道：「長老休怕。我不是歹人，我是這山中的獵戶，姓劉名伯欽。綽號鎮山太保。我才自來，要尋兩隻山蟲食用，不期遇著你，多有衝撞。」三藏道：「貧僧是大唐駕下欽差往西天拜佛求經的和尚。適間來到此處，遇著些狼虎蛇蟲，四邊圍繞，不能前進。忽見太保來，眾獸皆走，救了貧僧性命，多謝！多謝！」伯欽道：「我在這裡住人，專倚打些狼虎為生，捉些蛇蟲過活，故此眾獸怕我走了。你既是唐朝來的，與我都是鄉里。此間還是大唐的地界，我也是唐朝的百姓，我和你同食皇王的水土，誠然是一國之人，你休怕，跟我來。到我舍下歇馬，明朝我送你上路。」三藏聞言，滿心歡喜。謝了伯欽，牽馬隨行。

過了山坡，又聽得呼呼風響。伯欽道：「長老休走，坐在此間。風響處，是個山貓來了。等我拿他家去管待你。」三藏見說，又膽戰心驚，不敢舉步。那太保執了鋼叉，拽開步，迎將上去。只見一隻斑爛虎，對面撞見。他看見伯欽，急回頭就走。這太保霹靂一聲，咄道：「那孽畜！那裡走！」那虎見趕得急，轉身掄爪撲來。這太保三股叉舉手迎敵，唬得個三藏軟癱在草地。這和尚自出娘肚皮，那曾見這樣凶險的勾當？太保與那虎在那山坡下，人虎相持，果是一場好鬥。但見：

怒氣紛紛，狂風滾滾。怒氣紛紛，太保衝冠多膂力；狂風滾滾，斑彪逞勢噴紅塵。那一個張牙舞爪，這一個轉步回身。三股叉擎天幌日，千花尾擾霧飛雲。這一個當胸亂刺，那一個劈面來吞。閃過的再生人道，撞著的定見閻君。只聽得那斑彪哮吼，太保聲哏。斑彪哮吼，振裂山川驚鳥獸；太保聲哏，喝開天府現星辰。那一個金睛怒出，這一個壯膽生嗔。可愛鎮山劉太保，堪誇據地獸之君。人虎貪生爭勝負，些兒有慢喪三魂。

他兩個鬥了有一個時辰，只見那虎爪慢腰鬆，被太保舉叉平胸刺倒，可憐呵，鋼叉尖穿透心肝，霎時間血流滿地。揪著耳朵，拖上路來，好男子！氣不連喘，面不改色，對三藏道：「造化！造化！這隻山貓，彀長老食用幾日。」三藏誇贊不盡，道：「太保真山神也！」伯欽道：「有何本事，敢勞過獎？這個是長老的洪福。去來！趕早兒剝了皮，煮些肉，管待你也。」他一隻手執著叉，一隻手拖著虎，在前引路。三藏牽著馬，隨後而行。迤邐行過山坡，忽見一座山莊。那門前真個是：

參天古樹，漫路荒藤。萬壑風塵冷，千崖氣象奇。一徑野花香襲體，數竿幽竹綠依依。草門樓，籬笆院，堪描堪畫；石板橋，白土壁，真樂真稀。秋容蕭索，爽氣孤高。道傍黃葉落，嶺上白雲飄。疏林內山禽聒聒，莊門外細犬嘹嘹。

伯欽到了門首，將死虎擲下，叫：「小的們何在？」只見走出三四個家僮，都是怪形惡相之類，上前拖拖拉拉，把隻虎扛將進去。伯欽吩咐教：「趕早剝了皮，安排將來待客。」復回頭迎接三藏進內。彼此相見。三藏又拜謝伯欽厚恩憐憫救命。伯欽道：「同鄉之人，何勞致謝。」坐定茶罷，有一老嫗，領著一個媳婦，對三藏進禮。伯欽道：「此是家母、山妻。」三藏道：「請令堂上坐，貧僧奉拜。」老嫗道：「長老遠客，各請自珍，不勞拜罷。」伯欽道：「母親呵，他是唐王駕下差往西天見佛求經者。適間在嶺頭上遇著孩兒，孩兒念一國之人，請他來家歇馬，明日送他上路。」老嫗聞言，十分歡喜道：「好！好！好！就是請他，不得這般恰好。明日你父親周忌，就浼（請托）長老做些好事，念卷經文，到後日送他去罷。」這劉伯欽，雖是一個殺虎手，鎮山的太保，他卻有些孝順之心。

聞得母言，就要安排香紙，留住三藏。

說話間，不覺的天色將晚。小的們排開桌凳，拿幾盤爛熟虎肉，熱騰騰的放在上面。伯欽請三藏權用，再另辦飯。三藏合掌當胸道：「善哉！貧僧不瞞太保說，自出娘胎，就做和尚，更不曉得吃葷。」伯欽聞得此說，沉吟了半晌道：「長老，寒家歷代以來，不曉得吃素；就是有些竹筍，採些木耳，尋些乾菜，做些豆腐，也都是獐鹿虎豹的油煎，卻無甚素處。有兩眼鍋灶，也都是油膩透了，這等奈何？反是我請長老的不是。」三藏道：「太保不必多心，請自受用。我貧僧就是三五日不吃飯，也可忍餓，只是不敢破了齋戒。」伯欽道：「倘或餓死，卻如之何？」三藏道：「感得太保天恩，搭救出虎狼叢裡，就是餓死，也強如餵虎。」

伯欽的母親聞說，叫道：「孩兒不要與長老閒講，我自有素物，可以管待。」伯欽道：「素物何來？」母親道：「你莫管我，我自有素的。」叫媳婦將小鍋取下，著火燒了油膩，刷了又刷，洗了又洗，卻仍安在灶上。先燒半鍋滾水，別用；卻又將些山地榆葉子，著水煎作茶湯；然後將些黃粱粟米，煮起飯來；又把些乾菜煮熟；盛了兩碗，拿出來鋪在桌上。老母對著三藏道：「長老請齋。這是老身與兒婦，親自動手整理的些極潔極淨的茶飯。」三藏下來謝了，方才上坐。

那伯欽另設一處，鋪排些沒鹽沒醬的老虎肉、香獐肉、蟒蛇肉、狐狸肉、兔肉，點剁鹿肉乾巴，滿盤滿碗的，陪著三藏吃齋。方坐下，心欲舉箸，只見三藏合掌誦經，唬得個伯欽不敢動箸，急起身立在旁邊。三藏念不數句，卻教「請齋」。伯欽道：「你是個念短頭經的和尚？」三藏道：「此非是經，乃是一卷揭齋之咒。」伯欽道：「你們出家人，偏有許多計較，吃飯便也念誦念誦。」

吃了齋飯，收了盤碗，漸漸天晚，伯欽引著三藏出中宅，到後邊走走。穿過夾道，有一座草亭。

第十三回

陷虎穴金星解厄　雙叉嶺伯欽留僧

推開門，入到裡面，只見那四壁上掛幾張強弓硬弩，插幾壺箭；過梁上搭兩塊血腥的虎皮；牆根頭插著許多槍刀叉棒；正中間設兩張坐器。伯欽請三藏坐坐。三藏見這般凶險醃髒，不敢久坐，遂出了草亭。又往後再行，是一座大園子，卻看不盡那叢叢菊蕊堆黃，樹樹楓楊掛赤。又見呼的一聲，跑出十來隻肥鹿，一大陣黃獐，見了人，呢呢痴痴，更不恐懼。三藏道：「這獐鹿想是太保養家了的？」伯欽道：「似你那長安城中人家，有錢的集財寶，有莊的集聚稻糧；似我們這打獵的，只得聚養些野獸，備天陰耳。」他兩個說話閒行，不覺黃昏，復轉前宅安歇。

次早，那合家老小都起來，就整素齋，管待長老，請開啟念經。這長老淨了手，同太保家堂前拈了香，拜了家堂，三藏方敲響木魚，先念了淨口業的真言，又念了淨身心的神咒，然後開《度亡經》一卷。誦畢，伯欽又請寫薦亡疏一道，再開念《金剛經》、《觀音經》。一一朗音高誦。誦畢，吃了午齋。又念《法華經》、《彌陀經》。各誦幾卷，又念一卷《孔雀經》，及談苾蒭（即比丘，佛教修行者）洗業（佛教指惡的意念言行）的故事早又天晚。獻過了種種香火，化了眾神紙馬，燒了薦亡文疏，佛事已畢，又各安寢。

卻說那伯欽的父親之靈，超薦得脫沉淪，鬼魂兒早來到東家宅內，托一夢與合宅長幼道：「我在陰司裡苦難難脫，日久不得超生。今幸得聖僧，念了經卷，消了我的罪孽，閻王差人送我上中華富地，長者人家托生去了。你們可好生謝送長老，不要怠慢，不要怠慢。我去也。」這才是：萬法莊嚴端有意，薦亡離苦出沉淪。那合家兒夢醒，又早太陽東上。伯欽的娘子道：「太保，我今夜夢見公公來家，說他在陰司苦難難脫，日久不得超生。今幸得聖僧念了經卷，消了他的罪孽，閻王差人送他上中華富地，長者人家托生去，教我們好生謝那長老，不得怠慢。他說罷，徑出門，徉徜去了。我們叫他不應，留他不住，醒來卻是一夢。」伯欽道：「我也是那等一夢，與你一般。我們起去對母親說去。」他兩口子正欲去說，只見老母叫道：「伯欽孩兒，你來，我與你說話。」二人至前，老母坐在床上道：「兒呵，我今夜得了個喜夢，夢見你父親來家，說，多虧了長老超度，已消了罪孽，上中華富地，長者家去托生。」夫妻們俱呵呵大笑道：「我與媳婦皆有此夢，正來告稟，不期母親呼喚，也是此夢。」遂叫一家大小起來，安排謝意，替他收拾馬匹，都至前拜謝道：「多謝長老超薦我亡父脫難超生，報答不盡！」三藏道：「貧僧有何能處，敢勞致謝？」

伯欽把三口兒的夢話，對三藏陳訴一遍，三藏也喜。早供給了素齋，又具白銀一兩為謝。三藏分文不受。一家兒又懇懇拜央，三藏畢竟分文未受。但道：「是你肯發慈悲送我一程，足感至愛。」伯欽與母妻無奈，急做了些粗麵燒餅乾糧，叫伯欽遠送。三藏歡喜收納。太保領了母命，又喚兩三個家僮，各帶捕獵的器械，同上大路。看不盡那山中野景，嶺上風光。

行經半日，只見對面處，有一座大山，真個是高接青霄，崔巍險峻。三藏不一時，到了邊前。那太保登此山如行平地。正走到半山之中，伯欽回身，立於路下道：「長老，你自前進，我卻告回。」三藏聞言，滾鞍下馬道：「千萬敢勞太保再送一程！」伯欽道：「長老不知。此山喚做兩界山。東半邊屬我大唐所管，西半邊乃是韃靼的地界。那廂狼虎，不伏我降，我卻也不能過界，你自去罷。」三藏心驚，掄開手，牽衣執袂，滴淚難分。

正在那叮嚀拜別之際，只聽得山腳下叫喊如雷道：「我師父來也！我師父來也！」唬得個三藏痴呆，伯欽打掙。畢竟不知是甚人叫喊，且聽下回分解。

第十四回

心猿歸正　六賊無蹤

詩曰：

佛即心兮心即佛，心佛從來皆要物。若知無物又無心，便是真如法身佛。
法身佛，沒模樣，一顆圓光涵萬象。無體之體即真體，無相之相即實相。
非色非空非不空，不來不向不回向。無異無同無有無，難捨難取難聽望。
內外靈光到處同，一佛國在一沙中。一粒沙含大千界，一個身心萬法同。
知之須會無心訣，不染不滯為淨業。善惡千端無所為，便是南無釋迦葉。

卻說那劉伯欽與唐三藏驚驚慌慌，又聞得叫聲「師父來也」。眾家僮道：「這叫的必是那山腳下石匣中老猿。」太保道：「是他！是他！」三藏問：「是甚麼老猿？」太保道：「這山舊名五行山；因我大唐王征西定國，改名兩界山。先年間曾聞得老人家說：『王莽篡漢之時，天降此山，下壓著一個神猴，不怕寒暑，不吃飲食，自有土神監押，教他飢餐鐵丸，渴飲銅汁；自昔到今，凍餓不死。』這叫必定是他。長老莫怕。我們下山去看來。」三藏只得依從，牽馬下山。行不數里，只見那石匣之間，果有一猴，露著頭，伸著手，亂招手道：「師父，你怎麼此時才來？來得好！來得好！救我出來，我保你上西天去也！」這長老近前細看，你道他是怎生模樣：

尖嘴縮腮，金睛火眼。頭上堆苔蘚，耳中生薜蘿。鬢邊少髮多青草，頷下無鬚有綠莎。眉間土，鼻凹泥，十分狼狽；指頭粗，手掌厚，塵垢餘多。還喜得眼睛轉動，喉舌聲和。語言雖利便，身體莫能那。正是五百年前孫大聖，今朝難滿脫天羅。

劉太保誠然膽大，走上前來，與他拔去了鬢邊草，頷下莎，問道：「你有甚麼說話？」那猴道：「我沒話說，教那個師父上來，我問他一問。」三藏道：「你問我甚麼？」那猴道：「你可是東土大王差往西天取經去的麼？」三藏道：「我正是，你問怎麼？」那猴道：「我是五百年前大鬧天宮的齊天大聖；只因犯了誑上之罪，被佛祖壓於此處。前者有個觀音菩薩，領佛旨意，上東土尋取經人。我教他救我一救，他勸我再莫行凶，皈依佛法，盡殷勤保護取經人，往西方拜佛，功成後自有好處。故此晝夜提心，晨昏吊膽，只等師父來救我脫身。我願保你取經，與你做個徒弟。」三藏聞言，滿心歡喜道：「你雖有此善心，又蒙菩薩教誨，願入沙門，只是我又沒斧鑿，如何救得你出？」那猴道：「不用斧鑿，你但肯救我，我自出來也。」三藏道：「我自救你，你怎得出來？」那猴道：「這山頂上有我佛如來的金字壓帖。你只上山去將帖兒揭起，我就出來了。」三藏依言，回頭央浼劉伯欽道：

第十四回

心猿歸正　六賊無蹤

「太保啊，我與你上山走一遭。」伯欽道：「不知真假何如！」那猴高叫道：「是真！決不敢虛謬！」伯欽只得呼喚家僮，牽了馬匹。他卻扶著三藏，復上高山。攀藤附葛，只行到那極巔之處，果然見金光萬道，瑞氣千條，有塊四方大石，石上貼著一封皮，卻是「唵、嘛、呢、叭、咪、吽」六個金字。

三藏近前跪下，朝石頭，看著金字，拜了幾拜，望西禱祝道：「弟子陳玄奘，特奉旨意求經，果有徒弟之分，揭得金字，救出神猴，同證靈山；若無徒弟之分，此輩是個凶頑怪物，哄賺弟子，不成吉慶，便揭不得起。」祝罷，又拜。拜畢，上前將六個金字，輕輕揭下。只聞得一陣香風，劈手把「壓帖兒」刮在空中，叫道：「吾乃監押大聖者。今日他的難滿，吾等回見如來，繳此封皮去也。」嚇得個三藏與伯欽一行人，望空禮拜。徑下高山，又至石匣邊，對那猴道：「揭了壓帖矣，你出來麼？」那猴歡喜，叫道：「師父，你請走開些，我好出來。莫驚了你。」

伯欽聽說，領著三藏，一行人回東即走。走了五七里遠近。又聽得那猴高叫道：「再走！再走！」三藏又行了許遠，下了山，只聞得一聲響亮，真個是地裂山崩。眾人盡皆悚懼。只見那猴早到了三藏的馬前，赤淋淋跪下，道聲「師父，我出來也！」對三藏拜了四拜，急起身，與伯欽唱個大喏道：「有勞大哥送我師父，又承大哥替我臉上薅草。」謝畢，就去收拾行李，扣背馬匹。那馬見了他，腰軟蹄矬，戰兢兢的立站不住。蓋因那猴原是弼馬溫，在天上看養龍馬的，有些法則，故此凡馬見他害怕。

三藏見他意思，實有好心，真個像沙門中的人物，便叫：「徒弟啊，你姓甚麼？」猴王道：「我姓孫。」三藏道：「我與你起個法名，卻好呼喚。」猴王道：「不勞師父盛意，我原有個法名，叫做孫悟空。」三藏歡喜道：「也正合我們的宗派。你這個模樣，就像那小頭陀一般，我再與你起個混名，稱為行者，好麼？」悟空道：「好！好！好！」自此時又稱為孫行者。

那伯欽見孫行者一心收拾要行，卻轉身對三藏唱個喏道：「長老，你幸此間收得個好徒，甚喜，甚喜。此人果然去得。我卻告回。」三藏躬身作禮相謝道：「多有拖步，感激不勝。回府多多致意令堂老夫人，令荊夫人，貧僧在府多擾，容回時踵謝。」伯欽回禮，遂此兩下分別。

卻說那孫行者請三藏上馬，他在前邊，背著行李，赤條條，拐步而行。不多時，過了兩界山，忽然見一隻猛虎，咆哮剪尾而來。三藏在馬上驚心。行者在路旁歡喜道：「師父莫怕他。他是送衣服與我的。」放下行李，耳朵裡拔出一個針兒，迎著風，幌一幌，原來是個碗來粗細一條鐵棒。他拿在手中，笑道：「這寶貝，五百餘年不曾用著他，今日拿出來掙件衣服兒穿穿。」你看他拽開步，迎著猛虎，道聲：「孽畜！那裡去！」那隻虎蹲著身，伏在塵埃，動也不敢動動。卻被他照頭一棒，就打的腦漿迸萬點桃紅，牙齒噴幾珠玉塊，唬得那陳玄奘滾鞍落馬，咬指道聲：「天那！天那！劉太保前日打的斑斕虎，還與他鬥了半日；今日孫悟空不用爭持，把這虎一棒打得稀爛，正是『強中更有強中手』！」

行者拖將虎來道：「師父略坐一坐，等我脫下他的衣服來，穿了走路。」三藏道：「他那裡有甚衣服？」行者道：「師父莫管我，我自有處置。」好猴王，把毫毛拔下一根，吹口仙氣，叫「變！」變作一把牛耳尖刀，從那虎腹上挑開皮，往下一剝，剝下個囫圇皮來；剁去了爪甲，割下頭來，割個四四方方一塊虎皮，提起來，量了一量道：「闊了些兒。一幅可作兩幅。」拿過刀來，又裁為兩幅。收起一幅，把一幅圍在腰間，路旁揪了一條葛藤，緊緊束定，遮了下體道：「師父，且去！且去！到了人家，借些針線，再縫不遲。」他把條鐵棒，捻一捻，依舊像個針兒，收在耳裡，背著行李，請師父上馬。

兩個前進，長老在馬上問道：「悟空，你才打虎的鐵棒，如何不見？」行者笑道：「師父，你不曉得。我這棍，本是東洋大海龍宮裡得來的，喚做『天河鎮底神珍鐵』，又喚做『如意金箍棒』。當年大反天宮，甚是虧他。隨身變化，要大就大，要小就小。剛才變做一個繡花針兒模樣，收在耳內矣。但用時，方可取出。」三藏聞言暗喜。又問道：「方才那隻虎見了你，怎麼就不動動？讓自在打他，何說？」悟空道：「不瞞師父說：莫道是隻虎，就是一條龍，見了我也不敢無禮。我老孫，頗有降龍伏虎的手段，翻江攪海的神通；見貌辨色，聆音察理；大之則量於宇宙，小之則攝於毫毛；變化無端，隱顯莫測。剝這個虎皮，何為稀罕？見到那疑難處，看展本事麼！」三藏聞得此言，愈加放懷無慮，策馬前行。師徒兩個走著路，說著話，不覺得太陽星墜。但見：

焰焰斜輝返照，天涯海角歸雲。千山鳥雀噪聲頻，覓宿投林成陣。野獸雙雙對對，回窩族族群群。一鉤新月破黃昏，萬點明星光暈。

行者道：「師父走動些，天色晚了。那壁廂樹木森森，想必是人家莊院，我們趕早投宿去來。」三藏果策馬而行，徑奔人家，到了莊院前下馬。行者撇了行李，走上前，叫聲：「開門！開門！」那裡面有一老者，扶筇而出；唿喇的開了門，看見行者這般惡相，腰繫著一塊虎皮，好似個雷公模樣，唬得腳軟身麻，口出譫語道：「鬼來了！鬼來了！」三藏近前攙住，叫道：「老施主，休怕。他是我貧僧的徒弟，不是鬼怪。」老者抬頭，見了三藏的面貌清奇，方然立定。問道：「你是那寺裡來的和尚，帶這惡人上我門來？」三藏道：「我貧僧是唐朝來的，往西天拜佛求經。適路過此間，天晚，特造檀府借宿一宵，明早不犯天光就行。萬望方便一二。」老者道：「你雖是個唐人，那個惡的，卻非唐人。」悟空厲聲高呼道：「你這個老兒全沒眼色！唐人是我師父，我是他徒弟！我也不是甚『糖人、蜜人』，我是齊天大聖。你們這裡人家，也有認得我的。我也曾見你來。」那老者道：「你在那裡見我？」悟空道：「你小時不曾在我面前扒柴？不曾在我臉上挑菜？」老者道：「這廝胡說！你在那裡住？我在那裡住？我來你面前扒柴、挑菜！」悟空道：「我兒子便胡說！你是認不得我了，我本是這兩界山石匣中的大聖。你再認認看。」老者方才省悟道：「你倒有些像他；但你是怎麼得出來的？」

悟空將菩薩勸善，令我等待唐僧揭帖脫身之事，對那老者細說了一遍。老者卻才下拜，將唐僧請到裡面，即喚老妻與兒女都來相見，具言前事，個個欣喜。又命看茶。茶罷，問悟空道：「大聖啊，你也有年紀了？」悟空道：「你今年幾歲了？」老者道：「我痴長一百三十歲了。」行者道：「還是我重子重孫哩！我那生身的年紀，我不記得是幾時；但只在這山腳下，已五百餘年了。」老者道：「是有，是有。我曾記得祖公公說，此山乃從天降下，就壓了一個神猴。只到如今，你才脫體。我那小時見你，是你頭上有草，臉上有泥，還不怕你；如今臉上無了泥，頭上無了草，卻像瘦了些，腰間又苫了一塊大虎皮，與鬼怪能差多少？」

一家兒聽得這般話說，都呵呵大笑。這老兒頗賢，即令安排齋飯。飯後，悟空道：「你家姓甚？」老者道：「舍下姓陳。」三藏聞言，即下來起手道：「老施主，與貧僧是華宗。」行者道：

「師父，你是唐姓，怎的和他是華宗？」三藏道：「我俗家也姓陳，乃是唐朝海州弘農郡聚賢莊人氏。我的法名叫做陳玄奘。只因我大唐太宗皇帝賜我做御弟三藏，指唐為姓，故名唐僧也。」那老者見說同姓，又十分歡喜。行者道：「老陳，左右打攪你家。我有五百多年不洗澡了，你可去燒些湯來，與我師徒們洗浴洗浴，一發臨行謝你。」那老兒即令燒湯拿盆，掌上燈火。師徒浴罷，坐在燈前。行者道：「老陳，還有一事累你，有針線借我用用。」那老兒道：「有，有，有。」即教媽媽取針線來，遞與行者。行者又有眼色，見師父洗浴，脫下一件白布短小直裰未穿，他即扯過來披在身上，卻將那虎皮脫下，聯接一處，打一個馬面樣的折子，圍在腰間，勒了藤條，走到師父面前道：「老孫今日這等打扮，比昨日如何？」三藏道：「好！好！好！這等樣，才像個行者。」三藏道：「徒弟，你不嫌殘舊，那件直裰兒，你就穿了罷。」悟空唱個喏道：「承賜！承賜！」他又去尋些草料餵了馬。此時各各事畢，師徒與那老兒，亦各歸寢。

次早，悟空起來，請師父走路。三藏著衣，教行者收拾鋪蓋行李。正欲告辭，只見那老兒，早具臉湯，又具齋飯。齋罷，方才起身。三藏上馬，行者引路。不覺飢餐渴飲，夜宿曉行，又值初冬時候，但見那：

霜凋紅葉千林瘦，嶺上幾株松柏秀。未開梅蕊散香幽，暖短晝，小春候，菊殘荷盡山茶茂。寒橋古樹爭枝鬥，曲澗涓涓泉水溜。淡雲欲雪滿天浮，朔風驟，牽衣袖，向晚寒威人怎受？

師徒們正走多時，忽見路旁唿哨一聲，闖出六個人來，各執長槍短劍，利刃強弓，大吒一聲道：「那和尚！那裡走！趕早留下馬匹，放下行李，饒你性命過去！」唬得那三藏魂飛魄散，跌下馬來，不能言語。行者用手扶起道：「師父放心，沒些兒事。這都是送衣服送盤纏與我們的。」三藏道：「悟空，你想有些耳閉？他說教我們留馬匹、行李，你倒問他要甚麼衣服、盤纏？」行者道：「你管守著衣服、行李、馬匹，待老孫與他爭持一場，看是何如。」三藏道：「好手不敵雙拳，雙拳不如四手。他那裡六條大漢，你這般小小的一個人兒，怎麼敢與他爭持？」

行者的膽量原大，那容分說，走上前來，叉手當胸，對那六個人施禮道：「列位有甚麼緣故，阻我貧僧的去路？」那人道：「我等是剪徑（指攔路搶劫）的大王，行好心的山主。大名久播，你量不知。早早的留下東西，放你過去；若道半個『不』字，教你碎屍粉骨！」行者道：「我也是祖傳的大王，積年的山主，卻不曾聞得列位有甚大名。」那人道：「你是不知，我說與你聽：一個喚做眼看喜，一個喚做耳聽怒，一個喚做鼻嗅愛，一個喚作舌嘗思，一個喚作意見欲，一個喚作身本憂。」悟空笑道：「原來是六個毛賊！你卻不認得我這出家人是你的主人公，你倒來擋路。把那打劫的珍寶拿出來，我與你作七分兒均分，饒了你罷！」那賊聞言，喜的喜，怒的怒，愛的愛，思的思，欲的欲，憂的憂。一齊上前亂嚷道：「這和尚無禮！你的東西全然沒有，轉來和我等要分東西！」他掄槍舞劍，一擁前來，照行者劈頭亂砍，乒乒乓乓，砍有七八十下。悟空停立中間，只當不知。那賊道：「好和尚！真個的頭硬！」行者笑道：「將就看得過罷了！你們也打得手困了，卻該老孫取出個針兒來耍耍。」那賊道：「這和尚是一個行針灸的郎中變的。我們又無病症，說甚麼動針的話！」

行者伸手去耳朵裡拔出一根繡花針兒，迎風一幌，卻是一條鐵棒，足有碗來粗細。拿在手中道：

第十四回
心猿歸正　六賊無蹤

「不要走！也讓老孫打一棍兒試試手！」唬得這六個賊四散逃走，被他拽開步，團團趕上，一個個盡皆打死。剝了他的衣服，奪了他的盤纏，笑吟吟走將來道：「師父請行，那賊已被老孫剿了。」三藏道：「你十分撞禍！他雖是剪徑的強徒，就是拿到官司，也不該死罪；你縱有手段，只可退他去便了，怎麼就都打死？這卻是無故傷人的性命，如何做得和尚？出家人『掃地恐傷螻蟻命，愛惜飛蛾紗罩燈。』你怎麼不分皂白，一頓打死？全無一點慈悲好善之心！早還是山野中無人查考；若到城市，倘有人一時衝撞了你，你也行凶，執著棍子，亂打傷人，我可做得白客，怎能脫身？」悟空道：「師父，我若不打死他，他卻要打死你哩。」三藏道：「我這出家人，寧死決不敢行凶。我就死，也只是一身，你卻殺了他六人，如何理說？此事若告到官，就是你老子做官，也說不過去。」行者道：「不瞞師父說，我老孫五百年前，據花果山稱王為怪的時節，也不知打死多少人；假似你說這般到官，倒也得些狀告是。」三藏道：「只因你沒收沒管，暴橫人間，欺天誑上，才受這五百年前之難。今既入了沙門，若是還像當時行凶，一味傷生，去不得西天，做不得和尚！忒惡！忒惡！」

原來這猴子一生受不得人氣。他見三藏只管絮絮叨叨，按不住心頭火發道：「你既是這等，說我做不得和尚，上不得西天，不必恁般絮聒惡我，我回去便了！」那三藏卻不曾答應，他就使一個性子，將身一縱，說一聲「老孫去也！」三藏急抬頭，早已不見。只聞得呼的一聲，回東而去。撇得那長老孤孤零零，點頭自嘆，悲怨不已，道：「這廝！這等不受教誨！我但說他幾句，他怎麼就無形無影的，徑回去了？──罷！罷！罷！也是我命裡不該招徒弟、進人口！如今欲尋他無處尋，欲叫他叫不應，去來！去來！」正是捨身拚命歸西去，莫倚旁人自主張。

那長老只得收拾行李，捎在馬上，也不騎馬，一隻手拄著錫杖，一隻手揪著韁繩，淒淒涼涼，往西前進。行不多時，只見山路前面，有一個年高的老母，捧一件綿衣，綿衣上有一頂花帽。三藏見他來得至近，慌忙牽馬，立於右側讓行。那老母問道：「你是那裡來的長老，孤孤淒淒獨行於此？」三藏道：「弟子乃東土大唐奉聖旨往西天拜活佛求真經者。」老母道：「西方佛乃大雷音寺天竺國界，此去有十萬八千里路。你這等單人獨馬，又無個伴侶，又無個徒弟，你如何去得！」三藏道：「弟子日前，收得一個徒弟，他性潑凶頑，是我說了他幾句，他不受教，遂渺然而去也。」老母道：「我有這一領綿布直裰，一頂嵌金花帽。原是我兒子用的。他只做了三日和尚，不幸命短身亡。我才去他寺裡，哭了一場，辭了他師父，將這兩件衣帽拿來，做個憶念。長老啊，你既有徒弟，我把這衣帽送了你罷。」三藏道：「承老母盛賜；但只是我徒弟已走了，不敢領受。」老母道：「那廂去了？」三藏道：「我聽得呼的一聲，他回東去了。」老母道：「東邊不遠，就是我家，想必往我家去了。我那裡還有一篇咒兒，喚做『定心真言』；又名做『緊箍兒咒』。你可暗暗的念熟，牢記心頭，再莫洩漏一人知道。我去趕上他，叫他還來跟你，你卻將此衣帽與他穿戴。他若不服你使喚，你就默念此咒，他再不敢行凶，也再不敢去了。」

三藏聞言，低頭拜謝。那老母化一道金光，回東而去。三藏情知是觀音菩薩授此真言，急忙撮土焚香，望東懇懇禮拜。拜罷，收了衣帽，藏在包袱中間。卻坐於路旁，誦習那《定心真言》。來回念了幾遍，念得爛熟，牢記心胸不題。

卻說那悟空別了師父，一筋斗雲，徑轉東洋大海。按住雲頭，分開水道，徑至水晶宮前。早驚動龍王出來迎接。接至宮裡坐下，禮畢。龍王道：「近聞得大聖難滿，失賀！想必是重整仙山，復歸古洞矣。」悟空道：「我也有此心性；只是又做了和尚了。」龍王道：「做甚和尚？」行者道：「我虧了南海菩薩勸善，教我正果，隨東土唐僧，上西方拜佛，皈依沙門，又喚為行者了。」龍王道：「這等真是可賀！可賀！這才叫做改邪歸正，懲創善心。既如此，怎麼不西去，復東回何也？」行者笑道：「那是唐僧不識人性。有幾個毛賊剪徑，是我將他打死，唐僧就絮絮叨叨，說我若幹的不是。你想老孫，可是受得悶氣的？是我撇了他，欲回本山，故此先來望你一望，求盅茶吃。」龍王道：「承降！承降！」當時龍子、龍孫即捧香茶來獻。

茶畢，行者回頭一看，見後壁上掛著一幅「圯橋進履」的畫兒。行者道：「這是甚麼景致？」龍王道：「大聖在先，此事在後，故你不認得。這叫做『圯橋三進履』。」行者道：「怎的是『三進履』？」龍王道：「此仙乃是黃石公。此子乃是漢世張良。石公坐在圯橋上，忽然失履於橋下，遂喚張良取來。此子即忙取來，跪獻於前。如此三度，張良略無一毫倨傲怠慢之心，石公遂愛他勤謹，夜授天書，著他扶漢。後果然運籌帷幄之中，決勝千里之外。太平後，棄職歸山，從赤松子游，悟成仙道。大聖，你若不保唐僧，不盡勤勞，不受教誨，到底是個妖仙，休想得成正果。」悟空聞言，沉吟半晌不語。」龍王道：「大聖自當裁處，不可圖自在，誤了前程。」悟空道：「莫多話，老孫還去保他便了。」龍王欣喜道：「既如此，不敢久留，請大聖早發慈悲，莫要疏久了你師父。」行者見他催促請行，急聳身，出離海藏，駕著雲，別了龍王。正走，卻遇著南海菩薩。菩薩道：「孫悟空，你怎麼不受教誨，不保唐僧，來此處何幹？」慌得個行者在雲端裡施禮道：「向蒙菩薩善言，果有唐朝僧到，揭了壓帖，救了我命，跟他做了徒弟。他卻怪我凶頑，我才子閃了他一閃，如今就去保他也。」菩薩道：「趕早去，莫錯過了念頭。」言畢各回。

這行者，須臾間看見唐僧在路旁悶坐。他上前道：「師父！怎麼不走路？還在此做甚？」三藏抬頭道：「你往那裡去來？教我行又不敢行，動又不敢動，只管在此等你。」行者道：「我往東洋大海老龍王家討茶吃吃。」三藏道：「徒弟啊，出家人不要說謊。你離了我，沒多一個時辰，就說到龍王家吃茶？」行者笑道：「不瞞師父說：我會駕筋斗雲，一個筋斗，有十萬八千里路，故此得即去即來。」三藏道：「我略略的言語重了些兒，你就怪我，使個性子丟了我去。像你這有本事的，討得茶吃；像我這去不得的，只管在此忍餓。你也過意不去呀！」行者道：「師父，你若餓了，我便去與你化些齋吃。」三藏道：「不用化齋。我那包袱裡，還有些乾糧，是劉太保母親送的，你去拿缽盂尋些水來，等我吃些兒走路罷。」

行者去解開包袱，在那包裹中間見有幾個粗麵燒餅，拿出來遞與師父。又見那光豔豔的一領綿布直裰，一頂嵌金花帽，行者道：「這衣帽是東土帶來的？」三藏就順口兒答應道：「是我小時穿戴的。這帽子若戴了，不用教經，就會念經；這衣服若穿了，不用演禮，就會行禮。」行者道：「好師父，把與我穿戴了罷。」三藏道：「只怕長短不一，你若穿得，就穿了罷。」行者遂脫下舊白布直裰，將綿布直裰穿上，也就是比量著身體裁的一般，把帽兒戴上。

三藏見他戴上帽子，就不吃乾糧，卻默默的念那《緊箍咒》一遍。行者叫道：「頭痛！頭痛！」那師父不住的又念了幾遍，把個行者痛得打滾，抓破了嵌金的花帽。三藏又恐怕扯斷金箍，住了口不念。不念時，他就不痛了。伸手去頭上摸摸，似一條金線兒模樣，緊緊的勒在上面，取不下，揪不斷，已此生了根了。他就耳裡取出針兒來，插入箍裡，往外亂捎。三藏又恐怕他捎斷了，口中又念起來，他依舊生痛，痛得豎蜻蜓，翻筋斗，耳紅面赤，眼脹身麻。那師父見他這等，又不忍不捨，復住了口，他的頭又不痛了。行者道：「我這頭，原來是師父咒我的。」三藏道：「我念的是《緊箍經》，何曾咒你？」行者道：「你再念念看。」三藏真個又念。行者真個又痛，只教：「莫念！莫念！念動我就痛了！這是怎麼說？」三藏道：「你今番可聽我教誨了？」行者道：「聽教了！」「你再可無禮了？」行者道：「不敢了！」

他口裡雖然答應，心上還懷不善，把那針兒幌一幌，碗來粗細，望唐僧就欲下手，慌得長老口中又念了兩三遍，這猴子跌倒在地，丟了鐵棒，不能舉手，只教：「師父！我曉得了！再莫念！再莫念！」三藏道：「你怎麼欺心，就敢打我？」行者道：「我不曾敢打，我問師父，你這法兒是誰教你的？」三藏道：「是適間一個老母傳授我的。」行者大怒道：「不消講了！這個老母，坐定是那個觀世音！他怎麼那等害我！等我上南海打他去！」三藏道：「此法既是他授與我，他必然先曉得了。你若尋他，他念起來，你卻不是死了？」行者見說得有理，真個不敢動身，只得回心，跪下哀告道：「師父！這是他奈何我的法兒，教我隨你西去。我也不去惹他，你也莫當常言，只管念誦。我願保你，再無退悔之意了。」三藏道：「既如此，伏侍我上馬去也。」那行者才死心塌地，抖擻精神，束一束綿布直裰，扣背馬匹，收拾行李，奔西而進。

畢竟這一去，後面又有甚話說，且聽下回分解。

第十五回 蛇盤山諸神暗佑 鷹愁澗意馬收韁

卻說行者伏侍唐僧西進，行經數日，正是那臘月寒天，朔風凜凜，滑凍凌凌；去的是些懸崖峭壁崎嶇路，迭嶺層巒險峻山。三藏在馬上，遙聞一派喇喇水聲聒耳，回頭叫：「悟空，是那裡水響？」行者道：「我記得此處叫做蛇盤山鷹愁澗，想必是澗裡水響。」說不了，馬到澗邊，三藏勒韁觀看。但見：

涓涓寒脈穿雲過，湛湛清波映日紅。聲搖夜雨聞幽谷，彩發朝霞眩太空。
千仞浪飛噴碎玉，一泓水響吼清風。流歸萬頃煙波去，鷗鷺相忘沒釣逢。

師徒兩個正然看處，只見那澗當中響一聲，鑽出一條龍來，推波掀浪，攛出崖山，就搶長老。慌得個行者丟了行李，把師父抱下馬來，回頭便走。那條龍就趕不上，把他的白馬連鞍轡一口吞下肚去，依然伏水潛蹤。

第十五回

蛇盤山諸神暗佑　鷹愁澗意馬收韁

行者把師父送在那高阜上坐了，卻來牽馬挑擔，止存得一擔行李，不見了馬匹。他將行李擔送到師父面前道：「師父，那孽龍也不見蹤影，只是驚走我的馬了。」三藏道：「徒弟啊，卻怎生尋得馬著麼？」行者道：「放心，放心，等我去看來。」

他打個唿哨，跳在空中。火眼金睛，用手搭涼篷，四下裡觀看，更不見馬的蹤跡。按落雲頭，報道：「師父，我們的馬斷乎是那龍吃了，四下裡再看不見。」三藏道：「徒弟呀，那廝能有多大口，卻將那匹大馬連鞍轡都吃了？想是驚張溜韁，走在那山凹之中。你再仔細看看。」行者道：「你也不知我的本事。我這雙眼，白日裡常看一千里路的吉凶。像那千里之內，蜻蜓兒展翅，我也看見，何期那匹大馬，我就不見！」三藏道：「既是他吃了，我如何前進！可憐啊！這萬水千山，怎生走得！」說著話，淚如雨落。

行者見他哭將起來，他那裡忍得住暴燥，發聲喊道：「師父莫要這等膿包形麼？你坐著！坐著！等老孫去尋著那廝，教他還我馬匹便了！」三藏卻才扯住道：「徒弟啊，你那裡去尋他？只怕他暗地裡攛將出來，卻不又連我都害了？那時節人馬兩亡，怎生是好！」行者聞得這話，越加嗔怒，就叫喊如雷道：「你忒不濟！不濟！又要馬騎，又不放我去，似這般看著行李，坐到老罷！」

哏哏的吆喝，正難息怒，只聽得空中有人言語，叫道：「孫大聖莫惱，唐御弟休哭。我等是觀音菩薩差來的一路神祇，特來暗中保取經者。」那長老聞言，慌忙禮拜。行者道：「你等是那幾個，可報名來，我好點卯。」眾神道：「我等是六丁六甲、五方揭諦、四值功曹、一十八位護教伽藍，各各輪流值日聽候。」行者道：「今日先從誰起？」眾揭諦道：「丁甲、功曹、伽藍輪次。我五方揭諦，惟金頭揭諦晝夜不離左右。」行者道：「既如此，不當值者且退，留下六丁神將與日值功曹和眾揭諦保守著我師父。等老孫尋那澗中的孽龍，教他還我馬來。」眾神遵令。

三藏才放下心，坐在石崖之上，吩咐：「行者仔細。」行者道：「只管寬心。」好猴王，束一束綿布直裰，撩起虎皮裙子，攥著金箍鐵棒，抖擻精神，徑臨澗壑，半雲半霧的，在那水面上高叫道：「潑泥鰍，還我馬來！還我馬來！」

卻說那龍吃了三藏的白馬，伏在那澗底中間，潛靈養性。只聽得有人叫罵索馬，他按不住心中火發，急縱身躍浪翻波，跳將上來道：「是那個敢在這裡海口傷吾？」行者見了他，大吒一聲：「休走！還我馬來！」掄著棍，劈頭就打。那條龍張牙舞爪來抓。他兩個在澗邊前這一場賭鬥，果是驍雄。但見那：

龍舒利爪，猴舉金箍。那個鬚垂白玉線，這個眼幌赤金燈。那個鬚下明珠噴彩霧，這個手中鐵棒舞狂風。那個是迷爺娘的孽子，這個是欺天將的妖精。他兩個都因有難遭磨折，今要成功各顯能。

來來往往，戰罷多時，盤旋良久，那條龍力軟筋麻，不能抵敵，打一個轉身，又攛於水內，深潛澗底，再不出頭。被猴王罵詈不絕，他也只推耳聾。

行者沒及奈何，只得回見三藏道：「師父，這個怪被老孫罵將出來，他與我賭鬥多時，怯戰而走，只躲在水中間，再不出來了。」三藏道：「不知端的可是他吃了我馬？」行者道：「你看你說的話！不是他吃了，他還肯出來招聲，與老孫犯對？」三藏道：「你前日打虎時，曾說有降龍伏虎的手段，今日如何便不能降他？」

原來那猴子吃（經）不得人急他。見三藏搶白了他這一句，他就發起神威道：「不要說！不要說！等我與他再見個上下！」

這猴王拽開步，跳到澗邊，使出那翻江攪海的神通，把一條鷹愁陡澗徹底澄清的水，攪得似那九曲黃河泛漲的波。那孽龍在於深澗中，坐臥不寧，心中思想道：「這才是福無雙降，禍不單行。我才脫了天條死難，不上一年，在此隨緣度日，又撞著這般個潑魔，他來害我！」你看他越思越惱，受不得屈氣，咬著牙，跳將出去，罵道：「你是那裡來的潑魔，這等欺我！」行者道：「你莫管我那裡不那裡，你只還了馬，我就饒你性命！」那龍道：「你的馬是我吞下肚去，如何吐得出來！不還你，便待怎的！」行者道：「不還馬時看棍！只打殺你，償了我馬的性命便罷！」他兩個又在那山崖下苦鬥。鬥不數合，小龍委實難搪，將身一幌，變作一條水蛇兒，鑽入草窠中去了。

猴王拿著棍，趕上前來，撥草尋蛇，那裡得些影響（蹤影）。急得他三屍神乍，七竅煙生，念了一聲「唵」字咒語，即喚出當坊土地、本處山神，一齊來跪下道：「山神、土地來見。」行者道：「伸過孤拐（踝骨）來，各打五棍見面，與老孫散散心！」二神叩頭哀告道：「望大聖方便，容小神訴告。」行者道：「你說甚麼？」二神道：「大聖一向久困，小神不知幾時出來，所以不曾接得，萬望恕罪。」行者道：「既如此，我且不打你。我問你：鷹愁澗裡，是那方來的怪龍？他怎麼搶了我師父的白馬吃了？」二神道：「大聖自來不曾有師父，原來是個不伏天不伏地的混元上真，如何得有甚麼師父的馬來？」行者道：「你等是也不知。我只為那誑上的勾當，整受了這五百年的苦難。今蒙觀音菩薩勸善，著唐朝駕下真僧救出我來，教我跟他做徒弟，往西天去拜佛求經。因路過此處，失了我師父的白馬。」二神道：「原來是如此。這澗中自來無邪，只是深陡寬闊，水光徹底澄清，鴉鵲不敢飛過；因水清照見自己的形影，便認做同群之鳥，往往身擲於水內：故名『鷹愁陡澗』。只是向年間，觀音菩薩因為尋訪取經人去，救了一條玉龍，送他在此，教他等候那取經人，不許為非作歹，他只是飢了時，上岸來撲些鳥鵲吃，或是捉些獐鹿食用。不知他怎麼無知，今日衝撞了大聖。」行者道：「先一次，他還與老孫侮手（交手），盤旋了幾合；後一次，是老孫叫罵，他再不出。因此使了一個翻江攪海的法兒，攪混了他澗水，他就攛將上來，還要爭持。不知老孫的棍重，他遮架不住，就變做一條水蛇，鑽在草裡。我趕來尋他，卻無蹤跡。」土地道：「大聖不知。這條澗千萬個孔竅相通，故此這波瀾深遠。想是此間也有一孔，他鑽將下去。也不須大聖發怒，在此找尋；要擒此物，只消請將觀世音來，自然伏了。」

行者見說，喚山神、土地，同來見了三藏，具言前事。三藏道：「若要去請菩薩，幾時才得回來？我貧僧飢寒怎忍！」說不了，只聽得暗空中有金頭揭諦叫道：「大聖，你不須動身，小神去請菩薩來也。」行者大喜，道聲：「有累，有累！快行，快行！」那揭諦急縱雲頭，徑上南海。行者吩咐山神、土地守護師父，日值功曹去尋齋供，他又去澗邊巡繞不題。

卻說金頭揭諦，一駕雲，早到了南海。按祥光，直至落伽山紫竹林中，托那金甲諸天與木吒惠岸轉達，得見菩薩。菩薩道：「汝來何幹？」揭諦道：「唐僧在蛇盤山鷹愁陡澗失了馬，急得孫大聖進退兩難。及問本處土神，說是菩薩送在那裡的孽龍吞了，那大聖著小神來告請菩薩降這孽龍，還他馬匹。」

菩薩聞言道：「這廝本是西海敖閏之子。他為縱火燒了殿上明珠，他父告他忤逆，天庭上犯了死罪，是我親見玉帝，討他下來，教他與唐僧做個腳力。他怎麼反吃了唐僧的馬？這等說，等我去來。」那菩薩降蓮台，徑離仙洞，與揭諦駕著祥光，過了南海而來。有詩為證。詩曰：

佛說蜜多三藏經，菩薩揚善滿長城。摩訶妙語通天地，般若真言救鬼靈。
致使金蟬重脫殼，故令玄奘再修行。只因路阻鷹愁澗，龍子歸真化馬形。

那菩薩與揭諦，不多時，到了蛇盤山。卻在那半空裡留住祥雲，低頭觀看。只見孫行者正在澗邊叫罵。菩薩著揭諦喚他來。那揭諦按落雲頭，不經由三藏，直至澗邊，對行者道：「菩薩來也。」行者聞得，急縱雲跳到空中，對他大叫道：「你這個七佛之師，慈悲的教主！你怎麼生方法兒害我！」菩薩道：「我把你這個大膽的馬流（方言，猴子），村愚的赤尻！我倒再三盡意，度得個取經人來，叮嚀教他救你性命，你怎麼不來謝我活命之恩，反來與我嚷鬧？」行者道：「你弄得我好哩！你既放我出來，讓我逍遙自在耍子便了；你前日在海上迎著我，傷了我幾句，教我來盡心竭力，伏侍唐僧便罷了；你怎麼送他一頂花帽，哄我戴在頭上受苦？把這個箍子長在老孫頭上，又教他念一卷甚麼『緊箍兒咒』，著那老和尚念了又念，教我這頭上疼了又疼，這不是你害我也？」菩薩笑道：「你這猴子！你不遵教令，不受正果，若不如此拘繫你，你又誑上欺天，知甚好歹！再似從前撞出禍來，有誰收管？——須是得這個魔頭，你才肯入我瑜伽之門路（指佛門）哩！」行者道：「這樁事，作做是我的魔頭罷；你怎麼又把那有罪的孽龍，送在此處成精，教他吃了我師父的馬匹？此又是縱放歹人為惡，太不善也！」菩薩道：「那條龍，是我親奏玉帝，討他在此，專為求經人做個腳力。你想那東土來的凡馬，怎歷得這萬水千山？怎到得那靈山佛地？須是得這個龍馬，方才去得。」行者道：「象他這般懼怕老孫，潛躲不出，如之奈何？」菩薩叫揭諦道：「你去澗邊叫一聲『敖閏龍王玉龍三太子，你出來，有南海菩薩在此。』他就出來了。」

那揭諦果去澗邊叫了兩遍。那小龍翻波跳浪，跳出水來，變作一個人相，踏了雲頭，到空中對菩薩禮拜道：「向蒙菩薩解脫活命之恩，在此久等，更不聞取經人的音信。」菩薩指著行者道：「這不是取經人的大徒弟？」小龍見了道：「菩薩，這是我的對頭。我昨日腹中飢餒，果然吃了他的馬匹。他倚著有些力量，將我鬥得力怯而回；又罵得我閉門不敢出來。他更不曾提著一個『取經』的字樣。」行者道：「你又不曾問我姓甚名誰，我怎麼就說？」小龍道：「我不曾問你是那裡來的潑魔？你嚷道：『管甚麼那裡不那裡！只還我馬來！』何曾說出半個『唐』字！」菩薩道：「那猴頭，專倚自強，那肯稱贊別人？今番前去，還有歸順的哩。若問時，先提起『取經』的字來，卻也不用勞心，自然拱伏。」

行者歡喜領教。菩薩上前，把那小龍的項下明珠摘了，將楊柳枝蘸出甘露，往他身上拂了一拂，吹口仙氣，喝聲叫「變！」那龍即變做他原來的馬匹毛片。又將言語吩咐道：「你須用心了還孽障；功成後，超越凡龍，還你個金身正果。」那小龍口銜　著橫骨，心心領諾。

菩薩教悟空領他去見三藏，「我回海上去也。」行者扯住菩薩不放道：「我不去了！我不去了！西方路這等崎嶇，保這個凡僧，幾時得到？似這等多磨多折，老孫的性命也難全，如何成得甚麼功果！我不去了！我不去了！」

菩薩道：「你當年未成人道，且肯盡心修悟；你今日脫了天災，怎麼倒生懶惰？我門中以寂滅成真，須是要信心正果；假若到了那傷身苦磨之處，我許你叫天天應，叫地地靈。十分再到那難脫之際，我也親來救你。你過來，我再贈你一般本事。」菩薩將楊柳葉兒，摘下三個，放在行者的腦後，喝聲「變！」即變做三根救命的毫毛，教他：「若到那無濟無主的時節，可以隨機應變，救得你急苦之災。」

行者聞了這許多好言，才謝了大慈大悲的菩薩。那菩薩香風繞繞，彩霧飄飄，徑轉普陀而去。這行者才按落雲頭，揪著那龍馬的頂鬃，來見三藏道：「師父，馬有了也。」三藏一見大喜道：「徒弟，這馬怎麼比前反肥盛了些？在何處尋著的？」行者道：「師父，你還做夢哩！卻才是金頭揭諦請了菩薩來，把那澗裡龍化作我們的白馬。其毛片相同，只是少了鞍轡，著老孫揪將來也。」三藏大驚道：「菩薩何在？待我去拜謝他。」行者道：「菩薩此時已到南海，不耐煩矣。」

三藏就撮土焚香，望南禮拜。拜罷，起身即與行者收拾前進。行者喝退了山神、土地，吩咐了揭諦，功曹，卻請師父上馬。三藏道：「那無鞍轡的馬，怎生騎得？且待尋船渡過澗去，再作區處（竹排或木排之類）。」行者道：「這個師父好不知時務！這個曠野山中，船從何來？這匹馬，他在此久住，必知水勢，就騎著他做個船兒過去罷。」

三藏無奈，只得依言，跨了剗馬（無鞍轡之馬）。行者挑著行囊。到了澗邊。

只見那上流頭，有一個漁翁，撐著一個枯木的筏子，順流而下。行者見了，用手招呼道：「那老漁，你來，你來。我是東土取經去的。我師父到此難過，你來渡他一渡。」漁翁聞言，即忙撐攏。行者請師父下了馬，扶持左右。三藏上了筏子，揪上馬匹，安了行李。那老漁撐開筏子，如風似箭，不覺的過了鷹愁陡澗，上了西岸。三藏教行者解開包袱，取出大唐的幾文錢鈔，送與老漁。老漁把筏子一篙撐開道：「不要錢，不要錢。」向中流渺渺茫茫而去。

三藏甚不過意，只管合掌稱謝。行者道：「師父休致意了。你不認得他？他是此澗裡的水神。不曾來接得我老孫，老孫還要打他哩。只如今免打就彀了他的，怎敢要錢！」那師父也似信不信，只得又跨著剗馬，隨著行者，徑投大路，奔西而去。這正是：廣大真如登彼岸，誠心了性上靈山。同師前進，不覺的紅日沉西，天光漸晚。但見：

淡雲撩亂，山月昏蒙。滿天霜色生寒，四面風聲透體。孤鳥去時蒼渚（水中小塊陸地）闊，落霞明處遠山低。疏林千樹吼，空嶺獨猿啼。長途不見行人跡，萬里歸舟入夜時。

三藏在馬上遙觀，忽見路旁一座莊院。三藏道：「悟空，前面人家，可以借宿，明早再行。」行者抬頭看見道：「師父，不是人家莊院。」三藏道：「如何不是？」行者道：「人家莊院，卻沒飛魚穩獸之脊，這斷是個廟宇庵院。」

師徒們說著話，早已到了門首。三藏下了馬，只見那門上有三個大字，乃「里社祠」，遂入門裡。那裡邊有一個老者，頂掛著數珠兒，合掌來迎，叫聲「師父請坐。」三藏慌忙答禮，上殿去參拜了聖像。那老者即呼童子獻茶。茶罷，三藏問老者道：「此廟何為『里社』？」老者道：「敝處乃西番哈泌國界。這廟後有一莊人家，共發虔心，立此廟宇。里者，乃一鄉里地；社者，乃一社土神。每遇春耕、夏耘、秋收、冬藏之日，各辦三牲花果，來此祭社，以保四時清吉，五穀豐登，六畜茂盛故也。」

第十五回

蛇盤山諸神暗佑　鷹愁澗意馬收韁

三藏聞言，點頭誇贊：「正是『離家三里遠，別是一鄉風。』我那裡人家，更無此善。」老者卻問：「師父仙鄉是何處？」三藏道：「貧僧是東土大唐國，奉旨意，上西天拜佛求經的。路過寶坊，天色將晚，特投聖祠，告宿一宵，天光即行。」那老者十分歡喜，道了幾聲「失迎」，又叫童子辦飯。三藏吃畢，謝了。

行者的眼乖，見他房簷下，有一條搭衣的繩子，走將去，一把扯斷，將馬腳繫住。那老者笑道：「這馬是那裡偷來的？」行者怒道：「你那老頭子，說話不知高低！我們是拜佛的聖僧，又會偷馬！」老兒笑道：「不是偷的，如何沒有鞍轡韁繩，卻來扯斷我曬衣的索子？」三藏陪禮道：「這個頑皮，只是性躁。你要拴馬，好生問老人家討條繩子，如何就扯斷他的衣索？老先，休怪，休怪。我這馬，實不瞞你說，不是偷的，昨日東來，至鷹愁陡澗，原有騎的一匹白馬，鞍轡俱全。不期那澗裡有條孽龍，在彼成精，他把我的馬連鞍轡一口吞之。幸虧我徒弟有些本事，又感得觀音菩薩來澗邊擒住那龍，教他就變做我原騎的白馬，毛片俱同，馱我上西天拜佛。今此過澗，未經一日，卻到了老先的聖祠，還不曾置得鞍轡哩。」

那老者道：「師父休怪，我老漢作笑耍子，誰知你高徒認真。我小時也有幾個村錢，也好騎匹駿馬；只因累歲迍邅（困頓不得志），遭喪失火，到此沒了下梢（結局），故充為廟祝，侍奉香火。幸虧這後莊施主家募化度日。我那裡倒還有一副鞍轡，是我平日心愛之物，就是這等貧窮，也不曾捨得賣了。才聽老師父之言，菩薩尚且救護，神龍教他化馬馱你，我老漢卻不能少有周濟，明日將那鞍轡取來，願送老師父，扣背前去，乞為笑納。」

三藏聞言，稱謝不盡。早又見童子拿出晚齋。齋罷，掌上燈，安了鋪，各各寢歇。

至次早，行者起來道：「師父，那廟祝老兒，昨晚許我們鞍轡，問他要，不要饒他。」說未了，只見那老兒，果擎著一副鞍轡，襯屜韁籠之類，凡馬上一切用的，無不全備，放在廊下道：「師父，鞍轡奉上。」三藏見了，歡喜領受。教行者拿了，背上馬看，可相稱否。行者走上前，一件件的取起看了，果然是些好物。有詩為證。詩曰：

雕鞍彩晃柬銀星，寶凳光飛金線明。襯屜幾層絨苫迭，牽韁三股紫絲繩。
轡頭皮札團花粲，雲扇描金舞獸形。環嚼叩成磨煉鐵，兩垂蘸水結毛纓。

行者心中暗喜，將鞍轡背在馬上，就似量著做的一般。三藏拜謝那老，那老慌忙攙起道：「惶恐！惶恐！何勞致謝？」那老者也不再留，請三藏上馬，那長老出得門來，攀鞍上馬。行者擔著行李。那老兒復袖中取出一條鞭兒來，卻是皮丁兒寸札的香藤柄子，虎筋絲穿結的梢兒，在路旁拱手奉上道：「聖僧，我還有一條挽手兒，一發送了你罷。」那三藏在馬上接了道：「多承布施！多承布施！」

正打問訊，卻早不見了那老兒。及回看那裡社祠，是一片光地。只聽得半空中有人言語道：「聖僧，多簡慢你。我是落伽山山神、土地，蒙菩薩差送鞍轡與汝等的。汝等可努力西行，卻莫一時怠慢。」慌得個三藏滾鞍下馬，望空禮拜道：「弟子肉眼凡胎，不識尊神尊面，望乞恕罪。煩轉達菩薩，深蒙恩佑。」

你看他只管朝天磕頭，也不計其數。路旁邊活活的笑倒個孫大聖，孜孜的喜壞個美猴王，上前來

第十五回

蛇盤山諸神暗佑　鷹愁澗意馬收韁

扯住唐僧道：「師父，你起來罷。他已去得遠了，聽不見你禱祝，看不見你磕頭。只管拜怎的？」長老道：「徒弟呀，我這等磕頭，你也就不拜他一拜，且立在旁邊，只管哂笑，是何道理？」行者道：「你那裡知道？像他這個藏頭露尾的，本該打他一頓；只為看菩薩面上，饒他打盡殼了，他還敢受我老孫之拜？老孫自小兒做好漢，不曉得拜人，就是見了玉皇大帝、太上老君，我也只是唱個喏便罷了。」

三藏道：「不當人子！莫說這空頭話！快起來，莫誤了走路。」那師父才起來收拾投西而去。此去行有兩個月太平之路，相遇的都是些虜虜、回回，狼蟲虎豹。光陰迅速，又值早春時候。但見山林錦翠色，草木發青芽；梅英落盡，柳眼初開。師徒們行玩春光，又見太陽西墜。三藏勒馬遙觀，山凹裡，有樓台影影，殿閣沉沉。

三藏道：「悟空，你看那裡是甚麼去處？」行者抬頭看了道：「不是殿宇，定是寺院。我們趕起些，那裡借宿去。」三藏欣然從之，放開龍馬，徑奔前來。

畢竟不知此去是甚麼去處，且聽下回分解。

第十六回 觀音院僧謀寶貝 黑風山怪竊袈裟

卻說他師徒兩個，策馬前來，直至山門首觀看，果然是一座寺院。但見那：

層層殿閣，迭迭廊房。三山門外，巍巍萬道彩雲遮；五福堂前，豔豔千條紅霧繞。兩路松篁（竹子），一林檜柏。兩路松篁，無年無紀自清幽；一林檜柏，有色有顏隨傲麗。又見那鐘鼓樓高，浮屠塔峻。安禪僧定性，啼樹鳥音閒。寂寞無塵真寂寞，清虛有道果清虛。

詩曰：

上剎祇園隱翠窩，招提勝景賽娑婆。果然淨土人間少，天下名山僧占多。

長老下了馬，行者歇了擔，正欲進門，只見那門裡走出一眾僧來。你看他怎生模樣：

頭戴左笄帽，身穿無垢衣。銅環雙墜耳，絹帶束腰圍。
草履行來穩，木魚手內提。口中常作念，般若總皈依。

三藏見了，侍立門旁，道個問訊，那和尚連忙答禮。笑道：「失瞻。」問：「是那裡來的？請入方丈獻茶。」三藏道：「我弟子乃東土欽差，上雷音寺拜佛求經。至此處天色將晚，欲借上剎一宵。」那和尚道：「請進裡坐，請進裡坐。」三藏方喚行者牽馬進來。那和尚忽見行者相貌，有些害怕，便問：「那牽馬的是個甚麼東西？」三藏道：「悄言！悄言！他的性急，若聽見你說是甚麼東西，他就惱了。──他是我的徒弟。」那和尚打了個寒噤，咬著指頭道：「這般一個醜頭怪腦的，好招他做徒弟！」三藏道：「你看不出來哩，醜自醜，甚是有用。」

那和尚只得同三藏與行者進了山門。山門裡，又見那正殿上書四個大字，是「觀音禪院」。三藏又大喜道：「弟子屢感菩薩聖恩，未及叩謝；今遇禪院，就如見菩薩一般，甚好拜謝。」那和尚聞言，即命道人開了殿門，請三藏朝拜。那行者拴了馬，丟了行李，同三藏上殿。三藏展背舒身，鋪胸納地，望金像叩頭。那和尚便去打鼓，行者就去撞鐘。三藏俯伏台前，傾心禱祝。祝拜已畢，那和尚住了鼓，行者還只管撞鐘不歇，或緊或慢，撞了許久。那道人道：「拜已畢了，還撞鐘怎麼？」行者方丟了鐘杵，笑道：「你那裡曉得！我這是『做一日和尚撞一日鐘』的。」此時卻驚動那寺裡大小僧人、上下房長老，聽得鐘聲亂響，一齊擁出道：「那個野人在這裡亂敲鐘鼓？」行者跳將出來，咄的一聲道：「是你孫外公撞了耍子的！」

那些和尚一見了，唬得跌跌滾滾，都爬在地下道：「雷公爺爺！」行者道：「雷公是我的重孫兒哩！起來，起來，不要怕，我們是東土大唐來的老爺。」一眾僧方才禮拜；見了三藏，都才放心不怕。內有本寺院主請道：「老爺們到後方丈中奉茶。」遂而解轡牽馬，抬了行李，轉過正殿，徑入後房，序了坐次。那院主獻了茶，又安排齋供。天光尚早。三藏稱謝未畢，只見那後面有兩個小童，攙著一個老僧出來。看他怎生打扮：

頭上戴一頂毗盧方帽，貓睛石的寶頂光輝；身上穿一領錦絨褊衫，翡翠毛的金邊晃亮。一對僧鞋攢八寶，一根拄杖嵌雲星。滿面皺痕，好似驪山老母；一雙昏眼，卻如東海龍君。口不關風因齒落，腰駝背屈為筋攣。

眾僧道：「師祖來了。」三藏躬身施禮迎接道：「老院主，弟子拜揖。」那老僧還了禮，又各敘坐。老僧道：「適間小的們說，東土唐朝來的老爺，我才出來奉見。」三藏道：「輕造寶山，不知好歹，恕罪！恕罪！」老僧道：「不敢！不敢！」因問：「老弟，東土到此，有多少路程？」三藏道：「出長安邊界，有五千餘里；過兩界山，收了一眾小徒，一路來，行過西番哈咇國，經兩個月，又有五六千里，才到了貴處。」老僧道：「也有萬里之遙了。我弟子虛度一生，山門也不曾出去，誠所謂『坐井觀天』，樗朽之輩。」三藏又問：「老院主高壽幾何？」老僧道：「痴長二百七十歲了。」行者聽見道：「這還是我萬代孫兒哩！」三藏瞅了他一眼道：「謹言！莫要不識高低，衝撞人。」那和尚便問：「老爺，你有多少年紀了？」行者道：「不敢說。」

那老僧也只當一句瘋話，便不介意，也不再問，只叫獻茶。有一個小幸童，拿出一個羊脂玉的盤兒，有三個法藍鑲金的茶鍾；又一童，提一把白銅壺兒，斟了三杯香茶。真個是色欺榴蕊豔，味勝桂花香。三藏見了，誇愛不盡道：「好物件！好物件！真是美食美器！」那老僧道：「污眼！污眼！老爺乃天朝上國，廣覽奇珍，似這般器具，何足過獎？老爺自上邦來，可有甚麼寶貝，借與弟子一觀？」三藏道：「可憐！我那東土，無甚寶貝；就有時，路程遙遠，也不能帶得。」

行者在旁道：「師父，我前日在包袱裡，曾見那領袈裟，不是件寶貝？拿與他看看何如？」眾僧聽說袈裟，一個個冷笑。行者道：「你笑怎的？」院主道：「老爺才說袈裟是件寶貝，言實可笑。若說袈裟，似我等輩者，不止二三十件；若論我師祖，在此處做了二百五六十年和尚，足有七八百件！」叫：「拿出來看看。」那老和尚，也是他一時賣弄，便叫道人開庫房，頭陀抬櫃子，就抬出十二櫃，放在天井中，開了鎖，兩邊設下衣架，四圍牽了繩子，將袈裟一件件抖開掛起，請三藏觀看。果然是滿堂綺繡，四壁綾羅！

行者一一觀之，都是些穿花納錦，刺繡銷金之物。笑道：「好，好，好！收起！收起！把我們的也取出來看看。」三藏把行者扯住，悄悄的道：「徒弟，莫要與人鬥富。你我是單身在外，只恐有錯。」行者道：「看看袈裟，有何差錯？」三藏道：「你不曾理會得。古人有云：『珍奇玩好之物，不可使見貪婪奸偽之人。』倘若一經入目，必動其心；既動其心，必生其計。汝是個畏禍的，索之而必應其求，可也；不然，則殞身滅命，皆起於此，事不小矣。」行者道：「放心！放心！都在老孫身上！」你看他不由分說，急急的走了去，把個包袱解開，早有霞光迸迸；尚有兩層油紙裹定，去了紙，取出袈裟，抖開時，紅光滿室，彩氣盈庭。

眾僧見了，無一個不心歡口贊。真個好袈裟！上頭有：

千般巧妙明珠墜，萬樣稀奇佛寶攢。上下龍鬚鋪彩綺，兜羅四面錦沿邊。
體掛魍魎從此滅，身披魑魅入黃泉。托化天仙親手製，不是真僧不敢穿。

那老和尚見了這般寶貝，果然動了奸心，走上前，對三藏跪下，眼中垂淚道：「我弟子真是沒緣！」三藏攙起道：「老院師有何話說？」他道：「老爺這件寶貝，方才展開，天色晚了，奈何眼目昏花，不能看得明白，豈不是無緣！」三藏教：「掌上燈來，讓你再看。」那老僧道：「爺爺的寶貝，已是光亮；再點了燈，一發晃眼，莫想看得仔細。」行者道：「你要怎的看才好？」老僧道：「老爺若是寬恩放心，教弟子拿到後房，細細的看一夜，明早送還老爺西去，不知尊意何如？」三藏聽說，吃了一驚，埋怨行者道：「都是你！都是你！」行者笑道：「怕他怎的？等我包起來，教他拿了去看。但有疏虞，盡是老孫管整。」那三藏阻當不住，他把袈裟遞與老僧道：「憑你看去；只是明早照舊還我，不得損污些須。」

老僧喜喜歡歡，著幸童將袈裟拿進去，卻吩咐眾僧，將前面禪堂掃淨，取兩張藤床，安設鋪蓋，請二位老爺安歇；一壁廂又教安排明早齋送行，遂而各散。師徒們關了禪堂，睡下不題。

卻說那和尚把袈裟騙到手，拿在後房燈下，對袈裟號咷痛哭，慌得那本寺僧，不敢先睡。小幸童也不知為何，卻去報與眾僧道：「公公哭到二更時候，還不歇聲。」有兩個徒孫，是他心愛之人，上前問道：「師公，你哭怎的？」老僧道：「我哭無緣，看不得唐僧寶貝！」小和尚道：「公公年紀高大，發過了。他的袈裟，放在你面前，你只消解開看便罷了，何須痛哭？」老僧道：「看的不長久。我今年二百七十歲，空掙了幾百件袈裟。怎麼得有他這一件？怎麼得做個唐僧？」小和尚道：「師公

第十六回

觀音院僧謀寶貝　黑風山怪竊袈裟

差了。唐僧乃是離鄉背井的一個行腳僧。你這等年高，享用也彀了，倒要像他做行腳僧，何也？」老僧道：「我雖是坐家自在，樂乎晚景，卻不得他這袈裟穿穿。若教我穿得一日兒，就死也閉眼，——也是我來陽世間為僧一場！」眾僧道：「好沒正經！你要穿他的，有何難處？我們明日留他住一日，你就穿他一日；留他住十日，你就穿十日，便罷了。何苦這般痛哭？」老僧道：「縱然留他住了半載，也只穿得半載，到底也不得氣長。他要去時，只得與他去，怎生留得長遠？」

正說話處，有一個小和尚，名喚廣智，出頭道：「公公，要得長遠，也容易。」老僧聞言，就歡喜起來道：「我兒，你有甚麼高見？」廣智道：「那唐僧兩個是走路的人，辛苦之甚，如今已睡著了。我們想幾個有力量的，拿了槍刀，打開禪堂，將他殺了，把屍首埋在後園，只我一家知道，卻又謀了他的白馬、行囊，卻把那袈裟留下，以為傳家之寶，豈非子孫長久之計耶？」老和尚見說，滿心歡喜，卻才揩了眼淚道：「好！好！好！此計絕妙！」即便收拾槍刀。

內中又有一個小和尚，名喚廣謀，就是那廣智的師弟，上前來道：「此計不妙。若要殺他，須要看看動靜。那個白臉的似易，那個毛臉的似難；萬一殺他不得，卻不反招己禍？我有一個不動刀槍之法，不知你尊意如何？」老僧道：「我兒，你有何法？」廣謀道：「依小孫之見，如今喚聚東山大小房頭，每人要乾柴一束，捨了那三間禪堂，放起火來，教他欲走無門，連馬一火焚之。就是山前山後人家看見，只說是他自不小心，走了火，將我禪堂都燒了。那兩個和尚，卻不都燒死？又好掩人耳目。袈裟豈不是我們傳家之寶？」那些和尚聞言，無不歡喜。都道：「強！強！強！此計更妙！更妙！」遂教各房頭搬柴來。

唉！這一計，正是弄得個高壽老僧該盡命，觀音禪院化為塵！原來他那寺裡，有七八十個房頭，大小有二百餘眾。當夜一擁搬柴，把個禪堂，前前後後，四面圍繞不通，安排放火不題。

卻說三藏師徒，安歇已定。那行者卻是個靈猴，雖然睡下，只是存神煉氣，朦朧著醒眼。忽聽得外面不住的人走，揸揸的柴響風生。他心疑惑道：「此時夜靜，如何有人行得腳步之聲？莫敢是賊盜，謀害我們的？」他就一骨碌跳起。欲要開門出看，又恐驚醒師父。你看他弄個精神，搖身一變，變做一個蜜蜂兒。真個是：

口甜尾毒，腰細身輕。穿花度柳飛如箭，粘絮尋香似落星。小小微軀能負重，囂囂薄翅會乘風。卻自椽棧下，鑽出看分明。

只見那眾僧們，搬柴運草，已圍住禪堂放火哩。行者暗笑道：「果依我師父之言！他要害我們性命，謀我的袈裟，故起這等毒心。我待要拿棍打他啊，可憐又不禁打，一頓棍都打死了，師父又怪我行凶。——罷，罷，罷！與他個『順手牽羊，將計就計』，教他住不成罷！」好行者，一筋斗跳上南天門裡，唬得個龐、劉、苟、畢躬身，馬、趙、溫、關控背，俱道：「不好了！不好了！那鬧天宮的主子又來了！」行者搖著手道：「列位免禮，休驚。我來尋廣目天王的。」

說不了，卻遇天王早到，迎著行者道：「久闊，久闊。前聞得觀音菩薩來見玉帝，借了四值功曹、六丁六甲並揭諦等，保護唐僧往西天取經去，說你與他做了徒弟，今日怎麼得閒到此？」行者道：「且休敘闊。唐僧路遇歹人，放火燒他，事在萬分緊急，特來尋你借『辟火罩兒』，救他一救。快些拿來使使，即刻返上。」天王道：「你差了；既是歹人放火，只該借水救他，如何要辟火罩？」

行者道：「你那裡曉得就裡。借水救之，卻燒不起來，倒相應了他；只是借此罩，護住了唐僧無傷，其餘管他，盡他燒去。快些！快些！此時恐已無及。莫誤了我下邊幹事！」那天王笑道：「這猴子還是這等起不善之心，只顧了自家，就不管別人。」行者道：「快著！快著！莫要調嘴，害了大事！」那天王不敢不借，遂將罩兒遞與行者。

行者拿了，按著雲頭，徑到禪堂房脊上，罩住了唐僧與白馬、行李。他卻去那後面老和尚住的方丈房上頭坐，著意保護那袈裟。看那些人放起火來，他轉捻訣念咒，望巽（八卦之一，代表風）地上吸一口氣吹將去，一陣風起，把那火轉刮得烘烘亂著。好火！好火！但見：

黑煙漠漠，紅焰騰騰。黑煙漠漠，長空不見一天星；紅焰騰騰，大地有光千里赤。起初時，灼灼金蛇；次後來，威威血馬。南方三炁逞英雄，回祿大神施法力。燥乾柴燒烈火性，說甚麼燧人鑽木；熟油門前飄彩焰，賽過了老祖開爐。正是那無情火發，怎禁這有意行凶；不去弭災，反行助虐。風隨火勢，焰飛有千丈餘高；火趁風威，灰迸上九霄雲外。乒乒乓乓，好便似殘年爆竹；潑潑喇喇，卻就如軍中炮聲。燒得那當場佛像莫能逃，東院伽藍無處躲。勝如赤壁夜鏖兵，賽過阿房宮內火！

這正是星星之火，能燒萬頃之田。須臾間，風狂火盛，把一座觀音院，處處通紅。你看那眾和尚，搬箱抬籠，搶桌端鍋，滿院裡叫苦連天，孫行者護住了後邊方丈，辟火罩罩住了前面禪堂，其餘前後火光大發，真個是照天紅焰輝煌，透壁金光照耀！

不期火起之時，驚動了一山獸怪。這觀音院正南二十里遠近，有座黑風山，山中有一個黑風洞，洞中有一個妖精，正在睡醒翻身。只見那窗門透亮，只道是天明。起來看時，卻是正北下的火光晃亮，妖精大驚道：「呀！這必是觀音院裡失了火！這些和尚好不小心！我看時，與他救一救來。」好妖精，縱起雲頭，即至煙火之下，果然沖天之火，前面殿宇皆空，兩廊煙火方灼。他大拽步，撞將進去，正呼喚叫取水來，只見那後房無火，房脊上有一人放風。他卻情知如此，急入裡面看時，見那方丈中間有些霞光彩氣，台案上有一個青氈包袱。他解開一看，見是一領錦襴袈裟，乃佛門之異寶。正是財動人心，他也不救火，他也不叫水，拿著那袈裟，趁哄打劫，拽回雲步，徑轉東山而去。

那場火只燒到五更天明，方才滅息。你看那眾僧們，赤赤精精，啼啼哭哭，都去那灰內尋銅鐵，撥腐炭，撲金銀。有的在牆筐裡，苫搭窩棚；有的赤壁根頭，支鍋造飯；叫冤叫屈，亂嚷亂鬧不題。

卻說行者取了辟火罩，一筋斗送上南天門，交與廣目天王道：「謝借！謝借！」天王收了道：「大聖至誠了。我正愁你不還我的寶貝，無處尋討，且喜就送來也。」行者道：「老孫可是那當面騙物之人？這叫做『好借好還，再借不難。』」天王道：「許久不面，請到宮少坐一時，何如？」行者道：「老孫比在前不同，『爛板凳，高談闊論』了；如今保唐僧，不得身閒。容敘！容敘！」急辭別墜雲，又見那太陽星上。徑來到禪堂前，搖身一變，變做個蜜蜂兒，飛將進去，現了本相看時，那師父還沉睡哩。

行者叫道：「師父，天亮了，起來罷。」三藏才醒覺，翻身道：「正是。」穿了衣服，開門出來，忽抬頭，只見些倒壁紅牆，不見了樓台殿宇。大驚道：「呀！怎麼這殿宇俱無？都是紅牆，何也？」行者道：「你還做夢哩！今夜走了火的。」三藏道：「我怎不知？」行者道：「是老孫護了禪堂，見師父濃睡，不曾驚動。」三藏道：「你有本事護了禪堂，如何就不救別房之火？」行者笑道：「好教師父得知。果然依你昨日之言，他愛上我們的袈裟，算計要燒殺我們。若不是老孫知覺，到如今皆成灰骨矣！」三藏聞言，害怕道：「是他們放的火麼？」行者道：「不是他是誰？」三藏道：「莫不是怠慢了你，你幹的這個勾當？」行者道：「老孫是這等憊懶之人，幹這等不良之事？實實是他家放的。老孫見他心毒，果是不曾與他救火，只是與他略略助些風的。」三藏道：「天那！天那！火起時，只該助水，怎轉助風？」行者道：「你可知古人云：『人沒傷虎心，虎沒傷人意。』他不弄火，我怎肯弄風？」三藏道：「袈裟何在？敢莫是燒壞了也？」行者道：「沒事！沒事！燒不壞！那放袈裟的方丈無火。」三藏恨道：「我不管你！但是有些兒傷損，我只把那話兒念動念動，你就是死了！」行者慌了道：「師父，莫念！莫念！管尋還你袈裟就是了。等我去拿來走路。」三藏才牽著馬，行者挑了擔，出了禪堂，徑往後方丈去。

卻說那些和尚，正悲切間，忽的看見他師徒牽馬挑擔而來，唬得一個個魂飛魄散道：「冤魂索命來了！」行者喝道：「甚麼冤魂索命？快還我袈裟來！」眾僧一齊跪倒，叩頭道：「爺爺呀！冤有冤家，債有債主。要索命不干我們事，都是廣謀與老和尚定計害你的，莫問我們討命。」行者咄的一聲道：「我把你這些該死的畜生！那個問你討甚麼命！只拿袈裟來還我走路！」其間有兩個膽量大的和尚道：「老爺，你們在禪堂裡已燒死了，如今又來討袈裟，端的還是人，是鬼？」行者笑道：「這伙孽畜！那裡有甚麼火來？你去前面看看禪堂，再來說話！」

眾僧們爬起來往前觀看，那禪堂外面的門窗槅扇，更不曾燎灼了半分。眾人悚懼，才認得三藏是位神僧，行者是尊護法。一齊上前叩頭道：「我等有眼無珠，不識真人下界！你的袈裟在後面方丈中老師祖處哩。」三藏行過了三五層敗壁破牆，嗟嘆不已。只見方丈果然無火，眾僧搶入裡面，叫道：「公公！唐僧乃是神人，未曾燒死，如今反害了自己家當！趁早拿出袈裟，還他去也。」

原來這老和尚尋不見袈裟，又燒了本寺的房屋，正在萬分煩惱焦燥之處，一聞此言，怎敢答應？因尋思無計，進退無方，拽開步，躬著腰，往那牆上著實撞了一頭，可憐只撞得腦破血流魂魄散，咽喉氣斷染紅沙！有詩為證。詩曰：

堪嘆老衲性愚蒙，枉作人間一壽翁。欲得袈裟傳遠世，豈知佛寶不凡同！
但將容易為長久，定是蕭條取敗功。廣智廣謀成甚用？損人利己一場空！

慌得個眾僧哭道：「師公已撞殺了，又不見袈裟，怎生是好？」行者道：「想是汝等盜藏起也！都出來！開具花名手本，等老孫逐一查點！」

那上下房的院主，將本寺和尚、頭陀、幸童、道人盡行開具手本（名帖、名冊）二張，大小人等，共計二百三十名。

行者請師父高坐，他卻一一從頭唱名搜檢，都要解放衣襟，分明點過，更無袈裟。又將那各房頭搬搶出去的箱籠物件，從頭細細尋遍，那裡得有蹤跡。三藏心中煩惱，懊恨行者不盡，卻坐在上面念動那咒。行者撲的跌倒在地，抱著頭，十分難禁，只教：「莫念！莫念！管尋還了袈裟！」那眾僧見了，一個個戰兢兢的，上前跪下勸解，三藏才合口不念。

行者一骨碌跳起來，耳朵裡掣出鐵棒，要打那些和尚，被三藏喝住道：「這猴頭！你頭痛還不怕，還要無禮？休動手，且莫傷人！再與我審問一問！」

眾僧們磕頭禮拜，哀告三藏道：「老爺饒命！我等委實的不曾看見。這都是那老死鬼的不是。他昨晚看著你的袈裟，只哭到更深時候，看也不曾敢看，思量要圖長久，做個傳家之寶，設計定策，要燒殺老爺；自火起之候，狂風大作，各人只顧救火，搬搶物件，更不知袈裟去向。」

行者大怒，走進方丈屋裡，把那觸死鬼屍首抬出，選剝了細看，渾身更無那件寶貝；就把個方丈掘地三尺，也無蹤影。行者忖量半晌，問道：「你這裡可有甚麼妖怪成精麼？」院主道：「老爺不問，莫想得知。我這裡正東南有座黑風山。黑風洞內有一個黑大王。我這老死鬼常與他講道。他便是個妖精。別無甚物。」行者道：「那山離此有多遠近？」院主道：「只有二十里，那望見山頭的就是。」行者笑道：「師父放心，不須講了，一定是那黑怪偷去無疑。」三藏道：「他那廂離此有二十里，如何就斷得是他？」行者道：「你不曾見夜間那火，光騰萬里，亮透三天，且休說二十里，就是二百里也照見了！坐定是他見火光焜耀，趁著機會，暗暗的來到這裡，看見我們袈裟是件寶貝，必然趁哄擄去也。等老孫去尋他一尋。」三藏道：「你去了時，我卻何倚？」行者道：「這個放心，暗中自有神靈保護，明中等我叫那些和尚伏侍。」即喚眾和尚過來，道：「汝等著幾個去埋那老鬼，著幾個伏侍我師父，看守我白馬！」眾僧領諾。

行者又道：「汝等莫順口兒答應，等我去了，你就不來奉承。看師父的，要怡顏悅色；養白馬的，要水草調勻；假有一毫兒差了，照依這個樣棍，與你們看看！」他掣出棍子，照那火燒的磚牆撲的一下，把那牆打得粉碎，又震倒了有七八層牆。

眾僧見了，個個骨軟身麻，跪著磕頭滴淚道：「爺爺寬心前去，我等竭力虔心，供奉老爺，決不敢一毫怠慢！」好行者，急縱筋斗雲，徑上黑風山，尋找那袈裟。

正是那：

金禪求正出京畿，仗錫投西涉翠微。虎豹狼蟲行處有，工商士客見時稀。
路逢異國愚僧妒，全仗齊天大聖威。火發風生禪院廢，黑熊夜盜錦襴衣。

畢竟此去不知袈裟有無，吉凶如何，且聽下回分解。

第十七回

孫行者大鬧黑風山　觀世音收伏熊羆怪

話說孫行者一筋斗跳將起來，唬得那觀音院大小和尚並頭陀、幸童、道人等一個個朝天禮拜道：「爺爺呀！原來是騰雲駕霧的神聖下界！怪道火不能傷！恨我那個不識人的老剝皮，使心用心，今日反害了自己！」三藏道：「列位請起，不須恨了。這去尋著袈裟，萬事皆休；但恐找尋不著，我那徒弟性子有些不好，汝等性命不知如何，恐一人不能脫也。」眾僧聞得此言，一個個提心吊膽，告天許願，只要尋得袈裟，各全性命不題。

卻說孫大聖到空中，把腰兒扭了一扭，早來到黑風山上。住了雲頭，仔細看，果然是座好山。況正值春光時節，但見：

萬壑爭流，千崖競秀。鳥啼人不見，花落樹猶香。雨過天連青壁潤，風來松捲翠屏張。山草發，野花開，懸崖峭嶂；薜蘿生，佳木麗，峻嶺平崗。不遇幽人，那尋樵子？澗邊雙鶴飲，石上野猿狂。矗矗堆螺排黛色，巍巍擁翠弄嵐光。

那行者正觀山景，忽聽得芳草坡前，有人言語。他卻輕步潛蹤，閃在那石崖之下，偷睛觀看。原來是三個妖魔，席地而坐：上首的是一條黑漢，左首下是一個道人，右首下是一個白衣秀士。都在那裡高談闊論。講的是立鼎安爐，摶砂煉汞，白雪黃芽（汞、白雪都指水銀，黃芽指鉛），旁門外道。正說中間，那黑漢笑道：「後日是我母難之日（指自己生日），二公可光顧光顧？」白衣秀士道：「年年與大王上壽，今年豈有不來之理？」黑漢道：「我夜來得了一件寶貝，名喚錦襴佛衣，誠然是件玩好之物。我明日就以他為壽，大開筵宴，邀請各山道官，慶賀佛衣，就稱為『佛衣會』如何？」道人笑道：「妙！妙！妙！我明日先來拜壽，後日再來赴宴。」行者聞得佛衣之言，定以為是他寶貝。他就忍不住怒氣，跳出石崖，雙手舉起金箍棒，高叫道：「我把你這伙賊怪！你偷了我的袈裟，要做甚麼『佛衣會』！趁早兒將來還我！」喝一聲「休走！」掄起棒，照頭一下，慌得那黑漢化風而逃，道人駕雲而走；只把個白衣秀士，一棒打死。拖將過來看處，卻是一條白花蛇怪。索性提起來，捽做五七斷，徑入深山，找尋那個黑漢。轉過尖峰，抹過峻嶺，又見那壁陡崖前，聳出一座洞府，但見那：

煙霞渺渺，松柏森森。煙霞渺渺采盈門，松柏森森青繞戶。橋踏枯槎木，峰巔繞薜蘿。鳥銜紅蕊來雲壑，鹿踐芳叢上石台。那門前時催花發，風送花香。臨堤綠柳轉黃鸝，傍岸夭桃翻粉蝶。雖然曠野不堪誇，卻賽蓬萊山下景。

行者到於門首，又見那兩扇石門，關得甚緊。門上有一橫石板，明書六個大字，乃「黑風山黑風洞」。即便掄棒，叫聲「開門！」那裡面有把門的小妖，開了門出來，問道：「你是何人，敢來擊吾仙洞？」行者罵道：「你個作死的孽畜！甚麼個去處，敢稱仙洞！『仙』字是你稱的？快進去報與你那黑漢，教他快送老爺的袈裟出來，饒你一窩性命！」小妖急急跑到裡面，報道：「大王！『佛衣會』做不成了！門外有一個毛臉雷公嘴的和尚，來討袈裟哩！」那黑漢被行者在芳草坡前趕將來，卻才關了門，坐還未穩。又聽得那話，心中暗想道：「這廝不知是那裡來的，這般無禮，他敢嚷上我的門來！」教：「取披掛。」隨結束（裝束）了，綽一桿黑纓槍，走出門來。這行者閃在門外，執著鐵棒，睜睛觀看，只見那怪果生得凶險：

碗子鐵盔火漆光，烏金鎧甲亮輝煌。皂羅袍罩風兜袖，黑綠絲條嚲穗長。
手執黑纓槍一桿，足踏烏皮靴一雙。眼幌金睛如掣電，正是山中黑風王。

行者暗笑道：「這廝真個如燒窯的一般，築煤的無二！想必是在此處刷炭為生，怎麼這等一身烏黑？」那怪厲聲高叫道：「你是個甚麼和尚，敢在我這裡大膽？」行者執鐵棒，撞至面前，大吒一聲道：「不要閒講！快還你老外公的袈裟來！」那怪道：「你是那寺裡和尚？你的袈裟在那裡失落了，敢來我這裡索取？」行者道：「我的袈裟，在直北觀音院後方丈裡放著；只因那院裡失了火，你這廝，趁哄擄掠，盜了來，要做『佛衣會』慶壽，怎敢抵賴？快快還我，饒你性命！若牙迸半個『不』字，我推倒了黑風山，屧平了黑風洞，把你這一洞妖邪，都碾為齏粉！」

那怪聞言，呵呵冷笑道：「你這個潑物！原來昨夜那火就是你放的！你在那方丈屋上，行凶招風，是我把一件袈裟拿來了，你待怎麼！你是那裡來的？姓甚名誰？有多大手段，敢那等海口浪言！」行者道：「是你也認不得你老外公哩！你老外公乃大唐上國駕前御弟三藏法師之徒弟，姓孫，名悟空行者。若問老孫的手段，說出來，教你魂飛魄散，死在眼前！」那怪道：「我不曾會你，有甚麼手段，說來我聽。」行者笑道：「我兒子，你站穩著，仔細聽之！我：

自小神通手段高，隨風變化逞英豪。養性修真熬日月，跳出輪回把命逃。
一點誠心曾訪道，靈台山上採藥苗。那山有個老仙長，壽年十萬八千高。
老孫拜他為師父，指我長生路一條。他說身內有丹藥，外邊採取枉徒勞。
得傳大品天仙訣，若無根本實難熬。回光內照寧心坐，身中日月坎離交。
萬事不思全寡欲，六根清淨體堅牢。返老還童容易得，超凡入聖路非遙。
三年無漏成仙體，不同俗輩受煎熬。十洲三島還游戲，海角天涯轉一遭。
活該三百多餘歲，不得飛升上九霄。下海降龍真寶貝，才有金箍棒一條。
花果山前為帥首，水簾洞裡聚群妖。玉皇大帝傳宣詔，封我齊天極品高。
幾番大鬧靈霄殿，數次曾偷王母桃。天兵十萬來降我，層層密密布槍刀。
戰退天王歸上界，哪吒負痛領兵逃。顯聖真君能變化，老孫硬賭跌平交。
道祖觀音同玉帝，南天門上看降妖。卻被老君助一陣，二郎擒我到天曹。
將身綁在降妖柱，即命神兵把首梟。刀吹錘敲不得壞，又教雷打火來燒。
老孫其實有手段，全然不怕半分毫。送在老君爐裡煉，六丁神火慢煎熬。
日滿開爐我跳出，手持鐵棒繞天跑。縱橫到處無遮擋，三十三天鬧一遭。

第十七回

孫行者大鬧黑風山　觀世音收伏熊羆怪

我佛如來施法力，五行山壓老孫腰。整整壓該五百載，幸逢三藏出唐朝。
吾今皈正西方去，轉上雷音見玉毫。你去乾坤四海問一問，我是歷代馳名第一妖！」

那怪聞言笑道：「你原來是那鬧天宮的弼馬溫麼？」行者最惱的是人叫他弼馬溫；聽見這一聲，心中大怒。罵道：「你這賊怪！偷了袈裟不還，倒傷老爺！不要走！看棍！」那黑漢側身躲過，綽長槍，劈手來迎，兩家這場好殺：

如意棒，黑纓槍，二人洞口逞剛強。分心劈臉刺，著臂照頭傷。這個橫丟陰棍手，那個直拈急三槍。白虎爬山來探爪，黃龍臥道轉身忙。噴彩霧，吐毫光，兩個妖仙不可量：一個是修正齊天聖，一個是成精黑大王。這場山裡相爭處，只為袈裟各不良。

那怪與行者鬥了十數回合，不分勝負。漸漸紅日當午，那黑漢舉槍架住鐵棒道：「孫行者，我兩個且收兵，等我進了膳來，再與你賭鬥。」行者道：「你這個孽畜，教做漢子？好漢子，半日兒就要吃飯？似老孫在山根下，整壓了五百餘年，也未曾嘗些湯水，那裡便餓哩？莫推故！休走！還我袈裟來，方讓你去吃飯！」那怪虛幌一槍，撤身入洞，關了石門，收回小怪，且安排筵宴，書寫請帖，邀請各山魔王慶會不題。

卻說行者攻門不開，也只得回觀音院。那本寺僧人已葬埋了那老和尚，都在方丈裡伏侍唐僧。早齋已畢，又擺上午齋。正那裡添湯換水，只見行者從空降下，眾僧禮拜，接入方丈，見了三藏。三藏道：「悟空，你來了？袈裟如何？」行者道：「已有了根由。早是不曾冤了這些和尚。原來是那黑風山妖怪偷了。老孫去暗暗的尋他，只見他與一個白衣秀士，一個老道人，坐在那芳草坡前講話。也是個不打自招的怪物，他忽然說出道：後日是他母難之日，邀請諸邪來做生日；夜來得了一件錦襴佛衣，要以此為壽，作一大宴，喚做『慶賞佛衣會』。是老孫搶到面前，打了一棍，那黑漢化風而走，道人也不見了，只把個白衣秀士打死，乃是一條白花蛇成精。我又急急趕到他洞口，叫他出來與他賭鬥。他已承認了，是他拿回。戰彀這半日，不分勝負。那怪回洞，卻要吃飯，關了石門，懼戰不出。老孫卻來回看師父，先報此信。已是有了袈裟的下落，不怕他不還我。」

眾僧聞言，合掌的合掌，磕頭的磕頭，都念聲：「南無阿彌陀佛！今日尋著下落，我等方有了性命矣！」行者道：「你且休喜歡暢快，我還未曾到手，師父還未曾出門哩。只等有了袈裟，打發得我師父好好的出門，才是你們的安樂處；若稍有些須不虞，老孫可是好惹的主子！可曾有好茶飯與我師父吃？可曾有好草料餵馬？」眾僧俱滿口答應道：「有！有！有！更不曾一毫待怠慢了老爺。」三藏道：「自你去了這半日，我已吃過了三次茶湯，兩餐齋供了。他俱不曾敢慢我。但只是你還盡心竭力去尋取袈裟回來。」行者道：「莫忙！既有下落，管情拿住這廝，還你原物。放心，放心！」

正說處，那上房院主，又整治素供，請孫老爺吃齋。行者卻吃了些須，復駕祥雲，又去找尋。正行間，只見一個小怪，左脅下夾著一個花梨木匣兒，從大路而來。行者度他匣內必有甚麼柬札，舉起棒，劈頭一下，可憐不禁打，就打得似個肉餅一般；卻拖在路旁，揭開匣兒觀看，果然是一封請帖。帖上寫著：

「侍生熊羆頓首拜，啟上大闡金池老上人丹房：屢承佳惠，感激淵深。夜觀回祿之難，有失救護，諒仙機必無他害。生偶得佛衣一件，欲作雅會，謹具花酌，奉扳清賞。至期，千乞仙駕過臨一敘。是荷。先二日具。」

行者見了，呵呵大笑道：「那個老剝皮，死得他一毫兒也不虧！他原來與妖精結黨！怪道他也活了二百七十歲。想是那個妖精，傳他些甚麼服氣的小法兒，故有此壽。老孫還記得他的模樣，等我就變做那和尚，往他洞裡走走，看我那袈裟放在何處。假若得手，即便拿回，卻也省力。」

好大聖，念動咒語，迎著風一變，果然就象那老和尚一般，藏了鐵棒，拽開步，逕來洞口，叫聲：「開門。」那小妖開了門，見是這般模樣，急轉身報道：「大王，金池長老來了。」那怪大驚道：「剛才差了小的去下簡帖請他，這時候還未到那裡哩，如何他就來得這等迅速？想是小的不曾撞著他，斷是孫行者呼他來討袈裟的。管事的，可把佛衣藏了，莫教他看見。」

行者進了前門，但見那天井中，松篁交翠，桃李爭妍，叢叢花發，簇簇蘭香，卻也是個洞天之處。又見那二門上有一聯對子，寫道：「靜隱深山無俗慮，幽居仙洞樂天真。」

行者暗道：「這廝也是個脫垢離塵，知命的怪物。」入門裡，往前又進，到於三層門裡，都是些畫棟雕梁，明窗彩戶。只見那黑漢子，穿的是黑綠 絲袢襖，罩一領鴉青花綾披風，戴一頂烏角軟巾，穿一雙麂皮皂靴，見行者進來，整頓衣巾，降階迎接道：「金池老友，連日欠親。請坐，請坐。」行者以禮相見。見畢而坐，坐定而茶。茶罷，妖精欠身道：「適有小簡奉啟，後日一敘，何老友今日就下顧也？」

行者道：「正來進拜，不期路遇華翰（指請帖），見有『佛衣雅會』，故此急急奔來，願求見見。」那怪笑道：「老友差矣。這袈裟本是唐僧的，他在你處住紮，你豈不曾看見，反來就我看看？」行者道：「貧僧借來，因夜晚還不曾展看，不期被大王取來。又被火燒了荒山，失落了家私。那唐僧的徒弟，又有些驍勇，亂忙中，四下裡都尋覓不見。原來是大王的洪福收來，故特來一見。」

正講處，只見有一個巡山的小妖，來報道：「大王！禍事了！下請書的小校，被孫行者打死在大路旁邊，他綽著經兒（順著線索），變化做金池長老，來騙佛衣也！」那怪聞言，暗道：「我說那長老怎麼今日就來，又來得迅速，果然是他！」急縱身，拿過槍來，就刺行者。行者耳朵裡急掣出棍子，現了本相，架住槍尖，就在他那中廳裡跳出，自天井中，鬥到前門外，唬得那洞裡群魔都喪膽，家間老幼盡無魂。這場在山頭好賭鬥，比前番更是不同。好殺：

那猴王膽大充和尚，這黑漢心靈隱佛衣。語去言來機會巧，隨機應變不差池。袈裟欲見無由見，寶貝玄微真妙微。小怪尋山言禍事，老妖發怒顯神威。翻身打出黑風洞，槍棒爭持辨是非。棒架長槍聲響亮，槍迎鐵棒放光輝。悟空變化人間少，妖怪神通仙上稀。這個要把佛衣來慶壽，那個不得袈裟肯善歸？這番苦戰難分手，就是活佛臨凡也解不得圍。

他兩個從洞口打上山頭，自山頭殺在雲外，吐霧噴風，飛砂走石，只鬥到紅日沉西，不分勝敗。那怪道：「姓孫的，你且住了手。今日天晚，不好相持。你去，你去！待明早來，與你定個死活。」行者叫道：「兒子莫走！要戰便像個戰的，不可以天晚相推。」看他沒頭沒臉的，只情使棍子打來，這黑漢又化陣清風，轉回本洞，緊閉石門不出。

行者卻無計策奈何，只得也回觀音院裡。按落雲頭，道聲：「師父。」那三藏眼兒巴巴的，正望他哩。忽見到了面前，甚喜；又見他手裡沒有袈裟，又懼。問道：「怎麼這番還不曾有袈裟來？」行者袖中取出個簡帖兒來，遞與三藏道：「師父，那怪物與這死的老剝皮，原是朋友。他著一個小妖送此帖來，還請他去赴『佛衣會』。是老孫就把那小妖打死，變做那老和尚，進他洞去，騙了一盅茶吃。欲問他討袈裟看看，他不肯拿出。正坐間，忽被一個甚麼巡風的，走了風信，他就與我打將起來。只鬥到這早晚，不分上下。他見天晚，閃回洞去，緊閉石門。老孫無奈，也暫回來。」三藏道：「你手段比他何如？」行者道：「我也硬不多兒，只戰個手平。」

三藏才看了簡帖，又遞與那院主道：「你師父敢莫也是妖精麼？」那院主慌忙跪下道：「老爺，我師父是人；只因那黑大王修成人道，常來寺裡與我師父講經，他傳了我師父些養神服氣之術，故以朋友相稱。」行者道：「這伙和尚沒甚妖氣，他一個個頭圓頂天，足方履地，但比老孫肥胖長大些兒，非妖精也。你看那帖兒上寫著『侍生熊羆』，此物必定是個黑熊成精。」三藏道：「我聞得古人云：『熊與猩猩相類。』都是獸類，他卻怎麼成精？」行者笑道：「老孫是獸類，見做了齊天大聖，與他何異？大抵世間之物，凡有九竅者，皆可以修行成仙。」三藏又道：「你才說他本事與你手平，你卻怎生得勝，取我袈裟回來？」行者道：「莫管，莫管，我有處治。」

正商議間，眾僧擺上晚齋，請他師徒們吃了。三藏教掌燈，仍去前面禪堂安歇。眾僧都挨牆倚壁，苫搭窩棚，各各睡下，只把個後方丈讓與那上下院主安身。此時夜靜，但見：

銀河現影，玉宇無塵。滿天星燦爛，一水浪收痕。萬籟聲寧，千山鳥絕。溪邊漁火息，塔上佛燈昏。昨夜闍黎鐘鼓響，今宵一遍哭聲聞。

是夜在禪堂歇宿。那三藏想著袈裟，那裡得穩睡？忽翻身見窗外透白，急起叫道：「悟空，天明了，快尋袈裟去。」行者一骨碌跳將起來。早見眾僧侍立，供奉湯水，行者道：「你等用心伏侍我師父，老孫去也。」三藏下床，扯住道：「你往那裡去？」行者道：「我想這樁事都是觀音菩薩沒理，他有這個禪院在此，受了這裡人家香火，又容那妖精鄰住。我去南海尋他，與他講三講，教他親來問妖精討袈裟還我。」三藏道：「你這去，幾時回來？」行者道：「時少只在飯罷，時多只在晌午，就成功了。那些和尚，可好伏侍，老孫去也。」

說聲去，早已無蹤。須臾間，到了南海。停雲觀看，但見那：

汪洋海遠，水勢連天。祥光籠宇宙，瑞氣照山川。千層雪浪吼青霄，萬迭煙波滔白晝。水飛四野，浪滾周遭。水飛四野振轟雷，浪滾周遭鳴霹靂。休言水勢，且看中間。五色朦朧寶迭山，紅黃紫皂綠和藍。才見觀音真勝境，試看南海落伽山。好去處！山峰高聳，頂透虛空。中間有千樣奇花，百般瑞草。風搖寶樹，日映金蓮。觀音殿瓦蓋琉璃，潮音洞門鋪玳瑁。綠楊影裡語鸚哥，紫竹林中啼孔雀。羅紋石上，護法威嚴；瑪瑙灘前，木吒雄壯。

這行者觀不盡那異景非常，徑直按雲頭，到竹林之下。早有諸天迎接道：「菩薩前者對眾言大聖

第十七回

孫行者大鬧黑風山　觀世音收伏熊羆怪

歸善，甚是宣揚。今保唐僧，如何得暇到此？」行者道：「因保唐僧，路逢一事，特見菩薩，煩為通報。」諸天遂來洞口報知。菩薩喚入。行者遵法而行，至寶蓮台下拜了。菩薩問曰：「你來何幹？」行者道：「我師父路遇你的禪院，你受了人間香火，容一個黑熊精在那裡鄰住，著他偷了我師父袈裟，屢次取討不與，今特來問你要的。」菩薩道：「這猴子說話，這等無狀！既是熊精偷了你的袈裟，你怎來問我取討？都是你這個孽猴大膽，將寶貝賣弄，拿與小人看見，你卻又行凶，喚風發火，燒了我的留雲下院，反來我處放刁！」行者見菩薩說出這話，知他曉得過去未來之事，慌忙禮拜道：「菩薩，乞恕弟子之罪，果是這般這等。但恨那怪物不肯與我袈裟，師父又要念那話兒咒語，老孫忍不得頭疼，故此來拜煩菩薩。望菩薩慈悲之心，助我去拿那妖精，取衣西進也。」菩薩道：「那怪物有許多神通，卻也不亞於你。也罷，我看唐僧面上，和你去走一遭。」行者聞言，謝恩再拜。即請菩薩出門，遂同駕祥雲，早到黑風山。墜落雲頭，依路找洞。

正行處，只見那山坡前，走出一個道人，手拿著一個玻璃盤兒，盤內安著兩粒仙丹，往前正走；被行者撞個滿懷，掣出棒，就照頭一下，打得腦裡漿流出，腔中血迸攛。菩薩大驚道：「你這個猴子，還是這等放潑！他又不曾偷你袈裟，又不與你相識，又無甚冤仇，你怎麼就將他打死？」行者道：「菩薩，你認他不得。他是那黑熊精的朋友。他昨日和一個白衣秀士，都在芳草坡前坐講。後日是黑精的生日，請他們來慶『佛衣會』。今日他先來拜壽，明日來慶『佛衣會』，所以我認得。定是今日替那妖去上壽。」菩薩說：「既是這等說來，也罷。」行者才去把那道人提起來看，卻是一隻蒼狼。旁邊那個盤兒底下卻有字，刻道：「凌虛子制。」

行者見了，笑道：「造化！造化！老孫也是便益，菩薩也是省力。這怪叫做不打自招，那怪教他今日了劣。」菩薩說道：「悟空，這教怎麼說？」行者道：「菩薩，我悟空有一句話兒，叫做將計就計，不知菩薩可肯依我？」菩薩道：「你說。」行者說道：「菩薩，你看這盤兒中是兩粒仙丹，便是我們與那妖魔的贄見；這盤兒後面刻的四個字，說『凌虛子制』，便是我們與那妖魔的勾頭（舊時捕人的公文）。菩薩若要依得我時，我好替你作個計較，也就不須動得干戈，也不須勞得征戰，妖魔眼下遭瘟，佛衣眼下出現；菩薩要不依我時，菩薩往西，我悟空往東，佛衣只當相送，唐三藏只當落空。」

菩薩笑道：「這猴熟嘴！」行者道：「不敢，倒是一個計較。」菩薩說：「你這計較怎說？」行者道：「這盤上刻那『凌虛子制』，想這道人就叫做凌虛子。菩薩，你要依我時，可就變做這個道人，我把這丹吃了一粒，變上一粒，略大些兒。菩薩你就捧了這個盤兒，兩粒仙丹，卻與那妖上壽，把這丸大些的讓與那妖。待那妖一口吞之，老孫便於中取事，他若不肯獻出佛衣，老孫將他肚腸，就也織將一件出來。」

菩薩沒法，只得也點點頭兒。行者笑道：「如何？」爾時菩薩乃以廣大慈悲，無邊法力，億萬化身，以心會意，以意會身，恍惚之間，變作凌虛仙子：

鶴氅仙風颯，飄搖欲步虛。蒼顏松柏老，秀色古今無。
去去還無住，如如自有殊。總來歸一法，只是隔邪軀。

行者看道：「妙啊！妙啊！還是妖精菩薩，還是菩薩妖精？」菩薩笑道：「悟空，菩薩、妖精，總是一念；若論本來，皆屬無有。」行者心下頓悟，轉身卻就變做一粒仙丹：

走盤無不定，圓明未有方。三三勾漏合，六六少翁商。
瓦鑠黃金焰，牟尼白晝光。外邊鉛與汞，未許易論量。

行者變了那顆丹，終是略大些兒。菩薩認定，拿了那個玻璃盤兒，徑到妖洞門口，看時，果然是：

崖深岫險，雲生嶺上；柏蒼松翠，風颯林間。崖深岫險，果是妖邪出沒人煙少；柏蒼松翠，也可仙真修隱道情多。山有澗，澗有泉，潺潺流水咽鳴琴，便堪洗耳（上古堯帝請隱士許由做九州長。許由覺得受了污辰，便到水邊洗耳朵。這裡是指過隱士生活）；崖有鹿，林有鶴，幽幽仙籟動聞岑，亦可賞心。這是妖仙有分降菩提，弘誓無邊垂惻隱。

菩薩看了，心中暗喜道：「這孽畜占了這座山洞，卻是也有些道分。」因此心中已是有個慈悲。走到洞口，只見守洞小妖，都有些認得道：「凌虛仙長來了。」一邊傳報，一邊接引。那妖早已迎出二門道：「凌虛，有勞仙駕珍顧，蓬蓽有輝。」菩薩道：「小道敬獻一粒仙丹，敢稱千壽。」他二人拜畢，方才坐定，又敘起他昨日之事。菩薩不答，連忙拿丹盤道：「大王，且見小道鄙意。」覷定一粒大的，推與那妖道：「願大王千壽！」那妖亦推一粒，遞與菩薩道：「願與凌虛子同之。」讓畢，那妖才待要咽，那藥順口兒一直滾下。現了本相，理起四平，那妖滾倒在地。菩薩現相，問妖取了佛衣。行者早已從鼻孔中出去。菩薩又怕那妖無禮，卻把一個箍兒，丟在那妖頭上。那妖起來，提槍要刺，行者、菩薩早已起在空中，菩薩將真言念起。那怪依舊頭疼，丟了槍，滿地亂滾。半空裡笑倒個美猴王，平地下滾壞個黑熊怪。

菩薩道：「孽畜！你如今可皈依麼？」那怪滿口道：「心願皈依，只望饒命！」行者道：「恐耽擱了工夫。」意欲就打。菩薩急止住道：「休傷他命。我有用他處哩。」行者道：「這樣怪物，不打死他，反留他在何處用哩？」菩薩道：「我那落伽山後，無人看管，我要帶他去做個守山大神。」行者笑道：「誠然是個救苦慈尊，一靈不損。若是老孫有這樣咒語，就念上他娘千遍！這回兒就有許多黑熊，都教他了帳！」卻說那怪蘇醒多時，公道難禁疼痛，只得跪在地下哀告道：「但饒性命，願皈正果！」菩薩方墜落祥光，又與他摩頂受戒，教他執了長槍，跟隨左右。那黑熊才一片野心今日定，無窮頑性此時收。菩薩吩咐道：「悟空，你回去罷。好生伏侍唐僧是，休懈惰生事。」行者道：「深感菩薩遠來，弟子還當回送回送。」菩薩道：「免送。」

行者才捧著袈裟，叩頭而別。菩薩亦帶了熊羆，徑回大海。有詩為證。詩曰：

祥光靄靄凝金象，萬道繽紛實可誇。普濟世人垂憫恤，遍觀法界現金蓮。
今來多為傳經意，此去原無落點瑕。降怪成真歸大海，空門復得錦袈裟。

畢竟不知向後事情如何，且聽下回分解。

第十八回

觀音院唐僧脫難　高老莊大聖除魔

行者辭了菩薩，按落雲頭，將袈裟掛在香楠樹上，掣出棒來，打入黑風洞裡。那洞裡那得一個小妖？原來是他見菩薩出現，降得那老怪就地打滾，急急都散走了。行者一發行凶，將他那幾層門上，都積了乾柴，前前後後，一齊發火，把個黑風洞燒做個「紅風洞」，卻拿了袈裟，駕祥光，轉回直北。

話說那三藏望行者急忙不來，心甚疑惑；不知是請菩薩不至，不知是行者托故而逃。正在那胡猜亂想之中，只見半空中彩霧燦燦，行者忽墜階前，叫道：「師父，袈裟來了。」三藏大喜。眾僧亦無不歡悅道：「好了！好了！我等性命，今日方才得全了。」三藏接了袈裟道：「悟空，你早間去時，原約到飯罷晌午，如何此時日西方回？」行者將那請菩薩施變化降妖的事情，備陳了一遍。

三藏聞言，遂設香案，朝南禮拜罷。道：「徒弟啊，既然有了佛衣，可快收拾包裹去也。」行者道：「莫忙，莫忙。今日將晚，不是走路的時候，且待明日早行。」眾僧們一齊跪下道：「孫老爺說得是：一則天晚，二來我等有些願心兒，今幸平安，有了寶貝，待我還了願，請老爺散了福，明早再送西行。」行者道：「正是，正是。」你看那些和尚，都傾囊倒底，把那火裡搶出的餘資，各出所有，整頓了些齋供，燒了些平安無事的紙，念了幾卷消災解厄的經。當晚事畢。次早方刷扮了馬匹，包裹了行囊出門。眾僧遠送方回。行者引路而去，正是那春融時節。但見那：

草襯玉驄蹄跡軟，柳搖金線露華新。
桃杏滿林爭豔麗，薜蘿繞徑放精神。
沙堤日暖鴛鴦睡，山澗花香蛺蝶馴。
這般秋去冬殘春過半，不知何年行滿得真文。

師徒行了五七日荒路，忽一日天色將晚，遠遠的望見一村人家。三藏道：「悟空，你看那壁廂有座山莊相近，我們去告宿一宵，明日再行如何？」行者道：「且等老孫去看看吉凶，再作區處。」那師父挽住絲韁，這行者定睛觀看，真個是：

竹籬密密，茅屋重重。參天野樹迎門，曲水溪橋映戶。道旁楊柳綠依依，園內花開香馥馥。此時那夕照沉西，處處山林喧鳥雀；晚煙出爨，條條道徑轉牛羊。又見那食飽雞豚眠屋角，醉酣鄰叟唱歌來。

行者看罷道：「師父請行。定是一村好人家，正可借宿。」那長老催動白馬，早到街衢之口。又見一個少年，頭裹綿布，身穿藍襖，持傘背包，斂褌紮褲，腳踏著一雙三耳草鞋，雄糾糾的，出街忙走。行者順手一把扯住道：「那裡去？我問你一個信兒：此間是甚麼地方？」那個人只管苦掙，口裡嚷道：「我莊上沒人？只是我好問信！」行者陪著笑道：「施主莫惱。『與人方便，自己方便。』你就與我說說地名何害？我也可解得你的煩惱。」那人掙不脫手，氣得亂跳道：「蹭蹬！蹭蹬！家長的屈氣受不了，又撞著這個光頭，受他的清氣！」行者道：「你有本事，劈開我的手，你便就去了也罷。」那人左扭右扭，那裡扭得動，卻似一把鐵鈐鉗住一般，氣得他丟了包袱，撇了傘，兩隻手，雨點似來抓行者。行者把一隻手扶著行李，一隻手抵住那人，憑他怎麼支吾，只是不能抓著。行者愈加不放，急得暴躁如雷。三藏道：「悟空，那裡不有人來了？你再問那人就是，只管扯住他怎的？放他去罷。」行者笑道：「師父不知。若是問了別人沒趣，須是問他，才有買賣。」

那人被行者扯住不過，只得說出道：「此處乃是烏斯藏國界之地，喚做高老莊。一莊人家有大半姓高，故此喚做高老莊。你放了我去罷。」行者又道：「你這樣行裝，不是個走近路的。你實與我說，你要往那裡去，端的所幹何事，我才放你。」

這人無奈，只得以實情告訴道：「我是高太公的家人，名叫高才。我那太公有個老女兒，年方二十歲，更不曾配人，三年前被一個妖精占了。那妖整做了這三年女婿。我太公不悅，說道：『女兒招了妖精，不是長法：一則敗壞家門，二則沒個親家來往。』一向要退這妖精。那妖精那裡肯退，轉把女兒關在他後宅，將有半年，再不放出與家內人相見。我太公與了我幾兩銀子，教我尋訪法師，拿那妖怪。我這些時不曾住腳，前前後後，請了有三四個人，都是不濟的和尚，膿包的道士，降不得那妖精。剛才罵了我一場，說我不會幹事，又與了我五錢銀子做盤纏，教我再去請好法師降他。不期撞著你這個紇刺星扯住，誤了我走路，故此裡外受氣，我無奈，才與你叫喊。不想你又有些拿法，我掙不過你，所以說此實情。你放我去罷。」

行者道：「你的造化，我有營生。這才是湊四合六的勾當。你也不須遠行，莫要化費了銀子。我們不是那不濟的和尚，膿包的道士，其實有些手段，慣會拿妖。這正是『一來照顧郎中，二來又醫得眼好。』煩你回去上覆你那家主，說我們是東土駕下差來的御弟聖僧，往西天拜佛求經者，善能降妖縛怪。」高才道：「你莫誤了我。我是一肚子氣的人，你若哄了我，沒甚手段，拿不住那妖精，卻不又帶累我來受氣？」行者道：「管教不誤了你。你引我到你家門首去來。」

那人也無計奈何，真個提著包袱，拿了傘，轉步回身，領他師徒到於門首道：「二位長老，你且在馬台上略坐坐，等我進去報主人知道。」行者才放了手，落擔牽馬，師徒們坐立門旁等候。

那高才入了大門，徑往中堂上走，可可的撞見高太公。太公罵道：「你那個蠻皮畜生，怎麼不去尋人，又回來做甚？」高才放下包傘道：「上告主人公得知，小人才行出街口，忽撞見兩個和尚：一個騎馬，一個挑擔。他扯住我不放，問我那裡去。我再三不曾與他說及，他纏得沒奈何，不得脫手，遂將主人公的事情，一一說與他知。他卻十分歡喜，要與我們拿那妖怪哩。」高老道：「是那裡來的？」高才道：「他說是東土駕下差來的御弟聖僧，前往西天拜佛求經的。」太公道：「既是遠來的和尚，怕不真有些手段。他如今在那裡？」高才道：「現在門外等候。」

那太公即忙換了衣服，與高才出來迎接，叫聲：「長老。」三藏聽見，急轉身，早已到了面前。那老者戴一頂烏綾巾，穿一領蔥白蜀錦衣，踏一雙糙米皮的犢子靴，繫一條黑綠條子，出來笑語相迎，便叫：「二位長老，作揖了。」三藏還了禮，行者站著不動。那老者見他相貌凶醜，便就不敢與他作揖。行者道：「怎麼不唱老孫喏？」那老兒有幾分害怕，叫高才道：「你這小廝卻不弄殺我也？家裡現有一個醜頭怪腦的女婿打發不開，怎麼又引這個雷公來害我？」

行者道：「老高，你空長了許大年紀，還不省事！若專以相貌取人，乾淨錯了。我老孫醜自醜，卻有些本事。替你家擒得妖精，捉得鬼魅，拿住你那女婿，還了你女兒，便是好事，何必諄諄以相貌為言！」太公見說，戰兢兢的，只得強打精神，叫聲：「請進。」這行者見請，才牽了白馬，教高才挑著行李，與三藏進去。

他也不管好歹，就把馬拴在敞廳柱上，扯過一張退光漆交椅，叫三藏坐下。他又扯過一張椅子，坐在旁邊。那高老道：「這個小長老，倒也家懷（不見外，像自家人一樣）。」行者道：「你若肯留我住得半年，還家懷哩。」

坐定，高老問道：「適間小價說，二位長老是東土來的？」三藏道：「便是。貧僧奉朝命往西天拜佛求經，因過寶莊，特借一宿，明日早行。」高老道：「二位原是借宿的，怎麼說會拿怪？」行者道：「因是借宿，順便拿幾個妖怪兒耍耍的。動問府上有多少妖怪？」高老道：「天那！還吃得有多少哩！只這一個怪女婿，也被他磨慌了！」行者道：「你把那妖怪的始末，有多大手段，從頭兒說說我聽，我好替你拿他。」

高老道：「我們這莊上，自古至今，也不曉得有甚麼鬼祟魍魎，邪魔作耗（搗亂）。只是老拙不幸，不曾有子，止生三個女兒：大的喚名香蘭，第二的名玉蘭，第三的名翠蘭。那兩個從小兒配與本莊人家，止有小的個，要招個女婿，指望他與我同家過活，做個養老女婿，撐門抵戶（主持家事），做活當差。不期三年前，有一個漢子，模樣兒倒也精致，他說是福陵山上人家，姓豬，上無父母，下無兄弟，願與人家做個女婿。我老拙見是這般一個無根無絆的人，就招了他。一進門時，倒也勤謹；耕田耙地，不用牛具；收割田禾，不用刀杖。昏去明來，其實也好；只是一件，有些會變嘴臉。」行者道：「怎麼變麼？」高老道：「初來時，是一條黑胖漢，後來就變做一個長嘴大耳朵的呆子，腦後又有一溜鬃毛，身體粗糙怕人，頭臉就像個豬的模樣。食腸卻又甚大：一頓要吃三五斗米飯；早間點心，也得百十個燒餅才彀。喜得還吃齋素；若再吃葷酒，便是老拙這些家業田產之類，不上半年，就吃個罄淨！」

三藏道：「只因他做得，所以吃得。」高老道：「吃還是件小事，他如今又會弄風，雲來霧去，走石飛砂，唬得我一家並左鄰右舍，俱不得安生。又把翠蘭小女關在後宅子裡，一發半年也不曾見面，更不知死活如何。因此知他是個妖怪，要請個法師與他去退，去退。」

行者道：「這個何難？老兒你管放心，今夜管情與你拿住，教他寫個退親文書，還你女兒如何？」高老大喜道：「我為招了他不打緊，壞了我多少清名，疏了我多少親眷；但得拿住他，要甚麼文書？就煩與我除了根罷。」行者道：「容易！容易！入夜之時，就見好歹。」

老兒十分歡喜，才教展抹桌椅，擺列齋供。齋罷，將晚，老兒問道：「要甚兵器？要多少人隨？趁早好備。」行者道：「兵器我自有。」老兒道：「二位只是那根錫杖，錫杖怎麼打得妖精？」行者隨於耳內取出一個繡花針來，捻在手中，迎風幌了一幌，就是碗來粗細的一根金箍鐵棒，對著高老道：「你看這條棍子，比你家兵器如何？可打得這怪否？」高老又道：「既有兵器，可要人跟？」行者道：「我不用人，只是要幾個年高有德的老兒，陪我師父清坐閒敘，我好撇他而去。等我把那妖精拿來，對眾取供，替你除了根罷。」那老兒即喚家僮，請了幾個親故朋友。一時都到。相見已畢，行者道：「師父，你放心穩坐，老孫去也。」

你看他攥著鐵棒，扯著高老道：「你引我去後宅子裡，妖精的住處看看。」高老遂引他到後宅門首。行者道：「你去取鑰匙來。」高老道：「你且看看。若是用得鑰匙，卻不請你了。」行者笑道：「你那老兒，年紀雖大，卻不識耍。我把這話兒哄你一哄，你就當真。」走上前，摸了一摸，原來是銅汁灌的鎖子。狠得他將金箍棒一搗，搗開門扇，裡面卻黑洞洞的。行者道：「老高，你去叫你女兒一聲，看他可在裡面。」那老兒硬著膽叫道：「三姐姐。」那女兒認得是他的父親的聲音，才少氣無力的應了一聲道：「爹爹，我在這裡哩。」

行者閃金睛，向黑影裡仔細看時，你道他怎麼模樣？但見那：

雲鬢亂堆無掠，玉容未洗塵淄。一片蘭心依舊，十分嬌態傾頹（神態委靡）。櫻唇全無氣血，腰肢屈屈偎偎（綿軟無力的樣子）。愁蹙蹙，蛾眉淡；瘦怯怯，語聲低。

他走來看見高老，一把扯住，抱頭大哭。行者道：「且莫哭！且莫哭！我問你，妖怪往那裡去了？」女子道：「不知往那裡去。這些時，天明就去，入夜方來。雲雲霧霧，往回不知何所。因是曉得父親要祛退他，他也常常防備，故此昏來朝去。」行者道：「不消說了。老兒，你帶令愛往前邊宅裡，慢慢的敘闊，讓老孫在此等他。他若不來，你卻莫怪；他若來了，定與你剪草除根。」那老高歡歡喜喜的，把女兒帶將前去。

行者卻弄神通，搖身一變，變得就如那女子一般，獨自個坐在房裡等那妖精。不多時，一陣風來，真個是走石飛砂。好風：

起初時微微蕩蕩，向後來渺渺茫茫。微微蕩蕩乾坤大，渺渺茫茫無阻礙。
雕花折柳勝揌麻，倒樹摧林如拔菜。翻江攪海鬼神愁，裂石崩山天地怪。
銜花麋鹿失來蹤，摘果猿猴迷在外。七層鐵塔侵佛頭，八面幢幡傷寶蓋。
金梁玉柱起根搖，房上瓦飛如燕塊。舉棹梢公許願心，開船忙把豬羊賽。
當坊土地棄祠堂，四海龍王朝上拜。海邊撞損夜叉船，長城刮倒半邊塞。

那陣狂風過處，只見半空裡來了一個妖精，果然生得醜陋：黑臉短毛，長喙大耳；穿一領青不青、藍不藍的梭布直裰，繫一條花布手巾。行者暗笑道：「原來是這個買賣！」好行者，卻不迎他，也不問他，且睡在床上推病，口裡哼哼嘖嘖的不絕。那怪不識真假，走進房，一把摟住，就要親嘴。行者暗笑道：「真個要來弄老孫哩！」即使個拿法，托著那怪的長嘴，叫做個小跌。漫頭一料，撲的攛下床來。

那怪爬起來，扶著床邊道：「姐姐，你怎麼今日有些怪我？想是我來得遲了？」行者道：「不怪！不怪！」那妖道：「既不怪我，怎麼就丟我這一跌？」行者道：「你怎麼就這等樣小家子，就摟我親嘴？我因今日有些不自在，若每常好時，便起來開門等你了。你可脫了衣服睡是。」那怪不解其意，真個就去脫衣。行者跳起來，坐在淨桶（馬桶）上。那怪依舊復來床上摸一把，摸不著人，叫道：

「姐姐，你往那裡去了？請脫衣服睡罷。」行者道：「你先睡，等我出個恭來。」那怪果先解衣上床。

行者忽然嘆口氣，道聲：「造化低了！」那怪道：「你惱怎的？造化怎麼得低的？我得到了你家，雖是吃了些茶飯，卻也不曾白吃你的：我也曾替你家掃地通溝，搬磚運瓦，築土打牆，耕田耙地，種麥插秧，創家立業。如今你身上穿的錦，戴的金，四時有花果享用，八節有蔬菜烹煎，你還有那些兒不趁心處，這般短嘆長吁，說甚麼造化低了！」行者道：「不是這等說。今日我的父母，隔著牆，丟磚料瓦的，甚是打我罵我哩。」那怪道：「他打罵你怎麼？」行者道：「他說我和你做了夫妻，你是他門下一個女婿，全沒些兒禮體。這樣個醜嘴臉的人，又會不得姨夫，又見不得親戚，又不知你雲來霧去，端的是那裡人家。姓甚名誰，敗壞他清德，玷辱他門風，故此這般打罵，所以煩惱。」那怪道：「我雖是有些兒醜陋，若要俊，卻也不難。我一來時，曾與他講過，他願意方才招我。今日怎麼又說起這話！我家住在福陵山雲棧洞。我以相貌為姓，故姓豬，官名叫做豬剛鬣。他若再來問你，你就以此話與他說便了。」

行者暗喜道：「那怪卻也老實，不用動刑，就供得這等明白。既有了地方、姓名，不管怎的也拿住他。」行者道：「他要請法師來拿你哩。」那怪笑道：「睡著！睡著！莫睬他！我有天罡數（即三十六）的變化，九齒的釘鈀，怕甚麼法師、和尚、道士？就是你老子有虔心，請下九天蕩魔祖師下界，我也曾與他做過相識，他也不敢怎的我。」行者道：「他說請一個五百年前大鬧天宮姓孫的齊天大聖，要來拿你哩。」那怪聞得這個名頭，就有三分害怕道：「既是這等說，我去了罷。兩口子做不成了。」行者道：「你怎的就去？」那怪道：「你不知道。那鬧天宮的弼馬溫，有些本事，只恐我弄他不過，低了名頭，不像模樣。」

他套上衣服，開了門，往外就走；被行者一把扯住，將自己臉上抹了一抹，現出原身。喝道：「好妖怪，那裡走！你抬頭看看我是那個？」那怪轉過眼來，看見行者咨牙倈嘴，火眼金睛，磕頭毛臉，就是個活雷公相似，慌得他手麻腳軟，劃刺的一聲，掙破了衣服，化狂風脫身而去。行者急上前，掣鐵棒，望風打了一下。那怪化萬道火光，徑轉本山而去。行者駕雲，隨後趕來，叫聲「那裡走！你若上天，我就趕到斗牛宮！你若入地，我就追至枉死獄！」

咦！畢竟不知這一去趕至何方，有何勝敗，且聽下回分解。

第十九回

雲棧洞悟空收八戒　浮屠山玄奘受心經

卻說那怪的火光前走，這大聖的彩霞隨跟。正行處，忽見一座高山，那怪把紅光結聚，現了本相，撞入洞裡，取出一柄九齒釘鈀來戰。行者喝一聲道：「潑怪！你是那裡來的邪魔？怎麼知道我老孫的名號？你有甚麼本事，實實供來，饒你性命！」

那怪道：「是你也不知我的手段！上前來站穩著，我說與你聽：我

自小生來心性拙，貪閒愛懶無休歇。不曾養性與修真，混沌迷心熬日月。
忽然閒裡遇真仙，就把寒溫坐下說。勸我回心莫墮凡，傷生造下無邊孽。
有朝大限命終時，八難三途悔不喋。聽言意轉要修行，聞語心回求妙訣。
有緣立地拜為師，指示天關並地闕。得傳九轉大還丹，工夫晝夜無時輟。
上至頂門泥丸宮，下至腳板湧泉穴。周流腎水入華池，丹田補得溫溫熱。
嬰兒姹女配陰陽，鉛汞相投分日月。離龍坎虎用調和，靈龜吸盡金烏血。

三花聚頂得歸根，五氣朝元通透徹。功圓行滿卻飛升，天仙對對來迎接。
朗然足下彩雲生，身輕體健朝金闕。玉皇設宴會群仙，各分品級排班列。
敕封元帥管天河，總督水兵稱憲節。只因王母會蟠桃，開宴瑤池邀眾客。
那時酒醉意昏沉，東倒西歪亂撒潑。逞雄撞入廣寒宮，風流仙子來相接。
見他容貌挾人魂，舊日凡心難得滅。全無上下失尊卑，扯住嫦娥要陪歇。
再三再四不依從，東躲西藏心不悅。色膽如天叫似雷，險些震倒天關闕。
糾察靈官奏玉皇，那日吾當命運拙。廣寒圍困不通風，進退無門難得脫。
卻被諸神拿住我，酒在心頭還不怯。押赴靈霄見玉皇，依律問成該處決。
多虧太白李金星，出班俯囟親言說。改刑重責二千錘，肉綻皮開骨將折。
放生遭貶出天關，福陵山下圖家業。我因有罪錯投胎，俗名喚做豬剛鬣。」

行者聞言道：「你這廝原來是天蓬水神下界。怪道知我老孫名號。」那怪道聲：「哏！你這誑上的弼馬溫，當年撞那禍時，不知帶累我等多少，今日又來此欺人！不要無禮！吃我一鈀！」行者怎肯容情，舉起棒，當頭就打。他兩個在那半山之中，黑夜裡賭鬥。好殺：

行者金睛似閃電，妖魔環眼似銀花。這一個口噴彩霧，那一個氣吐紅霞。氣吐紅霞昏處亮，口噴彩霧夜光華。金箍棒，九齒鈀，兩個英雄實可誇：一個是大聖臨凡世，一個是元帥降天涯。那個因失威儀成怪物，這個幸逃苦難拜僧家。鈀去好似龍伸爪，棒迎渾若鳳穿花。

第十九回

雲棧洞悟空收八戒　浮屠山玄奘受心經

那個道：「你破人親事如殺父！」這個道：「你強姦幼女正該拿！」閒言語，亂喧嘩，往往來來棒架鈀。看看戰到天將曉，那妖精兩膊覺酸麻。

他兩個自二更時分，直鬥到東方發白。那怪不能迎敵，敗陣而逃，依然又化狂風，徑回洞裡，把門緊閉，再不出頭。行者在這洞門外看有一座石碣，上書「雲棧洞」三字；見那怪不出，天又大明，心卻思量：「恐師父等候，且回去見他一見，再來捉此怪不遲。」隨踏雲點一點，早到高老莊。

卻說三藏與那諸老談今論古，一夜無眠。正想行者不來，只見天井裡，忽然站下行者。行者收藏鐵棒，整衣上廳。叫道：「師父，我來了。」慌得那諸老一齊下拜，謝道：「多勞！多勞！」三藏問道：「悟空，你去這一夜，拿得妖精在那裡？」

行者道：「師父，那妖不是凡間的邪祟，也不是山間的怪獸。他本是天蓬元帥臨凡，只因錯投了胎，嘴臉像一個野豬模樣，其實性靈尚存。他說以相為姓，喚名豬剛鬣。是老孫從後宅裡掣棒就打，他化一陣狂風走了。被老孫著風一棒，他就化道火光，徑轉他那本山洞裡，取出一柄九齒釘鈀，與老孫戰了一夜。適才天色將明，他怯戰而走，把洞門緊閉不出。老孫還要打開那門，與他見個好歹，恐師父在此疑慮盼望，故先來回個信息。」

說罷，那老高上前跪下道：「長老，沒及奈何，你雖趕得去了，他等你去後復來，卻怎區處？索性累你與我拿住，除了根，才無後患。我老夫不敢怠慢，自有重謝：將這家財田地，憑眾親友寫立文書，與長老平分。只是要剪草除根，莫教壞了我高門清德。」行者笑道：「你這老兒不知分限。那怪也曾對我說，他雖是食腸大，吃了你家些茶飯，他與你幹了許多好事。這幾年掙了許多家資，皆是他之力量。他不曾白吃了你東西，問你祛他怎的。據他說，他是一個天神下界，替你把家做活，又未曾害了你家女兒。想這等一個女婿，也門當戶對，不怎麼壞了家聲，辱了行止。當真的留他也罷。」老高道：「長老雖是不傷風化，但名聲不甚好聽。動不動著人就說：『高家招了一個妖怪女婿！』這句話兒教人怎當？」三藏道：「悟空，你既是與他做了一場，一發與他做個竭絕（了斷），才見始終。」行者道：「我才試他一試耍子。此去一定拿來與你們看。且莫憂愁。」叫：「老高，你還好生管待我師父，我去也。」

說聲去，就無形無影的，跳到他那山上，來到洞口，一頓鐵棍，把兩扇門打得粉碎。口裡罵道：「那饢糠（罵人話：吃糠）的夯（同「笨」）貨，快出來與老孫打麼！」那怪正喘噓噓的，睡在洞裡。聽見打得門響，又聽見罵饢糠的夯貨，他卻惱怒難禁，只得拖著鈀，抖擻精神，跑將出來，厲聲罵道：「你這個弼馬溫，著實憊懶！與你有甚相干，你把我大門打破？你且去看看律條，打進大門而入，該個雜犯死罪哩！」行者笑道：「這個呆子，我就打了大門，還有個辯處。像你強占人家女子，又沒個三媒六證，又無些茶紅（定婚禮品）酒禮，該問個真犯斬罪哩！」那怪道：「且休閒講，看老豬這鈀！」行者使棍支住道：「你這鈀可是與高老家做園工築地種菜的？有何好處怕你！」那怪道：「你錯認了！這鈀豈是凡間之物？你且聽我道來：

此是鍛煉神冰鐵，磨琢成工光皎潔。老君自己動鈐鎚，熒惑（火星，這裡指火德神君）親身添炭屑。五方五帝用心機，六丁六甲費周折。造成九齒玉垂牙，鑄就雙環金墜葉。身妝六曜排五星，體按四時依八節。短長上下定乾坤，左右陰陽分日月。六爻神將按天條，八卦星辰依斗列。名為上寶遜金鈀，進與玉皇鎮丹闕。因我修成大羅仙，為吾養就長生客。敕封元帥號天蓬，欽賜釘鈀為御節。舉起烈焰並毫光，落下猛風飄瑞雪。天曹神將盡皆驚，地府閻羅心膽怯。人間那有這般兵，世上更無此等鐵。隨身變化可心懷，任意翻騰依口訣。相攜數載未曾離，伴我幾年無日別。日食三餐並不丟，夜眠一宿渾無撇。也曾佩去赴蟠桃，也曾帶他朝帝闕。皆因仗酒卻行凶，只為倚強便撒潑。上天貶我降凡塵，下世盡我作罪孽。石洞心邪曾吃人，高莊情喜婚姻結。這鈀下海掀翻龍鼉窩，上山抓碎虎狼穴。諸般兵刃且休題，惟有吾當鈀最切。相持取勝有何難，賭鬥求功不用說。何怕你銅頭鐵腦一身鋼，鈀到魂消神氣洩！」

行者聞言，收了鐵棒道：「呆子不要說嘴！老孫把這頭伸在那裡，你且築一下兒，看可能魂消氣洩。」那怪真個舉起鈀，著氣力築將來。撲的一下，鑽起鈀的火光焰焰，更不曾築動一些兒頭皮。唬得他手麻腳軟，道聲：「好頭！好頭！」行者道：「你是也不知。老孫因為鬧天宮，偷了仙丹，盜了蟠桃，竊了御酒，被小聖二郎擒住，押在斗牛宮前，眾天神把老孫斧剁鎚敲，刀砍劍刺，火燒雷打，也不曾損動分毫。又被那太上老君拿了我去，放在八卦爐中，將神火鍛煉，煉做個火眼金睛，銅頭鐵臂。不信，你再築幾下，看看疼與不疼。」那怪道：「你這猴子，我記得你鬧天宮時，家住在東勝神洲傲來國花果山水簾洞裡，到如今久不聞名，你怎麼來到這裡，上門子欺我？莫敢是我丈人去那裡請你來的？」

行者道：「你丈人不曾去請我。因是老孫改邪歸正，棄道從僧，保護一個東土大唐駕下御弟，叫做三藏法師，往西天拜佛求經，路過高老莊借宿，那高老兒因話說起，就請我救他女兒，拿你這饟糠的夯貨！」

那怪一聞此言，丟了釘鈀，唱個大喏道：「那取經人在那裡？累煩你引見，引見。」行者道：「你要見他怎的？」那怪道：「我本是觀世音菩薩勸善，受了他的戒行，這裡持齋把素，教我跟隨那取經人往西天拜佛求經，將功折罪，還得正果。教我等他，這幾年不聞消息。今日既是你與他做了徒弟，何不早說取經之事，只倚凶強，上門打我？」行者道：「你莫詭詐欺心軟我，欲為脫身之計。果然是要保護唐僧，略無虛假，你可朝天發誓，我才帶你去見我師父。」

那怪撲的跪下，望空似搗碓的一般，只管磕頭道：「阿彌陀佛，南無佛，我若不是真心實意，還教我犯了天條，劈屍萬段！」行者見他賭咒發願，道：「既然如此，你點把火來燒了你這住處，我方帶你去。」那怪真個搬些蘆葦荊棘，點著一把火，將那雲棧洞燒得像個破瓦窯。對行者道：「我今已無掛礙了，你卻引我去罷。」

行者道：「你把釘鈀與我拿著。」那怪就把鈀遞與行者。行者又拔了一根毫毛，吹口仙氣，叫「變！」即變做一條三股麻繩，走過來，把手背綁剪了。那怪真個倒背著手，憑他怎麼綁縛。卻又揪著耳朵，拉著他，叫：「快走！快走！」那怪道：「輕著些兒！你的手重，揪得我耳根子疼。」行者道：「輕不成！顧你不得！常言道：『善豬惡拿。』只等見了我師父，果有真心，方才放你。」他兩個半雲半霧的，徑轉高老莊來。有詩為證：

金性剛強能克木，心猿降得木龍歸。金從木順皆為一，木戀金仁總發揮。

一主一賓無間隔，三交三合有玄微。性情並喜貞元聚，同證西方話不違。

頃刻間，到了莊前。行者鉗著他的鈀，揪著他的耳道：「你看那廳堂上端坐的是誰？乃吾師也。」那高氏諸親友與老高，忽見行者把那怪背綁揪耳而來，一個個欣然迎到天井中，道聲：「長老！長老！他正是我家的女婿！」那怪走上前，雙膝跪下，背著手，對三藏叩頭，高叫道：「師父，弟子失迎。早知是師父住在我丈人家，我就來拜接，怎麼又受到許多波折？」三藏道：「悟空，你怎麼降得他來拜我？」行者才放了手，拿釘鈀柄兒打著，喝道：「呆子！你說麼！」那怪把菩薩勸善事情，細陳了一遍。

三藏大喜。便叫：「高太公，取個香案用用。」老高即忙抬出香案。三藏淨了手焚香，望南禮拜道：「多蒙菩薩聖恩！」那幾個老兒也一齊添香禮拜。拜罷，三藏上廳高坐，教：「悟空放了他繩。」行者才把身抖了一抖，收上身來，其縛自解。那怪從新禮拜三藏，願隨西去。又與行者拜了，以先進者為兄，遂稱行者為師兄。

三藏道：「既從吾善果，要做徒弟，我與你起個法名，早晚好呼喚。」他道：「師父，我是菩薩已與我摩頂受戒，起了法名，叫做豬悟能也。」三藏笑道：「好！好！你師兄叫做悟空，你叫做悟能，其實是我法門中的宗派。」悟能道：「師父，我受了菩薩戒行，斷了五葷三厭，在我丈人家持齋把素，更不曾動葷；今日見了師父，我開了齋罷。」三藏道：「不可！不可！你既是不吃五葷三厭（佛家指蔥、蒜等五種辛辣蔬菜和雁、狗、烏魚三種動物），我再與你起個別名，喚為八戒。」那呆子歡歡喜喜道：「謹遵師命。」因此又叫做豬八戒。

高老見這等去邪歸正，更十分喜悅。遂命家僮安排筵宴，酬謝唐僧。八戒上前扯住老高道：「爺，請我拙荊出來拜見公公、伯伯，如何？」行者笑道：「賢弟，你既入了沙門，做了和尚，從今後，再莫題起那『拙荊』的話說。世間只有個火居道士（不出家可娶妻的道士），那裡有個火居的和尚？我們且來敘了坐次，吃頓齋飯，趕早兒往西天走路。」

高老兒擺了桌席，請三藏上坐。行者與八戒，坐於左右兩旁。諸親下坐。高老把素酒開樽，滿斟一杯，奠了天地，然後奉與三藏。三藏道：「不瞞太公說，貧僧是胎裡素，自幼兒不吃葷。」老高道：「因知老師清素，不曾敢動葷。此酒也是素的，請一杯不妨。」三藏道：「也不敢用酒。酒是我僧家第一戒者。」悟能慌了道：「師父，我自持齋，卻不曾斷酒。」悟空道：「老孫雖量窄，吃不上壇把，卻也不曾斷酒。」三藏道：「既如此，你兄弟們吃些素酒也罷。只是不許醉飲誤事。」遂而他兩個接了頭盅。各人俱照舊坐下，擺下素齋。說不盡那杯盤之盛，品物之豐。

師徒們宴罷，老高將一紅漆丹盤，拿出二百兩散碎金碎銀，奉三位長老為途中之費；又將三領綿布褊衫，為上蓋之衣。三藏道：「我們是行腳僧，遇莊化飯，逢處求齋，怎敢受金銀財帛？」行者近前，掄開手，抓了一把。叫：「高才，昨日累你引我師父，今日招了一個徒弟，無物謝你，把這些碎金碎銀，權作帶領錢，拿了去買草鞋穿。以後但有妖精，多作成我幾個，還有謝你處哩。」高才接了，叩頭謝賞。

老高又道：「師父們既不受金銀，望將這粗衣笑納，聊表寸心。」三藏又道：「我出家人，若受了一絲之賄，千劫難修。只是把席上吃不了的餅果，帶些去做乾糧足矣。」八戒在旁邊道：「師父、師父，你們不要便罷，我與他家做了這幾年女婿，就是掛腳糧（舊時入贅女婿做長工的工錢）也該三石（一石等於十斗）哩。——丈人啊，我的直裰，昨晚被師兄扯破了，與我一件青錦袈裟；鞋子綻了，與我一雙好新鞋子。」高老聞言，不敢不與。隨買一雙新鞋，將一領褊衫，換下舊時衣物。

那八戒搖搖擺擺，對高老唱個喏道：「上覆丈母、大姨、二姨並姨夫、姑舅諸親：我今日去做和尚了，不及面辭，休怪。丈人啊，你還好生看待我渾家（妻子）：只怕我們取不成經時，好來還俗，照舊與你做女婿過活。」行者喝道：「夯貨！卻莫胡說！」八戒道：「哥呵，不是胡說，只恐一時間有些兒差池，卻不是和尚誤了做，老婆誤了娶，兩下裡都耽擱了？」三藏道：「少題閒話，我們趕早兒去來。」遂此收拾了一擔行李，八戒擔著；背了白馬，三藏騎著；行者肩擔鐵棒，前面引路。一行三眾，辭別高老及眾親友，投西而去。有詩為證。詩曰：

滿地煙霞樹色高，唐朝佛子苦勞勞。飢餐一缽千家飯，寒著千針一衲袍。
意馬胸頭休放蕩，心猿乖劣莫教嚎。情和性定諸緣合，月滿金華是伐毛。

三眾進西路途，有個月平穩。行過了烏斯藏界，猛抬頭見一座高山。三藏停鞭勒馬道：「悟空、悟能，前面山高，須索仔細，仔細。」八戒道：「沒事。這山喚作浮屠山，山中有一個烏巢禪師，在此修行。老豬也曾會他。」三藏道：「他有些甚麼勾當？」八戒道：「他倒也有些道行。他曾勸我跟他修行，我不曾去罷了。」師徒們說著話，不多時，到了山上。好山！但見那：

山南有青松碧檜，山北有綠柳紅桃。鬧聒聒，山禽對語；舞翩翩，仙鶴齊飛。香馥馥，諸花千樣色；青冉冉，雜草萬般奇。澗下有滔滔綠水，崖前有朵朵祥雲。真個是景致非常幽雅處，寂然不見往來人。

那師父在馬上遙觀，見香檜樹前，有一柴草窩。左邊有麋鹿銜花，右邊有山猴獻果。樹梢頭，有青鸞彩鳳齊鳴，玄鶴錦雞咸集。八戒指道：「那不是烏巢禪師！」三藏縱馬加鞭，直至樹下。

卻說那禪師見他三眾前來，即便離了巢穴，跳下樹來。三藏下馬奉拜，那禪師用手攙道：「聖僧請起。失迎，失迎。」八戒道：「老禪師，作揖了。」禪師驚問道：「你是福陵山豬剛鬣，怎麼有此大緣，得與聖僧同行？」八戒道：「前年蒙觀音菩薩勸善，願隨他做個徒弟。」禪師大喜道：「好，好，好！」又指定行者，問道：「此位是誰？」行者笑道：「這老禪怎麼認得他，倒不認得我？」禪師道：「因少識耳。」三藏道：「他是我的大徒弟孫悟空。」禪師陪笑道：「欠禮，欠禮。」

三藏再拜，請問西天大雷音寺還在那裡。禪師道：「遠哩！遠哩！只是路多虎豹，難行。」三藏殷勤致意，再問：「路途果有多遠？」禪師道：「路途雖遠，終須有到之日，卻只是魔瘴難消。我有《多心經》一卷，凡五十四句，共計二百七十字。若遇魔瘴之處，但念此經，自無傷害。」三藏伏於地懇求，那禪師遂口誦傳之。經云：

「《摩訶般若波羅蜜多心經》。觀自在菩薩，行深般若波羅蜜多，時照見五蘊皆空，度一切苦厄。舍利子，色不異空，空不異色；色即是空，空即是色。受想行識，亦復如是。舍利子，是諸法空相，不生不滅，不垢不淨，不增不減。是故空中無色，無受想行識，無眼耳鼻舌身意，無色聲香味觸法，無眼界，乃至無意識界，無無明，亦無無明盡。乃至無老死，亦無老死盡。無苦寂滅道，無智亦無得。以無所得故，菩提薩埵。依般若波羅蜜多故，心無掛礙；無掛礙故，無有恐怖；遠離顛倒夢想，究竟涅槃，三世諸佛，依般若波羅蜜多故，得阿耨多羅三藐三菩提。故知般若波羅蜜多，是大神咒，是大明咒，是無上咒，是無等等咒，能除一切苦，真實不虛。故說般若波羅蜜多咒，即說咒曰：『揭諦！揭諦！波羅揭諦！波羅僧揭諦！菩提薩婆訶！』」

此時唐朝法師本有根源，耳聞一遍《多心經》，即能記憶，至今傳世。此乃修真之總經，作佛之會門也。

那禪師傳了經文，踏雲光，要上烏巢而去；被三藏又扯住奉告，定要問個西去的路程端的（究竟，詳情）。那禪師笑云：

「道路不難行，試聽我吩咐：千山千水深，多瘴多魔處。若遇接天崖，放心休恐怖。行來摩耳岩，側著腳蹤步。仔細黑松林，妖狐多截路。精靈滿國城，魔主盈山住。老虎坐琴堂，蒼狼為主簿。獅象盡稱王，虎豹皆作御。野豬挑擔子，水怪前頭遇。多年老石猴，那裡懷嗔怒。你問那相識，他知西去路。」

行者聞言，冷笑道：「我們去，不必問他，問我便了。」三藏還不解其意。那禪師化作金光，徑上烏巢而去。長老往上拜謝。行者心中大怒，舉鐵棒望上亂搗，只見蓮花生萬朵，祥霧護千層。行者縱有攪海翻江力，莫想挽著烏巢一縷藤。三藏見了，扯住行者道：「悟空，這樣一個菩薩，你搗他窩巢怎的？」行者道：「他罵了我兄弟兩個一場去了。」三藏道：「他講的西天路徑，何嘗罵你？」行者道：「你那裡曉得？他說『野豬挑擔子』，是罵的八戒；『多年老石猴』是罵的老孫。你怎麼解得此意？」八戒道：「師兄息怒。這禪師也曉得過去未來之事，但看他『水怪前頭遇』這句話，不知驗否。饒他去罷。」行者見蓮花祥霧，近那巢邊。只得請師父上馬，下山往西而走。那一去：

管教清福人間少，致使災魔山裡多。

畢竟不知前程端的如何，且聽下回分解。

第二十回
黃風嶺唐僧有難　半山中八戒爭先

偈曰：

法本從心生，還是從心滅。
生滅盡由誰，請君自辨別。
既然皆己心，何用別人說？
只須下苦功，扭出鐵中血。
絨繩著鼻穿，挽定虛空結。
拴在無為樹，不使他顛劣。
莫認賊為子，心法都忘絕。
休教他瞞我，一拳先打徹。
現心亦無心，現法法也輟。

人牛不見時，碧天光皎潔。
秋月一般圓，彼此難分別。

這一篇偈子，乃是玄奘法師悟徹了《多心經》，打開了門戶（領悟了修道的門徑）。那長老常念常存，一點靈光自透。

且說他三眾，在路餐風宿水，帶月披星，早又至夏景炎天。但見那：

花盡蝶無情敘，樹高蟬有聲喧。
野蠶成繭火榴妍，沼內新荷出現。

那日正行時，忽然天晚，又見山路旁邊，有一村舍。三藏道：「悟空，你看那日落西山藏火鏡，月升東海現冰輪。幸而道旁有一人家，我們且借宿一宵，明日再走。」八戒道：「說得是。我老豬也有些餓了，且到人家化些齋吃，有力氣，好挑行李。」行者道：「這個戀家鬼！你離了家幾日，就生報怨！」八戒道：「哥啊，似不得你這喝風呵煙的人。我從跟了師父這幾日，長忍半肚飢，你可曉得？」三藏聞之道：「悟能，你若是在家心重呵，不是個出家的了，你還回去罷。」那呆子慌得跪下道：「師父，你莫聽師兄之言。他有些贓埋人。我不曾報怨甚的，他就說我報怨。我是個直腸的痴漢，我說道肚內飢了，好尋個人家化齋，他就罵我是戀家鬼。師父啊，我受了菩薩的戒行，又承師父憐憫，情願要伏侍師父往西天去，誓無退悔。這叫做『恨苦修行』。怎的說不是出家的話！」三藏

第二十回

黃風嶺唐僧有難　半山中八戒爭先

道：「既是如此，你且起來。」

那呆子縱身跳起，口裡絮絮叨叨的，挑著擔子，只得死心塌地，跟著前來。早到了路旁人家門首。三藏下馬，行者接了轡繩，八戒歇了行李，都佇立綠蔭之下。三藏拄著九環錫杖，按按藤纏篾織斗篷，先奔門前，只見一老者，斜倚竹床之上，口裡嚶嚶的念佛。三藏不敢高言，慢慢的叫一聲：「施主，問訊了。」那老者一骨碌跳將起來，忙斂衣襟，出門還禮道：「長老，失迎。你自那方來的？到我寒門何故？」三藏道：「貧僧是東土大唐和尚，奉聖旨，上雷音寺拜佛求經。適至寶方天晚，意投檀府告借一宵，萬祈方便方便。」那老兒擺手搖頭道：「去不得。西天難取經。要取經，往東天去罷。」三藏口中不語，意下沉吟：「菩薩指道西去，怎麼此老說往東行？東邊那得有經？」靦腆難言，半晌不答。

卻說行者素性凶頑，忍不住，上前高叫道：「那老兒，你這們大年紀，全不曉事。我出家人遠來借宿，就把這厭鈍的話虎唬我。十分你家窄狹，沒處睡時，我們在樹底下，好道也坐一夜，不打攪你。」那老者扯住三藏道：「師父，你倒不言語，你那個徒弟，那般拐子臉，別頦腮，雷公嘴，紅眼睛的一個癆病魔鬼，怎麼反衝撞我這年老之人！」行者笑道：「你這個老兒，忒也沒眼色！似那俊刮些兒的，叫做中看不中吃。想我老孫，雖小，頗結實，皮裹一團筋哩。」

那老者道：「你想必有些手段。」行者道：「不敢誇言，也將就看得過。」老者道：「你家居何處？因甚事削髮為僧？」行者道：「老孫祖貫東勝神洲海東傲來國花果山水簾洞居住。自小兒學做妖怪，稱名悟空。憑本事，掙了一個齊天大聖。只因不受天祿，大反天宮，惹了一場災愆。如今脫難消災，轉拜沙門，前求正果，保我這唐朝駕下的師父，上西天拜佛走遭，怕甚麼山高路險，水闊波狂！

我老孫也捉得怪，降得魔。伏虎擒龍，踢天弄井（等於說上天入地），都曉得些兒。倘若府上有甚麼丟磚打瓦，鍋叫門開，老孫便能安鎮。」

那老兒聽得這篇言語，哈哈笑道：「原來是個撞頭化緣的熟嘴兒和尚。」行者道：「你兒子便是熟嘴！我這些時，只因跟我師父走路辛苦，還懶說話哩。」那老兒道：「若是你不辛苦，不懶說話，好道活活的聒殺我！你既有這樣手段，西方也還去得，去得。你一行幾眾？請至茅舍裡安宿。」三藏道：「多蒙老施主不叱之恩。我一行三眾。」老者道：「那一眾在那裡？」行者指著道：「這老兒眼花，那綠蔭下站的不是？」

老兒果然眼花，忽抬頭細看，一見八戒這般嘴臉，就唬得一步一跌，往屋裡亂跑，只叫：「關門！關門！妖怪來了！」行者趕上扯住道：「老兒莫怕，他不是妖怪，是我師弟。」老者戰兢兢的道：「好！好！好！一個醜似一個的和尚！」八戒上前道：「老官兒，你若似相貌取人，乾淨差了。我們醜自醜，卻都有用。」

那老者正在門前與三個和尚相講，只見那莊南邊有兩個少年人，帶著一個老媽媽，三四個小男女，斂衣赤腳，插秧而回。他看見一匹白馬，一擔行李，都在他家門首喧嘩，不知是甚來歷，都一擁上前問道：「做甚麼的？」八戒調過頭來，把耳朵擺了幾擺，長嘴伸了一伸，嚇得那些人東倒西歪，亂蹌亂跌。慌得那三藏滿口招呼道：「莫怕！莫怕！我們不是歹人，我們是取經的和尚。」那老兒才出了門，攙著媽媽道：「婆婆起來，少要驚恐。這師父，是唐朝來的，只是他徒弟臉嘴醜些，卻也山惡人善。帶男女們家去。」那媽媽才扯著老兒，二少年領著兒女進去。

三藏卻坐在他們樓裡竹床之上，埋怨道：「徒弟呀，你兩個相貌既醜，言語又粗，把這一家人兒嚇得七損八傷，都替我身造罪哩！」八戒道：「不瞞師父說，老豬自從跟了你，這些時俊了許多哩。若像往常在高老莊走時，把嘴朝前一掬，把耳兩頭一擺，常嚇殺二三十人哩。」行者笑道：「呆子不要亂說，把那醜也收拾起些。」三藏道：「你看悟空說的話。相貌是生成的，你教他怎麼收拾？」行者道：「把那個耙子嘴，揣在懷裡，莫拿出來；把那蒲扇耳，貼在後面，不要搖動，這就是收拾了。」那八戒真個把嘴揣了，把耳貼了，拱著頭，立於左右。行者將行李拿入門裡，將白馬拴在樁上。

只見那老兒才引個少年，拿一個板盤兒，托三杯清茶來獻。茶罷，又吩咐辦齋。那少年又拿一張有窟窿無漆水的舊桌，端兩條破頭折腳的凳子，放在天井中，請三眾涼處坐下。三藏方問道：「老施主，高姓？」老者道：「在下姓王。」「有幾位令嗣？」道：「有兩個小兒，三個小孫。」三藏道：「恭喜，恭喜。」又問：「年壽幾何？」道：「痴長六十一歲。」行者道：「好！好！好！花甲重逢矣。」三藏復問道：「老施主，始初說西天經難取者，何也？」老者道：「經非難取，只是道中艱澀難行。我們這向西去，只有三十里遠近，有一座山，叫做八百里黃風嶺。那山中多有妖怪。故言難取者，此也。若論此位小長老，說有許多手段，卻也去得。」行者道：「不妨！不妨！有了老孫與我這師弟，任他是甚麼妖怪，不敢惹我。」

正說處，又見兒子拿將飯來，擺在桌上，道聲：「請齋。」三藏就合掌諷起齋經。八戒早已吞了一碗。長老的幾句經還未了，那呆子又吃彀三碗。行者道：「這個饢糠！好道湯著餓鬼了！」那老王倒也知趣，見他吃得快，道：「這個長老，想著實餓了，快添飯來。」那呆子真個食腸大：看他不抬頭，一連就吃有十數碗。三藏、行者俱各吃不上兩碗。呆子不住，便還吃哩。老王道：「倉卒無肴，不敢苦勸，請再進一筯。」三藏、行者俱道：「彀了。」八戒道：「老兒滴答甚麼，誰和你發課，說甚麼五爻六爻；有飯只管添將來就是。」呆子一頓，把他一家子飯都吃得罄盡，還只說才得半飽。卻才收了家伙，在那門樓下，安排了竹床板鋪睡下。

次日天曉，行者去背馬，八戒去整擔，老王又教媽媽整治些點心湯水管待，三眾方致謝告行。老者道：「此去倘路間有甚不虞（意外），是必還來茅舍。」行者道：「老兒，莫說哈話（蠢話）。我們出家人，不走回頭路。」遂此策馬挑擔西行。

噫！這一去，果無好路朝西域，定有邪魔降大災。三眾前來，不上半日，果逢一座高山。說起來，十分險峻。三藏馬到臨崖，斜挑寶蹬觀看，果然那：

高的是山，峻的是嶺；陡的是崖，深的是壑；響的是泉，鮮的是花。那山高不高，頂上接青霄；這澗深不深，底中見地府。山前面，有骨都都白雲，屹嶝嶝怪石，說不盡千丈萬丈挾魂崖。崖後有彎彎曲曲藏龍洞，洞中有叮叮當當滴水岩。又見些丫丫叉叉帶角鹿，泥泥痴痴看人獐；盤盤曲曲紅鱗蟒，耍耍頑頑白面猿。至晚巴山尋穴虎，帶曉翻波出水龍，登的洞門唿喇喇響。草裡飛禽，撲轤轤起；林中走獸，掬嗶行。猛然一陣狼蟲過，嚇得人心䠀蹬蹬驚。正是那當倒洞當當倒洞，洞當當倒洞當山；青岱染成千丈玉，碧紗籠罩萬堆煙。

那師父緩促銀驄，孫大聖停雲慢步，豬悟能磨擔徐行。正看那山，忽聞得一陣旋風大作。三藏在馬上心驚，道：「悟空，風起了！」行者道：「風卻怕他怎的！此乃天家四時之氣，有何懼哉！」三藏道：「此風甚惡，比那天風不同。」行者道：「怎見得不比天風？」三藏道：「你看這風：

第二十回

黃風嶺唐僧有難　半山中八戒爭先

巍巍蕩蕩颯飄飄，渺渺茫茫出碧霄。
過嶺只聞千樹吼，入林但見萬竿搖。
岸邊擺柳連根動，園內吹花帶葉飄。
收網漁舟皆緊纜，落篷客艇盡拋錨。
途半征夫迷失路，山中樵子擔難挑。
仙果林間猴子散，奇花叢內鹿兒逃。
崖前檜柏棵棵倒，澗下松篁葉葉凋。
播土揚塵沙迸迸，翻江攪海浪濤濤。」

八戒上前，一把扯住行者道：「師兄，十分風大！我們且躲一躲兒乾淨。」行者笑道：「兄弟不濟！風大時就躲，倘或親面撞見妖精，怎的是好？」八戒道：「哥啊，你不曾聞得『避色如避仇，避風如避箭』哩！我們躲一躲，也不虧人。」行者道：「且莫言語，等我把這風抓一把來聞一聞看。」八戒笑道：「師兄又扯空頭謊了，風又好抓得過來聞！就是抓得來，便也漬了去了。」行者道：「兄弟，你不知道老孫有個『抓風』之法。」好大聖，讓過風頭，把那風尾抓過來聞了一聞，有些腥氣，道：「果然不是好風！這風的味道不是虎風，定是怪風。斷乎有些蹊蹺。」

說不了，只見那山坡下，剪尾跑蹄，跳出一隻斑斕猛虎，慌得那三藏坐不穩雕鞍，翻跟頭跌下白馬，斜倚在路旁，真個是魂飛魄散。八戒丟了行李，掣釘鈀，不讓行者走上前，大喝一聲道：「孽畜！那裡走！」趕將去，劈頭就築。那隻虎直挺挺站將起來，把那前左爪掄起，摳住自家的胸膛，往下一抓，滑刺的一聲，把個皮剝將下來，站立道旁。你看他怎生惡相！咦，那模樣：

血津津的赤剝身軀，紅𩩲𩩲的彎環腿足。火焰焰的兩鬢蓬鬆，硬搠搠的雙眉的豎。白森森的四個鋼牙，光耀耀的一雙金眼。氣昂昂的努力大哮，雄糾糾的厲聲高喊。

喊道：「慢來！慢來！吾黨不是別人，乃是黃風大王部下的前路先鋒。今奉大王嚴命，在山巡邏，要拿幾個凡夫去做案酒。你是那裡來的和尚，敢擅動兵器傷我？」八戒罵道：「我把你這個孽畜！你是認不得我！我等不是那過路的凡夫，乃東土大唐御弟三藏之弟子，奉旨上西方拜佛求經者。你早早的遠避他方，讓開大路，休驚了我師父，饒你性命；若似前猖獗，鈀舉處，卻不留情！」

那妖精那容分說，急近步，丟一個架子，望八戒劈臉來抓。這八戒忙閃過，掄鈀就築。那怪手無兵器，下頭就走，八戒隨後趕來。那怪到了山坡下，亂石叢中，取出兩口赤銅刀，急掄起，轉身來迎。兩個在這坡前，一往一來，一衝一撞的賭鬥。那裡孫行者攙起唐僧道：「師父，你莫害怕。且坐住，等老孫去助助八戒，打倒那怪好走。」三藏才坐將起來，戰兢兢的，口裡念著《多心經》不題。

那行者掣了鐵棒，喝聲叫：「拿了！」此時八戒抖擻精神，那怪敗下陣去。行者道：「莫饒他！務要趕上！」他兩個掄釘鈀，舉鐵棒，趕下山來。那怪慌了手腳，使個「金蟬脫殼計」，打個滾，現了原身，依然是一隻猛虎。行者與八戒那裡肯捨，趕著那虎，定要除根。那怪見他趕得至近，卻又摳著胸膛，剝下皮來，苫蓋在那臥虎石上，脫真身，化一陣狂風，徑回路口。路口上那師父正念《多心經》，被他一把拿住，駕長風攝將去了。可憐那三藏啊！江流注定多磨折，寂滅門中功行難。

那怪把唐僧擒來洞口，按住狂風，對把門的道：「你去報大王說，前路虎先鋒拿了一個和尚，在門外聽令。」那洞主傳令，教：「拿進來。」那虎先鋒，腰撇著兩口赤銅刀，雙手捧著唐僧，上前跪下道：「大王，小將不才，蒙鈞令差往山上巡邏，忽遇一個和尚，他是東土大唐駕下御弟三藏法師，上西方拜佛求經，被我擒來奉上，聊具一饌。」

那洞主聞得此言，吃了一驚道：「我聞得前者有人傳說：三藏法師乃大唐奉旨意取經的神僧；他手下有一個徒弟，名喚孫行者，神通廣大，智力高強。你怎麼能彀捉得他來？」先鋒道：「他有兩個徒弟：先來的，使一柄九齒釘鈀，他生得嘴長耳大；又一個，使一根金箍鐵棒，他生得火眼金睛。正趕著小將爭持，被小將使一個『金蟬脫殼』之計，撤身得空，把這和尚拿來，奉獻大王，聊表一餐之敬。」洞主道：「且莫吃他著。」先鋒道：「大王，見食不食，呼為劣蹶。」洞主道：「你不曉得。吃了他不打緊，只恐怕他那兩個徒弟上門吵鬧，未為穩便。且把他綁在後園定風樁上，待三五日，他兩個不來攪擾，那時節，一則圖他身子乾淨，二來不動口舌，卻不任我們心意？或煮或蒸，或煎或炒，慢慢的自在受用不遲。」先鋒大喜道：「大王深謀遠慮，說得有理。」教：「小的們，拿了去。」

旁邊擁上七八個綁縛手，將唐僧拿去，好便似鷹拿燕雀，索綁繩纏。這的是苦命江流思行者，遇難神僧想悟能。道聲：「徒弟啊！不知你在那山擒怪，何處降妖，我卻被魔頭拿來，遭此毒害，幾時再得相見！好苦啊！你們若早些兒來，還救得我命；若十分遲了，斷然不能保矣！」一邊嗟嘆，一邊淚落如雨。

卻說那行者、八戒，趕那虎下山坡，只見那虎跑倒了，塌伏在崖前。行者舉棒，盡力一打，轉震得自己手疼。八戒復築了一鈀，亦將鈀齒迸起。原來是一張虎皮，蓋著一塊臥虎石。行者大驚道：「不好了！不好了！中了他計也！」八戒道：「中他甚計？」行者道：「這個叫做『金蟬脫殼計』：他將虎皮苫在此，他卻走了。我們且回去看看師父，莫遭毒手。」兩個急急轉來，早已不見了三藏。行者大叫如雷道：「怎的好！師父已被他擒去了！」八戒即便牽著馬，眼中滴淚道：「天哪！天哪！卻往那裡找尋！」行者抬著頭跳道：「莫哭！莫哭！一哭就挫了銳氣。橫豎想只在此山，我們尋尋去來。」

他兩個果奔入山中，穿崗越嶺，行彀多時，只見那石崖之下，聳出一座洞府。兩人定步觀瞻，果然凶險。但見那：

迭障尖峰，回巒古道。青松翠竹依依，綠柳碧梧冉冉。崖前有怪石雙雙，林內有幽禽對對。澗水遠流沖石壁，山泉細滴漫沙堤。野雲片片，瑤草芊芊。妖狐狡兔亂攛梭，角鹿香獐齊鬥勇。劈崖斜掛萬年藤，深壑半懸千歲柏。奕奕巍巍欺華岳，落花啼鳥賽天台。

行者道：「賢弟，你可將行李歇在藏風山凹之間，撒放馬匹，不要出頭。等老孫去他門首，與他賭鬥。必須拿住妖精，方才救得師父。」八戒道：「不消吩咐，請快去。」

行者整一整直裰，束一束虎裙，掣了棒，撞至那門前，只見那門上有六個大字，乃「黃風嶺黃風洞」，卻便丁字腳站定，執著棒，高叫道：「妖怪！趁早兒送我師父出來，省得掀翻了你窩巢，屣平了你住處！」

那小怪聞言，一個個害怕，戰兢兢的，跑入裡面報道：「大王！禍事了！」那黃風怪正坐間，問：「有何事？」小妖道：「洞門外來了一個雷公嘴毛臉的和尚，手持著一根許大粗的鐵棒，要他師父哩！」那洞主驚張，即喚虎先鋒道：「我教你去巡山，只該拿些山牛、野彘、肥鹿、胡羊，怎麼拿那唐僧來！卻惹他那徒弟來此鬧吵，怎生區處？」先鋒道：「大王放心穩便，高枕勿憂，小將不才，願帶領五十個小妖校出去，把那甚麼孫行者拿來湊吃。」洞主道：「我這裡除了大小頭目，還有五七百名小校，憑你選擇，領多少去。只要拿住那行者，我們才自自在在吃那和尚一塊肉，情願與你拜為兄弟；但恐拿他不得，反傷了你，那時休得埋怨我也。」

虎怪道：「放心！放心！等我去來。」果然點起五十名精壯小妖，擂鼓搖旗，纏兩口赤銅刀，騰出門來，厲聲高叫道：「你是那裡來的個猴和尚？敢在此間大呼小叫的做甚？」行者罵道：「你這個剝皮的畜生！你弄甚麼脫殼法兒，把我師父攝了，倒轉問我做甚！趁早好好送我師父出來，還饒你這個性命！」虎怪道：「你師父是我拿了，要與我大王做頓下飯。你識起倒，回去罷！不然，拿住你，一齊湊吃，卻不是『買一個又饒一個』？」行者聞言，心中大怒。扢迸迸，鋼牙錯齧；滴流流，火眼睜圓；掣鐵棒喝道：「你多大欺心，敢說這等大話！休走！看棍！」那先鋒急持刀按住。這一場果然不善，他兩個各顯威能。好殺：

那怪是個真鵝卵，悟空是個鵝卵石。
赤銅刀架美猴王，渾如壘卵來擊石。

烏鵲怎與鳳凰爭？鵓鴿敢和鷹鷂敵？
那怪噴風灰滿山，悟空吐霧雲迷日。
來往不禁三五回，先鋒腰軟全無力。
轉身敗了要逃生，卻被悟空抵死逼。

那虎怪撐持不住，回頭就走。他原來在那洞主面前說了嘴，不敢回洞，徑往山坡上逃生。行者那裡肯放，執著棒，只情趕來，呼呼吼吼，喊聲不絕，卻趕到那藏風山凹之間。正抬頭，見八戒在那裡放馬。八戒忽聽見呼呼聲喊，回頭觀看，乃是行者趕敗的虎怪，就丟了馬，舉起鈀，刺斜著頭一築。可憐那先鋒，脫身要跳黃絲網，豈知又遇罩魚人。卻被八戒一鈀，築得九個窟窿鮮血冒，一頭腦髓盡流干。有詩為證。詩曰：

三五年前歸正宗，持齋把素悟真空。
誠心要保唐三藏，初秉沙門立此功。

那呆子一腳屣住他的脊背，兩手掄鈀又築。行者見了，大喜道：「兄弟，正是這等！他領了幾十個小妖，敢與老孫賭鬥，被我打敗了，他轉不往洞跑，卻跑來這裡尋死。虧你接著；不然，又走了。」八戒道：「弄風攝師父去的可是他？」行者道：「正是，正是。」八戒道：「你可曾問他師父的下落麼？」行者道：「這怪把師父拿在洞裡，要與他甚麼鳥大王做下飯。是老孫惱了，就與他鬥將這裡來，卻著你送了性命。兄弟啊，這個功勞算你的。你可還守著馬與行李，等我把這死怪拖了去，再到那洞口索戰。須是拿得那老妖，方才救得師父。」八戒道：「哥哥說得有理。你去，你去。若是打敗了這老妖，還趕將這裡來，等老豬截住殺他。」好行者，一隻手提著鐵棒，一隻手拖著死虎，徑至他洞口。正是：法師有難逢妖怪，情性相和伏亂魔。

畢竟不知此去可降得妖怪，救得唐僧，且聽下回分解。

第二十一回

護法設莊留大聖　須彌靈吉定風魔

卻說那五十個敗殘的小妖，拿著些破旗、破鼓，撞入洞裡，報道：「大王，虎先鋒戰不過那毛臉和尚，被他趕下東山坡去了。」老妖聞說，十分煩惱。正低頭不語，默思計策，又有把前門的小妖道：「大王，虎先鋒被那毛臉和尚打殺了，拖在門口罵戰哩。」那老妖聞言，愈加煩惱道：「這廝卻也無知！我倒不曾吃他師父，他轉打殺我家先鋒，可恨！可恨！」叫：「取披掛來。我也只聞得講甚麼孫行者，等我出去，看是個甚麼九頭八尾的和尚，拿他進來，與我虎先鋒對命。」眾小妖急急抬出披掛。老妖結束齊整，綽一桿三股鋼叉，帥群妖跳出本洞。那大聖停立門外，見那怪走將出來，著實驍勇。看他怎生打扮。但見：

金盔晃日，金甲凝光。盔上纓飄山雉尾，羅袍罩甲淡鵝黃。勒甲條盤龍耀彩，護心鏡繞眼輝煌。鹿皮靴，槐花染色；錦圍裙，柳葉絨裝。手持三股鋼叉利，不亞當年顯聖郎（二郎神）。

那老妖出得門來，厲聲高叫道：「那個是孫行者？」這行者腳踏著虎怪的皮囊，手執著如意的鐵棒，答道：「你孫外公在此，送出我師父來。」那怪仔細觀看，見行者身軀鄙猥，面容羸瘦，不滿四尺。笑道：「可憐！可憐！我只道是怎麼樣扳翻不倒的好漢，原來是這般一個骷髏的病鬼！」行者笑道：「你這個兒子，忒沒眼色！你外公雖是小小的，你若肯照頭打一叉柄，就長三尺。」那怪道：「你硬著頭，吃吾一柄。」大聖公然不懼。那怪果打一下來，他把腰躬一躬，足長了三尺，有一丈長短，慌得那妖把鋼叉按住，喝道：「孫行者，你怎麼把這護身的變化法兒，拿來我門前使喚！莫弄虛頭！走上來，我與你見見手段！」行者笑道：「兒子啊！常言道：『留情不舉手，舉手不留情。』你外公手兒重重的，只怕你捱不起這一棒！」那怪那容分說，拈轉鋼叉，望行者當胸就刺。這大聖正是會家不忙，忙家不會，理開鐵棒，使一個「烏龍驚地勢」，撥開鋼叉，又照頭便打。他二人在那黃風洞口，這一場好殺：

妖王發怒，大聖施威。妖王發怒，要拿行者抵先鋒；大聖施威，欲捉精靈救長老。叉來棒架，棒去叉迎。一個是鎮山都總師，一個是護法美猴王。初時還在塵埃戰，後來各起在中央。點鋼叉，尖明鐏利；如意棒，身黑箍黃。戳著的魂歸冥府，打著的定見閻王。全憑著手疾眼快，必須要力壯身強。兩家捨死忘生戰，不知那個平安那個傷。

那老妖與大聖鬥經三十回合，不分勝敗。這行者要見功績，使一個「身外身」的手段：把毫毛揪下一把，用口嚼得粉碎，望上一噴，叫聲「變！」變有百十個行者，都是一樣打扮，各執一根鐵棒，把那怪圍在空中。那怪害怕，也使一般本事：急回頭，望著巽（八卦之一，代表風）地上，把口張了三張，呼的一口氣，吹將出去，忽然間，一陣黃風，從空刮起。好風！真個利害。

冷冷颼颼天地變，無影無形黃沙旋。穿林折嶺倒松梅，播土揚塵崩嶺坫（土台子，屏障）。黃河浪潑徹底渾，湘江水湧翻波轉。碧天振動斗牛宮，爭些刮倒森羅殿。五百羅漢鬧喧天，八大金剛齊嚷亂。文殊走了青毛獅，普賢白象難尋見。真武龜蛇失了群，梓橦騾子飄其韂。行商喊叫告蒼天，梢公拜許諸般願。煙波性命浪中流，名利殘生隨水辦。仙山洞府黑攸攸，海島蓬萊昏暗暗。老君難顧煉丹爐，壽星收了龍須扇。王母正去赴蟠桃，一風吹斷裙腰釧。二郎迷失灌洲城，哪吒難取匣中劍。天王不見手心塔，魯班吊了金頭鑽。雷音寶闕倒三層，趙州石橋崩兩斷。一輪紅日蕩無光，滿天星斗皆昏亂。南山鳥往北山飛，東湖水向西湖漫。雌雄拆對不相呼，子母分離難叫喚。龍王遍海找夜叉，雷公到處尋閃電。十代閻王覓判官，地府牛頭追馬面。這風吹倒普陀山，捲起觀音經一卷。白蓮花卸海邊飛，吹倒菩薩十二院。盤古至今曾見風，不似這風來不善。嗯喇喇，乾坤險不炸崩開，萬里江山都是顫！

那妖怪使出這陣狂風，就把孫大聖毫毛變的小行者刮得在那半空中，卻似紡車兒一般亂轉，莫想掄得棒，如何攏得身？慌得行者將毫毛一抖，收上身來，獨自個舉著鐵棒，上前來打，又被那怪劈臉噴了一口黃風，把兩隻火眼金睛，刮得緊緊閉合，莫能睜開；因此難使鐵棒，遂敗下陣來。那妖收風回洞不題。

卻說豬八戒見那黃風大作，天地無光，牽著馬，守著擔，伏在山凹之間，也不敢睜眼，不敢抬頭，口裡不住的念佛許願；又不知行者勝負何如，師父死活何如。正在那疑思之時，卻早風定天晴。忽抬頭往那洞門前看處，卻也不見兵戈，不聞鑼鼓。呆子又不敢上他門，又沒人看守馬匹、行李，果是進退兩難，愴惶不已。

憂慮間，只聽得孫大聖從西邊吆喝而來，他才欠身迎著道：「哥哥，好大風啊！你從那裡走來？」行者擺手道：「利害！利害！我老孫自為人，不曾見這大風。那老妖使一柄三股鋼叉，來與老孫交戰；戰到有三十餘合，是老孫使一個身外身的本事，把他圍打，他甚著急，故弄出這陣風來，果是凶惡，刮得我站立不住，收了本事，冒風而逃。——哏，好風！哏，好風！老孫也會呼風，也會喚雨，不曾似這個妖精的風惡！」八戒道：「師兄，那妖精的武藝如何？」行者道：「也看得過。叉法兒倒也齊整。與老孫也戰個手平。卻只是風惡了，難得贏他。」八戒道：「似這般怎生救得師父？」行者道：「救師父且等再處，不知這裡可有眼科先生，且教他把我眼醫治醫治。」八戒道：「你眼怎的來？」行者道：「我被那怪一口風噴將來，吹得我眼珠酸痛，這會子冷淚常流。」八戒道：「哥啊，這半山中，天色又晚，且莫說要甚麼眼科，連宿處也沒有了！」行者道：「要宿處不難。我料著那妖精還不敢傷我師父，我們且找上大路，尋個人家住下，過此一宵，明日天光，再來降妖罷。」八戒道：「正是，正是。」

他卻牽了馬，挑了擔，出山凹，行上路口。此時漸漸黃昏，只聽得那路南山坡下，有犬吠之聲。二人停身觀看，乃是一家莊院，影影的有燈火光明。他兩個也不管有路無路，漫草而行，直至那家門首。但見：

紫芝翳翳，白石蒼蒼。紫芝翳翳多青草，白石蒼蒼半綠苔。數點小螢光灼灼，一林野樹密排排。香蘭馥郁，嫩竹新栽。清泉流曲澗，古柏倚深崖。地僻更無游客到，門前惟有野花開。

他兩個不敢擅入，只得叫一聲「開門，開門！」那裡有一老者，帶幾個年幼的農夫，叉鈀掃帚齊來，問道：「甚麼人？甚麼人？」行者躬身道：「我們是東土大唐聖僧的徒弟。因往西方拜佛求經，路過此山，被黃風大王拿了我師父去了，我們還未曾救得。天色已晚，特來府上告借一宵，萬望方便方便。」那老者答禮道：「失迎，失迎。此間乃雲多人少之處，卻才聞得叫門，恐怕是妖狐、老虎，乃山中強盜等類，故此小介（指家童、僕人等）愚頑，多有衝撞。不知是二位長老，請進，請進。」

他兄弟們牽馬挑擔而入，徑至裡邊，拴馬歇擔，與莊老拜見敘坐。又有蒼頭（奴僕）獻茶。茶罷，捧出幾碗胡麻飯。飯畢，命設鋪就寢。行者道：「不睡還可，敢問善人，貴地可有賣眼藥的？」老者道：「是那位長老害眼（得眼病）？」行者道：「不瞞你老人家說，我們出家人，自來無病，從不曉得害眼。」老人道：「既不害眼，如何討藥？」行者道：「我們今日在黃風洞口救我師父，不期被那怪將一口風噴來，吹得我眼珠酸痛；今有些眼淚汪汪，故此要尋眼藥。」那老者道：「善哉！善哉！你這個長老，小小的年紀，怎麼說謊？那黃風大聖，風最利害。他那風，比不得甚麼春秋風、松竹風、與那東西南北風。」八戒道：「想必是夾腦風、羊耳風、大麻風、偏正頭風？」長者道：「不是，不是。他叫做『三昧神風』。」行者道：「怎見得？」老者道：「那風，能吹天地暗，善刮鬼神愁。裂石崩崖惡，吹人命即休。你們若遇著他那風吹了呵，還想得活哩！只除是神仙，方可得無事。」行者道：「果然！果然！我們雖不是神仙，神仙還是我的晚輩，這條命急切難休，卻只是吹得我眼珠酸痛！」那老者道：「既如此說，也是個有來頭的人。我這敝處，卻無賣眼藥的。老漢也有些迎風冷淚，曾遇異人，傳了一方，名喚『三花九子膏』，能治一切風眼。」

行者聞言，低頭唱喏道：「願求些兒，點試，點試。」那老者應承，即走進去，取出一個瑪瑙石的小罐兒來，拔開塞口，用玉簪兒蘸出少許與行者點上，教他不得睜開，寧心睡覺，明早就好。點畢，收了石罐，徑領小介們退於裡面。八戒解包袱，展開鋪蓋，請行者安置。行者閉著眼亂摸。八戒笑道：「先生，你的明杖兒呢？」行者道：「你這個饢糟的呆子！你照顧我做瞎子哩！」那呆子啞啞的暗笑而睡。行者坐在鋪上，轉運神功，直到有三更後，方才睡下。

不覺又是五更將曉，行者抹抹臉，睜開眼道：「果然好藥！比常更有百分光明！」卻轉頭後邊望望，呀！那裡得甚房舍窗門，但只見些老槐高柳，兄弟們都睡在那綠莎茵上。那八戒醒來道：「哥哥，你嚷怎的？」行者道：「你睜開眼看看？」

呆子忽抬頭，見沒了人家，慌得一轂轆爬將起來道：「我的馬哩？」行者道：「樹上拴的不是？」——「行李呢？」行者道：「你頭邊放的不是？」八戒道：「這家子憊懶也。他搬了，怎麼就不叫我們一聲？通得老豬知道，也好與你送些茶果。想是躲門戶的，恐怕裡長曉得，卻就連夜搬了。噫！我們也忒睡得死！怎麼他家拆房子，響也不聽見響響？」行者吸吸的笑道：「呆子，不要亂嚷。你看那樹上是個甚麼紙帖兒。」八戒走上前，用手揭了，原來上面四句頌子云：

「莊居非是俗人居，護法伽藍點化廬。

妙藥與君醫眼痛，盡心降怪莫躊躇。」

行者道：「這伙強神，自換了龍馬，一向不曾點他，他倒又來弄虛頭！」八戒道：「哥哥莫扯架子。他怎麼伏你點札！」行者道：「兄弟，你還不知哩。這護教伽藍、六丁六甲、五方揭諦、四值功曹，奉菩薩的法旨，暗保我師父者。自那日報了名，只為這一向有了你，再不曾用他們，故不曾點札罷了。」八戒道：「哥哥，他既奉法旨暗保師父，所以不能現身明顯，故此點化仙莊。你莫怪他，昨日也虧他與你點眼，又虧他管了我們一頓齋飯，亦可謂盡心矣。你莫怪他，我們且去救師父來。」行者道：「兄弟說得是。此處到那黃風洞口不遠，你且莫動身，只在林子裡看馬守擔，等老孫去洞裡打聽打聽，看師父下落如何，再與他爭戰。」八戒道：「正是這等。討一個死活的實信。假若師父死了，各人好尋頭幹事；若是未死，我們好竭力盡心。」行者道：「莫亂談，我去也！」

他將身一縱，徑到他門首，門尚關著睡覺。行者不叫門，且不驚動妖怪，捻著訣，念個咒語，搖身一變，變做一個花腳蚊蟲，真個小巧！有詩為證。詩曰：

擾擾微形利喙，嚶嚶聲細如雷。蘭房紗帳善通隨，正愛炎天暖氣。
只怕熏煙撲扇，偏憐燈火光輝。輕輕小小忒鑽疾，飛入妖精洞裡。

只見那把門的小妖，正打鼾睡，行者往他臉上叮了一口，那小妖翻身醒了。道：「我爺啞！好大蚊子！一口就叮了一個大疙疸！」忽睜眼道：「天亮了。」又聽得支的一聲，二門開了。行者嚶嚶的飛將進去，只見那老妖吩咐各門上謹慎，一壁廂收拾兵器：「只怕昨日那陣風不曾刮死孫行者，他今日必定還來。來時定教他一命休矣。」

行者聽說，又飛過那廳堂，徑來後面。但見一層門，關得甚緊，行者漫門縫兒鑽將進去，原來是個大空園子，那壁廂定風樁上繩纏索綁著唐僧哩。那師父紛紛淚落，心心只念著悟空、悟能，不知都在何處。行者停翅，叮在他光頭上，叫聲：「師父。」那長老認得他的聲音道：「悟空啊，想殺我也！你在那裡叫我哩！」行者道：「師父，我在你頭上哩。你莫要心焦，少得煩惱。我們務必拿住妖精，方才救得你的性命。」唐僧道：「徒弟啊，幾時才拿得妖精麼？」行者道：「拿你的那虎怪，已被八戒打死了。只是老妖的風勢利害。料著只在今日，管取拿他。你放心莫哭，我去啞。」

說聲去，嚶嚶的飛到前面。只見那老妖坐在上面，正點札各路頭目；又見那洞前有一個小妖，把個令字旗磨一磨，撞上廳來報道：「大王，小的巡山，才出門，見一個長嘴大耳朵的和尚坐在林裡；若不是我跑得快些，幾乎被他捉住。卻不見昨日那個毛臉和尚。」老妖道：「孫行者不在，想必是風吹死也。再不便去那裡求救兵去了！」眾妖道：「大王，若果吹殺了他，是我們的造化，只恐吹不死他，他去請些神兵來，卻怎生是好？」老妖道：「怕他怎的，怕那甚麼神兵！若還定得我的風勢，只除了靈吉菩薩來是，其餘何足懼也！」

行者在屋梁上，只聽得他這一句言語，不勝歡喜，即抽身飛出，現本相來至林中，叫聲：「兄弟！」八戒道：「哥，你往那裡去來？剛才一個打令字旗的妖精，被我趕了去也。」行者笑道：「虧你！虧你！老孫變做蚊蟲兒，進他洞去探看師父，原來師父被他綁在定風樁上哭哩。是老孫吩咐，教他莫哭，又飛在屋梁上聽了一聽。只見那拿令字旗的，喘噓噓的，走進去報道：只是被你趕他，卻不見我。老妖亂猜亂說，說老孫是風吹殺了，又說是請神兵去了。他卻自家供出一個人來，甚妙！甚妙！」八戒道：「他供的是誰？」行者道：「他說怕甚麼神兵，那個能定他的風勢，只除是靈吉菩薩來是。——但不知靈吉住在何處？……」

正商議處，只見大路旁走出一個老公公來。你看他怎生模樣：

身健不扶拐杖，冰髯雪鬢蓬蓬。金花耀眼意朦朧，瘦骨衰筋強硬。
屈背低頭緩步，龐眉赤臉如童。看他容貌是人稱，卻似壽星出洞。

八戒望見大喜道：「師兄，常言道：『要知山下路，須問去來人。』你上前問他一聲，何如？」真個大聖藏了鐵棒，放下衣襟，上前叫道：「老公公，問訊了。」那老者半答不答的，還了個禮道：「你是那裡和尚？這曠野處，有何事幹？」行者道：「我們是取經的聖僧。昨日在此失了師父，特來動問公公一聲：靈吉菩薩在那裡住？」老者道：「靈吉在直南上。到那裡，還有二千里路。有一山，呼名小須彌山。山中有個道場，乃是菩薩講經禪院。汝等是取他的經去了？」行者道：「不是取他的經，我有一事煩他，不知從那條路去。」老者用手向南指道：「這條羊腸路就是了。」哄得那孫大聖回頭看路，那公公化作清風，寂然不見。只是路旁邊下一張簡帖，上有四句頌子云：

「上復齊天大聖聽：老人乃是李長庚。
須彌山有飛龍杖，靈吉當年受佛兵。」

第二十一回

護法設莊留大聖　須彌靈吉定風魔

行者執了帖兒，轉身下路。八戒道：「哥啊，我們連日造化低了。這兩日懺日裡見鬼！那個化風去的老兒是誰？」行者把帖兒遞與八戒。——念了一遍道：「李長庚是那個？」行者道：「是西方太白金星的名號。」八戒慌得望空下拜道：「恩人！恩人！老豬若不虧金星奏准玉帝呵，性命也不知化作甚的了！」行者道：「兄弟，你卻也知感恩。但莫要出頭，只藏在這樹林深處，仔細看守行李、馬匹，等老孫尋須彌山，請菩薩去耶。」八戒道：「曉得！曉得！你只管快快前去！老豬學得個烏龜法，得縮頭時且縮頭。」

孫大聖跳在空中，縱筋斗雲，徑往直南上去，果然速快。他點頭經過三千里，扭腰八百有餘程。須臾，見一座高山，半中間有祥雲出現，瑞靄紛紛，山凹裡果有一座禪院，只聽得鐘磬悠揚，又見那香煙縹緲。大聖直至門前，見一道人，項掛數珠，口中念佛。行者道：「道人作揖。」那道人躬身答禮道：「那裡來的老爺？」行者道：「這可是靈吉菩薩講經處麼？」道人道：「此間正是，有何話說？」行者道：「累煩你老人家與我傳答傳答：我是東土大唐駕下御弟三藏法師的徒弟，齊天大聖孫悟空行者。今有一事，要見菩薩。」道人笑道：「老爺字多話多，我不能全記。」行者道：「你只說是唐僧徒弟孫悟空來了。」道人依言，上講堂傳報。那菩薩即穿袈裟，添香迎接。

這大聖才舉步入門，往裡觀看，只見那：

滿堂錦繡，一屋威嚴。眾門人齊誦《法華經》，老班首輕敲金鑄磬。佛前供養，盡是仙果仙花；案上安排，皆是素肴素品。輝煌寶燭，條條金焰射虹霓；馥郁真香，道道玉煙飛彩霧。正是那講罷心閒方入定，白雲片片繞松梢。靜收慧劍魔頭絕，般若波羅善會高。

那菩薩整衣出迓，行者登堂，坐了客位。隨命看茶。行者道：「茶不勞賜，但我師父在黃風山有難，特請菩薩施大法力降怪救師。」菩薩道：「我受了如來法令，在此鎮壓黃風怪。如來賜了我一顆『定風丹』，一柄『飛龍寶杖』。當時被我拿住，饒了他的性命，放他去隱性歸山，不許傷生造孽，不知他今日欲害令師。有違教令，我之罪也。」那菩薩欲留行者，治齋相敘，行者懇辭，隨取了飛龍杖，與大聖一齊駕雲。

不多時，至黃風山上。菩薩道：「大聖，這妖怪有些怕我，我只在雲端裡住定，你下去與他索戰，誘他出來，我好施法力。」行者依言，按落雲頭，不容分說，掣鐵棒把他洞門打破。叫道：「妖怪！還我師父來也！」慌得那把門小妖，急忙傳報。那怪道：「這潑猴著實無禮！再不伏善，反打破我門！這一出去，使陣神風，定要吹死！」仍前披掛，手綽鋼叉，又走出門來；見了行者，更不打話，拈叉當胸就刺。大聖側身躲過，舉棒對面相還。戰不數合，那怪吊回頭，望巽地上，才待要張口呼風，只見那半空裡，靈吉菩薩將飛龍寶杖丟將下來，不知念了些甚麼咒語，卻是一條八爪金龍，撥喇的掄開兩爪，一把抓住妖精，提著頭，兩三捽，捽在山石崖邊，現了本相，卻是一個黃毛貂鼠。

行者趕上，舉棒就打，被菩薩攔住道：「大聖，莫傷他命。我還要帶他去見如來。」對行者道：「他本是靈山腳下的得道老鼠；因為偷了琉璃盞內的清油，燈火昏暗，恐怕金剛拿他，故此走了，卻在此處成精作怪。如來照見了他，不該死罪，故著我轄押，但他傷生造孽，拿上靈山；今又衝撞大聖，陷害唐僧，我拿他去見如來，明正其罪，才算這場功績哩。」行者聞言，卻謝了菩薩。菩薩西歸不題。

卻說豬八戒在那林內，正思量行者，只聽得山阪下叫聲「悟能兄弟，牽馬挑擔來耶。」那呆子認得是行者聲音，急收拾跑出林外，見了行者道：「哥哥，怎的幹事來？」行者道：「請靈吉菩薩，使一條飛龍杖，拿住妖精，原來是個黃毛貂鼠成精，被他帶去靈山見如來去了。我和你洞裡去救師父。」那呆子才歡歡喜喜。

二人撞入裡面，把那一窩狡兔、妖狐、香獐、角鹿，一頓釘鈀鐵棒，盡情打死，卻往後園拜救師父。師父出得門來，問道：「你兩人怎生捉得妖精？如何方救得我？」行者將那請靈吉降妖的事情，陳了一遍。師父謝之不盡。他兄弟們把洞中素物，安排些茶飯吃了，方才出門，找大路向西而去。畢竟不知向後如何，且聽下回分解。

第二十二回

八戒大戰流沙河　木吒奉法收悟淨

話說唐僧師徒三眾，脫難前來，不一日，行過了八百黃風嶺，進西卻是一脈平陽之地。光陰迅速，歷夏經秋，見了些寒蟬鳴敗柳，大火（星名。西落表明到了秋天）向西流。正行處，只見一道大水狂瀾，渾波湧浪。三藏在馬上忙呼道：「徒弟，你看那前邊水勢寬闊，怎不見船隻行走。我們從那裡過去？」八戒見了道：「果是狂瀾，無舟可渡。」

那行者跳在空中，用手搭涼篷（用手掌遮在眼睛上方遠望）而看。他也心驚道：「師父啊，真個是難，真個是難！這條河若論老孫去呵，只消把腰兒扭一扭，就過去了；若師父，誠千分難渡，萬載難行。」三藏道：「我這裡一望無邊，端的有多少寬闊？」行者道：「徑過有八百里遠近。」八戒道：「哥哥怎的定得個遠近之數？」行者道：「不滿賢弟說，老孫這雙眼，白日裡常看得千里路上的吉凶。卻才在空中看出：此河上下不知多遠，但只見這徑過足有八百里。」長老憂嗟煩惱，兜回馬，忽見岸上有一通石碑。三眾齊來看時，見上有三個篆字，乃「流沙河」；腹上有小小的四行真字云：

第二十二回

八戒大戰流沙河　木吒奉法收悟淨

「八百流沙界，三千弱水深。鵝毛飄不起，蘆花定底沉。」

師徒們正看碑文，只聽得那浪湧如山，波翻若嶺，河當中滑辣的鑽出一個妖精，十分凶醜：

一頭紅焰髮蓬鬆，兩隻圓睛亮似燈。不黑不青藍靛臉，如雷如鼓老龍聲。
身披一領鵝黃氅，腰束雙攢露白藤。項上骷髏懸九個，手持寶杖甚崢嶸。

那怪一個旋風，奔上岸來，徑搶唐僧，慌得行者把師父抱住，急登高岸，回身走脫。那八戒放下擔子，掣出鐵鈀，望妖精便築。那怪使寶杖架住。他兩個在流沙河岸，各逞英雄。這一場好鬥：

九齒鈀，降妖杖，二人相敵河岸上。這個是總督大天蓬，那個是謫下捲簾將。昔年曾會在靈霄，今日爭持賭猛壯。這一個鈀去探爪龍，那一個杖架磨牙象。伸開大四平，鑽入迎風戧。這個沒頭沒臉抓，那個無亂無空放。一個是久占流沙界吃人精，一個是秉教迦持修行將。

他兩個來來往往，戰經二十回合，不分勝負。

那大聖護了唐僧，牽著馬，守定行李，見八戒與那怪交戰，就恨得咬牙切齒，擦掌磨拳，忍不住要去打他，掣出棒來道：「師父，你坐著，莫怕。等老孫和他耍耍兒來。」那師父苦留不住。他打個唿哨，跳到前邊，原來那怪與八戒正戰到好處，難解難分。被行者掄起鐵棒，望那怪著頭一下，那怪急轉身，慌忙躲過，徑鑽入流沙河裡。氣得個八戒亂跳道：「哥啊！誰著你來的！那怪漸漸手慢，難架我鈀，再不上三五合，我就擒住他了！他見你凶險，敗陣而逃，怎生是好！」行者笑道：「兄弟，實不瞞你說：自從降了黃風怪，下山來，這個把月不曾耍棍，我見你和他戰的甜美，我就忍不住腳癢，故就跳將來耍耍的。——那知那怪不識耍，就走了。」

他兩個攙著手，說說笑笑，轉回見了唐僧。唐僧道：「可曾捉得妖怪？」行者道：「那妖怪不奈戰，敗回鑽入水去也。」三藏道：「徒弟，這怪久住於此，他知道淺深；似這般無邊的弱水，又沒了舟楫，須是得個知水性的，引領引領才好哩。」行者道：「正是這等說。常言道：『近朱者赤，近墨者黑。』那怪在此，斷知水性。我們如今拿住他，且不要打殺，只教他送師父過河，再做理會。」八戒道：「哥哥不必遲疑，讓你先去拿他，等老豬看守師父。」行者笑道：「賢弟呀，這樁兒我不敢說嘴。水裡勾當，老孫不大十分熟。若是空走，還要捻訣，又念念『避水咒』，方才走得；不然，就要變化做甚麼魚蝦蟹鱉之類，我才去得。若論賭手段，憑你在高山雲裡，幹甚麼蹊蹺異樣事兒，老孫都會；只是水裡的買賣，有些兒狼犺。」八戒道：「老豬當年總督天河，掌管了八萬水兵大眾，倒學得知些水性，——卻只怕那水裡有甚麼眷族老小，七窩八代的都來，我就弄他不過。一時不被他撈去耶？」行者道：「你若到他水中與他交戰，卻不要戀戰，許敗不許勝，把他引將出來，等老孫下手助你。」八戒道：「言得是，我去耶。」說聲去，就剝了青錦直裰，脫了鞋，雙手舞鈀，分開水路，使出那當年的舊手段，躍浪翻波，撞將進去，徑至水底之下，往前正走。

卻說那怪敗了陣回，方才喘定，又聽得有人推得水響，忽起身觀看，原來是八戒執了鈀推水。那怪舉杖當面高呼道：「那和尚！那裡走！仔細看打！」八戒使鈀架住道：「你是個甚麼妖精，敢在此間擋路？」那妖道：「你是也不認得我。我不是那妖魔鬼怪，也不是少姓無名。」八戒道：「你既不是邪妖鬼怪，卻怎生在此傷生？你端的甚麼姓名，實實說來，我饒你性命。」那怪道：「我

自小生來神氣壯，乾坤萬里曾游蕩。英雄天下顯威名，豪傑人家做模樣。
萬國九州任我行，五湖四海從吾撞。皆因學道蕩天涯，只為尋師游地曠。
常年衣缽謹隨身，每日心神不可放。沿地雲游數十遭，到處閒行百餘趟。
因此才得遇真人，引開大道金光亮。先將嬰兒姹女收，後把木母金公放。
明堂腎水入華池，重樓肝火投心臟。三千功滿拜天顏，志心朝禮明華向。
玉皇大帝便加升，親口封為捲簾將。南天門裡我為尊，靈霄殿前吾稱上。
腰間懸掛虎頭牌，手中執定降妖杖。頭頂金盔晃日光，身披鎧甲明霞亮。
往來護駕我當先，出入隨朝予在上。只因王母降蟠桃，設宴瑤池邀眾將。
失手打破玉玻璃，天神個個魂飛喪。玉皇即便怒生嗔，卻令掌朝左輔相：
卸冠脫甲摘官銜，將身推在殺場上。多虧赤腳大天仙，越班啟奏將吾放。
饒死回生不典刑，遭貶流沙東岸上。飽時困臥此山中，餓去翻波尋食餉。
樵子逢吾命不存，漁翁見我身皆喪。來來往往吃人多，翻翻覆覆傷生瘴。
你敢行凶到我門，今日肚皮有所望。莫言粗糙不堪嘗，拿住消停剁鮓醬！」

八戒聞言大怒，罵道：「你這潑物，全沒一些兒眼色！我老豬還掐出水沫兒來哩，你怎敢說我粗糙，要剁鮓醬！看起來，你把我認做個老走硝哩。休得無禮！吃你祖宗這一鈀！」那怪見鈀來，使一個「鳳點頭」躲過。兩個在水中打出水面，各人踏浪登波。這一場賭鬥，比前不同。你看那：

捲簾將，天蓬帥，各顯神通真可愛。那個降妖寶杖著頭掄，這個九齒釘鈀隨手快。躍浪振山川，推波昏世界。凶如太歲撞幢幡，惡似喪門掀寶蓋。這一個赤心凜凜保唐僧，那一個犯罪滔滔為水怪。鈀抓一下九條痕，杖打之時魂魄敗。努力喜相持，用心要賭賽。算來只為取經人，怒氣沖天不忍耐。攪得那鯾鮊鯉鱖退鮮鱗，龜鱉黿鼉傷嫩蓋；紅蝦紫蟹命皆亡，水府諸神朝上拜。只聽得波翻浪滾似雷轟，日月無光天地怪。

二人整鬥有兩個時辰，不分勝敗。這才是銅盆逢鐵帚，玉磬對金鐘。

卻說那大聖保著唐僧，立於左右，眼巴巴的望著他兩個在水上爭持，只是他不好動手。只見那八戒虛幌一鈀，佯輸詐敗，轉回頭往東岸上走。那怪隨後趕來，將近到了岸邊，這行者忍耐不住，撇了師父，掣鐵棒，跳到河邊，望妖精劈頭就打。那妖物不敢相迎，颼的又鑽入河內。

八戒嚷道：「你這弼馬溫，徹是個急猴子！你再緩緩些兒，等我哄他到了高處，你卻阻住河邊，教他不能回首呵，卻不拿住他也；他這進去，幾時又肯出來？」行者笑道：「呆子，莫嚷！莫嚷！我們且回去見師父去來。」

八戒卻同行者到高岸上，見了三藏。三藏欠身道：「徒弟辛苦呀。」八戒道：「且不說辛苦，只

第二十二回

八戒大戰流沙河　木吒奉法收悟淨

是降了妖精，送得你過河，方是萬全之策。」三藏道：「你才與妖精交戰何如？」八戒道：「那妖的手段，與老豬是個對手。正戰處，使一個詐敗，他才趕到岸上。見師兄舉著棍子，他就跑了。」三藏道：「如此怎生奈何？」行者道：「師父放心，且莫焦惱。如今天色又晚，且坐在這崖次之下，待老孫去化些齋飯來，你吃了睡去，待明日再處。」八戒道：「說得是，你快去快來。」

行者急縱雲跳起去，正到直北下人家化了一鉢素齋，回獻師父。師父見他來得甚快，便叫：「悟空，我們去化齋的人家，求問他一個過河之策，不強似與這怪爭持？」行者笑道：「這家子遠得狠哩！相去有五七千里之路。他那裡得知水性？問他何益？」八戒道：「哥哥又來扯謊了。五七千里路，你怎麼這等去來得快？」行者道：「你那裡曉得，老孫的筋斗雲，一縱有十萬八千里。像這五七千里路，只消把頭點上兩點，把腰躬上一躬，就是個往回，有何難哉！」八戒道：「哥啊，既是這般容易，你把師父背著，只消點點頭，躬躬腰，跳過去罷了；何必苦苦的與他廝戰？」行者道：「你不會駕雲？你把師父馱過去不是？」八戒道：「師父的骨肉凡胎，重似泰山，我這駕雲的，怎稱得起？須是你的筋斗方可。」行者道：「我的筋斗，好道也是駕雲，只是去的有遠近些兒。你是馱不動，我卻如何馱得動？自古道：『遣泰山輕如芥子，攜凡夫難脫紅塵。』像這潑魔毒怪，使攝法，弄風頭，卻是扯扯拉拉，就地而行，不能帶得空中而去；像那樣法兒，老孫也會使會弄；還有那隱身法、縮地法，老孫件件皆知。但只是師父要窮歷異邦，不能彀超脫苦海，所以寸步難行也。我和你只做得個擁護，保得他身在命在，替不得這些苦惱，也取不得經來；就是有能先去見了佛，那佛也不肯把經善與你我：正叫做『若將容易得，便作等閒看。』」那呆子聞言，喏喏聽受。遂吃了些無菜的素食，師徒們歇在流沙河東，崖次之下。

次早，三藏道：「悟空，今日怎生區處？」行者道：「沒甚區處，還須八戒下水。」八戒道：「哥哥，不要圖乾淨，只作成我下水。」行者道：「賢弟，這番我再不急性了，只讓你引他上來，我攔住河沿，不讓他回去，務要將他擒了。」

好八戒，抹抹臉，抖擻精神，雙手拿鈀，到河沿，分開水路，依然又下至窩巢。那怪方才睡醒，忽聽推得水響，急回頭睜睛看看。見八戒執鈀下至，他跳出來，當頭阻住。喝道：「慢來！慢來！看杖！」八戒舉鈀架住道：「你是個甚麼『哭喪杖』，斷叫你祖宗看杖！」那怪道：「你這廝甚不曉得哩！我這

寶杖原來名譽大，本是月裡梭羅派。吳剛伐下一枝來，魯班製造工夫蓋。裡邊一條金趁心，外邊萬道珠絲玠。名稱寶杖善降妖，永鎮靈霄能伏怪。只因官拜大將軍，玉皇賜我隨身帶。或長或短任吾心，要細要粗憑意態。也曾護駕宴蟠桃，也曾隨朝居上界。值殿曾經眾聖參，捲簾曾見諸仙拜。養成靈性一神兵，不是人間凡器械。自從遭貶下天門，任意縱橫游海外。不當大膽自稱誇，天下槍刀難比賽。看你那個鏽釘鈀，只好鋤田與築菜！」

八戒笑道：「我把你少打的潑物！且莫管甚麼築菜，只怕蕩了一下兒，教你沒處貼膏藥，九個眼子一齊流血！縱然不死，也是個到老的破傷風！」那怪丟開架手，在那水底下，與八戒依然打出水面。這一番鬥，比前果更不同。你看他：

第二十二回

八戒大戰流沙河　木吒奉法收悟淨

寶杖掄，釘鈀築，言語不通非眷屬。只因木母克刀圭，致令兩下相戰觸。沒輸贏，無反覆，翻波淘浪不和睦。這個怒氣怎含容？那個傷心難忍辱。鈀來杖架逞英雄，水滾流沙能惡毒。氣昂昂，勞碌碌，多因三藏朝西域。釘鈀老大凶，寶杖十分熟。這個揪住要往岸上拖，那個爬來就將水裡沃。聲如霹靂動魚龍，雲暗天昏神鬼伏。

這一場，來來往往，鬥經三十回合，不見強弱。八戒又使個佯輸計，拖了鈀走。那怪隨後又趕來，擁波捉浪，趕至崖邊。八戒罵道：「我把你這個潑怪！你上來！這高處，腳踏實地好打！」那妖罵道：「你這廝哄我上去，又教那幫手來哩。你下來，還在水裡相鬥。」原來那妖乖了，再不肯上岸，只在河沿與八戒鬧吵。

卻說行者見他不肯上岸，急得他心焦性暴，恨不得一把捉來；行者道：「師父！你自坐下，等我與他個『餓鷹叼食』。」就縱筋斗，跳在半空，刷的落下來，要抓那妖。那妖正與八戒嚷鬧，忽聽得風響，急回頭，見是行者落下雲來，卻又收了那杖，一頭淬下水，隱跡潛蹤，渺然不見。行者佇立岸上，對八戒說：「兄弟呀，這妖也弄得滑了。他再不肯上岸，如之奈何？」八戒道：「難！難！難！戰不勝他！——就把吃奶的氣力也使盡了，只綳得個手平。」行者道：「且見師父去。」

二人又到高岸，見了唐僧，備言難捉。那長老滿眼下淚道：「似此艱難，怎生得渡！」行者道：「師父莫要煩惱。這怪深潛水底，其實難行。八戒，你只在此保守師父，再莫與他廝鬥，等老孫往南海走走去來。」八戒道：「哥呵，你去南海何幹？」行者道：「這取經的勾當，原是觀音菩薩；及脫解我等，也是觀音菩薩；今日路阻流沙河，不能前進，不得他，怎生處治？等我去請他，還強如和這妖精相鬥。」八戒道：「也是，也是。師兄，你去時，千萬與我上覆一聲：向日多承指教。」三藏道：「悟空，若是去請菩薩，卻也不必遲疑，快去快來。」

行者即縱筋斗雲，徑上南海。咦！那消半個時辰，早望見普陀山境。須臾間，墜下筋斗，到紫竹林外，又只見那二十四路諸天，上前迎著道：「大聖何來？」行者道：「我師有難，特來謁見菩薩。」諸天道：「請坐，容報。」那輪日的諸天，徑至潮音洞口報道：「孫悟空有事朝見。」菩薩正與捧珠龍女在寶蓮池畔扶欄看花，聞報，即轉雲岩，開門喚入。大聖端肅皈依參拜。

菩薩問曰：「你怎麼不保唐僧？為甚事又來見我？」行者啟上道：「菩薩，我師父前在高老莊，又收了一個徒弟，喚名豬八戒，多蒙菩薩又賜法諱悟能。才行過黃風嶺，今至八百里流沙河，乃是弱水三千，師父已是難渡；河中又有個妖怪，武藝高強，甚虧了悟能與他水面上大戰三次，只是不能取勝，被他攔阻，不能渡河。因此，特告菩薩，望垂憐憫，濟渡他一濟渡。」菩薩道：「你這猴子，又逞自滿，不肯說出保唐僧的話來麼？」行者道：「我們只是要拿住他，教他送我師父渡河。水裡事，我又弄不得精細，只是悟能尋著他窩巢，與他打話。想是不曾說出取經的勾當。」菩薩道：「那流沙河的妖怪，乃是捲簾大將臨凡，也是我勸化的善信，教他保護取經之輩。你若肯說出是東土取經人呵，他決不與你爭持，斷然歸順矣。」行者道：「那怪如今怯戰，不肯上岸，只在水裡潛蹤，如何得他歸順？我師如何得渡弱水？」

菩薩即喚惠岸，袖中取出一個紅葫蘆兒，吩咐道：「你可將此葫蘆，同孫悟空到流沙河水面上，只叫『悟淨』，他就出來了。先要引他皈依了唐僧；然後把他那九個骷髏穿在一處，按九宮布列，卻把這葫蘆安在當中，就是法船一隻，能渡唐僧過流沙河界。」惠岸聞言，謹遵師命，當時與大聖捧葫蘆出了潮音洞，奉法旨辭了紫竹林。有詩為證。詩曰：

五行匹配合天真，認得從前舊主人。煉已立基為妙用，辨明邪正見原因。
金來歸性還同類，木去求情共復淪。二土全功成寂寞，調和水火沒纖塵。

他兩個，不多時，按落雲頭，早來到流沙河岸。豬八戒認得是木吒行者，引師父上前迎接。那木吒與三藏禮畢，又與八戒相見。八戒道：「向蒙尊者指示，得見菩薩，我老豬果遵法教，今喜拜了沙門。這一向在途中奔碌，未及致謝，恕罪，恕罪。」行者道：「且莫敘闊。我們叫喚那廝去來。」三藏道：「叫誰？」行者道：「老孫見菩薩，備陳前事。菩薩說：這流沙河的妖怪，乃是捲簾大將臨凡；因為在天有罪，墮落此河，忘形作怪。他曾被菩薩勸化，願歸師父往西天去的。但是我們不曾說出取經的事情，故此苦苦爭鬥。菩薩今差木吒，將此葫蘆，要與這廝結作法船，渡你過去哩。」三藏聞言，頂禮不盡。對木吒作禮道：「萬望尊者作速一行。」那木吒捧定葫蘆，半雲半霧，徑到了流沙河水面上，厲聲高叫道：「悟淨！悟淨！取經人在此久矣，你怎麼還不歸順！」

卻說那怪懼怕猴王，回於水底，正在窩中歇息。只聽得叫他法名，情知是觀音菩薩；又聞得說「取經人在此」，他也不懼斧鉞，急翻波伸出頭來，又認得是木吒行者。你看他笑盈盈，上前作禮道：「尊者失迎。菩薩今在何處？」木吒道：「我師未來，先差我來吩咐你早跟唐僧做個徒弟。叫把你項上掛的骷髏與這個葫蘆，按九宮結做一隻法船，渡他過此弱水。」悟淨道：「取經人卻在那裡？」木吒用手指道：「那東岸上坐的不是？」悟淨看見了八戒道：「他不知是那裡來的個潑物，與我整鬥了這兩日，何曾言著一個取經的字兒？」又看見行者，道：「這個主子，是他的幫手，好不利害！我不去了。」木吒道：「那是豬八戒，這是孫行者。俱是唐僧的徒弟，俱是菩薩勸化的，怕他怎的？我且和你見唐僧去。」

那悟淨才收了寶杖，整一整黃錦直裰，跳上岸來，對唐僧雙膝跪下道：「師父，弟子有眼無珠，不認得師父的尊容，多有衝撞，萬望恕罪。」八戒道：「你這膿包，怎的早不皈依，只管要與我打？是何說話！」行者笑道：「兄弟，你莫怪他，還是我們不曾說出取經的事樣與姓名耳。」長老道：「你果肯誠心皈依吾教麼？」悟淨道：「弟子向蒙菩薩教化，指河為姓，與我起個法名，喚做沙悟淨，豈有不從師父之理！」三藏道：「既如此，」叫：「悟空，取戒刀來，與他落了髮。」大聖依言，即將戒刀與他剃了頭。又來拜了三藏，拜了行者與八戒，分了大小。三藏見他行禮，真像個和尚家風，故又叫他做沙和尚。木吒道：「即秉了迦持，不必敘煩，早與作法船去來。」

那悟淨不敢怠慢，即將頸項下掛的骷髏取下，用索子結作九宮，把菩薩的葫蘆安在當中，請師父下岸。那長老遂登法船，坐於上面，果然穩似輕舟。左有八戒扶持，右有悟淨捧托；孫行者在後面牽了龍馬，半雲半霧相跟；頭直上又有木吒擁護；那師父才飄然穩渡流沙河界，浪靜風平過弱河。真個也如飛似箭，不多時，身登彼岸，得脫洪波；又不拖泥帶水，幸喜腳乾手燥，清淨無為，師徒們腳踏實地。那木吒按祥雲，收了葫蘆。又只見那骷髏一時解化作九股陰風，寂然不見。

三藏拜謝了木吒，頂禮了菩薩。正是：木吒徑回東洋海，三藏上馬卻投西。畢竟不知幾時才得正果求經，且聽下回分解。

第二十三回

三藏不忘本　四聖試禪心

詩曰：

奉法西來道路賒，秋風淅淅落霜花。乖猿牢鎖繩休解，劣馬勤兜鞭莫加。
木母（在道教外丹裡指汞，這裡指元氣）金公（道教外丹裡指鉛，這裡指元神）原自合，黃婆赤子本無差。咬開鐵彈真消息，般若波羅到彼家。

這回書，蓋言取經之道，不離了一身務本之道也。卻說他師徒四眾，了悟真如，頓開塵鎖，自跳出性海流沙，渾無掛礙，徑投大路西來。歷遍了青山綠水，看不盡野草閒花。真個也光陰迅速，又值九秋。但見了些：

楓葉滿山紅，黃花耐晚風。

老蟬吟漸懶，愁蟋思無窮。
荷破青紈扇，橙香金彈叢。
可憐數行雁，點點遠排空。

正走處，不覺天晚。三藏道：「徒弟，如今天色又晚，卻往那裡安歇？」行者道：「師父說話差了。出家人餐風宿水，臥月眠霜，隨處是家。又問那裡安歇，何也？」豬八戒道：「哥啊，你只知道你走路輕省，那裡管別人累墜？自過了流沙河，這一向爬山過嶺，身挑著重擔，老大難挨也！須是尋個人家，一則化些茶飯，二則養養精神，才是個道理。」行者道：「呆子，你這般言語，似有報怨之心。還像在高老莊，倚懶不求福的自在，恐不能也。既是秉正沙門，須是要吃辛受苦，才做得徒弟哩。」八戒道：「哥哥，你看這擔行李多重？」行者道：「兄弟，自從有了你與沙僧，我又不曾挑著，那知多重？」八戒道：「哥啊，你看看數兒麼：

四片黃藤蔑，長短八條繩。又要防陰雨，氈包三四層。扁擔還愁滑，兩頭釘上釘。銅鑲鐵打九環杖，篾絲藤纏大斗篷。

似這般許多行李，難為老豬一個逐日家擔著走，偏你跟師父做徒弟，拿我做長工！」行者笑道：「呆子，你和誰說哩？」八戒道：「哥哥，與你說哩。」行者道：「錯和我說了。老孫只管師父好歹，你與沙僧，專管行李、馬匹。但若怠慢了些兒，孤拐上先是一頓粗棍！」八戒道：「哥啊，不要說打，打就是以力欺人。我曉得你的尊性高傲，你是定不肯挑；但師父騎的馬，那般高大肥盛，只馱著老和尚一個，教他帶幾件兒，也是弟兄之情。」

行者道：「你說他是馬哩！他不是凡馬，本是西海龍王敖閏之子，喚名龍馬三太子。只因縱火燒了殿上明珠，被他父親告了忤逆，身犯天條，多虧觀音菩薩救了他的性命；他在那鷹愁陡澗，久等師父，又幸得菩薩親臨，卻將他退鱗去角，摘了項下珠，才變做這匹馬，願馱師父往西天拜佛。這個都是各人的功果，你莫攀他。」那沙僧聞言道：「哥哥，真個是龍麼？」行者道：「是龍。」八戒道：「哥啊，我聞得古人云：『龍能噴雲曖霧，播土揚沙；有巴山搧嶺的手段，有翻江攪海的神通。』怎麼他今日這等慢慢而走？」行者道：「你要他快走，我教他快走個兒你看。」

好大聖，把金箍棒攛一攛，萬道彩雲生。那馬看見拿棒，恐怕打來，慌得四隻蹄疾如飛電，颼的跑將去了。那師父手軟勒不住，盡他劣性，奔上山崖，才大達辿步走。師父喘息始定，抬頭遠見一簇松蔭，內有幾間房舍，著實軒昂。但見：

門垂翠柏，宅近青山。幾株松冉冉，數莖竹斑斑。籬邊野菊凝霜豔，橋畔幽蘭映水丹。
粉泥牆壁，磚砌圍圜。高堂多壯麗，大廈甚清安。牛羊不見無雞犬，想是秋收農事閒。

那師父正按轡徐觀，又見悟空兄弟方到。悟淨道：「師父不曾跌下馬來麼？」長老罵道：「悟空這潑猴，他把馬兒驚了，早是我還騎得住哩！」行者陪笑道：「師父莫罵我，都是豬八戒說馬行遲，故此著他快些。」那呆子因趕馬，走急了些兒，喘氣噓噓，口裡唧唧噥噥的鬧道：「罷了！罷了！見自肚別腰鬆，擔子沉重，挑不上來，又弄我奔奔波波的趕馬！」長老道：「徒弟啊，你且看那壁廂，有一座莊院，我們卻好借宿去也。」行者聞言，急抬頭舉目而看，果見那半空中慶雲籠罩，瑞靄遮盈。情知定是佛仙點化，他卻不敢洩漏天機，只道：「好！好！好！我們借宿去來。」

長老連忙下馬。見一座門樓，乃是垂蓮象鼻，畫棟雕梁。沙僧歇了擔子。八戒牽了馬匹道：「這個人家，是過當的富實之家。」行者就要進去。三藏道：「不可，你我出家人，各自避些嫌疑，切莫擅入。且自等他有人出來，以禮求宿，方可。」八戒拴了馬，斜倚牆根之下。三藏坐在石鼓上。行者、沙僧坐在台基邊。久無人出，行者性急，跳起身入門裡看處：原來有向南的三間大廳，簾櫳高控。屏門上，掛一軸壽山福海的橫披畫；兩邊金漆柱上，貼著一幅大紅紙的春聯，上寫著：

絲飄弱柳平橋晚，雪點香梅小院春。

正中間，設一張退光黑漆的香几，几上放一個古銅獸爐。上有六張交椅。兩山頭掛著四季吊屏。行者正然偷看處，忽聽得後門內有腳步之聲，走出一個半老不老的婦人來，嬌聲問道：「是甚麼人，擅入我寡婦之門？」慌得個大聖喏喏連聲道：「小僧是東土大唐來的，奉旨向西方拜佛求經。一行四眾，路過寶方，天色已晚。特奔老菩薩檀府，告借一宵。」那婦人笑語相迎道：「長老，那三位在那裡？請來。」行者高聲叫道：「師父，請進來耶。」三藏才與八戒、沙僧牽馬挑擔而入。只見那婦人出廳迎接。八戒餳眼偷看，你道他怎生打扮：

第二十三回
三藏不忘本　四聖試禪心

穿一件織金官綠紵絲襖，上罩著淺紅比甲；繫一條結彩鵝黃錦繡裙，下映著高底花鞋。時樣鬏髻皂紗漫，相襯著二色盤龍髮；宮樣牙梳朱翠晃，斜簪著兩股赤金釵。雲鬢半蒼飛鳳翅，耳環雙墜寶珠排；脂粉不施猶自美，風流還似少年才。

那婦人見了他三眾，更加欣喜，以禮邀入廳房。一一相見禮畢，請各敘坐看茶。那屏風後，忽有一個丫髻垂絲的女童，托著黃金盤、白玉盞，香茶噴暖氣，異果散幽香。那人綽彩袖，春筍纖長；擎玉盞，傳茶上奉；對他們一一拜了。茶畢，又吩咐辦齋。三藏啟手道：「老菩薩，高姓？貴地是甚地名？」婦人道：「此間乃西牛賀洲之地。小婦人娘家姓賈，夫家姓莫。幼年不幸，公姑早亡，與丈夫守承祖業。有家資萬貫，良田千頃。夫妻們命裡無子，止生了三個女孩兒。前年大不幸，又喪了丈夫。小婦居孀，今歲服滿。空遺下田產家業，再無個眷族親人，只是我娘女們承領。欲嫁他人，又難舍家業。適承長老下降，想是師徒四眾。小婦娘女四人，意欲坐山招夫，四位恰好。不知尊意肯否如何。」三藏聞言，推聾裝啞，瞑目寧心，寂然不答。

那婦人道：「舍下有水田三百餘頃，旱田三百餘頃，山場果木三百餘頃；黃水牛有一千餘隻，騾馬成群，豬羊無數；東南西北，莊堡草場，共有六七十處；家下有八九年用不著的米穀，十來年穿不著的綾羅；一生有使不著的金銀；勝強似那錦帳藏春，說甚麼金釵兩行；你師徒們若肯回心轉意，招贅在寒家，自自在在，享用榮華，卻不強如往西勞碌？」那三藏也只是如痴如蠢，默默無言。

那婦人道：「我是丁亥年三月初三日酉時生。故夫比我年大三歲，我今年四十五歲。大女兒名真真，今年二十歲；次女名愛愛，今年十八歲；三小女名憐憐，今年十六歲；俱不曾許配人家。雖是小婦人醜陋，卻幸小女俱有幾分顏色，女工針指，無所不會。因是先夫無子，即把他們當兒子看養。小時也曾教他讀些儒書，也都曉得些吟詩作對。雖然居住山莊，也不是那十分粗俗之類，料想也配得過列位長老，若肯放開懷抱，長髮留頭，與舍下做個家長，穿綾著錦，勝強如那瓦缽緇衣，雪鞋雲笠（指過僧人生活）！」

三藏坐在上面，好便似雷驚的孩子，雨淋的蝦蟆；只是呆呆掙掙，翻白眼兒打仰。那八戒聞得這般富貴，這般美色，他卻心癢難撓；坐在那椅子上，一似針戳屁股，左扭右扭的，忍耐不住。走上前，扯了師父一把道：「師父！這娘子告誦你話，你怎麼佯佯不睬？好道也做個理會是。」那師父猛抬頭，咄的一聲，喝退了八戒道：「你這個孽畜！我們是個出家人，豈以富貴動心，美色留意，成得個甚麼道理！」

那婦人笑道：「可憐！可憐！出家人有何好處？」三藏道：「女菩薩，你在家人，卻有何好處？」那婦人道：「長老請坐，等我把在家人好處，說與你聽。怎見得？有詩為證。詩曰：

春裁方勝著新羅，夏換輕紗賞綠荷；秋有新蒭香糯酒，冬來暖閣醉顏酡。
四時受用般般有，八節珍羞件件多；襯錦鋪綾花燭夜，強如行腳禮彌陀。」

三藏道：「女菩薩，你在家人享榮華，受富貴，有可穿，有可吃，兒女團圓，果然是好；但不知我出家的人，也有一段好處。怎見得？有詩為證。詩曰：

出家立志本非常，推倒從前恩愛堂。外物不生閒口舌，身中自有好陰陽。
功完行滿朝金闕，見性明心返故鄉。勝似在家貪血食，老來墜落臭皮囊。」

那婦人聞言，大怒道：「這潑和尚無禮！我若不看你東土遠來，就該叱出。我倒是個真心實意，要把家緣招贅汝等，你倒反將言語傷我。你就是受了戒，發了願，永不還俗，好道你手下人，我家也招得一個。你怎麼這般執法？」三藏見他發怒，只得者者謙謙，叫道：「悟空，你在這裡罷。」行者道：「我從小兒不曉得幹那般事，教八戒在這裡罷。」八戒道：「哥啊，不要栽人麼。——大家從長計較。」三藏道：「你兩個不肯，便教悟淨在這裡罷。」沙僧道：「你看師父說的話。弟子蒙菩薩勸化，受了戒行，等候師父；自蒙師父收了我，又承教誨；跟著師父還不上兩月，更不曾進得半分功果，怎敢圖此富貴！寧死也要往西天去，決不幹此欺心之事。」

那婦人見他們推辭不肯，急抽身轉進屏風，撲的把腰門關上。師徒們撇在外面，茶飯全無，再沒人出。八戒心中焦燥，埋怨唐僧道：「師父忒不會幹事，把話通說殺了。你好道還活著些腳兒，只含糊答應，哄他些齋飯吃了，今晚落得一宵快活；明日肯與不肯，在乎你我了。似這般關門不出，我們這清灰冷灶，一夜怎過！」

悟淨道：「二哥，你在他家做個女婿罷。」八戒道：「兄弟，不要栽人。——從長計較。」行者道：「計較甚的？你要肯，便就教師父與那婦人做個親家，你就做個倒踏門的女婿。他家這等有財有寶，一定倒陪妝奩，整治個會親的筵席。我們也落些受用。你在此間還俗，卻不是兩全其美？」八戒道：「話便也是這等說，卻只是我脫俗又還俗，停妻再娶妻了。」

沙僧道：「二哥原來是有嫂子的？」行者道：「你還不知他哩，他本是烏斯藏高老莊高太公的女婿。因被老孫降了，他也曾受菩薩戒行，沒及奈何，被我捉他來做個和尚，所以棄了前妻，投師父往西拜佛。他想是離別的久了，又想起那個勾當。卻才聽見這個勾當，斷然又有此心。呆子，你與這家子做了女婿罷。只是多拜老孫幾拜，我不檢舉你就罷了。」那呆子道：「胡說！胡說！大家都有此心，獨拿老豬出醜。常言道：『和尚是色中餓鬼。』那個不要如此？都這們扭扭揑揑的拿班兒，把好事都弄得裂了。這如今茶水不得見面，燈火也無人管，雖熬了這一夜，但那匹馬明日又要馱人，又要走路，再若餓上這一夜，只好剝皮罷了。你們坐著，等老豬去放放馬來。」那呆子虎急急的，解了韁繩，拉出馬去。行者道：「沙僧，你且陪師父坐這裡，等老孫跟他去，看他往那裡放馬。」三藏道：「悟空，你看便去看他，但只不可只管嘲他了。」行者道：「我曉得。」這大聖走出廳房，搖身一變，變作個紅蜻蜓兒，飛出前門，趕上八戒。

那呆子拉著馬，有草處且不教吃草，嗒嗒嗤嗤的，趕著馬，轉到後門首去。只見那婦人，帶著三個女子，在後門外閒立著，看菊花兒耍子。他娘女們看見八戒來時，三個女兒閃將進去。那婦人佇立門首道：「小長老那裡去？」這呆子丟了韁繩，上前唱個喏，道聲：「娘！我來放馬的。」那婦人道：「你師父忒弄精細。在我家招了女婿，卻不強似做掛搭僧，往西蹌路？」八戒笑道：「他們是奉了唐王的旨意，不敢有違君命，不肯幹這件事。剛才都在前廳上栽我，我又有些奈上祝下（左右為難），只恐娘嫌我嘴長耳大。」那婦人道：「我也不嫌，只是家下無個家長，招一個倒也罷了；但恐小女兒有些兒嫌醜。」八戒道：「娘，你上覆令愛，不要這等揀漢。想我那唐僧，人才雖俊，其實不中用。我醜自醜，有幾句口號兒（隨口吟成的詩）。」婦人道：「你怎的說麼？」八戒道：「我雖然人物醜，勤緊有些功。若言千頃地，不用使牛耕。只消一頓鈀，布種及時生。沒雨能求雨，無風會喚風。房舍若嫌矮，起上二三層。地下不掃掃一掃，陰溝不通通一通。家長裡短諸般事，踢天弄井我皆能。」

那婦人道：「既然幹得家事，你再去與你師父商量商量看，不尷尬（有難處、麻煩），便招你罷。」八戒道：「不用商量：他又不是我的生身父母，幹與不幹，都在於我。」婦人道：「也罷，也罷，等我與小女說。」看他閃進去，撲的掩上後門。八戒也不放馬，將馬拉向前來。怎知孫大聖已一一盡知，他轉翅飛來，現了本相，先見唐僧道：「師父，悟能牽馬來了。」長老道：「馬若不牽，恐怕撒歡（指馬歡蹦亂跳的樣子）走了。」行者笑將起來，把那婦人與八戒說的勾當，從頭說了一遍。三藏也似信不信的。

少時間，見呆子拉將馬來拴下。長老道：「你馬放了。」八戒道：「無甚好草，沒處放馬。」行者道：「沒處放馬，可有處牽馬（雙關語，這裡指說媒、做牽頭）麼？」呆子聞得此言，情知走了消息，也就垂頭扭頸，努嘴皺眉，半晌不言。又聽得呀的一聲，腰門開了，有兩對紅燈，一副提壺，香雲靄靄，環珮叮叮，那婦人帶著三個女兒，走將出來，叫真真、愛愛、憐憐，拜見那取經的人物。那女子排立廳中，朝上禮拜。果然也生得標致。但見他：

一個個蛾眉橫翠，粉面生春。妖嬈傾國色，窈窕（女子文靜美麗）動人心。花鈿（一種首飾）顯現多嬌態，繡帶飄搖迴（遠）絕塵。半含笑處櫻桃綻（裂開），緩步行時蘭麝噴。滿頭珠翠，顫巍巍無數寶釵簪；遍體幽香，嬌滴滴有花金縷細。說甚麼楚娃（楚國美女）美貌，西子

（西施）嬌容？真個是九天仙女從天降，月裡嫦娥出廣寒（神話中月亮裡的仙宮）！

那三藏合掌低頭，孫大聖佯佯不睬，這沙僧轉背回身。你看那豬八戒，眼不轉睛，淫心紊亂，色膽縱橫，扭捏出悄語，低聲道：「有勞仙子下降。娘，請姐姐們去耶。」那三個女子，轉入屏風，將一對紗燈留下。婦人道：「四位長老，可肯留心，著那個配我小女麼？」悟淨道：「我們已商議了，著那個姓豬的招贅門下。」八戒道：「兄弟，不要栽（誣陷）我，還從眾計較。」行者道：「還計較甚麼？你已是在後門首說合的停停當當，『娘』都叫了，又有甚麼計較？師父做個男親家，這婆兒做個女親家，等老孫做個保親，沙僧做個媒人。也不必看通書（曆書），今朝是個天恩上吉日，你來拜了師父，進去做了女婿罷。」八戒道：「弄不成！弄不成！那裡好干這個勾當！」

行者道：「呆子，不要者囂（掩飾）。你那口裡『娘』也不知叫了多少，又是甚麼弄不成。快快的應成（答應），帶攜我們吃些喜酒，也是好處。」他一隻手揪著八戒，一隻手扯住婦人道：「親家母，帶你女婿進去。」那呆子腳兒趄趄（想進又退的樣子）的，要往那裡走。那婦人即喚童子：「展抹桌椅，鋪排晚齋，管待三位親家。我領姑夫房裡去也。」一壁廂（一邊）又吩咐庖丁（廚師）排筵設宴，明晨會親。那幾個童子，又領命訖（完畢）。他三眾吃了齋，急急鋪鋪，都在客廳座裡安歇不題。

卻說那八戒跟著丈母，行入裡面，一層層也不知多少房舍，磕磕撞撞，盡都是門檻絆腳。呆子道：「娘，慢些兒走。我這裡邊路生，你帶我帶兒。」那婦人道：「這都是倉房、庫房、碾房各房，還不曾到那廚房邊哩。」八戒道：「好大人家！」磕磕撞撞，轉彎抹角，又走了半會，才是內堂房屋。那婦人道：「女婿，你師兄說今朝是天恩上吉日，就教你招進來了；卻只是倉卒（匆忙）間，不曾請得個陰陽，拜堂撒帳（向新郎新娘拋撒彩線等吉祥物），你可朝上拜八拜兒罷。」八戒道：「娘，娘說得是。你請上坐，等我也拜幾拜，就當拜堂，就當謝親，兩當一兒（一舉兩得），卻不省事？」他丈母笑道：「也罷，也罷，果然是個省事幹家的女婿。我坐著，你拜麼。」

咦！滿堂中銀燭輝煌，這呆子朝上禮拜，拜畢。道：「娘，你把那個姐姐配我哩？」他丈母道：「正是這些兒疑難：我要把大女兒配你，恐二女怪；要把二女配你，恐三女怪；欲將三女配你，又恐大女怪；所以終疑未定。」八戒道：「娘，既怕相爭，都與我罷；省得鬧鬧吵吵，亂了家法。」他丈母道：「豈有此理！你一人就占我三個女兒不成！」八戒道：「你看娘說的話。那個沒有三房四妾？就再多幾個，你女婿也笑納了。我幼年間，也曾學得個熬戰之法，管情一個個伏侍得他歡喜。」那婦人道：「不好！不好！我這裡有一方手帕，你頂在頭上，遮了臉，撞個天婚（聽天由命的婚配），教我女兒從你跟前走過，你伸開手扯倒那個就把那個配了你罷。」呆子依言，接了手帕，頂在頭上，有詩為證。詩曰：

痴愚不識本原由，色劍傷身暗自休。
從來信有周公禮，今日新郎頂蓋頭。

那呆子頂裹停當。道：「娘，請姐姐們出來麼。」他丈母叫：「真真、愛愛、憐憐，都來撞天婚，配與你女婿。」只聽得環珮響亮，蘭麝馨香（燒香的香味），似有仙子來往，那呆子真個伸手去撈人。兩邊亂撲，左也撞不著，右也撞不著。來來往往，不知有多少女子行動，只是莫想撈著一個，東撲抱著柱科（房柱子），西撲摸著板壁。兩頭跑暈了，立站不穩，只是打跌。前來蹬著門扇，後去蕩著磚牆。磕磕撞撞，跌得嘴腫頭青。坐在地下，喘氣呼呼的道：「娘啊，你女兒這等乖滑得緊，撈不著一個，奈何！奈何！」

那婦人與他揭了蓋頭道：「女婿，不是我女兒乖滑，他們大家謙讓，不肯招你。」八戒道：「娘啊，既是他們不肯招我啊，你招了我罷。」那婦人道：「好女婿呀！這等沒大沒小的，連丈母也都要了！我這三個女兒，心性最巧。他一人結了一個珍珠篏錦汗衫兒。你若穿得那個的，就教那個招你罷。」八戒道：「好！好！好！把三件兒都拿來我穿了看；若都穿得，就教都招了罷。」那婦人轉進房裡，止取出一件來，遞與八戒。那呆子脫下青錦布直裰，取過衫兒，就穿在身上；還未曾繫上帶子，撲的一跤，跌倒在地。原來是幾條繩緊緊綳住。那呆子疼痛難禁。這些人早已不見了。

卻說三藏、行者、沙僧一覺睡醒，不覺的東方發白。忽睜睛抬頭觀看，那裡得那大廈高堂，也不是雕梁畫棟，一個個都睡在松柏林中。慌得那長老忙呼行者。沙僧道：「哥哥，罷了！罷了！我們遇著鬼了！」孫大聖心中明白，微微的笑道：「怎麼說？」長老道：「你看我們睡在那裡耶！」行者道：「這松林下落得快活，但不知那呆子在那裡受罪哩。」長老道：「那個受罪？」行者笑道：「昨日這家子娘女們，不知是那裡菩薩，在此顯化我等，想是半夜裡去了，只苦了豬八戒受罪。」三藏聞言，合掌頂禮。又只見那後邊古柏樹上，飄飄蕩蕩的，掛著一張簡帖兒。沙僧急去取來與師父看時，卻是八句頌子雲：

「黎山老母不思凡，南海菩薩請下山。普賢文殊皆是客，化成美女在林間。

聖僧淡漠禪機定，八戒貪淫劣性頑。從此靜心須改過，若生怠慢路途難！」

那長老、行者、沙僧正然唱念此頌，只聽得林深處高聲叫道：「師父啊，綳殺我了！救我一救！下次再不敢了！」三藏道：「悟空，那叫喚的可是悟能麼？」沙僧道：「正是。」行者道：「兄弟，莫睬他，我們去罷。」三藏道：「那呆子雖是心性愚頑，卻只是一味懞直（憨厚），倒也有些膂力，挑得行李；還看當日菩薩之念，救他隨我們去罷。料他以後，再不敢了。」

那沙和尚卻捲起鋪蓋，收拾了擔子；孫大聖解韁牽馬，引唐僧入林尋看。咦！這正是：從正修持須謹慎，掃除愛欲自歸真。畢竟不知那呆子凶吉如何，且聽下回分解。

第二十四回

萬壽山大仙留故友　五莊觀行者竊人參

卻說那三人穿林入裡，只見那呆子綳在樹上，聲聲叫喊，痛苦難禁。行者上前笑道：「好女婿呀！這早晚還不起來謝親，又不到師父處報喜，還在這裡賣解兒耍子哩！——咄！你娘呢？你老婆呢？好個綳巴吊拷的女婿呀！」

那呆子見他來搶白著羞，咬著牙，忍著疼，不敢叫喊。沙僧見了，老大不忍，放下行李，上前解了繩索救下。呆子對他們只是磕頭禮拜，其實羞恥難當。有《西江月》為證：

色乃傷身之劍，貪之必定遭殃。佳人二八好容妝，更比夜叉凶壯。只有一個原本，再無微利添囊。好將資本謹收藏，堅守休教放蕩。

那八戒撮土焚香，望空禮拜。行者道：「你可認得那些菩薩麼？」八戒道：「我已此暈倒昏迷，眼花撩亂，那認得是誰？」行者把那簡帖兒遞與八戒。八戒見了是頌子，更加慚愧。沙僧笑道：「二哥有這般好處哩，感得四位菩薩來與你做親！」八戒道：「兄弟再莫題起。不當人子了！從今後，再也不敢妄為。就是累折骨頭，也只是摩肩壓擔，隨師父西域去也。」三藏道：「既如此說才是。」

行者遂領師父上了大路。在路餐風宿水，行罷多時，忽見有高山擋路。三藏勒馬停鞭道：「徒弟，前面一山，必須仔細，恐有妖魔作耗，侵害吾黨。」行者道：「馬前但有我等三人，怕甚妖魔？」因此，長老安心前進。只見那座山，真是好山：

高山峻極，大勢崢嶸。根接昆侖脈，頂摩霄漢中。白鶴每來棲檜柏，玄猿時復掛藤蘿。日映晴林，迭迭千條紅霧繞；風生陰壑，飄飄萬道彩雲飛。幽鳥亂啼青竹裡，錦雞齊斗野花間。只見那千年峰、五福峰、芙蓉峰，巍巍凜凜放毫光；萬歲石、虎牙石、三尖石，突突嶙嶙生瑞氣。崖前草秀，嶺上梅香。荊棘密森森，芝蘭清淡淡。深林鷹鳳聚千禽，古洞麒麟轄萬獸。澗水有情，曲曲彎彎多繞顧；峰巒不斷，重重迭迭自周回。又見那綠的槐，斑的竹，青的松，依依千載斗穠華；白的李，紅的桃，翠的柳，灼灼三春爭豔麗。龍吟虎嘯，鶴舞猿啼。麋鹿從花出，青鸞對日鳴。乃是仙山真福地，蓬萊閬苑只如然。又見些花開花謝山頭景，雲去雲來嶺上峰。

三藏在馬上歡喜道：「徒弟，我一向西來，經歷許多山水，都是那嵯峨險峻之處，更不似此山好景，果然的幽趣非常。若是相近雷音不遠路，我們好整肅端嚴見世尊。」行者笑道：「早哩！早哩！正好不得到哩！」沙僧道：「師兄，我們到雷音有多少遠？」行者道：「十萬八千里。十停中還不曾走了一停（一成，十分之一）哩。」八戒道：「哥啊，要走幾年才得到？」行者道：「這些路，若論二位賢弟，便十來日也可到；若論我走，一日也好走五十遭，還見日色；若論師父走，莫想！莫想！」唐僧道：「悟空，你說得幾時方可到？」行者道：「你自小時走到老，老了再小，老小千番也還難；只要你見性志誠，念念回首處，即是靈山。」沙僧道：「師兄，此間雖不是雷音，觀此景致，必有個好人居止（居住）。」行者道：「此言卻當。這裡決無邪祟，一定是個聖僧、仙輩之鄉。我們游玩慢行。」不題。

卻說這座山名喚萬壽山；山中有一座觀，名喚五莊觀；觀裡有一尊仙，道號鎮元子，混名與世同君。那觀裡出一般異寶，乃是混沌初分，鴻蒙始判，天地未開之際，產成這顆靈根。蓋天下四大部洲，惟西牛賀洲五莊觀出此，喚名「草還丹」，又名「人參果」。三千年一開花，三千年一結果，再三千年才得熟，短頭一萬年方得吃。似這萬年，只結得三十個果子。果子的模樣，就如三朝未滿的小孩相似，四肢俱全，五官咸備。人若有緣，得那果子聞了一聞，就活三百六十歲；吃一個，就活四萬七千年。

當日鎮元大仙得元始天尊的簡帖，邀他到上清天上彌羅宮中聽講「混元道果」。大仙門下出的散仙，也不計其數，見如今還有四十八個徒弟，都是得道的全真。當日帶領四十六個上界去聽講，留下兩個絕小的看家：一個喚做清風，一個喚做明月。清風只有一千三百二十歲，明月才交一千二百歲。鎮元子吩咐二童道：「不可違了大天尊的簡帖，要往彌羅宮聽講，你兩個在家仔細。不日有一個故人從此經過，卻莫怠慢了他。可將我人參果打兩個與他吃，權表舊日之情。」二童道：「師父的故人是誰？望說與弟子，好接待。」大仙道：「他是東土大唐駕下的聖僧，道號三藏，今往西天拜佛求經的和尚。」二童笑道：「孔子云：『道不同，不相為謀。』我等是太乙玄門，怎麼與那和尚做甚相識！」大仙道：「你那裡得知。那和尚乃金蟬子轉生，西方聖老如來佛第二個徒弟。五百年前，我與他在『盂蘭盆會』上相識。他曾親手傳茶，佛子敬我，故此是為故人也。」

二仙童聞言，謹遵師命。那大仙臨行，又叮嚀囑咐道：「我那果子有數，只許與他兩個，不得多費。」清風道：「開園時，大眾共吃了兩個，還有二十八個在樹，不敢多費。」大仙道：「唐三藏雖是故人，須要防備他手下人羅唣（吵鬧尋事），不可驚動他知。」二童領命訖，那大仙承眾徒弟飛升，徑朝天界。

卻說唐僧四眾，在山游玩，忽抬頭，見那松篁一簇，樓閣數層。唐僧道：「悟空，你看那裡是甚麼去處？」行者看了道：「那所在，不是觀宇，定是寺院。我們走動些，到那廂方知端的。」不一時，來於門首觀看，見那：

松坡冷淡，竹徑清幽。往來白鶴送浮雲，上下猿猴時獻果。那門前池寬樹影長，石裂苔花破。宮殿森羅紫極高，樓台縹緲丹霞墮。真個是福地靈區，蓬萊雲洞。清虛人事少，寂靜道心生。青鳥每傳王母信，紫鸞常寄老君經。看不盡那巍巍道德之風，果然漠漠神仙之宅。

三藏離鞍下馬。又見那山門左邊有一道碑，碑上有十個大字，乃是「萬壽山福地，五莊觀洞天。」長老道：「徒弟，真個是一座觀宇。」沙僧道：「師父，觀此景鮮明，觀裡必有好人居住。我們進去看看，若行滿東回，此間也是一景。」行者道：「說得好。」遂都一齊進去。又見那二門上有一對春聯：

長生不老神仙府，與天同壽道人家。

行者笑道：「這道士說大話唬人。我老孫五百年前大鬧天宮時，在那太上老君門首，也不曾見有此話說。」八戒道：「且莫管他，進去！進去！或者這道士有些德行，未可知也。」

及至二層門裡，只見那裡面急急忙忙，走出兩個小童兒來。看他怎生打扮：

骨清神爽容顏麗，頂結丫髻短髮蓬。
道服自然襟繞霧，羽衣偏是袖飄風。
環絛緊束龍頭結，芒履輕纏蠶口絨。
豐采異常非俗輩，正是那清風明月二仙童。

那童子控背躬身，出來迎接道：「老師父，失迎，請坐。」長老歡喜，遂與二童子上了正殿觀看。原來是向南的五間大殿，都是上明下暗的雕花格子。那仙童推開格子，請唐僧入殿，只見那壁中間掛著五彩裝成的「天地」二大字，設一張朱紅雕漆的香几，几上有一副黃金爐瓶，爐邊有方便整香。

唐僧上前，以左手拈香注爐，三匝禮拜。拜畢，回頭道：「仙童，你五莊觀真是西方仙界，何不供養三清、四帝、羅天諸宰，只將『天地』二字侍奉香火？」童子笑道：「不瞞老師說，這兩個字，上頭的，禮上還當；下邊的，還受不得我們的香火。是家師父諂佞出來的。」三藏道：「何為諂佞？」童子道：「三清是家師的朋友，四帝是家師的故人；九曜是家師的晚輩，元辰是家師的下賓。」

那行者聞言，就笑得打跌。八戒道：「哥啊，你笑怎的？」行者道：「只講老孫會搗鬼，原來這道童會捆風（說瞎話）！」三藏道：「令師何在？」童子道：「家師元始天尊降簡請到上清天彌羅宮聽講『混元道果』去了，不在家。」

行者聞言，忍不住喝了一聲道：「這個臊道童！人也不認得，你在那個面前搗鬼，扯甚麼空心架子！那彌羅宮有誰是太乙天仙？請你這潑牛蹄子去講甚麼！」三藏見他發怒，恐怕那童子回言，鬥起禍來。便道：「悟空，且休爭競。我們既進來就出去，顯得沒了方情。常言道：『鷺鷥不吃鷺鷥肉。』他師既是不在，攪擾他做甚？你去山門前放馬，沙僧看守行李，教八戒解包袱。取些米糧，借他鍋灶，做頓飯吃，待臨行，送他幾文柴錢，便罷了。各依執事，讓我在此歇息歇息，飯畢就行。」他三人果各依執事而去。

那明月、清風，暗自誇稱不盡道：「好和尚！真個是西方愛聖臨凡，真元不昧。師父命我們接待唐僧，將人參果與他吃，以表故舊之情；又教防著他手下人羅唣。果然那三個嘴臉凶頑，性情粗糙。幸得就把他們調開了；若在邊前，卻不與他人參果見面。」清風道：「兄弟，還不知那和尚可是師父的故人。問他一問看，莫要錯了。」二童子又上前道：「啟問老師可是大唐往西天取經的唐三藏？」長老回禮道：「貧僧就是。仙童為何知我賤名？」童子道：「我師臨行，曾吩咐教弟子遠接。不期車駕來促，有失迎迓。老師請坐，待弟子辦茶來奉。」三藏道：「不敢。」那明月急轉本房，取一杯香茶，獻與長老。茶畢，清風道：「兄弟，不可違了師命，我和你去取果子來。」

二童別了三藏，同到房中，一個拿了金擊子，一個拿了丹盤，又多將絲帕墊著盤底，徑到人參園內。那清風爬上樹去，使金擊子敲果；明月在樹下，以丹盤等接。須臾，敲下兩個果來，接在盤中，徑至前殿奉獻道：「唐師父，我五莊觀土僻山荒，無物可奉，土儀素果二枚，權為解渴。」那長老見了，戰戰兢兢，遠離三尺道：「善哉！善哉！今歲倒也年豐時稔，怎麼這觀裡作荒吃人？這個是三朝未滿的孩童，如何與我解渴？」清風暗道：「這和尚在那口舌場中，是非海裡，弄得眼肉胎凡，不識我仙家異寶。」明月上前道：「老師，此物叫做『人參果』，吃一個兒不妨。」三藏道：「胡說！胡說！他那父母懷胎，不知受了多少苦楚，方生下未及三日。怎麼就把他拿來當果子？」清風道：「實是樹上結的。」長老道：「亂談！亂談！樹上又會結出人來？拿過去，不當人子！」

那兩個童兒，見千推萬阻不吃，只得拿著盤子，轉回本房。那果子卻也蹺蹊，久放不得；若放多時，即僵了，不中吃。二人到於房中，一家一個，坐在床邊上，只情吃起。

噫！原來有這般事哩！他那道房，與那廚房緊緊的間壁。這邊悄悄的言語，那邊即便聽見。八戒正在廚房裡做飯，先前聽見說，取金擊子，拿丹盤，他已在心；又聽見他說，唐僧不認得是人參果，即拿在房裡自吃，口裡忍不住流涎道：「怎得一個兒嘗新！」自家身子又狼犺（笨拙），不能彀得動，只等行者來，與他計較。他在那鍋門前，更無心燒火，不時的伸頭探腦，出來觀看。不多時，見行者牽將馬來，拴在槐樹上，徑往後走。那呆子用手亂招道：「這裡來！這裡來！」行者轉身，到於廚房門首，道：「呆子，你嚷甚的？想是飯不彀吃，且讓老和尚吃飽，我們前邊大人家，再化吃去罷。」

八戒道：「你進來，不是飯少。這觀裡有一件寶貝，你可曉得？」行者道：「甚麼寶貝？」八戒笑道：「說與你，你不曾見；拿與你，你不認得。」行者道：「這呆子笑話我老孫。老孫五百年前，因訪仙道時，也曾雲游在海角天涯。那般兒不曾見？」八戒道：「哥啊，人參果你曾見麼？」行者驚道：「這個真不曾見。但只常聞得人說，人參果乃是草還丹，人吃了極能延壽。如今那裡有得？」八戒道：「他這裡有。那童子拿兩個與師父吃，那老和尚不認得，道是三朝未滿的孩兒，不曾敢吃。那童子老大憊懶，師父既不吃，便該讓我們，他就瞞著我們，才自在這隔壁房裡，一家一個，嘓啅嘓啅的吃了出去，就急得我口裡水泱（滲出，冒出）。——怎麼得一個兒嘗新？我想你有些溜撒（敏捷，伶俐），去他那園子裡偷幾個來嘗嘗，如何？」行者道：「這個容易。老孫去，手到擒來。」急抽身，往前就走。八戒一把扯住道：「哥啊，我聽得他在房裡說，要拿甚麼金擊子去打哩。須是幹得停當，不可走露風聲。」行者道：「我曉得，我曉得。」

那大聖使一個隱身法，閃進道房看時，原來兩個道童，吃了果子，上殿與唐僧說話，不在房裡。行者四下裡觀看，看有甚麼金擊子，但只見窗櫺上掛著一條赤金：有二尺長短，有指頭粗細；底下是一個蒜疙疸的頭子；上邊有眼，繫著一根綠絨繩兒。他道：「想必就是此物叫做金擊子。」他卻取下來，出了道房，徑入後邊去，推開兩扇門，抬頭觀看，——呀！卻是一座花園！但見：

> 朱欄寶檻，曲砌峰山。奇花與麗日爭妍，翠竹共青天斗碧。流杯亭外，一彎綠柳似拖煙；賞月台前，數簇喬松如潑靛。紅拂拂，錦巢榴；綠依依，繡墩草。青茸茸，碧砂蘭；攸蕩蕩，臨溪水。丹桂映金井梧桐，錦槐傍朱欄玉砌。有或紅或白千葉桃，有或香或黃九秋

菊。荼蘼架，映著牡丹亭；木槿台，相連芍藥圃。看不盡傲霜君子竹，欺雪大夫松。更有那鶴莊鹿宅，方沼圓池；泉流碎玉，地萼堆金；朔風觸綻梅花白，春來點破海棠紅。誠所謂人間第一仙景，西方魁首花叢。

那行者觀看不盡，又見一層門，推開看處，卻是一座菜園：

布種四時蔬菜，菠芹莙薘薑苔。
筍藷瓜瓠茭白，蔥蒜芫荽韭薤。
窩蕖童蒿苦藚，葫蘆茄子須栽。
蔓菁蘿蔔羊頭埋，紅莧青菘紫芥。

行者笑道：「他也是個自種自吃的道士。」走過菜園，又見一層門。推開看處，呀！只見那正中間有根大樹，真個是青枝馥郁，綠葉陰森，那葉兒卻似芭蕉模樣，直上去有千尺餘高，根下有七八丈圍圓。那行者倚在樹下，往上一看，只見向南的枝上，露出一個人參果，真個像孩兒一般。原來尾上是個扢蒂，看他釘在枝頭，手腳亂動，點頭幌腦，風過處似乎有聲。行者歡喜不盡，暗自誇稱道：「好東西呀！果然罕見！果然罕見！」他倚著樹，颼的一聲，攛將上去。

那猴子原來第一會爬樹偷果子。他把金擊子敲了一下，那果子撲的落將下來。他也隨跳下來跟尋，寂然不見；四下裡草中找尋，更無蹤影。行者道：「蹺蹊！蹺蹊！想是有腳的會走；就走也跳不出牆去。我知道了，想是花園中土地不許老孫偷他果子，他收了去也。」他就捻著訣，念一口「唵」字咒，拘得那花園土地前來，對行者施禮道：「大聖，呼喚小神，有何吩咐？」行者道：「你不知老孫是蓋天下有名的賊頭。我當年偷蟠桃、盜御酒、竊靈丹，也不曾有人敢與我分用；怎麼今日偷他一個果子，你就抽了我的頭分去了！這果子是樹上結的，空中過鳥也該有分，老孫就吃他一個，有何大害？怎麼剛打下來，你就撈了去？」土地道：「大聖，錯怪了小神也。這寶貝乃是地仙之物，小神是個鬼仙，怎麼敢拿去？就是聞也無福聞聞。」行者道：「你既不曾拿去，如何打下來就不見了？」土地道：「大聖只知這寶貝延壽，更不知他的出處哩。」

行者道：「有甚出處？」土地道：「這寶貝，三千年一開花，三千年一結果，再三千年方得成熟。短頭一萬年，只結得三十個。有緣的，聞一聞，就活三百六十歲；吃一個，就活四萬七千年。卻是只與五行相畏。」行者道：「怎麼與五行相畏？」土地道：「這果子遇金而落，遇木而枯，遇水而化，遇火而焦，遇土而入。敲時必用金器，方得下來。打下來，卻將盤兒用絲帕襯墊方可；若受些木器，就枯了，就吃也不得延壽。吃他須用磁器，清水化開食用，遇火即焦而無用。遇土而入者，大聖方才打落地上，他即鑽下土去了。這個土有四萬七千年，就是鋼鑽鑽他也鑽不動些鬚，比生鐵也還硬三四分。人若吃了，所以長生。大聖不信時，可把這地下打打兒看。」行者即掣金箍棒，築了一下，響一聲，迸起棒來，土上更無痕跡。行者道：「果然！果然！我這棍，打石頭如粉碎，撞生鐵也有痕。怎麼這一下打不傷些兒？這等說，我卻錯怪了你了，你回去罷。」那土地即回本廟去訖。

大聖卻有算計：爬上樹，一隻手使擊子，一隻手將錦布直裰的襟兒扯起來做個兜子等住，他卻串枝分葉，敲了三個果，兜在襟中。跳下樹，一直前來，徑到廚房裡去。那八戒笑道：「哥哥，可有麼？」行者道：「這不是？老孫的手到擒來。這個果子，也莫背了沙僧，可叫他一聲。」八戒即招手叫道：「悟淨，你來。」那沙僧撇下行李，跑進廚房道：「哥哥，叫我怎的？」行者放開衣兜道：「兄弟，你看這個是甚的東西？」沙僧見了道：「是人參果。」行者道：「好啊！你倒認得。你曾在那裡吃過的？」沙僧道：「小弟雖不曾吃，但舊時做捲簾大將，扶侍鸞輿赴蟠桃宴，嘗見海外諸仙將此果與王母上壽。見便曾見，卻未曾吃。哥哥，可與我些兒嘗嘗？」行者道：「不消講，兄弟們一家一個。」

他三人將三個果各各受用。那八戒食腸大，口又大，一則是聽見童子吃時，便覺饞蟲拱動，卻才見了果子，拿過來，張開口，轂轆的囫圇舌咽下肚，卻白著眼胡賴，向行者、沙僧道：「你兩個吃的是甚麼？」沙僧道：「人參果。」八戒道：「甚麼味道？」行者道：「悟淨，不要睬他！你倒先吃了，又來問誰？」八戒道：「哥哥，吃的忙了些，不像你們細嚼細咽，嘗出些滋味。我也不知有核無核，就吞下去了。哥啊，為人為徹；已經調動我這饞蟲，再去弄個兒來，老豬細細的吃吃。」行者道：「兄弟，你好不知止足！這個東西，比不得那米食麵食，撞著盡飽。像這一萬年只結得三十個，我們吃他這一個，也是大有緣法，不等小可。罷罷罷！彀了！」他欠起身來，把一個金擊子，瞞窗眼兒，丟進他道房裡，竟不睬他。

那呆子只管絮絮叨叨的唧噥，不期那兩個道童復進房來取茶去獻，只聽得八戒還嚷甚麼：「人參果吃得不快活，再得一個兒吃吃才好。」清風聽見，心疑道：「明月，你聽那長嘴和尚講『人參果還要個吃吃』。師父別時叮嚀，教防他手下人羅唣，莫敢是他偷了我們寶貝麼？」明月回頭道：「哥耶，不好了！不好了！金擊子如何落在地下！我們去園裡看看來！」他兩個急急忙忙的走去，只見花

第二十四回

萬壽山大仙留故友　五莊觀行者竊人參

園開了。清風道：「這門是我關的，如何開了？」又急轉過花園，只見菜園門也開了。忙入人參園裡，倚在樹下，望上查數；顛倒來往，只得二十二個。明月道：「你可會算帳？」清風道：「我會，你說將來。」明月道：「果子原是三十個。師父開園，分吃了兩個，還有二十八個；適才打兩個與唐僧吃，還有二十六個；如今止剩得二十二個，卻不少了四個？不消講，不消講，定是那伙惡人偷了，我們只罵唐僧去來。」

兩個出了園門，徑來殿上，指著唐僧，禿前禿後，穢語污言，不絕口的亂罵；賊頭鼠腦，臭短臊長，沒好氣的胡嚷。唐僧聽不過道：「仙童啊，你鬧的是甚麼？消停些兒；有話慢說不妨，不要胡說散道的。」清風說：「你的耳聾？我是蠻話，你不省得？你偷吃了人參果，怎麼不容我說？」唐僧道：「人參果怎麼模樣？」明月道：「才拿來與你吃，你說像孩童的不是？」唐僧道：「阿彌陀佛！那東西一見，我就心驚膽戰，還敢偷他吃哩！就是害了饞痞，也不敢幹這賊事。不要錯怪了人。」清風道：「你雖不曾吃，還有手下人要偷吃的哩。」三藏道：「這等也說得是，你且莫嚷，等我問他們看。果若是偷了，教他賠你。」明月道：「賠呀！就有錢那裡去買！」三藏道：「縱有錢沒處買呵，常言道：『仁義值千金。』教他陪你個禮，便罷了。——也還不知是他不是他哩。」明月道：「怎的不是他？他那裡分不均，還在那裡嚷哩。」三藏叫聲：「徒弟，且都來。」沙僧聽見道：「不好了！決撒（敗露）了！老師父叫我們，小道童胡廝罵，不是舊話兒走了風，卻是甚的！」行者道：「活羞殺人！這個不過是飲食之類！若說出來，就是我們偷嘴了，只是莫認。」八戒道：「正是，正是，昧了罷。」他三人只得出了廚房，走上殿去。咦！畢竟不知怎麼與他抵賴，且聽下回分解。

第二十五回

鎮元仙趕捉取經僧　孫行者大鬧五莊觀

卻說他兄弟三眾，到了殿上，對師父道：「飯將熟了，叫我們怎的？」三藏道：「徒弟，不是問飯。他這觀裡，有甚麼人參果，似孩子一般的東西，你們是那一個偷他的吃了？」八戒道：「我老實。不曉得，不曾見。」清風道：「笑的就是他！笑的就是他！」行者喝道：「我老孫生的是這個笑容兒，莫成為你不見了甚麼果子，就不容我笑？」三藏道：「徒弟息怒。我們是出家人，休打誑語，莫吃昧心食。果然吃了他的，陪他個禮罷。何苦這般抵賴？」

行者見師父說得有理，他就實說道：「師父，不干我事。是八戒隔壁聽見那兩個道童吃甚麼人參果，他想一個兒嘗新，著老孫去打了三個，我兄弟各人吃了一個。如今吃也吃了，待要怎麼？」明月道：「偷了我四個，這和尚還說不是賊哩！」八戒道：「阿彌陀佛，既是偷了四個，怎麼只拿出三個來分，預先就打起一個偏手（做手腳）？」那呆子倒轉胡嚷。

二仙童問得是實，越加毀罵。就恨得個大聖鋼牙咬響，火眼睜圓，把條金箍棒攥了又攥，忍了又忍道：「這童子這樣可惡，只說當面打人，也罷，受他些氣兒，等我送他一個絕後計，教他大家都吃不成！」好行者，把腦後的毫毛拔了一根，吹口仙氣，叫「變！」變做個假行者，跟定唐僧，陪著悟能、悟淨，忍受著道童嚷罵；他的真身，出一個神，縱雲頭，跳將起去，逕到人參園裡，掣金箍棒往樹上乒乓一下，又使個推山移嶺的神力，把樹一推推倒。可憐葉落椏開根出土，道人斷絕草還丹！那大聖推倒樹，卻在枝兒上尋果子，那裡得有半個。原來這寶貝遇金而落，他的棒刃頭卻是金裹之物，況鐵又是五金之類，所以敲著就振下來；既下來，又遇土而入，因此上邊再沒一個果子。他道：「好！好！好！大家散伙！」他收了鐵棒，逕往前來，把毫毛一抖，收上身來。那些人肉眼凡胎，看不明白。

卻說那仙童罵彀多時，清風道：「明月，這些和尚也受得氣哩，我們就像罵雞一般，罵了這半會，通沒個招聲。想必他不曾偷吃。倘或樹高葉密，數得不明，不要誑罵了他。我和你再去查查。」明月道：「也說得是。」他兩個果又到園中，只見那樹倒椏開，果無葉落。唬得清風腳軟跌跟頭，明月腰酥打骸垢（打哆嗦）。那兩個魂飛魄散。有詩為證。詩曰：

三藏西臨萬壽山，悟空斷送草還丹。
椏開葉落仙根露，明月清風心膽寒。

他兩個倒在塵埃，語言顛倒，只叫「怎的好！怎的好！害了我五莊觀裡的丹頭，斷絕我仙家的苗裔！師父來家，我兩個怎的回話？」明月道：「師兄莫嚷。我們且整了衣冠，莫要驚張了這幾個和尚。這個沒有別人，定是那個毛臉雷公嘴的那廝，他來出神弄法，壞了我們的寶貝。若是與他分說，那廝畢竟抵賴，定要與他相爭，爭起來，就要交手相打，你想我們兩個，怎麼敵得過他四個？且不如去哄他一哄，只說果子不少，我們錯數了，轉與他陪個不是。他們的飯已熟了，等他吃飯時，再貼他些兒小菜。他一家拿著一個碗。你卻站在門左，我卻站在門右，撲的把門關倒，把鎖鎖住，將這幾層門都鎖了，不要放他。待師父來家，憑他怎的處置。他又是師父的故人，饒了他，也是師父的人情；不饒他，我們也拿住個賊在，庶幾（才能）可以免我等之罪。」清風聞言道：「有理！有理！」

他兩個強打精神，勉生歡喜，從後園中徑來殿上，對唐僧控背躬身道：「師父，適間言語粗俗，多有衝撞，莫怪，莫怪。」三藏問道：「怎麼說？」清風道：「果子不少，只因樹高葉密，不曾看得明白；才然又去查查，還是原數。」那八戒就趁腳兒蹺道：「你這個童兒，年幼不知事體，就來亂罵，白口咀咒，枉賴了我們也！不當人子！」行者心上明白，口裡不言，心中暗想道：「是謊！是謊！果子已了了賬，怎的說這般話？……想必有起死回生之法。……」三藏道：「既如此，盛將飯來，我們吃了去罷。」

那八戒便去盛飯，沙僧安放桌椅。二童忙取小菜，卻是些醬瓜、醬茄、糟蘿蔔、醋豆角、醃窩蕖、綽芥菜，共排了七八碟兒，與師徒們吃飯。又提一壺好茶，兩個茶鍾，伺候左右。那師徒四眾，卻才拿起碗來，這童兒一邊一個，撲的把門關上，插上一把兩簧銅鎖。八戒笑道：「這童子差了。你這裡風俗不好，卻怎的關了門裡吃飯？」明月道：「正是，正是，好歹吃了飯兒開門。」清風罵道：「我把你這個害饞勞、偷嘴的禿賊！你偷吃了我的仙果，已該一個擅食田園瓜果之罪，卻又把我的仙樹推倒，壞了我五莊觀裡仙根，你還要說嘴哩！——若能彀到得西方參佛面，只除是轉背搖車再托生！」三藏聞言，丟下飯碗，把個石頭放在心上。那童子將那前山門、二山門，通都上了鎖。卻又來正殿門首，惡語惡言，賊前賊後，只罵到天色將晚，才去吃飯。飯畢，歸房去了。

唐僧埋怨行者道：「你這個猴頭，番番撞禍！你偷吃了他的果子，就受他些氣兒，讓他罵幾句便也罷了；怎麼又推倒他的樹！若論這般情由，告起狀來，就是你老子做官，也說不通。」行者道：「師父莫鬧。那童兒都睡去了，只等他睡著了，我們連夜起身。」沙僧道：「哥啊，幾層門都上了鎖，閉得甚緊，如何走麼！」行者笑道：「莫管！莫管！老孫自有法兒。」八戒道：「愁你沒有法兒哩！你一變，變甚麼蟲蛭兒，瞞（順著）格子眼裡就飛將出去，只苦了我們不會變的，便在此頂缸（代人受過）受罪哩！」唐僧道：「他若幹出這個勾當，不同你我出去啊，我就念起舊話經兒，他卻怎生消受！」八戒聞言，又愁又笑道：「師父，你說的那裡話？我只聽得佛教中有卷《楞嚴經》、《法華經》、《孔雀經》、《觀音經》、《金剛經》，不曾聽見個甚那『舊話兒經』啊。」行者道：「兄弟，你不知道。我頂上戴的這個箍兒，是觀音菩薩賜與我師父的；師父哄我戴了，就如生根的一般，莫想拿得下來——叫做《緊箍兒咒》，又叫做《緊箍兒經》。他『舊話兒經』，即此是也。但若念動，我就頭疼，故有這個法兒難我。師父，你莫念，我決不負你，管情大家一齊出去。」

說話後，都已天昏，不覺東方月上。行者道：「此時萬籟無聲，冰輪（指月亮）明顯，正好走了去罷。」八戒道：「哥啊，不要搗鬼。門俱鎖閉，往那裡走？」行者道：「你看手段！」好行者，把金箍棒捻在手中，使一個「解鎖法」，往門上一指，只聽得突蹡的一聲響，幾層門雙簧俱落，唿喇的開了門扇。八戒笑道：「好本事！就是叫小爐兒匠使掭子，便也不像這等爽利！」行者道：「這個門兒，有甚稀罕！就是南天門，指一指也開了。」卻請師父出了門，上了馬，八戒挑著擔，沙僧攏著馬，徑投西路而去。

行者道：「你們且慢行。等老孫去照顧那兩個童兒睡一個月。」三藏道：「徒弟，不可傷他性命；不然，又一個得財傷人的罪了。」行者道：「我曉得。」行者復進去，來到那童兒睡的房門外。他腰裡有帶的瞌睡蟲兒，原來在東天門與增長天王猜枚耍子贏的。他摸出兩個來，瞞窗眼兒彈將進去，徑奔到那童子臉上，鼾鼾沉睡，再莫想得醒。他才拽開雲步，趕上唐僧，順大路一直西奔。

這一夜馬不停蹄，只行到天曉。三藏道：「這個猴頭弄殺我也！你因為嘴，帶累我一夜無眠！」行者道：「不要只管埋怨。天色明了，你且在這路旁邊樹林中將就歇歇，養養精神再走。」那長老只得下馬，倚松根權作禪床坐下。沙僧歇了擔子打盹。八戒枕著石睡覺。孫大聖偏有心腸，你看他跳樹扳枝頑耍。四眾歇息不題。

卻說那大仙自元始宮散會，領眾小仙出離兜率，徑下瑤天，墜祥雲，早來到萬壽山五莊觀門首。看時，只見觀門大開，地上乾淨。大仙道：「清風、明月，卻也中用。常時節，日高三丈，腰也不伸；今日我們不在，他倒肯起早，開門掃地。」眾小仙俱悅。行至殿上，香火全無，人蹤俱寂，那裡有明月、清風！眾仙道：「他兩個想是因我們不在，拐了東西走了。」大仙道：「豈有此理！修仙的人，敢有這般壞心的事！想是昨晚忘卻關門，就去睡了，今早還未醒哩。」

眾仙到他房門首看處，真個關著房門，鼾鼾沉睡；這外邊打門亂叫，那裡叫得醒來。眾仙撬開門板，著手扯下床來，也只是不醒。大仙笑道：「好仙童啊！成仙的人，神滿再不思睡，卻怎麼這般困倦？莫不是有人做弄了他也？快取水來。」一童急取水半盞遞與大仙。大仙念動咒語，噀（噴出）一口水，噴在臉上，隨即解了睡魔。

二人方醒，忽睜睛，抹抹臉，抬頭觀看，認得是仙師與世同君和仙兄等眾，慌得那清風頓首，明月叩頭道：「師父啊！你的故人，原是『東來的和尚——一伙強盜』，十分凶狠！」

大仙笑道：「莫驚恐，慢慢的說來。」清風道：「師父啊，當日別後不久，果有個東土唐僧，一行有四個和尚，連馬五口。弟子不敢違了師命，問及來因，將人參果取了兩個奉上。那長老俗眼愚心，不識我們仙家的寶貝。他說是三朝未滿的孩童，再三不吃，是弟子各吃了一個。不期他那手下有三個徒弟，有一個姓孫的，名悟空行者，先偷四個果子吃了。是弟子們向伊理說，實實的言語了幾句，他卻不容，暗自裡弄了個出神（指變化分身）的手段，——苦啊！……」二童子說到此處，止不住腮邊淚落。眾仙道：「那和尚打你來？」明月道：「不曾打，只是把我們人參樹打倒了。」大仙聞言，更不惱怒。道：「莫哭！莫哭！你不知那姓孫的，也是個太乙散仙，也曾大鬧天宮，神通廣大。既然打倒了寶樹，你可認得那些和尚？」清風道：「都認得。」大仙道：「既認得，都跟我來。眾徒弟們，都收拾下刑具，等我回來打他。」

眾仙領命。大仙與明月、清風縱起祥光，來趕三藏。頃刻間就有千里之遙。大仙在雲端裡平西觀看，不見唐僧；及轉頭向東看時，倒多趕了九百餘里。原來那長老一夜馬不停蹄，只行了一百二十里路；大仙的雲頭一縱，趕過了九百餘里。仙童道：「師父，那路旁樹下坐的是唐僧。」大仙道：「我已見了。你兩個回去安排下繩索，等我自家拿他。」清風先回不題。

那大仙按落雲頭，搖身一變，變作個行腳全真。你道他怎生模樣：

穿一領百衲袍，繫一條呂公絛。手搖麈尾，漁鼓輕敲。三耳草鞋登腳下，九陽巾子把頭包。飄飄風滿袖，口唱《月兒高》。

徑直來到樹下，對唐僧高叫道：「長老，貧道起手了。」那長老忙忙答禮道：「失瞻！失瞻！」大仙問：「長老是那方來的？為何在途中打坐？」三藏道：「貧僧乃東土大唐差往西天取經者。路過此間，權為一歇。」大仙佯訝道：「長老東來，可曾在荒山經過？」長老道：「不知仙宮是何寶山？」大仙道：「萬壽山五莊觀，便是貧道棲止處。」

行者聞言，他心中有物的人，忙答道：「不曾！不曾！我們是打上路來的。」那大仙指定笑道：「我把你這個潑猴！你瞞誰哩！你倒在我觀裡，把我人參果樹打倒，你連夜走在此間，還不招認，遮飾甚麼！不要走！趁早去還我樹來！」

那行者聞言，心中惱怒，掣鐵棒不容分說，望大仙劈頭就打。大仙側身躲過，踏祥光，徑到空中。行者也騰雲，急趕上去。大仙在半空現了本相，你看他怎生打扮：

頭戴紫金冠，無憂鶴氅穿。履鞋登足下，絲帶束腰間。體如童子貌，面似美人顏。三鬚飄頷下，鴉翎疊鬢邊。相迎行者無兵器，止將玉麈手中拈。

那行者沒高沒低的，棍子亂打。大仙把玉麈左遮右擋，奈了他兩三回合，使一個「袖裡乾坤」的手段，在雲端裡，把袍袖迎風輕輕的一展，刷地前來，把四僧連馬一袖子籠住。八戒道：「不好了！我們都裝在褡褳裡了！」行者道：「呆子，不是褡褳，我們被他籠在衣袖中哩。」八戒道：「這個不打緊；等我一頓釘鈀，築他個窟窿，脫將下去，只說他不小心，籠不牢，吊的了罷！」那呆子使鈀亂築，那裡築得動：手捻著雖然是個軟的，築起來就比鐵還硬。

第二十五回

鎮元仙趕捉取經僧　孫行者大鬧五莊觀

那大仙轉祥雲，徑落五莊觀坐下，叫徒弟拿繩來。眾小仙一一伺候。你看他從袖子裡，卻像撮傀儡一般，把唐僧拿出，縛在正殿簷柱上；又拿出他三個，每一根柱上，綁了一個；將馬也拿出拴在庭下，與他些草料；行李拋在廊下；又道：「徒弟，這和尚是出家人，不可用刀槍，不可加鈇鉞，且與我取出皮鞭來，打他一頓，與我人參果出氣！」眾仙即忙取出一條鞭——不是甚麼牛皮、羊皮、麂皮、犢皮的，原來是龍皮做的七星鞭，著水浸在那裡。令一個有力量的小仙，把鞭執定道：「師父，先打那個？」大仙道：「唐三藏做大不尊，先打他。」

行者聞言，心中暗道：「我那老和尚不禁打；假若一頓鞭打壞了啊，卻不是我造的孽？」他忍不住，開言道：「先生差了。偷果子是我，吃果子是我，推倒樹也是我，怎麼不先打我，打他做甚？」大仙笑道：「這潑猴倒言語膂烈（剛強）。這等便先打他。」小仙問：「打多少？」大仙道：「照依果數，打三十鞭。」那小仙掄鞭就打。行者恐仙家法大，睜圓眼瞅定，看他打那裡。原來打腿。行者就把腰扭一扭，叫聲「變！」變作兩條熟鐵腿，看他怎麼打。那小仙一下一下的，打了三十，天早晌午了。大仙又吩咐道：「還該打三藏訓教不嚴，縱放頑徒撒潑。」那仙又掄鞭來打。行者道：「先生又差了。偷果子時，我師父不知，他在殿上與你二童講話，是我兄弟們做的勾當。縱是有教訓不嚴之罪，我為弟子的，也當替打。再打我罷。」大仙笑道：「這潑猴，雖是狡猾奸頑，卻倒也有些孝意。既這等，還打他罷。」小仙又打了三十。行者低頭看看，兩隻腿似明鏡一般，通打亮了，更不知些疼癢。此時天色將晚。大仙道：「且把鞭子浸在水裡，待明朝再拷打他。」小仙且收鞭去浸，各各歸房。晚齋已畢，盡皆安寢不題。

那長老淚眼雙垂，怨他三個徒弟道：「你等闖出禍來，卻帶累我在此受罪，這是怎的起？」行者道：「且休報怨，打便先打我。你又不曾吃打，倒轉嗟呀怎的？」唐僧道：「雖然不曾打，卻也綁得身上疼哩。」沙僧道：「師父，還有陪綁的在這裡哩。」行者道：「都莫要嚷，再停會兒走路。」八戒道：「哥哥又弄虛頭了。這裡麻繩噴水，緊緊的綁著，還比關在殿上，被你使解鎖法撥開門走哩！」行者道：「不是誇口說，那怕他三股的麻繩噴上了水，──就是碗粗的棕纜，也只好當秋風！」

正話處，早已萬籟無聲，正是天街人靜。好行者，把身子小一小，脫下索來道：「師父去啞！」沙僧慌了道：「哥哥，也救我們一救！」行者道：「悄言！悄言！」他卻解了三藏，放下八戒、沙僧，整束了褊衫，扣背了馬匹，廊下拿了行李，一齊出了觀門。又教八戒：「你去把那崖邊柳樹伐四棵來。」八戒道：「要他怎的？」行者道：「有用處。快快取來！」

那呆子有些夯力，走了去，一嘴一棵，就拱了四棵，一抱抱來。行者將枝梢折了，教兄弟二人復進去，將原繩照舊綁在柱上。那大聖念動咒語，咬破舌尖，將血噴在樹上，叫「變！」一根變作長老，一根變作自身，那兩根變作沙僧、八戒；都變得容貌一般，相貌皆同，問他也就說話，叫名也就答應。他兩個卻才放開步，趕上師父。這一夜依舊馬不停蹄，躲離了五莊觀。

只走到天明，那長老在馬上搖椿打盹。行者見了，叫道：「師父不濟！出家人怎的這般辛苦？我老孫千夜不眠，也不曉得困倦。且下馬來，莫教走路的人，看見笑你。權在山坡下藏風聚氣處，歇歇再走。」

不說他師徒在路暫住。且說那大仙，天明起來，吃了早齋，出在殿上。教拿鞭來：「今日卻該打唐三藏了。」那小仙掄著鞭，望唐僧道：「打你哩。」那柳樹也應道：「打麼。」乒乓打了三十。掄過鞭來，對八戒道：「打你哩。」那柳樹也應道：「打麼。」及打沙僧，也應道：「打麼。」及打到行者，那行者在路，偶然打個寒噤道：「不好了！」三藏問道：「怎麼說？」行者道：「我將四棵柳樹變作我師徒四眾，我只說他昨日打了我兩頓，今日想不打了；卻又打我的化身，所以我真身打噤。收了法罷。」那行者慌忙念咒收法。

你看那些道童害怕，丟了皮鞭，報道：「師父啊，為頭打的是大唐和尚，這一會打的都是柳樹之根！」大仙聞言，呵呵冷笑，誇不盡道：「孫行者，真是一個好猴王！曾聞他大鬧天宮，布地網天羅，拿他不住，果有此理。──你走了便也罷，卻怎麼綁些柳樹在此，冒名頂替？決莫饒他！趕去來！」那大仙說聲趕，縱起雲頭，往西一望，只見那和尚挑包策馬，正然走路。

大仙低下雲頭，叫聲：「孫行者！往那裡走！還我人參樹來！」八戒聽見道：「罷了！對頭又來了！」行者道：「師父，且把善字兒包起，讓我們使些凶惡，一發結果了他，脫身去罷。」唐僧聞言，戰戰兢兢，未曾答應，沙僧掣寶杖，八戒舉釘鈀，大聖使鐵棒，一齊上前，把大仙圍住在空中，亂打亂築。這場惡鬥，有詩為證。詩曰：

悟空不識鎮元仙，與世同君妙更玄。三件神兵施猛烈，一根麈尾自飄然。
左遮右擋隨來往，後架前迎任轉旋。夜去朝來難脫體，淹留何日到西天！

他兄弟三眾，各舉神兵，一齊攻打，那大仙只把蠅帚兒演架。那裡有半個時辰，他將袍袖一展，依然將四僧一馬並行李，一袖籠去。返雲頭，又到觀裡。眾仙接著，仙師坐於殿上。卻又在袖兒裡一個個搬出，將唐僧綁在階下矮槐樹上；八戒、沙僧各綁在兩邊樹上；將行者捆倒，行者道：「想是調問哩。」不一時，捆綁停當，教把長頭布取十匹來。行者笑道：「八戒！這先生好意思，拿出布來與我們做中袖哩！——減省些兒，做個一口中罷了。」那小仙將家機布搬將出來。大仙道：「把唐三藏、豬八戒、沙和尚都使布裹了！」眾仙一齊上前裹了。行者笑道：「好！好！好！夾活兒就大殮了！」

須臾，纏裹已畢。又教拿出漆來。眾仙即忙取了些自收自曬的生熟漆，把他三個布裹漆漆了，渾身俱裹漆，上留著頭臉在外。八戒道：「先生，上頭倒不打緊，只是下面還留孔兒，我們好出恭。」那大仙又教把大鍋抬出來。行者笑道：「八戒，造化！抬出鍋來，想是煮飯我們吃哩。」八戒道：「也罷了；讓我們吃些飯兒，做個飽死的鬼也好看。」眾仙果抬出一口大鍋支在階下。大仙叫架起乾柴，發起烈火，教：「把清油拗上一鍋，燒得滾了，將孫行者下油鍋扎炸一炸，與我人參樹報仇！」

行者聞言，暗喜道：「正可老孫之意。這一向不曾洗澡，有些兒皮膚燥癢，好歹蕩蕩，足感盛情。」頃刻間，那油鍋將滾。大聖卻又留心：恐他仙法難參，油鍋裡難做手腳，急回頭四顧，只見那台下東邊是一座日規台，西邊是一個石獅子。行者將身一縱，滾到西邊，咬破舌尖，把石獅子噴了一口，叫聲「變！」變作他本身模樣，也這般捆作一團；他卻出了元神，起在雲端裡，低頭看著道士。

只見那小仙報道：「師父，油鍋滾透了。」大仙教「把孫行者抬下去！」四個仙童抬不動；八個來，也抬不動；又加四個，也抬不動。眾仙道：「這猴子戀土難移，小自小，倒也結實。」卻教二十個小仙，扛將起來，往鍋裡一摜，烹的響了一聲，濺起些滾油點子，把那小道士們臉上燙了幾個燎漿大泡！只聽得燒火的小童喊道：「鍋漏了！鍋漏了！」說不了，油漏得罄盡，鍋底打破。原來是一個石獅子放在裡面。

大仙大怒道：「這個潑猴，著然（實在）無禮！教他當面做了手腳！你走了便罷，怎麼又搗了我的灶？這潑猴枉自也拿他不住；就拿住他，也似摶砂弄汞（沙子很難摶在一起，汞也難以拿住。比喻難以對付），捉影捕風。罷！罷！罷！饒他去罷。且將唐三藏解下，另換新鍋，把他炸一炸，與人參樹報報仇罷。」那小仙真個動手，拆解布漆。

行者在半空裡聽得明白。他想著：「師父不濟，他若到了油鍋裡，一滾就死，二滾就焦，到三五滾，他就弄做個稀爛的和尚了！我還去救他一救。」好大聖，按落雲頭，上前叉手道：「莫要拆壞了布漆，我來下油鍋了。」那大仙驚罵道：「你這猢猻！怎麼弄手段搗了我的灶？」行者笑道：「你遇著我就該倒灶（倒黴），干我甚事？我才自也要領你些油湯油水之愛，但只是大小便急了，若在鍋裡開風（大小便），恐怕污了你的熟油，不好調菜吃；如今大小便通乾淨了，才好下鍋。不要炸我師父，還來扎我。」那大仙聞言，呵呵冷笑，走出殿來，一把扯住。

畢竟不知有何話說，端的怎麼脫身，且聽下回分解。

第二十六回

孫悟空三島求方　觀世音甘泉活樹

詩曰：

處世須存心上刃，修身切記寸邊而。常言刃字為生意，但要三思戒怒欺。
上士無爭傳亙古，聖人懷德繼當時。剛強更有剛強輩，究竟終成空與非。

卻說那鎮元大仙用手攙著行者道：「我也知道你的本事，我也聞得你的英名，只是你今番越理欺心，縱有騰挪，脫不得我手。我就和你講到西天，見了你那佛祖，也少不得還我人參果樹。你莫弄神通。」行者笑道：「你這先生，好小家子樣！若要樹活，有甚疑難！早說這話，可不省了一場爭競？」大仙道：「不爭競，我肯善自饒你！」行者道：「你解了我師父，我還你一棵活樹如何？」大仙道：「你若有此神通，醫得樹活，我與你八拜為交，結為兄弟。」行者道：「不打緊。放了他們，老孫管教還你活樹。」

大仙諒他走不脫，即命解放了三藏、八戒、沙僧。沙僧道：「師父啊，不知師兄搗得是甚麼鬼哩。」八戒道：「甚麼鬼！這叫做『當面人情鬼』！樹死了，又可醫得活！他弄個光皮散兒好看，者著求醫治樹，單單了脫身走路，還顧得你和我哩！」三藏道：「他決不敢撒了我們。我們問他那裡求醫去。」遂叫道：「悟空，你怎麼哄了仙長，解放我等？」行者道：「老孫是真言實語，怎麼哄他？」三藏道：「你往何處去求方？」行者道：「古人云：『方從海上來。』我今要上東洋大海，遍游三島十洲，訪問仙翁聖老，求一個起死回生之法，管教醫得他樹活。」三藏道：「此去幾時可回？」行者道：「只消三日。」三藏道：「既如此，就依你說，與你三日之限。三日裡來便罷；若三日之外不來，我就念那話兒經了。」行者道：「遵命，遵命。」

你看他急整虎皮裙，出門來對大仙道：「先生放心，我就去就來。你卻要好生伏侍我師父，逐日家三茶六飯，不可欠缺。若少了些兒，老孫回來和你算帳，先搗塌你的鍋底。衣服禳（髒）了，與他漿洗漿洗。臉兒黃了些兒，我不要；若瘦了些兒，不出門。」那大仙道：「你去，你去，定不教他忍餓。」

好猴王，急縱筋斗雲，別了五莊觀，徑上東洋大海。在半空中，快如掣電，疾如流星，早到蓬萊仙境。按雲頭，仔細觀看。真個好去處！有詩為證。詩曰：

大地仙鄉列聖曹，蓬萊分合鎮波濤。瑤台景蘸天心冷，巨闕光浮海面高。
五色煙霞含玉籟，九霄星月射金鰲。西池王母常來此，奉祝三仙幾次桃。

那行者看不盡仙景，徑入蓬萊。正然走處，見白雲洞外，松蔭之下，有三個老兒圍棋：觀局者是壽星，對局者是福星、祿星。行者上前叫道：「老弟們，作揖了。」那三星見了，拂退棋枰，回禮道：「大聖何來？」行者道：「特來尋你們耍子。」壽星道：「我聞大聖棄道從釋，脫性命保護唐僧往西天取經，遂日奔波山路，那些兒得閒，卻來耍子？」行者道：「實不瞞列位說，老孫因往西方，行在半路，有些兒阻滯，特來小事欲幹，不知肯否？」福星道：「是甚地方？是何阻滯？乞為明示，吾好裁處。」行者道：「因路過萬壽山五莊觀有阻。」

三老驚訝道：「五莊觀是鎮元大仙的仙宮。你莫不是把他人參果偷吃了？」行者笑道：「偷吃了能值甚麼？」三老道：「你這猴子，不知好歹。那果子聞一聞，活三百六十歲；吃一個，活四萬七千年；叫做『萬壽草還丹』。我們的道，不及他多矣！他得之甚易，就可與天齊壽；我們還要養精、煉氣、存神，調和龍虎，捉坎填離，不知費多少工夫。你怎麼說他的能值甚緊？天下只有此種靈根！」行者道：「靈根！靈根！我已弄了他個斷根哩！」三老驚道：「怎的斷根？」行者道：「我們前日在他觀裡，那大仙不在家，只有兩個小童，接待了我師父，卻將兩個人參果奉與我師。我師不認得，只說是三朝未滿的孩童，再三不吃。那童子就拿去吃了，不曾讓得我們。是老孫就去偷了他三個，我三兄弟吃了。那童子不知高低，賊前賊後的罵個不住。是老孫惱了，把他樹打了一棍，推倒在地，樹上果子全無，椏開葉落，根出枝傷，已枯死了。不想那童子關住我們，又被老孫扭開鎖走了。次日清晨，那先生回家趕來，問答間，語言不和，遂與他賭鬥；被他閃一閃，把袍袖展開，一袖子都籠去了。繩纏索綁，拷問鞭敲，就打了一日。是夜又逃了，他又趕上，依舊籠去，他身無寸鐵，只是把個麈尾遮架。我兄弟這等三般兵器，莫想打得著他。這一番仍舊擺布，將布裹漆了我師父與兩師弟，卻將我下油鍋。我又做了個脫身本事走了，把他鍋都打破。他見拿我不住，盡有幾分醋（懼怕）我。是我又與他好講，教他放了我師父、師弟，我與他醫樹管活，兩家才得安寧。我想著『方從海上來』，故此特游仙境，訪三位老弟。有甚醫樹的方兒，傳我一個，急救唐僧脫苦。」

三星聞言，心中也悶道：「你這猴兒，全不識人。那鎮元子乃地仙之祖；我等乃神仙之宗；你雖得了天仙，還是太乙散數，未入真流，你怎麼脫得他手？若是大聖打殺了走獸飛禽，蜾蟲鱗長，只用我黍米之丹，可以救活；那人參果乃仙木之根，如何醫治？沒方，沒方。」那行者見說無方，卻就眉峰雙鎖，額蹙千痕。福星道：「大聖，此處無方，他處或有，怎麼就生煩惱？」行者道：「無方別訪，果然容易；就是游遍海角天涯，轉透三十六天，亦是小可；只是我那唐長老法嚴量窄，止與了我三日期限。三日以外不到，他就要念那《緊箍兒咒》哩。」三星笑道：「好！好！好！若不是這個法兒拘束你，你又鑽天了。」壽星道：「大聖放心，不須煩惱。那大仙雖稱上輩，卻也與我等有識。一則久別，不曾拜望；二來是大聖的人情：如今我三人同去望他一望，就與你道達此情，教那唐和尚莫念《緊箍兒咒》，休說三日五日，只等你求得方來，我們才別。」行者道：「感激！感激！就請三位老弟行行，我去也。」大聖辭別三星不題。

卻說這三星駕起祥光，即往五莊觀而來，那觀中合眾人等，忽聽得長天鶴唳，原來是三老光臨。但見那：

盈空藹藹祥光簇，霄漢紛紛香馥郁。彩霧千條護羽衣，輕雲一朵擎仙足。
青鸞飛，丹鳳翺，袖引香風滿地撲。拄杖懸龍喜笑生，皓髯垂玉胸前拂。

童顏歡悅更無憂，壯體雄威多有福。執星籌，添海屋，腰掛葫蘆並寶籙。
萬紀千旬福壽長，十洲三島隨緣宿。常來世上送千祥，每向人間增百福。
概乾坤，榮福祿，福壽無疆今喜得。三老乘祥謁大仙，福堂和氣皆無極。

那仙童看見，即忙報道：「師父，海上三星來了。」鎮元子正與唐僧師弟閒敘，聞報，即降階奉迎。那八戒見了壽星，近前扯住，笑道：「你這肉頭老兒，許久不見，還是這般脫灑，帽兒也不帶個來。」遂把自家一個僧帽，撲的套在他頭上，撲著手呵呵大笑道：「好！好！好！真是『加冠進祿』也！」那壽星將帽子摜了，罵道：「你這個夯貨，老大不知高低！」八戒道：「我不是夯貨，你等真是奴才！」福星道：「你倒是個夯貨，反敢罵人是奴才！」八戒又笑道，「既不是人家奴才，好道叫做『添壽』、『添福』、『添祿』？」

那三藏喝退了八戒，急整衣拜了三星。那三星以晚輩之禮見了大仙，方才敘坐。坐定，祿星道：「我們一向久闊尊顏，有失恭敬。今因孫大聖攪擾仙山，特來相見。」大仙道：「孫行者到蓬萊去的？」壽星道：「是，因為傷了大仙的丹樹，他來我處求方醫治。我輩無方，他又到別處求訪；但恐違了聖僧三日之限，要念《緊箍兒咒》。我輩一來奉拜，二來討個寬限。」三藏聞言，連聲應道：「不敢念，不敢念。」

正說處，八戒又跑進來，扯住福星，要討果子吃。他去袖裡亂摸，腰裡亂吞，不住的揭他衣服搜檢。三藏笑道：「那八戒是甚麼規矩！」八戒道：「不是沒規矩，此叫做『番番是福』。」三藏又叱令出去。那呆子跨出門，瞅著福星，眼不轉睛的發狠。福星道：「夯貨！我那裡惱了你來，你這等恨我？」八戒道：「不是恨你，這叫『回頭望福』。」那呆子出得門來，只見一個小童，拿了四把茶匙，方去尋鍾取果看茶；被他一把奪過，跑上殿，拿著小磬兒，用手亂敲亂打，兩頭玩耍。大仙道：「這個和尚，越發不尊重了！」八戒笑道：「不是不尊重，這叫做『四時吉慶』。」

且不說八戒打諢亂纏。卻表行者縱祥雲離了蓬萊，又早到方丈仙山。這山真好去處。有詩為證。詩曰：

方丈巍峨別是天，太元宮府會神仙。紫台光照三清路，花木香浮五色煙。
金鳳自多槃蕊闕，玉膏誰逼灌芝田？碧桃紫李新成熟，又換仙人信萬年。

那行者按落雲頭，無心玩景。正走處，只聞得香風馥馥，玄鶴聲鳴，那壁廂有個神仙。但見：

盈空萬道霞光現，彩霧飄搖光不斷。
丹鳳銜花也更鮮，青鸞飛舞聲嬌豔。
福如東海壽如山，貌似小童身體健。
壺隱洞天不丹，腰懸與日長生籙。
人間數次降禎祥，世上幾番消厄願。
武帝曾宣加壽齡，瑤池每赴蟠桃宴。
教化眾僧脫俗緣，指開大道明如電。

也曾跨海祝千秋，常去靈山參佛面。
聖號東華大帝君，煙霞第一神仙眷。

孫行者覿面相迎，叫聲「帝君，起手了。」那帝君慌忙回禮道：「大聖，失迎。請荒居奉茶。」遂與行者攙手而入。果然是貝闕仙宮，看不盡瑤池瓊閣。方坐待茶，只見翠屏後轉出一個童兒。他怎生打扮：

身穿道服飄霞爍，腰束絲絛光錯落。
頭戴綸巾布斗星，足登芒履游仙岳。
煉元真，脫本殼，功行成時遂意樂。
識破原流精氣神，主人認得無虛錯。
逃名今喜壽無疆，甲子周天管不著。
轉回廊，登寶閣，天上蟠桃三度摸。
縹緲香雲出翠屏，小仙仍是東方朔。

行者見了，笑道：「這個小賊在這裡哩！帝君處沒有桃子你偷吃！」東方朔朝上進禮，答道：「老賊，你來這裡怎的？我師父沒有仙丹你偷吃。」

帝君叫道：「曼倩休亂言，看茶來也。」曼倩原是東方朔的道名。他急入裡取茶二杯，飲訖。行者道：「老孫此來，有一事奉幹，未知允否？」帝君道：「何事？自當領教。」行者道：「近因保唐僧西行，路過萬壽山五莊觀，因他那小童無狀，是我一時發怒，把他人參果樹推倒，因此阻滯，唐僧不得脫身，特來尊處求賜一方醫治，萬望慨然。」帝君道：「你這猴子，不管一二，到處裡闖禍。那五莊觀鎮元子，聖號與世同君，乃地仙之祖。你怎麼就衝撞出他？他那人參果樹，乃草還丹。你偷吃了，尚說有罪；卻又連樹推倒，他肯干休？」行者道：「正是呢。我們走脫了，被他趕上，把我們就當汗巾兒一般，一袖子都籠了去；所以閣氣。沒奈何，許他求方醫治，故此拜求。」

帝君道：「我有一粒『九轉太乙還丹』，但能治世間生靈，卻不能醫樹。樹乃水土之靈，天滋地潤。若是凡間的果木，醫治還可；這萬壽山乃先天福地，五莊觀乃賀洲洞天，人參果又是天開地辟之靈根，如何可治！無方！無方！」

行者道：「既然無方，老孫告別。」帝君仍欲留奉玉液一杯，行者道：「急救事緊，不敢久滯。」遂駕雲復至瀛洲海島。也好去處。有詩為證。詩曰：

珠樹玲瓏照紫煙，瀛洲宮闕接諸天。青山綠水琪花豔，玉液錕鋘鐵石堅。
五色碧雞啼海日，千年丹鳳吸朱煙。世人罔究壺中景，象外春光億萬年。

那大聖至瀛洲，只見那丹崖珠樹之下，有幾個皓髮皤髯之輩，童顏鶴鬢之仙，在那裡著棋飲酒，談笑謳歌。真個是：

祥雲光滿，瑞靄香浮。彩鸞鳴洞口，玄鶴舞山頭。碧藕水桃為按酒，交梨火棗壽千秋。一個個丹詔無聞（指不在朝廷做官），仙符有籍；逍遙隨浪蕩，散淡任清幽。周天甲子難拘管，大地乾坤只自由。獻果玄猿，對對參隨多美愛；銜花白鹿，雙雙拱伏甚綢繆（情意綿綿）。

那些老兒，正然（正在）灑樂。這行者厲聲高叫道：「帶我耍耍兒便怎的！」眾仙見了，急忙趨步相迎，有詩為證。詩曰：

人參果樹靈根折，大聖訪仙求妙訣。
繚繞丹霞出寶林，瀛洲九老來相接。

行者認得是九老，笑道：「老兄弟們自在哩！」九老道：「大聖當年若存正，不鬧天宮，比我們還自在哩。如今好了，聞你歸真向西拜佛，如何得暇至此？」行者將那醫樹求方之事，具陳了一遍。九老也大驚道：「你也忒惹禍！惹禍！我等實是無方。」行者道：「既是無方，我且奉別。」九老又留他飲瓊漿，食碧藕。行者定不肯坐，止立飲了他一杯漿，吃了一塊藕，急急離了瀛洲，徑轉東洋大海。早望見落伽山不遠，遂落下雲頭，直到普陀岩上。見觀音菩薩在紫竹林中與諸天大神、木吒、龍女，講經說法。有詩為證。詩曰：

海主城高瑞氣濃，更觀奇異事無窮。須知隱約千般外，盡出希微一品中。

第二十六回

孫悟空三島求方　觀世音甘泉活樹

四聖授時成正果，六凡聽後脫樊籠。少林別有真滋味，花果馨香滿樹紅。

那菩薩早已看見行者來到，即命守山大神去迎。那大神出林來，叫聲：「孫悟空，那裡去？」行者抬頭喝道：「你這個熊羆！我是你叫的悟空！當初不是老孫饒了你，你已此做了黑風山的屍鬼矣。今日跟了菩薩，受了善果，居此仙山，常聽法教，你叫不得我一聲『老爺』？」那黑熊真個得了正果，在菩薩處鎮守普陀，稱為大神，是也虧了行者。他只得陪笑道：「大聖，古人云：『君子不念舊惡。』只管題他怎的！菩薩著我來迎你哩。」這行者就端肅尊誠，與大神到了紫竹林裡，參拜菩薩。菩薩道：「悟空，唐僧行到何處也？」行者道：「行到西牛賀洲萬壽山了。」菩薩道：「那萬壽山有座五莊觀。鎮元大仙，你曾會他麼？」行者頓首道：「因是在五莊觀，弟子不識鎮元大仙，毀傷了他的人參果樹，衝撞了他，他就困滯了我師父，不得前進。」

那菩薩情知，怪道：「你這潑猴，不知好歹！他那人參果樹，乃天開地辟的靈根；鎮元子乃地仙之祖，我也讓他三分；你怎麼就打傷他樹！」

行者再拜道：「弟子實是不知。那一日，他不在家，只有兩個仙童，候侍我等。是豬悟能曉得他有果子，要一個嘗新，弟子委實偷了他三個，兄弟們分吃了。那童子知覺，罵我等無已（沒完沒了），是弟子發怒，遂將他樹推倒。他次日回來趕上，將我等一袖子籠去，繩綁鞭抽，拷打了一日。我等當夜走脫，又被他趕上，依然籠了。三番兩次，其實難逃，已允了與他醫樹。卻才自海上求方，遍游三島，眾神仙都沒有本事。弟子因此志心朝禮，特拜告菩薩。伏望慈憫，俯賜一方，以救唐僧早早西去。」菩薩道：「你怎麼不早來見我，卻往島上去尋找？」

行者聞得此言，心中暗喜道：「造化了！造化了！菩薩一定有方也！」他又上前懇求。菩薩道：「我這淨瓶底的『甘露水』，善治得仙樹靈苗。」行者道：「可曾經驗過麼？」菩薩道：「經驗過的。」行者問：「有何經驗？」菩薩道：「當年太上老君曾與我賭勝：他把我的楊柳枝拔了去，放在煉丹爐裡，炙得焦乾，送來還我。是我拿了插在瓶中，一晝夜，復得青枝綠葉，與舊相同。」行者笑道：「真造化了！真造化了！烘焦了的尚能醫活，況此推倒的，有何難哉！」菩薩吩咐大眾：「看守林中，我去去來。」

遂手托淨瓶，白鸚哥前邊巧囀（鳥鳴），孫大聖隨後相從。有詩為證。詩曰：

玉毫金象世難論，正是慈悲救苦尊。過去劫逢無垢佛，至今成得有為身。
幾生欲海澄清浪，一片心田絕點塵。甘露久經真妙法，管教寶樹永長春。

卻說那觀裡大仙與三老正然清話，忽見孫大聖按落雲頭，叫道：「菩薩來了。快接！快接！」慌得那三星與鎮元子共三藏師徒，一齊迎出寶殿。菩薩才住了祥雲，先與鎮元子陪了話；後與三星作禮。禮畢上坐。那階前，行者引唐僧、八戒、沙僧都拜了。那觀中諸仙，也來拜見。行者道：「大仙不必遲疑，趁早兒陳設香案，請菩薩替你治那甚麼果樹去。」大仙躬身謝菩薩道：「小可的勾當，怎麼敢勞菩薩下降？」菩薩道：「唐僧乃我之弟子，孫悟空衝撞了先生，理當賠償寶樹。」三老道：「既如此，不須謙講了。請菩薩都到園中去看看。」

那大仙即命設具香案，打掃後園，請菩薩先行。三老隨後。三藏師徒與本觀眾仙，都到園內觀看時，那棵樹倒在地下，土開根現，葉落枝枯。菩薩叫：「悟空，伸手來。」那行者將左手伸開。菩薩將楊柳枝，蘸出瓶中甘露，把行者手心裡畫了一道起死回生的符字，教他放在樹根之下，但看水出為度。那行者捏著拳頭，往那樹根底下揣著；須臾，有清泉一汪。菩薩道：「那個水不許犯五行之器，須用玉瓢舀出，扶起樹來，從頭澆下，自然根皮相合，葉長芽生，枝青果出。」行者道：「小道士們，快取玉瓢來。」鎮元子道：「貧道荒山，沒有玉瓢，只有玉茶盞、玉酒杯，可用得麼？」菩薩道：「但是玉器，可舀得水的便罷，取將來看。」

大仙即命小童子取出有二三十個茶盞，四五十個酒盞，卻將那根下清泉舀出。行者、八戒、沙僧，扛起樹來，扶得周正，擁上土，將玉器內甘泉，一甌甌捧與菩薩。菩薩將楊柳枝細細灑上，口中又念著經咒。

不多時，灑淨那舀出之水，只見那樹果然依舊青綠葉陰森，上有二十三個人參果。清風、明月二童子道：「前日不見了果子時，顛倒只數得二十二個；今日回生，怎麼又多了一個？」行者道：「『日久見人心。』前日老孫只偷了三個，那一個落下地來，土地說這寶遇土而入，八戒只嚷我打了偏手，故走了風信，只纏到如今，才見明白。」

菩薩道：「我方才不用五行之器者，知道此物與五行相畏故耳。」那大仙十分歡喜，急令取金擊子來，把果子敲下十個，請菩薩與三老復回寶殿，一則謝勞，二來做個「人參果會」。眾小仙遂調開桌椅，鋪設丹盤，請菩薩坐了上面正席，三老左席，唐僧右席，鎮元子前席相陪，各食了一個。有詩為證。詩曰：

萬壽山中古洞天，人參一熟九千年。靈根現出芽枝損，甘露滋生果葉全。
三老喜逢皆舊契，四僧幸遇是前緣。自今會服人參果，盡是長生不老仙。

此時菩薩與三老各吃了一個，唐僧始知是仙家寶貝，也吃了一個。悟空三人，亦各吃一個。鎮元子陪了一個。本觀仙眾分吃了一個。行者才謝了菩薩回上普陀岩，送三星徑轉蓬萊島。鎮元子卻又安排蔬酒，與行者結為兄弟。這才是不打不成相識，兩家合了一家。師徒四眾，喜喜歡歡，天晚歇了。那長老才是：有緣吃得草還丹，長壽苦捱妖怪難。畢竟到明日如何作別，且聽下回分解。

第二十七回
屍魔三戲唐三藏　聖僧恨逐美猴王

卻說三藏師徒，次日天明，收拾前進。那鎮元子與行者結為兄弟，兩人情投意合，決不肯放；又安排管待，一連住了五六日。那長老自服了草還丹，真似脫胎換骨，神爽體健，他取經心重，那裡肯淹留，無已（不得已），遂行。

師徒別了上路，早見一座高山。三藏道：「徒弟，前面有山險峻，恐馬不能前，大家須仔細仔細。」行者道：「師父放心，我等自然理會。」好猴王，他在那馬前，橫擔著棒，剖開山路，上了高崖，看不盡：

峰岩重疊，澗壑灣環。虎狼成陣走，麂鹿作群行。無數犯鑽簇簇，滿山狐兔聚叢叢。千尺大蟒，萬丈長蛇。大蟒噴愁霧，長蛇吐怪風。道旁荊棘牽漫，嶺上松楠秀麗。薜蘿滿目，芳草連天。影落滄溟北，雲開斗柄南。萬古常含元氣老，千峰巍列日光寒。

那長老馬上心驚，孫大聖布施手段，舞著鐵棒，哮吼一聲，唬得那狼蟲顛竄，虎豹奔逃。師徒們入此山，正行到嵯峨之處，三藏道：「悟空，我這一日，肚中飢了，你去那裡化些齋吃。」行者陪笑道：「師父好不聰明。這等半山之中，前不巴村，後不著店，有錢也沒買處，教往那裡尋齋？」三藏心中不快，口裡罵道：「你這猴子！你在兩界山，被如來壓在石匣之內，口能言，足不能行；也虧我救你性命，摩頂受戒，做了我的徒弟，怎麼不肯努力，常懷懶惰之心！」行者道：「弟子亦頗殷勤，何嘗懶惰？」三藏道：「你既殷勤，何不化齋我吃？我肚飢怎行？況此地山嵐瘴氣，怎麼得上雷音？」行者道：「師父休怪，少要言語。我知你尊性高傲，十分違慢了你，便要念那話兒咒。你下馬穩坐，等我尋那裡有人家處化齋去。」

行者將身一縱，跳上雲端裡，手搭涼篷，睜眼觀看。可憐西方路甚是寂寞，更無莊堡人家；正是多逢樹木，少見人煙去處。看多時，只見正南上有一座高山。那山向陽處，有一片鮮紅的點子。行者按下雲頭道：「師父，有吃的了。」那長老問甚東西。行者道：「這裡沒人家化飯，那南山有一片紅的，想必是熟透了的山桃，我去摘幾個來你充飢。」三藏喜道：「出家人若有桃子吃，就為上分了！快去。」行者取了鉢盂，縱起祥光，你看他筋斗幌幌，冷氣颼颼，須臾間，奔南山摘桃不題。

卻說常言有云：「山高必有怪，嶺峻卻生精。」果然這山上有一個妖精。孫大聖去時，驚動那怪。他在雲端裡，踏著陰風，看見長老坐在地下，就不勝歡喜道：「造化！造化！幾年家人都講東土的唐和尚取『大乘』，他本是金蟬子化身，十世修行的原體。有人吃他一塊肉，長壽長生。真個今日到了。」那妖精上前就要拿他，只見長老左右手下有兩員大將護持，不敢攏身。他說兩員大將是誰？說是八戒、沙僧。八戒、沙僧，雖沒甚麼大本事，然八戒是天蓬元帥，沙僧是捲簾大將。他的威氣尚不曾洩，故不敢攏身。妖精說：「等我且戲他戲，看怎麼說。」

好妖精，停下陰風，在那山凹裡，搖身一變，變做個月貌花容的女兒，說不盡那眉清目秀，齒白唇紅，左手提著一個青砂罐兒，右手提著一個綠磁瓶兒，從西向東，徑奔唐僧：

聖僧歇馬在山岩，忽見裙釵女近前。翠袖輕搖籠玉筍，湘裙斜拽顯金蓮。
汗流粉面花含露，塵拂蛾眉柳帶煙。仔細定睛觀看處，看看行至到身邊。

三藏見了，叫：「八戒，沙僧，悟空才說這裡曠野無人，你看那裡不走出一個人來了？」八戒道：「師父，你與沙僧坐著，等老豬去看看來。」那呆子放下釘鈀，整整直裰，擺擺搖搖，充作個斯文氣象，一直的覿面相迎。真個是遠看未實，近看分明。那女子生得：

冰肌藏玉骨，衫領露酥胸。柳眉積翠黛，杏眼閃銀星。月樣容儀俏，天然性格清。體似燕藏柳，聲如鶯囀林。半放海棠籠曉日，才開芍藥弄春晴。

那八戒見他生得俊俏，呆子就動了凡心，忍不住胡言亂語。叫道：「女菩薩，往那裡去？手裡提著是甚麼東西？」分明是個妖怪，他卻不能認得。——那女子連聲答應道：「長老，我這青罐裡是香米飯，綠瓶裡是炒麵筋。特來此處無他故，因還誓願要齋僧。」八戒聞言，滿心歡喜。急抽身，就跑了個豬顛風，報與三藏道：「師父！『吉人自有天報！』師父餓了，教師兄去化齋，那猴子不知那裡摘桃兒耍子去了。桃子吃多了，也有些嘈人，又有些下墜。你看那不是個齋僧的來了？」唐僧不信道：「你這個夯貨胡纏！我們走了這向，好人也不曾遇著一個，齋僧的從何而來！」八戒道：「師父，這不到了？」

三藏一見，連忙跳起身來，合掌當胸道：「女菩薩，你府上在何處住？是甚人家？有甚願心，來此齋僧？」分明是個妖精，那長老也不認得。——那妖精見唐僧問他來歷，他立地就起個虛情，花言巧語，來賺哄道：「師父，此山叫做蛇回獸怕的白虎嶺。正西下面是我家。我父母在堂，看經好善，廣齋方上遠近僧人；只因無子，求神作福，生了奴奴，欲扳門第，配嫁他人，又恐老來無倚，只得將奴招了一個女婿，養老送終。」三藏聞言道：「女菩薩，你語言差了，聖經（指儒家經典。下面引文出自《論語》）云：『父母在，不遠游；游必有方。』你既有父母在堂，又與你招了女婿，有願心，教你男子還，便也罷，怎麼自家在山行走？又沒個侍兒隨從。這個是不遵婦道了。」那女子笑吟吟，忙陪俏語道：「師父，我丈夫在山北凹裡，帶幾個客子（傭工）鋤田。這是奴奴煮的午飯，送與那些人吃的。只為五黃六月，無人使喚，父母又年老，所以親身來送。忽遇三位遠來，卻思父母好善，故將此飯齋僧。如不棄嫌，願表芹獻。」三藏道：「善哉！善哉！我有徒弟摘果子去了，就來，我不敢吃；假如我和尚吃了你飯，你丈夫曉得，罵你，卻不罪坐貧僧也？」那女子見唐僧不肯吃，卻又滿面春生道：「師父啊，我父母齋僧，還是小可；我丈夫更是個善人，一生好的是修橋補路，愛老憐貧。但聽見說這飯送與師父吃了，他與我夫妻情上，比尋常更是不同。」三藏也只是不吃。旁邊子惱壞了八戒。那呆子努著嘴，口裡埋怨道：「天下和尚也無數，不曾像我這個老和尚罷軟（沒主見）！現成的飯，三分兒，倒不吃，只等那猴子來，做四分才吃！」他不容分說，一嘴把個罐子拱倒，就要動口。

第二十七回

屍魔三戲唐三藏　聖僧恨逐美猴王

只見那行者自南山頂上，摘了幾個桃子，托著缽盂，一筋斗，點將回來；睜火眼金睛觀看，認得那女子是個妖精，放下缽盂，掣鐵棒，當頭就打。唬得個長老用手扯住道：「悟空！你走將來打誰？」行者道：「師父，你面前這個女子，莫當做個好人；他是個妖精，要來騙你哩。」三藏道：「你這猴頭，當時倒也有些眼力，今日如何亂道！這女菩薩有此善心，將這飯要齋我等，你怎麼說他是個妖精？」行者笑道：「師父，你那裡認得。老孫在水簾洞裡做妖魔時，若想人肉吃，便是這等：或變金銀，或變莊台，或變醉人，或變女色。有那等痴心的，愛上我，我就迷他到洞裡，盡意隨心，或蒸或煮受用；吃不了，還要曬乾了防天陰哩！師父，我若來遲，你定入他套子，遭他毒手！」那唐僧那裡肯信，只說是個好人。行者道：「師父，我知道你了。你見他那等容貌，必然動了凡心。若果有此意，叫八戒伐幾棵樹來，沙僧尋些草來，我做木匠，就在這裡搭個窩鋪，你與他圓房成事，我們大家散了，卻不是件事業？何必又跋涉，取甚經去！」那長老原是個軟善的人，那裡吃得他這句言語，羞得個光頭徹耳通紅。

三藏正在此羞慚，行者又發起性來，掣鐵棒，望妖精劈臉一下。那怪物有些手段，使個「解屍法」，見行者棍子來時，他卻抖擻精神，預先走了，把一個假屍首打死在地下。唬得個長老戰戰兢兢，口中作念道：「這猴著然無禮！屢勸不從，無故傷人性命！」行者道：「師父莫怪，你且來看看這罐子裡是甚東西。」沙僧攙著長老，近前看時，那裡是甚香米飯，卻是一罐子拖尾巴的長蛆；也不是麵筋，卻是幾個青蛙、癩蝦蟆，滿地亂跳。長老才有三分兒信了。怎禁豬八戒氣不忿，在旁漏八分兒唆嘴道：「師父，說起這個女子，他是此間農婦，因為送飯下田，路遇我等，卻怎麼栽他是個妖怪？哥哥的棍重，走將來試手打他一下，不期就打殺了；怕你念甚麼《緊箍兒咒》，故意的使個障眼法兒，變做這等樣東西，演幌你眼，使不念咒哩。」

三藏自此一言，就是晦氣到了：果然信那呆子攛唆，手中捻訣，口裡念咒。行者就叫：「頭疼！頭疼！莫念！莫念！有話便說。」唐僧道：「有甚話說！出家人時時常要方便，念念不離善心，掃地恐傷螻蟻命，愛惜飛蛾紗罩燈。你怎麼步步行凶！打死這個無故平人，取將經來何用？你回去罷！」行者道：「師父，你教我回那裡去？」唐僧道：「我不要你做徒弟。」行者道：「你不要我做徒弟，只怕你西天路去不成。」唐僧道：「我命在天，該那個妖精蒸了吃，就是煮了，也算不過。終不然，你救得我的大限？你快回去！」行者道：「師父，我回去便也罷了，只是不曾報得你的恩哩。」唐僧道：「我與你有甚恩？」那大聖聞言，連忙跪下叩頭道：「老孫因大鬧天宮，致下了傷身之難，被我佛壓在兩界山；幸觀音菩薩與我受了戒行，幸師父救脫吾身；若不與你同上西天，顯得我『知恩不報非君子，萬古千秋作罵名。』」

原來這唐僧是個慈憫的聖僧。他見行者哀告，卻也回心轉意道：「既如此說，且饒你這一次。再休無禮。如若仍前作惡，這咒語顛倒就念二十遍！」行者道：「三十遍也由你，只是我不打人了。」卻才伏侍唐僧上馬，又將摘來桃子奉上。唐僧在馬上也吃了幾個，權且充飢。

卻說那妖精，脫命升空。原來行者那一棒不曾打殺妖精，妖精出神去了。他在那雲端裡，咬牙切齒，暗恨行者道：「幾年只聞得講他手段，今日果然話不虛傳。那唐僧已此不認得我，將要吃飯。若低頭聞一聞兒，我就一把撈住，卻不是我的人了。不期被他走來，弄破我這勾當，又幾乎被他打了一棒。若饒了這個和尚，誠然是勞而無功也。我還下去戲他一戲。」

好妖精，按落陰雲，在那前山坡下，搖身一變，變作個老婦人，年滿八旬，手拄著一根彎頭竹杖，一步一聲的哭著走來。八戒見了，大驚道：「師父！不好了！那媽媽兒來尋人了！」唐僧道：「尋甚人？」八戒道：「師兄打殺的，定是他女兒。這個定是他娘尋將來了。」行者道：「兄弟莫要胡說！那女子十八歲，這老婦有八十歲，怎麼六十多歲還生產？斷乎是個假的，等老孫去看來。」好行者，拽開步，走近前觀看，那怪物：

假變一婆婆，兩鬢如冰雪。走路慢騰騰，行步虛怯怯。弱體瘦伶仃，臉如枯菜葉。顴骨望上翹，嘴唇往下別。老年不比少年時，滿臉都是荷葉摺。

行者認得他是妖精，更不理論，舉棒照頭便打。那怪見棍子起時，依然抖擻，又出化了元神，脫真兒去了；把個假屍首又打死在山路之下。唐僧一見，驚下馬來，睡在路旁，更無二話，只是把《緊箍兒咒》顛倒足足念了二十遍。可憐把個行者頭，勒得似個亞腰兒葫蘆，十分疼痛難忍，滾將來哀告道：「師父莫念了！有甚話說了罷！」唐僧道：「有甚話說！出家人耳聽善言，不墮地獄。我這般勸化你，你怎麼只是行凶？把平人打死一個，又打死一個，此是何說？」行者道：「他是妖精。」唐僧道：「這個猴子胡說！就有這許多妖怪！你是個無心向善之輩，有意作惡之人，你去罷！」行者道：「師父又教我去？回去便也回去了，只是一件不相應。」唐僧道：「你有甚麼不相應處？」八戒道：「師父，他要和你分行李哩。跟著你做了這幾年和尚，不成空著手回去？你把那包袱裡的甚麼舊褊衫，破帽子，分兩件與他罷。」

行者聞言，氣得暴跳道：「我把你這個尖嘴的夯貨！老孫一向秉教沙門，更無一毫嫉妒之意，貪戀之心，怎麼要分甚麼行李？」唐僧道：「你既不嫉妒貪戀，如何不去？」行者道：「實不瞞師父說。老孫五百年前，居花果山水簾洞大展英雄之際，收降七十二洞邪魔，手下有四萬七千群怪，頭戴的是紫金冠，身穿的是赭黃袍，腰繫的是藍田帶，足踏的是步雲履，手執的是如意金箍棒：著實也曾為人。自從涅槃罪度，削髮秉正沙門，跟你做了徒弟，把這個『金箍兒』勒在我頭上，若回去，卻也難見故鄉人。師父果若不要我，把那個《鬆箍兒咒》念一念，退下這個箍子，交付與你，套在別人頭上，我就快活相應了。也是跟你一場。莫不成這些人意兒也沒有了？」唐僧大驚道：「悟空，我當時只是菩薩暗受一卷《緊箍兒咒》，卻沒有甚麼《鬆箍兒咒》。」行者道：「若無《鬆箍兒咒》，你還帶我去走走罷。」長老又沒奈何道：「你且起來，我再饒你這一次，卻不可再行凶了。」行者道：「再不敢了。再不敢了。」又伏侍師父上馬，剖路前進。

卻說那妖精，原來行者第二棍也不曾打殺他。那怪物在半空中，誇獎不盡道：「好個猴王，著然有眼！我那般變了去，他也還認得我。這些和尚，他去得快，若過此山，西下四十里，就不伏我所管了。若是被別處妖魔撈了去，好道就笑破他人口，使碎自家心。我還下去戲他一戲。」好妖怪，按聳陰風，在山坡下搖身一變，變做一個老公公，真個是：

白髮如彭祖，蒼髯賽壽星。耳中鳴玉磬，眼裡幌金星。
手拄龍頭拐，身穿鶴氅輕。數珠掐在手，口誦南無經。

唐僧在馬上見了，心中歡喜道：「阿彌陀佛！西方真是福地！那公公路也走不上來，逼法的還念

第二十七回

屍魔三戲唐三藏　聖僧恨逐美猴王

經哩。」八戒道：「師父，你且莫要誇獎。那個是禍的根哩。」唐僧道：「怎麼是禍根？」八戒道：「行者打殺他的女兒，又打殺他的婆子，這個正是他的老兒尋將來了。我們若撞在他的懷裡呵，師父，你便償命，該個死罪；把老豬為從，問個充軍；沙僧喝令，問個擺站（把犯人發配發驛站充當苦差）；那行者使個遁法走了，卻不苦了我們三個頂缸？」

行者聽見道：「這個呆根，這等胡說，可不唬了師父？等老孫再去看看。」他把棍藏在身邊，走上前，迎著怪物，叫聲：「老官兒，往那裡去？怎麼又走路，又念經？」那妖精錯認了定盤星（做出錯誤判斷），把孫大聖也當做個等閒的，遂答道：「長老啊，我老漢祖居此地，一生好善齋僧，看經念佛。命裡無兒，止生得一個小女，招了個女婿。今早送飯下田，想是遭逢虎口。老妻先來找尋，也不見回去。全然不知下落，老漢特來尋看。果然是傷殘他命，也沒奈何，將他骸骨收拾回去，安葬塋中。」行者笑道：「我是個做齪齷虎的祖宗，你怎麼袖子裡籠了個鬼兒來哄我？你瞞了諸人，瞞不過我！我認得你是個妖精！」那妖精唬得頓口無言。行者掣出棒來，自忖思道：「若要不打他，顯得他倒弄個風兒；若要打他，又怕師父念那話兒咒語。」又思量道：「不打殺他，他一時間抄空兒把師父撈了去，卻不又費心勞力去救他？還打的是！就一棍子打殺他，師父念起那咒，常言道：『虎毒不吃兒。』憑著我巧言花語，嘴伶舌便，哄他一哄，好道也罷了。」好大聖，念動咒語，叫當坊土地、本處山神道：「這妖精三番來戲弄我師父，這一番卻要打殺他。你與我在半空中作證，不許走了。」眾神聽令，誰敢不從，都在雲端裡照應。那大聖棍起處，打倒妖魔，才斷絕了靈光。

那唐僧在馬上，又唬得戰戰兢兢，口不能言。八戒在旁邊又笑道：「好行者！瘋發了！只行了半日路，倒打死三個人！」唐僧正要念咒，行者急到馬前，叫道：「師父，莫念！莫念！你且來看看他的模樣。」卻是一堆粉骷髏在那裡。唐僧大驚道：「悟空，這個人才死了，怎麼就化作一堆骷髏？」行者道：「他是個潛靈作怪的僵屍，在此迷人敗本，被我打殺，他就現了本相。他那脊梁上有一行字，叫做『白骨夫人』。」唐僧聞說，倒也信了；怎禁那八戒旁邊唆嘴道：「師父，他的手重棍凶，把人打死，只怕你念那話兒，故意變化這個模樣，掩你的眼目哩！」唐僧果然耳軟，又信了他，隨復念起。行者禁不得疼痛，跪於路旁，只叫：「莫念！莫念！有話快說了罷！」唐僧道：「猴頭！還有甚說話！出家人行善，如春園之草，不見其長，日有所增；行惡之人，如磨刀之石，不見其損，日有所虧。你在這荒郊野外，一連打死三人，還是無人檢舉，沒有對頭；倘到城市之中，人煙湊集之所，你拿了那哭喪棒，一時不知好歹，亂打起人來，撞出大禍，教我怎的脫身？你回去罷！」行者道：「師父錯怪了我也。這廝分明是個妖魔，他實有心害你。我倒打死他，替你除了害，你卻不認得，反信了那呆子讒言冷語，屢次逐我。常言道：『事不過三。』我若不去，真是個下流無恥之徒。我去！我去！──去便罷了，只是你手下無人。」唐僧發怒道：「這潑猴越發無禮！看起來，只你是人，那悟能、悟淨，就不是人？」

那大聖一聞得說，他兩個是人，止不住傷情淒慘，對唐僧道聲：「苦啊！你那時節，出了長安，有劉伯欽送你上路；到兩界山，救我出來，投拜你為師，我曾穿古洞，入深林，擒魔捉怪，收八戒，得沙僧，吃盡千辛萬苦；今日昧著惺惺使糊塗，只教我回去：這才是『鳥盡弓藏，兔死狗烹』！罷！罷！罷！但只是多了那《緊箍兒咒》。」唐僧道：「我再不念了。」行者道：「這個難說：若到那毒魔苦難處不得脫身，八戒、沙僧救不得你，那時節，想起我來，忍不住又念誦起來，就是十萬里路，我的頭也是疼的；假如再來見你，不如不作此意。」

唐僧見他言言語語，越添惱怒，滾鞍下馬來，叫沙僧包袱內取出紙筆，即於澗下取水，石上磨墨，寫了一紙貶書，遞於行者道：「猴頭！執此為照！再不要你做徒弟了！如再與你相見，我就墮了阿鼻地獄！」行者連忙接了貶書道：「師父，不消發誓，老孫去罷。」他將書摺了，留在袖中，卻又軟款唐僧道：「師父，我也是跟你一場，又蒙菩薩指教；今日半途而廢，不曾成得功果，你請坐，受我一拜，我也去得放心。」唐僧轉回身不睬，口裡唧唧噥噥的道：「我是個好和尚，不受你歹人的禮！」大聖見他不睬，又使個身外法，把腦後毫毛拔了三根，吹口仙氣，叫「變！」即變了三個行者，連本身四個，四面圍住師父下拜。那長老左右躲不脫，好道也受了一拜。

大聖跳起來，把身一抖，收上毫毛，卻又吩咐沙僧道：「賢弟，你是個好人，卻只要留心防著八戒詀言詀語，途中更要仔細。倘一時有妖精拿住師父，你就說老孫是他大徒弟：西方毛怪，聞我的手段，不敢傷我師父。」唐僧道：「我是個好和尚，不提你這歹人的名字。你回去罷。」那大聖見長老三番兩復，不肯轉意回心，沒奈何才去。你看他：

噙淚叩頭辭長老，含悲留意囑沙僧。一頭拭迸坡前草，兩腳蹬翻地上藤。
上天下地如輪轉，跨海飛山第一能。頃刻之間不見影，霎時疾返舊途程。

你看他忍氣別了師父，縱筋斗雲，徑回花果山水簾洞去了。獨自個淒淒慘慘，忽聞得水聲聒耳。大聖在那半空裡看時，原來是東洋大海潮發的聲響。一見了，又想起唐僧，止不住腮邊淚墜，停雲住步，良久方去。畢竟不知此去反覆何如，且聽下回分解。

第二十八回

花果山群妖聚義　黑松林三藏逢魔

卻說那大聖雖被唐僧逐趕，然猶思念，感嘆不已，早望見東洋大海。道：「我不走此路者，已五百年矣！」只見那海水：

煙波蕩蕩，巨浪悠悠。煙波蕩蕩接天河，巨浪悠悠通地脈。潮來洶湧，水浸灣環。潮來洶湧，猶如霹靂吼三春；水浸灣環，卻似狂風吹九夏。乘龍福老，往來必定皺眉行；跨鶴仙童，反覆果然憂慮過。近岸無村社，傍水少漁舟。浪捲千年雪，風生六月秋。野禽憑出沒，沙鳥任沉浮。眼前無釣客，耳畔只聞鷗。海底游魚樂，天邊過雁愁。

那行者將身一縱，跳過了東洋大海，早至花果山。按落雲頭，睜睛觀看，那山上花草俱無，煙霞盡絕；峰岩倒塌，林樹焦枯。你道怎麼這等？只因他鬧了天宮，拿上界去，此山被顯聖二郎神，率領那梅山七弟兄，放火燒壞了。這大聖倍加淒慘。有一篇敗山頹景的古風為證。古風云：

第二十八回

花果山群妖聚義　黑松林三藏逢魔

回顧仙山兩淚垂，對山淒慘更傷悲。當時只道山無損，今日方知地有虧。
可恨二郎將我滅，堪嗔小聖把人欺。行凶掘你先靈墓，無干破爾祖墳基。
滿天霞霧皆消蕩，遍地風雲盡散稀。東嶺不聞斑虎嘯，西山那見白猿啼。
北溪狐兔無蹤跡，南谷獐犯沒影遺。青石燒成千塊土，碧砂化作一堆泥。
洞外喬松皆倚倒，崖前翠柏盡稀少。椿杉槐檜栗檀焦，桃杏李梅梨棗了。
柘絕桑無怎養蠶，柳稀竹少難棲鳥。峰頭巧石化為塵，澗底泉乾都是草。
崖前土黑沒芝蘭，路畔泥紅藤薜攀。往日飛禽飛那處？當時走獸走何山？
豹嫌蟒惡傾頹所，鶴避蛇回敗壞間。想是日前行惡念，致令目下受艱難。

那大聖正當悲切，只聽得那芳草坡前、曼荊凹裡，響一聲，跳出七八個小猴，一擁上前，圍住叩頭。高叫道：「大聖爺爺！今日來家了？」美猴王道：「你們因何不耍不頑，一個個都潛蹤隱跡？我來多時了，不見你們形影，何也？」群猴聽說，一個個垂淚告道：「自大聖擒拿上界，我們被獵人之苦，著實難捱！怎禁他硬弩強弓，黃鷹劣犬，網扣槍鉤，故此各惜性命，不敢出頭頑耍；只是深潛洞府，遠避窩巢。飢去坡前偷草食，渴來澗下吸清泉。卻才聽得大聖爺爺聲音，特來接見，伏望扶持。」那大聖聞得此言，愈加淒慘。便問：「你們還有多少在此山上？」群猴道：「老者，小者，只有千把。」大聖道：「我當時共有四萬七千群妖，如今都往那裡去了？」

群猴道：「自從爺爺去後，這山被二郎菩薩點上火，燒殺了大半。我們蹲在井裡，鑽在澗內，藏於鐵板橋下，得了性命。及至火滅煙消，出來時，又沒花果養贍，難以存活，別處又去了一半。我們這一半，捱苦的住在山中。這兩年，又被些打獵的搶了一半去也。」行者道：「他搶你去何幹？」群猴道：「說起這獵戶，可恨！他把我們中箭著槍的，中毒打死的，拿了去剝皮剔骨，醬煮醋蒸，油煎鹽炒，當做下飯食用。或用那遭網的，遇扣的，夾活兒拿去了，教他跳圈做戲，翻筋斗，豎蜻蜓，當街上篩鑼擂鼓，無所不為的頑耍。」

大聖聞此言，更十分惱怒道：「洞中有甚麼人執事？」群猴道：「還有馬、流二元帥，崩、芭二將軍管著哩。」大聖道：「你們去報他知道，說我來了。」那些小猴，撞入門裡報道：「大聖爺爺來家了。」那馬、流、崩、芭聞報，忙出門叩頭，迎接進洞。大聖坐在中間，群猴羅拜於前，啟道：「大聖爺爺，近聞得你得了性命，保唐僧往西天取經，如何不走西方，卻回本山？」大聖道：「小的們，你不知道。那唐三藏不識賢愚：我為他一路上捉怪擒魔，使盡了平生的手段，幾番家打殺妖精；他說我行凶作惡，不要我做徒弟，把我逐趕回來，寫立貶書為照，永不聽用了。」

眾猴鼓掌大笑道：「造化！造化！做甚麼和尚，且家來，帶攜我們耍子幾年罷！」叫：「快安排椰子酒來，與爺爺接風。」大聖道：「且莫飲酒。我問你：那打獵的人，幾時來我山上一度？」馬、流道：「大聖，不論甚麼時度，他逐日家在這裡纏擾。」大聖道：「他怎麼今日不來？」馬、流道：「看待來耶。」大聖吩咐：「小的們，都出去把那山土燒酥了的碎石頭與我搬將起來堆著。——或二三十個一堆，或五六十個一堆，堆著，我有用處。」那些小猴，都是一窩峰，一個個跳天搠地，亂搬了許多堆集。大聖看了，教：「小的們，都往洞內藏躲，讓老孫作法。」

那大聖上了山巔看處，只見那南半邊，冬冬鼓響，當當鑼鳴，閃上有千餘人馬，都架著鷹犬，持著刀槍。猴王仔細看那些人，來得凶險。好男子，真個驍勇！但見：

狐皮苫肩頂，錦綺裹腰胸。袋插狼牙箭，胯掛寶雕弓。
人似搜山虎，馬如跳澗龍。成群引著犬，滿膀架其鷹。
荊筐抬火炮，帶定海東青。粘竿百十擔，兔叉有千根。
牛頭攔路網，閻王扣子繩。一齊亂吆喝，散撒滿天星。

大聖見那些人布上他的山來，心中大怒。手裡捻訣，口內念念有詞，往那巽地上吸了一口氣，呼的吹將去，便是一陣狂風。好風！但見：

揚塵播土，倒樹摧林。海浪如山聳，渾波萬迭侵。乾坤昏蕩蕩，日月暗沉沉。一陣搖松如虎嘯，忽然入竹似龍吟。萬竅怒號天噫氣，飛砂走石亂傷人。

大聖作起這大風，將那碎石，乘風亂飛亂舞，可憐把那些千餘人馬，一個個：

石打烏頭粉碎，沙飛海馬俱傷。人參官桂嶺前忙，血染朱砂地上。附子難歸故里，檳榔怎得還鄉？屍骸輕粉臥山場，紅娘子家中盼望。（這是一首含有多種中藥材名的詞）

詩曰：

人亡馬死怎歸家？野鬼孤魂亂似麻。
可憐抖擻英雄將，不辨賢愚血染沙。

大聖按落雲頭，鼓掌大笑道：「造化！造化！自從歸順唐僧，做了和尚，他每每勸我話道：『千日行善，善猶不足；一日行惡，惡自有餘。』真有此話！我跟著他，打殺幾個妖精，他就怪我行凶；今日來家，卻結果了這許多獵戶。」叫：「小的們，出來！」那群猴，狂風過去，聽得大聖呼喚，一個個跳將出來。大聖道：「你們去南山下，把那打死的獵戶衣服，剝得來家，洗淨血跡，穿了遮寒；把死人的屍首，都推在那萬丈深潭裡；把死倒的馬，拖將來，剝了皮，做靴穿，將肉醃著，慢慢的食用；把那些弓箭槍刀，與你們操演武藝；將那雜色旗號，收來我用。」

群猴一個個領諾。那大聖把旗拆洗，總斗做一面雜彩花旗，上寫著「重修花果山，復整水簾洞，齊天大聖」十四字。豎起桿子，將旗掛於洞外，逐日招魔聚獸，積草屯糧，不題「和尚」二字。他的人情又大，手段又高，便去四海龍王，借些甘霖仙水，把山洗青了。前栽榆柳，後種松楠，桃李棗梅，無所不備，逍遙自在，樂業安居不題。

卻說唐僧聽信狡性，縱放心猿。攀鞍上馬，八戒前邊開路，沙僧挑著行李西行。過了白虎嶺，忽見一帶林丘，真個是藤攀葛繞，柏翠松青。三藏叫道：「徒弟呀，山路崎嶇，甚是難走，卻又松林叢簇，樹木森羅，切須仔細！恐有妖邪妖獸。」你看那呆子，抖擻精神，叫沙僧帶著馬，他使釘鈀開路，領唐僧徑入松林之內。正行處，那長老兜住馬道：「八戒，我這一日其實飢了，那裡尋些齋飯我吃？」八戒道：「師父請下馬，在此等老豬去尋。」長老下了馬，沙僧歇了擔，取出缽盂，遞與八戒。八戒道：「我去也。」長老問：「那裡去？」八戒道：「莫管，我這一去，鑽冰取火尋齋至，壓雪求油化飯來。」

你看他出了松林，往西行經十餘里，更不曾撞著一個人家，真是有狼虎無人煙的去處。那呆子走得辛苦，心內沉吟道：「當年行者在日，老和尚要的就有；今日輪到我的身上，誠所謂『當家才知柴米價，養子方曉父娘恩。』公道沒去化處。」卻又走得瞌睡上來，思道：「我若就回去，對老和尚說沒處化齋，他也不信我走了這許多路。須是再多幌個時辰，才好去回話。也罷，也罷，且往這草科裡睡睡。」呆子就把頭拱在草裡睡下。當時也只說朦朧朦朧就起來，豈知走路辛苦的人，丟倒頭，只管齁齁睡起。

且不言八戒在此睡覺。卻說長老在那林間，耳熱眼跳，身心不安。急回叫沙僧道：「悟能去化齋，怎麼這早晚還不回？」沙僧道：「師父，你還不曉得哩。他見這西方上人家齋僧的多，他肚子又大，他管你？只等他吃飽了才來哩。」三藏道：「正是呀；倘或他在那裡貪著吃齋，我們那裡會他？天色晚了，此間不是個住處，須要尋個下處方好哩。」沙僧道：「不打緊，師父，你且坐在這裡，等我去尋他來。」三藏道：「正是，正是；有齋沒齋罷了，只是尋下處要緊。」沙僧綽了寶杖，徑出松林來找八戒。

長老獨坐林中，十分悶倦。只得強打精神，跳將起來，把行李攢在一處，將馬拴在樹上，揀下戴的斗笠，插定了錫杖，整一整緇衣，徐步幽林，權為散悶。那長老看遍了野草山花，聽不得歸巢鳥噪。原來那林子內都是些草深路小的去處。只因他情思紊亂，卻走錯了。

他一來也是要散散悶，二來也是要尋八戒、沙僧；不期他兩個走的是直西路，長老轉了一會，卻走向南邊去了。出得松林，忽抬頭，見那壁廂金光閃爍，彩氣騰騰。仔細看處，原來是一座寶塔，金頂放光。這是那西落的日色，映著那金頂放亮。他道：「我弟子卻沒緣法哩！自離東土，發願逢廟燒香，見佛拜佛，遇塔掃塔。那放光的不是一座黃金寶塔？怎麼就不曾走那條路？塔下必有寺院，院內必有僧家，且等我走走。這行李、白馬，料此處無人行走，卻也無事。那裡若有方便處，待徒弟們來，一同借歇。」

噫！長老一時晦氣到了。你看他拽開步，竟至塔邊。但見那：

石崖高萬丈，山大接青霄。根連地厚，峰插天高。兩邊雜樹數千科，前後藤纏百餘里。花映草梢風有影，水流雲竇月無根。倒木橫擔深澗，枯藤結掛光峰。石橋下，流滾滾清泉；台座上，長明明白粉。遠觀一似三島天堂，近看有如蓬萊勝境。香松紫竹繞山溪，鴉鵲猿猴穿峻嶺。洞門外，有一來一往的走獸成行；樹林裡，有或出或入的飛禽作隊。青青香草秀，豔豔野花開。這所在分明是惡境，那長老晦氣撞將來。

那長老舉步進前，才來到塔門之下，只見一個斑竹簾兒，掛在裡面。他破步入門，揭起來，往裡就進，猛抬頭，見那石床上，側睡著一個妖魔，你道他怎生模樣：

青靛臉，白獠牙，一張大口呀呀。兩邊亂蓬蓬的鬢毛，卻都是些胭脂染色；三四紫巍巍的髭髯，恍疑是那荔枝排芽。鸚嘴般的鼻兒拱拱，曙星樣的眼兒巴巴。兩個拳頭，和尚缽盂模樣；一雙藍腳，懸崖榾柮椏槎。斜披著淡黃袍帳，賽過那織錦袈裟。拿的一口刀，精光耀映；眠的一塊石，細潤無瑕。他也曾小妖排蟻陣，他也曾老怪坐蜂衙。你看他威風凜凜，大家吆喝，叫一聲爺。他也曾月作三人壺酌酒，他也曾風生兩腋盞傾茶。你看他神通浩浩，霎著下眼，游遍天涯。荒林喧鳥雀，深莽宿龍蛇。仙子種田生白玉，道人伏火養丹砂。小小洞門，雖到不得那阿鼻地獄；楞楞妖怪，卻就是一個牛頭夜叉。

那長老看見他這般模樣，唬得打了一個倒退，遍體酥麻，兩腿酸軟，即忙的抽身便走。剛剛轉了一個身，那妖魔，他的靈性著實是強。大撐開著一雙金睛鬼眼，叫聲：「小的們，你看門外是甚麼人！」一個小妖就伸頭望門外一看，看見是個光頭的長老，連忙跑將進去，報道：「大王，外面是個和尚哩。團頭大面，兩耳垂肩；嫩刮刮的一身肉，細嬌嬌的一張皮：且是好個和尚！」那妖聞言，呵聲笑道：「這叫做個『蛇頭上蒼蠅，自來的衣食。』你眾小的們！疾忙趕上也，與我拿將來！我這裡重重有賞。」

那些小妖，就是一窩蜂，齊齊擁上。三藏見了，雖則是一心忙似箭，兩腳走如飛；終是心驚膽顫，腿軟腳麻。況且是山路崎嶇，林深日暮，步兒那裡移得動？被那些小妖，平抬將去。正是：

龍游淺水遭蝦戲，虎落平原被犬欺。
縱然好事多磨障，誰像唐僧西向時？

你看那眾小妖，抬得長老，放在那竹簾兒外，歡歡喜喜，報聲道：「大王，拿得和尚進來了。」那老妖，他也偷眼瞧一瞧。只見三藏頭直上，貌堂堂，果然好一個和尚。他便心中想道：「這等好和尚，必是上方人物，不當小可的；若不做個威風，他怎肯服降哩？」陡然間，就狐假虎威，紅鬚倒豎，血髮朝天，眼睛迸裂。大喝一聲道：「帶那和尚進來！」眾妖們，大家響響的答應了一聲「是！」就把三藏望裡面只是一推。這是「既在矮簷下，怎敢不低頭！」三藏只得雙手合著，與他見個禮。那妖道：「你是那裡和尚？從那裡來？到那裡去？快快說明！」三藏道：「我本是唐朝僧人，奉大唐皇帝敕命，前往西方訪求經偈。經過貴山，特來塔下謁聖，不期驚動威嚴，望乞恕罪。待往西方取得經回東土，永注高名也。」那妖聞言，呵呵大笑道：「我說是上邦人物，果然是你。正要吃你哩！卻來的甚好！甚好！不然，卻不錯放過了？你該是我口裡的食，自然要撞將來，就放也放不去，就走也走不脫！」叫小妖：「把那和尚拿去綁了！」果然那些小妖，一擁上前，把個長老繩纏索綁，縛在那定魂樁上。

老妖持刀又問道：「和尚，你一行有幾人？終不然一人敢上西天？」三藏見他持刀，又老實說道：「大王，我有兩個徒弟，叫做豬八戒、沙和尚，都出松林化齋去了。還有一擔行李，一匹白馬，都在松林裡放著哩。」老妖道：「又造化了！兩個徒弟，連你三個，連馬四個，彀吃一頓了！」小妖道：「我們去捉他來。」老妖道：「不要出去，把前門關了。他兩個化齋來，一定尋師父吃；尋不著，一定尋著我門上。常言道：『上門的買賣好做。』且等慢慢的捉他。」眾小妖把前門閉了。

且不言三藏逢災。卻說那沙僧出林找八戒，直有十餘里遠近，不曾見個莊村。他卻站在高埠上正然觀看，只聽得草中有人言語，急使杖撥開深草看時，原來是呆子在裡面說夢話哩。被沙僧揪著耳朵，方叫醒了。道：「好呆子啊！師父教你化齋，許你在此睡覺的？」那呆子冒冒失失的醒來道：「兄弟，有甚時候了？」沙僧道：「快起來！師父說有齋沒齋也罷，教你我那裡尋下住處去哩。」呆子懵懵懂懂的，托著鉢盂，鉗著釘鈀，與沙僧徑直回來。到林中看時，不見了師父。沙僧埋怨道：「都是你這呆子化齋不來，必有妖精拿師父也。」八戒笑道：「兄弟，莫要胡說。那林子裡是個清雅的去處，決然沒有妖精。想是老和尚坐不住，往那裡觀風去了。我們尋他去來。」二人只得牽馬挑擔，收拾了斗篷、錫杖，出松林尋找師父。

這一回，也是唐僧不該死。他兩個尋一會不見，忽見那正南下有金光閃灼。八戒道：「兄弟啊，有福的只是有福。你看師父往他家去了。那放光的是座寶塔。誰敢怠慢？一定要安排齋飯，留他在那裡受用。我們還不走動些，也趕上去吃些齋兒。」沙僧道：「哥啊，定不得吉凶哩。我們且去看來。」

二人雄糾糾的到了門前，——呀！閉著門哩。只見那門上橫安了一塊白玉石板，上鐫著六個大字：「碗子山波月洞」。沙僧道：「哥啊，這不是甚麼寺院，是一座妖精洞府也。我師父在這裡，也見不得哩。」八戒道：「兄弟莫怕。你且拴下馬匹，守著行李，待我問他的信看。」

那呆子舉著鈀，上前高叫：「開門！開門！」那洞內有把門的小妖，開了門，忽見他兩個的模樣，急抽身，跑入裡面報道：「大王！買賣來了！」老妖道：「那裡買賣？」小妖道：「洞門外有一個長嘴大耳的和尚，與一個晦氣色的和尚，來叫門了！」老妖大喜道：「是豬八戒和沙僧尋將來也！——噫，他也會尋哩！怎麼就尋到我這門上？既然嘴臉凶頑，卻莫要怠慢了他。」叫：「取披掛來！」小妖抬來，就結束了，綽刀在手，徑出門來。

卻說那八戒、沙僧，在門前正等，只見妖魔來得凶險。你道他怎生打扮：

青臉紅鬚赤髮飄，黃金鎧甲亮光鐃。
裹肚襯腰磲石帶，攀胸勒甲步雲絛。
閒立山前風吼吼，悶游海外浪滔滔。
一雙藍靛焦筋手，執定追魂取命刀。
要知此物名和姓，聲揚二字喚黃袍。

那黃袍老怪，出得門來，便問：「你是那方和尚，在我門首吆喝？」八戒道：「我兒子，你不認得？我是你老爺！我是大唐差往西天去的！我師父是那御弟三藏。若在你家裡，趁早送出來，省了我釘鈀築進去！」那怪笑道：「是，是，是有一個唐僧在我家。我也不曾怠慢他，安排些人肉包兒與他吃哩。你們也進去吃一個兒，何如？」

這呆子認真就要進去。沙僧一把扯住道：「哥啊，他哄你哩。你幾時又吃人肉哩？」呆子卻才省悟。掣釘鈀，望妖怪劈臉就築。那怪物側身躲過，使鋼刀急架相迎。兩個都顯神通，縱雲頭，跳在空中廝殺。沙僧撇了行李、白馬，舉寶杖，急急幫攻。此時兩個狠和尚，一個潑妖魔，在雲端裡，這一場好殺，正是那：

杖起刀迎，鈀來刀架。一員魔將施威，兩個神僧顯化。九齒鈀真個英雄，降妖杖誠然凶吒。沒前後左右齊來，那黃袍公然不怕。你看他蘸鋼刀晃亮如銀，其實的那神通也為廣大。

只殺得滿空中，霧繞雲迷；半山裡，崖崩嶺炸。一個為聲名，怎肯干休？一個為師父，斷然不怕。

他三個在半空中，往往來來，戰經數十回合，不分勝負。各因性命要緊，其實難解難分。畢竟不知怎救出唐僧，且聽下回分解。

第二十九回

脫難江流來國土　承恩八戒轉山林

詩曰：

妄想不復強滅，真如何必希求？本原自性佛前修，迷悟豈居前後？
悟即剎那成正，迷而萬劫沉流。若能一念合真修，滅盡恆沙罪垢。

卻說那八戒、沙僧與怪鬥經個三十回合，不分勝負。你道怎麼不分勝負？若論賭手段，莫說兩個和尚，就是二十個，也敵不過那妖精。只為唐僧命不該死，暗中有那護法神祇保著他；空中又有那六丁六甲、五方揭諦、四值功曹、一十八位護教伽藍，助著八戒、沙僧。

且不言他三人戰鬥。卻說那長老在洞裡悲啼，思量他那徒弟。眼中流淚道：「悟能啊，不知你在那個村中逢了善友，貪著齋供，悟淨啊，你又不知在那裡尋他，可能得會？豈知我遇妖魔，在此受難！幾時得會你們，脫了大難，早赴靈山！」

正當悲啼煩惱，忽見那洞裡走出一個婦人來，扶著定魂樁，叫道：「那長老，你從何來？為何被他縛在此處？」長老聞言，淚眼偷看，那婦人約有三十年紀。遂道：「女菩薩，不消問了。我已是該死的，走進你家門來也。要吃就吃了罷，又問怎的？」那婦人道：「我不是吃人的。我家離此西下，有三百餘里。那裡有座城，叫做寶象國。我是那國王的第三個公主，乳名叫做百花羞。只因十三年前，八月十五日夜，玩月中間，被這妖魔，一陣狂風攝將來，與他做了十三年夫妻。在此生兒育女，杳無音信回朝。思量我那父母，不能相見。你從何來，被他拿住？」唐僧道：「貧僧乃是差往西天取經者。不期閒步，誤撞在此。如今要拿住我兩個徒弟，一齊蒸吃哩。」那公主陪笑道：「長老寬心，你既是取經的，我救得你。那寶象國是你西方去的大路。你與我捎一封書兒去，拜上我那父母，我就教他饒了你罷。」三藏點頭道：「女菩薩，若還救得貧僧命，願做捎書寄信人。」

那公主急轉後面，即修了一紙家書，封固停當；到樁前解放了唐僧，將書付與。唐僧得解脫，捧書在手道：「女菩薩，多謝你活命之恩。貧僧這一去，過貴處，定送國王處。只恐日久年深，你父母不肯相認，奈何？切莫怪我貧僧打了誑語。」公主道：「不妨，我父王無子，止生我三個姊妹，若見此書，必有相看之意。」三藏緊緊袖了家書，謝了公主，就往外走。被公主扯住道：「前門裡你出不去！那些大小妖精，都在門外搖旗吶喊，擂鼓篩鑼；助著大王，與你徒弟廝殺哩。你往後門裡去罷。若是大王拿住，還審問審問；只恐小妖兒捉了，不分好歹，挾生兒傷了你的性命。等我去他面前，說個方便。若是大王放了你啊，待你徒弟討個示下，尋著你一同好走。」三藏聞言，磕了頭，謹依吩咐，辭別公主，躲離後門之外，不敢自行，將身藏在荊棘叢中。

卻說公主娘娘，心生巧計，急往前來，出門外，分開了大小群妖；只聽得叮叮當當，兵刃亂響。原來是八戒、沙僧與那怪在半空裡廝殺哩。這公主厲聲高叫道：「黃袍郎！」那妖王聽得公主叫喚，即丟了八戒、沙僧，按落雲頭，揪了鋼刀，攙著公主道：「渾家，有甚話說？」公主道：「郎君啊，我才時睡在羅幃之內，夢魂中，忽見個金甲神人。」妖魔道：「那個金甲神？上我門怎的？」公主道：「是我幼時，在宮裡，對神暗許下一樁心願：若得招個賢郎駙馬，上名山，拜仙府，齋僧布施。自從配了你，夫妻們歡會，到今不曾提起。那金甲神人來討誓願，喝我醒來，卻是南柯一夢。因此，急整容來郎君處訴知，不期那樁上綁著一個僧人，萬望郎君慈憫，看我薄意，饒了那個和尚罷。只當與我齋僧還願。不知郎君肯否？」那怪道：「渾家，你卻多心呐！甚麼打緊之事。我要吃人，那裡不撈幾個吃吃。這個把和尚，到得那裡，放他去罷。」公主道：「郎君，放他從後門裡去罷。」妖魔道：「奈煩哩。放他去便罷，又管他甚麼後門前門哩。」他遂綽了鋼刀，高叫道：「那豬八戒，你過來。我不是怕你，不與你戰；看著我渾家的分上，饒了你師父也。趁早去後門首，尋著他，往西方去罷。若再來犯我境界，斷乎不饒！」

那八戒與沙僧聞得此言，就如鬼門關上放回來的一般。即忙牽馬挑擔，鼠竄而行。轉過那波月洞，後門之外，叫聲：「師父！」那長老認得聲音，就在那荊棘中答應。沙僧就剖開草徑，攙著師父，慌忙的上馬。這裡：

狠毒險遭青面鬼，殷勤幸有百花羞。鰲魚脫卻金鉤釣，擺尾搖頭逐浪游。

八戒當頭領路，沙僧後隨，出了那松林，上了大路。你看他兩個嚌嚌嘈嘈，埋埋怨怨，三藏只是

第二十九回

脫難江流來國土　承恩八戒轉山林

解和。遇晚先投宿，雞鳴早看天。一程一程，長亭短亭，不覺的就走了二百九十九里。猛抬頭，只見一座好城，就是寶象國。真好個處所也：

雲渺渺，路迢迢；地雖千里外，景物一般饒。瑞靄祥煙籠罩，清風明月招搖。嵂嵂崒崒的遠山，大開圖畫；潺潺湲湲的流水，碎濺瓊瑤。可耕的連阡帶陌，足食的密蕙新苗。漁釣的幾家三澗曲，樵採的一擔兩峰椒。廓的廓，城的城，金湯鞏固；家的家，戶的戶，只斗逍遙。九重的高閣如殿宇，萬丈的層台似錦標。也有那太極殿、華蓋殿、燒香殿、觀文殿、宣政殿、延英殿：一殿殿的玉陛金階，擺列著文冠武弁；也有那大明宮、昭陽宮、長樂宮、華清宮、建章宮、未央宮：一宮宮的鐘鼓管籥，撒抹了閨怨春愁。也有禁苑的，露花勻嫩臉；也有御溝的，風柳舞纖腰。通衢上，也有個頂冠束帶的，盛儀容，乘五馬；幽僻中，也有個持弓挾矢的，撥雲霧，貫雙雕。花柳的巷，管弦的樓，春風不讓洛陽橋。取經的長老，回首大唐肝膽裂；伴師的徒弟，息肩小驛夢魂消。

看不盡寶象國的景致。師徒三眾，收拾行李、馬匹，安歇館驛中。

唐僧步行至朝門外，對閣門大使道：「有唐朝僧人，特來面駕，倒換文牒。乞為轉奏轉奏。」那黃門奏事官，連忙走至白玉階前奏道：「萬歲，唐朝有個高僧，欲求見駕，倒換文牒。」那國王聞知是唐朝大國，且又說是個方上聖僧，心中甚喜，即時准奏。叫：「宣他進來。」把三藏宣至金階，舞蹈山呼禮畢。兩邊文武多官，無不嘆道：「上邦人物，禮樂雍容如此！」那國王道：「長老，你到我國中何事？」三藏道：「小僧是唐朝釋子。承我天子敕旨，前往西方取經，原領有文牒，到陛下上國，理合倒換。故此不識進退，驚動龍顏。」國王道：「既有唐天子文牒，取上來看。」三藏雙手捧上去，展開放在御案上。牒云：

「南贍部洲大唐國奉天承運唐天子牒行：切惟朕以涼德，嗣續丕基，事神治民，臨深履薄，朝夕是惴。前者，失救涇河老龍，獲譴於我皇皇后帝，三魂七魄，倏忽陰司，已作無常之客。因有陽壽未絕，感冥君放送回生，廣陳善會，修建度亡道場。感蒙救苦觀世音菩薩，金身出現，指示西方有佛有經，可度幽亡，超脫孤魂。特著法師玄奘，遠歷千山，詢求經偈。倘到西邦諸國，不滅善緣，照牒放行。須至牒者。大唐貞觀一十三年，秋吉日，御前文牒。」（上有寶印九顆）

國王見了，取本國玉寶，用了花押，遞與三藏。

三藏謝了恩，收了文牒。又奏道：「貧僧一來倒換文牒，二來與陛下寄有家書。」國王大喜道：「有甚書？」三藏道：「陛下第三位公主娘娘，被碗子山波月洞黃袍妖攝將去，貧僧偶爾相遇，故寄書來也。」國王聞言，滿眼垂淚道：「自十三年前，不見了公主，兩班文武官，也不知貶退了多少；宮內宮外，大小婢子、太監，也不知打死了多少；只說是走出皇宮，迷失路徑，無處找尋；滿城中百姓人家，也盤詰（盤問）了無數，更無下落。怎知道是妖怪攝了去！今日乍聽得這句話，故此傷情流淚。」三藏袖中取出書來獻上。國王接了，見有「平安」二字，一發手軟，拆不開書。傳旨宣翰林院大學士上殿讀書。學士隨即上殿。殿前有文武多官，殿後有后妃宮女，俱側耳聽書。學士拆開朗誦。上寫道：

「不孝女百花羞頓首百拜大德父王萬歲龍鳳殿前，暨三宮母后昭陽宮下，及舉朝文武賢卿台次：拙女幸托坤宮，感激劬勞萬種。不能竭力怡顏，盡心奉孝。乃於十三年前，八月十五日，良夜佳辰，蒙父王恩旨，著各宮排宴，賞玩月華，共樂清霄盛會。正歡娛之間，不覺一陣香風，閃出個金睛藍面青髮魔王，將女擒住；駕祥光，直帶至半野山中無人處。難分難辨，被妖倚強，霸占為妻。是以無奈捱了一十三年。產下兩個妖兒，盡是妖魔之種。論此真是敗壞人倫，有傷風化，不當傳書玷辱；但恐女死之後，不顯分明。正含怨思憶父母，不期唐朝聖僧，亦被魔王擒住。是女滴淚修書，大膽放脫，特托寄此片楮，以表寸心。伏望父王垂憫，遣上將早至碗子山波月洞捉獲黃袍怪，救女回朝，深為恩念。草草欠恭，面聽不一。逆女百花羞再頓首！頓首！」

那學士讀罷家書，國王大哭，三宮滴淚，文武傷情，前前後後，無不哀念。

國王哭之許久，便問兩班文武：「那個敢興兵領將，與寡人捉獲妖魔，救我百花公主？」連問數聲，更無一人敢答。真是木雕成的武將，泥塑就的文官。

那國王心生煩惱，淚若湧泉。只見那多官齊俯伏奏道：「陛下且休煩惱。公主已失，至今一十三載無音，偶遇唐朝聖僧，寄書來此，未知的否。況臣等俱是凡人凡馬，習學兵書武略，止可布陣安營，保國家無侵凌之患。那妖精乃雲來霧去之輩，不得與他覿面相見，何以征救？想東土取經者，乃上邦聖僧。這和尚『道高龍虎伏，德重鬼神欽』，必有降妖之術。自古道：『來說是非者，就是是非人。』可就請這長老降妖邪，救公主，庶為萬全之策。」

那國王聞言，急回頭，便請三藏道：「長老若有手段，放法力，捉了妖魔，救我孩兒回朝，也不須上西方拜佛，長髮留頭，朕與你結為兄弟，同坐龍床，共享富貴如何？」三藏慌忙啟上道：「貧僧粗知念佛，其實不會降妖。」國王道：「你既不會降妖，怎麼敢上西天拜佛？」那長老瞞不過，說出兩個徒弟來了。奏道：「陛下，貧僧一人，實難到此。貧僧有兩個徒弟，善能逢山開路，遇水迭橋，保貧僧到此。」國王怪道：「你這和尚大沒理。既有徒弟，怎麼不與他一同進來見朕？若到朝中，雖無中意賞賜，必有隨分齋供。」三藏道：「貧僧那徒弟醜陋，不敢擅自入朝，但恐驚傷了陛下的龍體。」國王笑道：「你看你這和尚說話，終不然（難道）朕當怕他？」三藏道：「不敢說。我那大徒弟姓豬，法名悟能八戒。他生得長嘴獠牙，剛鬃扇耳，身粗肚大，行路生風。第二個徒弟姓沙，法名悟淨和尚。他生得身長丈二，臂闊三停，臉如藍靛，口似血盆，眼光閃灼，牙齒排釘。他都是這等個模樣，所以不敢擅領入朝。」國王道：「你既這等樣說了一遍，寡人怕他怎的？宣進來。」隨即著金牌至館驛（旅館）相請。

那呆子聽見來請，對沙僧道：「兄弟，你還不教下書哩。這才見了下書的好處。想是師父下了書，國王道：捎書人不可怠慢，一定整治筵宴待他；他的食腸不濟，有你我之心，舉出名來，故此著金牌來請。大家吃一頓，明日好行。」沙僧道：「哥啊，知道是甚緣故，我們且去來。」遂將行李、馬匹俱交付驛丞。各帶隨身兵器，隨金牌入朝。早行到白玉階前，左右立下，朝上唱個喏，再也不動。那文武眾官，無人不怕。都說道：「這兩個和尚，貌醜也罷，只是粗俗太甚！怎麼見我王更不下拜，喏畢平身，挺然而立！可怪！可怪！」八戒聽見道：「列位，莫要議論。我們是這般。乍看果有些醜；只是看下些時來，卻也耐看。」

那國王見他醜陋，已是心驚；及聽得那呆子說出話來，越發膽顫，就坐不穩，跌下龍床。幸有近侍官員扶起。慌得個唐僧，跪在殿前，不住的叩頭道：「陛下，貧僧該萬死！萬死！我說徒弟醜陋，不敢朝見，恐傷龍體，果然驚了駕也。」那國王戰兢兢，走近前，攙起道：「長老，還虧你先說過了；若未說，猛然見他，寡人一定唬殺了也！」國王定性多時，便問：「豬長老、沙長老，是那一位善於降妖？」那呆子不知好歹。答道：「老豬會降。」國王道：「怎麼家降？」八戒道：「我乃是天蓬元帥；只因罪犯天條，墮落下世，幸今皈正為僧。自從東土來此，第一會降妖的是我。」國王道：「既是天將臨凡，必然善能變化。」八戒道：「不敢，不敢，也將就曉得幾個變化兒。」國王道：「你試變一個我看看。」八戒道：「請出題目，照依樣子好變。」國王道：「變一個大的罷。」

那八戒他也有三十六般變化，就在階前，賣弄手段，卻便捻訣念咒，喝一聲叫「長！」把腰一躬，就長了有八九丈長，卻似個開路神一般。嚇得那兩班文武，戰戰兢兢；一國君臣，呆呆掙掙。時有鎮殿將軍問道：「長老，似這等變得身高，必定長到甚麼去處，才有止極？」那呆子又說出呆話來道：「看風。東風猶可，西北也將就；若有南風起，把青天也拱個大窟窿！」那國王大驚道：「收了神通罷。曉得是這般變化了。」八戒把身一矬，依然現了本相，侍立階前。

國王又問道：「長老此去，有何兵器與他交戰？」八戒腰裡掣出鈀來道：「老豬使的是釘鈀。」國王笑道：「可敗壞門面！我這裡有的是鞭、簡、爪、錘、刀、槍、鉞、斧，劍、戟、矛、鐮。隨你選稱手的拿一件去。那鈀算做甚麼兵器？」八戒道：「陛下不知。我這鈀，雖然粗夯，實是自幼隨身之器。曾在天河水府為帥，轄押八萬水兵，全仗此鈀之力。今臨凡世，保護吾師，逢山築破虎狼窩，遇水掀翻龍蜃穴，皆是此鈀。」國王聞得此言，十分歡喜心信。即命九嬪妃子：「將朕親用的御酒，整瓶取來，權與長老送行。」遂滿斟一爵，奉與八戒道：「長老，這杯酒，聊引奉勞之意；待捉得妖魔，救回小女，自有大宴相酬，千金重謝。」那呆子接杯在手，人物雖是粗魯，行事倒有斯文。對三藏唱個大喏道：「師父，這酒本該從你飲起；但君王賜我，不敢違背，讓老豬先吃了，助助興頭，好捉妖怪。」那呆子一飲而乾，才斟一爵，遞與師父。三藏道：「我不飲酒，你兄弟們吃罷。」沙僧近前接了。八戒就足下生雲，直上空裡。國王見了道：「豬長老又會騰雲！」

呆子去了，沙僧將酒亦一飲而乾，道：「師父！那黃袍怪拿住你時，我兩個與他交戰，只戰個平。今二哥獨去，恐戰不過他。」三藏道：「正是，徒弟啊，你可去與他幫幫功。」沙僧聞言，也縱雲跳將起去。那國王慌了，扯住唐僧道：「長老，你且陪寡人坐坐，也莫騰雲去了。」唐僧道：「可憐！可憐！我半步兒也去不得！」此時二人在殿上敘話不題。

卻說那沙僧趕上八戒道：「哥哥，我來了。」八戒道：「兄弟，你來怎的？」沙僧道：「師父叫我來幫幫功的。」八戒大喜道：「說得是，來得好。我兩個努力齊心，去捉那怪物，雖不怎的，也在此國揚揚姓名。」你看他：

靉靆祥光辭國界，氤氳瑞氣出京城。
領王旨意來山洞，努力齊心捉怪靈。

第二十九回

脫難江流來國土　承恩八戒轉山林

他兩個不多時，到了洞口，按落雲頭。八戒掣鈀，往那波月洞的門上，盡力氣一築，把他那石門築了斗來大小的個窟窿。唬得那把門的小妖開門，看見是他兩個，急跑進去報道：「大王，不好了！那長嘴大耳的和尚，與那晦氣臉的和尚，又來把門都打破了！」那怪驚道：「這個還是豬八戒、沙和尚二人。我饒了他師父，怎麼又敢復來打我的門！」小妖道：「想是忘了甚麼物件，來取的。」老怪咄的一聲道：「胡纏！忘了物件，就敢打上門來？必有緣故！」急整束了披掛，綽了鋼刀，走出來問道：「那和尚，我既饒了你師父，你怎麼又敢來打上我門？」八戒道：「你這潑怪幹得好事兒！」老魔道：「甚麼事？」八戒道：「你把寶象國三公主騙來洞內，倚強霸占為妻，住了一十三載，也該還他了。我奉國王旨意，特來擒你。你快快進去，自家把繩子綁縛出來，還免得老豬動手！」

那老怪聞言，十分發怒。你看他屹迸迸，咬響鋼牙；滴溜溜，睜圓環眼；雄糾糾，舉起刀來；赤淋淋，攔頭便砍。八戒側身躲過，使釘鈀劈面迎來；隨後又有沙僧舉寶杖趕上前齊打。這一場在山頭上賭鬥，比前不同。真個是：

　　言差語錯招人惱，意毒情傷怒氣生。這魔王大鋼刀，著頭便砍；那八戒九齒鈀，對面來迎。沙悟淨丟開寶杖，那魔王抵架神兵。一猛怪，二神僧，來來往往甚消停。這個說：「你騙國理該死罪！」那個說：「你羅閒事報不平！」這個說：「你強婚公主傷國體！」那個說：「不干你事莫閒爭！」算來只為捎書故，致使僧魔兩不寧。

他們在那山坡前，戰經八九個回合，八戒漸漸不濟將來，釘鈀難舉，氣力不加。你道如何這等戰他不過？當時初相戰鬥，有那護法諸神，為唐僧在洞，暗助八戒、沙僧，故僅得個手平；此時諸神都在寶象國護定唐僧，所以二人難敵。

那呆子道：「沙僧，你且上前來與他鬥著，讓老豬出恭來。」他就顧不得沙僧，一溜往那蒿草薜蘿，荊棘葛藤裡，不分好歹，一頓鑽進；那管刮破頭皮，搠傷嘴臉，一轂轆睡倒，再也不敢出來。但留半邊耳朵，聽著梆聲。

那怪見八戒走了，就奔沙僧。沙僧措手不及，被怪一把抓住，捉進洞去。小妖將沙僧四馬攢蹄捆住。畢竟不知端的性命如何，且聽下回分解。

第三十回
邪魔侵正法　意馬憶心猿

卻說那怪把沙僧捆住，也不來殺他，也不曾打他，罵也不曾罵他一句。綽起鋼刀，心中暗想道：「唐僧乃上邦人物，必知禮義；終不然我饒了他性命，又著他徒弟拿我不成？——噫！這多是我渾家有甚麼書信到他那國裡，走了風訊！等我去問他一問。」那怪陡起凶性，要殺公主。

卻說那公主不知，梳妝方畢，移步前來。只見那怪怒目攢眉，咬牙切齒。那公主還陪笑臉迎道：「郎君有何事這等煩惱？」那怪咄的一聲罵道：「你這狗心賤婦，全沒人倫！我當初帶你到此，更無半點兒說話。你穿的錦，戴的金，缺少東西我去尋。四時受用，每日情深。你怎麼只想你父母，更無一點夫婦心？」那公主聞說，嚇得跪倒在地。道：「郎君啊，你怎麼今日說起這分離的話？」那怪道：「不知是我分離，是你分離哩！我把那唐僧拿來，算計要他受用，你怎麼不先告過我，就放了他？原來是你暗地裡修了書信，教他替你傳寄；不然，怎麼這兩個和尚又來打上我門，教還你回去？這不是你干的事？」公主道：「郎君，你差怪我了。我何嘗有甚書去？」老怪道：「你還強嘴哩！現拿住一個對頭在此，卻不是證見？」公主道：「是誰？」老妖道：「是唐僧第二個徒弟沙和尚。」——原來人到了死處，誰肯認死，只得與他放賴。公主道：「郎君且息怒，我和你去問他一聲。果然有書，就打死了，我也甘心；假若無書，卻不枉殺了奴奴也？」那怪聞言，不容分說，掄開一隻簸箕大小的藍靛手，抓住那金枝玉葉的髮萬根，把公主揪上前，捽在地下，執著鋼刀，卻來審沙僧；咄的一聲道：「沙和尚！你兩個輒敢擅打上我們門來，可是這女子有書到他那國，國王教你們來的？」

沙僧已捆在那裡，見妖精凶惡之甚，把公主摜倒在地，持刀要殺。他心中暗想道：「分明是他有書去。——救了我師父。此是莫大之恩。我若一口說出，他就把公主殺了，此卻不是恩將仇報？罷！罷！罷！想老沙跟我師父一場，也沒寸功報效；今日已此被縛，就將此性命與師父報了恩罷。」遂喝道：「那妖怪不要無禮！他有甚麼書來，你這等枉他，要害他性命！我們來此問你要公主，有個緣故。只因你把我師父捉在洞中，我師父曾看見公主的模樣動靜。及至寶象國，倒換關文，那皇帝將公主畫影圖形，前後訪問。因將公主的形影，問我師父沿途可曾看見，我師父遂將公主說起，他故知是他兒女，賜了我等御酒，教我們來拿你，要他公主還宮。此情是實，何嘗有甚書信？你要殺就殺了我老沙，不可枉害平人，大虧天理！」

那妖見沙僧說得雄壯，遂丟了刀，雙手抱起公主道：「是我一時粗魯，多有衝撞，莫怪，莫怪。」遂與他挽了青絲，扶上寶髻，軟款溫柔，怡顏悅色，撮哄著他進去了。又請上坐陪禮，那公主是婦人家水性，見他錯敬，遂回心轉意道：「郎君啊，你若念夫婦的恩愛，可把那沙僧的繩子略放鬆些兒。」老妖聞言，即命小的們把沙僧解了繩子，鎖在那裡。沙僧見解縛鎖住，立起來，心中暗喜道：「古人云：『與人方便，自己方便。』我若不方便了他，他怎麼肯教把我鬆放鬆放？」

第三十回

邪魔侵正法　意馬憶心猿

那老妖又教安排酒席，與公主陪禮壓驚。吃酒到半酣，老妖忽的又換了一件鮮明的衣服，取了一口寶刀，佩在腰裡。轉過手，摸著公主道：「渾家，你且在家吃酒，看著兩個孩兒，不要放了沙和尚。趁那唐僧在那國裡，我也趕早兒去認認親也。」公主道：「你認甚親？」老妖道：「認你父王。我是他駙馬，他是我丈人，怎麼不去認認？」公主道：「你去不得。」老妖道：「怎麼去不得？」公主道：「我父王不是馬掙力戰的江山，他本是祖宗遺留的社稷。自幼兒是太子登基，城門也不曾遠出，沒有見你這等凶漢。你這嘴臉相貌，生得醜陋，若見了他，恐怕嚇了他，反為不美；卻不如不去認的還好。」老妖道：「既如此說，我變個俊的兒去便罷。」公主道：「你試變來我看看。」好怪物，他在那酒席間，搖身一變，就變做一個俊俏之人。真個生得：

形容典雅，體段崢嶸。言語多官樣，行藏正妙齡。才如子建成詩易，貌似潘安擲果輕。頭上戴一頂鵲尾冠，烏雲斂伏；身上穿一件玉羅褶，廣袖飄迎。足下烏靴花折，腰間鸞帶光明。豐神真是奇男子，聳壑軒昂美俊英。

公主見了，十分歡喜。那妖笑道：「渾家，可是變得好麼？」公主道：「變得好！變得好！你這一進朝啊，我父王是親不滅，一定著文武多官留你飲宴。倘吃酒中間，千千仔細，萬萬個小心，卻莫要現出原嘴臉來，露出馬腳，走了風訊，就不斯文了。」老妖道：「不消吩咐，自有道理。」

你看他縱雲頭，早到了寶象國。按落雲光，行至朝門之外。對閣門大使道：「三駙馬特來見駕，乞為轉奏轉奏。」那黃門奏事官來至白玉階前，奏道：「萬歲，有三駙馬來見駕，現在朝門外聽宣。」那國王正與唐僧敘話。忽聽得三駙馬，便問多官道：「寡人只有兩個駙馬，怎麼又有個三駙馬？」多官道：「三駙馬，必定是妖怪來了。」國王道：「可好宣他進來？」那長老心驚道：「陛下，妖精啊，不精者不靈。他能知過去未來，他能騰雲駕霧，宣他也進來，不宣他也進來，倒不如宣他進來，還省些口面。」

國王准奏叫宣，把怪宣至金階。他一般的也舞蹈山呼的行禮。多官見他生得俊麗，也不敢認他是妖精。他都是些肉眼凡胎，卻當做好人。那國王見他聳壑昂霄，以為濟世之梁棟。便問他：「駙馬，你家在那裡居住？是何方人氏？幾時得我公主配合？怎麼今日才來認親？」那老妖叩頭道：「主公，臣是城東碗子山波月莊人家。」國王道：「你那山離此處多遠？」老妖道：「不遠，只有三百里。」國王道：「三百里路，我公主如何得到那裡，與你匹配？」那妖精巧語花言，虛情假意的答道：「主公，微臣自幼兒好習弓馬，採獵為生。那十三年前，帶領家童數十，放鷹逐犬，忽見一隻斑斕猛虎，身馱著一個女子，往山坡下走。是微臣兜弓一箭，射倒猛虎，將女子帶上本莊，把溫水溫湯灌醒，救了他性命。因問他是那裡人家，他更不曾題『公主』二字。早說是萬歲的三公主，怎敢欺心，擅自配合？當得進上金殿，大小討一個官職榮身。只因他說是民家之女，才被微臣留在莊所。女貌郎才，兩相情願，故配合至此多年。當時配合之後，欲將那虎宰了，邀請諸親，卻是公主娘娘教且莫殺。其不殺之故，有幾句言詞，道是甚好。說道：

托天托地成夫婦，無媒無證配婚姻。
前世赤繩曾繫足，今將老虎做媒人。

臣因此言，故將虎解了索子，饒了他性命。那虎帶著箭傷，跑蹄剪尾而去。不知他得了性命，在那山中，修了這幾年，煉體成精，專一迷人害人。臣聞得昔年也有幾次取經的，都說是大唐來的唐僧；想是這虎害了唐僧，得了他文引，變作那取經的模樣，今在朝中哄騙主公。主公啊，那繡墩上坐的，正是那十三年前馱公主的猛虎，不是真正取經之人！」

你看那水性的君王，愚迷肉眼，不識妖精，轉把他一片虛詞，當了真實。道：「賢駙馬，你怎的認得這和尚是馱公主的老虎？」那妖道：「主公，臣在山中，吃的是老虎，穿的也是老虎，與他同眠同起，怎麼不認得？」國王道：「你既認得，可教他現出本相來看。」怪物道：「借半盞淨水，臣就教他現了本相。」國王命官取水，遞與駙馬。那怪接水在手，縱起身來，走上前，使個「黑眼定身法」。念了咒語，將一口水望唐僧噴去，叫聲「變！」那長老的真身，隱在殿上，真個變作一隻斑斕猛虎。此時君臣同眼觀看，那隻虎生得：

白額圓頭，花身電目。四隻蹄，挺直崢嶸；二十爪，鉤彎鋒利。鋸牙包口，尖耳連眉。
獰猙壯若大貓形，猛烈雄如黃犢樣。剛鬚直直插銀條，刺舌騂騂噴惡氣。果然是隻猛斑斕，
陣陣威風吹寶殿。

國王一見，魄散魂飛。唬得那多官盡皆躲避。有幾個大膽的武將，領著將軍、校尉一擁上前，使各項兵器亂砍。這一番，不是唐僧該有命不死，就是二十個僧人，也打為肉醬。此時幸有丁甲、揭諦、功曹、護教諸神，暗在半空中護佑，所以那些人，兵器皆不能打傷。眾臣嚷到天晚，才把那虎活

活的捉了。用鐵繩鎖了，放在鐵籠裡，收於朝房之內。

那國王卻傳旨，教光祿寺大排筵宴，謝駙馬救拔之恩。不然，險被那和尚害了。當晚眾臣朝散，那妖魔進了銀安殿。又選十八個宮娥彩女，吹彈歌舞，勸妖魔飲酒作樂。那怪物獨坐上席，左右排列的，都是那豔質嬌姿。你看他受用。飲酒至二更時分，醉將上來，忍不住胡為。跳起身，大笑一聲，現了本相。陡（突然）發兇心，伸開簸箕大手，把一個彈琵琶的女子，抓將過來，扢咋的把頭咬了一口。嚇得那十七個宮娥，沒命的前後亂跑亂藏。你看那：

宮娥悚懼，彩女忙驚。宮娥悚懼，一似雨打芙蓉籠夜雨；彩女忙驚，就如風吹芍藥舞春風。摔碎琵琶顧命，跌傷琴瑟逃生。出門那分南北，離殿不管西東。磕損玉面，撞破嬌容。人人逃命走，各各奔殘生。

那些人出去，又不敢吆喝。夜深了，又不敢驚駕。都躲在那短牆簷下，戰戰兢兢不題。

卻說那怪物坐在上面，自斟自酌。喝一盞，扳過人來，血淋淋的啃上兩口。他在裡面受用，外面人盡傳道：「唐僧是個虎精！」亂傳亂嚷，嚷到金亭館驛。此時驛裡無人，止有白馬在槽上吃草吃料。他本是西海小龍王，因犯天條，鋸角退鱗，變白馬，馱唐僧往西方取經。忽聞人講唐僧是個虎精，他也心中暗想道：「我師父分明是個好人，必然被怪把他變做虎精，害了師父。怎的好！怎的好！大師兄去得久了；八戒、沙僧，也無音信！」他只捱到二更時分，萬籟無聲，卻才跳將起來道：「我今若不救唐僧，這功果休矣！休矣！」他忍不住，頓絕韁繩，抖鬆鞍轡，急縱身，忙顯化，依然化作龍。駕起烏雲，直上九霄空裡觀看。有詩為證。詩曰：

　　三藏西來拜世尊，途中偏有惡妖氛。
　　今宵化虎災難脫，白馬垂韁救主人。

小龍王在半空裡，只見銀安殿內，燈燭輝煌。原來那八個滿堂紅（鐵製木漆的蠟燭架）上，點著八根蠟燭。低下雲頭，仔細看處，那妖魔獨自個在上面，逼法的飲酒吃人肉哩。小龍笑道：「這廝不濟！走了馬腳，識破風訊，屣扁秤鉈了。吃人，可是個長進的！卻不知我師父下落如何，倒遇著這個潑怪。且等我去戲他一戲。若得手，拿住妖精再救師父不遲。」

好龍王，他就搖身一變，也變做個宮娥。真個身體輕盈，儀容嬌媚。忙移步走入裡面，對妖魔道聲萬福：「駙馬啊，你莫傷我性命，我來替你把盞。」那妖道：「斟酒來。」小龍接過壺來，將酒斟在他盞中，酒比盅高出三五分來，更不漫出。這是小龍使的「逼水法」。那怪見了不識，心中喜道：「你有這般手段？」小龍道：「還斟得有幾分高哩。」那怪道：「再斟上！再斟上！」他舉著壺，只情斟，那酒只情高，就如十三層寶塔一般，尖尖滿滿，更不漫出些須。那怪物伸過嘴來，吃了一盅；扳著死人，吃了一口。道：「會唱麼？」小龍道：「也略曉得些兒。」依腔韻唱了一個小曲，又奉了一盅。那怪道：「你會舞麼？」小龍道：「也略曉得些兒；但只是素手，舞得不好看。」那怪揭起衣服，解下腰間所佩寶劍，掣出鞘來，遞與小龍。小龍接了刀，就留心，在那酒席前，上三下四，左五右六，丟開了花刀法。

那怪看得眼吒，小龍丟了花字，望妖精劈一刀來。好怪物，側身躲過，慌了手腳，舉起一根滿堂紅，架住寶刀。那滿堂紅原是熟鐵打造的，連柄有八九十斤。兩個出了銀安殿，小龍現了本相，卻駕起雲頭，與那妖魔在那半空中相殺。這一場，黑地裡好殺！怎見得：

那一個是碗子山生成的怪物，這一個是西洋海罰下的真龍。一個放毫光，如噴白電；一個生銳氣，如迸紅雲。一個好似白牙老象走人間，一個就如金爪狸貓飛下界。一個是擎天玉柱，一個是架海金梁。銀龍飛舞，黃鬼翻騰。左右寶刀無怠慢，往來不歇滿堂紅。

他兩個在雲端裡，戰勾八九回合，小龍的手軟筋麻，老魔的身強力壯。小龍抵敵不住，飛起刀去，砍那妖怪，妖怪有接刀之法，一隻手接了寶刀，一隻手拋下滿堂紅便打，小龍措手不及，被他把後腿上著了一下。急慌慌按落雲頭，多虧了御水河救了性命。小龍一頭鑽下水去。那妖魔趕來尋他不見，執了寶刀，拿了滿堂紅，回上銀安殿，照舊吃酒睡覺不題。

卻說那小龍潛於水底，半個時辰聽不見聲息，方才咬著牙，忍著腿疼跳將起去，踏著烏雲，徑轉館驛。還變作依舊馬匹，伏於槽下。可憐渾身是水，腿有傷痕。那時節：

意馬心猿都失散，金公木母盡雕零。
黃婆傷損通分別，道義消疏怎得成！

第三十回
邪魔侵正法　意馬憶心猿

且不言三藏逢災，小龍敗戰。卻說那豬八戒，從離了沙僧，一頭藏在草科（今為「窠」）裡，拱了一個豬渾塘。這一覺，直睡到半夜時候才醒。醒來時，又不知是甚麼去處，摸摸眼，定了神思，側耳才聽，噫！正是那山深無犬吠，野曠少雞鳴。他見那星移斗轉，約莫有三更時分，心中想道：「我要回救沙僧，誠然是『單絲不線，孤掌難鳴』。罷！罷！罷！我且進城去見了師父，奏准當今，再選些驍勇人馬，助著老豬明日來救沙僧罷。」

那呆子急縱雲頭，徑回城裡。半霎時，到了館驛。此時人靜月明。兩廊下尋不見師父。只見白馬睡在那廂，渾身水濕，後腿有盤子大小一點青痕。八戒失驚道：「雙晦氣了！這亡人又不曾走路，怎麼身上有汗，眼有青痕？想是歹人打劫師父，把馬打壞了。」那白馬認得是八戒，忽然口吐人言，叫聲：「師兄！」這呆子嚇了一跌。爬起來，往外要走，被那馬探探身，一口咬住皂衣，道：「哥啊，你莫怕我。」八戒戰兢兢的道：「兄弟，你怎麼今日說起話來了？你但說話，必有大不祥之事。」小龍道：「你知師父有難麼？」八戒道：「我不知。」小龍道：「你是不知！你與沙僧在皇帝面前弄了本事，思量拿到妖魔，請功求賞，不想妖魔本領大，你們手段不濟，禁他不過。好道著一個回來，說個信息是，卻更不聞音。那妖精變做一個俊俏文人，撞入朝中，與皇帝認了親眷。把我師父變作一個斑斕猛虎，見被眾臣捉住，鎖在朝房鐵籠裡面。我聽得這般苦惱，心如刀割。你兩日又不在不知，恐一時傷了性命。只得化龍身去救，不期到朝裡，又尋不見師父。及到銀安殿外，遇見妖精，我又變做個宮娥模樣，哄那怪物。那怪叫我舞刀他看，遂爾留心，砍他一刀，早被他閃過，雙手舉個滿堂紅，把我戰敗，我又飛刀砍去，他又把刀接了，摔下滿堂紅，把我後腿上著了一下；故此鑽在御水河，逃得性命。腿上青是他滿堂紅打的。」

八戒聞言道：「真個有這樣事？」小龍道：「莫成我哄你了！」八戒道：「怎的好！怎的好！你可掙得動麼？」小龍道：「我掙得動便怎的？」八戒道：「你掙得動，便掙下海去罷。把行李等老豬挑去高老莊上，回爐做女婿去呀。」小龍聞說，一口咬住他直裰子，那裡肯放。止不住眼中滴淚道：「師兄啊！你千萬休生懶惰！」八戒道：「不懶惰便怎麼？沙兄弟已被他拿住，我是戰不過他，不趁此散伙，還等甚麼？」

小龍沉吟半晌，又滴淚道：「師兄啊，莫說散伙的話。若要救得師父，你只去請個人來。」八戒道：「教我請誰麼？」小龍道：「你趁早兒駕雲回上花果山，請大師兄孫行者來。他還有降妖的大法力，管尋救了師父，也與你我報得這敗陣之仇。」八戒道：「兄弟，另請一個兒便罷了。那猴子與我有些不睦。前者在白虎嶺上，打殺了那白骨夫人，他怪我攛掇師父念《緊箍兒咒》。我也只當耍子，不想那老和尚當真的念起來，就把他趕逐回去。他不知怎麼樣的惱我。他也決不肯來。倘或言語上，略不相對，他那哭喪棒又重，假若不知高低，撈上幾下，我怎的活得成麼？」小龍道：「他決不打你。他是個有仁有義的猴王。你見了他，且莫說師父有難，只說：『師父想你哩。』把他哄將來，到此處，見這樣個情節，他必然不忿，斷乎要與那妖精比並，管情拿得那妖精，救得我師父。」八戒道：「也罷，也罷。你倒這等盡心，我若不去，顯得我不盡心了。我這一去，果然行者肯來，我就與他一路來了；他若不來，你卻也不要望我，我也不來了。」小龍道：「你去，你去；管情他來也。」真個呆子收拾了釘鈀，整束了直裰，跳將起去，踏著雲，徑往東來。這一回，也是唐僧有命。那呆子正遇順風，撐起兩個耳朵，好便似風篷一般，早過了東洋大海，按落雲頭。不覺的太陽星上，他卻入山尋路。

第三十回

邪魔侵正法　意馬憶心猿

正行之際，忽聞得有人言語。八戒仔細看時，原來是行者在山凹裡，聚集群妖。他坐在一塊石頭崖上，面前有一千二百多猴子，分序排班，口稱「萬歲！大聖爺爺！」八戒道：「且是好受用！且是好受用！怪道他不肯做和尚，只要來家哩！原來有這些好處，許大的家業，又有這多的小猴伏侍！若是老豬有這一座山場，也不做甚麼和尚了。如今既到這裡，卻怎麼好？必定要見他一見是。」那呆子有些怕他，又不敢明明的見他；卻往草崖邊，溜啊溜的，溜在那一千二三百猴子當中擠著，也跟那些猴子磕頭。

不知孫大聖坐得高，眼又乖滑，看得他明白。便問：「那班部中亂拜的是個夷人（外人）。是那裡來的？拿上來！」說不了，那些小猴，一窩蜂，把個八戒推將上來，按倒在地。行者道：「你是那裡來的夷人？」八戒低著頭道：「不敢，承問了；不是夷人，是熟人，熟人。」行者道：「我這大聖部下的群猴，都是一般模樣。你這嘴臉生得各樣（特別），相貌有些雷堆（蠢笨），定是別處來的妖魔。既是別處來的，若要投我部下，先來遞個腳色手本，報了名字，我好留你在這隨班點扎。若不留你，你敢在這裡亂拜！」八戒低著頭，拱著嘴道：「不羞！就拿出這副嘴臉來了！我和你兄弟也做了幾年，又推認不得，說是甚麼夷人！」行者笑道：「抬起頭來我看。」那呆子把嘴往上一伸道：「你看麼！你認不得我，好道認得嘴耶！」行者忍不住笑道：「豬八戒。」他聽見一聲叫，就一轂轆跳將起來道：「正是！正是！我是豬八戒！」他又思量道：「認得就好說話了。」

行者道：「你不跟唐僧取經去，卻來這裡怎的？想是你衝撞了師父，師父也貶你回來了？有甚貶書，拿來我看。」八戒道：「不曾衝撞他。他也沒甚麼貶書，也不曾趕我。」行者道：「既無貶書，又不曾趕你，你來我這裡怎的？」八戒道：「師父想你，著我來請你的。」行者道：「他也不請我，他也不想我。他那日對天發誓，親筆寫了貶書，怎麼又肯想我，又肯著你遠來請我？我斷然也是不好去的。」八戒就地扯個謊，忙道：「委是想你！委是想你！」行者道：「他怎的想我來？」八戒道：「師父在馬上正行，叫聲『徒弟』，我不曾聽見，沙僧又推耳聾；師父就想起你來，說我們不濟，說你還是個聰明伶俐之人，常時聲叫聲應，問一答十。因這般想你，專專教我來請你的。萬望你去走走，一則不辜他仰望之心，二來也不負我遠來之意。」

行者聞言，跳下崖來，用手攙住八戒道：「賢弟，累你遠來，且和我要耍兒去。」八戒道：「哥啊，這個所在路遠，恐師父盼望去遲，我不耍子了。」行者道：「你也是到此一場，看看我的山景何如。」那呆子不敢苦辭，只得隨他走走。

二人攜手相攙，概眾小妖隨後，上那花果山極巔之處。好山！自是那大聖回家，這幾日，收拾得復舊如新。但見那：

青如削翠，高似摩雲。周圍有虎踞龍蟠，四面多猿啼鶴唳。朝出雲封山頂，暮觀日掛林間。流水潺潺鳴玉珮，澗泉滴滴奏瑤琴。山前有崖峰峭壁，山後有花木穠華。上連玉女洗頭盆，下接天河分派水。乾坤結秀賽蓬萊，清濁育成真洞府。丹青妙筆畫時難，仙子天機描不就。玲瓏怪石石玲瓏，玲瓏結彩嶺頭峰。日影動千條紫豔，瑞氣搖萬道紅霞。洞天福地人間有，遍山新樹與新花。

八戒觀之不盡，滿心歡喜道：「哥啊，好去處！果然是天下第一名山！」行者道：「賢弟，可過得日子麼？」八戒笑道：「你看師兄說的話。寶山乃洞天福地之處，怎麼說度日之言也？」二人談笑多時，下了山。只見路旁有幾個小猴，捧著紫巍巍的葡萄，香噴噴的梨棗，黃森森的枇杷，紅豔豔的楊梅，跪在路旁，叫道：「大聖爺爺，請進早膳。」行者笑道：「我豬弟食腸大，卻不是以果子作膳的。──也罷，也罷，莫嫌菲薄，將就吃個兒當點心罷。」八戒道：「我雖食腸大，卻也隨鄉入俗是。拿來，拿來，我也吃幾個兒嘗新。」

二人吃了果子，漸漸日高。那呆子恐怕誤了救唐僧，只管催促道：「哥哥，師父在那裡盼望我和你哩。望你和我早早兒去罷。」行者道：「賢弟，請你往水簾洞裡去耍耍。」八戒堅辭道：「多感老兄盛意。奈何師父久等，不勞進洞罷。」行者道：「既如此，不敢久留，請就此處奉別。」八戒道：「哥哥，你不去了？」行者道：「我往那裡去？我這裡，天不收，地不管，自由自在，不耍子兒，做甚麼和尚？我是不去，你自去罷。但上覆唐僧：既趕退了，再莫想我。」呆子聞言，不敢苦逼，只恐逼發他性子，一時打上兩棍。無奈，只得喏喏告辭，找路而去。

行者見他去了，即差兩個溜撒的小猴，跟著八戒，聽他說些甚麼。真個那呆子下了山，不上三四裡路，回頭指著行者，口裡罵道：「這個猴子，不做和尚，倒做妖怪！這個猢猻！我好意來請他，他卻不去！──你不去便罷！」走幾步，又罵幾聲。那兩個小猴，急跑回來報道：「大聖爺爺，那豬八戒不大老實，他走走兒，罵幾聲。」行者大怒。叫：「拿將來！」那眾猴滿地飛來趕上，把個八戒，扛翻倒了，抓鬃扯耳，拉尾揪毛，捉將回去。畢竟不知怎麼處治，性命死活若何，且聽下回分解。

第三十一回　豬八戒義激猴王　孫行者智降妖怪

義結孔懷（兄弟），法歸本性。金順木馴成正果，心猿木母合丹元。共登極樂世界，同來不二法門。經乃修行之總徑，佛配自己之元神。兄和弟會成三契，妖與魔色應五行。剪除六門趣，即赴大雷音。

卻說那呆子被一窩猴子捉住了，扛抬扯拉，把一件直裰子揪破。口裡嘮嘮叨叨的，自家念誦道：「罷了！罷了！這一去有個打殺的情了！」不一時，到洞口。那大聖坐在石崖之上，罵道：「你這饢糠的夯貨！你去便罷了，怎麼罵我？」八戒跪在地下道：「哥啊，我不曾罵你；若罵你，就嚼了舌頭根。我只說哥哥不去，我自去報師父便了。怎敢罵你。」行者道：「你怎麼瞞得過我？我這左耳往上一扯，曉得三十三天人說話；我這右耳往下一扯，曉得十代閻王與判官算賬。你今走路把我罵，我豈不聽見？」八戒道：「哥啊，我曉得。你賊頭鼠腦的，一定又變作個甚麼東西兒，跟著我聽的。」行者叫：「小的們，選大棍來！先打二十個見面孤拐，再打二十個背花，然後等我使鐵棒與他送行！」

八戒慌得磕頭道：「哥哥，千萬看師父面上，饒了我罷！」行者道：「我想那師父好仁義兒哩！」八戒又道：「哥哥，不看師父啊，請看海上菩薩之面，饒了我罷！」

行者見說起菩薩，卻有三分兒轉意道：「兄弟，既這等說，我且不打你。你卻老實說，不要瞞我。那唐僧在那裡有難，你卻來此哄我？」八戒道：「哥哥，沒甚難處，實是想你。」行者罵道：「這個好打的夯貨！你怎麼還要者囂（隱瞞）？我老孫身回水簾洞，心逐取經僧。那師父步步有難，處處該災。你趁早兒告誦我，免打！」

八戒聞得此言，叩頭上告道：「哥啊，分明要瞞著你，請你去的；不期你這等樣靈。饒我打，放我起來說罷。」行者道：「也罷，起來說。」眾猴撒開手，那呆子跳得起來，兩邊亂張。行者道：「你張甚麼？」八戒道：「看看那條路兒空闊，好跑。」行者道：「你跑到那裡？我就讓你先走三日，老孫自有本事趕轉你來！快早說來！這一惱發我的性子，斷不饒你！」

八戒道：「實不瞞哥哥說。自你回後，我與沙僧，保師父前行。只見一座黑松林，師父下馬，教我化齋。我因許遠，無一個人家，辛苦了，略在草裡睡睡。不想沙僧別了師父，又來尋我。你曉得師父沒有坐性；他獨步林間玩景，出得林，見一座黃金寶塔放光，他只當寺院，不期塔下有個妖精，名喚黃袍，被他拿住。後邊我與沙僧回尋。止見白馬、行囊，不見師父，隨尋至洞口，與那怪廝殺。師父在洞，幸虧了一個救星。原是寶象國王第三個公主，被那怪攝來者。他修了一封家書，托師父寄去，遂說方便，解放了師父。到了國中，遞了書子，那國王就請師父降妖，取回公主。哥啊，你曉得，那老和尚可會降妖？我二人復去與戰。不知那怪神通廣大，將沙僧又捉了。我敗陣而走，伏在草中。那怪變做個俊俏文人入朝，與國王認親，把師父變作老虎。又虧了白龍馬夜現龍身，去尋師父。

師父倒不曾尋見，卻遇著那怪在銀安殿飲酒。他變一宮娥，與他巡酒、舞刀，欲乘機而砍，反被他用滿堂紅打傷馬腿。就是他教我來請師兄的，說道：『師兄是個有仁有義的君子。君子不念舊惡，一定肯來救師父一難。』萬望哥哥念『一日為師，終身為父』之情，千萬救他一救！」

行者道：「你這個呆子！我臨別之時，曾叮嚀又叮嚀，說道：『若有妖魔捉住師父，你就說老孫是他大徒弟。』怎麼卻不說我？」八戒又思量道：「請將不如激將，等我激他一激。」道：「哥啊，不說你還好哩；只為說你，他一發無狀！」行者道：「怎麼說？」八戒道：「我說：『妖精，你不要無禮，莫害我師父！我還有個大師兄，叫做孫行者。他神通廣大，善能降妖。他來時教你死無葬身之地！』那怪聞言，越加忿怒，罵道：『是個甚麼孫行者，我可怕他！他若來，我剝了他皮，抽了他筋，啃了他骨，吃了他心！——饒他猴子瘦，我也把他剁鮓著油烹！』」

行者聞言，就氣得抓耳撓腮，暴躁亂跳道：「是那個敢這等罵我！」八戒道：「哥哥息怒，是那黃袍怪這等罵來，我故學與你聽也。」行者道：「賢弟，你起來。不是我去不成；既是妖精敢罵我，我就不能不降他。我和你去。老孫五百年前大鬧天宮，普天的神將看見我，一個個控背躬身（彎腰致敬），口口稱呼大聖。這妖怪無禮，他敢背前面後罵我！我這去，把他拿住，碎屍萬段，以報罵我之仇！報畢，我即回來。」八戒道：「哥哥，正是。你只去拿了妖精，報了你仇，那時來與不來，任從尊命。」

那猴才跳下崖，撞入洞裡，脫了妖衣。整一整錦直裰，束一束虎皮裙，執了鐵棒，徑出門來。慌得那群猴攔住道：「大聖爺爺，你往那裡去？帶挈我們耍子幾年也好。」行者道：「小的們，你說那裡話！我保唐僧的這樁事，天上地下，都曉得孫悟空是唐僧的徒弟。他倒不是趕我回來，倒是教我來家看看，送我來家自在耍子。如今只因這件事，你們卻都要仔細看守家業，依時插柳栽松，毋得廢墜。——待我還去保唐僧，取經回東土。功成之後，仍回來與你們共樂天真。」眾猴各各領命。

那大聖才和八戒攜手駕雲，離了洞，過了東洋大海，至西岸，住雲光，叫道：「兄弟，你且在此慢行，等我下海去淨淨身子。」八戒道：「忙忙的走路，且淨甚麼身子？」行者道：「你那裡知道。我自從回來，這幾日弄得身上有些妖精氣了。師父是個愛乾淨的，恐怕嫌我。」八戒於此始識得行者是片真心，更無他意。

須臾洗畢，復駕雲西進。只見那金塔放光。八戒指道：「那不是黃袍怪家？沙僧還在他家裡。」行者道：「你在空中，等我下去看看那門前如何，好與妖精見陣。」八戒道：「不要去，妖精不在家。」行者道：「我曉得。」

好猴王，按落祥光，徑至洞門外觀看。只見有兩個小孩子，在那裡使彎頭棍，打毛球，搶窩耍子哩。一個有十來歲，一個有八九歲。正戲處，被行者趕上前，也不管他是張家李家的，一把抓著頂搭子，提將過來。那孩子吃了唬，口裡夾罵帶哭的亂嚷，驚動那波月洞的小妖，急報與公主道：「奶奶，不知甚人把二位公子搶去也！」原來那兩個孩子是公主與那怪生的。

公主聞言，忙忙走出洞門來。只見行者提著兩個孩子，站在那高崖之上，意欲往下摜。慌得那公主厲聲高叫道：「那漢子，我與你沒甚相干，怎麼把我兒子拿去？他老子利害，有些差錯，決不與你干休！」行者道：「你不認得我？我是那唐僧的大徒弟孫悟空行者。我有個師弟沙和尚在你洞裡。你去放他出來，我把這兩個孩兒還你。似這般兩個換一個，還是你便宜。」那公主聞言，急往裡面，喝退那幾個把門的小妖，親動手，把沙僧解了。沙僧道：「公主，你莫解我，恐你那怪來家，問你要人，帶累你受氣。」公主道：「長老啊，你是我的恩人，你替我折辯了家書，救了我一命，我也留心放你；不期洞門之外，你有個大師兄孫悟空來了，叫我放你哩。」

噫！那沙僧一聞孫悟空的三個字，好便似醍醐灌頂，甘露滋心。一面天生喜，滿腔都是春。也不似聞得個人來，就如拾著一方金玉一般。你看他捽手拂衣，走出門來，對行者施禮道：「哥哥，你真是從天而降也！萬乞救我一救！」行者笑道：「你這個沙尼！師父念《緊箍兒咒》，可肯替我方便一聲？都弄嘴施展！要保師父，如何不走西方路，卻在這裡『蹲』甚麼？」沙僧道：「哥哥，不必說了。君子人既往不咎。我等是個敗軍之將，不可語勇，救我救兒罷！」行者道：「你上來。」沙僧才縱身跳上石崖。

卻說那八戒停立空中，看見沙僧出洞，即按下雲頭，叫聲：「沙兄弟，心忍！心忍！」沙僧見身道：「二哥，你從那裡來？」八戒道：「我昨日敗陣，夜間進城，會了白馬，知師父有難，被黃袍使法，變做個老虎。那白馬與我商議，請師兄來的。」行者道：「呆子，且休敘闊，把這兩個孩子，你抱著一個，先進那寶象城去激那怪來，等我在這裡打他。」沙僧道：「哥啊，怎麼樣激他？」行者道：「你兩個駕起雲，站在那金鑾殿上，莫分好歹，把那孩子往那白玉階前一摜。有人問你是甚人，你便說是黃袍妖精的兒子，被我兩個拿將來也。那怪聽見，管情回來，我卻不須進城與他鬥了。若在城上廝殺，必要噴雲曖霧，播土揚塵，驚擾那朝廷與多官黎庶，俱不安也。」八戒笑道：「哥哥，你但干事，就左（騙）我們。」行者道：「如何為左你？」八戒道：「這兩個孩子，被你抓來，已此唬破膽了；這一會聲都哭啞，再一會必死無疑；我們拿他往下一摜，摜做個肉砣子，那怪趕上肯放？定要我兩個償命。你卻還不是個乾淨人！——連見證也沒你，你卻不是左我們？」行者道：「他若扯你，你兩個就與他打將這裡來。這裡有戰場寬闊，我在此等候打他。」沙僧道：「正是，正是。大哥說得有理。我們去來。」他兩個才倚仗威風，將孩子拿去。

行者即跳下石崖，到他塔門之下。那公主道：「你這和尚，全無信義：你說放了你師弟，就與我孩兒，怎麼你師弟放去，把我孩兒又留，反來我門首做甚？」行者陪笑道：「公主休怪。你來的日子已久，帶你令郎去認他外公去哩。」公主道：「和尚莫無禮。我那黃袍郎比眾不同。你若唬了我的孩兒，與他柳柳驚是。」

行者笑道：「公主啊，為人生在天地之間，怎麼便是得罪？」公主道：「我曉得。」行者道：「你女流家，曉得甚麼？」公主道：「我自幼在宮，曾受父母教訓。記得古書云：『五刑之屬三千，而罪莫大於不孝。』」行者道：「你正是個不孝之人。蓋『父兮生我，母兮鞠我。哀哀父母，生我劬勞！』故孝者，百行之原，萬善之本，卻怎麼將身陪伴妖精，更不思念父母？非得不孝之罪，如何？」公主聞此正言，半晌家耳紅面赤，慚愧無地。忽失口道：「長老之言最善。我豈不思念父母？只因這妖精將我攝騙在此，他的法令又謹，我的步履又難，路遠山遙，無人可傳音信。欲要自盡，又恐父母疑我逃走，事終不明。故沒奈何，苟延殘喘，誠為天地間一大罪人也！」說罷，淚如泉湧。

行者道：「公主不必傷悲。豬八戒曾告訴我，說你有一封書，曾救了我師父一命，你書上也有思念父母之意。老孫來，管與你拿了妖精，帶你回朝見駕，別尋個佳偶，侍奉雙親到老。你意如何？」公主道：「和尚啊，你莫要尋死。昨者你兩個師弟，那樣好漢，也不曾打得過我黃袍郎。你這般一個筋多骨少的瘦鬼，一似個螃蟹模樣，骨頭都長在外面，有甚本事，你敢說拿妖魔之話？」行者笑道：「你原來沒眼色，認不得人。俗語云：『尿泡雖大無斤兩，秤鉈雖小壓千斤。』他們相貌，空大無用：走路抗風，穿衣費布，種火心空，頂門腰軟，吃食無功。咱老孫小自小，筋節（結實有力）！」那公主道：「你真個有手段麼？」行者道：「我的手段，你是也不曾看見。絕會降妖，極能伏怪。」公主道：「你卻莫誤了我耶。」行者道：「決然誤你不得。」公主道：「你既會降妖伏怪，如今卻怎樣拿他？」行者說：「你且回避回避，莫在我這眼前：倘他來時，不好動手腳，只恐你與他情濃了，捨不得他。」公主道：「我怎的捨不得他？其稽留於此者，不得已耳！」行者道：「你與他做了十三年夫妻，豈無情意？我若見了他，不與他兒戲，一棍便是一棍，一拳便是一拳，須要打倒他，才得你回朝見駕。」

那公主果然依行者之言，往僻靜處躲避。也是他姻緣該盡，故遇著大聖來臨。那猴王把公主藏了，他卻搖身一變，就變做公主一般模樣，回轉洞中，專候那怪。

卻說八戒、沙僧，把兩個孩子，拿到寶象國中，往那白玉階前胑下，可憐都摜做個肉餅相似，鮮血迸流，骨骸粉碎。慌得那滿朝多官報道：「不好了！不好了！天上摜下兩個人來了！」八戒厲聲高叫道：「那孩子是黃袍妖精的兒子，被老豬與沙弟拿將來也！」

那怪還在銀安殿，宿酒未醒。正睡夢間，聽得有人叫他名字，他就翻身，抬頭觀看，只見那雲端裡是豬八戒、沙和尚二人吆喝。妖怪心中暗想道：「豬八戒便也罷了，沙和尚是我綁在家裡，他怎麼得出來？我的渾家，怎麼肯放他？我的孩兒，怎麼得到他手？這怕是豬八戒不得我出去與他交戰，故將此計來羈我。我若認了這個泛頭，就與他打啊，噫！我卻還害酒哩！假若被他築上一鈀，卻不滅這個威風，識破了那個關竅（秘密），——且等我回家看看，是我的兒子不是我的兒子，再與他說話不遲。」好妖怪，他也不辭王駕，轉山林，徑去洞中查信息。此時朝中已知他是個妖怪了。原來他夜裡吃了一個宮娥，還有十七個脫命去的，五更時，奏了國王，說他如此如此，又因他不辭而去，越發知他是怪。那國王即著多官看守著假老虎不題。

卻說那怪徑回洞口。行者見他來時，設法哄他，把眼擠了一擠，撲簌簌淚如雨落，兒天兒地的，跌腳搥胸，於此洞裡嚎啕痛哭。那怪一時間，那裡認得。上前摟住道：「渾家，你有何事，這般煩惱？」那大聖編成的鬼話，揑出的虛詞，淚汪汪的告道：「郎君啊！常言道：『男子無妻財沒主，婦女無夫身落空！』你昨日進朝認親，怎不回來？今早被豬八戒劫了沙和尚，又把我兩個孩兒搶去，是我苦告，更不肯饒。他說拿去朝中認認外公。這半日不見孩兒，又不知存亡如何，你又不見來家，教我怎生割捨？故此止不住傷心痛哭。」那怪聞言，心中大怒道：「真個是我的兒子？」行者道：「正是，被豬八戒搶去了。」

那妖魔氣得亂跳道：「罷了！罷了！我兒被他摜殺了！已是不可活也！只好拿那和尚來與我兒子償命報仇罷！渾家，你且莫哭。你如今心裡覺道怎麼？且醫治一醫治。」行者道：「我不怎的，只是捨不得孩兒，哭得我有些心疼。」妖魔道：「不打緊；你請起來，我這裡有件寶貝，只在你那疼上摸一摸兒，就不疼了。卻要仔細，休使大指兒彈著；若使大指兒彈著啊，就看出我本相來了。」行者聞言，心中暗笑道：「這潑怪，倒也老實；不動刑法，就自家供了。等他拿出寶貝來，我試彈他一彈，看他是個甚麼妖怪。」

那怪攙著行者，一直行到洞裡深遠密閉之處。卻從口中吐出一件寶貝，有雞子大小，是一顆舍利子玲瓏內丹。行者心中暗喜道：「好東西耶！這件物不知打了多少坐工，煉了幾年磨難，配了幾轉雌雄，煉成這顆內丹舍利。今日大有緣法，遇著老孫。」那猴子拿將過來，那裡有甚麼疼處，特故意摸了一摸，一指頭彈將去。那妖慌了，劈手來搶。你思量，那猴子好不溜撒，把那寶貝一口吸在肚裡。那妖魔攥著拳頭就打，被行者一手隔住，把臉抹了一抹，現出本相，道聲：「妖怪！不要無禮！你且認認看！我是誰？」

那妖怪見了，大驚道：「呀！渾家，你怎麼拿出這一副嘴臉來耶？」行者罵道：「我把你這個潑怪！誰是你渾家？連你祖宗也還不認得哩！」那怪忽然省悟道：「我像有些認得你哩。」行者道：「我且不打你，你再認認看。」那怪道：「我雖見你眼熟，一時間卻想不起姓名。你果是誰？從那裡來的？你把我渾家估倒（挪移藏匿）在何處，卻來我家詐誘我的寶貝？著實無禮！可惡！」行者道：「你是也不認得我。我是唐僧的大徒弟，叫做孫悟空行者。——我是你五百年前的舊祖宗哩！」那怪道：「沒有這話！沒有這話！我拿住唐僧時，止知他有兩個徒弟，叫做豬八戒、沙和尚，何曾見有人說個姓孫的。你不知是那裡來的個怪物，到此騙我！」行者道：「我不曾同他二人來，是我師父因老孫慣打妖怪，殺傷甚多，他是個慈悲好善之人，將我逐回，故不曾同他一路行走。你是不知你祖宗名姓。」那怪道：「你好不丈夫啊！既受了師父趕逐，卻有甚麼嘴臉，又來見人！」行者道：「你這個潑怪，豈知『一日為師，終身為父』，『父子無隔宿之仇』！你傷害我師父，我怎麼不來救他？你害他便也罷；卻又背前面後罵我，是怎的說？」妖怪道：「我何嘗罵你？」行者道：「是豬八戒說的。」那怪道：「你不要信他。那個豬八戒，尖著嘴，有些會說老婆舌頭（挑拔是非），你怎聽他？」行者道：「且不必講此閒話。只說老孫今日到你家裡，你好怠慢了遠客。雖無酒饌款待，頭卻是有的。快快將頭伸過來，等老孫打一棍兒，當茶！」

那怪聞得說打，呵呵大笑道：「孫行者，你差了計較了！你既說要打，不該跟我進來。我這裡大小群妖，還有百十。饒你滿身是手，也打不出我的門去。」行者道：「不要胡說！莫說百十個，就是幾千，幾萬，只要一個個查明白了好打，棍棍無空，教你斷根絕跡！」

那怪聞言，急傳號令，把那山前山後群妖，洞裡洞外諸怪，一齊點起，各執器械，把那三四層門，密密攔阻不放。行者見了，滿心歡喜，雙手理棍，喝聲叫「變！」變的三頭六臂；把金箍棒幌了一幌，變做三根金箍棒。你看他六隻手，使著三根棒，一路打將去，好便似虎入羊群，鷹來雞柵；可憐那小怪，湯著的，頭如粉碎；刮著的，血似水流！——往來縱橫，如入無人之境。止剩一個老妖，趕出門來罵道：「你這潑猴，其實憊懶（無賴）！怎麼上門子欺負人家！」行者急回頭，用手招呼道：「你來！你來！打倒你，才是功績！」那怪物舉寶刀，分頭便砍；好行者，掣鐵棒，覿面相迎。這一場，在那山頂上，半雲半霧的殺哩：

大聖神通大，妖魔本事高。這個橫理生金棒，那個斜舉蘸鋼刀。悠悠刀起明霞亮，輕輕棒架彩雲飄。往來護頂翻多次，反覆渾身轉數遭。一個隨風更面目，一個立地把身搖。那個大睜火眼伸猿膊，這個明幌金睛折虎腰。你來我去交鋒戰，刀迎棒架不相饒。猴王鐵棍依三略，怪物鋼刀按六韜。一個慣行手段為魔主，一個廣施法力保唐僧。猛烈的猴王添猛烈，英豪的怪物長英豪。死生不顧空中打，都為唐僧拜佛遙。

他兩個戰有五六十合，不分勝負。行者心中暗喜道：「這個潑怪，他那口刀，倒也抵得住老孫的這根棒。等老孫丟個破綻與他，看他可認得。」好猴王，雙手舉棍，使一個「高探馬」的勢子。那怪不識是計，見有空兒，舞著寶刀，徑奔下三路砍；被行者急轉個「大中平」，挑開他那口刀，又使個「葉底偷桃勢」，望妖精頭頂一棍，就打得他無影無蹤。急收棍子看處，不見了妖精。行者大驚道：「我兒啊，不禁打，就打得不見了。果是打死，好道也有些膿血，如何沒一毫蹤影？想是走了。」急縱身跳在雲端裡看處，四邊更無動靜。——「老孫這雙眼睛，不管那裡，一抹都見，卻怎麼走得這等溜撒？我曉得了：那怪說有些兒認得我，想必不是凡間的怪，多是天上來的精。」

那大聖一時忍不住怒發，攥著鐵棒，打個筋斗，只跳到南天門上。慌得那龐、劉、苟、畢、張、陶、鄧、辛等眾，兩邊躬身控背，不敢攔阻，讓他打入天門，直至通明殿下。早有張、葛、許、邱四大天師問道：「大聖何來？」行者道：「因保唐僧至寶象國，有一妖魔，欺騙國女，傷害吾師，老孫與他賭鬥。正鬥間，不見了這怪。想那怪不是凡間之怪，多是天上之精，特來查勘，那一路走了甚麼妖神。」

天師聞言，即進靈霄殿上啟奏，蒙差查勘九曜星官、十二元辰、東西南北中央五斗、河漢群辰、五岳四瀆、普天神聖都在天上，更無一個敢離方位。又查那斗牛宮外，二十八宿，顛倒只有二十七位，內獨少了奎星。天師回奏道：「奎木狼下界了。」玉帝道：「多少時不在天了？」天師道：「四卯不到。三日點卯一次，今已十三日了。」玉帝道：「天上十三日，下界已是十三年。」即命本部收他上界。

那二十七宿星員，領了旨意，出了天門，各念咒語，驚動奎星。你道他在那裡躲避。他原來是孫大聖大鬧天宮時打怕了的神將，閃在那山澗裡潛災，被水氣隱住妖雲，所以不曾看見他。他聽得本部星員念咒，方敢出頭，隨眾上界。被大聖攔住天門要打，幸虧眾星勸住，押見玉帝。那怪腰間取出金牌，在殿下叩頭納罪。玉帝道：「奎木狼，上界有無邊的勝景，你不受用，卻私走一方，何也？」奎宿叩頭奏道：「萬歲，赦臣死罪。那寶象國王公主，非凡人也。他本是披香殿侍香的玉女，因欲與臣私通，臣恐點污了天宮勝境，他思凡先下界去，托生於皇宮內院，是臣不負前期，變作妖魔，占了名山，攝他到洞府，與他配了一十三年夫妻。『一飲一啄，莫非前定。』今被孫大聖到此成功。」玉帝聞言，收了金牌，貶他去兜率宮與太上老君燒火，帶俸差操，有功復職，無功重加其罪。行者見玉帝如此發放，心中歡喜。朝上唱個大喏，又向眾神道：「列位，起動了。」天師笑道：「那個猴子還是這等村俗。替他收了怪神，也倒不謝天恩，卻就喏喏而退。」玉帝道：「只得他無事，落得天上清平是幸。」

那大聖按落祥光，徑轉碗子山波月洞，尋出公主。將那思凡下界收妖的言語正然陳訴。只聽得半空中八戒、沙僧厲聲高叫道：「師兄，有妖精，留幾個兒我們打耶。」行者道：「妖精已盡絕矣。」沙僧道：「既把妖精打絕，無甚掛礙，將公主引入朝中去罷。不要睜眼。兄弟們，使個縮地法來。」

那公主只聞得耳內風響，霎時間徑回城裡。他三人將公主帶上金鑾殿上。那公主參拜了父王、母後，會了姊妹，各官俱來拜見。那公主才啟奏道：「多虧孫長老法力無邊，降了黃袍怪，救奴回國。」那國王問曰：「黃袍是個甚怪？」行者道：「陛下的駙馬，是上界的奎星；令愛乃侍香的玉女，因思凡降落人間，不非小可，都因前世前緣，該有這些姻眷。那怪被老孫上天宮啟奏玉帝，玉帝查得他四卯不到，下界十三日，就是十三年了，蓋天上一日，下界一年。隨差本部星宿，收他上界，貶在兜率宮立功去訖；老孫卻救得令愛來也。」那國王謝了行者的恩德，便教：「看你師父去來。」

他三人徑下寶殿，與眾官到朝房裡，抬出鐵籠，將假虎解了鐵索。別人看他是虎，獨行者看他是人。原來那師父被妖術魘住，不能行走，心上明白，只是口眼難開。行者笑道：「師父啊，你是個好和尚，怎麼弄出這般個惡模樣來也？你怪我行凶作惡，趕我回去，你要一心向善，怎麼一旦弄出個這等嘴臉？」八戒道：「哥啊，救他救兒罷。不要只管揭挑他了。」行者道：「你凡事攛唆，是他個得意的好徒弟，你不救他，又尋老孫怎的？原與你說來，待降了妖精，報了罵我之仇，就回去的。」沙僧近前跪下道：「哥啊，古人云：『不看僧面看佛面。』兄長既是到此，萬望救他一救。若是我們能救，也不敢許遠的來奉請你也。」行者用手挽起道：「我豈有安心不救之理？快取水來。」那八戒飛星去驛中，取了行李、馬匹，將紫金鉢盂取出，盛水半盂，遞與行者。行者接水在手，念動真言，望那虎劈頭一口噴上，退了妖術，解了虎氣。

長老現了原身，定性睜睛，才認得是行者。一把攙住道：「悟空！你從那裡來也？」沙僧侍立左右，把那請行者，降妖精，救公主，解虎氣，並回朝上項事，備陳了一遍。三藏謝之不盡，道：「賢徒，虧了你也！虧了你也！這一去，早詣西方，徑回東土，奏唐王，你的功勞第一。」行者笑道：「莫說！莫說！但不念那話兒，足感愛厚之情也。」

國王聞此言，又勸謝了他四眾。整治素筵，大開東閣。他師徒受了皇恩，辭王西去。國王又率多官遠送。這正是：君回寶殿定江山，僧去雷音參佛祖。

畢竟不知此後又有甚事，幾時得到西天，且聽下回分解。

第三十二回
平頂山功曹傳信　蓮花洞木母逢災

話說唐僧復得了孫行者，師徒們一心同體，共詣西方。自寶象國救了公主，承君臣送出城西。說不盡沿路飢餐渴飲，夜住曉行。卻又值三春景候。那時節：

輕風吹柳綠如絲，佳景最堪題。時催鳥語，暖烘花發，遍地芳菲。海棠庭院來雙燕，正是賞春時。紅塵紫陌，綺羅弦管，鬥草（古代五月五日踏百草的游戲）傳卮（酒器）。

師徒們正行賞間，又見一山擋路。唐僧道：「徒弟們仔細。前遇山高，恐有虎狼阻擋。」行者道：「師父，出家人莫說在家話。你記得那烏巢和尚的《心經》云『心無掛礙；無掛礙，方無恐怖，遠離顛倒夢想』之言？但只是『掃除心上垢，洗淨耳邊塵。不受苦中苦，難為人上人。』你莫生憂慮，但有老孫，就是塌下天來，可保無事。怕甚麼虎狼！」長老勒回馬道：「我當年奉旨出長安，只憶西來拜佛顏。舍利國中金像彩，浮屠塔裡玉毫斑。
尋窮天下無名水，歷遍人間不到山。逐逐煙波重迭迭，幾時能彀此身閒？」

行者聞說，笑呵呵道：「師父要身閒，有何難事？若功成之後，萬緣都罷，諸法皆空。那時節，自然而然，卻不是身閒也？」長老聞言，只得樂以忘憂。放轡催銀騮，兜韁趲玉龍。

師徒們上得山來，十分險峻，真個嵯峨。好山：

巍巍峻嶺，削削尖峰。灣環深澗下，孤峻陡崖邊。灣環深澗下，只聽得唿喇喇戲水蟒翻身；孤峻陡崖邊，但見那崒嵂嵂出林虎剪尾。往上看，巒頭突兀透青霄；回眼觀，壑下深沉鄰碧落。上高來，似梯似凳；下低行，如塹如坑。真個是古怪巔峰嶺，果然是連尖削壁崖。巔峰嶺上，採藥人尋思怕走；削壁崖前，打柴夫寸步難行。胡羊野馬亂攛梭，狡兔山牛如布陣。山高蔽日遮星斗，時逢妖獸與蒼狼。草徑迷漫難進馬，怎得雷音見佛王？

長老勒馬觀山，正在難行之處。只見那綠莎坡上，佇立著一個樵夫。你道他怎生打扮：

頭戴一頂老藍氈笠，身穿一領毛皂衲衣。老藍氈笠，遮煙蓋日果稀奇；毛皂衲衣，樂以忘憂真罕見。手持鋼斧快磨明，刀伐乾柴收束緊。擔頭春色，幽然四序（四季）融融；身外閒情，常是三星淡淡。到老只於隨分過，有何榮辱暫關山？

那樵子：

正在坡前伐朽柴，忽逢長老自東來。
停柯住斧出林外，趨步將身上石崖。

對長老厲聲高叫道：「那西進的長老！暫停片時。我有一言奉告：此山有一伙毒魔狠怪，專吃你東來西去的人哩。」

長老聞言，魂飛魄散，戰兢兢坐不穩雕鞍。急回頭，忙呼徒弟道：「你聽那樵夫報道：『此山有毒魔狠怪。』誰敢去細問他一問？」行者道：「師父放心，等老孫去問他一個端的。」

好行者，拽開步，徑上山來，對樵子叫聲：「大哥」，道個問訊。樵夫答禮道：「長老啊，你們有何緣故來此？」行者道：「不瞞大哥說，我們是東土差來西天取經的。那馬上是我的師父。他有些膽小，適蒙見教，說有甚麼毒魔狠怪。故此我來奉問一聲：那魔是幾年之魔，怪是幾年之怪？還是個把勢（行家），還是個雛兒？煩大哥老實說說，我好著山神、土地遞解他起身。」樵子聞言，仰天大笑道：「你原來是個瘋和尚。」行者道：「我不瘋啊，這是老實話。」樵子道：「你說是老實，便怎敢說把他遞解起身？」行者道：「你這等長他那威風，胡言亂語的攔路報信，莫不是與他有親？不親必鄰，不鄰必友。」樵子笑道：「你這個瘋潑和尚，忒沒道理，我倒是好意，特來報與你們。教你們走路時，早晚間防備，你倒轉賴在我身上。且莫說我不曉得妖魔出處；就曉得啊，你敢把他怎麼的遞解？解往何處？」行者道：「若是天魔，解與玉帝；若是土魔，解與土府。西方的歸佛，東方的歸聖。北方的解與真武，南方的解與火德。是蛟精解與海主，是鬼祟解與閻王。各有地頭方向。我老孫到處裡人熟，發一張批文，把他連夜解著飛跑。」

那樵子止不住呵呵冷笑道：「你這個瘋潑和尚，想是在方上雲游，學了些書符咒水的法術，只可驅邪縛鬼，還不曾撞見這等狠毒的怪哩。」行者道：「怎見他狠毒？」樵子道：「此山徑過有六百里遠近，名喚平頂山。山中有一洞，名喚蓮花洞。洞裡有兩個魔頭，他畫影圖形，要捉和尚；抄名訪姓，要吃唐僧。你若別處來的還好，但犯了一個『唐』字兒，莫想去得，去得！」行者道：「我們正是唐朝來的。」樵子道：「他正要吃你們哩。」行者道：「造化！造化！但不知他怎的樣吃哩？」樵子道：「你要他怎的吃？」行者道：「若是先吃頭，還好耍子；若是先吃腳，就難為了。」樵子道：「先吃頭怎麼說？先吃腳怎麼說？」行者道：「你還不曾經著哩。若是先吃頭，一口將他咬下，我已死了，憑他怎麼煎炒熬煮，我也不知疼痛；若是先吃腳，他啃了孤拐，嚼了腿亭，吃到腰截骨，我還急忙不死，卻不是零零碎碎受苦？此所以難為也。」樵子道：「和尚，他那裡有這許多工夫，只是把你拿住，捆在籠裡，囫圇蒸吃了！」行者笑道：「這個更好！更好！疼倒不忍疼，只是受些悶氣罷了。」樵子道：「和尚不要調嘴。那妖怪隨身有五件寶貝，神通極大極廣。就是擎天的玉柱，架海的金梁，若保得唐朝和尚去，也須要發發昏是。」行者道：「發幾個昏麼？」樵子道：「要發三四個昏是。」行者道：「不打緊，不打緊。我們一年，常發七八百個昏兒，這三四個昏兒易得發；發發兒就過去了。」

好大聖，全然無懼，一心只是要保唐僧，捽脫樵夫，拽步而轉。徑至山坡馬頭前道：「師父，沒甚大事。有便有個把妖精兒，只是這裡人膽小，放他在心上。有我哩，怕他怎的？走路！走路！」長

第三十二回

平頂山功曹傳信　蓮花洞木母逢災

老見說，只得放懷隨行。

正行處，早不見了那樵夫。長老道：「那報信的樵子如何就不見了？」八戒道：「我們造化低，撞見日裡鬼了。」行者道：「想是他鑽進林子裡尋柴去了。等我看看來。」好大聖，睜開火眼金睛，漫山越嶺的望處，卻無蹤跡。忽抬頭往雲端裡一看，看見是日值功曹，他就縱雲趕上，罵了幾聲「毛鬼」，道：「你怎麼有話不來直說，卻那般變化了，演樣老孫？」慌得那功曹施禮道：「大聖，報信來遲，勿罪，勿罪。那怪果然神通廣大，變化多端。只看你騰那乖巧，運動神機，仔細保你師父；假若怠慢了些兒，西天路莫想去得。」

行者聞言，把功曹叱退，切切在心。按雲頭，徑來山上。只見長老與八戒、沙僧，簇擁前進。他卻暗想：「我若把功曹的言語實實告誦師父，師父他不濟事，必就哭了；假若不與他實說，蒙著頭，帶著他走，常言道：『乍入蘆圩，不知深淺。』倘或被妖魔撈去，卻不又要老孫費心？且等我照顧八戒一照顧，先著他出頭與那怪打一仗看。若是打得過他，就算他一功；若是沒手段，被怪拿去，等老孫再去救他不遲。卻好顯我本事出名。」正自家計較，以心問心道：「只恐八戒躲懶便不肯出頭。師父又有些護短。等老孫羈勒他羈勒。」

好大聖，你看他弄個虛頭，把眼揉了一揉，揉出些淚來。迎著師父，往前徑走。八戒看見，連忙叫：「沙和尚，歇下擔子，拿出行李來，我兩個分了罷！」沙僧道：「二哥，分怎的？」八戒道：「分了罷！你往流沙河還做妖怪，老豬往高老莊上盼盼渾家。把白馬賣了，買口棺木，與師父送老，大家散伙。還往西天去哩？」長老在馬上聽見。道：「這個夯貨！正走路，怎麼又胡說了？」八戒道：「你兒子便胡說！你不看見孫行者那裡哭將來了？他是個鑽天入地，斧砍火燒，下油鍋都不怕的好漢；如今戴了個愁帽，淚汪汪的哭來，必是那山險峻，妖怪凶狠。似我們這樣軟弱的人兒，怎麼走得？」長老道：「你且休胡談。待我問他一聲，看是怎麼說話。」問道：「悟空，有甚話當面計較。你怎麼自家煩惱？這般樣個哭包臉，是虎唬我也？」行者道：「師父啊，剛才那個報信的，是日值功曹。他說妖精凶狠，此處難行，果然的山高路峻，不能前進。改日再去罷。」長老聞言，恐惶悚懼，扯住他虎皮裙子道：「徒弟呀，我們三停（三成）路已走了停半，因何說退悔之言？」行者道：「我沒個不盡心的。但只恐魔多力弱，行勢孤單。『縱然是塊鐵，下爐能打得幾根釘？』」長老道：「徒弟啊，你也說得是。果然一個人也難。兵書云：『寡不可敵眾。』我這裡還有八戒、沙僧，都是徒弟，憑你調度使用，或為護將幫手，協力同心，掃清山徑，領我過山，卻不都還了正果？」

那行者這一場扭捏，只逗出長老這幾句話來。他揾了淚道：「師父啊，若要過得此山，須是豬八戒依得我兩件事兒，才有三分去得；假若不依我言，替不得我手，半分兒也莫想過去。」八戒道：「師兄，不去就散伙罷。不要攀我。」長老道：「徒弟，且問你師兄，看他教你做甚麼。」呆子真個對行者說道：「哥哥，你教我做甚事？」行者道：「第一件是看師父，第二件是去巡山。」八戒道：「看師父是坐，巡山去是走；終不然教我坐一會又走，走一會又坐。兩處怎麼顧盼得來？」行者道：「不是教你兩件齊幹，只是領了一件便罷。」八戒又笑道：「這等也好計較。但不知看師父是怎樣，巡山是怎樣。你先與我講講，等我依個相應些兒的去幹罷。」行者道：「看師父啊：師父去出恭，你伺候；師父要走路，你扶持；師父要吃齋，你化齋。若他餓了些兒，你該打；黃了些兒臉皮，你該打；瘦了些兒形骸，你該打。」八戒慌了道：「這個難！難！難！伺候扶持，通不打緊，就是不離身馱著，也還容易；假若教我去鄉下化齋，他這西方路上，不識我是取經的和尚，只道是那山裡走出來的一個半壯不壯的健豬，伙上許多人，叉鈀掃帚，把老豬圍倒，拿家去宰了，醃著過年，這個卻不就遭瘟了？」行者道：「巡山去罷。」八戒道：「巡山便怎麼樣兒？」行者道：「就入此山，打聽有多少妖怪，是甚麼山，是甚麼洞，我們好過去。」八戒道：「這個小可，老豬去巡山罷。」那呆子就撒起衣裙，挺著釘鈀，雄糾糾，徑入深山；氣昂昂，奔上大路。

行者在旁，忍不住嘻嘻冷笑。長老罵道：「你這個潑猴！兄弟們全無愛憐之意，常懷嫉妒之心。你做出這樣獐智（樣子），巧言令色，撮弄他去甚麼巡山，卻又在這裡笑他！」行者道：「不是笑他。我這笑中有味。你看豬八戒這一去，決不巡山，也不敢見妖怪，不知往那裡去躲閃半會，捏一個謊來，哄我們也。」長老道：「你怎麼就曉得他？」行者道：「我估出他是這等。不信，等我跟他去看看，聽他一聽：一則幫副他手段降妖，二來看他可有個誠心拜佛。」長老道：「好！好！好！你卻莫去捉弄他。」行者應諾了。徑直趕上山坡，搖身一變，變作個蟭蟟蟲兒。其實變得輕巧。但見他：

翅薄舞風不用力，腰尖細小如針。穿蒲抹草過花陰，疾似流星還甚。眼睛明映映，聲氣渺喑喑。昆蟲之類惟他小，亭亭款款機深。幾番閒日歇幽林，一身渾不見，千眼莫能尋。

嚶的一翅飛將去，趕上八戒，釘在他耳朵後面鬃根底下。那呆子只管走路，怎知道身上有人，行有七八里路，把釘鈀撇下，掉轉頭來，望著唐僧，指手畫腳的罵道：「你罷軟的老和尚，捉掐的弼馬溫，面弱的沙和尚！他都在那裡自在，捉弄我老豬來蹌路！大家取經，都要望成正果，偏是教我來巡甚麼山！哈！哈！哈！曉得有妖怪，躲著些兒走。還不彀一半，卻教我去尋他，這等晦氣哩！我往那裡睡覺去，睡一覺回去，含含糊糊的答應他，只說是巡了山，就了其賬也。」那呆子一時間僥幸，搴著鈀，又走。只見山凹裡一彎紅草坡，他一頭鑽得進去，使釘鈀撲個地鋪，轂轆的睡下。把腰伸了一伸，道聲：「快活！就是那弼馬溫，也不得像我這般自在！」原來行者在他耳根後，句句兒聽著哩；忍不住，飛將起來，又捉弄他一捉弄。又搖身一變，變作個啄木蟲兒。但見：

鐵嘴尖尖紅溜，翠翎豔豔光明。一雙鋼爪利如釘，腹餒何妨林靜。最愛枯槎朽爛，偏嫌老樹伶仃。圜睛決尾性丟靈（靈巧），辟剝之聲堪聽。

這蟲蟻（這裡指飛禽）不大不小的，上秤稱，只有二三兩重。紅銅嘴，黑鐵腳，刷刺的一翅飛下來。那八戒丟倒頭，正睡著了，被他照嘴唇上扢揸的一下。那呆子慌得爬將起來，口裡亂嚷道：「有妖怪！有妖怪！把我戳了一槍去了！嘴上好不疼呀！」伸手摸摸，泱出血來了。他道：「蹭蹬啊！我又沒甚喜事，怎麼嘴上掛了紅耶？」他看著這血手，口裡絮絮叨叨的兩邊亂看，卻不見動靜，道：「無甚妖怪，怎麼戳我一槍麼？」忽抬頭往上看時，原來是個啄木蟲，在半空中飛哩。呆子咬牙罵道：「這個亡人！弼馬溫欺負我罷了，你也來欺負我！我曉得了。他一定不認我是個人，只把我嘴當一段黑朽枯爛的樹，內中生了蟲，尋蟲兒吃的，將我啄了這一下也。等我把嘴揣在懷裡睡罷。」那呆子轂轆的依然睡倒。行者又飛來，著耳根後又啄了一下。呆子慌得爬起來道：「這個亡人，卻打攪得我狠！想必這裡是他的窠巢，生蛋布雛，怕我占了，故此這般打攪，罷！罷！罷！不睡他了！」搴著鈀，徑出紅草坡，找路又走。可不喜壞了孫行者，笑倒個美猴王。行者道：「這夯貨大睜著兩個眼，連自家人也認不得！」

好大聖，搖身又一變，還變做個蟭蟟蟲，釘在他耳朵後面，不離他身上。那呆子入深山，又行有四五里，只見山凹中有桌面大的四四方方三塊青石頭。呆子放下鈀，對石頭唱個大喏。行者暗笑道：「這呆子！石頭又不是人，又不會說話，又不會還禮，唱他喏怎的，可不是個瞎賬？」原來那呆子把石頭當著唐僧、沙僧、行者三人，朝著他演習哩。他道：「我這回去，見了師父，若問有妖怪，就說有妖怪。他問甚麼山，我若說是泥捏的，土做的，錫打的，銅鑄的，麵蒸的，紙糊的，筆畫的，他們見說我呆哩，若講這話，一發說呆了；我只說是石頭山。他問甚麼洞，也只說是石頭洞。他問甚麼門，卻說是釘釘的鐵葉門。他問裡邊有多遠，只說入內有三層。——十分再搜尋，問門上釘子多少，只說老豬心忙記不真。此間編造停當，哄那弼馬溫去！」

那呆子捏合（把謊話編圓）了，拖著鈀，徑回本路。怎知行者在耳朵後，一一聽得明白。行者見他回來，即騰兩翅預先回去。現原身，見了師父。師父道：「悟空，你來了，悟能怎不見回？」行者笑道：「他在那裡編謊哩。就待來也。」長老道：「他兩個耳朵蓋著眼，愚拙之人也。他會編甚麼謊？又是你捏合甚麼鬼話賴他哩。」行者道：「師父，你只是這等護短。這是有對問的話。」把他那鑽在草裡睡覺，被啄木蟲叮醒，朝石頭唱喏，編造甚麼石頭山、石頭洞、鐵葉門、有妖精的話，預先說了。說畢，不多時，那呆子走將來。又怕忘了那謊，低著頭，口裡溫習。被行者喝了一聲道：「呆子！念甚麼哩？」八戒掀起耳朵來看看道：「我到了地頭了！」那呆子上前跪倒。長老攙起道：「徒弟，辛苦啊。」八戒道：「正是。走路的人，爬山的人，第一辛苦了。」長老道：「可有妖怪麼？」八戒道：「有妖怪！有妖怪！一堆妖怪哩！」長老道：「怎麼打發你來？」八戒說：「他叫我做豬祖宗，豬外公，安排些粉湯素食，教我吃了一頓，說道：「擺旗鼓送我們過山哩。」行者道：「想是在草裡睡著了，說得是夢話？」呆子聞言，就唬得矮了二寸道：「爺爺呀！我睡他怎麼曉得？……」行者上前，一把揪住道：「你過來，等我問你。」呆子又慌了，戰戰兢兢的道：「問便罷了，揪扯怎的？」行者道：「是甚麼山？」八戒道：「是石頭山。」——「甚麼洞？」道：「是石頭洞。」——「甚麼門？」道：「是釘釘鐵葉門。」——「裡邊有多遠？」道：「入內是三層。」行者道：「你不消說了，後半截我記得真。恐師父不信，我替你說了罷。」八戒道：「嘴臉！你又不曾去，你曉得那些兒，要替我說？」行者笑道：「門上釘子有多少，只說老豬心忙記不真。可是麼？」那呆子即慌忙跪倒。行者道：「朝著石頭唱喏，當做我三人，對他一問一答。可是麼？又說：『等我編得謊兒停當，哄那弼馬溫去！』可是麼？」那呆子連忙只是磕頭道：「師兄，我去巡山，你莫成跟我去聽的？」行者罵道：「我把你個饢糠的夯貨！這般要緊的所在，教你去巡山，你卻去睡覺！不是啄木蟲叮你醒來，你還在那裡睡哩。及叮醒，又編這樣大謊，可不誤了大事？你快伸過孤拐來，打五棍記心！」

八戒慌了道：「那個哭喪棒重，擦一擦兒皮塌，挽一挽兒筋傷，若打五下，就是死了！」行者道：「你怕打，卻怎麼扯謊？」八戒道：「哥哥呀，只是這一遭兒，以後再不敢了。」行者道：「一遭便打三棍罷。」八戒道：「爺爺呀，半棍兒也禁不得！」呆子沒計奈何，扯住師父道：「你替我說個方便兒。」長老道：「悟空說你編謊，我還不信。今果如此，其實該打。——但如今過山少人使喚，悟空，你且饒他，待過了山，再打罷。」行者道：「古人云：『順父母言情，呼為大孝。』師父說不打，我就且饒你。你再去與他巡山。若再說謊誤事，我定一下也不饒你！」

第三十二回

平頂山功曹傳信　蓮花洞木母逢災

那呆子只得爬起來又去。你看他奔上大路，疑心生暗鬼，步步只疑是行者變化了跟住他。故見一物，即疑是行者。走有七八里，見一隻老虎，從山坡上跑過，他也不怕，舉著釘鈀道：「師兄來聽說謊的？這遭不編了。」又走處，那山風來得甚猛，呼的一聲，把棵枯木刮倒，滾至面前，他又跌腳捶胸的道：「哥啊！這是怎的起！一行說不敢編謊罷了，又變甚麼樹來打人！」又走向前，只見一個白頸老鴉，當頭喳喳的連叫幾聲，他又道：「哥哥，不羞！不羞！我說不編就不編了，只管又變著老鴉怎的？你來聽麼？」原來這一番行者卻不曾跟他去，他那裡卻自驚自怪，亂疑亂猜，故無往而不疑是行者隨他身也。呆子驚疑且不題。

卻說那山叫做平頂山，那洞叫做蓮花洞。洞裡兩妖：一喚金角大王，一喚銀角大王。金角正坐，對銀角說：「兄弟，我們多少時不巡山了？」銀角道：「有半個月了。」金角道：「兄弟，你今日與我去巡巡。」銀角道：「今日巡山怎的？」金角道：「你不知。近聞得東土唐朝差個御弟唐僧往西方拜佛，一行四眾，叫做孫行者、豬八戒、沙和尚，連馬五口。你看他在那處，與我把他拿來。」銀角道：「我們要吃人，那裡不撈幾個。這和尚到得那裡，讓他去罷。」金角道：「你不曉得。我當年出天界，嘗聞得人言：唐僧乃金蟬長老臨凡，十世修行的好人，一點元陽未洩。有人吃他肉，延壽長生哩。」銀角道：「若是吃了他肉就可以延壽長生，我們打甚麼坐，立甚麼功，煉甚麼龍與虎，配甚麼雌與雄？只該吃他去了。等我去拿他來。」金角道：「兄弟，你有些性急，且莫忙著。你若走出門，不管好歹，但是和尚就拿將來，假如不是唐僧，卻也不當人子。我記得他的模樣，曾將他師徒畫了一個影，圖了一個形，你可拿去。但遇著和尚，以此照驗照驗。」又將某人是某名字，一一說了。銀角得了圖像，知道姓名，即出洞，點起三十名小怪，便來山上巡邏。

卻說八戒運拙。正行處，可可的撞見群魔，當面擋住道：「那來的甚麼人？」呆子才抬起頭來，掀著耳朵，看見是些妖魔，他就慌了，心中暗道：「我若說是取經的和尚，他就撈了去；只是說走路的。」小妖回報道：「大王，是走路的。」那三十名小怪，中間有認得的，不認得的，旁邊有聽著指點說話的，道：「大王，這個和尚，像這圖中豬八戒模樣。」叫掛起影神圖來。八戒看見，大驚道：「怪道這些時沒精神哩！原來是他把我的影神傳將來也！」小妖用槍挑著，銀角用手指道：「這騎白馬的是唐僧。這毛臉的是孫行者。」八戒聽見道：「城隍，沒我便也罷了，豬頭三牲，清醮二十四分……」口裡嘮叨，只管許願。那怪又道：「這黑長的是沙和尚，這長嘴大耳的是豬八戒。」呆子聽見說他，慌得把個嘴揣在懷裡藏了。那怪叫：「和尚，伸出嘴來！」八戒道：「胎裡病，伸不出來。」那怪令小妖使鉤子鉤出來。八戒慌得把個嘴伸出道：「小家形。罷了，這不是？你要看便就看，鉤怎的？」那怪認得是八戒，掣出寶刀，上前就砍。這呆子舉釘鈀按住道：「我的兒，休無禮！看鈀！」那怪笑道：「這和尚是半路出家的。」八戒道：「好兒子！有些靈性！你怎麼就曉得老爺是半路出家的？」那怪道：「你會使這鈀，一定是在人家園圃中築地，把他這鈀偷將來也。」八戒道：「我的兒，你那裡認得老爺這鈀。我不比那築地之鈀。這是：

巨齒鑄來如龍爪，滲金妝就似虎形。若逢對敵寒風灑，但遇相持火焰生。
能替唐僧消障礙，西天路上捉妖精。輪動煙霞遮日月，使起昏雲暗斗星。
築倒泰山老虎怕，掀翻大海老龍驚。饒你這妖有手段，一鈀九個血窟窿！」

那怪聞言，那裡肯讓。使七星劍，丟開解數，與八戒一往一來，在山中賭鬥，有二十回合，不分勝負。八戒發起狠來，捨死的相迎。那怪見他捽耳朵，噴粘涎，舞釘鈀，口裡吆吆喝喝的，也盡有些驚懼，即回頭招呼小怪，一齊動手。若是一個打一個，其實還好。他見那些小妖齊上，慌了手腳，遮架不住，敗了陣，回頭就跑。原來是道路不平，未曾細看，忽被蓏蘿藤絆了個踉蹌。掙起來正走，又被一個小妖，睡倒在地，扳著他腳跟，撲的又跌了個狗吃屎；被一群趕上按住，抓鬃毛，揪耳朵，扯著腳，拉著尾，扛扛抬抬，擒進洞去。咦！正是：一身魔發難消滅，萬種災生不易除。畢竟不知豬八戒性命如何，且聽下回分解。

古典文學經典名著

下冊（全三冊）

西遊記

吳承恩（著）
黎庶（注釋）

第六十七回
拯救駝羅禪性穩　脫離穢污道心清

話說三藏四眾，躲離了小西天，欣然上路。行經個月程途，正是春深花放之時，見了幾處園林皆綠暗，一番風雨又黃昏。三藏勒馬道：「徒弟啊，天色晚矣，往那條路上求宿去？」行者笑道：「師父放心。若是沒有借宿處，我三人都有些本事，叫八戒砍草，沙和尚扳松，老孫會做木匠，就在這路上搭個蓬庵，好道也住得年把。你忙怎的！」八戒道：「哥呀，這個所在，豈是住場！滿山多虎豹狼蟲，遍地有魑魅魍魎。白日裡尚且難行，黑夜裡怎生敢宿？」行者道：「呆子！越發不長進了！不是老孫海口，只這條棒子，攥在手裡，就是塌下天來，也撐得住！」

師徒們正然講論，忽見一座山莊不遠。行者道：「好了！有宿處了！」長老問：「在何處？」行者指道：「那樹叢裡不是個人家？我們去借宿一宵，明早走路。」長老欣然促馬，至莊門外下馬。只見那柴扉緊閉。長老敲門道：「開門，開門。」裡面有一老者，手拖藜杖，足踏蒲鞋，頭頂烏巾，身穿素服，開了門，便問：「是甚人在此大呼小叫？」三藏合掌當胸，躬身施禮道：「老施主，貧僧乃東土差往西天取經者。適到貴地，天晚，特造尊府假宿一宵。萬望方便方便。」老者道：「和尚，你要西行，卻是去不得啊。此處乃小西天。若到大西天，路途甚遠。且休道前去艱難，只這個地方，已此難過。」三藏問：「怎麼難過？」老者用手指道：「我這莊村西去三十餘里，有一條稀柿衕，山名七絕。」三藏道：「何為『七絕』？」老者道：「這山徑過有八百里，滿山盡是柿果。古云：『柿樹有七絕：一，益壽；二，多陰；三，無鳥巢；四，無蟲；五，霜葉可玩；六，嘉實；七，枝葉肥大。』故名七絕山。我這敝處地闊人稀，那深山亙古無人走到。每年家熟爛柿子落在路上，將一條夾石胡同，盡皆填滿；又被雨露雪霜，經霉過夏，作成一路污穢。這方人家，俗呼為稀屎衕。但刮西風，有一股穢氣，就是淘東圊（廁所）也不似這般惡臭。如今正值春深，東南風大作，所以還不聞見也。」三藏心中煩悶不言。

行者忍不住，高叫道：「你這老兒甚不通便！我等遠來投宿，你就說出這許多話來唬人！十分你家窄逼沒處睡，我等在此樹下蹲一蹲，也就過了此宵，何故這般絮聒？」那老者見了他相貌醜陋，便也擰住口，驚嚯嚯的，硬著膽，喝了一聲，用藜杖指定道：「你這廝，骨撾臉，磕額頭，塌鼻子，凹頷腮，毛眼毛睛，癆病鬼，不知高低，尖著個嘴，敢來衝撞我老人家！」行者陪笑道：「老官兒，你原來有眼無珠，不識我這癆病鬼哩！相法云：『形容古怪，石中有美玉之藏。』你若以言貌取人，乾淨差了。我雖醜便醜，卻倒有些手段。」老者道：「你是那方人氏？姓甚名誰？有何手段？」行者笑道：

「我祖居東勝大神洲，花果山前自幼修。
身拜靈台方寸祖，學成武藝甚全周：

第六十七回

拯救駝羅禪性穩　脫離穢污道心清

也能攪海降龍母，善會擔山趕日頭；
縛怪擒魔稱第一，移星換斗鬼神愁。
偷天轉地英名大，我是變化無窮美石猴！」

老者聞言，回嗔作喜。躬著身，便教：「請！請入寒舍安置。」遂此，四眾牽馬挑擔，一齊進去。只見那荊針棘刺，鋪設兩邊；二層門是磚石壘的牆壁，又是荊棘苫蓋；入裡才是三間瓦房。老者便扯椅安坐待茶，又叫辦飯。少頃，移過桌子，擺著許多麵筋、豆腐、芋苗、蘿白、辣芥、蔓菁、香稻米飯，醋燒葵湯，師徒們盡飽一餐。吃畢，八戒扯過行者，背云：「師兄，這老兒始初不肯留宿，今返設此盛齋，何也？」行者道：「這個能值多少錢！到明日，還要他十果十菜的送我們哩！」八戒道：「不羞！憑你那幾句大話，哄他一頓飯吃了，明日卻要跑路，他又管待送你怎的？」行者道：「不要忙，我自有個處治。」

不多時，漸漸黃昏，老者又叫掌燈。行者躬身問道：「公公高姓？」老者道：「姓李。」行者道：「貴地想就是李家莊？」老者道：「不是，這裡喚做駝羅莊，共有五百多人家居住。別姓俱多，惟我姓李。」行者道：「李施主，府上有何善意，賜我等盛齋？」那老者起身道：「才聞得你說會拿妖怪，我這裡卻有個妖怪，累你替我們拿拿，自有重謝。」行者就朝上唱個喏道：「承照顧了！」八戒道：「你看他惹禍！聽見說拿妖怪，就是他外公也不這般親熱，預先就唱個喏！」行者道：「賢弟，你不知。我唱個喏就是下了個定錢，他再不去請別人了。」

三藏聞言道：「這猴兒凡事便要自專。倘或那妖精神通廣大，你拿他不住，可不是我出家人打誑語麼？」行者笑道：「師父莫怪，等我再問了看。」那老者道：「還問甚？」行者道：「你這貴處，地勢清平，又許多人家居住，更不是偏僻之方，有甚麼妖精，敢上你這高門大戶？」老者道：「實不瞞你說。我這裡久矣康寧。只這三年六月間，忽然一陣風起，那時人家甚忙，打麥的在場上，插秧的在田裡，俱著了慌，只說是天變了。誰知風過處，有個妖精，將人家牧放的牛馬吃了，豬羊吃了，見雞鵝囫圇咽，遇男女夾活吞。自從那次，這二年常來傷害。長老啊，你若有手段，拿了他，掃淨此土，我等決然重謝，不敢輕慢。」行者道：「這個卻是難拿。」八戒道：「真是難拿，難拿！我們乃行腳僧，借宿一宵，明日走路，拿甚麼妖精！」老者道：「你原來是騙飯吃的和尚！初見時誇口弄舌，說會換斗移星，降妖縛怪，及說起此事，就推卻難拿！」

行者道：「老兒，妖精好拿；只是你這方人家不齊心，所以難拿。」老者道：「怎見得人心不齊？」行者道：「妖精攪擾了三年，也不知傷害了多少生靈。我想著每家只出銀一兩，五百家可湊五百兩銀子，不拘到那裡，也尋一個法官（法師）把妖拿了，卻怎麼就甘受他三年磨折？」老者道：「若論說使錢，好道也羞殺人！我們那家不花費三五兩銀子！前年曾訪著山南裡有個和尚，請他到此拿妖，未曾得勝。」行者道：「那和尚怎的拿來？」老者道：

「那個僧伽，披領袈裟。先談《孔雀》，後念《法華》。香焚爐內，手把鈴拿。正然念處，驚動妖邪。風生雲起，徑至莊家。僧和怪鬥，其實堪誇：一遞一拳搗，一遞一把抓。和尚還相應，相應沒頭髮。須臾妖怪勝，徑直返煙霞。原來曬乾疤。我等近前看，光頭打的似個爛西瓜！」

行者笑道：「這等說，吃了虧也。」老者道：「他只拼得一命，還是我們吃虧：與他買棺木殯葬，又把些銀子與他徒弟。那徒弟心還不歇，至今還要告狀，不得乾淨！」行者道：「再可曾請甚麼人拿他？」老者道：「舊年又請了一個道士。」行者道：「那道士怎麼拿他？」老者道：「那道士：

頭戴金冠，身穿法衣。令牌敲響，符水施為。驅神使將，拘到妖魑。狂風滾滾，黑霧迷迷。即與道士，兩個相持。鬥到天晚，怪返雲霓。乾坤清朗朗，我等眾人齊。出來尋道士，渰死在山溪。撈得上來大家看，卻如一個落湯雞！」

行者笑道：「這等說，也吃虧了。」老者道：「他也只捨得一命，我們又使彀悶數錢糧。」行者道：「不打緊，不打緊，等我替你拿他來。」老者道：「你若果有手段拿得他，我請幾個本莊長者與你寫個文書：若得勝，憑你要多少銀子相謝，半分不少；如若有虧，切莫和我等放賴，各聽天命。」行者笑道：「這老兒被人賴怕了。我等不是那樣人。快請長者去。」

那老者滿心歡喜，即命家僮，請幾個左鄰、右舍、表弟、姨兄、親家、朋友，共有八九位老者，都來相見。會了唐僧，言及拿妖一事，無不欣然。眾老問：「是那一位高徒去拿？」行者叉手道：「是我小和尚。」眾老悚然道：「不濟！不濟！那妖精神通廣大，身體狼犺。你這個長老，瘦瘦小小，還不彀他填牙齒縫哩！」行者笑道：「老官兒，你估不出人來。我小自小，結實，都是『吃了磨刀水的，秀氣在內』哩！」眾老見說，只得依從道：「長老，拿住妖精，你要多少謝禮？」行者道：

「何必說要甚麼謝禮！俗語云：『說金子幌眼，說銀子傻白，說銅錢腥氣！』我等乃積德的和尚，決不要錢。」眾老道：「既如此說，都是受戒的高僧。既不要錢，豈有空勞之理！我等各家俱以魚田為活。若果降了妖孽，淨了地方，我等每家送你兩畝良田，共湊一千畝，坐落一處，你師徒們在上起蓋寺院，打坐參禪，強似方上雲游。」行者又笑道：「越不停當！但說要了田，就要養馬當差，納糧辦草，黃昏不得睡，五鼓不得眠。好倒弄殺人也！」眾老道：「諸般不要，卻將何謝？」行者道：「我出家人，但只是一茶一飯，便是謝了。」眾老喜道：「這個容易。但不知你怎麼拿他。」行者道：「他但來，我就拿住他。」眾老道：「那怪大著哩！上拄天，下拄地；來時風，去時霧。你卻怎生近得他？」行者笑道：「若論呼風駕霧的妖精，我把他當孫子罷了；若說身體長大，有那手段打他！」

正講處，只聽得呼呼風響，慌得那八九個老者，戰戰兢兢道：「這和尚鹽醬口（說不吉利話有應驗）！說妖精，妖精就來了！」那老李開了腰門，把幾個親戚，連唐僧，都叫：「進來！進來！妖怪來了！」唬得那八戒也要進去，沙僧也要進去。行者兩隻手扯住兩個道：「你們忒不循理！出家人，怎麼不分內外！站住！不要走！跟我去天井裡，看看是個甚麼妖精。」八戒道：「哥啊，他們都是經過帳的，風響便是妖來。他都去躲，我們又不與他有親，又不相識，又不是交契故人，看他做甚？」原來行者力量大，不容說，一把拉在天井裡站下。那陣風越發大了。好風：

倒樹摧林狼虎憂，翻江攪海鬼神愁。掀翻華岳三峰石，提起乾坤四部洲。

村舍人家皆閉戶，滿莊兒女盡藏頭。黑雲漠漠遮星漢，燈火無光遍地幽。

慌得那八戒戰戰兢兢，伏之於地，把嘴拱開土，埋在地下，卻如釘了釘一般。沙僧蒙著頭臉，眼也難睜。

行者聞風認怪，一霎時，風頭過處，只見那半空中隱隱的兩盞燈來，即低頭叫道：「兄弟們！風過了！起來看！」那呆子扯出嘴來，抖抖灰土，仰著臉，朝天一望，見有兩盞燈光，忽失聲笑道：「好耍子！好耍子！原來是個有行止的妖精！該和他做朋友！」沙僧道：「這般黑夜，又不曾覿面相逢，怎麼就知好歹？」八戒道：「古人云：『夜行以燭，無燭則止。』你看他打一對燈籠引路，必定是個好的。」沙僧道：「你錯看了。那不是一對燈籠，是妖精的兩隻眼亮。」這呆子就唬矮了三寸，道：「爺爺呀！眼有這般大啊，不知口有多少大哩！」行者道：「賢弟莫怕。你兩個護持著師父，待老孫上去討他個口氣，看他是甚妖精。」八戒道：「哥哥，不要供出我們來。」

好行者，縱身打個唿哨，跳到空中。執鐵棒，厲聲高叫道：「慢來！慢來！有吾在此！」那怪見了，挺住身軀，將一根長槍亂舞。行者執了棍勢，問道：「你是那方妖怪？何處精靈？」那怪更不答應，只是舞槍。行者又問，又不答，只是舞槍。行者暗笑道：「好是耳聾口啞！不要走！看棍！」那怪更不怕，亂舞槍遮攔。在那半空中，一來一往，一上一下，鬥到三更時分，未見勝敗。八戒、沙僧，在李家天井裡，看得明白。原來那怪只是舞槍遮架，更無半分兒攻殺。行者一條棒不離那怪的頭上。八戒笑道：「沙僧，你在這裡護持，讓老豬去幫打幫打，莫教那猴子獨干這功，領頭一鍾酒。」

好呆子，就跳起雲頭，趕上就築。那怪物又使一條槍抵住。兩條槍，就如飛蛇掣電。八戒誇獎道：「這妖精好槍法！不是『山後槍』，乃是『纏絲槍』；也不是『馬家槍』，卻叫做個『軟柄槍』！」行者道：「呆子莫胡談！那裡有個甚麼『軟柄槍』！」八戒道：「你看他使出槍尖來架住我們，不見槍柄，不知收在何處。」行者道：「或者是個『軟柄槍』；但這怪物還不會說話，想是還未歸人道，陰氣還重。只怕天明時陽氣勝，他必要走。但走時，一定趕上，不可放他。」八戒道：「正是！正是！」

又鬥多時，不覺東方發白。那怪不敢戀戰，回頭就走。行者與八戒，一齊趕來，忽聞得污穢之氣旭人，乃是七絕山稀柿衕也。八戒道：「是那家淘毛廁哩！哏！臭氣難聞！」行者捂著鼻子，只叫：「快快趕妖精！快快趕妖精！」那怪物攛過山頭，現了本相，乃是一條紅鱗大蟒。你看他：

眼射曉星，鼻噴朝霧。密密牙排鋼劍，彎彎爪曲金鉤。頭戴一條肉角，好便似千千塊瑪瑙攢成；身披一派紅鱗，卻就如萬萬片胭脂砌就。盤地只疑為錦被，飛空錯認作虹霓。歇臥處有腥氣沖天，行動時有赤雲罩體。大不大，兩邊人不見東西；長不長，一座山跨占南北。

八戒道：「原來是這般一個長蛇！若要吃人啊，一頓也得五百個，還不飽足！」行者道：「那軟柄槍乃是兩條信梯。我們趕他軟了，從後打出去！」這八戒縱身趕上，將鈀便築。那怪物一頭鑽進窟裡，還有七八尺長尾巴丟在外邊。八戒放下鈀，一把撾住道：「著手！著手！」盡力氣往外亂扯，莫想扯得動一毫。行者笑道：「呆子！放他進去，自有處置，不要這等倒扯蛇。」八戒真個撒了手，那怪縮進去了。八戒怨道：「才不放手時，半截子已是我們的了！是這般縮了，卻怎麼得他出來？這不是叫做沒蛇弄了！」行者道：「這廝身體狼秏，窟穴窄小，斷然轉身不得，一定是個照直攛的，定有個後門出頭。你快去後門外攔住，等我在前門外打。」

第六十七回

拯救駝羅禪性穩　脫離穢污道心清

那呆子真個一溜煙，跑過山頭。果見有個孔窟，他就紥定腳。還不曾站穩，不期行者在前門外使棒子往裡一搗，那怪物護疼，徑往後門攛出。八戒未曾防備，被他一尾巴打了一跌，莫能掙挫得起，睡在地下忍疼。行者見窟中無物，搴著棍，穿進去叫趕妖怪。那八戒聽得吆喝，自己害羞，忍著疼，爬起來，使鈀亂撲。行者見了，笑道：「妖怪走了，你還撲甚的了？」八戒道：「老豬在此『打草驚蛇』哩！」行者道：「活呆子！快趕上！」

二人趕過澗去，見那怪盤做一團，豎起頭來，張開巨口，要吞八戒。八戒慌得往後便退。這行者反迎上前，被他一口吞之。八戒搥胸跌腳，大叫道：「哥耶！傾了你也！」行者在妖精肚裡，支著鐵棒道：「八戒莫愁，我叫他搭個橋兒你看！」那怪物躬起腰來就似一道路東虹。八戒道：「雖是像橋，只是沒人敢走。」行者道：「我再叫他變做個船兒你看！」在肚裡將鐵棒撐著肚皮。那怪物肚皮貼地，翹起頭來，就似一隻贛保船。八戒道：「雖是像船，只是沒有桅篷，不好使風。」行者道：「你讓開路，等我叫他使個風你看。」又在裡面盡著力把鐵棒從脊背上一搠將出去，約有五七丈長，就似一根桅桿。那廝忍疼掙命，往前一攛，比使風更快，攛回舊路，下了山，有二十餘里，卻才倒在塵埃，動蕩不得，嗚呼喪矣。八戒隨後趕上來，又舉鈀亂築。行者把那物穿了一個大洞，鑽將出來道：「呆子！他死也死了，你還築他怎的？」八戒道：「哥啊，你不知我老豬一生好打死蛇？」遂此收了兵器，抓著尾巴，倒拉將來。

卻說那駝羅莊上李老兒與眾等，對唐僧道：「你那兩個徒弟，一夜不回，斷然傾了命也。」三藏道：「決不妨事。我們出去看看。」須臾間，只見行者與八戒拖著一條大蟒，吆吆喝喝前來，眾人卻才歡喜。滿莊上老幼男女，都來跪拜道：「爺爺！正是這個妖精，在此傷人！今幸老爺施法，斬怪除邪，我輩庶各得安生也！」眾家都是感激，東請西邀，各各酬謝。師徒們被留住五七日，苦辭無奈，方肯放行。又各家見他不要錢物，都辦些乾糧果品，騎騾壓馬，花紅彩旗，盡來餞行。此處五百人家，到有七八百人相送。

一路上喜喜歡歡，不時到了七絕山稀柿衕口。三藏聞得那般惡穢，又見路道填塞，道：「悟空！似此怎生度得？」行者捂著鼻子道：「這個卻難也。」三藏見行者說難，便就眼中垂淚。李老兒與眾上前道：「老爺勿得心焦。我等送到此處，都已約定意思了。令高徒與我們降了妖精，除了一莊禍害，我們各辦虔心，另開一條好路，送老爺過去。」行者笑道：「你這老兒，俱言之欠當。你初然說這山徑過有八百里，你等又不是大禹的神兵，那裡會開山鑿路！若要我師父過去，還得我們著力，你們都成不得。」三藏下馬，道：「悟空，怎生著力麼！」行者笑道：「眼下就要過山，卻也是難；若說再開條路，卻又難也。須是還從舊胡同過去。只恐無人管飯。」李老兒道：「長老說那裡話！憑你四位擔擱多少時，我等俱養得起，怎麼說無人管飯！」行者道：「既如此，你們去辦得兩石米的乾飯，再做些蒸飯饃饃來。等我那長嘴和尚吃飽了，變了大豬，拱開舊路，我師父騎在馬上，我等扶持著，管情過去了。」

八戒聞言，道：「哥哥，你們都要圖個乾淨，怎麼獨教老豬出臭？」三藏道：「悟能，你果有本事拱開胡同，領我過山，注你這場頭功。」八戒笑道：「師父在上，列位施主們都在此，休笑話。我老豬本來有三十六般變化。若說變輕巧華麗飛騰之物，委實不能；若說變山，變樹，變石塊，變土墩，變賴象、科豬、水牛、駱駝，真個全會。只是身體變得大，肚腸越發大。須是吃得飽了，才好幹事。」眾人道：「有東西！有東西！我們都帶得有乾糧、果品、燒餅、餶飿在此。原要開山相送的。

且都拿出來，憑你受用。待變化了，行動之時，我們再著人回去做飯送來。」八戒滿心歡喜，脫了皂直裰，丟了九齒鈀，對眾道：「休笑話，看老豬幹這場臭功。」好呆子，捻著訣，搖身一變，果然變做一個大豬。真個是：

嘴長毛短半脂膘，自幼山中食藥苗。
黑面環睛如日月，圓頭大耳似芭蕉。
修成堅骨同天壽，煉就粗皮比鐵牢。
齆齆鼻音呱詁叫，喳喳喉響噴喁哮。
白蹄四隻高千尺，劍鬣長身百丈饒。
從見人間肥豕彘，未觀今日老豬魈。
唐僧等眾齊稱贊，羨美天蓬法力高。

孫行者見八戒變得如此，即命那些相送人等，快將乾糧等物堆攢一處，叫八戒受用。那呆子不分生熟，一澇食之，卻上前拱路。行者叫沙僧脫了腳，好生挑擔，請師父穩坐雕鞍。他也脫了鞝鞋，吩咐眾人回去：「若有情，快早送些飯來與我師弟接力。」那些人有七八百相送隨行，多一半有騾馬的，飛星回莊做飯；還有三百人步行的，立於山下遙望他行。原來此莊至山，有三十餘里；待回取飯來，又三十餘里，往回擔擱，約有百里之遙，他師徒們已此去得遠了。眾人不捨，催趲騾馬，進胡同，連夜趕至，次日方才趕上。叫道：「取經的老爺，慢行！慢行！我等送飯來也！」長老聞言，謝之不盡，道：「真是善信之人！」叫八戒住了，再吃些飽食壯神。那呆子拱了兩日，正在飢餓之際。那許多人何止有七八石飯食。他也不論米飯、麵飯，收積來一滂用之。飯餐一頓，卻又上前拱路。三藏與行者、沙僧謝了眾人，分手兩別。正是：

駝羅莊客回家去，八戒開山過同來。三藏心誠神力擁，悟空法顯怪魔衰。
千年稀柿今朝淨，七絕胡同此日開。六欲塵情皆剪絕，平安無阻拜蓮台。

這一去不知還有多少路程，還遇甚麼妖怪，且聽下回分解。

第六十八回

朱紫國唐僧論前世　孫行者施為三折肱

善正萬緣收，名譽傳揚四部洲。智慧光明登彼岸，颼颼，靉靉雲生天際頭。諸佛共相酬，永住瑤台萬萬秋。打破人間蝴蝶夢，休休，滌淨塵氛不惹愁。

話表三藏師徒，洗污穢之胡同，上逍遙之道路，光陰迅速，又值炎天。正是：

海榴舒錦彈，荷葉綻青盤。
兩路綠楊藏乳燕，行人避暑扇搖紈。

進前行處，忽見有一城池相近。三藏勒馬叫：「徒弟們，你看那是甚麼去處？」行者道：「師父原來不識字，虧你怎麼領唐王旨意離朝也！」三藏道：「我自幼為僧，千經萬典皆通，怎麼說我不識字？」行者道：「既識字，怎麼那城頭上杏黃旗，明書三個大字，就不認得，卻問是甚去處何也？」

三藏喝道：「這潑猴胡說！那旗被風吹得亂擺，縱有字也看不明白！」行者道：「老孫偏怎看見？」八戒、沙僧道：「師父，莫聽師兄搗鬼。這般遙望，城池尚不明白，如何就見是甚字號？」行者道：「卻不是『朱紫國』三字？」三藏道：「朱紫國必是西邦王位，卻要倒換關文。」行者道：「不消講了。」不多時，至城門下馬，過橋，入進三層門裡，真個好個皇州！但見：

門樓高聳，垛迭齊排。周圍活水通流，南北高山相對。六街三市貨資多，萬戶千家生意盛。果然是個帝王都會處，天府大京城。絕域梯航至，遐方玉帛盈。形勝連山遠，宮垣接漢清。三關嚴鎖鑰，萬古樂升平。

師徒們在那大街市上行時，但見人物軒昂，衣冠齊整，言語清朗，真不亞大唐世界。那兩邊做買做賣的，忽見豬八戒相貌醜陋，沙和尚面黑身長，孫行者臉毛額廓，丟了買賣，都來爭看。三藏只叫：「不要撞禍！低著頭走！」

八戒遵依，把個把子嘴揣在懷裡；沙僧不敢仰視；惟行者東張西望，緊隨唐僧左右。那些人有知事的，看看兒就回去了。有那游手好閒的，並那頑童們，烘烘笑笑，都上前抛瓦丟磚，與八戒作戲。唐僧捏著一把汗，只教：「莫要生事！」那呆子不敢抬頭。

不多時，轉過隅頭，忽見一座門牆，上有「會同館（明朝接待各國使者的館舍）」三字。唐僧道：「徒弟，我們進這衙門去也。」行者道：「進去怎的？」唐僧道：「會同館乃天下通會通同之所，我們也打攪得。且到裡面歇下。待我見駕，倒換了關文，再趕出城走路。」八戒聞言，掣出嘴來，把那些隨看的人，唬倒了數十個。他上前道：「師父說的是。我們且到裡邊藏下，免得這伙鳥人吵嚷。」遂進館去。那些人方漸漸而退。

卻說那館中有兩個大使，乃是一正一副，都在廳上查點人夫，要往那裡接官。忽見唐僧來到，個個心驚，齊道：「是甚麼人？是甚麼人？往那裡走？」三藏合掌道：「貧僧乃東土大唐駕下，差往西天取經者。今到寶方，不敢私過，有關文欲倒驗放行，權借高衙暫歇。」那兩個館使聽言，屏退左右，一個個整冠束帶，下廳迎上相見。即命打掃客房安歇，教辦清素支應。三藏謝了。二官帶領人夫，出廳而去。手下人請老爺客房安歇，三藏便走。行者恨道：「這廝憊懶！怎麼不讓老孫在正廳？」三藏道：「他這裡不服我大唐管屬，又不與我國相連，況不時又有上司過客往來，所以不好留此相待。」行者道：「這等說，我偏要他相待！」

正說處，有管事的送支應來，乃是一盤白米、一盤白麵、兩把青菜、四塊豆腐、兩個麵筋、一盤乾筍、一盤木耳。三藏教徒弟收了，謝了管事的。管事的道：「西房裡有乾淨鍋灶，柴火方便，請自去做飯。」三藏道：「我問你一聲，國王可在殿上麼？」管事的道：「我萬歲爺爺久不上朝，今日乃黃道良辰，正與文武多官議出黃榜。你若要倒換關文，趁此急去，還趕上；到明日，就不能彀了，不知還有多少時伺候哩。」三藏道：「悟空，你們在此安排齋飯，等我急急去驗了關文回來，吃了走路。」八戒急取出袈裟關文。三藏整束了進朝，只是吩咐徒弟們，切不可出外去生事。

不一時，已到五鳳樓前。說不盡那殿閣崢嶸，樓台壯麗。直至端門外，煩奏事官轉達天廷，欲倒驗關文。那黃門官果至玉階前，啟奏道：「朝門外有東土大唐欽差一員僧，前往西天雷音寺拜佛求經，欲倒換通關文牒，聽宣。」國王聞言，喜道：「寡人久病，不曾登基；今上殿出榜招醫，就有高僧來國！」即傳旨宣至階下。三藏即禮拜俯伏。國王又宣上金殿賜坐，命光祿寺辦齋。三藏謝了恩，將關文獻上。

國王看畢，十分歡喜道：「法師，你那大唐，幾朝君正？幾輩臣賢？至於唐王，因甚作疾回生，著你遠涉山川求經？」這長老因問，即欠身合掌道：「貧僧那裡：

三皇治世，五帝分倫。堯舜正位，禹湯安民。成周子眾，各立乾坤。倚強欺弱，分國稱君。邦君十八，分野邊塵。後成十二，宇宙安淳。因無車馬，卻又相吞。七雄爭勝，六國歸秦。天生魯沛，各懷不仁。江山屬漢，約法欽遵。漢歸司馬，晉又紛紜。南北十二，宋齊梁陳。列祖相繼，大隋紹真。賞花無道，塗炭多民。我王李氏，國號唐君。高祖晏駕，當今世民。河清海晏，大德寬仁。茲因長安城北，有個怪水龍神，刻減甘雨，應該損身。夜間托夢，告王救迯。王言准赦，早召賢臣。款留殿內，慢把棋輸。時當日午，那賢臣夢斬龍身。」

國王聞言，忽作呻吟之聲，問道：「法師，那賢臣是那邦來者？」三藏道：「就是我王駕前丞相，姓魏名徵。他識天文，知地理，辨陰陽，乃安邦立國之大宰輔也。因他夢斬了涇河龍王，那龍王告到陰司，說我王許救又殺之，故我王遂得促病，漸覺身危。魏徵又寫書一封，與我王帶至冥司，寄與酆都城判官崔珏。少時，唐王身死，至三日復得回生。虧了魏徵，感崔判官改了文書，加王二十年壽。今要做水陸大會，故遣貧僧遠涉道途，詢求諸國，拜佛祖，取《大乘經》三藏，超度孽苦升天也。」那國王又呻吟嘆道：「誠乃是天朝大國，君正臣賢！似我寡人久病多時，並無一臣拯救。」長老聽說，偷睛觀看，見那皇帝面黃肌瘦，形脫神衰。長老正欲啟問，有光祿寺官，奏請唐僧奉齋。王傳旨，教：「在披香殿，連朕之膳擺下，與法師同享。」三藏謝了恩，與王同進膳進齋不題。

卻說行者在會同館中，著沙僧安排茶飯，並整治素菜。沙僧道：「茶飯易煮，蔬菜不好安排。」行者問道：「如何？」沙僧道：「油鹽、醬、醋俱無也。」行者道：「我這裡有幾文襯錢，教八戒上街買去。」那呆子躲懶道：「我不敢去。嘴臉欠俊，恐惹下禍來，師父怪我。」行者道：「公平交易，又不化他，又不搶他，何禍之有！」八戒道：「你才不曾看見獐智（情況）？在這門前扯出嘴來，把人唬倒了十來個；若到鬧市叢中，也不知唬殺多少人是！」行者道：「你只知鬧市叢中，你可曾看見那市上賣的是甚麼東西？」八戒道：「師父只教我低著頭，莫撞禍，實是不曾看見。」行者道：「酒店、米鋪、磨坊，並綾羅雜貨不消說；著然又好茶房、麵店、大燒餅、大饃饃，飯店又有好湯飯、好椒料、好蔬菜，與那異品的糖糕、蒸酥、點心、卷子、油食、蜜食，無數好東西，我去買些兒請你如何？」

那呆子聞說，口內流涎，喉嚨裡嘓嘓的咽唾，跳起來道：「哥哥！這遭我擾你，待下次攢錢，我也請你回席。」行者暗笑道：「沙僧，好生煮飯，等我們去買調和（調味料）來。」沙僧也知是耍呆子，只得順口應承道：「你們去，須是多買些，吃飽了來。」那呆子撈個碗盞拿了，就跟行者出門。有兩個在官人問道：「長老那裡去？」行者道：「買調和。」那人道：「這條街往西去，轉過拐角鼓樓，那鄭家雜貨店，憑你買多少，油、鹽、醬、醋、薑、椒、茶葉俱全。」

他二人攜手相攙，徑上街西而去。行者過了幾處茶房，幾家飯店，當買的不買，當吃的不吃。八戒叫道：「師兄，這裡將就買些用罷。」那行者原是耍他，那裡肯買，道：「賢弟，你好不經紀（這裡指會算計）！再走走，揀大的買吃。」兩個人說說話兒，又領了許多人跟隨爭看，不時，到了鼓樓邊，只見那樓下無數人喧嚷，擠擠挨挨，填街塞路。八戒見了道：「哥哥，我不去了。那裡人嚷得緊，只怕是拿和尚的。又況是面生可疑之人，拿了去，怎的了？」行者道：「胡談！和尚又不犯法，拿我怎的？我們走過去，到鄭家店買些調和來。」八戒道：「罷！罷！罷！我不闖禍。這一擠到人叢裡，把耳朵挑了兩挑，唬得他跌跌爬爬，跌死幾個，我倒償命是！」行者道：「既然如此，你在這壁根下站定，等我過去買了回來，與你買素麵燒餅吃罷。」那呆子將碗盞遞與行者，把嘴拄著牆根，背著臉，死也不動。

這行者走至樓邊，果然擠塞。直挨入人叢裡聽時，原來是那皇榜張掛樓下，故多人爭看。行者擠到近處，閃開火眼金睛，仔細看時，那榜上卻云：

「朕西牛賀洲朱紫國王，自立業以來，四方平服，百姓清安。近因國事不祥，沉痾伏枕，淹延日久難痊。本國太醫院，屢選良方，未能調治。今出此榜文，普招天下賢士。不拘北往東來，中華外國，若有精醫藥者，請登寶殿，療理朕躬。稍得病愈，願將社稷平分，決不虛示。為此出給張掛。須至榜者。」

覽畢，滿心歡喜道：「古人云：『行動有三分財氣。』早是不在館中呆坐。即此不必買甚調和，且把取經事寧耐一日，等老孫做個醫生耍耍。」好大聖，彎倒腰，丟了碗盞，拈一撮土，往上灑去，念聲咒語，使個隱身法，輕輕的上前揭了榜。又朝著巽地上吸口仙氣吹來，那陣旋風起處，他卻回身，徑到八戒站處，只見那呆子嘴拄著牆根，卻是睡著了一般。行者更不驚他，將榜文折了，輕輕揣在他懷裡，拽轉步，先往會同館去了不題。

卻說那樓下眾人，見風起時，各各蒙頭閉眼。不覺風過時，沒了皇榜，眾皆悚懼。那榜原有十二個太監，十二個校尉，早朝領出。才掛不上三個時辰。被風吹去，戰兢兢左右追尋。忽見豬八戒懷中露出個紙邊兒來，眾人近前道：「你揭了榜來耶？」那呆子猛抬頭，把嘴一撅，唬得那幾個校尉，踉踉蹌蹌，跌倒在地。他卻轉身要走，又被面前幾個膽大的扯住道：「你揭了招醫的皇榜，還不進朝醫治我萬歲去，卻待何往？」那呆子慌慌張張道：「你兒子便揭了皇榜！你孫子便會醫治！」校尉道：「你懷中揣的是甚？」

那呆子卻才低頭看時，真個有一張字紙。展開一看，咬著牙罵道：「那猢猻害殺我也！」恨一聲，便要扯破，早被眾人架住道：「你是死了！此乃當今國王出的榜文，誰敢扯壞？你既揭在懷中，必有醫國之手，快同我去！」八戒喝道：「汝等不知。這榜不是我揭的，是我師兄孫悟空揭的。他暗暗揣在我懷中，他卻丟下我去了。若得此事明白，我與你尋他去。」眾人道：「說甚麼亂話！『現鐘不打打鑄鐘』？你現揭了榜文，教我們尋誰！不管你！扯了去見主上！」那伙人不分清白，將呆子推推扯扯。這呆子立定腳，就如生了根一般，十來個人也弄他不動。八戒道：「汝等不知高低！再扯一會，扯得我呆性子發了，你卻休怪！」

不多時，鬧動了街人，將他圍繞。內有兩個年老的太監道：「你這相貌稀奇，聲音不對，是那裡來的，這般村強？」八戒道：「我們是東土差往西天取經的。我師父乃唐王御弟法師，卻才入朝，倒換關文去了。我與師兄來此買辦調和，我見樓下人多，未曾敢去，是我師兄教我在此等候。他原來見有榜文，弄陣旋風揭了，暗揣我懷內，先去了。」那太監道：「我頭前見個白面胖和尚，徑奔朝門而去，想就是你師父？」八戒道：「正是，正是。」太監道：「你師兄往那裡去了？」八戒道：「我們一行四眾。師父去倒換關文，我三眾並行囊、馬匹俱歇在會同館。師兄弄了我，他先回館中去了。」太監道：「校尉，不要扯他。我等同到館中，便知端的。」八戒道：「你這兩個奶奶知事。」一眾校尉道：「這和尚委不識貨！怎麼趕著公公叫起奶奶來耶？」八戒笑道：「不羞！你這反了陰陽的！他二位老媽媽兒，不叫他做婆婆、奶奶，倒叫他做公公！」眾人道：「莫弄嘴！快尋你師兄去。」

那街上人吵吵鬧鬧，何止三五百，共扛到館門首。八戒道：「列位住了。我師兄卻不比我任你們作戲（戲耍）。他卻是個猛烈認真之士。汝等見了，須要行個大禮，叫他聲『孫老爺』，他就招架了。不然啊，他就變了嘴臉，這事卻弄不成也。」一眾太監、校尉俱道：「你師兄果有手段，醫好國王，他也該有一半江山，我等合該下拜。」

那些閒雜人都在門外喧嘩。八戒領著一行太監、校尉，徑入館中。只聽得行者與沙僧在客房裡正說那揭榜之事耍笑哩。八戒上前扯住，亂嚷道：「你可成個人！哄我去買素麵、燒餅、饃饃我吃，原來都是空頭！又弄旋風，揭了甚麼皇榜，暗暗的揣在我懷裡，拿我裝胖！這可成個弟兄！」行者笑道：「你這呆子，想是錯了路，走向別處去。我過鼓樓，買了調和，急回來尋你不見，我先來了。在那裡揭甚皇榜？」八戒道：「現有看榜的官員在此。」說不了，只見那幾個太監、校尉朝上禮拜道：「孫老爺，今日我王有緣，天遣老爺下降，是必大展經綸手（指才能），微施三折肱（指醫術）。治得我王病愈，江山有分，社稷平分也。」

第六十八回

朱紫國唐僧論前世　孫行者施為三折肱

行者聞言，正了聲色，接了八戒的榜文，對眾道：「你們想是看榜的官麼？」太監叩頭道：「奴婢乃司禮監內臣。這幾個是錦衣校尉。」行者道：「這招醫榜，委是我揭的，故遣我師弟引見。既然你主有病，常言道：『藥不跟賣，病不討醫。』你去教那國王親來請我。我有手到病除之功。」太監聞言，無不驚駭。

校尉道：「口出大言，必有度量。我等著一半在此啞請，著一半入朝啟奏。」當分了四個太監，六個校尉，更不待宣召，徑入朝，當階奏道：「主公萬千之喜！」那國王正與三藏膳畢清談，忽聞此奏，問道：「喜自何來？」太監奏道：「奴婢等早領出招醫皇榜，鼓樓下張掛，有東土大唐遠來取經的一個聖僧孫長老揭了，現在會同館內，要王親自去請他，他有手到病除之功。故此特來啟奏。」

國王聞言，滿心歡喜，就問唐僧道：「法師有幾位高徒？」三藏合掌答曰：「貧僧有三個頑徒。」國王問：「那一位高徒善醫？」三藏道：「實不瞞陛下說。我那頑徒，俱是山野庸才，只會挑包背馬，轉澗尋波，帶領貧僧登山涉嶺，或者到峻險之處，可以伏魔擒怪，捉虎降龍而已；更無一個能知藥性者。」國王道：「法師何必太謙？朕當今日登殿，幸遇法師來朝，誠天緣也。高徒既不知醫，他怎肯揭我榜文，教寡人親迎？斷然有醫國之能也。」叫：「文武眾卿，寡人身虛力怯，不敢乘輦；汝等可替寡人，俱到朝外，敦請孫長老，看朕之病。汝等見他，切不可輕慢，稱他做『神僧孫長老』，皆以君臣之禮相見。」

那眾臣領旨，與看榜的太監、校尉徑至會同館，排班參拜。唬得那八戒躲在廂房，沙僧閃於壁下。那大聖，看他坐在當中，端然不動。八戒暗地裡怨惡道：「這猢猻活活的折殺也！怎麼這許多官員禮拜，更不還禮，也不站將起來！」

不多時，禮拜畢，分班啟奏道：「上告神僧孫長老。我等俱朱紫國王之臣，今奉王旨，敬以潔禮參請神僧，入朝看病。」行者方才立起身來，對眾道：「你王如何不來？」眾臣道：「我王身虛力怯，不敢乘輦，特令臣等行代君之禮，拜請神僧也。」行者道：「既如此說，列位請前行，我當隨至。」眾臣各依品從，作隊而走。行者整衣而起。八戒道：「哥哥，切莫攀出我們來。」行者道：「我不攀你，只要你兩個與我收藥。」沙僧道：「收甚麼藥？」行者道：「凡有人送藥來與我，照數收下，待我回來取用。」二人領諾不題。

這行者即同多官，頃間便到。眾臣先走，奏知那國王，高捲珠簾，閃龍睛鳳目，開金口玉言，便問：「那一位是神僧孫長老？」行者進前一步，厲聲道：「老孫便是。」那國王聽得聲音凶狠，又見相貌刁鑽，唬得戰兢兢，跌在龍床之上。慌得那女官內宦，急扶入宮中，道：「唬殺寡人也！」眾官都嗔怨行者道：「這和尚怎麼這等粗魯村疏！怎敢就擅揭榜！」

行者聞言，笑道：「列位錯怪了我也。若像這等慢人，你國王之病，就是一千年也不得好。」眾臣道：「人生能有幾多陽壽？就一千年也還不好？」行者道：「他如今是個病君，死了是個病鬼，再轉世也還是個病人，卻不是一千年也還不好？」眾臣怒曰：「你這和尚，甚不知禮！怎麼敢這等滿口胡柴！」行者笑道：「不是胡柴。你都聽我道來：

醫門理法至微玄，大要心中有轉旋。
望聞問切四般事，缺一之時不備全：

第一望他神氣色，潤枯肥瘦起和眠；
第二聞聲清與濁，聽他真語及狂言；
三問病原經幾日，如何飲食怎生便；
四才切脈明經絡，浮沉表裡是何般。
我不望聞並問切，今生莫想得安然。」

那兩班文武叢中，有太醫院官，一聞此言，對眾稱揚道：「這和尚也說得有理。就是神仙看病，也須望、聞、問、切，謹合著神聖功巧也。」眾官依此言，著近侍傳奏道：「長老要用望、聞、問、切之理，方可認病用藥。」那國王睡在龍床上，聲聲喚道：「叫他去罷！寡人見不得生人面了！」近侍的出宮來道：「那和尚，我王旨意，教你去罷，見不得生人面哩。」行者道：「若見不得生人面啊，我會『懸絲診脈』。」眾官暗喜道：「懸絲診脈，我等耳聞，不曾眼見。再奏去來。」那近侍的又入宮奏道：「主公，那孫長老不見主公之面，他會懸絲診脈。」國王心中暗想道：「寡人病了三年，未曾試此，宣他進來。」近侍的即忙傳出道：「主公已許他懸絲診脈，快宣孫長老進宮診視。」

行者卻就上了寶殿。唐僧迎著罵道：「你這潑猴，害了我也！」行者笑道：「好師父，我倒與你壯觀，你返說我害你？」三藏喝道：「你跟我這幾年，那曾見你醫好誰來！你連藥性也不知，醫書也未讀，怎麼大膽闖這個大禍！」行者笑道：「師父，你原來不曉得。我有幾個草頭方兒，能治大病，管情醫得他好便是。就是醫殺了，也只問得個庸醫殺人罪名，也不該死，你怕怎的！不打緊，不打緊，你且坐下看我的脈理如何。」

長老又道：「你那曾見《素問》（我國最早的中醫理著作）、《難經》（舊題戰國秦越扁鵲著，中醫學著作）、《本草》（即《本草綱目》，明李時珍著，中藥學名著）、《脈訣》（晉王叔和著，脈學專著），是甚般章句，怎生注解，就這等胡說散道，會甚麼懸絲診脈！」行者笑道：「我有金線在身，你不曾見哩。」即伸手下去，尾上拔了三根毫毛，捻一把，叫聲「變！」即變作三條絲線，每條各長二丈四尺，按二十四氣，托於手內，對唐僧道：「這不是我的金線？」近侍宦官在旁道：「長老且休講口，請入宮中診視去來。」行者別了唐僧，隨著近侍入宮看病。

正是那：心有秘方能治國，內藏妙訣注長生。畢竟這去不知看出甚麼病來，用甚麼藥品。欲知端的，且聽下回分解。

第六十九回
心主夜間修藥物　君王筵上論妖邪

話表孫大聖同近侍宦官，到於皇宮內院，直至寢宮門外立定。將三條金線與宦官拿入裡面，吩咐：「教內宮妃後，或近侍太監，先繫在聖躬左手腕下，按寸、關、尺（中醫切脈的三個部位，即寸口、關上、尺中）三部上，卻將線頭從窗櫺兒穿出與我。」真個那宦官依此言，請國王坐在龍床，按寸、關、尺，以金線一頭繫了，一頭理出窗外。行者接了線頭，以自己右手大指先托著食指，看了寸脈；次將中指按大指，看了關脈；又將大指托定無名指，看了尺脈；調停自家呼吸，分定四氣、五郁、七表、八里、九候、浮中沉、沉中浮，辨明了虛實之端；又教解下左手，依前繫在右手腕下部位。

行者即以左手指，一一從頭診視畢，卻將身抖了一抖，把金線收上身來。厲聲高呼道：「陛下左手寸脈強而緊，關脈澀而緩，尺脈芤（一種脈象）且沉；右手寸脈浮而滑，關脈遲而結，尺脈數（中醫指脈搏快）而牢。夫左寸強而緊者，中虛心痛也；關澀而緩者，汗出肌麻也；尺芤而沉者，小便赤而大便帶血也。右手寸脈浮而滑者，內結經閉也；關遲而結者，宿食留飲也；尺數而牢者，煩滿虛寒相持也。診此貴恙：是一個驚恐憂思，號為『雙鳥失群』之症。」那國王在內聞言，滿心歡喜。打起精神，高聲應道：「指下明白！指下明白！果是此疾！請出外面用藥來也。」

大聖卻才緩步出宮。早有在旁聽見的太監，已先對眾報知。須臾，行者出來，唐僧即問如何。行者道：「診了脈，如今對症製藥哩。」眾官上前道：「神僧長老，適才說『雙鳥失群』之症，何也？」行者笑道：「有雌雄二鳥，原在一處同飛；忽被暴風驟雨驚散，雌不能見雄，雄不能見雌，雌乃想雄，雄亦想雌，這不是『雙鳥失群』也？」眾官聞說，齊聲喝采道：「真是神僧！真是神醫！」稱贊不已。當有太醫官問道：「病勢已看出矣，但不知用何藥治之？」行者道：「不必執方，見藥就要。」醫官道：「經云：『藥有八百八味，人有四百四病。』病不在一人之身，藥豈有全用之理！如何見藥就要？」行者道：「古人云：『藥不執方，合宜而用。』故此全征藥品，而隨便加減也。」

那醫官不復再言。即出朝門之外，差本衙當值之人，遍曉滿城生熟藥鋪，即將藥品，每味各辦三斤，送與行者。行者道：「此間不是製藥處，可將諸藥之數並製藥一應器皿，都送入會同館，交與我師弟二人收下。」醫官聽命，即將八百八味每味三斤及藥碾、藥磨、藥羅、藥乳並乳缽、乳槌之類都送至館中，一一交付收訖。

行者往殿上請師父同至館中製藥。那長老正自起身，忽見內宮傳旨，教閣下留住法師，同宿文華殿。待明朝服藥之後，病痊酬謝，倒換關文送行。三藏大驚道：「徒弟啊，此意是留我做當頭（這裡義為人質）哩。若醫得好，歡喜起送；若醫不好，我命休矣。你須仔細上心，精虔制度也！」行者笑道：「師父放心，在此受用。老孫自有醫國之手。」

好大聖，別了三藏，辭了眾臣，徑至館中。八戒迎著笑道：「師兄，我知道你了。」行者道：「你知甚麼！」八戒道：「知你取經之事不果，欲作生涯無本，今日見此處富庶，設法要開藥鋪

第六十九回
心主夜間修藥物　君王筵上論妖邪

哩。」行者喝道：「莫胡說！醫好國王，得意處辭朝走路，開甚麼藥鋪！」八戒道：「終不然，這八百八味藥，每味三斤，共計二千四百二十四斤，只醫一人，能用多少？不知多少年代方吃得了哩！」行者道：「那裡用得許多？他那太醫院官都是些愚盲之輩，所以取這許多藥品，教他沒處捉摸，不知我用的是那幾味，難識我神妙之方也。」

正說處，只見兩個館使，當面跪下道：「請神僧老爺進晚齋。」行者道：「早間那般待我，如今卻跪而請之，何也？」館使叩頭道：「老爺來時，下官有眼無珠，不識尊顏。今聞老爺大展三折之肱(指高明的醫術)，治我一國之主，若主上病愈，老爺江山有分，我輩皆臣子也，禮當拜請。」行者見說，欣然登堂上坐。八戒、沙僧分坐左右。擺上齋來。沙僧便問道：「師兄，師父在那裡哩？」行者笑道：「師父被國王留住作當頭哩。只待醫好了病，方才酬謝送行。」沙僧又問：「可有些受用麼？」行者道：「國王豈無受用！我來時，他已有三個閣老陪侍左右，請入文華殿去也。」八戒道：「這等說，還是師父大哩。他倒有閣老陪伴，我們只得兩個館使奉承。——且莫管他，讓老豬吃頓飽飯也。」兄弟們遂自在受用一番。

天色已晚。行者叫館使：「收了家伙，多辦些油蠟，我等到夜靜時，方好製藥。」館使果送若干油蠟，各命散訖。至半夜，天街人靜，萬籟無聲。八戒道：「哥哥，製何藥？趕早幹事。我瞌睡了。」行者道：「你將大黃取一兩來，碾為細末。」沙僧乃道：

「大黃味苦，性寒，無毒；其性沉而不浮，其用走而不守；奪諸郁而無壅帶，定禍亂而致太平；名之曰『將軍』。

此行藥耳。但恐久病虛弱，不可用此。」行者笑道：「賢弟不知。此藥利痰順氣，蕩肚中凝滯之寒熱。你莫管我。你去取一兩巴豆，去殼去膜，捶去油毒，碾為細末來。」八戒道：

「巴豆味辛，性熱，有毒；削堅積，蕩肺腑之沉寒；通閉塞，利水穀之道路；乃斬關奪門之將，不可輕用。」

行者道：「賢弟，你也不知。此藥破結宣腸，能理心膨水脹。快製來，我還有佐使之味輔之也。」他二人即時將二藥碾細道：「師兄，還用那幾十味？」行者道：「不用了。」八戒道：「八百八味，每味三斤，只用此二兩，誠為起奪人了。」行者將一個花磁盞子，道：「賢弟莫講，你拿這個盞兒，將鍋臍灰刮半盞過來。」八戒道：「要怎的？」行者道：「藥內要用。」沙僧道：「小弟不曾見藥內用鍋灰。」行者道：「鍋灰名為『百草霜』，能調百病，你不知道。」那呆子真個刮了半盞，又碾細了。行者又將盞子，遞與他道：「你再去把我們的馬尿等半盞來。」八戒道：「要他怎的？」行者道：「要丸藥。」沙僧又笑道：「哥哥，這事不是耍子。馬尿腥臊，如何入得藥品？我只見醋糊為丸，陳米糊為丸，煉蜜為丸，或只是清水為丸，那曾見馬尿為丸？那東西腥腥臊臊，脾虛的人，一聞就吐；再服巴豆、大黃，弄得人上吐下瀉，可是耍子？」行者道：「你不知就裡。我那馬，不是凡馬。他本是西海龍身。若得他肯去便溺，憑你何疾，服之即愈。但急不可得耳。」八戒聞言，真個去到馬邊。那馬斜伏地下睡哩。呆子一頓腳踢起，襯在肚下，等了半會，全不見撒尿。他跑將來，對行者說：「哥啊，且莫去醫皇帝，且快去醫醫馬來。那亡人乾結了，莫想尿得出一點兒！」行者笑道：

「我和你去。」沙僧道：「我也去看看。」

三人都到馬邊，那馬跳將起來，口吐人言，厲聲高叫道：「師兄，你豈不知？我本是西海飛龍，因為犯了天條，觀音菩薩救了我，將我鋸了角，退了鱗，變作馬，馱師父往西天取經，將功折罪。我若過水撒尿，水中游魚，食了成龍；過山撒尿，山中草頭得味，變作靈芝，仙僮採去長壽；我怎肯在此塵俗之處輕拋卻也？」行者道：「兄弟謹言。此間乃西方國王，非塵俗也，亦非輕拋棄也。常言道：『眾毛攢裘。』要與本國之王治病哩。醫得好時，大家光輝。不然，恐俱不得善離此地也。」那馬才叫聲：「等著。」你看他往前撲了一撲，往後蹲了一蹲，咬得那滿口牙扢支支的響亮，僅努出幾點兒，將身立起。八戒道：「這個亡人！就是金汁子，再撒些兒也罷！」那行者見有少半盞，道：「彀了！彀了！拿去罷。」沙僧方才歡喜。

三人回至廳上，把前項藥餌攪和一處，搓了三個大丸子。行者道：「兄弟，忒大了。」八戒道：「只有核桃大。若論我吃，還不彀一口哩！」遂此收在一個小盒兒裡。兄弟們連衣睡下，一夜無詞。早是天曉。卻說那國王耽病設朝，請唐僧見了，即命眾官快往會同館參拜神僧孫長老取藥去。

多官隨至館中，對行者拜伏於地道：「我王特命臣等拜領妙劑。」行者叫八戒取盒兒，揭開蓋子，遞與多官。多官啟問：「此藥何名？好見王回話。」行者道：「此名『烏金丹』。」八戒二人，暗中作笑道：「鍋灰拌的，怎麼不是烏金！」多官又問道：「用何引子？」行者道：「藥引兒兩般都下得。有一般易取者，乃六物煎湯送下。」多官問：「是何六物？」行者道：

「半空飛的老鴉屁，緊水負的鯉魚尿，王母娘娘搽臉粉，老君爐裡煉丹灰，玉皇戴破的頭巾要三塊，還要五根困龍鬚：六物煎湯送此藥，你王憂病等時除。」

多官聞言道：「此物乃世間所無者。請問那一般引子是何？」行者道：「用無根水送下。」眾官笑道：「這個易取。」行者道：「怎見得易取？」多官道：「我這裡人家俗論：若用無根水，將一個碗盞，到井邊，或河下，舀了水，急轉步，更不落地，亦不回頭，到家與病人吃藥，便是。」行者道：「井中河內之水，俱是有根的。我這無根水，非此之論，乃是天上落下者，不沾地就吃，才叫做『無根水』。」多官又道：「這也容易。等到天陰下雨時，再吃藥便罷了。」遂拜謝了行者，將藥持回獻上。

國王大喜，即命近侍接上來。看了道：「此是甚麼丸子？」多官道：「神僧說是『烏金丹』，用無根水送下。」國王便教宮人取無根水。眾官道：「神僧說，無根水不是井河中者，乃是天上落下不沾地的才是。」國王即喚當駕官傳旨，教請法官求雨。眾官遵依出榜不題。

卻說行者在會同館廳上，叫豬八戒道：「適間允他天落之水，才可用藥，此時急忙，怎麼得個雨水？我看這王，倒也是個大賢大德之君，我與你助他些兒雨下藥，如何？」八戒道：「怎麼樣助？」行者道：「你在我左邊立下，做個輔星。」又叫沙僧，「你在我右邊立下，做個弼宿。等老孫助他些無根水兒。」好大聖，步了罡訣，念聲咒語，早見那正東上，一朵烏雲，漸近於頭頂上。叫道：「大聖，東海龍王敖廣來見。」行者道：「無事不敢捻煩，請你來助些無根水與國王下藥。」龍王道：「大聖呼喚時，不曾說用水，小龍隻身來了，不曾帶得雨器，亦未有風雲雷電，怎生降雨？」行者道：「如今用不著風雲雷電，亦不須多雨，只要些須引藥之水便了。」龍王道：「既如此，待我打兩個噴噎，吐些涎津溢，與他吃藥罷。」行者大喜道：「最好！最好！不必遲疑，趁早行事。」

那老龍在空中，漸漸低下烏雲，直至皇宮之上，隱身潛相，噀一口津唾，遂化作甘霖。那滿朝官齊聲喝采道：「我主萬千之喜！天公降下甘雨來也！」國王即傳旨，教：「取器皿盛著。不拘宮內外及官大小，都要等貯仙水，拯救寡人。」你看那文武多官並三宮六院妃嬪與三千彩女，八百嬌娥，一個個擎杯托盞，舉碗持盤，等接甘雨。那老龍在半空，運化津涎，不離了王宮前後。將有一個時辰，龍王辭了大聖回海。眾臣將杯盂碗盞收來，也有等著一點兩點者，也有等著三點五點者，也有一點不曾等著者，共合一處，約有三盞之多，總獻至御案。真個是異香滿襲金鑾殿，佳味熏飄天子庭！

那國王辭了法師，將著「烏金丹」並甘雨至宮中，先吞了一丸，吃了一盞甘雨；再吞了一丸，又飲了一盞甘雨；三次，三丸俱吞了，三盞甘雨俱送下。不多時，腹中作響，如轆轤之聲不絕，即取淨桶，連行了三五次，服了些米飲，倚倒在龍床之上。有兩個妃子，將淨桶撿看，說不盡那穢污痰涎，內有糯米飯塊一團。妃子近龍床前來報：「病根都行下來也！」國王聞此言，甚喜，又進一次米飯。少頃，漸覺心胸寬泰，氣血調和，就精神抖擻，腳力強健。下了龍床，穿上朝服，即登寶殿，見了唐僧，輒倒身下拜。那長老忙忙還禮。拜畢，以御手攙著，便教閣下：「快具簡帖，帖上寫朕『再拜頓首』字樣，差官奉請法師高徒三位。一壁廂大開東閣，光祿寺排宴酬謝。」多官領旨，具簡的具簡，排宴的排宴，正是國家有倒山之力，霎時俱完。

卻說八戒見官投簡，喜不自勝道：「哥啊，果是好妙藥！今來酬謝，乃兄長之功。」沙僧道：「二哥說那裡話！常言道：『一人有福，帶挈一屋。』我們在此合藥，俱是有功之人。只管受用去，再休多話。」咦！你看他弟兄們俱歡歡喜喜，徑入朝來。

眾官接引，上了東閣，早見唐僧、國王、閣老，已都在那裡安排筵宴哩。這行者與八戒、沙僧，對師父唱了個喏，隨後眾官都至。只見那上面有四張素桌面，都是吃一看十的筵席；前面有一張葷桌面，也是吃一看十的珍饈。左右有四五百張單桌面，真個排得齊整：

古云：「珍饈百味，美祿千鍾。瓊膏酥酪，錦縷肥紅。」寶妝花彩豔，果品味香濃。斗糖龍纏列獅仙，餅錠拖爐擺鳳侶。葷有豬羊雞鵝魚鴨般般肉，素有蔬肴筍芽木耳並蘑菇。幾樣香湯餅，數次透酥糖。滑軟黃粱飯，清新菰米糊。色色粉湯香又辣，般般添換美還甜。君臣舉盞方安席，名分品級慢傳壺。

那國王御手擎杯，先與唐僧安坐。三藏道：「貧僧不會飲酒。」國王道：「素酒。法師飲此一杯，何如？」三藏道：「酒乃僧家第一戒。」國王甚不過意道：「法師戒飲，卻以何物為敬？」三藏道：「頑徒三眾代飲罷。」國王卻才歡喜，轉金卮，遞與行者。行者接了酒，對眾禮畢，吃了一杯。國王見他吃得爽利，又奉一杯。行者不辭，又吃了。國王笑道：「吃個三寶盅兒。」行者不辭，又吃了。國王又叫斟上，「吃個四季杯兒。」

八戒在旁，見酒不到他，忍得他嘓嘓咽唾；又見那國王苦勸行者，他就叫將起來道：「陛下，吃的藥也虧了我，那藥裡有馬——」這行者聽說，恐怕呆子走了消息，卻將手中酒遞與八戒。八戒接著就吃，卻不言語。國王問道：「神僧說藥裡有馬，是甚麼馬？」行者接過口來道：「我這兄弟，是這般口敞。但有個經驗的好方兒，他就要說與人。陛下早間吃藥，內有馬兜鈴（一種中藥）。」國王問眾官道：「馬兜鈴是何品味？能醫何症？」時有太醫院官在旁道：「主公：

兜鈴味苦寒無毒，定喘消痰大有功。
通氣最能除血蠱，補虛寧嗽又寬中。」

國王笑道：「用得當！用得當！豬長老再飲一杯。」呆子亦不言語，卻也吃了個三寶盅。國王又遞了沙僧酒，也吃了三杯，卻俱敘坐。

飲宴多時，國王又擎大爵，奉與行者。行者道：「陛下請坐。老孫依巡痛飲，決不敢推辭。」國王道：「神僧恩重如山，寡人酬謝不盡。好歹進此一巨觥，朕有話說。」行者道：「有甚話說了，老孫好飲。」國王道：「寡人有數載憂疑病，被神僧一貼靈丹打通，所以就好了。」行者笑道：「昨日老孫看了陛下，已知是憂疑之疾，但不知憂驚何事？」國王道：「古人云：『家醜不可外談。』奈神僧是朕恩主——惟不笑，方可告之。」行者道：「怎敢笑話，請說無妨。」國王道：「神僧東來，不知經過幾個邦國？」行者道：「經有五六處。」又問：「他國之後，不知是何稱呼。」行者道：「國王之後，都稱為正宮、東宮、西宮。」國王道：「寡人不是這等稱呼，將正宮稱為金聖宮，東宮稱為玉聖宮，西宮稱為銀聖宮。現今只有銀、玉二后在宮。」行者道：「金聖宮因何不在宮中？」國王滴淚道：「不在已三年矣。」行者道：「向那廂去了？」

國王道：「三年前，正值端陽之節，朕與嬪后都在御花園海榴亭下解粽插艾，飲菖蒲雄黃酒，看鬥龍舟。忽然一陣風至，半空中現出一個妖精，自稱賽太歲，說他在麒麟山獬豸洞居住，洞中少個夫人，訪得我金聖宮生得貌美姿嬌，要做個夫人，教朕快早送出。如若三聲不獻出來，就要先吃寡人，後吃眾臣，將滿城黎民，盡皆吃絕。那時節，朕卻憂國憂民，無奈，將金聖宮推出海榴亭外，被那妖響一聲攝將去了。寡人為此著了驚恐，把那粽子凝滯在內；況又晝夜憂思不息，所以成此苦疾三年。今得神僧靈丹服後，行了數次，盡是那三年前積滯之物，所以這會體健身輕，精神如舊。今日之命，皆是神僧所賜，豈但如泰山之重而已乎！」

行者聞得此言，滿心喜悅，將那巨觥之酒，兩口吞之，笑問國王曰：「陛下原來是這等驚憂！今遇老孫，幸而獲愈。但不知可要金聖宮回國？」那國王滴淚道：「朕切切思思，無晝無夜，但只是沒一個能獲得妖精的。豈有不要他回國之理！」行者道：「我老孫與你去伏妖邪，那時何如？」國王跪下道：「若救得朕後，朕願領三宮九嬪，出城為民，將一國江山，盡付神僧，讓你為帝。」八戒在旁，見出此言，行此禮，忍不住呵呵大笑道：「這皇帝失了體統！怎麼為老婆就不要江山，跪著和尚？」行者急上前，將國王攙起道：「陛下，那妖精自得金聖宮去後，這一向可曾再來？」國王道：「他前年五月節攝了金聖宮，至十月間來，要取兩個宮娥，是說伏侍娘娘，朕即獻出兩個。至舊年三月間，又來要兩個宮娥；七月間，又要去兩個；今年二月裡，又要去兩個；不知到幾時又要來也。」行者道：「似他這等頻來，你們可怕他麼？」國王道：「寡人見他來得多遭，一則懼怕，二來又恐有傷害之意，舊年四月內，是朕命工起了一座避妖樓，但聞風響，知是他來，即與二后、九嬪，入樓躲避。」行者道：「陛下不棄，可攜老孫去看那避妖樓一番，何如？」那國王即將左手攜著行者出席。眾官亦皆起身。豬八戒道：「哥哥，你不達理！這般御酒不吃，搖席破坐的，且去看甚麼哩？」國王聞說，情知八戒是為嘴，即命當駕官抬兩張素桌面，看酒在避妖樓外伺候。呆子卻才不嚷，同師父、

第六十九回

心主夜間修藥物　君王筵上論妖邪

沙僧笑道：「翻席去也。」

一行文武官引導，那國王並行者相攙，穿過皇宮到了御花園後，更不見樓台殿閣。行者道：「避妖樓何在？」說不了，只見兩個太監，拿兩根紅漆扛子，往那空地上掬起一塊四方石板。國王道：「此間便是。這底下有三丈多深，挖成的九間朝殿。內有四個大缸，缸內滿注清油，點著燈火，晝夜不息。寡人聽得風響，就入裡邊躲避，外面著人蓋上石板。」行者笑道：「那妖精還是不害你；若要害你，這裡如何躲得？」正說間，只見那正南上，呼呼的，吹得風響，播土揚塵。唬得那多官齊聲報怨道：「這和尚鹽醬口（說不吉利的話而有應驗），講起甚麼妖精，妖精就來了！」

慌得那國王丟了行者，即鑽入地穴。唐僧也就跟入。眾官亦躲個乾淨。八戒、沙僧也都要躲，被行者左右手扯住他兩個道：「兄弟們，不要怕得。我和你認他一認，看是個甚麼妖精。」八戒道：「可是扯淡！認他怎的？眾官躲了，師父藏了，國王避了，我們不去了罷，炫的是那家世！」那呆子左掙右掙，掙不得脫手，被行者拿定多時，只見那半空裡閃出一個妖精。你看他怎生模樣：

> 九尺長身多惡獰，一雙環眼閃金燈。兩輪查耳如撐扇，四個鋼牙似插釘。
> 鬢繞紅毛眉豎焰，鼻垂糟準孔開明。髭鬚幾縷朱砂線，顴骨崚嶒滿面青。
> 兩臂紅筋藍靛手，十條尖爪把槍擎。豹皮裙子腰間繫，赤腳蓬頭若鬼形。

行者見了道：「沙僧，你可認得他？」沙僧道：「我又不曾與他相識，那裡認得！」又問：「八戒，你可認得他？」八戒道：我又不曾與他會茶會酒，又不是賓朋鄰里，我怎麼認得他！」行者道：

「他卻像東岳天齊手下把門的那個醮面金睛鬼。」八戒道：「不是！不是！」行者道：「你怎知他不是？」八戒道：「我豈不知，鬼乃陰靈也，一日至晚，交申酉戌亥時方出。今日還在巳時，那裡有鬼敢出來？就是鬼，也不會駕雲。縱會弄風，也只是一陣旋風耳，有這等狂風？或者他就是賽太歲也。」行者笑道：「好呆子！倒也有些論頭！既如此說，你兩個護持在此，等老孫去問他個名號，好與國王救取金聖宮來朝。」八戒道：「你去自去，切莫供出我們來。」行者昂然不答，急縱祥光，跳將上去。

咦！正是：安邦先卻君王病，守道須除愛惡心。畢竟不知此去，到於空中，勝敗如何，怎麼擒得妖怪，救得金聖宮，且聽下回分解。

第七十回
妖魔寶放煙沙火　悟空計盜紫金鈴

卻說那孫行者抖擻神威，持著鐵棒，踏祥光，起在空中，迎面喝道：「你是那裡來的邪魔，待往何方猖獗！」那怪物厲聲高叫道：「吾黨不是別人，乃麒麟山獬豸洞賽太歲大王爺爺部下先鋒。今奉大王令，到此取宮女二名，伏侍金聖娘娘。你是何人，敢來問我！」行者道：「吾乃齊天大聖孫悟空。因保東土唐僧西天拜佛，路過此國，知你這伙邪魔欺主，特展雄才，治國祛邪。正沒處尋你，卻來此送命！」那怪聞言，不知好歹，展長槍就刺行者。行者舉鐵棒劈面相迎。在半空裡這一場好殺：

棍是龍宮鎮海珍，槍乃人間轉煉鐵。凡兵怎敢比仙兵，擦著些兒神氣洩。大聖原來太乙仙，妖精本是邪魔孽。鬼祟焉能近正人，一正之時邪就滅。那個弄風播土唬皇王，這個踏霧騰雲遮日月。丟開架手賭輸贏，無能誰敢誇豪傑！還是齊天大聖能，乒乓一棍槍先折。

那妖精被行者一鐵棒把根槍打做兩截，慌得顧性命，撥轉風頭，徑往西方敗走。

行者且不趕他，按下雲頭，來至避妖樓地穴之外，叫道：「師父，請同陛下出來。怪物已趕去矣。」那唐僧才扶著君王，同出穴外。見滿天清朗，更無妖邪之氣。那皇帝即至酒席前，自己拿壺把盞，滿斟金杯，奉與行者道：「神僧，權謝！權謝！」這行者接杯在手，還未回言，只聽得朝門外有官來報：「西門上火起了！」行者聞說，將金杯連酒望空一撇，當的一聲響亮，那個金杯落地。君王著了忙，躬身施禮道：「神僧，恕罪！恕罪！是寡人不是了！禮當請上殿拜謝，只因有這方便酒在此，故就奉耳。神僧卻把杯子撇了，卻不是有見怪之意？」行者笑道：「不是這話，不是這話。」少頃間，又有官來報：「好雨呀！才西門上起火，被一場大雨，把火滅了。滿街上流水，盡都是酒氣。」行者又笑道：「陛下，你見我撇杯，疑有見怪之意，非也。那妖敗走西方，我不曾趕他，他就放起火來。這一杯酒，卻是我滅了妖火，救了西城裡外人家，豈有他意！」

國王更十分歡喜加敬。即請三藏四眾，同上寶殿，就有推位讓國之意。行者笑道：「陛下，才那妖精，他稱是賽太歲部下先鋒，來此取宮女的。他如今戰敗而回，定然報與那廝。那廝定要來與我相爭。我恐他一時興師帥眾，未免又驚傷百姓，恐唬陛下。欲去迎他一迎，就在那半空中擒了他，取回聖後。但不知向那方去，這裡到他那山洞有多少遠近？」國王道：「寡人曾差『夜不收』（巡邏、偵察的人）軍馬到那裡探聽聲息，往來要行五十餘日。坐落南方，約有三千餘里。」行者聞言，叫：「八戒、沙僧，護持在此，老孫去來。」國王扯住道：「神僧且從容一日，待安排些乾糧烘炒，與你些盤纏銀兩，選一匹快馬，方才可去。」行者笑道：「陛下說得是巴山轉嶺步行之話。我老孫不瞞你說，似這三千里路，斟酒在盅不冷，就打個往回。」國王道：「神僧，你不要怪我說。你這尊貌，卻像個猿猴一般，怎生有這等法力會走路也？」行者道：

「我身雖是猿猴數，自幼打開生死路。遍訪明師把道傳，山前修煉無朝暮。
倚天為頂地為爐，兩般藥物團烏兔。採取陰陽水火交，時間頓把玄關悟。
全仗天罡搬運功，也憑斗柄遷移步。退爐進火最依時，抽鉛添汞相交顧。
攢簇五行造化生，合和四象分時度。二氣歸於黃道間，三家會在金丹路。
悟通法律歸四肢，本來筋斗如神助。一縱縱過太行山，一打打過凌雲渡。
何愁峻嶺幾千重，不怕長江百十數。只因變化沒遮攔，一打十萬八千路！」

那國王見說，又驚又喜，笑吟吟捧著一杯御酒遞與行者道：「神僧遠勞，進此一杯引意。」這大聖一心要去降妖，那裡有心吃酒，只叫：「且放下，等我去了回來再飲。」好行者，說聲去，唿哨一聲，寂然不見。那一國君臣，皆驚訝不題。

卻說行者將身一縱，早見一座高山，阻住霧角。即按雲頭，立在那巔峰之上。仔細觀看，好山：

沖天占地，礙日生雲。沖天處，尖峰矗矗；占地處，遠脈迢迢。礙日的，乃嶺頭松鬱鬱，生雲的，乃崖下石嶙嶙。松鬱鬱，四時八節常青；石嶙嶙，萬載千年不改。林中每聽夜猿啼，澗內常聞妖蟒過。山禽聲咽咽，山獸吼呼呼。山獐山鹿，成雙作對紛紛走；山鴉山鵲，打陣攢群密密飛。山草山花看不盡，山桃山果映時新。雖然倚險不堪行，卻是妖仙隱逸處。

這大聖看看不厭，正欲找尋洞口，只見那山凹裡烘烘火光飛出，霎時間，撲天紅焰，紅焰之中冒出一股惡煙，比火更毒。好煙！但見那：

火光迸萬點金燈，火焰飛千條紅虹。那煙不是灶筒煙，不是草木煙，煙卻有五色：青紅白黑黃。熏著南天門外柱，燎著靈霄殿上梁。燒得那窩中走獸連皮爛，林內飛禽羽盡光。但看這煙如此惡，怎入深山伏怪王！

大聖正自恐懼，又見那山中迸出一道沙來。好沙，真個是遮天蔽日！你看：

紛紛絯絯遍天涯，鄧鄧渾渾大地遮。細塵到處迷人目，粗灰滿谷滾芝麻。採藥仙僮迷失伴，打柴樵子沒尋家。手中就有明珠現，時間刮得眼生花。

這行者只顧看玩，不覺沙灰飛入鼻內，癢斯斯的，打了兩個噴嚏，即回頭伸手，在岩下摸了兩個鵝卵石，塞住鼻子；搖身一變，變做一個鑽火的鷂子，飛入煙火中間，驀了幾驀，卻就沒了沙灰，煙火也息了。急現本相下來。又看時，只聽得丁丁東東的，一個銅鑼聲響。卻道：「我走錯了路也！這裡不是妖精住處。鑼聲似鋪兵之鑼。想是通國的大路，有鋪兵去下文書。且等老孫去問他一問。」

正走處，忽見是個小妖兒，擔著黃旗，背著文書，敲著鑼兒，急走如飛而來。行者笑道：「原來是這廝打鑼。他不知送的是甚麼書信，等我聽他一聽。」好大聖，搖身一變，變做個猛蟲兒，輕輕的飛在他書包之上。只聽得那妖精敲著鑼，絮絮聒聒的自念自誦道：「我家大王，忒也心毒。三年前到朱紫國強奪了金聖皇后，一向無緣，未得沾身，只苦了要來的宮女頂缸。兩個來弄殺了，四個來也弄殺了。前年要了，去年又要，今年又要；今年還要，卻撞個對頭來了。那個要宮女的先鋒被個甚麼孫行者打敗了，不發宮女。我大王因此發怒，要與他國爭持，教我去下甚麼戰書。這一去，那國王不戰則可，戰必不利。我大王使煙火飛沙，那國王君臣百姓等，莫想一個得活。那時我等占了他的城池，大王稱帝，我等稱臣，雖然也有個大小官爵，只是天理難容也！」

行者聽了，暗喜道：「妖精也有存心好的。似他後邊這兩句話說，『天理難容』，卻不是個好的？但只說金聖皇后一向無緣，未得沾身，此話卻不解其意。等我問他一問。」嚶的一聲，一翅飛離了妖精，轉向前路，有十數里地，搖身一變，又變做一個道童：

頭挽雙抓髻，身穿百衲衣。
手敲魚鼓簡，口唱道情詞。

轉山坡，迎著小妖，打個起手道：「長官，那裡去？送的是甚麼公文？」那妖物就像認得他的一般。住了鑼槌，笑嘻嘻的還禮道：「我大王差我到朱紫國下戰書的。」行者接口問道：「朱紫國那話兒，可曾與大王配合哩？」小妖道：「自前年攝得來，當時就有一個神仙，送一件五彩仙衣與金聖宮妝新。他自穿了那衣，就渾身上下都生了針刺，我大王摸也不敢摸他一摸。但挽著些兒，手心就痛，不知是甚緣故。自始至今，尚未沾身。早聞差先鋒去要宮女伏侍，被一個甚麼孫行者戰敗了。大王奮怒，所以教我去下戰書，明日與他交戰也。」行者道：「怎的大王卻著惱呵？」小妖道：「正在那裡著惱哩。你去與他唱個道情詞兒解解悶也好。」

行者拱手抽身就走。那妖依舊敲鑼前行。行者就行起凶來，掣出棒，復轉身，望小妖腦後一下，可憐就打得頭爛血流漿迸出，皮開頸折命傾之！收了棍子，卻又自悔道：「急了些兒！不曾問他叫做甚麼名字，罷了！」卻去取下他的戰書，藏於袖內；將他黃旗、銅鑼，藏在路旁草裡；因扯著腳要往澗下捽時，只聽噹的一聲，腰間露出一個鑲金的牙牌。牌上有字，寫道：

「心腹小校一名，有來有去。五短身材，扢撻臉，無鬚。長川懸掛，無牌即假。」

行者笑道：「這廝名字叫做有來有去，這一棍子，打得『有去無來』也！」將牙牌解下，帶在腰間，欲要捽下屍骸；卻又思量起煙火之毒，且不敢尋他洞府，即將棍子舉起，著小妖胸前搗了一下，挑在空中，徑回本國，且當報一個頭功。你看他自思自念，唿哨一聲，到了國界。

那八戒在金鑾殿前，正護持著王、師，忽回頭看見行者半空中將個妖精挑來，他卻怨道：「噯！不打緊的買賣！早知老豬去拿來，卻不算我一功？」說未畢，行者按落雲頭，將妖精䟸在階下。八戒跑上去，就築了一鈀道：「此是老豬之功！」行者道：「是你甚功？」八戒道：「莫賴我！我有證見！你不看一鈀築了九個眼子哩！」行者道：「你看看可有頭沒頭。」八戒笑道：「原來有沒頭的！我道如何築他也不動動兒。」行者道：「師父在那裡？」八戒道：「在殿裡與王敘話哩。」行者道：「你且去請他出來。」八戒急上殿，點點頭。三藏即便起身下殿，迎著行者。行者將一封戰書，揣在

第七十回

妖魔寶放煙沙火　悟空計盜紫金鈴

三藏袖裡道：「師父收下，且莫與國王看見。」

說不了，那國王也下殿，迎著行者道：「神僧孫長老來了！拿妖之事如何？」行者用手指道：「那階下不是妖精，被老孫打殺了也？」國王見了道：「是便是個妖屍，卻不是賽太歲。賽太歲寡人親見他兩次：身長丈八，膊闊五停；面似金光，聲如霹靂；那裡是這般鄙矮。」行者笑道：「陛下認得。果然不是。這是一個報事的小妖，撞見老孫，卻先打死，挑回來報功。」國王大喜道：「好！好！好！該算頭功！寡人這裡常差人去打探，更不曾得個的實。似神僧一出，就捉了一個回來，真神通也！」叫：「看暖酒來！與長老賀功。」

行者道：「吃酒還是小事。我問陛下，金聖宮別時，可曾留下個甚麼表記？你與我些兒。」那國王聽說「表記」二字，卻似刀劍剜心，忍不住失聲淚下，說道：

「當年佳節慶朱明，太歲凶妖發喊聲。強奪御妻為壓寨，寡人獻出為蒼生。
更無會話並離話，那有長亭共短亭！表記香囊全沒影，至今撇我苦伶仃！」

行者道：「陛下在邇，何以為惱？那娘娘既無表記，他在宮內，可有甚麼心愛之物，與我一件也罷。」國王道：「你要怎的？」行者道：「那妖王實有神通。我見他放煙、放火、放沙，果是難收。縱收了，又恐娘娘見我面生，不肯跟我回國。須是得他平日心愛之物一件，他方信我，我好帶他回來。為此故要帶去。」國王道：「昭陽宮裡，梳妝閣上，有一雙黃金寶串，原是金聖宮手上帶的。只因那日端午，要縛五色彩線，故此褪下，不曾帶上。此乃是他心愛之物。如今現收在減妝盒裡。寡人見他遭此離別，更不忍見；一見即如見他玉容，病又重幾分也。」行者道：「且休題這話。且將金串取來。如捨得，都與我拿去；如不捨，只拿一隻去也。」國王遂命玉聖宮取出。取出即遞與國王。國王見了，叫了幾聲「知疼著熱的娘娘」，遂遞與行者。行者接了，套在胳膊上。

好大聖，不吃得功酒，且駕筋斗雲，唿哨一聲，又至麒麟山上。無心玩景，徑尋洞府而去。正行時，只聽得人語喧嚷，即佇立凝睛觀看。原來那獬豸洞口把門的大小頭目，約摸有五百名，在那裡：

森森羅列，密密挨排。森森羅列執干戈，映日光明；密密挨排展旌旗，迎風飄閃。虎將熊師能變化，豹頭彪帥弄精神。蒼狼多猛烈，獺象更驍雄。狡兔乖獐掄劍戟，長蛇大蟒挎刀弓。猩猩能解人言語，引陣安營識汛風。

行者見了，不敢前進，抽身徑轉舊路。你道他抽身怎麼？不是怕他。他卻至那打死小妖之處，尋出黃旗、銅鑼，迎風捏訣，想像騰那，即搖身一變，變做那有來有去的模樣，乒乓敲著鑼，大踏步，一直前來，徑撞至獬豸洞。正欲看看洞景，只聞得猩猩出語道：「有來有去，你回來了？」行者只得答應道：「來了。」猩猩道：「快走！大王爺爺正在剝皮亭上等你回話哩。」行者聞言，拽開步，敲著鑼，徑入前門裡看處，原來是懸崖削壁石屋虛堂，左右有琪花瑤草，前後多古柏喬松。不覺又至二門之內，忽抬頭見一座八窗明亮的亭子，亭子中間有一張戧金的交椅，椅子上端坐著一個魔王，真個生得惡相。但見他：

幌幌霞光生頂上，威威殺氣迸胸前。口外獠牙排利刃，鬢邊焦髮放紅煙。
嘴上髭鬚如插箭，遍體昂毛似迭氈。眼突銅鈴欺太歲，手持鐵杵若摩天。

行者見了，公然傲慢那妖精，更不循一些兒禮法。調轉臉，朝著外，只管敲鑼。妖王問道：「你來了？」行者不答。又問：「有來有去，你來了？」也不答應。妖王上前扯住道：「你怎麼到了家還篩鑼？問之又不答，何也？」行者把鑼往地下一摜道：「甚麼『何也，何也』！我說我不去，你卻教我去。行到那廂，只見無數的人馬列成陣勢，見了我，就都叫：『拿妖精！拿妖精！』把我推推扯扯，拽拽扛扛，拿進城去，見了那國王，國王便教『斬了』，幸虧那兩班謀士道：『兩家相爭，不斬來使。』把我饒了。收了戰書，又押出城外，對軍前打了三十順腿，放我來回話。他那裡不久就要來此與你交戰哩。」妖王道：「這等說，是你吃虧了。怪不道問你更不言語。」行者道：「卻不是怎的？只為護疼，所以不曾答應。」妖王道：「那裡有多少人馬？」行者道：「我也唬昏了，又吃他打怕了，那裡曾查他人馬數目！只見那裡森森兵器擺列著：

弓箭刀槍甲與衣，干戈劍戟並纓旗。剽槍月鏟兜鍪鎧，大斧團牌鐵蒺藜。長悶棍，短窩
槌，鋼叉銃炮及頭盔。打扮得鞥鞋護頂並胖襖，簡鞭袖彈與銅錘。」

那王聽了笑道：「不打緊！不打緊！似這般兵器，一火皆空。你且去報與金聖娘娘得知，教他莫惱。今早他聽見我發狠，要去戰鬥，他就眼淚汪汪的不幹。你如今去說那裡人馬驍勇，必然勝我，且

寬他一時之心。」

行者聞言，十分歡喜道：「正中老孫之意！」你看他偏是路熟，轉過角門，穿過廳堂。那裡邊盡都是高堂大廈，更不似前邊的模樣。直到後面宮裡，遠見彩門壯麗，乃是金聖娘娘住處。直入裡面看時，有兩班妖狐、妖鹿，一個個都妝成美女之形，侍立左右。正中間坐著那個娘娘，手托著香腮，雙眸滴淚，果然是：

玉容嬌嫩，美貌妖嬈。懶梳妝，散鬢堆鴉（指女子黑髮）；怕打扮，釵環不戴。面無粉，冷淡了胭脂；髮無油，蓬鬆了雲鬢。努櫻唇，緊咬銀牙；皺蛾眉，淚淹星眼。一片心，只憶著朱紫君王；一時間，恨不離天羅地網。誠然是：自古紅顏多薄命，懨懨無語對東風！

行者上前打了個問訊道：「接喏。」那娘娘道：「這潑村怪，十分無狀！想我在那朱紫國中，與王同享榮華之時，那太師宰相見了，就俯伏塵埃，不敢仰視。這野怪怎麼叫聲『接喏』？是那裡來的這般村潑？」眾侍婢上前道：「太太息怒。他是大王爺爺心腹的小校，喚名有來有去。今早差下戰書的是他。」娘娘聽說，忍怒問曰：「你下戰書，可曾到朱紫國界？」行者道：「我持書直至城裡，到於金鑾殿，面見君王，已討回音來也。」娘娘道：「你面君，君有何言？」行者道：「那君王敵戰之言，與排兵布陣之事，才與大王說了。只是那君王有思想娘娘之意，有一句合心的話兒，特來上稟。奈何左右人眾，不是說處。」

娘娘聞言，喝退兩班狐鹿。行者掩上宮門，把臉一抹，現了本相。對娘娘道：「你休怕我。我是

第七十回

妖魔寶放煙沙火　悟空計盜紫金鈴

東土大唐差往大西天天竺國雷音寺見佛求經的和尚。我師父是唐王御弟唐三藏。我是他大徒弟孫悟空。因過你國倒換關文，見你君臣出榜招醫，是我大施三折之肱，把他相思之病治好了。排宴謝我，飲酒之間，說出你被妖攝來，我會降龍伏虎，特請我來捉怪，救你回國。那戰敗先鋒是我，打死小妖也是我。我見他門外凶狂，是我變作有來有去模樣，捨身到此，與你通信。」那娘娘聽說，沉吟不語。行者取出寶串，雙手奉上道：「你若不信，看此物何來。」娘娘一見垂淚。下座拜謝道：「長老，你果是救得我回朝，沒齒不忘大恩！」

行者道：「我且問你，他那放火，放煙，放沙的，是件甚麼寶貝？」娘娘道：「那裡是甚寶貝！乃是三個金鈴。他將頭一個幌一幌，有三百丈火光燒人；第二個幌一幌，有三百丈煙光熏人；第三個幌一幌，有三百丈黃沙迷人。煙火還不打緊，只是黃沙最毒。若鑽入人鼻孔，就傷了性命。」行者道：「利害！利害！我曾經著，打了兩個噴嚏，卻不知他的鈴兒放在何處？」娘娘道：「他那肯放下，只是帶在腰間，行住坐臥，再不離身。」行者道：「你若有意於朱紫國，還要相會國王，把那煩惱憂愁，都且權解，使出個風流喜悅之容，與他敘個夫妻之情，教他把鈴兒與你收貯。待我取便偷了，降了這妖怪，那時節，好帶你回去，重諧鸞鳳，共享安寧也。」那娘娘依言。

這行者還變作心腹小校，開了宮門，喚進左右侍婢。娘娘叫：「有來有去，快往前亭，請你大王來，與他說話。」好行者，應了一聲，即至剝皮亭，對妖精道：「大王，聖宮娘娘有請。」妖王歡喜道：「娘娘常時只罵，怎麼今日有請？」行者道：「那娘娘問朱紫國王之事，是我說：『他不要你了，他國中另扶了皇后。』娘娘聽說，故此沒了想頭，方才命我來奉請。」妖王大喜道：「你卻中用。待我剿除了他國，封你為個隨朝的太宰。」

行者順口謝恩，疾與妖王來至後宮門首。那娘娘歡容迎接，就去用手相攙。那妖王喏喏而退道：「不敢！不敢！多承娘娘下愛，我怕手痛，不敢相傍。」娘娘道：「大王請坐，我與你說。」妖王道：「有話但說不妨。」娘娘道：「我蒙大王辱愛，今已三年，未得共枕同衾。也是前世之緣，做了這場夫妻；誰知大王有外我之意，不以夫妻相待。我想著當時在朱紫國為后，外邦凡有進貢之寶，君看畢，一定與後收之。你這裡更無甚麼寶貝，左右穿的是貂裘，吃的是血食，那曾見綾錦金珠！只一味鋪皮蓋毯。或者就有些寶貝，你因外我，也不教我看見，也不與我收著。且如聞得你有三個鈴鐺，想就是件寶貝，你怎麼走也帶著，坐也帶著？你就拿與我收著，待你用時取出，未為不可。此也是做夫妻一場，也有個心腹相托之意。如此不相托付，非外我而何？」妖王大笑賠禮道：「娘娘怪得是！怪得是！寶貝在此，今日就當付你收之。」便即揭衣取寶。

行者在旁，眼不轉睛，看著那怪揭起兩三層衣服，貼身帶著三個鈴兒。他解下來，將些綿花塞了口兒，把一塊豹皮作一個包袱兒包了，遞與娘娘道：「物雖微賤，卻要用心收藏，切不可搖幌著他。」娘娘接過手道：「我曉得。安在這妝台之上，無人搖動。」叫：「小的們，安排酒來，我與大王交歡會喜，飲幾杯兒。」眾侍婢聞言，即鋪排果菜，擺上些獐犯鹿兔之肉，將椰子酒斟來奉上。那娘娘做出妖嬈之態，哄著精靈。

孫行者在旁取事，但挨挨摸摸，行近妝台，把三個金鈴輕輕拿過，慢慢移步，溜出宮門，徑離洞府。到了剝皮亭前，無人處，展開豹皮幅子看時，中間一個，有茶盅大；兩頭兩個，有拳頭大。他不知利害，就把綿花扯了。只聞得噹的一聲響亮，骨都都的迸出煙火黃沙，急收不住，滿亭中烘烘火起。唬得那把門精怪，一擁撞入後宮，驚動了妖王，慌忙教：「去救火！救火！」出來看時，原來是有來有去拿了金鈴兒哩。妖王上前喝道：「好賤奴！怎麼偷了我的金鈴寶貝，在此胡弄！」叫：「拿來！拿來！」那門前虎將、熊師、豹頭、彪帥、獺象、蒼狼、乖獐、狡兔、長蛇、大蟒、猩猩，帥眾妖一齊攢簇。

那行者慌了手腳，丟了金鈴，現出本相。掣出金箍如意棒，撒開解數，往前亂打。那妖王收了寶貝，傳號令，教：「關了前門！」眾妖聽了，關門的關門，打仗的打仗。那行者難得脫身，收了棒，搖身一變，變作個痴蒼蠅兒，釘在那無火處石壁上。眾妖尋不見。報道：「大王，走了賊也！走了賊也！」妖王問：「可曾自門裡走出去？」眾妖都說：「前門緊鎖牢拴在此，不曾走出。」妖王只說：「仔細搜尋！」有的取水潑水，有的仔細搜尋，更無蹤跡。妖王怒道：「是個甚麼賊子，好大膽，變作有來有去的模樣，進來見我回話，又跟在身邊，乘機盜我寶貝！早是不曾拿將出去！若拿出山頭，見了天風，怎生是好？」虎將上前道：「大王的洪福齊天，我等的氣數不盡，故此知覺了。」熊師上前道：「大王，這賊不是別人，定是那戰敗先鋒的那個孫悟空。想必路上遇著有來有去，傷了性命，奪了黃旗、銅鑼、牙牌，變作他的模樣，到此欺騙了大王也。」妖王道：「正是！正是！見得有理！」叫：「小的們，仔細搜求防避，切莫開門放出走了！」

這才是個有分教：弄巧翻成拙，作耍卻為真。畢竟不知孫行者怎麼脫得妖門，且聽下回分解。

第七十一回

行者假名降怪犼　觀音現像伏妖王

色即空兮自古，空言是色如然。人能悟徹色空禪，何用丹砂炮煉。
德行全修休懈，工夫苦用熬煎。有時行滿始朝天，永駐仙顏不變。

話說那賽太歲，緊關了前後門戶，搜尋行者。直嚷到黃昏時分，不見蹤跡。坐在那剝皮亭上，點聚群妖，發號施令，都教各門上提鈴喝號，擊鼓敲梆；一個個弓上弦，刀出鞘，支更坐夜。原來孫大聖變做個痴蒼蠅，釘在門旁。見前面防備甚緊，他即抖開翅，飛入後宮門首看處，見金聖娘娘伏在御案上，清清滴淚，隱隱聲悲。行者飛進門去，輕輕的落在他那烏雲散髻之上，聽他哭的甚麼。少頃間，那娘娘忽失聲道：「主公啊！我和你：

前生燒了斷頭香，今世遭逢潑怪王。拆鳳三年何日會？分鴛兩處致悲傷。
差來長老才通信，驚散佳姻一命亡。只為金鈴難解識，相思又比舊時狂。」

行者聞言，即移身到他耳根後，悄悄的叫道：「聖宮娘娘，你休恐懼。我還是你國差來的神僧孫長老，未曾傷命。只因自家性急，近妝台偷了金鈴，你與妖王吃酒之時，我卻脫身私出了前亭，忍不住打開看看。不期扯動那塞口的綿花，那鈴響一聲，迸出煙火黃沙。我就慌了手腳，把金鈴丟了，現出原身，使鐵棒，苦戰不出。恐遭毒手，故變作一個蒼蠅兒，釘在門樞上，躲到如今。那妖王愈加嚴緊，不肯開門。你可去再以夫妻之禮，哄他進來安寢，我好脫身行事，別作區處救你也。」

娘娘一聞此言，戰兢兢，發似神揪；虛怯怯，心如杵築。淚汪汪的道：「你如今是人是鬼？」行者道：「我也不是人，我也不是鬼，如今變作個蒼蠅兒在此。你休怕，快去請那妖王也。」娘娘不信，淚滴滴，悄語低聲道：「你莫魘寐我。」行者道：「我豈敢魘寐（以幻象迷惑人）你？你若不信，展開手，等我跳下來你看。」那娘娘真個把左手張開，行者輕輕飛下，落在他玉掌之間，好便似：

菡萏蕊頭釘黑豆，牡丹花上歇游蜂；
繡球心裡葡萄落，百合枝邊黑點濃。

金聖宮高擎玉掌，叫聲：「神僧。」行者嚶嚶的應道：「我是神僧變的。」那娘娘方才信了。悄悄的道：「我去請那妖王來時，你卻怎生行事？」行者道：「古人云：『斷送一生惟有酒。』又云：『破除萬事無過酒。』酒之為用多端。你只以飲酒為上。你將那貼身的侍婢，喚一個進來，指與我看，我就變作他的模樣，在旁邊伏侍，卻好下手。」

那娘娘真個依言，即叫：「春嬌何在？」那屏風後轉出一個玉面狐狸來，跪下道：「娘娘喚春嬌有何使令？」娘娘道：「你去叫他們來點紗燈，焚腦麝，扶我上前庭，請大王安寢也。」那春嬌即轉前面，叫了七八個怪鹿妖狐，打著兩對燈龍，一對提爐，擺列左右。娘娘欠身叉手，那大聖早已飛去。好行者，展開翅，徑飛到那玉面狐狸頭上，拔下一根毫毛，吹口仙氣，叫「變！」變作一個瞌睡蟲，輕輕的放在他臉上。原來瞌睡蟲到了人臉上，往鼻孔裡爬，爬進孔中，即瞌睡了。那春嬌果然漸覺困倦，立不住腳，搖樁打盹，即忙尋著原睡處，丟倒頭，只情呼呼的睡起。行者跳下來，搖身一變，變做那春嬌一般模樣，轉屏風，與眾排立不題。

卻說那金聖宮娘娘往前正走，有小妖看見，即報賽太歲道：「大王，娘娘來了。」那妖王急出剝皮亭外迎迓。娘娘道：「大王啊，煙火既息，賊已無蹤，深夜之際，特請大王安置。」那妖滿心歡喜道：「娘娘珍重。卻才那賊乃是孫悟空，他敗了我先鋒，打殺我小校，變化進來，哄了我們。我們這般搜檢，他卻渺無蹤跡，故此心上不安。」娘娘道：「那廝想是走脫了。大王放心勿慮，且自安寢去也。」妖精見娘娘侍立敬請，不敢堅辭，只得吩咐群妖，各要小心火燭，謹防盜賊，遂與娘娘徑往後宮。行者假變春嬌，從兩班侍婢引入。娘娘叫：「安排酒來與大王解勞。」妖王笑道：「正是，正是。快將酒來，我與娘娘壓驚。」

「假春嬌」即同眾怪鋪排了果品，整頓些腥肉，調開桌椅。那娘娘擎杯，這妖王也以一杯奉上，二人穿換了酒杯。「假春嬌」在旁，執著酒壺道：「大王與娘娘今夜才遞交杯盞，請各飲乾，穿個雙喜杯兒。」真個又各斟上，又飲乾了。「假春嬌」又道：「大王娘娘喜會，眾侍婢會唱的供唱，善舞的起舞來耶。」說未畢，只聽得一派歌聲，齊調音律，唱的唱，舞的舞。他兩個又飲了許多，娘娘叫住了歌舞。眾侍婢分班，出屏風外擺列；惟有「假春嬌」執壺，上下奉酒。娘娘與那妖王專說得是夫妻之話。你看那娘娘一片雲情雨意，哄得那妖王骨軟筋麻。只是沒福，不得沾身。可憐！真是「貓咬尿胞空歡喜」！

敘了一會，笑了一會，娘娘問道：「大王，寶貝不曾傷損麼？」妖王道：「這寶貝乃先天摶鑄之物，如何得損！只是被那賊扯開塞口之綿，燒了豹皮包袱也。」娘娘說：「怎生收拾？」妖王道：「不用收拾，我帶在腰間哩。」「假春嬌」聞得此言，即拔下毫毛一把，嚼得粉碎，輕輕挨近妖王，將那毫毛放在他身上，吹了三口仙氣，暗暗的叫「變」！那些毫毛即變做三樣惡物，乃蝨子、蛇蚤、臭蟲，攻入妖王身內，挨著皮膚亂咬。那妖王燥癢難禁，伸手入懷揣摸揉癢，用指頭捏出幾個蝨子來，拿近燈前觀看。娘娘見了，含忖道：「大王，想是襯衣禳了，久不曾漿洗，故生此物耳。」妖王慚愧道：「我從來不生此物，可可的今宵出醜。」娘娘笑道：「大王何為出醜？常言道：『皇帝身上也有三個御蝨』哩。且脫下衣服來，等我替你捉捉。」妖王真個解帶脫衣。

「假春嬌」在旁，著意看著那妖王身上，衣服層層皆有蛇蚤跳，件件皆排大臭蟲；子母蝨，密密濃濃，就如螻蟻出窩中。不覺的揭到第三層見肉之處，那金鈴上紛紛垓垓的，也不勝其數。「假春嬌」道：「大王，拿鈴子來，等我也與你捉捉蝨子。」那妖王一則羞，二則慌，卻也不認得真假，將三個鈴兒遞與「假春嬌」。「假春嬌」接在手中，賣弄多時，見那妖王低著頭抖這衣服，他即將金鈴藏了，拔下一根毫毛，變作三個鈴兒，一般無二，拿向燈前翻檢；卻又把身子扭扭捏捏的，抖了一抖，將那蝨子、臭蟲、蛇蚤，收了歸在身上，把假金鈴兒遞與那怪。那怪接在手中，一發朦朧無措，那裡認得甚麼真假，雙手托著那鈴兒，遞與娘娘道：「今番你卻收好了。卻要仔細仔細，不要像前一番。」那娘娘接過來，輕輕的揭開衣箱，把那假鈴收了，用黃金鎖鎖了。卻又與妖王敘飲了幾杯酒，教侍婢：「淨拂牙床，展開錦被，我與大王同寢。」那妖王諾諾連聲道：「沒福！沒福！不敢奉陪。我還帶個宮女往西宮裡睡去。娘娘請自安置。」遂此各歸寢處不題。

卻說「假春嬌」得了手，將他寶貝帶在腰間，現了本相，把身子抖一抖，收去那個瞌睡蟲兒，徑往前走，只聽得梆鈴齊響，緊打三更。好行者，捏著訣，念動真言，使個隱身法，直至門邊。又見那門上拴鎖甚密，卻就取出金箍棒，望門一指，使出那解鎖之法，那門就輕輕開了。急拽步出門站下，厲聲高叫道：「賽太歲！還我金聖娘娘來！」連叫兩三遍，驚動大小群妖，急急看處，前門開了，即忙掌燈尋鎖，把門兒依然鎖上，著幾個跑入裡邊去報道：「大王！有人在大門外呼喚大王尊號，要金聖娘娘哩！」那裡邊侍婢，即出宮門，悄悄的傳言道：「莫吆喝，大王才睡著了。」行者又在門前高叫，那小妖又不敢去驚動。如此者三四遍，俱不敢去通報。那大聖在外嚷嚷鬧鬧的，直弄到天曉。忍不住，手掄著鐵棒，上前打門。慌得那大小群妖，頂門的頂門，報信的報信。那妖王一覺方醒，只聞得亂攛攛的喧嘩，起身穿了衣服，即出羅帳之外，問道：「嚷甚麼？」眾侍婢才跪下道：「爺爺，不知是甚人在洞外叫罵了半夜，如今卻又打門。」

妖王走出宮門，只見那幾個傳報的小妖，慌張張的磕頭道：「外面有人叫罵，要金聖宮娘娘哩！若說半個『不』字，他就說出無數的歪話，甚不中聽。見天曉大王不出，逼得打門也。」那妖道：「且休開門。你去問他是那裡來的，姓甚名誰。快來回報。」小妖急出去，隔門問道：「打門的是誰？」行者道：「我是朱紫國拜請來的外公，來取聖宮娘娘回國哩！」那小妖聽得，即以此言回報。那妖隨往後宮，查問來歷。原來那娘娘才起來，還未梳洗。早見侍婢來報：「爺爺來了。」那娘娘急整衣，散挽黑雲，出宮迎迓。才坐下，還未及問，又聽得小妖來報：「那來的外公已將門打破矣。」

那妖笑道：「娘娘，你朝中有多少將帥？」娘娘道：「在朝有四十八衛人馬，良將千員；各邊上元帥總兵，不計其數。」妖王道：「可有個姓外的麼？」娘娘道：「我在宮，只知內裡輔助君王，早晚教誨妃嬪，外事無邊，我怎記得名姓！」妖王道：「這來者稱為『外公』，我想著《百家姓》上，更無個姓外的。娘娘賦性聰明，出身高貴，居皇宮之中，必多覽書籍。記得那本書上有此姓也？」娘娘道：「止《千字文》上有句『外受傅訓』，想必就是此矣。」

妖王喜道：「定是！定是！」即起身辭了娘娘，到剝皮亭上，結束整齊，點出妖兵，開了門，直至外面，手持一柄宣花鉞斧，厲聲高叫道：「那個是朱紫國來的『外公』？」行者把金箍棒攥在右手，將左手指定道：「賢甥，叫我怎的？」那妖王見了，心中大怒道：「你這廝：

相貌若猴子，嘴臉似猢猻。
七分真是鬼，大膽敢欺人！」

行者笑道：「你這個誑上欺君的潑怪，原來沒眼！想我五百年前大鬧天宮時，九天神將見了我，無一個『老』字，不敢稱呼；你叫我聲『外公』，那裡虧了你！」妖王喝道：「快早說出姓甚名誰，有些甚麼武藝，敢到我這裡猖獗！」行者道：「你若不問姓名猶可，若要我說出姓名，只怕你立身無地！你上來，站穩著，聽我道：

生身父母是天地，日月精華結聖胎。仙石懷抱無歲數，靈根孕育甚奇哉。

當年產我三陽泰，今日歸真萬會諧。曾聚眾妖稱帥首，能降眾怪拜丹崖。
玉皇大帝傳宣旨，太白金星捧詔來。請我上天承職裔，官封『弼馬』不開懷。
初心造反謀山洞，大膽興兵鬧御階。托塔天王並太子，交鋒一陣盡猥衰。
金星復奏玄穹帝，再降招安敕旨來。封做齊天真大聖，那時方稱棟梁材。
又因攪亂蟠桃會，仗酒偷丹惹下災。太上老君親奏駕，西池王母拜瑤台。
情知是我欺王法，即點天兵發火牌。十萬凶星並惡曜，干戈劍戟密排排。
天羅地網漫山布，齊舉刀兵大會垓。惡鬥一場無勝敗，觀音推薦二郎來。
兩家對敵分高下，他有梅山兄弟儕。各逞英雄施變化，天門三聖撥雲開。
老君丟了金鋼套，眾神擒我到金階。不須詳允書供狀，罪犯凌遲殺斬災。
斧剁錘敲難損命，刀輪劍砍怎傷懷。火燒雷打只如此，無計摧殘長壽胎。
押赴太清兜率院，爐中鍛煉盡安排。日期滿足才開鼎，我向當中跳出來。
手挺這條如意棒，翻身打上玉龍台。各星各象皆潛躲，大鬧天宮任我歪。
巡視靈官忙請佛，釋伽與我逞英才。手心之內翻筋斗，游遍周天去復來。
佛使先知賺哄法，被他壓住在天崖。到今五百餘年矣，解脫微軀又弄乖。
特保唐僧西域去，悟空行者甚明白。西方路上降妖怪，那個妖邪不懼哉！」

那妖王聽他說出悟空行者，遂道：「你原來是大鬧天宮的那廝。你既脫身保唐僧西去，你走你的路去便罷了，怎麼羅織管事，替那朱紫國為奴，卻到我這裡尋死！」行者喝道：「賊潑怪！說話無知！我受朱紫國拜請之禮，又蒙他稱呼管待之恩，我老孫比那王位還高千倍，他敬之如父母，事之如神明，你怎麼說出『為奴』二字！我把你這誑上欺君之怪！不要走！吃外公一棒！」那妖慌了手腳，即閃身躲過，使宣花斧劈面相迎。這一場好殺！你看：

金箍如意棒，風刃宣花斧。一個咬牙發狠凶，一個切齒施威武。這個是齊天大聖降臨凡，那個是作怪妖王來下土。兩個噴雲噯霧照天宮，真是走石揚沙遮斗府（星宿名，又指北斗星，泛指高空）。往往來來解數多，翻翻覆覆金光吐。齊將本事施，各把神通賭。這個要取娘娘轉帝都，那個喜同皇后居山塢。這場都是沒來由，捨死忘生因國主。

他兩個戰經五十回合，不分勝負。那妖王見行者手段高強，料不能取勝，將斧架住他的鐵棒道：「孫行者，你且住了。我今日還未早膳，待我進了膳，再來與你定雌雄。」行者情知是要取鈴鐺，收了鐵棒道：「『好漢子不趕乏兔兒』，你去！你去！吃飽些，好來領死！」

那妖急轉身闖入裡邊，對娘娘道：「快將寶貝拿來！」娘娘道：「要寶貝何幹？」妖王道：「今早叫戰者，乃是取經的和尚之徒，叫做孫悟空行者，假稱『外公』。我與他戰到此時，不分勝負。等我拿寶貝出去，放些煙火，燒這猴頭。」娘娘見說，心中怛突：欲不取出鈴兒，恐他見疑；欲取出鈴兒，又恐傷了孫行者性命。正自躊躇未定，那妖王又催逼道：「快拿出來！」這娘娘無奈，只得將鎖鑰開了，把三個鈴兒遞與妖王。妖王拿了，就走出洞。娘娘坐在宮中，淚如雨下，思量行者不知可能逃得性命。兩人卻俱不知是假鈴也。

那妖出了門，就占起上風，叫道：「孫行者，休走！看我搖搖鈴兒！」行者笑道：「你有鈴，我就沒鈴？你會搖，我就不會搖？」妖王道：「你有甚麼鈴兒，拿出來我看。」行者將鐵棒捏做個繡花針兒，藏在耳內，卻去腰間解下三個真寶貝來，對妖王說：「這不是我的紫金鈴兒？」妖王見了，心驚道：「蹺蹊！蹺蹊！他的鈴兒怎麼與我的鈴兒就一般無二！縱然是一個模子鑄的，好道打磨不到，也有多個瘢兒，少個蒂兒，卻怎麼這等一毫不差？」又問：「你那鈴兒是那裡來的？」行者道：「賢甥，你那鈴兒卻是那裡來的？」妖王老實，便就說道：「我這鈴兒是：

太清仙君道源深，八卦爐中久煉金。
結就鈴兒稱至寶，老君留下到如今。」

行者笑道：「老孫的鈴兒，也是那時來的。」妖王道：「怎生出處？」行者道：「我這鈴兒是：

道祖燒丹兜率宮，金鈴摶煉在爐中。
二三如六循環寶，我的雌來你的雄。」

妖王道：「鈴兒乃金丹之寶，又不是飛禽走獸，如何辨得雌雄？但只是搖出寶來，就是好的！」行者道：「口說無憑，做出便見。且讓你先搖。」那妖王真個將頭一個鈴兒幌了三幌，不見火出；第二個幌了三幌，不見煙出；第三個幌了三幌，也不見沙出。妖王慌了手腳道：「怪哉！怪哉！世情變

第七十一回

行者假名降怪　　觀音現像伏妖王

了！這鈴兒想是懼內，雄見了雌，所以不出來了。」行者道：「賢甥，住了手，等我也搖搖你看。」好猴子，一把攥了三個鈴兒，一齊搖起。你看那紅火、青煙、黃沙，一齊滾出，骨都都燎樹燒山！大聖口裡又念個咒語，望巽地上叫：「風來！」真個是風催火勢，火挾風威，紅焰焰，黑沉沉，滿天煙火，遍地黃沙！把那賽太歲唬得魄散魂飛，走投無路，在那火當中，怎逃性命！

只聞得半空中厲聲高叫：「孫悟空！我來了也！」行者急回頭上望，原來是觀音菩薩，左手托著淨瓶，右手拿著楊柳，灑下甘露救火哩。慌得行者把鈴兒藏在腰間，即合掌倒身下拜。那菩薩將柳枝連拂幾點甘露，霎時間，煙火俱無，黃沙絕跡。行者叩頭道：「不知大慈臨凡，有失回避。敢問菩薩何往？」菩薩道：「我特來收尋這個妖怪物。」

行者道：「這怪是何來歷，敢勞金身下降收之？」菩薩道：「他是我跨的個金毛犼。因牧童盹睡，失於防守，這孽畜咬斷鐵索走來，卻與朱紫國王消災也。」行者聞言，急欠身道：「菩薩反說了。他在這裡欺君騙後，敗俗傷風，與那國王生災，卻說是消災，何也？」菩薩道：「你不知之。當時朱紫國先王在位之時，這個王還做東宮太子，未曾登基。他年幼間，極好射獵。他率領人馬，縱放鷹犬，正來到落鳳坡前，有西方佛母孔雀大明王菩薩所生二子，乃雌雄兩個雀雛，停翅在山坡之下，被此王弓開處，射傷了雄孔雀，那雌孔雀也帶箭歸西。佛母懺悔以後，吩咐教他拆鳳三年，身耽啾疾。那時節，我跨著這犼，同聽此言，不期這孽畜留心，故來騙了皇后，與王消災。至今三年，冤愆滿足，幸你來救治王患。我特來收妖邪也。」行者道：「菩薩，雖是這般故事，奈何他玷污了皇后，敗俗傷風，壞倫亂法，卻是該他死罪。今蒙菩薩親臨，饒得他死罪，卻饒不得他活罪。讓我打他二十棒，與你帶去罷。」菩薩道：「悟空，你既知我臨凡，就當看我分上，一發都饒了罷；也算你一番降妖之功。若是動了棍子，他也就是死了。」行者不敢違言，只得拜道：「菩薩既收他回海，再不可令他私降人間，貽害（留下禍害）不淺！」

那菩薩才喝了一聲：「孽畜！還不還原，待何時也！」只見那怪打個滾，現了原身，將毛衣抖抖，菩薩騎上。菩薩又望項下一看，不見那三個金鈴。菩薩道：「悟空，還我鈴來。」行者道：「老孫不知。」菩薩喝道：「你這賊猴！若不是你偷了這鈴，莫說一個悟空，就是十個，也不敢近身！快拿出來！」行者笑道：「實不曾見。」菩薩道：「既不曾見，等我念念《緊箍兒咒》。」那行者慌了，只教：「莫念！莫念！鈴兒在這裡哩！」這正是：犼項金鈴何人解？解鈴人還問繫鈴人。菩薩將鈴兒套在犼項下，飛身高坐。你看他四足蓮花生焰焰，滿身金縷迸森森。大慈悲回南海不題。

卻說孫大聖整束了衣裙，掄鐵棒打進獬豸洞去，把群妖眾怪，盡情打死，剿除乾淨。直至宮中，請聖宮娘娘回國。那娘娘頂禮不盡。行者將菩薩降妖並拆鳳原由備說了一遍，尋些軟草，紮了一條草龍，教：「娘娘跨上，合著眼，莫怕，我帶你回朝見主也。」那娘娘謹遵吩咐，行者使起神通，只聽得耳內風響。

半個時辰，帶進城，按落雲頭，叫：「娘娘開眼。」那皇后睜開眼看，認得是鳳閣龍樓，心中歡喜，撇了草龍，與行者同登寶殿。那國王見了，急下龍床，就來扯娘娘玉手，欲訴離情，猛然跌倒在地，只叫：「手疼！手疼！」八戒哈哈大笑道：「嘴臉！沒福消受！一見面就蜇殺了也！」行者道：「呆子，你敢扯他扯麼？」八戒道：「就扯他扯兒便怎的？」行者道：「娘娘身上生了毒刺，手上有蜇陽之毒。自到麒麟山，與那賽太歲三年，那妖更不曾沾身。但沾身就害身疼，但沾手就害手疼。」一眾官聽說，道：「似此怎生奈何？」此時外面眾官憂疑，內裡妃嬪悚懼，旁有玉聖、銀聖二宮，將君王扶起。

俱正在倉皇之際，忽聽得那半空中，有人叫道：「大聖，我來也。」行者抬頭觀看，只見那：

> 肅肅沖天鶴唳，飄飄徑至朝前。繚繞祥光道道，氤氳瑞氣翩翩。棕衣苫體放雲煙，足踏芒鞋罕見。手執龍須蠅帚，絲絛腰下圍纏。乾坤處處結人緣，大地逍遙游遍。此乃是大羅天上紫雲仙，今日臨凡解魘。

行者上前迎住道：「張紫陽何往？」紫陽真人直至殿前，躬身施禮道：「大聖，小仙張伯端起手。」行者答禮道：「你從何來？」真人道：「小仙三年前曾赴佛會。因打這裡經過，見朱紫國王有拆鳳之憂，我恐那妖將皇后玷辱，有壞人倫，後日難與國王復合。是我將一件舊棕衣變作一領新霞裳，光生五彩，進與妖王，教皇后穿了妝新。那皇后穿上身，即生一身毒刺。毒刺者，乃棕毛也。今知大聖成功，特來解魘。」行者道：「既如此，累你遠來，且快解脫。」

真人走向前，對娘娘用手一指，即脫下那件棕衣。那娘娘遍體如舊。真人將衣抖一抖，披在身上，對行者道：「大聖勿罪，小仙告辭。」行者道：「且住，待君王謝謝。」真人笑道：「不勞，不勞。」遂長揖一聲，騰空而去。慌得那皇帝、皇后及大小眾臣，一個個望空禮拜。拜畢，即命大開東閣，酬謝四僧。那君王領眾跪拜，夫妻才得重諧。

正當歡宴時，行者叫：「師父，拿那戰書來。」長老袖中取出，遞與行者。行者遞與國王道：「此書乃那怪差小校送來者。那小校已先被我打死，送來報功。後復至山中，變作小校，進洞回覆，因得見娘娘，盜出金鈴，幾乎被他拿住；又變化，復偷出，與他對敵。幸遇觀音菩薩將他收去，又與我說拆鳳之故。」從頭至尾，細說了一遍。那舉國君臣內外，無一人不感謝稱贊。

唐僧道：「一則是賢王之福，二來是小徒之功。今蒙盛宴，至矣！至矣！就此拜別，不要誤貧僧向西去也。」那國王懇留不得，遂換了關文，大排鑾駕，請唐僧穩坐龍車，那君王、妃后，俱捧轂推輪，相送而別。

正是：有緣洗盡憂疑病，絕念無思心自寧。畢竟這去，後面再有甚麼吉凶之事，且聽下回分解。

第七十二回
盤絲洞七情迷本　濯垢泉八戒忘形

話表三藏別了朱紫國王，整頓鞍馬西出。行彀多少山原，歷盡無窮水道，不覺的秋去冬殘，又值春光明媚。師徒們正在路踏青玩景，忽見一座庵林。三藏滾鞍下馬，站立大道之旁。行者問道：「師父，這條路平坦無邪，因何不走？」八戒道：「師兄好不通情！師父在馬上坐得困了，也讓他下來關關風是。」三藏道：「不是關風；我看那裡是個人家，意欲自去化些齋吃。」行者笑道：「你看師父說的是那裡話。你要吃齋，我自去化。俗語云：『一日為師，終身為父。』豈有為弟子者高坐，教師父去化齋之理？」三藏道：「不是這等說。平日間一望無邊無際，你們沒遠沒近的去化齋，今日人家逼近，可以叫應，也讓我去化一個來。」八戒道：「師父沒主張。常言道：『三人出外，小的兒苦。』你況是個父輩，我等俱是弟子。古書云：『有事弟子服其勞。』等我老豬去。」三藏道：「徒弟啊，今日天氣晴明，與那風雨之時不同。那時節，汝等必定遠去；此個人家，等我去。有齋無齋，可以就回走路。」沙僧在旁笑道：「師兄，不必多講。師父的心性如此，不必違拗。若惱了他，就化將齋來，他也不吃。」

八戒依言，即取出鉢盂，與他換了衣帽。拽開步，直至那莊前觀看，卻也好座住場。但見：

石橋高聳，古樹森齊。石橋高聳，潺潺流水接長溪；古樹森齊，聒聒幽禽鳴遠岱。橋那邊有數椽茅屋，清清雅雅若仙庵；又有那一座蓬窗，白白明明欺道院。窗前忽見四佳人，都在那裡刺鳳描鸞做針線。

長老見那人家沒個男兒，只有四個女子，不敢進去。將身立定，閃在喬林之下。只見那女子，一個個：

閨心堅似石，蘭性喜如春。嬌臉紅霞襯，朱唇絳脂勻。蛾眉橫月小，蟬鬢迭雲新。若到花間立，游蜂錯認真。

少停有半個時辰，一發靜悄悄，雞犬無聲。自家思慮道：「我若沒本事化頓齋飯，也惹那徒弟笑我：敢道為師的化不出齋來，為徒的怎能去拜佛。」

長老沒計奈何，也帶了幾分不是，趨步上橋。又走了幾步，只見那茅屋裡面有一座木香亭子，亭子下又有三個女子在那裡踢氣球哩。你看那三個女子，比那四個又生得不同。但見那：

飄揚翠袖，搖拽緗裙。飄揚翠袖，低籠著玉笋纖纖；搖拽緗裙，半露出金蓮窄窄。形容體勢十分全，動靜脚跟千樣龎。拿頭過論有高低，張泛送來真又楷。轉身踢個出牆花，退步翻成大過海。輕接一團泥，單槍急對拐。明珠上佛頭，實捏來尖撑。窄磚偏會拿，臥魚將脚搓。平腰折膝蹲，扭頂翹跟昑。扳凳能喧泛，披肩甚脫灑。絞襠任往來，鎖項隨搖擺。踢的是黃河水倒流，金魚灘上買。那個錯認是頭兒，這個轉身就打拐。端然捧上　，周正尖來捽。提跟潩草鞋，倒插回頭采。退步泛肩妝，鉤兒只一歹。版簍下來長，便把奪門揣。踢到美心時，佳人齊喝采。一個個汗流粉膩透羅裳，興懶情疏方叫海（這段韻文描述了三十多種踢球的身段、招數，如：拿頭、張泛、出牆花、大過海等，包括漢、唐以來踢球的一整套方法）。

言不盡，又有詩為證。詩曰：

> 蹴踘當場三月天，仙風吹下素嬋娟。汗沾粉面花含露，塵染蛾眉柳帶煙。
> 翠袖低垂籠玉筍，緗裙斜拽露金蓮。幾回踢罷嬌無力，雲鬢蓬鬆寶髻偏。

三藏看得時辰久了，只得走上橋頭，應聲高叫道：「女菩薩，貧僧這裡隨緣布施些兒齋吃。」那些女子聽見，一個個喜喜歡歡抛了針線，撇了氣球，都笑笑吟吟的接出門來道：「長老，失迎了。今到荒莊，決不敢攔路齋僧，請裡面坐。」三藏聞言，心中暗道：「善哉，善哉！西方正是佛地！女流尚且注意齋僧，男子豈不虔心向佛？」

長老向前問訊了，相隨眾女入茅屋。過木香亭看處，呀！原來那裡邊沒甚房廊，只見那：

巒頭高聳，地脈遙長。巒頭高聳接雲煙，地脈遙長通海岳。門近石橋，九曲九灣流水顧；園栽桃李，千株千顆鬥穠華。藤薜掛懸三五樹，芝蘭香散萬千花。遠觀洞府欺蓬島，近睹山林壓太華。正是妖仙尋隱處，更無鄰舍獨成家。

有一女子上前，把石頭門推開兩扇，請唐僧裡面坐。那長老只得進去。忽抬頭看時，鋪設的都是石桌、石凳，冷氣陰陰。長老心驚，暗自思忖道：「這去處少吉多凶，斷然不善。」眾女子喜笑吟吟，都道：「長老請坐。」長老沒奈何，只得坐了。少時間，打個冷禁。眾女子問道：「長老是何寶山？化甚麼緣？還是修橋補路，建寺禮塔，還是造佛印經？請緣簿出來看看。」長老道：「我不是化緣的和尚。」女子道：「既不化緣，到此何幹？」長老道：「我是東土大唐差去西天大雷音求經者。適過寶方，腹間飢餒，特造檀府，募化一齋，貧僧就行也。」眾女子道：「好！好！好！常言道：『遠來的和尚好看經。』妹妹們！不可怠慢，快辦齋來。」

此時有三個女子陪著，言來語去，論說些因緣。那四個到廚中撩衣斂袖，炊火刷鍋。你道他安排的是些甚麼東西？原來是人油炒煉，人肉煎熬；熬得黑糊充作麵筋樣子，剜的人腦煎作豆腐塊片。兩盤兒捧到石桌上放下，對長老道：「請了。倉卒間，不曾備得好齋，且將就吃些充腹。後面還有添換來也。」

那長老聞了一聞，見那腥羶，不敢開口，欠身合掌道：「女菩薩，貧僧是胎裡素。」眾女子笑道：「長老，此是素的。」長老道：「阿彌陀佛！若像這等素的啊，我和尚吃了，莫想見得世尊，取得經卷。」眾女子道：「長老，你出家人，切莫揀人布施。」長老道：「怎敢，怎敢！我和尚奉大唐

第七十二回

盤絲洞七情迷本　濯垢泉八戒忘形

旨意，一路西來，微生不損，見苦就救；遇穀粒手拈入口，逢絲縷聯綴遮身，怎敢揀主布施！」眾女子笑道：「長老雖不揀人布施，卻只有些上門怪人。莫嫌粗淡，吃些兒罷。」長老道：「實是不敢吃，恐破了戒。望菩薩養生不若放生，放我和尚出去罷。」

那長老掙著要走，那女子攔住門，怎麼肯放，俱道：「上門的買賣，倒不好做！『放了屁兒，卻使手掩。』你往那裡去？」他一個個都會些武藝，手腳又活，把長老扯住，順手牽羊，撲的摜倒在地。眾人按住，將繩子捆了，懸梁高吊。這吊有個名色，叫做「仙人指路」。原來是一隻手向前，牽絲吊起，一隻手攔腰捆住，將繩吊起；兩隻腳向後一條繩吊起；三條繩把長老吊在梁上，卻是脊背朝上，肚皮朝下。那長老忍著疼，噙著淚，心中暗恨道：「我和尚這等命苦！只說是好人家化頓齋吃，豈知道落了火坑！徒弟啊！速來救我，還得見面；但遲兩個時辰，我命休矣！」

那長老雖然苦惱，卻還留心看著那些女子。那些女子把他吊得停當，便去脫剝衣服。長老心驚，暗自忖道：「這一脫了衣服，是要打我的情了。或者夾生兒吃我的情也有哩。」原來那女子們只解了上身羅衫，露出肚腹，各顯神通：一個個腰眼中冒出絲繩，有鴨蛋粗細，骨都都的，迸玉飛銀，時下把莊門瞞了不題。

卻說那行者、八戒、沙僧，都在大道之旁。他二人都放馬看擔，惟行者是個頑皮，他且跳樹攀枝，摘葉尋果。忽回頭，只見一片光亮，慌得跳下樹來，吆喝道：「不好，不好！師父造化低了！」行者用手指道：「你看那莊院如何？」八戒、沙僧共目視之，那一片，如雪又亮如雪，似銀又光似銀。八戒道：「罷了，罷了！師父遇著妖精了！我們快去救他也！」行者道：「賢弟莫嚷。你都不見怎的，等老孫去來。」沙僧道：「哥哥仔細。」行者道：「我自有處。」

好大聖，束一束虎皮裙，掣出金箍棒，拽開腳，兩三步跑到前邊，看見那絲繩纏了有千百層厚，穿穿道道，卻似經緯之勢，用手按了一按，有些沾軟沾人。行者更不知是甚麼東西，他即舉棒道：「這一棒，莫說是幾千層，就是幾萬層，也打斷了！」正欲打，又停住手道：「若是硬的便可打斷，這個軟的，只好打匾罷了。——假如驚了他，纏住老孫，反為不美。等我且問他一問再打。」

你道他問誰？即捻一個訣，念一個咒，拘得個土地老兒在廟裡似推磨的一般亂轉。土地婆兒道：「老兒，你轉怎的？好道是羊兒風發了！」土地道：「你不知！你不知！有一個齊天大聖來了，我不曾接他，他那裡拘我哩。」婆兒道：「你去見他便了，卻如何在這裡打轉？」土地道：「若去見他，他那棍子好不重，他管你好歹就打哩！」婆兒道：「他見你這等老了，那裡就打你？」土地道：「他一生好吃沒錢酒，偏打老年人。」兩口兒講一會，沒奈何只得走出去，戰兢兢的，跪在路旁，叫道：「大聖，當境土地叩頭。」行者道：「你且起來，不要假忙。我且不打你，寄下在那裡。我問你，此間是甚地方？」土地道：「大聖從那廂來？」行者道：「我自東土往西來的。」土地道：「大聖東來，可曾在那山嶺上？」行者道：「正在那山嶺上。我們行李、馬匹還都歇在那嶺上不是！」

土地道：「那嶺叫做盤絲嶺。嶺下有洞，叫做盤絲洞。洞裡有七個妖精。」行者道：「是男怪女怪？」土地道：「是女怪。」行者道：「他有多大神通？」土地道：「小神力薄威短，不知他有多大手段；只知那正南上，離此有三里之遙，有一座濯垢泉，乃天生的熱水，原是上方七仙姑的浴池。自妖精到此居住，占了他的濯垢泉，仙姑更不曾與他爭競，平白地就讓與他了。我見天仙不惹妖魔怪，必定精靈有大能。」行者道：「占了此泉何幹？」土地道：「這怪占了浴池，一日三遭，出來洗澡。如今已時已過，午時將來啞。」行者聽言道：「土地，你且回去，等我自家拿他罷。」那土地老兒磕了一個頭，戰兢兢的，回本廟去了。

這大聖獨顯神通，搖身一變，變作個麻蒼蠅兒，釘在路旁草梢上等待。須臾間，只聽得呼呼吸吸之聲，猶如蠶食葉，卻似海生潮。只好有半盞茶時，絲繩皆盡，依然現出莊村，還像當初模樣。又聽得呀的一聲，柴扉響處，裡邊笑語喧嘩，走出七個女子。行者在暗中細看，見他一個個攜手相攙，挨肩執袂，有說有笑的，走過橋來，果是標致。但見：

> 比玉香尤勝，如花語更真。柳眉橫遠岫，檀口破櫻唇。釵頭翹翡翠，金蓮閃絳裙。卻似嫦娥臨下界，仙子落凡塵。

行者笑道：「怪不得我師父要來化齋，原來是這一般好處。這七個美人兒，假若留住我師父，要吃也不彀一頓吃，要用也不彀兩日用；要動手輪流一攏布就是死了。且等我去聽他一聽，看他怎的算計。」

好大聖，嚶的一聲，飛在那前面走的女子雲髻上釘住。才過橋來，後邊的走向前來呼道：「姐姐，我們洗了澡，來蒸那胖和尚吃去。」行者暗笑道：「這怪物好沒算計！煮還省些柴，怎麼轉要蒸了吃！」那些女子採花鬥草向南來。不多時，到了浴池。但見一座門牆，十分壯麗。遍地野花香豔豔，滿旁蘭蕙密森森。後面一個女子，走上前，唿哨的一聲，把兩扇門兒推開，那中間果有一塘熱水。這水：

自開辟以來，太陽星原貞有十，後被羿善開弓，射落九烏墜地，止存金烏一星，乃太陽之真火也。天地有九處湯泉，俱是眾烏所化。那九陽泉，乃香冷泉、伴山泉、溫泉、東合泉、潢山泉、孝安泉、廣汾泉、湯泉，此泉乃濯垢泉。

有詩為證。詩曰：

一氣無冬夏，三秋永注春。
炎波如鼎沸，熱浪似湯新。
分溜滋禾稼，停流蕩俗塵。
涓涓珠淚泛，滾滾玉團津。
潤滑原非釀，清平還自溫。
瑞祥本地秀，造化乃天真。
佳人洗處冰肌滑，滌蕩塵煩玉體新。

那浴池約有五丈余闊，十丈多長，內有四尺深淺，但見水清徹底。底下水一似滾珠泛玉，骨都都冒將上來。四面有六七個孔竅通流。流去二三里之遙，淌到田裡，還是溫水。池上又有三間亭子。亭子中近後壁放著一張八隻腳的板凳。兩山頭放著兩個描金彩漆的衣架。行者暗中喜嚶嚶的，一翅飛在那衣架頭上釘住。

那些女子見水又清又熱，便要洗浴，即一齊脫了衣服，搭在衣架上。一齊下去，被行者看見：

褪放紐扣兒，解開羅帶結。酥胸白似銀，玉體渾如雪。
肘膊賽冰鋪，香肩疑粉貼。肚皮軟又綿，脊背光還潔。
膝腕半圍團，金蓮三寸窄。中間一段情，露出風流穴。

那女子都跳下水去，一個個躍浪翻波，負水頑耍。行者道：「我若打他啊，只消把這棍子往池中一攪，就叫做『滾湯潑老鼠，一窩兒都是死。』可憐！可憐！打便打死他，只是低了老孫的名頭。常言道：『男不與女鬥』。我這般一個漢子，打殺這幾個丫頭，著實不濟。不要打他，只送他一個絕後計，教他動不得身，出不得水，多少是好。」好大聖，捻著訣，念個咒，搖身一變，變作一個餓老鷹，但見：

毛猶霜雪，眼若明星。妖狐見處魂皆喪，狡兔逢時膽盡驚。鋼爪鋒芒快，雄姿猛氣橫。
會使老拳供口腹，不辭親手逐飛騰。萬里寒空隨上下，穿雲檢物任他行。

呼的一翅，飛向前，輪開利爪，把他那衣架上搭的七套衣服，盡情叼去，徑轉嶺頭，現出本相來見八戒、沙僧道：「你看。」那呆子迎著對沙僧笑道：「師父原來是典當鋪裡拿了去的。」沙僧道：「怎見得？」八戒道：「你不見師兄把他些衣服都搶將來也？」行者放下道：「此是妖精穿的衣服。」八戒道：「怎麼就有這許多？」行者道：「七套。」八戒道：「如何這般剝得容易，又剝得乾淨？」行者道：「那曾用剝。原來此處喚做盤絲嶺。那莊村喚做盤絲洞。洞中有七個女怪，把我師父拿住，吊在洞裡，都向濯垢泉去洗浴。那泉卻是天地產成的一塘子熱水。他都算計著洗了澡要把師父蒸吃。是我跟到那裡，見他脫了衣服下水，我要打他，恐怕污了棍子，又怕低了名頭，是以不曾動棍，只變做一個餓老鷹，叼了他的衣服。他都忍辱含羞，不敢出頭，蹲在水中哩。我等快去解下師父走路罷。」八戒笑道：「師兄，你凡幹事，只要留根。既見妖精，如何不打殺他，卻就去解師父！他如今縱然藏羞不出，到晚間必定出來。他家裡還有舊衣服，穿上一套，來趕我們。縱然不趕，他久住在此，我們取了經，還從那條路回去。常言道：『寧少路邊錢，莫少路邊拳。』那時節，他攔住了吵鬧，卻不是個仇人也？」行者道：「憑你如何主張？」八戒道：「依我，先打殺了妖精，再去解放師父：此乃『斬草除根』之計。」行者道：「我是不打他。你要打，你去打他。」

八戒抖擻精神，歡天喜地，舉著釘鈀，拽開步，徑直跑到那裡。忽的推開門看時，只見那七個女子，蹲在水裡，口中亂罵那鷹哩，道：「這個扁毛畜生！貓嚼頭的亡人！把我們衣服都叼去了，教我們怎的動手！」八戒忍不住笑道：「女菩薩，在這裡洗澡哩。也攜帶我和尚洗洗，何如？」那怪見了，作怒道：「你這和尚，十分無禮！我們是在家的女流，你是個出家的男子。古書云：『七年男女不同席。』你好和我們同塘洗澡？」八戒道：「天氣炎熱，沒奈何，將就容我洗洗兒罷。那裡調甚麼書擔兒，同席不同席！」呆子不容說，丟了釘鈀，脫了皂錦直裰，撲的跳下水來。那怪心中煩惱，一齊上前要打。不知八戒水勢極熟，到水裡搖身一變，變做一個鯰魚精。那怪就都摸魚，趕上拿他不住：東邊摸，忽的又漬了西去；西邊摸，忽的又漬了東去；滑扢虀，只在那腿襠裡亂鑽。原來那水有攙胸之深，水上盤了一會，又盤在水底，都盤倒了，喘噓噓的，精神倦怠。

八戒卻才跳將上來，現了本相，穿了直裰，執著釘鈀，喝道：「我是那個！你把我當鯰魚精哩！」那怪見了，心驚膽戰，對八戒道：「你先來是個和尚，到水裡變作鯰魚，及拿你不住，卻又這般打扮；你端的是從何到此？是必留名。」八戒道：「這伙潑怪當真的不認得我！我是東土大唐取經的唐長老之徒弟，乃天蓬元帥悟能八戒是也。你把我師父吊在洞裡，算計要蒸他受用！我的師父，又好蒸吃？快早伸過頭來，各築一鈀，教你斷根！」

那些妖聞此言，魂飛魄散，就在水中跪拜道：「望老爺方便方便！我等有眼無珠，誤捉了你師父，雖然吊在那裡，不曾敢加刑受苦。望慈悲饒了我的性命，情願貼些盤費，送你師父往西天去也。」八戒搖手道：「莫說這話！俗話說得好：『曾著賣糖君子哄，到今不信口甜人（受過哄騙，再不相信甜言蜜語）。』是便築一鈀，各人走路！」

呆子一味粗夯，顯手段，那有憐香惜玉之心，舉著鈀，不分好歹，趕上前亂築。那怪慌了手腳，那裡顧甚麼羞恥，只是性命要緊，隨用手捂著羞處，跳出水來，都跑在亭子裡站立，作出法來：臍孔中骨都都冒出絲繩，瞞天搭了個大絲篷，把八戒罩在當中。那呆子忽抬頭，不見天日，即抽身往外便走。那裡舉得腳步！原來放了絆腳索，滿地都是絲繩，動動腳，跌個躘踵：左邊去，一個面磕地；右邊去，一個倒栽蔥；急轉身，又跌了個嘴搵地；忙爬起，又跌了個豎蜻蜓。也不知跌了多少跟頭，把個呆子跌得身麻腳軟，頭暈眼花，爬也爬不動，只睡在地下呻吟。那怪物卻將他困住，也不打他，也不傷他，一個個跳出門來，將絲篷遮住天光，各回本洞。

到了石橋上站下，念動真言，霎時間，把絲篷收了，赤條條的，跑入洞裡，捂著那話，從唐僧面前笑嘻嘻的跑過去。走入石房，取幾件舊衣穿了，徑至後門口立定，叫：「孩兒們何在？」原來那妖精一個有一個兒子，卻不是他養的，都是他結拜的乾兒子。有名喚做蜜、螞、蠦、班、蜢、蠟、蜻：蜜是蜜蜂，螞是螞蜂，蠦是蠦蜂，班是班毛，蜢是牛蜢，蠟是抹蠟，蜻是蜻蜓。原來那妖精幔天結網，擄住這七般蟲蛭，卻要吃他。古云：「禽有禽言，獸有獸語。」當時這些蟲哀告饒命，願拜為母，遂此春採百花供怪物，夏尋諸卉孝妖精。忽聞一聲呼喚，都到面前問：「母親有何使令？」眾怪道：「兒啊，早間我們錯惹了唐朝來的和尚，才然被他徒弟攔在池裡，出了多少醜，幾乎喪了性命！汝等努力，快出門前去退他一退。如得勝後，可到你舅舅家來會我。」那些怪既得逃生，往他師兄處，孽嘴生災不題。你看這些蟲蛭，一個個摩拳擦掌，出來迎敵。

卻說八戒跌得昏頭昏腦，猛抬頭，見絲篷絲索俱無，他才一步一探，爬將起來，忍著疼，找回原路。見了行者，用手扯住道：「哥哥，我的頭可腫，臉可青麼？」行者道：「你怎的來？」八戒道：「我被那廝將絲繩罩住，放了絆腳索，不知跌了多少跟頭，跌得我腰拖背折，寸步難移。卻才絲篷索子俱空，方得了性命回來也。」沙僧見了道：「罷了，罷了！你闖下禍來也！那怪一定往洞裡去傷害師父，我等快去救他！」

行者聞言，急拽步便走。八戒牽著馬，急急來到莊前。但見那石橋上有七個小妖兒擋住道：「慢來，慢來！吾等在此！」行者看了道：「好笑！乾淨都是些小人兒！長的也只有二尺五六寸，不滿三尺；重的也只有八九斤，不滿十斤。」喝道：「你是誰？」那怪道：「我乃七仙姑的兒子。你把我母親欺辱了，還敢無知，打上我門！不要走！仔細！」好怪物，一個個手之舞之，足之蹈之，亂打將來。八戒見了生嗔，本是跌惱了的性子，又見那伙蟲蛭小巧，就發狠舉鈀來築。

那些怪見呆子凶猛，一個個現了本相，飛將起去，叫聲「變！」須臾間，一個變十個，十個變百個，百個變千個，千個變萬個，個個都變成無窮之數。只見：

滿天飛抹蠟，遍地舞蜻蜓。蜜螞追頭額，蠦蜂扎眼睛。
班毛前後咬，牛蜢上下叮。撲面漫漫黑，翛翛神鬼驚。

八戒慌了道：「哥啊，只說經好取，西方路上，蟲兒也欺負人哩！」行者道：「兄弟，不要怕，快上前打！」八戒道：「撲頭撲臉，渾身上下，都叮有十數層厚，卻怎麼打？」行者道：「沒事！沒事！我自有手段！」沙僧道：「哥啊，有甚手段，快使出來罷。一會子光頭上都叮腫了！」

好大聖，拔了一把毫毛，嚼得粉碎，噴將出去，即變做些黃、麻、鴜、白、雕、魚、鷂。八戒道：「師兄，又打甚麼市語——黃啊、麻啊哩？」行者道：「你不知。黃是黃鷹，麻是麻鷹，鴜是鴜鷹，白是白鷹，雕是雕鷹，魚是魚鷹，鷂是鷂鷹。那妖精的兒子是七樣蟲，我的毫毛是七樣鷹。」鷹最能嗛(啄)蟲，一嘴一個，爪打翅敲，須臾，打得罄盡，滿空無跡，地積尺餘。

三兄弟方才闖過橋去，徑入洞裡。只見老師父吊在那裡哼哼的哭哩。八戒近前道：「師父，你是要來這裡吊了耍子，不知作成我跌了多少跟頭哩！」沙僧道：「且解下師父再說。」行者即將繩索挑斷，放下唐僧，都問道：「妖精那裡去了？」唐僧道：「那七個怪都赤條條的往後邊叫兒子去了。」行者道：「兄弟們，跟我來尋去。」

三人各持兵器，往後園裡尋處，不見蹤跡。都到那桃李樹上尋遍不見。八戒道：「去了！去了！」沙僧道：「不必尋他，等我扶師父去也。」弟兄們復來前面，請唐僧上馬道：「師父，下次化齋，還讓我們去。」唐僧道：「徒弟呵，以後就是餓死，也再不自專了。」八戒道：「你們扶師父走著，等老豬一頓鈀築倒他這房子，教他來時沒處安身。」行者笑道：「築還費力，不若尋些柴來，與他個斷根罷。」好呆子，尋了些朽松、破竹、乾柳、枯藤，點上一把火，烘烘的都燒得乾淨。師徒卻才放心前來。

咦！畢竟這去，不知那怪的吉凶如何，且聽下回分解。

第七十三回
情因舊恨生災毒　心主遭魔幸破光

話說孫大聖扶持著唐僧，與八戒、沙僧奔上大路，一直西來。不半晌，忽見一處樓閣重重，宮殿巍巍。唐僧勒馬道：「徒弟，你看那是個甚麼去處？」行者舉頭觀看，忽然見：

山環樓閣，溪繞亭台。門前雜樹密森森，宅外野花香豔豔。柳間棲白鷺，渾如煙裡玉無瑕；桃內囀黃鶯，卻似火中金有色。雙雙野鹿，忘情閒踏綠莎茵；對對山禽，飛語高鳴紅樹杪。真如劉阮天台洞，不亞神仙閬苑家。

行者報道：「師父，那所在也不是王侯第宅，也不是豪富人家，卻像一個庵觀寺院。到那裡方知端的。」三藏聞言，加鞭促馬。師徒們來至門前觀看，門上嵌著一塊石板，上有「黃花觀」三字。三藏下馬。八戒道：「黃花觀乃道士之家。我們進去會他一會也好，他與我們衣冠雖別，修行一般。」沙僧道：「說得是。一則進去看看景致，二來也當撒貨頭口（餵牲口，溜馬）。看方便處，安排些齋飯，與師父吃。」

長老依言，四眾共入。但見二門上有一對春聯：「黃芽白雪神仙府，瑤草琪花羽士家。」行者笑道：「這個是燒茅煉藥，弄爐火，提罐子的道士。」三藏捻他一把道：「謹言！謹言！我們不與他相識，又不認親，左右暫時一會，管他怎的？」說不了，進了二門，只見那正殿謹閉，東廊下坐著一個道士，在那裡丸藥。你看他怎生打扮：

戴一頂紅豔豔戧金冠；穿一領黑淄淄烏皂服；踏一雙綠陣陣雲頭履；繫一條黃拂拂呂公條。面如瓜鐵，目若朗星。準頭高大類回回，唇口翻張如達達。道心一片隱轟雷，伏虎降龍真羽士。

三藏見了，厲聲高叫道：「老神仙，貧僧問訊了。」那道士猛抬頭，一見心驚，丟了手中之藥，按簪兒，整衣服，降階迎接道：「老師父，失迎了。請裡面坐。」長老歡喜上殿。推開門，見有三清聖像，供桌有爐有香，即拈香注爐，禮拜三匝，方與道士行禮。遂至客位中，同徒弟們坐下。急喚仙童看茶。當有兩個小童，即入裡邊，尋茶盤，洗茶盞，擦茶匙，辦茶果。忙忙的亂走，早驚動那幾個冤家。

原來那盤絲洞七個女怪與這道士同堂學藝。自從穿了舊衣，喚出兒子，徑來此處。正在後面裁剪衣服，忽見那童子看茶，便問道：「童兒，有甚客來了，這般忙冗？」仙童道：「適間有四個和尚進來，師父教來看茶。」女怪道：「可有個白胖和尚？」道：「有。」又問：「可有個長嘴大耳朵的？」道：「有。」女怪道：「你快去遞了茶，對你師父丟個眼色，著他進來，我有要緊的話說。」果然那仙童將五杯茶拿出去。道士斂衣，雙手拿一杯遞與三藏，然後與八戒、沙僧、行者。茶罷，收盅。小童丟個眼色。那道士就欠身道：「列位請坐。」教：「童兒，放了茶盤陪侍。等我去去就來。」此時長老與徒弟們，並一個小童出殿上觀玩不題。

卻說道士走進方丈中，只見七個女子齊齊跪倒，叫：「師兄！師兄！聽小妹子一言！」道士用手攙起道：「你們早間來時，要與我說甚麼話，可可的今日丸藥，這枝藥忌見陰人，所以不曾答你。如今又有客在外面，有話且慢慢說罷。」眾怪道：「告稟師兄。這樁事，專為客來，方敢告訴；若客去了，縱說也沒用了。」道士笑道：「你看賢妹說話，怎麼專為客來才說？卻不瘋了？且莫說我是個清靜修仙之輩，就是個俗人家，有妻子老小家務事，也等客去了再處。怎麼這等不賢，替我裝幌子哩！且讓我出去。」

眾怪又一齊扯住道：「師兄息怒。我問你，前邊那客，是那方來的？」道士唾著臉，不答應。眾怪道：「方才小童進來取茶，我聞得他說，是四個和尚。」道士作怒道：「和尚便怎麼？」眾怪道：「四個和尚，內有一個白面胖的，有一個長嘴大耳的，師兄可曾問他是那裡來的？」道士道：「內中是有這兩個，你怎麼知道？想是在那裡見他來？」

女子道：「師兄原不知這個委曲。那和尚乃唐朝差往西天取經去的。今早到我洞裡化齋，委是妹子們聞得唐僧之名，將他拿了。」道士道：「你拿他怎的？」

女子道：「我等久聞人說，唐僧乃十世修行的真體，有人吃他一塊肉，延壽長生，故此拿了他。後被那個長嘴大耳朵的和尚把我們攔在濯垢泉裡，先搶了衣服，後弄本事，強要同我等洗浴，也止他不住。他就跳下水，變作一個鯰魚，在我們腿襠裡鑽來鑽去，欲行姦騙之事。果有十分憊懶！他又跳出水去，現了本相。見我們不肯相從，他就使一柄九齒釘鈀，要傷我們性命。若不是我們有些見識，幾乎遭他毒手。故此戰兢兢逃生，又著你愚外甥與他敵鬥，不知存亡如何。我們特來投兄長，望兄長念昔日同窗之雅，與我今日做個報冤之人！」

那道士聞此言，卻就惱恨，遂變了聲色道：「這和尚原來這等無禮！這等憊懶！你們都放心，等我擺布他！」眾女子謝道：「師兄如若動手，等我們都來相幫打他。」道士道：「不用打！不用打！常言道：『一打三分低。』你們都跟我來。」

眾女子相隨左右。他入房內，取了梯子轉過床後，爬上屋梁，拿下一個小皮箱兒。那箱兒有八寸高下，一尺長短，四寸寬窄，上有一把小銅鎖兒鎖住。即於袖中拿出一方鵝黃綾汗巾兒來。汗巾鬚上系著一把小鑰匙兒。開了鎖，取出一包兒藥來，此藥乃是：

山中百鳥糞，掃積上千斤。是用銅鍋煮，煎熬火候勻。
千斤熬一杓，一杓煉三分。三分還要炒，再鍛再重熏。
製成此毒藥，貴似寶和珍。如若嘗他味，入口見閻君！

道士對七個女子道：「妹妹，我這寶貝，若與凡人吃，只消一釐，入腹就死；若與神仙吃，也只消三釐就絕；這些和尚，只怕也有些道行，須得三釐。快取等子來。」內一女子，急拿了一把等子道：「稱出一分二釐，分作四份。」卻拿了十二個紅棗兒，將棗掐破些兒，揌上一釐，分在四個茶盅

第七十三回
情因舊恨生災毒　心主遭魔幸破光

內；又將兩個黑棗兒做一個茶鍾，著一個托盤安了，對眾女說：「等我去問他。不是唐朝的便罷；若是唐朝來的，就教換茶，你卻將此茶令童兒拿出。但吃了，個個身亡，就與你報了此仇，解了煩惱也。」七女感激不盡。

那道士換了一件衣服，虛禮謹恭，走將出去，請唐僧等又至客位坐下，道：「老師父莫怪。適間去後面吩咐小徒，教他們挑些青菜、蘿蔔，安排一頓素齋供養，所以失陪。」三藏道：「貧僧素手進拜，怎麼敢勞賜齋？」道士笑云：「你我都是出家人，見山門就有三升俸糧，何言素手？敢問老師父，是何寶山？到此何幹？」三藏道：「貧僧乃東土大唐駕下差往西天大雷音寺取經者。卻才路過仙宮，竭誠進拜。」

道士聞言，滿面生春道：「老師乃忠誠大德之佛，小道不如，失於遠候。恕罪！恕罪！」叫：「童兒，快去換茶來。一廂作速辦齋。」那小童走將進去，眾女子招呼他來道：「這裡有現成好茶，拿出去。」那童子果然將五盅茶拿出。道士連忙雙手拿一個紅棗兒茶鍾奉與唐僧。他見八戒身軀大，就認做大徒弟；沙僧認做二徒弟；見行者身量小，認做三徒弟；所以第四鍾才奉與行者。

行者眼乖，接了茶盅，早已見盤子裡那茶盅是兩個黑棗兒。他道：「先生，我與你穿換一杯。」道士笑道：「不瞞長老說。山野中貧道士，茶果一時不備。才然在後面親自尋果子，止有這十二個紅棗，做四盅茶奉敬。小道又不可空陪，所以將兩個下色棗兒作一杯奉陪。此乃貧道恭敬之意也。」行者笑道：「說那裡話？古人云：『在家不是貧，路上貧殺人。』你是住家兒的，何以言貧！像我們這行腳僧，才是真貧哩。我和你換換。我和你換換。」三藏聞言道：「悟空，這仙長實乃愛客之意，你吃了罷，換怎的？」行者無奈，將左手接了，右手蓋住，看著他們。

卻說那八戒，一則飢，二則渴，原來是食腸大大的，見那盅子裡有三個紅棗兒，拿起來嚥的都咽在肚裡。師父也吃了。沙僧也吃了。一霎時，只見八戒臉上變色，沙僧滿眼流淚，唐僧口中吐沫。他們都坐不住，暈倒在地。

這大聖情知是毒，將茶鍾，手舉起來，望道士劈臉一摜。道士將袍袖隔起，當的一聲，把個盅子跌得粉碎。道士怒道：「你這和尚，十分村鹵！怎麼把我盅子碎了？」行者罵道：「你這畜生！你看我那三個人是怎麼說！我與你有甚相干，你卻將毒藥茶藥倒我的人？」道士道：「你這個村畜生，闖下禍來，你豈不知？」行者道：「我們才進你門，方敘了坐次，道及鄉貫，又不曾有個高言，那裡闖下甚禍？」道士道：「你可曾在盤絲洞化齋麼？你可曾在濯垢泉洗澡麼？」行者道：「濯垢泉乃七個女怪。你既說出這話，必定與他苟合，必定也是妖精！不要走！吃我一棒！」好大聖，去耳朵裡摸出金箍棒，幌一幌，碗來粗細，望道士劈臉打來。那道士急轉身躲過，取一口寶劍來迎。

他兩個廝罵廝打，早驚動那裡邊的女怪。他七個一擁出來，叫道：「師兄且莫勞心，待小妹子拿他。」行者見了，越生嗔怒，雙手掄鐵棒，丟開解數，滾將進去亂打。只見那七個敞開懷，腆著雪白肚子，臍孔中作出法來：骨都都絲繩亂冒，搭起一個天篷，把行者蓋在底下。

行者見事不諧，即翻身念聲咒語，打個筋斗，撲的撞破天篷走了；忍著性氣，淤淤的立在空中看處，見那怪絲繩幌亮，穿穿道道，卻是穿梭的經緯，頃刻間，把黃花觀的樓台殿閣都遮得無影無形。行者道：「利害！利害！早是不曾著他手！怪道豬八戒跌了若干！似這般怎生是好！我師父與師弟卻又中了毒藥。這伙怪合意同心，卻不知是個甚來歷，待我還去問那土地神也。」

好大聖，按落雲頭，捻著訣，念聲「唵」字真言，把個土地老兒又拘來了，戰兢兢跪下路旁，叩頭道：「大聖，你去救你師父的，為何又轉來也？」行者道：「早間救了師父，前去不遠，遇一座黃花觀。我與師父等進去看看，那觀主迎接。才敘話間，被他把毒藥茶藥倒我師父等。我幸不曾吃茶，使棒就打，他卻說出盤絲洞化齋，濯垢泉洗澡之事，我就知那廝是怪。才舉手相敵，只見那七個女子跑出，吐放絲繩，老孫虧有見識走了。我想你在此間為神，定知他的來歷。是個甚麼妖精，老實說來，免打！」土地叩頭道：「那妖精到此，住不上十年。小神自三年前檢點之後，方見他的本相，乃是七個蜘蛛精。他吐那些絲繩，乃是蛛絲。」行者聞言，十分歡喜道：「據你說，卻是小可。既這般，你回去，等我作法降他也。」那土地叩頭而去。

行者卻到黃花觀外，將尾巴上毛捋下七十根，吹口仙氣，叫「變！」即變做七十個小行者；又將金箍棒吹口仙氣，叫「變！」即變做七十個雙角叉兒棒。每一個小行者，與他一根。他自家使一根，站在外邊，將叉兒攪那絲繩，一齊著力，打個號子，把那絲繩都攪斷，各攪了有十餘斤。裡面拖出七個蜘蛛，足有巴斗大的身軀。一個個攢著手腳，索著頭，只叫：「饒命！饒命！」此時七十個小行者，按住七個蜘蛛，那裡肯放。

行者道：「且不要打他，只教還我師父，師弟來。」那怪厲聲高叫道：「師兄，還他唐僧，救我命也！」那道士從裡邊跑出道：「妹妹，我要吃唐僧哩，救不得你了。」行者聞言，大怒道：「你既不還我師父，且看你妹妹的樣子！」好大聖，把叉兒棒幌一幌，復了一根鐵棒，雙手舉起，把七個蜘蛛精，盡情打爛，卻似七個劖肉布袋兒，膿血淋淋。卻又將尾巴搖了兩搖，收了毫毛，單身掄棒，趕入裡邊來打道士。

那道士見他打死了師妹，心甚不忍，即發狠舉劍來迎。這一場各懷忿怒，一個個大展神通。這一場好殺：

妖精掄寶劍，大聖舉金箍。都為唐朝三藏，先教七女嗚呼。如今大展經綸手，施威弄法逞金吾。大聖神光壯，妖仙膽氣粗。渾身解數如花錦，雙手騰那似轆轤。乒乓劍棒響，慘淡野雲浮。劖言語，使機謀，一來一往如畫圖。殺得風響沙飛狼虎怕，天昏地暗斗星無。

那道士與大聖戰經五六十合，漸覺手軟；一時間鬆了筋節，便解開衣帶，忽剌的響一聲，脫了皂袍。行者笑道：「我兒子！打不過人，就脫剝了也是不能彀的！」原來這道士剝了衣裳，把手一齊抬起，只見那兩脅下有一千隻眼，眼中迸放金光，十分利害：

森森黃霧，豔豔金光。森森黃霧，兩邊脅下似噴雲；豔豔金光，千隻眼中如放火。左右卻如金桶，東西猶似銅鐘。此乃妖仙施法力，道士顯神通：幌眼迷天遮日月，罩人暴躁氣朦朧；把個齊天孫大聖，困在金光黃霧中。

行者慌了手腳，只在那金光影裡亂轉，向前不能舉步，退後不能動腳，卻便似在個桶裡轉的一般。無奈又暴躁不過，他急了，往上著實一跳，卻撞破金光，撲的跌了一個倒栽蔥；覺道撞的頭疼，急伸手摸摸，把頂梁皮都撞軟了。自家心焦道：「晦氣！晦氣！這顆頭今日也不濟了！常時刀砍斧剁，莫能傷損，卻怎麼被這金光撞軟了皮肉？久以後定要拱膿。縱然好了，也是個破傷風。」一會家

第七十三回
情因舊恨生災毒　心主遭魔幸破光

暴躁難禁。卻又自家計較道：「前去不得，後退不得，左行不得，右行不得，往上又撞不得，卻怎麼好？往下走他娘罷！」

好大聖，念個咒語，搖身一變，變做個穿山甲，又名鯪鯉鱗。真個是：

四隻鐵爪，鑽山碎石如撾粉；滿身鱗甲，破嶺穿岩似切蔥。兩眼光明，好便似雙星幌亮；一嘴尖利，勝強如鋼鑽金錐。藥中有性穿山甲，俗語呼為鯪鯉鱗。

你看他硬著頭，往地下一鑽，就鑽了有二十餘里，方才出頭。原來那金光只罩得十餘里。出來現了本相，力軟筋麻，渾身疼痛，止不住眼中流淚。忽失聲叫道：「師父啊！

當年秉教出山中，共往西來苦用工。
大海洪波無恐懼，陽溝之內卻遭風！」

美猴王正當悲切，忽聽得山背後有人啼哭，即欠身揩了眼淚，回頭觀看。但見一個婦人，身穿重孝，左手托一盞涼漿水飯，右手執幾張燒紙黃錢，從那廂一步一聲，哭著走來。行者點頭嗟嘆道：「正是『流淚眼逢流淚眼，斷腸人遇斷腸人！』這一個婦人不知所哭何事，等我問他一問。」那婦人不一時走上路來，迎著行者。

行者躬身問道：「女菩薩，你哭的是甚人？」婦人噙淚道：「我丈夫因與黃花觀觀主買竹竿爭講，被他將毒藥茶藥死，我將這陌紙錢燒化，以報夫婦之情。」行者聽言，眼中淚下。那婦女見了作怒道：「你甚無知！我為丈夫煩惱生悲，你怎麼淚眼愁眉，欺心戲我？」

行者躬身道：「女菩薩息怒。我本是東土大唐欽差御弟唐三藏大徒弟孫悟空行者。因往西天，行過黃花觀歇馬。那觀中道士，不知是個甚麼妖精，他與七個蜘蛛精，結為兄妹。蜘蛛精在盤絲洞要害我師父，是我與師弟八戒、沙僧，救解得脫。那蜘蛛精走到他這裡，背了是非，說我等有欺騙之意。道士將毒藥茶藥倒我師父、師弟共三人，連馬四口，陷在他觀裡。惟我不曾吃他茶，將茶盅摜碎，他就與我相打。正嚷時，那七個蜘蛛精跑出來吐放絲繩，將我捆住，是我使法力走脫。問及土地，說他本相，我卻又使分身法攪絕絲繩，拖出妖來，一頓棒打死。這道士即與他報仇，舉寶劍與我相鬥。鬥經六十回合，他敗了陣，隨脫了衣裳，兩脅下放出千隻眼，有萬道金光，把我罩定。所以進退兩難，才變做一個鯪鯉鱗，從地下鑽出來。正自悲切，忽聽得你哭，故此相問。因見你為丈夫，有此紙錢報答，我師父喪身，更無一物相酬，所以自怨生悲。豈敢相戲！」

那婦女放下水飯、紙錢，對行者陪禮道：「莫怪，莫怪，我不知你是被難者。才據你說將起來，你不認得那道士。他本是個百眼魔君，又喚做多目怪。你既然有此變化，脫得金光，戰得許久，必定有大神通，卻只是還近不得那廝。我教你去請一位聖賢，他能破得金光，降得道士。」

行者聞言，連忙唱喏道：「女菩薩知此來歷，煩為指教指教。果是那位聖賢，我去請求，救我師父之難，就報你丈夫之仇。」婦人道：「我就說出來，你去請他，降了道士，只可報仇而已，恐不能救你師父。」行者道：「怎不能救？」婦人道：「那廝毒藥最狠：藥倒人，三日之間，骨髓俱爛。你此往回恐遲了，故不能救。」行者道：「我會走路；憑他多遠，千里只消半日。」女子道：「你既會

第七十三回

情因舊恨生災毒　心主遭魔幸破光

走路，聽我說：此處到那裡有千里之遙。那廂有一座山，名喚紫雲山。山中有個千花洞。洞裡有位聖賢，喚做毗藍婆。他能降得此怪。」行者道：「那山坐落何方？卻從何方去？」女子用手指定道：「那直南上便是。」

行者回頭看時，那女子早不見了。

行者慌忙禮拜道：「是那位菩薩？我弟子鑽昏了，不能相識，千乞留名，好謝！」只見那半空中叫道：「大聖，是我。」行者急抬頭看處，原是黎山老姆。趕至空中謝道：「老姆從何來指教我也？」老姆道：「我才自龍華會上回來，見你師父有難，假做孝婦，借夫喪之名，免他一死。你快去請他。但不可說出是我指教，那聖賢有些多怪人。」

行者謝了。辭別，把筋斗雲一縱，隨到紫雲山上。按定雲頭，就見那千花洞。那洞外：

青松遮勝境，翠柏繞仙居。綠柳盈山道，奇花滿澗渠。香蘭圍石屋，芳草映岩嵎。流水連溪碧，雲封古樹虛。野禽聲聒聒，幽鹿步徐徐。修竹枝枝秀，紅梅葉葉舒。寒鴉棲古樹，春鳥噪高樗。夏麥盈田廣，秋禾遍地余。四時無葉落，八節有花如。每生瑞靄連霄漢，常放祥雲接太虛。

這大聖喜喜歡歡走將進去，一程一節，看不盡無邊的景致。直入裡面，更沒個人兒，見靜靜悄悄的，雞犬之聲也無。心中暗道：「這聖賢想是不在家了。」又進數里看時，見一個女道姑坐在榻上。你看他怎生模樣：

頭戴五花納錦帽，身穿一領織金袍。腳踏雲尖鳳頭履，腰繫攢絲雙穗條。
面似秋容霜後老，聲如春燕社前嬌。腹中久諳三乘法，心上常修四諦饒。
悟出空空真正果，煉成了了自逍遙。正是千花洞裡佛，毗藍菩薩姓名高。

行者止不住腳，近前叫道：「毗藍婆菩薩，問訊了。」那菩薩即下榻，合掌回禮道：「大聖，失迎了。你從那裡來的？」行者道：「你怎麼就認得我是大聖？」毗藍婆道：「你當年大鬧天宮時，普地裡傳了你的形象，誰人不知，那個不識？」行者道：「正是『好事不出門，惡事傳千里。』像我如今皈正佛門，你就不曉的了！」毗藍道：「幾時皈正？恭喜！恭喜！」行者道：「近能脫命，保師父唐僧上西天取經，師父遇黃花觀道士，將毒藥茶藥倒。我與那廝賭鬥，他就放金光罩住我，是我使神通走脫了。聞菩薩能滅他的金光，特來拜請。」菩薩道：「是誰與你說的？我自赴了盂蘭會，到今三百餘年，不曾出門。我隱姓埋名，更無一人知得，你卻怎麼得知？」行者道：「我是個地裡鬼，不管那裡，自家都會訪著。」毗藍道：「也罷，也罷。我本當不去，奈蒙大聖下臨，不可滅了求經之善，我和你去來。」

行者稱謝了。道：「我忒無知，擅自催促，但不知曾帶甚麼兵器。」菩薩道：「我有個繡花針兒，能破那廝。」行者忍不住道：「老姆誤了我，早知是繡花針，不須勞你，就問老孫要一擔也是有的。」毗藍道：「你那繡花針，無非是鋼鐵金針，用不得。我這寶貝，非鋼，非鐵，非金，乃我小兒日眼裡煉成的。」行者道：「令郎是誰？」毗藍道：「小兒乃昴日星官。」行者驚駭不已。早望見金光豔豔，即回向毗藍道：「金光處便是黃花觀也。」毗藍隨於衣領裡取出一個繡花針，似眉毛粗細，有五六分長短，拈在手，望空抛去。

少時間，響一聲，破了金光。行者喜道：「菩薩，妙哉，妙哉！尋針，尋針！」毗藍托在手掌內道：「這不是？」行者卻同按下雲頭，走入觀裡，只見那道士合了眼，不能舉步。行者罵道：「你這潑怪裝瞎子哩！」耳朵裡取出棒來就打。毗藍扯住道：「大聖莫打。且看你師父去。」

行者徑至後面客位裡看時，他三人都睡在地上吐痰吐沫哩。行者垂淚道：「卻怎麼好！卻怎麼好！」毗藍道：「大聖休悲。也是我今日出門一場，索性積個陰德，我這裡有解毒丹，送你三丸。」行者轉身拜求。那菩薩袖中取出一個破紙包兒，內將三粒紅丸子遞與行者，教放入口裡。行者把藥扳開他們牙關，每人摁了一丸。

須臾，藥味入腹，便就一齊嘔噦，遂吐出毒味，得了性命。那八戒先爬起道：「悶殺我也！」三藏、沙僧俱醒了道：「好暈也！」行者道：「你們那茶裡中了毒了。虧這毗藍菩薩搭救，快都來拜謝。」三藏欠身整衣謝了。

八戒道：「師兄，那道士在那裡？等我問他一問，為何這般害我。」行者把蜘蛛精上項事，說了一遍。八戒發狠道：「這廝既與蜘蛛為姊妹，定是妖精！」行者指道：「他在那殿外立定裝瞎子哩。」八戒拿鈀就築，又被毗藍止住道：「天蓬息怒。大聖知我洞裡無人，待我收他去看守門戶也。」行者道：「感蒙大德，豈不奉承！但只是教他現本相，我們看看。」毗藍道：「容易。」即上前用手一指，那道士撲的倒在塵埃，現了原身，乃是一條七尺長短的大蜈蚣精。毗藍使小指頭挑起，駕祥雲，徑轉千花洞去。

八戒打仰道：「這媽媽兒卻也利害，怎麼就降這般惡物？」行者笑道：「我問他有甚兵器破他金光，他道有個繡花針兒，是他兒子在日眼裡煉的。及問他令郎是誰，他道是昴日星官。我想昴日星是隻公雞，這老媽媽子必定是個母雞。雞最能降蜈蚣，所以能收伏也。」

三藏聞言，頂禮不盡。教：「徒弟們，收拾去罷。」那沙僧即在裡面尋了些米糧，安排了些齋，俱飽餐一頓。牽馬挑擔，請師父出門。行者從他廚中放了一把火，把一座觀霎時燒得煨燼，卻拽步長行。正是：唐僧得命感毗藍，了性消除多目怪。

畢竟向前去還有甚麼事體，且聽下回分解。

第七十四回
長庚傳報魔頭狠　行者施為變化能

情欲原因總一般，有情有欲自如然。沙門修煉紛紛士，斷欲忘情即是禪。
須著意，要心堅，一塵不染月當天。行功進步休教錯，行滿功完大覺仙。

話表三藏師徒們打開欲網，跳出情牢，放馬西行。走多時，又是夏盡秋初，新涼透體。但見那：

急雨收殘暑，梧桐一葉驚。螢飛莎徑晚，蛩語月華明。
黃葵開映露，紅蓼遍沙汀。蒲柳先零落，寒蟬應律鳴。

三藏正然（正在）行處，忽見一座高山，峰插碧空，真個是摩星礙日。長老心中害怕，叫悟空道：「你看前面這山，十分高聳，但不知有路通行否。」行者笑道：「師父說那裡話。自古道：『山高自有客行路，水深自有渡船人。』豈無通達之理？可放心前去。」長老聞言，喜笑花生，揚鞭策馬而進，徑上高岩。行不數里，見一老者，鬢蓬鬆，白髮飄搔；鬚稀朗，銀絲擺動；項掛一串數珠子，手持拐杖現龍頭；遠遠的立在那山坡上高呼：「西進的長老，且暫住驊騮，緊兜玉勒。這山上有一伙妖魔，吃盡了閻浮世上人，不可前進！」三藏聞言，大驚失色。一是馬的足下不平，二是坐個雕鞍不穩，撲的跌下馬來，掙挫不動，睡在草裡哼哩。行者近前攙起道：「莫怕，莫怕！有我哩！」長老道：「你聽那高岩上老者，報道這山上有伙妖魔，吃盡閻浮世上人，誰敢去問他一個真實端的？」行者道：「你且坐地，等我去問他。」三藏道：「你的相貌醜陋，言語粗俗，怕衝撞了他，問不出個實信。」行者笑道：「我變個俊些兒的去問他。」三藏道：「你是變了我看。」好大聖，捻著訣，搖身一變，變做個乾乾淨淨的小和尚兒，真個是目秀眉清，頭圓臉正；行動有斯文之氣象，開口無俗類之言辭；抖一抖錦衣直裰，拽步上前。向唐僧道：「師父，我可變得好麼？」三藏見了大喜道：「變得好！」八戒道：「怎麼不好！只是把我們都比下去了。老豬就滾上二三年，也變不得這等俊俏！」

好大聖，躲離了他們，徑直近前，對那老者躬身道：「老公公，貧僧問訊了。」那老兒見他生得俊雅，年少身輕，待答不答的，還了他個禮，用手摸著他頭兒，笑嘻嘻問道：「小和尚，你是那裡來的？」行者道：「我們是東土大唐來的，特上西天拜佛求經。適到此間，聞得公公報道有妖怪，我師父膽小怕懼，著我來問一聲：端的是甚妖精，他敢這般短路！煩公公細說與我知之，我好把他貶解起身。」那老兒笑道：「你這小和尚年幼，不知好歹，言不幫襯。那妖魔神通廣大得緊，怎敢就說貶解他起身！」行者笑道：「據你之言，似有護他之意，必定與他有親，或是緊鄰契友；不然，怎麼長他的威智，興他的節概，不肯傾心吐膽說他個來歷。」公公點頭笑道：「這和尚倒會弄嘴！想是跟你師父游方，到處兒學些法術，或者會驅縛魍魎，與人家鎮宅降邪，你不曾撞見十分狠怪哩！」行者道：

「怎的狠？」公公道：「那妖精一封書到靈山，五百阿羅都來迎接；一紙簡上天宮，十一大曜個個相欽。四海龍曾與他為友，八洞仙常與他作會。十地閻君以兄弟相稱，社令、城隍以賓朋相愛。」

大聖聞言，忍不住哈哈大笑，用手扯著老者道：「不要說！不要說！那妖精與我後生小廝為兄弟、朋友，也不見十分高作。若知是我小和尚來啊，他連夜就搬起身去了！」公公道：「你這小和尚胡說！不當人子！那個神聖是你的後生小廝？」

行者笑道：「實不瞞你說。我小和尚祖居傲來國花果山水簾洞，姓孫，名悟空。當年也曾做過妖精，幹過大事。曾因會眾魔，多飲了幾杯酒睡著，夢中見二人將批勾我去到陰司。一時怒發，將金箍棒打傷鬼判，唬倒閻王，幾乎掀翻了森羅殿。嚇得那掌案的判官拿紙，十閻王僉名畫字，教我饒他打，情願與我做後生小廝。」那公公聞說道：「阿彌陀佛！這和尚說了這過頭話，莫想再長得大了。」行者道：「官兒，似我這般大也彀了。」公公道：「你年幾歲了？」行者道：「你猜猜看。」老者道：「有七八歲罷了。」行者笑道：「有一萬個七八歲！我把舊嘴臉拿出來你看看，你即莫怪。」公公道：「怎麼又有個嘴臉？」行者道：「我小和尚有七十二副嘴臉哩。」

那公公不識竅，只管問他，他就把臉抹一抹，即現出本相，咨牙倈嘴，兩股通紅，腰間繫一條虎皮裙，手裡執一根金箍棒，立在石崖之下，就像個活雷公。那老者見了，嚇得面容失色，腿腳酸麻，站不穩，撲的一跌；爬起來，又一個蹡踵。大聖上前道：「老官兒，不要虛驚。我等面惡人善。莫怕！莫怕！適間蒙你好意，報有妖魔。委的有多少怪，一發累你說說，我好謝你。」那老兒戰戰兢兢，口不能言，又推耳聾，一句不應。

行者見他不言，即抽身回坡。長老道：「悟空，你來了？所問如何？」行者笑道：「不打緊！不打緊！西天有便有個把妖精兒，只是這裡人膽小，把他放在心上。沒事，沒事！有我哩！」長老道：「你可曾問他此處是甚麼山，甚麼洞，有多少妖怪，那條路通得雷音？」八戒道：「師父，莫怪我說。若論賭變化，使促掐，捉弄人，我們三五個也不如師兄；若論老實，像師兄就擺一隊伍，也不如我。」唐僧道：「正是！正是！你還老實。」八戒道：「他不知怎麼鑽過頭不顧尾的，問了兩聲，不尷不尬的就跑回來了。等老豬去問他個實信來。」唐僧道：「悟能，你仔細著。」

好呆子，把釘鈀撒在腰裡，整一整皂直裰，扭扭捏捏，奔上山坡，對老者叫道：「公公，唱喏了。」那老兒見行者回去，方拄著杖掙得起來，戰戰兢兢的要走，忽見八戒，愈覺驚怕道：「爺爺呀！今夜做的甚麼惡夢，遇著這伙惡人！為先的那和尚醜便醜，還有三分人相；這個和尚，怎麼這等個碓梃嘴，蒲扇耳朵，鐵片臉，鬃毛頸項，一分人氣兒也沒有了！」八戒笑道：「你這老公公不高興，有些兒好褒貶人。你是怎的看我哩？醜便醜，奈看，再停一時就俊了。」

那老者見他說出人話來，只得開言問他：「你是那裡來的？」八戒道：「我是唐僧第二個徒弟，法名叫做悟能八戒。才自先問的，叫做悟空行者，是我師兄。師父怪他衝撞了公公，不曾問得實信，所以特著我來拜問。此處果是甚山、甚洞，洞裡果是甚妖精，那裡是西去大路，煩尊一指示指示。」老者道：「可老實麼？」八戒道：「我生平不敢有一毫虛的。」老者道：「你莫像才來的那個和尚走花弄水的胡纏。」八戒道：「我不像他。」

公公拄著杖，對八戒說：「此山叫做八百里獅駝嶺。中間有座獅駝洞。洞裡有三個魔頭。」八戒啐了一聲：「你這老兒卻也多心！三個妖魔，也費心勞力的來報遭信！」公公道：「你不怕麼？」八戒道：「不瞞你說。這三個妖魔，我師兄一棍就打死一個，我一鈀就築死一個；我還有個師弟，他一

第七十四回

長庚傳報魔頭狠　行者施為變化能

降妖杖又打死一個：三個都打死，我師父就過去了，有何難哉！」那老者笑道：「這和尚不知深淺！那三個魔頭，神通廣大得緊哩！他手下小妖，南嶺上有五千，北嶺上有五千；東路口有一萬，西路口有一萬；巡哨的有四五千，把門的也有一萬；燒火的無數，打柴的也無數：共計算有四萬七八千。這都是有名字帶牌兒的，專在此吃人。」

那呆子聞得此言，戰兢兢跑將轉來，相近唐僧，且不回話，放下鈀，在那裡出恭。行者見了，喝道：「你不回話，卻蹲在那裡怎的？」八戒道：「唬出屎來了！如今也不消說，趕早兒各自顧命去罷！」行者道：「這個呆根！我問信偏不驚恐，你去問就這等慌張失智！」長老道：「端的何如？」八戒道：「這老兒說：此山叫做八百里獅駝山。中間有座獅駝洞。洞裡有三個老妖，有四萬八千小妖，專在那裡吃人。我們若屣著他些山邊兒，就是他口裡食了。莫想去得！」三藏聞言，戰兢兢，毛骨悚然，道：「悟空，如何是好？」行者笑道：「師父放心，沒大事。想是這裡有便有幾個妖精，只是這裡人膽小，把他就說出許多人，許多大，所以自驚自怪。有我哩！」八戒道：「哥哥說的是那裡話！我比你不同：我問的是實，決無虛謬之言。滿山滿谷都是妖魔，怎生前進？」行者笑道：「呆子嘴臉！不要虛驚！若論滿山滿谷之魔，只消老孫一路棒，半夜打個罄盡！」八戒道：「不羞，不羞！莫說大話！那些妖精點卯也得七八日，怎麼就打得罄盡？」行者道：「你說怎樣打？」八戒道：「憑你抓倒，捆倒，使定身法定倒，也沒有這等快的。」行者笑道：「不用甚麼抓拿捆縛。我把這棍子兩頭一扯，叫『長！』就有四十丈長短；幌一幌，叫『粗！』就有八丈圍圓粗細。往山南一滾，滾殺五千；山北一滾，滾殺五千；從東往西一滾，只怕四五萬砑做肉泥爛醬！」八戒道：「哥哥，若是這等趕面打，或者二更時也都了了。」沙僧在旁笑道：「師父，有大師兄恁樣神通，怕他怎的！請上馬走啊。」唐僧見他們講論手段，沒奈何，只得寬心上馬而走。

正行間，不見了那報信的老者。沙僧道：「他就是妖怪，故意狐假虎威的來傳報，恐唬我們哩。」行者道：「不要忙，等我去看看。」好大聖，跳上高峰，四顧無跡，急轉面，見半空中有彩霞幌亮，即縱雲趕上看時，乃是太白金星。走到身邊，用手扯住，口口聲聲只叫他的小名道：「李長庚！李長庚！你好憊懶！有甚話，當面來說便好，怎麼裝做個山林之老，魘樣混我！」金星慌忙施禮道：「大聖，報信來遲，乞勿罪！乞勿罪！這魔頭果是神通廣大，勢要崢嶸，只看那挪移變化，乖巧機謀，可便過去；如若怠慢些兒，其實難去。」行者謝道：「感激！感激！果然此處難行，望老星上界與玉帝說聲，借些天兵幫助老孫幫助。」金星道：「有！有！有！你只口信帶去，就是十萬天兵，也是有的。」

大聖別了金星，按落雲頭，見了三藏道：「適才那個老兒，原是太白星來與我們報信的。」長老合掌道：「徒弟，快趕上他，問他那裡另有個路，我們轉了去罷。」行者道：「轉不得。此山徑過有八百里，四周圍不知更有多少路哩。怎麼轉得？」三藏聞言，止不住眼中流淚道：「徒弟，似此艱難，怎生拜佛！」行者道：「莫哭！莫哭！一哭便膿包行了！他這報信，必有幾分虛話，只是要我們著意留心，誠所謂『以告者，過也。』你且下馬來坐著。」八戒道：「又有甚商議？」行者道：「沒甚商議。你且在這裡用心保守師父。沙僧好生看守行李、馬匹。等老孫先上嶺打聽打聽，看前後共有多少妖怪，拿住一個，問他個詳細，教他寫個執結，開個花名，把他老老小小，一一查明，吩咐他關了洞門，不許阻路，卻請師父靜靜悄悄的過去，方顯得老孫手段！」沙僧只教：「仔細！仔細！」行者笑道：「不消囑咐。我這一去，就是東洋大海也蕩開路，就是鐵裹銀山也撞透門！」

第七十四回

長庚傳報魔頭狠　行者施為變化能

好大聖，唿哨一聲，縱筋斗雲，跳上高峰。扳藤負葛，平山觀看，那山裡靜悄無人。忽失聲道：「錯了！錯了！不該放這金星老兒去了。他原來恐唬我。這裡那有個甚麼妖精！他就出來跳風頑耍，必定拈槍弄棒，操演武藝；如何沒有一個？」正自家揣度，只聽得山背後，叮叮噹噹，辟辟剝剝，梆鈴之聲。急回頭看處，原來是個小妖兒，掮著一桿「令」字旗，腰間懸著鈴子，手裡敲著梆子，從北向南而走。仔細看他，有一丈二尺的身子。行者暗笑道：「他必是個鋪兵。想是送公文下報帖的。且等我去聽他一聽，看他說些甚話。」

好大聖，捻著訣，念個咒，搖身一變，變做個蒼蠅兒，輕輕飛在他帽子上，側耳聽之。只見那小妖走上大路，敲著梆，搖著鈴，口裡作念道：「我等尋山的，各人要謹慎提防孫行者：他會變蒼蠅！」行者聞言，暗自驚疑道：「這廝看見我了；若未看見，怎麼就知我的名字，又知我會變蒼蠅！」原來那小妖也不曾見他，只是那魔頭不知怎麼就吩咐他這話，卻是個謠言，著他這等胡念。行者不知，反疑他看見，就要取出棒來打他，卻又停住，暗想道：「曾記得八戒問金星時，他說老妖三個，小妖有四萬七八千名。似這小妖，再多幾萬，也不打緊，卻不知這三個老魔有多大手段。等我問他一問，動手不遲。」

好大聖！你道他怎麼去問：跳下他的帽子來，釘在樹頭上，讓那小妖先行幾步，急轉身騰那，也變做個小妖兒，照依他敲著梆，搖著鈴，掮著旗，一般衣服，只是比他略長了三五寸，口裡也那般念著，趕上前叫道：「走路的，等我一等。」那小妖回頭道：「你是那裡來的？」行者笑道：「好人呀！一家人也不認得！」小妖道：「我家沒你呀。」行者道：「怎的沒我！你認認看。」小妖道：「面生，認不得！認不得！」行者道：「可知道面生。我是燒火的，你會得我少。」小妖搖頭道：

「沒有！沒有！我洞裡就是燒火的那些兄弟，也沒有這個嘴尖的。」行者暗想道：「這個嘴好的變尖了些了。」即低頭，把手捂著嘴揉一揉道：「我的嘴不尖啊。」真個就不尖了。那小妖道：「你剛才是個尖嘴，怎麼揉一揉就不尖了？疑惑人子！大不好認！不是我一家的！少會，少會！可疑，可疑！我那大王家法甚嚴，燒火的只管燒火，巡山的只管巡山，終不然教你燒火，又教你來巡山？」行者口乖，就趁過來道：「你不知道。大王見我燒得火好，就升我來巡山。」

小妖道：「也罷；我們這巡山的，一班有四十名，十班共四百名，各自年貌，各自各色。大王怕我們亂了班次，不好點卯，一家與我們一個牌兒為號。你可有牌兒？」行者只見他那般打扮，那般報事，遂照他的模樣變了；因不曾看見他的牌兒，所以身上沒有。好大聖，更不說沒有，就滿口應承道：「我怎麼沒牌？但只是剛才領的新牌。拿你的出來我看。」那小妖那裡知這個機括，即揭起衣服，貼身帶著個金漆牌兒，穿條絨線繩兒，扯與行者看看。行者見那牌背是個「威鎮諸魔」的金牌，正面有三個真字，是「小鑽風」，他卻心中暗想道：「不消說了！但是巡山的，必有個『風』字墜腳。」便道：「你且放下衣走過，等我拿牌兒你看。」即轉身，插下手，將尾巴梢兒的小毫毛拔下一根，捻他把，叫「變！」即變做個金漆牌兒，也穿上個綠絨繩兒，上書三個真字，乃「總鑽風」，拿出來，遞與他看了。

小妖大驚道：「我們都叫做個小鑽風，偏你又叫做個甚麼『總鑽風』！」行者干事找絕，說話合宜，就道：「你實不知。大王見我燒得火好，把我升個巡風；又與我個新牌，叫做『總巡風』，教我管你這一班四十名兄弟也。」那妖聞言，即忙唱喏道：「長官，長官，新點出來的，實是面生。言語衝撞，莫怪！」行者還著禮笑道：「怪便不怪你，只是一件：見面錢卻要哩。每人拿出五兩來罷。」

第七十四回

長庚傳報魔頭狠　行者施為變化能

小妖道：「長官不要忙，待我向南嶺頭會了我這一班的人，一總打發罷。」行者道：「即如此，我和你同去。」那小妖真個前走，大聖隨後相跟。

不數里，忽見一座筆峰。何以謂之筆峰？那山頭上長出一條峰來，約有四五丈高，如筆插在架上一般，故以為名。行者到邊前，把尾巴掬一掬，跳上去，坐在峰尖兒上。叫道：「鑽風！都過來！」那些小鑽風在下面躬身道：「長官，伺候。」行者道：「你可知大王點我出來之故？」小妖道：「不知。」行者道：「大王要吃唐僧，只怕孫行者神通廣大，說他會變化，只恐他變作小鑽風，來這裡？著路徑，打探消息，把我升作總鑽風，來查勘你們這一班可有假的。」小鑽風連聲應道：「長官，我們俱是真的。」行者道：「你既是真的，大王有甚本事，你可曉得？」小鑽風道：「我曉得。」行者道：「你曉得，快說來我聽。如若說得合著我，便是真的；若說差了一些兒，便是假的。我定拿去見大王處治。」

那小鑽風見他坐在高處，弄獐弄智，呼呼喝喝的，沒奈何，只得實說道：「我大王神通廣大，本事高強，一口曾吞了十萬天兵。」行者聞說，吐出一聲道：「你是假的！」小鑽風慌了道：「長官老爺，我是真的，怎麼說是假的？」行者道：「你既是真的，如何胡說！大王身子能有多大，一口都吞了十萬天兵？」小鑽風道：「長官原來不知。我大王會變化：要大能撐天堂，要小就如菜子。因那年王母娘娘設蟠桃大會，邀請諸仙，他不曾具柬來請，我大王意欲爭天，被玉皇差十萬天兵來降我大王：是我大王變化法身，張開大口，似城門一般，用力吞將去，唬得眾天兵不敢交鋒，關了南天門：故此是一口曾吞十萬兵。」行者聞言暗笑道：「若是講手頭之話，老孫也曾幹過。」又應聲道：「二大王有何本事？」小鑽風道：「二大王身高三丈，臥蠶眉，丹鳳眼，美人聲，扁擔牙，鼻似蛟龍。若與人爭鬥，只消一鼻子捲去，就是鐵背銅身，也就魂亡魄喪！」行者道：「鼻子捲人的妖精也好拿。」又應聲道：「三大王也有幾多手段？」小鑽風道：「我三大王不是凡間之怪物，名號雲程萬里鵬，行動時，摶風運海，振北圖南。隨身有一件兒寶貝，喚做『陰陽二氣瓶』。假若是把人裝在瓶中，一時三刻，化為漿水。」

行者聽說，心中暗驚道：「妖魔倒也不怕，只是仔細防他瓶兒。」又應聲道：「三個大王的本事，你倒也說得不差，與我知道的一樣；但只是那個大王要吃唐僧哩？」小鑽風道：「長官，你不知道？」行者喝道：「我比你不知些兒！因恐汝等不知底細，吩咐我來著實盤問你哩！」小鑽風道：「我大大王與二大王久住在獅駝嶺獅駝洞。三大王不在這裡住。他原住處離此西下有四百里遠近。那廂有座城，喚做獅駝國。他五百年前吃了這城國王及文武官僚，滿城大小男女也盡被他吃了乾淨，因此上奪了他的江山。如今盡是些妖怪。不知那一年打聽得東土唐朝差一個僧人去西天取經，說那唐僧乃十世修行的好人，有人吃他一塊肉，就延壽長生不老；只因怕他一個徒弟孫行者十分利害，自家一個難為，徑來此處與我這兩個大王結為兄弟，合意同心，打伙兒捉那個唐僧也。」

行者聞言，心中大怒道：「這潑魔十分無禮！我保唐僧成正果，他怎麼算計要吃我的人！」恨一聲，咬響鋼牙，掣出鐵棒，跳下高峰，把棍子望小妖頭上砑了一砑，可憐，就砑得像一個肉陀！自家見了，又不忍道：「咦！他倒是個好意，把些家常話兒都與我說了，我怎麼卻這一下子就結果了他？也罷，也罷！左右是左右！」好大聖，只為師父阻路，沒奈何幹出這件事來。就把他牌兒解下，帶在自家腰裡，將「令」字旗揹在背上，腰間掛了鈴，手裡敲著梆子，迎風捻個訣，口裡念個咒語，搖身一變，變的就像小鑽風模樣；拽回步，徑轉舊路，找尋洞府，去打探那三個老妖魔的虛實。這正是：

第七十四回

長庚傳報魔頭狠　行者施為變化能

千般變化美猴王，萬樣騰那真本事！

闖入深山，依著舊路，正走處，忽聽得人喊馬嘶之聲，即舉目觀之，原來是獅駝洞口有萬數小妖排列著槍刀劍戟，旗幟旌旄。

這大聖心中暗喜道：「李長庚之言，真是不妄！真是不妄！」原來這擺列的有些路數：二百五十名作一大隊伍。他只見有四十名雜彩長旗，迎風亂舞，就知有萬名人馬；卻又自揣自度道：「老孫變作小鑽風，這一進去，那老魔若問我巡山的話，我必隨機答應。倘或一時言語差訛，認得我啊，怎生脫體？就要往外跑時，那伙把門的擋住，如何出得門去？要拿洞裡妖王，必先除了門前眾怪！」你道他怎麼除的眾怪？好大聖，想著：「那老魔不曾與我會面，就知我老孫的名頭，我且倚著我的這個名頭，仗著威風，說些大話，嚇他一嚇看。果然中土眾僧有緣有分，取得經回，這一去，只消我幾句英雄之言，就嚇退那門前若干之怪；假若眾僧無緣無分，取不得真經啊，就是縱然說得蓮花現，也除不得西方洞外精。」心問口，口問心，思量此計，敲著梆，搖著鈴，徑直闖到獅駝洞口，早被前營上小妖擋住道：「小鑽風來了？」行者不應，低著頭就走。

走至二層營裡，又被小妖扯住道：「小鑽風來了？」行者道：「來了。」眾妖道：「你今早巡風去，可曾撞見甚麼孫行者麼？」行者道：「撞見的。正在那裡磨扛子哩。」眾妖害怕道：「他怎麼個模樣？磨甚麼扛子？」行者道：「他蹲在那澗邊，還似個開路神；若站起來，好道有十數丈長！手裡拿著一條鐵棒，就似碗來粗細的一根大扛子，在那石崖上抄一把水，磨一磨，口裡又念著：『扛子啊！這一向不曾拿你出來顯顯神通，這一去就有十萬妖精，也都替我打死！等我殺了那三個魔頭祭你！』他要磨得明了，先打死你門前一萬精哩！」

那些小妖聞得此言，一個個心驚膽戰，魂散魄飛。行者又道：「列位，那唐僧的肉也不多幾斤，也分不到我處，我們替他頂這個缸怎的！不如我們各自散一散罷。」眾妖都道：「說得是。我們各自顧命去來。」假若是些軍民人等，服了聖化，就死也不敢走。原來此輩都是些狼蟲虎豹，走獸飛禽，嗚的一聲，都哄然而去了。這個倒不像孫大聖幾句鋪頭話，卻就如楚歌聲吹散了八千兵！行者暗自喜道：「好了！老妖是死了！聞言就走，怎敢覿面相逢？這進去還似此言方好；若說差了，才這伙小妖有一兩個倒走進去聽見，卻不走了風訊？」你看他存心來古洞，仗膽入深門。

畢竟不知見那個老魔頭有甚吉凶，且聽下回分解。

第七十五回
心猿鑽透陰陽竅　魔王還歸大道真

卻說孫大聖進於洞口，兩邊觀看。只見：

　　骷髏若嶺，骸骨如林。人頭髮𡳞成氈片，人皮肉爛作泥塵。人筋纏在樹上，乾焦晃亮如銀。真個是屍山血海，果然腥臭難聞。東邊小妖，將活人拿了剮肉；西下潑魔，把人肉鮮煮鮮烹。若非美猴王如此英雄膽，第二個凡夫也進不得他門。

不多時，行入二層門裡看時，呀！這裡卻比外面不同：清奇幽雅，秀麗寬平；左右有瑤草仙花，前後有喬松翠竹。又行七八里遠近，才到三層門。閃著身，偷著眼看處，那上面高坐三個老妖，十分獰惡。中間的那個生得：

　　鑿牙鋸齒，圓頭方面。聲吼若雷，眼光如電。仰鼻朝天，赤眉飄焰。但行處，百獸心慌；若坐下，群魔膽戰。這一個是獸中王，青毛獅子怪。

左手下那個生得：

鳳目金睛，黃牙粗腿。長鼻銀毛，看頭似尾。圓額皺眉，身軀磊磊。細聲如窈窕佳人，玉面似牛頭惡鬼。這一個是藏齒修身多年的黃牙老象。

右手下那一個生得：

金翅鯤頭，星睛豹眼。振北圖南，剛強勇敢。變生翱翔，鷃笑龍慘。摶風翮百鳥藏頭，舒利爪諸禽喪膽。這個是雲程九萬的大鵬雕。

那兩下列著有百十大小頭目，一個個全裝披掛，介冑整齊，威風凜凜，殺氣騰騰。行者見了，心中歡喜。一些兒不怕，大踏步，徑直進門，把梆鈴卸下。朝上叫聲「大王。」三個老魔，笑呵呵問道：「小鑽風，你來了？」行者應聲道：「來了。」「你去巡山，打聽孫行者的下落何如？」行者道：「大王在上，我也不敢說起。」老魔道：「怎麼不敢說？」行者道：「我奉大王命，敲著梆鈴，正然走處，猛抬頭，只看見一個人，蹲在那裡磨扛子，還像個開路神，若站將起來，足有十數丈長短。他就著那澗崖石上，抄一把水，磨一磨，口裡又念一聲，說他那扛子到此還不曾顯個神通，他要磨明，就來打大王。我因此知他是孫行者，特來報知。」

那老魔聞此言，渾身是汗，唬得戰呵呵的道：「兄弟，我說莫惹唐僧。他徒弟神通廣大，預先作了準備，磨棍打我們，卻怎生是好？」教：「小的們，把洞外大小俱叫進來，關了門，讓他過去罷。」那頭目中有知道的報：「大王，門外小妖，已都散了。」老魔道：「怎麼都散了？想是聞得風聲不好也。快早關門！快早關門！」眾妖乒乓把前後門盡皆牢拴緊閉。

行者自心驚道：「這一關了門，他再問我家長裡短的事，我對不來，卻不弄走了風，被他拿住？且再唬他一唬，教他開著門，好跑。」又上前道：「大王，他還說得不好。」老魔道：「他又說甚麼？」行者道：「他說拿大大王剝皮，二大王剮骨，三大王抽筋。你們若關了門不出去啊，他會變化，一時變了個蒼蠅兒，自門縫裡飛進，把我們都拿出去，卻怎生是好？」老魔道：「兄弟們仔細。我這洞裡，遞年家沒個蒼蠅，但是有蒼蠅進來，就是孫行者。」行者暗笑道：「就變個蒼蠅唬他一唬，好開門。」大聖閃在旁邊，伸手去腦後拔了一根毫毛，吹一口仙氣，叫「變！」即變做一個金蒼蠅，飛去望老魔劈臉撞了一頭。那老怪慌了道：「兄弟！不停當！那話兒進門來了！」驚得那大小群妖，一個個丫鈀掃帚，都上前亂撲蒼蠅。

這大聖忍不住，赦赦的笑出聲來。乾淨他不宜笑，這一笑笑出原嘴臉來了，卻被那第三個老妖魔，跳上前，一把扯住道：「哥哥，險些兒被他瞞了！」老魔道：「賢弟，誰瞞誰？」三怪道：「剛才這個回話的小妖，不是小鑽風，他就是孫行者。必定撞見小鑽風，不知是他怎麼打殺了，卻變化來哄我們哩。」行者慌了道：「他認得我了！」即把手摸摸，對老怪道：「我怎麼是孫行者？我是小鑽風。大王錯認了。」老魔笑道：「兄弟，他是小鑽風。他一日三次在面前點卯，我認得他。」又問：

「你有牌兒麼？」行者道：「有。」擄著衣服，就拿出牌子。老怪一發認實道：「兄弟，莫屈了他。」三怪道：「哥哥，你不曾看見他？他才子閃著身，笑了一聲，我見他就露出個雷公嘴來。見我扯住時，他又變作個這等模樣。」叫：「小的們，拿繩來！」眾頭目即取繩索。

三怪把行者扳翻倒，四馬攢蹄捆住，揭起衣裳看時，足足是個弼馬溫。原來行者有七十二般變化，若是變飛禽、走獸、花木、器皿、昆蟲之類，卻就連身子滾去了；但變人物，卻只是頭臉變了，身子變不過來。果然一身黃毛，兩塊紅股，一條尾巴。老妖看著道：「是孫行者的身子，小鑽風的臉皮。是他了！」教：「小的們，先安排酒來，與你三大王遞個得功之杯。既拿到了孫行者，唐僧坐定（肯定）是我們口裡食也。」三怪道：「且不要吃酒。孫行者溜撒，他會逃遁之法，只怕走了。教小的們抬出瓶來，把孫行者裝在瓶裡，我們才好吃酒。」

老魔大笑道：「正是！正是！」即點三十六個小妖，入裡面開了庫房門，抬出瓶來。你說那瓶有多大？只得二尺四寸高。怎麼用得三十六個人抬？那瓶乃陰陽二氣之寶，內有七寶八卦、二十四氣，要三十六人，按天罡之數，才抬得動。不一時，將寶瓶抬出，放在三層門外，展得乾淨，揭開蓋，把行者解了繩索，剝了衣服，就著那瓶中仙氣，颼的一聲，吸入裡面，將蓋子蓋上，貼了封皮。卻去吃酒道：「猴兒今番入我寶瓶之中，再莫想那西方之路！若還能彀拜佛求經，除是轉背搖車，再去投胎奪舍（迷信指人死後靈魂借別的人或動物軀體轉生）是。」你看那大小群妖，一個個笑呵呵都去賀功不題。

卻說大聖到了瓶中，被那寶貝將身束得小了，索性變化，蹲在當中；半晌，倒還陰涼，忽失聲笑道：「這妖精外有虛名，內無實事。怎麼告誦人說這瓶裝了人，一時三刻，化為膿血？若似這般涼快，就住上七八年也無事！」咦！大聖原來不知那寶貝根由：假若裝了人，一年不語，一年陰涼；但聞得人言，就有火來燒了。大聖未曾說完，只見滿瓶都是火焰。幸得他有本事，坐在中間，捻著避火訣，全然不懼。耐到半個時辰，四周圍鑽出四十條蛇來咬。行者掄開手，抓將過來，盡力氣一攥，攥做八十段。少時間，又有三條火龍出來，把行者上下盤繞，著實難禁，自覺慌張無措道：「別事好處，這三條火龍難為。再過一會不出，弄得火氣攻心，怎了？」他想道：「我把身子長一長，捲破罷。」好大聖，捻著訣，念聲咒，叫「長！」即長了丈數高下，那瓶緊靠著身，也就長起去；他把身子往下一小，那瓶兒也就小下來了。行者心驚道：「難！難！難！怎麼我長他也長，我小他也小？如之奈何！」說不了，孤拐（踝骨）上有些疼痛，急伸手摸摸，卻被火燒軟了，自己心焦道：「怎麼好？孤拐燒軟了！弄做個殘疾之人了！」

忍不住掉下淚來，這正是，遭魔遇苦懷三藏，著難臨危慮聖僧。道：「師父啊！當年皈正，蒙觀音菩薩勸善，脫離天災，我與你苦歷諸山，收殄多怪，降八戒，得沙僧，千辛萬苦，指望同證西方，共成正果。何期今日遭此毒魔，老孫誤入於此，傾了性命，撇你在半山之中，不能前進！想是我昔日名高，故有今朝之難！」正此淒愴，忽想道：「菩薩當年在蛇盤山曾賜我三根救命毫毛，不知有無，且等我尋一尋看。」即伸手渾身摸了一把，只見腦後有三根毫毛，十分挺硬。忽喜道：「身上毛都如彼軟熟，只此三根如此硬槍，必然是救我命的。」即便咬著牙，忍著疼，拔下毛，吹口仙氣，叫「變！」一根即變作金鋼鑽，一根變作竹片，一根變作綿繩。扳張篾片弓兒，牽著那鑽，照瓶底下颼颼的一頓鑽，鑽成一個眼孔，透進光亮。喜道：「造化！造化！卻好出去也！」才變化出身，那瓶復陰涼了。怎麼就涼？原來被他鑽了，把陰陽之氣洩了，故此遂涼。

好大聖，收了毫毛，將身一小，就變做個蟭蟟蟲兒，十分輕巧，細如鬚髮，長似眉毛，自孔中鑽出；且還不走，徑飛在老魔頭上釘著。那老魔正飲酒，猛然放下杯兒道：「三弟，孫行者這回化了麼？」三魔笑道：「還到此時哩？」老魔教傳令抬上瓶來。那下面三十六個小妖即便抬瓶，瓶就輕了許多，慌得眾小妖報道：「大王，瓶輕了！」老魔喝道：「胡說！寶貝乃陰陽二氣之全功，如何輕了！」內中有一個勉強的小妖，把瓶提上來道：「你看這不輕了？」老魔揭蓋看時，只見裡面透亮，忍不住失聲叫道：「這瓶裡空者，控也！」大聖在他頭上，也忍不住道一聲：「我的兒啊！搜者，走也！」眾怪聽見道：「走了！走了！」即傳令：「關門！關門！」

那行者將身一抖，收了剝去的衣服，現本相，跳出洞外。回頭罵道：「妖精不要無禮！瓶子鑽破，裝不得人了，只好拿了出恭！」喜喜歡歡，嚷嚷鬧鬧，踏著雲頭，徑轉唐僧處。那長老正在那裡撮土為香，望空禱祝。行者且停雲頭，聽他禱祝甚的。那長老合掌朝天道：

「祈請雲霞眾位仙，六丁六甲與諸天。

願保賢徒孫行者，神通廣大法無邊。」

大聖聽得這般言語，更加努力，收斂雲光，近前叫道：「師父，我來了！」長老攙住道：「悟空，勞碌！你遠探高山，許久不回，我甚憂慮。端的這山中有何吉凶？」行者笑道：「師父，才這一去，一則是東土眾僧有緣有分，二來是師父功德無量無邊，三也虧弟子法力！」將前項妝鑽風、陷瓶裡及脫身之事，細陳了一遍。「今得見尊師之面，實為兩世之人也！」長老感謝不盡道：「你這番不曾與妖精賭鬥麼？」行者道：「不曾。」長老道：「這等保不得我過山了？」行者是個好勝的人，叫喊道：「我怎麼保你過山不得？」長老道：「不曾與他見個勝負，只這般含糊，我怎敢前進！」大聖笑道：「師父，你也忒不通變。常言道：『單絲不線，孤掌難鳴。』那魔三個，小妖千萬，教老孫一人，怎生與他賭鬥？」長老道：「寡不敵眾，是你一人也難處。八戒、少僧他也都有本事，教他們都去，與你協力同心，掃淨山路，保我過去罷。」行者沉吟道：「師言最當。著沙僧保護你，著八戒跟我去罷。」那呆子慌了道：「哥哥沒眼色！我又粗夯，無甚本事，走路扛風，跟你何益？」行者道：「兄弟，你雖無甚本事，好道也是個人。俗云：『放屁添風。』你也可壯我些膽氣。」八戒道：「也罷，也罷，望你帶挈帶挈。但只急溜處，莫捉弄我。」長老道：「八戒在意，我與沙僧在此。」

那呆子抖擻神威，與行者縱著狂風，駕著雲霧，跳上高山，即至洞口。早見那洞門緊閉，四顧無人。行者上前，執鐵棒，厲聲高叫道：「妖怪開門！快出來與老孫打耶！」那洞裡小妖報入，老魔心驚膽戰道：「幾年都說猴兒狠，話不虛傳果是真！」二老怪在旁問道：「哥哥怎麼說？」老魔道：「那行者早間變小鑽風混進來，我等不能相識。幸三賢弟認得，把他裝在瓶裡。他弄本事，鑽破瓶兒，卻又攝去衣服走了。如今在外叫戰，誰敢與他打個頭仗？」更無一人答應。又問，又無人答，都是那裝聾推啞。老魔發怒道：「我等在西方大路上，忝著個醜名，今日孫行者這般藐視，若不出去與他見陣，也低了名頭。等我捨了這老性命去與他戰上三合！三合戰得過，唐僧還是我們口裡食；戰不過，那時關了門，讓他過去罷。」遂取披掛結束了，開門前走。

行者與八戒在門旁觀看，真是好一個怪物：

鐵額銅頭戴寶盔，盔纓飄舞甚光輝。輝輝掣電雙眼亮，亮亮鋪霞兩鬢飛。
勾爪如銀尖且利，鋸牙似鑿密還齊。身披金甲無絲縫，腰束龍條有見機。
手執鋼刀明晃晃，英雄威武世間稀。一聲吆喝如雷震，問道「敲門者是誰？」

大聖轉身道：「是你孫老爺齊天大聖也。」老魔笑道：「你是孫行者？大膽潑猴！我不惹你，你卻為何在此叫戰？」行者道：「『有風方起浪，無潮水自平。』你不惹我，我好尋你？只因你狐群狗黨，結為一伙，算計吃我師父，所以來此施為。」老魔道：「你這等雄糾糾的，嚷上我門，莫不是要打麼？」行者道：「正是。」老魔道：「你休猖獗！我若調出妖兵，擺開陣勢，搖旗擂鼓，與你交戰，顯得我是坐家虎，欺負你了。我只與你一個對一個，不許幫丁！」行者聞言，叫：「豬八戒走過，看他把老孫怎的！」那呆子真個閃在一邊。老魔道：「你過來，先與我做個樁兒，讓我盡力氣著光頭砍上三刀，就讓你唐僧過去；假若禁不得，快送你唐僧來，與我做一頓下飯！」行者聞言笑道：「妖怪，你洞裡若有紙筆，取出來，與你立個合同。自今日起，就砍到明年，我也不與你當真！」

那老魔抖擻威風，丁字步站定，雙手舉刀，望大聖劈頂就砍。這大聖把頭往上一迎，只聞扢扠一聲響，頭皮兒紅也不紅。那老魔大驚道：「這猴子好個硬頭兒！」大聖笑道：「你不知。老孫是：

生就銅頭鐵腦蓋，天地乾坤世上無。
斧砍錘敲不得碎，幼年曾入老君爐。
四斗星官監臨造，二十八宿用工夫。

水浸幾番不得壞，周圍扢搭板筋鋪。
唐僧還恐不堅固，預先又上紫金箍。」

老魔道：「猴兒不要說嘴！看我這二刀來！決不容你性命！」行者道：「不見怎的，左右也只這般砍罷了。」老魔道：「猴兒，你不知這刀：

金火爐中造，神功百煉熬。鋒刃依三略，剛強按六韜。卻似蒼蠅尾，猶如白蟒腰。入山雲蕩蕩，下海浪滔滔。琢磨無遍數，煎熬幾百遭。深山古洞放，上陣有功勞。攙著你這和尚天靈蓋，一削就得兩個瓢！」

大聖笑道：「這妖精沒眼色！把老孫認做個瓢頭哩！也罷，誤砍誤讓，教你再砍一刀看怎麼。」那老魔舉刀又砍，大聖把頭迎一迎，乒乓的劈做兩半個；大聖就地打個滾，變做兩個身子。那妖一見慌了，手按下鋼刀。豬八戒遠遠望見，笑道：「老魔好砍兩刀的！卻不是四個人了？」老魔指定行者道：「聞你能使分身法，怎麼把這法兒拿出在我面前使！」大聖道：「何為分身法？」老魔道：「為甚麼先砍你一刀不動，如今砍你一刀，就是兩個人？」大聖笑道：「妖怪，你切莫害怕。砍上一萬刀，還你二萬個人！」老魔道：「你這猴兒，你只會分身，不會收身。你若有本事收做一個，打我一棍去罷。」大聖道：「不許說謊。你要砍三刀，只砍了我兩刀；教我打一棍，若打了棍半，就不姓孫！」老魔道：「正是，正是。」

好大聖，就把身摟上來，打個滾，依然一個身子，掣棒劈頭就打。那老魔舉刀架住道：「潑猴無禮！甚麼樣個哭喪棒，敢上門打人？」大聖喝道：「你若問我這條棍，天上地下，都有名聲。」老魔道：「怎見名聲？」他道：

「棒是九轉鑌鐵煉，老君親手爐中鍛。禹王求得號『神珍』，四海八河為定驗。
中間星斗暗鋪陳，兩頭箝裹黃金片。花紋密布鬼神驚，上造龍紋與鳳篆。
名號『靈陽棒』一條，深藏海藏人難見。成形變化要飛騰，飄颻五色霞光現。
老孫得道取歸山，無窮變化多經驗。時間要大甕來粗，或小些微如鐵線。
粗如南岳細如針，長短隨吾心意變。輕輕舉動彩雲生，亮亮飛騰如閃電。
攸攸冷氣逼人寒，條條殺霧空中現。降龍伏虎謹隨身，天涯海角都游遍。
曾將此棍鬧天宮，威風打散蟠桃宴。天王賭鬥未曾贏，哪吒對敵難交戰。
棍打諸神沒躲藏，天兵十萬都逃竄。雷霆眾將護靈霄，飛身打上通明殿。
掌朝天使盡皆驚，護駕仙卿俱攪亂。舉棒掀翻北斗宮，回首振開南極院。
金闕天皇見棍凶，特請如來與我見。兵家勝負自如然，困苦災危無可辨。
整整挨排五百年，虧了南海菩薩勸。大唐有個出家僧，對天發下洪誓願。
枉死城中度鬼魂，靈山會上求經卷。西方一路有妖魔，行動甚是不方便。
已知鐵棒世無雙，央我途中為侶伴。邪魔趟著赴幽冥，肉化紅塵骨化面。
處處妖精棒下亡，論萬成千無打算。上方擊壞斗牛宮，下方壓損森羅殿。

第七十五回
心猿鑽透陰陽竅　魔王還歸大道真

天將曾將九曜追，地府打傷催命判。半空丟下振山川，勝如太歲新華劍。
全憑此棍保唐僧，天下妖魔都打遍！」

那魔聞言，戰兢兢捨著性命，舉刀就砍。猴王笑吟吟，使鐵棒前迎。他兩個先時在洞前撐持，然後跳起去，都在半空裡廝殺。這一場好殺：

天河定底神珍棒，棒名如意世間高。誇稱手段魔頭惱，大捍刀擎法力豪。門外爭持還可近，空中賭鬥怎相饒！一個隨心更面目，一個立地長身腰。殺得滿天雲氣重，遍野霧飄颻。那一個幾番立意吃三藏，這一個廣施法力保唐朝。都因佛祖傳經典，邪正分明恨苦交。

那老魔與大聖鬥經二十餘合，不分輸贏。原來八戒在底下見他兩個戰到好處，忍不住掣鈀架風，跳將起去，望妖魔劈臉就築。那魔慌了，不知八戒是個嚀頭性子，冒冒失失的唬人，他只道嘴長耳大，手硬鈀凶，敗了陣，丟了刀，回頭就走。大聖喝道：「趕上！趕上！」這呆子仗著威風，舉著釘鈀，即忙趕下怪去。老魔見他趕的相近，在坡前立定，迎著風頭，幌一幌現了原身，張開大口，就要來吞八戒。八戒害怕，急抽身往草裡一鑽，也管不得荊針棘刺，也顧不得刮破頭疼，戰兢兢的，在草裡聽著梆聲。隨後行者趕到，那怪也張口來吞，卻中了他的機關，收了鐵棒，迎將上去，被老魔一口吞之。唬得個呆子在草裡囊囊咄咄的埋怨道：「這個弼馬溫，不識進退！那怪來吃你，你如何不走，反去迎他！這一口吞在肚中，今日還是個和尚，明日就是個大恭也！」那魔得勝而去。這呆子才鑽出草來，溜回舊路。

卻說三藏在那山坡下，正與沙僧盼望，只見八戒喘呵呵的跑來。三藏大驚道：「八戒，你怎麼這等狼狽，悟空如何不見？」呆子哭哭啼啼道：「師兄被妖精一口吞下肚去了！」三藏聽言，唬倒在地。半晌間跌腳拳胸道：「徒弟呀！只說你善會降妖，領我西天見佛，怎知今日死於此怪之手！苦哉，苦哉！我弟子同眾的功勞，如今都化作塵土矣！」那師父十分苦痛。你看那呆子，他也不來勸解師父，卻叫：「沙和尚，你拿將行李來，我兩個分了罷。」沙僧道：「二哥，分怎的？」八戒道：「分開了，各人散伙：你往流沙河，還去吃人；我往高老莊，看看我渾家。將白馬賣了，與師父買個壽器送終。」長老氣呼呼的，聞得此言，叫皇天放聲大哭。且不題。

卻說那老魔吞了行者，以為得計，徑回本洞。眾妖迎問出戰之功。老魔道：「拿了一個來了。」二魔喜道：「哥哥拿的是誰？」老魔道：「是孫行者。」二魔道：「拿在何處？」老魔道：「被我一口吞在腹中哩。」第三個魔頭大驚道：「大哥啊，我就不曾吩咐你。孫行者不中吃！」那大聖肚裡道：「忒中吃！又禁飢，再不得餓！」慌得那小妖道：「大王，不好了！孫行者在你肚裡說話哩！」老魔道：「怕他說話！有本事吃了他，沒本事擺布他不成！你們快去燒些鹽白湯，等我灌下肚去，把他噦出來，慢慢的煎了吃酒。」小妖真個沖了半盆鹽湯。老怪一飲而乾，窪著口，著實一嘔，那大聖在肚裡生了根，動也不動；卻又攔著喉嚨，往外又吐，吐得頭暈眼花，黃膽都破了，行者越發不動。老魔喘息了，叫聲：「孫行者，你不出來？」行者道：「早哩！正好不出來哩！」老魔道：「你怎麼不出？」行者道：「你這妖精，甚不通變。我自做和尚，十分淡薄：如今秋涼，我還穿個單直裰。這肚裡倒暖，又不透風，等我住過冬才好出來。」

眾妖聽說，都道：「大王，孫行者要在你肚裡過冬哩！」老魔道：「他要過冬，我就打起禪來，使個搬運法，一冬不吃飯，就餓殺那弼馬溫！」大聖道：「我兒子，你不知事！老孫保唐僧取經，從廣裡過，帶了個折迭鍋兒，進來煮雜碎吃。將你這裡邊的肝、腸、肚、肺，細細兒受用，還彀盤纏到清明哩！」那二魔大驚道：「哥啊，這猴子他幹得出來！」三魔道：「哥啊，吃了雜碎也罷，不知在那裡支鍋。」行者道：「三叉骨上好支鍋。」三魔道：「不好了！假若支起鍋，燒動火煙，煼到鼻孔裡，打嚏噴麼？」行者笑道：「沒事！等老孫把金箍棒往頂門裡一搠，搠個窟窿：一則當天窗，二來當煙洞。」

老魔聽說，雖說不怕，卻也心驚。只得硬著膽叫：「兄弟們，莫怕；把我那藥酒拿來，等我吃幾盅下去，把猴兒藥殺了罷！」行者暗笑道：「老孫五百年前大鬧天宮時，吃老君丹，玉皇酒，王母桃，及鳳髓龍肝，那樣東西我不曾吃過？是甚麼藥酒，敢來藥我？」那小妖真個將藥酒篩了兩壺，滿滿斟了一盅，遞與老魔。老魔接在手中，大聖在肚裡就聞得酒香，道：「不要與他吃！」好大聖，把頭一扭，變做個喇叭口子，張在他喉嚨之下。那怪嘓的咽下，被行者嘓的接吃了。第二盅咽下，被行者嘓的又接吃了。一連咽了七八盅，都是他接吃了。老魔放下盅道：「不吃了。」這酒常時吃兩盅，腹中如火；卻才吃了七八盅，臉上紅也不紅！」原來這大聖吃不多酒，接了他七八盅吃了，在肚裡撒起酒瘋來，不住的支架子，跌四平，踢飛腳；抓住肝花打秋千，豎蜻蜓，翻跟頭亂舞。那怪物疼痛難禁，倒在地下。

畢竟不知死活如何，且聽下回分解。

第七十六回
心神居舍魔歸性　木母同降怪體真

話表孫大聖在老魔肚裡支吾一會，那魔頭倒在塵埃，無聲無氣，若不言語，想是死了，卻又把手放放。魔頭回過氣來，叫一聲：「大慈大悲齊天大聖菩薩！」行者聽見道：「兒子，莫廢工夫，省幾個字兒，只叫孫外公罷。」那妖魔惜命，真個叫：「外公！外公！是我的不是了！一差二誤吞了你，你如今卻反害我。萬望大聖慈悲，可憐螻蟻貪生之意，饒了我命，願送你師父過山也。」大聖雖英雄，甚為唐僧進步。他見妖魔哀告，好奉承的人，也就回了善念，叫道：「妖怪，我饒你，你怎麼送我師父？」老魔道：「我這裡也沒甚麼金銀、珠翠、瑪瑙、珊瑚、琉璃、琥珀、玳瑁珍奇之寶相送；我兄弟三個，抬一乘香藤轎兒，把你師父送過此山。」行者笑道：「既是抬轎相送，強如要寶。你張開口，我出來。」那魔頭真個就張開口。那三魔走近前，悄悄的對老魔道：「大哥，等他出來時，把口往下一咬，將猴兒嚼碎，咽下肚，卻不得磨害你了。」

原來行者在裡面聽得，便不先出去。卻把金箍棒伸出，試他一試。那怪果往下一口，扢喳的一聲，把個門牙都迸碎了。行者抽回棒道：「好妖怪！我倒饒你性命出來，你反咬我，要害我命！我不

第七十六回

心神居舍魔歸性　木母同降怪體真

出來，活活的只弄殺你！不出來！不出來！」老魔報怨三魔道：「兄弟，你是自家人弄自家人了。且是請他出來好了，你卻教我咬他。他倒不曾咬著，卻迸得我牙齦疼痛。這是怎麼起的！」

三魔見老魔怪他，他又作個激將法，厲聲高叫道：「孫行者，聞你名如轟雷貫耳，說你在南天門外施威，靈霄殿下逞勢；如今在西天路上降妖縛怪，原來是個小輩的猴頭！」行者道：「我何為小輩？」三怪道：「『好漢千里客，萬里去傳名。』你出來，我與你賭鬥，才是好漢；怎麼在人肚裡做勾當！非小輩而何？」行者聞言，心中暗想道：「是，是，是！我若如今扯斷他腸，撕破他肝，弄殺這怪，有何難哉？但真是壞了我的名頭。也罷！也罷！你張口，我出來與你比並。但只是你這洞口窄逼（狹窄），不好使家伙，須往寬處去。」三魔聞說，即點大小怪，前前後後，有三萬多精，都執著精銳器械，出洞擺開一個三才陣勢，專等行者出口，一齊上陣。那二怪攙著老魔，徑至門外，叫道：「孫行者！好漢出來！此間有戰場，好鬥！」

大聖在他肚裡，聞得外面鴉鳴鵲噪，鶴唳風聲，知道是寬闊之處。卻想著：「我不出去，是失信與他；若出去，這妖精人面獸心：先時說送我師父，哄我出來咬我，今又調兵在此。也罷！也罷！與他個兩全其美：出去便出去，還與他肚裡生下一個根兒。」即轉手，將尾上毫毛拔了一根，吹口仙氣，叫「變！」即變一條繩兒，只有頭髮粗細，倒有四十丈長短。那繩兒理出去，見風就長粗了。把一頭拴著妖怪的心肝繫上，打做個活扣兒。那扣兒不扯不緊，扯緊就痛。卻拿著一頭，笑道：「這一出去，他送我師父便罷，如若不送，亂動刀兵，我也沒工夫與他打，只消扯此繩兒，就如我在肚裡一般！」又將身子變得小小的，往外爬；爬到咽喉之下，見妖精大張著方口，上下鋼牙，排如利刃，忽思量道：「不好！不好！若從口裡出去扯這繩兒，他怕疼，往下一嚼，卻不咬斷了？我打他沒牙齒的所在出去。」好大聖，理著繩兒，從他那上顎子往前爬，爬到他鼻孔裡。那老魔鼻子發癢，「阿嚏」的一聲，打個噴嚏，卻迸出行者。

行者見了風，把腰躬一躬，就長了有三丈長短，一隻手扯著繩兒，一隻手拿著鐵棒。那魔頭不知好歹，見他出來了，就舉鋼刀，劈臉來砍。這大聖一隻手使鐵棒相迎。又見那二怪使槍，三怪使戟，沒頭沒臉的亂上。大聖放鬆了繩，收了鐵棒，急縱身駕雲走了。原來怕那伙小妖圍繞，不好幹事。他卻跳出營外，去那空闊山頭上，落下雲，雙手把繩盡力一扯，老魔心裡才疼。他害疼，往上一掙，大聖復往下一扯。眾小妖遠遠看見，齊聲高叫道：「大王，莫惹他！讓他去罷！這猴兒不按時景：清明還未到，他卻那裡放風箏也！」大聖聞言，著力氣蹬了一蹬，那老魔從空中，拍刺刺，似紡車兒一般，跌落塵埃。就把那山坡下死硬的黃土跌做個二尺淺深之坑。

慌得那二怪、三怪，一齊按下雲頭，上前拿住繩兒，跪在坡下，哀告道：「大聖啊，只說你是個寬洪海量之仙，誰知是個鼠腹蝸腸（形容心胸狹窄）之輩。實實的哄你出來，與你見陣，不期你在我家兄心上拴了一根繩子！」行者笑道：「你這伙潑魔，十分無禮！前番哄我出去便就咬我，這番哄我出來，卻又擺陣敵我。似這幾萬妖兵，戰我一個，理上也不通。扯了去！扯了去見我師父！」那怪一齊叩頭道：「大聖慈悲，饒我性命，願送老師父過山！」行者笑道：「你要性命，只消拿刀把繩子割斷罷了。」老魔道：「爺爺呀，割斷外邊的，這裡邊的拴在心上，喉嚨裡又掭掭的惡心，怎生是好？」行者道：「既如此，張開口，等我再進去解出繩來。」老魔慌了道：「這一進去，又不肯出來，卻難也！卻難也！」行者道：「我有本事外邊就可以解得裡面繩頭也。解了可實實的送我師父麼？」老魔道：「但解就送，決不敢打誑語。」大聖審得是實，即便將身一抖，收了毫毛，那怪的心就不疼了。

第七十六回

心神居舍魔歸性　木母同降怪體真

這是孫大聖掩樣的法兒，使毫毛拴著他的心；收了毫毛，所以就不害疼也。三個妖縱身而起，謝道：「大聖請回，上覆唐僧，收拾下行李，我們就抬轎來送。」眾怪偃干戈，盡皆歸洞。

大聖收繩子，徑轉山東，遠遠的看見唐僧睡在地下打滾痛哭；豬八戒與沙僧解了包袱，將行李搭分兒，在那裡分哩。行者暗暗嗟嘆道：「不消講了。這定是八戒對師父說我被妖精吃了，師父捨不得我，痛哭，那呆子卻分東西散伙哩。咦！不知可是此意，且等我叫他一聲看。」落下雲頭，叫道：「師父！」沙僧聽見，報怨八戒道：「你是個『棺材座子，專一害人』！師兄不曾死，你卻說他死了，在這裡幹這個勾當！那裡不叫將來了？」八戒道：「我分明看見他被妖精一口吞了。想是日辰不好，那猴子來顯魂哩。」行者到跟前，一把撾住八戒臉，一個巴掌打了個踉蹌，道：「夯貨！我顯甚麼魂？」呆子侮著臉道：「哥哥，你實是那怪吃了，你——你怎麼又活了？」行者道：「像你這個不濟事的膿包！他吃了我，我就抓他腸，捏他肺，又把這條繩兒穿住他的心，扯他疼痛難禁，一個個叩頭哀告，我才饒了他性命。如今抬轎來送我師父過山也。」那三藏聞言，一骨碌爬起來，對行者躬身道：「徒弟啊，累殺你了！若信悟能之言，我已絕矣！」行者掄拳打著八戒罵道：「這個饢糠的呆子，十分懈怠，甚不成人！師父，你切莫惱。那怪就來送你也。」沙僧也甚生慚愧。連忙遮掩，收拾行李，扣背馬匹，都在途中等候不題。

卻說三個魔頭，帥群精回洞。二怪道：「哥哥，我只道是個九頭八尾的孫行者，原來是恁的個小小猴兒！你不該吞他：只與他鬥時，他那裡鬥得過你我！洞裡這幾萬妖精，吐唾沫也可淹殺他。你卻將他吞在肚裡，他便弄起法來，教你受苦，怎麼敢與他比較！才自說送唐僧，都是假意，實為兄長性命要緊，所以哄他出來，決不送他！」老魔道：「賢弟不送之故，何也？」二怪道：「你與我三千小妖，擺開陣勢，我有本事拿住這個猴頭！」老魔道：「莫說三千，憑你起老營去；只是拿住他，便大家有功。」

那二魔即點三千小妖，徑到大路旁擺開，著一個藍旗手往來傳報，教：「孫行者！趕早出來，與我二大王爺爺交戰！」八戒聽見，笑道：「哥啊，常言道：『說謊不瞞當鄉人。』就來弄虛頭，搗鬼！怎麼說降了妖精，就抬轎來送師父，卻又來叫戰，何也？」行者道：「老怪已被我降了，不敢出頭，聞著個『孫』字兒，也害頭疼。這定是二妖魔不服氣送我們，故此叫戰。我道兄弟，這妖精有弟兄三個，這般義氣；我弟兄也是三個，就沒些義氣。我已降了大魔，二魔出來，你就與他戰戰，未為不可。」八戒道：「怕他怎的！等我去打他一仗來！」行者道：「要去便去罷。」八戒笑道：「哥啊，去便去，你把那繩兒借與我使使。」行者道：「你要怎的？你又沒本事鑽在肚裡，你又沒本事拴在他心上，要他何用？」八戒道：「我要扣在這腰間，做個救命索。你與沙僧扯住後手，放我出去，與他交戰。估著贏了他，你便放鬆，你把他拿住；若是輸與他，你把我扯回來，莫教他拉了去。」真個行者暗笑道：「也是捉弄呆子一番！」就把繩兒扣在他腰裡，撮弄他出戰。

那呆子舉釘鈀跑上山崖，叫道：「妖精！出來！與你豬祖宗打來！」那藍旗手急報道：「大王，有一個長嘴大耳朵的和尚來了。」二怪即出營，見了八戒，更不打話，挺槍劈面刺來。這呆子舉鈀上前迎住。他兩個在山坡前搭上手，鬥不上七八回合，呆子手軟，架不得妖魔，急回頭叫：「師兄，不好了！扯扯救命索，扯扯救命索，這壁廂大聖聞言，轉把繩子放鬆了，拋將去。那呆子敗了陣，往後就跑。原來那繩子拖著走，還不覺；轉回來，因鬆了，倒有些絆腳，自家絆倒了一跌，爬起來又一跌。始初還跌個蹦踵，後面就跌了個嘴搶地。被妖精趕上，捽開鼻子，就如蛟龍一般，把八戒一鼻子捲住，得勝回洞。眾妖凱歌齊唱，一擁而歸。

這坡下三藏看見，又惱行者道：「悟空，怪不得悟能咒你死哩！原來你兄弟全無相親相愛之意，專懷相嫉相妒之心！他那般說，教你扯扯救命索，你怎麼不扯，還將索子丟去？如今教他被害，卻如之何？」行者笑道：「師父也忒護短，忒偏心！罷了，像老孫拿去時，你略不掛念，左右是捨命之材；這呆子才自遭擒，你就怪我。也教他受些苦惱，方見取經之難。」三藏道：「徒弟啊，你去，我豈不掛念？想著你會變化，斷然不至傷身。那呆子生得狼犺，又不會騰挪，這一去，少吉多惡。你還去救他一救。」行者道：「師父不得報怨，等我去救他一救。」

急縱身，趕上山，暗中恨道：「這呆子咒我死，且莫與他個快活！且跟去看那妖精怎麼擺布他，等他受些罪，再去救他。」即捻訣念起真言，搖身一變，即變做個蟭蟟蟲，飛將去，釘在八戒耳朵根上，同那妖精到了洞裡。二魔帥三千小怪，大吹大打的，至洞口屯下。自將八戒拿入裡邊道：「哥哥，我拿了一個來也。」老怪道：「拿來我看。」他把鼻子放鬆，捽下八戒道：「這不是？」老怪道：「這廝沒用。」八戒聞言道：「大王，沒用的放出去，尋那有用的捉來罷。」三怪道：「雖是沒用，也是唐僧的徒弟豬八戒。且捆了，送在後邊池塘裡浸著。待浸退了毛，破開肚子，使鹽醃了曬乾，等天陰下酒。」八戒大驚道：「罷了！罷了！撞見那販醃的妖怪也！」眾怪一齊下手，把呆子四馬攢蹄捆住，扛扛抬抬，送至池塘邊，往中間一推，盡皆轉去。

大聖卻飛起來看處，那呆子四肢朝上，掘著嘴，半浮半沉，嘴裡呼呼的，著然好笑，倒像八九月經霜落了子兒的一個大黑蓮蓬。大聖見他那嘴臉，又恨他，又憐他，說道：「怎的好麼？他也是龍華會上的一個人，但只恨他動不動分行李散伙，又要攛掇師父念《緊箍咒》咒我。我前日曾聞得沙僧說，他攢了些私房，不知可有否。等我且嚇他一嚇看。」

好大聖，飛近他耳邊，假捏聲音，叫聲：「豬悟能！豬悟能！」八戒慌了道：「晦氣呀！我這悟能是觀世音菩薩起的，自跟了唐僧，又呼做八戒，此間怎麼有人知道我叫做悟能？」呆子忍不住問道：「是那個叫我的法名？」行者道：「是我。」呆子道：「你是那個？」行者道：「我是勾司人（迷信所說的勾魂鬼）。」那呆子慌了道：「長官，你是那裡來的？」行者道：「我是五閻王差來勾你的。」呆子道：「長官，你且回去，上覆五閻王，他與我師兄孫悟空交得甚好，教他讓我一日兒，明日來勾罷。」行者道：「胡說！『閻王注定三更死，誰敢留人到四更！』趁早跟我去，免得套上繩子扯拉！」呆子道：「長官，那裡不是方便，看我這般嘴臉，還想活哩。死是一定死，只等一日，這妖精連我師父們都拿來，會一會，就都了帳也。」行者暗笑道：「也罷，我這批上有三十個人，都在這中前後，等我拘將來就你，便有一日耽閣。你可有盤纏，把些兒我去。」八戒道：「可憐啊！出家人那裡有甚麼盤纏？」行者道：「若無盤纏，索了去！跟著我走！」呆子慌了道：「長官不要索。我曉得你這繩兒叫做『追命繩』，索上就要斷氣。有！有！有！有便有些兒，只是不多。」行者道：「在那裡？快拿出來！」八戒道：「可憐，可憐！我自做了和尚，到如今，有些善信的人家齋僧，見我食腸大，襯錢比他們略多些兒，我拿了攢在這裡，零零碎碎有五錢銀子；因不好收拾，前者到城中，央了個銀匠煎在一處，他又沒天理，偷了我幾分，只得四錢六分一塊兒。你拿了去罷。」行者暗笑道：「這呆子褲子也沒得穿，卻藏在何處？……咄！你銀子在那裡？」八戒道：「在我左耳朵眼兒裡塞著哩。我捆了拿不得，你自家拿了去罷。」

行者聞言，即伸手在耳朵竅中摸出，真個是塊馬鞍兒銀子，足有四錢五六分重；拿在手裡，忍不住哈哈的一聲大笑。那呆子認是行者聲音，在水裡亂罵道：「天殺的弼馬溫！到這們苦處，還來打詐財物哩！」行者又笑道：「我把你這饢糟的！老孫保師父，不知受了多少苦難，你倒攢下私房！」八戒道：「嘴臉！這是甚麼私房！都是牙齒上刮下來的，我不捨得買了嘴吃，留了買匹布兒做件衣服，你卻嚇了我的。還分些兒與我。」行者道：「半分也沒得與你！」八戒罵道：「買命錢讓與你罷，好道也救我出去是。」行者道：「莫發急，等我救你。」將銀子藏了，即現原身，掣鐵棒，把呆子劃攏，用手提著腳，扯上來，解了繩。八戒跳起來，脫下衣裳，整乾了水，抖一抖，潮漉漉的披在身上，道：「哥哥，開後門走了罷。」行者道：「後門裡走，可是個長進的？還打前門上去。」八戒道：「我的腳捆麻了，跑不動。」行者道：「快跟我來。」

好大聖，把鐵棒一路丟開解數，打將出去。那呆子忍著麻，只得跟定他。只看見二門下靠著的是他的釘鈀，走上前，推開小妖，撈過來往前亂築；與行者打出三四層門，不知打殺了多少小妖。那老魔聽見，對二魔道：「拿得好人！拿得好人！你看孫行者劫了豬八戒，門上打傷小妖也！」那二魔急縱身，綽槍在手，趕出門來，應聲罵道：「潑猢猻！這般無禮！怎敢渺視我等！」大聖聽得，即應聲站下。那怪物不容講，使槍便刺。行者正是會家不忙，掣鐵棒，劈面相迎。他兩個在洞門外，這一場好殺：

黃牙老象變人形，義結獅王為弟兄。因為大魔來說合，同心計算吃唐僧。齊天大聖神通廣，輔正除邪要滅精。八戒無能遭毒手，悟空拯救出門行。妖王趕上施英猛，槍棒交加各顯能。那一個槍來好似穿林蟒，這一個棒起猶如出海龍。龍出海門雲靄靄，蟒穿林樹霧騰騰。

算來都為唐和尚，恨苦相持太沒情。

那八戒見大聖與妖精交戰，他在山嘴上豎著釘鈀，不來幫打，只管呆呆的看著。那妖精見行者棒重，滿身解數，全無破綻，就把槍架住。捽開鼻子，要來捲他。行者知道他的勾當，雙手把金箍棒橫起來，往上一舉，被妖精一鼻子捲住腰胯，不曾捲手。你看他兩隻手在妖精鼻頭上丟花棒兒耍子。八戒見了，搥胸道：「咦！那妖怪晦氣呀！捲我這夯的，連手都捲住了，不能得動；捲那們滑的，倒不捲手。他那兩隻手拿著棒，只消往鼻裡一搠，那孔子裡害疼流涕，怎能捲得他住？」行者原無此意，倒是八戒教了他。他就把棒幌一幌，小如雞子，長有丈餘，真個往他鼻孔裡一搠。那妖精害怕，沙的一聲，把鼻子捽放，被行者轉手過來，一把撾住，用氣力往前一拉，那妖精護疼，隨著手，舉步跟來。八戒方才敢近，拿釘鈀望妖精胯子上亂築。行者道：「不好！不好！那鈀齒兒尖，恐築破皮，淌出血來，師父看見，又說我們傷生，只調柄子來打罷。」

真個呆子舉鈀柄，走一步，打一下，行者牽著鼻子，就似兩個象奴，牽至坡下。只見三藏凝睛盼望，見他兩個嚷嚷鬧鬧而來，即喚：「悟淨，你看悟空牽的是甚麼？」沙僧見了，笑道：「師父，大師兄把妖精揪著鼻子拉來，真愛殺人也！」三藏道：「善哉！善哉！那般大個妖精！那般長個鼻子！你且問他：他若喜喜歡歡送我等過山呵，饒了他，莫傷他性命。」沙僧急縱前迎著，高聲叫道：「師父說：那怪果送師父過山，教不要傷他命哩。」那怪聞說，連忙跪下，口裡嗚嗚的答應。原來被行者揪著鼻子，捏齉了，就如重傷風一般。叫道：「唐老爺，若肯饒命，即便抬轎相送。」行者道：「我師徒俱是善勝之人，依你言，且饒你命。快抬轎來。如再變卦，拿住決不再饒！」那怪得脫手，磕頭而去。行者同八戒見唐僧，備言前事。八戒慚愧不勝，在坡前晾曬衣服，等候不題。

那二魔戰戰兢兢回洞，未到時，已有小妖報知老魔、三魔，說二魔被行者揪著鼻子拉去。老魔悚懼，與三魔帥眾方出，見二魔獨回，又皆接入，問及放回之故。二魔把三藏慈憫善勝之言，對眾說了一遍。一個個面面相覷，更不敢言。二魔道：「哥哥可送唐僧麼？」老魔道：「兄弟，你說那裡話！孫行者是個廣施仁義的猴頭，他先在我肚裡，若肯害我性命，一千個也被他弄殺了。卻才揪住你鼻子，若是扯了去不放回，只捏破你的鼻子頭兒，卻也惶恐。快早安排送他去罷。」三魔笑道：「送！送！送！」老魔道：「賢弟這話，卻又像尚氣的了。你不送，我兩個送去罷。」

三魔又笑道：「二位兄長在上：那和尚倘不要我們送，只這等瞞過去，還是他的造化；若要送，不知正中了我的『調虎離山』之計哩。」老怪道：「何為『調虎離山』？」三怪道：「如今把滿洞群妖，點將起來，萬中選千，千中選百，百中選十六個，又選三十個。」老怪道：「怎麼既要十六，又要三十？」三怪道：「要三十個會烹煮的，與他些精米、細麵、竹筍、茶芽、香蕈、蘑菇、豆腐、麵筋，著他二十里，或三十里，搭下窩鋪，安排茶飯，管待唐僧。」老怪道：「又要十六個何用？」三怪道：「著八個抬，八個喝路。我弟兄相隨左右，送他一程。此去向西四百餘里，就是我的城池。我那裡自有接應的人馬。若至城邊，如此如此，著他師徒首尾不能相顧。要捉唐僧，全在此十六個鬼成功。」老怪聞言，歡欣不已。真是如醉方醒，似夢方覺。道：「好！好！好！」即點眾妖，先選三十，與他物件，又選十六，抬一頂香藤轎子。同出門來，又吩咐眾妖：「俱不許上山閒走。孫行者是個多心的猴子，若見汝等往來，他必生疑，識破此計。」

老怪遂帥眾至大路旁高叫道：「唐老爺，今日不犯紅沙（迷信批惡星當值，不吉利），請老爺早早過山。」三藏聞言道：「悟空，是甚人叫我？」行者指定道：「那廂是老孫降伏的妖精抬轎來送你哩。」三藏合掌朝天道：「善哉！善哉！若不是賢徒如此之能，我怎生得去！」徑直向前，對眾妖作禮道：「多承列位之愛，我弟子取經東回，向長安當傳揚善果也。」眾妖叩首道：「請老爺上轎。」那三藏肉眼凡胎，不知是計；孫大聖又是太乙金仙，忠正之性，只以為擒縱之功，降了妖怪，亦豈期他都有異謀，卻也不曾詳察，盡著師父之意。即命八戒將行囊捎在馬上，與沙僧緊隨。他使鐵棒向前開路，顧盼吉凶。八個抬起轎子，八個一遞一聲喝道。三個妖扶著轎扛。師父喜喜歡歡的端坐轎上。上了高山，依大路而行。

此一去，豈知歡喜之間愁又至。經云：「泰極否還生。」時運相逢真太歲，又值喪門吊客星。那伙妖魔，同心合意的，侍衛左右，早晚殷勤。行經三十里獻齋，五十里又齋，未晚請歇，沿路齊齊整整。一日三餐，遂心滿意；良宵一宿，好處安身。

西進有四百里餘程，忽見城池相近。大聖舉鐵棒，離轎僅有一里之遙，見城池，把他嚇了一跌，掙挫不起。你道他只這般大膽，如何見此著唬？原來望見那城中有許多惡氣。乃是：

攢攢簇簇妖魔怪，四門都是狼精靈。斑斕老虎為都管，白面雄彪作總兵。
丫叉角鹿傳文引，伶俐狐狸當道行。千尺大蟒圍城走，萬丈長蛇占路程。
樓下蒼狼呼令使，台前花豹作人聲。搖旗擂鼓皆妖怪，巡更坐鋪盡山精。
狡兔開門弄買賣，野豬挑擔幹營生。先年原是天朝國，如今翻作虎狼城。

第七十六回

心神居舍魔歸性　木母同降怪體真

那大聖正當悚懼，只聽得耳後風響，急回頭觀看，原來是三魔雙手舉一柄畫桿方天戟，往大聖頭上打來。大聖急翻身爬起，使金箍棒劈面相迎。他兩個各懷惱怒，氣呼呼，更不打話；咬著牙，各要相爭。又見那老魔頭，傳聲號令，舉鋼刀便砍八戒。八戒慌得丟了馬，掄著鈀，向前亂築。那二魔纏長槍，望沙僧刺來。沙僧使降妖杖支開架子敵住。三個魔頭與三個和尚，一個敵一個，在那山頭捨死忘生苦戰。那十六個小妖卻遵號令，各各效能：搶了白馬、行囊，把三藏一擁，抬著轎子，徑至城邊，高叫道：「大王爺爺定計，已拿得唐僧來了！」那城上大小妖精，一個個跑下，將城門大開，吩咐各營捲旗息鼓，不許吶喊篩鑼，說：「大王原有令在前，不許嚇了唐僧；唐僧禁不得恐嚇，一嚇就肉酸不中吃了。」眾精都歡天喜地邀三藏，控背躬身接主僧。把唐僧一轎子抬上金鑾殿，請他坐在當中，一壁廂獻茶，獻飯，左右旋繞。那長老昏昏沉沉，舉眼無親。

畢竟不知性命何如，且聽下回分解。

第七十七回

群魔欺本性　一體拜真如

且不言唐長老困苦。卻說那三個魔頭，齊心竭力，與大聖兄弟三人，在城東半山內，努力爭持。這一場，正是那「鐵刷帚刷銅鍋，家家挺硬。」好殺：

六般體相六般兵，六樣形骸六樣情。六惡六根緣六欲，六門六道賭輸贏。三十六宮春自在，六六形色恨有名。這一個金箍棒，千般解數；那一個方天戟，百樣崢嶸。八戒釘鈀凶更猛，二怪長槍俊又能。小沙僧寶杖非凡，有心打死；老魔頭鋼刀快利，舉手無情。這三個是護衛真僧無敵將，那三個是亂法欺君潑野精。起初猶可，向後彌凶。六枚都使升空法，雲端裡面各翻騰。一時間吐霧噴雲天地暗，哮哮吼吼只聞聲。

他六個鬥罷多時，漸漸天晚。卻又是風霧漫漫，霎時間，就黑暗了。原來八戒耳大，蓋著眼皮，越發昏蒙；手腳慢，又遮架不住，拖著鈀，敗陣就走，被老魔舉刀砍去，幾乎傷命；幸躲過頭腦，被刀口削斷幾根鬃毛，趕上張開口咬著領頭，拿入城中，丟與小怪，捆在金鑾殿。老妖又駕雲，起在半空助力。沙和尚見事不諧，虛幌著寶杖，顧本身回頭便走，被二怪捽開鼻子，嚮一聲，連手捲住，拿到城裡，也叫小妖捆在殿下。卻又騰空去叫拿行者。行者見兩個兄弟遭擒，他自家獨力難撐，正是「好手不敵雙拳，雙拳難敵四手。」他喊一聲，把棍子隔開三個妖魔的兵器，縱筋斗駕雲走了。三怪見行者駕筋斗時，即抖抖身，現了本相，扇開兩翅，趕上大聖。你道他怎能趕上？當時如行者鬧天宮，十萬天兵也拿他不住者，以他會駕筋斗雲，一去有十萬八千里路，所以諸神不能趕上。這妖精扇一翅就有九萬里，兩扇就趕過了，所以被他一把撾住，拿在手中，左右掙挫（掙扎）不得。欲思要走，莫能逃脫。即使變化法遁法，又往來難行：變大些兒，他就放鬆了撾住；變小些兒，他又攥緊了撾住。復拿了徑回城內，放了手，捽下塵埃。吩咐群妖，也照八戒、沙僧捆在一處。那老魔、二魔俱下來迎接。三個魔頭，同上寶殿。噫！這一番倒不是捆住行者，分明是與他送行。

此時有二更時候，眾怪一齊相見畢，把唐僧推下殿來。那長老於燈光前，忽見三個徒弟都捆在地下，老師父伏於行者身邊，哭道：「徒弟啊！常時逢難，你卻在外運用神通，到那裡取救降魔；今番你亦遭擒，我貧僧怎麼得命！」八戒、沙僧聽見師父這般苦楚，便也一齊放聲痛哭。行者微微笑道：「師父放心，兄弟莫哭；憑他怎的，決然無傷。等那老魔安靜了，我們走路。」八戒道：「哥啊，又來搗鬼了！麻繩捆住，鬆些兒還著水噴，想你這瘦人兒不覺，我這胖的遭瘟哩！不信，你看兩膊上。入肉已有二寸，如何脫身？」行者笑道：「莫說是麻繩捆的，就是碗粗的棕纜，只也當秋風過耳，何足罕哉！」師徒們正說處，只聞得那老魔道：「三賢弟有力量，有智謀，果成妙計，拿將唐僧來了！」叫：「小的們，著五個打水，七個刷鍋，十個燒火，二十個抬出鐵籠來，把那四個和尚蒸熟，我兄弟們受用，各散一塊兒與小的們吃，也教他個個長生。」八戒聽見，戰兢兢的道：「哥哥，你聽。那妖精計較要蒸我們吃哩！」行者道：「不要怕，等我看他是雛兒妖精，是把勢妖精。」沙和尚哭道：「哥呀！且不要說寬話，如今已與閻王隔壁哩，且講甚麼『雛兒』、『把勢』！」說不了，又聽得二怪說：「豬八戒不好蒸。」八戒歡喜道：「阿彌陀佛，是那個積陰騭的，說我不好蒸？」三怪道：「不好蒸，剝了皮蒸。」八戒慌了，厲聲喊道：「不要剝皮！粗自粗，湯響就爛了！」老怪道：「不好蒸的，安在底下一格。」行者笑道：「八戒莫怕，是『雛兒』，不是『把勢』。」沙僧道：「怎麼認得？」行者道：「大凡蒸東西，都從上邊起。不好蒸的，安在上頭一格，多燒把火，圓了氣，就好了；若安在底下，一住了氣，就燒半年也是不得氣上的。他說八戒不好蒸，安在底下，不是雛兒是甚的！」八戒道：「哥啊，依你說，就活活的弄殺人了！他打緊見不上氣，抬開了，把我翻轉過來，再燒起火，弄得我兩邊俱熟，中間不夾生了？」

正講時，又見小妖來報：「湯滾了。」老怪傳令叫抬。眾妖一齊上手，將八戒抬在底下一格，沙僧抬在二抬。行者估著來抬他，他就脫身道：「此燈光前好做手腳！」拔下一根毫毛，吹口仙氣，叫聲「變！」即變做一個行者，捆了麻繩；將真身出神，跳在半空裡，低頭看著。那群妖那知真假，見人就抬。把個「假行者」抬在上三格；才將唐僧揪翻倒捆住，抬上第四格。乾柴架起，烈火氣焰騰騰。大聖在雲端裡嗟嘆道：「我那八戒、沙僧，還捱得兩滾；我那師父，只消一滾就爛。若不用法救他，頃刻喪矣！」

好行者，在空中捻著訣，念一聲「唵藍淨法界，乾元亨利貞」的咒語，拘喚得北海龍王早至。只見那雲端裡一朵烏雲，應聲高叫道：「北海小龍敖順叩頭。」行者道：「請起！請起！無事不敢相煩，今與唐師父到此，被毒魔拿住，上鐵籠蒸哩。你去與我護持護持，莫教蒸壞了。」龍王隨即將身變作一陣冷風，吹入鍋下，盤旋圍護，更沒火氣燒鍋，他三人方不損命。

將有三更盡時，只聞得老魔發放道：「手下的，我等用計勞形，拿了唐僧四眾；又因相送辛苦，四晝夜未曾得睡。今已捆在籠裡，料應難脫，汝等用心看守，著十個小妖輪流燒火，讓我們退宮，略略安寢。到五更天色將明，必然爛了，可安排下蒜泥鹽醋，請我們起來，空心受用。」眾妖各各遵命。三個魔頭，卻各轉寢宮而去。

行者在雲端裡，明明聽著這等吩咐，卻低下雲頭，不聽見籠裡人聲。他想著：「火氣上騰，必然也熱，他們怎麼不怕，又無言語、哼嘰！莫敢是蒸死了？等我近前再聽。」好大聖，踏著雲，搖身一變，變作一個黑蒼蠅兒，釘在鐵籠格外聽時，只聞得八戒在裡面道：「晦氣，晦氣！不知是悶氣蒸，又不知是出氣蒸哩。」沙僧道：「二哥，怎麼叫做『悶氣』、『出氣』？」八戒道：「『悶氣蒸』是蓋了籠頭，『出氣蒸』不蓋。」三藏在浮上一層應聲道：「徒弟，不曾蓋。」八戒道：「造化！今夜還不得死！這是出氣蒸了！」行者聽得他三人都說話，未曾傷命，便就飛了去，把個鐵籠蓋，輕輕兒蓋上。三藏慌了道：「徒弟！蓋上了！」八戒道：「罷了！這個是悶氣蒸，今夜必是死了！」沙僧與長老嚶嚶的啼哭。八戒道：「且不要哭，這一會燒火的換了班了。」沙僧道：「你怎麼知道？」八戒道：「早先抬上來時，正合我意：我有些兒寒濕氣的病，要他騰騰。這會子反冷氣上來了。咦！燒火的長官，添上些柴便怎的？要了你的哩！」

行者聽見，忍不住暗笑道：「這個夯貨！冷還好捱，若熱就要傷命。再說兩遭，一定走了風了，快早救他。且住！要救他須要現本相。假如現了，這十個燒火的看見，一齊亂喊，驚動老怪，卻不又費事？等我先送他個法兒。」忽想起：「我當初做大聖時，曾在北天門與護國天王猜枚耍子，贏得他瞌睡蟲兒，還有幾個，送了他罷。」即往腰間順帶裡摸摸，還有十二個。「送他十個，還留兩個做種。」即將蟲兒抛了去，散在十個小妖臉上，鑽入鼻孔，漸漸打盹，都睡倒了。只有一個拿火叉的，睡不穩，揉頭搓臉，把鼻子左捏右捏，不住的打噴嚏。行者道：「這廝曉得勾當了，我再與他個『雙椓燈』。」又將一個蟲兒抛在他臉上。「兩個蟲兒，左進右出，右出左進，諒有一個安住。」那小妖兩三個大呵欠，把腰伸一伸，丟了火叉，也撲的睡倒，再不翻身。

行者道：「這法兒真是妙而且靈！」即現原身，走近前，叫聲：「師父。」唐僧聽見道：「悟空，救我啊！」沙僧道：「哥哥，你在外面叫哩？」行者道：「我不在外面，好和你們在裡邊受罪？」八戒道：「哥啊，溜撒的溜了，我們都是頂缸（代人受過）的，在此受悶氣哩！」行者笑道：「呆子莫嚷，我來救你。」八戒道：「哥啊，救便要脫根救，莫又要復籠蒸。」行者卻揭開籠頭，解了師父，將假變的毫毛，抖了一抖，收上身來，又一層層放了沙僧，放了八戒。那呆子才解了，巴不得就要跑。行者道：「莫忙！莫忙！」卻又念聲咒語，發放了龍神，才對八戒道：「我們這去到西天，還有高山峻嶺。師父沒腳力難行，等我還將馬來。」你看他輕手輕腳，走到金鑾殿下，見那些大小群妖俱睡熟了。卻解了韁繩，更不驚動。那馬原是龍馬，若是生人，飛踢兩腳，便嘶幾聲。行者曾養過馬，授弼馬溫之官，又是自家一伙，所以不跳不叫。悄悄的牽來，束緊了肚帶，扣備停當，請師父上馬。長老戰兢兢的騎上，也就要走。行者道：「也且莫忙。我們西去還有國王，須要關文，方才去得；不然，將甚執照？等我還去尋行李來。」唐僧道：「我記得進門時，眾怪將行李放在金殿左手下，擔兒也在那一邊。」行者道：「我曉得了。」即抽身跳在寶殿尋時，忽見光彩飄飄。行者知是行

第七十七回

群魔欺本性　一體拜真如

李，——怎麼就知？以唐僧的錦襴袈裟上有夜明珠，故此放光。急到前，見擔兒原封未動，連忙拿下去，付與沙僧挑著。

八戒牽著馬，他引了路，徑奔正陽門。只聽得梆鈴亂響，門上有鎖，鎖上貼了封皮。行者道：「這等防守，如何去得？」八戒道：「後門裡去罷。」行者引路，徑奔後門：「後宰門外，也有梆鈴之聲，門上也有封鎖，卻怎生是好？我這一番，若不為唐僧是個凡體，我三人不管怎的，也駕雲弄風走了。只為唐僧未超三界外，見在五行中，一身都是父母濁骨，所以不得升駕，難逃。」八戒道：「哥哥，不消商量，我們到那沒梆鈴，不防衛處，撮著師父爬過牆去罷。」行者笑道：「這個不好：此時無奈，撮他過去；到取經回來，你這呆子口敞，延地裡就對人說，我們是爬牆頭的和尚了。」八戒道：「此時也顧不得行檢，且逃命去罷。」行者也沒奈何，只得依他。到那淨牆邊，算計爬出。

噫！有這般事！也是三藏災星未脫。那三個魔頭，在宮中正睡，忽然驚覺，說走了唐僧，一個個披衣忙起，急登寶殿。問曰：「唐僧蒸了幾滾了！」那些燒火的小妖已是有睡魔蟲，都睡著了，就是打也莫想打得一個醒來。其餘沒執事的，驚醒幾個，冒冒失失的答應道：「七……七……七……七滾了！」急跑近鍋邊，只見籠格子亂丟在地下，燒火的還都睡著，慌得又來報道：「大王，走……走……走了！」三個魔頭都下殿，近鍋前仔細看時，果見那籠格子亂丟在地下，湯鍋盡冷，火腳俱無。那燒火的俱呼呼鼾睡如泥。慌得眾怪一齊吶喊，都叫：「快拿唐僧！快拿唐僧！」這一片喊聲振起，把些前前後後，大大小小妖精，都驚起來。刀槍簇擁，至正陽門下，見那封鎖不動，梆鈴不絕，問外邊巡夜的道：「唐僧從那裡走了？」俱道：「不曾走出人來。」

急趕至後宰門，封鎖、梆鈴，一如前門；復亂搶搶的，燈籠火把，熯天通紅，就如白日，卻明明的照見他四眾爬牆哩！老魔趕近，喝聲：「那裡走！」那長老唬得腳軟筋麻，跌下牆來，被老魔拿住。二魔捉了沙僧，三魔擒倒八戒，眾妖搶了行李、白馬，只是走了行者。那八戒口裡嘓嘓噥噥的報怨行者道：「天殺的！我說要救便脫根救，如今卻又復籠蒸了！」

眾魔把唐僧擒至殿上，卻不蒸了。二怪吩咐把八戒綁在殿前簷柱上，三怪吩咐把沙僧綁在殿後簷柱上；惟老魔把唐僧抱住不放。三怪道：「大哥，你抱住他怎的？終不然就活吃？卻也沒些趣味。此物比不得那愚夫俗子，拿了可以當飯；此是上邦稀奇之物，必須待天陰閒暇之時，拿他出來，整制精潔，猜枚行令，細吹細打的吃方可。」老魔笑道：「賢弟之言雖當，但孫行者又要來偷哩。」三魔道：「我這皇宮裡面有一座錦香亭子，亭子內有一個鐵櫃。依著我，把唐僧藏在櫃裡，關了亭子，卻傳出謠言，說唐僧已被我們夾生吃了。令小妖滿城講說；那行者必然來探聽消息，若聽見這話，他必死心塌地而去。待三五日不來攪擾，卻拿出來，慢慢受用，如何？」老怪、二怪俱大喜道：「是，是！兄弟說得有理！」可憐把個唐僧連夜拿將進去，藏在櫃中，閉了亭子。傳出謠言，滿城裡都亂講不題。

卻說行者自夜半顧不得唐僧，駕雲走脫。徑至獅駝洞裡，一路棍，把那萬數小妖，盡情剿絕。急回來，東方日出。到城邊，不敢叫戰，正是「單絲不線，孤掌難鳴」。他落下雲頭，搖身一變，變作個小妖兒，演入門裡，大街小巷，緝訪消息。滿城裡俱道：「唐僧被大王夾生兒連夜吃了。」前前後後，都是這等說。行者著實心焦，行至金鑾殿前觀看，那裡邊有許多精靈，都戴著皮金帽子，穿著黃布直身，手拿著紅漆棍，腰掛著象牙牌，一往一來，不住的亂走。行者暗想道：「此必是穿宮的妖怪。就變做這個模樣，進去打聽打聽。」好大聖，果然變得一般無二，混入金門。正走處，只見八戒綁在殿前柱上哼哩。行者近前，叫聲：「悟能。」那呆子認得聲音，道：「師兄，你來了？救我一救！」行者道：「我救你。你可知師父在哪裡？」八戒道：「師父沒了。昨夜被妖精夾生兒吃了。」行者聞言，忽失聲淚似泉湧。八戒道：「哥哥莫哭；我也是聽得小妖亂講，未曾眼見。你休誤了，再去尋問尋問。」這行者卻才收淚，又往裡面找尋。忽見沙僧綁在後簷柱上，即近前摸著他胸脯子叫道：「悟淨。」沙僧也識得聲音，道：「師兄，你變化進來了？救我！救我！」行者道：「救你容易。你可知師父在那裡？」沙僧滴淚道：「哥啊！師父被妖精等不得蒸，就夾生兒吃了！」

大聖聽得兩個言語相同，心如刀攪，淚似水流，急縱身望空跳起，且不救八戒、沙僧，回至城東山上，按落雲頭，放聲大哭。叫道：「師父啊！

恨我欺天困網羅，師來救我脫沉痾。潛心篤志同參佛，努力修身共煉魔。
豈料今朝遭蜇害，不能保你上婆娑。西方勝境無緣到，氣散魂消怎奈何！」

行者淒淒慘慘的，自思自忖，以心問心道：「這都是我佛如來坐在那極樂之境，沒得事幹，弄了那三藏之經！若果有心勸善，理當送上東土，卻不是個萬古流傳？只是捨不得送去，卻教我等來取。怎知道苦歷千山，今朝到此喪命！罷！罷！罷！老孫且駕個筋斗雲，去見如來，備言前事。若肯把經與我送上東土，一則傳揚善果，二則了我等心願；若不肯與我，教他把《鬆箍兒咒》念念，褪下這個箍子，交還與他，老孫還歸本洞，稱王道寡，耍子兒去罷。」

好大聖，急翻身駕起筋斗雲，徑投天竺。那裡消一個時辰，早望見靈山不遠。須臾間，按落雲頭，直至鷲峰之下。忽抬頭，見四大金剛擋住道：「那裡走？」行者施禮道：「有事要見如來。」當頭又有昆侖山金霞嶺不壞尊王永住金剛喝道：「這潑猴甚是粗狂！前者大困牛魔，我等為汝努力，今日面見，全不為禮！有事且待先奉，奉召方行。這裡比南天門不同，教你進去出來，兩邊亂走！咄！還不靠開！」那大聖正是煩惱處，又遭此搶白，氣得哮吼如雷，忍不住大呼小叫，早驚動如來。

如來佛祖正端坐在九品寶蓮台上，與十八尊輪世的阿羅漢講經，即開口道：「孫悟空來了，汝等出去接待接待。」大眾阿羅，遵佛旨，兩路幢幡寶蓋，即出山門應聲道：「孫大聖，如來有旨相喚哩。」那山門口四大金剛卻才閃開路，讓行者前進。眾阿羅引至寶蓮台下，見如來倒身下拜，兩淚悲啼。如來道：「悟空，有何事這等悲啼？」行者道：「弟子屢蒙教訓之恩，托庇在佛爺爺之門下，自皈正果，保護唐僧，拜為師範，一路上苦不可言！今至獅駝山獅駝洞獅駝城，有三個毒魔，乃獅王、象王、大鵬，把我師父捉將去，連弟子一概遭迍，都捆在蒸籠裡，受湯火之災。幸弟子脫逃，喚龍王救免。是夜偷出師等，不料災星難脫，復又擒回。及至天明，入城打聽，叵耐那魔十分狠毒，萬樣驍勇，把師父連夜夾生吃了，如今骨肉無存。又況師弟悟能、悟淨，見綁在那廂，不久性命亦皆傾矣。弟子沒及奈何，特地到此參拜如來。望大慈悲，將《鬆箍咒兒》念念，褪下我這頭上箍兒，交還如來，放我弟子回花果山寬閒耍子去罷！」說未了，淚如泉湧，悲聲不絕。如來笑道：「悟空少得煩惱。那妖精神通廣大，你勝不得他，所以這等心痛。」行者跪在下面，捶著胸膛道：「不瞞如來說。弟子當年鬧天宮，稱大聖，自為人以來，不曾吃虧，今番卻遭這毒魔之手！」

如來聞言道：「你且休恨。那妖精我認得他。」行者猛然失聲道：「如來！我聽見人講說，那妖

第七十七回

群魔欺本性　一體拜真如

精與你有親哩。」如來道：「這個刁猢猻！怎麼個妖精與我有親？」行者笑道：「不與你有親，如何認得？」如來道：「我慧眼觀之，故此認得。那老怪與二怪有主。」叫：「阿儺、迦葉，來！你兩個分頭駕雲，去五台山、峨眉山宣文殊、普賢來見。」二尊者即奉旨而去。如來道：「這是老魔、二怪之主。但那三怪，說將起來，也是與我有些親處。」行者道：「親是父黨？母黨？」如來道：「自那混沌分時，天開於子，地辟於丑，人生於寅，天地再交合，萬物盡皆生。萬物有走獸飛禽。走獸以麒麟為之長，飛禽以鳳凰為之長。那鳳凰又得交合之氣，育生孔雀、大鵬。孔雀出世之時，最惡，能吃人，四十五里路，把人一口吸之。我在雪山頂上，修成丈六金身，早被他也把我吸下肚去。我欲從他便門而出，恐污真身，是我剖開他脊背，跨上靈山。欲傷他命，當被諸佛勸解：傷孔雀如傷我母。故此留他在靈山會上，封他做佛母孔雀大明王菩薩。大鵬與他是一母所生，故此有些親處。」行者聞言笑道：「如來，若這般比論，你還是妖精的外甥哩。」如來道：「那怪須是我去，方可收得。」行者叩頭，啟上如來：「千萬望挪玉一降！」

如來即下蓮台，同諸佛眾，徑出山門。又見阿儺、迦葉，引文殊、普賢來見。二菩薩對佛禮拜。如來道：「菩薩之獸，下山多少時了？」文殊道：「七日了。」如來道：「山中方七日，世上幾千年。不知在那廂傷了多少生靈，快隨我收他去。」二菩薩相隨左右，同眾飛空，只見那：

滿天縹緲瑞雲分，我佛慈悲降法門。明示開天生物理，細言辟地化身文。
面前五百阿羅漢，腦後三千揭諦神。迦葉阿儺隨左右，普文菩薩殄妖氛。

大聖有此人情，請得佛祖與眾前來，不多時，早望見城池。行者報道：「如來，那放黑氣的乃是獅駝國也。」如來道：「你先下去，到那城中與妖精交戰，許敗不許勝。敗上來，我自收他。」

大聖即按雲頭，徑至城上，腳踏著垛兒罵道：「潑孽畜！快出來與老孫交戰！」慌得那城樓上小妖急跳下城中報道：「大王，孫行者在城上叫戰哩。」老妖道：「這猴兒兩三日不來，今朝卻又叫戰，莫不是請了些救兵來耶？」三怪道：「怕他怎的！我們都去看來。」三個魔頭，各持兵器，趕上城來；見了行者，更不打話，舉兵器一齊亂刺。行者掄鐵棒掣手相迎。鬥經七八回合，行者佯輸而走。那妖王喊聲大振，叫道：「那裡走！」大聖筋斗一縱，跳上半空，三個精即駕雲來趕。行者將身一閃，藏在佛爺爺金光影裡，全然不見。只見那過去、未來、見在的三尊佛像與五百阿羅漢、三千揭諦神，布散左右，把那三個妖王圍住，水洩不通。老魔慌了手腳，叫道：「兄弟，不好了！那猴子真是個地裡鬼！那裡請得個主人公來也！」三魔道：「大哥休得悚懼。我們一齊上前，使槍刀搠倒如來，奪他那雷音寶剎！」這魔頭不識起倒（不知高低，不知深淺），真個舉刀上前亂砍。卻被文殊、普賢，念動真言，喝道：「這孽畜還不皈正，更待怎生！」唬得老怪、二怪，不敢撐持，丟了兵器，打個滾，現了本相。二菩薩將蓮花台拋在那怪的脊背上，飛身跨坐，二怪遂泯耳（抿耳，耳朵貼到頭上，表示馴服）皈依。

二菩薩既收了青獅、白象，只有那第三個妖魔不伏。騰開翅，丟了方天戟，扶搖直上，掄利爪要刁捉猴王。原來大聖藏在光中，他怎敢近，如來情知此意，即閃金光，把那鵲巢貫頂之頭，迎風一幌，變做鮮紅的一塊血肉。妖精掄利爪刁他一下，被佛爺把手往上一指，那妖翅膊上就了筋，飛不去，只在佛頂上，不能遠遁，現了本相，乃是一個大鵬金翅雕。即開口對佛應聲叫道：「如來，你怎麼使大法力困住我也？」如來道：「你在此處多生孽障，跟我去，有進益之功。」妖精道：「你那裡持齋把素，極貧極苦；我這裡吃人肉，受用無窮；你若餓壞了我，你有罪愆。」如來道：「我管四大部洲，無數眾生瞻仰，凡做好事，我教他先祭汝口。」那大鵬欲脫難脫，要走怎走，是以沒奈何，只得皈依。

行者方才轉出，向如來叩頭道：「佛爺，你今收了妖精，除了大害，只是沒了我師父也。」大鵬咬著牙恨道：「潑猴頭！尋這等狠人困我！你那老和尚幾曾吃他？如今在那錦香亭鐵櫃裡不是？」行者聞言，忙叩頭謝了佛祖。

佛祖不敢鬆放了大鵬，也只教他在光焰上做個護法，引眾回雲，徑歸寶剎。

行者卻按落雲頭，直入城裡。那城裡一個小妖兒也沒有了。正是「蛇無頭而不行，鳥無翅而不飛。」他見佛祖收了妖王，各自逃生而去。行者才解救了八戒、沙僧，尋著行李、馬匹，與他二人說：「師父不曾吃。都跟我來。」引他兩個徑入內院，找著錦香亭，打開門看，內有一個鐵櫃，只聽得三藏有啼哭之聲。沙僧使降妖杖打開鐵鎖，揭開櫃蓋，叫聲「師父。」三藏見了，放聲大哭道：「徒弟啊！怎生降得妖魔？如何得到此尋著我也？」行者把上項事，從頭至尾，細陳了一遍。三藏感謝不盡。師徒們在那宮殿裡尋了些米糧，安排些茶飯，飽吃一餐，收拾出城，找大路投西而去。

正是：真經必得真人取，意嚷心勞總是虛。畢竟這一去，不知幾時得面如來，且聽下回分解。

第七十八回

比丘憐子遣陰神　金殿識魔談道德

一念才生動百魔，修持最苦奈他何。但憑洗滌無塵垢，也用收拴有琢磨。
掃退萬緣歸寂滅，蕩除千怪莫蹉跎。管教跳出樊籠套，行滿飛升上大羅。

話說孫大聖用盡心機，請如來收了眾怪，解脫三藏師徒之難，離獅駝城西行。又經數月，早值冬天。但見那：

嶺梅將破玉，池水漸成冰。紅葉俱飄落，青松色更新。
淡雲飛欲雪，枯草伏山平。滿目寒光迥，陰陰透骨冷。

師徒們衝寒冒冷，宿雨餐風。正行間，又見一座城池。三藏問道：「悟空，那廂又是甚麼所在？」行者道：「到跟前自知。若是西邸王位，須要倒換關文；若是府州縣，徑過。」師徒言語未

第七十八回

比丘憐子遣陰神　金殿識魔談道德

畢，早至城門之外。

三藏下馬，一行四眾，進了月城。見一個老軍，在向陽牆下，偎風而睡。行者近前，搖他一下，叫聲：「長官。」那老軍猛然驚覺，麻麻糊糊的睜開眼，看見行者，連忙跪下磕頭，叫：「爺爺！」行者道：「你休胡驚作怪。我又不是甚麼惡神，你叫『爺爺』怎的！」老軍磕頭道：「你是雷公爺爺？」行者道：「胡說！吾乃東土去西天取經的僧人。適才到此，不知地名，問你一聲的。」那老軍聞言，卻才正了心，打個呵欠，爬起來，伸伸腰道：「長老，長老，恕小人之罪。此處地方，原喚比丘國，今改作小子城。」行者道：「國中有帝王否？」老軍道：「有！有！有！」行者卻轉身對唐僧道：「師父，此處原是比丘國，今改小子城。但不知改名之意何故也。」唐僧疑惑道：「既云比丘，又何云小子？」八戒道：「想是比丘王崩了，新立王位的是個小子，故名小子城。」唐僧道：「無此理！無此理！我們且進去，到街坊上再問。」沙僧道：「正是。那老軍一則不知，二則被大哥唬得胡說。且入城去詢問。」

又入三層門裡，到通衢大市觀看，倒也衣冠濟楚，人物清秀。但見那：

酒樓歌館語聲喧，彩鋪茶房高掛簾。萬戶千門生意好，六街三市廣財源。
買金販錦人如蟻，奪利爭名只為錢。禮貌莊嚴風景盛，河清海晏太平年。

師徒四眾牽著馬，挑著擔，在街市上行彀多時，看不盡繁華氣概。但只見家家門口一個鵝籠。三藏道：「徒弟啊，此處人家，都將鵝籠放在門首，何也？」八戒聽說，左右觀之，果是鵝籠，排列五色彩緞遮幔。呆子笑道：「師父，今日想是黃道良辰，宜結婚姻會友。都行禮哩。」行者道：「胡談！那裡就家家都行禮！其間必有緣故。等我上前看看。」三藏扯住道：「你莫去。你嘴臉醜陋，怕人怪你。」行者道：「我變化個兒去來。」

好大聖，捻著訣，念聲咒語，搖身一變，變作一個蜜蜂兒，展開翅，飛近邊前，鑽出幔裡觀看。原來裡面坐的是個小孩兒。再去第二家籠裡看，也是個小孩兒。連看八九家，都是個小孩兒。卻是男身，更無女子。有的坐在籠中頑耍，有的坐在裡邊啼哭；有的吃果子，有的或睡坐。行者看罷，現原身，回報唐僧道：「那籠裡是些小孩子，大者不滿七歲，小者只有五歲，不知何故。」三藏見說，疑思不定。

忽轉街見一衙門，乃金亭館驛。長老喜道：「徒弟，我們且進這驛裡去。一則問他地方，二則撒和馬匹，三則天晚投宿。」沙僧道：「正是，正是，快進去耶。」四眾欣然而入。只見那在官人果報與驛丞。接入門，各各相見。敘坐定，驛丞問：「長老自何方來？」三藏言：「貧僧東土大唐差往西天取經者。今到貴處，有關文理當照驗，權借高衙一歇。」驛丞即命看茶。茶畢，即辦支應（供應的食物），命當直的安排管待。三藏稱謝。又問：「今日可得入朝見駕，照驗關文？」驛丞道：「今晚不能，須待明日早朝。今晚且於敝衙門寬住一宵。」

少頃，安排停當，驛丞即請四眾，同吃了齋供。又教手下人打掃客房安歇。三藏感謝不盡。既坐下，長老道：「貧僧有一件不明之事請教，煩為指示。貴處養孩兒，不知怎生看待。」驛丞道：「『天無二日，人無二理。』養育孩童，父精母血，懷胎十月，待時而生；生下乳哺三年，漸成體相。豈有不知之理！」三藏道：「據尊言與敝邦無異；但貧僧進城時，見街坊人家，各設一鵝籠，都藏小兒在內。此事不明，故敢動問。」驛丞附耳低言道：「長老莫管他，莫問他，也莫理他，說他。請安置，明早走路。」長老聞言，一把扯住驛丞，定要問個明白。驛丞搖頭搖指，只叫：「謹言！」三藏一發不放，執死定要問個詳細。驛丞無奈，只得屏去一應在官人等。獨在燈光之下，悄悄而言道：「適所問鵝籠之事，乃是當今國主無道之事。你只管問他怎的！」三藏道：「何為無道？必見教明白，我方得放心。」

驛丞道：「此國原是比丘國，近有民謠，改作小子城。三年前，有一老人，打扮做道人模樣，攜一小女子，年方一十六歲，其女形容嬌俊，貌若觀音。進貢與當今；陛下愛其色美，寵幸在宮，號為美后。近來把三宮娘娘，六院妃子，全無正眼相覷，不分晝夜，貪歡不已。如今弄得精神瘦倦，身體尪羸，飲食少進，命在須臾。太醫院檢盡良方，不能療治。那進女子的道人，受我主誥封，稱為國丈。國丈有海外秘方，甚能延壽。前者去十洲、三島，採將藥來，俱已完備。但只是藥引子利害：單用著一千一百一十一個小兒的心肝，煎湯服藥。服後有千年不老之功。這些鵝籠裡的小兒，俱是選就的，養在裡面。人家父母，懼怕王法，俱不敢啼哭，遂傳播謠言，叫做小兒城。此非無道而何？長老明早到朝，只去倒換關文，不得言及此事。」言畢，抽身而退。

唬得個長老骨軟筋麻，止不住腮邊淚墮，忽失聲叫道：「昏君，昏君！為你貪歡愛美，弄出病來，怎麼屈傷這許多小兒性命！苦哉！苦哉！痛殺我也！」有詩為證。詩曰：

邪主無知失正真，貪歡不省暗傷身。因求永壽戕童命，為解天災殺小民。
僧發慈悲難割捨，官言利害不堪聞。燈前灑淚長籲嘆，痛倒參禪向佛人。

八戒近前道：「師父，你是怎的起哩？『專把別人棺材抬在自家家裡哭』！不要煩惱！常言道：『君教臣死，臣不死不忠；父教子亡，子不亡不孝。』他傷的是他的子民，與你何干！且來寬衣服睡覺，『莫替古人耽憂』。」三藏滴淚道：「徒弟啊，你是一個不慈憫的！我出家人，積功累行，第一要行方便。怎麼這昏君一味胡行！從來也不見吃人心肝，可以延壽。這都是無道之事，教我怎不傷悲！」沙僧道：「師父且莫傷悲。等明早倒換關文，覿面與國王講過。如若不從，看他是怎麼模樣的一個國丈。或恐那國丈是個妖精，欲吃人的心肝，故設此法，未可知也。」

行者道：「悟淨說得有理。師父，你且睡覺，明日等老孫同你進朝，看國丈的好歹。如若是人，只恐他走了旁門，不知正道，徒以採藥為真，待老孫將先天之要旨，化他皈正；若是妖邪，我把他拿住，與這國王看看，教他寬欲養身，斷不教他傷了那些孩童性命。」三藏聞言，急躬身，反對行者施禮道：「徒弟啊，此論極妙！極妙！但只是見了昏君，不可便問此事，恐那昏君不分遠近，並作謠言見罪，卻怎生區處！」行者笑道：「老孫自有法力。如今先將鵝籠小兒攝離此城，教他明日無物取心。地方官自然奏表。那昏君必有旨意，或與國丈商量，或者另行選報。那時節，借此舉奏，決不致罪坐於我也。」三藏甚喜。又道：「如今怎得小兒離城？若果能脫得，真賢徒天大之德！可速為之，略遲緩些，恐無及也。」行者抖擻神威，即起身，吩咐八戒、沙僧：「同師父坐著，等我施為，你看但有陰風刮動，就是小兒出城了。」他三人一齊俱念：「南無救生藥師佛！南無救生藥師佛！」

這大聖出得門外，打個唿哨，起在半空，捻了訣，念動真言，叫聲「唵淨法界」，拘得那城隍、土地、社令、真官，並五方揭諦、四值功曹、六丁六甲與護教伽藍等眾，都到空中，對他施禮道：「大聖，夜喚吾等，有何急事？」

行者道：「今因路過比丘國，那國王無道，聽信妖邪，要取小兒心肝做藥引子，指望長生。我師父十分不忍，欲要救生滅怪，故老孫特請列位，各使神通，與我把這城中各街坊人家鵝籠裡的小兒，連籠都攝出城外山凹中，或樹林深處，收藏一二日，與他些果子食用，不得餓損；再暗的護持，不得使他驚恐啼哭。待我除了邪，治了國，勸正君王，臨行時，送來還我。」眾神聽令。即便各使神通，按下雲頭。滿城中陰風滾滾，慘霧漫漫：

陰風刮暗一天星，慘霧遮昏千里月。起初時，還蕩蕩悠悠；次後來，就轟轟烈烈。悠悠蕩蕩，各尋門戶救孩童；烈烈轟轟，都看鵝籠援骨血。冷氣侵人怎出頭，寒威透體衣如鐵。父母徒張皇，兄嫂皆悲切。滿地捲陰風，籠兒被神攝。此夜縱孤恓，天明盡歡悅。

有詩為證。詩曰：

釋門慈憫古來多，正善成功說摩訶。萬聖千真皆積德，三皈五戒要從和。
比丘一國非君亂，小子千名是命訛。行者因師同救護，這場陰騭勝波羅。

當夜有三更時分，眾神祇把鵝籠攝去各處安藏。

行者按下祥光，徑至驛庭上。只聽得他三人還念「南無救生藥師佛」哩。他也心中暗喜。近前叫：「師父，我來也。陰風之起何如？」八戒道：「好陰風！」三藏道：「救兒之事，卻怎麼說？」

行者道：「已一一救他出去，待我們起身時送還。」長老謝了又謝，方才就寢。

至天曉，三藏醒來，遂結束齊備道：「悟空，我趁早朝，倒換關文去也。」行者道：「師父，你自家去，恐不濟事；待老孫和你同去，看那國丈邪正如何。」三藏道：「你去卻不肯行禮，恐國王見怪。」行者道：「我不現身，暗中跟隨你，就當保護。」三藏甚喜，吩咐八戒、沙僧看守行李、馬匹。卻才舉步，這驛丞又來相見。看這長老打扮起來，比昨日又甚不同。但見他：

身上穿一領錦襴異寶佛袈裟，頭戴金頂毗盧帽。九環錫杖手中拿，胸藏一點神光妙。通關文牒緊隨身，包裹袋中纏錦套。行似阿羅（即阿羅漢。羅漢，佛教指無嗜欲、無煩惱的高僧）降世間，誠如活佛真容貌。

那驛丞相見禮畢，附耳低言，只教莫管閒事。三藏點頭應聲。大聖閃在門旁，念個咒語，搖身一變，變做個蟭蟟蟲兒，嚶的一聲，飛在三藏帽兒上。出了館驛，徑奔朝中。

及到朝門外，見有黃門官，即施禮道：「貧僧乃東土大唐差往西天取經者。今到貴地，理當倒換關文。意欲見駕，伏乞轉奏轉奏。」

那黃門官果為傳奏。國王喜道：「遠來之僧，必有道行。」教請進來。黃門官復奉旨，將長老請入。長老階下朝見畢，復請上殿賜坐。長老又謝恩坐了。只見那國王相貌尩羸，精神倦怠；舉手處，揖讓差池；開言時，聲音斷續。長老將文牒獻上，那國王眼目昏朦，看了又看，方才取寶印用了花押，遞與長老。長老收訖。

那國王正要問取經原因，只聽得當駕官奏道：「國丈爺爺來矣。」那國王即扶著近侍小宦，掙下龍床，躬身迎接。慌得那長老急起身，側立於旁。回頭觀看，原來是一個老道者，自玉階前，搖搖擺擺而進。但見他：

頭上戴一頂淡鵝黃九錫雲錦紗巾，身上穿一領箸頂梅沉香綿絲鶴氅。腰間繫一條紉藍三股攢絨帶，足下踏一對麻經葛緯雲頭履。手中拄一根九節枯藤盤龍拐杖，胸前掛一個描龍刺鳳團花錦囊。玉面多光潤，蒼髯頷下飄。金睛飛火焰，長目過眉梢。行動雲隨步，逍遙香霧繞。階下眾官都拱接，齊呼國丈進王朝。

那國丈到寶殿前，更不行禮，昂昂烈烈，徑到殿上。國王欠身道：「國丈仙蹤，今喜早降。」就請左手繡墩上坐。三藏起一步，躬身施禮道：「國丈大人，貧僧問訊了。」那國丈端然高坐，亦不回禮。轉面向國王道：「僧家何來？」國王道：「東土唐朝差上西天取經者。今來倒驗關文。」國丈笑道：「西方之路，黑漫漫有甚好處！」三藏道：「自古西方乃極樂之勝境，如何不好？」那國王問道：「朕聞上古有云：『僧是佛家弟子。』端的不知為僧可能不死，向佛可能長生？」三藏聞言，急合掌應道：

「為僧者，萬緣都罷；了性者，諸法皆空。大智閒閒，澹泊在不生之內；真機默默，逍遙於寂滅之中。三界空而百端治，六根淨而千種窮。若乃堅誠知覺，須當識心：心淨則孤明獨照，心存則萬境皆清。真容無欠亦無余，生前可見；幻相有形終有壞，分外何求？行功打坐，乃為入定之原；布惠施恩，誠是修行之本。大巧若拙，還知事事無為；善計非籌，必須頭頭放下。但使一心不動，萬行自全；若云採陰補陽，誠為謬語，服餌長壽，實乃虛詞。只要塵塵緣總棄，物物色皆空。素素純純寡愛欲，自然享壽永無窮。」

那國丈聞言，付之一笑。用手指定唐僧道：「呵！呵！呵！你這和尚滿口胡柴！寂滅門中，須云認性；你不知那性從何而滅！枯坐參禪，盡是些盲修瞎煉。俗語云：『坐，坐，坐！你的屁股破！火熬煎，反成禍。』更不知我這：

修仙者，骨之堅秀；達道者，神之最靈。攜簞瓢而入山訪友，採百藥而臨世濟人。摘仙花以砌笠，折香蕙以鋪茵。歌之鼓掌，舞罷眠雲。闡道法，揚太上之正教；施符水，除人世之妖氛。奪天地之秀氣，採日月之華精。運陰陽而丹結，按水火而胎凝。二八陰消兮，若恍若惚；三九陽長兮，如杳如冥。應四時而採取藥物，養九轉（道家煉丹術語，把水銀、丹沙等循環燒煉，每一個循環為一轉，以九轉丹為貴）而修煉丹成。跨青鸞，升紫府；騎白鶴，上瑤京。參滿天之華采，表妙道之殷勤。比你那靜禪釋教，寂滅陰神，涅槃遺臭殼，又不脫凡塵！三教之中無上品，古來惟道獨稱尊！」

那國王聽說，十分歡喜。滿朝官都喝采道：「好個『惟道獨稱尊』！『惟道獨稱尊！』」長老見人都贊他，不勝羞愧。國王又叫光祿寺安排素齋，待那遠來之僧出城西去。

三藏謝恩而退。才下殿，往外正走，行者飛下帽頂兒，來在耳邊叫道：「師父，這國丈是個妖邪。國王受了妖氣。你先去驛中等齋，待老孫在這裡聽他消息。」三藏知會了，獨出朝門不題。

看那行者，一翅飛在金鑾殿翡翠屏中釘下，只見那班部中閃出五城兵馬官，奏道：「我主，今夜一陣冷風，將各坊各家鵝籠裡小兒，連籠都刮去了，更無蹤跡。」國王聞奏，又驚又惱，對國丈道：「此事乃天滅朕也！連月病重，御醫無效，幸國丈賜仙方，專待今日午時開刀，取此小兒心肝作引，何期被冷風刮去。非天欲滅朕而何？」國丈笑道：「陛下且休煩惱。此兒刮去，正是天送長生與陛下也。」國王道：「見把籠中之兒刮去，何以返說天送長生？」國丈道：「我才入朝來，見了一個絕妙的藥引，強似那一千一百一十一個小兒之心。那小兒之心，只延得陛下千年之壽；此引子，吃了我的仙藥，就可延萬萬年也。」

國王漠然不知是何藥引，請問再三，國丈才說：「那東土差去取經的和尚，我觀他器宇清淨，容顏齊整，乃是個十世修行的真體，自幼為僧，元陽未洩。比那小兒更強萬倍。若得他的心肝煎湯，服我的仙藥，足保萬年之壽。」那昏君聞言，十分聽信。對國丈道：「何不早說？若果如此有效，適才留住，不放他去了。」國丈道：「此何難哉！適才吩咐光祿寺辦齋待他，他必吃了齋，方才出城。如今急傳旨，將各門緊閉；點兵圍了金亭館驛，將那和尚拿來，必以禮求其心。如果相從，即時剖而取出，遂御葬其屍，還與他立廟享祭；如若不從，就與他個武不善作，即時捆住，剖開取之。有何難事！」

那昏君如其言，即傳旨，把各門閉了。又差羽林衛大小官軍，圍住館驛。

行者聽得這個消息，一翅飛奔館驛，現了本相，對唐僧道：「師父，禍事了！禍事了！」那三藏才與八戒、沙僧領御齋，忽聞此言，唬得三屍神散，七竅煙生，倒在塵埃，渾身是汗，眼不定睛，口不能言。慌得沙僧上前攙住，只叫：「師父蘇醒！師父蘇醒！」八戒道：「有甚禍事？有甚禍事？你慢些兒說便也罷，卻唬得師父如此！」行者道：「自師父出朝，老孫回視，那國丈是個妖精。少頃，有五城兵馬來奏冷風刮去小兒之事。國王方惱，他卻轉教喜歡，道：『這是天送長生與你。』要取師父的心肝做藥引，可延萬年之壽。那昏君聽信誣言，所以點精兵來圍館驛，差錦衣官來請師父求心也。」八戒笑道：「行的好慈憫！救的好小兒！刮的好陰風！今番卻撞出禍來了！」

三藏戰兢兢的，爬起來，扯著行者，哀告道：「賢徒啊！此事如何是好？」行者道：「若要好，大做小。」沙僧道：「怎麼叫做『大做小』？」行者道：「若要全命，師作徒，徒作師，方可保全。」三藏道：「你若救得我命，情願與你做徒子、徒孫也。」行者道：「既如此，不必遲疑。」教：「八戒，快和些泥來。」

那呆子即使釘鈀，築了些土。又不敢外面去取水，後就擄起衣服撒溺，和了一團臊泥，遞與行者。行者沒奈何，將泥撲作一片，往自家臉上一安，做下個猴相的臉子，叫唐僧站起休動，再莫言語，貼在唐僧臉上，念動真言，吹口仙氣，叫「變！」那長老即變做個行者模樣；脫了他的衣服，以行者的衣服穿上。

行者卻將師父的衣服穿了，捻著訣，念個咒語，搖身變作唐僧的嘴臉。八戒、沙僧也難識認。

正當合心裝扮停當，只聽得鑼鼓齊鳴，又見那槍刀簇擁。原來是羽林衛官，領三千兵把館驛圍了。又見一個錦衣官走進驛庭問道：「東土唐朝長老在那裡？」慌得那驛丞戰兢兢的跪下，指道：

「在下面客房裡。」錦衣官即至客房裡道：「唐長老，我王有請。」八戒、沙僧，左右護持「假行者」。只見「假唐僧」出門施禮道：「錦衣大人，陛下召貧僧，有何話說？」錦衣官上前一把扯住道：「我與你進朝去。想必有取用也。」

咦！這正是：妖誣勝慈善，慈善反招凶。畢竟不知此去端的性命何如，且聽下回分解。

第七十九回

尋洞擒妖逢老壽　當朝正主救嬰兒

卻說那錦衣官把「假唐僧」扯出館驛，與羽林軍圍圍繞繞，直至朝門外，對黃門官言：「我等已請唐僧到此，煩為轉奏。」黃門官急進朝，依言奏上昏君，遂請進去。眾官都在階下跪拜，惟「假唐僧」挺立階心，口中高叫：「比丘王，請我貧僧何說？」君王笑道：「朕得一疾，纏綿日久不愈。幸國丈賜得一方，藥餌俱已完備，只少一味引子。特請長老，求些藥引。若得病愈，與長老修建祠堂，四時奉祭，永為傳國之香火。」

「假唐僧」道：「我乃出家人，只身在此，不知陛下問國丈要甚東西作引。」昏君道：「特求長老的心肝。」「假唐僧」道：「不瞞陛下說。心便有幾個兒，不知要的甚麼色樣。」那國丈在旁指定道：「那和尚，要你的黑心。」「假唐僧」道：「既如此，快取刀來，剖開胸腹。若有黑心，謹當奉命。」那昏君歡喜相謝，即著當駕官取一把牛耳短刀，遞與假僧。假僧接刀在手，解開衣服，忝起胸膛，將左手抹腹，右手持刀，唿喇的響一聲，把腹皮剖開，那裡頭就骨都都的滾出一堆心來。唬得文官失色，武將身麻。

國丈在殿上見了道：「這是個多心的和尚！」假僧將那些心，血淋淋的，一個個撿開與眾觀看，卻都是些紅心、白心、黃心、慳貪心、利名心、嫉妒心、計較心、好勝心、望高心、侮慢心、殺害心、狠毒心、恐怖心、謹慎心、邪妄心、無名隱暗之心、種種不善之心，更無一個黑心。那昏君唬得呆呆掙掙，口不能言，戰兢兢的教：「收了去！收了去！」

那「假唐僧」忍耐不住，收了法，現出本相。對昏君道：「陛下全無眼力！我和尚家都是一片好心，惟你這國丈是個黑心，好做藥引。你不信，等我替你取他的出來看看。」

那國丈聽見，急睜睛仔細觀看。見那和尚變了面皮，不是那般模樣。咦！

認得當年孫大聖，五百年前舊有名。

卻抽身，騰雲就起。被行者翻筋斗，跳在空中喝道：「那裡走！吃吾一棒！」那國丈即使蟠龍拐杖來迎。他兩個在半空中這場好殺：

如意棒，蟠龍拐，虛空一片雲靉靉。原來國丈是妖精，故將怪女稱嬌色。國主貪歡病染身，妖邪要把兒童宰。相逢大聖顯神通，捉怪救人將難解。鐵棒當頭著實凶，拐棍迎來堪喝采。殺得那滿天霧氣暗城池，城裡人家都失色。文武多官魂魄飛，嬪妃繡女容顏改。唬得那比丘昏主亂身藏，戰戰兢兢沒布擺。棒起猶如虎出山，拐掄卻似龍離海。今番大鬧比丘城，致令邪正分明白。

那妖精與行者苦戰二十餘合，蟠龍拐抵不住金箍棒，虛幌了一拐，將身化作一道寒光，落入皇宮內院，把進貢的妖后帶出宮門，並化寒光，不知去向。

大聖按落雲頭，到了宮殿下。對多官道：「你們的好國丈啊！」多官一齊禮拜，感謝神僧。行者道：「且休拜，且去看你那昏主何在。」多官道：「我主見爭戰時，驚恐潛藏，不知向那座宮中去也。」行者即命：「快尋！莫被美后拐去！」多官聽言，不分內外，同行者先奔美后宮，漠然無蹤，連美后也通不見了。正宮、東宮、西宮、六院，概眾后妃，都來拜謝大聖。大聖道：「且請起，不到謝處哩。且去尋你主公。」少時，見四五個太監，攙著那昏君自謹身殿後面而來。眾臣俯伏在地，齊聲啟奏道：「主公！主公！感得神僧到此，辨明真假。那國丈乃是個妖邪，連美后亦不見矣。」

國王聞言，即請行者出皇宮，到寶殿，拜謝了道：「長老，你早間來的模樣，那般俊偉，這時如何就改了形容？」行者笑道：「不瞞陛下說。早間來者，是我師父，乃唐朝御弟三藏。我是他徒弟孫悟空。還有兩個師弟，——豬悟能、沙悟淨，見在金亭館驛。因知你信了妖言，要取我師父心肝做藥引，是老孫變作師父模樣，特來此降妖也。」

那國王聞說，即傳旨著閣下太宰快去驛中請師眾來朝。

那三藏聽見行者現了相，在空中降妖，嚇得魂飛魄散。幸有八戒、沙僧護持。他又臉上戴著一片子臊泥，正悶悶不快，只聽得人叫道：「法師，我等乃比丘國王差來的閣下太宰，特請入朝謝恩也。」八戒笑道：「師父，莫怕！莫怕！這不是又請你取心，想是師兄得勝，請你酬謝哩。」三藏道：「雖是得勝來請，但我這個臊臉，怎麼見人？」八戒道：「沒奈何，我們且去見了師兄，自有解釋。」真個那長老無計，只得扶著八戒、沙僧挑著擔，牽著馬，同去驛庭之上。那太宰見了，害怕道：「爺爺呀！這都相似妖頭怪腦之類！」沙僧道：「朝士休怪醜陋。我等乃是生成的遺體。若我師父，來見了我師兄，他就俊了。」

他三人與眾來朝，不待宣召，直至殿下。行者看見，即轉身下殿，迎著面，把師父的泥臉子抓下，吹口仙氣，叫「正！」那唐僧即時復了原身，精神愈覺爽利。國王下殿親迎，口稱：「法師老佛。」師徒們將馬拴住，都上殿來相見。行者道：「陛下可知那怪來自何方？等老孫去與你一並擒來，剪除後患。」

三宮六院，諸嬪群妃，都在那翡翠屏後；聽見行者說剪除後患，也不避內外男女之嫌，一齊出來拜告道：「萬望神僧老佛大施法力，斬草除根，把他剪除盡絕，誠為莫大之恩，自當重報！」行者忙忙答禮，只教國王說他住居。

國王含羞告道：「三年前他到時，朕曾問他。他說離城不遠，只在向南去七十里路，有一座柳林坡清華莊上。國丈年老無兒，止後妻生一女，年方十六，不曾配人，願進與朕。朕因那女貌娉婷，遂納了，寵幸在宮。不期得疾，太醫屢藥無功。他說我有仙方，止用小兒心煎湯為引。是朕不才，輕信其言，遂選民間小兒，選定今日午時開刀取心。不料神僧下降，恰恰又遇籠兒都不見了。他就說神僧十世修真，元陽未洩，得其心，比小兒心更加萬倍。一時誤犯，不知神僧識透妖魔。敢望廣施大法，剪其後患，朕以傾國之資酬謝！」

行者笑道：「實不相瞞。籠中小兒，是我師慈悲，著我藏了。你且休題甚麼資財相謝，待我捉了妖怪，是我的功行。」叫：「八戒，跟我去來。」八戒道：「謹依兄命。但只是腹中空虛，不好著力。」國王即傳旨教：「光祿寺快辦齋供。」不一時，齋到。八戒盡飽一餐，抖擻精神，隨行者駕雲而起。唬得那國王、妃后，並文武多官，一個個朝空禮拜。都道：「是真仙真佛降臨凡也！」那大聖攜著八戒，徑到南方七十里之地，住下風雲，找尋妖處。但只見一股清溪，兩邊夾岸，岸上有千千萬萬的楊柳，更不知清華莊在於何處。正是那：

萬頃野田觀不盡，千堤煙柳隱無蹤。

孫大聖尋覓不著，即捻訣，念一聲「唵」字真言，拘出一個當方土地，戰兢兢近前跪下叫道：「大聖，柳林坡土地叩頭。」行者道：「你休怕，我不打你。我問你：柳林坡有個清華莊，在於何方？」土地道：「此間有個清華洞，不曾有個清華莊。小神知道了，大聖想是自比丘國來的？」行者道：「正是，正是。比丘國王被一個妖精哄了。是老孫到那廂，識得是妖怪，當時戰退那怪，化一道寒光，不知去向。及問比丘王，他說三年前進美女時，曾問其由，怪言居住城南七十里柳林坡清華莊。適尋到此，只見林坡，不見清華莊，是以問你。」

土地叩頭道：「望大聖恕罪。比丘王亦我地之主也，小神理當鑑察；奈何妖精神威法大，如我洩漏他事，就來欺凌，故此未獲。大聖今來，只去那南岸九叉頭一顆楊樹根下，左轉三轉，右轉三轉，用兩手齊撲樹上，連叫三聲『開門』，即現清華洞府。」

大聖聞言，即令土地回去，與八戒跳過溪來，尋那顆楊樹。果然有九條叉枝，總在一顆根上。行者吩咐八戒：「你且遠遠的站定，待我叫開門，尋著那怪，趕將出來，你卻接應。」八戒聞命，即離樹有半裡遠近立下。這大聖依土地之言，繞樹根，左轉三轉，右轉三轉，雙手齊撲其樹，叫：「開門！開門！」霎時間，一聲響亮，唿喇喇的門開兩扇，更不見樹的蹤跡。那裡邊光明霞采，亦無人煙。行者趁神威，撞將進去，但見那裡好個去處：

煙霞幌亮，日月偷明。白雲常出洞，翠蘚亂漫庭。一徑奇花爭豔麗，遍階瑤草鬥芳榮。溫暖氣，景常春，渾如閬苑，不亞蓬瀛。滑凳攀長蔓，平橋掛亂藤。蜂銜紅蕊來岩窟，蝶戲幽蘭過石屏。

行者急拽步，行近前邊細看。見石屏上有四個大字：「清華仙府」。他忍不住，跳過石屏看處，只見那老怪懷中摟著個美女，喘噓噓的，正講比丘國事，齊聲叫道：「好機會來！三年事，今日得完，被那猴頭破了！」

行者跑近身，掣棒高叫道：「我把你這伙毛團！甚麼『好機會』！吃吾一棒！」那老怪丟放美人，掄起蟠龍拐，急架相迎。他兩個在洞前，這場好殺，比前又甚不同：

棒舉迸金光，拐掄凶氣發。那怪道：「你無知敢進我門來！」行者道：「我有意降邪怪！」那怪道：「我戀國主你無干，怎的欺心來展抹？」行者道：「僧修政教本慈悲，不忍兒童活見殺。」語去言來各恨仇，棒迎拐架當心扎。促損琪花為顧生，踢破翠苔因把滑。只殺得那洞中霞采欠光明，岩上芳菲俱掩壓。乒乓驚得鳥難飛，吆喝嚇得美人散。只存老怪與猴王，呼呼捲地狂風刮。看看殺出洞門來，又撞悟能呆性發。

原來八戒在外邊，聽見他們裡面嚷鬧，激得他心癢難撓，掣釘鈀，把一棵九叉楊樹刨倒；使鈀築了幾下，築得那鮮血直冒，嚶嚶的似乎有聲。他道：「這棵樹成了精也！這棵樹成了精也！」按在地下，又正築處，只見行者引怪出來。那呆子不打話，趕上前，舉鈀就築。那老怪戰行者已是難敵，見八戒鈀來，愈覺心慌，敗了陣，將身一幌，化道寒光，徑投東走。他兩個決不放鬆，向東趕來。

正當喊殺之際，又聞得鸞鶴聲鳴，祥光縹緲。舉目視之，乃南極老人星也。那老人把寒光罩住。叫道：「大聖慢來，天蓬休趕。老道在此施禮哩。」行者即答禮道：「壽星兄弟，那裡來？」八戒笑道：「肉頭老兒，罩住寒光，必定捉住妖怪了。」壽星陪笑道：「在這裡，在這裡。望二公饒他命罷。」行者道：「老怪不與老弟相干，為何來說人情？」壽星笑道：「他是我的一副腳力，不意走將來，成此妖怪。」行者道：「既是老弟之物，只教他現出本相來看看。」

壽星聞言，即把寒光放出，喝道：「孽畜！快現本相，饒你死罪！」那怪打個轉身，原來是隻白鹿。壽星拿起拐杖道：「這孽畜！連我的拐棒也偷來也！」那隻鹿俯伏在地，口不能言，只管叩頭滴淚。但見他：

一身如玉簡斑斑，兩角參差七汊彎。幾度飢時尋藥圃，有朝渴處飲雲潺。
年深學得飛騰法，日久修成變化顏。今見主人呼喚處，現身玟耳伏塵寰。

壽星謝了行者，就跨鹿而行。被行者一把扯住道：「老弟，且慢走。還有兩件事未完哩。」壽星道：「還有甚麼未完之事？」行者道：「還有美人未獲，不知是個甚麼怪物；還又要同到比丘城見那昏君，現相回旨也。」壽星道：「既這等說，我且寧耐。你與天蓬下洞擒捉那美人來，同去現相可也。」行者道：「老弟略等等兒，我們去了就來。」

那八戒抖擻精神，隨行者徑入清華仙府，吶聲喊，叫：「拿妖精！拿妖精！」那美人戰戰兢兢，正自難逃，又聽得喊聲大振，即轉石屏之內，又沒個後門出頭；被八戒喝聲：「那裡走！我把你這個哄漢子的臊精！看鈀！」

那美人手中又無兵器，不能迎敵，將身一閃，化道寒光，往外就走；被大聖抵住寒光，乒乓一棒，那怪立不住腳，倒在塵埃，現了本相，原來是一個白面狐狸。呆子忍不住手，舉鈀照頭一築，可憐把那個傾城傾國千般笑，化作毛團狐狸形！行者叫道：「莫打爛他，且留他此身去見昏君。」那呆子不嫌穢污，一把揪住尾子，拖拖扯扯，跟隨行者出得門來。只見那壽星老兒手摸著鹿頭罵道：「好孽畜啊！你怎麼背主逃去，在此成精！若不是我來，孫大聖定打死你了。」行者跳出來道：「老弟說甚麼？」壽星道：「我囑鹿哩！我囑鹿哩！」

八戒將個死狐狸摜在鹿的面前道：「這可是你的女兒麼？」那鹿點頭幌腦，伸著嘴，聞他幾聞，呦呦發聲，似有眷戀不捨之意。被壽星劈頭撲了一掌道：「孽畜！你得命足矣，又聞他怎的？」即解下勒袍腰帶，把鹿扣住頸項，牽將起來，道：「大聖，我和你比丘國相見去也。」行者道：「且住！索性把這邊都掃個乾淨，庶免他年復生妖孽。」

八戒聞言，舉鈀將柳樹亂築。行者又念聲「唵」字真言，依然拘出當坊土地，叫：「尋些枯柴，點起烈火，與你這方消除妖患，以免欺凌。」那土地即轉身，陰風颯颯，帥起陰兵，搬取了些迎霜草、秋青草、蓼節草、山蕊草、蔞蒿柴、龍骨柴、蘆荻柴，都是隔年乾透的枯焦之物，見火如同油膩一般。行者叫：「八戒，不必築樹。但得此物填塞洞裡，放起火來，燒得個乾淨。」火一起，果然把一座清華妖怪宅，燒作火池坑。

這裡才喝退土地，同壽星牽著鹿，拖著狐狸，一齊回到殿前，對國王道：「這是你的美后。與他耍子兒麼？」那國王膽戰心驚。又只見孫大聖引著壽星，牽著白鹿，都到殿前，唬得那國裡君臣妃后，一齊下拜。行者近前，攙住國王，笑道：「且休拜我。這鹿兒卻是國丈，你只拜他便是。」那國王羞愧無地，只道：「感謝神僧救我一國小兒，真天恩也！」即傳旨教光祿寺安排素宴，大開東閣，請南極老人與唐僧四眾，共坐謝恩。

三藏拜見了壽星，沙僧亦以禮見。都問道：「白鹿既是老壽星之物，如何得到此間為害？」壽星笑道：「前者，東華帝君過我荒山，我留坐著棋，一局未終，這孽畜走了。及客去尋他不見，我因屈指詢算，知他走在此處，特來尋他，正遇著孫大聖施威。若果來遲，此畜休矣。」敘不了，只見報道：「宴已完備。」好素宴：

五彩盈門，異香滿座。桌掛繡緯生錦豔，地鋪紅毯幌霞光。寶鴨內，沉檀香裊；御筵前，蔬品香馨。香盤高果砌樓台，龍纏斗糖擺走獸。鴛鴦錠，獅仙糖，似模似樣；鸚鵡杯，鷺鷥杓，如相如形。席前果品般般盛，案上齋肴件件精。魁圓繭栗，鮮荔桃子。棗兒柿餅味甘甜，松子葡萄香膩酒。幾般蜜食，數品蒸酥。油扎糖澆，花團錦砌。金盤高壘大饃饃，銀

碗滿盛香稻飯。辣燭燭湯水粉條長，香噴噴相連添換美。說不盡蘑菇、木耳、嫩筍、黃精，
十香素菜，百味珍饈。往來綽摸不曾停，進退諸般皆盛設。

當時敘了坐次，壽星首席，長老次席。國王前席。行者、八戒、沙僧側席。旁又有兩三個太師相陪左右。即命教坊司動樂。國王擎著紫霞杯，一一奉酒。惟唐僧不飲。八戒向行者道：「師兄，果子讓你，湯飯等須請讓我受用受用。」那呆子不分好歹，一齊亂上，但來的吃個精空。

一席筵宴已畢，壽星告辭。那國王又近前跪拜壽星，求祛病延年之法。壽星笑道：「我因尋鹿，未帶丹藥。欲傳你修養之方，你又筋衰神敗，不能還丹。我這衣袖中，只有三個棗兒，是與東華帝君獻茶的，我未曾吃，今送你罷。」國王吞之，漸覺身輕病退。後得長生者，皆原於此。八戒看見，就叫道：「老壽，有火棗，送我幾個吃吃。」壽星道：「未曾帶得。待改日我送你幾斤。」出了東閣，道了謝意，將白鹿一聲喝起，飛跨背上，踏雲而去。這朝中君王妃后，城中黎庶居民，各各焚香禮拜不題。

三藏叫：「徒弟，收拾辭王。」那國王又苦留求教。行者道：「陛下，從此色欲少貪，陰功多積，凡百事將長補短，自足以祛病延年，就是教也。」遂拿出兩盤散金碎銀，奉為路費。唐僧堅辭，分文不受。國王無已，命擺鑾駕，請唐僧端坐鳳輦龍車，王與嬪后，俱推輪轉轂，方送出朝。六街三市，百姓群黎，亦皆盞添淨水，爐降真香，又送出城。忽聽得半空中一聲風響，路兩邊落下一千一百一十一個鵝籠，內有小兒啼哭，暗中有原護的城隍、土地、社令、真官、五方揭諦、四值功曹、六丁六甲、護教伽藍等眾，應聲高叫道：「大聖，我等前蒙吩咐，攝去小兒鵝籠，今知大聖功成起行，一

一送來也。」

那國王妃后與一應臣民，又俱下拜。行者望空道：「有勞列位，請各歸祠，我著民間祭祀謝你。」一呼呼淅淅，陰風又起而退。行者叫城裡人家來認領小兒。當時傳播，俱來各認出籠中之兒，歡歡喜喜，抱出叫哥哥，叫肉兒，跳的跳，笑的笑，都叫：「扯住唐朝爺爺，到我家奉謝救兒之恩！」無大無小，若男若女，都不怕他相貌之醜，抬著豬八戒，扛著沙和尚，頂著孫大聖，撮著唐三藏，牽著馬，挑著擔，一擁回城。那國王也不能禁止。這家也開宴，那家也設席。請不及的，或做僧帽、僧鞋、褊衫、布襪，裡裡外外，大小衣裳，都來相送。如此盤桓，將有個月，才得離城。又有傳下影神，立起牌位，頂禮焚香供養。

這才是：陰功高壘恩山重，救活千千萬萬人。畢竟不知向後又有甚麼事體，且聽下回分解。

第八十回

姹女育陽求配偶　心猿護主識妖邪

卻說比丘國君臣黎庶，送唐僧四眾出城，有二十里之遠，還不肯捨。三藏勉強下輦，乘馬辭別而行。目送者直至望不見蹤影方回。四眾行彀多時，又過了冬殘春盡，看不了野花山樹，景物芳菲。前面又見一座高山峻嶺。三藏心驚，問道：「徒弟，前面高山，有路無路？是必小心！」行者笑道：「師父這話，也不像個走長路的，卻似個公子王孫，坐井觀天之類。自古道：『山不礙路，路自通山。』何又言有路無路？」三藏道：「雖然是山不礙路，但恐險峻之間生怪物，密查深處出妖精。」八戒道：「放心，放心！這裡來相近極樂不遠，管取太平無事！」

師徒正說，不覺的到了山腳下。行者取出金箍棒，走上石崖，叫道：「師父，此間乃轉山的路兒，忒好步。快來！快來！」長老只得放懷策馬。沙僧教：「二哥，你把擔子挑一肩兒。」真個八戒接了擔子挑上。沙僧攏著韁繩，老師父穩坐雕鞍，隨行者都奔山崖上大路。但見那山：

雲霧籠峰頂，潺湲湧澗中。百花香滿路，萬樹密叢叢。梅青李白，柳綠桃紅。杜鵑啼處春將暮，紫燕呢喃社已終。嵯峨石，翠蓋松。崎嶇嶺道，突兀玲瓏。削壁懸崖峻，薜蘿草木穠。千岩競秀如排戟，萬壑爭流遠浪洪。

老師父緩觀山景，忽聞啼鳥之聲，又起思鄉之念。兜馬叫道：「徒弟！

我自天牌傳旨意，錦屏風下領關文。觀燈十五離東土，才與唐王天地分。
甫能龍虎風雲會，卻又師徒拗馬軍。行盡巫山峰十二，何時對子見當今？」

行者道：「師父，你常以思鄉為念，全不似個出家人。放心且走，莫要多憂。古人云：『欲求生富貴，須下死工夫。』」三藏道：「徒弟，雖然說得有理，但不知西天路還在那裡哩！」八戒道：「師父，我佛如來捨不得那三藏經，知我們要取去，想是搬了；不然，如何只管不到？」沙僧道：「莫胡談！只管跟著大哥走。只把工夫捱他，終須有個到之之日。」

師徒正自閒敘，又見一派黑松大林。唐僧害怕，又叫道：「悟空，我們才過了那崎嶇山路，怎麼又遇這個深黑松林？是必在意。」行者道：「怕他怎的！」三藏道：「說那裡話！『不信直中直，須防仁不仁。』我也與你走過好幾處松林，不似這林深遠。」你看：

東西密擺，南北成行。東西密擺徹雲霄，南北成行侵碧漢。密查荊棘周圍結，蓼卻纏枝上下盤。藤來纏葛，葛去纏藤。藤來纏葛，東西客旅難行；葛去纏藤，南北經商怎進。這林中，住半年，那分日月；行數里，不見斗星。你看那背陰之處千般景，向陽之所萬叢花。又有那千年槐，萬載檜，耐寒松，山桃果，野芍藥，旱芙蓉，一攢攢密砌重堆，亂紛紛神仙難畫。又聽得百鳥聲：鸚鵡哨，杜鵑啼；喜鵲穿枝，烏鴉反哺；黃鸝飛舞，百舌調音；鷓鴣鳴，紫燕語；八哥兒學人說話，畫眉郎也會看經。又見那大蟲擺尾，老虎磕牙；多年狐狢裝娘子，日久蒼狼吼震林。就是托塔天王來到此，縱會降妖也失魂。

孫大聖公然不懼。使鐵棒上前劈開大路，引唐僧徑入深林。逍逍遙遙，行徑半日，未見出林之路。唐僧叫道：「徒弟，一向西來，無數的山林崎險，幸得此間清雅，一路太平。這林中奇花異卉，其實可人情意！我要在此坐坐：一則歇馬；二則腹中飢了，你去那裡化些齋來我吃。」行者道：「師父請下馬，老孫化齋去來。」那長老果然下了馬。八戒將馬拴在樹上，沙僧歇下行李，取了鉢盂，遞與行者。行者道：「師父穩坐，莫要驚怕。我去了就來。」三藏端坐松蔭之下，八戒、沙僧卻去尋花覓果閒耍。

卻說大聖縱筋斗，到了半空，佇定雲光，回頭觀看，只見松林中祥雲縹緲，瑞靄氤氳。他忽失聲叫道：「好啊！好啊！」你道他叫好做甚？原來誇獎唐僧，說他是金蟬長老轉世，十世修行的好人，所以有此祥瑞罩頭。「若我老孫，方五百年前大鬧天宮之時，雲游海角，放蕩天涯，聚群精自稱齊天大聖，降龍伏虎，清了死籍；頭戴著三額金冠，身穿著黃金鎧甲，手執著金箍棒，足踏著步雲履，手下有四萬七千群怪，都稱我做大聖爺爺，著實為人。如今脫卻天災，做小伏低，與你做了徒弟，想師父頭頂上有祥雲瑞靄罩定，徑回東土，必定有些好處，老孫也必定得個正果。」

正自家這等誇念中間，忽然見林南下有一股子黑氣，骨都都的冒將上來。行者大驚道：「那黑氣裡必定有邪了：我那八戒、沙僧卻不會放甚黑氣。」那大聖在半空中，詳察不定。

卻說三藏坐在林中，明心見性，諷念那《摩訶般若波羅密多心經》，忽聽得嚶嚶的叫聲「救人」。三藏大驚道：「善哉！善哉！這等深林裡，有甚麼人叫？想是狼蟲虎豹唬倒的，待我看看。」那長老起身挪步，穿過千年柏，隔起萬年松，附葛攀藤，近前視之，只見那大樹上綁著一個女子，上半截使葛藤綁在樹上，下半截埋在土裡。長老立定腳，問他一句道：「女菩薩，你有甚事，綁在此間？」咦！分明這廝是個妖怪，長老肉眼凡胎，卻不能認得。那怪見他來問，淚如泉湧。你看他桃腮垂淚，有沉魚落雁之容；星眼含悲，有閉月羞花之貌。長老實不敢近前，又開口問道：「女菩薩，你端的有何罪過？說與貧僧，卻好救你。」

那妖精巧語花言，虛情假意，忙忙的答應道：「師父，我家住在貧婆國，離此有二百餘里。父母在堂，十分好善，一生的和親愛友。時遇清明，邀請諸親及本家老小拜掃先塋，一行轎馬，都到了荒郊野外。至塋前，擺開祭禮，剛燒化紙馬，只聞得鑼鳴鼓響，跑出一伙強人，持刀弄杖，喊殺前來，慌得我們魂飛魄散。父母諸親，得馬得轎的，各自逃了性命；奴奴年幼，跑不動，唬倒在地，被眾強人拐來山內，大大王要做夫人，二大王要做妻室，第三第四個都愛我美色，七八十家一齊爭吵，大家都不忿氣，所以把奴奴綁在林間，眾強人散盤而去。今已五日五夜，看看命盡，不久身亡！不知是那世裡祖宗積德，今日遇著老師父在此。千萬發大慈悲，救我一命，九泉之下，決不忘恩！」說罷，淚下如雨。

三藏真個慈心，也就忍不住吊下淚來，聲音哽咽。叫道：「徒弟。」那八戒、沙僧，正在林中尋花覓果，猛聽得師父叫得淒愴，呆子道：「沙和尚，師父在此認了親耶。」沙僧笑道：「二哥胡纏！我們走了這些時，好人也不曾撞見一個，親從何來？」八戒道：「不是親，師父那裡與人哭麼？我和你去看來。」沙僧真個回轉舊處，牽了馬，挑了擔，至跟前叫：「師父，怎麼說？」唐僧用手指定那樹上，叫：「八戒，解下那女菩薩來，救他一命。」呆子不分好歹，就去動手。

卻說那大聖在半空中，又見那黑氣濃厚，把祥光盡情蓋了，道聲：「不好！不好！黑氣罩暗祥光，怕不是妖邪害俺師父！化齋還是小事，且去看我師父去。」即返雲頭，按落林裡。只見八戒亂解繩兒。行者上前，一把揪住耳朵，撲的捽了一跌。呆子抬頭看見，爬起來說道：「師父教我救人，你怎麼恃你有力，將我摜這一跌！」行者笑道：「兄弟，莫解他。他是個妖怪，弄喧兒，騙我們哩。」三藏喝道：「你這潑猴，又來胡說了！怎麼這等一個女子，就認得他是個妖怪！」行者道：「師父原來不知。這都是老孫幹過的買賣，想人肉吃的法兒。你那裡認得！」八戒拱著嘴道：「師父，莫信這弼馬溫哄你！這女子乃是此間人家。我們東土遠來，不與相較，又不是親眷，如何說他是妖精！他打發我們丟了前去，他卻翻筋斗，弄神法轉來和他幹巧事兒，倒踏門也！」行者喝道：「夯貨！莫亂談！我老孫一向西來，那裡有甚憊懶處？似你這個重色輕生，見利忘義的饢糟，不識好歹，替人家哄了招女婿，綁在樹上哩！」三藏道：「也罷，也罷。八戒啊，你師兄常時也看得不差。既這等說，不要管他，我們去罷。」行者大喜道：「好了！師父是有命的了！請上馬。出松林外，有人家化齋你吃。」四人果一路前進，把那怪撇了。

卻說那怪綁在樹上，咬牙恨齒道：「幾年家聞人說孫悟空神通廣大，今日見他，果然話不虛傳。那唐僧乃童身修行，一點元陽未洩，正欲拿他去配合，成太乙金仙，不知被此猴識破吾法，將他救去了。若是解了繩，放我下來，隨手捉將去，卻不是我的人兒也？今被他一篇散言碎語帶去，卻又不是勞而無功？等我再叫他兩聲，看是如何。」好妖精，不動繩索，把幾聲善言善語，用一陣順風，嚶嚶的吹在唐僧耳內。你道叫的甚麼？他叫道：「師父啊，你放著活人的性命還不救，昧心拜佛取何經？」

唐僧在馬上聽得又這般叫喚，即勒馬叫：「悟空，去救那女子下來罷。」行者道：「師父走路，怎麼又想起他來了？」唐僧道：「他又在那裡叫哩。」行者問：「八戒，你聽見麼？」八戒道：「耳大遮住了，不曾聽見。」又問：「沙僧，你聽見麼？」沙僧道：「我挑擔前走，不曾在心，也不曾聽見。」行者道：「老孫也不曾聽見，師父，他叫甚麼？偏你聽見。」唐僧道：「他叫得有理。說道：『活人性命還不救，昧心拜佛取何經？』『救人一命，勝造七級浮屠。』快去救他下來，強似取經拜佛。」行者笑道：「師父要善將起來，就沒藥醫。你想你離了東土，一路西來，卻也過了幾重山場，遇著許多妖怪，常把你拿將進洞，老孫來救你，使鐵棒，常打死千千萬萬；今日一個妖精的性命，舍不得，要去救他？」唐僧道：「徒弟呀，古人云：『勿以善小而不為，勿以惡小而為之。』還去救他救罷。」行者道：「師父既然如此，只是這個擔兒，老孫卻擔不起。你要救他，我也不敢苦勸你：勸一會，你又惱了。任你去救。」唐僧道：「猴頭莫多話！你坐著，等我和八戒救他去。」

唐僧回至林裡，教八戒解了上半截繩子，用鈀築出下半截身子。那怪跌跌鞋，束束裙，喜孜孜跟著唐僧出松林，見了行者。行者只是冷笑不止。唐僧罵道：「潑猴頭！你笑怎的？」行者道：「我笑你『時來逢好友，運去遇佳人。』」三藏又罵道：「潑猢猻！胡說！我自出娘肚皮，就做和尚。如今奉旨西來，虔心禮佛求經，又不是利祿之輩，有甚運退時！」行者笑道：「師父，你雖是自幼為僧，卻只會看經念佛，不曾見王法條律。這女子生得年少標致，我和你乃出家人，同他一路行走，倘或遇著歹人，把我們拿送官司，不論甚麼取經拜佛，且都打做姦情；縱無此事，也要問個拐帶人口：師父追了度牒，打個小死；八戒該問充軍；沙僧也問擺站；我老孫也不得乾淨，饒我口能，怎麼折辯，也要問個不應。」三藏喝道：「莫胡說！終不然，我救他性命，有甚貽累不成！帶了他去。凡有事，都在我身上。」行者道：「師父雖說有事在你，卻不知你不是救他，反是害他。」三藏道：「我救他出林，得其活命，怎麼反是害他？」行者道：「他當時綁在林間，或三五日，十日，半月，沒飯吃，餓死了，還得個完全身體歸陰；如今帶他出來，你坐得是個快馬，行路如風，我們只得隨你，那女子腳小，挪步艱難，怎麼跟得上走？一時把他丟下，若遇著狼蟲虎豹，一口吞之，卻不是反害其生也？」三藏道：「正是呀。這件事卻虧你格。如何處置？」行者笑道：「抱他上來，和你同騎著馬走罷。」三藏沉吟道：「我那裡好與他同馬！」——「他怎生得去？」三藏道：「教八戒馱他走罷。」行者笑道：「呆子造化到了！」八戒道：「『遠路沒輕擔。』教我馱人，有甚造化？」行者道：「你那嘴長，馱著他，轉過嘴來，計較私情話兒，卻不便益？」八戒聞此言，捶胸暴跳道：「不好！不好！師父要打我幾下，寧可忍疼。背著他決不得乾淨。師兄一生會贓埋人（污蔑，誣陷）。我馱不成！」三藏道：「也罷！也罷。我也還走得幾步，等我下來，慢慢的同走，著八戒牽著空馬罷。」行者大笑道：「呆子倒有買賣。師父照顧你牽馬哩。」三藏道：「這猴頭又胡說了！古人云：『馬行千里，無人不能自往。』假如我在路上慢走，你好丟了我去？我若慢，你們也慢。大家一處同這女菩薩走下山去，或到庵觀寺院，有人家之處，留他在那裡，也是我們救他一場。」行者道：「師父說得有理。快請前進。」

三藏拽步前走，沙僧挑擔，八戒牽著空馬，行者拿著棒，引著女子，一行前進。不上二三十里，天色將晚。又見一座樓台殿閣。三藏道：「徒弟，那裡必定是座庵觀寺院，就此借宿了，明日早行。」行者道：「師父說得是。各各走動些。」霎時到了門首。吩咐道：「你們略站遠些，等我先去借宿。若有方便處，著人來叫你。」眾人俱立在柳陰之下，惟行者拿鐵棒，轄著那女子。長老拽步近前，只見那門東倒西歪，零零落落。推開看時，忍不住心中淒慘：長廊寂靜，古剎蕭疏；苔蘚盈庭，蒿蓁滿徑；惟螢火之飛燈，只蛙聲而代漏。長老忽然掉下淚來。真個是：

殿宇雕零倒塌，廊房寂寞傾頹。斷磚破瓦十餘堆，盡是些歪梁折柱。前後盡生青草，塵埋朽爛香廚。鐘樓崩壞鼓無皮，琉璃香燈破損。佛祖金身沒色，羅漢倒臥東西。觀音淋壞盡成泥，楊柳淨瓶墜地。日內並無僧入，夜間盡宿狐狸。只聽風響吼如雷，都是虎豹藏身之處。四下牆垣皆倒，亦無門扇關居。

有詩為證。詩曰：

多年古剎沒人修，狼狽凋零倒更休。猛風吹裂伽藍面，大雨澆殘佛像頭。
金剛跌損隨淋灑，土地無房夜不收。更有兩般堪嘆處，銅鐘著地沒懸樓。

三藏硬著膽，走進二層門。見那鐘鼓樓俱倒了，止有一口銅鐘，紮在地下。上半截如雪之白，下

半截如靛之青。原來是日久年深，上邊被雨淋白，下邊是土氣上的銅青。三藏用手摸著鐘，高叫道：「鐘啊！你

也曾懸掛高樓吼，也曾鳴遠彩梁聲。也曾雞啼就報曉，也曾天晚送黃昏。不知化銅的道人歸何處，鑄銅匠作那邊存。想他二命歸陰府，他無蹤跡你無聲。」

長老高聲贊嘆，不覺的驚動寺裡之人。那裡邊有一個侍奉香火的道人，他聽見人語，扒起來，拾一塊斷磚，照鐘上打將去。那鐘當的響了一聲，把個長老唬了一跌；掙起身要走，又絆著樹根，撲的又是一跌。長老倒在地下，抬頭又叫道：「鐘啊！

貧僧正然感嘆你，忽的叮當響一聲。想是西天路上無人到，日久多年變作精。」

那道人趕上前，一把攙住道：「老爺請起。不干鐘成精之事。卻才是我打得鐘響。」三藏抬頭見他的模樣醜黑，道：「你莫是魍魎妖邪？我不是尋常之人，我是大唐來的，我手下有降龍伏虎的徒弟。你若撞著他，性命難存也！」道人跪下道：「老爺休怕。我不是妖邪，我是這寺裡侍奉香火的道人。卻才聽見老爺善言相贊，就欲出來迎接；恐怕是個邪鬼敲門，故此拾一塊斷磚，把鐘打一下壓驚，方敢出來。老爺請起。」那唐僧方然正性道：「住持，險些兒唬殺我也。你帶我進去。」

那道人引定唐僧，直至三層門裡看處，比外邊甚是不同。但見那：

青磚砌就彩雲牆，綠瓦蓋成琉璃殿。黃金裝聖像，白玉造階台。大雄殿上舞青光，毗羅閣下生銳氣。文殊殿，結采飛雲；輪藏堂，描花堆翠。三簷頂上寶瓶尖，五福樓中平繡蓋。千株翠竹搖禪榻，萬種青松映佛門。碧雲宮裡放金光，紫霧叢中飄瑞靄。朝聞四野香風遠，暮聽山高畫鼓鳴。應有朝陽補破衲，豈無對月了殘經？又只見半壁燈光明後院，一行香霧照中庭。

三藏見了，不敢進去。叫：「道人，你這前邊十分狼狽，後邊這等齊整，何也？」道人笑道：「老爺，這山中多有妖邪強寇，天色清明，沿山打劫，天陰就來寺裡藏身，被他把佛像推倒墊坐，木植搬來燒火。本寺僧人軟弱，不敢與他講論，因此把這前邊破房都捨與那些強人安歇，從新另化了些施主，蓋得那一所寺院。清混各一，這是西方的事情。」三藏道：「原來是如此。」正行間，又見山門上有五個大字，乃「鎮海禪林寺」。才舉步，纔入門裡，忽見一個和尚走來。你看他怎生模樣：

頭戴左笄絨錦帽，一對銅圈墜耳根。身著頗羅毛線服，一雙白眼亮如銀。手中搖著播郎鼓，口念番經聽不真。三藏原來不認得，這是西方路上喇嘛僧。

那喇嘛和尚，走出門來，看見三藏眉清目秀，額闊頂平，耳垂肩，手過膝，好似羅漢臨凡，十分俊雅。他走上前扯住，滿面笑唏唏的與他捻手捻腳，摸他鼻子，揪他耳朵，以示親近之意。攜至方丈中，行禮畢，卻問：「老師父何來？」三藏道：「弟子乃東土大唐駕下欽差往西方天竺國大雷音寺拜佛取經者。適行至寶方天晚，特奔上剎借宿一宵，明日早行。望垂方便一二。」那和尚笑道：「不當人子！不當人子！我們不是好意要出家的，皆因父母生身，命犯華蓋，家裡養不住，才舍斷了出家；既做了佛門弟子，切莫說脫空之話。」三藏道：「我是老實話。」和尚道：「那東土到西天，有多少路程！路上有山，山中有洞，洞內有精。像你這個單身，又生得嬌嫩，那裡像個取經的！」三藏道：「院主也見得是。貧僧一人，豈能到此。我有三個徒弟，逢山開路，遇水疊橋，保我弟子，所以到得上剎。」那和尚道：「三位高徒何在？」三藏道：「現在山門外伺候。」那和尚慌了道：「師父，你不知我這裡有虎狼、妖賊、鬼怪傷人。白日裡不敢遠出，未經天晚，就關了門戶。這早晚把人放在外邊！」叫：「徒弟：快去請將進來。」

有兩個小喇嘛兒，跑出外去，看見行者，唬了一跌；見了八戒，又是一跌；扒起來往後飛跑，道：「爺爺！造化低了！你的徒弟不見，只有三四個妖怪站在那門首也。」三藏問道：「怎麼模樣？」小和尚道：「一個雷公嘴，一個碓挺嘴，一個青臉獠牙。旁有一個女子，倒是個油頭粉面。」三藏笑道：「你不認得。那三個醜的，是我徒弟。那一個女子，是我打松林裡救命來的。」那喇嘛道：「爺爺呀，這們好俊師父，怎麼尋這般醜徒弟？」三藏道：「他醜自醜，卻俱有用。你快請他進來。若再遲了些兒，那雷公嘴的有些闖禍，不是個人生父母養的，他就打進來也。」

那小和尚即忙跑出，戰兢兢的跪下道：「列位老爺，唐老爺請哩。」八戒笑道：「哥啊，他請便罷了，卻這般戰兢兢的，何也？」行者道：「看見我們醜陋害怕。」八戒道：「可是扯淡！我們乃生成的，那個是好要醜哩！」行者道：「把那醜且略收拾收拾。」呆子真個把嘴揣在懷裡，低著頭，牽著馬，沙僧挑著擔，行者在後面，拿著棒，轄著那女子，一行進去。穿過了倒塌房廊，入三層門裡。拴了馬，歇了擔，進方丈中，與喇嘛僧相見，分了坐次。那和尚入裡邊，引出七八十個小喇嘛來；見禮畢，收拾辦齋管待。

正是：積功須在慈悲念，佛法興時僧贊僧。畢竟不知怎生離寺，且聽下回分解。

第八十一回

鎮海寺心猿知怪　黑松林三眾尋師

話表三藏師徒到鎮海禪林寺，眾僧相見，安排齋供。四眾食畢，那女子也得些食力。漸漸天昏，方丈裡點起燈來。眾僧一則是問唐僧取經來歷，二則是貪看那女子，都攢攢簇簇，排列燈下。三藏對那初見的喇嘛僧道：「院主，明日離了寶山，西去的路途如何？」那僧雙膝跪下，慌得長老一把扯住道：「院主請起。我問你個路程，你為何行禮？」那僧道：「老師父明日西行，路途平正，不須費心。只是眼下有件事兒不尷尬，一進門就要說，恐怕冒犯洪威，卻才齋罷，方敢大膽奉告：老師東來，路遙辛苦，都在小和尚房中安歇甚好；只是這位女菩薩，不方便，不知請他那裡睡好。」三藏道：「院主，你不要生疑，說我師徒們有甚邪意。早間打黑松林過，撞見這個女子綁在樹上。小徒孫悟空不肯救他，是我發菩提心，將他救了，到此隨院主送他那裡睡去。」那僧謝道：「既老師寬厚，請他到天王殿裡，就在天王爺爺身後，安排個草鋪，教他睡罷。」三藏道：「甚好，甚好。」遂此時，眾小和尚引那女子往殿後睡去。長老就在方丈中，請眾院主自在，遂各散去。三藏吩咐悟空：「辛苦了，早睡早起。」遂一處都睡了，不敢離側，護著師父。漸入夜深，正是那：

玉兔高升萬籟寧，天街寂靜斷人行。
銀河耿耿星光燦，鼓發譙樓趲換更。

一宵晚話不題。及天明了，行者起來，教八戒、沙僧收拾行囊、馬匹，卻請師父走路。此時長老還貪睡未醒。行者近前叫聲「師父。」那師父把頭抬了一抬，又不曾答應得出。行者問：「師父怎麼說？」長老呻吟道：「我怎麼這般頭懸眼脹，渾身皮骨皆疼？」八戒聽說，伸手去摸摸，身上有些發熱。呆子笑道：「我曉得了。這是昨晚見沒錢的飯，多吃了幾碗，倒沁著頭睡，傷食了。」行者喝道：「胡說！等我問師父，端的何如。」三藏道：「我半夜之間，起來解手，不曾戴得帽子，想是風吹了。」行者道：「這還說得是。如今可走得路麼？」三藏道：「我如今起坐不得，怎麼上馬？但只誤了路啊！」行者道：「師父說那裡話！常言道：『一日為師，終身為父。』我等與你做徒弟，就是兒子一般。又說道：『養兒不用阿金溺銀，只是見景生情便好。』你既身子不快，說甚麼誤了行程，便寧耐幾日，何妨！」兄弟們都伏侍著師父，不覺的早盡午來昏又至，良宵才過又侵晨。

光陰迅速，早過了三日。那一日，師父欠身起來叫道：「悟空，這兩日病體沉痾，不曾問得你，那個脫命的女菩薩，可曾有人送些飯與他吃？」行者笑道：「你管他怎的，且顧了自家的病著。」三藏道：「正是，正是。你且扶我起來，取出我的紙、筆、墨，寺裡借個硯台來使使。」行者道：「要怎的？」長老道：「我要修一封書，並關文封在一處，你替我送上長安駕下，見太宗皇帝一面。」行者道：「這個容易。我老孫別事無能，若說送書，人間第一。你把書收拾停當與我，我一筋斗送到長安，遞與唐王，再一筋斗轉將回來，你的筆硯還不乾哩。但只是你寄書怎的？且把書意念念我聽。念了再寫不遲。」長老滴淚道：「我寫著：

臣僧稽首三頓首，萬歲山呼拜聖君；文武兩班同入目，公卿四百共知聞：
當年奉旨離東土，指望靈山見世尊。不料途中遭厄難，何期半路有災迍。
僧病沉痾難進步，佛門深遠接天門。有經無命空勞碌，啟奏當今別遣人。」

行者聽得此言，忍不住呵呵大笑道：「師父，你忒不濟，略有些些病兒，就起這個意念。你若是病重，要死要活，只消問我。我老孫自有個本事。問道『那個閻王敢起心？那個判官敢出票？那個鬼使來勾取？』若惱了我，我拿出那大鬧天宮之性子，又一路棍，打入幽冥，捉住十代閻王，一個個抽了他的筋，還不饒他哩！」三藏道：「徒弟呀，我病重了，切莫說這大話。」

八戒上前道：「師兄，師父說不好，你只管說好！十分不尷尬，我們趁早商量，先賣了馬，典了行囊，買棺木送終散伙。」行者道：「呆子又胡說了！你不知道。師父是我佛如來第二個徒弟，原叫做金蟬長老；只因他輕慢佛法，該有這場大難。」八戒道：「哥啊，師父既是輕慢佛法，貶回東土，在是非海內，口舌場中，托化做人身，發願往西天拜佛求經，遇妖精就捆，逢魔頭就吊，受諸苦惱，也彀了；怎麼又叫他害病？」行者道：「你那裡曉得，老師父不曾聽佛講法，打了一個盹，往下一失，左腳下屣了一粒米，下界來，該有這三日病。」八戒驚道：「像老豬吃東西潑潑撒撒的，也不知害多少年代病是！」行者道：「兄弟，佛不與你眾生為念。你又不知。人云：『鋤禾日當午，汗滴禾下土。誰知盤中餐，粒粒皆辛苦！』師父只今日一日，明日就好了。」三藏道：「我今日比昨不同，咽喉裡十分作渴。你去那裡，有涼水尋些來我吃。」行者道：「好了！師父要水吃，便是好了。等我取水去。」

即時取了鉢盂，往寺後面香積廚取水。忽見那些和尚一個個眼兒通紅，悲啼哽咽，只是不敢放聲大哭。行者道：「你們這些和尚，忒小家子樣！我們住幾日，臨行謝你，柴火錢照日算還。怎麼這等膿包！」眾僧慌跪下道：「不敢！不敢！」行者道：「怎麼不敢？想是我那長嘴和尚，食腸大，吃傷了你的本兒也？」眾僧道：「老爺，我這荒山，大大小小，也有百十眾和尚，每一人養老爺一日，也養得起百十日。怎麼敢欺心，計較甚麼食用！」

行者道：「既不計較，你卻為甚麼啼哭？」眾僧道：「老爺，不知是那山裡來的妖邪在這寺裡。我們晚夜間著兩個小和尚去撞鐘打鼓，只聽得鐘鼓響罷，再不見人回。至次日找尋，只見僧帽、僧鞋，丟在後邊園裡，骸骨尚存，將人吃了。你們住了三日，我寺裡不見了六個和尚。故此，我兄弟們不由的不怕，不由的不傷。因見你老師父貴恙，不敢傳說，忍不住淚珠偷垂也。」行者聞言，又驚又喜道：「不消說了，必定是妖魔在此傷人也。等我與你剿除他。」眾僧道：「老爺，妖精不精者不靈，一定會騰雲駕霧，一定會出幽入冥。古人道得好：『莫信直中直，須防仁不仁。』老爺，你莫怪我們說：你若拿得他住哩，便與我荒山除了這條禍根，正是三生有幸了；若還拿他不住啊，卻有好些兒不便處。」行者道：「怎叫做好些不便處？」那眾僧道：「直不相瞞老爺說。我這荒山，雖有百十眾和尚，卻都只是自小兒出家的，

髮長尋刀削，衣單破衲縫。早晨起來洗著臉，叉手躬身，皈依大道；夜來收拾燒著香，

虔心叩齒，念的彌陀。舉頭看見佛，蓮九品，秩三乘，慈航共法雲，願見祇園釋世尊；低頭看見心，受五戒，度大千，生生萬法中，願悟頑空與色空。諸檀越來啊，老的、小的、長的、矮的、胖的、瘦的，一個個敲木魚，擊金磬，挨挨拶拶，兩卷《法華經》，一策《梁王懺》；諸檀越不來啊，新的、舊的、生的、熟的、村的、俏的，一個個合著掌，瞑著目，悄悄冥冥，入定蒲團上，牢關月下門。一任他鶯啼鳥語閒爭鬥，不上我方便慈悲大法乘。因此上，也不會伏虎，也不會降龍；也不識的怪，也不識的精。你老爺若還惹起那妖魔啊，我百十個和尚只彀他齋一飽：一則墮落我眾生輪回；二則滅抹了這禪林古跡；三則如來會上，全沒半點兒光輝。——這卻是好些兒不便處。」

行者聞得眾和尚說出這一端的話語，他便怒從心上起，惡向膽邊生，高叫一聲：「你這眾和尚好呆哩！只曉得那妖精，就不曉得我老孫的行止麼？」眾僧輕輕的答道：「實不曉得。」行者道：「我今日略節說說，你們聽著：

我也曾花果山伏虎降龍，我也曾上天堂大鬧天宮。飢時把老君的丹，略略咬了兩三顆；渴時把玉帝的酒，輕輕呼了六七盅。睜著一雙不白不黑的金睛眼，天慘淡，月朦朧；拿著一條不短不長的金箍棒，來無影，去無蹤。說甚麼大精小怪，那怕他憊懶熌膿！一趕趕上去，跑的跑，顫的顫，躲的躲，慌的慌；一捉捉將來，銼的銼，燒的燒，磨的磨，舂的舂。正是八仙同過海，獨自顯神通！——眾和尚，我拿這妖精與你看看，你才認得我老孫！」

眾僧聽著，暗點頭道：「這賊禿開大口，說大話，想是有些來歷。」都一個個諾諾連聲。只有那喇嘛僧道：「且住！你老師父貴恙，你拿這妖精不至緊。俗語道：『公子登筵，不醉便飽；壯士臨陣，不死即傷。』你兩下裡角鬥之時，倘貽累你師父，不當穩便。」

行者道：「有理！有理！我且送涼水與師父吃了再來。」掇起缽盂，著上涼水，轉出香積廚，就到方丈，叫聲：「師父，吃涼水哩。」三藏正當煩渴之時，便抬起頭來，捧著水，只是一吸。真個「渴時一滴如甘露，藥到真方病即除。」行者見長老精神漸爽，眉目舒開，就問道：「師父，可吃些湯飯麼？」三藏道：「這涼水就是靈丹一般，這病兒減了一半，有湯飯也吃得些。」行者連聲高高叫道：「我師父好了，要湯飯吃哩。」教那些和尚忙忙的安排。淘米，煮飯，擀麵，烙餅，蒸饃饃，做粉湯，抬了四五桌。唐僧只吃得半碗兒米湯。行者、沙僧止用了一席。其餘的都是八戒一肚餐之。家伙收去，點起燈來，眾僧各散。

三藏道：「我們今住幾日了？」行者道：「三整日矣。明朝向晚，便就是四個日頭。」三藏道：「三日誤了許多路程。」行者道：「師父，也算不得路程，明日去罷。」三藏道：「正是。就帶幾分病兒，也沒奈何。」行者道：「既是明日要去，且讓我今晚捉了妖精者。」三藏驚道：「又捉甚麼妖精？」行者道：「有個妖精在這寺裡，等老孫替他捉捉。」唐僧道：「徒弟呀，我的病身未可，你怎麼又興此念！倘那怪有神通，你拿他不住啊，卻又不是害我？」行者道：「你好滅人威風！老孫到處降妖，你見我弱與誰的？只是不動手，動手就要贏。」三藏扯住道：「徒弟，常言說得好，『遇方便時行方便，得饒人處且饒人。操心怎似存心好，爭氣何如忍氣高！』」孫大聖見師父苦苦勸他，不許降妖，他說出老實話來道：「師父，實不瞞你說。那妖在此吃了人了。」唐僧大驚道：「吃了甚麼人？」行者說道：「我們住了三日，已是吃了這寺裡六個小和尚了。」長老道：「『兔死狐悲，物傷其類。』他既吃了寺內之僧，我亦僧也，我放你去；只但用心仔細些。」行者道：「不消說。老孫的手到就消除了。」

你看他燈光前吩咐八戒、沙僧看守師父；他喜孜孜跳出方丈，徑來佛殿看時，天上有星，月還未上，那殿裡黑暗暗的。他就吹出真火，點起琉璃，東邊打鼓，西邊撞鐘。響罷，搖身一變，變做個小和尚兒，年紀只有十二三歲，披著黃絹褊衫，白布直裰，手敲著木魚，口裡念經。等到一更時分，不見動靜。二更時分，殘月才升，只聽見呼呼的一陣風響。好風：

黑霧遮天暗，愁雲照地昏。四方如潑墨，一派靛妝渾。先刮時揚塵播土，次後來倒樹摧林。揚塵播土星光現，倒樹摧林月色昏。只刮得嫦娥緊抱梭羅樹，玉兔團團找藥盆。九曜星官皆閉戶，四海龍王盡掩門，廟裡城隍覓小鬼，空中仙子怎騰雲？地府閻羅尋馬面，判官亂跑趕頭巾。刮動昆侖頂上石，捲得江湖波浪混。

那風才然過處，猛聞得蘭麝香熏，環佩聲響，即欠身抬頭觀看，呀！卻是一個美貌佳人，徑上佛殿。行者口裡嗚哩嗚喇，只情念經。那女子走近前，一把摟住道：「小長老，念的甚麼經？」行者道：「許下的。」女子道：「別人都自在睡覺，你還念經怎麼？」行者道：「許下的，如何不念？」女子摟住，與他親個嘴道：「我與你到後面耍耍去。」行者故意的扭過頭去道：「你有些不曉事！」女子道：「你會相面？」行者道：「也曉得些兒。」女子道：「你相我怎的樣子？」行者道：「我相

你有些兒偷生抵熟，被公婆趕出來的。」女子道：「相不著！相不著！我

不是公婆趕逐，不因抵熟偷生。
奈我前生命薄，投配男子年輕。
不會洞房花燭，避夫逃走之情。

趁如今星光月皎，也是有緣千里來相會，我和你到後園中交歡配鸞儔去也。」行者聞言，暗點頭著：「那幾個愚僧，都被色欲引誘，所以傷了性命。他如今也來哄我。」就隨口答應道：「娘子，我出家人年紀尚幼，卻不知甚麼交歡之事。」女子道：「你跟我去，我教你。」行者暗笑道：「也罷，我跟他去，看他怎生擺布。」

他兩個摟著肩，攜著手，出了佛殿，徑至後邊園裡。那怪把行者使個絆子腿，跌倒在地。口裡「心肝哥哥」的亂叫，將手就去掐他的臊根。行者道：「我的兒，真個要吃老孫哩！」卻被行者接住他手，使個小坐跌法，把那怪一轆轤掀翻在地上。那怪口裡還叫道：「心肝哥哥，你倒會跌你的娘哩！」行者暗算道：「不趁此時下手他，還到幾時！正是『先下手為強，後下手遭殃。』」就把手一叉，腰一躬，一跳跳起來，現出原身法相，掄起金箍鐵棒，劈頭就打。那怪倒也吃了一驚。他心想道：「這個小和尚，這等得害！」打開眼一看，原來是那唐長老的徒弟姓孫的。他也不懼他。你說這精怪是甚麼精怪：

金作鼻，雪鋪毛。地道為門屋，安身處處牢。養成三百年前氣，曾向靈山走幾遭。一飽香花和蠟燭，如來吩咐下天曹。托塔天王恩愛女，哪吒太子認同胞。也不是個填海鳥，也不是個戴山鰲。也不怕的雷煥劍，也不怕的呂虔刀。往往來來，一任他水流江漢闊；上上下下，那論他山聳泰恒高？你看他月貌花容嬌滴滴，誰識得是個鼠老成精逞點豪！

他自恃的神通廣大，便隨手架起雙股劍，玎玎當當的響，左遮右格，隨東倒西。行者雖強些，卻也撈他不倒。陰風四起，殘月無光。你看他兩人，後園中一場好殺：

陰風從地起，殘月蕩微光。闃靜梵王宇，闌珊小鬼廊。後園裡一片戰爭場：孫大士，天上聖；毛姹女，女中王；賭賽神通未肯降。一個兒扭轉芳心嗔黑禿，一個兒圓睜慧眼恨新妝。兩手劍飛，那認得女菩薩；一根棍打，狠似個活金剛。響處金箍如電掣，霎時鐵白耀星芒。玉樓抓翡翠，金殿碎鴛鴦。猿啼巴月小，雁叫楚天長。十八尊羅漢，暗暗喝采；三十二諸天，個個慌張。

那孫大聖精神抖擻，棍兒沒半點差池。妖精自料敵他不住，猛可的眉頭一蹙，計上心來，抽身便走。行者喝道：「潑貨！那走！快快來降！」那妖精只是不理，直往後退。等行者趕到緊急之時，即將左腳上花鞋脫下來，吹口仙氣，念個咒語，叫一聲「變！」就變做本身模樣，使兩口劍舞將來；真身一幌，化陣清風而去。這卻不是三藏的災星？他便徑撞到方丈裡，把唐三藏攝將去雲頭上，杳杳冥冥，霎霎眼，就到了陷空山，進了無底洞，叫小的們安排素筵席成親不題。

卻說行者鬥得心焦性燥，閃一個空，一棍把那妖精打落下來，乃是一隻花鞋。行者曉得中了他計，連忙轉身來看師父。那有個師父？只見那呆子和沙僧口裡嗚哩嗚哪說甚麼。行者怒氣填胸，也不管好歹，撈起棍來一片打，連聲叫道：「打死你們！打死你們！」那呆子慌得走也沒路；沙僧卻是個靈山大將，見得事多，就軟款溫柔，近前跪下道：「兄長，我知道了。想你要打殺我兩個，也不去救師父，徑自回家去哩。」行者道：「我打殺你兩個，我自去救他！」沙僧笑道：「兄長說那裡話！無我兩個，真是『單絲不線，孤掌難鳴。』兄啊，這行囊、馬匹，誰與看顧？寧學管鮑分金（戰國時齊國的管仲、鮑叔牙經商分金，鮑叔牙禮讓的故事。這裡指友情深厚），休仿孫龐鬥智（戰國軍事家孫臏、龐涓師兄弟爭鬥的故事，這裡指兄弟成仇）。自古道：『打虎還得親兄弟，上陣須教父子兵。』望兄長且饒打，待天明和你同心戮力，尋師去也。」行者雖是神通廣大，卻也明理識時。見沙僧苦苦哀告，便就回心道：「八戒，沙僧，你都起來。明日找尋師父，卻要用力。」那呆子聽見饒了，恨不得天也許下半邊，道：「哥啊，這個都在老豬身上。」

兄弟們思思想想，那曾得睡，恨不得點頭喚出扶桑日，一口吹散滿天星。三眾只坐到天曉，收拾要行，早有寺僧攔門來問：「老爺那裡去？」行者笑道：「不好說。昨日對眾誇口，說與他們拿妖精，妖精未曾拿得，倒把我個師父不見了。我們尋師父去哩。」眾僧害怕道：「老爺，小可的事，倒帶累老師；卻往那裡去尋？」行者道：「有處尋他。」眾僧又道：「既去莫忙，且吃些早齋。」連忙的端了兩三盆湯飯。八戒盡力吃個乾淨，道：「好和尚！我們尋著師父，再到你這裡來耍子。」行者道：「還到這裡吃他飯哩！你去天王殿裡看看那女子在否。」眾僧道：「老爺，不在了，不在了。自是當晚宿了一夜，第二日就不見了。」

行者喜喜歡歡的辭了眾僧，著八戒、沙僧牽馬挑擔，徑回東走。八戒道：「哥哥差了。怎麼又往東行？」行者道：「你豈知道！前日在那黑松林綁的那個女子，老孫火眼金睛，把他認透了，你們都認做好人。今日吃和尚的也是他，攝師父的也是他！你們救得好女菩薩！今既攝了師父，還從舊路上找尋去也。」二人嘆服道：「好，好，好！真是粗中有細！去來！去來！」

三人急急到於林內，只見那：

雲藹藹，霧漫漫；石層層，路盤盤。狐蹤兔跡交加走，虎豹豺狼往復鑽。林內更無妖怪影，不知三藏在何端。

行者心焦，掣出棒來，搖身一變，變作大鬧天宮的本相，三頭六臂，六隻手，理著三根棒，在林裡辟哩撥喇的亂打。八戒見了道：「沙僧，師兄著了惱，尋不著師父，弄做個氣心風了。」原來行者打了一路，打出兩個老頭兒來，——一個是山神，一個是土地。上前跪下道：「大聖，山神、土地來見。」八戒道：「好靈根啊！打了一路，打出兩個山神、土地；若再打一路，連太歲都打出來也。」行者問道：「山神、土地，汝等這般無禮！在此處專一結伙強盜，強盜得了手，買些豬羊祭賽（祭祀）你，又與妖精結擄，打伙兒把我師父攝來！如今藏在何處？快快的從實供來，免打！」二神慌了道：「大聖錯怪了我耶。妖精不在小神山上，不伏小神管轄。但只夜間風響處，小神略知一二。」行者道：「既知，一一說來！」土地道：「那妖精攝你師父去，在那正南下，離此有千里之遙。那廂有座山，喚做陷空山。山中有個洞，叫做無底洞，是那山裡妖精，到此變化攝去也。」行者聽言，暗自驚心，喝退了山神、土地，收了法身，現出本相，與八戒、沙僧道：「師父去得遠了。」八戒道：「遠便騰雲趕去！」

好呆子，一縱狂風先起，隨後是沙僧駕雲。那白馬原是龍子出身，馱了行李，也踏了風霧。大聖即起筋斗，一直南來。不多時，早見一座大山，阻住雲腳。三人採住馬，都按定雲頭。見那山：

頂摩碧漢，峰接青霄。周圍雜樹萬萬千，來往飛禽喳喳噪。虎豹成陣走，獐鹿打叢行。向陽處，琪花瑤草馨香；背陰方，臘雪頑冰不化。崎嶇峻嶺，削壁懸崖。直立高峰，灣環深澗。松鬱鬱，石嶙嶙，行人見了悚其心。打柴樵子全無影，採藥仙童不見蹤。眼前虎豹能興霧，遍地狐狸亂弄風。

八戒道：「哥啊，這山如此險峻，必有妖邪。」行者道：「不消說了。『山高原有怪，嶺峻豈無精！』」叫：「沙僧，我和你且在此，著八戒先下山凹裡打聽打聽，看那條路好走，端的可有洞府，再看是那裡開門，俱細細打探，我們好一齊去尋師父救他。」八戒道：「老豬晦氣！先拿我頂缸！」行者道：「你夜來說都在你身上，如何打仰？」八戒道：「不要嚷，等我去。」呆子放下鈀，抖抖衣裳，空著手，跳下高山，找尋路徑。

這一去，畢竟不知好歹如何，且聽下回分解。

第八十二回
姹女求陽　元神護道

卻說八戒跳下山，尋著一條小路。依路前行，有五六里遠近，忽見兩個女怪，在那井上打水。他怎麼認得是兩個女怪？見他頭上戴一頂一尺二三寸高的篾絲鬏髻，甚不時興。呆子走近前，叫聲：「妖怪。」那怪聞言大怒，兩個互相說道：「這和尚憊懶！我們又不與他相識，平時又沒有調得嘴慣，他怎麼叫我們做妖怪！」那怪惱了，掄起抬水的槓子，劈頭就打。

這呆子手無兵器，遮架不得，被他撈了幾下，捂著頭跑上山來道：「哥啊，回去罷！妖怪凶！」行者道：「怎麼凶？」八戒道：「山凹裡兩個女妖精在井上打水，我只叫了他一聲，就被他打了我三四槓子！」行者道：「你叫他做甚麼的？」八戒道：「我叫他做妖怪。」行者笑道：「打得還少。」八戒道：「謝你照顧！頭都打腫了，還說少哩！」行者道：「『溫柔天下去得，剛強寸步難移。』他們是此地之怪，我們是遠來之僧，你一身都是手，也要略溫存。你就去叫他做妖怪，他不打你，打我？『人將禮樂為先。』」八戒道：「一發不曉得！」行者道：「你自幼在山中吃人，你曉得有兩樣木麼？」八戒道：「不知。是甚麼木？」行者道：「一樣是楊木，一樣是檀木。楊木性格甚軟，巧匠取來，或雕聖像，或刻如來，裝金立粉，嵌玉裝花，萬人燒香禮拜，受了多少無量之福。那檀木性格剛硬，油房裡取了去，做榨撒，使鐵箍箍了頭，又使鐵鎚往下打，只因剛強，所以受此苦楚。」

八戒道：「哥啊，你這好話兒，早與我說說也好，卻不受他打了。」行者道：「你還去問他個端的。」八戒道：「這去他認得我了。」行者道：「你變化了去。」八戒道：「哥啊，且如我變了，卻怎麼問麼？」行者道：「你變了去，到他跟前，行個禮兒，看他多大年紀：若與我們差不多，叫他聲『姑娘』；若比我們老些兒，叫他聲『奶奶』。」八戒笑道：「可是蹭蹬！這般許遠的田地，認得是甚麼親！」行者道：「不是認親，要套他的話哩。若是他拿了師父，就好下手；若不是他，卻不誤了我們別處干事？」八戒道：「說得有理，等我再去。」

好呆子，把釘鈀撒在腰裡，下山凹，搖身一變，變做個黑胖和尚。搖搖擺擺，走近怪前，深深唱個大喏道：「奶奶，貧僧稽首了。」那兩個喜道：「這個和尚卻好，會唱個喏兒，又會稱道一聲兒。」問道：「長老，那裡來的？」八戒道：「那裡來的。」又問：「那裡去的？」又道：「那裡去的。」又問：「你叫做甚麼名字？」又答道：「我叫做甚麼名字。」那怪笑道：「這和尚好便好，只是沒來歷，會說順口話兒。」八戒道：「奶奶，你們打水怎的？」那怪道：「和尚，你不知道：我家老夫人今夜裡攝了一個唐僧在洞內，要管待他；我洞中水不乾淨，差我兩個來此打這陰陽交媾的好水，安排素果素菜的筵席，與唐僧吃了，晚間要成親哩。」

那呆子聞得此言，急抽身跑上山叫：「沙和尚，快拿將行李來，我們分了罷！」沙僧道：「二哥，又分怎的？」八戒道：「分了使你還去流沙河吃人，我去高老莊探親，哥哥去花果山稱聖，白龍馬歸大海成龍。師父已在這妖精洞內成親哩！我們都各安生理去也！」行者道：「這呆子又胡說了！」八戒道：「你的兒子胡說！才那兩個抬水的妖精說，安排素筵席與唐僧吃了成親哩！」行者道：「那妖精把師父困在洞裡，師父眼巴巴的望我們去救，你卻在此說這樣話！」八戒道：「怎麼救？」行者道：「你兩個牽著馬，挑著擔，我們跟著那兩個女怪，做個引子，引到那門前，一齊下手。」真個呆子只得隨行。

行者遠遠的標著那兩怪，漸入深山，有一二十里遠近，忽然不見。八戒驚道：「師父是日裡鬼拿去了！」行者道：「你好眼力！怎麼就看出他本相來？」八戒道：「那兩個怪，正抬著水走，忽然不見，卻不是個日裡鬼？」行者道：「想是鑽進洞去了。等我去看。」

好大聖，急睜火眼金睛，漫山看處，果然不見動靜。只見那陡崖前，有一座玲瓏剔透細妝花、堆五采、三簷四簇的牌樓。他與八戒、沙僧近前觀看，上有六個大字，乃「陷空山無底洞」。行者道：「兄弟呀，這妖精把個架子支在這裡，還不知門向那裡開哩。」沙僧說：「不遠！不遠！好生尋！」都轉身看時，牌樓下，山腳下有一塊大石，約有十餘里方圓；正中間有缸口大的一個洞兒，爬得光溜溜的。八戒道：「哥啊，這就是妖精出入洞也。」行者看了道：「怪哉！我老孫自保唐僧，瞞不得你兩個，妖精也拿了些，卻不見這樣洞府。八戒，你先下去試試，看有多少淺深，我好進去救師父。」八戒搖頭道：「這個難！這個難！我老豬身子夯夯的，若塌了腳掉下去，不知二三年可得到底哩！」行者道：「就有多深麼？」八戒道：「你看！」大聖伏在洞邊上，仔細往下看處，咦！深啊！周圍足有三百餘里，回頭道：「兄弟，果然深得緊！」八戒道：「你便回去罷。師父救不得耶！」行者道：「你說那裡話！『莫生懶惰意，休起怠荒心。』且將行李歇下，把馬拴在牌樓柱上，你使釘鈀，沙僧使杖，攔住洞門，讓我進去打聽打聽。若師父果在裡面，我將鐵棒把妖精從裡打出，跑至門口，你兩個卻在外面擋住：這是裡應外合。打死精靈，才救得師父。」二人遵命。

行者卻將身一縱，跳入洞中，足下彩雲生萬道，身邊瑞氣護千層。不多時，到於深遠之間，那裡邊明明朗朗，一般的有日色，有風聲，又有花草果木。行者喜道：「好去處啊！想老孫出世，天賜與水簾洞，這裡也是個洞天福地！」正看時，又見有一座二滴水的門樓，團團都是松竹，內有許多房舍。又想道：「此必是妖精的住處了。我且到那裡邊去打聽打聽。且住！若是這般去啊，他認得我了，且變化了去。」搖身捻訣，就變做個蒼蠅兒，輕輕的飛在門樓上聽聽。只見那怪高坐在草亭內。他那模樣，比在松林裡救他，寺裡拿他，便是不同，越發打扮得俊了：

髮盤雲髻似堆鴉，身著綠絨花比甲。
一對金蓮剛半折，十指如同春筍發。
團團粉面若銀盆，朱唇一似櫻桃滑。
端端正正美人姿，月裡嫦娥還喜恰。
今朝拿住取經僧，便要歡娱同枕榻。

行者且不言語，聽他說甚話。少時，綻破櫻桃，喜孜孜的叫道：「小的們，快排素筵席來，我與唐僧哥哥吃了成親。」行者暗笑道：「真個有這話！我只道八戒作耍子亂說哩！等我且飛進去尋尋，看師父在那裡。不知他的心情如何。假若被他摩弄動了啊，留他在這裡也罷。」即展翅，飛到裡邊看處，那東廊下，上明下暗的紅紙格子裡面，坐著唐僧哩。

第八十二回

姹女求陽　元神護道

行者一頭撞破格子眼，飛在唐僧光頭上叮著，叫聲：「師父。」三藏認得聲音，叫道：「徒弟，救我命啊！」行者道：「師父不濟呀！那怪精安排筵宴，與你吃了成親哩。或生下一男半女，也是你和尚之後代，你愁怎的？」長老聞言，咬牙切齒道：「徒弟，我自出了長安，到兩界山中收你，一向西來，那個時辰動葷？那一日子有甚歪意？今被這妖精拿住，要求配偶，我若把真陽喪了，我就身墮輪回，打在那陰山背後，永世不得翻身！」行者笑道：「莫發誓。既有真心往西天取經，老孫帶你去罷。」三藏道：「進來的路兒，我通忘了。」行者道：「莫說你忘了。他這洞，不比走進來走出去的，是打上頭往下鑽。如今救了你，要打底下往上鑽。若是造化高，鑽著洞口兒，就出去了；若是造化低，鑽不著，還有個悶殺的日子了。」三藏滿眼垂淚道：「似此艱難，怎生是好？」行者道：「沒事！沒事！那妖精整治酒與你吃，沒奈何，也吃他一盅；只要斟得急些兒，斟起一個喜花兒（斟酒時濺起的水花）來，等我變作個蟭蟟蟲兒，飛在酒泡之下，他把我一口吞下肚去，我就捻破他的心肝，扯斷他的肺腑，弄死那妖精，你才得脫身出去。」三藏道：「徒弟，這等說，只是不當人子。」行者道：「只管行起善來，你命休矣。妖精乃害人之物，你惜他怎的！」三藏道：「也罷，也罷；你只是要跟著我。」正是那孫大聖護定唐三藏，取經僧全靠著美猴王。

他師徒兩個，商量未定，早是那妖精安排停當，走近東廊外，開了門鎖，叫聲：「長老。」唐僧不敢答應。又叫一聲，又不敢答應。他不敢答應者何意？想著「口開神氣散，舌動是非生。」卻又一條心兒想著，若死住法兒不開口，怕他心狠，頃刻間就害了性命。正是那進退兩難心問口，三思忍耐口問心。正自狐疑，那怪又叫一聲：「長老。」唐僧沒奈何，應他一聲道：「娘子，有。」那長老應出這一句言來，真是肉落千斤。人都說唐僧是個真心的和尚，往西天拜佛求經，怎麼與這女妖精答話？不知此時正是危急存亡之秋，萬分出於無奈，雖是外有所答，其實內無所欲。妖精見長老應了一聲，他推開門，把唐僧攙起來，和他攜手挨背，交頭接耳，你看他做出那千般嬌態，萬種風情。豈知三藏一腔子煩惱。行者暗中笑道：「我師父被他這般哄誘，只怕一時動心。」正是：

真僧魔苦遇嬌娃，妖怪娉婷實可誇。淡淡翠眉分柳葉，盈盈丹臉襯桃花。
繡鞋微露雙鉤鳳，雲髻高盤兩鬢鴉。含笑與師攜手處，香飄蘭麝滿袈裟。

妖精挽著三藏，行近草亭道：「長老，我辦了一杯酒，和你酌酌。」唐僧道：「娘子，貧僧自不用葷。」妖精道：「我知你不吃葷，因洞中水不潔淨，特命山頭上取陰陽交媾的淨水，做些素果素菜筵席，和你耍子。」唐僧跟他進去觀看，果然見那：

盈門下，繡纏彩結；滿庭中，香噴金猊。擺列著黑油壘鈿桌，朱漆篾絲盤。壘鈿桌上，有異樣珍羞；篾絲盤中，盛稀奇素物。林檎、橄欖、蓮肉、葡萄、榧、柰、榛、松、荔枝、龍眼、山栗、風菱、棗兒、柿子、胡桃、銀杏、金橘、香橙，果子隨山有；蔬菜更時新：豆腐、麵筋、木耳、鮮筍、蘑菇、香蕈、山藥、黃精。石花菜、黃花菜，青油煎炒；扁豆角、江豆角，熟醬調成。王瓜、瓠子，白果、蔓菁。鏇皮茄子鵪鶉做，剔種冬瓜方旦名。爛熛芋頭糖拌著，白煮蘿蔔醋澆烹。椒薑辛辣般般美，鹹淡調和色色平。

第八十二回

姹女求陽　元神護道

那妖精露尖尖之玉指，捧晃晃之金杯，滿斟美酒，遞與唐僧，口裡叫道：「長老哥哥，妙人，請一杯交歡酒兒。」三藏羞答答的，接了酒，望空澆奠，心中暗祝道：「護法諸天、五方揭諦、四值功曹：弟子陳玄奘，自離東土，蒙觀世音菩薩差遣列位眾神暗中保護，拜雷音，見佛求經，今在途中，被妖精拿住，強逼成親，將這一杯酒遞與我吃。此酒果是素酒，弟子勉強吃了，還得見佛成功；若是葷酒，破了弟子之戒，永墮輪回之苦！」孫大聖，他卻變得輕巧，在耳根後，若像一個耳報；但他說話，惟三藏聽見，別人不聞。他知師父平日好吃葡萄做的素酒，教吃他一盅。那師父沒奈何吃了，急將酒滿斟一盅，回與妖怪。果然斟起有一個喜花兒。行者變作個蟭蟟蟲兒，輕輕的飛入喜花之下。那妖精接在手，且不吃，把杯兒放住，與唐僧拜了兩拜，口裡嬌嬌怯怯，敘了幾句情話。卻才舉杯，那花兒已散，就露出蟲來。妖精也認不得是行者變的，只以為蟲兒，用小指挑起，往下一彈。

行者見事不諧，料難入他腹，即變做個餓老鷹。真個是：

玉爪金睛鐵翮，雄姿猛氣摶雲。妖狐狡兔見他昏，千里山河時遁。飢處迎風逐雀，飽來高貼天門。老拳鋼硬最傷人，得志凌霄嫌近。

飛起來，掄開玉爪，響一聲掀翻桌席，把些素果素菜，盤碟家伙，盡皆摔碎，撇卻唐僧，飛將出去。唬得妖精心膽皆裂，唐僧的骨肉通酥。妖精戰戰兢兢，摟住唐僧道：「長老哥哥，此物是那裡來的？」三藏道：「貧僧不知。」妖精道：「我費了許多心，安排這個素宴與你耍耍，卻不知這個扁毛畜生，從那裡飛來，把我的家伙打碎！」眾小妖道：「夫人，打碎家伙猶可，將些素品都潑散在地，穢了怎用？」三藏分明曉得是行者弄法，他那裡敢說。那妖精道：「小的們，我知道了。想必是我把唐僧困住，天地不容，故降此物。你們將碎家伙拾出去，另安排些酒肴，不拘葷素，我指天為媒，指地作證，然後再與唐僧成親。」依然把長老送在東廊裡坐下不題。

卻說行者飛出去，現了本相，到於洞口，叫聲「開門！」八戒笑道：「沙僧，哥哥來了。」他二人撒開兵器。行者跳出，八戒上前扯住道：「可有妖精？可有師父？」行者道：「有！有！有！」八戒道：「師父在裡邊受罪哩？綁著是捆著？要蒸是要煮？」行者道：「這個事倒沒有，只是安排素宴，要與他幹那個事哩。」八戒道：「你造化！你造化！你吃了陪親酒來了！」行者道：「呆子啊！師父的性命也難保，吃甚麼陪親酒！」八戒道：「你怎的就來了？」行者把見唐僧施變化的上項事說了一遍，道：「兄弟們，再休胡思亂想。師父已在此間，老孫這一去，一定救他出來。」

復翻身入裡面，還變做個蒼蠅兒，叮在門樓上聽之。只聞得這妖怪氣呼呼的，在亭子上吩咐：「小的們，不論葷素，拿來燒紙。借煩天地為媒訂，務要與他成親。」行者聽見，暗笑道：「這妖精全沒一些兒廉恥！青天白日的，把個和尚關在家裡擺布。且不要忙，等老孫再進去看看。」嚶的一聲，飛在東廊之下，見那師父坐在裡邊，清滴滴腮邊淚淌。行者鑽將進去，叮在他頭上，又叫聲：「師父。」長老認得聲音，跳起來，咬牙恨道：「猢猻啊！別人膽大，還是身包膽；你的膽大，就是膽包身！你弄變化神通，打破家伙，能值幾何！鬥得那妖精淫興發了，那裡不分葷素安排，定要與我交媾，此事怎了！」行者暗中陪笑道：「師父莫怪，有救你處。」唐僧道：「那裡救得我？」行者道：「我才一翅飛起去時，見他後邊有個花園。你哄他往園裡去耍子，我救了你罷。」唐僧道：「園裡怎麼樣救？」行者道：「你與他到園裡，走到桃樹邊，就莫走了。等我飛上桃枝，變作個紅桃子。你要吃果子，先揀紅的兒摘下來。紅的是我。他必然也要摘一個，你把紅的定要讓他。他若一口吃了，我卻在他肚裡，等我搗破他的皮袋，扯斷他的肝腸，弄死他，你就脫身了。」三藏道：「你若有手段，就與他賭鬥便了；只要鑽在他肚裡怎麼？」行者道：「師父，你不知趣。他這個洞，若好出入，便可與他賭鬥；只為出入不便，曲道難行，若就動手，他這一窩子，老老小小，連我都扯住，卻怎麼了？須是這般捽手幹，大家才得乾淨。」三藏點頭聽信，只叫：「你跟定我。」行者道：「曉得！曉得！我在你頭上。」

師徒們商量定了，三藏才欠起身來，雙手扶著那格子，叫道：「娘子，娘子。」那妖精聽見，笑唏唏的跑近跟前道：「妙人哥哥，有甚話說？」三藏道：「娘子，我出了長安，一路西來，無日不山，無日不水。昨在鎮海寺投宿，偶得傷風重疾，今日出了汗，略才好些；又蒙娘子盛情，攙入仙府，只得坐了這一日，又覺心神不爽。你帶我往那裡略散散心，耍耍兒去麼？」那妖精十分歡喜道：「妙人哥哥倒有些興趣。我和你去花園裡耍耍。」叫：「小的們，拿鑰匙來開了園門，打掃路徑。」眾妖都跑去開門收拾。

這妖精開了格子，攙出唐僧。你看那許多小妖，都是油頭粉面，裊娜娉婷，簇簇擁擁，與唐僧徑上花園而去。好和尚！他在這綺羅隊裡無他故，錦繡叢中作瘂聾。若不是這鐵打的心腸朝佛去，第二個酒色凡夫也取不得經。一行都到了花園之外。那妖精俏語低聲叫道：「妙人哥哥，這裡耍耍，真可散心釋悶。」唐僧與他攜手相攙，同入園內，抬頭觀看，其實好個去處。但見那：

縈回曲徑，紛紛盡點蒼苔；窈窕綺窗，處處暗籠繡箔。微風初動，輕飄飄展開蜀錦吳綾；細雨才收，嬌滴滴露出冰肌玉質。日灼鮮杏，紅如仙子曬霓裳；月映芭蕉，青似太真搖羽扇。粉牆四面，萬株楊柳囀黃鸝；閒館周圍，滿院海棠飛粉蝶。更看那凝香閣、青蛾閣、解酲閣、相思閣，層層卷映，朱簾上，鉤控蝦鬚；又見那養酸亭、披素亭、畫眉亭、四雨亭，個個崢嶸，華匾上，字書鳥篆。看那浴鶴池、洗觴池、怡月池、濯纓池，青萍綠藻耀金鱗；又有墨花軒、異箱軒、適趣軒、慕雲軒，玉斗瓊卮（酒器）浮綠蟻。池亭上下，有太湖石、紫英石、鸚落石、錦川石，青青栽著虎鬚蒲；軒閣東西，有木假山、翠屏山、嘯風山、玉芝山，處處叢生鳳尾竹。荼蘼架、薔薇架，近著秋千架，渾如錦帳羅幃；松柏亭、辛夷亭，對著木香亭，卻似碧城繡幕。芍藥欄，牡丹叢，朱朱紫紫斗穠華；夜合台，茉藜檻，歲歲年年生嫵媚。涓涓滴露紫含笑，堪畫堪描；艷艷燒空紅拂桑，宜題宜賦。論景致，休誇閬苑蓬萊；較芳菲，不數姚黃魏紫。若到三春閒鬥草，園中只少玉瓊花。

長老攜著那怪，步賞花園，看不盡的奇葩異卉。行過了許多亭閣，真個是漸入佳境。忽抬頭，到了桃樹林邊，行者把師父頭上一掐，那長老就知。行者飛在桃樹枝兒上，搖身一變，變作個紅桃兒，其實紅得可愛。長老對妖精道：「娘子，你這苑內花香，枝頭果熟。苑內花香蜂競采，枝頭果熟鳥爭銜。怎麼這桃樹上果子青紅不一，何也？」妖精笑道：「天無陰陽，日月不明；地無陰陽，草木不生；人無陰陽，不分男女。這桃樹上果子，向陽處，有日色相烘者先熟，故紅；背陰處無日者還生，故青。此陰陽之道理也。」三藏道：「謝娘子指教。其實貧僧不知。」即向前伸手摘了個紅桃。妖精也去摘了一個青桃。三藏躬身將紅桃奉與妖怪道：「娘子，你愛色，請吃這個紅桃，拿青的來我吃。」妖精真個換了。且暗喜道：「好和尚啊！果是個真人！一日夫妻未做，卻就有這般恩愛也。」

第八十二回

姹女求陽　元神護道

那妖精喜喜歡歡的，把唐僧親敬。這唐僧把青桃拿過來就吃。那妖精喜相陪，把紅桃兒張口便咬。啟朱唇，露銀牙，未曾下口，原來孫行者十分性急，轂轆一個跟頭，翻入他咽喉之下，徑到肚腹之中。妖精害怕，對三藏道：「長老啊，這個果子利害。怎麼不容咬破，就滾下去了？」三藏道：「娘子，新開園的果子愛吃，所以去得快了。」妖精道：「未曾吐出核子，他就攛下去了。」三藏道：「娘子意美情佳，喜吃之甚，所以不及吐核，就下去了。」

行者在他肚裡，復了本相。叫聲：「師父，不要與他答嘴，老孫已得了手也！」三藏道：「徒弟方便著些。」妖精聽見道：「你和那個說話哩？」三藏道：「和我徒弟孫悟空說話哩。」妖精道：「孫悟空在那裡？」三藏道：「在你肚裡哩。卻才吃的那個紅桃子不是？」妖精慌了道：「罷了，罷了！這猴頭鑽在我肚裡，我是死也！孫行者！你千方百計的鑽在我肚裡怎的？」行者在裡邊恨道：「也不怎的！只是吃了你的六葉連肝肺，三毛七孔心；五臟都淘淨，弄做個梆子精！」妖精聽說，唬得魂飛魄散，戰戰兢兢的，把唐僧抱住道：「長老啊！我只道：

夙世前緣繫赤繩，魚水相和兩意濃。不料鴛鴦今拆散，何期鸞鳳又西東！
藍橋水漲難成事，佛廟煙沉嘉會空。著意一場今又別，何年與你再相逢！」

行者在他肚裡聽見說時，只怕長老慈心，又被他哄了。便就掄拳跳腳，支架子，理四平，幾乎把個皮袋兒搗破了。那妖精忍不得疼痛，倒在塵埃，半晌家不敢言語。行者見不言語，想是死了，卻把手略鬆一鬆。他又回過氣來，叫：「小的們！在那裡？」原來那些小妖，自進園門來，各人知趣，都不在一處，各自去採花鬥草，任意隨心耍子，讓那妖精與唐僧兩個自在敘情兒。忽聽得叫，卻才都跑將來。又見妖精倒在地上，面容改色，口裡哼哼的爬不動，連忙攙起，圍在一處道：「夫人，怎的不好？想是急心疼了？」妖精道：「不是！不是！你莫要問，我肚裡已有了人也！快把這和尚送出去，留我性命！」那些小妖，真個都來扛抬。行者在肚裡叫道：「那個敢抬！要便是你自家獻我師父出去，出到外邊，我饒你命！」那怪精沒計奈何，只是惜命之心，急掙起來，把唐僧背在身上，拽開步，往外就走。小妖跟隨道：「老夫人，往那裡去？」妖精道：「『留得五湖明月在，何愁沒處下金鉤！』把這廝送出去，等我別尋一個頭兒罷！」

好妖精，一縱雲光，直到洞口。又聞得叮叮噹噹，兵刃亂響。三藏道：「徒弟，外面兵器響哩。」行者道：「是八戒揉鈀哩。你叫他一聲。」三藏便叫：「八戒！」八戒聽見道：「沙和尚！師父出來也！」二人掣開鈀杖，妖精把唐僧馱出。

咦！正是：心猿裡應降邪怪，土木司門接聖僧。畢竟不知那妖精性命如何，且聽下回分解。

第八十三回
心猿識得丹頭　姹女還歸本性

卻說三藏著妖精送出洞外，沙和尚近前問曰：「師父出來，師兄何在？」八戒道：「他有算計，必定貼換師父出來也。」三藏用手指著妖精道：「你師兄在他肚裡哩。」八戒笑道：「醃臢殺人！在肚裡做甚！出來罷！」行者在裡邊叫道：「張開口，等我出來！」那怪真個把口張開。行者變得小小的，趴在咽喉之內，正欲出來，又恐他無理來咬，即將鐵棒取出，吹口仙氣，叫「變！」變作個棗核釘兒，撐住他的上顎子，把身一縱，跳出口外，就把鐵棒順手帶出，把腰一躬，還是原身法相，舉起棒來就打。那妖精也隨手取出兩口寶劍，丁當架住。兩個在山頭上這場好殺：

雙舞劍飛當面架，金箍棒起照頭來。一個是天生猴屬心猿體，一個是地產精靈姹女骸。他兩個，恨衝懷，喜處生仇大會垓。那個要取元陽成配偶，這個要戰純陰結聖胎。棒舉一天寒霧漫，劍迎滿地黑塵篩。因長老，拜如來，恨苦相爭顯大才。水火不投母道損，陰陽難合各分開。兩家鬥罷多時節，地動山搖樹木摧。

八戒見他們賭鬥，口裡絮絮叨叨，返恨行者。轉身對沙僧道：「兄弟，師兄胡纏！才子在他肚裡，輪起拳來，送他一個滿肚紅，扒開肚皮鑽出來，卻不了帳？怎麼又從他口裡出來；卻與他爭戰，讓他這等猖狂！」沙僧道：「正是。卻也虧了師兄深洞中救出師父，返又與妖精廝戰。且請師父自家坐道，我和你各持兵器，助助大哥，打倒妖精去來。」八戒擺手道：「不，不，不！他有神通，我們不濟。」沙僧道：「說那裡話！都是大家有益之事。雖說不濟，卻也放屁添風。」

那呆子一時興發，掣了釘鈀，叫聲：「去來！」他兩個不顧師父，一擁駕風趕上。舉釘鈀，使寶杖，望妖精亂打。那妖精戰行者一個已是不能，又見他二人，怎生抵敵，急回頭，抽身就走。行者喝道：「兄弟們趕上！」那妖精見他們趕得緊，即將右腳上花鞋脫下來，吹口仙氣，念個咒語，叫「變！」即變作本身模樣，使兩口劍舞將來；將身一幌，化一陣清風，逕直回去。這番也只說戰他們不過，顧命而回，豈知又有這般樣事！也是三藏災星未退：他到了洞門前牌樓下，卻見唐僧在那裡獨坐，他就近前一把抱住，搶了行李，咬斷韁繩，連人和馬，復又攝將進去不題。

且說八戒閃個空，一鈀把妖精打落地，乃是一隻花鞋。行者看見道：「你這兩個呆子！看著師父罷了，誰要你來幫甚麼功！」八戒道：「沙和尚，如何麼！我說莫來。這猴子好的有些夾腦風。我們替他降了妖怪，反落得他生報怨！」行者道：「在那裡降了妖怪！那妖怪昨日與我戰時，使了一個遺鞋計哄了。你們走了，不知師父如何，我們快去看看！」

三人急回來，果然沒了師父；連行李、白馬一並無蹤。慌得個八戒兩頭亂跑，沙僧前後跟尋。孫大聖亦心焦性躁。正尋覓處，只見那路旁邊斜著單半截兒韁繩。他一把拿起，止不住眼中流淚，放聲叫道：「師父啊！我去時辭別人和馬，回來只見這些繩！」正是那「見鞍思俊馬，滴淚想親人。」八戒見他垂淚，忍不住仰天大笑。行者罵道：「你這個夯貨！又是要散伙哩！」八戒又笑道：「哥啊，不是這話。師父一定又被妖精攝進洞去了。常言道：『事無三不成。』你進洞兩遭了，再進去一遭，管情救出師父來也。」行者揩了眼淚道：「也罷，到此地位，勢不容已，我還進去。你兩個沒了行李、馬匹耽心，卻好生把守洞口。」

好大聖，即轉身跳入裡面，不施變化，就將本身法相。真個是：

古怪別腮心裡強，自小為怪神力壯。
高低面賽馬鞍橇，眼放金光如火亮。
渾身毛硬似鋼針，虎皮裙繫明花響。
上天撞散萬雲飛，下海混起千層浪。
當天倚力打天王，擋退十萬八千將。
官封大聖美猴精，手中慣使金箍棒。
今日西方任顯能，復來洞內扶三藏。

你看他停住雲光，徑到了妖精宅外。見那門樓門關了，不分好歹，掄鐵棒一下打開，闖將進去。那裡邊靜悄悄，全無人跡。東廊下不見唐僧；亭子上桌椅，與各處家伙，一件也無。原來他的洞裡周圍有三百餘里，妖精窠穴甚多。前番攝唐僧在此，被行者尋著，今番攝了，又怕行者來尋，當時搬了，不知去向。惱得這行者跌腳捶胸，放聲高叫道：「師父啊！你是個晦氣轉成的唐三藏，災殃鑄就的取經僧！噫！這條路且是走熟了，如何不在？卻教老孫那裡尋找也！」正自吆喝暴躁之間，忽聞得一陣香煙撲鼻，他回了性道：「這香煙是從後面飄出，想是在後頭哩。」拽開步，提著鐵棒，走將進去看時，也不見動靜。只見有三間倒坐兒，近後壁卻鋪一張龍吞口雕漆供桌，桌上有一個大流金香爐，爐內有香煙馥郁。那上面供養著一個大金字牌，牌上寫著「尊父李天王之位」；略次些兒，寫著「尊兄哪吒三太子位」。行者見了，滿心歡喜，也不去搜妖怪，找唐僧，把鐵棒捻作個繡花針兒，揌在耳朵裡，掄開手，把那牌子並香爐拿將起來，返雲光，徑出門去。至洞口，嘻嘻哈哈，笑聲不絕。

八戒、沙僧聽見，掣放洞口，迎著行者道：「哥哥這等歡喜，想是救出師父也？」行者笑道：「不消我們救，只問這牌子要人。」八戒道：「哥啊，這牌子不是妖精，又不會說話，怎麼問他要人。」行者放在地下道：「你們看！」沙僧近前看時，上寫著「尊父李天王之位」、「尊兄哪吒三太子位」。沙僧道：「此意何也？」行者道：「這是那妖精家供養的。我闖入他住居之所，見人跡俱無，惟有此牌。想是李天王之女，三太子之妹，思凡下界，假扮妖邪，將我師父攝去。不問他要人，卻問誰要？你兩個且在此把守，等老孫執此牌位，徑上天堂玉帝前告個御狀，教天王爺兒們，還我師父。」八戒道：「哥啊，常言道：『告人死罪得死罪。』須是理順，方可為之。況御狀又豈是可輕易告的？你且與我說，怎的告他。」行者笑道：「我有主張。我把這牌位、香爐做個證見，另外再備紙狀兒。」八戒道：「狀兒上怎麼寫？你且念念我聽。」行者道：

「告狀人孫悟空，年甲在牒，係東土唐朝西天取經僧唐三藏徒弟。告為假妖攝陷人口事。今有托塔天王李靖同男哪吒太子，閨門不謹，走出親女，在下方陷空山無底洞變化妖邪，迷害人命無數。今將吾師攝陷曲邃之所，渺無尋處。若不狀告，切思伊父子不仁，故縱女氏成精害眾。伏乞憐准，行拘至案，收邪救師，明正其罪，深為恩便。有此上告。」

八戒、沙僧聞其言，十分歡喜道：「哥啊，告的有理，必得上風。切須早來；稍遲恐妖精傷了師父性命。」行者道：「我快！我快！多時飯熟，少時茶滾就回。」

好大聖，執著這牌位、香爐，將身一縱，駕祥雲，直至南天門外。時有把天門的大力天王與護國天王見了行者，一個個都控背躬身，不敢攔阻，讓他進去。直至通明殿下，有張、葛、許、丘四大天師迎面作禮道：「大聖何來？」行者道：「有紙狀兒，要告兩個人哩。」天師吃驚道：「這個賴皮，不知要告那個。」無奈，將他引入靈霄殿下啟奏。蒙旨宣進，行者將牌位、香爐放下，朝上禮畢，將狀子呈上。葛仙翁接了，鋪在御案。玉帝從頭看了，見這等這等，即將原狀批作聖旨，宣西方長庚太白金星領旨到雲樓宮宣托塔李天王見駕。行者上前奏道：「望天主好生懲治；不然，又別生事端。」玉帝又吩咐：「原告也去。」行者道：「老孫也去？」四天師道：「萬歲已出了旨意，你可同金星去來。」

行者真個隨著金星，縱雲頭，早至雲樓宮。原來是天王住宅，號雲樓宮。金星見宮門首有個童子侍立。那童子認得金星，即入裡報道：「太白金星老爺來了。」天王遂出迎迓。又見金星捧著旨意，即命焚香。及轉身，又見行者跟入，天王即又作怒。你道他作怒為何？當年行者大鬧天宮時，玉帝曾封天王為降魔大元帥，封哪吒太子為三壇海會之神，帥領天兵，收降行者，屢戰不能取勝。還是五百年前敗陣的仇氣，有些惱他，故此作怒。他且忍不住道：「老長庚，你齎得是甚麼旨意？」金星道：

「是孫大聖告你的狀子。」那天王本是煩惱，聽見說個「告」字，一發雷霆大怒道：「他告我怎的？」金星道：「告你假妖攝陷人口事。你焚了香，請自家開讀。」那天王氣呼呼的，設了香案，望空謝恩。拜畢，展開旨意看了，原來是這般這般，如此如此，恨得他手撲著香案道：「這個猴頭！他也錯告我了！」金星道：「且息怒。現有牌位、香爐在御前作證，說是你親女哩。」天王道：「我止有三個兒子一個女兒。大小兒名金吒，侍奉如來，做前部護法。二小兒名木吒，在南海隨觀世音做徒弟。三小兒名哪吒，在我身邊，早晚隨朝護駕。一女年方七歲，名貞英，人事尚未省得，如何會做妖精！不信，抱出來你看。這猴頭著實無禮！且莫說我是天上元勳，封受先斬後奏之職，就是下界小民，也不可誣告。律云：『誣告加三等。』」叫手下：「將縛妖索把這猴頭捆了！」

那庭下擺列著巨靈神、魚肚將、藥叉雄帥，一擁上前，把行者捆了。金星道：「李天王莫闖禍啊！我在御前同他領旨意來宣你的人。你那索兒頗重，一時捆壞他，閣氣。」天王道：「金星啊，似他這等詐偽告擾，怎該容他！你且坐下，待我取砍妖刀砍了這個猴頭，然後與你見駕回旨！」金星見他取刀，心驚膽戰。對行者道：「你幹事差了。御狀可是輕易告的？你也不訪的實，似這般亂弄，傷其性命，怎生是好？」行者全然不懼，笑吟吟的道：「老官兒放心，一些沒事。老孫的買賣，原是這等做，一定先輸後贏。」

說不了，天王掄過刀來，望行者劈頭就砍。早有那三太子趕上前，將斬腰劍架住，叫道：「父王息怒。」天王大驚失色。噫！父見子以劍架刀，就當喝退，怎麼返大驚失色？原來天王生此子時，他左手掌上有個「哪」字，右手掌上有個「吒」字，故名哪吒。這太子三朝兒就下海淨身闖禍，踏倒水晶宮，捉住蛟龍要抽筋為條子。天王知道，恐生後患，欲殺之。哪吒奮怒，將刀在手，割肉還母，剔骨還父；還了父精母血，一點靈魂，徑到西方極樂世界告佛。佛正與眾菩薩講經，只聞得幢幡寶蓋有人叫道：「救命！」佛慧眼一看，知是哪吒之魂，即將碧藕為骨，荷葉為衣，念動起死回生真言，哪吒遂得了性命。運用神力，法降九十六洞妖魔，神通廣大。後來要殺天王，報那剔骨之仇。天王無奈，告求我佛如來。如來以和為尚，賜他一座玲瓏剔透舍利子如意黃金寶塔，那塔上層層有佛，豔豔光明。喚哪吒以佛為父，解釋了冤仇。所以稱為托塔李天王者，此也。今日因閒在家，未曾托著那塔，恐哪吒有報仇之意，故嚇個大驚失色。卻即回手，向塔座上取了黃金寶塔，托在手間，問哪吒道：「孩兒，你以劍架住我刀，有何話說？」哪吒棄劍叩頭道：「父王，是有女兒在下界哩。」天王道：「孩兒，我只生了你兄妹四個，那裡又有個女兒哩？」哪吒道：「父王忘了。那女兒原是個妖精。三百年前成怪。在靈山偷食了如來的香花寶燭，如來差我父子天兵，將他拿住。拿住時，只該打死。如來吩咐道：『積水養魚終不釣，深山餵鹿望長生。』當時饒了他性命。積此恩念，拜父王為父，拜孩兒為兄，在下方供設牌位，侍奉香火。不期他又成精，陷害唐僧，卻被孫行者搜尋到巢穴之間，將牌位拿來，就做名告了御狀。此是結拜之恩女，非我同袍之親妹也。」

天王聞言，悚然驚訝道：「孩兒，我實忘了。他叫做甚麼名字？」太子道：「他有三個名字：他的本身出處，喚做金鼻白毛老鼠精；因偷香花寶燭，改名喚做半截觀音；如今饒他下界，又改了，喚做地湧夫人是也。」天王卻才省悟。放下寶塔，便親手來解行者。行者就放起刁來道：「那個敢解我！要便連繩兒抬去見駕，老孫的官事才贏！」慌得天王手軟，太子無言，眾家將委委而退。

那大聖打滾撒賴，只要天王去見駕。天王無計可施，哀求金星說個方便。金星道：「古人云：『萬事從寬。』你幹事忒緊了些兒，就把他捆住，又要殺他。這猴子是個有名的賴皮，你如今教我怎的處！若論你令郎講起來，雖是恩女，不是親女，卻也晚親義重，不拘怎生折辨，你也有個罪名。」天王道：「老星怎說個方便，就沒罪了。」金星道：「我也要和解你們，卻只是無情可說。」天王笑道：「你把那奏招安授官銜的事說說，他也罷了。」真個金星上前，將手摸著行者道：「大聖，看我薄面，解了繩好去見駕。」行者道：「老官兒，不用解。我會滾法，一路滾就滾到也。」金星笑道：「你這猴忒恁寡情。我昔日也曾有些恩義兒到你，你這些些事兒，就不依我。」行者道：「你與我有甚恩義？」金星道：「你當年在花果山為怪，伏虎降龍，強消死籍，聚群妖大肆猖狂，上天欲要擒你，是老身力奏，降旨招安，把你宣上天堂，封你做『弼馬溫』。你吃了玉帝仙酒，後又招安，也是老身力奏，封你做『齊天大聖』。你又不守本分，偷桃盜酒，竊老君之丹，如此如此，才得個無滅無生。若不是我，你如何得到今日？」行者道：「古人說得好，『死了莫與老頭兒同墓，乾淨會揭挑人！』我也只是做弼馬溫，鬧天宮罷了；再無甚大事。也罷，也罷，看你老人家面皮，還教他自己來解。」天王才敢向前，解了縛，請行者著衣上坐，一一上前施禮。

行者朝了金星道：「老官兒，何如？我說先輸後贏，買賣兒原是這等做。快催他去見駕，莫誤了我的師父。」金星道：「莫忙。弄了這一會，也吃盅茶兒去。」行者道：「你吃他的茶，受他的私，賣放犯人，輕慢聖旨，你得何罪？」金星道：「不吃茶！不吃茶！連我也賴將起來了！李天王，快走！快走！」天王那裡敢去，怕他沒的說做有的，放起刁來，口裡胡說亂道，怎生與他折辨；沒奈何，又央金星，教說方便。金星道：「我有一句話兒，你可依我？」行者道：「繩捆刀砍之事，我也通看你面，還有甚話？你說！你說！說得好，就依你；說得不好，莫怪。」金星道：「『一日官事十日打。』你告了御狀，說妖精是天王的女兒，天王說不是，你兩個只管在御前折辨，反覆不已，我說天上一日，下界就是一年。這一年之間，那妖精把你師父，陷在洞中，莫說成親，若有個喜花下兒子，也生了一個小和尚兒，卻不誤了大事？」行者低頭想道：「是啊！我離八戒、沙僧，只說多時飯熟、少時茶滾就回；今已弄了這半會，卻不遲了？老官兒，既依你說，這旨意如何回繳？」金星道：「教李天王點兵，同你下去降妖，我去回旨。」行者道：「你怎麼樣回？」金星道：「我只說原告脫逃，被告免提。」行者笑道：「好啊！我倒看你面情罷了，你倒說我脫逃！教他點兵在南天門外等我，我即和你回旨繳狀去。」天王害怕道：「他這一去，若有言語，是臣背君也。」行者道：「你把老孫當甚麼樣人？我也是個大丈夫！『一言既出，駟馬難追。』豈又有污言頂你？」

天王即謝了行者。行者與金星回旨。天王點起本部天兵，徑出南天門外。金星與行者回見玉帝道：「陷唐僧者，乃金鼻白毛老鼠成精，假設天王爺子牌位。天王知之，已點兵收怪去了，望天尊赦罪。」玉帝已知此情，降天恩免究。行者即返雲光，到南天門外。見天王、太子，布列天兵等候。噫！那些神將，風滾滾，霧騰騰，接住大聖，一齊墜下雲頭，早到了陷空山上。

八戒、沙僧眼巴巴正等，只見天兵與行者來了。呆子迎著天王施禮道：「累及！累及！」天王道：「天蓬元帥，你卻不知。只因我父子受他一炷香，致令妖精無理，困了你師父。來遲莫怪。這個山就是陷空山了？但不知他的洞門還向那邊開？」行者道：「我這條路且是走熟了。只是這個洞叫做個無底洞，周圍有三百餘里。妖精窠穴甚多。前番我師父在那兩滴水的門樓裡，今番靜悄悄，鬼影也沒個，不知又搬在何處去也。」天王道：「『任他設盡千般計，難脫天羅地網中。』到洞門前，再作道理。」大家就行。咦，約有十餘里，就到了那大石邊。行者指那缸口大的門兒道：「兀的便是也。」天王道：「『不入虎穴，安得虎子！』誰敢當先？」行者道：「我當先。」三太子道：「我奉旨降妖，我當先。」那呆子便莽撞起來，高聲叫道：「當頭還要我老豬！」天王道：「不須羅唣，但依我分擺：孫大聖和太子同領著兵將下去，我們三人在口上把守，做個裡應外合，教他上天無路，入地無門，才顯些些手段。」眾人都答應了一聲「是」。

你看那行者和三太子，領了兵將，望洞裡只是一溜。駕起雲光，閃閃爍爍，抬頭一望，果然好個洞啊：

依舊雙輪日月，照般一望山川。珠淵玉井暖韜煙，更有許多堪羨。迭迭朱樓畫閣，嶷嶷赤壁青田。三春楊柳九秋蓮，兀的洞天罕見。

頃刻間，停住了雲光，徑到那妖精舊宅。挨門兒搜尋，吆吆喝喝，一重又一重，一處又一處，把那三百里地，草都踏光了，那見個妖精？那見個三藏？都只說：「這孽畜一定是早出了這洞，遠遠去哩。」那曉得在那東南黑角落上，望下去，另有個小洞。洞裡一重小小門，一間矮矮屋，盆栽了幾種花，簷傍著數竿竹，黑氣氤氳，暗香馥馥。老怪攝了三藏，搬在這裡逼住成親，只說行者再也找不著。誰知他命合該休：那些小怪，在裡面，一個個嚌嚌嘈嘈，挨挨簇簇。中間有個大膽些的，伸起頸來，望洞外略看一看，一頭撞著個天兵，一聲嚷道：「在這裡！」那行者惱起性來，捻著金箍棒，一下闖將進去，那裡邊窄小，窩著一窩妖精。三太子縱起天兵，一齊擁上，一個個那裡去躲？

行者尋著唐僧，和那龍馬，和那行李。那老怪尋思無路，看著哪吒太子，只是磕頭求命。太子道：「這是玉旨來拿你，不當小可。我父子只為受了一炷香，險些兒『和尚拖木頭，做出了寺！』」

啐聲「天兵，取下縛妖索，把那些妖精都捆了！」老怪也少不得吃場苦楚。返雲光，一齊出洞。行者口裡嘻嘻嗄嗄。天王掣開洞口，迎著行者道：「今番卻見你師父也。」行者道：「多謝了！多謝了！」就引三藏拜謝天王，次及太子。沙僧、八戒只是要碎剮那老精，天王道：「他是奉玉旨拿的，輕易不得。我們還要去回旨哩。」

一邊天王同三太子領著天兵神將，押住妖精，去奏天曹，聽候發落；一邊行者擁著唐僧，沙僧收拾行李，八戒攏馬，請唐僧騎馬，齊上大路。

這正是：割斷絲羅乾金海，打開玉鎖出樊籠。畢竟不知前去何如，且聽下回分解。

第八十四回

難滅伽持圓大覺　法王成正體天然

話說唐三藏固住元陽，出離了煙花苦套，隨行者投西前進。不覺夏時，正值那熏風初動，梅雨絲絲。好光景：

冉冉綠陰密，風輕燕引雛。新荷翻沼面，修竹漸扶蘇。
芳草連天碧，山花遍地鋪。溪邊蒲插劍，榴火壯行圖。

師徒四眾，耽炎受熱，正行處，忽見那路旁有兩行高柳，柳陰中走出一個老母，右手下攙著一個小孩兒，對唐僧高叫道：「和尚，不要走了，快早兒撥馬東回，進西去都是死路。」唬得個三藏跳下馬來，打個問訊道：「老菩薩，古人云：『海闊從魚躍，天空任鳥飛。』怎麼西進便沒路了？」那老母用手朝西指道：「那裡去，有五六里遠近，乃是滅法國。那國王前生那世裡結下冤仇，今世裡無端造罪。二年前許下一個羅天大願，要殺一萬個和尚。這兩年陸陸續續，殺彀了九千九百九十六個無名和尚，只要等四個有名的和尚，湊成一萬，好做圓滿哩。你們去，若到城中，都是送命王菩薩！」三藏聞言，心中害怕，戰兢兢的道：「老菩薩，深感盛情，感謝不盡！但請問可有不進城的方便路兒，我貧僧轉過去罷。」那老母笑道：「轉不過去，轉不過去。只除是會飛的，就過去了也。」八戒在旁邊賣嘴道：「媽媽兒莫說黑話。我們都會飛哩。」

行者火眼金睛，其實認得好歹，那老母攙著孩兒，原是觀音菩薩與善財童子。慌得倒身下拜。叫道：「菩薩，弟子失迎！失迎！」那菩薩一朵祥雲，輕輕駕起，嚇得個唐長老立身無地，只情跪著磕頭。八戒、沙僧也慌跪下，朝天禮拜。一時間，祥雲縹渺，徑回南海而去。行者起來，扶著師父道：「請起來，菩薩已回寶山也。」三藏起來道：「悟空，你既認得是菩薩，何不早說？」行者笑道：「你還問話不了，我即下拜，怎麼還是不早哩？」八戒、沙僧對行者道：「感蒙菩薩指示，前邊必是滅法國，要殺和尚，我等怎生奈何？」行者道：「呆子休怕！我們曾遭著那毒魔狠怪，虎穴龍潭，更不曾傷損；此間乃是一國凡人，有何懼哉？只奈這裡不是住處。天色將晚，且有鄉村人家，上城買賣回來的，看見我們是和尚，嚷出名去，不當穩便。且引師父找下大路，尋個僻靜之處，卻好商議。」真個三藏依言，一行都閃下路來，到一個坑坎之下，坐定。行者道：「兄弟，你兩個好生保守師父，待老孫變化了，去那城中看看，尋一條僻路，連夜去也。」三藏叮囑道：「徒弟啊，莫當小可。王法不容。你須仔細！」行者笑道：「放心！放心！老孫自有道理。」

好大聖，話畢，將身一縱，唿哨的跳在空中。怪哉：

　　上面無繩扯，下頭沒棍撐，

一般同父母，他便骨頭輕。

佇立在雲端裡，往下觀看。只見那城中喜氣沖融，祥光蕩漾。行者道：「好個去處！為何滅法？」看一會，漸漸天昏，又見那：

十字街燈光燦爛，九重殿香藹鐘鳴。七點皎星照碧漢，八方客旅卸行蹤。六軍營，隱隱的畫角才吹；五鼓樓，點點的銅壺初滴。四邊宿霧昏昏，三市寒煙藹藹。兩兩夫妻歸繡幕，一輪明月上東方。

他想著：「我要下去，到街坊打看路徑，這般個嘴臉，撞見人，必定說是和尚；等我變一變了。」捻著訣，念動真言，搖身一變，變做個撲燈蛾兒：

形細翼硗輕巧，滅燈撲燭投明。本來面目化生成，腐草中間靈應。每愛炎光觸焰，忙忙飛繞無停。紫衣香翅趕流螢，最喜夜深風靜。

但見他翩翩翻翻，飛向六街三市。傍房簷，近屋角。正行時，忽見那隅頭拐角上一灣子人家，人家門首掛著個燈籠兒。他道：「這人家過元宵哩？怎麼挨排兒都點燈籠？」他硬硬翅，飛近前來，仔細觀看。正當中一家子方燈籠上，寫著「安歇往來商賈」六字，下面又寫著「王小二店」四字。行者才知是開飯店的。又伸頭打一看，看見有八九個人，都吃了晚飯，寬了衣服，卸了頭巾，洗了腳手，各各上床睡了。行者暗喜道：「師父過得去了。」你道他怎麼就知過得去？他要起個不良之心，等那些人睡著，要偷他的衣服、頭巾，裝做俗人進城。

噫，有這般不遂意的事！正思忖處，只見那小二走向前，吩咐：「列位官人，仔細些。我這裡君子小人不同，各人的衣物、行李都要小心著。」你想那在外做買賣的人，那樣不仔細？又聽得店家吩咐，越發謹慎。他都爬起來道：「主人家說得有理。我們走路的人辛苦，只怕睡著，急忙不醒，一時失所，奈何？你將這衣服、頭巾、搭聯都收進去，待天將明，交付與我們起身。」那王小二真個把些衣物之類，盡情都搬進他屋裡去了。行者性急，展開翅，就飛入裡面，叮在一個頭巾架上。又見王小二去門首摘了燈籠，放下吊搭，關了門窗，卻才進房，脫衣睡下。

那王小二有個婆子（妻子），帶了兩個孩子，哇哇聒噪，急忙不睡。那婆子又拿了一件破衣，補補納納，也不見睡。行者暗想道：「若等這婆子睡了下手，卻不誤了師父？」又恐更深，城門閉了，他就忍不住，飛下去，望燈上一撲。真是「捨身投火焰，焦額探殘生。」那盞燈早已息了。他又搖身一變，變作個老鼠，嘰嘰哇哇的叫了兩聲，跳下來，拿著衣服、頭巾，往外就走。那婆子慌慌張張的道：「老頭子！不好了！夜耗子成精也！」

行者聞言，又弄手段，攔著門，厲聲高叫道：「王小二，莫聽你婆子胡說。我不是夜耗子成精。明人不做暗事。吾乃齊天大聖臨凡，保唐僧往西天取經。你這國王無道，特來借此衣冠，裝扮我師父。一時過了城去，就便送還。」那王小二聽言，一轂轆起來，黑天摸地，又是著忙的人，撈著褲子當衫子，左穿也穿不上，右套也套不上。

那大聖使個攝法，早已駕雲出去。復翻身，徑至路下坑坎邊前。三藏見星光月皎，探身凝望，見是行者，來至近前，即開口叫道：「徒弟，可過得滅法國麼？」行者上前放下衣物道：「師父，要過滅法國，和尚做不成。」八戒道：「哥，你勒掯那個哩？不做和尚也容易，只消半年不剃頭，就長出毛來也。」行者道：「那裡等得半年！眼下就都要做俗人哩！」那呆子慌了道：「但你說話，通不察理。我們如今都是和尚，眼下要做俗人，卻怎麼戴得頭巾？就是邊兒勒住，也沒收頂繩處。」三藏喝道：「不要打花（開玩笑），且幹正事！端的如何？」行者道：「師父，他這城池，我已看了。雖是國王無道殺僧，卻倒是個真天子，城頭上有祥光喜氣。城中的街道，我也認得。這裡的鄉談，我也省得，會說。卻才在飯店內借了這幾件衣服、頭巾，我們且扮作俗人，進城去借了宿，至四更天就起來，教店家安排了齋吃；捱到五更時候，挨城門而去，奔大路西行，就有人撞見扯住，也好折辨：只說是上邦欽差的，滅法王不敢阻滯，放我們來的。」沙僧道：「師兄處的最當。且依他行。」真個長老無奈，脫了褊衫，去了僧帽，穿了俗人的衣服，戴了頭巾。沙僧也換了。八戒的頭大，戴不得巾兒，被行者取了些針線，把頭巾扯開，兩頂縫做一頂，與他搭在頭上；揀件寬大的衣服，與他穿了。然後自家也換上一套道：「列位，這一去，把『師父徒弟』四個字兒且收起。」八戒道：「除了此四字，怎的稱呼？」行者道：「都要做弟兄稱呼：師父叫做唐大官兒，你叫做朱三官兒，沙僧叫做沙四官兒，我叫做孫二官兒。但到店中，你們切休言語，只讓我一個開口答話。等他問甚麼買賣，只說是販馬的客人。把這白馬做個樣子，說我們是十弟兄，我四個先來賃店房賣馬。那店家必然款待我們，我們受用了，臨行時，等我拾塊瓦碴兒，變塊銀子謝他，卻就走路。」長老無奈，只得曲從。

四眾忙忙的牽馬挑擔，跑過那邊。此處是個太平境界，入更時分，尚未關門。徑直進去，行到王

第八十四回

難滅伽持圓大覺　法王成正體天然

小二店門首，只聽得裡邊叫哩。有的說：「我不見了頭巾！」有的說：「我不見了衣服！」行者只推不知，引著他們，往斜對門一家安歇。那家子還未收燈籠，即近門叫道：「店家，可有閒房兒，我們安歇？」那裡邊有個婦人答應道：「有，有，有。請官人們上樓。」說不了，就有一個漢子來牽馬。行者把馬兒遞與牽進去。他引著師父，從燈影兒後面，徑上樓門。那樓上有方便的桌椅，推開窗格，映月光齊齊坐下。只見有人點上燈來。行者攔門，一口吹息道：「這般月亮不用燈。」

那人才下去，又一個丫環拿四碗清茶。行者接住，樓下又走上一個婦人來，約有五十七八歲的模樣，一直上樓，站著旁邊。問道：「列位客官，那裡來的？有甚寶貨？」行者道：「我們是北方來的，有幾匹粗馬販賣。」那婦人道：「販馬的客人尚還小。」行者道：「這一位是唐大官，這一位是朱三官，這一位是沙四官，我學生是孫二官。」婦人笑道：「異姓。」行者道：「正是異姓同居。我們共有十個弟兄，我四個先來賃店房打伙；還有六個在城外借歇；領著一群馬，因天晚不好進城，待我們賃了房子，明早都進來。只等賣了馬才回。」那婦人道：「一群有多少馬？」行者道：「大小有百十匹兒，都像我這個馬的身子，卻只是毛片不一。」婦人笑道：「孫二官人誠然是個客綱客紀。早是來到舍下，第二個人家也不敢留你。我舍下院落寬闊，槽札齊備，草料又有，憑你幾百匹馬都養得下。卻一件：我舍下在此開店多年，也有個賤名。先夫姓趙，不幸去世久矣。我喚做趙寡婦店。我店裡三樣兒待客。如今先小人，後君子，先把房錢講定後，好算帳。」行者道：「說得是。你府上是那三樣待客？常言道：『貨有高低三等價，客無遠近一般看。』你怎麼說三樣待客？你可試說說我聽。」趙寡婦道：「我這裡是上、中、下三樣。上樣者：五果五菜的筵席。獅仙斗糖桌面，二位一張，請小娘兒來陪唱陪歇。每位該銀五錢，連房錢在內。」行者笑道：「相應啊！我那裡五錢銀子還不彀請小娘兒哩。」寡婦又道：「中樣者：合盤桌兒，只是水果、熱酒，篩來憑自家猜枚行令，不用小娘兒，每位只該二錢銀子。」行者道：「一發相應！下樣兒怎麼？」婦人道：「不敢在尊客面前說。」行者道：「也說說無妨。我們好揀相應的幹。」婦人道：「下樣者：沒人伏侍，鍋裡有方便的飯，憑他怎麼吃；吃飽了，拿個草兒，打個地鋪，方便處睡覺；天光時，憑賜幾文飯錢，決不爭競。」八戒聽說道：「造化，造化！老朱的買賣到了！等我看著鍋吃飽了飯，灶門前睡他娘！」行者道：「兄弟，說那裡話！你我在江湖上，那裡不賺幾兩銀子！把上樣的安排將來。」

那婦人滿心歡喜，即叫：「看好茶來，廚下快整治東西。」遂下樓去，忙叫：「宰雞宰鵝，煮醃下飯。」又叫：「殺豬殺羊，今日用不了，明日也可用。看好酒。拿白米做飯，白麵擀餅。」三藏在樓上聽見道：「孫二官，怎好？他去宰雞鵝，殺豬羊，倘送將來，我們都是長齋，那個敢吃？」行者道：「我有主張。」去那樓門邊跌跌腳道：「趙媽媽，你上來。」那媽媽上來道：「二官人有甚吩咐？」行者道：「今日且莫殺生，我們今日齋戒。」寡婦驚訝道：「官人們是長齋，是月齋？」行者道：「俱不是，我們喚做『庚申齋』。今朝乃是庚申日，當齋；只過三更後，就是辛酉，便開齋了。你明日殺生罷。如今且去安排些素的來，定照上樣價錢奉上。」

那婦人越發歡喜。跑下去教：「莫宰！莫宰！取些木耳、閩筍、豆腐、麵筋，園裡拔些青菜，做粉湯，發麵蒸卷子，再煮白米飯，燒香茶。」咦！那些當廚的庖丁，都是每日家做慣的手段，霎時間就安排停當，擺在樓上。又有現成的獅仙糖果，四眾任情受用。又問：「可吃素酒？」行者道：「止唐大官不用，我們也吃幾杯。」寡婦又取了一壺暖酒。他三個方才斟上，忽聽得乒乓板響。行者道：「媽媽，底下倒了甚麼家伙了？」寡婦道：「不是，是我小莊上幾個客子送租米來晚了，教他在底下睡；因客官到，沒人使用，教他們抬轎子去院中請小娘兒陪你們。想是轎槓撞得樓板響。」行者道：「早是說哩。快不要去請。一則齋戒日期，二則兄弟們未到。索性明日進來，一家請個婊子，在府上耍耍時，待賣了馬起身。」寡婦道：「好人！好人！又不失了和氣，又養了精神。」教：「抬進轎子來，不要請去。」四眾吃了酒飯。收了家伙，都散訖。

三藏在行者耳根邊悄悄的道：「那裡睡？」行者道：「就在樓上睡。」三藏道：「不穩便。我們都辛辛苦苦的，倘或睡著，這家子一時再有人來收拾，見我們或滾了帽子，露出光頭，認得是和尚，嚷將起來，卻怎麼好？」行者道：「是啊！」又去樓前跌跌腳。寡婦又上來道：「孫官人又有甚吩咐？」行者道：「我們在那裡睡？」婦人道：「樓上好睡。又沒蚊子，又是南風。大開著窗子忒好睡覺。」行者道：「睡不得。我這朱三官兒有些寒濕氣，沙四官兒有些漏肩風。唐大哥只要在黑處睡，我也有些兒羞明。此間不是睡處。」

那媽媽走下去，倚著櫃欄嘆氣。他有個女兒，抱著個孩子近前道：「母親，常言道：『十日灘頭坐，一日行九灘。』如今炎天，雖沒甚買賣，到交秋時，還做不了的生意哩。你嗟嘆怎麼？」婦人道：「兒啊，不是愁沒買賣。今日晚間，已是將收鋪子，入更時分，有這四個馬販子來賃店房，他要上樣管待。實指望賺他幾錢銀子，他卻吃齋，又賺不得他錢，故此嗟嘆。」那女兒道：「他既吃了飯，不好往別人家去。明日還好安排葷酒，如何賺不得他錢？」婦人又道：「他都有病，怕風，羞亮，都要在黑處睡。你想家中都是些單浪瓦兒的房子，那裡去尋黑暗處？不若捨一頓飯與他吃了，教他往別家去罷。」女兒道：「母親，我家有個黑處，又無風色，甚好，甚好。」婦人道：「是那裡？」女兒道：「父親在日曾做了一張大櫃。那櫃有四尺寬，七尺長，三尺高下，裡面可睡六七個人。教他們往櫃裡睡去罷。」婦人道：「不知可好，等我問他一聲。──孫官人，舍下蝸居，更無黑處，止有一張大櫃，不透風，又不透亮，往櫃裡睡去如何？」行者道：「好！好！好！」即著幾個客子把櫃抬出，打開蓋兒，請他們下樓。行者引著師父，沙僧拿擔，順燈影後徑到櫃邊。八戒不管好歹，就先跳進櫃去。沙僧把行李遞入，攙著唐僧進去，沙僧也到裡邊。行者道：「我的馬在那裡？」旁有伏侍的道：「馬在後屋拴著吃草料哩。」行者道：「牽來。把槽抬來，緊挨著櫃兒拴住。」方才進去，叫：「趙媽媽，蓋上蓋兒，插上鎖釘，鎖上鎖子，還替我們看看，那裡透亮，使些紙兒糊糊，明日早些兒來開。」寡婦道：「忒小心了！」遂此各各關門去睡不題。

卻說他四個到了櫃裡。可憐啊！一則乍戴個頭巾，二來天氣炎熱，又悶住了氣，略不透風，他都摘了頭巾，脫了衣服，又沒把扇子，只將僧帽撲撲扇扇。你挨著我，我擠著你，直到有二更時分，卻都睡著。惟行者有心闖禍，偏他睡不著，伸過手，將八戒腿上一捻。那呆子縮了腳，口裡哼哼的道：「睡了罷！辛辛苦苦的，有甚麼心腸還捻手捻腳的耍子？」行者搗鬼道：「我們原來的本身是五千兩，前者馬賣了三千兩，如今兩搭聯裡現有四千兩，這一群馬還賣他三千兩，也有一本一利。彀了！彀了！」八戒要睡的人，那裡答對。

豈知他這店裡走堂的，挑水的，燒火的，素與強盜一伙。聽見行者說有許多銀子，他就著幾個溜出去，伙了二十多個賊，明火執杖的來打劫馬販子。衝開門進來，唬得那趙寡婦娘女們戰戰兢兢的關了房門，盡他外邊收拾。原來那賊不要店中家伙，只尋客人。到樓上不見形跡，打著火把，四下照看，只見天井中一張大櫃，櫃腳上拴著一匹白馬，櫃蓋緊鎖，掀翻不動。眾賊道：「走江湖的人，都有手眼。看這櫃勢重，必是行囊財帛鎖在裡面。我們偷了馬，抬櫃出城，打開分用，卻不是好？」那些賊果找起繩扛，把櫃抬著就走，幌啊幌的。八戒醒了道：「哥哥，睡罷。搖甚麼？」行者道：「莫言語！沒人搖。」三藏與沙僧忽地也醒了，道：「是甚人抬著我們哩？」行者道：「莫嚷，莫嚷！等他抬！抬到西天，也省得走路。」

那賊得了手，不往西去，倒抬向城東，殺了守門的軍，打開城門出去。當時就驚動六街三市，各鋪上火甲人夫，都報與巡城總兵、東城兵馬司。那總兵、兵馬，事當干己，即點人馬弓兵，出城趕賊。那賊見官軍勢大，不敢抵敵，放下大櫃，丟了白馬，各自落草逃走。眾官軍不曾拿得半個強盜，只是奪下櫃，捉住馬，得勝而回。總兵在燈光下，見那馬，好馬：

鬃分銀線，尾亸玉條。說甚麼八駿龍駒，賽過了驌驦款段。千金市骨，萬里追風。登山每與青雲合。嘯月渾如白雪勻。真是蛟龍離海島，人間喜有玉麒麟。

總兵官把自家馬兒不騎，就騎上這個白馬，帥軍馬進城，把櫃子抬在總府，同兵馬寫個封皮封了，令人巡守，待天明啟奏，請旨定奪。官軍散訖不題。

卻說唐長老在櫃裡埋怨行者道：「你這個猴頭，害殺我也！若在外邊，被人拿住，送與滅法國王，還好折辨；如今鎖在櫃裡，被賊劫去，又被官軍奪來，明日見了國王，現現成成的開刀請殺，卻不湊了他一萬之數？」行者道：「外面有人！打開櫃，拿出來不是捆著，便是吊著。且忍耐些兒，免了捆吊。明日見那昏君，老孫自有對答，管你一毫兒也不傷。且放心睡睡。」

挨到三更時分，行者弄個手段，順出棒來，吹口仙氣，叫「變！」即變做三尖頭的鑽兒，挨櫃腳兩三鑽，鑽了一個眼子。收了鑽，搖身一變，變做個螻蟻兒，爬將出去。現原身，踏起雲頭，徑入皇宮門外。那國王正在睡濃之際。他使個「大分身普會神法」，將左臂上毫毛都拔下來，吹口仙氣，叫「變！」都變做小行者。右臂上毛，也都拔下來，吹口仙氣，叫「變！」都變做瞌睡蟲；念一聲「唵」字真言，教當坊土地，領眾布散皇宮內院，五府六部，各衙門大小官員宅內，但有品職者，都與他一個瞌睡蟲，人人穩睡，不許翻身，又將金箍棒取在手中，掂一掂，幌一幌，叫聲「寶貝，變！」即變做千百口剃頭刀兒；他拿一把，吩咐小行者各拿一把，都去皇宮內院、五府六部、各衙門裡剃頭。咦！這才是：

法王滅法法無空，法貫乾坤大道通。萬法原因歸一體，三乘妙相本來同。
鑽開玉櫃明消息，布散金毫破蔽蒙。管取法王成正果，不生不滅去來空。

這半夜剃削成功。念動咒語，喝退土地神祇。將身一抖，兩臂上毫毛歸伏。將剃頭刀總捻成真，依然認了本性，還是一條金箍棒，收來些小之形，藏於耳內。復翻身還做螻蟻，鑽入櫃內。現了本相，與唐僧守困不題。

卻說那皇宮內院，宮娥彩女，天不亮起來梳洗，一個個都沒了頭髮。穿宮的大小太監，也都沒了頭髮。一擁齊來，到於寢宮外，奏樂驚寢，個個噙淚，不敢傳言。少時，那三宮皇后醒來，也沒了頭髮。忙移燈到龍床下看處，錦被窩中，睡著一個和尚，皇后忍不住言語出來，驚醒國王。那國王急睜睛，見皇后的光頭，他連忙爬起來道：「梓童，你如何這等？」皇后道：「主公亦如此也。」那皇帝摸摸頭，唬得三屍呻咋，七魄飛空，道：「朕當怎的來耶！」正慌忙處，只見那六院嬪妃，宮娥彩女，大小太監，皆光著頭跪下道：「主公，我們做了和尚耶！」國王見了，眼中流淚道：「想是寡人殺害和尚」即傳旨吩咐：「汝等不得說出落發之事，恐文武群臣，褒貶國家不正。且都上殿設朝。」

卻說那五府六部，合衙門大小官員，天不明都要去朝王拜闕。原來這半夜一個個也沒了頭髮。各人都寫表啟奏此事。只聽那：靜鞭三響朝皇帝，表奏當今剃髮因。畢竟不知那總兵官奪下櫃裡賊贓如何，與唐僧四眾的性命如何，且聽下回分解。

第八十五回

心猿妒木母　魔主計吞禪

話說那國王早朝，文武多官俱執表章啟奏道：「主公，望赦臣等失儀之罪。」國王道：「眾卿禮貌如常，有何失儀？」眾卿道：「主公啊，不知何故，臣等一夜把頭髮都沒了。」國王執了這沒頭髮之表，下龍床對群臣道：「果然不知何故。朕宮中大小人等，一夜也盡沒了頭髮。」君臣們都各汪汪滴淚道：「從此後，再不敢殺戮和尚也。」王復上龍位，眾官各立本班。王又道：「有事出班來奏，無事捲簾散朝。」只見那武班中閃出巡城總兵官，文班中走出東城兵馬使，當階叩頭道：「臣蒙聖旨巡城，夜來獲得賊贓一櫃，白馬一匹。微臣不敢擅專，請旨定奪。」國王大喜道：「連櫃取來。」

二臣即退至本衙，點起齊整軍士，將櫃抬出。三藏在內，魂不附體道：「徒弟們，這一到國王前，如何理說？」行者笑道：「莫嚷！我已打點停當了。開櫃時，他就拜我們為師哩。只教八戒不要爭競長短。」八戒道：「但只免殺，就是無量之福，還敢爭競哩！」說不了，抬至朝外，入五鳳樓，放在丹墀之下。

二臣請國王開看，國王即命打開。方揭了蓋，豬八戒就忍不住往外一跳，唬得那多官膽戰，口不能言。又見孫行者攙出唐僧，沙和尚搬出行李。八戒見總兵官牽著馬，走上前，咄的一聲道：「馬是我的！拿過來！」唬得那官兒翻跟頭，跌倒在地。四眾俱立在階中。那國王看見是四個和尚，忙下龍床，宣召三宮妃后，下金鑾寶殿，同群臣拜問道：「長老何來？」三藏道：「是東土大唐駕下差往西方天竺國大雷音寺拜活佛取真經的。」國王道：「老師遠來，為何在這櫃裡安歇？」三藏道：「貧僧知陛下有願心殺和尚，不敢明投上國，扮俗人，夜至寶方飯店裡借宿。因怕人識破原身，故此在櫃中安歇。不幸被賊偷出，被總兵捉獲抬來。今得見陛下龍顏，所謂撥雲見日。望陛下赦放貧僧，海深恩便也！」國王道：「老師是天朝上國高僧，朕失迎迓。朕常年有願殺僧者，曾因僧謗了朕，朕許天願，要殺一萬和尚做圓滿。不期今夜皈依，教朕等為僧。如今君臣后妃，髮都剃落了，望老師勿吝高賢，願為門下。」八戒聽言，呵呵大笑道：「既要拜為門徒，有何贄見之禮？」國王道：「師若肯從，願將國中財寶獻上。」行者道：「莫說財寶，我和尚是有道之僧。你只把關文倒換了，送我們出城，保你皇圖永固，福壽長臻。」那國王聽說，即著光祿寺大排筵宴。君臣合同，拜歸於一。即時倒換關文，求三藏改換國號。行者道：「陛下『法國』之名甚好，但只『滅』字不通；自經我過，可改號『欽法國』，管教你海晏河清千代勝，風調雨順萬方安。」國王謝了恩。擺整朝鑾駕，送唐僧四眾出城西去。君臣們秉善歸真不題。

卻說長老辭別了欽法國王，在馬上欣然道：「悟空，此一法甚善，大有功也。」沙僧道：「哥啊，是那裡尋這許多整容匠，連夜剃這許多頭？」行者把那施變化弄神通的事說了一遍。師徒們都笑不合口。

正歡喜處，忽見一座高山阻路。唐僧勒馬道：「徒弟們，你看這面前山勢崔巍，切須仔細！」行者笑道：「放心！放心！保你無事！」三藏道：「休言無事；我見那山峰挺立，遠遠的有些凶氣，暴雲飛出，漸覺驚惶，滿身麻木，神思不安。」行者笑道：「你把烏巢神師的《多心經》早已忘了。」

三藏道：「我記得。」行者道：「你雖記得，還有四句頌子，你卻忘了哩。」三藏道：「那四句？」

行者道：

「佛在靈山莫遠求，靈山只在汝心頭。
人人有個靈山塔，好向靈山塔下修。」

三藏道：「徒弟，我豈不知？若依此四句，千經萬典，也只是修心。」行者道：「不消說了。心淨孤明獨照，心存萬境皆清。差錯些兒成惰懈，千年萬載不成功。但要一片志誠，雷音只在眼下。似你這般恐懼驚惶，神思不安，大道遠矣，雷音亦遠矣。且莫胡疑，隨我去。」那長老聞言，心神頓爽，萬慮皆休。

四眾一同前進。不幾步，到於山上，舉目看時：

那山真好山，細看色斑斑。頂上雲飄蕩，崖前樹影寒。飛禽淅瀝，走獸凶頑。林內松千幹，巒頭竹幾竿。吼叫是蒼狼奪食，咆哮是餓虎爭餐。野猿長嘯尋鮮果，麋鹿攀花上翠嵐。風灑灑，水潺潺，時聞幽鳥語間關。幾處藤蘿牽又扯，滿溪瑤草雜香蘭。磷磷怪石，削削峰岩。狐狢成群走，猴猿作隊頑。行客正愁多險峻，奈何古道又灣還！

師徒們怯怯驚驚，正行之時，只聽得呼呼一陣風起。三藏害怕道：「風起了！」行者道：「春有和風，夏有熏風，秋有金風，冬有朔風：四時皆有風。風起怕怎的？」三藏道：「這風來得甚急，決然不是天風。」行者道：「自古來，風從地起，雲自山出。怎麼得個天風？」說不了，又見一陣霧起，那霧真個是：

漠漠連天暗，濛濛匝地昏。日色全無影，鳥聲無處聞。
宛然如混沌，彷彿似飛塵。不見山頭樹，那逢採藥人。

三藏一發心驚道：「悟空，風還未定，如何又這般霧起？」行者道：「且莫忙。請師父下馬，你兄弟二個在此保守，等我去看看是何吉凶。」

好大聖，把腰一躬，就到半空。用手搭在眉上，圓睜火眼，向下觀之，果見那懸岩邊坐著一個妖精。你看他怎生模樣：

炳炳文斑多采豔，昂昂雄勢甚抖擻。堅牙出口如鋼鑽，利爪藏蹄似玉鉤。
金眼圓睛禽獸怕，銀鬚倒豎鬼神愁。張狂哮吼施威猛，噯霧噴風運智謀。

又見逼左右手下有三四十個小妖擺列，他在那裡逼法的噴風噯霧。行者暗笑道：「我師父也有些兒先兆。他說不是天風，果然不是，卻是個妖精在這裡弄喧兒哩。若老孫使鐵棒往下就打，這叫做

『搗蒜打』，打便打死了，只是壞了老孫的名頭。」那行者一生豪傑，再不曉得暗算計人。他道：「我且回去，照顧豬八戒照顧，教他來先與這妖精見一仗。若是八戒有本事，打倒這妖，算他一功；若無手段，被這妖拿去，等我再去救他，才好出名。他想道，八戒有些躲懶，不肯出頭，卻只是有些口緊，好吃東西。等我哄他一哄，看他怎麼說。」

即時落下雲頭，到三藏前。三藏問道：「悟空，風霧處吉凶何如？」行者道：「這會子明淨了，沒甚風霧。」三藏道：「正是，覺得退下些去了。」行者笑道：「師父，我常時間還看得好，這番卻看錯了。我只說風霧之中恐有妖怪，原來不是。」三藏道：「是甚麼？」行者道：「前面不遠，乃是一莊村。村上人家好善，蒸的白米乾飯，白麵饃饃齋僧哩。這些霧，想是那些人家蒸籠之氣，也是積善之應。」

八戒聽說，認了真實，扯過行者，悄悄的道：「哥哥，你先吃了他的齋來的？」行者道：「吃不多兒，因那菜蔬太鹹了些，不喜多吃。」八戒道：「啐！憑他怎麼鹹，我也盡肚吃他一飽！十分作渴，便回來吃水。」行者道：「你要吃麼？」八戒道：「正是：我肚裡有些飢了，先要去吃些兒，不知如何？」行者道：「兄弟莫題。古書云：『父在，子不得自專。』師父又在此，誰敢先去？」八戒笑道：「你若不言語，我就去了。」行者道：「我不言語，看你怎麼得去。」

那呆子吃嘴的見識偏有，他走上前去，唱個大喏道：「師父，適才師兄說，前村裡有人家齋僧。你看這馬，有些要打攪人家，便要草要料，卻不費事？幸如今風霧明淨，你們且略坐坐，等我去尋些嫩草兒，先餵餵馬，然後再往那家子化齋去罷。」唐僧歡喜道：「好啊！你今日卻怎肯這等勤謹？快去快來。」

那呆子暗暗笑著便走。行者趕上扯住道：「兄弟，他那裡齋僧，只齋俊的，不齋醜的。」八戒道：「這等說，又要變化是。」行者道：「正是。你變變兒去。」好呆子，他也有三十六般變化，走到山凹裡，捻著訣，念動咒語，搖身一變，變做個矮胖和尚。手裡敲個木魚，口裡哼阿哼的，又不會念經，只哼的是「上大人」。

卻說那怪物收風斂霧，號令群妖，在於大路口上，擺開一個圈子陣，專等行客。這呆子晦氣，不多時，撞到當中，被群妖圍住，這個扯住衣服，那個扯著絲絛，推推擁擁，一齊下手。八戒道：「不要扯，等我一家家吃將來。」群妖道：「和尚，你要吃甚的？」八戒道：「你們這裡齋僧，我來吃齋的。」群妖道：「你想這裡齋僧，不知我這裡專要吃僧。我們都是山中得道的妖仙，專要把你們和尚拿到家裡，上蒸籠蒸熟吃哩。你倒還想來吃齋！」

八戒聞言，心中害怕，才報怨行者道：「這個弼馬溫，其實憊懶！他哄我說是這村裡齋僧，這裡那得村莊人家，那裡齋甚麼僧，卻原來是些妖精！」那呆子被他扯急了，即便現出原身，腰間掣釘鈀，一頓亂築，築退那些小妖。

小妖急跑去報與老怪道：「大王，禍事了！」老怪道：「有甚禍事？」小妖道：「山前來了一個和尚，且是生得乾淨。我說拿家來蒸他吃，若吃不了，留些兒防天陰，不想他會變化。」老妖道：「變化甚的模樣？」小妖道：「那裡成個人相！長嘴大耳朵，背後又有鬃。又手掄一根釘鈀，沒頭沒臉的亂築，唬得我們跑回來報大王也。」老怪道：「莫怕，等我去看。」掄著一條鐵杵，走近前看時，見那呆子果然醜惡。他生得：

碓嘴初長三尺零，獠牙觜出賽銀釘。一雙圓眼光如電，兩耳扇風唿唿聲。
腦後鬃長排鐵箭，渾身皮糙癩還青。手中使件蹊蹺物，九齒釘鈀個個驚。

妖精硬著膽喝道：「你是那裡來的，叫甚名字？快早說來，饒你性命！」八戒笑道：「我的兒，你是也不認得你豬祖宗哩！上前來，說與你聽：

巨口獠牙神力大，玉皇升我天蓬帥。掌管天河八萬兵，天宮快樂多自在。
只因酒醉戲宮娥，那時就把英雄賣。一嘴拱倒斗牛宮，吃了王母靈芝菜。
玉皇親打二千錘，把吾貶下三天界。教吾立志養元神，下方卻又為妖怪。
正在高莊喜結親，命低撞著孫兄在。金箍棒下受他降，低頭才把沙門拜。
背馬挑包做夯工，前生少了唐僧債。鐵腳天蓬本姓豬，法名改作豬八戒。」

那妖精聞言，喝道：「你原來是唐僧的徒弟。我一向聞得唐僧的肉好吃，正要拿你哩。你卻撞得來，我肯饒你？不要走！看杵！」八戒道：「孽畜！你原來是個染博士出身！」妖精道：「我怎麼是染博士？」八戒道：「不是染博士，怎麼會使棒槌？」那怪那容分說，近前亂打。他兩個在山凹裡，這一場好殺：

九齒釘鈀，一條鐵棒。鈀丟解數滾狂風，杵運機謀飛驟雨。一個是無名惡怪阻山程，一個是有罪天蓬扶性主。性正何愁怪與魔，山高不得金生土。那個杵架猶如蟒出潭，這個鈀來卻似龍離浦。喊聲叱吒振山川，吆喝雄威驚地府。兩個英雄各逞能，捨身卻把神通賭。

八戒長起威風，與妖精廝鬥，那怪喝令小妖把八戒一齊圍住不題。

卻說行者在唐僧背後，忽失聲冷笑。沙僧道：「哥哥冷笑，何也？」行者道：「豬八戒真個呆呀！聽見說齋僧，就被我哄去了。這早晚還不見回來：若是一頓鈀打退妖精，你看他得勝而回，爭嚷功果；若戰他不過，被他拿去，卻是我的晦氣，背前面後，不知罵了多少弼馬溫哩！悟淨，你休言語，等我去看看。」好大聖，他也不使長老知道，悄悄的腦後拔了一根毫毛，吹口仙氣，叫「變！」即變做本身模樣，陪著沙僧，隨著長老。他的真身出個神，跳在空中觀看，但見那呆子被怪圍繞，釘鈀勢亂，漸漸的難敵。

行者忍不住，按落雲頭，厲聲高叫道：「八戒不要忙，老孫來了！」那呆子聽得是行者聲音，仗著勢，愈長威風，一頓鈀，向前亂築，那妖精委敵不住，道：「這和尚先前不濟，這會子怎麼又發起狠來。」八戒道：「我的兒，不可欺負我！我家裡人來也！」一發向前，沒頭沒臉築去。那妖精委架不住，領群妖敗陣去了。行者見妖精敗去，他就不曾近前，撥轉雲頭，徑回本處，把毫毛一抖，收上身來。長老的肉眼凡胎，那裡認得。

不一時，呆子得勝，也自轉來，累得那粘涎鼻涕，白沫生生，氣呼呼的，走將來，叫聲：「師父！」長老見了，驚訝道：「八戒，你去打馬草的，怎麼這般狼狽回來？想是山上人家有人看護，不容你打草麼？」呆子放下鈀，捶胸跌腳道：「師父！莫要問！說起來就活活羞殺人！」長老道：「為甚麼羞來？」八戒道：「師兄捉弄我！他先頭說風霧裡不是妖精，沒甚凶兆，是一莊村人家好善，蒸白米乾飯、白麵饃饃齋僧的，我就當真，想著肚裡飢了，先去吃些兒，假倚打草為名；豈知若干妖怪，把我圍了，苦戰了這一會，若不是師兄的哭喪棒相助，我也莫想得脫羅網回來也！」

行者在旁笑道：「這呆子胡說！你若做了賊，就攀上一牢人。是我在這裡看著師父，何曾側離？」長老道：「是啊，悟空不曾離我。」那呆子跳著嚷道：「師父！你不曉得！他有替身！」長老道：「悟空，端的可有怪麼？」

行者瞞不過，躬身笑道：「是有個把小妖兒，他不敢惹我們。八戒，你過來，一發照顧你照顧。我們既保師父，走過險峻山路，就似行軍的一般。」八戒道：「行軍便怎的？」行者道：「你做個開路將軍，在前剖路。那妖精不來便罷，若來時，你與他賭鬥。打倒妖精，算你的功果。」八戒量著那妖精手段與他差不多，卻說：「我就死在他手內也罷，等我先走！」行者笑道：「這呆子先說晦氣話，怎麼得長進！」八戒道：「哥啊，你知道『公子登筵，不醉即飽；壯士臨陣，不死帶傷』？先說句錯話兒，後便有威風。」

行者歡喜，即忙背了馬，請師父騎上，沙僧挑著行李，相隨八戒，一路入山不題。

卻說那妖精率幾個敗殘的小妖，徑回本洞，高坐在那石崖上，默默無言。洞中還有許多看家的小妖，都上前問道：「大王常時出去，喜喜歡歡回來，今日如何煩惱？」老妖道：「小的們，我往常出洞巡山，不管那裡的人與獸，定撈幾個來家，養贍汝等；今日造化低，撞見一個對頭。」小妖問：「是那個對頭？」老妖道：「是一個和尚，乃東土唐僧取經的徒弟，名喚豬八戒。我被他一頓釘鈀，把我築得敗下陣來。好惱啊！我這一向，常聞得人說，唐僧乃十世修行的羅漢，有人吃他一塊肉，可以延壽長生。不期他今日到我山裡，正好拿住他蒸吃，不知他手下有這等徒弟！」

說不了，班部叢中閃上一個小妖，對老妖哽哽咽咽哭了三聲，又嘻嘻哈哈的笑了三聲。老妖喝道：「你又哭又笑，何也？」小妖跪下道：「大王才說要吃唐僧，唐僧的肉不中吃。」老妖道：「人都說吃他一塊肉可以長生不老，與天同壽，怎麼說他不中吃？」小妖道：「若是中吃，也到不得這裡，別處妖精，也都吃了。他手下有三個徒弟哩。」老妖道：「你知是那三個？」小妖道：「他大徒弟是孫行者，三徒弟是沙和尚。這個是他二徒弟豬八戒。」老妖道：「沙和尚比豬八戒如何？」小妖道：「也差不多兒。」

「那個孫行者比他如何？」小妖吐舌道：「不敢說！那孫行者神通廣大，變化多端！他五百年前曾大鬧天宮，上方二十八宿、九曜星官、十二元辰、五卿四相、東西星斗、南北二神、五岳四瀆、普天神將，也不曾惹得他過，你怎敢要吃唐僧？」老妖道：「你怎麼曉得他這等詳細？」小妖道：「我當初在獅駝嶺獅駝洞與那大王居住，那大王不知好歹，要吃唐僧，被孫行者使一條金箍棒，打進門來，可憐就打得犯了骨牌名，都『斷麼絕六』；還虧我有些見識，從後門走了，來到此處，蒙大王收留。故此知他手段。」

老妖聽言，大驚失色。這正是「大將軍怕讖語」。他聞得自家人這等說，安得不驚。

正都在悚懼之際，又一個小妖上前道：「大王莫惱，莫怕。常言道：『事從緩來。』若是要吃唐僧，等我定個計策拿他。」老妖道：「你有何計？」小妖道：「我有個『分瓣梅花計』。」老妖道：「怎麼叫做『分瓣梅花計』？」小妖道：「如今把洞中大小群妖，點將起來，千中選百，百中選十，十中只選三個，須是有能幹，會變化的，都變做大王的模樣，頂大王之盔，貫大王之甲，執大王之杵，三處埋伏。先著一個戰豬八戒，再著一個戰孫行者，再著一個戰沙和尚：捨著三個小妖，調開他弟兄三個，大王卻在半空伸下拿雲手去捉這唐僧，就如『探囊取物』，就如『魚水盆內捻蒼蠅』，有何難哉！」

老妖聞此言，滿心歡喜，道：「此計絕妙！絕妙！這一去，拿不得唐僧便罷；若是拿了唐僧，決不輕你，就封你做個前部先鋒。」小妖叩頭謝恩，叫點妖怪。即將洞中大小妖精點起，果然選出三個有能的小妖，俱變做老妖，各執鐵杵，埋伏等待唐僧不題。

卻說這唐長老無慮無憂，相隨八戒上大路，行彀多時，只見那路旁邊撲喇的一聲響亮，跳出一個小妖，奔向前邊，要捉長老。孫行者叫道：「八戒！妖精來了，何不動手？」那呆子不認真假，掣釘鈀趕上亂築。那妖精使鐵杵急架相迎。他兩個一往一來的，在山坡下正然賭鬥，又見那草科裡響一聲，又跳出個怪來，就奔唐僧。

行者道：「師父！不好了！八戒的眼拙，放那妖精來拿你了，等老孫打他去！」急掣棒迎上前喝道：「那裡去！看棒！」那妖精更不打話，舉杵來迎。他兩個在草坡下一撞一衝，正相持處，又聽得山背後呼的風響，又跳出個妖精來，徑奔唐僧。

沙僧見了，大驚道：「師父！大哥與二哥的眼都花了，把妖精放將來拿你了！你坐在馬上，等老沙拿他去！」這和尚也不分好歹，即掣杖，對面擋住那妖精鐵杵，恨苦相持。吆吆喝喝，亂嚷亂鬥，漸漸的調遠。

那老怪在半空中，見唐僧獨坐馬上，伸下五爪鋼鉤，把唐僧一把撾住。那師父丟了馬，脫了鐙，被妖精一陣風徑攝去了。可憐！這正是「禪性遭魔難正果，江流又遇苦災星！」

老妖按下風頭，把唐僧拿到洞裡，叫：「先鋒！」那定計的小妖上前跪倒，口中道：「不敢！不敢！」老妖道：「何出此言？大將軍一言既出，如白染皂。當時說拿不得唐僧便罷，拿了唐僧，封你為前部先鋒。今日你果妙計成功，豈可失信於你？你可把唐僧拿來，著小的們挑水刷鍋，搬柴燒火，把他蒸一蒸，我和你都吃他一塊肉，以圖延壽長生也。」先鋒道：「大王，且不可吃。」老怪道：「既拿來，怎麼不可吃？」先鋒道：「大王吃了他不打緊，豬八戒也做得人情，沙和尚也做得人情，但恐孫行者那主子刮毒。他若曉得是我們吃了，他也不來和我們廝打，他只把那金箍棒往山腰裡一搠，搠個窟窿，連山都掬倒了，我們安身之處也無之矣！」老怪道：「先鋒，憑你有何高見？」先鋒道：「依著我，把唐僧送在後園，綁在樹上，兩三日不要與他飯吃，一則圖他裡面乾淨；二則等他三人不來門前尋找，打聽得他們回去了，我們卻把他拿出來，自自在在的受用，卻不是好？」老怪笑道：「正是，正是！先鋒說得有理！」

一聲號令，把唐僧拿入後園，一條繩綁在樹上。眾小妖都去前面去聽候。你看那長老苦捱著繩纏索綁，緊縛牢拴，止不住腮邊流淚，叫道：「徒弟呀！你們在那山中擒怪，甚路裡趕妖？我被潑魔捉來，此處受災，何日相會？痛殺我也！」

正自兩淚交流，只見對面樹上有人叫道：「長老，你也進來了！」長老正了性道：「你是何人？」那人道：「我是本山中的樵子，被那山主前日拿來，綁在此間，今已三日，算計要吃我哩。」長老滴淚道：「樵夫啊，你死只是一身，無甚掛礙，我卻死得不甚乾淨。」樵子道：「長老，你是個出家人，上無父母，下無妻子，死便死了，有甚麼不乾淨？」長老道：「我本是東土往西天取經去的，奉唐朝太宗皇帝御旨拜活佛，取真經，要超度那幽冥無主的孤魂。今若喪了性命，可不盼殺那君王，辜負那臣子？那枉死城中，無限的冤魂，卻不大失所望，永世不得超生；一場功果，盡化作風塵，這卻怎麼得乾淨也？」

樵子聞言，眼中墮淚道：「長老，你死也只如此，我死又更傷情。我自幼失父，與母鰥居，更無家業，止靠著打柴為生。老母今年八十三歲，只我一人奉養。倘若身喪，誰與他埋屍送老？苦哉，苦哉！痛殺我也！」長老聞言，放聲大哭道：「可憐，可憐！山人尚有思親意，空教貧僧會念經！事君事親，皆同一理。你為親恩，我為君恩。」正是那「流淚眼觀流淚眼，斷腸人送斷腸人！」

且不言三藏身遭困苦。卻說孫行者在草坡下戰退小妖，急回來路旁邊，不見了師父，止存白馬、行囊。慌得他牽馬挑擔，向山頭找尋。咦！正是那：有難的江流專遇難，降魔的大聖亦遭魔。

畢竟不知尋找師父下落如何，且聽下回分解。

第八十六回
木母助威征怪物　金公施法滅妖邪

話說孫大聖牽著馬，挑著擔，滿山頭尋叫師父，忽見豬八戒氣呼呼的跑將來道：「哥哥，你喊怎的？」行者道：「師父不見了，你可曾看見？」八戒道：「我原來只跟唐僧做和尚的，你又捉弄我，教做甚麼將軍！我捨著命，與那妖精戰了一會，得命回來。師父是你與沙僧看著的，反來問我？」行者道：「兄弟，我不怪你。你不知怎麼眼花了，把妖精放回來拿師父。我去打那妖精，教沙和尚看著師父的，如今連沙和尚也不見了。」八戒笑道：「想是沙和尚帶師父那裡出恭去了。」說不了，只見沙僧來到。行者問道：「沙僧，師父那裡去了？」沙僧道：「你兩個眼都昏了，把妖精放將來拿師父，老沙去打那妖精的，師父自家在馬上坐來。」行者氣得暴跳道：「中他計了！中他計了！」沙僧道：「中他甚麼計？」行者道：「這是『分瓣梅花計』，把我弟兄們調開，他劈心裡撈了師父去了。天！天！天！卻怎麼好！」止不住腮邊淚滴。八戒道：「不要哭！一哭就膿包了！橫豎不遠，只在這座山上，我們尋去來。」

三人沒計奈何，只得入山找尋。行了有二十里遠近，只見那懸崖之下，有一座洞府：

削峰掩映，怪石嵯峨。奇花瑤草馨香，紅杏碧桃豔麗。崖前古樹，霜皮溜雨四十圍；門外蒼松，黛色參天二千尺。雙雙野鶴，常來洞口舞清風；對對山禽，每向枝頭啼白晝。簇簇黃藤如掛索，行行煙柳似垂金。方塘積水，深穴依山。方塘積水，隱窮鱗未變的蛟龍；深穴依山，住多年吃人的老怪。果然不亞神仙境，真是藏風聚氣巢。

行者見了，兩三步，跳到門前看處，那石門緊閉，門上橫安著一塊石版，石版上有八個大字，乃「隱霧山折岳連環洞」。行者道：「八戒，動手啊！此間乃妖精住處，師父必在他家也。」那呆子仗勢行凶，舉釘鈀盡力築將去，把他那石頭門築了一個大窟窿，叫道：「妖怪！快送出我師父來，免得釘鈀築倒門，一家子都是了帳！」守門的小妖，急急跑入報道：「大王，闖出禍來了！」老怪道：「有甚禍？」小妖道：「門前有人把門打破，嚷道要師父哩！」老怪大驚道：「不知是那個尋將來也？」先鋒道：「莫怕！等我出去看看。」那小妖奔至前門，從那打破的窟窿處，歪著頭，往外張，見是個長嘴大耳朵，即回頭高叫：「大王莫怕他！這個是豬八戒，沒甚本事，不敢無理。他若無理，開了門，拿他進來湊蒸。怕便只怕那毛臉雷公嘴的和尚。」八戒在外邊聽見道：「哥啊，他不怕我，只怕你哩。師父定在他家了。你快上前。」行者罵道：「潑孽畜！你孫外公在這裡！送我師父出來，饒你命罷！」先鋒道：「大王，不好了！孫行者也尋將來了！」老怪報怨道：「都是你定的甚麼『分瓣分瓣』，卻惹得禍事臨門！怎生結果？」先鋒道：「大王放心，且休埋怨。我記得孫行者是個寬洪海量的猴頭，雖則他神通廣大，卻好奉承。我們拿個假人頭出去哄他一哄，奉承他幾句，只說他師父是我們吃了。若還哄得他去了，唐僧還是我們受用；哄不過再作理會。」老怪道：「那裡得個假人頭？」先鋒道：「等我做一個兒看。」

好妖怪，將一把衡鋼刀斧，把柳樹根砍做個人頭模樣，噴上些人血，糊糊塗塗的，著一個小怪，使漆盤兒拿至門下，叫道：「大聖爺爺，息怒容稟。」孫行者果好奉承，聽見叫聲大聖爺爺，便就止住八戒：「且莫動手，看他有甚話說。」拿盤的小怪道：「你師父被我大王拿進洞來，洞裡小妖村頑，不識好歹，這個來吞，那個來啃，抓的抓，咬的咬，把你師父吃了，只剩了一個頭在這裡也。」行者道：「即吃了便罷，只拿出人頭來，我看是真是假。」那小怪從門窟裡拋出那個頭來。豬八戒見了就哭道：「可憐啊！那們個師父進去，弄做這們個師父出來也！」行者道：「呆子，你且認認是真是假。就哭！」八戒道：「不羞！人頭有個真假的？」行者道：「這是個假人頭。」八戒道：「怎認得是假？」行者道：「真人頭拋出來，撲搭不響；假人頭拋得像梆子聲。你不信，等我拋了你聽。」拿起來往石頭上一摜，當的一聲響亮。沙和尚道：「哥哥，響哩！」行者道：「響便是個假的。我教他現出本相來你看。」

急掣金箍棒，撲的一下，打破了。八戒看時，乃是個柳樹根。呆子忍不住罵起來道：「我把你這伙毛團！你將我師父藏在洞裡，拿個柳樹根哄你豬祖宗，莫成我師父是柳樹精變的！」

慌得那拿盤的小怪，戰兢兢跑去報道：「難，難，難！難，難，難！」老妖道：「怎麼有許多難？」小妖道：「豬八戒與沙和尚倒哄過了，孫行者卻是個『販古董的——識貨！識貨！』他就認得是個假人頭。如今得個真人頭與他，或者他就去了。」老怪道：「怎麼得個真人頭？我們那剝皮亭內有吃不了的人頭選一個來。」眾妖即至亭內揀了個新鮮的頭，教啃淨頭皮，滑塔塔的，還使盤兒拿出，叫：「大聖爺爺，先前委是個假頭。這個真正是唐老爺的頭，我大王留了鎮宅子的，今特獻出來也。」撲通的把個人頭又從門窟裡拋出，血滴滴的亂滾。

孫行者認得是個真人頭，沒奈何就哭。八戒、沙僧也一齊放聲大哭。八戒噙著淚道：「哥哥，且莫哭。天氣不是好天氣，恐一時弄臭了。等我拿將去，乘生氣埋下再哭。」行者道：「也說得是。」那呆子不嫌穢污，把個頭抱在懷裡，跑上山崖。向陽處，尋了個藏風聚氣的所在，取釘鈀築了一個坑，把頭埋了；又築起一個墳冢。才叫沙僧：「你與哥哥哭著，等我去尋些甚麼供養供養。」他就走向澗邊，攀幾根大柳枝，拾幾塊鵝卵石，回至墳前，把柳枝兒插在左右，鵝卵石堆在面前。行者問道：「這是怎麼說？」八戒道：「這柳枝權為松柏，與師父遮遮墳頂；這石子權當點心，與師父供養。」行者喝道：「夯貨！人已死了，還將石子兒供他！」八戒道：「表表生人意，權為孝道心。」行者道：「且休胡弄！教沙僧在此：一則廬墓，二則看守行李、馬匹。我和你去打破他的洞府，拿住妖魔，碎屍萬段，與師父報仇去來。」沙和尚滴淚道：「大哥言之極當。你兩個著意，我在此處看守。」

好八戒，即脫了皂錦直裰，束一束著體小衣，舉鈀隨著行者。二人努力向前，不容分辨，徑自把他石門打破，喊聲振天，叫道：「還我活唐僧來耶！」那洞裡大小群妖，一個個魂飛魄散，都報怨先鋒的不是。老妖問先鋒道：「這些和尚打進門來，卻怎處治？」先鋒道：「古人說得好：『手插魚籃，避不得腥』。一不做，二不休；左右帥領家兵殺那和尚去來！」老怪聞言，無計可奈，真個傳令，叫：「小的們，各要齊心，將精銳器械跟我去出征。」果然一齊吶喊，殺出洞門。這大聖與八戒，急退幾步，到那山場平處，抵住群妖，喝道：「那個是出名的頭兒？那個拿我師父的妖怪？」那群妖扎下營盤，將一面錦繡花旗閃一閃，老怪持鐵杵，應聲高呼道：「那潑和尚，你認不得我？我乃南山大王，數百年放蕩於此。你唐僧已是我拿吃了，你敢如何？」行者罵道：「這個大膽的毛團！你能有多少的年紀，敢稱『南山』二字，李老君乃開天闢地之祖，尚坐於太清之右；佛如來是治世之尊，還坐於大鵬之下；孔聖人是儒教之尊，亦僅呼為『夫子』。你這個孽畜，敢稱甚麼南山大王，數百年之放蕩！不要走！吃你外公老爺一棒！」那妖精側身閃過，使杵抵住鐵棒，睜圓眼問道：「你這嘴臉像個猴兒模樣，敢將許多言語壓我！你有甚麼手段，在吾門下猖狂？」行者笑道：「我把你個無名的孽畜！是也不知老孫！你站住，硬著膽，且聽我說：

「祖居東勝大神洲，天地包含幾萬秋。花果山頭仙石卵，卵開產化我根苗。
生來不比凡胎類，聖體原從日月儔。本性自修非小可，天姿穎悟大丹頭。
官封大聖居雲府，倚勢行凶鬥斗牛。十萬神兵難近我，滿天星宿易為收。
名揚宇宙方方曉，智貫乾坤處處留。今幸皈依從釋教，扶持長老向西遊。
逢山開路無人阻，遇水支橋有怪愁。林內施威擒虎豹，崖前復手捉貔貅。
東方果正來西域，那個妖邪敢出頭！孽畜傷師真可恨，管教時下命將休！」

那怪聞言，又驚又恨。咬著牙，跳近前來，使鐵杵望行者就打。行者輕輕的用棒架住，還要與他講話，那八戒忍不住，掣鈀亂築那怪的先鋒。先鋒帥眾齊來。這一場在山中平地處混戰，真是好殺：

東土天邦上國僧，西方極樂取真經。南山大豹噴風霧，路阻深山獨顯能。施巧計，弄乖

伶，無知誤捉大唐僧。相逢行者神通廣，更遭八戒有聲名。群妖混戰山平處，塵土紛飛天不
清。那陣上小妖呼哮，槍刀亂舉；這壁廂神僧叱喝，鈀棒齊興。大聖英雄無敵手，悟能精壯
喜神生。南禺老怪，部下先鋒，都為唐僧一塊肉，致令捨死又亡生。這兩個因師性命成仇
隙，那兩個為要唐僧忒惡情。往來鬥經多半會，衝衝撞撞沒輸贏。

孫大聖見那些小妖勇猛，連打不退。即使個分身法，把毫毛拔下一把，嚼在口中，噴出去，叫聲「變！」都變做本身模樣，一個個使一條金箍棒，從前邊往裡打進。那一二百個小妖，顧前不能顧後，遮左不能遮右。一個個各自逃生，敗走歸洞。這行者與八戒，從陣裡往外殺來。可憐那些不識俊的妖精，搪著鈀，九孔血出；挽著棒，骨肉如泥！唬得那南山大王滾風生霧，得命逃回。那先鋒不能變化，早被行者一棒打倒，現出本相，乃是個鐵背蒼狼怪。八戒上前扯著腳，翻過來看了道：「這廝從小兒也不知偷了人家多少豬伢子、羊羔兒吃了！」行者將身一抖，收上毫毛道：「呆子！不可遲慢！快趕老怪，討師父的命去來！」八戒回頭，就不見那些小行者，道：「哥哥的法相兒都去了！」行者道：「我已收來也。」八戒道：「妙啊！妙啊！」兩個喜喜歡歡，得勝而回。

卻說那老怪逃了命回洞，吩咐小妖搬石塊，挑土，把前門堵了。那些得命的小妖，一個個戰兢兢的，把門都堵了，再不敢出頭。這行者引八戒，趕至門首吆喝，內無人答應。八戒使鈀築時，莫想得動。行者知之，道：「八戒，莫費氣力，他把門已堵了。」八戒道：「堵了門，師仇怎報？」行者道：「且回上墓前，看看沙僧去。」

二人復至本處，見沙僧還哭哩。八戒越發傷悲，丟了鈀，伏在墳上，手撲著土哭道：「苦命的師

父啊！遠鄉的師父啊！那裡再得見你耶！」行者道：「兄弟，且莫悲切。這妖精把前門堵了，一定有個後門出入。你兩個只在此間，等我再去尋看。」八戒滴淚道：「哥啊！仔細著！莫連你也撈去了，我們不好哭得：哭一聲師父，哭一聲師兄，就要哭得亂了。」行者道：「沒事！我自有手段！」

好大聖，收了棒，束束裙，拽開步，轉過山坡，忽聽得潺潺水響。且回頭看處，原來是澗中水響，上溜頭沖洩下來。又見澗那邊有座門兒，門左邊有一個出水的暗溝，溝中流出紅水來。他道：「不消講！那就是後門了。若要是原嘴臉，恐有小妖開門看見認得，等我變作個水蛇兒過去。且住！變水蛇恐師父的陰靈兒知道，怪我出家人變蛇纏長；變作個小螃蟹兒過去罷。也不好，恐師父怪我出家人腳多。」即做一個水老鼠，颼的一聲攛過去，從那出水的溝中，鑽至裡面天井中。探著頭兒觀看，只見那向陽處有幾個小妖，拿些人肉巴子，一塊塊的理著曬哩。行者道：「我的兒啊！那想是師父的肉，吃不了，曬乾巴子防天陰的。我要現本相，趕上前，一棍子打殺，顯得我有勇無謀；且再變化進去，尋那老怪，看是何如。」一跳出溝，搖身又一變，變做個有翅的螞蟻兒，真個是：

力微身小號玄駒，日久藏修有翅飛。閒渡橋邊排陣勢，喜來床下鬥仙機。
善知雨至常封穴，疊積塵多遂作灰。巧巧輕輕能爽利，幾番不覺過柴扉。

他展開翅，無聲無影，一直飛入中堂。只見那老怪煩煩惱惱正坐，有一個小妖，從後面跳將來報道：「大王萬千之喜！」老妖道：「喜從何來？」小妖道：「我才在後門外澗頭上探看，忽聽得有人大哭。即跳上峰頭望望，原來是豬八戒、孫行者、沙和尚在那裡拜墳痛哭。想是把那個人頭認做唐僧的頭葬下，捆作墳墓哭哩。」行者在暗中聽說，心內歡喜道：「若出此言，我師父還藏在那裡，未曾吃哩。等我再去尋尋，看死活如何，再與他說話。」

好大聖，飛在中堂，東張西看，見旁邊有個小門兒，關得甚緊；即從門縫兒裡鑽去看時，原是個大園子，隱隱的聽得悲聲。徑飛入深處，但見一叢大樹，樹底下綁著兩個人，一個正是唐僧。行者見了，心癢難撓，忍不住，現了本相，近前叫聲：「師父。」那長老認得，滴淚道：「悟空，你來了？快救我一救！悟空！悟空！」行者道：「師父莫只管叫名字：面前有人，怕走了風訊。你既有命，我可救得你。那怪只說已將你吃了，拿個假人頭哄我，我們與他恨苦相持。師父放心，且再熬熬兒，等我把那妖精弄倒，方好來解救。」

大聖念聲咒語，卻又搖身還變做個螞蟻兒，復入中堂，叮在正梁之上。只見那些未傷命的小妖，簇簇攢攢，紛紛嚷嚷。內中忽跳出一個小妖，告道：「大王，他們見堵了門，攻打不開，死心蹋地，捨了唐僧，將假人頭弄做個墳墓。今日哭一日，明日再哭一日，後日復了三，好道回去。打聽得他們散了啊，把唐僧拿出來，碎鐽碎剁，把些大料煎了，香噴噴的大家吃一塊兒，也得個延年長壽。」又一個小妖拍著手道：「莫說！莫說！還是蒸了吃的有味！」又一個說：「煮了吃，還省柴。」又一個道：「他本是個稀奇之物，還著些鹽兒醃醃，吃得長久。」行者在那梁中聽見，心中大怒道：「我師父與你有甚毒情，這般算計吃他！」即將毫毛拔了一把，口中嚼碎，輕輕吹出，暗念咒語，都教變做瞌睡蟲兒，往那眾妖臉上抛去。一個個鑽入鼻中，小妖漸漸打盹。不一時，都睡倒了。只有那個老妖睡不穩，他兩隻手揉頭搓臉，不住的打涕噴，捏鼻子。行者道：「莫是他曉得了？與他個雙掭燈！」又拔一根毫毛，依母兒做了，抛在他臉上，鑽於鼻孔內。兩個蟲兒，一個從左進，一個從右入。那老

第八十六回

木母助威征怪物　金公施法滅妖邪

妖爬起來，伸伸腰，打兩個呵欠，呼呼的也睡倒了。

行者暗喜，才跳下來，現出本相。耳朵裡取出棒來，幌一幌，有鴨蛋粗細，當的一聲，把旁門打破，跑至後園，高叫：「師父！」長老道：「徒弟，快來解解繩兒；綁壞我了！」行者道：「師父不要忙，等我打殺妖精，再來解你。」急抽身跑至中堂。正舉棍要打，又滯住手道：「不好！等解了師父來打。」復至園中，又思量道：「等打了來救。」如此者兩三番，卻才跳跳舞舞的到園裡。長老見了，悲中作喜道：「猴兒，想是看見我不曾傷命，所以歡喜得沒是處，故這等作跳舞也？」行者才至前，將繩解了，挽著師父就走。又聽得對面樹上綁的人叫道：「老爺捨大慈悲，也救我一命！」長老立定身，叫：「悟空，那個人也解他一解。」行者道：「他是甚麼人？」長老道：「他比我先拿進一日。他是個樵子，說有母親年老，甚是思想，倒是個盡孝的。一發連他都救了罷。」

行者依言，也解了繩索，一同帶出後門，爬上石崖，過了陡澗。長老謝道：「賢徒，虧你救了他與我命！悟能、悟淨都在何處？」行者道：「他兩個都在那裡哭你哩。你可叫他一聲。」長老果厲聲高叫道：「八戒！八戒！」那呆子哭得昏頭昏腦的，揩揩鼻涕眼淚道：「沙和尚，師父回家來顯魂哩！在那裡叫我們不是？」

行者上前，喝了一聲道：「夯貨！顯甚麼魂？這不是師父來了？」那沙僧抬頭見了，忙忙跪在面前道：「師父，你受了多少苦啊！哥哥怎生救得你來也？」行者把上項事說了一遍。

八戒聞言，咬牙恨齒，忍不住舉起鈀把那墳冢，一頓築倒，掘出那人頭，一頓築得稀爛。唐僧道：「你築他為何？」八戒道：「師父啊，不知他是那家的亡人，教我朝著他哭！」長老道：「虧他救了我命哩，你兄弟們打上他門，嚷著要我，想是拿他來搪塞；不然啊，就殺了我也。還把他埋一埋，見我們出家人之意。」那呆子聽長老此言，遂將一包稀爛骨肉埋下，也搊起個墳墓。

行者卻笑道：「師父，你請略坐坐，等我剿除去來。」即又跳下石崖，過澗入洞，把那綁唐僧與樵子的繩索拿入中堂，那老妖還睡著了，即將他四馬攢蹄捆倒，使金箍棒掬起來，握在肩上，徑出後門。豬八戒遠遠的望見道：「哥哥好幹這握頭事！再尋一個兒趁頭挑著不好？」行者到跟前放下，八戒舉鈀就築。行者道：「且住！洞裡還有小妖怪，未拿哩。」八戒道：「哥啊，有便帶我進去打他。」行者道：「打又費工夫了，不若尋些柴，教他斷根罷。」那樵子聞言，即引八戒去東凹裡尋了些皮梢竹、敗葉松、空心柳、斷根藤、黃蒿、老荻、蘆葦、乾桑，挑了若干，送入後門裡。行者點上火，八戒兩耳扇起風，那大聖將身跳上，抖一抖，收了瞌睡蟲的毫毛。那些小妖及醒來，煙火齊著。可憐！莫想有半個得命。連洞府燒得精空，卻回見師父。師父聽見老妖方醒聲喚，便叫：「徒弟，妖精醒了。」八戒上前一鈀，把老怪築死，現出本相，原來是個艾葉花皮豹子精。行者道：「花皮會吃老虎，如今又會變人。這頓打死，才絕了後患也！」長老謝之不盡，攀鞍上馬。那樵子道：「老爺，向西南去不遠，就是舍下。請老爺到舍下，見見家母，叩謝老爺活命之恩，送老爺上路。」

長老欣然，遂不騎馬，與樵子並四眾同行。向西南迤邐前來，不多路，果見那：

石徑重漫苔蘚，柴門蓬絡藤花。四面山光連接，一林鳥雀喧嘩。
密密松篁交翠，紛紛異卉奇葩。地僻雲深之處，竹籬茅舍人家。

遠見一個老嫗，倚著柴扉，眼淚汪汪的，兒天兒地的痛哭。這樵子看見是他母親，丟了長老，急忙忙先跑到柴扉前，跪下叫道：「母親！兒來也！」老嫗一把抱住道：「兒啊！你這幾日不來家，我只說是山主拿你去，害了性命，是我心疼難忍。你既不曾被害，何以今日才來？你繩擔、柯斧俱在何處？」樵子叩頭道：「母親，兒已被山主拿去，綁在樹上，實是難得性命。幸虧這幾位老爺！這老爺是東土唐朝往西天取經的羅漢。那老爺倒也被山主拿去綁在樹上。他那三位徒弟老爺，神通廣大，把山主一頓打死，卻是艾葉花皮豹子精；概眾小妖，俱盡燒死，卻將那老老爺解下救出，連孩兒都解救出來。此誠天高地厚之恩！不是他們，孩兒也死無疑了。如今山上太平，孩兒徹夜行走，也無事矣。」

那老嫗聽言，一步一拜，拜接長老四眾，都入柴扉茅舍中坐下。娘兒兩個磕頭稱謝不盡，慌慌忙忙的，安排些素齋酬謝。八戒道：「樵哥，我見你府上也寒薄，只可將就一飯，切莫費心大擺布。」樵子道：「不瞞老爺說。我這山間實是寒薄，沒甚麼香蕈、蘑菰、川椒、大料，只是幾品野菜奉獻老爺，權表寸心。」八戒笑道：「聒噪，聒噪。放快些兒就是。我們肚中飢了。」樵子道：「就有！就有！」果然不多時，展抹桌凳，擺將上來。果是幾盤野菜。但見那：

嫩焯黃花菜，酸虀白鼓丁。浮薔馬齒莧，江薺雁腸英。燕子不來香且嫩，芽兒拳小脆還青。爛煮馬藍頭，白熝（熬）狗腳跡。貓耳朵，野落荸，灰條熟爛能中吃；剪刀股，牛塘利，倒灌窩螺操帚薺。碎米薺，萵菜薺，幾品青香又滑膩。油炒烏英花，菱科甚可誇；蒲根菜並茭兒菜。四般近水實清華。看麥娘，嬌且佳；破破納，不穿他；苦麻台下藩籬架。雀兒綿單，猢猻腳跡；油灼灼煎來只好吃。斜蒿青蒿抱娘蒿，燈蛾兒飛上板蕎蕎。羊耳禿，枸杞頭，加上烏藍不用油。幾般野菜一餐飯，樵子虔心為謝酬。

師徒們飽餐一頓，收拾起程。那樵子不敢久留，請母親出來，再拜，再謝。樵子只是磕頭，取了一條棗木棍，結束了衣裙，出門相送。沙僧牽馬，八戒挑擔，行者緊隨左右，長老在馬上拱手道：「樵哥，煩先引路，到大路上相別。」一齊登高下阪，轉澗尋坡。長老在馬上思量道：「徒弟啊！

自從別主來西域，遞遞迢迢去路遙。水水山山災不脫，妖妖怪怪命難逃。
心心只為經三藏，念念仍求上九霄。碌碌勞勞何日了，幾時行滿轉唐朝！」

樵子聞言道：「老爺切莫憂思。這條大路，向西方不滿千里，就是天竺國，極樂之鄉也。」長老聞言，翻身下馬道：「有勞遠涉。既是大路，請樵哥回府，多多拜上令堂老安人：適間厚擾盛齋，貧僧無甚相謝，只是早晚誦經，保佑你母子平安，百年長壽。」那樵子喏喏相辭，復回本路。師徒遂一直投西。

正是：降怪解冤離苦厄，受恩上路用心行。畢竟不知還有幾日得到西天，且聽下回分解。

第八十七回
鳳仙郡冒天止雨　孫大聖勸善施霖

大道幽深，如何消息，說破鬼神驚駭。挾藏宇宙，剖判玄光，真樂世間無賽。靈鷲峰前，寶珠拈出，明映五般光彩。照徹乾坤，上下群生，知者壽同山海。

卻說三藏師徒四眾，別樵子下了隱霧山，奔上大路。行經數日，忽見一座城池相近。三藏道：「悟空，你看那前面城池，可是天竺國麼？」行者搖手道：「不是！不是！如來處雖稱極樂，卻沒有城池，乃是一座大山，山中有樓台殿閣，喚做靈山大雷音寺。就到了天竺國，也不是如來住處。天竺國還不知離靈山有多少路哩。那城想是天竺之外郡。到邊前方知明白。」

不一時至城外。三藏下馬，入到三層門裡，見那民事荒涼，街衢冷落。又到市口之間，見許多穿青衣者，左右擺列，有幾個冠帶者（指官員），立於房簷之下。他四眾順街行走，那些人更不遜避。豬八戒村愚，把長嘴掬一掬，叫道：「讓路！讓路！」那些人猛抬著，看見模樣，一個個骨軟筋麻，跌跌蹌蹌，都道：「妖精來了！妖精來了！」唬得那簷下冠帶者，戰兢兢躬身問道：「那方來者？」三藏恐他們闖禍，一力當先，對眾道：「貧僧乃東土大唐駕下拜天竺國大雷音寺佛祖求經者。路過寶方，一則不知地名，二則未落人家，才進城甚失回避，望列公恕罪。」那官人卻才施禮道：「此處乃天竺外郡，地名鳳仙郡。連年乾旱，郡侯差我等在此出榜，招求法師祈雨救民也。」行者聞言道：「你的榜文何在？」眾官道：「榜文在此，適間才打掃廊簷，還未張掛。」行者道：「拿來我看看。」眾官即將榜文展開，掛在簷下。行者四眾上前同看，榜上寫著：

「大天竺國鳳仙郡郡侯上官，為榜聘明師，招求大法事。茲因郡土寬弘，軍民殷實，連年亢旱，累歲乾荒，民田菑而軍地薄，河道淺而溝澮空。井中無水，泉底無津。富室聊以全生，窮民難以活命。斗粟百金之價，束薪五兩之資。十歲女易米三升，五歲男隨人帶去。城中懼法，典衣當物以存身；鄉下欺公，打劫吃人而顧命。為此出給榜文，仰望十方賢哲，禱雨救民，恩當重報。願以千金奉謝，決不虛言。須至榜者。」

行者看罷，對眾官道：「『郡侯上官』何也？」眾官道：「上官乃是姓。此我郡侯之姓也。」行者笑道：「此姓卻少。」八戒道：「哥哥不曾讀書。百家姓後有一句『上官歐陽』。」三藏道：「徒弟們，且休閒講。那個會求雨，與他求一場甘雨，以濟民瘼，此乃萬善之事；如不會，就行，莫誤了走路。」行者道：「祈雨有甚難事！我老孫翻江攪海，換斗移星，踢天弄井，吐霧噴雲，擔山趕月，喚雨呼風：那一件兒不是幼年耍子的勾當！何為稀罕！」

眾官聽說，著兩個急去郡中報道：「老爺，萬千之喜至也！」那郡侯正焚香默祝，聽得報聲喜至，即問：「何喜？」那官道：「今日領榜，方至市口張掛，即有四個和尚，稱是東土大唐差往天竺國大雷音拜佛求經者，見榜即道能祈甘雨，特來報知。」

那郡侯即整衣步行，不用轎馬多人，徑至市口，以禮敦請。忽有人報道：「郡侯老爺來了。」眾人閃過。那郡侯一見唐僧，不怕他徒弟醜惡，當街心倒身下拜道：「下官乃鳳仙郡郡侯上官氏，熏沐拜請老師祈雨救民。望師大捨慈悲，運神功，拔濟，拔濟！」三藏答禮道：「此間不是講話處。待貧僧到那寺觀，卻好行事。」郡侯道：「老師同到小衙，自有潔淨之處。」

師徒們遂牽馬挑擔，徑至府中，一一相見。郡侯即命看茶擺齋。少頃齋至，那八戒放量舌餐，如同餓虎。唬得那些捧盤的心驚膽戰，一往一來，添湯添飯，就如走馬燈兒一般，剛剛供上，直吃得飽滿方休。齋畢，唐僧謝了齋，卻問：「郡侯大人，貴處乾旱幾時了？」郡侯道：

「敝地大邦天竺國，鳳仙外郡吾司牧。一連三載遇乾荒，草子不生絕五穀。
大小人家買賣難，十門九戶俱啼哭。三停餓死二停人，一停還似風中燭。
下官出榜遍求賢，幸遇真僧來我國。若施寸雨濟黎民，願奉千金酬厚德！」

行者聽說，滿面喜生，呵呵的笑道：「莫說！莫說！若說千金為謝，半點甘雨全無。但論積功累德，老孫送你一場大雨。」那郡侯原來十分清正賢良，愛民心重，即請行者上坐，低頭下拜道：「老師果捨慈悲，下官必不敢悖德。」行者道：「且莫講話，請起。但煩你好生看著我師父，等老孫行事。」沙僧道：「哥哥，怎麼行事？」行者道：「你和八戒過來，就在他這堂下隨著我做個羽翼，等老孫喚龍來行雨。」八戒、沙僧謹依使令。三個人都在堂下。郡侯焚香禮拜。三藏坐著念經。

行者念動真言，誦動咒語，即時見正東上，一朵烏雲，漸漸落至堂前，乃是東海老龍王敖廣。那敖廣收了雲腳，化作人形，走向前，對行者躬身施禮道：「大聖喚小龍來，那方使用？」行者道：「請起。累你遠來，別無甚事；此間乃鳳仙郡，連年乾旱，問你如何不來下雨？」老龍道：「啟上大聖得知，我雖能行雨，乃上天遣用之輩。上天不差，豈敢擅自來此行雨？」行者道：「我因路過此方，見久旱民苦，特著你來此施雨救濟，如何推托？」龍王道：「豈敢推托？但大聖念真言呼喚，不敢不來。一則未奉上天御旨，二則未曾帶得行雨神將，怎麼動得雨部？大聖既有拔濟之心，容小龍回海點兵，煩大聖到天宮奏准，請一道降雨的聖旨，請水官放出龍來，我卻好照旨意數目下雨。」

行者見他說出理來，只得發放老龍回海。他即跳出罡斗，對唐僧備言龍王之事。唐僧道：「既然如此，你去為之，切莫打誑語。」行者即吩咐八戒、沙僧：「保著師父，我上天宮去也。」好大聖，說聲去，寂然不見。那郡侯膽戰心驚道：「孫老爺那裡去了？」八戒笑道：「駕雲上天去了。」郡侯十分恭敬，傳出飛報，教滿城大街小巷，不拘公卿士庶，軍民人等，家家供養龍王牌位，門設清水缸，缸插楊柳枝，侍奉香火，拜天不題。

卻說行者一駕筋斗雲，徑到西天門外，早見護國天王引天丁、力士上前迎接道：「大聖，取經之事完乎？」行者道：「也差不遠矣。今行至天竺國界，有一外郡，名鳳仙郡。彼處三年不雨，民甚艱苦，老孫欲祈雨拯救。呼得龍王到彼，他言無旨，不敢私自為之，特來朝見玉帝請旨。」天王道：「那壁廂敢是不該下雨哩。我向時聞得說：那郡侯撒潑，冒犯天地，上帝見罪，立有米山、麵山、黃金大鎖；直等此三事倒斷，才該下雨。」行者不知此意是何，要見玉帝。天王不敢攔阻，讓他進去。

第八十七回

鳳仙郡冒天止雨　孫大聖勸善施霖

徑至通明殿外，又見四大天師迎道：「大聖到此何幹？」行者道：「因保唐僧，路至天竺國界，鳳仙郡無雨，郡侯召師祈雨。老孫呼得龍王，意命降雨，他說未奉玉帝旨意，不敢擅行，特來求旨，以蘇民困。」四大天師道：「那方不該下雨。」行者笑道：「該與不該，煩為引奏引奏，看老孫的人情何如。」葛仙翁道：「俗語云：『蒼蠅包網兒，好大面皮！』」許旌陽道：「不要亂談，且只帶他進去。」丘弘濟、張道陵與葛、許四真人引至靈霄殿下，啟奏道：「萬歲，有孫悟空路至天竺國鳳仙郡，欲與求雨，特來請旨。」玉帝道：「那廝三年前十二月二十五日，朕出行監觀萬天，浮游三界，駕至他方，見那上官正不仁，將齋天素供，推倒餵狗，口出穢言，造有冒犯之罪，朕即立以三事，在於披香殿內，汝等引孫悟空去看。若三事倒斷，即降旨與他；如不倒斷，且休管閒事。」

四天師即引行者至披香殿裡看時，見有一座米山，約有十丈高下；一座麵山，約有二十丈高下。米山邊有一隻拳大之雞，在那裡緊一嘴，慢一嘴，啄那米吃。麵山邊有一隻金毛哈巴狗兒，在那裡長一舌，短一舌，舔那麵吃。左邊懸一座鐵架子，架上掛一把金鎖，約有一尺三四寸長短，鎖梃有指頭粗細，下面有一盞明燈，燈焰兒燎著那鎖梃。行者不知其意，回頭問天師曰：「此何意也？」天師道：「那廝觸犯了上天，玉帝立此三事，直等雞啄了米盡，狗舔得麵盡，燈焰燎斷鎖梃，那方才該下雨哩。」

行者聞言，大驚失色，再不敢啟奏。走出殿，滿面含羞。四大天師笑道：「大聖不必煩惱，這事只宜作善可解。若有一念善慈，驚動上天，那米、麵山即時就倒，鎖梃即時就斷。你去勸他歸善，福自來矣。」行者依言，不上靈霄辭玉帝，徑來下界復凡夫。須臾，到西天門，又見護國天王。天王道：「請旨如何？」行者將米山、麵山、金鎖之事說了一遍，道：「果依你言，不肯傳旨。適間天師送我，教勸那廝歸善，即福原也。」遂相別，降雲下界。

那郡侯同三藏、八戒、沙僧、大小官員人等接著，都簇簇攢攢來問。行者將郡侯喝了一聲道：「只因你這廝三年前十二月二十五日冒犯了天地，致令黎民有難，如今不肯降雨！」郡侯慌得跪伏在地道：「老師如何得知三年前事？」行者道：「你把那齋天的素供，怎麼推倒餵狗？可實實說來！」那郡侯不敢隱瞞，道：「三年前十二月二十五日，獻供齋天，在於本衙之內，因妻不賢，惡言相鬥，一時怒發無知，推倒供桌，潑了素饌，果是喚狗來吃了。這兩年憶念在心，神思恍惚，無處可以解釋。不知上天見罪，遺害黎民。今遇老師降臨，萬望明示，上界怎麼樣計較。」行者道：「那一日正是玉皇下界之日。見你將齋供餵狗，又口出穢言，玉帝即立三事記汝。」八戒問道：「哥，是那三事？」行者道：「披香殿立一座米山，約有十丈高下；一座麵山，約有二十丈高下。米山邊有拳大的一隻小雞，在那裡緊一嘴，慢一嘴的嗛那米吃；麵山邊有一個金毛哈巴狗兒，在那裡長一舌，短一舌的舔那麵吃。左邊又一座鐵架子，架上掛一把黃金大鎖，鎖梃兒有指頭粗細，下面有一盞明燈，燈焰兒燎著那鎖梃。直等那雞啄米盡，狗舔麵盡，燈燎斷鎖梃，他這裡方才該下雨哩。」八戒笑道：「不打緊！不打緊！哥肯帶我去，變出法身來，一頓把他的米麵都吃了，鎖梃弄斷了，管取下雨。」行者道：「呆子莫胡說！此乃上天所設之計，你怎麼得見？」三藏道：「似這等說，怎生是好？」行者道：「不難！不難！我臨行時，四天師曾對我言，但只作善可解。」那郡侯拜伏在地，哀告道：「但憑老師指教，下官一一皈依也。」行者道：「你若回心向善，趁早兒念佛看經，我還替你作為；汝若仍前不改，我亦不能解釋，不久天即誅之，性命不能保矣。」

那郡侯磕頭禮拜，誓願皈依。當時召請本處僧道，啟建道場，各各寫發文書，申奏三天。郡侯領眾拈香瞻拜，答天謝地，引罪自責。三藏也與他念經。一壁廂又出飛報，教城裡城外大家小戶，不論男女人等，都要燒香念佛。自此時，一片善聲盈耳。行者卻才歡喜。對八戒、沙僧道：「你兩個好生護持師父，等老孫再與他去去來。」八戒道：「哥哥，又往那裡去？」行者道：「這郡侯聽信老孫之言，果然受教，恭敬善慈，誠心念佛，我這去再奏玉帝，求些雨來。」沙僧道：「哥哥既要去，不必遲疑，且耽擱我們行路；必求雨一壇，庶成我們之正果也。」

好大聖，又縱雲頭，直至天門外。還遇著護國天王。天王道：「你今又來做甚？」行者道：「那郡侯已歸善矣。」天王亦喜。正說處，早見直符使者，捧定了道家文書，僧家關牒，到天門外傳遞。那符使見了行者，施禮道：「此意乃大聖勸善之功。」行者道：「你將此文牒送去何處？」符使道：「直送至通明殿上，與天師傳遞到玉皇大天尊前。」行者道：「如此，你先行，我當隨後而去。」那符使入天門去了。護國天王道：「大聖，不消見玉帝了。你只往九天應元府下，借點雷神，徑自聲雷掣電，還他就有雨下也。」

真個行者依言，入天門裡，不上靈霄殿求請旨意，轉雲步，徑往九天應元府，見那雷門使者、糾彔典者、廉訪典者都來迎著，施禮道：「大聖何來？」行者道：「有事要見天尊。」三使者即為傳奏。天尊隨下九鳳丹霞之扆，整衣出迎。相見禮畢，行者道：「有一事特來奉求。」天尊道：「何事？」行者道：「我因保唐僧，至鳳仙郡，見那乾旱之甚，已許他求雨，特來告借貴部官將到彼聲雷。」天尊道：「我知那郡侯冒犯上天，立有三事，不知可該下雨哩。」行者笑道：「我昨日已見玉帝請旨。玉帝著天師引我去披香殿看那三事，乃是米山、麵山、金鎖。只要三事倒斷，方該下雨。我愁難得倒斷，天師教我勸化郡侯等眾作善，以為『人有善念，天必從之。』庶幾可以回天心，解災難也。今已善念頓生，善聲盈耳。適間直符使者已將改行從善的文牒奏上玉帝去了，老孫因特造尊府，告借雷部官將相助相助。」天尊道：「既如此，差鄧、辛、張、陶，帥領閃電娘子，即隨大聖下降鳳仙郡聲雷。」

那四將同大聖，不多時，至於鳳仙境界。即於半空中作起法來。只聽得唿魯魯的雷聲，又見那淅瀝瀝的閃電。真個是：

電掣紫金蛇，雷轟群蟄哄。熒煌飛火光，霹靂崩山洞。列缺(閃電)滿天明，震驚連地縱。紅銷一閃發萌芽，萬里江山都撼動。

那鳳仙郡，城裡城外，大小官員，軍民人等，整三年不曾聽見雷電；今日見有雷聲霍閃，一齊跪下，頭頂著香爐，有的手拈著柳枝，都念「南無阿彌陀佛！南無阿彌陀佛！」這一聲善念，果然驚動上天。正是那古詩云：

「人心生一念，天地悉皆知。
善惡若無報，乾坤必有私。」

且不說孫大聖指揮雷將，掣電轟雷於鳳仙郡，人人歸善。卻說那上界直符使者，將僧道兩家的文牒，送至通明殿，四天師傳奏靈霄殿。玉帝見了道：「那廝們既有善念，看三事如何。」正說處，忽有披香殿看管的將官報道：「所立米麵山俱倒了。霎時間米麵皆無。鎖梃亦斷。」奏未畢，又有當駕天官引鳳仙郡土地、城隍、社令等神齊來拜奏道：「本郡郡主並滿城大小黎庶之家，無一家一人不皈依善果，禮佛敬天。今啟垂慈，普降甘雨，救濟黎民。」玉帝聞言大喜，即傳旨：「著風部、雲部、雨部，各遵號令，去下方，按鳳仙郡界，即於今日今時，聲雷布雲，降雨三尺零四十二點。」時有四大天師奉旨，傳與各部隨時下界，各逞神威，一齊振作。

行者正與鄧、辛、張、陶，令閃電娘子在空中調弄，只見眾神都到，合會一天。那其間風雲際會，甘雨滂沱。好雨：

漠漠濃雲，濛濛黑霧。雷車轟轟，閃電灼灼。滾滾狂風，淙淙驟雨。所謂一念回天，萬民滿望。全虧大聖施元運，萬里江山處處陰。好雨傾河倒海，蔽野迷空。簷前垂瀑布，窗外響玲瓏。萬戶千門人念佛，六街三市水流洪。東西河道條條滿，南北溪灣處處通。槁苗得潤，枯木回生。田疇麻麥盛，村堡豆糧升。客旅喜通販賣，農夫愛爾耘耕。從今黍稷多條暢，自然稼穡得豐登。風調雨順民安樂，海晏河清享太平。

一日雨下足了三尺零四十二點，眾神祇漸漸收回。孫大聖厲聲高叫道：「那四部眾神，且暫停雲從，待老孫去叫郡侯拜謝列位。列位可撥開雲霧，各現真身，與這凡夫親眼看看，他才信心供奉也。」眾神聽說，只得都停在空中。

這行者按落雲頭，徑至郡裡。早見三藏、八戒、沙僧，都來迎接。那郡侯一步一拜來謝。行者道：「且慢謝我。我已留住四部神祇，你可傳召多人同此拜謝，教他向後好來降雨。」郡侯隨傳飛報，召眾同酬，都一個個拈香朝拜。只見那四部神祇，開明雲霧，各現真身。四部者，乃雨部、雷部、雲部、風部。只見那：

龍王顯像，雷將舒身。雲童出現，風伯垂真。龍王顯像，銀鬚蒼貌世無雙。雷將舒身，鉤嘴威顏誠莫比。雲童出現，誰如玉面金冠；風伯垂真，曾似躁眉環眼。齊齊顯露青霄上，各各挨排現聖儀。鳳仙郡界人才信，頂禮拈香惡性回。今日仰朝天上將，洗心向善盡皈依。

眾神祇寧待了一個時辰，人民拜之不已。孫行者又起在雲端，對眾作禮道：「有勞！有勞！請列位各歸本部。老孫還教郡界中人家，供養高真，遇時節醮謝。列位從此後，五日一風，十日一雨，還來拯救拯救。」眾神依言，各各轉部不題。

卻說大聖墜落雲頭，與三藏道：「事畢民安，可收拾走路矣。」那郡侯聞言，急忙行禮道：「孫老爺說那裡話！今此一場，乃無量無邊之恩德。下官這裡差人辦備小宴，奉答厚恩。仍買治民間田地，與老爺起建寺院，立老爺生祠，勒碑刻名，四時享祀。雖刻骨鏤心，難報萬一，怎麼就說走路的話！」三藏道：「大人之言雖當，但我等乃西方掛搭行腳之僧，不敢久住。一二日間，定走無疑。」那郡侯那裡肯放。連夜差多人治辦酒席，起蓋祠宇。

次日，大開佳宴，請唐僧高坐；孫大聖與八戒、沙僧列坐。郡侯同本郡大小官員部臣把杯獻饌，細吹細打，款待了一日。這場果是欣然。有詩為證：

第八十七回

鳳仙郡冒天止雨　孫大聖勸善施霖

田疇久旱逢甘雨，河道經商處處通。深感神僧來郡界，多蒙大聖上天宮。
解除三事從前惡，一念皈依善果弘。此後願如堯舜世，五風十雨萬年豐。

一日筵，二日宴；今日酬，明日謝；扳留將有半月，只等寺院生祠完備。一日，郡侯請四眾往觀。唐僧驚訝道：「工程浩大，何成之如此速耶？」郡侯道：「下官催趲人工，晝夜不息，急急命完，特請列位老爺看看。」行者笑道：「果是賢才能幹的好賢侯也！」即時都到新寺。見那殿閣巍峨，山門壯麗，俱稱贊不已。行者請師父留一寺名。三藏道：「有，留名當喚做『甘霖普濟寺』。」郡侯稱道：「甚好！甚好！」用金貼廣招僧眾，侍奉香火。殿左邊立起四眾生祠，每年四時祭祀；又起蓋雷神、龍神等廟，以答神功。看畢，即命趲行。

那一郡人民，知久留不住，各備贐儀，分文不受。因此，合郡官員人等，盛張鼓樂，大展旌幢，送有三十里遠近，猶不忍別，遂掩淚目送，直至望不見方回。

這正是：碩德神僧留普濟，齊天大聖廣施恩。畢竟不知此去還有幾日方見如來，且聽下回分解。

第八十八回

禪到玉華施法會　心猿木母授門人

話說唐僧喜喜歡歡別了郡侯，在馬上向行者道：「賢徒，這一場善果，真勝似比丘國搭救兒童，皆爾之功也。」沙僧道：「比丘國只救得一千一百一十一個小兒，怎似這場大雨，滂沱浸潤，活彀者萬萬千千性命！弟子也暗自稱贊大師兄的法力通天，慈恩蓋地也。」八戒笑道：「哥的恩也有，善也有，卻只是外施仁義，內包禍心。但與老豬走，就要作踐人。」行者道：「我在那裡作踐你？」八戒道：「也彀了！也彀了！常照顧我捆，照顧我吊，照顧我煮，照顧我蒸！今在鳳仙郡施了恩惠與萬萬之人，就該住上半年，帶挈我吃幾頓自在飽飯，卻只管催趲行路！」長老聞言，喝道：「這個呆子，怎麼只思量擄嘴！快走路！再莫鬥口！」八戒不敢言，掬掬嘴，挑著行囊，打著哈哈，師徒們奔上大路。此時光景如梭，又值深秋之候。但見：

水痕收，山骨瘦。紅葉紛飛，黃花時候。霜晴覺夜長，月白穿窗透。家家煙火夕陽多，處處湖光寒水溜。白蘋香，紅蓼茂。橘綠橙黃，柳衰谷秀。荒村雁落碎蘆花，野店雞聲收菽

第八十八回
禪到玉華施法會　心猿木母授門人

豆。

四眾行彀多時，又見城垣影影。長老舉鞭遙指叫：「悟空，你看那裡又有一座城池，卻不知是甚去處。」行者道：「你我俱未曾到，何以知之？且行至邊前問人。」說不了，忽見樹叢裡走出一個老者，手持竹杖，身著輕衣，足踏一對棕鞋，腰束一條扁帶，慌得唐僧滾鞍下馬，上前道個問訊。那老者扶杖還禮道：「長老那方來的？」唐僧合掌道：「貧僧東土唐朝差往雷音拜佛求經者。今至寶方，遙望城垣，不知是甚去處，特問老施主指教。」那老者聞言，口稱：「有道禪師，我這敝處，乃天竺國下郡，地名玉華縣。縣中城主，就是天竺皇帝之宗室，封為玉華王。此王甚賢，專敬僧道，重愛黎民。老禪師若去相見，必有重敬。」三藏謝了。那老者徑穿樹林而去。

三藏才轉身對徒弟備言前事。他三人欣喜，扶師父上馬。三藏道：「沒多路，不須乘馬。」四眾遂步至城邊街道觀看。原來那關廂人家，做買做賣的，人煙湊集，生意亦甚茂盛。觀其聲音相貌，與中華無異。三藏吩咐：「徒弟們謹慎。切不可放肆。」那八戒低了頭，沙僧掩著臉，惟孫行者攙著師父。兩邊人都來爭看，齊聲叫道：「我這裡只有降龍伏虎的高僧，不曾見降豬伏猴的和尚。」八戒忍不住，把嘴一掬道：「你們可曾看見降豬王的和尚？」唬得滿街上人，跌跌爬爬，都往兩邊閃過。行者笑道：「呆子，快藏了嘴，莫裝扮。仔細腳下過橋。」那呆子低著頭，只是笑。過了吊橋，入城門內，又見那大街上酒樓歌館，熱鬧繁華。果然是神州都邑。有詩為證。詩曰：

錦城鐵甕萬年堅，臨水依山色色鮮。百貨通湖船入市，千家沽酒店垂簾。
樓台處處人煙廣，巷陌朝朝客賈喧。不亞長安風景好，雞鳴犬吠亦般般。

三藏心中暗喜道：「人言西域諸番，更不曾到此。細觀此景，與我大唐何異！所為極樂世界，誠此之謂也。」又聽得人說，白米四錢一石，麻油八釐一斤，真是五穀豐登之處。

行彀多時，方到玉華王府。府門左右，有長史府、審理廳、典膳所、待客館。三藏道：「徒弟，此間是府，等我進去，朝王驗牒而行。」八戒道：「師父進去，我們可好在衙門前站立？」三藏道：「你不看這門上是『待客館』三字！你們都去那裡坐下，看有草料，買些餵馬。我見了王，倘或賜齋，便來喚你等同享。」行者道：「師父放心前去。老孫自當理會。」那沙僧把行李挑至館中。館中有看館的人役，見他們面貌醜陋，也不敢問他，也不敢教他出去，只得讓他坐下不題。

卻說老師父換了衣帽，拿了關文，徑至王府前。早見引禮官迎著問道：「長老何來？」三藏道：「東土大唐差來大雷音拜佛祖求經之僧，今到貴地，欲倒換關文，特來朝參千歲。」引禮官即為傳奏。那王子果然賢達，即傳旨召進。三藏至殿下施禮。王子即請上殿賜坐。三藏將關文獻上。王子看了，又見有各國印信手押，也就欣然將寶印了，押了花字，收折在案；問道：「國師長老，自你那大唐至此，歷遍諸邦，共有幾多路程？」三藏道：「貧僧也未記程途。但先年蒙觀音菩薩在我王御前顯身，曾留了頌子，言西方十萬八千里。貧僧在路，已經過一十四遍寒暑矣。」王子笑道：「十四遍寒暑，即十四年了。想是途中有甚耽擱。」三藏道：「一言難盡！萬蟄千魔，也不知受了多少苦楚，才到得寶方！」那王子十分歡喜。即著典膳官備素齋管待。三藏：「啟上殿下，貧僧有三個小徒，在外

第八十八回

禪到玉華施法會　心猿木母授門人

等候，不敢領齋，但恐遲誤行程。」王子教：「當殿官，快去請長老三位徒弟，進府同齋。」當殿官隨出外相請。都道：「未曾見，未曾見。」有跟隨的人道：「待客館中坐著三個醜貌和尚，想必是也。」當殿官同眾至館中，即問看館的道：「那個是大唐取經僧的高徒？我主有旨，請吃齋也。」八戒正坐打盹，聽見一個「齋」字，忍不住，跳起身來答道：「我們是！我們是！」當殿官一見了，魂飛魄喪，都戰戰的道：「是個豬魈！豬魈！」行者聽見，一把扯住八戒道：「兄弟，放斯文些，莫撒村野。」那眾官見了行者，又道：「是個猴精！猴精！」沙僧拱手道：「列位休得驚恐。我三人都是唐僧的徒弟。」眾官見了，又道：「灶君！灶君！」孫行者即教八戒牽馬，沙僧挑擔，同眾入玉華王府。當殿官先入啟知。

那王子舉目見那等醜惡，卻也心中害怕。三藏合掌道：「千歲放心。頑徒雖是貌醜，卻都心良。」八戒朝上唱個喏道：「貧僧問訊了。」王子愈覺心驚。三藏道：「頑徒都是山野中收來的，不會行禮，萬望赦罪。」王子奈著驚恐，教典膳官請眾僧官去暴紗亭吃齋。三藏謝了恩，辭王下殿，同至亭內，埋怨八戒道：「你這夯貨，全不知一毫禮體！索性不開口，便也罷了；怎麼那般粗魯！一句話，足足衝倒泰山！」行者笑道：「還是我不唱喏的好，也省些力氣。」沙僧道：「他唱喏又不等齊，預先就抒著個嘴吆喝。」八戒道：「活淘氣！活淘氣！師父前日教我，見人打個問訊兒是禮；今日打問訊，又說不好，教我怎的幹麼！」三藏道：「我教你見了人打個問訊，不曾教你見王子就此歪纏！常言道：『物有幾等物，人有幾等人。』如何不分個貴賤？」正說處，見那典膳官帶領人役，調開桌椅，擺上齋來。師徒們卻不言語，各各吃齋。

卻說那王子退殿進宮，宮中有三個小王子，見他面容改色，即問道：「父王今日為何有此驚恐？」王子道：「適才有東土大唐差來拜佛取經的一個和尚，倒換關文，卻一表非凡。我留他吃齋，他說有徒弟在府前，我即命請。少時進來，見我不行大禮，打個問訊，我已不快。及抬頭看時，一個個醜似妖魔，心中不覺驚駭，故此面容改色。」原來那三個小王子比眾不同，一個個好武好強，便就伸拳擄袖道：「莫敢是那山裡走來的妖精，假裝人相；待我們拿兵器出去看來！」

好王子，大的個拿一條齊眉棍，第二個掄一把九齒鈀，第三個使一根烏油黑棒子，雄糾糾，氣昂昂的，走出王府。吆喝道：「甚麼取經的和尚！在那裡？」時有典膳官員人等跪下道：「小王，他們在這暴紗亭吃齋哩。」小王子不分好歹，闖將進去，喝道：「汝等是人是怪，快早說來，饒你性命！」唬得三藏面容失色，丟下飯碗，躬著身道：「貧僧乃唐朝來取經者。人也，非怪也。」小王子道：「你便還像個人，那三個醜的，斷然是怪！」八戒只管吃飯不睬。沙僧與行者欠身道：「我等俱是人。面雖醜而心良，身雖夯而性善。汝三個卻是何來，卻這樣海口輕狂？」旁有典膳等官道：「三位是我王之子小殿下。」八戒丟了碗道：「小殿下，各拿兵器怎麼？莫是要與我們打哩？」

二王子掣開步，雙手舞鈀，便要打八戒。八戒嘻嘻笑道：「你那鈀只好與我這鈀做孫子罷了！」即揭衣，腰間取出鈀來，幌一幌，金光萬道；丟了解數，有瑞氣千條；把個王子唬得手軟筋麻，不敢舞弄。行者見大的個使一條齊眉棍，跳啊跳的，即耳朵裡取出金箍棒來，幌一幌，碗來粗細，有丈二三長短；著地下一搗，搗了有三尺深淺，豎在那裡，笑道：「我把這棍子送你罷！」那王子聽言，即丟了自己棍，去取那棒，雙手盡氣力一拔，莫想得動分毫；再又端一端，搖一搖，就如生根一般。第三個撒起莽性，使烏油桿棒來打。被沙僧一手劈開，取出降妖寶杖，拈一拈，豔豔光生，紛紛霞亮，唬得那典膳等官，一個個呆呆掙掙，口不能言。三個小王子一齊下拜道：「神師！神師！我等凡人不識，萬望施展一番，我等好拜授也。」行者走近前，輕輕的把棒拿將起來道：「這裡窄狹，不好展手，等我跳在空中，耍一路兒，你們看看。」

好大聖，唿哨一聲，將筋斗一縱，兩隻腳踏著五色祥雲，起在半空，離地約有三百步高下，把金箍棒丟開個撒花蓋頂，黃龍轉身，一上一下，左旋右轉。起初時人與棒似錦上添花，次後來不見人，只見一天棒滾。八戒在底下喝聲采，也忍不住手腳，厲聲喊道：「等老豬也去耍耍來！」好呆子，駕起風頭，也到半空，丟開鈀，上三下四，左五右六，前七後八，滿身解數，只聽得呼呼風響。正使到熱鬧處，沙僧對長老道：「師父，也等老沙去操演操演。」好和尚，雙著腳一跳，掄著杖，也起在空中，只見那銳氣氤氳，金光縹緲；雙手使降妖杖丟一個丹鳳朝陽，餓虎撲食，緊迎慢擋，捷轉忙攛。弟兄三個即展神通，都在那半空中，一齊揚威耀武。這才是：

真禪景象不凡同，大道緣由滿太空。金木施威盈法界，刀圭展轉合圓通。
神兵精銳隨時顯，丹器花生到處崇。天竺雖高還戒性，玉華王子總歸中。

唬得那三個小王子，跪在塵埃。暴紗亭大小人員，並王府裡老王子，滿城中軍民男女，僧尼道俗，一應人等，家家念佛磕頭，戶戶拈香禮拜。果然是：

見像歸真度眾僧，人間作福享清平。
從今果正菩提路，盡是參禪拜佛人。

他三個各逞雄才，使了一路，按下祥雲，把兵器收了。到唐僧面前問訊，謝了師恩，各各坐下不題。

那三個小王子，急回宮裡，告奏老王道：「父王萬千之喜！今有莫大之功也！適才可曾看見半空中舞弄麼？」老王道：「我才見半空霞彩，就於宮院內同你母親等眾焚香啟拜，更不知是那裡神仙降聚也。」小王子道：「不是那裡神仙，就是那取經僧三個醜徒弟。一個使金箍鐵棒，一個使九齒釘鈀，一個使降妖寶杖，把我三個的兵器，比的通沒有分毫。我們教他使一路，他嫌『地上窄狹，不好支吾，等我起在空中，使一路你看。』他就各駕雲頭，滿空中祥雲縹緲，瑞氣氤氳。才然落下，都坐在暴紗亭裡。做兒的十分歡喜，欲要拜他為師，學他手段，保護我邦。此誠莫大之功！不知父王以為何如？」老王聞言，信心從願。

當時父子四人，不擺駕，不張蓋，步行到暴紗亭。他四眾收拾行李，欲進府謝齋，辭王起行；偶見玉華王父子上亭來倒身下拜，慌得長老舒身，撲地還禮；行者等閃過旁邊，微微冷笑。眾拜畢，請四眾進府堂上坐。四眾欣然而入。老王起身道：「唐老師父，孤有一事奉求，不知三位高徒，可能容否？」三藏道：「但憑千歲吩咐，小徒不敢不從。」老王道：「孤先見列位時，只以為唐朝遠來行腳僧，其實肉眼凡胎，多致輕褻。適見孫師、豬師、沙師起舞在空，方知是仙是佛。孤三個犬子，一生好弄武藝，今謹發虔心，欲拜為門徒，學些武藝。萬望老師開天地之心，普運慈舟，傳度小兒，必以傾城之資奉謝。」行者聞言，忍不住呵呵笑道：「你這殿下，好不會事！我等出家人，巴不得要傳幾個徒弟。你令郎既有從善之心，切不可說起分毫之利；但只以情相處，足為愛也。」王子聽言，十分歡喜。隨命大排筵宴，就於本府正堂擺列。噫！一聲旨意，即刻俱完。但見那：

結彩飄搖，香煙馥郁。戧金桌子掛絞綃，幌人眼目；彩漆椅兒鋪錦繡，添座風光。樹果新鮮，茶湯香噴。三五道閒食清甜，一兩餐饅頭豐潔。蒸酥蜜煎更奇哉，油紮糖澆真美矣。有幾瓶香糯素酒，斟出來，賽過瓊漿；獻幾番陽羨仙茶，捧到手，香欺丹桂。般般品品皆齊備，色色行行盡出奇。

一壁廂叫承應的歌舞吹彈，撮弄演戲。他師徒們並王父子，盡樂一日。不覺天晚，散了酒席。又叫即於暴紗亭鋪設床幃，請師安宿；待明早竭誠焚香，再拜求傳武藝。眾皆聽從，即備香湯，請師沐浴，眾卻歸寢。此時那：

眾鳥高棲萬籟沉，詩人下榻罷哦吟。銀河光顯天彌亮，野徑荒涼草更深。
砧杵叮咚敲別院，關山杳窵動鄉心。寒蛩聲朗知人意，嚦嚦床頭破夢魂。

一宵晚景題過。明早，那老王父子，又來相見這長老。昨日相見，還是王禮，今日就行師禮。那三個小王子，對行者、八戒、沙僧當面叩頭，拜問道：「尊師之兵器，還借出與弟子們看看。」八戒聞言，欣然取出釘鈀，拋在地下。沙僧將寶杖拋出，倚在牆邊。二王子與三王子跳起去便拿，就如蜻蜓撼石柱，一個個掙得紅頭赤臉，莫想拿動半分毫。大王子見了，叫道：「兄弟，莫費力了。師父的兵器，俱是神兵，不知有多少重哩！」八戒笑道：「我的鈀也沒多重，只有一藏之數（佛教經典有法、論、經三藏。一藏有五千零四十八卷），連柄五千零四十八斤。」三王子問沙僧道：「師父寶杖多重？」沙僧笑道：「也是五千零四十八斤。」大王子求行者的金箍棒看。行者去耳朵裡取出一個針兒來，迎風幌一幌，就有碗來粗細，直直的豎立面前。那王父子都皆悚懼，眾官員個個心驚。三個小王子禮拜道：「豬師、沙師之兵，俱隨身帶在衣下，即可取之。孫師為何自耳中取出？見風即長，何也？」行者笑道：「你不知我這棒不是凡間等閒可有者。這棒是：

鴻蒙初判（指開天闢地）陶熔鐵，大禹神人親所設。湖海江河淺共深，曾將此棒知之切。開山治水太平時，流落東洋鎮海闕。日久年深放彩霞，能消能長能光潔。老孫有分取將來，變化無方隨口訣。要大彌於宇宙間，要小卻似針兒節。棒名如意號金箍，天上人間稱一絕。重該一萬三千五百斤，或粗或細能生滅。也曾助我鬧天宮，也曾隨我攻地闕。伏虎降龍處處通，煉魔蕩怪方方徹。舉頭一指太陽昏，天地鬼神皆膽怯。混沌仙傳到至今，原來不是凡間鐵。」

那王子聽言，個個頂禮不盡。三人向前重重拜禮，虔心求授。行者道：「你三人不知學那般武藝。」王子道：「願使棍的就學棍，慣使鈀的就學鈀，愛用杖的就學杖。」行者笑道：「教便也容易，只是你等無力量，使不得我們的兵器，恐學之不精，如『畫虎不成反類狗』也。古人云：『訓教不嚴師之惰，學問無成子之罪。』汝等既有誠心，可去焚香來拜了天地，我先傳你些神力，然後可授武藝。」

三個小王子聞言，滿心歡喜。即便親抬香案，沐手焚香，朝天禮拜。拜畢，請師傳法。行者轉下身來，對唐僧行禮道：「告尊師，恕弟子之罪。自當年在兩界山蒙師父大德救脫弟子，秉教沙門，一向西來，雖不曾重報師恩，卻也曾渡水登山，竭盡心力。今來佛國之鄉，幸遇賢王三子，投拜我等，欲學武藝。彼既為我等之徒弟，即為我師之徒孫也。謹稟過我師，庶好傳授。」三藏十分大喜。八戒、沙僧見行者行禮，也那轉身朝三藏磕頭道：「師父，我等愚魯，拙口鈍腮，不會說話，望師父高坐法位，也讓我兩個各招個徒弟耍耍；也是西方路上之憶念。」三藏俱欣然允之。

行者才教三個王子就於暴紗亭後，靜室之間，畫了罡斗；教三人都俯伏在內，一個個瞑目寧神。這裡卻暗暗念動真言，誦動咒語，將仙氣吹入他三人心腹之中，把元神收歸本舍，傳與口訣，各授得萬千之膂力，運添了火候，卻像個脫胎換骨之法。運遍了子午周天，那三個小王子，方才蘇醒，一齊爬將起來，抹抹臉，精神抖擻，一個個骨壯筋強：大王子就拿得金箍棒，二王子就掄得九齒鈀，三王子就舉得降妖杖。

老王見了，歡喜不勝。又排素宴，啟謝他師徒四眾。就在筵前各傳各授：學棍的演棍，學鈀的演鈀，學杖的演杖。雖然打幾個轉身，丟幾般解數，終是有些著力：走一路，便喘氣噓噓，不能耐久；蓋他那兵器都有變化，其進退攻揚，隨消隨長，皆有變化自然之妙，此等終是凡夫，豈能以遽及也。當日散了筵宴。

次日，三個王子又來稱謝道：「感蒙神師授賜了膂力，縱然掄得師的神器，只是轉換艱難；意欲命工匠依師神器式樣，減削斤兩，打造一般，未知師父肯容否？」八戒道：「好！好！好！說得像話。我們的器械，一則你們使不得，二則我們要護法降魔，正該另造，另造。」王子又隨宣召鐵匠，買辦鋼鐵萬斤，就於王府內前院搭廠，支爐鑄造。先一日將鋼鐵煉熟，次日請行者三人將金箍棒、九齒鈀、降妖杖，都取出放在篷廠之間，看樣造作。遂此晝夜不收。

噫！這兵器原是他們隨身之寶，一刻不可離者，各藏在身，自有許多光彩護體；今放在廠院中幾日，那霞光有萬道沖天，瑞氣有千般罩地。其夜有一妖精，離城只有七十里遠近，山喚豹頭山，洞喚虎口洞，夜坐之間，忽見霞光瑞氣，即駕雲頭而看。原是州城之光彩，他按下雲來，近前觀看，乃是這三般兵器放光。妖精又喜又愛道：「好寶貝！好寶貝！這是甚人用的，今放在此？也是我的緣法，拿了去呀！拿了去呀！」他愛心一動，弄起威風，將三般兵器，一股收之，徑轉本洞。正是那：

道不須臾離，可離非道也。
神兵盡落空，枉費參修者。

畢竟不知怎生尋得這兵器，且聽下回分解。

第八十九回
黃獅精虛設釘鈀宴　金木土計鬧豹頭山

卻說那院中幾個鐵匠，因連日辛苦，夜間俱自睡了。及天明起來打造，篷下不見了三般兵器，一個個呆掙神驚，四下尋找。只見那三個王子出宮來看，那鐵匠一齊磕頭道：「小主啊，神師的三般兵器，都不知那裡去了！」

小王子聽言，心驚膽戰道：「想是師父今夜收拾去了。」急奔暴紗亭看時，見白馬尚在廊下，忍不住叫道：「師父還睡哩！」沙僧道：「起來了。」即將房門開了，讓王子進裡看時，不見兵器，慌慌張張問道：「師父的兵器都收來了？」行者跳起道：「不曾收啊！」王子道：「三般兵器，今夜都不見了。」八戒連忙爬起道：「我的鈀在麼？」小王道：「適才我等出來，只見眾人前後找尋不見，弟子恐是師父收了，卻才來問。老師的寶貝，俱是能長能消，想必藏在身邊哄弟子哩。」行者道：「委的未收。都尋去來。」

隨至院中篷下，果然不見蹤影。八戒道：「定是這伙鐵匠偷了！快拿出來！略遲了些兒，就都打死！打死！」那鐵匠慌得磕頭滴淚道：「爺爺！我們連日辛苦，夜間睡著，及至天明起來，遂不見了。我等乃一概凡人，怎麼拿得動，望爺爺饒命！饒命！」行者無語，暗恨道：「還是我們的不是。既然看了式樣，就該收在身邊，怎麼卻丟放在此！那寶貝霞彩光生，想是驚動甚麼歹人，今夜竊去也。」八戒不信道：「哥哥說那裡話！這般個太平境界，又不是曠野深山，怎得個歹人來！定是鐵匠欺心，他見我們的兵器光彩，認得是三件寶貝，連夜走出王府，伙些人來，抬的抬，拉的拉，偷出去了！拿過來打呀！打呀！」眾匠只是磕頭發誓。

正嚷處，只見老王子出來，問及前事，卻也面無人色，沉吟半晌，道：「神師兵器，本不同凡，就有百十餘人也禁挫不動；況孤在此城，今已五代，不是大膽海口，孤也頗有個賢名在外；這城中軍民匠作人等，也頗懼孤之法度，斷是不敢欺心。望神師再思可矣。」行者笑道：「不用再思，也不須苦賴鐵匠。我問殿下：你這州城四面，可有甚麼山林妖怪？」王子道：「神師此問，甚是有理。孤這州城之北，有一座豹頭山。山中有一座虎口洞。往往人言洞內有仙，又言有虎狼，又言有妖怪。孤未曾訪得端的（底細），不知果是何物。」行者笑道：「不消講了，定是那方歹人，知道俱是寶貝，一夜偷將去了。」叫：「八戒、沙僧，你都在此保著師父，護著城池，等老孫尋訪去來。」又叫鐵匠們不可住了爐火，一一煉造。

好猴王，辭了三藏，唿哨一聲，形影不見。早跨到豹頭山上。原來那城相去只有七十里，一瞬即到。徑上山峰觀看，果然有些妖氣。真是：

龍脈悠長，地形遠大。尖峰挺挺插天高，陡澗沉沉流水急。山前有瑤草鋪茵，山後有奇花布錦。喬松老柏，古樹修篁。山鴉山鵲亂飛鳴，野鶴野猿皆嘯唳。懸崖下，麋鹿雙雙；峭壁前，獾狐對對。一起一伏遠來龍，九曲九灣潛地泳。埂頭相接玉華州，萬古千秋興勝處。

行者正然看時，忽聽得山背後有人言語，急回頭視之，乃兩個狼頭妖怪，朗朗的說著話，向西北上走。行者揣道：「這定是巡山的怪物，等老孫跟他去聽聽，看他說些甚的。」捻著訣，念個咒，搖身一變，變做個蝴蝶兒，展開翅，翩翩翻翻，徑自趕上。果然變得有樣範：

一雙粉翅，兩道銀鬚。乘風飛去急，映日舞來徐。渡水過牆能疾俏，偷香弄絮甚歡娛。體輕偏愛鮮花味，雅態芳情任捲舒。

他飛在那個妖精頭直上，飄飄蕩蕩，聽他說話。那妖猛叫道：「二哥，我大王連日僥幸：前月裡得了一個美人兒，在洞內盤桓，十分快樂。昨夜裡又得了三般兵器，果然是無價之寶。明朝開宴慶『釘鈀會』哩。我們都有受用。」這個道：「我們也有些僥幸：拿這二十兩銀子買豬羊去。如今到了乾方集上，先吃幾壺酒兒。把東西開個花帳兒（假賬），落他二三兩銀子，買件綿衣過寒，卻不是好？」兩個怪說說笑笑的，上大路急走如飛。

行者聽得要慶釘鈀會，心中暗喜；欲要打殺他，爭奈不管他事；況手中又無兵器。他即飛向前邊，現了本相，在路口上立定。那怪看看走到身邊，被他一口法唾噴將去，念一聲「唵吽唎吒」，即使個定身法，把兩個狼頭精定住。眼睜睜，口也難開；直挺挺，雙腳站住。又將他扳翻倒，揭衣搜撿，果是有二十兩銀子，著一條搭包兒打在腰間裙帶上，又各掛著一個粉漆牌兒，一個上寫著「刁鑽古怪」，一個上寫著「古怪刁鑽」。

好大聖，取了他銀子，解了他牌兒，返跨步回至州城。到王府中，見了王子、唐僧並大小官員、匠作人等，具言前事。八戒笑道：「想是老豬的寶貝，霞彩光明，所以買豬羊，治筵席慶賀哩。但如今怎得他來？」行者道：「我兄弟三人俱去。這銀子是買辦豬羊的，且將這銀子賞了匠人，教殿下尋幾個豬羊。八戒，你變做刁鑽古怪，我變做古怪刁鑽，沙僧裝做個販豬羊的客人，走進那虎口洞裡，得便處，各人拿了兵器，打絕那妖邪，回來卻收拾走路。」沙僧笑道：「妙，妙，妙！不宜遲！快走！」老王果依此計，即教管事的買辦了七八口豬，四五腔羊。

他三人辭了師父，在城外大顯神通。八戒道：「哥哥，我未曾看見那刁鑽古怪，怎生變得他模樣？」行者道：「那怪被老孫使了定身法定住在那裡，直到明日此時方醒。我記得他的模樣，你站下，等我教你變。——如此，如彼，就是他的模樣了。」那呆子真個口裡念著咒，行者吹口仙氣，霎時就變得與那刁鑽古怪一般無二，將一個粉牌兒帶在腰間。行者即變做古怪刁鑽，腰間也帶了一個牌兒。沙僧打扮得像個販豬羊的客人。一起兒趕著豬羊，上大路，徑奔山來。不多時，進了山凹裡，又遇見一個小妖。他生得嘴臉也恁地凶惡！看那：

圓滴溜兩隻眼，如燈幌亮；紅刺蓬一頭毛，似火飄光。糟鼻子，歪猭（歪咧著嘴）口，獠牙尖利；查耳朵，砍額頭，青臉泡浮。身穿一件淺黃衣，足踏一雙莎蒲履。雄雄糾糾若凶神，急急忙忙如惡鬼。

那怪左脅下挾著一個彩漆的請書匣兒，迎著行者三人叫道：「古怪刁鑽，你兩個來了？買了幾口豬羊？」行者道：「這趕的不是？」那怪朝沙僧道：「此位是誰？」行者道：「就是販豬羊的客人。還少他幾兩銀子，帶他來家取的。你往那裡去？」那怪道：「我往竹節山去請老大王明早赴會。」行者綽他的口氣兒，就問：「共請多少人？」那怪道：「請老大王坐首席，連本山大王共頭目等眾，約有四十多位。」正說處，八戒道：「去罷，去罷！豬羊都四散走了！」行者道：「你去邀著，等我討他帖兒看看。」那怪見自家人，即揭開取出，遞與行者。行者展開看時，上寫著：

「明辰敬治肴酌慶『釘鈀嘉會』，屈尊過山一敘。幸勿外，至感！右啟祖翁九靈元聖老大人尊前。門下孫黃獅頓首百拜。」

行者看畢，仍遞與那怪。那怪放在匣內，徑往東南上去了。

沙僧問道：「哥哥，帖兒上是甚麼話頭？」行者道：「乃慶釘鈀會的請帖。名字寫著『門下孫黃獅頓首百拜』。請的是祖翁九靈元聖老大人。」沙僧笑道：「黃獅想必是個金毛獅子成精。但不知九靈元聖是個何物？」八戒聽言，笑道：「是老豬的貨了！」行者道：「怎見得是你的貨？」八戒道：「古人云：『癩母豬專趕金毛獅子。』故知是老豬之貨物也。」他三人說說笑笑，趕著豬羊。卻就望見虎口洞門。但見那門兒外：

周圍山繞翠，一脈氣連城。峭壁扳青蔓，高崖掛紫荊。

鳥聲深樹匝，花影洞門迎。不亞桃源洞，堪宜避世情。

漸漸近於門口，又見一叢大大小小的雜項妖精，在那花樹之下頑耍。忽聽得八戒「呵！呵！」趕豬羊到時，都來迎接，便就捉豬的捉豬，捉羊的捉羊，一齊捆倒。早驚動裡面妖王，領十數個小妖，出來問道：「你兩個來了？買了多少豬羊？」行者道：「買了八口豬，七腔羊，共十五個牲口。豬銀該一十六兩，羊銀該九兩。前者領銀二十兩，仍欠五兩。這個就是客人，跟來找銀子的。」妖王聽說，即喚：「小的們，取五兩銀子，打發他去。」行者道：「這客人，一則來找銀子，二來要看看嘉會。」

那妖大怒，罵道：「你這個刁鑽兒憊懶！你買東西罷了，又與人說甚麼會不會！」八戒上前道：「主人公得了寶貝，誠是天下之奇珍，就教他看看怕怎的？」那怪咄的一聲道：「你這古怪也可惡！我這寶貝，乃是玉華州城中得來的，倘這客人看了，去那州中傳說，說得人知，那王子一時來訪求，卻如之何？」

行者道：「主公，這個客人，乃乾方集後邊的人，去州許遠，又不是他城中人也，那裡去傳說？二則他肚裡也飢了，我兩個也未曾吃飯。家中有現成酒飯，賞他些吃了，打發他去罷。」說不了，有一小妖，取了五兩銀子，遞與行者。行者將銀子遞與沙僧道：「客人，收了銀子，我與你進後面去吃些飯來。」

沙僧仗著膽，同八戒、行者進於洞內。到二層廠廳之上，只見正中間桌上，高高的供養著一柄九齒釘鈀，真個是光彩映目；東山頭靠著一條金箍棒，西山頭靠著一條降妖杖。那怪王隨後跟著道：

「客人，那中間放光亮的就是釘鈀。你看便看，只是出去，千萬莫與人說。」沙僧點頭稱謝了。

噫！這正是「物見主，必定取。」那八戒一生是個魯夯的人，他見了釘鈀，那裡與他敘甚麼情節，跑上去，拿下來，掄在手中，現了本相。丟了解數，望妖精劈臉就築。這行者、沙僧也奔至兩山頭各拿器械，現了原身。

三弟兄一齊亂打，慌得那怪王急抽身閃過，轉入後邊，取一柄四明鏟，桿長鐏利，趕到天井中，支住他三般兵器，厲聲喝道：「你是甚麼人，敢弄虛頭，騙我寶貝！」行者罵道：「我把你這個賊毛團！你是認我不得！我們乃東土聖僧唐三藏的徒弟。因至玉華州倒換關文，蒙賢王教他三個王子拜我們為師，學習武藝，將我們寶貝作樣，打造如式兵器。因放在院中，被你這賊毛團夤夜入城偷來，倒說我弄虛頭騙你寶貝！不要走！就把我們這三件兵器，各奉承你幾下嘗嘗！」那妖精就舉鏟來敵。這一場，從天井中鬥出前門。看他三僧攢一怪！好殺：

呼呼棒若風，滾滾鈀如雨。降妖杖舉滿天霞，四明鏟伸雲生綺。好似三仙煉大丹，火光彩幌驚神鬼。行者施威甚有能，妖精盜寶多無禮！天蓬八戒顯神通，大將沙僧英更美。弟兄合意運機謀，虎口洞中興鬥起。那怪豪強弄巧乖，四個英雄堪廝比。當時殺至日頭西，妖邪力軟難相抵。

他們在豹頭山戰鬥多時，那妖精抵敵不住，向沙僧前喊一聲：「看鏟！」沙僧讓個身法躲過，妖精得空而走，向東南巽宮上，乘風飛去。八戒拽步要趕，行者道：「且讓他去。自古道：『窮寇勿追。』且只來斷他歸路。」八戒依言。

三人徑至洞口，把那百十個若大若小的妖精，盡皆打死。原來都是些虎狼彪豹，馬鹿山羊。被大聖使個手法，將他那洞裡細軟物件並打死的雜項獸身與趕來的豬羊，通皆帶出。沙僧就取出乾柴放起火來。八戒使兩個耳朵扇風，把一個巢穴霎時燒得乾淨，卻將帶出的諸物，即轉州城。

此時城門尚開，人家未睡。老王父子與唐僧俱在暴紗亭盼望。只見他們撲哩撲剌的丟下一院子死獸、豬羊及細軟物件，一齊叫道：「師父，我們已得勝回來也！」那殿下喏喏相謝。唐長老滿心歡喜。三個小王子跪拜於地，沙僧攙起道：「且莫謝，都近前看看那物件。」王子道：「此物俱是何來？」行者笑道：「那虎狼彪豹，馬鹿山羊，都是成精的妖怪。被我們取了兵器，打出門來。那老妖是個金毛獅子。他使一柄四明鏟，與我等戰到天晚，敗陣逃生，往東南上走了。我等不曾趕他，卻掃除他歸路，打殺這些群妖，搜尋他這些物件，帶將來的。」

老王聽說，又喜又憂。喜的是得勝而回，憂的是那妖日後報仇。行者道：「殿下放心。我已慮之熟，處之當矣。一定與你掃除盡絕，方才起行，決不至貽害於後。我午間去時，撞見一個青臉紅毛的小妖送請書。我看他帖子上寫著『明辰敬治肴酌慶釘鈀嘉會，屈尊車從過山一敘。幸勿外，萬感！右啟祖翁九靈元聖老大人尊前。』名字是『門下孫黃獅頓首百拜』。才子那妖精敗陣，必然向他祖翁處去會話。明辰斷然尋我們報仇，當情與你掃蕩乾淨。」老王稱謝了。擺上晚齋。師徒們齋畢，各歸寢處不題。

卻說那妖精果然向東南方奔到竹節山。那山中有一座洞天之處，喚名九曲盤桓洞。洞中的九靈元聖是他的祖翁。當夜足不停風，行至五更時分，到於洞口，敲門而進。小妖見了道：「大王，昨晚有青臉兒下請書，老爺留他住到今早，欲同他去赴你釘鈀會，你怎麼又絕早親來邀請？」妖精道：「不好說，不好說！會成不得了！」正說處，見青臉兒從裡邊走出道：「大王，你來怎的？老大王爺爺起來就同我去赴會哩。」妖精慌張張的，只是搖手不言。

少頃，老妖起來了，喚入。這妖精丟了兵器，倒身下拜，止不住腮邊淚落。老妖道：「賢孫，你昨日下柬，今早正欲來赴會，你又親來，為何發悲煩惱？」妖精叩頭道：「小孫前夜對月閒行，只見玉華州城中有光彩沖空。急去看時，乃是王府院中三般兵器放光：一件是九齒滲金釘鈀，一件是寶杖，一件是金箍棒。小孫即使神法攝來，立名『釘鈀嘉會』，著小的們買豬羊果品等物，設宴慶會，請祖爺爺賞之，以為一樂。昨差青臉來送柬之後，只見原差買豬羊的刁鑽兒等趕著幾個豬羊，又帶了一個販賣的客人來找銀子。他定要看看會去，是小孫恐他外面傳說，不容他看。他又說肚中飢餓，討些飯吃，因教他後邊吃飯。他走到裡邊，看見兵器，說是他的。三人就各搶去一件，現出原身：一個是毛臉雷公嘴的和尚，一個是長嘴大耳朵的和尚，一個是晦氣色臉的和尚。他都不分好歹，喊一聲亂打。是小孫急取四明鏟趕出與他相持，問是甚麼人敢弄虛頭。他道是東土大唐差往西天去的唐僧之徒弟，因過州城，倒換關文，被王子留住，習學武藝，將他這三件兵器作樣子打造，放在院內，被我偷來：遂此不忿相持。不知那三個和尚叫做甚名，卻真有本事。小孫一人敵他三個不過，所以敗走祖爺處。望拔刀相助，拿那和尚報仇，庶見我祖愛孫之意也！」

老妖聞言，默想片時，笑道：「原來是他。我賢孫，你錯惹了他也！」妖精道：「祖爺知他是誰？」老妖道：「那長嘴大耳者，乃豬八戒；晦氣色臉者，乃沙和尚；這兩個猶可。那毛臉雷公嘴者，叫做孫行者。這個人其實神通廣大：五百年前曾大鬧天宮，十萬天兵也不曾拿得住。他專意尋人的。他便就是個搜山揭海，破洞攻城，闖禍的個都頭！你怎麼惹他？也罷，等我和你去，把那廝連玉華王子都擒來替你出氣！」那妖精聽說，即叩頭而謝。

當時老妖點猱獅、雪獅、狻猊、白澤、伏狸、搏象諸孫，各執鋒利器械，黃獅引領，各縱狂風，徑至豹頭山界。只聞得煙火之氣撲鼻，又聞得有哭泣之聲。仔細看時，原來是刁鑽、古怪二人在那裡叫主公哭主公哩。

妖精近前喝道：「你是真刁鑽兒，假刁鑽兒？」二怪跪倒，噙淚叩頭道：「我們怎是假的？昨日這早晚領了銀子去買豬羊，走至山西邊大沖之內，見一個毛臉雷公嘴的和尚，他啐了我們一口，我們就腳軟口強，不能言語，不能移步；被他扳倒，把銀子搜了去，牌兒解了去，我兩個昏昏沉沉，直到此時才醒。及到家，見煙火未息，房舍盡皆燒了。又不見主公並大小頭目。故在此傷心痛哭。不知這火是怎生起的？」

那妖精聞言，止不住淚如泉湧，雙腳齊跌，喊聲振天，恨道：「那禿廝！十分作惡！怎麼幹出這般毒事，把我洞府燒盡，美人燒死，家當老小一空！氣殺我也，氣殺我也！」老妖叫猱獅扯他過來道：「賢孫，事已至此，徒惱無益。且養全銳氣，到州城裡拿那和尚去。」那妖精猶不肯住哭，道：「老爺！我那們個山場，非一日治的；今被這禿廝盡毀，我卻要此命做甚的！」掙起來，往石崖上撞頭磕腦；被雪獅、猱獅等苦勸方止。當時丟了此處，都奔州城。

只聽得那風滾滾，霧騰騰，來得甚近。唬得那城外各關廂人等，拖男挾女，顧不得家私，都往州城中走。走入城門，將門閉了。有人報入王府中道：「禍事！禍事！」那王子唐僧等，正在暴紗亭吃早齋，聽得人報禍事，卻出門來問。眾人道：「一群妖精，飛沙走石，噴霧掀風的，來近城了！」老王大驚道：「怎麼好？」行者笑道：「都放心！都放心！這是虎口洞妖精，昨日敗陣，往東南方去伙了那甚麼九靈元聖兒來也。等我同兄弟們出去。吩咐教關了四門，汝等點人夫看守城池。」那王子果傳令把四門閉了，點起人夫上城。他父子並唐僧在城樓上點扎，旌旗蔽日，炮火連天。行者三人，卻半雲半霧，出城迎敵。這正是：失卻慧兵緣不謹，頓教魔起眾邪凶。

畢竟不知這場勝敗如何，且聽下回分解。

第九十回

師獅授受同歸一　盜道纏禪靜九靈

卻說孫大聖同八戒、沙僧出城頭，覿面相迎，見那伙妖精都是些雜毛獅子：黃獅精在前引領，狻猊獅、摶象獅在左，白澤獅、伏狸獅在右，猱獅、雪獅在後，中間卻是一個九頭獅子。那青臉兒怪執一面錦繡團花寶幢，緊挨著九頭獅子；刁鑽古怪兒、古怪刁鑽兒打兩面紅旗，齊齊的都布在坎宮之地。

八戒莽撞，走近前罵道：「偷寶貝的賊怪！你去那裡，伙這幾個毛團來此怎的？」黃獅精切齒罵道：「潑狠禿廝！昨日三個敵我一個，我敗回去，讓你為人罷了；你怎麼這般狠惡，燒了我的洞府，損了我的山場，傷了我的眷族！我和你冤仇深如大海！不要走！吃你老爺一鐽！」好八戒，舉鈀就迎。兩個才交手，還未見高低，那猱獅精掄一根鐵蒺藜，雪獅精使一條三楞簡，徑來奔打。八戒發一聲喊道：「來得好！」你看他橫衝直抵，鬥在一處。這壁廂，沙和尚急掣降妖杖，近前相助。又見那狻猊精、白澤精與摶象、伏狸二精，一擁齊上。這裡孫大聖使金箍棒架住群精。狻猊使悶棍，白澤使銅錘，摶象使鋼槍，伏狸使鉞斧。那七個獅子精，這三個狠和尚，好殺：

棍鎚槍斧三楞簡，蒺藜骨朵四明鏟。
七獅七器甚鋒芒，圍戰三僧齊吶喊。
大聖金箍鐵棒凶，沙僧寶杖人間罕。
八戒顛風騁勢雄，釘鈀幌亮光華慘。
前遮後擋各施功，左架右迎都勇敢。
城頭王子助威風，擂鼓篩鑼齊壯膽。
投來搶去弄神通，殺得昏濛天地反！

那一伙妖精，齊與大聖三人，戰經半日，不覺天晚。八戒口吐粘涎，看看腳軟，虛幌一鈀，敗下陣去，被那雪獅、猱獅二精喝道：「那裡走！看打！」呆子躲閃不及，被他照脊梁上打了一簡，睡在地下，只叫：「罷了！罷了！」兩個精把八戒采鬃拖尾，扛將去見那九頭獅子，報道：「祖爺，我等拿了一個來也。」

說不了，沙僧、行者也都戰敗。眾妖精一齊趕來，被行者拔一把毫毛，嚼啐噴將去，叫聲「變！」即變做百十個小行者，圍圍繞繞，將那白澤、狻猊、摶象、伏狸並金毛獅怪圍裹在中。沙僧、行者卻又上前攢打。到晚，拿住狻猊、白澤。走了伏狸、摶象。金毛報知老妖，老怪見失了二獅，吩咐：「把豬八戒捆了，不可傷他性命。待他還我二獅，卻將八戒與他。他若無知，壞了我二獅，即將八戒殺了對命！」當晚群妖安歇城外不題。

卻說孫大聖把兩個獅子精抬近城邊，老王見了，即傳令開門，差二三十個校尉，拿繩扛出門，綁了獅精，扛入城裡。孫大聖收了法毛，同沙僧徑至城樓上，見了唐僧。唐僧道：「這場事甚是利害呀！悟能性命，不知有無？」行者道：「沒事！我們把這兩個妖精拿了，他那裡斷不敢傷。且將二精牢拴緊縛，待明早抵換八戒也。」三個小王子對行者叩頭道：「師父先前賭鬥，只見一身；及後佯輸而回，卻怎麼就有百十位師身？及至拿住妖精，近城來還是一身，此是甚麼法力？」行者笑道：「我身上有八萬四千毫毛，以一化十，以十化百，百千萬億之變化，皆身外身之法也。」那王子一個個頂禮，即時擺上齋來，就在城樓上吃了。各垛口上都要燈籠旗幟，梆鈴鑼鼓，支更傳箭，放炮吶喊。

早又天明。老怪即喚黃獅精定計道：「汝等今日用心拿行者、沙僧，等我暗自飛空上城，拿他那師父並那老王父子，先轉九曲盤桓洞，待你得勝回報。」黃獅領計，便引猱獅、雪獅、摶象、伏狸各執兵器到城邊，滾風釀霧的索戰。這裡行者與沙僧跳出城頭，厲聲罵道：「賊潑怪！快將我師弟八戒送還我，饒你性命！不然，都教你粉骨碎屍！」那妖精那容分說，一擁齊來。這大聖弟兄兩個，各運機謀，擋住五個獅子。這殺比昨日又甚不同：

呼呼刮地狂風惡，暗暗遮天墨霧濃。走石飛沙神鬼怕，推林倒樹虎狼驚。鋼槍狠狠鉞斧明，棍鏟銅錘太毒情。恨不得囫圇吞行者，活活潑潑擒住小沙僧。這大聖一條如意棒，卷舒收放甚精靈。沙僧那柄降妖杖，靈霄殿外有名聲。今番幹運神通廣，西域施功掃蕩精。

這五個雜毛獅子精與行者、沙僧正自殺到好處，那老怪駕著黑雲，徑直騰至城樓上，搖一搖頭，唬得那城上文武大小官員並守城人夫等，都滾下城去；被他奔入樓中，張開口，把三藏與老王父子一頓噙出，復至坎宮地下，將八戒也著口噙之。原來他九個頭就有九張口。一口噙著唐僧，一口噙著八戒，一口噙著老王，一口噙著大王子，一口噙著二王子，一口噙著三王子：六口噙著六人，還空了三張口，發聲喊叫道：「我先去也！」這五個小獅精見他祖得勝，一個個愈展雄才。

行者聞得城上人喊嚷，情知中了他計，急喚沙僧仔細；他卻把臂膊上毫毛，盡皆拔下，入口嚼爛噴出，變作千百個小行者，一擁攻上。當時拖倒猱獅，活捉了雪獅，拿住了搏象獅，扛翻了伏狸獅，將黃獅打死；烘烘的嚷到州城之下，倒轉走脫了青臉兒與刁鑽古怪、古怪刁鑽兒二怪。

那城上官看見，卻又開門，將繩把五個獅精又捆了，抬進城去。還未發落，只見那王妃哭哭啼啼，對行者禮拜道：「神師啊，我殿下父子並你師父，性命休矣！這孤城怎生是好？」大聖收了法毛，對王妃作禮道：「賢后莫愁。只因我拿他七個獅精，那老妖弄攝法，定將我師父與殿下父子攝去，料必無傷。待明日絕早，我兄弟二人去那山中，管情捉住老妖，還你四個王子。」那王妃一簇女眷聞得此言，都對行者下拜道：「願求殿下父子全生，皇圖堅固！」拜畢，一個個含淚還宮。行者吩咐各官：「將打死那黃獅精，剝了皮；六個活獅精，牢牢拴鎖。取些齋飯來，我們吃了睡覺。你們都放心，保你無事。」

至次日，大聖領沙僧駕起祥雲，不多時，到於竹節山頭。按雲頭觀看，好座高山！但見：

峰排突兀，嶺峻崎嶇。深澗下潺湲水漱，陡崖前錦繡花香。回巒重迭，古道灣環。真是鶴來松有伴，果然雲去石無依。玄猿覓果向晴輝，麋鹿尋花歡日暖。青鸞聲淅瀝，黃鳥語綿蠻。春來桃李爭妍，夏至柳槐競茂。秋到黃花布錦，冬交白雪飛綿。四時（四季）八節（指立春、春分、立夏、夏至、立秋、秋分、立冬、冬至八個節氣）好風光，不亞瀛洲仙景象。

他兩個正在山頭上看景，忽見那青臉兒，手拿一條短棍，徑跑出崖谷之間。行者喝道：「那裡走！老孫來也！」唬得那小妖一翻一滾的跑下崖谷。他兩個一直追來，又不見蹤跡。向前又轉幾步，卻是一座洞府。兩扇花斑石門，緊緊關閉。門榔上橫嵌著一塊石版，楷鐫了十個大字，乃是「萬靈竹節山，九曲盤桓洞。」

那小妖原來跑進洞去，即把洞門閉了。到中間對老妖道：「爺爺，外面又有兩個和尚來了。」老妖道：「你大王並猱獅、雪獅、搏象、伏狸，可曾來？」小妖道：「不見！不見！只是兩個和尚，在山峰高處眺望。我看見回頭就跑，他趕將來，我卻閉門來也。」老妖聽說，低頭不語。半晌，忽的掉下淚來，叫聲：「苦啊！我黃獅孫死了！猱獅孫等又盡被和尚捉進城去矣！此恨怎生報得！」八戒捆在旁邊，與王父子、唐僧，俱攢在一處，恓恓惶惶受苦；聽見老妖說聲「眾孫被和尚捉進城去」，暗暗喜道：「師父莫怕，殿下休愁。我師兄已得勝，捉了眾妖，尋到此間救拔吾等也。」說罷，又聽得老妖叫：「小的們，好生在此看守，等我出去拿那兩個和尚進來，一發懲治。」

你看他身無披掛，手不拈兵，大踏步，走到前邊，只聞得孫行者吆喝哩。他就大開了洞門，不答話，徑奔行者。行者使鐵棒，當頭支住。沙僧掄寶杖就打。那老妖把頭搖一搖，左右八個頭，一齊張開口，把行者、沙僧輕輕的又銜於洞內。教：「取繩索來！」那刁鑽古怪、古怪刁鑽與青臉兒是昨夜逃生而回者，即拿兩條繩，把他二人著實捆了。老妖問道：「你這潑猴，把我那七個兒孫捉了，我今拿住你和尚四個，王子四個，也足以抵得我兒孫之命！小的們，選荊條柳棍來，且打這猴頭一頓，與

第九十回

師獅授受同歸一　盜道纏禪靜九靈

我黃獅孫報報冤仇！」那三個小妖，各執柳棍，專打行者。行者本是熬煉過的身體，那些些柳棍兒，只好與他拂癢，他那裡做聲；憑他怎麼捶打，略不介意。八戒、唐僧與王子見了，一個個毛骨悚然。少時，打折了柳棍。直打到天晚，也不計其數。沙僧見打得多了，甚不過意道：「我替他打百十下罷。」老妖道：「你且莫忙，明日就打到你了。一個個挨次兒打將來。」八戒著忙道：「後日就打到我老豬也！」打一會，漸漸的天昏了。老妖叫：「小的們，且住，點起燈火來，你們吃些飲食，讓我到錦雲窩略睡睡去。汝三人都是遭過害的，卻用心看守，待明早再打。」三個小妖移過燈來，拿柳棍又打行者腦蓋，就像敲梆子一般，剔剔托，托托剔，緊幾下，慢幾下。夜將深了，卻都盹睡。

行者就使個遁法，將身一小，脫出繩來，抖一抖毫毛，整束了衣服，耳朵內取出棒來，幌一幌，有吊桶粗細，二丈長短，朝著三個小妖道：「你這孽畜，把你老爺就打了許多棍子！老爺還只照舊，老爺也把這棍子略挜你挜，看道如何！」把三個小妖輕輕一挜，就挜做三個肉餅；卻又剔亮了燈，解放沙僧。八戒捆急了，忍不住大聲叫道：「哥哥！我的手腳都捆腫了，倒不來先解放我！」這呆子喊了一聲，卻早驚動老妖。老妖一轂轆爬起來道：「是誰人解放？」那行者聽見，一口吹息燈，也顧不得沙僧等眾，使鐵棒，打破幾重門走了。那老妖到中堂裡叫：「小的們，怎麼沒了燈光？只莫走了人也？」叫一聲，沒人答應；又叫一聲，又沒人答應；及取燈火來看時，只見地下血淋淋的三塊肉餅，老王父子及唐僧、八戒俱在，只不見了行者、沙僧。點著火，前後趕看，忽見沙僧還背貼在廊下站哩；被他一把拿住捽倒，照舊捆了。又找尋行者，但見幾層門盡皆破損，情知是行者打破走了：也不去追趕，將破門補的補，遮的遮，固守家業不題。

卻說孫大聖出了那九曲盤桓洞，跨祥雲，徑轉玉華州。但見那城頭上各廂的土地、神祇與城隍之神迎空拜接。行者道：「汝等怎麼今夜才見？」城隍道：「小神等知大聖下降玉華州，因有賢王款留，故不敢見；今知王等遇怪，大聖降魔，特來叩接。」行者正在嗔怪處，又見金頭揭諦、六甲六丁神將，押著一尊土地，跪在面前道：「大聖，吾等捉得這個地裡鬼來也。」行者喝道：「汝等不在竹節山護我師父，卻怎麼嚷到這裡？」丁甲神道：「大聖，那妖精自你逃時，復捉住捲簾大將，依然捆了。我等見他法力甚大，卻將竹節山土地押解至此。他知那妖精的根由，乞大聖問他一問，便好處治，以救聖僧、賢王之苦。」行者聽言，甚喜。

那土地戰兢兢叩頭道：「那老妖前年下降竹節山。那九曲盤桓洞原是六獅之窩。那六個獅子，自得老妖至此，就都拜為祖翁。祖翁乃是個九頭獅子，號為九靈元聖。若得他滅，須去到東極妙岩宮，請他主人公來，方可收伏。他人莫想擒也。」行者聞言，思憶半晌道：「東極妙岩宮，是太乙救苦天尊啊。他座下正是個九頭獅子。這等說，」便教：「揭諦、金甲，還同土地回去，暗中護祐師父、師弟並州王父子。本處城隍守護城池，走出去來。」眾神各各遵守去訖。

這大聖縱筋斗雲，連夜前行。約有寅時分，到了東天門外，正撞著廣目天王與天丁、力士一行儀從。眾皆停住，拱手迎道：「大聖何往？」行者對眾禮畢，道：「前去妙岩宮走走。」天王道：「西天路不走，卻又東天來做甚？」行者道：「因到玉華州，蒙州王相款，遣三子拜我等弟兄為師，習學武藝，不期遇著一伙獅怪。今訪得妙岩宮太乙救苦天尊乃怪之主人公也，欲請他為我降怪救師。」天王道：「那廂因你欲為人師，所以惹出這一窩獅子來也。」行者笑道：「正為此！正為此！」眾天丁、力士一個個拱手，讓道而行。大聖進了東天門，不多時，到妙岩宮前。但見：

第九十回

師獅授受同歸一　盜道纏禪靜九靈

彩雲重迭，紫氣龍蔥。瓦漾金波焰，門排玉獸崇。花盈雙闕紅霞繞，日映騫林翠霧籠。果然是萬真環拱，千聖興隆。殿閣層層錦，窗軒處處通。蒼龍盤護神光藹，黃道光輝瑞氣濃。這的是青華長樂界，東極妙岩宮。

那宮門裡立著一個穿霓帔的仙童，忽見孫大聖，即入宮報道：「爺爺，外面是鬧天宮的齊天大聖來了。」太乙救苦天尊聽得，即喚侍衛眾仙迎接。迎至宮中。只見天尊高坐九色蓮花座上，百億瑞光之中。見了行者，下座來相見。行者朝上施禮。天尊答禮道：「大聖，這幾年不見，前聞得你棄道歸佛，保唐僧西天取經，想是功行完了。」行者道：「功行未完，卻也將近；但如今因保唐僧到玉華州，蒙王子遣三子拜老孫等為師，習學武藝，把我們三件神兵照樣打造，不期夜間被賊偷去。及天明尋找，原是城北豹頭山虎口洞一個金毛獅子成精盜去。老孫用計取出，那精就伙了若干獅精與老孫大鬧。內有一個九頭獅子，神通廣大，將我師父與八戒並王父子四人都銜去，到一竹節山九曲盤桓洞。次日，老孫與沙僧跟尋，亦被銜去。老孫被他捆打無數，幸而弄法走了。他們正在彼處受罪。問及當坊土地，始知天尊是他主人，特來奉請收降解救。」

天尊聞言，即令仙將到獅子房喚出獅奴來問。那獅奴熟睡，被眾將推搖方醒，揪至中廳來見。天尊問道：「獅獸何在？」那奴兒垂淚叩頭，只教：「饒命！饒命！」天尊道：「孫大聖在此，且不打你。你快說為何不謹，走了九頭獅子。」獅奴道：「爺爺，我前日在大千甘露殿中見一瓶酒，不知偷去吃了，不覺沉醉睡著，失於拴鎖，是以走了。」天尊道：「那酒是太上老君送的，喚做『輪回瓊液』。你吃了該醉三日不醒。那獅獸今走幾日了？」大聖道：「據土地說，他前年下降，到今二三年矣。」天尊笑道：「是了！是了！天宮裡一日，在凡世就是一年。」叫獅奴道：「你且起來，饒你死罪，跟我與大聖下方去收他來。汝眾仙都回去，不用跟隨。」

天尊遂與大聖、獅奴，踏雲徑至竹節山。只見那五方揭諦、六丁六甲、本山土地都來跪接。行者道：「汝等護祐，可曾傷著我師？」眾神道：「妖精著了惱睡了，更不曾動甚刑罰。」天尊道：「我那元聖兒也是一個久修得道的真靈。他喊一聲，上通三聖，下徹九泉，等閒也便不傷生。孫大聖，你去他門首索戰，引他出來，我好收之。」

行者聽言，果掣棒跳近洞口，高罵道：「潑妖精，還我人來也！潑妖精，還我人來也！」連叫了數聲。那老妖睡著了，無人答應。行者性急起來，掄鐵棒，往裡打進，口中不住的喊罵。那老妖方才驚醒，心中大怒。爬起來，喝一聲「趕戰！」搖搖頭，便張口來銜。行者回頭跳出。妖精趕到外邊，罵道：「賊猴！那裡走！」

行者立在高崖上笑道：「你還敢這等大膽無禮！你死活也不知哩！這不是你老爺主公在此？」那妖精趕到崖前，早被天尊念聲咒語，喝道：「元聖兒！我來了！」那妖認得是主人，不敢展掙，四隻腳伏之於地，只是磕頭。旁邊跑過獅奴兒，一把撾住項毛，用拳著項上打勾百十，口裡罵道：「你這畜生，如何偷走，教我受罪！」那獅獸合口無言，不敢搖動。獅奴兒打得手困，方才住了。即將錦韂安在他身上，天尊騎了，喝聲教走。他就縱身駕起彩雲，徑轉妙岩宮去。

大聖望空稱謝了。卻入洞中，先解玉華王，次解唐三藏，次又解了八戒、沙僧並三王子。共搜他洞裡物件，消消停停，將眾領出門外。八戒就取了若干枯柴，前後堆上，放起火來，把一個九曲盤桓洞，燒做個烏焦破瓦窯！大聖又發放了眾神，還教土地在此鎮守。卻令八戒、沙僧，各各使法，把王

第九十回

師獅授受同歸一　盜道纏禪靜九靈

父子背馱回州。他攙著唐僧。不多時，到了州城，天色漸晚，當有妃后官員，都來接見了。擺上齋筵，共坐享之。長老師徒還是暴紗亭安歇。王子們入宮各寢。一宵無話。

次日，王又傳旨，大開素宴。合府大小官員，一一謝恩。行者又叫屠子來，把那六個活獅子殺了，共那黃獅子都剝了皮，將肉安排將來受用。殿下十分歡喜，即命殺了。把一個留在本府內外人用，一個與王府長史等官分用；把五個都剁做一二兩重的塊子，差校尉散給州城內外軍民人等，各吃些須：一則嘗嘗滋味，二則押押驚恐。那些家家戶戶，無不瞻仰。

又見那鐵匠人等造成了三般兵器，對行者磕頭道：「爺爺，小的們工都完了。」問道：「各重多少斤兩？」鐵匠道：「金箍棒有千斤，九齒鈀與降妖杖各有八百斤。」行者道：「也罷了。」叫請三位王子出來，各人執兵器。三子對老王道：「父王，今日兵器完矣。」老王道：「為此兵器，幾乎傷了我父子之命。」小王子道：「幸蒙神師施法，救出我等，卻又掃蕩妖邪，除了後患。誠所謂海晏河清，太平之世界也！」當時老王父子賞勞了匠作，又至暴紗亭拜謝了師恩。

三藏又教大聖等快傳武藝，莫誤行程。他三人就各掄兵器，在王府院中，一一傳授。不數日，那三個王子盡皆操演精熟，其餘攻退之方，緊慢之法，各有七十二到解數，無不知之。一則那諸王子心堅，二則虧孫大聖先授了神力，此所以那千斤之棒，八百斤之鈀杖，俱能舉能運。較之初時，自家弄的武藝，真天淵也！有詩為證。詩曰：

緣因善慶遇神師，習武何期動怪獅。掃蕩群邪安社稷，皈依一體定邊夷。
九靈數合元陽理，四面精通道果之。授受心明遺萬古，玉華永樂太平時。

那王子又大開筵宴，謝了師教。又取出一大盤金銀，用答微情。行者笑道：「快拿進去！快拿進去！我們出家人，要他何用？」八戒在旁道：「金銀實不敢受，奈何我這件衣服被那些獅子精拉破了，但與我們換件衣服，足為愛也。」那王子隨命針工，照依色樣，取青錦、紅錦、茶褐錦各數匹，與三位各做了一件。三人欣然領受，各穿了錦布直裰，收拾了行裝起程。只見那城裡城外，若大若小，無一人不稱是羅漢臨凡，活佛下界。鼓樂之聲，旌旗之色，盈街塞道。正是家家戶外焚香火，處處門前獻彩燈。送至許遠方回。他四眾方得離城西去。這一去頓脫群思，潛心正果。才是：無慮無憂來佛界，誠心誠意上雷音。

畢竟不知到靈山還有幾多路程，何時行滿，且聽下回分解。

第九十一回
金平府元夜觀燈　玄英洞唐僧供狀

第九十一回
金平府元夜觀燈　玄英洞唐僧供狀

修禪何處用工夫？馬劣猿顛速剪除。牢捉牢拴生五彩，暫停暫住墮三途。
若教自在神丹漏，才放從容玉性枯。喜怒憂思須掃淨，得玄得妙恰如無。

話表唐僧師徒四眾離了玉華城，一路平穩，誠所謂極樂之鄉。去有五六日路程，又見一座城池。唐僧問行者道：「此又是甚麼處所？」行者道：「是座城池。但城上有桿無旗，不知地方，俟近前再問。」及至東關廂，見那兩邊茶坊酒肆喧嘩，米市油房熱鬧。街衢中有幾個無事閒游的浪子，見豬八戒嘴長，沙和尚臉黑，孫行者眼紅，都擁擁簇簇的爭看，只是不敢近前而問。唐僧捏著一把汗，惟恐他們惹禍。又走過幾條巷口，還不到城。忽見有一座山門，門上有「慈雲寺」三字，唐僧道：「此處略進去歇歇馬，打一個齋如何？」行者道：「好！好！」四眾遂一齊而入。但見那裡邊：

珍樓壯麗，寶座崢嶸。佛閣高雲外，僧房靜月中。丹霞縹緲浮屠挺，碧樹陰森輪藏清。

真淨土，假龍宮，大雄殿上紫雲籠。兩廊不絕閒人戲，一塔常開有客登。爐中香火時時爇，台上燈花夜夜熒。忽聞方丈金鐘韻，應佛僧人朗誦經。

四眾正看時，又見廊下走出一個和尚，對唐僧作禮道：「老師何來？」唐僧道：「弟子中華唐朝來者。」那和尚倒身下拜，慌得唐僧攙起道：「院主何為行此大禮？」那和尚合掌道：「我這裡向善的人，看經念佛，都指望修到你中華地托生；才見老師豐采衣冠，果然是前生修到的，方得此受用，故當下拜。」唐僧笑道：「惶恐！惶恐！我弟子乃行腳僧，有何受用！若院主在此閒養自在，才是享福哩。」那和尚領唐僧入正殿，拜了佛像。唐僧方才招呼：「徒弟來耶。」原來行者三人，自見那和尚與師父講話，他都背著臉，牽著馬，守著擔，立在一處，和尚不曾在心。忽的聞唐僧叫「徒弟」，他三人方才轉面。那和尚見了，慌得叫：「爺爺呀！你高徒如何恁般醜樣？」唐僧道：「醜則雖醜，倒頗有些法力。我一路甚虧他們保護。」

正說處，裡面又走出幾個和尚作禮。先見的那和尚對後的說道：「這老師是中華大唐來的人物。那三位是他高徒。」眾僧且喜且懼道：「老師中華大國，到此何為？」唐僧言：「我奉唐王聖旨，向靈山拜佛求經。適過寶方，特奔上剎，一則求問地方，二則打頓齋食就行。」那僧人個個歡喜，又邀入方丈。方丈裡又有幾個與人家做齋的和尚。這先進去的又叫道：「你們都來看看中華人物。原來中華有俊的，有醜的。俊的真個難描難畫，醜的卻十分古怪。」那許多僧同齋主都來相見。見畢，各坐下。茶罷，唐僧問道：「貴處是何地名？」眾僧道：「我這裡乃天竺國外郡，金平府是也。」唐僧道：「貴府至靈山還有許多遠近？」眾僧道：「此間到都下有二千里。這是我等走過的。西去到靈

第九十一回
金平府元夜觀燈　玄英洞唐僧供狀

山，我們未走，不知還有多少路，不敢妄對。」唐僧謝了。

少時，擺上齋來。齋罷。唐僧要行，卻被眾僧並齋主款留道：「老師寬住一二日，過了元宵，耍耍去不妨。」唐僧驚問道：「弟子在路，只知有山，有水，怕的是逢怪，逢魔，把光陰都錯過了。不知幾時是元宵佳節。」眾僧笑道：「老師拜佛與悟禪心重，故不以此為念。今日乃正月十三，到晚就試燈。後日十五上元。直至十八九，方才謝燈。我這裡人家好事，本府太守老爺愛民，各地方俱高張燈火，徹夜笙簫。還有個『金燈橋』，乃上古傳留，至今豐盛。老爺們寬住數日，我荒山頗管待得起。」唐僧無奈，遂俱住下。當晚只聽得佛殿上鐘鼓喧天，乃是街坊眾信人等，送燈來獻佛。唐僧等都出方丈來看了燈，各自歸寢。

次日，寺僧又獻齋。吃罷，同步後園閒耍。果然好個去處。正是：

時維正月，歲居新春。園林幽雅，景物妍森。四時花木爭奇，一派峰巒迭翠。芳草階前萌動，老梅枝上生馨。紅入桃花嫩，青歸柳色新。金谷園富麗休誇，輞川圖流風慢說。水流一道，野鳧（野鴨）出沒無常；竹種千竿，墨客推敲（反覆斟酌）未定。芍藥花、牡丹花、紫薇花、含笑花，天機方醒；山茶花、紅梅花、迎春花、瑞香花，豔質先開。陰崖積雪猶含凍，遠樹浮煙已帶春。又見那鹿向池邊照影，鶴來松下聽琴。東幾廈，西幾亭，客來留宿；南幾堂，北幾塔，僧靜安禪。花卉中，有一兩座養性樓，重簷高拱；山水內，有三四處煉魔室，靜幾明窗。真個是天然堪隱逸，又何須他處覓蓬瀛。

師徒們玩賞一日，殿上看了燈，又都去看燈游戲。但見那：

瑪瑙花城，琉璃仙洞，水晶雲母諸宮：似重重錦鏞，迭迭玲瓏。星橋影幌乾坤動，看數株火樹搖紅。六街簫鼓，千門壁月，萬戶香風。幾處鰲峰高聳，有魚龍出海，鸞鳳騰空。羨燈光月色，和氣融融。綺羅隊裡，人人喜聽笙歌，車馬轟轟：看不盡花容玉貌，風流豪俠，佳景無窮。

眾等既在本寺裡看了燈，又到東門廂各街上游戲。到二更時，方才回轉安置。

次日，唐僧對眾僧道：「弟子原有掃塔之願，趁今日上元佳節，請院主開了塔門，讓弟子了此願心。」眾僧隨開了門。沙僧取了袈裟，隨從唐僧。到了一層，就披了袈裟，拜佛禱祝畢，即將笤帚掃了一層，卸了袈裟，付與沙僧。又掃二層，一層層直掃上絕頂。那塔上層層有佛，處處開窗，掃一層，賞玩贊美一層。掃畢下來，已此天晚，又都點上燈火。

此夜正是十五元宵。眾僧道：「老師父，我們前晚只在荒山與關廂看燈，今晚正節，進城裡看看金燈如何？」唐僧欣然從之，同行者三人及本寺多僧進城看燈。正是：

三五（十五，指正月十五）良宵節，上元春色和。花燈懸鬧市，齊唱太平歌。又見那六街三市燈亮，半空一鑑（鏡子，比喻月亮）初升。那月如馮夷（傳說中的天神，能駕車飛天）推上爛銀盤，這燈似仙女織成鋪地錦。燈映月，增一倍光輝；月照燈，添十分燦爛。觀不盡鐵鎖星橋，看

第九十一回

金平府元夜觀燈　玄英洞唐僧供狀

不了燈花火樹。雪花燈、梅花燈，春冰剪碎；繡屏燈、畫屏燈，五彩攢成。核桃燈、荷花燈，燈樓高掛；青獅燈、白象燈，燈架高檠。蝦兒燈、鱉兒燈，棚前高弄；羊兒燈、兔兒燈，簷下精神。鷹兒燈、鳳兒燈，相連相並；虎兒燈、馬兒燈，同走同行。仙鶴燈、白鹿燈，壽星騎坐；金魚燈、長鯨燈，李白高乘。鰲山燈，神仙聚會；走馬燈，武將交鋒。萬千家燈火樓台，十數里雲煙世界。那壁廂，索琅琅玉韂飛來；這壁廂，轂轆轆香車輦過。看那紅妝樓上，倚著欄，隔著簾，並著肩，攜著手，雙雙美女貪歡；綠水橋邊，鬧吵吵，錦簇簇，醉醺醺，笑呵呵，對對游人戲彩。滿城中簫鼓喧嘩，徹夜裡笙歌不斷。

有詩為證。詩曰：

錦繡場中唱彩蓮，太平境內簇人煙。
燈明月皎元宵夜，雨順風調大有年。

此時正是金吾（古代掌管京城治安的官名）不禁。亂哄哄的，無數人煙。有那跳舞的，蹺蹺的，裝鬼的，騎象的，東一攢，西一簇，看之不盡。卻才到金燈橋上，唐僧與眾僧近前看處，原來是三盞金燈。那燈有缸來大，上照著玲瓏剔透的兩層樓閣，都是細金絲兒編成；內托著琉璃薄片，其光幌月，其油噴香。唐僧回問眾僧道：「此燈是甚油，怎麼這等異香撲鼻？」眾僧道：「老師不知。我這府後有一縣，名喚旻天縣。縣有二百四十里。每年審造差徭，共有二百四十家燈油大戶。府縣的各項差徭猶可，惟有此大戶甚是吃累：每家當一年，要使二百多兩銀子。此油不是尋常之油，乃是酥合香油。這油每一兩值價銀二兩，每一斤值三十二兩銀子。三盞燈，每缸有五百斤，三缸共一千五百斤，共該銀四萬八千兩。還有雜項繳纏使用，將有五萬餘兩，只點得三夜。」行者道：「這許多油，三夜何以就點得盡？」眾僧道：「這缸內每缸有四十九個大燈馬，都是燈草紮的把，裹了絲綿，有雞子粗細；只點過今夜，見佛爺現了身，明夜油也沒了，燈就昏了。」八戒在旁笑道：「想是佛爺連油都收去了。」眾僧道：「正是此說。滿城裡人家。自古及今，皆是這等傳說。但油乾了，人俱說是佛祖收了燈，自然五穀豐登；若有一年不乾，卻就年成荒旱，風雨不調。所以人家都要這供獻。」

正說處，只聽得半空中呼呼風響，唬得些看燈的人盡皆四散。那些和尚也立不住腳道：「老師父，回去罷。風來了。是佛爺降祥，到此看燈也。」唐僧道：「怎見得是佛來看燈？」眾僧道：「年年如此，不上三更，就有風來。知道是諸佛降祥，所以人皆回避。」唐僧道：「我弟子原是思佛念佛拜佛的人，今逢佳景，果有諸佛降臨，就此拜拜，多少是好。」眾僧連請不回。

少時，風中果現出三位佛身，近燈來了。慌得那唐僧跑上橋頂，倒身下拜。行者急忙扯起道：「師父，不是好人，必定是妖邪也。」說不了，見燈光昏暗，呼的一聲，把唐僧抱起，駕風而去。噫！不知是那山那洞真妖怪，積年假佛看金燈。唬得那八戒兩邊尋找，沙僧左右招呼。行者叫道：「兄弟！不須在此叫喚。師父樂極生悲，已被妖精攝去了！」那幾個和尚害怕道：「爺爺，怎見得是妖精攝去？」行者笑道：「原來你這伙凡人，累年不識，故被妖邪惑了，只說是真佛降祥，受此燈供。剛才風到處，現佛身者，就是三個妖精。我師父亦不能識，上橋頂就拜，卻被他侮暗燈光，將器皿盛了油，連我師父都攝去。我略走遲了些兒，所以他三個化風而遁。」沙僧道：「師兄，這般卻如之何？」行者道：「不必遲疑。你兩個同眾回寺，看守馬匹、行李，等老孫趁此風追趕去也。」好大聖，急縱筋斗雲，起在半空，聞著那腥風之氣，往東北上徑趕。趕至天曉，倏爾風息。見有一座大山，十分險峻，著實嵯峨。好山：

重重丘壑，曲曲源泉。藤蘿懸削壁，松柏挺虛岩。鶴鳴晨霧裡，雁唳曉雲間。峨峨矗矗峰排戟，突突嶙嶙石砌磐。頂巔高萬仞，峻嶺迭千灣。野花佳木知春發，杜宇黃鶯應景妍。能巍奕，實巉岩，古怪崎嶇險又艱。停玩多時人不語，只聽虎豹有聲鼾。香獐白鹿隨來往，玉兔青狼去復還。深澗水流千萬里，回湍激石響潺潺。

大聖在山崖上，正自找尋路徑，只見四個人，趕著三隻羊，從西坡下，齊吆喝「開泰」。大聖閃火眼金睛，仔細觀看，認得是年、月、日、時四值功曹使者，隱像化形而來。大聖即掣出鐵棒，幌一幌，碗來粗細，有丈二長短，跳下崖來，喝道：「你都藏頭縮頸的那裡走！」四值功曹見他說出風息，慌得喝散三羊，現了本相，閃下路旁施禮道：「大聖，恕罪！恕罪！」行者道：「這一向也不曾用著你們，你們見老孫寬慢，都一個個弄懈怠了，見也不來見我一見！是怎麼說！你們不在暗中保護吾師，都往那裡去？」功曹道：「你師父寬了禪性，在於金平府慈雲寺貪歡，所以泰極生否，樂盛成悲，今被妖邪捕獲。他身邊有護法伽藍保著哩。吾等知大聖連夜追尋，恐大聖不識山林，特來傳報。」行者道：「你既傳報，怎麼隱姓埋名，趕著三個羊兒，吆吆喝喝作甚？」功曹道：「設此三羊，以應開泰之言，喚著『三陽開泰』，破解你師之否塞也。」行者恨恨的要打，見有此意，卻就免之。收了棒，回嗔作喜道：「這座山，可是妖精之處？」功曹道：「正是，正是。此山名青龍山。內有洞，名玄英洞。洞中有三個妖精：大的個名辟寒大王，第二個號辟暑大王，第三個號辟塵大王，這妖精在此有千年了。他自幼兒愛食酥合香油。當年成精，到此假裝佛像，哄了金平府官員人等，設立金燈，燈油用酥合香油。他年年到正月半，變佛像收油；今年見你師父，他認得是聖僧之身，連你師父都攝在洞內，不日要割剮你師之肉，使酥合香油煎吃哩。你快用工夫，救援去也。」

行者聞言，喝退四功曹，轉過山崖，找尋洞府。行未數里，只見那澗邊有一石崖。崖下是座石屋。屋有兩扇石門，半開半掩。門旁立有石碣，上有六字，卻是「青龍山玄英洞」。行者不敢擅入，立定步，叫聲「妖怪！快送我師父出來！」那裡唿喇一聲，大開了門，跑出一陣牛頭精，鄧鄧呆呆的問道：「你是誰，敢在這裡呼喚！」行者道：「我本是東土大唐取經的聖僧唐三藏之大徒弟。路過金平府觀燈，我師被你家魔頭攝來，快早送還，免汝等性命！如或不然，掀翻你窩巢，教你群精都化為膿血！」

那些小妖聽言，急入裡邊報道：「大王！禍事了！禍事了！」三個老妖正把唐僧拿在那洞中深遠處，那裡問甚麼青紅皂白，教小的選剝了衣裳，汲湍中清水洗淨，算計要細切細銼，著酥合香油煎吃。忽聞得報聲「禍事」，老大著驚，問是何故。小妖道：「大門前有一個毛臉雷公嘴的和尚嚷道：大王攝了他師父來，教快送出去，免吾等性命；不然，就要掀翻窩巢，教我們都化為膿血哩！」那老妖聽說，個個心驚道：「才拿了這廝，還不曾問他個姓名來厲。小的們，且把衣服與他穿了，帶過來審他一審，端是何人，何自而來也。」

眾妖一擁上前，把唐僧解了索，穿了衣服，推至座前，唬得唐僧戰兢兢的跪在下面，只叫：「大王，饒命，饒命！」三個妖精，異口同聲道：「你是那方來的和尚？怎麼見佛像不躲，卻衝撞我的雲路？」唐僧磕頭道：「貧僧是東土大唐駕下差來的，前往天竺國大雷音寺拜佛祖取經的。因到金平府慈雲寺打齋，蒙那寺僧留過元宵看燈。正在金燈橋上，見大王顯現佛像，貧僧乃肉眼凡胎，見佛就拜，故此衝撞大王雲路。」那妖精道：「你那東土到此，路程甚遠；一行共有幾眾，都叫甚名字，快實實供來，我饒你性命。」唐僧道：「貧僧俗名陳玄奘，自幼在金山寺為僧。後蒙唐皇敕賜在長安洪福寺為僧官。又因魏徵丞相夢斬涇河老龍，唐王游地府，回生陽世，開設水陸大會，超度陰魂，蒙唐王又選賜貧僧為壇主，大闡都綱。幸觀世音菩薩出現，指化貧僧，說西天大雷音寺有三藏真經，可以超度亡者升天，差貧僧來取，因賜號三藏，即倚唐為姓，所以人都呼我為唐三藏。我有三個徒弟，大的個姓孫，名悟空行者，乃齊天大聖歸正。」群妖聞得此名，著了一驚道：「這個齊天大聖，可是五百年前大鬧天宮的？」唐僧道：「正是，正是。第二個姓豬，名悟能八戒，乃天蓬大元帥轉世。第三個姓沙，名悟淨和尚，乃捲簾大將臨凡。」三個妖王聽說，個個心驚道：「早是不曾吃他。小的們，且把唐僧將鐵鏈鎖在後面，待拿他三個徒弟來湊吃。」遂點了一群山牛精、水牛精、黃牛精，各持兵器，走出門，掌了號頭，搖旗擂鼓。

三個妖披掛整齊，都到門外喝道：「是誰人敢在我這裡吆喝！」行者閃在石崖上，仔細觀看。那妖精生得：

彩面環睛，二角崢嶸。尖尖四隻耳，靈竅閃光明。一體花紋如彩畫，滿身錦繡若蜚英。第一個，頭頂狐裘花帽暖，一臉昂毛熱氣騰；第二個，身掛輕紗飛烈焰，四蹄花瑩玉玲玲；

第三個，威雄聲吼如雷振，獠牙尖利賽銀針。個個勇而猛，手持三樣兵：一個使鉞斧，一個大刀能；但看第三個，肩上橫擔扢撻藤。

又見那七長八短、七肥八瘦的大大小小妖精，都是些牛頭鬼怪，各執槍棒。有三面大旗，旗上明明書著「辟寒大王」、「辟暑大王」、「辟塵大王」。孫行者看了一會，忍耐不得，上前高叫道：「潑賊怪！認得老孫麼？」那妖喝道：「你是那鬧天宮的孫悟空？真個是『聞名不曾見面，見面羞殺天神！』你原來是這等個猢猻兒，敢說大話！」行者大怒，罵道：「我把你這個偷燈油的賊！油嘴妖怪，不要胡談！快還我師父來！」趕近前，掄鐵棒就打。那三個老妖，舉三般兵器，急架相迎。這一場在山凹中好殺：

鉞斧鋼刀扢撻藤，猴王一棒敢來迎。辟寒辟暑辟塵怪，認得齊天大聖名。棒起致令神鬼怕，斧來刀砍亂飛騰。好一個混元有法真空像！抵住三妖假佛形。那三個偷油潤鼻今年犯，務捉欽差駕下僧。這個因師不懼山程遠，那個為嘴常年設獻燈。乒乒只聽刀斧響，劈朴惟聞棒有聲。衝衝撞撞三攢一，架架遮遮各顯能。一朝鬥至天將晚，不知那個虧輸那個贏。

孫行者一條棒與那三個妖魔鬥經百五十合，天色將晚，勝負未分。只見那辟塵大王把扢撻藤閃一閃，跳過陣前，將旗搖了一搖，那伙牛頭怪簇擁上前，把行者圍在垓心，各掄兵器，亂打將來。行者見事不諧，唿喇的縱起筋斗雲，敗陣而走。那妖更不來趕，招回群妖，安排些晚食，眾各吃了。也叫小妖送一碗與唐僧，只待拿住孫行者等才要整治。那師父一則長齋，二則愁苦，哭啼啼的未敢沾唇不題。

卻說行者駕雲回至慈雲寺內，叫聲：「師弟。」那八戒、沙僧正自盼望商量，聽得叫時，一齊出接道：「哥哥，如何去這一日方回？端的師父下落何如？」行者笑道：「昨夜聞風而趕，至天曉，到一山，不見。幸四值功曹傳信道：那山叫做青龍山，山中有一玄英洞。洞中有三個妖精，喚做辟寒大王、辟暑大王、辟塵大王。原來積年在此偷油，假變佛像，哄了金平府官員人等。今年遇見我們，他不知好歹，反連師父都攝去。老孫審得此情，吩咐功曹等眾暗中保護師父，我尋近門前叫罵。那三怪齊出，都像牛頭鬼形。大的個使鉞斧，第二個使大刀，第三個使藤棍。後引一窩子牛頭鬼怪，搖旗擂鼓，與老孫鬥了一日，殺個手平。那妖王搖動旗，小妖都來，我見天晚，恐不能取勝，所以駕筋斗回來也。」八戒道：「那裡想是酆都城鬼王弄喧？」沙僧道：「你怎麼就猜道是酆都城鬼王弄喧？」八戒笑道：「哥哥說是牛頭鬼怪，故知之耳。」行者道：「不是！不是！若論老孫看那怪，是三隻犀牛成的精。」八戒道：「若是犀牛，且拿住他，鋸下角來，倒值好幾兩銀子哩！」

正說處，眾僧道：「孫老爺可吃晚齋？」行者道：「方便吃些兒，不吃也罷。」眾僧道：「老爺征戰這一日，豈不飢了？」行者笑道：「這日把兒那裡便得飢！老孫曾五百年不吃飲食哩！」眾僧不知是實，只以為說笑。

須臾拿來，行者也吃了，道：「且收拾睡覺，待明日我等都去相持，拿住妖王，庶可救師父也。」沙僧在旁道：「哥哥說那裡話！常言道：『停留長智。』那妖精倘或今晚不睡，把師父害了，卻如之何？不若如今都去，嚷得他措手不及，方才好救師父。少遲，恐有失也。」八戒聞言，抖擻神威道：「沙兄弟說得是！我們都趁此月光去降魔耶！」

行者依言，即吩咐寺僧：「看守行李、馬匹。待我等把妖精捉來，對本府刺史證其假佛，免卻燈油，以蘇概縣小民之困，卻不是好？」眾僧領諾，稱謝不已。他三個遂縱起祥雲，出城而去。

正是那：懶散無拘禪性亂，災危有分道心蒙。畢竟不知此去勝敗何如，且聽下回分解。

第九十二回

三僧大戰青龍山　四星挾捉犀牛怪

卻說孫大聖挾同二弟滾著風，駕著雲，向東北艮地上，頃刻至青龍山玄英洞口，按落雲頭。八戒就欲築門，行者道：「且消停。待我進去看看師父生死如何，再好與他爭持。」沙僧道：「這門閉緊，如何得進？」行者道：「我自有法力。」

好大聖，收了棒，捻著訣，念聲咒語，叫「變！」即變做個火焰蟲兒。真個也疾伶！你看他：

展翅星流光燦，古云腐草為螢。神通變化不非輕，自有徘徊之性。
飛近石門懸看，旁邊瑕縫穿風。將身一縱到幽庭，打探妖魔動靜。

他自飛入，只見幾隻牛橫欹直倒，一個個呼吼如雷，盡皆睡熟。又至中廳裡面，全無消息。四下門戶通關，不知那三個妖精睡在何處。才轉過廳房，向後又照，只聞得啼泣之聲，乃是唐僧鎖在後房簷柱上哭哩。行者暗暗聽他哭甚，只聽他哭道：

「一別長安十數年，登山涉水苦熬煎。幸來西域逢佳節，喜到金平遇上元。
不識燈中假佛像，概因命裡有災愆。賢徒追襲施威武，但願英雄展大權。」

行者聞言，滿心歡喜，展開翅，飛近師前。唐僧揩淚道：「呀！西方景象不同。此時正月，蟄蟲始振，為何就有螢飛？」行者忍不住，叫聲：「師父，我來了！」唐僧喜道：「悟空，我心說正月怎得螢火，原來是你。」行者即現了本相道：「師父啊，為你不識真假，誤了多少路程，費了多少心力。我一行說不是好人，你就下拜，卻被這怪侮暗燈光，盜取酥合香油，連你都攝將來了。我當吩咐八戒、沙僧回寺看守，我即聞風追至此間。不識地名，幸遇四值功曹傳報，說此山名青龍山玄英洞。我日間與此怪鬥至天晚方回，與師弟輩細道此情，卻就不曾睡，同他兩個來此。我恐夜深不便交戰，又不知師父下落，所以變化進來，打聽師情。」唐僧喜道：「八戒、沙僧如今在外邊哩？」行者道：「在外邊。才子老孫看時，妖精都睡著。我且解了鎖，搠開門，帶你出去罷。」唐僧點頭稱謝。

行者使個解鎖法，用手一抹，那鎖早自開了。領著師父往前正走，忽聽得妖王在中廳內房裡叫道：「小的們，緊閉門戶，小心火燭。這會怎麼不叫更巡邏，梆鈴都不響了？」原來那伙小妖征戰一日，俱辛辛苦苦睡著；聽見叫喚，卻才醒了。梆鈴響處，有幾個執器械的，敲著鑼，從後而走，可的撞著他師徒兩個。眾小妖一齊喊道：「好和尚啊！扭開鎖往那裡去！」行者不容分說，掣出棒幌一幌，碗來粗細，就打。棒起處，打死兩個。其餘的丟了器械，近中廳，打著門叫：「大王！不好了！不好了！毛臉和尚在家裡打殺人了！」

那三怪聽見，一轂轆爬將起來，只教：「拿住！拿住！」唬得個唐僧手軟腳軟。行者也不顧師

第九十二回

三僧大戰青龍山　四星挾捉犀牛怪

父，一路棒，滾向前來。眾小妖遮架不住，被他放倒三兩個，推倒兩三個，打開幾層門，逕自出來，叫道：「兄弟們何在？」八戒、沙僧正舉著鈀杖等待，道：「哥哥，如何了？」行者將變化入裡解放師父，正走，被妖驚覺，顧不得師父，打出來的事，講說一遍不題。

那妖王把唐僧捉住，依然使鐵索鎖了。執著刀，掄著斧，燈火齊明，問道：「你這廝怎樣開鎖，那猴子如何得進，快早供來，饒你之命！不然，就一刀兩段！」慌得那唐僧，戰戰兢兢的跪道：「大王爺爺！我徒弟孫悟空，他會七十二般變化。才變個火焰蟲兒，飛進來救我；不期大王知覺，被小大王等撞見，是我徒弟不知好歹，打傷兩個，眾皆喊叫，舉兵著火，他遂顧不得我，走出去了。」三個妖王，呵呵大笑道：「早是驚覺，未曾走了！」叫小的們把前後門緊緊關閉。亦不喧嘩。

沙僧道：「閉門不喧嘩，想是暗弄我師父。我們動手耶！」行者道：「說得是。快早打門。」那呆子賣弄神通，舉鈀盡力築去，把那石門築得粉碎，卻又厲聲喊罵道：「偷油的賊怪！快送吾師出來也！」唬得那門內小妖，滾將進去，報道：「大王，不好了！不好了！前門被和尚打破了！」三個妖王十分煩惱道：「這廝著實無禮！」即命取披掛結束了，各持兵器，帥小妖出門迎敵。此時約有三更時候，半天中月明如晝。走出來，更不打話，便就掄兵。這裡行者抵住鉞斧。八戒敵住大刀，沙僧迎住大棍。這場好殺：

僧三眾，棍杖鈀。三個妖魔膽氣加。鉞斧鋼刀藤扢撻，只聞風響並塵沙。初交幾合噴愁霧，次後飛騰散彩霞。釘鈀解數隨身滾，鐵棒英豪更可誇。降妖寶杖人間少，妖怪頑心不讓他。鉞斧口明尖鏄利，藤條節懞一身花。大刀幌亮如門扇，和尚神通偏賽他。這壁廂因師性

命發狠打，那壁廂不放唐僧劈臉撾。斧剁棒迎爭勝負，鈀掄刀砍兩交搽。扢撻藤條降怪杖，
翻翻覆覆逞豪華。

三僧三怪，賭鬥多時，不見輸贏。那辟寒大王喊一聲，叫：「小的們上來！」眾精各執兵刃齊來，早把個八戒絆倒在地。被幾個水牛精，揪揪扯扯，拖入洞裡捆了。沙僧見沒了八戒，只見那群牛發喊哌聲。即掣寶杖，望辟塵大王虛丟了架子要走，又被群精一擁而來，拉了個躘踵，急掙不起，也被捉去捆了。行者覺道難為，縱筋斗雲，脫身而去。當時把八戒、沙僧拖至唐僧前。唐僧見了，滿眼垂淚道：「可憐你二人也遭了毒手！悟空何在？」沙僧道：「師兄見捉住我們，他就走了。」唐僧道：「他既走了，必然那裡去求救。但我等不知何日方得脫網。」師徒們淒淒慘慘不題。

卻說行者駕筋斗雲復至慈雲寺，寺僧接著，來問：「唐老爺救得否？」行者道：「難救！難救！那妖精神通廣大，我弟兄三個，與他三個鬥了多時，被他呼小妖先捉了八戒，後捉了沙僧，老孫幸走脫了。」眾僧害怕道：「爺爺這般會騰雲駕霧，還捉獲不得，想老師父被傾害也。」行者道：「不妨！不妨！我師父自有伽藍、揭諦、丁甲等神暗中護佑；卻也曾吃過草還丹，料不傷命；只是那妖精有本事。汝等可看好馬匹、行李，等老孫上天去求救兵來。」眾僧膽怯道：「爺爺又能上天？」行者笑道：「天宮原是我的舊家。當年我做齊天大聖，因為亂了蟠桃會，被我佛收降，如今沒奈何，保唐僧取經，將功折罪。一路上輔正除邪，我師父該有此難，汝等卻不知也。」眾僧聽此言，又磕頭禮拜。行者出得門，打個唿哨，即時不見。

好大聖，早至西天門外。忽見太白金星與增長天王、殷、朱、陶、許四大靈官講話。他見行者

第九十二回

三僧大戰青龍山　四星挾捉犀牛怪

來，都慌忙施禮道：「大聖那裡去？」行者道：「因保唐僧行至天竺國東界金平府旻天縣，我師被本縣慈雲寺僧留賞元宵。比至金燈橋，有金燈三盞，點燈用酥合香油，價貴白金五萬餘兩，年年有諸佛降祥受用。正看時，果有三尊佛像降臨。我師不識好歹，上橋就拜。我說不是好人，早被他侮暗燈光，連油並我師一風攝去。我隨風追襲，至天曉，到一山，幸四功曹報道：『那山名青龍山。山有玄英洞。洞有三怪，名辟寒大王、辟暑大王、辟塵大王。』老孫急上門尋討，與他賭鬥一陣，未勝。是我變化入裡，見師父鎖住未傷，隨解了欲出，又被他知覺，我遂走了。後又同八戒、沙僧苦戰，復被他將二人也捉去捆了。老孫因此特啟玉帝，查他來歷，請命將降之。」

金星呵呵冷笑道：「大聖既與妖怪相持，豈看不出他的出處？」行者道：「認便認得，是一伙牛精。只是他大有神通，急不能降也。」金星道：「那是三個犀牛之精。他因有天文之象，累年修悟成真，亦能飛雲步霧。其怪極愛乾淨，常嫌自己影身，每欲下水洗浴。他的名色也多：有兕犀，有雄犀，有牯犀，有斑犀，又有胡冒犀、墮羅犀、通天花紋犀。都是一孔三毛二角，行於江海之中，能開水道。似那辟寒、辟暑、辟塵都是角有貴氣，故以此為名而稱大王也。若要拿他，只是四木禽星見面就伏。」行者連忙唱喏問道：「是那四木禽星？煩長庚老一一明示明示。」金星笑道：「此星在斗牛宮外，羅布乾坤。你去奏聞玉帝，便見分曉。」行者拱拱手稱謝，徑入天門裡去。

不一時，到於通明殿下，先見葛、丘、張、許四大天師。天師問道：「何往？」行者道：「近行至金平府地方，因我師寬放禪性，元夜觀燈，遇妖魔攝去。老孫不能收降，特來奏聞玉帝求救。」四天師即領行者至靈霄寶殿啟奏。各各禮畢，備言其事。玉帝傳旨：「教點那路天兵相助？」行者奏道：「老孫才到西天門，遇長庚星說：『那怪是犀牛成精，惟四木禽星可以降伏。』」玉帝即差許天師同行者去斗牛宮點四木禽星下界收降。

及至宮外，早有二十八宿星辰來接。天師道：「吾奉聖旨，教點四木禽星與孫大聖下界降妖。」一旁即閃過角木蛟、斗木獬、奎木狼、井木犴應聲呼道：「孫大聖，點我等何處降妖？」行者笑道：「原來是你。這長庚老兒卻隱匿，我不解其意。早說是二十八宿中的四木，老孫徑來相請，又何必勞煩旨意？」四木道：「大聖說那裡話！我等不奉旨意，誰敢擅離？端的是那方，快早去來。」行者道：「在金平府東北艮地青龍山玄英洞，犀牛成精。」斗木獬、奎木狼、角木蛟道：「若果是犀牛成精，不須我們，只消井宿（天文學的二十八宿之一）去罷。他能上山吃虎，下海擒犀。」行者道：「那犀不比望月之犀，乃是修行得道，都有千年之壽者。須得四位同去才好，切勿推調。倘一時一位拿他不住，卻不又費事了？」天師道：「你們說得是甚話！旨意著你四人，豈可不去！趁早飛行。我回旨去也。」那天師遂別行者而去。

四木道：「大聖不必遲疑，你先去索戰，引他出來，我們隨後動手。」行者即近前罵道：「偷油的賊怪！還我師來！」原來那門被八戒築破，幾個小妖弄了幾塊板兒搪住，在裡邊聽得罵詈（罵），急跑進報道：「大王，孫和尚在外面罵哩！」辟塵兒道：「他敗陣去了，這一日怎麼又來？想是那裡求些救兵來了。」辟寒、辟暑道：「怕他甚麼救兵！快取披掛來！小的們，都要用心圍繞，休放他走了。」那伙精不知死活，一個個各執槍刀，搖旗擂鼓，走出洞來，對行者喝道：「你個不怕打的猢猻兒，你又來了！」行者最惱得是這「猢猻」二字，咬牙發狠，舉鐵棒就打。三個妖王，調小妖，跑個圈子陣，把行者圈在垓心。那壁廂四木禽星一個個各掄兵刃道：「孽畜！休動手！」那三個妖王看他四星，自然害怕，俱道：「不好了！不好了！他尋將降手兒來了！小的們，各顧性命走耶！」只聽得呼呼吼吼，喘喘呵呵，眾小妖都現了本身：原來是那山牛精、水牛精、黃牛精，滿山亂跑。那三個妖王，也現了本相，放下手來，還是四隻蹄子，就如鐵炮一般，徑往東北上跑。這大聖帥井木犴、角木蛟緊追急趕，略不放鬆。惟有斗木獬、奎木狼在東山凹裡、山頭上、山澗中、山谷內，把些牛精打死的、活捉的，盡皆收淨。卻向玄英洞裡解了唐僧、八戒、沙僧。

沙僧認得是二星，隨同拜謝。因問：「二位如何到此相救？」二星道：「吾等是孫大聖奏玉帝請旨調來收怪救你也。」唐僧又滴淚道：「我悟空徒弟怎麼不見進來？」二星道：「那三個老怪是三隻犀牛，他見吾等，各各顧命，向東北艮方逃遁。孫大聖帥井木犴、角木蛟追趕去了。我二星掃蕩群牛到此，特來解放聖僧。」唐僧復又頓首拜謝，朝天又拜。八戒攙起道：「師父，禮多必詐，不須只管拜了。四星官，一則是玉帝聖旨，二則是師兄人情。今既掃蕩群妖，還不知老妖如何降伏。我們且收拾些細軟東西出來，掀翻此洞，以絕其根，回寺等候師兄罷。」奎木狼道：「天蓬元帥說得有理。你與捲簾大將保護你師回寺安歇，待吾等還去艮方迎敵。」八戒道：「正是，正是。你二位還協同一捉，必須剿盡，方好回旨。」二星官即時追襲。

八戒與沙僧將他洞內細軟寶貝——有許多珊瑚、瑪瑙、珍珠、琥珀、瓊琚、寶貝、美玉、良金，搜出一石，搬在外面，請師父到山崖上坐了，他又進去放起火來，把一座洞燒成灰燼，卻才領唐僧找路回金平慈雲寺去。正是：

經云「泰極還生否」，好處逢凶實有之。愛賞花燈禪性亂，喜游美景道心漓。
大丹自古宜長守，一失原來到底虧。緊閉牢拴休曠蕩，須臾懈怠見參差。

且不言他三眾得命回寺。卻表斗木獬、奎木狼二星官駕雲直向東北艮方趕妖怪來。二人在那半空中，尋看不見。直到西洋大海，遠望見孫大聖在海上吆喝。他兩個按落雲頭道：「大聖，妖怪那裡去了？」行者恨道：「你兩個怎麼不來追降？這會子卻冒冒失失的問甚？」斗木獬道：「我見大聖與井、角二星戰敗妖魔追趕，料必擒拿。我二人卻就掃蕩群精，入玄英洞救出你師父、師弟。搜了山，燒了洞，把你師父付托與你二弟領回府城慈雲寺。多時不見車駕回轉，故又追尋到此也。」行者聞言，方才喜謝道：「如此，卻是有功。多累！多累！但那三個妖魔，被我趕到此間，他就鑽下海去。當有井、角二星，緊緊追拿，教老孫在岸邊抵擋。你兩個既來，且在岸邊把截，等老孫也再去來。」

好大聖，掄著棒，捻著訣，辟開水徑，直入波濤深處。只見那三個妖魔在水底下與井木犴、角木蛟捨死忘生苦鬥哩。他跳近前喊道：「老孫來也！」那妖精抵住二星官，措手不及。正在危難之處，忽聽得行者叫喊，顧殘生，撥轉頭往海心裡飛跑。原來這怪頭上角，極能分水，只聞得嘩嘩嘩（水響聲），沖開明路。這後邊二星官並孫大聖並力追之。

卻說西海中有個探海的夜叉，巡海的介士，遠見犀牛分開水勢，又認得孫大聖與二天星，即赴水晶宮對龍王慌慌張張報道：「大王！有三隻犀牛，被齊天大聖和二位天星趕來也！」老龍王敖順聽言，即喚太子摩昂：「快點水兵。想是犀牛精辟寒、辟暑、辟塵兒三個惹了孫行者。今既至海，快快拔刀相助。」敖摩昂得令，即忙點兵。頃刻間，龜鱉黿鼉，鯾魚白鱖鯉，與蝦兵蟹卒等，各執槍刀，一齊吶喊，騰出水晶宮外，擋住犀牛精。犀牛精不能前進，急退後，又有井、角二星並大聖攔阻，慌得他失了群，各各逃生，四散奔走，早把個辟塵兒被老龍王領兵圍住。孫大聖見了心歡，叫道：「消停！消停！捉活的，不要死的。」摩昂聽令，一擁上前，將辟塵兒扳翻在地，用鐵鉤子穿了鼻，攢蹄捆倒。

老龍王又傳號令，教分兵趕那兩個，協助二星官擒拿。即時小龍王帥眾前來，只見井木犴現原身，按住辟寒兒，大口小口的啃著吃哩。摩昂高叫道：「井宿！井宿！莫咬死他。孫大聖要活的，不要死的哩。」一連喊數喊，已是被他把頸項咬斷了。

摩昂吩咐蝦兵蟹卒，將個死犀牛抬轉水晶宮，卻又與井木犴向前追趕。只見角木蛟把那辟暑兒倒趕回來，只撞著井宿。摩昂帥龜鱉黿鼉，撒開簸箕陣圍住。那怪只教：「饒命！饒命！」井木犴走近前，一把揪住耳朵，奪了他的刀，叫道：「不殺你！不殺你！拿與孫大聖發落去來。」

當即倒干戈，復至水晶宮外，報道：「都捉來也。」行者見一個斷了頭，血淋津的，倒在地下。一個被井木犴拖著耳朵，推跪在地。近前仔細看了道：「這頭不是兵刀傷的啊。」摩昂笑道：「不是我喊得緊，連身子都著井星官吃了。」行者道：「既是如此，也罷，取鋸子來，鋸下他的這兩隻角，剝了皮帶去。犀牛肉還留與龍王賢父子享之。」又把辟塵兒穿了鼻，教角木蛟牽著；辟暑兒也穿了鼻，教井木犴牽著，說道：「帶他上金平府見那刺史官，明究其由，問他個積年假佛害民，然後的決（處斬）。」

眾等遵言，辭龍王父子，都出西海。牽著犀牛，會著奎、斗二星，駕雲霧，徑轉金平府。行者足踏祥光，半空中叫道：「金平府刺史，各佐貳（官員中的副職）郎官並府城內外軍民人等聽著：吾乃東土大唐差往西天取經的聖僧。你這府縣，每年家供獻金燈，假充諸佛降祥者，即此犀牛之怪。我等過此，因元夜觀燈，見這怪將燈油並我師父攝去，是我請天神收伏。今已掃清山洞，剿盡妖魔，不得為害。以後你府縣再不可供獻金燈，勞民傷財也。」

那慈雲寺裡，八戒、沙僧方保唐僧進得山門，只聽見行者在半空言語，即便撇了師父，丟下擔子，縱風雲起到空中，問行者降妖之事。行者道：「那一隻被井星咬死，已鋸角剝皮帶來，兩隻活拿在此。」八戒道：「這兩個索性推下此城，與官員人等看看，也認得我們是聖是神。左右累四位星官收雲下地，同到府堂，將這怪的決。已此情真罪當，再有甚講！」四星道：「天蓬帥近來知理明律，卻好呀！」八戒道：「因做了這幾年和尚，也略學得些兒。」

眾神果推落犀牛，一簇彩雲，降至府堂之上。唬得這府縣官員，城裡城外人等，都家家設香案，戶戶拜天神。少時間，慈雲寺僧把長老用轎抬進府門，會著行者，口中不離「謝」字道：「有勞上宿星官救出我等。因不見賢徒，懸懸在念，今幸得勝而回！然此怪不知趕向何方才捕獲也！」行者道：「自前日別了尊師，老孫上天查訪，蒙太白金星識得妖魔是犀牛，指示請四木禽星。當時奏聞玉帝，蒙旨差委，直至洞口交戰。妖王走了，又蒙斗、奎二宿救出尊師。老孫與井、角二宿並力追妖，直趕到西洋大海，又虧龍王遣子帥兵相助。所以捕獲到此審究也。」長老贊揚稱謝不已。又見那府縣正官並佐貳首領，都在那裡高燒寶燭，滿斗焚香，朝上禮拜。

少頃間，八戒發起性來，掣出戒刀，將辟塵兒頭一刀砍下，又一刀把辟暑兒頭也砍下。隨即取鋸子鋸下四隻犀角來。孫大聖更有主張，就教：「四位星官，將此四隻角，拿上界去，進貢玉帝，回繳聖旨。」把自己帶來的二隻：「留一隻在府堂鎮庫，以作向後免征燈油之證；我們帶一隻去，獻靈山佛祖。」四星心中大喜。即時拜別大聖，忽駕彩雲回奏而去。

府縣官，留住他師徒四眾，大排素宴，遍請鄉官陪奉。一壁廂出給告示，曉諭軍民人等，下年不許點設金燈，永蠲（免除）買油大戶之役。一壁廂叫屠子宰剝犀牛之皮，硝熟熏乾，製造鎧甲；把肉普給官員人等。又一壁廂動支枉罰無礙錢糧，買民間空地，起建四星降妖之廟；又為唐僧四眾建立生祠，各各樹牌刻文，用傳千古，以為報謝。

師徒們索性寬懷領受。又被那二百四十家燈油大戶，這家酬，那家請，略無虛刻。八戒遂心滿意受用，把洞裡搜來的寶物，每樣各籠些須在袖，以為各家齋筵之賞。住經個月，猶不得起身。長老吩咐：「悟空，將餘剩的寶物，盡送慈雲寺僧，以為酬禮。瞞著那些大戶人家，天不明走罷；恐只管貪樂，誤了取經，惹佛祖見罪，又生災厄，深為不便。」行者隨將前件一一處分。

次日五更早起，喚八戒備馬。那呆子吃了自在酒飯，睡得夢夢乍道：「這早備馬怎的？」行者喝道：「師父教走路哩！」呆子抹抹臉道：「又是這長老沒正經！二百四十家大戶都請，才吃了有三十幾頓飽齋，怎麼又弄老豬忍餓！」長老聽言罵道：「饢糟的夯貨！莫胡說！快早起來！再若強嘴，教悟空拿金箍棒打牙！」那呆子聽見說打，慌了手腳道：「師父今番變了，常時疼我，愛我，念我蠢夯護我；哥要打時，他又勸解；今日怎麼發狠轉教打麼？」行者道：「師父怪你為嘴，誤了路程。快早收拾行李、備馬，免打！」那呆子真個怕打，跳起來穿了衣服，吆喝沙僧：「快起來！打將來了！」沙僧也隨跳起，各各收拾皆完。長老搖手道：「寂寂悄悄的，不要驚動寺僧。」連忙上馬，開了山門，找路而去。這一去，正所謂：暗放玉籠飛彩鳳，私開金鎖走蛟龍。

畢竟不知天明時，酬謝之家端的如何，且聽下回分解。

第九十三回

給孤園問古談因　天竺國朝王遇偶

起念斷然有愛，留情必定生災。靈明何事辨三台？行滿自歸元海。
不論成仙成佛，須從個裡安排。清清淨淨絕塵埃，果正飛升上界。

卻說寺僧，天明不見了三藏師徒，都道：「不曾留得，不曾別得，不曾求告得，清清的把個活菩薩放得走了！」正說處，只見南關廂有幾個大戶來請。眾僧撲掌道：「昨晚不曾防禦，今夜都駕雲去了。」一眾人齊望空拜謝。此言一講，滿城中官員人等，盡皆知之。叫此大戶人家，俱治辦五牲花果，往生祠祭獻酬恩不題。

卻說唐僧四眾，餐風宿水，一路平寧，行有半個多月。忽一日，見座高山，唐僧又悚懼道：「徒弟，那前面山嶺峻峭，是必小心！」行者笑道：「這邊路上將近佛地，斷乎無甚妖邪。師父放懷勿慮。」唐僧道：「徒弟，雖然佛地不遠。但前日那寺僧說，到天竺國都下有二千里，還不知是有多少路哩。」行者道：「師父，你好是又把烏巢禪師《心經》忘記了也？」三藏道：「《般若心經》是我隨身衣缽。自那烏巢禪師教後，那一日不念，那一時得忘？顛倒也念得來，怎麼忘得！」行者道：「師父只是念得，不曾求那師父解得。」三藏道：「猴頭！怎又說我不曾解得！你解得麼？」行者道：「我解得，我解得。」自此，三藏、行者再不作聲。旁邊笑倒一個八戒，喜壞一個沙僧，說道：「嘴巴！替我一般的做妖精出身，又不是那裡禪和子（和尚），聽過講經，那裡應佛僧，也曾見過說法？弄虛頭，找架子，說甚麼『曉得，解得』！怎麼就不作聲，聽講！請解！」沙僧說：「二哥，你也信他。大哥扯長話，哄師父走路。他曉得弄棒罷了，他那裡曉得講經！」三藏道：「悟能、悟淨，休要亂說。悟空解得是無言語文字，乃是真解。」

他師徒們正說話間，卻倒也走過許多路程，離了幾個山岡，路旁早見一座大寺。三藏道：「悟空，前面是座寺啊。你看那寺，倒也

> 不小不大，卻也是琉璃碧瓦；半新半舊，卻也是八字紅牆。隱隱見蒼松偃蓋，也不知是幾千百年間故物到於今；潺潺聽流水鳴弦，也不道是那朝代時分開山留得在。山門上，大書著『布金禪寺』；懸匾上，留題著『上古遺跡』。」

行者看得是「布金禪寺」，八戒也道是「布金禪寺」。三藏在馬上沉思道：「『布金』……『布金』這莫不是舍衛國界了麼？」八戒道：「師父，奇啊！我跟師父幾年，再不曾見識得路，今日也識得路了。」三藏說道：「不是。我常看經誦典，說是佛在舍衛城祇樹給孤園。這園說是給孤獨長者問太子買了，請佛講經。太子說：『我這園不賣。他若要買我的時，除非黃金滿布園地。』給孤獨長者

聽說，隨以黃金為磚，布滿園地，才買得太子祇園，才請得世尊說法。我想這布金寺莫非就是這個故事。」八戒笑道：「造化！若是就是這個故事，我們也去摸他塊把磚兒送人。」大家又笑了一會，三藏才得下馬來。

進得山門，只見山門下，挑擔的，背包的，推車的，整車坐下，也有睡的去睡，講的去講。忽見他們師徒四眾，俊的又俊，醜的又醜，大家有些害怕，卻也就讓開些路兒。三藏生怕惹事，口中不住只叫：「斯文！斯文！」這時節，卻也大家收斂。轉過金剛殿後，早有一位禪僧走出，卻也威儀不俗。真是：

面如滿月光，身似菩提樹。
擁錫袖飄風，芒鞋石頭路。

三藏見了問訊。那僧即忙還禮道：「師從何來？」三藏道：「弟子陳玄奘，奉東土大唐皇帝之旨，差往西天拜佛求經。路過寶方，造次奉謁，便求借一宿，明日就行。」那僧道：「荒山十方常住，都可隨喜；況長老東土神僧，但得供養，幸甚。」三藏謝了，隨即喚他三人同行。過了回廊香積，徑入方丈。相見禮畢，分賓主坐定。行者三人，亦垂手坐了。

話說這時寺中聽說到了東土大唐取經僧人，寺中若大若小，不問長住、掛榻、長老、行童，一一都來參見。茶罷，擺上齋供。這時長老還正開齋念偈，八戒早是要緊，饅頭、素食、粉湯一攪直下。這時方丈卻也人多，有知識的，贊說三藏威儀；好耍子的，都看八戒吃飯。卻說沙僧眼溜，看見頭

第九十三回

給孤園問古談因　天竺國朝王遇偶

底，暗把八戒捏了一把，說道：「斯文！」八戒著忙，急的叫將起來，說道：「『斯文！』『斯文！』肚裡空空！」沙僧笑道：「二哥，你不曉的。天下多少『斯文』，若論起肚子裡來，正替你我一般哩。」八戒方才肯住。三藏念了結齋，左右徹了席面，三藏稱謝。

寺僧問起東土來因，三藏說到古跡，才問布金寺名之由。那僧答曰：「這寺原是舍衛國給孤獨園寺，又名祇園。因是給孤獨長者請佛講經，金磚布地，又易今名。我這寺一望之前，乃是舍衛國。那時給孤獨長者正在舍衛國居住。我荒山原是長者之祇園，因此遂名給孤布金寺。寺後邊還有祇園基址。近年間，若遇時雨滂沱，還淋出金銀珠兒。有造化的，每每拾著。」三藏道：「話不虛傳果是真！」又問道：「才進寶山，見門下兩廊有許多騾馬車擔的行商，為何在此歇宿？」眾僧道：「我這山喚做百腳山。先年且是太平，近因天氣循環，不知怎的，生幾個蜈蚣精，常在路下傷人。雖不至於傷命，其實人不敢走。山下有一座關，喚做雞鳴關。但到雞鳴之時，才敢過去。那些客人，因到晚了，惟恐不便，權借荒山一宿，等雞鳴後便行。」三藏道：「我們也等雞鳴後去罷。」師徒們正說處，又見拿上齋來，卻與唐僧等吃畢。此時上弦月皎。三藏與行者步月閒行，又見個道人來報道：「我們老師爺要見見中華人物。」三藏急轉身，見一個老和尚，手持竹杖，向前作禮道：「此位就是中華來的師父？」三藏答禮道：「不敢。」老僧稱贊不已。因問：「老師高壽？」三藏道：「虛度四十五年矣。敢問老院主尊壽？」老僧笑道：「比老師痴長一花甲也。」行者道：「今年是一百零五歲了。你看我有多少年紀？」老僧道：「師家貌古神清，況月夜眼花，急看不出來。」敘了一會，又向後廊看看。三藏道：「才說給孤園基址，果在何處？」老僧道：「後門外就是。」快教開門，但見是一塊空地，還有些碎石迭的牆腳。三藏合掌嘆曰：

「憶昔檀那須達多，曾將金寶濟貧痾。
祇園千古留名在，長者何方伴覺羅？」

他都玩著月，緩緩而行。行近後門外，至台上，又坐了一坐，忽聞得有啼哭之聲。三藏靜心誠聽，哭的是爺娘不知苦痛之言。他就感觸心酸，不覺淚墮，回問眾僧道：「是甚人在何處悲切？」老僧見問，即命眾僧先回去煎茶，見無人，方才對唐僧、行者下拜。三藏攙起道：「老院主，為何行此禮？」老僧道：「弟子年歲百餘，略通人事。每於禪靜之間，也曾見過幾番景象。若老爺師徒，弟子聊知一二，與他人不同。若言悲切之事，非這位師家，明辨不得。」行者道：「你且說，是甚事？」老僧道：「舊年今日，弟子正明性月之時，忽聞一陣風響，就有悲怨之聲。弟子下榻，到祇園基上看處，乃是一個美貌端正之女。我問他：『你是誰家女子？為甚到於此地？』那女子道：『我是天竺國國王的公主。因為月下觀花，被風刮來的。』我將他鎖在一間敝空房裡，將那房砌作個監房模樣，門上止留一小孔，僅遞得碗過。當日與眾僧傳道：『是個妖邪，被我捆了。』但我僧家乃慈悲之人，不肯傷他性命。每日與他兩頓粗茶粗飯，吃著度命。那女子也聰明，即解吾意，恐為眾僧點污，就裝瘋作怪，尿裡眠，屎裡臥。白日家說胡話，呆呆鄧鄧的；到夜靜處，卻思量父母啼哭。我幾番家進城乞化打探公主之事，全然無損。故此堅收緊鎖，更不放出。今幸老師來國，萬望到了國中，廣施法力，辨明辨明。一則救拔良善，二則昭顯神通也。」三藏與行者聽罷，切切在心。正說處，只見兩個小和尚請吃茶安置，遂而回去。

八戒與沙僧在方丈中，突突噥噥的道：「明日要雞鳴走路，此時還不來睡！」行者道：「呆子又說甚麼？」八戒道：「睡了罷。這等夜深，還看甚麼景致。」因此，老僧散去，唐僧就寢。正是那：

人靜月沉花夢悄，暖風微透壁窗紗。
銅壺點點看三汲，銀漢明明照九華。

當夜睡還未久，即聽雞鳴。那前邊行商哄哄皆起，引燈造飯。這長老也喚醒八戒、沙僧，扣馬收拾。行者叫點燈來。那寺僧已先起來，安排茶湯點心，在後候敬。八戒歡喜，吃了一盤饃饃，把行李、馬匹牽出。三藏、行者對眾辭謝。老僧又向行者道：「悲切之事，在心！在心！」行者笑道：「謹領！謹領！我到城中，自能聆音而察理，見貌而辨色也。」那伙行商，哄哄嚷嚷的，也一同上了大路。將有寅時，過了雞鳴關。至巳時，方見城垣。真是鐵甕金城，神洲天府。那城：

虎踞龍蟠形勢高，鳳樓麟閣彩光搖。御溝流水如環帶，福地依山插錦標。
曉日旌旗明輦路，春風簫鼓遍溪橋。國王有道衣冠勝，五穀豐登顯俊豪。

當日入於東市街，眾商各投旅店。他師徒們進城，正走處，有一個會同館驛，三藏等徑入驛內。那驛內管事的，即報驛丞道：「外面有四個異樣的和尚，牽一匹白馬進來了。」驛丞聽說有馬，就知是官差的，出廳迎迓。三藏施禮道：「貧僧是東土唐朝欽差靈山大雷音見佛求經的。隨身有關文，入朝照驗。借大人高衙一歇，事畢就行。」驛丞答禮道：「此衙門原設待使客之處，理當款迓。請進，請進。」三藏喜悅，教徒弟們都來相見。那驛丞看見嘴臉醜陋，暗自心驚，不知是人是鬼，戰兢兢的，只得看茶，擺齋。三藏見他驚怕，道：「大人勿驚，我等三個徒弟，相貌雖醜，心地俱良。俗謂『山惡人善』，何以懼為！」

驛丞聞言，方才定了心性，問道：「國師，唐朝在於何方？」三藏道：「在南贍部洲中華之地。」又問：「幾時離家？」三藏道：「貞觀十三年，今已歷過十四載，苦經了些萬水千山，方到此處。」驛丞道：「神僧！神僧！」三藏問道：「上國天年幾何？」驛丞道：「我敝處乃大天竺國，自太祖太宗傳到今，已五百餘年。現在位的爺爺，愛山水花卉，號做怡宗皇帝，改元靖宴，今已二十八年了。」三藏道：「今日貧僧要去見駕倒換關文，不知可得遇朝？」驛丞道：「好！好！正好！近因國王的公主娘娘，年登二十青春，正在十字街頭，高結彩樓，拋打繡球，撞天婚招駙馬。今日正當熱鬧之際，想我國王爺爺還未退朝。若欲倒換關文，趁此時好去。」三藏欣然要走，只見擺上齋來，遂與驛丞、行者等吃了。

時已過午。三藏道：「我好去了。」行者道：「我保師父去。」八戒道：「我去。」沙僧道：「二哥罷麼。你的嘴臉不見怎的，莫到朝門外裝胖，還教大哥去。」三藏道：「悟淨說得好。呆子粗夯，悟空還有些細膩。」那呆子掬著嘴道：「除了師父，我三個的嘴臉也差不多兒。」三藏卻穿了袈裟，行者拿了引袋同去。只見街坊上，士農工商，文人墨客，愚夫俗子，齊咳咳都道：「看拋繡球去也！」三藏立於道旁，對行者道：「他這裡人物衣冠，宮室器用，言語談吐，也與我大唐一般。我想著我俗家先母也是拋打繡球遇舊姻緣，結了夫婦。此處亦有此等風俗。」行者道：「我們也去看看，如何？三藏道：「不可！不可！你我服色不便，恐有嫌疑。」行者道：「師父，你忘了那給孤布金寺老僧之言：一則去看彩樓，二則去辨真假。似這般忙忙的，那皇帝必聽公主之喜報，那裡視朝理事？且去去來！」三藏聽說，真與行者相隨。見各項人等俱在那裡看打繡球。呀！那知此去，卻是漁翁拋下鉤和線，從今釣出是非來。

話表那個天竺國王，因愛山水花卉，前年帶后妃公主在御花園，月夜賞玩，惹動一個妖邪，把真公主攝去，他卻變做一個假公主。知得唐僧今年、今月、今日、今時到此，他假借國家之富，搭起彩樓。欲招唐僧為偶，採取元陽真氣，以成太乙上仙。正當午時三刻，三藏與行者雜入人叢，行近樓下，那公主才拈香焚起，祝告天地。左右有五七十胭嬌繡女，近侍的捧著繡球。那樓八窗玲瓏。公主轉睛觀看，見唐僧來得至近，將繡球取過來，親手拋在唐僧頭上。唐僧著了一驚，把個毗盧帽子打歪──雙手忙扶著那球。那球轂轆的滾在他衣袖之內。那樓上齊聲發喊道：「打著個和尚了！打著個和尚了！」

噫！十字街頭，那些客商人等，濟濟哄哄，都來奔搶繡球，被行者喝一聲，把牙傞一傞，把腰躬一躬，長了有三丈高，使個神威，弄出醜臉，唬得些人跌跌爬爬，不敢相近。霎時人散，行者還現了本相。那樓上繡女宮娥並大小太監，都來對唐僧下拜道：「貴人！貴人！請入朝堂賀喜。」三藏急還禮，扶起眾人，回頭埋怨行者道：「你這猴頭，又是撮弄我也！」行者笑道：「繡球兒打在你頭上，滾在你袖裡，干我何事？埋怨怎麼？」三藏道：「似此怎生區處？」行者道：「師父，你且放心。便入朝見駕，我回驛報與八戒、沙僧等候。若是公主不招你便罷，倒換了關文就行；如必欲招你，你對國王說，『召我徒弟來，我要吩咐他一聲。』那時召我三個入朝，我其間自能辨別真假。此是『倚婚降怪』之計。」唐僧無已從言，行者轉身回驛。

那長老被眾宮娥等撮擁至樓前。公主下樓，玉手相攙，同登寶輦，擺開儀從，回轉朝門。早有黃門官先奏道：「萬歲，公主娘娘攙著一個和尚，想是繡球打著，現在午門外候旨。」那國王見說，心甚不喜；意欲趕退，又不知公主之意何如，只得含情宣入。公主與唐僧遂至金鑾殿下，正是一對夫妻呼萬歲，兩門邪正拜千秋。禮畢，又宣至殿上，開言問道：「僧人何來，遇朕女拋球得中？」唐僧俯伏奏道：「貧僧乃南贍部洲大唐皇帝差往西天大雷音寺拜佛求經的。因有長路關文，特來朝王倒換。路過十字街彩樓之下，不期公主娘娘拋繡球，打在貧僧頭上。貧僧是出家異教之人，怎敢與玉葉金枝為偶！萬望赦貧僧死罪，倒換關文，打發早赴靈山，見佛求經，回我國土，永注陛下之天恩也！」國王道：「你乃東土聖僧，正是『千里姻緣使線牽。』寡人公主，今登二十歲未婚，因擇今日年月日時俱利，所以結彩樓拋繡球，以求佳偶。可可的你來拋著，朕雖不喜，卻不知公主之意如何。」那公主叩頭道：「父王，常言『嫁雞逐雞，嫁犬逐犬』。女有誓願在先，結了這球，告奏天地神明，撞天婚拋打；今日打著聖僧，即是前世之緣，遂得今生之遇，豈敢更移！願招他為駙馬。」國王方喜。即宣欽天監正台官選擇日期。一壁廂收拾妝奩，又出旨曉諭天下。三藏聞言，更不謝恩，只教：「放赦！放赦！」國王道：「這和尚甚不通理。朕以一國之富，招你做駙馬，為何不在此享用，念念只要取經！再若推辭，教錦衣官校推出斬了！」長老唬得魂不附體，只得戰兢兢叩頭啟奏道：「感蒙陛下天恩。但貧僧一行四眾，還有三個徒弟在外，今當領納（接受，領受），只是不曾吩咐得一言，萬望召他到此，倒換關文，教他早去，不誤了西來之意。」國王遂准奏道：「你徒弟在何處？」三藏道：「都在會同館驛。」隨即差官召聖僧徒弟領關文西去，留聖僧在此為駙馬。長老只得起身侍立。有詩為證：

第九十三回

給孤園問古談因　天竺國朝王遇偶

大丹不漏要三全，苦行難成恨惡緣。道在聖傳修在己，善由人積福由天。
休逞六根多貪欲，頓開一性本來原。無愛無思自清淨，管教解脫得超然。

當時差官至會同館驛，宣召唐僧徒弟不題。

卻說行者自彩樓下別了唐僧，走兩步，笑兩聲，喜喜歡歡的回驛。八戒、沙僧迎著道：「哥哥，你怎麼那般喜笑？師父如何不見？」行者道：「師父喜了。」八戒道：「還未到地頭，又不曾見佛取得經回，是何來之喜？」行者笑道：「我與師父只走至十字街彩樓之下，可可的被當朝公主拋繡球打中了師父，師父被些宮娥、彩女、太監推擁至樓前，同公主坐輦入朝，招為駙馬，此非喜而何？」八戒聽說，跌腳捶胸道：「早知我去好來！都是那沙僧憊懶！——你不阻我啊，我徑奔彩樓之下，一繡球打著我老豬，那公主招了我，卻不美哉，妙哉！俊刮標致，停當，大家造化耍子兒，何等有趣！」沙僧上前，把他臉上一抹道：「不羞！不羞！好個嘴巴骨子！『三錢銀子買個老驢，自誇騎得！』要是一繡球打著你，就連夜燒『退送紙』也還道遲了，敢惹你這晦氣進門！」八戒道：「你這黑子不知趣！醜自醜，還有些風味。自古道：『皮肉粗糙，骨格堅強，各有一得可取。』」行者道：「呆子莫胡談！且收拾行李。但恐師父著了急，來叫我們，卻好進朝保護他。」八戒道：「哥哥又說差了。師父做了駙馬，到宮中與皇帝的女兒交歡，又不是爬山踵路，遇怪逢魔，要你保護他怎的！他那樣一把子年紀，豈不知被窩裡之事，要你去扶攥？」行者一把揪住耳朵，掄拳罵道：「你這個淫心不斷的夯貨！說那甚胡話！」

正吵鬧間，只見驛丞來報道：「聖上有旨，差官來請三位神僧。」八戒道：「端的請我們為何？」驛丞道：「老神僧幸遇公主娘娘，打中繡球，招為駙馬，故此差官來請。」行者道：「差官在那裡？教他進來。」那官看行者施禮。禮畢，不敢仰視，只管暗念誦道：「是鬼，是怪？是雷公，夜叉？」行者道：「那官兒，有話不說，為何沉吟？」那官兒慌得戰戰兢兢的，雙手舉著聖旨，口裡亂道：「我公主有請會親——我主公會親有請！」八戒道：「我這裡沒刑具，不打你，你慢慢說，不要怕。」行者道：「莫成道怕你打？怕你那臉哩！快收拾挑擔牽馬進朝，見師父議事去也！」這正是：

路逢狹道難回避，定教恩愛反為仇。

畢竟不知見了國王有何話說，且聽下回分解。

第九十四回

四僧宴樂御花園　一怪空懷情欲喜

話表孫行者三人，隨著宣召官至午門外，黃門官即時傳奏宣進。他三個齊齊站定，更不下拜。國王問道：「那三位是聖僧駙馬之高徒？姓甚名誰？何方居住？因甚事出家？取何經卷？」行者即近前，意欲上殿。旁有護駕的喝道：「不要走！有甚話，立下奏來。」行者笑道：「我們出家人，得一步就進一步。」隨後八戒、沙僧亦俱近前。長老恐他村魯驚駕，便起身叫道：「徒弟啊，陛下問你來因，你即奏上。」行者見他那師父在旁侍立，忍不住大叫一聲道：「陛下輕人重己！既招我師為駙馬，如何教他侍立？世間稱女夫謂之『貴人』，豈有貴人不坐之理！」國王聽說，大驚失色。欲退殿，恐失了觀瞻。只得硬著膽，教近侍的取繡墩來，請唐僧坐了。行者才奏道：

老孫祖居東勝神洲傲來國花果山水簾洞。父天母地，石裂吾生。曾拜至人，學成大道。復轉仙鄉，嘯聚在洞天福地。下海降龍，登山擒獸。消死名，上生籍，官拜齊天大聖。玩賞瓊樓，喜游寶閣。會天仙，日日歌歡；居聖境，朝朝快樂。只因亂卻蟠桃宴，大反天宮，被佛擒伏，困壓在五行山下，飢餐鐵彈，渴飲銅汁，五百年未嘗茶飯。幸我師出東土，拜西方，觀音教令脫天災，離大難，皈正在瑜伽門下。舊諱悟空，稱名行者。」

國王聞得這般名重，慌得下了龍床，走將來，以御手挽定長老道：「駙馬，也是朕之天緣，得遇你這仙姻仙眷。」三藏滿口謝恩，請國王登位。復問：「那位是第二高徒？」八戒掬嘴揚威道：

「老豬先世為人，貪歡愛懶。一生混沌，亂性迷心。未識天高地厚，難明海闊山遙。正在幽閒之際，忽然遇一真人。半句話，解開業網；兩三言，劈破災門。當時省悟，立地投師，謹修二八之工夫，敬煉三三之前後。行滿飛升，得超天府。荷蒙玉帝厚恩，官賜天蓬元帥，管押河兵，逍遙漢闕。只因蟠桃酒醉，戲弄嫦娥，謫官銜，遭貶臨凡；錯投胎，托生豬像。住福陵山，造惡無邊。遇觀音，指明善道。皈依佛教，保護唐僧。徑往西天，拜求妙典。法諱悟能，稱為八戒。」

國王聽言，膽戰心驚，不敢觀覷。這呆子越弄精神，搖著頭掬著嘴，撐起耳朵呵呵大笑。三藏又怕驚駕，即叱道：「八戒收斂！」方才叉手拱立，假扭斯文。又問：「第三位高徒，因甚皈依？」沙和尚合掌道：

「老沙原係凡夫，因怕輪回訪道。雲游海角，浪蕩天涯。常得衣缽隨身，每煉心神在舍。因此虔誠，得逢仙侶。養就孩兒，配緣姹女。工滿三千，合和四相（佛教指離、合、違、順四種情況）。超天界，拜玄穹，官授捲簾大將，侍御鳳輦龍車，封號將軍。也為蟠桃會上，失手打破玻璃盞，貶在流沙河，改頭換面，造孽傷生。幸喜菩薩遠游東土，勸我皈依，等候唐朝佛子，往西天求經果正。從立自新，復修大覺。指河為姓，法諱悟淨，稱名沙僧。」

國王見說，多驚多喜。喜的是女兒招了活佛，驚的是三個實乃妖神。正在驚喜之間，忽有正台陰陽官奏道：「婚期已定本年本月十二日。壬子良辰，周堂通利，宜配婚姻。」國王道：「今日是何日辰？」陰陽官奏：「今日初八，乃戊申之日，猿猴獻果，正宜進賢納事。」國王大喜，即著當駕官打掃御花園館閣樓亭，且請駙馬同三位高徒安歇，待後安排合巹佳筵，著公主匹配。眾等欽遵，國王退朝，多官皆散不題。

卻說三藏師徒們都到御花園，天色漸晚，擺了素膳。八戒喜道：「這一日也該吃飯了。」管辦人即將素米飯、麵飯等物，整擔挑來。那八戒吃了又添，添了又吃，直吃得撐腸拄腹，方才住手。少頃，又點上燈，設鋪蓋，各自歸寢。長老見左右無人，卻恨責行者，怒聲叫道：「悟空！你這猢猻，番番害我！我說只去倒換關文，莫向彩樓前去，你怎麼直要引我去看看？如今看得好麼！卻惹出這般事來，怎生是好？」行者陪笑道：「師父說，『先母也是拋打繡球，遇舊緣，成其夫婦。』似有慕古之意，老孫才引你去。又想著那個給孤布金寺長老之言，就此檢視真假。適見那國王之面，略有些晦暗之色，但只未見公主何如耳。」

長老道：「你見公主便怎的？」行者道：「老孫的火眼金睛，但見面，就認得真假善惡，富貴貧窮，卻好施為，辨明邪正。」沙僧與八戒笑道：「哥哥近日又學得會相面了。」行者道：「相面之士，當我孫子罷了。」三藏喝道：「且休調嘴！只是他如今定要招我，果何以處之？」行者道：「且到十二日會喜之時，必定那公主出來參拜父母，等老孫在旁觀看。若還是個真女人，你就做了駙馬，享用國內之榮華也罷。」三藏聞言，越生嗔怒，罵道：「好猢猻！你還害我哩！卻是悟能說的，我們十節兒已上了九節七八分了，你還把熱舌頭鐸我！快早夾著，你休開那臭口！再若無禮，我就念起咒來，教你了當不得（承受不了）！」行者聽說念咒，慌得跪在面前道：「莫念！莫念！若是真女人，待拜堂時，我們一齊大鬧皇宮，領你去也。」師徒說話，不覺早已入更（即晚上七點）。正是：

　　沉沉宮漏，蔭蔭花香。繡戶垂珠箔，閒庭絕火光。秋千索冷空留影，羌笛聲殘靜四方。繞屋有花籠月燦，隔空無樹顯星芒。杜鵑啼歇，蝴蝶夢長。銀漢橫天宇，白雲歸故鄉。正是離人情切處，風搖嫩柳更淒涼。

八戒道：「師父，夜深了，有事明早再議。且睡！且睡！」師徒們果然安歇。一宵夜景不題，早又金雞唱曉。五更三點，國王即登殿設朝。但見：

　　宮殿開軒紫氣高，風吹御樂透青霄。雲移豹尾旌旗動，日射螭頭玉佩搖。香霧細添宮柳綠，露珠微潤苑花嬌。山呼舞蹈千官列，海晏河清一統朝。

眾文武百官朝罷，又宣：「光祿寺安排十二日會喜佳筵。今日且整春罍，請駙馬在御花園中款玩。」吩咐儀制司領三位賢親去會同館少坐，著光祿寺安排三席素宴去彼奉陪。兩處俱著教坊司奏樂，伏侍賞春景消遲日（春日）也。八戒聞得，應聲道：「陛下，我師徒自相會，更無一刻相離。今日既在御花園飲宴，帶我們去耍兩日，好教師父替你家做駙馬；不然，這個買賣生意弄不成。」那國王見他醜陋，說話粗俗，又見他扭頭捏頸，掬嘴巴，搖耳朵，即像有些風氣，猶恐攪破親事，只得依從；便教：「在永鎮華夷閣裡安排二席，我與駙馬同坐。留春亭上，安排三席，請三位別坐。恐他師徒們坐次不便。」那呆子才朝上唱個喏，叫聲多謝。各各而退。又傳旨教內宮官排宴，著三宮六院后妃與公主上頭（女子出嫁時把頭髮攏上去，結成髮髻），就為添妝餪子，以待十二日佳配。

將有巳時前後，那國王排駕，請唐僧都到御花園內觀看。好去處：

徑鋪彩石，檻鑿雕欄。徑鋪彩石，徑邊石畔長奇葩；檻鑿雕欄，檻外欄中生異卉。夭桃迷翡翠，嫩柳閃黃鸝。步覺幽香來袖滿，行沾清味上衣多。鳳台龍沼，竹閣松軒。鳳台之上，吹簫引鳳來儀；龍沼之間，養魚化龍而去。竹閣有詩，費盡推敲裁白雪；松軒文集，考成珠玉注青編（泛指古書）。假山拳石翠，曲水碧波深。牡丹亭，薔薇架，迭錦鋪絨；茉藜檻，海棠畦，堆霞砌玉。芍藥異香，蜀葵奇豔。白梨紅杏斗芳菲，紫蕙金萱爭爛熳。麗春花、木筆花、杜鵑花，夭夭灼灼；含笑花、鳳仙花、玉簪花，戰戰巍巍。一處處紅透胭脂潤，一叢叢芳濃錦繡圍。更喜東風回暖日，滿園嬌媚逞光輝。

一行君王幾位，觀之良久。早有儀制司官邀請行者三人入留春亭。國王攜唐僧上華夷閣，各自飲宴。那歌舞吹彈，鋪張陳設，真是：

崢嶸閶闔曙光生，鳳閣龍樓瑞靄橫。春色細鋪花草繡，天光遙射錦袍明。
笙歌繚繞如仙宴。杯斝飛傳玉液清。君悅臣歡同玩賞，華夷永鎮世康寧。

此時長老見那國王敬重，無計可奈，只得勉強隨喜，誠是外喜而內憂也。坐間見壁上掛著四面金屏，屏上畫著春夏秋冬四景，皆有題詠，皆是翰林名士之詩：

《春景詩》曰：

周天一氣轉洪鈞，大地熙熙萬象新。
桃李爭妍花爛熳，燕來畫棟迭香塵。

《夏景詩》曰：

熏風拂拂思遲遲，宮院榴葵映日輝。
玉笛音調驚午夢，芰荷香散到庭幃。

《秋景詩》曰：

金井梧桐一葉黃，珠簾不捲夜來霜。
燕知社日辭巢去，雁折蘆花過別鄉。

《冬景詩》曰：

天雨飛雲暗淡寒，朔風吹雪積千山。
深宮自有紅爐暖，報道梅開玉滿欄。

那國王見唐僧恣意看詩，便道：「駙馬喜玩詩中之味，必定善於吟哦。如不吝珠玉，請依韻各和一首如何？」長老是個對景忘情，明心見性之意；見國王欽重，命和前韻，他不覺忽談一句道：「日暖冰消大地鈞。」國王大喜，即召侍衛官：「取文房四寶，請駙馬和完錄下，俟朕緩緩味之。」長老欣然不辭，舉筆而和：

和《春景詩》曰：

日暖冰消大地鈞，御園花卉又更新。
和風膏雨民沾澤，海晏河清絕俗塵。

和《夏景詩》曰：

斗指南方白晝遲，槐雲榴火鬥光輝。
黃鸝紫燕啼宮柳，巧轉雙聲入絳幃。

和《秋景詩》曰：

香飄橘綠與橙黃，松柏青青喜降霜。
籬菊半開攢錦繡，笙歌韻徹水雲鄉。

和《冬景詩》曰：

瑞雪初晴氣味寒，奇峰巧石玉團山。
爐燒獸炭煨酥酪，袖手高歌倚翠欄。

國王見和大喜。稱唱道：「好個『袖手高歌倚翠欄』！」遂命教坊司以新詩奏樂，盡日而散。

行者三人在留春亭亦盡受用，各飲了幾杯，也都有些酣意，正欲去尋長老，只見長老已同國王在一閣。八戒呆性發作，應聲叫道：「好快活！好自在！今日也受用這一下了！卻該趁飽兒睡覺去也！」沙僧笑道：「二哥忒沒修養。這氣飽飫，如何睡覺？」八戒道：「你那裡知，俗語云：『吃了飯兒不挺屍，肚裡沒板脂』哩！」

唐僧與國王相別，只謹言，只謹言。既至亭內，嗔責他三人道：「這夯貨，越發村了！這是甚麼去處，只管大呼小叫！倘或惱著國王，卻不被他傷害性命？」八戒道：「沒事！沒事！我們與他親家禮道的，他便不好生怪。常言道：『打不斷的親，罵不斷的鄰。』大家耍子，怕他怎的？」長老叱道，教：「拿過呆子來，打他二十禪杖！」行者果一把揪翻，長老舉杖就打。呆子喊叫道：「駙馬爺爺！饒罪！饒罪！」旁有陪宴官勸住。呆子爬將起來，突突囔囔的道：「好貴人！好駙馬！親還未成，就行起王法來了！」行者捂著他嘴道：「莫胡說！莫胡說！快早睡去。」他們又在留春亭住了一宿。到明早，依舊宴樂。

不覺樂了三四日，正值十二日佳辰。有光祿寺三部各官回奏道：「臣等自八日奉旨，駙馬府已修完，專等妝奩鋪設。合巹宴亦已完備，葷素共五百餘席。」國王心喜，正欲請駙馬赴席，忽有內宮官對御前啟奏道：「萬歲，正宮娘娘有請。」國王遂退入內宮，只見那三宮皇后，六院嬪妃，引領著公主，都在昭陽宮談笑。真個是花團錦簇！那一片富麗妖嬈，真勝似天堂月殿，不亞於仙府瑤宮。有《喜會佳姻》新詞四首為證。

《喜詞》云：

喜！喜！喜！欣然樂矣！結婚姻，恩愛美。巧樣宮妝，嫦娥怎比。龍釵與鳳鐶，豔豔飛金縷。櫻唇皓齒朱顏，裊娜如花輕體。錦重重，五彩叢中；香拂拂，千金隊裡。

《會詞》云：

會！會！會！妖嬈嬌媚。賽毛嬙，欺楚妹。傾國傾城，比花比玉。妝飾更鮮妍，釵環多豔麗。蘭心蕙性清高，粉臉冰肌榮貴。黛眉一線遠山微，窈窕嫣娟攢錦隊。

《佳詞》云：

佳！佳！佳！玉女仙娃。深可愛，實堪誇。異香馥郁，脂粉交加。天台福地遠，怎似國王家。笑語紛然嬌態，笙歌繚繞喧嘩。花堆錦砌千般美，看遍人間怎若他。

《姻詞》云：

姻！姻！姻！蘭麝香噴。仙子陣，美人群。嬪妃換彩，公主妝新。雲鬢堆鴉髻，霓裳壓鳳裙。一派仙音嘹亮，兩行朱紫繽紛。當年曾結乘鸞信，今朝幸喜會佳姻。

卻說國王駕到，那后妃引著公主，並彩女、宮娥都來迎接。國王喜孜孜，進了昭陽宮坐下。后妃等朝拜畢，國王道：「公主賢女，自初八日結彩拋球，幸遇聖僧，想是心願已足。各衙門官，又能體朕心，各項事俱已完備。今日正是佳期，可早赴合巹之宴，不要錯過時辰。」那公主走近前，倒身下

第九十四回

四僧宴樂御花園　一怪空懷情欲喜

拜，奏道：「父王，乞赦小女萬千之罪。有一言啟奏：這幾日聞得宮官傳說，唐聖僧有三個徒弟，他生得十分醜惡，小女不敢見他，恐見時必生恐懼。萬望父王將他發放出城方好，不然驚傷弱體，反為禍害也。」國王道：「孩兒不說，朕幾乎忘了。果然生得有些醜惡。連日教他在御花園裡留春亭管待。趁今日就上殿，打發他關文，教他出城，卻好會宴。」公主叩頭謝了恩。國王即出駕上殿，傳旨：「請駙馬共他三位。」

原來那唐僧捏指頭兒算日子，熬至十二日，天未明，就與他三人計較道：「今日卻是十二了，這事如何區處？」行者道：「那國王我已識得他有些晦氣，還未沾身，不為大害；但只不得公主見面，若得出來，老孫一覷，就知真假，方才動作。你只管放心。他如今一定來請，打發我等出城。你自應承莫怕。我閃閃身兒就來，緊緊隨護你也。」師徒們正講，果見當駕官同儀制司來請。行者笑道：「去來！去來！必定是與我們送行，好留師父會合。」八戒道：「送行必定有千百兩黃金白銀，我們也好買些人事（禮物）回去。到我那丈人家，也再會親耍子兒去耶。」沙僧道：「二哥箝著口，休亂說，只憑大哥主張。」

遂此將行李、馬匹，俱隨那些官到於丹墀下。國王見了，教請行者三位近前道：「汝等將關文拿上來，朕當用寶花押交付汝等，外多備盤纏，送你三位早去靈山見佛。若取經回來，還有重謝。留駙馬在此，勿得懸念。」行者稱謝。遂教沙僧取出關文遞上。國王看了，即用了印，押了花字，又取黃金十錠，白金二十錠，聊達親禮。八戒原來財色心重，即去接了。行者朝上唱個喏道：「聒噪！聒噪！」便轉身要走，慌得個三藏一轂轆爬起，扯住行者，咬響牙根道：「你們都不顧我就去了！」行者把手捏著三藏手掌，丟個眼色道：「你在這裡寬懷歡會，我等取了經，回來看你。」那長老似信不信的，不肯放手。多官都看見，以為實是相別而去。早見國王又請駙馬上殿，著多官送三位出城。長老只得放了手上殿。

行者三人，同眾出了朝門，各自相別。八戒道：「我們當真的走哩？」行者不言語，只管走至驛中。驛丞接入，看茶，擺飯。行者對八戒、沙僧道：「你兩個只在此，切莫出頭。但驛丞問甚麼事情，且含糊答應，莫與我說話。我保師父去也。」

好大聖，拔一根毫毛，吹口仙氣，叫「變！」即變作本身模樣，與八戒、沙僧同在驛內。真身卻幌的跳在半空，變作一個蜜蜂兒，其實小巧。但見：

翅黃口甜尾利，隨風飄舞顛狂。最能摘蕊與偷香，度柳穿花搖蕩。
辛苦幾番淘染，飛來飛去空忙。釀成濃美自何嘗，只好留存名狀。

你看他輕輕的飛入朝中。遠見那唐僧在國王左邊繡墩上坐著，愁眉不展，心存焦躁。徑飛至他毗盧帽上，悄悄的爬及耳邊，叫道：「師父，我來了，切莫憂慮。」這句話，只有唐僧聽見，那伙凡人，莫想知覺。唐僧聽見，始覺心寬。不一時，宮官來請道：「萬歲，合巹嘉筵已排設在鳷鵲宮中。娘娘與公主，俱在宮伺候。專請萬歲同貴人會親也。」國王喜之不盡，即同駙馬進宮而去。正是那：

邪主愛花花作禍，禪心動念念生愁。畢竟不知唐僧在內宮怎生解脫，且聽下回分解。

第九十五回
假合真形擒玉兔　真陰歸正會靈元

卻說那唐僧憂憂愁愁，隨著國王至後宮，只聽得鼓樂喧天，隨聞得異香撲鼻，低著頭，不敢仰視。行者暗裡欣然，叮在那毗盧帽頂上，運神光，睜火眼金睛觀看，又只見那兩班彩女，擺列的似蕊宮仙府，勝強似錦帳春風。真個是：

娉婷裊娜，玉質冰肌。一雙雙嬌欺楚女，一對對美賽西施。雲髻高盤飛彩鳳，娥眉微顯遠山低。笙簧雜奏，簫鼓頻吹。宮商角徵羽，抑揚高下齊。清歌妙舞常堪愛，錦砌花團色色怡。

行者見師父全不動念，暗自裡咂嘴誇稱道：「好和尚！好和尚！身居錦繡心無愛，足步瓊瑤意不迷。」

少時，皇后、嬪妃簇擁著公主出鳷鵲宮，一齊迎接，都道聲「我王萬歲，萬萬歲！」慌的個長老戰戰兢兢，莫知所措。行者早已知識，見那公主頭頂上微露出一點妖氛，卻也不十分凶惡，即忙爬近耳朵叫道：「師父，公主是個假的。」長老道：「是假的，卻如何教他現相？」行者道：「使出法身，就此拿他也。」長老道：「不可！不可！恐驚了主駕。且待君後退散，再使法力。」那行者一生性急，那裡容得，大吒一聲，現了本相，趕上前，揪住公主罵道：「好孽畜！你在這裡弄假成真，只在此這等受用也盡彀了，心尚不足，還要騙我師父，破他的真陽，遂你的淫性哩！」唬得那國王呆呆掙掙，后妃跌跌爬爬，宮娥彩女，無一個不東躲西藏，各顧性命。好便似：

春風蕩蕩，秋氣瀟瀟。春風蕩蕩過園林，千花擺動；秋氣瀟瀟來徑苑，萬葉飄搖。刮折牡丹攲檻下，吹歪芍藥臥欄邊。沼岸芙蓉亂撼，台基菊蕊鋪堆。海棠無力倒塵埃，玫瑰有香眠野徑。春風吹折芰荷梈，冬雪壓歪梅嫩蕊。石榴花瓣，亂落在內院東西；岸柳枝條，斜垂在皇宮南北。好花風雨一宵狂，無數殘紅鋪地錦。

三藏一發慌了手腳，戰兢兢抱住國王，只叫：「陛下，莫怕！莫怕！此是我頑徒使法力，辨真假也。」

卻說那妖精見事不諧，掙脫了手，解剝了衣裳，捽捽頭，搖落了釵環首飾，即跑到御花園土地廟裡，取出一條碓嘴樣的短棍，急轉身來亂打行者。行者隨即跟來，使鐵棒劈面相迎。他兩個吆吆喝喝，就在花園鬥起。後卻大顯神通，各駕雲霧，殺在空中。這一場：

第九十五回
假合真形擒玉兔　真陰歸正會靈元

金箍鐵棒有名聲，碓嘴短棍無人識。一個因取真經到此方，一個為愛奇花來住跡。那怪久知唐聖僧，要求配合元精液。舊年攝去真公主，變作人身欽愛惜。今逢大聖認妖氛，救援活命分虛實。短棍行凶著頂丟，鐵棒施威迎面擊。喧喧嚷嚷兩相持，雲霧滿天遮白日。

他兩個殺在半空賭鬥，嚇得那滿城中百姓心慌，盡朝裡多官膽怕。長老扶著國王，只叫「休驚！請勸娘娘與眾等莫怕。你公主是個假作真形的。等我徒弟拿住他，方知好歹也。」那些妃子，有膽大的，把那衣服、釵環拿與皇后看了，道：「這是公主穿的，戴的，今都丟下，精著身子，與那和尚在天上爭打，必定是個妖邪。此時國王、后妃人等才正了性，望空仰視不題。

卻說那妖精與大聖鬥經半日，不分勝敗。行者把棒丟起，叫一聲「變！」就以一變十，以十變百，以百變千，半天裡，好似蛇游蟒攪，亂打妖邪。妖邪慌了手腳，將身一閃，化道清風，即奔碧空之上逃走。行者念聲咒語，將鐵棒收做一根，縱祥光一直趕來。將近西天門，望見那旌旗閃灼，行者厲聲高叫道：「把天門的，擋住妖精，不要放他走了！」真個那天門上，有護國天王帥領著龐、劉、苟、畢四大元帥，各展兵器攔阻。妖邪不能前進，急回頭，捨死忘生，使短棍又與行者相持。

這大聖用心力掄鐵棒，仔細迎著看時，見那短棍兒一頭壯，一頭細，卻似舂碓臼的杵頭模樣，叱吒一聲，喝道：「孽畜！你拿的是甚麼器械，敢與老孫抵敵！快早降伏，免得這一棒打碎你的天靈！」那妖邪咬著牙道：「你也不知我這兵器！聽我道：

仙根是段羊脂玉，磨琢成形不計年。混沌開時吾已得，洪蒙判處我當先。

源流非比凡間物，本性生來在上天。一體金光和四相，五行瑞氣合三元。
隨吾久住蟾宮內，伴我常居桂殿邊。因為愛花垂世境，故來天竺假嬋娟。
與君共樂無他意，欲配唐僧了宿緣。你怎欺心破佳偶，死尋趕戰逞凶頑！
這般器械名頭大，在你金箍棒子前。廣寒宮裡搗藥杵，打人一下命歸泉！」

行者聞說，呵呵冷笑道：「好孽畜啊！你既住在蟾宮之內，就不知老孫的手段？你還敢在此支吾，快早現相降伏，饒你性命！」那怪道：「我認得你是五百年前大鬧天宮的弼馬溫，理當讓你；但只是破人親事，如殺父母之仇，故此情理不甘，要打你欺天罔上的弼馬溫！」那大聖惱得是「弼馬溫」三字。他聽得此言，心中大怒，舉鐵棒劈面就打。那妖邪掄杵來迎。就於西天門前，發狠相持。這一場：

金箍棒，搗藥杵，兩般仙器真堪比。那個為結婚姻降世間，這個因保唐僧到這裡。原來是國王沒正經，愛花引得妖邪喜。致使如今恨苦爭，兩家都把頑心起。一衝一撞賭輸贏，劖語劖言齊鬥嘴。藥杵英雄世罕稀，鐵棒神威還更美。金光湛湛幌天門，彩霧輝輝連地裡。來往戰經十數回，妖邪力弱難搪抵。

那妖精與行者又鬥了十數回，見行者的棒勢緊密，料難取勝，虛丟一杵，將身幌一幌，金光萬道，逕奔正南上敗走。大聖隨後追襲。忽至一座大山，妖精按金光，鑽入山洞，寂然不見。又恐他遁身回國，暗害唐僧，他認了這山的規模，返雲頭徑轉國內。

此時有申時矣。那國王正扯著三藏，戰戰兢兢，只叫：「聖僧救我！」那些嬪妃、皇后也正愴惶，只見大聖自雲端裡落將下來，叫道：「師父，我來也！」三藏道：「悟空立住，不可驚了聖躬。我問你：假公主之事，端的如何？」行者立於鳷鵲宮外，叉手當胸道：「假公主是個妖邪。初時與他打了半日，他戰不過我，化道清風，徑往天門上跑，是我吆喝天神擋住。他現了相，又與我鬥到十數合，又將身化作金光，敗回正南上一座山上。我急追至山，無處尋覓，恐怕他來此害你，特地回顧也。」國王聽說，扯著唐僧問道：「既然假公主是個妖邪，我真公主在於何處？」行者應聲道：「待我拿住假公主，你那真公主自然來也。」那后妃等聞得此言，都解了恐懼，一個個上前拜告道：「望聖僧救得我真公主來，分了明暗，必當重謝。」行者道：「此間不是我們說話處，請陛下與我師出宮上殿，娘娘等各轉各宮，召我師弟八戒、沙僧來保護師父，我卻好去降妖。一則分了內外，二則免我懸心。謹當辨明，以表我一場心力。」國王依言，感謝不已。遂與唐僧攜手出宮，徑至殿上。眾后妃各各回宮。一壁廂教備素膳，一壁廂請八戒、沙僧。須臾間，二人早至。行者備言前事，教他兩個用心護持。這大聖縱筋斗雲，飛空而去。那殿前多官，一個個望空禮拜不題。

孫大聖徑至正南方那座山上尋找。原來那妖邪敗了陣，到此山，鑽入窩中，將門兒使石塊擋塞，虛怯怯藏隱不出。行者尋一會不見動靜，心甚焦惱，捻著訣，念動真言，喚出那山中土地、山神審問。少時，二神至了，叩頭道：「不知！不知！知當遠接。萬望恕罪！」行者道：「我且不打你。我問你：這山叫做甚麼名字？此處有多少妖精？從實說來，饒你罪過。」二神告道：「大聖，此山喚做毛穎山。山中只有三處兔穴。亙古至今，沒甚妖精。乃五環之福地也。大聖要尋妖精，還是西天路上去有。」行者道：「老孫到了西天天竺國，那國王有個公主被個妖精攝去，抛在荒野，他就變做公主模樣，戲哄國王，結彩樓，抛繡球，欲招駙馬。我保唐僧至其樓下，被他有心打著唐僧，欲為配偶，誘取元陽。是我識破，就於宮中現身捉獲。他就脫了人衣、首飾，使一條短棍，喚名搗藥杵，與我鬥了半日，他就化清風而去。被老孫趕至西天門，又鬥有十數合，他料不能勝，復化金光，逃至此處。如何不見？」

二神聽說，即引行者去那三窟中尋找。始於山腳下窟邊看處，亦有幾個草兔兒，也驚得走了。尋至絕頂上窟中看時，只見兩塊大石頭，將窟門擋住。土地道：「此間必是妖邪趕急鑽進去也。」行者即使鐵棒，撬開石塊。那妖邪果藏在裡面，呼的一聲，就跳將出來，舉藥杵來打。行者掄起鐵棒架住，唬得那山神倒退，土地忙奔。那妖邪口裡嚷嚷突突的，罵著山神、土地道：「誰教你引著他往這裡來找尋！」他支支撐撐的，抵著鐵棒，且戰且退，奔至空中。

正在危急之際，卻又天色晚了。這行者愈發狠性，下毒手，恨不得一棒打殺。忽聽得九霄碧漢之間，有人叫道：「大聖，莫動手！莫動手！棍下留情！」行者回頭看時，原來是太陰星君，後帶著姮娥仙子，降彩雲到於當面。慌得行者收了鐵棒，躬身施禮道：「老太陰，那裡來的？老孫失回避了。」太陰道：「與你對敵的這個妖邪，是我廣寒宮搗玄霜仙藥之玉兔也。他私自偷開玉關金鎖，走出宮來，經今一載。我算他目下有傷命之災，特來救他性命。望大聖看老身饒他罷。」行者喏喏連聲，只道：「不敢！不敢！怪道他會使搗藥杵！原來是個玉兔兒！老太陰不知，他攝藏了天竺國王之公主，卻又假合真形，欲破我聖僧師父之元陽。其情其罪，其實何甘！怎麼便可輕恕饒他？」太陰道：「你亦不知。那國王之公主，也不是凡人，原是蟾宮中之素娥。十八年前，他曾把玉兔兒打了一掌，卻就思凡下界。一靈之光，遂投胎於國王正宮皇后之腹，當時得以降生。這玉兔兒懷那一掌之仇，故於舊年走出廣寒，拋素娥於荒野。但只是不該欲配唐僧。此罪真不可逭。幸汝留心，識破真假，卻也未曾傷損你師。萬望看我面上，恕他之罪，我收他去也。」行者笑道：「既有這些因果，老孫也不敢抗違。但只是你收了玉兔兒，恐那國王不信，敢煩太陰君同眾仙妹將玉兔兒拿到那廂，對國王明證明證。一則顯老孫之手段，二來說那素娥下降之因由，然後著那國王取素娥公主之身，以見顯報之意也。」太陰君信其言，用手指定妖邪，喝道：「那孽畜還不歸正同來！」玉兔兒打個滾，現了原身。真個是：

缺唇尖齒，長耳稀鬚。團身一塊毛如玉，展足千山蹄若飛。直鼻垂酥，果賽霜華填粉膩；雙睛紅映，猶欺雪上點胭脂。伏在地，白穰穰一堆素練；伸開腰，白鐸鐸一架銀絲。幾番家，吸殘清露瑤天曉，搗藥長生玉杵奇。

那大聖見了，不勝欣喜，踏雲光，向前引導。那太陰君領著眾姮娥仙子，帶著玉兔兒，徑轉天竺國界。此時正黃昏，看看月上。到城邊，聞得譙樓上擂鼓。那國王與唐僧尚在殿內，八戒、沙僧與多官都在階前。方議退朝，只見正南上一片彩霞，光明如晝。眾抬頭看處，又聞得孫大聖厲聲高叫道：「天竺陛下，請出你那皇后嬪妃看者。這寶幢下乃月宮太陰星君，兩邊的仙妹是月裡嫦娥。這個玉兔兒卻是你家的假公主，今現真相也。」那國王急召皇后、嬪妃與宮娥、彩女等眾，朝天禮拜。他和唐僧及多官亦俱望空拜謝。滿城中各家各戶，也無一人不設香案，叩頭念佛。正此觀看處，豬八戒動了欲心，忍不住，跳在空中，把霓裳仙子抱住道：「姐姐，我與你是舊相識，我和你耍子兒去也。」行者上前，揪著八戒，打了兩掌，罵道：「你這個村潑呆子！此是甚麼去處，敢動淫心！」八戒道：「拉閒散悶耍子而已！」那太陰君令轉仙幢，與眾嫦娥收回玉兔，徑上月宮而去。

行者把八戒揪落塵埃。這國王在殿上謝了行者。又問前因道：「多感神僧大法力捉了假公主，朕之真公主，卻在何處所也？」行者道：「你那真公主也不是凡胎，就是月宮裡素娥仙子。因十八年前，他將玉兔兒打了一掌，就思凡下界，投胎在你正宮腹內，生下身來。那玉兔兒懷恨前仇，所以於舊年間偷開玉關金鎖走下來，把素娥攝拋荒野，他卻變形哄你。這段因果，是太陰君親口才與我說的。今日既去其假者，明日請御駕去尋其真者。」國王聞說，又心意慚惶，止不住腮邊流淚道：「孩兒！我自幼登基，雖城門也不曾出去，卻教我那裡去尋你也！」行者笑道：「不須煩惱。你公主現在給孤布金寺裡裝瘋。今且各散，到天明我還你個真公主便是。」眾官又拜伏奏道：「我王且心寬。這幾位神僧，乃騰雲駕霧之神佛，必知未來過去之因由。明日即煩神僧回眾同去一尋，便知端的。」國王依言，即請至留春亭擺齋安歇。此時已近二更。正是那：

銅壺滴漏月華明，金鐸叮噹風送聲。杜宇正啼春去半，落花無路近三更。
御園寂寞秋千影，碧落空孚銀漢橫。三市六街無客走，一天星斗夜光晴。

當夜各寢不題。

這一夜，國王退了妖氣，陡長精神，至五更三點，復出臨朝。朝畢，命請唐僧四眾，議尋公主。

第九十五回

假合真形擒玉兔　真陰歸正會靈元

長老隨至，朝上行禮。大聖三人，一同打個問訊。國王欠身道：「昨所雲公主孩兒，敢煩神僧為一尋救。」長老道：「貧僧前日自東來，行至天晚，見一座給孤布金寺，特進求宿，幸那寺僧相待。當晚齋罷，步月閒行，行至布金舊園，觀看基址，忽聞悲聲入耳。詢問其由，本寺一老僧，年已百歲之外，他屏退左右，細細的對我說了一遍，道：『悲聲者，乃舊年春深時，我正明性月，忽然一陣風生，就有悲怨之聲。下榻到祇園基上看處，乃是一個女子。詢問其故，那女子道：「我是天竺國國王公主。因為夜間玩月觀花，被風刮至於此。」』那老僧多知人禮，即將公主鎖在一間僻靜房中。惟恐本寺頑僧污染，只說是妖精被我鎖住。公主識得此意，日間胡言亂語，討些茶飯吃了；夜深無人處，思量父母悲啼。那老僧也曾來國打聽幾番，見公主在宮無恙，所以不敢聲言舉奏。因見我徒弟有些神通，那老僧千叮萬囑，教貧僧來此查訪。不期他原是蟾宮玉兔為妖，假合真形，變作公主模樣。他卻又有心要破我元陽。幸虧我徒弟施威顯法，認出真假。今已被太陰星收去。賢公主見在布金寺裝瘋也。」國王見說此詳細，放聲大哭。早驚動三宮六院，都來問及前因。無一人不痛哭者。良久，國王又問：「布金寺離城多遠？」三藏道：「只有六十里路。」國王遂傳旨：「著東西二宮守殿，掌朝太師衛國，朕同正宮皇后帥多官，四神僧，去寺取公主也。」

當時擺駕，一行出朝。你看那行者就跳在空中，把腰一扭，先到了寺裡。眾僧慌忙跪接道：「老爺去時，與眾步行，今日何從天上下來？」行者笑道：「你那老師在於何處？快叫他出來，排設香案接駕。天竺國王、皇后、多官與我師父都來了。」眾僧不解其意，即請出那老僧。老僧見了行者，倒身下拜道：「老爺，公主之事如何？」行者把那假公主拋繡球，欲配唐僧，並趕捉賭鬥，與太陰星收去玉兔之言，備陳了一遍。那老僧又磕頭拜謝。行者攙起道：「且莫拜，且莫拜。快安排接駕。」眾僧才知後房裡鎖得是個女子。一個個驚驚喜喜，便都設了香案，擺列山門之外，穿了袈裟，撞起鐘鼓等候。不多時，聖駕早到。果然是：

繽紛瑞靄滿天香，一座荒山倏被祥。虹流千載清河海，電繞長春賽禹湯。
草木沾恩添秀色，野花得潤有餘芳。古來長者留遺跡，今喜明君降寶堂。

國王到於山門之外，只見那眾僧齊齊整整，俯伏接拜，又見孫行者立在中間，國王道：「神僧何先到此？」行者笑道：「老孫把腰略扭一扭兒，就到了。你們怎麼就走這半日？」隨後唐僧等俱到。長老引駕，到於後面房邊，那公主還裝瘋胡說。老僧跪指道：「此房內就是舊年風吹來的公主娘娘。」國王即令開門。隨即打開鐵鎖，開了門。國王與皇后見了公主，認得形容，不顧穢污，近前一把摟抱道：「我的受苦的兒啊！你怎麼遭這等折磨，在此受罪！」真是父母子女相逢，比他人不同。三人抱頭大哭。哭了一會，敘畢離情，即令取香湯，教公主沐浴更衣，上輦回國。

行者又對國王拱手道：「老孫還有一事奉上。」國王答禮道：「神僧有事吩咐，朕即從之。」行者道：「他這山，名為百腳山。近來說有蜈蚣成精，黑夜傷人，往來行旅，甚為不便。我思蜈蚣惟雞可以降伏，可選絕大雄雞千隻，撒放山中，除此毒蟲。就將此山名改換改換，賜文一道敕封，就當謝此僧存養公主之恩也。」國王甚喜，領諾。隨差官進城取雞；又改山名為寶華山，仍著工部辦料重修，賜與封號，喚做「敕建寶華山給孤布金寺」，把那老僧封為「報國僧官」，永遠世襲，賜俸三十六石。僧眾謝了恩，送駕回朝。公主入宮，各各相見。安排筵宴，與公主釋悶賀喜。后妃母子，復聚首團圞。國王君臣，亦共喜，飲宴一宵不題。

次早，國王傳旨，召丹青圖下聖僧四眾喜容，供養在華夷樓上。又請公主新妝重整，出殿謝唐僧四眾救苦之恩。謝畢，唐僧辭王西去。那國王那裡肯放，大設佳宴，一連吃了五六日，著實好了呆子，盡力放開肚量受用。國王見他們拜佛心重，苦留不住，遂取金銀二百錠，寶貝各一盤奉謝。師徒們一毫不受。教擺鑾駕，請老師父登輦，差官遠送。那后妃並臣民人等俱各叩謝不盡。及至前途，又見眾僧叩送，俱不忍相別。行者見送者不肯回去，無已，捻訣，往巽地上吹口仙氣，一陣暗風，把送的人都迷了眼目，方才得脫身而去。

這正是：沐淨恩波歸了性，出離金海悟真空。畢竟不知前路如何，且聽下回分解。

第九十六回

寇員外喜待高僧　唐長老不貪富貴

色色原無色，空空亦非空。靜喧語默本來同，夢裡何勞說夢。
有用用中無用，無功功裡施功。還如果熟自然紅，莫問如何修種。

話表唐僧師眾，使法力，阻住那布金寺僧。僧見黑風過處，不見他師徒，以為活佛臨凡，磕頭而回不題。

他師徒們西行，正是春盡夏初時節：

清和天氣爽，池沼芰荷生。
梅逐雨餘熟，麥隨風裡成。
草香花落處，鶯老柳枝輕。
江燕攜雛習，山雞哺子鳴。

斗南當日永，萬物顯光明。

說不盡那朝餐暮宿，轉澗尋坡。在那平安路上，行經半月。前邊又見一城垣相近。三藏問道：「徒弟，此又是甚麼去處？」行者道：「不知，不知。」八戒笑道：「這路是你行過的，怎說不知？卻是又有些兒蹺蹊。故意推不認得，捉弄我們哩。」行者道：「這呆子全不察理！這路雖是走過幾遍，那時只在九霄空裡，駕雲而來，駕雲而去，何曾落在此地？事不關心，查他做甚，此所以不知。卻有甚蹺蹊，又捉弄你也？」

說話間，不覺已至邊前。三藏下馬，過吊橋，徑入門裡。長街上，只見廊下坐著兩個老兒敘話。三藏叫：「徒弟，你們在那街心裡站住，低著頭，不要放肆，等我去那廊下，問個地方。」行者等果依言立住。長老近前合掌，叫聲：「老施主，貧僧問訊了。」那二老正在那裡閒講閒論，說甚麼興衰得失，誰聖誰賢，當時的英雄事業，而今安在，誠可謂大嘆息。忽聽得道聲問訊，隨答禮道：「長老有何話說？」三藏道：「貧僧乃遠方來拜佛祖的，適到寶方，不知是甚地名。那裡有向善的人家，化齋一頓？」老者道：「我敝處是銅台府。府後有一縣，叫做地靈縣。長老若要吃齋，不須募化，過此牌坊，南北街，坐西向東者，有一個虎坐門樓，乃是寇員外家。他門前有個萬僧不阻之牌。似你這遠方僧，盡著受用。去！去！去！莫打斷我們的話頭。」三藏謝了。轉身對行者道：「此處乃銅台府地靈縣。那二老道：『過此牌坊，南北街，向東虎坐門樓，有個寇員外家，他門前有個「萬僧不阻」之牌。』教我到他家去吃齋哩。」沙僧道：「西方乃佛家之地，真個有齋僧的。此間既是府縣，不必照驗關文，我們去化些齋吃了，就好走路。」

長老與三人緩步長街，又惹得那市口裡人，都驚驚恐恐，猜猜疑疑的，圍繞爭看他們相貌。長老吩咐閉口，只教：「莫放肆！莫放肆！」三人果低著頭，不敢仰視。轉過拐角，果見一條南北大街。正行時，見一個虎坐門樓，門裡邊影壁上掛著一面大牌，書著「萬僧不阻」四字。三藏道：「西方佛地，賢者，愚者，俱無詐偽。那二老說時，我猶不信，至此果如其言。」八戒村野，就要進去。行者道：「呆子且住。待有人出來，問及何如，方好進去。」沙僧道：「大哥說得有理。恐一時不分內外，惹施主煩惱。」在門口歇下馬匹、行李。

須臾間，有個蒼頭出來，提著一把秤，一隻籃兒，猛然看見，慌得丟了，倒跑進去報道：「主公！外面有四個異樣僧家來也！」那員外拄著拐，正在天井中閒走，口裡不住的念佛，一聞報道，就丟了拐，出來迎接。見他四眾，也不怕醜惡，只叫：「請進，請進。」三藏謙謙遜遜，一同都入。轉過一條巷子，員外引路，至一座房裡，說道：「此上手房宇，乃管待老爺們的佛堂、經堂、齋堂。下手的，是我弟子老小居住。」三藏稱贊不已。隨取袈裟穿了拜佛，舉步登堂觀看，但見那：

香雲靉靆，燭焰光輝。滿堂中錦簇花攢，四下裡金鋪彩絢。朱紅架，高掛紫金鐘；彩漆槃，對設花腔鼓。幾對幡，繡成八寶；千尊佛，盡戧黃金。古銅爐，古銅瓶，雕漆桌，雕漆盒。古銅爐內，常常不斷沉檀；古銅瓶中，每有蓮花現彩。雕漆桌上五雲鮮，雕漆盒中香瓣積。玻璃盞，淨水澄清；琉璃燈，香油明亮。一聲金磬，響韻虛徐。真個是紅塵不到賽珍樓，家奉佛堂欺上剎。

長老淨了手，拈了香，叩頭拜畢，卻轉回與員外行禮。員外道：「且住！請到經堂中相見。」又見那：

方台豎櫃，玉匣金函。方台豎櫃，堆積著無數經文；玉匣金函，收貯著許多簡札。彩漆桌上，有紙墨筆硯，都是些精精致致的文房；椒粉屏前，有書畫琴棋，盡是些妙妙玄玄的真趣。放一口輕玉浮金之仙磬。掛一柄披風披月之龍髯。清氣令人神氣爽，齋心自覺道心閒。

長老到此，正欲行禮，那員外又攙住道：「請寬佛衣。」三藏脫了袈裟，才與長老見了。又請行者三人見了。又叫把馬餵了，行李安在廊下，方問起居。三藏道：「貧僧是東土大唐欽差，詣寶方謁靈山見佛祖求真經者。聞知尊府敬僧，故此拜見，求一齋就行。」員外面生喜色，笑吟吟的道：「弟子賤名寇洪，字大寬，虛度六十四歲。自四十歲上，許齋萬僧，才做圓滿。今已齋了二十四年，有一簿齋僧的帳目。連日無事，把齋過的僧名算一算，已齋過九千九百九十六員。止少四眾，不得圓滿。今日可可的天降老師四位，完足萬僧之數，請留尊諱。好歹寬住月餘，待做了圓滿，弟子著轎馬送老師上山。此間到靈山只有八百里路，苦不遠也。」三藏聞言，十分歡喜，都就權且應承不題。

他那幾個大小家僮，往宅裡搬柴打水，取米麵蔬菜，整治齋供，忽驚動員外媽媽問道：「是那裡來的僧，這等上緊？」僮僕道：「才有四位高僧，爹爹問他起居，他說是東土大唐皇帝差來的，往靈山拜佛爺爺。到我們這裡，不知有多少路程。爹爹說是天降的，吩咐我們快整齋，供養他也。」那老嫗聽說也喜，叫丫鬟：「取衣服來我穿，我也去看看。」僮僕道：「奶奶，只一位看得，那三位看不得，形容醜得狠哩。」老嫗道：「汝等不知。但形容醜陋，古怪清奇，必是天人下界。快先去報你爹爹知道。」那僮僕跑至經堂，對員外道：「奶奶來了，要拜見東土老爺哩。」三藏聽見，即起身下座。說不了，老嫗已至堂前。舉目見唐僧相貌軒昂，豐姿英偉。轉面見行者三人模樣非凡，雖知他是天人下界，卻也有幾分悚懼，朝上跪拜。三藏急急還禮道：「有勞菩薩錯敬。」老嫗問員外說道：「四位師父，怎不並坐？」八戒掬著嘴道：「我三個是徒弟。」噫！他這一聲，就如深山虎嘯。那媽媽一發害怕。

正說處，又見一個家僮來報道：「兩個叔叔也來了。」三藏急轉身看時，原來是兩個少年秀才。那秀才走上經堂，對長老倒身下拜，慌得三藏急便還禮。員外上前扯住道：「這是我兩個小兒，喚名寇梁、寇棟，在書房裡讀書方回，來吃午飯。知老師下降，故來拜也。」三藏喜道：「賢哉！賢哉！正是欲高門第須為善，要好兒孫在讀書。」

二秀才啟上父親道：「這老爺是那裡來的？」員外笑道：「來路遠哩。南贍部洲東土大唐皇帝欽差到靈山拜佛祖爺爺取經的。」秀才道：「我看《事林廣記》上，蓋天下只有四大部洲。我們這裡叫做西牛賀洲。還有個東勝神洲。想南贍部洲至此，不知走了多少年代？」三藏笑道：「貧僧在路，耽擱的日子多，行的日子少。常遭毒魔狠怪，萬苦千辛。甚虧我三個徒弟保護。共計一十四遍寒暑，方得至寶方。」

秀才聞言，稱獎不盡道：「真是神僧！真是神僧！」說未畢，又有個小的來請道：「齋筵已擺，請老爺進齋。」員外著媽媽與兒子轉宅，他卻陪四眾進齋堂吃齋。那裡鋪設的齊整。但見：

> 金漆桌案，黑漆交椅。前面是五色高果，俱巧匠新裝成的時樣。第二行五盤小菜，第三行五碟水果，第四行五大盤閒食。般般甜美，件件馨香。素湯米飯，蒸卷饅頭，辣辣爨爨熱騰騰，盡皆可口，真足充腸。七八個僮僕往來奔奉，四五個庖丁不住手。

你看那上湯的上湯，添飯的添飯。一往一來，真如流星趕月。這豬八戒一口一碗，就是風捲殘雲。師徒們盡受用了一頓。長老起身，對員外謝了齋，就欲走路。那員外攔住道：「老師，放心住幾日兒。常言道：『起頭容易結梢難。』只等我做過了圓滿，方敢送程。」三藏見他心誠意懇，沒奈何住了。

早經過五七遍朝夕，那員外才請了本處應佛僧二十四員，辦做圓滿道場。眾僧們寫作有三四日，選定良辰，開啟佛事。他那裡與大唐的世情一般，卻倒也：

> 大揚幡，鋪設金容；齊秉燭，燒香供養。擂鼓敲鐃，吹笙捻管。雲鑼兒，橫笛音清，也都是尺工字樣。打一回，吹一蕩，朗言齊語開經藏。先安土地，次請神將。發了文書，拜了佛像。談一部《孔雀經》，句句消災障；點一架藥師燈，焰焰輝光亮。拜水懺，解冤愆；諷《華嚴》，除誹謗。三乘妙法甚精勤，一二沙門皆一樣。

如此做了三晝夜，道場已畢。唐僧想著雷音，一心要去，又相辭謝。員外道：「老師辭別甚急，想是連日佛事冗忙，多致簡慢，有見怪之意。」三藏道：「深擾尊府，不知何以為報，怎敢言怪！但只當時聖君送我出關，問幾時可回，我就誤答三年可回。不期在路耽擱，今已十四年矣！取經未知有無，及回又得十二三年，豈不違背聖旨？罪何可當！望老員外讓貧僧前去，待取得經回，再造府久住些時，有何不可！」八戒忍不住，高叫道：「師父忒也不從人願！不近人情！老員外大家巨富，許下這等齋僧之願，今已圓滿，又況留得至誠，須住年把，也不妨事；只管要去怎的？放了這等現成好齋不吃，卻往人家化募！前頭有你甚老爺、老娘家哩？」長老咄的喝了一聲道：「你這夯貨，只知要吃，更不管回向之因，正是那『槽裡吃食，胃裡擦癢』的畜生！汝等既要貪此嗔痴，明日等我自家去罷。」行者見師父變了臉，即揪住八戒，著頭打一頓拳，罵道：「呆子不知好歹，惹得師父連我們都怪了！」沙僧笑道：「打得好！打得好！只這等不說話，還惹人嫌，且又插嘴！」那呆子氣呼呼的，立在旁邊，再不敢言。員外見他師徒們生惱，只得滿面陪笑道：「老師莫焦躁，今日且少寬容，待明日我辦些旗鼓，請幾個鄰裡親戚，送你們起程。」

正講處，那老嫗又出來道：「老師父，既蒙到舍，不必苦辭。今到幾日了？」三藏道：「已半月矣。」老嫗道：「這半月算我員外的功德。老身也有些針線錢兒，也願齋老師父半月。」說不了，寇棟兄弟又出來道：「四位老爺，家父齋僧二十餘年，更不曾遇著好人，今幸圓滿，四位下降，誠然是蓬屋生輝。學生年幼，不知因果，常聞得有云：『公修公得，婆修婆得，不修不得。』我家父、家母，各欲獻芹者，正是各求得些因果，何必苦辭？就是愚兄弟，也省得有些束修錢兒，也只望供養老爺半月，方才送行。」三藏道：「令堂老菩薩盛情，已不敢領，怎麼又承賢昆玉厚愛？決不敢領。今朝定要起身。萬勿見罪。不然，久違欽限，罪不容誅矣。」那老嫗與二子見他執一不住，便生起惱來道：「好意留他，他這等固執要去，要去便就去了罷！只管勞叨甚麼！」母子遂抽身進去。八戒忍不住口，又對唐僧道：「師父，不要拿過了班兒。常言道：『留得在，落得怪。』我們且住一個月兒，了了他母子的願心也罷了，只管忙怎的？」唐僧又咄了一聲，喝道。那呆子就自家把嘴打了兩下道：「啐！啐！啐！」說道：「莫多話！又做聲了！」行者與沙僧欷欷的笑在一邊。唐僧又怪行者道：「你笑甚麼？」即捻訣要念《緊箍兒咒》，慌得個行者跪下道：「師父，我不曾笑，我不曾笑！千萬莫念，莫念！」

員外又見他師徒們漸生煩惱，再也不敢苦留，只叫：「老師不必吵鬧，准於明早送行。」遂此出了經堂，吩咐書辦，寫了百十個簡帖兒，邀請鄰裡親戚，明早奉送唐朝老師西行。一壁廂又叫庖人安排餞行的筵宴；一壁廂又叫管辦的做二十對彩旗，覓一班吹鼓手樂人，南來寺裡請一班和尚，東岳觀裡請一班道士，限明日巳時，各項俱要整齊。眾執事領命去訖。不多時，天又晚了。吃了晚齋，各歸寢處。正是那：

幾點歸鴉過別村，樓頭鐘鼓遠相聞。六街三市人煙靜，萬戶千門燈火昏。
月皎風清花弄影，銀河慘淡映星辰。子規啼處更深矣，天籟無聲大地鈞。

當時三四更天氣，各管事的家僮，盡皆早起，買辦各項物件。你看那辦筵席的，廚上慌忙；置彩旗的，堂前吵鬧；請僧道的，兩腳奔波；叫鼓樂的，一身急縱；送簡帖的，東走西跑；備轎馬的，上呼下應。這半夜，直嚷至天明，將巳時前後，各項俱完，也只是有錢不過。

卻表唐僧師徒們早起，又有那一班人供奉。長老吩咐收拾行李，扣備馬匹。呆子聽說要走，又努嘴胖唇，唧唧噥噥，只得將衣鉢收拾，找啟高肩擔子。沙僧刷鞄馬匹，套起鞍轡伺候。行者將九環杖遞在師父手裡，他將通關文牒的引袋兒，掛在胸前，只是一齊要走。員外又都請至後面大廠廳內。那裡面又鋪設了筵宴，比齋堂中相待的更是不同。但見那：

簾幕高掛，屏圍四繞。正中間，掛一幅壽山福海之圖；兩壁廂，列四軸春夏秋冬之景。龍文鼎內香飄靄，鵲尾爐中瑞氣生。看盤簇彩，寶妝花色鮮明；排桌堆金，獅仙糖齊齊擺列。階前鼓舞按宮商，堂上果肴鋪錦繡。素湯素飯甚清奇，香酒香茶多美豔。雖然是百姓之家，卻不亞王侯之宅。只聽得一片歡聲，真個也驚天動地。

長老正與員外作禮，只見家僮來報：「客俱到了。」卻是那請來的左鄰、右舍、妻弟、姨兄、姐夫、妹丈；又有那些同道的齋公，念佛的善友，一齊都向長老禮拜。拜畢，各各敘坐。只見堂下面鼓瑟吹笙，堂上邊弦歌酒宴。這一席盛宴，八戒留心，對沙僧道：「兄弟，放懷放量吃些兒。離了寇家，再沒這好豐盛的東西了！」沙僧笑道：「二哥說那裡話！常言道：『珍饈百味，一飽便休。只有私房路，那有私房肚？』」八戒道：「你也忒不濟！不濟！我這一頓盡飽吃了，就是三日也急忙不餓。」行者聽見道：「呆子，莫脹破了肚子！如今要走路哩！」

說不了，日將中矣。長老在上舉箸，念《揭齋經》。八戒慌了，拿過添飯來，一口一碗，又丟彀有五六碗，把那饅頭、卷兒、餅子、燒果，沒好沒歹的，滿滿籠了兩袖，才跟師父起身。長老謝了員外，又謝了眾人，一同出門。你看那門外擺著彩旗寶蓋，鼓手樂人。又見那兩班僧道方來，員外笑道：「列位來遲，老師去急，不及奉齋，俟回來謝罷。」眾等讓敘道路，抬轎的抬轎，騎馬的騎馬，步行的步行，都讓長老四眾前行。只聞得鼓樂喧天，旗旙蔽日，人煙湊集（聚集），車馬駢填，都來看寇員外迎送唐僧。這一場富貴，真賽過珠圍翠繞，誠不亞錦帳藏春！

那一班僧，打一套佛曲；那一班道，吹一道玄音，俱送出府城之外。行至十里長亭，又設著簞食壺漿，擎杯把盞，相飲而別。那員外猶不忍捨，噙著淚道：「老師取經回來，是必到舍再住幾日，以了我寇洪之心。」三藏感之不盡，謝之無已道：「我若到靈山，得見佛祖，首表員外之大德。回時定踵門叩謝，叩謝！」說說話兒，不覺的又有二三里路。長老懇切拜辭。那員外又放聲大哭而轉。這正是：

> 有願齋僧歸妙覺，無緣得見佛如來。

且不說寇員外送至十里長亭，同眾回家。卻說他師徒四眾，行有四五十里之地，天色將晚。長老道：「天晚了，何方借宿？」八戒挑著擔，努著嘴道：「放了現成茶飯不吃，清涼瓦屋不住，卻要走甚麼路，像搶喪踵魂的！如今天晚，倘下起雨來，卻如之何！」三藏罵道：「潑孽畜，又來報怨了！常言道：『長安雖好，不是久戀之家。』待我們有緣拜了佛祖，取得真經，那時回轉大唐，奏過主公，將那御廚裡飯，憑你吃上幾年，脹死你這孽畜，教你做個飽鬼！」那呆子嚇嚇的暗笑，不敢復言。

行者舉目遙觀，只見大路旁有幾間房宇，急請師父道：「那裡安歇，那裡安歇。」長老至前，見是一座倒塌的牌坊，坊上有一舊匾，匾上有落顏色積塵的四個大字，乃「華光行院」。長老下了馬道：「華光菩薩是火焰五光佛的徒弟。因剿除毒火鬼王，降了職，化做五顯靈官。此間必有廟祝。」一遂一齊進去。但見廊房俱倒，牆壁皆傾，更不見人之蹤跡，只是些雜草叢菁。欲抽身而出，不期天上黑雲蓋頂，大雨淋漓。沒奈何，卻在那破房之下，揀遮得風雨處，將身躲避。密密寂寂，不敢高聲，恐有妖邪知覺。坐的坐，站的站，苦捱了一夜未睡。

咦！真個是：泰極還生否，樂處又逢悲。畢竟不知天曉向前去還是如何，且聽下回分解。

第九十七回

金酬外護遭魔蟄　聖顯幽魂救本原

且不言唐僧等在華光破屋中，苦奈夜雨存身。卻說銅台府地靈縣城內有伙凶徒，因宿娼、飲酒、賭博，花費了家私，無計過活，遂伙了十數人做賊，算道本城那家是第一個財主，那家是第二個財主，去打劫些金銀用度。內有一人道：「也不用緝訪，也不須算計，只有今日送那唐朝和尚的寇員外家，十分富厚。我們乘此夜雨，街上人也不防備，火甲等也不巡邏，就此下手，劫他些資本，我們再去嫖賭兒耍子，豈不美哉！」眾賊歡喜，齊了心，都帶了短刀、蒺藜、拐子、悶棍、麻繩、火把，冒雨前來。打開寇家大門，吶喊殺入。慌得他家裡，若大若小，是男是女，俱躲個乾淨。媽媽兒躲在床底；老頭兒閃在門後；寇梁、寇棟與著親的幾個兒女，都戰戰兢兢的四散逃走顧命。那伙賊，拿著刀，點著火，將他家箱籠打開，把些金銀寶貝，首飾衣裳，器皿家伙，盡情搜劫。那員外割捨不得，拼了命，走出門來，對眾強人哀告道：「列位大王，彀你用的便罷，還留幾件衣物與我老漢送終。」那眾強人那容分說，趕上前，把寇員外撩陰一腳，踢翻在地，可憐三魂渺渺歸陰府，七魄悠悠別世人！眾賊得了手，走出寇家，順城腳做了軟梯，漫城牆一一繫出，冒著雨連夜奔西而去。那寇家僮僕，見賊退了，方才出頭。及看時，老員外已死在地下。放聲哭道：「天呀！主人公已打死了！」眾皆伏屍而哭，悲悲啼啼。

將四更時，那媽媽想恨唐僧等不受他的齋供，因為花撲撲的送他，惹出這場災禍，便生妒害之心，欲陷他四眾。扶著寇梁道：「兒啊，不須哭了。你老子今日也齋僧，明日也齋僧，豈知今日做圓滿，齋著那一伙送命的僧也！」他兄弟道：「母親，怎麼是送命的僧？」媽媽道：「賊勢凶勇，殺進房來，我就躲在床下，戰兢兢的留心向燈火處看得明白。你說是誰？點火的是唐僧，持刀的是豬八戒，搬金銀的是沙和尚，打死你老子的是孫行者。」二子聽言，認了真實道：「母親既然看得明白，必定是了。他四人在我家住了半月，將我家門戶牆垣，窗櫺巷道，俱看熟了，財動人心，所以乘此夜雨，復到我家。即劫去財物，又害了父親，此情何毒！待天明到府裡遞失狀坐名告他。」寇棟道：「失狀如何寫？」寇梁道：「就依母親之言。」寫道：

「唐僧點著火，八戒叫殺人。
沙和尚劫出金銀去，孫行者打死我父親。」

一家子吵吵鬧鬧，不覺天曉。一壁廂傳請親人，置辦棺木；一壁廂寇梁兄弟，赴府投詞（到官府遞交訴訟狀子）。

原來這銅台府刺史正堂大人：

第九十七回

金酬外護遭魔蟄　聖顯幽魂救本原

平生正直，素性賢良。少年向雪案攻書，早歲在金鑾對策（指參加科舉考試）。常懷忠義之心，每切仁慈之念。名揚青史播千年，龔黃（龔遂和黃霸，西漢著名的良吏）再見；聲振黃堂傳萬古，卓魯（後漢良吏卓茂和魯恭）重生。

當時坐了堂，發放了一應事務，即令抬出放告牌。這寇梁兄弟抱牌而入，跪倒高叫道：「爺爺，小的們是告強盜得財，殺傷人命重情事。」刺史接上狀去，看了這般這的，如此如彼，即問道：「昨日有人傳說，你家齋僧圓滿，齋得四眾高僧，乃東土唐朝的羅漢，花撲撲的滿街鼓樂送行，怎麼卻有這般事情？」寇梁等磕頭道：「爺爺，小的父親寇洪，齋僧二十四年，因這四僧遠來，恰足萬僧之數；因此做了圓滿，留他住了半月。他就將路道、門窗都看熟了。當日送出，當晚復回，乘黑夜風雨，遂明火執杖，殺進房來，劫去金銀財寶，衣服首飾；又將父打死在地。望爺爺與小民做主！」刺史聞言，即點起馬步快手並民壯人役，共有百五十人，各執鋒利器械，出西門一直來趕唐僧四眾。

卻說他師徒們，在那華光行院破屋下挨至天曉。方才出門，上路奔西。可可的那些強盜當夜打劫了寇家，繫出城外，也向西方大路上，行經天曉，走過華光院西去，有二十里遠近，藏於山凹中，分撥金銀等物。分還未了，忽見唐僧四眾順路而來，眾賊心猶不歇，指定唐僧道：「那不是昨日送行的和尚來了！」眾賊笑道：「來得好！來得好！我們也是幹這般沒天理的買賣。這些和尚緣路來，又在寇家許久，不知身邊有多少東西，我們索性去截住他，奪了盤纏，搶了白馬湊分，卻不是遂心滿意之事？」眾賊遂持兵器，吶一聲喊，跑上大路，一字兒擺開。叫道：「和尚！不要走！快留下買路錢，饒你性命！牙迸半個『不』字，一刀一個，決不留存！」唬得個唐僧在馬上亂戰，沙僧與八戒心慌，對行者道：「怎的了！怎的了！苦奈得半夜雨天，又早遇強徒斷路，誠所謂『禍不單行』也！」行者笑道：「師父莫怕，兄弟勿憂。等老孫去問他一問。」

好大聖，束一束虎皮裙子，抖一抖錦布直裰，走近前，叉手當胸道：「列位是做甚麼的？」賊徒喝道：「這廝不知死活，敢來問我！你額顱下沒眼，不認得我是大王爺爺？快將買路錢來，放你過去！」行者聞言，滿面陪笑道：「你原來是剪徑的強盜！」賊徒發狠叫：「殺了！」行者假假的驚恐道：「大王！大王！我是鄉村中的和尚，不會說話，衝撞莫怪，莫怪！若要買路錢，不要問那三個，只消問我。我是個管帳的。凡有經錢、襯錢，那裡化緣的、布施的，都在包袱中，盡是我管出入。那個騎馬的，雖是我的師父，他卻只會念經，不管閒事，財色俱忘，一毫沒有。那個黑臉的，是我半路上收的個後生，只會養馬。那個長嘴的，是我雇的長工，只會挑擔。你把三個放過去，我將盤纏、衣缽，盡情送你。」眾賊聽說：「這個和尚倒是個老實頭兒。既如此，饒了你命，教那三個丟下行李，放他過去。」

行者回頭使個眼色，沙僧就丟了行李擔子，與師父牽著馬，同八戒往西徑走。行者低頭打開包袱，就地撾把塵土，往上一灑，念個咒語，乃是個定身之法；喝一聲「住！」那伙賊——共有三十來名——一個個咬著牙，睜著眼，撒著手，直直的站定，莫不能言語，不得動身。行者跑出路口，叫道：「師父，回來！回來！」八戒慌了道：「不好，不好！師兄供出我們來了！他身上又無錢財，包袱裡又無金銀，必定是叫師父要馬哩。叫我們是剝衣服了。」沙僧笑道：「二哥莫亂說！大哥是個了得的。向者那般毒魔狠怪，也能收服，怕這幾個毛賊？他那裡招呼，必有話說，快回去看看。」長老聽言，欣然轉馬，回至邊前，叫道：「悟空，有甚事叫回來也？」行者道：「你們看這些賊是怎的說？」八戒近前推著他，叫道：「強盜，你怎的不動彈了？」那賊渾然無知，不言不語。八戒道：「好的痴啞了！」行者笑道：「是老孫使個定身法定住也。」八戒道：「既定了身，未曾定口，怎麼連聲也不做？」行者道：「師父請下馬坐著。常言道：『只有錯拿，沒有錯放。』兄弟，你們把賊都扳翻倒，捆了，教他供一個供狀，看他是個雛兒強盜，把勢強盜。」沙僧道：「沒繩索哩。」行者即拔下些毫毛，吹口仙氣，變作三十條繩索，一齊下手，把賊扳翻，都四馬攢蹄捆住，卻又念念解咒，那伙賊漸漸蘇醒。

行者請唐僧坐在上首，他三人各執兵器喝道：「毛賊！你們一起有多少人？做了幾年買賣？打劫了有多少東西？可曾殺傷人口？還是初犯，卻是二犯，三犯？」眾賊開口道：「爺爺饒命！」行者道：「莫叫喚！從實供來！」眾賊道：「老爺，我們不是久慣做賊的，都是好人家子弟。只因不才，吃酒賭錢，宿娼頑耍，將父祖家業，盡花費了，一向無幹，又無錢用。訪知銅台府城中寇員外家資財豪富，昨日合伙，當晚乘夜雨昏黑，就去打劫。劫的有些金銀服飾，在這路北下山凹裡正自分贓，忽見老爺們來。內中有認得是寇員外送行的，必定身邊有物；又見行李沉重，白馬快走，人心不足，故又來邀截。豈知老爺有大神通法力，將我們困住。萬望老爺慈悲，收去那劫的財物，饒了我的性命也！」

三藏聽說是寇家劫的財物，猛然吃了一驚，慌忙站起道：「悟空，寇老員外十分好善，如何招此災厄？」行者笑道：「只為送我們起身，那等彩帳花幢，盛張鼓樂，驚動了人眼目，所以這伙光棍就去下手他家。今又幸遇著我們，奪下他這許多金銀服飾。」三藏道：「我們擾他半月，感激厚恩，無以為報，不如將此財物護送他家，卻不是一件好事？」行者依言。即與八戒、沙僧，去山凹裡取將那些贓物，收拾了，䭾在馬上。又教八戒挑了一擔金銀，沙僧挑著自己行李。行者欲將這伙強盜一棍盡情打死，又恐唐僧怪他傷人性命，只得將身一抖，收上毫毛。那伙賊鬆了手腳，爬起來，一個個落草逃生而去。這唐僧轉步回身，將財物送還員外。

這一去，卻似飛蛾投火，反受其殃。有詩為證。詩曰：

恩將恩報人間少，反把恩慈變作仇。
下水救人終有失，三思行事卻無憂。

三藏師徒們將著金銀服飾拿轉，正行處，忽見那槍刀簇簇而來。三藏大驚道：「徒弟，你看那兵器簇擁相臨，是甚好歹？」八戒道：「禍來了，禍來了！這是那放去的強盜，他取了兵器，又伙了些人，轉過路來與我們鬥殺也！」沙僧道：「二哥，那來的不是賊勢。──大哥，你仔細觀之。」行者悄悄的向沙僧道：「師父的災星又到了，此必是官兵捕賊之意。」說不了，眾兵卒至邊前，撒開個圈子陣，把他師徒圍住道：「好和尚！打劫了人家東西，還在這裡搖擺哩！」一擁上前，先把唐僧抓下馬來，用繩捆了；又把行者三人，也一齊捆了；穿上扛子，兩個抬一個，趕著馬，奪了擔，徑轉府城。只見那：

唐三藏，戰戰兢兢，滴淚難言。豬八戒，絮絮叨叨，心中報怨。沙和尚，囊突突，意下躊躇。孫行者，笑嘻嘻，要施手段。

第九十七回

金酬外護遭魔蟄　聖顯幽魂救本原

眾官兵攢擁扛抬，須臾間，拿到城裡。徑自解上黃堂報道：「老爺，民快（負責捕獲盜賊的人員）人等，捕獲強盜來了。」那刺史端坐堂上，賞勞了民快，撿看了賊贓，當叫寇家領去。卻將三藏等提近廳前，問道：「你這起和尚，口稱是東土遠來，向西天拜佛，卻原來是些說法屣看門路，打家劫舍之賊！」三藏道：「大人容告：貧僧實不是賊，決不敢假，隨身現有通關文牒可照。只因寇員外家齋我等半月，情意深重，我等路遇強盜，奪轉打劫寇家的財物，因送還寇家報恩，不期民快人等捉獲，以為是賊，實不是賊。望大人詳察。」刺史道：「你這廝見官兵捕獲，卻巧言報恩。既是路遇強盜，何不連他捉來，報官報恩？如何只是你四眾！你看！寇梁遞得失狀，坐名告你，你還敢展掙？」三藏聞言，一似大海烹舟，魂飛魄喪。叫：「悟空，你何不上來折辨？」行者道：「有贓是實，折辨何為！」刺史道：「正是啊！贓證現存，還敢抵賴？」叫手下：「拿腦箍來，把這禿賊的光頭箍他一箍，然後再打！」行者慌了，心中暗想道：「雖是我師父該有此難，還不可教他十分受苦。」他見那皂隸們收拾索子，結腦箍，即便開口道：「大人且莫箍那個和尚。昨夜打劫寇家，點火的也是我，持刀的也是我，劫財的也是我，殺人的也是我。我是個賊頭，要打只打我，與他們無干。但只不放我便是。」刺史聞言，就教：「先箍起這個來。」皂隸們齊來上手，把行者套上腦箍，收緊了一勒，扢撲的把索子斷了。又結又箍，又扢撲的斷了。一連箍了三四次，他的頭皮，皺也不曾皺一些兒。卻又換索子再結時，只聽得有人來報道：「老爺，都下陳少保爺爺到了，請老爺出郭迎接。」那刺史即命刑房吏：「把賊收監，好生看轄。待我接過上司，再行拷問。」刑房吏遂將唐僧四眾，推進監門。八戒、沙僧將自己行李擔進隨身。

三藏道：「徒弟，這是怎麼起的？」行者笑道：「師父，進去！進去！這裡邊沒狗叫，倒好耍子！」可憐把四眾捉將進去，一個個都推入轄床（古代殘酷的刑具），扣拽了滾肚、敵腦、攀胸（三種不同的刑具）。禁子們又來亂打。三藏苦痛難禁，只叫：「悟空！怎的好！怎的好！」行者道：「他打是要錢哩。常言道：『好處安身，苦處用錢。』如今與他些錢，便罷了。」三藏道：「我的錢自何來？」行者道：「若沒錢，衣物也是。把那袈裟與了他罷。」三藏聽說，就如刀刺其心。一時間見他打不過，只得開言道：「悟空，隨你罷。」行者便叫：「列位長官，不必打了。我們擔進來的那兩個包袱中，有一件錦襴袈裟，價值千金。你們解開拿了去罷。」眾禁子聽言，一齊動手，把兩個包袱解看。雖有幾件布衣，雖有個引袋，俱不值錢。只見幾層油紙包裹著一物，霞光焰焰，知是好物。抖開看時，但只見：

巧妙明珠綴，稀奇佛寶攢。
盤龍鋪繡結，飛鳳錦沿邊。

眾皆爭看，又驚動本司獄官。走來喝道：「你們在此嚷甚的？」禁子們跪道：「老爹才子卻提控，送下四個和尚，乃是大伙強盜。他見我們打了他幾下，把這兩個包袱與我。我們打開看時，見有此物，無可處置。若眾人扯破分之，其實可惜；若獨歸一人，眾人無利。幸老爹來，憑老爹做個劈著（裁判）。」獄官見了，乃是一件袈裟，又將別項衣服，並引袋兒通檢看了。又打開袋內關文一看，見有各國的寶印花押，道：「早是我來看呀！不然，你們都撞出事來了。這和尚不是強盜。切莫動他衣物。待明日太爺再審，方知端的。」眾禁子聽言，將包袱還與他，照舊包裹，交與獄官收訖。

第九十七回

金酬外護遭魔蟄　聖顯幽魂救本原

漸漸天晚，聽得樓頭起鼓，火甲巡更。捱至四更三點，行者見他們都不呻吟，盡皆睡著。他暗想道：「師父該有這一夜牢獄之災。老孫不開口折辨，不使法力者，蓋為此耳。如今四更將盡，災將滿矣。我須去打點打點，天明好出牢門。」你看他弄本事，將身小一小，脫出轄床，搖身一變，變做個蠓蟲兒，從房簷瓦縫裡飛出。見那星光月皎，正是清和夜靜之天，他認了方向，徑飛向寇家門首。只見那街西下一家兒燈火明亮。又飛近他門口看時，原來是個做豆腐的。見一個老頭兒燒火，媽媽兒擠漿。那老兒忽的叫聲：「媽媽，寇大官且是有子有財，只是沒壽。我和他小時，同學讀書，我還大他五歲。他老子叫做寇銘，當時也不上千畝田地，放些租帳，也討不起。他到二十歲時，那銘老兒死了，他掌著家當，其實也是他一步好運。娶的妻是那張旺之女，小名叫做穿針兒，卻倒旺夫。自進他門，種田又收，放帳又起；買著的有利，做著的賺錢，被他如今掙了有十萬家私。他到四十歲上，就回心向善，齋了萬僧。不期昨夜被強盜踢死。可憐！今年才六十四歲，正好享用，何期這等向善，不得好報，乃死於非命？可嘆！可嘆！」

行者一一聽之，卻早五更初點。他就飛入寇家，只見那堂屋裡已停著棺材，材頭邊點著燈，擺列著香燭花果，媽媽在旁啼哭；又見他兩個兒子也來拜哭，兩個媳婦拿兩盞飯兒供獻。行者就釘在他材頭上，咳嗽了一聲。唬得那兩個媳婦，查手舞腳的往外跑；寇梁兄弟伏地在下，不敢動。只叫：「爹爹！喋！喋！喋！……」那媽媽子膽大，把材頭撲了一把道：「老員外，你活了？」行者學著那員外的聲音道：「我不曾活。」兩個兒子一發慌了，不住的叩頭垂淚，只叫：「爹爹！喋！喋！喋！」媽媽子硬著膽，又問道：「員外，你不曾活，如何說話？」行者道：「我是閻王差鬼使押將來家與你們講話的。說道：『那張氏穿針兒枉口誑舌，陷害無辜。』」那媽媽子聽見叫他小名，慌得跪倒磕頭道：「好老兒啊！這等大年紀還叫我的小名兒！我那些枉口誑舌，害甚麼無辜？」行者喝道：「那裡有個甚麼『唐僧點著火，八戒叫殺人。沙僧劫出金銀去，行者打死你父親』？只因你誑言，把那好人受難：那唐朝四位老師，路遇強徒，奪將財物，送來謝我，是何等好意！你卻假捻失狀，著兒子們首官，官府又未細審；又如今把他們監禁，那獄神、土地、城隍俱慌了，坐立不寧，報與閻王。閻王轉差鬼使押解我來家，教你們趁早解放他去；不然，教我在家攪鬧一月，將合門老幼並雞狗之類，一個也不存留！」寇梁兄弟又磕頭哀告道：「爹爹請回，切莫傷殘老幼。待天明就去本府投遞解狀，願認招回，只求存歿均安也。」行者聽了，即叫：「燒紙，我去呀！」他一家兒都來燒紙。

行者一翅飛起，徑又飛至刺史住宅裡面。低頭觀看，那房內裡已有燈光，見刺史已起來了。他就飛進中堂看時，只見中間後壁掛著一軸畫兒，是一個官兒騎著一匹點子馬，有幾個從人，打著一把青傘，搴著一張交床，更不識是甚麼故事，行者就釘在中間，忽然那刺史自房裡出來，彎著腰梳洗。行者猛的裡咳嗽一聲，把刺史唬得慌慌張張，走入房內。梳洗畢，穿了大衣，即出來對著畫兒焚香禱告道：「伯考姜公乾一神位。孝侄姜坤三蒙祖上德蔭，忝中甲科，今叨受銅台府刺史，旦夕侍奉香火不絕，為何今日發聲？切勿為邪為祟，恐唬家眾。」行者暗笑道：「此是他大爺的神子！」卻就綽著經兒叫道：「坤三賢侄，你做官雖承祖蔭，一向清廉，怎的昨日無知，把四個聖僧當賊，不審來音，囚於禁內！那獄神、土地、城隍不安，報與閻君，閻君差鬼使押我來對你說，教你推情察理，快快解放他；不然，就教你去陰司折證也。」刺史聽說，心中悚懼道：「大爺請回，小侄升堂，當就釋放。」行者道：「既如此，燒紙來。我去見閻君回話。」刺史復添香燒紙拜謝。

行者又飛出來看時，東方早已發白。及飛到地靈縣，又見那合縣官卻都在堂上。他思道：「蜢蟲兒說話，被人看見，露出馬腳來不好。」他就半空中，改了個大法身，從空裡伸下一隻腳來，把個縣堂屣滿。口中叫道：「眾官聽著：吾乃玉帝差來的浪蕩游神。說你這府監裡屈打了取經的佛子，驚動三界諸神不安，教吾傳說，趁早放他；若有差池，教我再來一腳，先踢死合府縣官，後屣死四境居民，把城池都踏為灰燼！」概縣官吏人等，慌得一齊跪倒，磕頭禮拜道：「上聖請回。我們如今進府，稟上府尊，即教放出。千萬莫動腳，驚唬死下官。」行者才收了法身，仍變做個蜢蟲兒，從監房瓦縫兒飛入，依舊鑽在轄床中間睡著。

卻說那刺史升堂，才抬出投文牌去，早有寇梁兄弟，抱牌跪門叫喊。刺史著令進來。二人將解狀遞上。刺史見了，發怒道：「你昨日遞了失狀，就與你拿了賊來，你又領了贓去，怎麼今日又來遞解狀？」二人滴淚道：「老爺，今夜小的父親顯魂道：『唐朝聖僧，原將賊徒拿住，奪獲財物，放了賊去，好意將財物送還我家報恩，怎麼反將他當賊，拿在獄中受苦！獄中土地城隍俱不安，報了閻王，閻王差鬼使押解我來教你赴府再告，釋放唐僧，庶免災咎；不然，老幼皆亡。』因此，特來遞個解詞。望老爺方便！方便！」刺史聽他說了這話，卻暗想道：「他那父親，乃是熱屍新鬼，顯魂報應猶可；我伯父死去五六年了，卻怎麼今夜也來顯魂，教我審放？……看起來必是冤枉。」

正忖度間，只見那地靈縣知縣等官，急急跑上堂，亂道：「老大人，不好了！不好了！適才玉帝差浪蕩游神下界，教你快放獄中好人。昨日拿的那些和尚，不是強盜，都是取經的佛子。若少遲延，就要踢殺我等官員，還要把城池連百姓俱盡踏為灰燼。」刺史又大驚失色，即叫刑房吏火速寫牌提出。當時開了監門提出。八戒愁道：「今日又不知怎的打哩。」行者笑道：「管你一下兒也不敢打。老孫俱已幹辦停當。上堂切不可下跪，他還要下來請我們上坐。卻等我問他要行李，要馬匹。少了一些兒，等我打他你看。」

說不了，已至堂口。那刺史、知縣並府縣大小官員，一見都下來迎接道：「聖僧昨日來時，一則接上司忙迫，二則又見了所獲之贓，未及細問端的。」唐僧合掌躬身，又將前情細陳了一遍。眾官滿口認稱，都道：「錯了，錯了！莫怪，莫怪！」又問獄中可曾有甚疏失。行者近前努目睜看，厲聲高叫道：「我的白馬是堂上人得了，行李是獄中人得了，快快還我！今日卻該我拷較你們了！枉拿平人做賊，你們該個甚罪？」府縣官見他作惡，無一個不怕，即便叫收馬的牽馬來，收行李的取行李來，一一交付明白。你看他三人一個個逞凶，眾官只以寇家遮飾。三藏勸解了道：「徒弟，是他不得明白。我們且到寇家去，一則吊問，二來與他對證對證，看是何人見我做賊。」行者道：「說得是。等老孫把那死的叫起來，看是那個打他。」沙僧就在府堂上把唐僧撮上馬，吆吆喝喝，一擁而出。那些府縣多官，也一一俱到寇家。唬得那寇梁兄弟在門前不住的磕頭，接進廳。只見他孝堂之中，一家兒都在孝幔裡啼哭。行者叫道：「那打誑語栽害平人的媽媽子，且莫哭！等老孫叫你老公來，看他說是那個打死的，羞他一羞！」眾官員只道孫行者說的是笑話。行者道：「列位大人，略陪我師父坐坐。八戒、沙僧，好生保護。等我去了就來。」

好大聖，跳出門，望空就起。只見那遍地彩霞籠住宅，一天瑞氣護元神。眾等方才認得是個騰雲駕霧之仙，起死回生之聖。這裡一一焚香禮拜不題。

那大聖一路筋斗雲，直至幽冥地界，徑撞入森羅殿上，慌得那：

十代閻君拱手接，五方鬼判叩頭迎。千株劍樹皆攲側，萬迭刀山盡坦平。

枉死城中魑魅化，奈河橋下鬼超生。正是那神光一照如天赦，黑暗陰司處處明。

十閻王接下大聖，相見了，問及何來何幹。行者道：「銅台府地靈縣齋僧的寇洪之鬼，是那個收了？快點查來與我。」十閻王道：「寇洪善士，也不曾有鬼使勾他，他自家到此，遇著地藏王的金衣童子，他引見地藏也。」行者即別了，徑至翠雲宮，見地藏王菩薩。菩薩與他禮畢，具言前事。菩薩喜道：「寇洪陽壽，止該卦數，命終，不染床席，棄世而來。我因他齋僧，是個善士，收他做個掌善緣簿子的案長。既大聖來取，我再延他陽壽一紀（十二年），教他跟大聖去。」金衣童子遂領出寇洪。寇洪見了行者，聲聲叫道：「老師！老師！救我一救！」行者道：「你被強盜踢死。此乃陰司地藏王菩薩之處。我老孫特來取你到陽世間，對明此事。既蒙菩薩放回，又延你陽壽一紀，待十二年之後，你再來也。」那員外頂禮不盡。

行者謝辭了菩薩，將他吹化為氣，掉於衣袖之間，同去幽府，復返陽間。駕雲頭，到了寇家。即喚八戒撬開材蓋，把他魂靈兒推付本身。須臾間，透出氣來活了。那員外爬出材來，對唐僧四眾磕頭道：「師父！師父！寇洪死於非命，蒙師父至陰司救活，乃再造之恩！」言謝不已。及回頭，見各官羅列，即又磕頭道：「列位老爹都如何在舍？」那刺史道：「你兒子始初遞失狀，坐名告了聖僧，我即差人捕獲；不期聖僧路遇殺劫你家之賊，奪取財物，送還你家；是我下人誤捉，未得詳審，當送監禁。今夜被你顯魂，我先伯亦來家訴告；縣中又蒙浪蕩游神下界；一時就有這許多顯應，所以放出聖僧，聖僧卻又去救活你也。」那員外跪道：「老爹，其實枉了這四位聖僧！那夜有三十多名強盜，明火執杖，劫去家私，是我難捨，向賊理說，不期被他一腳，撩陰踢死，與這四位何干！」叫過妻子來，「是誰人踢死，你等輒敢妄告？請老爹定罪。」當時一家老小，只是磕頭。刺史寬恩，免其罪過。寇洪教安排筵宴，酬謝府縣厚恩。個個未坐回衙。至次日，再掛齋僧牌，又款留三藏；三藏決不肯住。卻又請親友，辦旌幢，如前送行而去。咦！這正是：

地辟能存凶惡事，天高不負善心人。
逍遙穩步如來徑，只到靈山極樂門。

畢竟不知見佛何如，且聽下回分解。

第九十八回

猿熟馬馴方脫殼　功成行滿見真如

話表寇員外既得回生，復整理了幢旛鼓樂，僧道親友，依舊送行不題。卻說唐僧四眾，上了大路。果然西方佛地，與他處不同。見了些琪花、瑤草、古柏、蒼松。所過地方，家家向善，戶戶齋僧。每逢山下人修行，又見林間客誦經。師徒們夜宿曉行，又經有六七日，忽見一帶高樓，幾層傑閣。真個是：

沖天百尺，聳漢凌空。低頭觀落日，引手摘飛星。豁達窗軒吞宇宙，嵯峨棟宇接雲屏。黃鶴信來秋樹老，彩鸞書到晚風清。此乃是靈宮寶闕，琳館珠庭。真堂談道，宇宙傳經。花向春來美，松臨雨過青。紫芝仙果年年秀，丹鳳儀翔萬感靈。

三藏舉鞭遙指道：「悟空，好去處耶！」行者道：「師父，你在那假境界，假佛像處，倒強要下拜；今日到了這真境界，真佛像處，倒還不下馬，是怎的說？」三藏聞言，慌得翻身跳下來，已到了那樓閣門首。只見一個道童，斜立山門之前，叫道：「那來的莫非是東土取經人麼？」長老急整衣，抬頭觀看。見他：

身披錦衣，手搖玉麈。身披錦衣，寶閣瑤池常赴宴；手搖玉麈，丹台紫府每揮塵。肘懸仙籙，足踏履鞋。飄然真羽士，秀麗實奇哉。煉就長生居勝境，修成永壽脫塵埃。聖僧不識靈山客，當年金頂大仙來。

孫大聖認得他，即叫：「師父，此乃是靈山腳下玉真觀金頂大仙，他來接我們哩。」三藏方才醒悟，進前施禮。大仙笑道：「聖僧今年才到。我被觀音菩薩哄了。他十年前領佛金旨，向東土尋取經人，原說二三年就到我處。我年年等候，渺無消息，不意今年才相逢也。」三藏合掌道：「有勞大仙盛意，感激！感激！」遂此四眾牽馬挑擔，同入觀裡。卻又與大仙一一相見。即命看茶擺齋，又叫小童兒燒香湯與聖僧沐浴了，好登佛地。正是那：

功滿行完宜沐浴，煉馴本性合天真。千辛萬苦今方息，九戒三皈始自新。
魔盡果然登佛地，災消故得見沙門。洗塵滌垢全無染，反本還原不壞身。

師徒們沐浴了，不覺天色將晚。就於玉真觀安歇。

次早，唐僧換了衣服，披上錦襴袈裟，戴了毗盧帽，手持錫杖，登堂拜辭大仙。大仙笑道：「昨日襤褸，今日鮮明，觀此相，真佛子也。」三藏拜別就行。大仙道：「且住，等我送你。」行者道：「不必你送，老孫認得路。」大仙道：「你認得的是雲路。聖僧還未登雲路，當從本路而行。」行者道：「這個講得是。老孫雖走了幾遭，只是雲來雲去，實不曾踏著此地。既有本路，還煩你送送。我師父拜佛心重，幸勿遲疑。」那大仙笑吟吟，攙著唐僧手，接引旃壇上法門。原來這條路不出山門，就自觀宇中堂穿出後門便是。大仙指著靈山道：「聖僧，你看那半天中有祥光五色，瑞藹千重的，就是靈鷲高峰，佛祖之聖境也。」唐僧見了就拜。行者笑道：「師父，還不到拜處哩。常言道：『望山走倒馬。』離此鎮還有許遠，如何就拜！若拜到頂上，得多少頭磕是？」大仙道：「聖僧，你與大聖、天蓬、捲簾四位，已此到於福地，望見靈山，我回去也。」三藏遂拜辭而去。

大聖引著唐僧等，徐徐緩步，登了靈山。不上五六里，見了一道活水，滾浪飛流，約有八九里寬闊，四無人跡。三藏心驚道：「悟空，這路來得差了。敢莫大仙錯指了？此水這般寬闊，這般洶湧，又不見舟楫，如何可渡？」行者笑道：「不差！你看那壁廂不是一座大橋？要從那橋上行過去，方成正果哩。」長老等又近前看時，橋邊有一匾，匾上有「凌雲渡」三字。原來是一根獨木橋。正是：

遠看橫空如玉棟，近觀斷水一枯槎。維河架海還容易，獨木單梁人怎踏！
萬丈虹霓平臥影，千尋白練接天涯。十分細滑渾難渡，除是神仙步彩霞。

三藏心驚膽戰道：「悟空，這橋不是人走的。我們別尋路徑去來。」行者笑道：「正是路！正是路！」八戒慌了道：「這是路，那個敢走？水面又寬，波浪又湧，獨獨一根木頭，又細又滑，怎生動腳？」行者道：「你都站下，等老孫走個兒你看。」

好大聖，拽開步，跳上獨木橋，搖搖擺擺。須臾，跑將過去，在那邊招呼道：「過來！過來！」唐僧搖手。八戒、沙僧咬指道：「難！難！難！」行者又從那邊跑過來，拉著八戒道：「呆子，跟我走，跟我走！」那八戒臥倒在地道：「滑！滑！滑！走不得！你饒我罷！讓我駕風霧過去！」行者按住道：「這是甚麼去處，許你駕風霧！必須從此橋上走過，方可成佛。」八戒道：「哥啊，佛做不成也罷，實是走不得！」

他兩個在那橋邊，滾滾爬爬，扯扯拉拉的耍鬥，沙僧走去勸解，才撒脫了手。三藏回頭，忽見那下溜中有一人撐一隻船來，叫道：「上渡！上渡！」長老大喜道：「徒弟，休得亂頑。那裡有隻渡船兒來了。」他三個跳起來站定，同眼觀看，那船兒來得至近，原來是一隻無底的船兒。行者火眼金睛，早已認得是接引佛祖，又稱為南無寶幢光王佛。行者卻不破題，只管叫：「這裡來！撐攏來！」霎時撐近岸邊，又叫：「上渡！上渡！」三藏見了，又心驚道：「你這無底的破船兒，如何渡人？」佛祖道：「我這船：

> 鴻蒙初判有聲名，幸我撐來不變更。有浪有風還自穩，無終無始樂升平。
> 六塵不染能歸一，萬劫安然自在行。無底船兒難過海，今來古往渡群生。」

孫大聖合掌稱謝道：「承盛意，接引吾師。師父，上船去。他這船兒，雖是無底，卻穩；縱有風浪，也不得翻。」長老還自驚疑，行者叉著膊子，往上一推。那師父踏不住腳，轂轆的跌在水裡，早被撐船人一把扯起，站在船上。師父還抖衣服，垛鞋腳，報怨行者。行者卻引沙僧、八戒，牽馬挑擔，也上了船，都立在䑧䑼之上。那佛祖輕輕用力撐開，只見上溜頭泱下一個死屍。長老見了大驚。行者笑道：「師父莫怕，那個原來是你。」八戒也道：「是你，是你！」沙僧拍著手，也道：「是你，是你！」那撐船的打著號子，也說：「那是你！可賀，可賀！」

他們三人，也一齊聲相和。撐著船，不一時，穩穩當當的過了凌雲仙渡。三藏才轉身，輕輕的跳上彼岸。有詩為證。詩曰：

脫卻胎胞骨肉身，相親相愛是元神。
今朝行滿方成佛，洗淨當年六六塵。

此誠所謂廣大智慧，登彼岸無極之法。四眾上岸回頭，連無底船兒卻不知去向。行者方說是接引佛祖。三藏方才省悟，急轉身，反謝了三個徒弟。行者道：「兩不相謝。彼此皆扶持也。我等虧師父解脫，借門路修功，幸成了正果；師父也賴我等保護，秉教伽持，喜脫了凡胎。師父，你看這面前花草松篁，鸞鳳鶴鹿之勝境，比那妖邪顯化之處，孰美孰惡？何善何凶？」三藏稱謝不已。一個個身輕體快，步上靈山。早見那雷音古剎：

頂摩霄漢中，根接須彌脈。巧峰排列，怪石參差。懸崖下瑤草琪花，曲徑旁紫芝香蕙。仙猿摘果入桃林，卻似火燒金；白鶴棲松立枝頭，渾如煙捧玉。彩鳳雙雙，青鸞對對，彩鳳雙雙，向日一鳴天下瑞；青鸞對對，迎風耀舞世間稀。又見那黃森森金瓦迭鴛鴦，明幌幌花磚鋪瑪瑙。東一行，西一行，盡都是蕊宮珠闕；南一帶，北一帶，看不了寶閣珍樓。天王殿上放霞光，護法堂前噴紫焰。浮屠塔顯，優鉢花香。正是地勝疑天別，雲閒覺晝長。紅塵不到諸緣盡，萬劫無虧大法堂。

師徒們逍逍遙遙，走上靈山之巔。又見青松林下列優婆，翠柏叢中排善士。長老就便施禮，慌得那優婆塞（在家奉佛的男子）、優婆夷（在家奉佛的女子）、比丘僧、比丘尼合掌道：「聖僧且休行禮。待見了牟尼，卻來相敘。」行者笑道：「早哩！早哩！且去拜上位者。」

那長老手舞足蹈，隨著行者，直至雷音寺山門之外。那廂有四大金剛迎住道：「聖僧來耶？」三藏躬身道：「是弟子玄奘到了。」答畢，就欲進門。金剛道：「聖僧少待，容稟過再進。」那金剛著一個轉山門報與二門上四大金剛，說唐僧到了；二門上又傳入三門上，說唐僧到了；三山門內原是打供的神僧，聞得唐僧到時，急至大雄殿下，報與如來至尊釋迦牟尼文佛說：「唐朝聖僧，到於寶山，取經來了。」佛爺爺大喜。即召聚八菩薩、四金剛、五百阿羅、三千揭諦、十一大曜、十八伽藍，兩行排列，卻傳金旨，召唐僧進那裡邊，一層一節，欽依佛旨，叫：「聖僧進來。」這唐僧循規蹈矩，同悟空、悟能、悟淨，牽馬挑擔，徑入山門。正是：

當年奮志奉欽差，領牒辭王出玉階。清曉登山迎霧露，黃昏枕石臥雲霾。
挑禪遠步三千水，飛錫長行萬里崖。念念在心求正果，今朝始得見如來。

第九十八回

猿熟馬馴方脫殼　功成行滿見真如

四眾到大雄寶殿殿前，對如來倒身下拜。拜罷，又向左右再拜。各各三匝已遍，復向佛祖長跪，將通關文牒奉上。如來一一看了，還遞與三藏。三藏俯囟作禮，啟上道：「弟子玄奘，奉東土大唐皇帝旨意，遙詣寶山，拜求真經，以濟眾生。望我佛祖垂恩，早賜回國。」如來方開憐憫之口，大發慈悲之心，對三藏言曰：「你那東土乃南贍部洲。只因天高地厚，物廣人稠，多貪多殺，多淫多誑，多欺多詐；不遵佛教，不向善緣，不敬三光（指日、月、星），不重五穀；不忠不孝，不義不仁，瞞心昧己，大斗小秤，害命殺牲，造下無邊之孽，罪盈惡滿，致有地獄之災：所以永墮幽冥，受那許多碓搗磨舂之苦，變化畜類。有那許多披毛頂角之形，將身還債，將肉飼人。其永墮阿鼻，不得超升者，皆此之故也。雖有孔氏在彼立下仁義禮智之教，帝王相繼，治有徒流絞斬之刑，其如愚昧不明，放縱無忌之輩可耶！我今有經三藏，可以超脫苦惱，解釋災愆。三藏：有《法》一藏，談天；有《論》一藏，說地；有《經》一藏，度鬼。共計三十五部，該一萬五千一百四十四卷。真是修真之徑，正善之門。凡天下四大部洲之天文、地理、人物、鳥獸、花木、器用、人事，無般不載。汝等遠來，待要全付與汝取去，但那方之人，愚蠢村強，毀謗真言，不識我沙門之奧旨。」叫：「阿儺、伽葉，你兩個引他四眾，到珍樓之下，先將齋食待他。齋罷，開了寶閣，將我那三藏經中，三十五部之內，各檢幾卷與他，教他傳流東土，永注洪恩。」

二尊者即奉佛旨，將他四眾，領至樓下。看不盡那奇珍異寶，擺列無窮。只見那設供的諸神，鋪排齋宴，並皆是仙品、仙肴、仙茶、仙果，珍饈百味，與凡世不同。師徒們頂禮了佛恩，隨心享用。其實是：

寶焰金光映目明，異香奇品更微精。千層金閣無窮麗，一派仙音入耳清。
素味仙花人罕見，香茶異食得長生。向來受盡千般苦，今日榮華喜道成。

這番造化了八戒，便宜了沙僧：佛祖處正壽長生，脫胎換骨之饌，盡著他受用。二尊者陪奉四眾餐畢，卻入寶閣，開門登看。那廂有霞光瑞氣，籠罩千重；彩霧祥雲，遮漫萬道。經櫃上，寶篋外，都貼了紅簽，楷書著經卷名目。乃是：

《涅槃經》一部　七百四十八卷
《菩薩經》一部　一千二十一卷
《虛空藏經》一部　四百卷
《首楞嚴經》一部　一百一十卷
《恩意經大集》一部　五十卷
《決定經》一部　一百四十卷
《寶藏經》一部　四十五卷
《華嚴經》一部　五百卷
《禮真如經》一部　九十卷
《大般若經》一部　九百一十六卷
《大光明經》一部　三百卷

《未曾有經》一部　一千一百一十卷
《維摩經》一部　一百七十卷
《三論別經》一部　二百七十卷
《金剛經》一部　一百卷
《正法論經》一部　一百二十卷
《佛本行經》一部　八百卷
《五龍經》一部　三十二卷
《菩薩戒經》一部　一百一十六卷
《大集經》一部　一百三十卷
《摩竭經》一部　三百五十卷
《法華經》一部　一百卷
《瑜伽經》一部　一百卷
《寶常經》一部　二百二十卷
《西天論經》一部　一百三十卷
《僧祇經》一部　一百五十七卷
《佛國雜經》一部　一千九百五十卷
《起信論經》一部　一千卷
《大智度經》一部　一千八十卷

《寶威經》一部　一千二百八十卷
《本閣經》一部　八百五十卷
《正律文經》一部　二百卷
《大孔雀經》一部　二百二十卷
《維識論經》一部　一百卷
《具舍論經》一部　二百卷

阿儺、伽葉引唐僧看遍經名，對唐僧道：「聖僧東土到此，有些甚麼人事（禮物）送我們？快拿出來，好傳經與你去。」三藏聞言道：「弟子玄奘，來路迢遙，不曾備得。」二尊者笑道：「好，好，好！白手傳經繼世，後人當餓死矣！」行者見他講口扭捏，不肯傳經，他忍不住叫噪道：「師父，我們去告如來，教他自家來把經與老孫也。」阿儺道：「莫嚷！此是甚麼去處，你還撒野放刁！到這邊來接著經。」八戒、沙僧耐住了性子，勸住了行者，轉身來接。一卷卷收在包裡，馱在馬上，又捆了兩擔，八戒與沙僧挑著，卻來寶座前叩頭，謝了如來，一直出門。逢一位佛祖，拜兩拜；見一尊菩薩，拜兩拜。又到大門，拜了比丘僧、尼，優婆夷、塞，一一相辭，下山奔路不題。

卻說那寶閣上有一尊燃燈古佛，他在閣上，暗暗的聽著那傳經之事，心中甚明，原是阿儺、伽葉將無字之經傳去，卻自笑云：「東土眾僧愚迷，不識無字之經，卻不枉費了聖僧這場跋涉？」問：「座邊有誰在此？」只見白雄尊者閃出。古佛吩咐道：「你可作起神威，飛星趕上唐僧，把那無字之經奪了，教他再來求取有字真經。」白雄尊者，即駕狂風，滾離了雷音寺山門之外，大作神威。那陣好風，真個是：

佛前勇士，不比巽二風神。仙竅怒號，遠賽吹噓少女。這一陣，魚龍皆失穴，江海逆波濤。玄猿捧果難來獻，黃鶴回雲找舊巢。丹鳳清音鳴不美，錦雞喔運叫聲嘈。青松枝折，優缽花飄。翠竹竿竿倒，金蓮朵朵搖。鐘聲遠送三千里，經韻輕飛萬壑高。崖下奇花殘美色，路旁瑤草偃鮮苗。彩鸞難舞翅，白鹿躲山崖。蕩蕩異香漫宇宙，清清風氣徹雲霄。

那唐長老正行間，忽聞香風滾滾，只道是佛祖之禎祥，未曾提防。又聞得響一聲，半空中伸下一隻手來，將馬馱的經，輕輕搶去，唬得個三藏捶胸叫喚，八戒滾地來追，沙和尚護守著經擔，孫行者急趕去如飛。那白雄尊者，見行者趕得將近，恐他棍頭上沒眼，一時間不分好歹，打傷身體，即將經包捽碎，拋落塵埃。行者見經包破落，又被香風吹得飄零，卻就按下雲頭顧經，不去追趕。那白雄尊者收風斂霧，回報古佛不題。

八戒去追趕，見經本落下，遂與行者收拾背著，來見唐僧。唐僧滿眼垂淚道：「徒弟啊！這個極樂世界，也還有凶魔欺害哩！」沙僧接了抱著的散經，打開看時，原來雪白，並無半點字跡。慌忙遞與三藏道：「師父，這一卷沒字。」行者又打開一卷，看時，也無字。八戒打開一卷，也無字。三藏叫：「通打開來看看。」卷卷俱是白紙。長老短嘆長吁的道：「我東土人果是沒福！似這般無字的空本，取去何用？怎麼敢見唐王！誑君之罪，誠不容誅也！」行者早已知之，對唐僧道：「師父，不消說了。這就是阿儺、伽葉那廝，問我要人事，沒有，故將此白紙本子與我們來了。快回去告在如來之前，問他掯財作弊之罪。」八戒嚷道：「正是！正是！告他去來！」四眾急急回山，無好步，忙忙又轉上雷音。

不多時，到於山門之外。眾皆拱手相迎，笑道：「聖僧是換經來的？」三藏點頭稱謝。眾金剛也不阻擋，讓他進去，直至大雄殿前。行者嚷道：「如來！我師徒們受了萬蜇千魔，千辛萬苦，自東土拜到此處，蒙如來吩咐傳經，被阿儺、伽葉掯財不遂，通同作弊，故意將無字的白紙本兒教我們拿去，我們拿他去何用？望如來敕治！」

佛祖笑道：「你且休嚷。他兩個問你要人事之情，我已知矣。但只是經不可輕傳，亦不可以空取。向時眾比丘聖僧下山，曾將此經在舍衛國趙長者家與他誦了一遍，保他家生者安全，亡者超脫，只討得他三斗三升米粒黃金回來。我還說他們忒賣賤了，教後代兒孫沒錢使用。你如今空手來取，是以傳了白本。白本者，乃無字真經，倒也是好的。因你那東土眾生，愚迷不悟，只可以此傳之耳。」即叫：「阿儺、伽葉，快將有字的真經，每部中各檢幾卷與他，來此報數。」

二尊者復領四眾，到珍樓寶閣之下，仍問唐僧要些人事。三藏無物奉承，即命沙僧取出紫金鉢盂，雙手奉上道：「弟子委是窮寒路遙，不曾備得人事。這鉢盂乃唐王親手所賜，教弟子持此，沿路化齋。今特奉上，聊表寸心。萬望尊者不鄙輕褻，將此收下，待回朝奏上唐王，定有厚謝。只是以有字真經賜下，庶不孤欽差之意，遠涉之勞也。」那阿儺接了，但微微而笑。被那些管珍樓的力士，管香積的庖丁，看閣的尊者，你抹他臉，我撲他背，彈指的，扭唇的，一個個笑道：「不羞！不羞！需索取經的人事！」

須臾，把臉皮都羞皺了，只是拿著鉢盂不放。伽葉卻才進閣檢經，一一查與三藏。三藏卻叫：

「徒弟們，你們都好生看看，莫似前番。」他三人接一卷，看一卷，卻都是有字的。傳了五千零四十八卷，乃一藏之數。收拾齊整，馱在馬上；剩下的，還裝了一擔，八戒挑著。自己行囊，沙僧挑著。行者牽了馬，唐僧拿了錫杖，按一按毗盧帽，抖一抖錦襴袈裟，才喜喜歡歡，到我佛如來之前。正是那：

《大藏真經》滋味甜，如來造就甚精嚴。須知玄奘登山苦，可笑阿儺卻愛錢。
先次未詳虧古佛，後來真實始安然。至今得意傳東土，大眾均將雨露沾。

阿儺、伽葉引唐僧來見如來。如來高升蓮座，指令降龍、伏虎二大羅漢敲響雲磬，遍請三千諸佛、三千揭諦、八金剛、四菩薩、五百尊羅漢、八百比丘僧、大眾優婆塞、比丘尼、優婆夷，各天各洞，福地靈山，大小尊者聖僧，該坐的請登寶座，該立的侍立兩旁。一時間，天樂遙聞，仙音嘹亮，滿空中祥光迭迭，瑞氣重重，諸佛皆集，參見了如來。如來問：「阿儺、伽葉，傳了多少經卷與他？可一一報數。」二尊者即開報：「現付去唐朝：

《涅槃經》　四百卷
《菩薩經》　三百六十卷
《虛空藏經》　二十卷
《首楞嚴經》　三十卷

《恩意經大集》　四十卷
《決定經》　四十卷
《寶藏經》　二十卷
《華嚴經》　八十一卷
《禮真如經》　三十卷
《大般若經》　六百卷
《金光明品經》　五十卷
《未曾有經》　五百五十卷
《維摩經》　三十卷
《三論別經》　四十二卷
《金剛經》　一卷
《正法論經》　二十卷
《佛本行經》　一百一十六卷
《五龍經》　二十卷
《菩薩戒經》　六十卷
《大集經》　三十卷
《摩竭經》　一百四十卷
《法華經》　十卷

《瑜伽經》三十卷
《寶常經》一百七十卷
《西天論經》三十卷
《僧祇經》一百一十卷
《佛國雜經》一千六百三十八卷
《起信論經》五十卷
《大智度經》九十卷
《寶威經》一百四十卷
《本閣經》五十六卷
《正律文經》十卷
《大孔雀經》十四卷
《維識論經》十卷
《具舍論經》十卷

在藏總經，共三十五部，各部中檢出五千零四十八卷，與東土聖僧傳留在唐。現俱收拾整頓於人馬馱擔之上，專等謝恩。」

三藏四眾拴了馬，歇了擔，一個個合掌躬身，朝上禮拜。如來對唐僧言曰：「此經功德，不可稱量。雖為我門之龜鑑，實乃三教（指儒教、佛教、道教）之源流。若到你那南贍部洲，示與一切眾生，不可輕慢。非沐浴齋戒，不可開卷。寶之！重之！蓋此內有成仙了道之奧妙，有發明萬化之奇方也。」三藏叩頭謝恩，信受奉行，依然對佛祖遍禮三匝，承謹歸誠，領經而去；去到三山門，一一又謝了眾聖不題。

如來因打發唐僧去後，才散了傳經之會。旁又閃上觀世音菩薩合掌啟佛祖道：「弟子當年領金旨向東土尋取經之人，今已成功，共計得一十四年，乃五千零四十日，還少八日，不合藏數（一藏之數，即五千零四十八卷）。望我世尊，早賜聖僧回東轉西，須在八日之內，庶完藏數，准弟子繳還金旨。」如來大喜道：「所言甚當。准繳金旨。」即叫八大金剛吩咐道：「汝等快使神威，駕送聖僧回東，把真經傳留，即引聖僧西回。須在八日之內，以完一藏之數。勿得遲違。」金剛隨即趕上唐僧，叫道：「取經的，跟我來！」唐僧等俱身輕體健，蕩蕩飄飄，隨著金剛，駕雲而起。這才是：見性明心參佛祖，功完行滿即飛升。畢竟不知回東土怎生傳授，且聽下回分解。

第九十九回

九九數完魔滅盡　三三行滿道歸根

話表八金剛既送唐僧回國不題。那三層門下，有五方揭諦、四值功曹、六丁六甲、護教伽藍，走向觀音菩薩前啟道：「弟子等向蒙菩薩法旨，暗中保護聖僧，今日聖僧行滿，菩薩繳了佛祖金旨，我等望菩薩准繳法旨。」菩薩亦甚喜道：「准繳，准繳。」又問道：「那唐僧四眾，一路上心行何如？」諸神道：「委實心虔志誠，料不能逃菩薩洞察。但只是唐僧受過之苦，真不可言。他一路上歷過的災愆（災難）患難，弟子已謹記在此。這就是他災難的簿子。」菩薩從頭看了一遍，上寫道：

「蒙差揭諦皈依旨，謹記唐僧難數清：
金蟬遭貶第一難，出胎幾殺第二難，
滿月抛江第三難，尋親報冤第四難，
出城逢虎第五難，折從落坑第六難，
雙叉嶺上第七難，兩界山頭第八難，

陡澗換馬第九難，夜被火燒第十難，
失卻袈裟十一難，收降八戒十二難，
黃風怪阻十三難，請求靈吉十四難，
流沙難渡十五難，收得沙僧十六難，
四聖顯化十七難，五莊觀中十八難，
難活人參十九難，貶退心猿二十難，
黑松林失散二十一難，寶象國捎書二十二難，
金鑾殿變虎二十三難，平頂山逢魔二十四難，
蓮花洞高懸二十五難，烏雞國救主二十六難，
被魔化身二十七難，號山逢怪二十八難
風攝聖僧二十九難，心猿遭害三十難，
請聖降妖三十一難，黑河沉沒三十二難，
搬運車遲三十三難，大賭輸贏三十四難，
祛道興僧三十五難，路逢大水三十六難，
身落天河三十七難，魚籃現身三十八難，
金兜山遇怪三十九難，普天神難伏四十難，
問佛根源四十一難，吃水遭毒四十二難，
西梁國留婚四十三難，琵琶洞受苦四十四難，

第九十九回

九九數完魔滅盡　三三行滿道歸根

再貶心猿四十五難，　難辨獼猴四十六難，
路阻火焰山四十七難，求取芭蕉扇四十八難，
收縛魔王四十九難，賽城掃塔五十難，
取寶救僧五十一難，　棘林吟詠五十二難，
小雷音遇難五十三難，諸天神遭困五十四難，
稀柿衕穢阻五十五難，朱紫國行醫五十六難，
拯救疲癃五十七難，　降妖取後五十八難，
七情迷沒五十九難，多目遭傷六十難，
路阻獅駝六十一難，　怪分三色六十二難，
城裡遇災六十三難，　請佛收魔六十四難，
比丘救子六十五難，辨認真邪六十六難，
松林救怪六十七難，僧房臥病六十八難，
無底洞遭困六十九難，滅法國難行七十難，
隱霧山遇魔七十一難，鳳仙郡求雨七十二難，
失落兵器七十三難，　會慶釘鈀七十四難，
竹節山遭難七十五難，玄英洞受苦七十六難，
趕捉犀牛七十七難，　天竺招婚七十八難，
銅台府監禁七十九難，凌雲渡脫胎八十難，

路經十萬八千里，聖僧歷難簿分明。」

菩薩將難簿目過了一遍，急傳聲道：「佛門中『九九』歸真。聖僧受過八十難，還少一難，不得完成此數。」即令揭諦，「趕上金剛，還生一難者。」這揭諦得令，飛雲一駕向東來。一晝夜趕上八大金剛，附耳低言道：「如此如此，……謹遵菩薩法旨，不得違誤。」八金剛聞得此言，刷的把風按下，將他四眾，連馬與經，墜落下地。噫！正是那：

九九歸真道行難，堅持篤志立玄關。必須苦練邪魔退，定要修持正法還。
莫把經章當容易，聖僧難過許多般。古來妙合參同契，毫發差殊不結丹。

三藏腳踏了凡地，自覺心驚。八戒呵呵大笑道：「好！好！好！這正是要快得遲。」沙僧道：「好！好！好！因是我們走快了些兒，教我們在此歇歇哩。」大聖道：「俗語云：『十日灘頭坐，一日行九灘。』」三藏道：「你三個且休鬥嘴。認認方向，看這是甚麼地方。」沙僧轉頭四望道：「是這裡！是這裡！師父，你聽聽水響。」行者道：「水響想是你的祖家了。」八戒道：「他祖家乃流沙河。」沙僧道：「不是，不是。此通天河也。」三藏道：「徒弟啊，仔細看在那岸。」行者縱身跳起，用手搭涼篷，仔細看了，下來道：「師父，此是通天河西岸。」三藏道：「我記起來了。東岸邊原有個陳家莊。那年到此，虧你救了他兒女，深感我們，要造船相送，幸白鼉伏渡。我記得西岸上，四無人煙。這番如何是好？」八戒道：「只說凡人會作弊，原來這佛面前的金剛也會作弊。他奉佛旨，教送我們東回，怎麼到此半路上就丟下我們？如今豈不進退兩難！怎生過去！」沙僧道：「二哥休報怨。我的師父已得了道。前在凌雲渡已脫了凡胎，今番斷不落水。教師兄同你我都作起攝法，把師父駕過去也。」行者頻頻的暗笑道：「駕不去！駕不去！」你看他怎麼就說個駕不去？若肯使出神通，說破飛升之奧妙，師徒們就一千個河也過去了；只因心裡明白，知道唐僧九九之數未完，還該有一難，故羈留於此。

師徒們口裡紛紛的講，足下徐徐的行，直至水邊，忽聽得有人叫道：「唐聖僧，唐聖僧！這裡來，這裡來！」四眾皆驚。舉頭觀看，四無人跡，又沒舟船，卻是一個大白賴頭黿在岸邊探著頭叫道：「老師父，我等了你這幾年，卻才回也？」行者笑道：「老黿，向年累你，今歲又得相逢。」三藏與八戒、沙僧都歡喜不盡。行者道：「老黿，你果有接待之心，可上岸來。」那老黿即縱身爬上河來。行者叫把馬牽上他身。八戒還蹲在馬尾之後。唐僧站在馬頸左邊。沙僧站在右邊。行者一腳踏著老黿的項，一腳踏著老黿的頭叫道：「老黿，好生走穩著。」那老黿蹬開四足，踏水面如行平地，將他師徒四眾，連馬五口，馱在身上，徑回東岸而來。誠所謂：

不二門戶法奧玄，諸魔戰退識人天。本來面目今方見，一體原因始得全。
秉證三乘憑出入，丹成九轉任周旋。挑包飛杖通休講，幸喜還元遇老黿。

老黿馱著他們，屣波踏浪，行經多半日，將次天晚，好近東岸，忽然問曰：「老師父，我向年曾央到西方見我佛如來，與我問聲歸著之事，還有多少年壽，果曾問否？」

原來那長老自到西天玉真觀沐浴，凌雲渡脫胎，步上靈山，專心拜佛及參諸佛菩薩聖僧等眾，意念只在取經，他事一毫不理，所以不曾問得老黿年壽，無言可答；卻又不敢欺，打誑語，沉吟半晌，不曾答應。老黿即知不曾替問，他就將身一幌，屣喇的淬下水去，把他四眾連馬並經，通皆落水。咦！還喜得唐僧脫了胎，成了道。若似前番，已經沉底。又幸白馬是龍，八戒、沙僧會水，行者笑巍巍顯大神通，把唐僧扶駕出水，登彼東岸。只是經包、衣服、鞍轡俱濕了。

師徒方登岸整理，忽又一陣狂風，天色昏暗，雷閃俱作，走石飛沙。但見那：

一陣風，乾坤播蕩；一聲雷，振動山川。一個閃，鑽雲飛火；一天霧，大地遮漫。風氣呼號，雷聲激烈。閃掣紅綃，霧迷星月。風鼓的塵沙撲面，雷驚的虎豹藏形，閃幌的飛禽叫噪，霧漫的樹木無蹤。那風攪得個通天河波浪翻騰，那雷振得個通天河魚龍喪膽，那閃照得個通天河徹底光明，那霧蓋得個通天河岸崖昏慘。好風！頹山烈石松篁倒。好雷！驚蟄傷人威勢豪。好閃！流天照野金蛇走。好霧！混混漫空蔽九霄。

唬得那三藏按住了經包，沙僧壓住了經擔，八戒牽住了白馬，行者卻雙手掄起鐵棒，左右護持。原來那風、霧、雷、閃乃是些陰魔作號（作耗，搗亂），欲奪所取之經。勞攘了一夜，直到天明，卻才止息。長老一身水衣，戰兢兢的道：「悟空，這是怎的起？」行者氣呼呼的道：「師父，你不知就裡。我等保護你取獲此經，乃是奪天地造化之功，可以與乾坤並久，日月同明，壽享長春，法身不朽：此所以為天地不容，鬼神所忌，欲來暗奪之耳。一則這經是水濕透了；二則是你的正法身壓住，

第九十九回

九九數完魔滅盡　三三行滿道歸根

雷不能轟，電不能照，霧不能迷；又是老孫掄著鐵棒，使純陽之性，護持住了；及至天明，陽氣又盛：所以不能奪去。」

三藏、八戒、沙僧方才省悟，各謝不盡。少頃，太陽高照，卻移經於高崖上，開包曬晾。至今彼處曬經之石尚存。他們又將衣鞋都曬在崖旁，立的立，坐的坐，跳的跳。真個是：

一體純陽喜回陽，陰魔不敢逞強梁。須知水勝真經伏，不怕風雷閃霧光。
自此清平歸正覺，從今安泰到仙鄉。曬經石上留蹤跡，千古無魔到此方。

他四眾檢看經本，一一曬晾，早見幾個打魚人，來過河邊，抬頭看見。內有認得的道：「老師父可是前年過此河往西天取經的？」八戒道：「正是，正是。你是那裡人？怎麼認得我們？」漁人道：「我們是陳家莊上人。」八戒道：「陳家莊離此有多遠？」漁人道：「過此沖南有二十里，就是也。」八戒道：「師父，我們把經搬到陳家莊上曬去。他那裡有住坐，又有得吃，就教他家與我們漿衣服，卻不是好？」三藏道：「不去罷。在此曬乾了，就收拾找路回也。」那幾個漁人，行過南沖，恰遇著陳澄。叫道：「二老官，前年在你家替祭兒子的師父回來了。」陳澄道：「你在那裡看見？」漁人回指道：「都在那石上曬經哩。」

陳澄隨帶了幾個佃戶，走過沖來望見，跑近前跪下道：「老爺取經回來，功成行滿，怎麼不到舍下，卻在這裡盤弄？快請，快請到舍。」行者道：「等曬乾了經，和你去。」陳澄又問道：「老爺的經典、衣物，如何濕了？」三藏道：「昔年虧白黿馱渡河西，今年又蒙他馱渡河東。已將近岸，被他問昔年托問佛祖壽年之事，我本未曾問得，他遂淬在水內，故此濕了。」又將前後事細說了一遍。那陳澄拜請甚懇，三藏無已，遂收拾經卷。不期石上把《佛本行經》沾住了幾卷，遂將經尾沾破了。所以至今《本行經》不全，曬經石上猶有字跡。三藏懊悔道：「是我們怠慢了，不曾看顧得！」行者笑道：「不在此！不在此！蓋天地不全。這經原是全全的，今沾破了，乃是應不全之奧妙也。豈人力所能與耶！」師徒們果收拾畢，同陳澄赴莊。

那莊上人家，一個傳十，十個傳百，百個傳千，若老若幼，都來接看。陳清聞說，就擺香案，在門前迎迓；又命鼓樂吹打。少頃到了，迎入。陳清領合家人眷，俱出來拜見，拜謝昔日救女兒之恩。隨命看茶擺齋。三藏自受了佛祖的仙品、仙肴，又脫了凡胎成佛，全不思凡間之食。二老苦勸，沒奈何，略見他意。孫大聖自來不吃煙火食，也道：「㲄了。」沙僧也不甚吃。八戒也不似前番，就放下碗。行者道：「呆子也不吃了？」八戒道：「不知怎麼，脾胃一時就弱了。」遂此收了齋筵，卻又問取經之事。三藏又將先至玉真觀沐浴，凌雲渡脫胎，及至雷音寺參如來，蒙珍樓賜宴，寶閣傳經，始被二尊者索人事未遂，故傳無字之經，後復拜告如來，始得授一藏之數，並白黿淬水，陰魔暗奪之事，細細陳了一遍，就欲拜別。

那二老舉家，如何肯放，且道：「向蒙救拔兒女，深恩莫報，已創建一座院宇，名曰『救生寺』，專侍奉香火不絕。」又喚出原替祭之兒女陳關保、一秤金叩謝，復請至寺觀看。三藏卻又將經包兒收在他家堂前，與他念了一卷《寶常經》。後至寺中，只見陳家又設饌在此。還不曾坐下，又一起來請。還不曾舉箸，又一起來請。絡繹不絕，爭不上手。三藏俱不敢辭，略略見意。只見那座寺果然蓋得齊整：

山門紅粉膩，多賴施主功。一座樓台從此立，兩廊房宇自今興。朱紅隔扇，七寶玲瓏。香氣飄雲漢，清光滿太空。幾株嫩柏還澆水，數幹喬松未結叢。活水迎前，通天迭迭翻波浪；高崖倚後，山脈重重接地龍。

三藏看畢，才上高樓。樓上果裝塑著他四眾之像。八戒看見，扯著行者道：「兄長的相兒甚像。」沙僧道：「二哥，你的又像得緊。只是師父的又忒俊了些兒。」三藏道：「卻好！卻好！」遂下樓來。下面前殿後廊，還有擺齋的候請。行者卻問：「向日大王廟兒如何了？」眾老道：「那廟當年拆了。老爺，這寺自建立之後，年年成熟，歲歲豐登，卻是老爺之福庇。」行者笑道：「此天賜耳，與我們何與！但只我們自今去後，保你這一莊上人家，子孫繁衍，六畜安生，年年風調雨順，歲歲雨順風調。」眾等都叩頭拜謝。

只見那前前後後，更有獻果獻齋的無限人家。八戒笑道：「我的蹭蹬！那時節吃得，卻沒人家連請是請；今日吃不得，卻一家不了，又是一家。」饒他氣滿，略動手，又吃個八九盤素食；縱然胃傷，又吃了二三十個饅頭。已皆盡飽，又有人來相邀。三藏道：「弟子何能，感蒙至愛！望今夕暫停，明早再領。」

時已深夜。三藏守定真經，不敢暫離，就於樓下打坐看守。將及三更，三藏悄悄的叫道：「悟空，這裡人家，識得我們道成事完了。自古道：『真人不露相，露相不真人。』恐為久淹，失了大事。」行者道：「師父說得有理。我們趁此深夜，人皆熟睡，寂寂的去了罷。」八戒卻也知覺，沙僧盡自分明，白馬也能會意。遂此起了身，輕輕的抬上馱垜，挑著擔，從廊廡馱出。到於山門，只見門上有鎖。行者又使個解鎖法，開了二門、大門，找路望東而去。只聽得半空中有八大金剛叫道：「逃走的，跟我來！」那長老聞得香風蕩蕩，起在空中。

這正是：丹成識得本來面，體健如如(常在)拜主人。畢竟不知怎生見那唐王，且聽下回分解。

第一百回

徑回東土　五聖成真

且不言他四眾脫身，隨金剛駕風而起。卻說陳家莊救生寺內多人，天曉起來，仍治果肴來獻，至樓下，不見了唐僧。這個也來問，那個也來尋，俱慌慌張張，莫知所措，叫苦連天的道：「清清把個活佛放去了！」一會家無計，將辦下的品物，俱抬在樓上祭祀燒紙。以後每年四大祭，二十四小祭。還有那告病的，保安的，求親許願，求財求子的，無時無日，不來燒香祭賽。真個是金爐不斷千年火，玉盞常明萬載燈。不題。

卻說八大金剛使第二陣香風，把他四眾，不一日，送至東土，漸漸望見長安。原來那太宗自貞觀十三年九月望前三日送唐僧出城，至十六年，即差工部官在西安關外起建了望經樓接經。太宗年年親至其地。恰好那一日出駕復到樓上，忽見正西方滿天瑞靄，陣陣香風，金剛停在空中叫道：「聖僧，此間乃長安城了。我們不好下去，這裡人伶俐，恐洩漏吾像。孫大聖三位也不消去，汝自去傳了經與汝主，即便回來。我在霄漢中等你，與你一同繳旨。」大聖道：「尊者之言雖當，但吾師如何挑得經擔！如何牽得這馬！須得我等同去一送。煩你在空少等，諒不敢誤。」金剛道：「前日觀音菩薩啟過如來，往來只在八日，方完藏數。今已經四日有餘，只怕八戒貪圖富貴，誤了期限。」八戒笑道：「師父成佛，我也望成佛，豈有貪圖之理！潑大粗人！都在此等我，待交了經，就來與你回向也。」呆子挑著擔，沙僧牽著馬，行者扶著聖僧，都按下雲頭，落於望經樓邊。

太宗同多官一齊見了，即下樓相迎道：「御弟來也？」唐僧即倒身下拜。太宗攙起，又問：「此三者何人？」唐僧道：「是途中收的徒弟。」太宗大喜，即命侍官：「將朕御車馬扣背，請御弟上馬，同朕回朝。」唐僧謝了恩，騎上馬。大聖掄金箍棒緊隨。八戒、沙僧俱扶馬挑擔，隨駕後共入長安。真個是：

當年清宴樂升平，文武安然顯俊英。水陸場中僧演法，金鑾殿上主差卿。
關文敕賜唐三藏，經卷原因配五行。苦煉凶魔種種滅，功成今喜上朝京。

唐僧四眾，隨駕入朝。滿城中無一不知是取經人來了。卻說那長安唐僧舊住的洪福寺大小僧人，看見幾株松樹一棵棵頭俱向東，驚訝道：「怪哉！怪哉！今夜未曾刮風，如何這樹頭都扭過來了？」內有三藏的舊徒道：「快拿衣服來！取經的老師父來了！」眾僧問道：「你何以知之？」舊徒曰：「當年師父去時，曾有言道：『我去之後，或三五年，或六七年，但看松樹枝頭若是東向，我即回矣。』我師父佛口聖言，故此知之。」急披衣而出。至西街時，早已有人傳播說：「取經的人適才方到，萬歲爺爺接入城來了。」眾僧聽說，又急急跑來，卻就遇著。一見大駕，不敢近前，隨後跟至朝門之外。唐僧下馬，同眾進朝。唐僧將龍馬與經擔，同行者、八戒、沙僧，站在玉階之下。太宗傳宣：「御弟上殿。」賜坐。唐僧又謝恩坐了，教把經卷抬來。行者等取出，近侍官傳上。太宗又問：「多少經數？怎生取來？」三藏道：「臣僧到了靈山，參見佛祖，蒙差阿儺、伽葉二尊者先引至珍樓內賜齋，次到寶閣內傳經。那尊者需索人事（索要禮物），因未曾備得，不曾送他，他遂以經與了。當謝佛祖之恩，東行，忽被妖風搶了經去。幸小徒有些神通趕奪，卻俱拋擲散漫。因展看，皆是無字空本。臣等著驚，復去拜告懇求。佛祖道：『此經成就之時，有比丘聖僧將下山與舍衛國趙長者家看誦了一遍，保祐他家生者安全，亡者超脫，止討了他三斗三升米粒黃金，意思還嫌賣賤了，後來子孫沒錢使用。』我等知二尊者需索人事，佛祖明知，只得將欽賜紫金鉢盂送他，方傳了有字真經。此經有三十五部。各部中檢了幾卷傳來，共計五千零四十八卷。此數蓋合一藏也。」太宗更喜，教：「光祿寺設宴開東閣酬謝。」忽見他三徒立在階下，容貌異常，便問：「高徒果外國人耶？」長老俯伏道：「大徒弟姓孫，法名悟空，臣又呼他為孫行者。他出身原是東勝神洲傲來國花果山水簾洞人氏。因五百年前大鬧天宮，被佛祖困壓在西番兩界山石匣之內，蒙觀音菩薩勸善，情願皈依，是臣到彼救出，甚虧此徒保護。二徒弟姓豬，法名悟能，臣又呼他為豬八戒。他出身原是福陵山雲棧洞人氏。因在烏斯藏高老莊上作怪，即蒙菩薩勸善，虧行者收之。一路上挑擔有力，涉水有功。三徒弟姓沙，法名悟淨，臣又呼他為沙和尚。他出身原是流沙河作怪者，也蒙菩薩勸善，秉教沙門。那匹馬不是主公所賜者。」太宗道：「毛片相同，如何不是？」三藏道：「臣到蛇盤山鷹愁澗涉水，原馬被此馬吞之，虧行者請菩薩問此馬來歷，原是西海龍王之子，因有罪，也蒙菩薩救解，教他與臣作腳力。當時變作原馬，毛片相同。幸虧他登山越嶺，跋涉崎嶇。去時騎坐，來時馱經，亦甚賴其力也。」太宗聞言，稱贊不已。又問：「遠涉西方，端的（究竟）路程多少？」三藏道：「總記菩薩之言，有十萬八千里之遠。途中未曾記數。只知經過了一十四遍寒暑。日日山，日日嶺。遇林不小，遇水寬洪。還經幾座國王，俱有照驗印信。」叫：「徒弟，將通關文牒取上來，對主公繳納。」當時遞上。太宗看了，乃貞觀一十三年九月望前三日給。太宗笑道：「久勞遠涉。今已貞觀二十七年矣。」牒文上有寶象國印，烏雞國印，車遲國印，西梁女國印，祭賽國印，朱紫國印，獅駝國印，比丘國印，滅法國印；又有鳳仙郡印，玉華州印，金平府印。太宗覽畢，收了。

早有當駕官請宴，即下殿攜手而行。又問：「高徒能禮貌乎？」三藏道：「小徒俱是山村曠野之妖身，未諳中華聖朝之禮數。萬望主公赦罪。」太宗笑道：「不罪他，不罪他。都同請東閣赴宴去也。」三藏又謝了恩，招呼他三眾，都到閣內觀看。果是中華大國，比尋常不同。你看那：

門懸彩繡，地襯紅氈。異香馥郁，奇品新鮮。琥珀杯，琉璃盞，鑲金點翠；黃金盤，白玉碗，嵌錦花纏。爛煮蔓菁，糖澆香芋。蘑菇甜美，海菜清奇。幾次添來薑辣筍，數番辦上蜜調葵。麵筋椿樹葉，木耳豆腐皮。石花仙菜，蕨粉乾薇。花椒煮萊菔，芥末拌瓜絲。幾盤素品還猶可，數種奇稀果奪魁。核桃柿餅，龍眼荔枝。宣州繭栗山東棗，江南銀杏兔頭梨。榛松蓮肉葡萄大，榧子瓜仁菱米齊。橄欖林檎，蘋婆沙果。慈菇嫩藕，脆李楊梅。無般不備，無件不齊。還有些蒸酥蜜食兼嘉饌，更有那美酒香茶與異奇。說不盡百味珍饈真上品，果然是中華大國異西夷。

師徒四眾與文武多官，俱侍列左右。太宗皇帝仍正坐當中。歌舞吹彈，整齊嚴肅，遂盡樂一日。

正是：

君王嘉會賽唐虞，取得真經福有餘。
千古流傳千古盛，佛光普照帝王居。

當日天晚，謝恩宴散。太宗回宮，多官回宅。唐僧等歸於洪福寺，只見寺僧磕頭迎接。方進山門，眾僧報道：「師父，這樹頭兒今早俱忽然向東。我們記得師父之言，遂出城來接。果然到了！」長老喜之不勝，遂入方丈。此時八戒也不嚷茶飯，也不弄喧頭。行者、沙僧，個個穩重。只因道果完成，自然安靜。當晚睡了。

次早，太宗升朝，對群臣言曰：「朕思御弟之功，至深至大，無以為酬。一夜無寐，口占幾句俚談，權表謝意。但未曾寫出。」叫：「中書官來，朕念與你，你一一寫之。」其文云：

「蓋聞二儀（天和地）有象，顯覆載以含生；四時無形，潛寒暑以化物。是以窺天鑑地，庸愚皆識其端；明陰洞陽，賢哲罕窮其數。然天地包乎陰陽，而易識者，以其有像也；陰陽處乎天地，而難窮者，以其無形也。故知象顯可征，雖愚不惑；形潛莫睹，在智猶迷。況乎佛道崇虛，乘幽控寂。弘濟萬品，典御十方。舉威靈而無上，抑神力而無下；大之則彌於宇宙，細之則攝於毫釐。無滅無生，歷千劫而亙古；若隱若顯，運百福而長今。妙道凝玄，遵之莫知其際；法流湛寂，挹之莫測其源。故知蠢蠢凡愚，區區庸鄙，投其旨趣，能無疑惑者哉！然則大教之興，基乎西土。騰漢庭而皎夢（傳說漢明帝劉莊夢見金人頂上有日月光，佛教因而傳入中國。），照東域而流慈。古者，分形分跡之時，言未馳而成化；當常見常隱之世，民仰德而知遵。及乎晦影歸真，遷移越世，金容掩色，不鏡三千之光（佛的金容光明可照三千大千世界）；麗像開圖，空端四八之相（佛可以變化成有三十二種形象）。於是微言廣被，拯含類於三途（佛教指修行的十種境界）；遺訓遐宣，導群生於十地。佛有經，能分大小之乘；更有法，傳訛邪正之術。

我僧玄奘法師者，法門之領袖也。幼懷慎敏，早悟三空（佛教指我空、法空、我法俱空）之功；長契神清，先包四忍（泛指堅守佛理，忍受各種磨難）之行。松風水月，未足比其清華；仙露明珠，詎能方其朗潤！故以智通無累，神測未形。超六塵而迥出，使千古而傳芳。凝心內境，悲正法之陵遲；棲慮玄門，慨深文之訛謬。思欲分條振理，廣彼前聞；截偽續真，開茲後學。是以翹心淨土，法游西域。乘危遠邁，策杖孤征。積雪晨飛，途間失地；驚沙夕起，空外迷天。萬里山川，撥煙霞而進步；百重寒暑，躡霜雨而前蹤。誠重勞輕，求深欲達。周游西宇，十有四年。窮歷異邦，詢求正教。雙林（傳說佛祖死亡的地方）八水（佛教說須彌山下大海中有八功德水，水有甘、冷、不傷喉等八種優點和功能），味道餐風；鹿苑鷲峰，瞻奇仰異。承至言於先聖，受真教於上賢。探賾妙門，精窮奧業。三乘六律之道，馳驟於心田；一藏百篋之文，波濤於海口。爰自所歷之國無涯，求取之經有數。總得大乘要文，凡三十五部，計五千四十八卷，譯布中華，宣揚勝業。引慈雲於西極，注法雨於東陲。聖教缺而復全，蒼生罪而還福。濕火宅（佛教比喻充滿煩惱和磨難的俗果）之乾焰，共拔迷途；朗金水（佛教指智慧）之昏波，同臻彼岸。是知惡因業墜，善以緣升。升墜之端，惟人自作。譬之桂生高嶺，雲露方得泫其花；蓮出綠波，飛塵不能染其葉。非蓮性自潔而桂質本貞，良由所附者高，則微物不能累；所憑者淨，則濁類不能沾。夫以卉木無知，猶資善而成善，矧乎人倫有識，寧不緣慶而成慶？方冀真經傳布，並日月而無窮；景福遐敷（傳布到遠方），與乾坤而永大也歟！

寫畢，即召聖僧。此時長老已在朝門外候謝。聞宣急入，行俯伏之禮。太宗傳請上殿，將文字遞與長老。覽遍，復下謝恩，奏道：「主公文辭高古，理趣淵微。但不知是何名目。」太宗道：「朕夜口占，答謝御弟之意，名曰『聖教序』。不知好否。」長老叩頭，稱謝不已。太宗又曰：

「朕才愧珪璋，言慚金石。至於內典，尤所未聞。口占敘文，誠為鄙拙。穢翰墨於金簡，標瓦礫於珠林。循躬省慮，靦面恧心。甚不足稱。虛勞致謝。」

當時多官齊賀，頂禮聖教御文，遍傳內外。太宗道：「御弟將真經演誦一番，何如？」長老道：「主公，若演真經，須尋佛地。寶殿非可誦之處。」太宗甚喜。即問當駕官：「長安城寺，有那座寺院潔淨？」班中閃上大學士蕭瑀奏道：「城中有一雁塔寺，潔淨。」太宗即令多官：「把真經各虔捧幾卷，同朕到雁塔寺，請御弟談經去來。」多官遂各各捧著，隨太宗駕幸寺中，搭起高台，鋪設齊整。長老仍命：「八戒、沙僧，牽龍馬，理行囊；行者在我左右。」又向太宗道：「主公欲將真經傳流天下，須當謄錄副本，方可布散。原本還當珍藏，不可輕褻。」太宗又笑道：「御弟之言，甚當！甚當！」隨召翰林院及中書科各官謄寫真經。又建一寺，在城之東，名曰謄黃寺。

長老捧幾卷登台，方欲諷誦，忽聞得香風繚繞，半空中有八大金剛現身高叫道：「誦經的，放下經卷，跟我回西去也。」這底下行者三人，連白馬，平地而起。長老亦將經卷丟下，也從台上起於九霄，相隨騰空而去。慌得那太宗與多官望空下拜。這正是：

聖僧努力取經編，西宇周流十四年。苦歷程途遭患難，多經山水受迍邅。
功完八九還加九，行滿三千及大千。大覺妙文回上國，至今東土永留傳。

太宗與多官拜畢，即選高僧，就於雁塔寺裡，修建水陸大會，看誦《大藏真經》，超脫幽冥孽鬼，普施善慶。將謄錄過經文，傳布天下不題。

卻說八大金剛，駕香風，引著長老四眾，連馬五口，復轉靈山。連去連來，適在八日之內。此時靈山諸神，都在佛前聽講。八金剛引他師徒進去，對如來道：「弟子前奉金旨，駕送聖僧等，已到唐國，將經交納，今特繳旨。」遂叫唐僧等近前受職。如來道：「聖僧，汝前世原是我之二徒，名喚金蟬子。因為汝不聽說法，輕慢我之大教，故貶汝之真靈，轉生東土。今喜皈依，秉我迦持，又乘吾教，取去真經，甚有功果，加升大職正果，汝為旃檀功德佛。孫悟空，汝因大鬧天宮，吾以甚深法力，壓在五行山下，幸天災滿足，歸於釋教；且喜汝隱惡揚善，在途中煉魔降怪有功，全終全始，加升大職正果，汝為鬥戰勝佛。豬悟能，汝本天河水神，天蓬元帥。為汝蟠桃會上酗酒戲了仙娥，貶汝下界投胎，身如畜類。幸汝記愛人身，在福陵山雲棧洞造孽，喜歸大教，入吾沙門，保聖僧在路，卻又有頑心，色情未泯。因汝挑擔有功，加升汝職正果，做淨壇使者。」八戒口中嚷道：「他們都成

第一百回
徑回東土　五聖成真

佛，如何把我做個淨壇使者？」如來道：「因汝口壯身慵，食腸寬大。蓋天下四大部洲，瞻仰吾教者甚多，凡諸佛事，教汝淨壇，乃是個有受用的品級。如何不好！——沙悟淨，汝本是捲簾大將，先因蟠桃會上打碎玻璃盞，貶汝下界，汝落於流沙河，傷生吃人造孽，幸皈吾教，誠敬迦持，保護聖僧，登山牽馬有功，加升大職正果，為金身羅漢。」又叫那白馬：「汝本是西洋大海廣晉龍王之子。因汝違逆父命，犯了不孝之罪，幸得皈身皈法，皈我沙門，每日家虧你馱負聖僧來西，又虧你馱負聖經去東，亦有功者，加升汝職正果，為八部天龍馬。」

長老四眾，俱各叩頭謝恩。馬亦謝恩訖。仍命揭諦引了馬下靈山後崖，化龍池邊，將馬推入池中。須臾間，那馬打個展身，即退了毛皮，換了頭角，渾身上長起金鱗，腮頷下生出銀鬚，一身瑞氣，四爪祥雲，飛出化龍池，盤繞在山門裡擎天華表柱上。諸佛贊揚如來的大法。孫行者卻又對唐僧道：「師父，此時我已成佛，與你一般，莫成還戴金箍兒，你還念甚麼《緊箍兒咒》掯勒我？趁早兒念個《鬆箍兒咒》，脫下來，打得粉碎，切莫叫那甚麼菩薩再去捉弄他人。」唐僧道：「當時只為你難管，故以此法制之。今已成佛，自然去矣。豈有還在你頭上之理！你試摸摸看。」行者舉手去摸一摸，果然無之。此時旃檀佛、鬥戰佛、淨壇使者、金身羅漢，俱正果了本位。天龍馬亦自歸真。有詩為證。詩曰：

一體真如轉落塵，合和四相復修身。五行論色空還寂，百怪虛名總莫論。
正果旃檀皈大覺，完成品職脫沉淪。經傳天下恩光闊，五聖高居不二門。

五聖果位之時，諸眾佛祖、菩薩、聖僧、羅漢、揭諦、比丘、優婆夷塞、各山各洞的神仙、大神、丁甲、功曹、伽藍、土地，一切得道的師仙，始初俱來聽講，至此各歸方位。你看那：

靈鷲峰頭聚霞彩，極樂世界集祥雲。金龍穩臥，玉虎安然。烏兔任隨來往，龜蛇憑汝盤旋。丹鳳青鸞情爽爽，玄猿白鹿意怡怡。八節奇花，四時仙果。喬松古檜，翠柏修篁。五色梅時開時結，萬年桃時熟時新。千果千花爭秀，一天瑞靄紛紜。

大眾合掌皈依。都念：

「南無燃燈上古佛。南無藥師琉璃光王佛。南無釋迦牟尼佛。南無過去未來現在佛。南無清淨喜佛。南無毗盧屍佛。南無寶幢王佛。南無彌勒尊佛。南無阿彌陀佛。南無無量壽佛。南無接引歸真佛。南無金剛不壞佛。南無寶光佛。南無龍尊王佛。南無精進善佛。南無寶月光佛。南無現無愚佛。南無婆留那佛。南無那羅延佛。南無功德華佛。南無才功德佛。南無善游步佛。南無旃檀光佛。南無摩尼幢佛。南無慧炬照佛。南無海德光明佛。南無大慈光佛。南無慈力王佛。南無賢善首佛。南無廣莊嚴佛。南無金華光佛。南無才光明佛。南無智慧勝佛。南無世靜光佛。南無日月光佛。南無日月珠光佛。南無慧幢勝王佛。南無妙音聲佛。南無常光幢佛。南無觀世燈佛。南無法勝王佛。南無須彌光佛。南無大慧力王佛。南無金海光佛。南無大通光佛。南無才光佛。南無旃檀功德佛。南無鬥戰勝佛。南無觀世音菩薩。南無大勢至菩薩。南無文殊菩薩。南無普賢菩薩。南無清淨大海眾菩薩。南無蓮池海會佛菩薩。南無西天極樂諸菩薩。南無三千揭諦大菩薩。南無五百阿羅大菩薩。南無比丘夷塞尼菩薩。南無無邊無量法菩薩。南無金剛大士聖菩薩。南無淨壇使者菩薩。南無八寶金身羅漢菩薩。南無八部天龍廣力菩薩。

如是等一切世界諸佛，願以此功德，莊嚴佛淨土。上報四重恩，下濟三途苦。若有見聞者，悉發菩提心。同生極樂國，盡報此一身。十方三世一切佛，諸尊菩薩摩訶薩，摩訶般若波羅密。」

《西遊記》至此終。

附：《西遊記》主要人物介紹

一、唐僧師徒

唐僧：俗姓陳，乳名江流，法名玄奘。唐玄宗拜為御弟，賜號三藏。如來佛祖觀音菩薩查訪取經人，選中玄奘，並賜三件寶物：袈裟，九環錫杖、緊箍咒。唐僧西天取經遭遇八十一難，始終痴心不改。但性格有懦弱的一面，又往往人妖不辨，是非顛倒，特別是對善於識破妖怪的孫悟空屢次誤解冤枉，以至親痛仇快。在三位徒弟的保護下，終於到達西天雷音寺，取得真經35部5048卷，被封為「旃檀功德佛。」

孫悟空：法名行者，唐僧的大徒弟。是由花果山一塊仙石迸裂而生，自稱「美猴王」。曾從菩提祖師學藝，一雙火眼金睛能看穿一切妖魔鬼怪。手中武器是如意金箍棒，重一萬三千五百斤。他敢於和天宮對抗，自稱「齊天大聖」，幾次大鬧天宮，天兵天將亦無可奈何。最後被佛祖如來鎮壓於五行山下，五百年後解脫，成為唐僧大弟子，助唐僧西天取經。一路上經歷九九八十一難，孫悟空都戰而勝之化險為夷。他三打白骨精，收服紅孩兒，熄滅火焰山……最終取經成功，被封為「鬥戰勝佛」。孫悟空敢於向最高權威和一切惡勢力挑戰，大智大勇，斬妖除魔，是人民心目中的英雄，是理想、正義、力量和勝利的化身。

豬八戒：法名悟能，唐僧的二弟子，原來是玉皇大帝手下的天蓬元帥，因調戲嫦娥被逐出天界，到人間投胎錯投了豬胎，變作了人身豬頭模樣。他武藝高強，騰雲駕霧，手持九齒釘耙，是孫悟空的好助手。他貪吃食量大，好色，愛占小便宜，常常被悟空教訓和耍弄。但性格善良溫和，是頗受讀者喜愛的形象。唐僧取經成功有他的一份功勞，被封為「淨壇使者」。

沙和尚：法名悟淨。原是玉帝的捲簾大將，因失手打碎玉玻璃，被貶到流沙河東岸。他手持月牙鏟，在流沙河行凶吃人。經觀音菩薩點化，成為唐僧徒弟。他有兩件法寶，一是菩薩葫蘆，一是九個骷髏組成的項圈。他按觀音菩薩旨意，用這兩件寶貝做成法船，載唐僧師徒順利渡過流沙河。沙僧正直誠懇，忠心耿耿，保唐生取經成功，被封為「金身羅漢」。

白龍馬：原是西海龍王敖閏的三太子，因縱火燒了玉帝賜的明珠，犯下死罪。幸被觀音菩薩所救，並點化變成白龍馬，化為唐僧坐騎，最終被封為「八部天龍馬」。

二、神仙菩薩

如來佛祖：即釋迦牟尼祖師，手下有八大金剛、十八羅漢和各路菩薩。如來佛法力無邊，各路神魔都無法和他相比。孫悟空一個筋斗翻越十萬八千里，卻沒翻出如來的手心。他是佛教最高領袖，受僧俗無上景仰，但在唐僧到達西天接取佛經時，他卻支持手下向唐僧索取「人事（禮物）」，令人費解？

觀音菩薩：如來佛祖的弟子，人間無所不在的救世主。他受佛祖之旨尋訪到唐僧為取經人，又幫孫悟空收服了豬八戒、沙和尚和白龍馬。取經途中屢次幫唐僧師徒消災弭難，如孫悟空毀傷鎮元大仙人參果樹，難以脫身，全賴觀音法力使果樹起死回生，唐僧師徒才得以脫險。又如黑風山收伏黑熊怪，火雲洞收縛紅海妖等等。觀世音菩薩手持淨瓶楊柳枝，救苦救難的形象在民間已深入人心。

玉皇大帝：簡稱玉帝，是天、地、人三界的最高主宰，也是佛教、道教最尊崇的神。住在天宮凌霄寶殿，屬下十代冥王管人間生死；四海龍王管天氣變化；九曜星、五方將、二十八宿、四大天王及各路神仙均法力無邊，而且受如來佛祖的暗中保護。孫悟空大鬧天宮，挑戰玉帝，聲稱「皇帝輪流做，明年到我家」，終因玉帝勢力強大，最後被如來鎮壓於五行山。

太上老君：即道教創始人李耳。住在兜率宮煉丹，曾把鬧天宮的孫悟空捉進八卦爐中燒煉結果沒燒死，還練就了悟空的火眼金睛。常騎青牛，有個法寶金剛琢，在捉拿大鬧天宮的孫悟空時立下功勞。後被他的青牛偷去興妖作怪，使孫悟空陷入困境。老君收回金剛琢，制伏了青牛怪。

二郎真君：姓楊名戩，是玉皇大帝的外甥，住在灌江口，手持三尖兩刃槍，有七十三般變化。有一隻神勇無比的哮天犬，手下的梅山六兄弟個個武藝非凡。在與孫悟空的大戰中，各展其能，終是略勝一籌，捉住悟空。在唐僧取經路上，他曾幫助孫悟空大敗了九頭怪，助唐僧清除了又一個強魔。

三、妖魔鬼怪

黑風山黑熊怪：黑熊變幻而成，住在黑風山黑風洞，手持黑櫻槍，武藝高強。他偷走了唐僧的錦襴袈裟，要在他生日開「佛衣會」。請諸怪來慶賞。孫悟空與他多次廝殺也不能取勝，只好請南海觀音相救。觀音用仙丹誘騙他現出原形，為唐僧討回袈裟，後來此怪皈依佛門，做了落伽山守山大神。

紅孩兒：即聖嬰大王，是牛魔王和羅剎女（即鐵扇公主）的兒子。在火焰山修煉三百年，練就三昧真火，口裡吐火，鼻子噴煙。住在枯松澗火雲洞。唐僧師徒路經此處，紅孩兒妖怪用計攝走了唐僧，欲吃其肉。悟空雖與之力戰，卻敵不過這怪的濃煙烈火。無可奈何只好再請觀音菩薩，觀音派護法惠岸木叉收伏了紅孩兒，讓他做了觀音的善財童子。

牛魔王：是魔界的魔頭，法力無邊，號稱「大力牛魔王」，和孫悟空曾結拜為兄弟，也會七十二般變化。手使混鐵棍，坐騎避水金睛獸。孫悟空為熄滅火焰山之禍，變成牛魔王向鐵扇公主騙取芭蕉扇，但牛魔王卻變成豬八戒又把扇子從孫悟空手裡騙回來。哪吒太子受命收服了他，使他皈依佛門，終成正果。

白骨精：是屍骨修煉成精，又稱白骨夫人。為吃唐僧肉，她三次變幻形象，先變成少女，再變成八十歲老婆婆，第三次變成了一個衰朽的老翁。唐僧和八戒不辨真偽，中了奸計；孫悟空火眼金睛，看穿了妖怪的伎倆，接連打死了三番變化的白骨精，使唐僧免遭劫難。

國家圖書館出版品預行編目資料

西遊記／吳承恩著；黎庶注釋，二版
-- 新北市：新潮社文化事業有限公司，2024.12
冊；　公分
ISBN 978-986-316-924-6（全套：平裝）

857.47　　113014700

西遊記

吳承恩／著
黎庶／注釋

【製　作】林郁、張明
【出　版】新潮社文化事業有限公司
電話：(02) 8666-5711
傳真：(02) 8666-5833
E-mail：service@xcsbook.com.tw

【總經銷】創智文化有限公司
新北市土城區忠承路 89 號 6F（永寧科技園區）
電話：2268-3489
傳真：2269-6560

印前作業　菩薩蠻數位文化有限公司
東豪印刷事業有限公司
福霖印刷企業有限公司

二　版　2025 年 01 月

【全套三冊，不分售】

古典文學經典名著

西遊記

中冊（全三冊）

吳承恩（著）
黎庶（注釋）

第三十三回
外道迷真性　元神助本心

卻說那怪將八戒拿進洞去，道：「哥哥啊，拿將一個來了。」老魔喜道：「拿來我看。」二魔道：「這不是？」老魔道：「兄弟，錯拿了，這個和尚沒用。」八戒就綽經說道：「大王，沒用的和尚，放他出去罷。不當人子！」二魔道：「哥哥，不要放他；雖然沒用，也是唐僧一起的，叫做豬八戒。把他且浸在後邊淨水池中，浸退了毛衣，使鹽醃著，曬乾了，等天陰下酒。」八戒聽言道：「蹭蹬啊！撞著個販醃臘的妖怪了！」那小妖把八戒抬進去，拋在水裡不題。

卻說三藏坐在坡前，耳熱眼跳，身體不安，叫聲「悟空！怎麼悟能這番巡山，去之久而不來？」行者道：「師父還不曉得他的心哩。」三藏道：「他有甚心？」行者道：「師父啊，此山若是有怪，他半步難行，一定虛張聲勢，跑將回來報我；想是無怪，路途平靜，他一直去了。」三藏道：「假若真個去了，卻在那裡相會？此間乃是山野空闊之處，比不得那店市城井之間。」行者道：「師父莫慮，且請上馬。那呆子有些懶惰，斷然走的遲慢。你把馬打動些兒，我們定趕上他。一同去罷。」真個唐僧上馬，沙僧挑擔，行者前面引路上山。

卻說那老怪又喚二魔道：「兄弟，你既拿了八戒，斷乎就有唐僧。再去巡巡山來，切莫放過他去。」二魔道：「就行，就行。」你看他急點起五十名小妖，上山巡邏。

正走處，只見祥雲縹緲，瑞氣盤旋。二魔道：「唐僧來了。」眾妖道：「唐僧在那裡？」二魔道：「好人頭上祥雲照頂，惡人頭上黑氣沖天。那唐僧原是金蟬長老臨凡，十世修行的好人，所以有這祥雲縹緲。」眾怪都不看見，二魔用手指道：「那不是？」那三藏就在馬上打了一個寒噤；又一指，又打個寒噤。一連指了三指，他就一連打了三個寒噤。心神不寧道：「徒弟啊，我怎麼打寒噤麼？」沙僧道：「打寒噤想是傷食病發了。」行者道：「胡說，師父是走著這深山峻嶺，必然小心虛驚。莫怕！莫怕！等老孫把棒打一路與你壓壓驚。」

好行者，理開棒，在馬前丟幾個解數，上三下四，左五右六，盡按那六韜三略，使起神通。那長老在馬上觀之，真個是寰中少有，世上全無。剖開路一直前行，險些兒不唬倒那怪物。他在山頂上看見，魂飛魄喪。忽失聲道：「幾年間聞說孫行者，今日才知話不虛傳果是真。」眾怪上前道：「大王，怎麼長他人之志氣，滅自己之威風？你誇誰哩？」二魔道：「孫行者神通廣大，那唐僧吃他不成。」眾怪道：「大王，你沒手段，等我們著幾個去報大大王，教他點起本洞大小兵來，擺開陣勢，合力齊心，怕他走了那裡去！」二魔道：「你們不曾見他那條鐵棒，有萬夫不當之勇。我洞中不過有四五百兵，怎禁得他那一棒？」眾妖道：「這等說，唐僧吃不成，卻不把豬八戒錯拿了？如今送還他罷。」二魔道：「拿便也不曾錯拿，送便也不好輕送。唐僧終是要吃，只是眼下還尚不能。」眾妖道：「這般說，還過幾年麼？」二魔道：「也不消幾年。我看見那唐僧，只可善圖，不可惡取。若要倚勢拿他，聞也不得一聞。只可以善去感他，賺得他心與我心相合，卻就善中取計，可以圖之。」眾

第三十三回
外道迷真性　元神助本心

妖道：「大王如定計拿他，可用我等。」二魔道：「你們都各回本寨，但不許報與大王知道，若是驚動了他，必然走了風訊，敗了我計策。我自有個神通變化，可以拿他。」

眾妖散去，他獨跳下山來，在那道路之旁，搖身一變，變做個年老的道者。真個是怎生打扮？但見他：

星冠晃亮，鶴髮蓬鬆。羽衣圍繡帶，雲履綴黃棕。神清目朗如仙客，體健身輕似壽翁。說甚麼清牛道士，也強如素券（指和尚）先生。裝成假像如真像，捏作虛情似實情。

他在那大路旁裝做個跌折腿的道士，腳上血淋津，口裡哼哼的，只叫：「救人！救人！」

卻說這三藏仗著孫大聖與沙僧，歡喜前來。正行處，只聽得叫：「師父救人！」三藏聞得，道：「善哉！善哉！這曠野山中，四下裡更無村舍，是甚麼人叫？想必是虎豹狼蟲唬倒的。」這長老兜回駿馬，叫道：「那有難者是甚人？可出來。」這怪從草科裡爬出，對長老馬前，乒乓的只情磕頭。三藏在馬上見他是個道者，卻又年紀高大，甚不過意。連忙下馬攙道：「請起，請起。」那怪道：「疼！疼！疼！」丟了手看處，只見他腳上流血。三藏驚問道：「先生啊，你從那裡來？因甚傷了尊足？」那怪巧語花言，虛情假意道：「師父啊，此山西去，有一座清幽觀宇。我是那觀裡的道士。」三藏道：「你不在本觀中侍奉香火，演習經法，為何在此閒行？」那魔道：「因前日山南裡施主家，邀道眾禳星（道家驅除邪惡的一種法事），散福（祭祀後把供品散發眾人）來晚，我師徒二人，一路而行。行至深衢，忽遇著一隻斑斕猛虎，將我徒弟銜去。貧道戰兢兢亡命走，一跤跌在亂石坡上，傷了腿足，不知回路。今日大有天緣，得遇師父，萬望師父大發慈悲，救我一命。若得到觀中，就是典身賣命，一定重謝深恩。」三藏聞言，認為真實，道：「先生啊，你我都是一命之人，我是僧，你是道。衣冠雖別，修行之理則同。我不救你啊，就不是出家之輩。救便救你，你卻走不得路哩。」那怪道：「立也立不起來，怎生走路？」三藏道：「也罷，也罷。我還走得路，將馬讓與你騎一程，到你上宮，還我馬去罷。」那怪道：「師父，感蒙厚情，只是腿胯跌傷，不能騎馬。」三藏道：「正是。」叫沙和尚：「你把行李捎在我馬上，你馱他一程罷。」沙僧道：「我馱他。」

那怪急回頭，抹了他一眼，道：「師父啊，我被那猛虎唬怕了，見這晦氣色臉的師父，愈加驚怕，不敢要他馱。」三藏叫道：「悟空，你馱罷。」行者連聲答應道：「我馱！我馱！」那妖就認定了行者，順順的要他馱，再不言語。沙僧笑道：「這個沒眼色的老道！我馱著不好，顛倒要他馱。他若看不見師父時，三尖石上，把筋都摜斷了你的哩！」行者馱了，口中笑道：「你這個潑魔，怎麼敢來惹我！你也問問老孫是幾年的人兒！你這般鬼話兒，只好瞞唐僧，又好來瞞我？我認得你是這山中的怪物！想是要吃我師父哩。我師父又非是等閒之輩，是你吃的！你要吃他，也須是分多一半與老孫是。」那魔聞得行者口中念誦，道：「師父，我是好人家兒孫，做了道士。今日不幸，遇著虎狼之厄，我不是妖怪。」行者道：「你既怕虎狼，怎麼不念《北斗經》？」

三藏正然上馬，聞得此言，罵道：「這個潑猴！『救人一命，勝造七級浮屠。』你馱他馱兒便罷了，且講甚麼『北斗經』、『南斗經』！」行者聞言道：「這廝造化哩！我那師父是個慈悲好善之人，又有些外好裡梱槎（指對外人好，對自己人苛刻。）我待不馱你，他就怪我。馱便馱，須要與你講開：若是大小便，先和我說，若在脊梁上淋下來，臊氣不堪，且污了我的衣服，沒人漿洗。」那怪道：「我這

第三十三回

外道迷真性　元神助本心

般一把子年紀，豈不知你的話說？」行者才拉將起來，背在身上。同長老、沙僧，奔大路西行。那山上高低不平之處，行者留心慢走，讓唐僧前去。行不上三五里路，師父與沙僧下了山凹之中，行者卻望不見，心中埋怨道：「師父偌大年紀，再不曉得事體。這等遠路，就是空身子也還嫌手重，恨不得捽了，卻又教我馱著這個妖怪！莫說他是妖怪，就是好人，這把年紀，也死得著了，摜殺他罷，馱他怎的？」這大聖正算計要摜，原來那怪就知道了。且會遣山，就使一個「移山倒海」的法術，就在行者背上捻訣，念動真言，把一座須彌山遣在空中，劈頭來壓行者。這大聖慌的把頭偏一偏，壓在左肩背上。笑道：「我的兒，你使甚麼重身法來壓老孫哩？這個倒也不怕，只是『正擔好挑，偏擔兒難挨。』」那魔道：「一座山壓他不住！」卻又念咒語，把一座峨眉山遣在空中來壓。行者又把頭偏一偏，壓在右肩背上。看他挑著兩座大山，飛星來趕師父！那魔頭看見，就嚇得渾身是汗，遍體生津（汗）道：「他卻會擔山！」又整性情，把真言念動，將一座泰山遣在空中，劈頭壓住行者。那大聖力軟筋麻，遭逢他這泰山下頂之法，只壓得三屍神咋，七竅噴紅。

好妖魔，使神通壓倒行者，卻疾駕長風，去趕唐三藏。就於雲端裡伸下手來，馬上撾人。慌得個沙僧丟了行李，掣出降妖棒，當頭擋住。那妖魔舉一口七星劍，對面來迎。這一場好殺：

七星劍，降妖杖，萬映金光如閃亮。這個圜眼凶如黑煞神，那個鐵臉真是捲簾將。那怪山前大顯能，一心要捉唐三藏。這個努力保真僧，一心寧死不肯放。他兩個噴雲噯霧照天宮，播土揚塵遮鬥象。殺得那一輪紅日淡無光，大地乾坤昏蕩蕩。來往相持八九回，不期戰敗沙和尚。

那魔十分凶猛，使口寶劍，流星的解數滾來，把個沙僧戰得軟弱難搪，回頭要走；早被他逼住寶杖，掄開大手，撾住沙僧，挾在左脅下，將右手去馬上拿了三藏，腳尖兒鉤著行李，張開口，咬著馬鬃，使起攝法，把他們一陣風，都拿到蓮花洞裡。厲聲高叫道：「哥哥！這和尚都拿來了！」

老魔聞言，大喜道：「拿來我看。」二魔道：「這不是？」老魔道：「賢弟呀，又錯拿來了也。」二魔道：「你說拿唐僧的。」老魔道：「是便就是唐僧，只是還不曾拿住那有手段的孫行者。須是拿住他，才好吃唐僧哩。若不曾拿得他，切莫動他的人。那猴王神通廣大，變化多般。我們若吃了他師父，他肯甘心？來那門前吵鬧，莫想能得安生。」二魔笑道：「哥啊，你也忒會抬舉人。若依你誇獎他，天上少有，地上全無；自我觀之，也只如此，沒甚手段。」老魔道：「你拿住了？」二魔道：「他已被我遣三座大山壓在山下，寸步不能舉移。所以才把唐僧、沙和尚連馬、行李，都攝將來也。」

那老魔聞言，滿心歡喜道：「造化！造化！拿住這廝，唐僧才是我們口裡的食哩。」叫小妖：「快安排酒來，且與你二大王奉個得功的杯兒。」二魔道：「哥哥，且不要吃酒，叫小的們把豬八戒撈上水來吊起。」遂把八戒吊在東廊，沙僧吊在西邊，唐僧吊在中間，白馬送在槽上，行李收將進去。

老魔笑道：「賢弟好手段！兩次捉了三個和尚。但孫行者雖是有山壓住，也須要作個法，怎麼拿他來湊蒸，才好哩。」二魔道：「兄長請坐。若要拿孫行者，不消我們動身，只教兩個小妖，拿兩件寶貝，把他裝將來罷。」老魔道：「拿甚麼寶貝去？」二魔道：「拿我的『紫金紅葫蘆』，你的『羊脂玉淨瓶』。」老魔將寶貝取出道：「差那兩個去？」二魔道：「差精細鬼、伶俐蟲二人去。」吩咐道：「你兩個拿著這寶貝，徑至高山絕頂，將底兒朝天，口兒朝地，叫一聲『孫行者！』他若應了，就已將在裡面，隨即貼上『太上老君急急如律令奉敕』的貼兒。他就一時三刻化為膿了。」二小妖叩頭，將寶貝領出去拿行者不題。

卻說那大聖被魔使法壓住在山根之下，遇苦思三藏，逢災念聖僧。厲聲叫道：「師父啊！想當時你在兩界山，揭了壓帖，老孫脫了大難，秉教沙門；感菩薩賜與法旨，我和你同住同修，同緣同相，同見同知，乍想到了此處，遭逢魔障，又被他遣山壓了，可憐！可憐！你死該當，只難為沙僧、八戒與那小龍化馬一場！這正是樹大招風風撼樹，人為名高名喪人！」嘆罷，那珠淚如雨。早驚了山神、土地與五方揭諦神眾。會金頭揭諦道：「這山是誰的？」土地道：「是我們的。」「你山下壓的是誰？」土地道：「不知是誰。」揭諦道：「你等原來不知。這壓的是五百年前大鬧天宮的齊天大聖孫悟空行者。如今皈依正果，跟唐僧做了徒弟。你怎麼把山借與妖魔壓他？你們是死了。他若有一日脫身出來，他肯饒你！就是從輕，土地也問個擺站，山神也問個充軍，我們也領個大不應是。」那山神、土地才怕道：「委實不知，不知。只聽得那魔頭念起遣山咒法，我們就把山移將來了。誰曉得是孫大聖？」揭諦道：「你且休怕，律上有云：『不知者不坐。』我與你計較，放他出來，不要教他動手打你們。」土地道：「就沒理了，既放出來又打？」揭諦道：「你不知。他有一條如意金箍棒，十分利害：打著的就死，挽著的就傷，磕一磕兒筋斷，擦一擦兒皮塌哩！」

那土地、山神、心中恐懼，與五方揭諦商議了，卻來到三山門外叫道：「大聖！山神、土地、五方揭諦來見。」好行者，他虎瘦雄心還在，自然的氣象昂昂，聲音朗朗道：「見我怎的？」土地道：「告大聖得知。遣開山，請大聖出來，赦小神不恭之罪。」行者道：「遣開山，不打你。」喝聲「起去！」就如官府發放一般。那眾神念動真言咒語，把山仍遣歸本位，放起行者。行者跳將起來，抖抖土，束束裙，耳後掣出棒來，叫山神、土地：「都伸過孤拐來，每個先打兩下，與老孫散散悶！」眾神大驚道：「剛才大聖已吩咐，恕我等之罪；怎麼出來就變了言語要打？」行者道：「好土地！好山神，你倒不怕老孫，卻怕妖怪！」土地道：「那魔神通廣大，法術高強，念動真言咒語，拘喚我等在他洞裡，一日一個輪流當值哩！」

行者聽見「當值」二字，卻也心驚。仰面朝天，高聲大叫道：「蒼天！蒼天！自那混沌初分，天開地辟，花果山生了我，我也曾遍訪明師，傳授長生秘訣。想我那隨風變化，伏虎降龍，大鬧天宮，名稱大聖。更不曾把山神、土地欺心使喚。今日這個妖魔無狀，怎敢把山神、土地喚為奴僕，替他輪流當值？天啊！既生老孫，怎麼又生此輩？」那大聖正感嘆間，又見山凹裡霞光焰焰而來，行者道：「山神、土地，你既在這洞中當值，那放光的是甚物件？」土地道：「那是妖魔的寶貝放光，想是有妖精拿寶貝來降你。」行者道：「這個好耍子兒啊！我且問你，他這洞中有甚人與他相往？」土地道：「他愛的是燒丹煉藥，喜的是全真道人。」行者道：「怪道他變個老道士，把我師父騙去了。既這等，你都且記打。回去罷。等老孫自家拿他。」那眾神俱騰空而散。

這大聖搖身一變，變做個老真人，你道他怎生打扮：

頭挽雙髽髻，身穿百衲衣。手敲漁鼓簡，腰繫呂公絛。
斜倚大路下，專候小魔妖。頃刻妖來到，猴王暗放刁。

不多時，那兩個小妖到了。行者將金箍棒伸開，那妖不曾防備，絆著腳，撲的一跌。爬起來，才看見行者，口裡嚷道：「憊懶！憊懶！若不是我大王敬重你這行人，就和比較起來。」行者陪笑道：「比較甚麼？道人見道人，都是一家人。」那怪道：「你怎麼睡在這裡，絆我一跌？」行者道：「小道童見我這老道人，要跌一跌兒做見面錢。」那妖道：「我大王見面錢只要幾兩銀子，你怎麼跌一跌兒做見面錢？你別是一鄉風，決不是我這裡道士。」行者道：「我當真不是。我是蓬萊山來的。」那妖道：「蓬萊山是海島神仙境界。」行者道：「我不是神仙，誰是神仙？」那妖卻回嗔作喜，上前道：「老神仙，老神仙！我等肉眼凡胎，不能識認，言語衝撞，莫怪，莫怪。」行者道：「我不怪你。常言道：『仙體不踏凡地』，你怎知之？我今日到你山上，要度一個成仙了道的好人。那個肯跟我去？」精細鬼道：「師父，我跟你去。」伶俐蟲道：「師父，我跟你去。」

行者明知故問道：「你二位從那裡來的？」那怪道：「自蓮花洞來的。」「要往那裡去？」那怪道：「奉我大王教命，拿孫行者去的。」行者道：「拿那個？」那怪又道：「拿孫行者。」孫行者道：「可是跟唐僧取經的那個孫行者麼？」那妖道：「正是，正是。你也認得他？」行者道：「那猴子有些無禮。我認得他。我也有些惱他。我與你同拿他去，就當與你助功。」那怪道：「師父，不須你助功。我二大王有些法術，遣了三座大山把他壓在山下，寸步難移，教我兩個拿寶貝來裝他的。」行者道：「是甚寶貝？」精細鬼道：「我的是『紅葫蘆』，他的是『玉淨瓶』。」行者道：「怎麼樣裝他？」小妖道：「把這寶貝的底兒朝天，口兒朝地，叫他一聲，他若應了，就裝在裡面；貼上一張『太上老君急急如律令奉敕』的帖子，他就一時三刻化為膿了。」

行者見說，心中暗驚道：「利害！利害！當時日值功曹報信，說有五件寶貝，這是兩件了；不知那三件又是甚麼東西？」行者笑道：「二位，你把寶貝借我看看。」那小妖那知甚麼訣竅，就於袖中取出兩件寶貝，雙手遞與行者。行者見了，心中暗喜道：「好東西！好東西！我若把尾子一抉，颼的跳起來走了，只當是送老孫。」忽又思道：「不好！不好！搶便搶去，只是壞了老孫的名頭。這叫做白日搶奪了。」復遞與他去，道：「你還不曾見我的寶貝哩。」那怪道：「師父有甚寶貝？也借與我凡人看看壓災。」

好行者，伸下手把尾上毫毛拔了一根，捻一捻，叫「變！」即變做一個一尺七寸長的大紫金紅葫蘆，自腰裡拿將出來道：「你看我的葫蘆麼？」那伶俐蟲接在手，看了道：「師父，你這葫蘆長大，有樣範，好看，卻只是不中用。」行者道：「怎的不中用？」那怪道：「我這兩件寶貝，每一個可裝千人哩。」行者道：「你這裝人的，何足稀罕？我這葫蘆，連天都裝在裡面哩！」那怪道：「就可以裝天？」行者道：「當真的裝天。」那怪道：「只怕是謊。就裝與我們看看才信；不然，決不信你。」行者道：「天若惱著我，一月之間，常裝他七八遭。不惱著我，就半年也不裝他一次。」伶俐蟲道：「哥啊，裝天的寶貝，與他換了罷。」精細鬼道：「他裝天的，怎肯與我裝人的相換？」伶俐蟲道：「若不肯啊，貼他這個淨瓶也罷。」行者心中暗喜道：「葫蘆換葫蘆，餘外貼淨瓶：一件換兩件，其實甚相應！」即上前扯住那伶俐蟲道：「裝天可換麼？」那怪道：「但裝天就換；不換，我是你的兒子！」行者道：「也罷，也罷，我裝與你們看看。」

好大聖，低頭捻訣，念個咒語，叫那日游神、夜游神、五方揭諦神：「即去與我奏上玉帝，說老孫皈依正果，保唐僧去西天取經，路阻高山，師逢苦厄。妖魔那寶，吾欲誘他換之，萬千拜上，將天借與老孫裝閉半個時辰，以助成功。或道半聲不肯，即上靈霄殿，動起刀兵！」

第三十三回

外道迷真性　元神助本心

那日游神徑至南天門裡，靈霄殿下，啟奏玉帝，備言前事。玉帝道：「這潑猴頭，出言無狀。前者觀音來說，放了他保護唐僧，朕這裡又差五方揭諦、四值功曹，輪流護持，如今又借天裝，天可裝乎？」才說裝不得，那班中閃出哪吒三太子，奏道：「萬歲，天也裝得。」玉帝道：「天怎樣裝？」哪吒道：「自混沌初分，以輕清為天，重濁為地。天是一團清氣而扶托瑤天宮闕，以理論之，其實難裝；但只孫行者保唐僧西去取經，誠所謂泰山之福緣，海深之善慶，今日當助他成功。」玉帝道：「卿有何助？」哪吒道：「請降旨意，往北天門問真武借皂雕旗在南天門上一展，把那日月星辰閉了。對面不見人，捉白不見黑，哄那怪道，只說裝了天，以助行者成功。」玉帝聞言：「依卿所奏。」那太子奉旨，前來北天門，見真武，備言前事。那祖師隨將旗付太子。

早有游神急降大聖耳邊道：「哪吒太子來助功了。」行者仰面觀之，只見祥雲繚繞，果是有神。卻回頭對小妖道：「裝天罷。」小妖道：「要裝就裝，只管『阿綿花屎』（比喻拖延時間）怎的？」行者道：「我方才運神念咒來。」那小妖都睜著眼，看他怎麼樣裝天。這行者將一個假葫蘆兒拋將上去。你想，這是一根毫毛變的，能有多重？被那山頂上風吹去，飄飄蕩蕩，足有半個時辰，方才落下。

只見那南天門上，哪吒太子把皂旗撥喇喇展開，把日月星辰俱遮閉了。真是乾坤墨染就，宇宙靛裝成。二小妖大驚道：「才說話時，只好晌午，卻怎麼就黃昏了？」行者道：「天既裝了，不辨時候，怎不黃昏！」「如何又這等樣黑？」行者道：「日月星辰都裝在裡面，外卻無光，怎麼不黑！」小妖道：「師父，你在那廂說話哩？」行者道：「我在你面前不是？」小妖伸手摸著道：「只見說話，更不見面目。師父，此間是甚麼去處？」行者又哄他道：「不要動腳，此間乃是渤海岸上。若塌了腳，落下去啊，七八日還不得到底哩！」小妖大驚道：「罷！罷！罷！放了天罷。我們曉得是這樣裝了。若弄一會子，落下海去，不得歸家！」

好行者，見他認了真實，又念咒語，驚動太子，把旗捲起，卻早見日光正午。小妖笑道：「妙啊！妙啊！這樣好寶貝，若不換啊，誠為不是養家的兒子！」那精細鬼交了葫蘆，伶俐蟲拿出淨瓶，一齊兒遞與行者。行者卻將假葫蘆兒遞與那怪。行者既換了寶貝，卻又幹事找絕：臍下拔一根毫毛，吹口仙氣，變作一個銅錢，叫道：「小童，你拿這個錢去買張紙來。」小妖道：「何用？」行者道：「我與你寫個合同文書。你將這兩件裝人的寶貝換了我一件裝天的寶貝，恐人心不平，向後去日久年深，有甚反悔不便，故寫此各執為照。」小妖道：「此間又無筆墨，寫甚文書？我與你賭個咒罷。」行者道：「怎麼樣賭？」小妖道：「我兩件裝人之寶，貼換你一件裝天之寶，若有反悔，一年四季遭瘟。」行者笑道：「我是決不反悔；如有反悔，也照你四季遭瘟。」說了誓，將身一縱，把尾子翹了一翹，跳在南天門前，謝了哪吒太子麾旗相助之功。太子回宮繳旨，將旗送還真武不題。

這行者佇立霄漢之間，觀看那個小妖。畢竟不知怎生區處，且聽下回分解。

第三十四回

魔王巧算困心猿　大聖騰那騙寶貝

卻說那兩個小妖，將假葫蘆拿在手中，爭看一會，忽抬頭不見了行者。伶俐蟲道：「哥啊，神仙也會打誑語。他說換了寶貝，度我等成仙，怎麼不辭就去了？」精細鬼道：「我們相應便宜的多哩，他敢去得成？拿過葫蘆來，等我裝裝天，也試演試演看。」真個把葫蘆往上一拋，撲的就落將下來。慌得個伶俐蟲道：「怎麼不裝！不裝！莫是孫行者假變神仙，將假葫蘆換了我們的真的去耶？」精細鬼道：「不要胡說！孫行者是那三座山壓住了，怎生得出？拿過來，等我念他那幾句咒兒裝了看。」這怪也把葫蘆兒望空丟起，口中念道：「若有半聲不肯，就上靈霄殿上，動起刀兵！」念不了，撲的又落將下來。兩妖道：「不裝！不裝！一定是個假的！」

正嚷處，孫大聖在半空裡聽得明白，看得真實，恐怕他弄得時辰多了，緊要處走了風訊，將身一抖，把那變葫蘆的毫毛，收上身來，弄得那兩妖四手皆空。精細鬼道：「兄弟，拿葫蘆來。」伶俐蟲道：「你拿著的。天呀！怎麼不見了？」都去地下亂摸，草裡胡尋，吞袖子，揣腰間，那裡得有？二妖嚇得呆呆掙掙道：「怎的好！怎的好！當時大王將寶貝付與我們，教拿孫行者；今行者既不曾拿得，連寶貝都不見了。我們怎敢去回話？這一頓直直的打死了也！怎的好！怎的好！」伶俐蟲道：「我們走了罷。」精細鬼道：「往那裡走麼？」伶俐蟲道：「不管那裡走罷。若回去說沒寶貝，斷然是送命了。」精細鬼道：「不要走，還回去。二大王平日看你甚好，我推一句兒在你身上。他若肯將就，留得性命；說不過，就打死，還在此間。莫弄得兩頭不著。去來！去來！」那怪商議了，轉步回山。

行者在半空中見他回去，又搖身一變，變作蒼蠅兒。飛下去，跟著小妖。你道他既變了蒼蠅，那寶貝卻放在何處？如丟在路上，藏在草裡，被人看見拿去，卻不是勞而無功？他還帶在身上。帶在身上啊，蒼蠅不過豆粒大小，如何容得？原來他那寶貝，與他金箍棒相同；叫做如意佛寶，隨身變化，可以大，可以小，故身上亦可容得。他嚶的一聲飛下去，跟定那怪。不一時，到了洞裡。只見那兩個魔頭，坐在那裡飲酒。小妖朝上跪下。行者就釘在那門櫺上，側耳聽著。小妖道：「大王。」二老魔即停杯道：「你們來了？」小妖道：「來了。」又問：「拿著孫行者否？」小妖叩頭，不敢聲言，老魔又問，又不敢應，只是叩頭。問之再三，小妖俯伏在地：「赦小的萬千死罪！赦小的萬千死罪！我等執著寶貝，走到半山之中，忽遇著蓬萊山一個神仙。他問我們那裡去，我們答道，拿孫行者去。那神仙聽見說孫行者，他也惱他，要與我們幫功。是我們不曾叫他幫功，卻將拿寶貝裝人的情由，與他說了。那神仙也有個葫蘆，善能裝天。我們也是妄想之心，養家之意：他的裝天，我的裝人，與他換了罷。原說葫蘆換葫蘆，伶俐蟲又貼他個淨瓶。誰想他仙家之物，近不得凡人之手。正試演處，就連人都不見了。萬望饒小的們死罪！」老魔聽說，暴躁如雷道：「罷了！罷了！這就是孫行者假裝神仙騙哄去了！那猴頭神通廣大，處處人熟，不知那個毛神，放他出來，騙去寶貝！」

第三十四回

魔王巧算困心猿　大聖騰那騙寶貝

二魔道：「兄長息怒。叵耐那猴頭著然無禮。既有手段，便走了也罷，怎麼又騙寶貝？我若沒本事拿他，永不在西方路上為怪！」老魔道：「怎生拿他？」二魔道：「我們有五件寶貝，去了兩件，還有三件，務要拿住他。」老魔道：「還有那三件？」二魔道：「還有『七星劍』與『芭蕉扇』在我身邊；那一條『幌金繩』，在壓龍山壓龍洞老母親那裡收著哩。如今差兩個小妖去請母親來吃唐僧肉，就教他帶幌金繩來拿孫行者。」老魔道：「差那個去？」二魔道：「不差這樣廢物去！」將精細鬼、伶俐蟲一聲喝起。二人道：「造化！造化！打也不曾打，罵也不曾罵，卻就饒了。」二魔道：「叫那常隨的伴當巴山虎、倚海龍來。」二人跪下。二魔吩咐道：「你卻要小心。」俱應道：「小心。」「卻要仔細。」俱應道：「仔細。」又問道：「你認得老奶奶家麼？」又俱應道：「認得。」「你既認得，你快早走動，到老奶奶處，多多拜上，說請吃唐僧肉哩；就著帶幌金繩來，要拿孫行者。」

二怪領命疾走，怎知那行者在旁，一一聽得明白。他展開翅，飛將去，趕上巴山虎，釘在他身上。行經二三里，就要打殺他兩個。又思道：「打死他，有何難事？但他奶奶身邊有那幌金繩，又不知住在何處。等我且問他一問再打。」

好行者，嚶的一聲，躲離小妖，讓他先行有百十步，卻又搖身一變，也變做個小妖兒，戴一頂狐皮帽子，將虎皮裙子倒插上來勒住，趕上道：「走路的，等我一等。」那倚海龍回頭問道：「是那裡來的？」行者道：「好哥啊，連自家人也認不得？」小妖道：「我家沒有你。」行者道：「怎麼沒我？你再認認看。」小妖道：「面生，面生，不曾相會。」行者道：「正是。你們不曾會著我，我是外班的。」小妖道：「外班長官，是不曾會。你往那裡去？」行者道：「大王說差你二位請老奶奶來吃唐僧肉，教他就帶幌金繩來，拿孫行者。恐你二位走得緩，有些貪頑，誤了正事，又差我來催你們快去。」小妖見說著海底眼（底細，隱秘），更不疑惑，把行者果認做一家人。急急忙忙，往前飛跑。一氣又跑有八九里。行者道：「忒走快了些。我們離家有多少路了？」小怪道：「有十五六里了。」行者道：「還有多遠？」倚海龍用手一指道：「烏林子裡就是。」行者抬頭見一帶黑林不遠，料得那老怪只在林子裡外。卻立定步，讓那小怪前走。即取出鐵棒，走上前，著腳後一刮；可憐忒不禁打，就把兩個小妖刮做一團肉餅。卻拖著腳，藏在路旁深草科裡。即便拔下一根毫毛，吹口仙氣，叫「變！」變做個巴山虎，自身卻變做個倚海龍。假裝做兩個小妖，徑往那壓龍洞請老奶奶。這叫做七十二變神通大，指物騰那手段高。

三五步，跳到林子裡，正找尋處，只見有兩扇石門，半開半掩，不敢擅入。只得佯叫一聲：「開門！開門！」早驚動那把門的一個女怪，將那半扇兒開了，道：「你是那裡來的？」行者道：「我是平頂山蓮花洞裡差來請老奶奶的。」那女怪道：「進去。」到了二層門下，閃著頭，往裡觀看，又見那正當中高坐著一個老媽媽兒。你道他怎生模樣？但見：

雪鬢蓬鬆，星光晃亮，臉皮紅潤皺紋多，牙齒稀疏神氣壯。貌似菊殘霜裡色，形如松老雨餘顏。頭纏白練攢絲帕，耳墜黃金嵌寶環。

孫大聖見了，不敢進去，只在二門外仵著臉，脫脫的哭起來，你道他哭怎的，莫成是怕他？就怕也便不哭。況先哄了他的寶貝，又打殺他的小妖，卻為何而哭？他當時曾下九鼎油鍋，就煠了七八日也不曾有一點淚兒。只為想起唐僧取經的苦惱，他就淚出痛腸，放眼便哭。

心卻想道：「老孫既顯手段，變做小妖，來請這老怪，沒有個直直的站了說話之理，一定見他磕頭才是。我為人做了一場好漢，止拜了三個人：西天拜佛祖；南海拜觀音；兩界山師父救了我，我拜了他四拜。為他使碎六葉連肝肺，用盡三毛七孔心。一卷經能值幾何？今日卻教我去拜此怪。若不跪拜，必定走了風訊。苦啊！算來只為師父受困，故使我受辱於人！」到此際也沒及奈何，撞將進去，朝上跪下道：「奶奶磕頭。」

那怪道：「我兒，起來。」行者暗道：「好！好！好！叫得結實！」老怪問道：「你是那裡來的？」行者道：「平頂山蓮花洞，蒙二位大王有令，差來請奶奶去吃唐僧肉；教帶幌金繩，要拿孫行者哩。」老怪大喜道：「好孝順的兒子！」就去叫抬出轎來。行者道：「我的兒啊！妖精也抬轎！」後壁廂即有兩個女怪，抬出一頂香藤轎，放在門外，掛上青絹緯幔。老怪起身出洞，坐在轎裡。後有幾個小女怪，捧著減妝，端著鏡架，提著手巾，托著香盒，跟隨左右。那老怪道：「你們來怎的？我往自家兒子去處，愁那裡沒人伏侍，要你們去獻勤塌嘴？都回去！關了門看家！」那幾個小妖果俱回去，止有兩個抬轎的。老怪問道：「那差來的叫做甚麼名字？」行者連忙答應道：「他叫做巴山虎，我叫做倚海龍。」老怪道：「你兩個前走，與我開路。」行者暗想道：「可是晦氣！經倒不曾取得，且來替他做皂隸（差役）！」卻又不敢抵強，只得向前引路，大四聲喝起。

行了五六里遠近，他就坐在石崖上。等候那抬轎的到了，行者道：「略歇歇如何？壓得肩頭疼啊。」小怪那知甚麼訣竅，就把轎子歇下。行者在轎後，胸脯上拔下一根毫毛，變做一個大燒餅，抱著啃。轎夫道：「長官，你吃的是甚麼？」行者道：「不好說。這遠的路，來請奶奶，沒些兒賞賜，肚裡飢了，原帶來的乾糧，等我吃些兒再走。」轎夫道：「把些兒我們吃吃。」行者笑道：「來麼，都是一家人，怎麼計較？」那小妖不知好歹，圍著行者，分其乾糧，被行者掣出棒，著頭一磨，一個趟著的，打得稀爛；一個擦著的，不死還哼。那老怪聽得人哼，轎子裡伸出頭來看時，被行者跳到轎前，劈頭一棍，打了個窟窿，腦漿迸流，鮮血直冒。拖出轎來看處，原是個九尾狐狸。行者笑道：「這孽畜！叫甚麼老奶奶！你叫老奶奶，就該稱老孫做上太祖公公是！」好猴王，把他那幌金繩搜出來，籠在袖裡，歡喜道：「那潑魔縱有手段，已此三件兒寶貝姓孫了！」卻又拔兩根毫毛變做個巴山虎、倚海龍；又拔兩根變做兩個抬轎的；他卻變做老奶奶模樣，坐在轎裡。將轎子抬起，徑回本路。

不多時，到了蓮花洞口，那毫毛變的小妖，俱在前道：「開門！開門！」內有把門的小妖，開了門道：「巴山虎、倚海龍來了？」毫毛道：「來了。」「你們請的奶奶呢？」毫毛用手指道：「那轎內的不是？」小妖道：「你且住，等我進去先報。」報道：「大王，奶奶來耶。」兩個魔頭聞說，即命排香案來接。行者聽得，暗喜道：「造化！也輪到我為人了！我先變小妖，去請老怪，磕了他一個頭；這番來，我變老怪，是他母親，定行四拜之禮。雖不怎的，好道也賺他兩個頭兒！」好大聖，下了轎子，抖抖衣服，把那四根毫毛收在身上。那把門的小妖，把空轎抬入門裡。他卻隨後徐行。那般嬌嬌啻啻，扭扭捏捏，就像那老怪的行動，徑自進去。又只見大小群妖，都來跪接。鼓樂簫韶，一派響亮；博山爐裡，靄靄香煙。他到正廳中，南面坐下。兩個魔頭，雙膝跪倒，朝上叩頭，叫道：「母親，孩兒拜揖。」行者道：「我兒起來。」

卻說豬八戒吊在梁上，哈哈的笑了一聲。沙僧道：「二哥，好啊！吊出笑來也！」八戒道：「兄弟，我笑中有故。」沙僧道：「甚故？」八戒道：「我們只怕是奶奶來了，就要蒸吃；原來不是奶奶，是舊話來了。」沙僧道：「甚麼舊話？」八戒笑道：「弼馬溫來了。」沙僧道：「你怎麼認得是他？」八戒道：「彎倒腰，叫『我兒起來』，那後面就掬起猴尾巴子。我比你吊得高，所以看得明也。」沙僧道：「且不要言語，聽他說甚麼話。」八戒道：「正是，正是。」

那孫大聖坐在中間，問道：「我兒，請我來有何事幹？」魔頭道：「母親啊，連日兒等少禮，不曾孝順得。今早愚兄弟拿得東土唐僧，不敢擅吃，請母親來獻獻生，好蒸與母親吃了延壽。」行者道：「我兒，唐僧的肉，我倒不吃；聽見有個豬八戒的耳朵甚好，可割將下來整治整治我下酒。」那八戒聽見慌了道：「遭瘟的！你來為割我耳朵的！我喊出來不好聽啊！」

噫！只為呆子一句通情話，走了猴王變化的風。那裡有幾個巡山的小怪，把門的眾妖，都撞將進來，報道：「大王，禍事了！孫行者打殺奶奶，他裝來耶！」魔頭聞此言，那容分說，掣七星寶劍，望行者劈臉砍來。好大聖，將身一幌，只見滿洞紅光，預先走了。似這般手段，著實好耍子。正是那聚則成形，散則成氣。唬得個老魔頭魂飛魄散，眾群精噬指搖頭。老魔道：「兄弟，把唐僧與沙僧、八戒、白馬、行李都送還那孫行者，閉了是非之門罷。」二魔道：「哥哥，你說那裡話？我不知費了多少辛勤，施這計策，將那和尚都攝將來；如今似你這等怕懼孫行者的詭譎，就俱送去還他，真所謂畏刀避劍之人，豈大丈夫之所為也？你且請坐忽懼。我聞你說孫行者神通廣大，我雖與他相會一場，卻不曾與他比試。取披掛來，等我尋他交戰三合。假若他三合勝我不過，唐僧還是我們之食；如三戰我不能勝他，那時再送唐僧與他未遲。」老魔道：「賢弟說得是。」教：「取披掛。」

眾妖抬出披掛，二魔結束齊整。執寶劍，出門外，叫聲「孫行者！你往那裡走了？」此時大聖已在雲端裡，聞得叫他名字，急回頭觀看，原來是那二魔。你看他怎生打扮：

頭戴鳳盔欺臘雪，身披戰甲幌鑌鐵。腰間帶是蟒龍筋，粉皮靴靿梅花折。
顏如灌口活真君，貌比巨靈無二別。七星寶劍手中擎，怒氣沖霄威烈烈。

二魔高叫道：「孫行者！快還我寶貝與我母親來，我饒你唐僧取經去！」大聖忍不住罵道：「這潑怪物，錯認了你孫外公！趕早兒送還我師父、師弟、白馬、行囊，仍打發我些盤纏，往西走路。若牙縫裡道半個『不』字，就自家搓根繩兒去罷，也免得你外公動手。」二魔聞言，急縱雲，跳在空中，掄寶劍來刺。行者掣鐵棒劈手相迎。他兩個在半空中，這場好殺：

棋逢對手，將遇良才。棋逢對手難藏興，將遇良才可用功。那兩員神將相交，好便似南山虎鬥，北海龍爭。龍爭處，鱗甲生輝；虎鬥時，爪牙亂落。爪牙亂落撒銀鉤，鱗甲生輝支鐵葉。這一個翻翻覆覆，有千般解數；那一個來來往往，無半點放閒。金箍棒，離頂門只隔三分；七星劍，向心窩惟爭一蹶。那個威風逼得斗牛寒，這個怒氣勝如雷電險。

他兩個戰了有三十回合，不分勝負。

行者暗喜道：「這潑怪倒也架得住老孫的鐵棒！我已得了他三件寶貝，卻這般苦苦的與他廝殺，可不誤了我的工夫？不若拿葫蘆或淨瓶裝他去，多少是好。」又想到：「不好！不好！常言道：『物隨主便。』倘若我叫他不答應，卻又不誤了事業？且使幌金繩扣頭罷。」好大聖，一隻手使棒，架住他的寶劍；一隻手把那繩拋起，刷喇的扣了魔頭。原來那魔頭有個《緊繩咒》，有個《鬆繩咒》。若扣住別人，就念《緊繩咒》，莫能得脫；若扣住自家人，就念《鬆繩咒》，不得傷身。他認得是自家的寶貝，即念《鬆繩咒》，把繩鬆動，便脫出來。反望行者拋將去，卻早扣住了大聖。大聖正要使「瘦身法」，想要脫身，卻被那魔念動《緊繩咒》，緊緊扣住，怎能得脫？褪至頸項之下，原是一個金圈子套住。那怪將繩一扯，扯將下來，照光頭上砍了七八寶劍，行者頭皮兒也不曾紅了一紅。那魔道：「這猴子，你這等頭硬，我不砍你；且帶你回去，再打你。將我那兩件寶貝趁早還我！」行者道：「我拿你甚麼寶貝，你問我要？」那魔頭將身上細細搜檢，卻將那葫蘆、淨瓶都搜出來；又把繩子牽著，帶至洞裡道：「兄長，拿將來了。」老魔道：「拿了誰來？」二魔道：「孫行者。你來看，你來看。」老魔一見，認得是行者，滿面歡喜道：「是他！是他！把他長長的繩兒拴在柱科上耍子！」真個把行者拴住，兩個魔頭，卻進後面堂裡飲酒。

那大聖在柱根下爬蹉，忽驚動八戒。那呆子吊在梁上，哈哈的笑道：「哥哥啊，耳朵吃不成了！」行者道：「呆子！可吊得自在麼？我如今就出去，管情救了你們。」八戒道：「不羞！不羞！本身難脫，還想救人，罷！罷！罷！師徒們都在一處死了，好到陰司裡問路！」行者道：「不要胡說！你看我出去。」八戒道：「我看你怎麼出去。」那大聖口裡與八戒說話，眼裡卻抹著那些妖怪。見他在裡邊吃酒，有幾個小妖拿盤拿盞，執壺釃酒，不住的兩頭亂跑，關防的略鬆了些兒。他見面前無人，就弄神通：順出棒來，吹口仙氣，叫「變！」即變做一個純鋼的銼兒；扳過那頸項的圈子，三五銼，銼做兩段；扳開銼口，脫將出來，拔了一根毫毛，叫變做一個假身，拴在那裡，真身卻幌一幌，變做個小妖，立在旁邊。八戒又在梁上喊道：「不好了！不好了！拴的是假貨，吊的是正身！」老魔停杯便問：「那豬八戒吆喝的是甚麼？」行者已變做小妖，上前道：「豬八戒攛道孫行者教變化走了罷，他不肯走，在那裡吆喝哩。」二魔道：「還說豬八戒老實！原來這等不老實！該打二十多嘴棍！」

這行者就去拿條棍來打。八戒道：「你打輕些兒；若重了些兒，我又喊起。我認得你！」行者道：「老孫變化，也只為你們。你怎麼倒走了風息？這一洞裡妖精，都認不得，怎的偏你認得？」八戒道：「你雖變了頭臉，還不曾變得屁股。那屁股上兩塊紅不是？我因此認得是你。」行者隨往後面，演到廚中，鍋底上摸了一把，將兩臀擦黑，行至前邊。八戒看見，又笑道：「那個猴子去那裡混了這一會，弄做個黑屁股來了。」

行者仍站在跟前，要偷他寶貝。真個甚有見識：走上廳，對那怪扯個腿子道：「大王，你看那孫行者拴在柱上，左右爬蹉，磨壞那根金繩，得一根粗壯些的繩子換將下來才好。」老魔道：「說得是。」即將腰間的獅蠻帶解下，遞與行者。行者接了帶，把假裝的行者拴住。換下那條繩子，一窩兒窩兒籠在袖內；又拔一根毫毛，吹口仙氣，變作一根假幌金繩，雙手送與那怪。那怪只因貪酒，那曾細看，就便收下。這個是大聖騰那弄本事，毫毛又換幌金繩。

得了這件寶貝，急轉身跳出門外，現了原身。高叫：「妖怪！」那把門的小妖問道：「你是甚人，在此呼喝？」行者道：「你快早進去報與你那潑魔，說者行孫來了。」那小妖如言報告。老魔大驚道：「拿住孫行者，又怎麼有個者行孫？」二魔道：「哥哥，怕他怎的？寶貝都在我手裡，等我拿那葫蘆出去，把他裝將來。」老魔道：「兄弟仔細。」二魔拿了葫蘆，走出山門，忽看見與孫行者模樣一般，只是略矮些兒。問道：「你是那裡來的？」行者道：「我是孫行者的兄弟。聞說你拿了我家兄，卻來與你尋事的。」二魔道：「是我拿了，鎖在洞中。你今既來，必要索戰；我也不與你交兵，我且叫你一聲，你敢應我麼？」行者道：「可怕你叫上千聲，我就答應你萬聲！」那魔執了寶貝，跳在空中，把底兒朝天，口兒朝地，叫聲：「者行孫。」行者卻不敢答應，心中暗想道：「若是應了，就裝進去哩。」那魔道：「你怎麼不應我？」行者道：「我有些耳閉，不曾聽見。你高叫。」那怪物又叫聲「者行孫」。行者在底下掐著指頭算了一算，道：「我真名字叫做孫行者，起的鬼名字叫做者行孫。真名字可以裝得，鬼名字好道裝不得。」卻就忍不住，應了他一聲。颼的被他吸進葫蘆去，貼上帖兒。

原來那寶貝，那管甚麼名字真假，但綽個應的氣兒，就裝了去也。

大聖到他葫蘆裡，渾然烏黑。把頭往上一頂，那裡頂得動，且是塞得甚緊，卻才心中焦躁道：「當時我在山上，遇著那兩個小妖，他曾告誦我說：不拘葫蘆、淨瓶，把人裝在裡面，只消一時三刻，就化為膿了，敢莫化了我麼？」一條心又想著道：「沒事！化不得我！老孫五百年前大鬧天宮，被太上老君放在八卦爐中煉了四十九日，煉成個金子心肝，銀子肺腑，銅頭鐵背，火眼金睛，那裡一時三刻就化得我？且跟他進去，看他怎的。」

二魔拿入裡面道：「哥哥，拿來了。」老魔道：「拿了誰？」二魔道：「者行孫，是我裝在葫蘆裡也。」老魔歡喜道：「賢弟，請坐。不要動，只等搖得響再揭帖兒。」行者聽得道：「我這般一個身子，怎麼便搖得響？只除化成稀汁，才搖得響是。等我撒泡溺罷，他若搖得響時，一定揭帖起蓋，我乘空走他娘罷！」又思道：「不好！不好！溺雖可響，只是污了這直裰。等他搖時，我但聚些唾津漱口，稀漓呼喇的，哄他揭開，老孫再走罷。」大聖作了準備，那怪貪酒不搖。大聖作個法，意思只是哄他來搖，忽然叫道：「天呀！孤拐都化了！」那魔也不搖。大聖又叫道：「娘啊！連腰截骨都化了！」老魔道：「化至腰時，都化盡矣。揭起帖兒看看。」

那大聖聞言，就拔了一根毫毛，叫「變！」變作個半截的身子，在葫蘆底上。真身卻變做個蟭蟟蟲兒，釘在那葫蘆口邊。只見那二魔揭起帖子看時，大聖早已飛出。打個滾，又變做個倚海龍。倚海龍卻是原去請老奶奶的那個小妖。他變了，站在旁邊。那老魔扳著葫蘆口。張了一張，見是個半截身子動耽，他也不認真假，慌忙叫：「兄弟，蓋上！蓋上！還不曾化得了哩！」二魔依舊貼上。大聖在旁暗笑道：「不知老孫已在此矣！」

那老魔拿了壺，滿滿的斟了一杯酒，近前雙手遞與二魔道：「賢弟，我與你遞個盅兒。」二魔道：「兄長，我們已吃了這半會酒，又遞甚盅？」老魔道：「你拿住唐僧、八戒、沙僧猶可；又索了孫行者，裝了者行孫，如此功勞，該與你多遞幾盅。」二魔見哥哥恭敬，怎敢不接，但一隻手托著葫蘆，一隻手不敢去接，卻把葫蘆遞與倚海龍，雙手去接杯，不知那倚海龍是孫行者變的。你看他端葫蘆，殷勤奉侍。二魔接酒吃了，也要回奉一杯，老魔道：「不消回酒，我這裡陪你一杯罷。」兩人只管謙遜。行者頂著葫蘆，眼不轉睛，看他兩個左右傳杯，全無計較，他就把個葫蘆揌入衣袖。拔根毫毛，變個假葫蘆，一樣無二，捧在手中。那魔遞了一會酒，也不看真假，一把接過寶貝。各上席，安然坐下，依然敘飲。孫大聖撤身走過，得了寶貝，心中暗喜道：「饒這魔頭有手段，畢竟葫蘆還姓孫！」畢竟不知向後怎樣施為，方得救師滅怪，且聽下回分解。

第三十五回
外道施威欺正性　心猿獲寶伏邪魔

本性圓明道自通，翻身跳出網羅中。修成變化非容易，煉就長生豈俗同？
清濁幾番隨運轉，闢開數劫任西東。逍遙萬億年無計，一點神光永注空。

此詩暗合孫大聖的道妙。他自得了那魔真寶，籠在袖中。喜道：「潑魔苦苦用心拿我，誠所謂水中撈月；老孫若要擒你，就好似火上弄冰。」藏著葫蘆，密密的溜出門外，現了本相，厲聲高叫道：「精怪開門！」旁有小妖道：「你又是甚人，敢來吆喝？」行者道：「快報與你那老潑魔，吾乃行者孫來也。」

那小妖急入裡報道：「大王，門外有個甚麼行者孫來了。」老魔大驚道：「賢弟，不好了！惹動他一窩風了？幌金繩現拴著孫行者，葫蘆裡現裝著者行孫，怎麼又有個甚麼行者孫？想是他幾個兄弟都來了。」二魔道：「兄長放心。我這葫蘆裝下一千人哩。我才裝了者行孫一個，又怕那甚麼行者孫！等我出去看看，一發裝來。」老魔道：「兄弟仔細。」

你看那二魔拿著個假葫蘆，還像前番，雄糾糾，氣昂昂，走出門呼道：「你是那裡人氏，敢在此間吆喝？」行者道：「你認不得我？

家居花果山，祖貫水簾洞。只為鬧天宮，多時罷爭競。
如今幸脫災，棄道從僧用。秉教上雷音，求經歸覺正。
相逢野潑魔，卻把神通弄。還我大唐僧，上西參佛聖。
兩家罷戰爭，各守平安境。休惹老孫焦，傷殘老性命！」

那魔道：「你且過來，我不與你相打，但我叫你一聲，你敢應麼？」行者笑道：「你叫我，我就應了；我若叫你，你可應麼？」那魔道：「我叫你，是我有個寶貝葫蘆，可以裝人；你叫我，卻有何物？」行者道：「我也有個葫蘆兒。」那魔道：「既有，拿出來我看。」行者就於袖中取出葫蘆道：「潑魔，你看！」幌一幌，復藏在袖中，恐他來搶。

那魔見了大驚道：「他葫蘆是那裡來的？怎麼就與我的一般？縱是一根藤上結的，也有個大小不同，偏正不一，卻怎麼一般無二？」他便正色叫道：「行者孫，你那葫蘆是那裡來的？」行者委的不知來歷，接過口來，就問他一句道：「你那葫蘆是那裡來的？」那魔不知是個見識，只道是句老實言語，就將根本從頭說出道：「我這葫蘆是混沌初分，天開地辟，有一位太上老祖，解化女媧之名，煉石補天，普救閻浮世界；補到乾宮夬（六十四卦之一）地，見一座昆侖山腳下，有一縷仙藤，上結著這個紫金紅葫蘆，卻便是老君留下到如今者。」大聖聞言，就綽了他口氣道：「我的葫蘆，也是那裡來的。」魔頭道：「怎見得？」大聖道：「自清濁初開，天不滿西北，地不滿東南，太上道祖解化女媧，補完天缺，行至昆侖山下，有根仙藤，藤結有兩個葫蘆。我得一個是雄的，你那個卻是雌的。」那怪道：「莫說雌雄；但只裝得人的，就是好寶貝。」大聖道：「你也說得是，我就讓你先裝。」

那怪甚喜，急縱身跳將起去，到空中，執著葫蘆，叫一聲：「行者孫。」大聖聽得，卻就不歇氣連應了八九聲，只是不能裝去。那魔墜將下來，跌腳捶胸道：「天那！只說世情不改變哩！這樣個寶貝，也怕老公，雌見了雄，就不敢裝了！」行者笑道：「你且收起，輪到老孫該叫你哩。」急縱筋斗，跳起去，將葫蘆底兒朝天，口兒朝地，照定妖魔，叫聲「銀角大王」。那怪不敢閉口，只得應了一聲，倏的裝在裡面，被行者貼上「太上老君急急如律令奉敕」的帖子。心中暗喜道：「我的兒，你今日也來試試新了！」

他就按落雲頭，拿著葫蘆，心心念念，只是要救師父，又往蓮花洞口而來。那山上都是些窪踏不平之路，況他又是個圈盤腿，拐呀拐的走著，搖的那葫蘆裡漷漷索索，響聲不絕。你道他怎麼便有響聲。原來孫大聖是熬煉過的身體，急切化他不得；那怪雖也能騰雲駕霧，不過是些法術，大端是凡胎未脫，到於寶貝裡就化了。行者還不當他就化了，笑道：「我兒子啊，不知是撒尿耶，不知是漱口哩。這是老孫幹過的買賣。不等到七八日，化成稀汁，我也不揭蓋來看。——忙怎的？有甚要緊？想著我出來的容易，就該千年不看才好！」他拿著葫蘆，說著話，不覺的到了洞口，把那葫蘆搖搖，一發響了。他道：「這個像發課的筒子響，倒好發課。等老孫發一課，看師父甚麼時才得出門。」你看他手裡不住的搖，口裡不住的念道：「周易文王、孔子聖人、桃花女先生、鬼谷子先生。」

那洞裡小妖看見道：「大王，禍事了！行者孫把二大王爺爺裝在葫蘆裡發課哩！」那老魔聞得此言，唬得魂飛魄散，骨軟筋麻，撲的跌倒在地，放聲大哭道：「賢弟呀！我和你私離上界，轉托塵凡，指望同享榮華，永為山洞之主；怎知為這和尚，傷了你的性命，斷吾手足之情！」滿洞群妖，一齊痛哭。

豬八戒吊在梁上，聽得他一家子齊哭，忍不住叫道：「妖精，你且莫哭，等老豬講與你聽。先來的孫行者，次來的者行孫，後來的行者孫，反覆三字，都是我師兄一人。他有七十二變化，騰那進來，盜了寶貝，裝了令弟。令弟已是死了，不必這等扛喪，快些兒刷淨鍋灶，辦些香蕈、蘑菇、茶芽、竹筍、豆腐、麵筋、木耳、蔬菜，請我師徒們下來，與你令弟念卷『受生經』。」那老魔聞言，心中大怒道：「只說豬八戒老實，原來甚不老實！他倒作笑話兒打趣我！」叫小妖：「且休舉哀，把豬八戒解下來，蒸得稀爛，等我吃飽了，再去拿孫行者報仇。」沙僧埋怨八戒道：「好麼！我說教你莫多話，多話的要先蒸吃哩！」那呆子也盡有幾分悚懼。旁一小妖道：「大王，豬八戒不好蒸。」八戒道：「阿彌陀佛！是那位哥哥積陰德的？果是不好蒸。」又有一個妖道：「將他皮剝了，就好蒸。」八戒慌了道：「好蒸！好蒸！皮骨雖然粗糙，湯滾就爛。棬戶（指在圈裡飼養的）棬戶！」

正嚷處，只見前門外一個小妖報道：「行者孫又罵上門來了！」那老魔又大驚道：「這廝輕我無人！」叫：「小的們，且把豬八戒照舊吊起，查一查還有幾件寶貝。」管家的小妖道：「洞中還有三件寶貝哩。」老魔問：「是那三件？」管家的道：「還有『七星劍』、『芭蕉扇』與『淨瓶』。」老魔道：「那瓶子不中用：原是叫人，人應了就裝得，轉把個口訣兒教了那孫行者，倒把自家兄弟裝去了。不用他，放在家裡。快將劍與扇子拿來。」那管家的即將兩件寶貝獻與老魔。老魔將芭蕉扇插在後項衣領，把七星劍提在手中，又點起大小群妖，有三百多名，都教一個個拈槍弄棒，理索掄刀。這老魔卻頂盔貫甲，罩一領赤焰焰的絲袍。群妖擺出陣去，要拿孫大聖。那孫大聖早已知二魔化在葫蘆裡面，卻將他緊緊拴扣停當，撒在腰間，手持著金箍棒，準備廝殺。只見那老妖紅旗招展，跳出門來。卻怎生打扮？

頭上盔纓光焰焰，腰間帶束彩霞鮮。身穿鎧甲龍鱗砌，上罩紅袍烈火然。
圓眼睜開光掣電，鋼鬚飄起亂飛煙。七星寶劍輕提手，芭蕉扇子半遮肩。
行似流雲離海岳，聲如霹靂震山川。威風凜凜欺天將，怒帥群妖出洞前。

那老魔急令小妖擺開陣勢。罵道：「你這猴子，十分無禮！害我兄弟，傷我手足，著然（確實）可恨！」行者罵道：「你這討死的怪物！你一個妖精的性命捨不得，似我師父、師弟、連馬四個生靈，平白的吊在洞裡，我心何忍！情理何甘！快快的送將出來還我，多多貼些盤費，喜喜歡歡打發老孫起身，還饒了你這個老妖的狗命！」那怪那容分說，舉寶劍劈頭就砍。這大聖使鐵棒舉手相迎。這一場在洞門外好殺！咦！

金箍棒與七星劍，對撞霞光如閃電。悠悠冷氣逼人寒，蕩蕩昏雲遮嶺堰。那個皆因手足情，些兒不放善；這個只為取經僧，毫釐不容緩。兩家各恨一般仇，二處每懷生怒怨。只殺得天昏地暗鬼神驚，日淡煙濃龍虎戰。這個咬牙銼玉釘，那個怒目飛金焰。一來一往逞英雄，不住翻騰棒與劍。

這老魔與大聖戰經二十回合，不分勝負。他把那劍梢一指，叫聲「小妖齊來！」那三百餘精，一齊擁上，把行者圍在垓心。好大聖，公然無懼，使一條棒，左衝右撞，後抵前遮。那小妖都有手段，越打越上，一似綿絮纏身，摟腰扯腿，莫肯退後。大聖慌了，即使個身外身法，將左脅下毫毛，拔了一把，嚼碎噴去，喝聲叫「變！」一根根都變做行者。你看他長的使棒，短的掄拳，再小的沒處下手，抱著孤拐啃筋，把那小妖都打得星落雲散，齊聲喊道：「大王啊，事不諧矣！難矣乎哉！滿地盈山，皆是孫行者了！」被這身外法把群妖打退，止撇得老魔圍困中間，趕得東奔西走，出路無門。

那魔慌了，將左手擎著寶劍，右手伸於項後，取出芭蕉扇子，望東南丙丁火，正對離宮，唿喇的一扇子，扇將下來，只見那就地上，火光焰焰。原來這般寶貝，平白地扇出火來。那怪物著實無情：一連扇了七八扇子，熯天熾地，烈火飛騰。好火！

那火不是天上火，不是爐中火，也不是山頭火，也不是灶底火，乃是五行中自然取出的一點靈光火。這扇也不是凡間常有之物，也不是人工造就之物，乃是自開闢混沌以來產成的珍寶之物。用此扇，扇此火，煌煌燁燁，就如電掣紅綃；灼灼輝輝，卻似霞飛絳綺。更無一縷青煙，盡是滿山赤焰，只燒得嶺上松翻成火樹，崖前柏變作燈籠。那窩中走獸貪性命，西撞東奔；這林內飛禽惜羽毛，高飛遠舉。這場神火飄空燎，只燒得石爛溪乾遍地紅！

大聖見此惡火，卻也心驚膽顫，道聲：「不好了！我本身可處，毫毛不濟：一落這火中，豈不真如燎毛之易？」將身一抖，遂將毫毛收上身來。只將一根變作假身子，避火逃災，他的真身，捻著避

第三十五回

外道施威欺正性　心猿獲寶伏邪魔

火訣，縱筋斗，跳將起去，脫離了大火之中，徑奔他蓮花洞裡，想著要救師父。急到門前，把雲頭按落。又見那洞門外有百十個小妖，都破頭折腳，肉綻皮開。原來都是他分身法打傷了的，都在這裡聲聲喚喚，忍疼而立。大聖見了，按不住惡性凶頑，掄起鐵棒，一路打將進去。可憐把那苦煉人身的功果息（修煉的成果毀掉了），依然是塊舊皮毛（指本性未改）！

那大聖打絕了小妖，撞入洞裡，要解師父，又見那內面有火光焰焰，唬得他手慌腳忙道：「罷了！罷了！這火從後門口燒起來，老孫卻難救師父也！」正悚懼處，仔細看時，呀！原來不是火光，卻是一道金光。他正了性，往裡視之，乃羊脂玉淨瓶放光，卻自心中歡喜道：「好寶貝耶！這瓶子曾是那小妖拿在山上放光，老孫得了，不想那怪又復搜去；今日藏在這裡，原來也放光。」

你看他竊了這瓶子，喜喜歡歡，且不救師父，急抽身往洞外而走。才出門，只見那妖魔提著寶劍，拿著扇子，從南而來，孫大聖回避不及，被那老魔舉劍劈頭就砍。大聖急縱筋斗雲，跳將起去，無影無蹤的逃了不題。

卻說那怪到得門口，但見屍橫滿地，就是他手下的群精，慌得仰天長嘆，止不住放聲大哭道：「苦哉！痛哉！」有詩為證。詩曰：

可恨猿乖馬劣頑，靈胎轉托降塵凡。只因錯念離天闕，致使忘形落此山。
鴻雁失群情切切，妖兵絕族淚潸潸。何時孽滿開愆鎖，返本還原上御關？

那老魔慚惶不已，一步一聲，哭入洞內。只見那什物家伙俱在，只落得靜悄悄，沒個人形；悲切切，愈加淒慘。獨自個坐在洞中，蹋伏在那石案之上，將寶劍斜倚案邊，把扇子插於肩後，昏昏默默睡著了。這正是：人逢喜事精神爽，悶上心來瞌睡多。

話說孫大聖撥轉筋斗雲，佇立山前，想著要救師父，把那淨瓶兒牢扣腰間，徑來洞口打探。見那門開兩扇，靜悄悄的不聞消耗，隨即輕輕移步，潛入裡邊。只見那魔斜倚石案，呼呼睡著，芭蕉扇褪出肩衣，半蓋著腦後，七星劍還斜倚案邊；卻被他輕輕的走上前拔了扇子，急回頭，呼的一聲，跑將出去。原來這扇柄兒刮著那怪的頭髮，早驚醒他。抬頭看時，是孫行者偷了，急慌忙執劍來趕。那大聖早已跳出門前，將扇子撒在腰間，雙手掄開鐵棒，與那魔抵敵。這一場好殺：

惱壞潑妖王，怒髮衝冠志。恨不過撾來囫圇吞，難解心頭氣。惡口罵猢猻：「你老大將人戲！傷我若干生，還來偷寶貝。這場決不容，定見存亡計！」大聖喝妖魔：「你好不知趣！徒弟要與老孫爭，累卵焉能擊石碎？」寶劍來，鐵棒去，兩家更不留仁義。一翻二復賭輸贏，三轉四回施武藝。蓋為取經僧，靈山參佛位，致令金火不相投，五行撥亂傷和氣；揚威耀武顯神通，走石飛沙弄本事。交鋒漸漸日將晡（黃昏），魔頭力怯先回避。

那老魔與大聖戰經三四十合，天將晚矣，抵敵不住，敗下陣來，徑往西南上，投奔壓龍洞去不題。這大聖才按落雲頭，闖入蓮花洞裡，解下唐僧與八戒、沙和尚來。他三人脫得災厄，謝了行者，卻問：「妖魔那裡去了？」行者道：「二魔已裝在葫蘆裡，想是這會子已化了；大魔才然一陣戰敗，往西南壓龍山去訖。概洞小妖，被老孫分身法打死一半，還有些敗殘回的，又被老孫殺絕，方才得入此處，解放你們。」唐僧謝之不盡道：「徒弟啊，多虧你受了勞苦！」行者笑道：「誠然勞苦。你們還只是吊著受疼，我老孫再不曾住腳，比急遞鋪的鋪兵還甚，反覆裡外，奔波無已。因是偷了他的寶貝，方能平退妖魔。」豬八戒道：「師兄，你把那葫蘆兒拿出來與我們看看。只怕那二魔已化了也。」大聖先將淨瓶解下，又將金繩與扇子取出，然後把葫蘆兒拿在手道：「莫看！莫看！他先曾裝了老孫，被老孫漱口，哄得他揭開蓋子，老孫方得走了。我等切莫揭蓋，只怕他也會弄喧走了。」師徒們喜喜歡歡，將他那洞中的米麵菜蔬尋出，燒刷了鍋灶，安排些素齋吃了。飽餐一頓，安寢洞中，一夜無詞。早又天曉。

卻說那老魔徑投壓龍山，會聚了大小女怪，備言打殺母親，裝了兄弟，絕滅妖兵，偷騙寶貝之事。眾女怪一齊大哭。哀痛多時道：「你等且休淒慘。我身邊還有這口七星劍，欲會汝等女兵，都去壓龍山後，會借外家親戚，斷要拿住那孫行者報仇。」說不了，有門外小妖報道：「大王，山後老舅爺帥領若干兵卒來也。」老魔聞言，急換了縞素孝服，躬身迎接。

原來那老舅爺是他母親之弟，名喚狐阿七大王。因聞得哨山的妖兵報道，他姐姐被孫行者打死，假變姐形，盜了外甥寶貝，連日在平頂山拒敵。他卻帥本洞妖兵二百餘名，特來助陣；故此先攏姐家問信。才進門，見老魔掛了孝服，二人大哭。哭久，老魔拜下，備言前事。那阿七大怒，即命老魔換了孝服，提了寶劍，盡點女妖，合同一處，縱風雲，徑投東北而來。

這大聖卻教沙僧整頓早齋，吃了走路。忽聽得風聲，走出門看，乃是一伙妖兵，自西南上來。行者大驚，急抽身，忙呼八戒道：「兄弟，妖精又請救兵來也。」三藏聞言，驚恐失色道：「徒弟，似此如何？」行者笑道：「放心！放心！把他這寶貝都拿來與我。」大聖將葫蘆、淨瓶繫在腰間，金繩籠於袖內，芭蕉扇插在肩後，雙手掄著鐵棒，教沙僧保守師父，穩坐洞中；著八戒執釘鈀，同出洞外迎敵。

那怪物擺開陣勢，只見當頭的是阿七大王。他生的玉面長髯，鋼眉刀耳；頭戴金煉盔，身穿鎖子甲，手執方天戟，高聲罵道：「我把你個大膽的潑猴！怎敢這等欺人！偷了寶貝，傷了眷族，殺了妖兵，又敢久占洞府！趕早兒一個個引頸受死，雪我姐家之仇！」行者罵道：「你這伙作死的毛團，不識你孫外公的手段！不要走！領吾一棒！」那怪物側身躲過，使方天戟劈面相迎。兩個在山頭一來一往，戰經三四回合，那怪力軟，敗陣回走。行者趕來，卻被老魔接住。又鬥了三合，只見那狐阿七復轉來攻。這壁廂八戒見了，急掣九齒鈀擋住。一個抵一個，戰經多時，不分勝敗。那老魔喝了一聲，眾妖兵一齊圍上。

卻說那三藏坐在蓮花洞裡，聽得喊聲振地，便叫：「沙和尚，你出去看你師兄勝負何如。」沙僧果舉降妖杖出來，喝一聲，撞將出去，打退群妖。阿七見事勢不利，回頭就走；被八戒趕上，照背後一鈀，就築得九點鮮紅往外冒，可憐一靈真性赴前程。急拖來剝了衣服看處，原來也是個狐狸精。

那老魔見傷了他老舅，丟了行者，提寶劍，就劈八戒。八戒使鈀架住。正賭鬥間，沙僧撞近前來，舉杖便打。那妖抵敵不住，縱風雲往南逃走。八戒、沙僧緊緊趕來。大聖見了，急縱雲跳在空中，解下淨瓶，罩定老魔，叫聲：「金角大王。」那怪只道是自家敗殘的小妖呼叫，就回頭應了一聲；颼的裝將進去，被行者貼上「太上老君急急如律令奉敕」的帖子。只見那七星劍墜落塵埃，也歸了行者。八戒迎著道：「哥哥，寶劍你得了，精怪何在？」行者笑道：「了了！已裝在我這瓶兒裡也。」沙僧聽說，與八戒十分歡喜。

當時通掃淨諸邪，回至洞裡，與三藏報喜道：「山已淨，妖已無矣，請師父上馬走路。」三藏喜不自勝。師徒們吃了早齋，收拾了行李、馬匹，奔西找路。正行處，猛見路旁閃出一個瞽者，走上前扯住三藏馬，道：「和尚，那裡去？還我寶貝來！」八戒大驚道：「罷了！這是老妖來討寶貝了！」行者仔細觀看，原來是太上李老君，慌得近前施禮道：「老官兒，那裡去？」那老祖急升玉局寶座，九霄空裡佇立，叫：「孫行者，還我寶貝。」大聖起到空中道：「甚麼寶貝？」老君道：「葫蘆是我盛丹的，淨瓶是我盛水的，寶劍是我煉魔的，扇子是我扇火的，繩子是我一根勒袍的帶，那兩個怪：一個是我看金爐的童子，一個是我看銀爐的童子。只因他偷了我的寶貝，走下界來，正無覓處，卻是你今拿住，得了功績。」

大聖道：「你這老官兒，著實無禮。縱放家屬為邪，該問個鈐束不嚴的罪名。」老君道：「不干我事，不可錯怪了人。此乃海上菩薩問我借了三次，送他在此托化妖魔，看你師徒可有真心往西去也。」大聖聞言，心中作念道：「這菩薩也老大憊懶！當時解脫老孫，教保唐僧西去取經，我說路途艱澀難行，他曾許我到急難處親來相救；如今反使精邪掯害，語言不的，該他一世無夫！若不是老官兒親來，我決不與他；既是你這等說，拿去罷。」那老君收得五件寶貝，揭開葫蘆與淨瓶蓋口，倒出兩股仙氣，用手一指，仍化為金銀二童子，相隨左右。只見那霞光萬道。咦！縹緲同歸兜率院，逍遙直上大羅天。

畢竟不知此後又有甚事，孫大聖怎生保護唐僧，幾時得到西天，且聽下回分解。

第三十六回

心猿正處諸緣伏　劈破傍門見月明

卻說孫行者按落雲頭，對師父備言菩薩借童子，老君收去寶貝之事。三藏稱謝不已，死心塌地辦虔誠，捨命投西。攀鞍上馬，豬八戒挑著行李，沙和尚攏著馬頭，孫行者執了鐵棒，剖開路，徑下高山前進。說不盡那水宿風餐，披霜冒露。師徒們行罷多時，前又一山阻路。三藏在那馬上高叫：「徒弟啊，你看那裡山勢崔巍，須是要仔細提防，恐又有魔障侵身也。」行者道：「師父休要胡思亂想，只要定性存神，自然無事。」三藏道：「徒弟呀，西天怎麼這等難行？我記得離了長安城，在路上春盡夏來，秋殘冬至，有四五個年頭，怎麼還不能得到？」行者聞言，呵呵笑道：「早哩！早哩！還不曾出大門哩！」八戒道：「哥哥不要扯謊。人間就有這般大門？」行者道：「兄弟，我們還在堂屋裡轉哩！」沙僧笑道：「師兄，少說大話嚇我。那裡就有這般大堂屋，卻也沒處買這般大過梁啊。」行者道：「兄弟，若依老孫看時，把這青天為屋瓦，日月作窗櫺；四山五嶽為梁柱，天地猶如一敞廳！」八戒聽說道：「罷了！罷了！我們只當轉些時回去罷。」行者道：「不必亂談，只管跟著老孫走路。」

好大聖，橫擔了鐵棒，領定了唐僧，剖開山路，一直前進。那師父在馬上遙觀，好一座山景。真個是：

山頂嵯峨摩斗柄（北斗星），樹梢彷彿接雲霄。青煙堆裡，時聞得谷口猿啼；亂翠蔭中，每聽得松間鶴唳。嘯風山魅立溪間，戲弄樵夫；成器狐狸坐崖畔，驚張獵戶。好山！看那八面崖巍，四圍險峻。古怪喬松盤翠蓋。枯摧老樹掛藤蘿。泉水飛流，寒氣透人毛發冷；巔峰屹垃，清風射眼夢魂驚。時聽大蟲哮吼，每聞山鳥時鳴。麂鹿成群穿荊棘，往來跳躍；獐豝結黨尋野食，前後奔跑。佇立草坡，一望並無客旅；行來深凹，四邊俱有豺狼。應非佛祖修行處，盡是飛禽走獸場。

那師父戰戰兢兢，進此深山，心中淒慘，兜住馬，叫聲「悟空啊！我

自從益智登山盟，王不留行送出城。
路上相逢三棱子，途中催趲馬兜鈴。
尋坡轉澗求荊芥，邁嶺登山拜茯苓。
防己一身如竹瀝，茴香何日拜朝廷？
（以上八句詩句中標「・」號者為中藥名）

孫大聖聞言，呵呵冷笑道：「師父不必掛念，少要心焦。且自放心前進，還你個『功到自然成』也。」師徒們玩著山景，信步行時，早不覺紅輪西墜。正是：

十里長亭無客走，九重天上現星辰。
八河船隻皆收港，七千州縣盡關門。
六宮五府回官宰，四海三江罷釣綸。
兩座樓頭鐘鼓響，一輪明月滿乾坤。
（這八句是數字詩，含一到十這十個數字）

那長老在馬上遙觀，只見那山凹裡有樓台迭迭，殿閣重重。三藏道：「徒弟，此時天色已晚，幸得那壁廂有樓閣不遠，想必是庵觀寺院，我們都到那裡借宿一宵，明日再行罷。」行者道：「師父說得是。不要忙，等我且看好歹如何。」那大聖跳在空中，仔細觀看，果然是座山門。但見：

八字磚牆泥紅粉，兩邊門上釘金釘。迭迭樓台藏嶺畔，層層宮闕隱山中。
萬佛閣對如來殿，朝陽樓應大雄門。七層塔屯雲宿霧，三尊佛神現光榮。
文殊台對伽藍舍，彌勒殿靠大慈廳。看山樓外青光舞，步虛閣上紫雲生。
松關竹院依依綠，方丈禪堂處處清。雅雅幽幽供樂事，川川道道喜回迎。
參禪處有禪僧講，演樂房多樂器鳴。妙高台上曇花墜，說法壇前貝葉生。

第三十六回

心猿正處諸緣伏　劈破傍門見月明

正是那林遮三寶地，山擁梵王宮。半壁燈煙光閃灼，一行香靄霧朦朧。

孫大聖按下雲頭，報與三藏道：「師父，果然是一座寺院，卻好借宿，我們去來。」這長老放開馬，一直前來，徑到了山門之外。行者道：「師父，這一座是甚麼寺？」三藏道：「我的馬蹄才然停住，腳尖還未出鐙，就問我是甚麼寺，好沒分曉！」行者道：「你老人家自幼為僧，須曾講過儒書，方才去演經法；文理皆通，然後受唐王的恩宥；門上有那般大字，如何不認得？」長老罵道：「潑猢猻！說話無知！我才面西催馬，被那太陽影射，奈何門雖有字，又被塵垢朦朧，所以未曾看見。」行者聞言，把腰兒躬一躬，長了二丈餘高，用手展去灰塵道：「師父，請看。」上有五個大字，乃是「敕建寶林寺」。行者收了法身。道：「師父，這寺裡誰進去借宿？」三藏道：「我進去。你們的嘴臉醜陋，言語粗疏，性剛氣傲，倘或衝撞了本處僧人，不容借宿，反為不美。」行者道：「既如此，請師父進去，不必多言。」

那長老卻丟了錫杖，解下斗篷，整衣合掌，徑入山門。只見兩邊紅漆欄桿裡面，高坐著一對金剛，裝塑的威儀惡醜：

一個鐵面鋼須似活容，一個躁眉圜眼若玲瓏。左邊的拳頭骨突如生鐵，右邊的手掌崚嶒賽赤銅。金甲連環光燦爛，明盔繡帶映飄風。西方真個多供佛，石鼎中間香火紅。

三藏見了，點頭長嘆道：「我那東土，若有人也將泥胎塑這等大菩薩，燒香供養啊，我弟子也不往西天去矣。」正嘆息處，又到了二層山門之內。見有四大天王之像，乃是持國、多聞、增長、廣目，按東北西南風調雨順之意。進了二層門裡，又見有喬松四樹，一樹樹翠蓋蓬蓬，卻如傘狀。忽抬頭，乃是大雄寶殿。那長老合掌皈依，舒身下拜。拜罷起來，轉過佛台，到於後門之下。又見有倒座觀音普度南海之像。那壁上都是良工巧匠裝塑的那些蝦、魚、蟹、鱉，出頭露尾，跳海水波潮耍子。長老又點頭三五度，感嘆萬千聲道：「可憐啊！鱗甲眾生都拜佛，為人何不肯修行！」

正贊嘆間，又見三門裡走出一個道人。那道人忽見三藏相貌稀奇，豐姿非俗。急趨步上前施禮道：「師父那裡來的？」三藏道：「弟子是東土大唐駕下差來，上西天拜佛求經的。今到寶方，天色將晚，告借一宿。」那道人道：「師父莫怪，我做不得主。我是這裡掃地撞鐘打勤勞的道人。裡面還有個管家的老師父哩，待我進去稟他一聲。他若留你，我就出來奉請；若不留你，我卻不敢羈遲。」三藏道：「累及你了。」

那道人急到方丈報道：「老爺，外面有個人來了。」那僧官即起身，換了衣服，按一按毗盧帽，披上袈裟，急開門迎接。問道人：「那裡人來？」道人用手指定道：「那正殿後邊不是一個人？」那三藏光著一個頭，穿一領二十五條達摩衣，足下登一雙拖泥帶水的達公鞋，斜倚在那後門首。僧官見了，大怒道：「道人少打！你豈不知我是僧官，但只有城上來的士夫降香，我方出來迎接。這等個和尚，你怎麼多虛少實，報我接他！看他那嘴臉，不是個誠實的，多是雲游方上僧，今日天晚，想是要來借宿。我們方丈中，豈容他打攪！教他往前廊下蹲罷了，報我怎麼！」抽身轉去。

長老聞言，滿眼垂淚道：「可憐！可憐！這才是『人離鄉賤』！我弟子從小兒出家，做了和尚，又不曾拜懺吃葷生歹意，看經懷怒壞禪心；又不曾丟瓦拋磚傷佛殿，阿羅臉上剝真金。噫！可憐啊！

不知是那世裡觸傷天地，教我今生常遇不良人！——和尚，你不留我們宿便罷了，怎麼又說這等憊懶話，教我們在前道廊下去『蹲』？此話不與行者說還好，若說了，那猴子進來，一頓鐵棒，把孤拐都打斷你的！」長老道：「也罷，也罷。常言道：『人將禮樂為先。』我且進去問他一聲，看意下如何。」

　　那師父踏腳跡，跟他進方丈門裡。只見那僧官脫了衣服，氣呼呼的坐在那裡，不知是念經，又不知是與人家寫法事，見那桌案上有些紙札堆積。唐僧不敢深入，就立於天井裡，躬身高叫道：「老院主，弟子問訊了！」那和尚就有些不耐煩他進裡邊來的意思，半答不答的還了個禮，道：「你是那裡來的！」三藏道：「弟子乃東土大唐駕下差來，上西天拜活佛求經的。經過寶方，天晚，求借一宿，明日不犯天光就行了。萬望老院主方便，方便。」那僧官才欠起身來道：「你是那唐三藏麼？」三藏道：「不敢，弟子便是。」僧官道：「你既往西天取經，怎麼路也不會走？」三藏道：「弟子更不曾走貴處的路。」他道：「正西去，只有四五里遠近，有一座三十里店，店上有賣飯的人家，方便好宿。我這裡不便，不好留你們遠來的僧。」三藏合掌道：「院主，古人有云：『庵觀寺院，都是我方上人的館驛，見山門就有三升米分。』你怎麼不留我，卻是何情？」僧官怒聲叫道：「你這游方的和尚，便是有些油嘴油舌的說話！」三藏道：「何為油嘴油舌？」僧官道：「古人云：『老虎進了城，家家都閉門。雖然不咬人，日前壞了名。』」三藏道：「怎麼『日前壞了名』？」他道：「向年有幾眾行腳僧，來於山門口坐下，是我見他寒薄，一個個衣破鞋無，光頭赤腳，我嘆他那般襤褸，即忙請入方丈，延之上坐；款待了齋飯，又將故衣各借一件與他，就留他住了幾日。怎知他貪圖自在衣食，更不思量起身，就住了七八個年頭。住便也罷，又幹出許多不公的事來。」三藏道：「有甚麼不公的事？」僧官道：「你聽我說：

閒時沿牆抛瓦，悶來壁上扳釘。冷天向火折窗櫺，夏日拖門攔徑。幡布扯為腳帶，牙香偷換蔓菁。常將琉璃把油傾，奪碗奪鍋賭勝。」

三藏聽言，心中暗道：「可憐啊！我弟子可是那等樣沒脊骨（不成器）的和尚？」欲待要哭，又恐那寺裡的老和尚笑他；但暗暗扯衣揩淚，忍氣吞聲，急走出去，見了三個徒弟。那行者見師父面上含怒，向前問：「師父，寺裡和尚打你來？」唐僧道：「不曾打。」八戒道：「一定打來。不是，怎麼還有些哭包聲？」那行者道：「罵你來？」唐僧道：「也不曾罵。」行者道：「既不曾打，又不曾罵，你這般苦惱怎麼？好道是思鄉哩？」唐僧道：「徒弟，他這裡不方便。」行者笑道：「這裡想是道士？」唐僧怒道：「觀裡才有道士，寺裡只是和尚。」行者道：「你不濟事；但是和尚，即與我們一般。常言道：『既在佛會下，都是有緣人。』你且坐，等我進去看看。」

好行者，按一按頂上金箍，束一束腰間裙子，執著鐵棒，徑到大雄寶殿上，指著那三尊佛像道：「你本是泥塑金裝假像，內裡豈無感應？我老孫保領大唐聖僧往西天拜佛求取真經，今晚特來此處投宿，趁早與我報名！假若不留我等，就一頓棍打碎金身，教你還現本相泥土！」

這大聖正在前邊發狠，搗叉子亂說。只見一個燒晚香的道人，點了幾枝香，來佛前爐裡插；被行者咄的一聲，唬了一跌；爬起來看見臉，又是一跌；嚇得滾滾蹌蹌，跑入方丈裡，報道：「老爺！外面有個和尚來了！」那僧官道：「你這伙道人都少打！一行說教他往前廊下去『蹲』，又報甚麼！再說打二十！」道人說：「老爺，這個和尚，比那個和尚不同：生得惡躁，沒脊骨。」僧官道：「怎的模樣？」道人道：「是個圓眼睛，查耳朵，滿面毛，雷公嘴。手執一根棍子，咬牙恨恨的，要尋人打哩。」僧官道：「等我出去看。」他即開門，只見行者撞進來了。真個生得醜陋：七高八低孤拐臉，兩隻黃眼睛，一個磕額頭；獠牙往外生，就像屬螃蟹的，肉在裡面，骨在外面。那老和尚慌得把方丈門關了。行者趕上，撲的打破門扇，道：「趕早將乾淨房子打掃一千間，老孫睡覺！」僧官躲在房裡，對道人說：「怪他生得醜麼？原來是說大話，折作的這般嘴臉。我這裡連方丈、佛殿、鐘鼓樓、兩廊，共總也不上三百間，他卻要一千間睡覺。卻打那裡來？」道人說：「師父，我也是嚇破膽的人了，憑你怎麼答應他罷。」那僧官戰索索的高叫道：「那借宿的長老，我這小荒山不方便，不敢奉留，往別處去宿罷。」

行者將棍子變得盆來粗細，直壁壁的豎在天井裡，道：「和尚，不方便，你就搬出去！」僧官道：「我們從小兒住的寺，師公傳與師父，師父傳與我輩，我輩要遠繼兒孫。他不知是那裡勾當，冒冒實實的，教我們搬哩。」道人說：「老爺，十分不尷尬，搬出去也罷。——扛子打進門來了。」僧官道：「你莫胡說！我們老少眾大四五百名和尚，往那裡搬？搬出去，卻也沒處住。」行者聽見道：「和尚，沒處搬，便著一個出來打樣棍！」老和尚叫：「道人你出去與我打個樣棍來。」那道人慌了道：「爺爺呀！那等個大扛子，教我去打樣棍！」老和尚道：「『養軍千日，用軍一朝。』你怎麼不出去？」道人說：「那扛子莫說打來，若倒下來，壓也壓個肉泥！」老和尚道：「也莫要說壓，只道豎在天井裡，夜晚間走路，不記得啊，一頭也撞個大窟窿！」道人說：「師父，你曉得這般重，卻教我出去打甚麼樣棍？」他自家裡面轉鬧起來。

行者聽見道：「是也禁不得。假若就一棍打殺一個，我師父又怪我行凶了。且等我另尋一個甚麼打與你看看。」忽抬頭，只見方丈門外有一個石獅子，卻就舉起棍來，乒乓一下，打得粉亂麻碎。那和尚在窗眼兒裡看見，就嚇得骨軟筋麻，慌忙往床下拱；道人就往鍋門裡鑽；口中不住叫：「爺爺！棍重，棍重！禁不得！方便，方便！」

行者道：「和尚，我不打你。我問你：這寺裡有多少和尚？」僧官戰索索的道：「前後是二百八十五房頭，共有五百個有度牒的和尚。」行者道：「你快去把那五百個和尚都點得齊齊整整，穿了長衣服出去，把我那唐朝的師父接進來，就不打你了。」僧官道：「爺爺，若是不打，便抬也抬進來。」行者道：「趁早去！」僧官叫：「道人，你莫說嚇破了膽，就是嚇破了心，便也去與我叫這些人來接唐僧老爺爺來。」

那道人沒奈何，舍了性命，不敢撞門，從後邊狗洞裡鑽將出去，徑到正殿上，東邊打鼓，西邊撞鐘。鐘鼓一齊響處，驚動了兩廊大小僧眾，上殿問道：「這早還不晚哩，撞鐘打鼓做甚？」道人說：「快換衣服，隨老師父排班，出山門外迎接唐朝來的老爺。」

那眾和尚，真個齊齊整整，擺班出門迎接。有的披了袈裟；有的著了褊衫；無的穿著個一口鍾直裰；十分窮的，沒有長衣服，就把腰裙接起兩條披在身上。行者看見道：「和尚，你穿的是甚麼衣服？」和尚見他醜惡，道：「爺爺，不要打，等我說。這是我們城中化的布。此間沒有裁縫，是自家做的個『一裹窮』。」

行者聞言暗笑，押著眾僧，出山門下跪下。那僧官磕頭高叫道：「唐老爺，請方丈裡坐。」八戒看見道：「師父老大不濟事。你進去時，淚汪汪，嘴上掛得油瓶。師兄怎麼就有此獐智，教他們磕頭來接？」三藏道：「你這個呆子，好不曉禮！常言道：『鬼也怕惡人哩。』」唐僧見他們磕頭禮拜，甚是不過意。上前叫：「列位請起。」眾僧叩頭道：「老爺，若和你徒弟說聲方便，不動扛子，就跪一個月也罷。」唐僧叫：「悟空，莫要打他。」行者道：「不曾打；若打，這會已打斷了根矣。」那些和尚卻才起身，牽馬的牽馬，挑擔的挑擔，抬著唐僧，馱著八戒，挽著沙僧，一齊都進山門裡去。卻到後面方丈中，依敘坐下。

眾僧卻又禮拜。三藏道：「院主請起，再不必行禮，作踐貧僧。我和你都是佛門弟子。」僧官道：「老爺是上國欽差，小和尚有失迎接。今到荒山，奈何俗眼不識尊儀，與老爺邂逅相逢。動問老爺：一路上是吃素？是吃葷？我們好去辦飯。」三藏道：「吃素。」僧官道：「徒弟，這個爺爺好的吃葷。」行者道：「我們也吃素。都是胎裡素。」那和尚道：「爺爺呀，這等凶漢也吃素！」有一個膽量大的和尚，近前又問：「老爺既然吃素，煮多少米的飯方彀吃？」八戒道：「小家子和尚！問甚麼！一家煮上一石米。」那和尚都慌了，便去刷洗鍋灶，各房中安排茶飯。高掌明燈，調開桌椅，管待唐僧。

師徒們都吃罷了晚齋，眾僧收拾了家伙，三藏稱謝道：「老院主，打攪寶山了。」僧官道：「不敢，不敢。怠慢，怠慢。」三藏道：「我師徒卻在那裡安歇？」僧官道：「老爺不要忙。小和尚自有區處。」叫：「道人，那壁廂有幾個人聽使令的？」道人道：「師父，有。」僧官吩咐道：「你們著兩個去安排草料，與唐老爺餵馬；著幾個去前面把那三間禪堂，打掃乾淨，鋪設床帳，快請老爺安歇。」

那些道人聽命，各各整頓齊備。卻來請唐老爺安寢。他師徒們牽馬挑擔，出方丈，徑至禪堂門首看處，只見那裡面燈火光明，兩梢間鋪著四張藤屜床。行者見了，喚那辦草料的道人，將草料抬來，放在禪堂裡面，拴下白馬，教道人都出去。三藏坐在中間。燈下，兩班兒，立五百個和尚，都伺候著，不敢側離。三藏欠身道：「列位請回，貧僧好自在安寢也。」眾僧決不敢退。僧官上前，吩咐大眾：「伏侍老爺安置了再回。」三藏道：「即此就是安置了，都就請回。」眾人卻才敢散，去訖。

唐僧舉步出門小解，只見明月當天，叫：「徒弟。」行者、八戒、沙僧都出來侍立。因感這月清光皎潔，玉宇深沉，真是一輪高照，大地分明。對月懷歸，口占一首古風長篇。詩云：

皓魄當空寶鏡懸，山河搖影十分全。瓊樓玉宇清光滿，冰鑑銀盤爽氣旋。
萬里此時同皎潔，一年今夜最明鮮。渾如霜餅離滄海，卻似冰輪掛碧天。
別館寒窗孤客悶，山村野店老翁眠。乍臨漢苑驚秋鬢，才到秦樓促晚奩。
庚亮有詩傳晉史，袁宏不寐泛江船。光浮杯面寒無力，清映庭中健有仙。
處處窗軒吟白雪，家家院宇弄冰弦。今宵靜玩來山寺，何日相同返故園？

行者聞言，近前答曰：「師父啊，你只知月色光華，心懷故里，更不知月中之意，乃先天法相之規繩也。月至三十日，陽魂之金散盡，陰魄之水盈輪，故純黑而無光，乃曰『晦』。此時與日相交，在晦朔兩日之間，感陽光而有孕。至初三日一陽現，初八日二陽生，魄中魂半，其平如繩，故曰『上弦』。至今十五日，三陽備足，是以團圓，故曰『望』。至十六日一陰生，二十二日二陰生，此時魂中魄半，其平如繩，故曰『下弦』。至三十日三陰備足，亦當晦。此乃先天採煉之意。我等若能溫養二八，九九成功，那時節，見佛容易，返故田亦易也。詩曰：

前弦之後後弦前，藥味平平氣象全。
採得歸來爐裡煉，志心功果即西天。

那長老聽說，一時解悟，明徹真言。滿心歡喜，稱謝了悟空。沙僧在旁笑道：「師兄此言雖當，只說的是弦前屬陽，弦後屬陰，陰中陽半，得水之金；更不道：

水火相攙各有緣，全憑土母配如然。
三家同會無爭競，水在長江月在天。

那長老聞得，亦開茅塞。正是理明一竅通千竅，說破無生即是仙。八戒上前扯住長老道：「師父，莫聽亂講，誤了睡覺。這月啊：

缺之不久又團圓，似我生來不十全。吃飯嫌我肚子大，拿碗又說有粘涎。
他都伶俐修來福，我自痴愚積下緣。我說你取經還滿三塗業，擺尾搖頭直上天！」

三藏道：「也罷，徒弟們走路辛苦，先去睡下。等我把這卷經來念一念。」行者道：「師父差了。你自幼出家，做了和尚，小時的經文，那本不熟？卻又領了唐王旨意，上西天見佛，求取『大乘真典』。如今功未完成，佛未得見，經未曾取，你念的是那卷經兒？」三藏道：「我自出長安，朝朝跋涉，日日奔波，小時的經文恐怕生了；幸今夜得閒，等我溫習溫習。」行者道：「既這等說，我們先去睡也。」他三人各往一張藤床上睡下。長老掩上禪堂門，高剔銀釭，鋪開經本，默默看念。

正是那：樓頭初鼓人煙靜，野浦漁舟火滅時。畢竟不知那長老怎麼樣離寺，且聽下回分解。

第三十七回

鬼王夜謁唐三藏　悟空神化引嬰兒

卻說三藏坐於寶林寺禪堂中，燈下念一會《梁皇水懺》，看一會《孔雀真經》，只坐到三更時候，卻才把經本包在囊裡。正欲起身去睡，只聽得門外撲刺刺一聲響亮，淅零零刮陣狂風。那長老恐吹滅了燈，慌忙將偏衫袖子遮住。又見那燈或明或暗，便覺有些心驚膽戰。此時又困倦上來，伏在經案上盹睡。雖是合眼朦朧，卻還心中明白，耳內嚶嚶聽著那窗外陰風颯颯。好風，真個那：

> 淅淅瀟瀟，飄飄蕩蕩。淅淅瀟瀟飛落葉，飄飄蕩蕩捲浮雲。滿天星斗皆昏昧，遍地塵沙盡灑紛。一陣家猛，一陣家純。純時松竹敲清韻，猛處江湖波浪渾。刮得那山鳥難棲聲哽哽，海魚不定跳噴噴。東西館閣門窗脫，前後房廊神鬼瞋。佛殿花瓶吹墮地，琉璃搖落慧燈昏。香爐攲倒香灰迸，燭架歪斜燭焰橫。幢幡寶蓋都搖拆。鐘鼓樓台撼動根。

那長老昏夢中聽著風聲一時過處，又聞得禪堂外，隱隱的叫一聲：「師父！」忽抬頭夢中觀看，門外站著一條漢子：渾身上下，水淋淋的，眼中垂淚，口裡不住叫：「師父！師父！」三藏欠身道：「你莫是魍魎妖魅，神怪邪魔，至夜深時，來此戲我？我卻不是那貪欲貪嗔之類。我本是個光明正大之僧，奉東土大唐旨意，上西天拜佛求經者。我手下有三個徒弟，都是降龍伏虎之英豪，掃怪除魔之壯士。他若見了你，碎屍粉骨，化作微塵。此是我大慈悲之意，方便之心。你趁早兒潛身遠遁，莫上我的禪門來。」那人倚定禪堂道：「師父，我不是妖魔鬼怪，亦不是魍魎邪神。」三藏道：「你既不是此類，卻深夜來此何為？」那人道：「師父，你捨眼看我一看。」

長老果仔細定睛看處，——呀！只見他：

頭戴一頂沖天冠，腰束一條碧玉帶，身穿一領飛龍舞鳳赭黃袍，足踏一雙雲頭繡口無憂履，手執一柄列斗羅星白玉圭。面如東岳長生帝，形似文昌開化君。

三藏見了，大驚失色。急躬身厲聲高叫道：「是那一朝陛下？請坐。」用手忙攙，撲了個空虛，回身坐定。再看處，還是那個人。長老便問：「陛下，你是那裡皇王？何邦帝主？想必是國土不寧，讒臣欺虐，半夜逃生至此。有何話說，說與我聽。」這人才淚滴腮邊談舊事，愁攢眉上訴前因，道：「師父啊，我家住在正西，離此只有四十里遠近。那廂有座城池，便是興基之處。」三藏道：「叫做甚麼地名？」那人道：「不瞞師父說，便是朕當時創立家邦，改號烏雞國。」三藏道：「陛下這等驚慌，卻因甚事至此？」那人道：「師父啊，我這裡五年前，天年乾旱，草子不生，民皆飢死，甚是傷情。」三藏聞言，點頭嘆道：「陛下啊，古人云：『國正天心順。』想必是你不慈恤萬民。既遭荒

第三十七回

鬼王夜謁唐三藏　悟空神化引嬰兒

歉，怎麼就躲離城郭？且去開了倉庫，賑濟黎民；悔過前非，重興今善，放赦了那枉法冤人；自然天心和合，雨順風調。」那人道：「我國中倉廩空虛，錢糧盡絕。文武兩班停俸祿，寡人膳食亦無葷。仿效禹王治水，與萬民同受甘苦，沐浴齋戒，晝夜焚香祈禱。如此三年，只乾得河枯井涸。正都在危急之處，忽然鍾南山來了一個全真（道教的一派。這裡指道士），能呼風喚雨，點石成金。先見我文武多官，後來見朕，當即請他登壇祈禱。果然有應，只見令牌響處，頃刻間大雨滂沱。寡人只望三尺雨足矣，他說久旱不能潤澤，又多下了二寸。朕見他如此尚義，就與他八拜為交，以『兄弟』稱之。」

三藏道：「此陛下萬千之喜也。」那人道：「喜自何來？」三藏道：「那全真既有這等本事，若要雨時，就教他下雨；若要金時，就教他點金。還有那些不足，卻離了城闕來此？」

那人道：「朕與他同寢食者，只得二年。又遇著陽春天氣，紅杏夭桃，開花綻蕊，家家士女，處處王孫，俱去游春賞玩。那時節，文武歸衙，嬪妃轉院。朕與那全真攜手緩步，至御花園裡，忽行到八角琉璃井邊，不知他拋下些甚麼物件，井中有萬道金光。哄朕到井邊看甚麼寶貝，他陡起凶心，撲通的把寡人推下井內；將石板蓋住井口，擁上泥土，移一株芭蕉栽在上面。——可憐我啊，已死去三年，是一個落井傷生的冤屈之鬼也！」

唐僧見說是鬼，唬得筋力酥軟，毛骨聳然。沒奈何，只得將言又問他道：「陛下，你說的這話，全不在理。既死三年，那文武多官，三宮皇后，遇三朝見駕殿上，怎麼就不尋你？」那人道：「師父啊，說起他的本事，果然世間罕有！自從害了朕，他當時在花園內搖身一變，就變做朕的模樣，更無差別。現今占了我的江山，暗侵了我的國土。他把我兩班文武，四百朝官，三宮皇后，六院嬪妃，盡屬了他矣。」三藏道：「陛下，你忒也懦。」那人道：「何懦？」三藏道：「陛下，那怪倒有些神通，變作你的模樣，侵占你的乾坤，文武不能識，后妃不能曉，只有你死的明白；你何不在陰司閻王處具告，把你的屈情申訴，申訴。」那人道：「他的神通廣大，官吏情熟，都城隍常與他會酒，海龍王盡與他有親；東岳天齊是他的好朋友，十代閻羅是他的異兄弟。因此這般，我也無門投告。」

三藏道：「陛下，你陰司裡既沒本事告他，卻來我陽世間作甚？」那人道：「師父啊，我這一點冤魂，怎敢上你的門來？山門前有那護法諸天、六丁六甲、五方揭諦、四值功曹、一十八位護教伽藍，緊隨鞍馬。卻才被夜游神一陣神風，把我送將進來。他說我三年水災該滿，著我來拜謁師父。他說你手下有一個大徒弟，是齊天大聖，極能斬怪降魔。今來志心拜懇，千乞到我國中，拿住妖魔，辨明邪正。朕當結草銜環，報酬師恩也！」三藏道：「陛下，你此來是請我徒弟與你去除卻那妖怪麼？」那人道：「正是！正是！」

三藏道：「我徒弟幹別的事不濟，但說降妖捉怪，正合他宜。陛下啊，雖是著他拿怪，但恐理上難行。」那人道：「怎麼難行？」三藏道：「那怪既神通廣大，變得與你相同；滿朝文武，一個個言和心順；三宮妃嬪，一個個意合情投；我徒弟縱有手段，決不敢輕動干戈。倘被多官拿住，說我們欺邦滅國，問一款大逆之罪，困陷城中，卻不是畫虎刻鵠（弄巧成拙）也？」

那人道：「我朝中還有人哩。」三藏道：「卻好！卻好！想必是一代親王侍長，發付何處鎮守去了？」那人道：「不是；我本宮有個太子，是我親生的儲君。」三藏道：「那太子想必被妖魔貶了？」那人道：「不曾。他只在金鑾殿上，五鳳樓中，或與學士講書，或共全真登位。自此三年，禁太子不入皇宮，不能彀與娘娘相見。」三藏道：「此是何故？」那人道：「此是妖怪使下的計策。只恐他母子相見，閒中論出長短，怕走了消息；故此兩不會面，他得永住常存也。」三藏道：「你的災邅，想應天付，卻與我相類。當時我父曾被水賊傷生。我母被水賊欺占，經三個月，分娩了我。我在水中逃了性命，幸金山寺恩師，救養成人。記得我幼年無父母，此間那太子失雙親，慚惶不已！」又問道：「你縱有太子在朝，我怎的與他相見？」那人道：「如何不得見？」三藏道：「他被妖魔拘轄，連一個生身之母尚不得見，我一個和尚，欲見何由？」那人道：「他明早出朝來也。」三藏問：「出朝作甚？」那人道：「明日早朝，領三千人馬，架鷹犬，出城採獵，師父斷得與他相見。見時肯將我的言語說與他，他便信了。」三藏道：「他本是肉眼凡胎，被妖魔哄在殿上，那一日不叫他幾聲父王？他怎肯信我的言語？」

那人道：「既恐他不信，我留下一件表記與你罷。」三藏問：「是何物件？」那人把手中執的金廂白玉圭放下道：「此物可以為記。」三藏道：「此物何如？」那人道：「全真自從變作我的模樣，只是少變了這件寶貝。他到宮中，說那求雨的全真拐了此圭去了。自此三年，還沒此物。我太子若看見，他睹物思人，此仇必報。」三藏道：「也罷，等我留下，著徒弟與你處置。——卻在那裡等麼？」那人道：「我也不敢等。我這去，還央求夜游神，再使一陣神風，把我送進皇宮內院，托一夢與我那正宮皇后，教他母子們合意，你師徒們同心。」三藏點頭應承道：「你去罷。」

那冤魂叩頭拜別，舉步相送，不知怎麼蹋了腳，跌了一個筋斗，把三藏驚醒，卻原來是南柯一夢。慌得對著那盞昏燈，連忙叫：「徒弟！徒弟！」八戒醒來道：「甚麼『土地土地』？當時我做好漢，專一吃人度日，受用腥羶，其實快活；偏你出家，教我們保護你跑路！原說只做和尚，如今拿做奴才，日間挑包袱牽馬，夜間提尿瓶焐腳！這早晚不睡，又叫徒弟作甚？」三藏道：「徒弟，我剛才伏在案上打盹，做了一個怪夢。」行者跳將起來道：「師父，夢從想中來。你未曾上山，先怕妖怪；

又愁雷音路遠，不能得到，思念長安，不知何日回程；所以心多夢多。似老孫一點真心，專要西方見佛，更無一個夢兒到我。」三藏道：「徒弟，我這樁夢，不是思鄉之夢。才然合眼，見一陣狂風過處，禪房門外有一朝皇帝，自言是烏雞國王。渾身水濕，滿眼淚垂。」這等這等，如此如此，將那夢中話一一的說與行者。

行者笑道：「不消說了，他來托夢與你，分明是照顧老孫一場生意。必然是個妖怪在那裡篡位謀國。等我與他辨個真假。想那妖魔，棍到處立業成功。」三藏道：「徒弟，他說那怪神通廣大哩。」行者道：「怕他甚麼廣大！早知老孫到，教他即走無方！」三藏道：「我又記得留下一件寶貝做表記。」八戒答道：「師父莫要胡纏；做個夢便罷了，怎麼只管當真？」沙僧道：「『不信直中直，須防仁不仁。』我們打起火，開了門，看看如何便是。」

行者果然開門。一齊看處，只見星月光中，階簷上，真個放著一柄金廂白玉圭。八戒近前拿起道：「哥哥，這是甚麼東西。」行者道：「這是國王手中執的寶貝，名喚玉圭。師父啊，既有此物，想此事是真。明日拿妖，全都在老孫身上。只是要你三樁兒造化低哩。」八戒道：「好！好！好！做個夢罷了，又告誦他。他那些兒不會作弄人哩？就教你三樁兒造化低。」三藏回入裡面道：「是那三樁？」行者道：「明日要你頂缸（代人受過）、受氣、遭瘟。」八戒笑道：「一樁兒也是難的，三樁兒卻怎麼耽得？」唐僧是個聰明的長老，便問：「徒弟啊，此三事如何講？」行者道：「也不消講，等我先與你二件物。」

好大聖，拔了一根毫毛，吹口仙氣，叫聲「變！」變做一個紅金漆匣兒，把白玉圭放在內盛著，道：「師父，你將此物捧在手中，到天曉時，穿上錦襴袈裟，去正殿坐著念經，等我去看看他那城池。端的是個妖怪，就打殺他，也在此間立個功績；假若不是，且休撞禍。」三藏道：「正是！正是！」行者道：「那太子不出城便罷；若真個應夢出城來，我定引他來見你。」三藏道：「見了我如何迎答？」行者道：「來到時，我先報知，你把那匣蓋兒扯開些，等我變作二寸長的一個小和尚，鑽在匣兒裡，你連我捧在手中。那太子進了寺來，必然拜佛；你盡他怎的下拜，只是不睬他。他見你不動身，一定教拿你；你憑他拿下去，打也由他，綁也由他，殺也由他。」三藏道：「呀！他的軍令大，真個殺了我，怎麼好？」行者道：「沒事，有我哩。若到那緊關處，我自然護你。他若問時，你說是東土欽差上西天拜佛取經進寶的和尚。他道：『有甚寶貝？』你卻把錦襴袈裟對他說一遍，說道：『此是三等寶貝。還有頭一等、第二等的好物哩。』但問處，就說這匣內有一件寶貝，上知五百年，下知五百年，中知五百年，共一千五百年過去未來之事，俱盡曉得。卻把老孫放出來。我將那夢中話告誦那太子，他若肯信，就去拿了那妖魔，一則與他父王報仇，二來我們立個名節；他若不信，再將白玉圭拿與他看。只恐他年幼，還不認得哩。」

三藏聞言，大喜道：「徒弟啊，此計絕妙！但說這寶貝，一個叫做錦襴袈裟，一個叫做白玉圭；你變的寶貝卻叫做甚名？」行者道：「就叫做『立帝貨』罷。」三藏依言，記在心上。師徒們一夜那曾得睡，盼到天明，恨不得點頭喚出扶桑日（指太陽。傳說扶桑是神樹，太陽從樹下升起），噴氣吹散滿天星。

不多時，東方發白。行者又吩咐了八戒、沙僧，教他兩個：「不可攪擾僧人，出來亂走。待我成功之後，共汝等同行。」才別了唐僧，打了唿哨，一筋斗跳在空中。睜火眼平西看處，果見有一座城池。你道怎麼就看見了。當時說那城池離寺只有四十里，故此憑高就望見了。

行者近前仔細看處，又見那怪霧愁雲漠漠，妖風怨氣紛紛。行者在空中讚嘆道：

「若是真王登寶座，自有祥光五色雲；
只因妖怪侵龍位，騰騰黑氣鎖金門。」

行者正然感嘆。忽聽得炮聲響亮，又只見東門開處，閃出一路人馬，真個是採獵之軍，果然勢勇。但見：

曉出禁城東，分圍淺草中。彩旗開映日，白馬驟迎風。鼉鼓冬冬擂，標槍對對衝。架鷹軍猛烈，牽犬將驍雄。火炮連天振，粘竿映日紅。人人支弩箭，個個挎雕弓。張網山坡下，鋪繩小徑中。一聲驚霹靂，千騎擁貔熊。狡兔身難保，乖獐智亦窮。狐狸該命盡，麋鹿喪當終。山雉難飛脫，野雞怎避凶？他都要撿占山場擒猛獸，摧殘林木射飛蟲。

那些人出得城來，散步東郊，不多時，有二十里向高田地，又只見中軍營裡，有小小的一個將軍：頂著盔，貫著甲，果肚花，十八紮，手執青鋒寶劍，坐下黃驃馬，腰帶滿弦弓。真個是：

隱隱君王相，昂昂帝主容。
規模非小輩，行動顯真龍。

行者在空暗喜道：「不須說，那個就是皇帝的太子了。等我戲他一戲。」好大聖，按落雲頭，撞入軍中太子馬前，搖身一變，變作一個白兔兒，只在太子馬前亂跑。太子看見，正合歡心，拈起箭，拽滿弓，一箭正中了那兔兒。

原來是那大聖故意教他中了。卻眼乖手疾，一把接住那箭頭，把箭翎花落在前邊，丟開腳步跑了。那太子見箭中了玉兔，兜開馬，獨自爭先來趕。不知馬行的快，行者如風；馬行的遲，行者慢走；只在他面前不遠。看他一程一程，將太子哄到寶林寺山門之下，行者現了本身，不見兔兒，只見一枝箭插在門檻上。徑撞進去，見唐僧道：「師父，來了！來了！」卻又一變，變做二寸長短的小和尚兒，鑽在紅匣之內。

卻說那太子趕到山門前，不見了白兔，只見門檻上插住一枝雕翎箭。太子大驚失色道：「怪哉！怪哉！分明我箭中了玉兔，玉兔怎麼不見，只見箭在此間！想是年多日久，成了精魅（妖精）也。」拔了箭，抬頭看處，山門上有五個大字，寫著「敕建寶林寺」。太子道：「我知之矣。向年（前些年）間曾記得我父王在金鑾殿上差官賫些金帛與這和尚修理佛殿佛像，不期今日到此。正是『因過道院逢僧話，又得浮生半日閒』。我且進去走走。」

那太子跳下馬來，正要進去。只見那保駕的官將與三千人馬趕上，簇簇擁擁，都入山門裡面。慌得那本寺眾僧，都來叩頭拜接。接入正殿中間，參拜佛像。卻才舉目觀瞻，又欲游廊玩景，忽見正當中坐著一個和尚。太子大怒道：「這個和尚無禮！我今半朝鑾駕進山，雖無旨意知會，不當遠接，此時軍馬臨門，也該起身；怎麼還坐著不動？」教：「拿下來！」說聲「拿」字，兩邊校尉，一齊下手，把唐僧抓將下來，急理繩索便捆。行者在匣裡默默的念咒，教道：「護法諸天、六丁六甲，我今設法降妖，這太子不能知識，將繩要捆我師父，汝等及早護持；若真捆了，汝等都該有罪！」那大聖暗中吩咐，誰敢不遵，卻將三藏護持定了：有些人摸也摸不著他光頭，好似一壁牆擋住，難攖其身。

那太子道：「你是那方來的，使這般隱身法欺我！」三藏上前施禮道：「貧僧無隱身法，乃是東土唐僧，上雷音寺拜佛求經進寶的和尚。」太子道：「你那東土雖是中原，其窮無比，有甚寶貝，你說來我聽。」三藏道：「我身上穿的這袈裟，是第三樣寶貝。還有第一等，第二等更好的物哩！」太子道：「你那衣服，半邊苦身，半邊露臂，能值多少物，敢稱寶貝！」三藏道：「這袈裟雖不全體，有詩幾句。詩曰：

佛衣偏袒不須論，內隱真如脫世塵。萬線千針成正果，九珠八寶合元神。
仙娥聖女恭修制，遺賜禪僧靜垢身。見駕不迎猶自可，你的父冤未報枉為人！」

太子聞言，心中大怒道：「這潑和尚胡說！你那半片衣，憑著你口能舌便，誇好誇強。我的父冤從何未報，你說來我聽。」三藏進前一步，合掌問道：「殿下，為人生在天地之間，能有幾恩？」太子道：「有四恩。」三藏道：「那四恩？」太子道：「感天地蓋載之恩，日月照臨之恩，國王水土之恩，父母養育之恩。」三藏笑曰：「殿下言之有失。人只有天地蓋載，日月照臨，國王水土，那得個父母養育來？」太子怒道：「和尚是那游手游食削髮逆君之徒！人不得父母養育，身從何來？」三藏道：「殿下，貧僧不知；但只這紅匣內有一件寶貝，叫做『立帝貨』，他上知五百年，中知五百年，下知五百年，共知一千五百年過去未來之事，便知無父母養育之恩，令貧僧在此久等多時矣。」

太子聞說，教：「拿來我看。」三藏扯開匣蓋兒，那行者跳將出來，矢呀矢的，兩邊亂走。太子道：「這星星小人兒，能知甚事？」行者聞言嫌小，卻就使個神通，把腰伸一伸，就長了有三尺四五寸。眾軍士吃驚道：「若是這般快長，不消幾日，就撐破天也。」行者長到原身，就不長了。太子才問道：「立帝貨，這老和尚說你能知未來過去吉凶，你卻有龜作卜？有蓍作筮？憑書句斷人禍福？」行者道：「我一毫不用，只是全憑三寸舌，萬事盡皆知。」太子道：「這廝又是胡說。自古以來，《周易》之書，極其玄妙，斷盡天下吉凶，使人知所趨避；故龜所以卜，蓍所以筮。聽汝之言，憑據何理？妄言禍福，扇惑人心！」

行者道：「殿下且莫忙，等我說與你聽。你本是烏雞國王的太子。你那裡五年前，年程荒旱，萬民遭苦，你家皇帝共臣子，秉心祈禱。正無點雨之時，鍾南山來了一個道士，他善呼風喚雨，點石為金。君王忒也愛小，就與他拜為兄弟。這樁事有麼？」太子道：「有！有！有！你再說說。」行者道：「後三年不見全真，稱孤的卻是誰？」太子道：「果是有個全真，父王與他拜為兄弟，食則同食，寢則同寢。三年前在御花園裡玩景，被他一陣神風，把父王手中金廂白玉圭，攝回鍾南山去了。至今父王還思慕他。因不見他，遂無心賞玩，把花園緊閉了，已三年矣。做皇帝的，非我父王而何？」

行者聞言，哂笑不絕。太子再問不答，只是哂笑。太子怒道：「這廝當言不言，如何這等哂笑？」行者又道：「還有許多話哩；奈何左右人眾，不是說處。」太子見他言語有因，將袍袖一展，教軍士且退。那駕上官將，急傳令，將三千人馬，都出門外住紮。此時殿上無人，太子坐在上面，長老立在前邊，左手旁立著行者。本寺諸僧皆退。行者才正色上前道：「殿下，化風去的是你生身之父王，見坐位的，是那祈雨之全真。」太子道：「胡說！胡說！我父自全真去後，風調雨順，國泰民安。照依你說，就不是我父王了。還是我年孺（年幼），容得你；若我父王聽見你這番話，拿了去，碎屍萬段！」把行者咄的喝下來。行者對唐僧道：「何如？我說他不信。果然！果然！如今卻拿那寶貝進與他，倒換關文，往西方去罷。」三藏即將紅匣子遞與行者。行者接過來，將身一抖，那匣兒卒不見了，原是他毫毛變的，被他收上身去。卻將白玉圭雙手捧上，獻與太子。

太子見了道：「好和尚！好和尚！你五年前本是個全真，來騙了我家的寶貝，如今又裝做和尚來進獻！」叫：「拿了！」一聲傳令，把長老唬得慌忙指著行者道：「你這弼馬溫！專撞空頭禍，帶累我哩！」行者近前一齊攔住道：「休嚷！莫走了風！我不叫做立帝貨，還有真名哩。」太子怒道：「你上來！我問你個真名字，好送法司定罪！」

行者道：「我是那長老的大徒弟，名喚悟空孫行者。因與我師父上西天取經，昨宵到此覓宿。我師父夜讀經卷，至三更時分，得一夢。夢見你父王道，他被那全真欺害，推在御花園八角琉璃井內，全真變作他的模樣。滿朝官不能知，你年幼亦無分曉，禁你入宮，關了花園，大端怕漏了消息。你父王今夜特來請我降魔，我恐不是妖邪，自空中看了，果然是個妖精。正要動手拿他，不期你出城打獵。你箭中的玉兔，就是老孫。老孫把你引到寺裡，見師父，訴此衷腸，句句是實。你既然認得白玉圭，怎麼不念鞠養恩情，替親報仇？」

那太子聞言，心中慘戚，暗自傷愁道：「若不信此言語，他卻有三分兒真實；若信了，怎奈殿上見是我父王。」這才是進退兩難心問口，三思忍耐口問心。行者見他疑惑不定，又上前道：「殿下不必心疑，請殿下駕回本國，問你國母娘娘一聲，看他夫妻恩愛之情，比三年前如何。只此一問，便知真假矣。」

那太子回心道：「正是！且待我問我母親去來。」他跳起身，籠了玉圭就走。行者扯住道：「你這些人馬都回，卻不走漏消息，我難成功？但要你單人獨馬進城，不可揚名賣弄。莫入正陽門，須從後宰門進去。到宮中見你母親，切休高聲大氣，須是悄語低言：恐那怪神通廣大，一時走了消息，你娘兒們性命俱難保也。」

太子謹遵教命，出山門吩咐將官：「穩在此紮營，不得移動。我有一事，待我去了就來一同進城。」一看他：指揮號令屯軍士，上馬如飛即轉城。這一去，不知見了娘娘，有何話說，且聽下回分解。

第三十八回

嬰兒問母知邪正　金木參玄見假真

逢君只說受生因，便作如來會上人。一念靜觀塵世佛，十方同看降威神。
欲知今日真明主，須問當年嫡母身。別有世間曾未見，一行一步一花新。

卻說那烏雞國王太子，自別大聖，不多時，回至城中。果然不奔朝門，不敢報傳宣詔，徑至後宰門首，見幾個太監在那裡把守。見太子來，不敢阻滯，讓他進去了。好太子，夾一夾馬，撞入裡面，忽至錦香亭下。只見那正宮娘娘坐在錦香亭上，兩邊有數十個嬪妃掌扇，那娘娘倚雕欄兒流淚哩。你道他流淚怎的？原來他四更時也做了一夢，記得一半，含糊了一半，沉沉思想。這太子下馬，跪於亭下。叫：「母親！」那娘娘強整歡容，叫聲：「孩兒，喜呀！喜呀！這二三年在前殿與你父王開講，不得相見，我甚思量；今日如何得暇來看我一面？誠萬千之喜！誠萬千之喜！孩兒，你怎麼聲音悲慘？你父王年紀高邁，有一日龍歸碧海，鳳返丹霄，你就傳了帝位，還有甚麼不悅？」太子叩頭道：「母親，我問你：即位登龍（登上皇位）是那個？稱孤道寡果何人？」娘娘聞言道：「這孩兒發瘋了！

做皇帝的是你父王，你問怎的？」太子叩頭道：「萬望母親赦子無罪，敢問；不赦，不敢問。」娘娘道：「子母家有何罪？赦你，赦你，快快說來。」太子道：「母親，我問你三年前夫妻宮裡之事與後三年恩愛同否，如何？」

娘娘見說，魂飄魄散，急下亭抱起，緊摟在懷，眼中滴淚道：「孩兒！我與你久不相見，怎麼今日來宮問此？」太子發怒道：「母親有話早說；不說時，且誤了大事。」娘娘才喝退左右，淚眼低聲道：「這樁事，孩兒不問，我到九泉之下，也不得明白。既問時，聽我說：

三載之前溫又暖，三年之後冷如冰。
枕邊切切將言問，他說老邁身衰事不興！」

太子聞言，撒手脫身，攀鞍上馬。那娘娘一把扯住道：「孩兒，你有甚事，話不終就走？」太子跪在面前道：「母親，不敢說。今日早朝，蒙欽差架鷹逐犬，出城打獵，偶遇東土駕下來的個取經聖僧，有大徒弟乃孫行者，極善降妖。原來我父王死在御花園八角琉璃井內，這全真假變父王，侵了龍位。今夜三更，父王托夢，請他到城捉怪。孩兒不敢盡信，特來問母。母親才說出這等言語，必然是個妖精。」那娘娘道：「兒啊，外人之言，你怎麼就信為實？」太子道：「兒還不敢認實，父王遺下表記與他了。」

娘娘問是何物，太子袖中取出那金廂白玉圭，遞與娘娘。那娘娘認得是當時國王之寶，止不住淚如泉湧。叫聲：「主公！你怎麼死去三年，不來見我，卻先見聖僧，後來見我？」太子道：「母親，這話是怎的說？」娘娘道：「兒啊，我四更時分，也做了一夢，夢見你父王水淋淋的，站在我跟前，親說他死了，鬼魂兒拜請了唐僧，降假皇帝，救他前身。記便記得是這等言語，只是一半兒不得分明。正在這裡狐疑，怎知今日你又來說這話，又將寶貝拿出。我且收下，你且去請那聖僧急急為之。果然掃蕩妖氛，辨明邪正，庶報你父王養育之恩也。」

太子急忙上馬，出後宰門，躲離城池。真個是噙淚叩頭辭國母，含悲頓首覆唐僧。不多時，出了城門，徑至寶林寺山門前下馬。眾軍士接著太子，又見紅輪（太陽）將墜。太子傳令，不許軍士亂動。他又獨自個入了山門，整束衣冠，拜請行者。只見那猴王從正殿搖搖擺擺走來。那太子雙膝跪下道：「師父，我來了。」行者上前攙住道：「請起，你到城中，可曾問誰麼？」太子道：「問母親來。」將前言盡說了一遍。

行者微微笑道：「若是那般冷啊，想是個甚麼冰冷的東西變的。不打緊！不打緊！等我老孫與你掃蕩。卻只是今日晚了，不好行事。你先回去，待明早我來。」太子跪地叩拜道：「師父，我只在此伺候，到明日同師父一路去罷。」行者道：「不好！不好！若是與你一同入城，那怪物生疑，不說是我撞著你，卻說是你請老孫，卻不惹他反怪你也？」太子道：「我如今進城，他也怪我。」行者道：「怪你怎麼？」太子道：「我自早朝蒙差，帶領若干人馬鷹犬出城，今一日更無一件野物，怎麼見駕？若問我個不才之罪，監陷羑裡（囚禁起來），你明日進城，卻將何倚？況那班部中更沒個相知人也。」行者道：「這甚打緊？你肯早說時，卻不尋下些等你。」

好大聖！你看他就在太子面前，顯個手段，將身一縱，跳在雲端裡。捻著訣，念一聲「唵藍淨法界」的真言，拘得那山神、土地在半空中施禮道：「大聖，呼喚小神，有何使令？」行者道：「老孫保護唐僧至此，欲拿邪魔，奈何那太子打獵無物，不敢回朝；問汝等討個人情，快將獐豝鹿兔，走獸飛禽，各尋些來，打發他回去。」山神、土地聞言，敢不承命；又問各要幾何。大聖道：「不拘多少，取些來便罷。」那各神即著本處陰兵，刮一陣聚獸陰風，捉了些野雞山雉，角鹿肥獐，狐獾貉兔，虎豹狼蟲，共有百千餘隻，獻與行者。行者道：「老孫不要。你可把他都捻就了筋，單擺在那四十里路上兩旁，教那些人不縱鷹犬，拿回城去，算了汝等之功。」眾神依言，散了陰風，擺在左右。

行者才按雲頭，對太子道：「殿下請回，路上已有物了，你自收去。」太子見他在半空中弄此神通，如何不信，只得叩頭拜別。出山門傳了令，教軍士們回城。只見那路旁果有無限的野物，軍士們不放鷹犬，一個個俱著手擒捉，喝采，俱道是千歲殿下的洪福，怎知是老孫的神功？你聽凱歌聲唱，一擁回城。

這行者保護了三藏。那本寺中的和尚，見他們與太子這樣綢繆，怎不恭敬？卻又安排齋供，管待了唐僧，依然還歇在禪堂裡。將近有一更時分，行者心中有事，急睡不著。他一轂轆爬起來，到唐僧床前，叫：「師父。」此時長老還未睡哩。他曉得行者會失驚打怪的，推睡不應。行者摸著他的光頭，亂搖道：「師父怎睡著了？」唐僧怒道：「這個頑皮！這早晚還不睡，吆喝甚麼？」行者道：「師父，有一樁事兒，和你計較計較。」長老道：「甚麼事？」行者道：「我日間與那太子誇口，說我的手段比山還高，比海還深，拿那妖精如探囊取物一般，伸了手去就拿將轉來，卻也睡不著，想起來，有些難哩。」唐僧道：「你說難，便就不拿了罷。」行者道：「拿是還要拿，只是理上不順。」唐僧道：「這猴頭亂說！妖精奪了人君位，怎麼叫做理上不順！」行者道：「你老人家只知念經拜佛，打坐參禪，那曾見那蕭何的律法？常言道：『拿賊拿贓。』那怪物做了三年皇帝，又不曾走了馬腳，漏了風聲。他與三宮妃后同眠，又和兩班文武共樂，我老孫就有本事拿住他，也不好定個罪名。」唐僧道：「怎麼不好定罪。」行者道：「他就是個沒嘴的葫蘆，也與你滾上幾滾。他敢道：『我是烏雞國王。有甚逆天之事，你來拿我？』將甚執照與他折辯？」唐僧道：「憑你怎生裁處？」行者笑道：「老孫的計已成了。只是干礙著你老人家，有些兒護短。」唐僧道：「我怎麼護短？」行者道：「八戒生得夯，你有些兒偏向他。」唐僧道：「我怎麼向他？」行者道：「你若不向他啊，且如今把膽放大些，與沙僧只在這裡。待老孫與八戒趁此時先入那烏雞國城中，尋著御花園，打開琉璃井，把那皇帝屍首撈將上來，包在我們包袱裡。明日進城，且不管甚麼倒換文牒，見了那怪，掣棍子就打。他但有言語，就將骨櫬（屍骨）與他看，說：『你殺的是這個人！』卻教太子上來哭父，皇后出來認夫，文武多官見主，我老孫與兄弟們動手：這才是有對頭的官事好打。」唐僧聞言，暗喜道：「只怕八戒不肯去。」行者笑道：「如何？我說你護短。你怎麼就知他不肯去？你只像我叫你時不答應，半個時辰便了！我這去，但憑三寸不爛之舌，莫說是豬八戒，就是『豬九戒』，也有本事教他跟著我走。」唐僧道：「也罷，隨你去叫他。」

行者離了師父，徑到八戒床邊。叫：「八戒！八戒！」那呆子是走路辛苦的人，丟倒頭，只情打呼，那裡叫得醒。行者揪著耳朵，抓著鬃，把他一拉，拉起來，叫聲：「八戒。」那呆子還打楞掙。行者又叫一聲，呆子道：「睡了罷，莫頑！明日要走路哩！」行者道：「不是頑，有一樁買賣，我和你做去。」八戒道：「甚麼買賣？」行者道：「你可曾聽得那太子說麼？」八戒道：「我不曾見面，不曾聽見說甚麼。」行者道：「那太子告誦我說，那妖精有件寶貝，萬夫不當之勇。我們明日進朝，不免與他爭敵；倘那怪執了寶貝，降倒我們，卻不反成不美，我想著打人不過，不如先下手。我和你去偷他的來，卻不是好？」八戒道：「哥哥，你哄我去做賊哩。這個買賣，我也去得，果是曉得實實的幫寸，我也與你講個明白：偷了寶貝，降了妖精，我卻不奈煩甚麼小家罕氣的分寶貝，我就要了。」行者道：「你要作甚？」八戒道：「我不如你們乖巧能言，人面前化得出齋來；老豬身子又夯，言語又粗，不能念經，若到那無濟無生處，可好換齋吃麼？」行者道：「老孫只要圖名，那裡圖甚寶貝，就與你罷便了。」那呆子聽見說都與他，他就滿心歡喜，一轂轆爬將起來，套上衣服，就和行者走路。這正是清酒紅人面，黃金動道心。兩個密密的開了門，躲離三藏，縱祥光，徑奔那城。

　　不多時到了，按落雲頭，只聽得樓頭方二鼓矣。行者道：「兄弟，二更時分了。」八戒道：「正好！正好！人都在頭覺裡正濃睡也。」二人不奔正陽門，徑到後宰門首，只聽得梆鈴聲響。行者道：「兄弟，前後門皆緊急，如何得入？」八戒道：「那見做賊的從門裡走麼？瞞牆跳過便罷。」行者依言，將身一縱，跳上裡羅城牆。八戒也跳上去。二人潛入裡面，找著門路，徑尋那御花園。

　　正行時，只見有一座三簷白簇的門樓，上有三個亮灼灼的大字，映著那星月光輝，乃是「御花園」。行者近前看了，有幾重封皮，公然將鎖門鏽住了。即命八戒動手，那呆子掣鐵鈀，盡力一築，把門築得粉碎。行者先舉步跤入，忍不住跳將起來，大呼小叫。唬得八戒上前扯住道：「哥呀，害殺我也！那見做賊的亂嚷，似這般吆喝！驚醒了人，把我們拿住，送入官司，就不該死罪，也要解回原籍充軍。」行者道：「兄弟啊，你卻不知我發急為何？你看這：

　　彩畫雕欄狼狽，寶妝亭閣攲歪。莎汀蓼岸盡塵埋，芍藥荼蘼俱敗。茉莉玫瑰香暗，牡丹百合空開。芙蓉木槿草垓垓，異卉奇葩壅壞。巧石山峰俱倒，池塘水涸魚衰。青松紫竹似乾柴，滿路茸茸蒿艾。丹桂碧桃枝損，海榴棠棣根歪。橋頭曲徑有蒼苔，冷落花園境界！」

八戒道：「且嘆他做甚？快幹我們的買賣去來！」行者雖然感慨，卻留心想起唐僧的夢來，說芭蕉樹下方是井。正行處，果見一株芭蕉，生得茂盛，比眾花木不同。真是：

一種靈苗秀，天生體性空。
枝枝抽片紙，葉葉捲芳叢。
翠縷千條細，丹心一點紅。
淒涼愁夜雨，憔悴怯秋風。
長養元丁力，栽培造化工。
緘書成妙用，揮灑有奇功。
鳳翎寧得似，鸞尾迥相同。
薄露瀼瀼滴，輕煙淡淡籠。
青陰遮戶牖，碧影上簾櫳。
不許棲鴻雁，何堪繫玉驄。
霜天形槁悴，月夜色朦朧。
僅可消炎暑，猶宜避日烘。
愧無桃李色，冷落粉牆東。

第三十八回

嬰兒問母知邪正　金木參玄見假真

行者道：「八戒，動手麼！寶貝在芭蕉樹下埋著哩。」那呆子雙手舉鈀，築倒了芭蕉，然後用嘴一拱，拱了有三四尺深，見一塊石板蓋住。呆子歡喜道：「哥呀！造化了！果有寶貝！是一片石板蓋著哩！不知是罈兒盛著，是櫃兒裝著哩。」行者道：「你掀起來看看。」那呆子果又一嘴，拱開看處，又見有霞光灼灼，白氣明明。八戒笑道：「造化！造化！寶貝放光哩！」又近前細看時，呀！原來是星月之光，映得那井中水亮。八戒道：「哥呀，你但幹事，便要留根。」行者道：「我怎留根？」八戒道：「這是一眼井。你在寺裡，早說是井中有寶貝，我卻帶將兩條捆包袱的繩來，怎麼作個法兒，把老豬放下去；如今空手，這裡面東西，怎麼得下去上來耶？」行者道：「你下去麼？」八戒道：「正是要下去，只是沒繩索。」行者笑道：「你脫了衣服，我與你個手段。」八戒道：「有甚麼好衣服？解了這直裰子就是了。」

好大聖，把金箍棒拿出來，兩頭一扯，叫「長！」足有七八丈長。教：「八戒，你抱著一頭兒，把你放下井去。」八戒道：「哥呀，放便放下去，若到水邊，就住了罷。」行者道：「我曉得。」那呆子抱著鐵棒，被行者輕輕提將起來，將他放下去。不多時，放至水邊。八戒道：「到水了！」行者聽見他說，卻將棒往下一按。那呆子撲通的一個沒頭蹲，丟了鐵棒，便就負水，口裡嘟嘟的嚷道：「這天殺的！我說到水莫放，他卻就把我一按！」行者掣上棒來。笑道：「兄弟，可有寶貝麼？」八戒道：「見甚麼寶貝，只是一井水！」行者道：「寶貝沉在水底下哩。你下去摸一摸來。」呆子真個深知水性，卻就打個猛子，淬將下去。呀！那井底深得緊！他卻著實又一淬，忽睜眼見有一座牌樓，上有「水晶宮」三個字。八戒大驚道：「罷了！罷了！錯走了路了！蹌下海來也！海內有個水晶宮，井裡如何有之？」原來八戒不知此是井龍王的水晶宮。八戒正敘話處，早有一個巡水的夜叉，開了門，看見他的模樣，急抽身進去報道：「大王，禍事了！井上落一個長嘴大耳的和尚來了！赤淋淋的，衣服全無，還不死，逼法說話哩。」那井龍王忽聞此言，心中大驚道：「這是天蓬元帥來也。昨夜夜游神奉上敕旨，來取烏雞國王魂靈去拜見唐僧，請齊天大聖降妖。這怕是齊天大聖、天蓬元帥來了。卻不可怠慢他，快接他去也。」

那龍王整衣冠，領眾水族，出門來厲聲高叫道：「天蓬元帥，請裡面坐。」八戒卻才歡喜道：「原來是個故知。」那呆子不管好歹，徑入水晶宮裡。其實不知上下，赤淋淋的，就坐在上面。龍王道：「元帥，近聞你得了性命，皈依釋教，保唐僧西天取經，如何得到此處？」八戒道：「正為此說。我師兄孫悟空多多拜上，著我來問你取甚麼寶貝哩。」龍王道：「可憐，我這裡怎麼得個寶貝！比不得那江、河、淮、濟的龍王，飛騰變化，便有寶貝。我久困於此，日月且不能長見，寶貝果何自而來也？」八戒道：「不要推辭，有便拿出來罷。」龍王道：「有便有一件寶貝，只是拿不出來；就元帥親自來看看，何如？」八戒道：「妙！妙！妙！須是看看來也。」

那龍王前走，這呆子隨後。轉過了水晶宮殿，只見廊廡下，橫躺著一個六尺長軀。龍王用手指定道：「元帥，那廂就是寶貝了。」八戒上前看了，呀！原來是個死皇帝，戴著沖天冠，穿著赭黃袍，踏著無憂履，繫著藍田帶，直挺挺睡在那廂。八戒笑道：「難！難！難！算不得寶貝！想老豬在山為怪時，時常將此物當飯；且莫說見的多少，吃也吃夠無數，那裡叫做甚麼寶貝。」龍王道：「元帥原來不知。他本是烏雞國王的屍首；自到井中，我與他定顏珠定住，不曾得壞。你若肯馱他出去，見了齊天大聖，假有起死回生之意啊，莫說寶貝，憑你要甚麼東西都有。」八戒道：「既這等說，我與你馱出去，只說把多少燒埋錢與我？」龍王道：「其實無錢。」八戒道：「你好白使人？果然沒錢，不馱！」龍王道：「不馱，請行。」八戒就走。龍王差兩個有力量的夜叉，把屍抬將出去，送到水晶宮門外，丟在那廂，摘了辟水珠，就有水響。

八戒急回頭看，不見水晶宮門，一把摸著那皇帝的屍首，慌得他腳軟筋麻，攛出水面，扳著井牆，叫道：「師兄！伸下棒來救我一救！」行者道：「可有寶貝麼？」八戒道：「那裡有！只是水底下有一個井龍王，教我馱死人；我不曾馱，他就把我送出門來，就不見那水晶宮了，只摸著那個屍首。唬得我手軟筋麻，掙搓不動了！哥呀！好歹救我救兒！」行者道：「那個就是寶貝，如何不馱上來？」八戒道：「知他死了多少時了，我馱他怎的？」行者道：「你不馱，我回去耶。」八戒道：「你回那裡去？」行者道：「我回寺中，同師父睡覺去。」八戒道：「我就不去了？」行者道：「你爬得上來，便帶你去，爬不上來，便罷。」八戒慌了：「怎生爬得動！你想，城牆也難上，這井肚子大，口兒小，壁陡的圈牆，又是幾年不曾打水的井，團團都長的是苔痕，好不滑也，教我怎爬？哥哥，不要失了兄弟們和氣，等我馱上來罷。」行者道：「正是，快快馱上來，我同你回去睡覺。」那呆子又一個猛子，淬將下去，摸著屍首，拽過來，背在身上，攛出水面。扶井牆道：「哥哥，馱上來了。」那行者睜睛看處，真個的背在身上。卻才把金箍棒伸下井底。那呆子著了惱的人，張開口，咬著鐵棒，被行者輕輕的提將出來。

八戒將屍放下，撈過衣服穿了。行者看時，那皇帝容顏依舊，似生時未改分毫。行者道：「兄弟啊，這人死了三年，怎麼還容顏不壞？」八戒道：「你不知之。這井龍王對我說，他使了定顏珠定住了，屍首未曾壞得。」行者道：「造化！造化！一則是他的冤仇未報，二來該我們成功。兄弟快把他馱了去。」八戒道：「馱往那裡去？」行者道：「馱了去見師父。」八戒口中作念道：「怎的起！怎的起！好好睡覺的人，被這猢猻花言巧語，哄我教做甚麼買賣，如今卻幹這等事，教我馱死人！馱著他，醃髒臭水淋將下來，污了衣服，沒人與我漿洗。上面有幾個補丁，天陰發潮，如何穿麼？」行者道：「你只管馱了去，到寺裡，我與你換衣服。」八戒道：「不羞！連你穿的也沒有，又替我換！」行者道：「這般弄嘴，便不馱罷！」八戒道：「不馱！」「便伸過孤拐來，打二十棒！」八戒慌了道：「哥哥，那棒子重，若是打上二十，我與這皇帝一般了。」行者道：「怕打時，趁早兒馱著走路！」八戒果然怕打。沒好氣，把屍首拽將過來，背在身上，拽步出園就走。

好大聖，捻著訣，念聲咒語，往巽（八卦之一，代表風）地上吸一口氣，吹將去，就是一陣狂風，把八戒撮出皇宮內院，躲離了城池，息了風頭，二人落地，徐徐卻走將來。那呆子心中暗惱，算計要恨報行者，道：「這猴子捉弄我，我到寺裡也捉弄他捉弄，攛唆師父，只說他醫得活；醫不活，教師父念《緊箍兒咒》，把這猴子的腦漿勒出來，方趁我心！」走著路，再再尋思道：「不好！不好！若教他醫人，卻是容易：他去閻王家討將魂靈兒來，就醫活了。只說不許赴陰司，陽世間就能醫活，這法兒才好。」

說不了，卻到了山門前，逕直進去，將屍首丟在那禪堂門前，道：「師父，起來看邪。」那唐僧睡不著，正與沙僧講行者哄了八戒去久不回之事。忽聽得他來叫了一聲，唐僧連忙起身道：「徒弟，看甚麼？」八戒道：「行者的外公，教老豬馱將來了。」行者道：「你這饢糟的呆子！我那裡有甚麼外公。」八戒道：「哥，不是你外公，卻教老豬馱他來怎麼？也不知費了多少力了！」

那唐僧與沙僧開門看處，那皇帝容顏未改，似活的一般。長老忽然慘淒道：「陛下，你不知那世裡冤家，今生遇著他，暗喪其身，拋妻別子，致令文武不知，多官不曉！可憐你妻子昏蒙，誰曾見焚香獻茶？」忽失聲淚如雨下。八戒笑道：「師父，他死了可干你事？又不是你家父祖，哭他怎的！」三藏道：「徒弟啊，出家人慈悲為本，方便為門。你怎的這等心硬？」八戒道：「不是心硬；師兄和我說來，他能醫得活。若是醫不活，我也不馱他來了。」那長老原來是一頭水（沒有主見）的，被那呆子搖動了，也便就叫：「悟空，若果有手段醫活這個皇帝，正是『救人一命，勝造七級浮圖』。我等也強似靈山拜佛。」行者道：「師父，你怎麼信這呆子亂談！人若死了，或三七五七，盡七七日，受滿了陽間罪過，就轉生去了。如今已死三年，如何救得！」三藏聞其言道：「也罷了。」八戒苦恨不息。道：「師父，你莫被他瞞了。他有些夾腦風。你只念念那話兒，管他還你一個活人。」

真個唐僧就念《緊箍兒咒》，勒得那猴子眼脹頭疼。畢竟不知怎生醫救，且聽下回分解。

第三十九回

一粒金丹天上得　三年故主世間生

話說那孫大聖頭痛難禁，哀告道：「師父，莫念！莫念！等我醫罷！」長老問：「怎麼醫？」行者道：「只除過陰司，查勘那個閻王家有他魂靈，請將來救他。」八戒道：「師父莫信他。他原說不用過陰司，陽世間就能醫活，方見手段哩。」那長老信邪風，又念《緊箍兒咒》，慌得行者滿口招承道：「陽世間醫罷！陽世間醫罷！」八戒道：「莫要住！只管念！只管念！」行者罵道：「你這呆孽，攛道師父咒我哩！」八戒笑得打跌道：「哥耶！哥耶！你只曉得捉弄我，不曉得我也捉弄你捉弄！」行者道：「師父，莫念！莫念！等老孫陽世間醫罷。」三藏道：「陽世間怎麼醫？」行者道：「我如今一筋斗雲，撞入南天門裡，不進斗牛宮，不入靈霄殿，徑到那三十三天之上，離恨天宮兜率院內，見太上老君，把他『九轉還魂丹』求得一粒來，管取救活他也。」

三藏聞言，大喜道：「就去快來。」行者道：「如今有三更時候罷了，投到回來，好天明了。只是這個人睡在這裡，冷淡冷淡，不像個模樣，須得舉哀人看著他哭，便才好哩。」八戒道：「不消講，這猴子一定是要我哭哩。」行者道：「怕你不哭！你若不哭，我也醫不成！」八戒道：「哥哥，你自去，我自哭罷了。」行者道：「哭有幾樣：若乾著口喊，謂之嚎；扭搜出些眼淚兒來，謂之啕。又要哭得有眼淚，又要哭得有心腸，才算著嚎啕痛哭哩。」八戒道：「我且哭個樣子你看看。」他不知那裡扯個紙條，拈作一個紙拈兒，往鼻孔裡通了兩通，打了幾個涕噴，你看他眼淚汪汪，粘涎答答的，哭將起來。口裡不住的絮絮叨叨，數黃道黑，真個像死了人的一般。哭到那傷情之處，唐長老也淚滴心酸。行者笑道：「正是那樣哀痛，再不許住聲。你這呆子哄得我去了，你就不哭。我還聽哩！若是這等哭便罷；若略住住聲兒，定打二十個孤拐！」八戒笑道：「你去！你去！我這一哭動頭，有兩日哭哩。」沙僧見他數落，便去尋幾枝香來燒獻。行者笑道：「好！好！好！一家兒都有些敬意，老孫才好用功。」

好大聖，此時有半夜時分了，別了他師徒三眾，縱筋斗雲，只入南天門裡。果然也不謁靈霄寶殿，不上那斗牛天宮，一路雲光，徑來到三十三天離恨天兜率宮中。才入門，只見那太上老君正坐在那丹房中，與眾仙童執芭蕉扇扇火煉丹哩。他見行者來時，即吩咐看丹的童兒：「各要仔細。偷丹的賊又來也。」行者作禮笑道：「老官兒，這等沒搭撒（沒正經）。防備我怎的？我如今不幹那樣事了。」老君道：「你那猴子，五百年前大鬧天宮，把我靈丹偷吃無數，著小聖二郎捉拿上界，送在我丹爐煉了四十九日，炭也不知費了多少。你如今幸得脫身，皈依佛果，保唐僧往西天取經，前者在平頂山上降魔，弄刁難，不與我寶貝，今日又來做甚？」行者道：「前日事，老孫更沒稽遲，將你那五件寶貝當時交還，你反疑心怪我？」

老君道：「你不走路，潛入吾宮怎的？」行者道：「自別後，西過一方，名烏雞國。那國王被一妖精假裝道士，呼風喚雨，陰害了國王，那妖假變國王相貌，現坐金鑾殿上。是我師父夜坐寶林寺看經，那國王鬼魂參拜我師，敦請老孫與他降妖，辨明邪正。正是老孫思無指實，與弟八戒，夜入園中，打破花園，尋著埋藏之所，乃是一眼八角琉璃井內。撈上他的屍首，容顏不改。到寺中見了我師，他發慈悲，著老孫醫救，不許去赴陰司裡求索靈魂，只教在陽世間救治。我想著無處回生，特來參謁。萬望道祖垂憐，把『九轉還魂丹』借得一千丸兒，與我老孫，搭救他也。」老君道：「這猴子胡說！甚麼一千丸，二千丸！當飯吃哩！是那裡土塊捘的，這等容易？咄！快去！沒有！」行者笑道：「百十丸兒也罷。」老君道：「也沒有。」行者道：「十來丸也罷。」老君怒道：「這潑猴卻也纏帳！沒有，沒有！出去，出去！」行者笑道：「真個沒有，我問別處去救罷。」老君喝道：「去！去！去！」這大聖拽轉步，往前就走。

老君忽的尋思道：「這猴子憊懶哩，說去就去，只怕溜進來就偷。」即命仙童叫回來道：「你這猴子，手腳不穩，我把這『還魂丹』送你一丸罷。」行者道：「老官兒，既然曉得老孫的手段，快把金丹拿出來，與我四六分分，還是你的造化哩；不然，就送你個『皮笊籬，一撈個罄盡』。」那老祖取過葫蘆來，倒吊過底子，傾出一粒金丹，遞與行者道：「止有此了。拿去，拿去！送你這一粒，醫活那皇帝，只算你的功果罷。」行者接了道：「且休忙，等我嘗嘗看。只怕是假的，莫被他哄了。」撲的往口裡一丟，慌得那老祖上前扯住，一把揪著頂瓜皮，攥著拳頭，罵道：「這潑猴若要咽下去，就直打殺了！」行者笑道：「嘴臉！小家子樣！那個吃你的哩！能值幾個錢！虛多實少的。在這裡不是？」原來那猴子頦下有嗉袋兒。他把那金丹噙在嗉袋裡，被老祖捻著道：「去罷！去罷！再休來此纏繞！」這大聖才謝了老祖，出離了兜率天宮。

你看他千條瑞靄離瑤闕，萬道祥雲降世塵。須臾間，下了南天門，回到東觀，早見那太陽星上。

第三十九回

一粒金丹天上得　三年故主世間生

按雲頭，徑至寶林寺山門外，只聽得八戒還哭哩。忽近前叫聲：「師父。」三藏喜道：「悟空來了，可有丹藥。」行者道：「有。」八戒道：「怎麼得沒有？他偷也去偷人家些來！」行者笑道：「兄弟，你過去罷，用不著你了。你揩揩眼淚，別處哭去。」教：「沙和尚，取些水來我用。」沙僧急忙往後面井上，有個方便吊桶，即將半鉢盂水遞與行者。行者接了水，口中吐出丹來，安在那皇帝唇裡；兩手扳開牙齒，用一口清水，把金丹沖灌下肚。有半個時辰，只聽他肚裡呼呼的亂響，只是身體不能轉移。行者道：「師父，弄我金丹也不能救活，可是掯殺老孫麼？」三藏道：「豈有不活之理。似這般久死之屍，如何吞得水下？此乃金丹之仙力也。自金丹入腹，卻就腸鳴了；腸鳴乃血脈和動，但氣絕不能回伸。莫說人在井裡浸了三年，就是生鐵也上鏽了。只是元氣盡絕，得個人度他一口氣便好。」那八戒上前就要度氣，三藏一把扯住道：「使不得！還教悟空來。」

那師父甚有主張：原來豬八戒自幼兒傷生作孽吃人，是一口濁氣；惟行者從小修持，咬松嚼柏，吃桃果為生，是一口清氣。這大聖上前，把個雷公嘴，噙著那皇帝口唇，呼的一口氣，吹入咽喉，度下重樓，轉明堂，徑至丹田，從湧泉倒返泥垣宮。呼的一聲響亮，那君王氣聚神歸，便翻身，掄拳曲足，叫了一聲：「師父！」雙膝跪在塵埃道：「記得昨夜鬼魂拜謁，怎知道今朝天曉返陽神！」三藏慌忙攙起道：「陛下，不干我事，你且謝我徒弟。」行者笑道：「師父說那裡話？常言道：『家無二主。』你受他一拜兒不虧。」

三藏甚不過意，攙起那皇帝來，同入禪堂。又與八戒、行者、沙僧拜見了，方才按座。只見那本寺的僧人，整頓了早齋，卻欲來奉獻；忽見那個水衣皇帝，個個驚張，人人疑說。孫行者跳出來道：「那和尚，不要這等驚疑。這本是烏雞國王，乃汝之真主也。三年前被怪害了性命，是老孫今夜救活。如今進他城去，要辨明邪正。若有了齋，擺將來，等我們吃了走路。」一眾僧即奉獻湯水，與他洗了面，換了衣服。把那皇帝赭黃袍脫了，本寺僧官，將兩領布直裰，與他穿了；解下藍田帶，將一條黃絲條子與他繫了；褪下無憂履，與他一雙舊僧鞋撒了；卻才都吃了早齋，扣背馬匹。

行者問：「八戒，你行李有多重？」八戒道：「哥哥，這行李日逐挑著，倒也不知有多重。」行者道：「你把那一擔兒分為兩擔，將一擔兒你挑著，將一擔兒與這皇帝挑。我們趕早進城幹事。」八戒歡喜道：「造化！造化！當時馱他來，不知費了多少力；如今醫活了，原來是個替身。」

那呆子就弄玄虛，將行李分開，就問寺中取條匾擔，輕些的自己挑了，重些的教那皇帝挑著。行者笑道：「陛下，著你那般打扮，挑著擔子，跟我們走走，可虧你麼？」那國王慌忙跪下道：「師父，你是我重生父母一般，莫說挑擔，情願執鞭墜鐙，伏侍老爺，同行上西天去也。」行者道：「不要你去西天。我內中有個緣故。你只挑得四十里進城。待捉了妖精，你還做你的皇帝，我們還取我們的經也。」八戒聽言道：「這等說，他只挑四十里路，我老豬還是長工！」行者道：「兄弟，不要胡說，趁早外邊引路。」

真個八戒領那皇帝前行，沙僧伏侍師父上馬，行者隨後。只見那本寺五百僧人，齊齊整整，吹打著細樂，都送出山門之外。行者笑道：「和尚們不必遠送：但恐官家有人知覺，洩漏我的事機，反為不美。快回去！快回去！但把那皇帝的衣服冠帶，整頓乾淨，或是今晚明早，送進城來，我討些封贈賞賜謝你。」一眾僧依命各回訖。行者攙開大步，趕上師父，一直前來。正是：

西方有訣好尋真，金木和同卻煉神。丹母空懷懵懂夢，嬰兒長恨杌樗身。

必須井底求明主，還要天堂拜老君。悟得色空還本性，誠為佛度有緣人。

師徒們在路上，那消半日，早望見城池相近。三藏道：「悟空，前面想是烏雞國了。」行者道：「正是，我們快趕進城幹事。」那師徒進得城來，只見街市上人物齊整，風光鬧熱，早又見鳳閣龍樓，十分壯麗。有詩為證。詩曰：

海外宮樓如上邦，人間歌舞若前唐。花迎寶扇紅雲繞，日照鮮袍翠霧光。
孔雀屏開香靄出，珍珠簾捲彩旗張。太平景象真堪賀，靜列多官沒奏章。

三藏下馬道：「徒弟啊，我們就此進朝倒換關文，省得又攏那個衙門費事。」行者道：「說得有理。我兄弟們都進去，人多才好說話。」唐僧道：「都進去，莫要撒村（言行粗魯），先行了君臣禮，然後再講。」行者道：「行君臣禮，就要下拜哩。」三藏道：「正是，要行五拜三叩頭的大禮。」行者笑道：「師父不濟。若是對他行禮，誠為不智。你且讓我先走到裡邊，自有處置。等他若有言語，讓我對答。我若拜，你們也拜；我若蹲，你們也蹲。」你看那惹禍的猴王，引至朝門，與閣門大使言道：「我等是東土大唐駕下差來，上西天拜佛求經者。今到此倒換關文，煩大人轉達，是謂不誤善果。」那黃門官即入端門，跪下丹墀，啟奏道：「朝門外有五眾僧人，言是東土唐國欽差上西天拜佛求經。今至此倒換關文，不敢擅入，現在門外聽宣。」

那魔王即令傳宣。唐僧卻同入朝門裡面。那回生的國主隨行。正行，忍不住腮邊墮淚，心中暗道：「可憐！我的銅斗兒江山，鐵圍的社稷，誰知被他陰占了！」行者道：「陛下切莫傷感，恐走漏消息。這棒子在我耳朵裡跳哩，如今決要見功。管取打殺妖魔，掃蕩邪物。這江山不久就還歸你也。」那君王不敢違言，只得扯衣揩淚，捨死相從，徑來到金鑾殿下。又見那兩班文武，四百朝官，一個個威嚴端肅，相貌軒昂。這行者引唐僧站立在白玉階前，挺身不動。那階下眾官，無不悚懼，道：「這和尚十分愚濁！怎麼見我王便不下拜，亦不開言呼祝？喏也不唱一個，好大膽無禮！」說不了，只聽得那魔王開口問道：「那和尚是那方來的？」行者昂然答道：「我是南贍部洲東土大唐國奉欽差前往西域天竺國大雷音寺拜活佛求真經者。今到此方，不敢空度，特來倒換通關文牒。」那魔王聞說，心中作怒道：「你東土便怎麼！我不在你朝進貢，不與你國相通，你怎麼見吾抗禮，不行參拜！」行者笑道：「我東土古立天朝，久稱上國，汝等乃下土邊邦。自古道：『上邦皇帝，為父為君；下邦皇帝，為臣為子。』你倒未曾接我，且敢爭我不拜？」那魔王大怒，教文武官：「拿下這野和尚去！」說聲叫「拿」，你看那多官一齊踴躍。這行者喝了一聲，用手一指，教：「莫來！」那一指，就使個定身法，眾官俱莫能行動。真個是校尉階前如木偶，將軍殿上似泥人。

那魔王見他定住了文武多官，急縱身，跳下龍床，就要來拿。猴王暗喜道：「好！正合老孫之意。這一來就是個生鐵鑄的頭，湯著棍子，也打個窟窿！」正動身，不期旁邊轉出一個救命星來。你道是誰，原來是烏雞國王的太子，急上前扯住那魔王的朝服，跪在面前道：「父王息怒。」妖精問：「孩兒怎麼說？」太子道：「啟父王得知。三年前聞得人說，有個東土唐朝駕下欽差聖僧往西天拜佛求經，不期今日才來到我邦。父王尊性威烈，若將這和尚拿去斬首，只恐大唐有日得此消息，必生嗔怒。你想那李世民自稱王位，一統江山，心尚未足，又興過海征伐；若知我王害了他御弟聖僧，一定

第三十九回

一粒金丹天上得　三年故主世間生

興兵發馬，來與我王爭敵。奈何兵少將微，那時悔之晚矣。父王依兒所奏，且把那四個和尚，問他個來歷分明，先定他一段不參王駕，然後方可問罪。」

這一篇，原來是太子小心，恐怕來傷了唐僧，故意留住妖魔，更不知行者安排著要打。那魔王果信其言，立在龍床前面，大喝一聲道：「那和尚是幾時離了東土？唐王因甚事著你求經？」行者昂然而答道：「我師父乃唐王御弟，號曰三藏。因唐王駕下有一丞相，姓魏名徵，奉天條夢斬涇河老龍。大唐王夢游陰司地府，復得回生之後，大開水陸道場，普度冤魂孽鬼。因我師父敷演經文，廣運慈悲，忽得南海觀音菩薩指教來西。我師父大發弘願，情欣意美，報國盡忠，蒙唐王賜與文牒。那時正是大唐貞觀十三年九月望前三日。離了東土，前至兩界山，收了我做大徒弟，姓孫，名悟空行者；又到烏斯國界高老莊，收了二徒弟，姓豬，名悟能八戒；流沙河界，又收了三徒弟，姓沙，名悟淨和尚；前日在敕建寶林寺，又新收個挑擔的行童道人。」魔王聞說，又沒法搜檢那唐僧，弄巧計盤詰行者，怒目問道：「那和尚，你起初時，一個人離東土，又收了四眾，那三僧可讓，這一道難容。那行童斷然是拐來的。他叫做甚麼名字？有度牒是無度牒？拿他上來取供。」唬得那皇帝戰戰兢兢道：「師父啊！我卻怎的供？」孫行者捻他一把道：「你休怕，等我替你供。」

好大聖，趨步上前，對怪物厲聲高叫道：「陛下，這老道是一個暗啞之人，卻又有些耳聾。只因他年幼間曾走過西天，認得道路。他的一節兒起落根本，我盡知之，望陛下寬恕，待我替他供罷。」魔王道：「趁早實實的替他供來，免得取罪。」行者道：

「供罪行童年且邁，痴聾喑啞家私壞。祖居原是此間人，五載之前遭破敗。

天無雨，民乾壞，君王黎庶都齋戒。焚香沐浴告天公，萬里全無雲靉靆。
百姓飢荒若倒懸，鍾南忽降全真怪。呼風喚雨顯神通，然後暗將他命害。
推下花園水井中，陰侵龍位人難解。幸吾來，功果大，起死回生無掛礙。
情願皈依作行童，與僧同去朝西界。假變君王是道人，道人轉是真王代。

那魔王在金鑾殿上，聞得這一篇言語，唬得他心頭撞小鹿，面上起紅雲。急抽身就要走路，奈何手內無一兵器；轉回頭，只見一個鎮殿將軍，腰挎一口寶刀，被行者使了定身法，直挺挺如痴如痖，立在那裡，他近前，奪了這寶刀，就駕雲頭望空而去。氣得沙和尚暴躁如雷，豬八戒高聲喊叫，埋怨行者是一個急猴子：「你就慢說些兒，卻不穩住他了？如今他駕雲逃走，卻往何處追尋？」行者笑道：「兄弟們且莫亂嚷。我等叫那太子下來拜父，嬪后出來拜夫。」卻又念個咒語，解了定身法。「教那多官蘇醒回來拜君，方知是真實皇帝。教訴前情，才見分曉，我再去尋他。」好大聖，吩咐八戒、沙僧：「好生保護他君臣父子嬪後，與我師父！」只聽說聲去，就不見形影。

他原來跳在九霄雲裡，睜眼四望，看那魔王哩。只見那畜果逃了性命，徑往東北上走哩。行者趕得將近，喝道：「那怪物，那裡去！老孫來了也！」那魔王急回頭，掣出寶刀，高叫道：「孫行者，你好憊懶！我來占別人的帝位，與你無干，你怎麼來抱不平，洩漏我的機密！」行者呵呵笑道：「我把你大膽的潑怪！皇帝又許你做？你既知我是老孫，就該遠遁；怎麼還刁難我師父，要取甚麼供狀！適才那供狀是也不是？你不要走！好漢吃我老孫這一棒！」那魔側身躲過，掣寶刀劈面相還。他兩個搭上手，這一場好殺，真是：

第三十九回
一粒金丹天上得　三年故主世間生

猴王猛，魔王強，刀迎棒架敢相當。
一天雲霧迷三界，只為當朝立帝王。

他兩個戰經數合，那妖魔抵不住猴王，急回頭復從舊路跳入城裡，闖在白玉階前兩班文武叢中，搖身一變，即變得與唐三藏一般模樣，並攙手，立在階前。這大聖趕上，就欲舉棒來打，那怪道：「徒弟莫打，是我！」急掣棒要打那個唐僧，卻又道：「徒弟莫打，是我！」一樣兩個唐僧，實難辨認。「倘若一棒打殺妖怪變的唐僧，這個也成了功果；假若一棒打殺我的真實師父，卻怎麼好！」只得停手，叫八戒、沙僧問道：「果然那一個是怪，那一個是我的師父？你指與我，我好打他。」八戒道：「你在半空中相打相嚷，我瞥瞥眼就見兩個師父，也不知誰真誰假。」

行者聞言，捻訣念聲咒語，叫那護法諸天、六丁六甲、五方揭諦、四值功曹、一十八位護駕伽藍、當坊土地、本境山神道：「老孫至此降妖，妖魔變作我師父，氣體相同，實難辨認。汝等暗中知會者，請師父上殿，讓我擒魔。」原來那妖怪善騰雲霧，聽得行者言語，急撒手跳上金鑾寶殿。這行者舉起棒望唐僧就打。可憐！若不是喚那幾位神來，這一下，就是二十個唐僧，也打為肉醬！多虧眾神架住鐵棒道：「大聖，那怪會騰雲，先上殿去了。」行者趕上殿，他又跳將下來扯住唐僧，在人叢裡又混了一混，依然難認。

行者心中不快；又見那八戒在旁冷笑，行者大怒道：「你這夯貨怎的？如今有兩個師父，你有得叫，有得應，有得伏侍哩，你這般歡喜得緊！」八戒笑道：「哥啊，說我呆，你比我又呆哩！師父既不認得，何勞費力？你且忍些頭疼，叫我師父念念那話兒，我與沙僧各攙一個聽著。若不會念的，必是妖怪，有何難也？」行者道：「兄弟，虧你也。正是，那話兒只有三人記得。原是我佛如來心苗上所發，傳與觀世音菩薩，菩薩又傳與我師父，便再沒人知道。——也罷，師父，念念。」真個那唐僧就念起來。那魔王怎麼知得，口裡胡哼亂哼。八戒道：「這哼的卻是妖怪了！」他放了手，舉鈀就築。那魔王縱身跳走，踏著雲頭便走。

好八戒，喝一聲，也駕雲頭趕上，慌得那沙和尚丟了唐僧，也掣出寶杖來打。唐僧才停了咒語。孫大聖忍著頭疼，攥著鐵棒，趕在空中。呀！這一場，三個狠和尚，圍住一個潑妖魔。那魔王被八戒、沙僧使釘鈀寶杖左右攻住了。行者笑道：「我要再去，當面打他，他卻有些怕我，只恐他又走了；等我老孫跳高些，與他個搗蒜打，結果了他罷。」

這大聖縱祥光，起在九霄，正欲下個切手，只見那東北上，一朵彩雲裡面，厲聲叫道：「孫悟空，且休下手！」行者回頭看處，原來文殊菩薩。急收棒，上前施禮道：「菩薩，那裡去？」文殊道：「我來替你收這個妖怪的。」行者謝道：「累煩了。那菩薩袖中取出照妖鏡，照住了那怪的原身。行者才招呼八戒、沙僧齊來見了菩薩。卻將鏡子裡看處，那魔王生得好不凶惡：

眼似琉璃盞，頭若煉炒缸。渾身三伏靛，四爪九秋霜。搭拉兩個耳，一尾掃帚長。青毛生銳氣，紅眼放金光。扁牙排玉板，圓須挺硬槍。鏡裡觀真象，原是文殊一個獅猁王。

行者道：「菩薩，這是你座下的一個青毛獅子，卻怎麼走將來成精，你就不收服他？」菩薩道：「悟空，他不曾走，他是佛旨差來的。」行者道：「這畜類成精，侵奪帝位，還奉佛旨差來。似老孫保唐僧受苦，就該領幾道敕書！」

菩薩道：「你不知道。當初這烏雞國王，好善齋僧，佛差我來度他歸西，早證金身羅漢。因是不可原身相見，變做一種凡僧，問他化些齋供。被吾幾句言語相難，他不識我是個好人，把我一條繩捆了，送在那御水河中，浸了我三日三夜。多虧六甲金身救我歸西，奏與如來，如來將此怪令到此處推他下井，浸他三年，以報吾三日水災之恨。『一飲一啄，莫非前定。』今得汝等來此，成了功績。」行者道：「你雖報了甚麼『一飲一啄』的私仇，但那怪物不知害了多少人也。」菩薩道：「也不曾害人。自他到後，這三年間，風調雨順，國泰民安，何害人之有？」行者道：「固然如此，但只三宮娘娘，與他同眠同起，點污了他的身體，壞了多少綱常倫理，還叫做不曾害人？」菩薩道：「點污（奸污）他不得。他是個騸（閹割）了的獅子。」八戒聞言，走近前，就摸了一把。笑道：「這妖精真個是『糟鼻子不吃酒——枉擔其名』了！」行者道：「既如此，收了去罷。若不是菩薩親來，決不饒他性命。」那菩薩卻念個咒，喝道：「畜生，還不皈正，更待何時！」那魔王才現了原身。菩薩放蓮花罩定妖魔，坐在背上，踏祥光辭了行者。咦！徑轉五台山上去，寶蓮座下聽談經。

畢竟不知那唐僧師徒怎的出城。且聽下回分解。

第四十回　嬰兒戲化禪心亂　猿馬刀歸木母空

卻說那孫大聖，兄弟三人，按下雲頭，徑至朝內。只見那君臣儲後，幾班兒拜接謝恩。行者將菩薩降魔收怪的那一節，陳訴與他君臣聽了，一個個頂禮不盡。正都在賀喜之間，又聽得黃門官來奏：「主公，外面又有四個和尚來也。」八戒慌了道：「哥哥，莫是妖精弄法，假捏文殊菩薩，哄了我等，卻又變作和尚，來與我們斗智哩？」行者道：「豈有此理！」即命宣進來看。

眾文武傳令，著他進來。行者看時，原來是那寶林寺僧人，捧著那沖天冠、碧玉帶、赭黃袍、無憂履進得來也。行者大喜道：「來得好！來得好！」且教道人過來，摘下包巾，戴上沖天冠；脫了布衣，穿上赭黃袍；解了絛子，繫上碧玉帶；褪了僧鞋，登上無憂履；教太子拿出白玉圭來，與他執在手裡，早請上殿稱孤。正是自古道：「朝廷不可一日無君。」那皇帝那裡肯坐，哭啼啼，跪在階心道：「我已死三年，今蒙師父救我回生，怎麼又敢妄自稱尊；請那一位師父為君，我情願領妻子城外為民足矣。」那三藏那裡肯受，一心只是要拜佛求經。又請行者，行者笑道：「不瞞列位說。老孫若肯要做皇帝，天下萬國九州皇帝，都做遍了。只是我們做慣了和尚，是這般懶散。若做了皇帝，就要

第四十回

嬰兒戲化禪心亂　猿馬刀歸木母空

留頭長髮，黃昏不睡，五鼓不眠；聽有邊報，心神不安；見有災荒，憂愁無奈。我們怎麼弄得慣？你還做你的皇帝，我還做我的和尚，修功行去也。」那國王苦讓不過，只得上了寶殿，南面稱孤，大赦天下，封贈了寶林寺僧人回去。卻才開東閣，筵宴唐僧。一壁廂傳旨宣召丹青，寫下唐師徒四位喜容，供養在金鑾殿上。

那師徒們安了邦國，不肯久停，欲辭王駕投西。那皇帝與三宮妃后、太子、諸臣，將鎮國的寶貝，金銀緞帛，獻與師父酬恩。那三藏分毫不受，只是倒換關文，催悟空等背馬早行。那國王甚不過意，擺整朝鑾駕請唐僧上坐，著兩班文武引導，他與三宮妃后並太子一家兒，捧轂推輪，送出城廓，卻才下龍輦，與眾相別。國王道：「師父啊，到西天經回之日，是必還到寡人界內一顧。」三藏道：「弟子領命。」那皇帝眼淚汪汪，遂與眾臣回去了。

那唐僧一行四僧，上了平陽大路，一心裡專拜靈山。正值秋盡冬初時節，但見：

霜凋紅葉林林瘦，雨熟黃粱處處盈。
日暖嶺梅開曉色，風搖山竹動寒聲。

師徒們離了烏雞國，夜住曉行，將半月有餘。忽又見一座高山，真個是摩天礙日。三藏馬上心驚，急兜韁忙呼行者。行者道：「師父有何吩咐？」三藏道：「你看前面又有大山峻嶺，須要仔細提防，恐一時又有邪物來侵我也。」行者笑道：「只管走路，莫再多心。老孫自有防護。」那長老只得寬懷，加鞭策馬，奔至山岩，果然也十分險峻。但見得：

高不高，頂上接青霄；深不深，澗中如地府。山前常見骨都都白雲，扢騰騰黑霧。紅梅翠竹，綠柏青松。山後有千萬丈挾魂靈台，台後有古古怪怪藏魔洞。洞中有叮叮噹噹滴水泉，泉下更有彎彎曲曲流水澗。又見那跳天搠地獻果猿，丫丫叉叉帶角鹿，呢呢痴痴看人獐。至晚巴山尋穴虎，待曉翻波出水龍。登得洞門唿喇的響，驚得飛禽撲魯的起，看那林中走獸鞠律律的行。見此一伙禽和獸，唬得人心扢磴磴驚。堂倒洞堂堂倒洞，洞當當倒洞當仙。青石染成千塊玉，碧紗籠罩萬堆煙。

師徒們正當悚懼，又只見那山凹裡有一朵紅雲，直冒到九霄空內，結聚了一團火氣。行者大驚，走近前，把唐僧搊著腳，推下馬來，叫：「兄弟們，不要走了，妖怪來矣。」慌得個八戒急掣釘鈀，沙僧忙掄寶杖，把唐僧圍護在當中。

話分兩頭。卻說紅光裡，真是個妖精。他數年前，聞得人講：「東土唐僧往西天取經，乃是金蟬長老轉生，十世修行的好人。有人吃他一塊肉，延生長壽，與天地同休。」他朝朝在山間等候，不期今日到了。他在那半空裡，正然觀看，只見三個徒弟，把唐僧圍護在馬上，各各準備。這精靈誇贊不盡道：「好和尚！我才看著一個白面胖和尚騎了馬，真是那唐朝聖僧，卻怎麼被三個醜和尚護持住了！一個個伸拳斂袖，各執兵器，似乎要與人打的一般。噫！不知是那個有眼力的，想應認得我了。似此模樣，莫想得那唐僧的肉吃。」

沉吟半晌，以心問心的自家商量道：「若要倚勢而擒，莫能得近；或者以善迷他，卻到得手。但哄得他心迷惑，待我在善內生機，斷然拿了。且下去戲他一戲。」

好妖怪，即散紅光，按雲頭落下。去那山坡裡，搖身一變，變作七歲頑童，赤條條的，身上無衣，將麻繩捆了手足，高吊在那松樹梢頭，口口聲聲，只叫：「救人！救人！」

卻說那孫大聖忽抬頭再看處，只見那紅雲散盡，火氣全無。便叫：「師父，請上馬走路。」唐僧道：「你說妖怪來了，怎麼又敢走路？」行者道：「我才然間，見一朵紅雲從地而起，到空中結做一團火氣，斷然是妖精。這一會紅雲散了，想是個過路的妖精，不敢傷人。我們去耶！」八戒笑道：「師兄說話最巧，妖精又有個甚麼過路的。」行者道：「你那裡知道。若是那山那洞的魔王設宴，邀請那諸山各洞之精赴會，卻就有東南西北四路的精靈都來赴會；故此他只有心赴會，無意傷人。此乃過路之妖精也。」三藏聞言，也似信不信的，只得攀鞍在馬，順路奔山前進。

正行時，只聽得叫聲「救人！救人！」長老大驚道：「徒弟啊，這半山中，是那裡甚麼人叫？」行者上前道：「師父只管走路，莫纏甚麼『人轎』、『騾轎』、『明轎』、『睡轎』。這所在，就有轎，也沒個人抬你。」唐僧道：「不是扛抬之轎，乃是叫喚之叫。」行者笑道：「我曉得，莫管閒事，且走路。」

三藏依言，策馬又進。行不上一里之遙，又聽得叫聲：「救人！」長老道：「徒弟，這個叫聲，不是鬼魅妖邪；若是鬼魅妖邪，但有出聲，無有回聲。你聽他叫一聲，又叫一聲，想必是個有難之人。我們可去救他一救。」行者道：「師父，今日且把這慈悲心略收起收起，待過了此山，再發慈悲罷。這去處凶多吉少。你知道那倚草附木之說，是物可以成精。諸般還可，只有一般蟒蛇，但修得年遠日深，成了精魅，善能知人小名兒。他若在草科裡，或山凹中，叫人一聲，人不答應還可；若答應一聲，他就把人元神綽去，當夜跟來，斷然傷人性命。且走！且走！古人云：『脫得去，謝神明。』

切不可聽他。」

長老只得依他，又加鞭催馬而去。行者心中暗想：「這潑怪不知在那裡，只管叫啊叫的；等我老孫送他一個『卯酉星法』（卯時日出，酉時日落，所以說下面「兩不見面」），教他兩不見面。」好大聖，叫沙和尚前來：「攏著馬，慢慢走著，讓老孫解解手。」你看他讓唐僧先行幾步，卻念個咒語，使個移山縮地之法，把金箍棒往後一指，他師徒過此峰頭，往前走了，卻把那怪物撇下。他再拽開步，趕上唐僧，一路奔山。只見那三藏又聽得那山背後叫聲：「救人！」長老道：「徒弟呀，那有難的人，大沒緣法，不曾得遇著我們。我們走過他了；你聽他在山後叫哩。」八戒道：「在便還在山前，只是如今風轉了也。」行者道：「管他甚麼轉風不轉風，且走路。」因此，遂都無言語，恨不得一步踏過此山，不題話下。

卻說那妖精在山坡裡，連叫了三四聲，更無人到。他心中思量道：「我等唐僧在此，望見他離不上三里，卻怎麼這半晌還不到？想是抄下路去了。」他抖一抖身軀，脫了繩索，又縱紅光，上空再看。不覺孫大聖仰面回觀，識得是妖怪，又把唐僧撮著腳推下馬來道：「兄弟們，仔細！仔細！那妖精又來也！」慌得那八戒、沙僧各持兵刀，將唐僧又圍護在中間。

那精靈見了，在半空中稱羨不已道：「好和尚！我才見那白面和尚坐在馬上，卻怎麼又被他三人藏了！這一去見面方知。先把那有眼力的弄倒了，方才捉得唐僧。不然啊，徒費心機難獲物，枉勞情興總成空。」卻又按下雲頭，恰似前番變化，高吊在松樹山頭等候。這番卻不上半里之地。

卻說那孫大聖抬頭再看，只見那紅雲又散，復請師父上馬前行。三藏道：「你說妖精又來，如何又請走路？」行者道：「這還是個過路的妖精，不敢惹我們。」長老又懷怒道：「這個潑猴，十分弄我！正當有妖魔處，卻說無事；似這般清平之所，卻又恐嚇我，不時的嚷道有甚妖精。虛多實少，不管輕重，將我撏著腳，摔下馬來，如今卻解說甚麼過路的妖精。假若跌傷了我，卻也過意不去！這等，這等！」行者道：「師父莫怪。若是跌傷了你的手足，卻還好醫治；若是被妖精撈了去，卻何處跟尋？」三藏大怒，哏哏的，要念《緊箍兒咒》，卻是沙僧苦勸，只得上馬又行。

還未曾坐得穩，只聽又叫：「師父救人啊！」長老抬頭看時，原來是個小孩童，赤條條的，吊在那樹上，兜住轡，便罵行者道：「這潑猴多大憊懶！全無有一些兒善良之意，心心只是要撒潑行凶哩！我那般說叫喚的是個人聲，他就千言萬語只嚷是妖怪！你看那樹上吊的不是個人麼？」大聖見師父怪下來了，卻又覿面看見模樣，一則做不得手腳，二來又怕念《緊箍兒咒》，低著頭，再也不敢回言。讓唐僧到了樹下。那長老將鞭梢指著問道：「你是那家孩兒？因有甚事，吊在此間？說與我，好救你。」噫！分明他是個精靈，變化得這等，那師父卻是個肉眼凡胎，不能相識。

那妖魔見他下問，越弄虛頭，眼中噙淚，叫道：「師父呀，山西去有一條枯松澗。澗那邊有一莊村。我是那裡人家。我祖公公姓紅，只因廣積金銀，家私巨萬，混名喚做紅百萬。年老歸世已久，家產遺與我父。近來人事奢侈，家私漸廢，改名喚做紅十萬，專一結交四路豪傑，將金銀借放，希圖利息。怎知那無籍之人，設騙了去啊，本利無歸。我父發了洪誓，分文不借。那借金銀人，身貧無計，結成凶黨，明火執杖，白日殺上我門，將我財帛盡情劫擄，把我父親殺了；見我母親有些顏色，拐將去做甚麼壓寨夫人。那時節，我母親捨不得我，把我抱在懷裡，哭哀哀，戰兢兢，跟隨賊寇；不期到此山中，又要殺我，多虧我母親哀告，免教我刀下身亡，卻將繩子吊我在樹上，只教凍餓而死。那些賊將我母親不知掠往那裡去了。我在此已吊三日三夜，更沒一個人來行走。不知那世裡修積，今生得遇老師父。若肯捨大慈悲，救我一命回家，就典身賣命，也酬謝師恩。致使黃沙蓋面，更不敢忘也。」

三藏聞言，認了真實，就教八戒解放繩索，救他下來。那呆子也不識人，便要上前動手。行者在旁，忍不住喝了一聲道：「那潑物！有認得你的在這裡哩！莫要只管架空搗鬼，說謊哄人！你既家私被劫，父被賊傷，母被人擄，救你去交與誰人？你將何物與我作謝？這謊脫節了耶！」那怪聞言，心中害怕，就知大聖是個能人，暗將他放在心上；卻又戰戰兢兢，滴淚而言曰：「師父，雖然我父母空亡，家財盡絕，還有些田產未動，親戚皆存。」行者道：「你有甚麼親戚？」妖怪道：「我外公家在山南，姑娘住居嶺北。澗頭李四，是我姨夫；林內紅三，是我族伯。還有堂叔、堂兄都住在本莊左右。老師父若肯救我，到了莊上，見了諸親，將老師父拯救之恩，一一對眾言說，典賣些田產，重重酬謝也。」

八戒聽說，扛住行者道：「哥哥，這等一個小孩子家，你只管盤詰他怎的！他說得是，強盜只打劫他些浮財，莫成連房屋田產也劫得去？若與他親戚們說了，我們縱有廣大食腸，也吃不了他十畝田價。救他下來罷。」呆子只是想著吃食，那裡管甚麼好歹，使戒刀挑斷繩索，放下怪來。那怪對唐僧馬下，淚汪汪只情磕頭。長老心慈，便叫：「孩兒，你上馬來，我帶你去。」那怪道：「師父啊，我手腳都吊麻了，腰胯疼痛，一則是鄉下人家，不慣騎馬。」唐僧叫八戒馱著，那妖怪抹了一眼道：「師父，我的皮膚都凍熟了，不敢要這位師父馱。他的嘴長耳大，腦後鬃硬，搠得我慌。」唐僧道：「教沙和尚馱著。」那怪也抹了一眼道：「師父，那些賊來打劫我家時，一個個都搽了花臉，帶假鬍子，拿刀弄杖的。我被他唬怕了，見這位晦氣臉的師父，一發沒了魂了，也不敢要他馱。」唐僧教孫行者馱著。行者呵呵笑道：「我馱！我馱！」

那怪物暗自歡喜。順順當當的要行者馱他。行者把他扯在路旁邊，試了一試，只好有三斤十來兩重。行者笑道：「你這個潑怪物，今日該死了；怎麼在老孫面前搗鬼！我認得你是個『那話兒』呵。」妖怪道：「師父，我是好人家兒女，不幸遭此大難，我怎麼是個甚麼『那話兒』？」行者道：「你既是好人家兒女，怎麼這等骨頭輕？」妖怪道：「我骨格兒小。」行者道：「你今年幾歲了？」那怪道：「我七歲了。」行者笑道：「一歲長一斤，也該七斤。你怎麼不滿四斤重麼？」那怪道：「我小時失乳。」行者說：「也罷，我馱著你；若要尿尿把把，須和我說。」三藏才與八戒、沙僧前走，行者背著孩兒隨後，一行徑投西去。有詩為證。詩曰：

道德高隆魔障高，禪機本靜靜生妖。心君正直行中道，木母（指豬八戒）痴頑躪外趫。
意馬不言懷愛欲，黃婆無語自憂焦。客邪得志空歡喜，畢竟還從正處消。

孫大聖馱著妖魔，心中埋怨唐僧，不知艱苦，「行此險峻山場，空身也難走，卻教老孫馱人。這廝莫說他是妖怪，就是好人。他沒了父母，不知將他馱與何人，倒不如摜殺他罷。」那怪物卻早知覺了。便就使個神通，往四下裡吸了四口氣，吹在行者背上，便覺重有千斤。行者笑道：「我兒啊，你弄重身法壓我老爺哩！」那怪聞言，恐怕大聖傷他，卻就解屍，出了元神，跳將起去，佇立在九霄空裡。這行者背上越重了。猴王發怒，抓起他來，往那路旁邊賴石頭上滑辣的一摜，將屍骸摜得像個肉餅一般。還恐他又無禮，索性將四肢扯下，丟在路兩邊，俱粉碎了。

那物在空中，明明看著，忍不住心頭火起道：「這猴和尚，十分憊懶！就作我是個妖魔，要害你師父，卻還不曾見怎麼下手哩，你怎麼就把我這等傷損！早是我有算計，出神走了。不然，是無故傷生也。若不趁此時拿了唐僧，再讓一番，越教他停留長智（學乖）。」好怪物，就在半空裡弄了一陣旋風，呼的一聲響亮，走石揚沙，誠然凶狠，好風：

淘淘怒捲水雲腥，黑氣騰騰閉日明。嶺樹連根通拔盡，野梅帶幹悉皆平。
黃沙迷目人難走，怪石傷殘路怎平。滾滾團團平地暗，遍山禽獸發哮聲。

刮得那三藏馬上難存，八戒不敢仰視，沙僧低頭掩面。孫大聖情知是怪物弄風，急縱步來趕時，那怪已騁風頭，將唐僧攝去了，無蹤無影，不知攝向何方，無處跟尋。

一時間，風聲暫息，日色光明。行者上前觀看，只見白龍馬，戰兢兢發喊聲嘶；行李擔，丟在路下；八戒伏於崖下呻吟，沙僧蹲在坡前叫喚。行者喊：「八戒！」那呆子聽見是行者的聲音，卻抬頭看時，狂風已靜。爬起來，扯住行者道：「哥哥，好大風啊！」沙僧卻也上前道：「哥哥，這是一陣旋風。」又問：「師父在那裡？」八戒道：「風來得緊，我們都藏頭遮眼，各自躲風，師父也伏在馬上的。」行者道：「如今卻往那裡去了？」沙僧道：「是個燈草做的，想被一風捲去也。」

行者道：「兄弟們，我等自此就該散了！」八戒道：「正是，趁早散了，各尋頭路，多少是好。那西天路無窮無盡，幾時能到得！」沙僧聞言，打了一個失驚，渾身麻木道：「師兄，你都說的是那裡話。我等因為前生有罪，感蒙觀世音菩薩勸化，與我們摩頂受戒，改換法名，皈依佛果，情願保護唐僧上西方拜佛求經，將功折罪。今日到此，一旦俱休，說出這等各尋頭路的話來，可不違了菩薩的善果，壞了自己的德行，惹人恥笑，說我們有始無終也！」行者道：「兄弟，你說的也是。奈何師父不聽人說。我老孫火眼金睛，認得好歹。才然這風，是那樹上吊的孩兒弄的。我認得他是個妖精，你們不識，那師父也不識，認作是好人家兒女，教我馱著他走。是老孫算計要擺布他，他就弄個重身法壓我。是我把他摜得粉碎，他想是又使解屍之法，弄陣旋風，把我師父攝去也。因此上怪他每每不聽我說，故我意懶心灰，說各人散了。既是賢弟有此誠意，教老孫進退兩難。八戒，你端的要怎的處？」八戒道：「我才自失口亂說了幾句，其實也不該散。哥哥，沒及奈何，還信沙弟之言，去尋那妖怪救師父去。」行者卻回嗔作喜道：「兄弟們，還要來結同心，收拾了行李、馬匹，上山找尋怪物，搭救師父去。」

三個人附葛扳藤，尋坡轉澗，行經有五七十里，卻也沒個音信。那山上飛禽走獸全無，老柏喬松常見。孫大聖著實心焦，將身一縱，跳上那巔險峰頭，喝一聲叫「變！」變作三頭六臂，似那大鬧天宮的本相。將金箍棒，幌一幌，變作三根金箍棒，劈哩撲辣的，往東打一路，往西打一路，兩邊不住的亂打。八戒見了道：「沙和尚，不好了。師兄是尋不著師父，惱出氣心風來了。」

那行者打了一會，打出一伙窮神來。都披一片，掛一片，褌無襠，褲無口的，跪在山前，叫：「大聖，山神、土地來見。」行者道：「怎麼就有許多山神、土地？」眾神叩頭道：「上告大聖。此山喚做『六百里鑽頭號山』。我等是十里一山神，十里一土地，共該三十名山神，三十名土地。昨日已此聞大聖來了，只因一時會不齊，故此接遲，致令大聖發怒。萬望恕罪。」行者道：「我且饒你罪名。我問你：這山上有多少妖精？」眾神道：「爺爺呀，只有得一個妖精，把我們頭也摩光了；弄得我們少香沒紙，血食（肉食供品）全無，一個個衣不充身，食不充口，還吃得有多少妖精哩！」行者道：「這妖精在山前住，是山後住？」眾神道：「他也不在山前山後。這山中有一條澗，叫做枯松澗。澗邊有一座洞，叫做火雲洞。那洞裡有一個魔王，神通廣大，常常的把我們山神、土地拿了去，燒火頂門，黑夜與他提鈴喝號。小妖兒又討甚麼常例錢。」行者道：「汝等乃是陰鬼之仙，有何錢鈔？」眾神道：「正是沒錢與他，只得捉幾個山獐、野鹿，早晚間打點群精；若是沒物相送，就要來拆廟宇，剝衣裳，攪得我等不得安生！萬望大聖與我等剿除此怪，拯救山上生靈。」行者道：「你等既受他節制，常在他洞下，可知他是那裡妖精，叫做甚麼名字？」眾神道：「說起他來，或者大聖也知道。他是牛魔王的兒子，羅剎女養的。他曾在火焰山修行了三百年，煉成『三昧真火』，卻也神通廣大。牛魔王使他來鎮守號山，乳名叫做紅孩兒，號叫做聖嬰大王。」

行者聞言，滿心歡喜。喝退了土地、山神，卻現了本相，跳下峰頭，對八戒、沙僧道：「兄弟們放心，再不須思念。師父決不傷生。妖精與老孫有親。」八戒笑道：「哥哥，莫要說謊。你在東勝神洲，他這裡是西牛賀洲，路程遙遠，隔著萬水千山，海洋也有兩道，怎的與你有親？」行者道：「剛才這伙人都是本境土地、山神。我問他妖怪的原因，他道是牛魔王的兒子，羅剎女養的，名字喚做紅孩兒，號聖嬰大王。想我老孫五百年前大鬧天宮時，遍游天下名山，尋訪大地豪傑，那牛魔王曾與老孫結七弟兄。一般五六個魔王，止有老孫生得小巧，故此把牛魔王稱為大哥。這妖精是牛魔王的兒子，我與他父親相識，若論將起來，還是他老叔哩。他怎敢害我師父？我們趁早去來。」

沙和尚笑道：「哥啊，常言道：『三年不上門，當親也不親』哩。你與他相別五六百年，又不曾往還杯酒，又沒有個節禮相邀，他那裡與你認甚麼親耶？」行者道：「你怎麼這等量人！常言道：

『一葉浮萍歸大海，為人何處不相逢！』縱然他不認親，好道也不傷我師父。不望他相留酒席，必定也還我個囫圇唐僧。」三兄弟各辦虔心，牽著白馬，馬上馱著行李，找大路一直前進。

無分晝夜，行了百十里遠近，忽見一松林，林中有一條曲澗，澗下有碧澄澄的活水飛流，那澗梢頭有一座石板橋，通著那廂洞府。行者道：「兄弟，你看那壁廂有石崖嶙嶙，想必是妖精住處了。我等從眾商議：那個管看守行李、馬匹，那個肯跟我過去降妖。」八戒道：「哥哥，老豬沒甚坐性，我隨你去罷。」行者道：「好！好！」教沙僧：「將馬匹、行李俱潛在樹林深處，小心守護，待我兩個上門去尋師父耶。」那沙僧依命，八戒相隨，與行者各持兵器前來。正是：未煉嬰兒邪火勝，心猿木母（指悟空和八戒）共扶持。

畢竟不知這一去吉凶何如，且聽下回分解。

第四十回

嬰兒戲化禪心亂　猿馬刀歸木母空

第四十一回

心猿遭火敗　木母被魔擒

善惡一時忘念，榮枯都不關心。晦明隱現任浮沉，隨分飢餐渴飲。神靜湛然常寂，昏冥便有魔侵。五行蹭蹬破禪林，風動必然寒凜。

卻說那孫大聖引八戒別了沙僧，跳過枯松澗，徑來到那怪石崖前。果見有一座洞府，真個也景致非凡。但見：

回鑾古道幽還靜，風月也聽玄鶴弄。白雲透出滿川光，流水過橋仙意興。
猿嘯鳥啼花木奇，藤蘿石蹬芝蘭勝。蒼搖崖壑散煙霞，翠染松篁招彩鳳。
遠列巔峰似插屏，山朝澗繞真仙洞。崑崙地脈發來龍，有分有緣方受用。

將近行到門前，見有一座石碣，上鐫八個大字，乃是「號山枯松澗火雲洞。」那壁廂一群小妖，在那裡掄槍舞劍的，跳風頑耍。孫大聖厲聲高叫道：「那小的們，趁早去報與洞主知道，教他送出我唐僧師父來，免你這一洞精靈的性命！牙迸半個『不』字，我就掀翻了你的山場，躧平了你的洞府！」那些小妖，聞得此言，慌忙急轉身，各歸洞裡，關了兩扇石門，到裡邊來報：「大王，禍事了！」

卻說那怪自把三藏拿到洞中，選剝了衣服，四馬攢蹄，捆在後院裡，著小妖打乾淨水刷洗，要上籠蒸吃哩。急聽得報聲禍事，且不刷洗，便來前庭上問：「有何禍事？」小妖道：「有個毛臉雷公嘴的和尚，帶一個長嘴大耳的和尚，在門前要甚麼唐僧師父哩。但若牙迸半個『不』字，就要掀翻山場，踏平洞府。」魔王微微冷笑道：「這是孫行者與豬八戒。他卻也會尋哩。我拿他師父，自半山中到此，有百五十里，卻怎麼就尋上門來？」教：「小的們，把管車的，推出車去！」那一班幾個小妖，推出五輛小車兒來，開了前門。八戒望見道：「哥哥，這妖精想是怕我們，推出車子，往那廂搬哩。」行者道：「不是，且看他放在那裡。」只見那小妖將車子按金、木、水、火、土安下，著五個看著，五個進去通報。那魔王問：「停當了？」答應：「停當了。」教：「取過槍來。」有那一伙管兵器的小妖，著兩個抬出一桿丈八長的火尖槍，遞與妖王。妖王掄槍拽步，也無甚麼盔甲，只是腰間束一條錦繡戰裙，赤著腳，走出門前。行者與八戒，抬頭觀看，但見那怪物：

面如傅粉三分白，唇若塗朱一表才。鬢挽青雲欺靛染，眉分新月似刀裁。
戰裙巧繡盤龍鳳，形比哪吒更富胎。雙手綽槍威凜冽，祥光護體出門來。
哏聲響若春雷吼，暴眼明如掣電乖。要識此魔真姓氏，名揚千古喚紅孩。

那紅孩兒怪，出得門來，高叫道：「是甚麼人，在我這裡吆喝！」行者近前笑道：「我賢侄，莫弄虛頭。你今早在山路旁，高吊在松樹梢頭，是那般一個瘦怯怯的黃病孩兒，哄了我師父。我倒好意馱著你，你就弄風兒把我師父攝將來。你如今又弄這個樣子，我豈不認得你？趁早送出我師父，不要白了面皮，失了親情；恐你令尊知道，怪我老孫以長欺幼，不像模樣。」那怪聞言，心中大怒，咄的一聲喝道：「那潑猴頭！我與你有甚親情？你在這裡滿口胡柴，綽甚聲經兒！那個是你賢侄？」行者道：「哥哥，是你也不曉得。當年我與你令尊做弟兄時，你還不知在那裡哩。」那怪道：「這猴子一發胡說！你是那裡人，我是那裡人，怎麼得與我父親做兄弟？」

行者道：「你是不知。我乃五百年前大鬧天宮的齊天大聖孫悟空是也。我當初未鬧天宮時，遍游海角天涯，四大部洲，無方不到。那時節，專慕豪傑。你令尊叫做牛魔王，稱為平天大聖，與我老孫結為七弟兄，讓他做了大哥；還有個蛟魔王，稱為復海大聖，做了二哥；又有個大鵬魔王，稱為混天大聖，做了三哥；又有個獅駝王，稱為移山大聖，做了四哥；又有個獼猴王，稱為通風大聖，做了五哥；又有個禺狨王，稱為驅神大聖，做了六哥；惟有老孫身小，稱為齊天大聖，排行第七。我老弟兄們，那時節耍子時，還不曾生你哩！」

那怪物聞言，那裡肯信，舉起火尖槍就刺。行者正是那會家不忙，又使了一個身法，閃過槍頭，掄起鐵棒，罵道：「你這小畜生，不識高低！看棍！」那妖精也使身法，讓過鐵棒道：「潑猢猻，不達時務！看槍！」他兩個也不論親情，一齊變臉，各使神通，跳在雲端裡，好殺：

行者名聲大，魔王手段強。一個橫舉金箍棒，一個直挺火尖槍。吐霧遮三界，噴雲照四方。一天殺氣凶聲吼，日月星辰不見光。語言無遜讓，情意兩乖張。那一個欺心失禮儀，這一個變臉沒綱常。棒架威風長，槍來野性狂。一個是混元真大聖，一個是正果善財郎。二人努力爭強勝，只為唐僧拜法王。

那妖魔與孫大聖戰經二十合，不分勝敗。豬八戒在旁邊，看得明白：妖精雖不敗陣，卻只是遮攔隔架，全無攻殺之能；行者縱不贏他，棒法精強。來往只在那妖精頭上，不離了左右。八戒暗想道：「不好啊，行者溜撒，一時間丟個破綻，哄那妖魔鑽進來，一鐵棒打倒，就沒了我的功勞。」你看他抖擻精神，舉著九齒鈀，在空裡，望妖精劈頭就築。那怪見了心驚，急拖槍敗下陣來。行者喝教八戒：「趕上！趕上！」二人趕到他洞門前，只見妖精一隻手舉著火尖槍，站在那中間一輛小車兒上；一隻手捏著拳頭，往自家鼻子上捶了兩拳。八戒笑道：「這廝放賴不羞！你好道捶破鼻子，淌出些血來，搽紅了臉，往那裡告我們去耶？」那妖魔捶了兩拳，念個咒語，口裡噴出火來，鼻子裡濃煙迸出，閘閘眼，火焰齊生。那五輛車子上，火光湧出。連噴了幾口，只見那紅焰焰、大火燒空，把一座火雲洞，被那煙火迷漫，真個是熯天熾地。

八戒慌了道：「哥哥，不停當！這一鑽在火裡，莫想得活；把老豬弄做個燒熟的，加上香料，盡他受用哩！快走！快走！」說聲走，他也不顧行者，跑過澗去了。

這行者神通廣大，捏著避火訣，撞入火中，尋那妖怪。那妖怪見行者來，又吐上幾口，那火比前更勝。好火：

炎炎烈烈盈空燎，赫赫威威遍地紅。卻似火輪飛上下，猶如炭屑舞西東。這火不是燧人鑽木，又不是老子炮丹，非天火，非野火，乃是妖魔修煉成真三昧火。五輛車兒合五行，五行生化火煎成。肝木能生心火旺，心火致令脾土平。脾土生金金化水，水能生木徹通靈。生生化化皆因火，火遍長空萬物榮。妖邪久悟呼三昧，永鎮西方第一名。

行者被他煙火飛騰，不能尋怪，看不見他洞門前路徑，抽身跳出火中。那妖精在門首，看得明白。他見行者走了，卻才收了火具，帥群妖，轉於洞內，閉了石門，以為得勝，著小的排宴奏樂，歡笑不題。

卻說行者跳過枯松澗，按下雲頭。只聽得八戒與沙僧朗朗的在松間講話。行者上前喝八戒道：「你這呆子，全無人氣！你就懼怕妖火，敗走逃生，卻把老孫丟下。早是我有些南北哩！」八戒笑道：「哥啊，你被那妖精說著了，果然不達時務。古人云：『識得時務者，呼為俊傑。』那妖精不與你親，你強要認親；既與你賭鬥，放出那般無情的火來，又不走，還要與他戀戰哩！」行者道：「那怪物的手段比我何如？」八戒道：「不濟。」「槍法比我何如？」八戒道：「也不濟。老豬見他撐持不住，卻來助你一鈀，不期他不識耍，就敗下陣來，沒天理，就放火了。」行者道：「正是你不該來。我再與他鬥幾合，我取巧兒撈他一棒，卻不是好？」

他兩個只管論那妖精的手段，講那妖精的火毒。沙和尚倚著松根，笑得呆了。行者看見道：「兄弟，你笑怎麼？你好道有甚手段，擒得那妖魔，破得那火陣？這樁事，也是大家有益的事。常言道：『眾毛攢毬。』你若拿得妖魔，救了師父，也是你的一件大功績。」沙僧道：「我也沒甚手段，也不能降妖。我笑你兩個都著了忙也。」行者道：「我怎麼著忙？」沙僧道：「那妖精手段不如你，槍法不如你，只是多了些火勢，故不能取勝。若依小弟說，以相生相克拿他，有甚難處？」行者聞言，呵呵笑道：「兄弟說得有理。果然我們著忙了，忘了這事。若以相生相克之理論之，須是以水克火；卻往那裡尋些水來，潑滅這妖火，可不救了師父？」沙僧道：「正是這般。不必遲疑。」行者道：「你兩個只在此間，莫與他索戰，待老孫去東洋大海求借龍兵，將些水來，潑息妖火，捉這潑怪。」八戒道：「哥哥放心前去，我等理會得。」

好大聖，縱雲離此地，頃刻到東洋。卻也無心看玩海景，使個逼水法，分開波浪。正行時，見一個巡海夜叉相撞，看見是孫大聖，急回到水晶宮裡，報知那老龍王。敖廣即率龍子、龍孫、蝦兵、蟹卒一齊出門迎接，請裡面坐。坐定，禮畢，告茶。行者道：「不勞茶，有一事相煩。我因師父唐僧往西天拜佛取經，經過號山枯松澗火雲洞，有個紅孩兒妖精，號聖嬰大王，把我師父拿了去。是老孫尋到洞邊，與他交戰，他卻放出火來。我們禁不得他，想著水能克火，特來問你求些水去，與我下場大雨，潑滅了妖火，救唐僧一難。」那龍王道：「大聖差了。若要求取雨水，不該來問我。」行者道：「你是四海龍王，主司雨澤，不來問你，卻去問誰？」龍王道：「我雖司雨，不敢擅專；須得玉帝旨意，吩咐在那地方，要幾尺幾寸，甚麼時辰起住，還要三官舉筆，太乙移文，會令了雷公、電母、風伯、雲童。俗語云：『龍無雲而不行』哩。」行者道：「我也不用著風雲雷電，只是要些雨水滅火。」龍王道：「大聖不用風雲雷電，但我一人也不能助力；著舍弟們同助大聖一功如何？」行者道：「令弟何在？」龍王道：「南海龍王敖欽、北海龍王敖閏、西海龍王敖順。」行者笑道：「我若再游過三海，不如上界去求玉帝旨意了。」龍王道：「不消大聖去，只我這裡撞動鐵鼓、金鐘，他自頃刻而至。」行者聞其言道：「老龍王，快撞鐘鼓。」

須臾間，三海龍王擁至，問：「大哥，有何事命弟等？」敖廣道：「孫大聖在這裡借雨助力降妖。」三弟即引進見畢，行者備言借水之事。眾神個個歡從，即點起：

鯊魚驍勇為前部，鱯痴口大作先鋒。
鯉元帥翻波跳浪，鯾提督吐霧噴風。
鯖太尉東方打哨，鲌都司西路催征。
紅眼馬郎南面舞，黑甲將軍北下沖。
鱑把總中軍掌號，五方兵處處英雄。
縱橫機巧黿樞密，妙算玄微龜相公。
有謀有智鼉丞相，多變多能鱉總戎。
橫行蟹士掄長劍，直跳蝦婆扯硬弓。
鯰外郎查明文簿，點龍兵出離波中。

詩曰：

四海龍王喜助功，齊天大聖請相從。
只因三藏途中難，借水前來滅火紅。

那行者領著龍兵，不多時，早到號山枯松澗上。行者道：「敖氏昆玉，有煩遠涉。此間乃妖魔之處，汝等且停於空中，不要出頭露面。讓老孫與他賭鬥，若贏了他，不須列位捉拿；若輸與他，也不用列位助陣；只是他但放火時，可聽我呼喚，一齊噴雨。」龍王俱如號令。

行者卻按雲頭，入松林裡，見了八戒、沙僧，叫聲：「兄弟。」八戒道：「哥哥來得快呀！可曾請得龍王來？」行者道：「俱來了。你兩個切須仔細，只怕雨火，莫濕了行李，待老孫與他打去。」沙僧道：「師兄放心前去，我等俱理會得了。」

行者跳過澗，到了門首，叫聲「開門！」那些小妖又去報道：「孫行者又來了。」紅孩仰面笑道：「那猴子想是火中不曾燒了他，故此又來。這一來切莫饒他，斷然燒個皮焦肉爛才罷！」急縱身，挺著長槍，教：「小的們，推出火車子來！」他出門前，對行者道：「你又來怎的？」行者道：「還我師父來。」那怪道：「你這猴頭，忒不通變。那唐僧與你做得師父，也與我做得按酒，你還思量要他哩。莫想！莫想！」行者聞言，十分惱怒，掣金箍棒劈頭就打。那妖精，使火尖槍，急架相迎。這一場賭鬥，比前不同。好殺：

怒發潑妖魔，惱急猴王將。這一個專救取經僧，那一個要吃唐三藏。心變沒親情，情疏無義讓。這個恨不得捉住活剝皮，那個恨不得拿來生蘸醬。真個忒英雄，果然多猛壯。棒來槍架賭輸贏，槍去棒迎爭下上。舉手相輪二十回，兩家本事一般樣。

那妖王與行者戰經二十回合，見得不能取勝，虛幌一槍，急抽身，捏著拳頭，又將鼻子捶了兩下，卻就噴出火來。那門前車子上，煙火迸起；口眼中，赤焰飛騰。孫大聖回頭叫道：「龍王何在？」那龍王兄弟，帥眾水族，望妖精火光裡噴下雨來。好雨！真個是：

瀟瀟灑灑，密密沉沉。瀟瀟灑灑，如天邊墜落星辰；密密沉沉，似海口倒懸浪滾。起初時如拳大小，次後來甕潑盆傾。滿地澆流鴨頂綠，高山洗出佛頭青。溝壑水飛千丈玉，澗泉波漲萬條銀。三叉路口看看滿，九曲溪中漸漸平。這個是唐僧有難神龍助，扳倒天河往下傾。

那雨淙淙大小，莫能止息那妖精的火勢。原來龍王私雨，只好潑得凡火；妖精的三昧真火，如何潑得？好一似火上澆油，越潑越灼。大聖道：「等我捻著訣，鑽入火中！」掄鐵棒，尋妖要打。那妖見他來到，將一口煙，劈臉噴來。行者急回頭，燎得眼花雀亂，忍不住淚落如雨。原來這大聖不怕火，只怕煙。當年因大鬧天宮時，被老君放在八卦爐中，鍛過一番。他幸在那巽位安身，不曾燒壞。只是風攪得煙來，把他燎做火眼金睛，故至今只是怕煙。那妖又噴一口，行者當不得，縱雲頭走了。那妖王卻又收了火具，回歸洞府。

這大聖一身煙火，暴躁難禁，徑投於澗水內救火。怎知被冷水一逼，弄得火氣攻心，三魂出舍。可憐氣塞胸膛喉舌冷，魂飛魄散喪殘生！慌得那四海龍王在半空裡，收了雨澤，高聲大叫：「天蓬元帥！捲簾將軍！休在林中藏隱，且尋你師兄出來！」

八戒與沙僧聽得呼他聖號，急忙解了馬、挑著擔奔出林來，也不顧泥濘，順澗邊找尋。只見那上溜頭，翻波滾浪，急流中淌下一個人來。沙僧見了，連衣跳下水中，抱上岸來，卻是孫大聖身軀。噫！你看他蜷曲四肢伸不得，渾身上下冷如冰。沙和尚滿眼垂淚道：「師兄！可惜了你，億萬年不老長生客，如今化作個中途短命人！」八戒笑道：「兄弟莫哭。這猴子佯推死，嚇我們哩。你摸他摸，胸前還有一點熱氣沒有？」沙僧道：「渾身都冷了，就有一點兒熱氣，怎的就得回生？」八戒道：「他有七十二般變化，就有七十二條性命。你扯著腳，等我擺布他。」

真個那沙僧扯著腳，八戒扶著頭，把他拽個直，推上腳來，盤膝坐定。八戒將兩手搓熱，仵住他的七竅，使一個按摩禪法。原來那行者被冷水逼了，氣阻丹田，不能出聲。卻幸得八戒按摸揉擦，須臾間，氣透三關（指耳、目、口），轉明堂，沖開孔竅，叫了一聲：「師父啊！」沙僧道：「哥啊，你生為師父，死也還在口裡。且蘇醒，我們在這裡哩。」行者睜開眼道：「兄弟們在這裡？老孫吃了虧也！」八戒笑道：「你才子發昏的，若不是老豬救你啊，已此了賬了，還不謝我哩！」行者卻才起身，仰面道：「敖氏弟兄何在？」那四海龍王在半空中答應道：「小龍在此伺候。」行者道：「累你遠勞，不曾成得功果，且請回去，改日再謝。」龍王帥水族，泱泱而回，不在話下。

沙僧攙著行者，一同到松林之下坐定。少時間，卻定神順氣，止不住淚滴腮邊。又叫「師父啊！

憶昔當年出大唐，岩前救我脫災殃。三山六水遭魔障，萬苦千辛割寸腸。
托鉢朝餐隨厚薄，參禪暮宿或林莊。一心指望成功果，今日安知痛受傷！」

沙僧道：「哥哥，且休煩惱。我們早安計策，去那裡請兵助力，搭救師父耶。」行者道：「那裡請救麼？」沙僧道：「當初菩薩吩咐，著我等保護唐僧，他曾許我們，叫天天應，叫地地應。那裡請救去？」行者道：「想老孫大鬧天宮時，那些神兵，都禁不得我。這妖精神通不小，須是比老孫手段大些的，才降得他哩。天神不濟，地煞不能，若要拿此妖魔，須是去請觀音菩薩才好。奈何我皮肉酸麻，腰膝疼痛，駕不起筋斗雲，怎生請得？」八戒道：「有甚話吩咐，等我去請。」行者笑道：「也罷，你是去得。若見了菩薩，切休仰視，只可低頭禮拜。等他問時，你卻將地名、妖名說與他，再請救師父之事。他若肯來，定取擒了怪物。」八戒聞言，即便駕了雲霧，向南而去。

卻說那個妖王在洞裡歡喜道：「小的們，孫行者吃了虧去了。這一陣雖不得他死，好道也發個大昏。咦，只怕他又請救兵來也。快開門，等我去看他請誰。」眾妖開了門，妖精就跳在空裡觀看，只見八戒往南去了。妖精想著南邊再無他處，斷然是請觀音菩薩，急按下雲，叫：「小的們，把我那皮袋尋出來。多時不用，只恐口繩不牢，與我換上一條，放在二門之下，等我去把八戒賺將回來，裝於袋內，蒸得稀爛，犒勞你們。」原來那妖精有一個如意的皮袋。眾小妖拿出來，換了口繩，安於洞門內不題。

卻說那妖王久居於此，俱是熟游之地。他曉得那條路上南海去近，那條去遠。他從那近路上，一駕雲頭，趕過了八戒。端坐在壁岩之上，變作一個「假觀世音」模樣，等候著八戒。

那呆子正縱雲行處，忽然望見菩薩。他那裡識得真假？這才是見相作佛。呆子停雲下拜道：「菩薩，弟子豬悟能叩頭。」妖精道：「你不保唐僧去取經，卻見我有何事幹？」八戒道：「弟子因與師父行至中途，遇著號山枯松澗火雲洞，有個紅孩兒妖精，他把我師父攝了去。是弟子與師兄等，尋上他門，與他交戰。他原來會放火，頭一陣，不曾得贏；第二陣，請龍王助雨，也不能滅火。師兄被他

第四十一回

心猿遭火敗　木母被魔擒

燒壞了，不能行動，著弟子來請菩薩。萬望垂慈，救我師父一難！」妖精道：「那火雲洞洞主，不是個傷生的；一定是你們衝撞了他也。」八戒道：「我不曾衝撞他，是師兄悟空衝撞他的。他變作一個小孩子，吊在樹上，試我師父。師父甚有善心，教我解下來，著師兄馱他一程。是師兄摜了他一摜，他就弄風兒，把師父攝去了。」妖精道：「你起來，跟我進那洞裡見洞主，與你說個人情，你陪一個禮，把你師父討出來罷。」八戒道：「菩薩呀，若肯還我師父，就磕他一個頭也罷。」

妖王道：「你跟來。」那呆子不知好歹，就跟著他，徑回舊路，卻不向南洋海，隨赴火雲門。頃刻間，到了門首。妖精進去道：「你休疑忌。他是我的故人，你進來。」呆子只得舉步入門。眾妖一齊吶喊，將八戒捉倒，裝於袋內。束緊了口繩，高吊在馱梁之上，妖精現了本相，坐在當中道：「豬八戒，你有甚麼手段，就敢保唐僧取經，就敢請菩薩降我？你大睜著兩個眼，還不認得我是聖嬰大王哩！如今拿你，吊得三五日，蒸熟了賞賜小妖，權為案酒！」

八戒聽言，在裡面罵道：「潑怪物！十分無禮！若論你百計千方，騙了我吃，管教你一個個遭腫頭天瘟！」呆子罵了又罵，嚷了又嚷，不題。

卻說孫大聖與沙僧正坐，只見一陣腥風，刮面而過，他就打了一個噴嚏道：「不好！不好！這陣風，凶多吉少。想是豬八戒走錯路也。」沙僧道：「他錯了路，不會問人？」行者道：「想必撞見妖精了。」沙僧道：「撞見妖精，他不會跑回？」行者道：「不停當；你坐在這裡看守，等我跑過澗去打聽打聽。」沙僧道：「師兄腰疼，只恐又著他手，等小弟去罷。」行者道：「你不濟事，還讓我去。」

好行者，咬著牙，忍著疼，捻著鐵棒，走過澗，到那火雲洞前，叫聲：「潑怪！」那把門的小妖，又急入裡報：「孫行者又在門首叫哩！」那妖王傳令叫拿，那伙小妖，槍刀簇擁，齊聲吶喊，即開門，都道：「拿住！拿住！」行者果然疲倦，不敢相迎，將身鑽在路旁，念個咒語叫：「變！」即變做一個銷金包袱。小妖看見，報道：「大王，孫行者怕了；只見說一聲拿字，慌得把包袱丟下，走了。」妖王笑道：「那包袱也無甚麼值錢之物，左右是和尚的破偏衫，舊帽子，背進來拆洗做補襯。」一個小妖，果將包袱背進，不知是行者變的。行者道：「好了！這個銷金包袱，背著了！」那妖精不以為事，丟在門內。

好行者，假中又假，虛裡還虛：即拔一根毫毛，吹口仙氣，變作個包袱一樣；他的真身，卻又變作一個蒼蠅兒，釘在門樞上。只聽得八戒在那裡哼哩哼的，聲音不清，卻似一個瘟豬。行者嚶的飛了去尋時，原來他吊在皮袋裡也。行者釘在皮袋，又聽得他惡言惡語罵道，妖怪長，妖怪短，「你怎麼假變作個觀音菩薩，哄我回來，吊我在此，還說要吃我！有一日我師兄：

大展齊天無量法，滿山潑怪登時擒！
解開皮袋放我出，築你千鈀方趁心！」

行者聞言，暗笑道：「這呆子雖然在這裡面受悶氣，卻還不倒了旗槍（指保持志節不變）。老孫一定要拿了此怪。若不如此，怎生雪恨！」

正欲設法拯救八戒出來，只聽那妖王叫道：「六健將何在？」時有六個小妖，是他知己的精靈，封為健將，都有名字：一個叫做雲裡霧，一個叫做霧裡雲；一個叫做急如火，一個叫做快如風；一個叫做興烘掀，一個叫做掀烘興。六健將上前跪下。妖王道：「你們認得老大王家麼？」六健將道：「認得。」妖王道：「你與我星夜去請老大王來，說我這裡捉唐僧蒸與他吃，壽延千紀（十二年為一紀）。」六怪領命，一個個廝拖廝扯，徑出門去了。行者嚶的一聲，飛下袋來，跟定那六怪，躲離洞中。畢竟不知怎的請來，且聽下回分解。

第四十二回

大聖殷勤拜南海　觀音慈善縛紅孩

話說那六健將出洞門，徑往西南上，依路而走。行者心中暗想道：「他要請老大王吃我師父，老大王斷是牛魔王。我老孫當年與他相會，真個意合情投，交游甚厚。至如今我歸正道，他還是邪魔。雖則久別，還記得他模樣，且等老孫變作牛魔王，哄他一哄，看是何如。」好行者，躲離了六個小妖，展開翅，飛向前邊，離小妖有十數里遠近，搖身一變，變作個牛魔王；拔下幾根毫毛，叫「變！」即變作幾個小妖。在那山凹裡，駕鷹牽犬，搭弩張弓，充作打圍的樣子，等候那六健將。

那一伙廝拖廝扯，正行時，忽然看見牛魔王坐在中間，慌得興烘掀、掀烘興撲的跪下道：「老大王爺爺在這裡也。」那雲裡霧、霧裡雲、急如火、快如風都是肉眼凡胎，那裡認得真假，也就一同跪倒，磕頭道：「爺爺！小的們是火雲洞聖嬰大王處差來，請老大王爺爺去吃唐僧肉，壽延千紀哩。」行者借口答道：「孩兒們起來，同我回家去，換了衣服來也。」小妖叩頭道：「望爺爺方便，不消回府罷。路程遙遠，恐我大王見責。小的們就此請行。」行者笑道：「好乖兒女。也罷，也罷，向前開路，我和你去來。」六怪抖擻精神，向前喝路。大聖隨後而來。

不多時，早到了本處。快如風、急如火撞進洞裡，報：「大王，老大王爺爺來了。」妖王歡喜道：「你們卻中用，這等來的快。」即便叫：「各路頭目，擺隊伍，開旗鼓，迎接老大王爺爺。」滿洞群妖，遵依旨令，齊齊整整，擺將出去。這行者昂昂烈烈，挺著胸脯，把身子抖了一抖，卻將那架鷹犬的毫毛，都收回身上。拽開大步，徑走入門裡，坐在南面當中。紅孩兒當面跪下，朝上叩頭道：「父王，孩兒拜揖。」行者道：「孩兒免禮。」那妖王四大拜畢，立於下手。行者道：「我兒，請我來有何事？」妖王躬身道：「孩兒不才，昨日獲得一人，乃東土大唐和尚。常聽得人講，他是一個十世修行之人，有人吃他一塊肉，壽似蓬瀛不老仙。愚男不敢自食，特請父王同享唐僧之肉，壽延千紀。」

行者聞言，打了個失驚道：「我兒，是那個唐僧？」妖王道：「是往西天取經的人也。」行者道：「我兒，可是孫行者師父麼？」妖王道：「正是。」行者擺手搖頭道：「莫惹他！莫惹他！別的還好惹，孫行者是那樣人哩，我賢郎，你不曾會他？那猴子神通廣大，變化多端。他曾大鬧天宮。玉皇上帝差十萬天兵，布下天羅地網，也不曾捉得他。你怎麼敢吃他師父！快早送出去還他，不要惹那猴子。他若打聽著你吃了他師父，他也不來和你打，他只把那金箍棒往山腰裡搠個窟窿，連山都掬了去。我兒，弄得你何處安身，教我倚靠何人養老！」

妖王道：「父王說那裡話，長他人志氣，滅孩兒的威風。那孫行者共有兄弟三人，領唐僧在我半山之中，被我使個變化，將他師父攝來，他與那豬八戒當時尋到我的門前，講甚麼攀親托熟之言，被我怒發沖天，與他交戰幾合，也只如此，不見甚麼高作。那豬八戒刺邪裡就來助戰，是孩兒吐出三昧真火，把他燒敗了一陣。慌得他去請四海龍王助雨，又不能滅得我三昧真火；被我燒了一個小發昏，連忙著豬八戒去請南海觀音菩薩。是我假變觀音，把豬八戒賺來，見吊在如意袋中，也要蒸他與眾小的們吃哩。那行者今早又來我的門首吆喝，我傳令教拿他，慌得他把包袱都丟下，走了。卻才去請父王來看看唐僧活相，方可蒸與你吃，延壽長生不老也。」

行者笑道：「我賢郎啊，你只知有三昧火贏得他，不知他有七十二般變化哩！」妖王道：「憑他怎麼變化，我也認得。諒他決不敢進我門。」行者道：「我兒，你雖然認得他，他卻不變大的，如狼犺大象，恐進不得你門；他若變作小的，你卻難認。」妖王道：「憑他變甚小的。我這裡每一層門上，有四五個小妖把守，他怎生得入！」行者道：「你是不知。他會變蒼蠅、蚊子、虼蚤，或是蜜蜂、蝴蝶並蟭蟟蟲等項，又會變我模樣，你卻那裡認得？」妖王道：「勿慮；他就是鐵膽銅心，也不敢近我門來也。」

行者道：「既如此說，賢郎甚有手段，實是敵得他過，方來請我吃唐僧的肉；奈何我今日還不吃哩。」妖王道：「如何不吃？」行者道：「我近來年老，你母親常勸我作些善事。我想無甚作善，且持些齋戒。」妖王道：「不知父王是長齋，是月齋？」行者道：「也不是長齋，也不是月齋，喚做『雷齋』。每月只該四日。」妖王問：「是那四日？」行者道：「三辛逢初六。今朝是辛酉日，一則當齋，二來酉不會客。且等明日，我去親自刷洗蒸他，與兒等同享罷。」

那妖王聞言，心中暗想道：「我父王平日吃人為生，今活彀有一千餘歲，怎麼如今又吃起齋來了？想當初作惡多端，這三四日齋戒，那裡就積得過來。此言有假，可疑！可疑！」即抽身走出二門之下，叫六健將來問：「你們老大王是那裡請來的？」小妖道：「是半路請來的。」妖王道：「我說你們來的快。不曾到家麼？」小妖道：「是，不曾到家。」妖王道：「不好了！著了他假也！這不是老大王！」小妖一齊跪下道：「大王，自家父親，也認不得？」妖王道：「觀其形容動靜都像，只是言語不像。只怕著了他假，吃了人虧。你們都要仔細：會使刀的，刀要出鞘；會使槍的，槍要磨明；會使棍的，使棍；會使繩的，使繩。待我再去問他，看他言語如何。若果是老大王，莫說今日不吃，明日不吃，便遲個月何妨！假若言語不對，只聽我哏的一聲，就一齊下手。」群魔各各領命訖。

這妖王復轉身到於裡面，對行者當面又拜。行者道：「孩兒，家無常禮，不須拜；但有甚話，只管說來。」妖王伏於地下道：「愚男一則請來奉獻唐僧之肉，二來有句話兒上請。我前日閒行，駕祥光，直至九霄空內，忽逢著祖廷道齡張先生。」行者道：「可是做天師的張道齡麼？」妖王道：「正是。」行者問曰：「有甚話說？」妖王道：「他見孩兒生得五官周正，三停平等（身體勻稱。三停指身體面部的上、中、下三部分），他問我是幾年、那月、那日、那時出世。兒因年幼，記得不真。先生子平（指占卜、星象之術）精熟，要與我推看五星。今請父王，正欲問此。倘或下次再得會他，好煩他推算。」

行者聞言，坐在上面暗笑道：「好妖怪呀！老孫自歸佛果，保唐師父，一路上也捉了幾個妖精，不似這廝克剝（刻薄）。他問我甚麼家長禮短，少米無柴的話說，我也好信口揑膿（編造）答他。他如今問我生年月日，我卻怎麼知道！」好猴王，也十分乖巧，巍巍端坐中間，也無一些兒懼色，面上反喜盈盈的笑道：「賢郎請起。我因年老，連日有事不遂心懷，把你生時果偶然忘了。且等到明日回家，問你母親便知。」

妖王道：「父王把我八個字時常不離口論說，說我有同天不老之壽，怎麼今日一旦忘了！豈有此理！必是假的！」哏的一聲，群妖槍刀簇擁，望行者沒頭沒臉的扎來。這大聖使金箍棒架住了，現出本相，對妖精道：「賢郎，你卻沒理。那裡兒子好打爺的？」那妖王滿面羞慚，不敢回視。行者化金光，走出他的洞府。小妖道：「大王，孫行者走了。」妖王道：「罷！罷！罷！讓走了罷！我吃他這一場虧也！且關了門，莫與他打話(搭話)，只來刷洗唐僧，蒸吃便罷。」

卻說那行者搴著鐵棒，呵呵大笑，自澗那邊而來。沙僧聽見，急出林迎著道：「哥啊，這半日方回，如何這等哂笑，想救出師父來也？」行者道：「兄弟，雖不曾救得師父，老孫卻得個上風來了。」沙僧道：「甚麼上風？」行者道：「原來豬八戒被那怪假變觀音哄將回來，吊於皮袋之內。我欲設法救援，不期他著甚麼六健將去請老大王來吃師父肉。是老孫想著他老大王必是牛魔王，就變了他的模樣，充將進去，坐在中間。他叫父王，我就應他；他便叩頭，我就直受。著實快活！果然得了上風！」沙僧道：「哥啊，你便圖這般小便宜，恐師父性命難保。」行者道：「不須慮，等我去請菩薩來。」沙僧道：「你還腰疼哩。」行者道：「我不疼了。古人云：『人逢喜事精神爽。』你看著行李、馬匹，等我去。」沙僧道：「你置下仇了，恐他害我師父。你須快去快來。」行者道：「我來得快，只消頓飯時，就回來矣。」

好大聖，說話間躲離了沙僧，縱筋斗雲，徑投南海。在那半空裡，那消半個時辰，望見普陀山景。須臾，按下雲頭，直至落伽崖上。端肅正行，只見二十四路諸天迎著道：「大聖，那裡去？」行者作禮畢，道：「要見菩薩。」諸天道：「少停，容通報。」時有鬼子母諸天來潮音洞外報道：「菩薩得知，孫悟空特來參見。」菩薩聞報，即命進去。大聖斂衣皈命，捉定步，徑入裡邊，見菩薩倒身下拜。菩薩道：「悟空，你不領金蟬子西方求經去，卻來此何幹？」行者道：「上告菩薩。弟子保護唐僧前行，至一方，乃號山枯松澗火雲洞。有一個紅孩兒妖精，喚作聖嬰大王，把我師父攝去。是弟子與豬悟能等尋至門前，與他交戰。他放出三昧火來，我等不能取勝，救不出師父。急上東洋大海，請到四海龍王，施雨水，又不能勝火，把弟子都熏壞了，幾乎喪了殘生。」菩薩道：「既他是三昧火，神通廣大，怎麼去請龍王，不來請我？」行者道：「本欲來的，只是弟子被煙熏了，不能駕雲，卻教豬八戒來請菩薩。」菩薩道：「悟能不曾來呀。」行者道：「正是。未曾到得寶山，被那妖精假變做菩薩模樣，把豬八戒又賺入洞中，現吊在一個皮袋裡，也要蒸吃哩。」

菩薩聽說，心中大怒道：「那潑妖敢變我的模樣！」恨了一聲，將手中寶珠淨瓶往海心裡撲的一摜，唬得那行者毛骨竦然，即起身侍立下面，道：「這菩薩火性不退，好是怪老孫說的話不好，壞了他的德行，就把淨瓶摜了。可惜！可惜！早知送了我老孫，卻不是一件大人事？」

說不了，只見那海當中，翻波跳浪，鑽出個瓶來。原來是一個怪物馱著出來。行者仔細看那馱瓶的怪物，怎生模樣：

根源出處號幫泥，水底增光獨顯威。
世隱能知天地性，安藏偏曉鬼神機。
藏身一縮無頭尾，展足能行快似飛。
文王畫卦曾元卜，常納庭台伴伏羲。
雲龍透出千般俏，號水推波把浪吹。
條條金線穿成甲，點點裝成彩玳瑁。
九宮八卦袍披定，散碎鋪遮綠燦衣。
生前好勇龍王幸，死後還馱佛祖碑。

要知此物名和姓，與風作浪惡烏龜。

那龜馱著淨瓶，爬上崖邊，對菩薩點頭二十四點，權為二十四拜。行者見了，暗笑道：「原來是看瓶的。想是不見瓶，就問他要。」菩薩道：「悟空，你在下面說甚麼？」行者道：「沒說甚麼。」菩薩教：「拿上瓶來。」這行者即去拿瓶，唉！莫想拿得他動。好便似蜻蜓撼石柱，怎生搖得半分毫？行者上前跪下道：「菩薩，弟子拿不動。」菩薩道：「你這猴頭，只會說嘴。瓶兒你也拿不動，怎麼去降妖縛怪？」行者道：「不瞞菩薩說。平日拿得動，今日拿不動。想是吃了妖精虧，筋力弱了。」菩薩道：「常時是個空瓶；如今是淨瓶拋下海去，這一時間，轉過了三江五湖，八海四瀆，溪源潭洞之間，共借了一海水在裡面。你那裡有架海的斤量，此所以拿不動也。」行者合掌道：「是弟子不知。」

那菩薩走上前，將右手輕輕的提起淨瓶，托在左手掌上。只見那龜點點頭，鑽下水去了。行者道：「原來是個養家看瓶的夯貨！」菩薩坐定道：「悟空，我這瓶中甘露水漿，比那龍王的私雨不同：能滅那妖精的三昧火。待要與你拿了去，你卻拿不動；待要著善財龍女與你同去，你卻又不是好心，專一隻會騙人。你見我這龍女貌美，淨瓶又是個寶物，你假若騙了去，卻那有工夫又來尋你？你須是留些甚麼東西作當。」

行者道：「可憐！菩薩這等多心。我弟子自秉沙門，一向不幹那樣事了。你教我留些當頭，卻將何物？我身上這件綿布直裰，還是你老人家賜的。這條虎皮裙子，能值幾個銅錢？這根鐵棒，早晚卻要護身。但只是頭上這個箍兒，是個金的，卻又被你弄了個方法兒長在我頭上，取不下來。你今要當頭，情願將此為當。你念個《鬆箍兒咒》，將此除去罷；不然，將何物為當？」菩薩道：「你好自在啊！我也不要你的衣服、鐵棒、金箍；只將你那腦後救命的毫毛拔一根與我作當罷。」行者道：「這毫毛，也是你老人家與我的。但恐拔下一根，就拆破群了，又不能救我性命。」菩薩罵道：「你這猴子！你便一毛也不拔，教我這善財也難捨。」行者笑道：「菩薩，你卻也多疑。正是『不看僧面看佛面』。千萬救我師父一難罷！」那菩薩：

逍遙欣喜下蓮台，雲步香飄上石崖。
只為聖僧遭障害，要降妖怪救回來。

孫大聖十分歡喜，請觀音出了潮音仙洞。諸天大神都列在普陀岩上。菩薩道：「悟空，過海。」行者躬身道：「請菩薩先行。」菩薩道：「你先過去。」行者磕頭道：「弟子不敢在菩薩面前施展。若駕筋斗雲啊，掀露身體，恐菩薩怪我不敬。」菩薩聞言，即著善財龍女去蓮花池裡，劈一瓣蓮花，放在石岩下邊水上，教行者：「你上那蓮花瓣兒，我渡你過海。」行者見了道：「菩薩，這花瓣兒，又輕又薄，如何載得我起！這一屣翻跌下水去，卻不濕了虎皮裙？走了硝，天冷怎穿！」菩薩喝道：「你且上去看！」行者不敢推辭，舍命往上跳。果然先見輕小，到上面比海船還大三分。行者歡喜道：「菩薩，載得我了。」菩薩道：「既載得，如何不過去？」行者道：「又沒個篙、槳、篷、桅，怎生得過？」菩薩道：「不用。」只把他一口氣吹開吸攏，又著實一口氣，吹過南洋苦海，得登彼岸。行者卻腳屣實地，笑道：「這菩薩賣弄神通，把老孫這等呼來喝去，全不費力也！」

那菩薩吩咐概眾諸天各守仙境，著善財龍女閉了洞門，他卻縱祥雲，躲離普陀岩，到那邊叫：「惠岸何在？」惠岸乃托塔李天王第二個太子，俗名木吒是也。乃菩薩親傳授的徒弟，不離左右，稱為護法惠岸行者，即對菩薩合掌伺候。菩薩道：「你快上界去，見你父王，問他借天罡刀來一用。」惠岸道：「師父用著幾何？」菩薩道：「全副都要。」

惠岸領命，即駕雲頭，徑入南天門裡，到雲樓宮殿，見父王下拜。天王見了，問：「兒從何來？」木吒道：「師父是孫悟空請來降妖，著兒拜上父王，將天罡刀借了一用。」天王即喚哪吒將刀取三十六把，遞與木吒。木吒對哪吒說：「兄弟，你回去多拜上母親：我事緊急，等送刀來再磕頭罷。」忙忙相別，按落祥光，徑至南海，將刀捧與菩薩。

菩薩接在手中，拋將去，念個咒語，只見那刀化作一座千葉蓮台。菩薩縱身上去，端坐在中間。行者在旁暗笑道：「這菩薩省使儉用。那蓮花池裡有五色寶蓮台，捨不得坐將來，卻又問別人去借。」菩薩道：「悟空，休言語，跟我來也。」卻才都駕著雲頭，離了海上。白鸚哥展翅前飛，孫大聖與惠岸隨後。

頃刻間，早見一座山頭。行者道：「這山就是號山了。從此處到那妖精門首，約摸有四百餘里。」菩薩聞言，即命住下祥雲，在那山頭上念一聲「唵」字咒語，只見那山左山右，走出許多神鬼，卻乃是本山土地眾神，都到菩薩寶蓮座下磕頭。菩薩道：「汝等俱莫驚張。我今來擒此魔王。你與我把這團圍打掃乾淨，要三百里遠近地方，不許一個生靈在地。將那窩中小獸，窟內雛蟲，都送在巔峰之上安生。」眾神遵依而退。須臾間，又來回覆。菩薩道：「既然乾淨，俱各回祠。」遂把淨瓶扳倒，唿喇喇傾出水來，就如雷響。真個是：

漫過山頭，沖開石壁。漫過山頭如海勢，沖開石壁似汪洋。黑霧漲天全水氣，滄波影日幌寒光。遍崖沖玉浪，滿海長金蓮。菩薩大展降魔法，袖中取出定身禪。化做落伽仙景界，真如南海一般般。秀蒲挺出曇花嫩，香草舒開貝葉鮮。紫竹幾竿鸚鵡歇，青松數簇鷓鴣喧。萬迭波濤連四野，只聞風吼水漫天。

孫大聖見了，暗中贊嘆道：「果然是一個大慈大悲的菩薩！若老孫有此法力，將瓶兒望山一倒，管甚麼禽獸蛇蟲哩！」菩薩叫：「悟空，伸手過來。」行者即忙斂袖，將左手伸出。菩薩拔楊柳枝，蘸甘露，把他手心裡寫一個「迷」字。教他：「捏著拳頭，快去與那妖精索戰，許敗不許勝。敗將來我這跟前，我自有法力收他。」

行者領命。返雲光，徑來至洞口。一隻手使拳，一隻手使棒，高叫道：「妖怪開門！」那些小妖，又進去報道：「孫行者又來了！」妖王道：「緊關了門！莫睬他！」行者叫道：「好兒子！把老子趕在門外，還不開門！」小妖又報道：「孫行者罵出那話兒來了！」妖王只教：「莫睬他！」行者叫兩次，見不開門，心中大怒，舉鐵棒，將門一下打了一個窟窿。慌得那小妖跌將進去道：「孫行者打破門了！」妖王見報幾次，又聽說打破前門，急縱身跳將出去，挺長槍，對行者罵道：「這猴子，老大不識起倒（不知好歹）！我讓你得些便宜，你還不知盡足，又來欺我！打破我門，你該個甚麼罪名？」行者道：「我兒，你趕老子出門，你該個甚麼罪名？」

那妖王羞怒，綽長槍劈胸便刺；這行者舉鐵棒，架隔相還。一番搭上手，鬥經四五個回合，行者捏著拳頭，拖著棒，敗將下來。那妖王立在山前道：「我要刷洗唐僧去哩！」行者道：「好兒子，天看著你哩！你來！」那妖精聞言，愈加嗔怒，喝一聲，趕到面前，挺槍又刺。這行者掄棒又戰幾合，敗陣又走。那妖王罵道：「猴子，你在前有二三十合的本事，你怎麼如今正鬥時就要走了，何也？」行者笑道：「賢郎，老子怕你放火。」妖精道：「我不放火了，你上來。」行者道：「既不放火，走開些。好漢子莫在家門前打人。」那妖精不知是詐，真個舉槍又趕。行者拖了棒，放了拳頭。那妖王著了迷亂，只情追趕。前走的如流星過度，後走的如弩箭離弦。

不一時，望見那菩薩了。行者道：「妖精，我怕你了。你饒我罷。你如今趕至南海觀音菩薩處，怎麼還不回去？」那妖王不信，咬著牙，只管趕來。行者將身一幌，藏在那菩薩的神光影裡。這妖精見沒了行者。走近前，睜圓眼，對菩薩道：「你是孫行者請來的救兵麼？」菩薩不答應。妖王拈轉長槍，喝道：「咄！你是孫行者請來的救兵麼？」菩薩也不答應。妖精望菩薩劈心刺一槍來。那菩薩化道金光，徑走上九霄空內。行者跟定道：「菩薩，你好欺負我罷了！那妖精再三問你，你怎麼推聾裝瘂，不敢做聲，被他一槍搠走了，卻把那個蓮台都丟下耶！」菩薩只教：「莫言語，看他再要怎的。」此時行者與木吒俱在空中，並肩同看。只見那妖呵呵冷笑道：「潑猴頭，錯認了我也！他不知把我聖嬰當作個甚人。幾番家戰我不過，又去請個甚麼膿包菩薩來，卻被我一槍，搠得無形無影去了；又把個寶蓮台兒丟了。且等我上去坐坐。」

好妖精，他也學菩薩，盤手盤腳的，坐在當中。行者看見道：「好！好！好！蓮花台兒好送人了！」菩薩道：「悟空，你又說甚麼？」行者道：「說甚！說甚！蓮台送了人了！那妖精坐放臀下，終不得你還要哩？」菩薩道：「正要他坐哩。」行者道：「他的身軀小巧，比你還坐得穩當。」菩薩叫：「莫言語，且看法力。」

他將楊柳枝往下指定，叫一聲「退！」只見那蓮台花彩俱無，祥光盡散，原來那妖王坐在刀尖之上。即命木吒：「使降妖杵，把刀柄兒打打去來。」那木吒按下雲頭，將降魔杵，如築牆一般，築了有千百餘下。那妖精，穿通兩腿刀尖出，血流成汪皮肉開。好怪物，你看他咬著牙，忍著痛，且丟了長槍，用手將刀亂拔。行者卻道：「菩薩啊，那怪物不怕痛，還拔刀哩。」菩薩見了，喚上木吒，「且莫傷他生命。」卻又把楊柳枝垂下，念聲「唵」字咒語，那天罡刀都變做倒鬚鉤兒，狼牙一般，莫能褪得。那妖精卻才慌了，扳著刀尖，痛聲苦告道：「菩薩，我弟子有眼無珠，不識你廣大法力。千乞垂慈，饒我性命！再不敢恃惡，願入法門戒行也。」

菩薩聞言，卻與二行者、白鸚哥低下金光，到了妖精面前。問道：「你可受吾戒行麼？」妖王點頭滴淚道：「若饒性命，願受戒行。」菩薩道：「你可入我門麼？」妖王道：「果饒性命，願入法門。」菩薩道：「既如此，我與你摩頂受戒。」就袖中取出一把金剃頭刀兒，近前去，把那怪分頂剃了幾刀，剃作一個太山壓頂，與他留下三個頂搭，挽起三個窩角揪兒。行者在旁笑道：「這妖精大晦氣！弄得不男不女，不知像個甚麼東西！」菩薩道：「你今既受我戒，我卻也不慢你，稱你做善財童子，如何？」那妖點頭受持，只望饒命。菩薩卻用手一指，叫聲「退！」撞的一聲，天罡刀都脫落塵埃，那童子身軀不損。菩薩叫：「惠岸，你將刀送上天宮，還你父王，莫來接我，先到普陀岩會眾諸天等候。」那木吒領命，送刀上界，回海不題。

卻說那童子野性不定，見那腿疼處不疼，臀破處不破，頭挽了三個揪兒，他走去綽起長槍，望菩薩道：「那裡有甚真法力降我！原來是個掩樣術法兒！不受甚戒！看槍！」望菩薩劈臉刺來。恨得個行者掄鐵棒要打。菩薩只叫：「莫打，我自有懲治。」卻又袖中取出一個金箍兒來道：「這寶貝原是我佛如來賜我往東土尋取經人的『金緊禁』三個箍兒。緊箍兒，先與你戴了；禁箍兒，收了守山大神；這個金箍兒，未曾捨得與人，今觀此怪無禮，與他罷。」好菩薩，將箍兒迎風一幌，叫聲「變！」即變作五個箍兒，望童子身上拋了去，喝聲「著！」一個套在他頭頂上，兩個套在他左右手上，兩個套在他左右腳上。菩薩道：「悟空，走開些，等我念念《金箍兒咒》。」行者慌了道：「菩薩呀，請你來此降妖，如何卻要咒我？」菩薩道：「這篇咒，不是《緊箍兒咒》，咒你的；是《金箍兒咒》，咒那童子的。」行者卻才放心，緊隨左右，聽得他念咒。菩薩捻著訣，默默的念了幾遍，那妖精搓耳揉腮，攢蹄打滾。

正是：一句能通遍沙界，廣大無邊法力深。畢竟不知那童子怎的皈依，且聽下回分解。

第四十三回

黑河妖孽擒僧去　西洋龍子捉鼉回

卻說那菩薩念了幾遍，卻才住口，那妖精就不疼了。又正性起身看處，頸項裡與手足上都是金箍，勒得疼痛，便就除那箍兒時，莫想褪得動分毫。這寶貝已此是見肉生根，越抹越痛。行者笑道：「我那乖乖，菩薩恐你養不大，與你戴個頸圈鐲頭哩。」那童子聞此言，又生煩惱，就此綽起槍來，望行者亂刺。行者急閃身，立在菩薩後面，叫：「念咒！念咒！」

那菩薩將楊柳枝兒，蘸了一點甘露，灑將去，叫聲「合！」只見他丟了槍，一雙手合掌當胸，再也不能開放。至今留了一個「觀音扭」，即此意也。那童子開不得手，拿不得槍，方知是法力深微。沒奈何，才納頭下拜。

菩薩念動真言，把淨瓶敧倒，將那一海水，依然收去，更無半點存留。對行者道：「悟空，這妖精已是降了，卻只是野心不定，等我教他一步一拜，只拜到落伽山，方才收法。你如今快早去洞中，救你師父去來！」行者轉身叩頭道：「有勞菩薩遠涉，弟子當送一程。」菩薩道：「你不消送，恐怕誤了你師父性命。」行者聞言，歡喜叩別。那妖精早歸了正果，五十三參，參拜觀音。

且不題菩薩收了善童子。卻說那沙僧久坐林間，盼望行者不到；將行李捎在馬上，一隻手執著降妖寶杖，一隻手牽著轡繩，出松林向南觀看，只見行者欣喜而來。沙僧迎著道：「哥哥，你怎麼去請菩薩，此時才來！焦殺我也！」行者道：「你還做夢哩。老孫已請了菩薩，降了妖怪。」行者卻將菩薩的法力，備陳了一遍。沙僧十分歡喜道：「救師父去也！」他兩個才跳過澗去，撞到門前，拴下馬匹。舉兵器齊打入洞裡，剿淨了群妖，解下皮袋，放出八戒來。那呆子謝了行者道：「哥哥，那妖精在那裡？等我去築他幾鈀，出出氣來！」行者道：「且尋師父去。」

三人徑至後邊，只見師父赤條條，捆在院中哭哩。沙僧連忙解繩，行者即取衣服穿上。三人跪在面前道：「師父吃苦了。」三藏謝道：「賢徒啊，多累你等。怎生降得妖魔也？」行者又將請菩薩，收童子之言，備陳一遍。三藏聽得，即忙跪下，朝南禮拜。行者道：「不消謝他，轉是我們與他作福，收了一個童子。」如今說童子拜觀音，五十三參，參參見佛，即此是也。教沙僧，將洞內寶物收了。且尋米糧，安排齋飯，管待了師父。那長老得性命全虧孫大聖，取真經只靠美猴精。師徒們出洞來，攀鞍上馬，找大路，篤志投西。

行經一個多月，忽聽得水聲振耳。三藏大驚道：「徒弟呀，又是那裡水聲？」行者笑道：「你這老師父，忒也多疑，做不得和尚。我們一同四眾，偏你聽見甚麼水聲。你把那《多心經》又忘了也？」唐僧道：「《多心經》乃浮屠山烏巢禪師口授，共五十四句，二百七十個字。我當時耳傳，至今常念，你知我忘了那句兒？」行者道：「老師父，你忘了『無眼耳鼻舌身意』。我等出家人，眼不視色，耳不聽聲，鼻不嗅香，舌不嘗味，身不知寒暑，意不存妄想——如此謂之祛褪六賊。你如今為求經，念念在意；怕妖魔，不肯捨身；要齋吃，動舌；喜香甜，嗅鼻；聞聲音，驚耳；睹事物，凝

眸；招來這六賊紛紛，怎生得西天見佛？」三藏聞言，默然沉慮道：「徒弟啊，我

一自當年別聖君，奔波晝夜甚殷勤。芒鞋踏破山頭霧，竹笠衝開嶺上雲。
夜靜猿啼殊可嘆，月明鳥噪不堪聞。何時滿足三三行，得取如來妙法文！」

行者聽畢，忍不住鼓掌大笑道：「這師父原來只是思鄉難息！若要那三三行滿，有何難哉！常言道：『功到自然成』哩。」八戒回頭道：「哥啊，若照依這般魔障凶高，就走上一千年也不得成功！」沙僧道：「二哥，你和我一般，拙口鈍腮（指不善言辭），不要惹大哥熱擦（發火）。且只捱肩磨擔，終須有日成功也。」

師徒們正話間，腳走不停，馬蹄正疾，見前面有一道黑水滔天，馬不能進。四眾停立岸邊，仔細觀看。但見那：

層層濃浪，迭迭渾波。層層濃浪翻烏潦，迭迭渾波捲黑油。近觀不照人身影，遠望難尋樹木形。滾滾一地墨，滔滔千里灰。水沫浮來如積炭，浪花飄起似翻煤。牛羊不飲，鴉鵲難飛。牛羊不飲嫌深黑，鴉鵲難飛怕渺瀰。只是岸上蘆蘋知節令，灘頭花草鬥青奇。湖泊江河天下有，溪源澤洞世間多。人生皆有相逢處，誰見西方黑水河！

唐僧下馬道：「徒弟，這水怎麼如此渾黑？」八戒道：「是那家潑了靛缸了。」沙僧道：「不

然，是誰家洗筆硯哩。」行者道：「你們且休胡猜亂道，且設法保師父過去。」八戒道：「這河若是老豬過去不難；或是駕了雲頭，或是下河負水，不消頓飯時，我就過去了。」沙僧道：「若教我老沙，也只消縱雲屣水，頃刻而過。」行者道：「我等容易，只是師父難哩。」三藏道：「徒弟啊，這河有多少寬麼？」八戒道：「約摸有十來里寬。」三藏道：「你三個計較，著那個馱我過去罷。」行者道：「八戒馱得。」八戒道：「不好馱。若是馱著騰雲，三尺也不能離地。常言道：『背凡人重若丘山。』若是馱著負水，轉連我墜下水去了。」

師徒們在河邊，正都商議，只見那上溜頭，有一人棹下一隻小船兒來。唐僧喜道：「徒弟，有船來了。叫他渡我們過去。」沙僧厲聲高叫道：「棹船的，來渡人！來渡人！」船上人道：「我不是渡船，如何渡人？」沙僧道：「天上人間，方便第一。你雖不是渡船，我們也不是常來打攪你的。我等是東土欽差取經的佛子，你可方便方便，渡我們過去，謝你。」那人聞言，卻把船兒棹近岸邊，扶著槳道：「師父啊，我這船小，你們人多，怎能全渡？」三藏近前看了，那船兒原來是一段木頭刻的，中間只有一個艙口，只好坐下兩個人。三藏道：「怎生是好？」沙僧道：「這般啊，兩遭兒渡罷。」八戒就使心術，要躲懶討乖，道：「悟淨，你與大哥在這邊看著行李、馬匹，等我保師父先過去，卻再來渡馬。教大哥跳過去罷。」行者點頭道：「你說的是。」

那呆子扶著唐僧，那梢公撐開船，舉棹沖流，一直而去。方才行到中間，只聽得一聲響喨，捲浪翻波，遮天迷目。那陣狂風十分利害！好風：

當空一片炮雲起，中溜千層黑浪高。兩岸飛沙迷日色，四邊樹倒振天號。

第四十三回

黑河妖孽擒僧去　西洋龍子捉鼉回

翻江攪海龍神怕，播土揚塵花木雕。呼呼響若春雷吼，陣陣凶如餓虎哮。
蟹鱉魚蝦朝上拜，飛禽走獸失窩巢。五湖船戶皆遭難，四海人家命不牢。
溪內漁翁難把鉤，河間梢子怎撐篙？揭瓦翻磚房屋倒，驚天動地泰山搖。

這陣風，原來就是那棹船人弄的。他本是黑水河中怪物。眼看著那唐僧與豬八戒，連船兒淬在水裡，無影無形，不知攝了那方去也。

這岸上，沙僧與行者心慌道：「怎麼好？老師父步步逢災，才脫了魔障，幸得這一路平安，又遇著黑水沌邅！」沙僧道：「莫是翻了船，我們往下溜頭找尋去。」行者道：「不是翻船；若翻船，八戒會水，他必然保師父負水而出。我才見那個棹船的有些不正氣，想必就是這廝弄風，把師父拖下水去了。」沙僧聞言道：「哥哥何不早說！你看著馬與行李，等我下水找尋去來。」行者道：「這水色不正，恐你不能去。」沙僧道：「這水比我那流沙河如何？去得！去得！」

好和尚，脫了褊衫，紮抹了手腳，掄著降妖寶杖，撲的一聲，分開水路，鑽入波中。大踏步行將進去。正走處，只聽得有人言語。沙僧閃在旁邊，偷睛觀看，那壁廂有一座亭台，台門外橫封了八個大字，乃是「衡陽峪黑水河神府」。又聽得那怪物坐在上面道：「一向辛苦，今日方能得物。這和尚乃十世修行的好人，但得吃他一塊肉，便做長生不老人。我為他也等夠多時，今朝卻不負我志。」教：「小的們！快把鐵籠抬出來，將這兩個和尚囫圇蒸熟，具柬去請二舅爺來，與他暖壽。」沙僧聞言，按不住心頭火起，掣寶杖，將門亂打。口中罵道：「那潑物，快送我唐僧師父與八戒師兄出來！」唬得那門內妖邪，急跑去報：「禍事了！」老怪問：「甚麼禍事？」小妖道：「外面有一個晦氣色臉的和尚，打著前門罵，要人哩。」

那怪聞言，即喚取披掛。小妖抬出披掛，老妖結束整齊。手提一根竹節鋼鞭，走出門來，真個是凶頑毒象。但見：

方面圜睛霞彩亮，捲唇巨口血盆紅。
幾根鐵線稀髯擺，兩鬢朱砂亂發蓬。
形似顯靈真太歲，貌如發怒狠雷公。
身披鐵甲團花燦，頭戴金盔嵌寶濃。
竹節鋼鞭提手內，行時滾滾拽狂風。
生來本是波中物，脫去原流變化凶。
要問妖邪真姓字，前身喚做小鼉龍。

那怪喝道：「是甚人在此打我門哩？」沙僧道：「我把你個無知的潑怪！你怎麼弄玄虛，變作梢公，架船將我師父攝來？快早送還，饒你性命！」那怪呵呵笑道：「這和尚不知死活！你師父是我拿了，如今要蒸熟了請人哩！你上來，與我見個雌雄！三合敵得我啊，還你師父；如三合敵不得，連你一發都蒸吃了，休想西天去也！」沙僧聞言大怒，掄寶杖，劈頭就打。那怪舉鋼鞭，急架相迎。兩個在水底下，這場好殺：

第四十三回

黑河妖孽擒僧去　西洋龍子捉鼉回

降妖杖，竹節鞭，二人怒發各爭先。一個是黑水河中千載怪，一個是靈霄殿外舊時仙。
那個因貪三藏肉中吃，這個為保唐僧命可憐。都來水底相爭鬥，各要功成兩不然。殺得蝦魚
對對搖頭躲，蟹鱉雙雙縮首潛。只聽水府群妖齊擂鼓，門前眾怪亂爭喧。好個沙門真悟淨，
單身獨力展威權！躍浪翻波無勝敗，鞭迎杖架兩牽連。算來只為唐和尚，欲取真經拜佛天。

他二人戰經三十回合，不見高低。沙僧暗想道：「這怪物是我的對手，枉自不能取勝，且引他出去，教師兄打他。」這沙僧虛丟了個架子，拖著寶杖就走。那妖精更不趕來，道：「你去罷，我不與你鬥了。我且具柬帖兒去請客哩。」

沙僧氣呼呼跳出水來，見了行者道：「哥哥，這怪物無禮。」行者問：「你下去許多時才出來，端的是甚妖邪？可曾尋見師父？」沙僧道：「他這裡邊，有一座亭台；台門外橫書八個大字，喚做『衡陽峪黑水河神府』。我閃在旁邊，聽著他在裡面說話，教小的們刷洗鐵籠，待要把師父與八戒蒸熟了，去請他舅爺來暖壽。是我發起怒來，就去打門。那怪物提一條竹節鋼鞭走出來，與我鬥了這半日，約有三十合，不分勝負。我卻使個佯輸法，要引他出來，著你助陣。那怪物乖得緊，他不來趕我，只要回去具柬請客，我才上來了。」行者道：「不知是個甚麼妖邪？」沙僧道：「那模樣像一個大鱉；不然，便是個鼉龍也。」行者道：「不知那個是他舅爺？」

說不了，只見那下灣裡走出一個老人，遠遠的跪下，叫：「大聖，黑水河河神叩頭。」行者道：「你莫是那棹船的妖邪，又來騙我麼？」那老人磕頭滴淚道：「大聖，我不是妖邪，我是這河內真神。那妖精舊年五月間，從西洋海，趁大潮來於此處，就與神交鬥。奈我年邁身衰，敵他不過，把我

坐的那衡陽峪黑水河神府，就占奪去住了，又傷了我許多水族。我卻沒奈何，徑往海內告他。原來西海龍王是他的母舅，不准我的狀子，教我讓與他住。我欲啟奏上天，奈何神微職小，不能得見玉帝。今聞得大聖到此，特來參拜投生。萬望大聖與我出力報冤！」行者聞言道：「這等說，四海龍王都該有罪。他如今攝了我師父與師弟，揚言要蒸熟了，去請他舅爺暖壽，我正要拿他，幸得你來報信。這等啊，你陪著沙僧在此看守，等我去海中，先把那龍王捉來，教他擒此怪物。」河神道：「深感大聖大恩！」

行者即駕雲，徑至西洋大海。按筋斗，捻了避水訣，分開波浪；正然走處，撞見一個黑魚精棒著一個渾金的請書匣兒，從下流頭似箭如梭鑽將上來，被行者撲個滿面，掣鐵棒分頂一下，可憐就打得腦漿迸出，腮骨查開，骨都的一聲，飄出水面。他卻揭開匣兒看處，裡邊有一張簡帖，上寫著：

「愚甥鼉潔，頓首百拜，啟上二舅爺敖老大人台下：向承佳惠，感感。今因獲得二物，乃東土僧人，實為世間之罕物。甥不敢自用。因念舅爺聖誕在邇，特設菲筵，預祝千壽。萬望車駕速臨，是荷！」

行者笑道：「這廝卻把供狀先遞與老孫也！」正才袖了帖子，往前再行。早有一個探海的夜叉，望見行者，急抽身撞上水晶宮報大王：「齊天大聖孫爺爺來了！」那龍王敖順即領眾水族，出宮迎接道：「大聖，請入小宮少座，獻茶。」行者道：「我還不曾吃你的茶，你倒先吃了我的酒也！」龍王笑道：「大聖一向皈依佛門，不動葷酒，卻幾時請我吃酒來？」行者道：「你便不曾去吃酒，只是惹下一個吃酒的罪名了。」敖順大驚道：「小龍為何有罪？」行者袖中取出簡帖兒，遞與龍王。

龍王見了，魂飛魄散，慌忙跪下，叩頭道：「大聖恕罪！那廝是舍妹第九個兒子。因妹夫錯行了風雨，刻減了雨數，被天曹降旨，著人曹官魏徵丞相，夢裡斬了。舍妹無處安身，是小龍帶他到此，恩養成人。前年不幸，舍妹疾故，惟他無方居住，我著他在黑水河養性修真。不期他作此惡孽，小龍即差人去擒他來也。」行者道：「你令妹共有幾個賢郎？都在那裡作怪？」龍王道：「舍妹有九個兒子。那八個都是好的。第一個小黃龍，見居淮瀆；第二個小驪龍，見住濟瀆；第三個青背龍，占了江瀆；第四個赤髯龍，鎮守河瀆；第五個徒勞龍，與佛祖司鐘；第六個穩獸龍，與神宮鎮脊；第七個敬仲龍，與玉帝守擎天華表；第八個蜃龍，在大家兄處，砥據太岳。此乃第九個鼉龍，因年幼無甚執事，自舊年才著他居黑水河養性，待成名，別遷調用；誰知他不遵吾旨，衝撞大聖也。」

行者聞言，笑道：「你妹妹有幾個妹丈？」敖順道：「只嫁得一個妹丈，乃涇河龍王。向年已此被斬，舍妹孀居於此，前年疾故了。」行者道：「一夫一妻，如何生這幾個雜種？」敖順道：「此正謂『龍生九種，九種各別』。」行者道：「我才心中煩惱，欲將簡帖為證，上奏天庭，問你個通同作怪，搶奪人口之罪；據你所言，是那廝不遵教誨，我且饒你這次：一則是看你昆玉分上；二來只該怪那廝年幼無知，你也不甚知情。你快差人擒來，救我師父，再作區處。」敖順即喚太子摩昂：「快點五百蝦魚壯兵，將小鼉捉來問罪。」一壁廂安排酒席，與大聖陪禮。行者道：「龍王再勿多心。既講開饒了你便罷，又何須辦酒？我今須與你令郎同回：一則老師父遭愆，二則我師弟盼望。」

那老龍苦留不住，又見龍女捧茶來獻。行者立飲他一盞香茶，別了老龍，隨與摩昂領兵，離了西海。早到黑水河中。行者道：「賢太子，好生捉怪，我上岸去也。」摩昂道：「大聖寬心，小龍子將他拿上來先見了大聖，懲治了他罪名，把師父送上來，才敢帶回海內，見我家父。」行者欣然相別。捏了避水訣，跳出波津，徑到了東邊崖上。沙僧與那河神迎著道：「師兄，你去時從空而去，怎麼回來卻自河內而回？」行者把那打死魚精，得簡帖，見龍王，與太子同領兵來之事，備陳了一遍。沙僧十分歡喜，都立在岸邊，候接師父不題。

卻說那摩昂太子著介士先到他水府門前，報與妖怪道：「西海老龍王太子摩昂來也。」那怪正坐，忽聞摩昂來，心中疑惑道：「我差黑魚精投簡帖拜請二舅爺，這早晚不見回話，怎麼舅爺不來，卻是表兄來耶？」正說間，只見那巡河的小怪，又來報：「大王，河內有一支兵，屯於水府之西，旗號上書著『西海儲君摩昂小帥』。」妖怪道：「這表兄卻也狂妄：想是舅爺不得來，命他來赴宴；既是赴宴，如何又領兵勞士？咳！但恐其間有故。」教：「小的們，將我的披掛鋼鞭伺候，恐一時變暴。待我且出去迎他，看是何如。」眾妖領命，一個個擦掌摩拳准備。這鼉龍出得門來，真個見一支海兵劄營在右。只見：

征旗飄繡帶，畫戟列明霞。
寶劍凝光彩，長槍纓繞花。
弓彎如月小，箭插似狼牙。
大刀光燦燦，短棍硬沙沙。
鯨鰲並蛤蚌，蟹鱉共魚蝦。
大小齊齊擺，干戈似密麻。

不是元戎令，誰敢亂爬踏！

鼉怪見了，徑至那營門前，厲聲高叫：「大表兄，小弟在此拱候，有請。」有一個巡營的螺螺，急至中軍帳，「報千歲殿下，外有鼉龍叫請哩。」太子按一按頂上金盔，束一束腰間寶帶，手提一根三棱簡，拽開步，跑出營去，道：「你來請我怎麼？」鼉龍進禮道：「小弟今早有簡帖拜請舅爺，想是舅爺見棄，著表兄來的，兄長既來赴席，如何又勞師動眾？不入水府，紮營在此，又貫甲提兵，何也？」太子道：「你請舅爺做甚？」妖怪道：「小弟一向蒙恩賜居於此，久別尊顏，未得孝順。昨日捉得一個東土僧人，我聞他是十世修行的元體，人吃了他，可以延壽，欲請舅爺看過，上鐵籠蒸熟，與舅爺暖壽哩。」太子喝道：「你這廝十分懵懂！你道僧人是誰？」妖怪道：「他是唐朝來的僧人，往西天取經的和尚。」太子道：「你只知他是唐僧，不知他手下徒弟利害哩。」妖怪道：「他有一個長嘴的和尚，喚做個豬八戒，我也把他捉住了，要與唐和尚一同蒸吃。還有一個徒弟，喚做沙和尚，乃是一條黑漢子，晦氣色臉，使一根寶杖。昨日在這門外與我討師父，被我帥出河兵，一頓鋼鞭，戰得他敗陣逃生，也不見怎的利害。」

太子道：「原來是你不知！他還有一個大徒弟，是五百年前大鬧天宮上方太乙金仙齊天大聖；如今保護唐僧往西天拜佛求經，是普陀岩大慈大悲觀音菩薩勸善，與他改名，喚做孫悟空行者。你怎麼沒得做，撞出這件禍來？他又在我海內遇著你的差人，奪了請帖，徑入水晶宮，拿捏我父子們，有『結連妖邪，搶奪人口』之罪。你快把唐僧、八戒送上河邊，交還了孫大聖，憑著我與他陪禮，你還好得性命；若有半個『不』字，休想得全生居於此也！」

那怪鼉聞此言，心中大怒道：「我與你嫡親的姑表，你倒反護他人！聽你所言，就教把唐僧送出；天地間那裡有這等容易事也！你便怕他，莫成我也怕他？他若有手段，敢來我水府門前，與我交戰三合，我才與他師父；若敵不過我，就連他也拿來，一齊蒸熟，也沒甚麼親人，也不去請客，自家關了門，教小的們唱唱舞舞，我坐在上面，自自在在，吃他娘不是！」

太子見說，開口罵道：「這潑邪！果然無狀！且不要教孫大聖與你對敵，你敢與我相持麼？」那怪道：「要做好漢，怕甚麼相持！」教：「取披掛！」呼喚一聲，眾小妖跟隨左右，獻上披掛，捧上鋼鞭。他兩個變了臉，各逞英雄；傳號令，一齊擂鼓。這一場比與沙僧爭鬥，甚是不同，但見那：

旌旗照耀，戈戟搖光。這壁廂營盤解散，那壁廂門戶開張。摩昂太子提金簡，鼉怪掄鞭急架償。一聲炮響河兵烈，三棒鑼鳴海士狂。蝦與蝦爭，蟹與蟹鬥。鯨鰲吞赤鯉，鯾鮊起黃鱨。鯊鯔吃鮝鯖魚走，牡蠣擒蟶蛤蚌慌。少揚刺硬如鐵棍，鯿司針利似鋒芒。鱔追白蟺，鱸鱠捉烏鯧。一河水怪爭高下，兩處龍兵定弱強。混戰多時波浪滾，摩昂太子賽金剛。喝聲金簡當頭重，拿住妖鼉作怪王。

這太子將三棱簡閃了一個破綻，那妖精不知是詐，鑽將進來；被他使個解數，把妖精右臂，只一簡，打了個躘踵；趕上前，又一拍腳，跌倒在地。眾海兵一擁上前，揪翻住，將繩子背綁了雙手，將鐵索穿了琵琶骨，拿上岸來。押至孫行者面前道：「大聖，小龍子捉住妖鼉，請大聖定奪。」

行者與沙僧見了道：「你這廝不遵旨令。你舅爺原著你在此居住，教你養性存身，待你名成之日，別有遷用；你怎麼強占水神之宅，倚勢行凶，欺心誑上，弄玄虛，騙我師父、師弟？我待要打你這一棒，奈何老孫這棒子甚重，略打打兒就了了性命。你將我師父安在何處哩？」那怪叩頭不住道：「大聖，小鼉不知大聖大名。卻才逆了表兄，騁強背理，被表兄把我拿住。今見大聖，幸蒙大聖不殺之恩，感謝不盡。你師父還捆在那水府之間，望大聖解了我的鐵索，放了我手，等我到河中送他出來。」摩昂在旁道：「大聖，這廝是個逆怪，他極奸詐；若放了他，恐生惡念。」沙和尚道：「我認得他那裡，等我尋師父去。」

他兩個跳入水中，徑至水府門前。那裡門扇大開，更無一個小卒。直入亭台裡面，見唐僧、八戒，赤條條都捆在那裡。沙僧即忙解了師父，河神亦隨解了八戒，一家背著一個，出水面，徑至岸邊。豬八戒見那妖精鎖綁在側，急掣鈀上前就築，口裡罵道：「潑邪畜！你如今不吃我了？」行者扯住道：「兄弟，且饒他死罪罷。看敖順賢父子之情。」摩昂進禮道：「大聖，小龍子不敢久停。既然救得你師父，我帶這廝去見家父；雖大聖饒了他死罪，家父決不饒他活罪，定有發落處置，仍回覆大聖謝罪。」行者道：「既如此，你領他去罷。多多拜上令尊，尚容面謝。」那太子押著那妖鼉，投水中，帥領海兵，徑轉西洋大海不題。

卻說那黑水河神謝了行者，道：「多蒙大聖復得水府之恩！」唐僧道：「徒弟啊，如今還在東岸，如何渡此河也？」河神道：「老爺勿慮，且請上馬，小神開路，引老爺過河。」那師父才騎了白馬，八戒採著韁繩，沙和尚挑了行李，孫行者扶持左右，只見河神作起阻水的法術，將上流擋住。須臾，下流撤乾，開出一條大路。師徒們行過西邊，謝了河神，登崖上路。

這正是：禪僧有救來西域，徹地無波過黑河。畢竟不知怎生得拜佛求經，且聽下回分解。

第四十四回

法身元運逢車力　心正妖邪度脊關

詩曰：

求經脫障向西遊，無數名山不盡休。兔走烏飛催晝夜，鳥啼花落自春秋。
微塵眼底三千界，錫杖頭邊四百州。宿水餐風登紫陌，未期何日是回頭。

話說唐三藏幸虧龍子降妖，黑水河神開路，師徒們過了黑水河，找大路一直西來。真個是迎風冒雪，戴月披星。行彀多時，又值早春天氣。但見：

三陽轉運，萬物生輝。三陽轉運，滿天明媚開圖畫；萬物生輝，遍地芳菲設繡茵。梅殘數點雪，麥漲一川雲。漸開冰解山泉溜，盡放萌芽沒燒痕。正是那：太昊乘震（指春天到來），勾芒御辰；花香風氣暖，雲淡日光新。道旁楊柳舒青眼，膏雨滋生萬象春。

第四十四回

法身元運逢車力　心正妖邪度脊關

師徒們在路上，游觀景色，緩馬而行，忽聽得一聲吆喝，好便似千萬人吶喊之聲。唐三藏心中害怕，兜住馬不能前進，急回頭道：「悟空，是那裡這等響振？」八戒道：「好一似地裂山崩。」沙僧道：「也就如雷聲霹靂。」三藏道：「還是人喊馬嘶。」孫行者笑道：「你們都猜不著，且住，待老孫看是何如。」

好行者，將身一縱，踏雲光，起在空中，睜眼觀看，遠見一座城池；又近覷，倒也祥光隱隱，不見甚麼凶氣紛紛。行者暗自沉吟道：「好去處！如何有響聲振耳？那城中又無旌旗閃灼，戈戟光明，又不是炮聲響振，何以若人馬喧嘩？」正議間，只見那城門外，有一塊沙灘空地，攢簇了許多和尚，在那裡扯車兒哩。原來是一齊著力打號，齊喊「大力王菩薩」，所以驚動唐僧。

行者漸漸按下雲頭來看處，呀！那車子裝的都是磚瓦木植土坯之類；灘頭上坡阪最高，又有一道夾脊小路，兩座大關；關下之路都是直立壁陡之崖，那車兒怎麼拽得上去？雖是天色和暖，那些人卻也衣衫襤褸。看此相十分窘迫，行者心疑道：「想是修蓋寺院。他這裡五穀豐登，尋不出雜工人來，所以這和尚親自努力。」正自猜疑未定，只見那城門裡，搖搖擺擺，走出兩個少年道士來。你看他怎生打扮。但見他：

頭戴星冠，身披錦繡。頭戴星冠光耀耀，身披錦繡彩霞飄。足踏雲頭履，腰繫熟絲絛。
面如滿月多聰俊，形似瑤天仙客嬌。

那些和尚見道士來，一個個心驚膽戰，加倍著力，恨苦的拽那車子。行者就曉得了：「咦！想必這和尚們怕那道士：不然啊，怎麼這等著力拽扯？我曾聽得人言，西方路上，有個敬道滅僧之處，斷乎此間是也。我待要回報師父，奈何事不明白，返惹他怪，敢道這等一個伶俐之人，就不能探個實信。且等下去問得明白，好回師父話。」

你道他來問誰？好大聖，按落雲頭，去郡城腳下，搖身一變，變做個游方的雲水全真，左臂上掛著一個水火籃兒，手敲著漁鼓，口唱著道情詞，近城門，迎著兩個道士，當面躬身道：「道長，貧道起手。」那道士還禮道：「先生那裡來的？」行者道：「我弟子雲游於海角，浪蕩在天涯。今朝來此處，欲募善人家。動問二位道長，這城中那條街上好道？那個巷裡好賢？我貧道好去化些齋吃。」那道士笑道：「你這先生，怎麼說這等敗興的話？」行者道：「何為敗興？」道士道：「你要化些齋吃，卻不是敗興？」行者道：「出家人以乞化為由，卻不化齋吃，怎生有錢買？」道士笑道：「你是遠方來的，不知我這城中之事。我這城中，且休說文武官員好道，富民長者愛賢，大男小女見我等拜請奉齋，這般都不須掛齒，頭一等就是萬歲君王好道愛賢。」行者道：「我貧道一則年幼，二則是遠方乍來，實是不知。煩二位道長將這裡地名、君王好道愛賢之事，細說一遍，足見同道之情。」道士說：「此城名喚車遲國。寶殿上君王與我們有親。」

行者聞言，呵呵笑道：「想是道士做了皇帝？」他道：「不是。只因這二十年前，民遭亢旱，天無點雨，地絕穀苗，不論君臣黎庶，大小人家，家家沐浴焚香，戶戶拜天求雨。正都在倒懸捱命之處，忽然天降下三個仙長來，俯救生靈。」行者問道：「是那三個仙長？」道士說：「便是我家師父。」行者道：「尊師甚號！」道士云：「我大師父，號做虎力大仙；二師父，鹿力大仙；三師父，羊力大仙。」行者問曰：「三位尊師，有多少法力？」道士云：「我那師父，呼風喚雨，只在翻掌之間；指水為油，點石成金，卻如轉身之易；所以有這般法力，能奪天地之造化，換星斗之玄微，君臣相敬，與我們結為親也。」行者道：「這皇帝十分造化。常言道：『術動公卿。』老師父有這般手段，結了親，其實不虧他。噫，不知我貧道可有星星緣法，得見那老師父一面哩？」道士笑曰：「你要見我師父，有何難處！我兩個是他靠胸貼肉的徒弟，我師父卻又好道愛賢，只聽見說個『道』字，就也接出大門。若是我兩個引進你，乃吹灰之力。」

行者深深的唱個大喏道：「多承舉薦，就此進去罷。」道士說：「且少待片時，你在這裡坐下，等我兩個把公事幹了來，和你進去。」行者道：「出家人無拘無束，自由自在，有甚公幹？」道士用手指定那沙灘上僧人：「他做的是我家生活，恐他躲懶，我們去點他一卯就來。」行者笑道：「道長差了；僧道之輩都是出家人，為何他替我們做活，伏我們點卯？」道士云：「你不知道。因當年求雨之時，僧人在一邊拜佛，道士在一邊告斗（道教祭告斗星之神——斗君，以求福除災），都請朝廷的糧償；誰知那和尚不中用，空念空經，不能濟事。後來我師父一到，喚雨呼風，拔濟了萬民塗炭。卻才惱了朝廷，說那和尚無用，拆了他的山門，毀了他的佛像，追了他的度牒，不放他回鄉，御賜與我們家做活，就當小廝一般。我家裡燒火的，也是他；掃地的，也是他；頂門的，也是他。因為後邊還有住房，未曾完備，著這和尚來拽磚瓦，拖木植，起蓋房宇。只恐他貪頑躲懶，不肯拽車，所以著我兩個去查點查點。」

行者聞言，扯住道士滴淚道：「我說我無緣，真個無緣，不得見老師父尊面！」道士云：「如何不得見面？」行者道：「我貧道在方上雲游，一則是為性命，二則也為尋親。」道士問：「你有甚麼親？」行者道：「我有一個叔父，自幼出家，削髮為僧。向日年程飢饉，也來外面求乞。這幾年不見回家，我念祖上之恩，特來順便尋訪。想必是羈遲在此等地方，不能脫身，未可知也。我怎的尋著他，見一面，才可與你進城。」道士云：「這般卻是容易。我兩個且坐下，即煩你去沙灘上替我一查。只點頭目有五百名數目便罷。看內中那個是你令叔。果若有呀，我們看道中情分，放他去了，卻與你進城好麼？」

行者頂謝不盡，長揖一聲，別了道士，敲著漁鼓，徑往沙灘之上。過了雙關，轉下夾脊，那和尚一齊跪下磕頭道：「爺爺，我等不曾躲懶，五百名半個不少，都在此扯車哩。」行者看見，暗笑道：「這些和尚，被道士打怕了，見我這假道士就這般悚懼。若是個真道士，好道也活不成了。」行者又搖手道：「不要跪，休怕。我不是監工的，我來此是尋親的。」眾僧們聽說認親，就把他圈子陣圍將上來，一個個出頭露面，咳嗽打響，巴不得要認出去。道：「不知那個是他親哩。」行者認了一會，呵呵笑將起來。眾僧道：「老爺不認親，如何發笑？」行者道：「你們知我笑甚麼？笑你這些和尚全不長俊（長進）！父母生下你來，皆因命犯華蓋，妨爺克娘，或是不招姊妹，才把你捨斷了出家；你怎的不遵三寶，不敬佛法，不去看經拜懺，卻怎麼與道士傭工，作奴婢使喚？」眾僧道：「老爺，你來羞我們哩！你老人家想是個外邊來的，不知我這裡利害。」行者道：「果是外方來的，其實不知你這裡有甚利害。」

眾僧滴淚道：「我們這一國君王，偏心無道，只喜得是老爺等輩，惱的是我們佛子。」行者道：「為何來？」眾僧道：「只因呼風喚雨，三個仙長來此處，滅了我等；哄信君王，把我們寺拆了，度牒追了，不放歸鄉，亦不許補役當差，賜與那仙長家使用，若苦難當！但有個游方道者至此，即請拜王領賞；若是和尚來，不分遠近，就拿來與仙長家傭工。」行者道：「想必那道士還有甚麼巧法術，誘了君王？若只是呼風喚雨，也都是旁門小法術耳，安能動得君心？」眾僧道：「他會摶砂煉汞，打坐存神，點水為油，點石成金。如今興蓋三清觀宇，對天地晝夜看經懺悔，祈君王萬年不老，所以就把君心惑動了。」

行者道：「原來這般。你們都走了便罷。」眾僧道：「老爺，走不脫！那仙長奏准君王，把我們畫了影身圖，四下裡長川張掛。他這車遲國地界也寬，各府州縣鄉村店集之方，都有一張和尚圖，上面是御筆親題。若有官職的，拿得一個和尚，高升三級；無官職的，拿得一個和尚，就賞白銀五十兩，所以走不脫。且莫說是和尚，就是剪鬃、禿子、毛稀的，都也難逃。四下裡快手又多，緝事的又廣，憑你怎麼也是難脫。我們沒奈何，只得在此苦捱。」

行者道：「既然如此，你們死了便罷。」眾僧道：「老爺，有死的。到處捉來與本處和尚，也共有二千餘眾。到此熬不得苦楚，受不得爊煎，忍不得寒冷，服不得水土，死了有六七百，自盡了有七八百；只有我這五百個不得死。」行者道：「怎麼不得死？」眾僧道：「懸梁繩斷，刀刎不疼；投河的飄起不沉，服藥的身安不損。」行者道：「你卻造化，天賜汝等長壽哩！」眾僧道：「老爺呀，你少了一個字兒，是『長受罪』哩！我等日食三餐，乃是糙米熬得稀粥。到晚就在沙灘上冒露安身。才合眼，就有神人擁護。」行者道：「想是累苦了，見鬼麼？」眾僧道：「不是鬼，乃是六丁六甲、護教伽藍。但至夜，就來保護。但有要死的，就保著，不教他死。」行者道：「這些神卻也沒理；只該教你們早死早生天，卻來保護怎的？」眾僧道：「他在夢寐中勸解我們，教『不要尋死，且苦捱著，等那東土大唐聖僧，往西天取經的羅漢。他手下有個徒弟，乃齊天大聖，神通廣大，專秉忠良之心，與人間報不平之事，濟困扶危，恤孤念寡。只等他來顯神通，滅了道士，還敬你們沙門禪教哩。』」

行者聞得此言，心中暗笑道：「莫說老孫無手段，預先神聖早傳名。」他急抽身，敲著漁鼓，別了眾僧，徑來城門口，見了道士。那道士迎著道：「先生，那一位是令親？」行者道：「五百個都與我有親。」兩個道士笑道：「你怎麼就有許多親？」行者道：「一百個是我左鄰，一百個是我右舍，一百個是我父黨，一百個是我母黨，一百個是我交契。你若肯把這五百人都放了，我便與你進去；不放，我不去了。」道士云：「你想有些瘋病，一時間就胡說了。那些和尚，乃國王御賜，若放一二名，還要在師父處遞了病狀，然後補個死狀，才了得哩。怎麼說都放了！此理不通！不通！且不要說我家沒人使喚，就是朝廷也要怪。他那裡長要差官查勘，或時御駕也親來點札，怎麼敢放？」行者道：「不放麼？」道士說：「不放！」行者連問三聲，就怒將起來，把耳朵裡鐵棒取出，迎風捻了一捻，就碗來粗細，幌了一幌，照道士臉上一刮，可憐就打得頭破血流身倒地，皮開頸折腦漿傾！

那灘上僧人，遠遠望見他打殺了兩個道士，丟了車兒，跑將上來道：「不好了！不好了！打殺皇親了！」行者道：「那個是皇親？」眾僧把他簸箕陣圍了。道：「他師父，上殿不參王，下殿不辭主，朝廷常稱做『國師兄長先生』。你怎麼到這裡闖禍？他徒弟出來監工，與你無干，你怎麼把他來打死？那仙長不說是你來打殺，只說是來此監工，我們害了他性命。我等怎了？且與你進城去，會了人命出來。」行者笑道：「列位休嚷。我不是雲水全真，我是來救你們的。」眾僧道：「你倒打殺人，害了我們，添了擔兒，如何是救我們的？」

行者道：「我是大唐聖僧徒弟孫悟空行者，特特來此救你們性命。」眾僧道：「不是！不是！那老爺我們認得他。」行者道：「又不曾會他，如何認得？」眾僧道：「我們夢中嘗見一個老者，自言太白金星，常教誨我等，說那孫行者的模樣，莫教錯認了。」行者道：「他和你怎麼說來？」眾僧道：「他說：『那大聖：

磕額金眼幌亮，圓頭毛臉無腮。齜牙尖嘴性情乖，貌比雷公古怪。慣使金箍鐵棒，曾將天闕攻開。如今皈正保僧來，專救人間災害。』」

行者聞言，又嗔又喜。喜道替老孫傳名！嗔道那老賊憊懶，把我的元身都說與這伙凡人！忽失聲道：「列位誠然認我不是孫行者。我是孫行者的門人，來此處學闖禍耍子的。那裡不是孫行者來了？」用手向東一指，哄得眾僧回頭，他卻現了本相。眾僧們方才認得。一個個倒身下拜道：「爺爺！我等凡胎肉眼，不知是爺爺顯化（化身）。望爺爺與我們雪恨消災，早進城降邪從正也！」行者道：「你們且跟我來。」眾僧緊隨左右。

那大聖徑至沙灘上，使個神通，將車兒拽過兩關，穿過夾脊，提起來，摔得粉碎。把那些磚瓦木植，盡抛下坡阪。喝教眾僧：「散！莫在我手腳邊，等我明日見這皇帝，滅那道士！」眾僧道：「爺爺呀，我等不敢遠走；但恐在官人拿住解來，卻又吃打發贖（彌補罪過），返又生災。」行者道：「既如此，我與你個護身法兒。」好大聖，把毫毛拔了一把，嚼得粉碎，每一個和尚與他一截。都教他：「捻在無名指甲裡，捻著拳頭，只情走路。無人敢拿你便罷；若有人拿你，攢緊了拳頭，叫一聲『齊天大聖』，我就來護你。」眾僧道：「爺爺，倘若去得遠了，看不見你，叫你不應，怎麼是好？」行者道：「你只管放心，就是萬里之遙，可保全無事。」

眾僧有膽量大的，捻著拳頭，悄悄的叫聲：齊天大聖！」只見一個雷公站在面前，手執鐵棒，就是千軍萬馬，也不能近身。此時有百十眾齊叫，足有百十個大聖護持。眾僧叩頭道：「爺爺！果然靈顯！」行者又吩咐：「叫聲『寂』字，還你收了。」真個是叫聲「寂！」依然還是毫毛在那指甲縫裡。眾和尚卻才歡喜逃生，一齊而散。行者道：「不可十分遠遁。聽我城中消息。但有招僧榜出，就進城還我毫毛也。」五百個和尚，東的東，西的西，走的走，立的立，四散不題。

卻說那唐僧在路旁，等不得行者回話，教豬八戒引馬投西，遇著些僧人奔走；將近城邊，見行者還與十數個未散的和尚在那裡。三藏勒馬道：「悟空，你怎麼來打聽個響聲，許久不回？」行者引了十數個和尚，對唐僧馬前施禮，將上項事說了一遍。三藏大驚道：「這般啊，我們怎了？」那十數個和尚道：「老爺放心。孫大聖爺爺乃天神降的，神通廣大，定保老爺無虞（無憂）。我等是這城裡敕建智淵寺內僧人。因這寺是先王太祖御造的，現有先王太祖神像在內，未曾拆毀。城中寺院，大小盡皆拆了。我等請老爺趕早進城，到我荒山安下。待明日早朝，孫大聖必有處置。」行者道：「汝等說得是；也罷，趁早進城去來。」

那長老卻才下馬，行到城門之下。此時已太陽西墜。過吊橋，進了三層門裡，街上人見智淵寺的和尚牽馬挑包，盡皆回避。正行時，卻到山門前。但見那門上高懸著一面金字大匾，乃「敕建智淵寺」。眾僧推開門，穿過金剛殿，把正殿門開了。唐僧取袈裟披起，拜畢金身，方入。眾僧叫：「看家的！」老和尚走出來，看見行者就拜，道：「爺爺！你來了？」行者道：「你認得我是那個爺爺，就是這等呼拜？」那和尚道：「我認得你是齊天大聖孫爺爺。我們夜夜夢中見你。太白金星常常來托夢，說道，只等你來，我們才得性命。今日果見尊顏與夢中無異。爺爺呀，喜得早來！再遲一兩日，我等已俱做鬼矣！」行者笑道：「請起，請起。明日就有分曉。」眾僧安排了齋飯，他師徒們吃了。

打掃乾淨方丈，安寢一宿。

二更時候，孫大聖心中有事，偏睡不著。只聽那裡吹打，悄悄的爬起來，穿了衣服，跳在空中觀看，原來是正南上燈燭熒煌。低下雲頭仔細再看，卻是三清觀道士禳星哩。但見那：

> 靈區高殿，福地真堂。靈區高殿，巍巍壯似蓬壺景；福地真堂，隱隱清如化樂宮。兩邊道士奏笙簧，正面高公擎玉簡。宣理《消災懺》，開講《道德經》。揚塵幾度盡傳符，表白一番皆俯伏。咒水發檄，燭焰飄搖衝上界；查罡布斗，香煙馥郁透清霄。案頭有供獻新鮮，桌上有齋筵豐盛。

殿門前掛一聯黃綾織錦的對句，繡著二十二個大字，云：「雨順風調，願祝天尊無量法；河清海晏，祈求萬歲有餘年。」行者見三個老道士，披了法衣，想是那虎力、鹿力、羊力大仙。下面有七八百個散眾，司鼓司鐘，侍香表白，盡都侍立兩邊。行者暗自喜道：「我欲下去與他混一混，奈何『單絲不線，孤掌難鳴』。且回去照顧八戒、沙僧，一同來耍耍。」

按落祥雲，徑至方丈中。原來八戒與沙僧通腳睡著。行者先叫悟淨。沙和尚醒來道：「哥哥，你還不曾睡哩？」行者道：「你且起來，我和你受用些來。」沙僧道：「半夜三更，口枯眼澀，有甚受用？」行者道：「這城裡果有一座三清觀。觀裡道士們修醮，三清殿上有許多供養：饅頭足有斗大，燒果有五六十斤一個，襯飯無數，果品新鮮。和你受用去來！」那豬八戒睡夢裡聽見說吃好東西，就醒了，道：「哥哥就不帶挈我些兒？」行者道：「兄弟，你要吃東西，不要大呼小叫，驚醒了師父。

都跟我來。」

他兩個套上衣服，悄悄的走出門前，隨行者踏了雲頭，跳將起去。那呆子看見燈光，就要下手。行者扯住道：「且休忙。待他散了，方可下去。」八戒道：「他才念到興頭上，卻怎麼肯散？」行者道：「等我弄個法兒，他就散了。」

好大聖，捻著訣，念個咒語，往巽地上吸一口氣，呼的吹去，便是一陣狂風，徑直捲進那三清殿上，把他些花瓶燭台，四壁上懸掛的功德，一齊刮倒，遂而燈火無光。眾道士心驚膽戰。虎力大仙道：「徒弟們且散。這陣神風所過，吹滅了燈燭香花，各人歸寢，明朝早起，多念幾卷經文補數。」眾道士果各退回。

這行者卻引八戒、沙僧，按落雲頭，闖上三清殿。呆子不論生熟，拿過燒果來，張口就啃。行者掣鐵棒，著手便打。八戒縮手躲過道：「還不曾嘗著甚麼滋味，就打！」行者道：「莫要小家子行。且敘禮坐下受用。」八戒道：「不羞！偷東西吃，還要敘禮！若是請將來，卻要如何！」行者道：「這上面坐的是甚麼菩薩？」八戒笑道：「三清也認不得，卻認做甚麼菩薩！」行者道：「那三清？」八戒道：「中間的是元始天尊，左邊的是靈寶道君，右邊的是太上老君。」行者道：「都要變得這般模樣，才吃得安穩哩。」那呆子急了，聞得那香噴噴供養，要吃，爬上高台，把老君一嘴拱下去道：「老官兒，你也坐得彀了，讓我老豬坐坐。」八戒變做太上老君；行者變做元始天尊；沙僧變作靈寶道君。把原像都推下去。及坐下時，八戒就搶大饅頭吃。行者道：「莫忙哩！」八戒道：「哥哥，變得如此，還不吃等甚？」

行者道：「兄弟呀，吃東西事小，洩漏天機事大。這聖像都推在地下，倘有起早的道士來撞鐘掃地，或絆一個跟頭，卻不走漏消息？你把他藏過一邊來。」八戒道：「此處路生，摸門不著，卻那裡藏他？」行者道：「我才進來時，那右手下有一重小門兒，那裡面穢氣畜人，想必是個五穀輪回之所。你把他送在那裡去罷。」

這呆子有些夯力量跳下來，把三個聖像，拿在肩膊上，扛將出來；到那廂，用腳登開門看時，原來是個大東廁。笑道：「這個弼馬溫著然會弄嘴弄舌！把個毛坑也與他起個道號，叫做甚麼『五穀輪回之所』！」那呆子扛在肩上且不丟了去，口裡嘓嘓噥噥的禱道：

「三清，三清，我說你聽：遠方到此，慣滅妖精。欲享供養，無處安寧。借你坐位。略略少停。你等坐久，也且暫下毛坑。你平日家受用無窮，做個清淨道士；今日裡不免享些穢物，也做個受臭氣的天尊！」

祝罷，烹的望裡一捽，濺了半衣襟臭水，走上殿來。行者道：「可藏得好麼？」八戒道：「藏便藏得好；只是濺起些水來，污了衣服，有些醃臢臭氣，你休惡心。」行者笑道：「也罷，你且來受用；但不知可得個乾淨身子出門哩。」那呆子還變做老君。三人坐下，盡情受用。先吃了大饅頭，後吃簇盤、襯飯、點心、拖爐、餅錠、油煠、蒸酥，那裡管甚麼冷熱，任情吃起。原來孫行者不大吃煙火食，只吃幾個果子，陪他兩個。那一頓如流星趕月，風捲殘雲，吃得罄盡。已此沒得吃了，還不走路，且在那裡閒講，消食耍子。

噫！有這般事！原來那東廊下有一個小道士，才睡下，忽然起來道：「我的手鈴兒忘記在殿上，若失落了，明日師父見責。」與那同睡者道：「你睡著，等我尋去。」急忙中不穿底衣，止扯一領直裰，徑到正殿中尋鈴。摸來摸去，鈴兒摸著了。正欲回頭，只聽得有呼吸之聲，道士害怕。急拽步往外走時，不知怎的，踏著一個荔枝核子，撲的滑了一跌。當的一聲，把個鈴兒跌得粉碎。豬八戒忍不住呵呵大笑出來，把個小道士唬走了三魂，驚回了七魄，一步一跌，撞到後方丈外，打著門叫：「師公！不好了！禍事了！」三個老道士還未曾睡，即開門問：「有甚禍事？」他戰戰兢兢道：「弟子忘失了手鈴兒，因去殿上尋鈴，只聽得有人呵呵大笑，險些兒唬殺我也！」老道士聞言，即叫：「掌燈來！看是甚麼邪物？」一聲傳令，驚動那兩廊的道士，大大小小，都爬起來點燈著火，往正殿上觀看。不知端的何如，且聽下回分解。

第四十五回
三清觀大聖留名　車遲國猴王顯法

卻說孫大聖左手把沙和尚捻一把，右手把豬八戒捻一把，他二人卻就省悟。坐在高處，倥（低，垂）著臉，不言不語。憑那些道士點燈著火，前後照看。他三個就如泥塑金裝一般模樣。虎力大仙道：「沒有歹人，如何把供獻都吃了？」鹿力大仙道：「卻像人吃的勾當，有皮的都剝了皮，有核的都吐出核，卻怎麼不見人形？」羊力大仙道：「師兄勿疑。想是我們虔心志意，在此晝夜誦經，前後申文，又是朝廷名號，斷然驚動天尊。想是三清爺爺聖駕降臨，受用了這些供養。趁今仙從未返，鶴駕在斯，我等可拜靠天尊，懇求些聖水金丹，進與陛下，卻不是長生永壽，見我們的功果也？」虎力大仙道：「說的是。」教：「徒弟們動樂誦經！一壁廂取法衣來，等我步罡拜禱。」那些小道士俱遵命，兩班兒擺列齊整。當的一聲罄響，齊念一卷《黃庭道德真經》。虎力大仙披了法衣，擎著玉簡，對面前舞蹈揚塵，拜伏於地，朝上啟奏道：

「誠惶誠恐，稽首皈依。臣等興教，仰望清虛。滅僧鄙俚，敬道光輝。敕修寶殿，御制庭闈。廣陳供養，高掛龍旗。通宵秉燭，鎮日香菲。一誠達上，寸敬虔歸。今蒙降駕，未返仙車，望賜些金丹聖水，進與朝廷，壽比南山。」

八戒聞言，心中忐忑，默對行者道：「這是我們的不是：吃了東西，且不走路，只等這般禱祝，卻怎麼答應？」行者又捻一把，忽地開口，叫聲：「晚輩小仙，且休拜祝。我等自蟠桃會上來的，不曾帶得金丹聖水，待改日再來垂賜。」那些大小道士聽見說出話來，一個個抖衣而戰道：「爺爺呀！活天尊臨凡，是必莫放，好歹求個長生的法兒！」鹿力大仙上前，又拜云：

「揚塵頓首，謹辦丹誠。微臣歸命，俯仰三清。自來此界，興道除僧。國王心喜，敬重玄齡。羅天大醮，徹夜看經。幸天尊之不棄，降聖駕而臨庭。俯求垂念，仰望恩榮。是必留些聖水，與弟子們延壽長生。」

沙僧捻著行者，默默的道：「哥呀，要得緊，又來禱告了。」行者道：「與他些罷。」八戒寂寂道：「那裡有得？」行者道：「你只看著我；我有時，你們也都有了。」那道士吹打已畢，行者開言道：「那晚輩小仙，不須伏拜。我欲不留些聖水與你們，恐滅了苗裔；若要與你，又忒容易了。」眾道聞言，一齊俯伏叩頭道：「萬望天尊念弟子恭敬之意，千乞喜賜些須。我弟子廣宣道德，奏國王普敬玄門。」行者道：「既如此，取器皿來。」那道士一齊頓首謝恩。虎力大仙愛強，就抬一口大缸，放在殿上；鹿力大仙端一砂盆安在供桌之上；羊力大仙把花瓶摘了花，移在中間。行者道：「你們都出殿前，掩上格子，不可洩了天機，好留與你些聖水。」眾道一齊跪伏丹墀之下，掩了殿門。

那行者立將起來，掀著虎皮裙，撒了一花瓶臊溺。豬八戒見了，歡喜道：「哥啊，我把你做這幾年兄弟，只這些兒不曾弄我。我才吃了些東西，道要幹這個事兒哩。」那呆子揭衣服，忽喇喇，就似呂梁洪倒下阪來，沙沙的溺了一砂盆。沙和尚卻也撒了半缸。依舊整衣端坐在上道：「小仙領聖水。」

那些道士，推開格子，磕頭禮拜謝恩，抬出缸去，將那瓶盆總歸一處，教：「徒弟，取個盅子來嘗嘗。」小道士即便拿了一個茶盅，遞與老道士。道士舀出一盅來，喝下口去，只情抹唇咂嘴。鹿力大仙道：「師兄好吃麼？」老道士努著嘴道：「不甚好吃，有些酣醰之味。」羊力大仙道：「等我嘗嘗。」也喝了一口，道：「有些豬溺臊氣。」行者坐在上面，聽見說出這話兒來，已此識破了，道：「我弄個手段，索性留個名罷。」大叫云：

　　「道號！道號！你好胡思！那個三清，肯降凡基？吾將真姓，說與你知。大唐僧眾，奉旨來西。良宵無事，下降宮闈。吃了供養，閒坐嬉嬉。蒙你叩拜，何以答之？那裡是甚麼聖水，你們吃的都是我一溺之尿！」

那道士聞得此言，攔住門，一齊動叉鈀、掃帚、瓦塊、石頭，沒頭沒臉，往裡面亂打。好行者，左手挾了沙僧，右手挾了八戒，闖出門，駕著祥光，徑轉智淵寺方丈。不敢驚動師父，三人又復睡下。早是五鼓三點。那國王設朝，聚集兩班文武，四百朝官，但見絳紗燈火光明，寶鼎香雲靉靆。此時唐三藏醒來，叫：「徒弟，徒弟，伏侍我倒換關文去來。」行者與沙僧、八戒急起身，穿了衣服，侍立左右道：「上告師父。這昏君信著那些道士，興道滅僧，恐言語差錯，不肯倒換關文；我等護持師父，都進朝去也。」

唐僧大喜，披了錦襴袈裟。行者帶了通關文牒，教悟淨捧著鉢盂，悟能拿了錫杖；將行囊、馬匹，交與智淵寺僧看守。徑到五鳳樓前，對黃門官作禮，報了姓名。言是東土大唐取經的和尚來此倒換關文，煩為轉奏。那閤門大使，進朝俯伏金階，奏曰：「外面有四個和尚，說是東土大唐取經的，欲來倒換關文，現在五鳳樓前候旨。」國王聞奏道：「這和尚沒處尋死，卻來這裡尋死！那巡捕官員，怎麼不拿他解來？」旁邊閃過當駕的太師，啟奏道：「東土大唐，乃南贍部洲，號曰中華大國。到此有萬里之遙，路多妖怪。這和尚一定有些法力，方敢西來。望陛下看中華之遠僧，且召來驗牒放行，庶不失善緣之意。」國王准奏，把唐僧等宣至金鑾殿下。師徒們排列階前，捧關文遞與國王。

國王展開方看，又見黃門官來奏：「三位國師來也。」慌得國王收了關文，急下龍座，著近侍的設了繡墩，躬身迎接。三藏等回頭觀看，見那大仙，搖搖擺擺，後帶著一雙丫髻蓬頭的小童兒，往裡直進。兩班官控背躬身，不敢仰視。他上了金鑾殿，對國王徑不行禮。那國王道：「國師，朕未曾奉請，今日如何肯降？」老道士云：「有一事奉告，故來也。那四個和尚是那國來的？」國王道：「是東土大唐差去西天取經的，來此倒換關文。」那三道士鼓掌大笑道：「我說他走了，原來還在這裡！」國王驚道：「國師有何話說？他才來報了姓名，正欲拿送國師使用，怎奈當駕太師所奏有理，朕因看遠來之意，不滅中華善緣，方才召入驗牒；不期國師有此問。想是他冒犯尊顏，有得罪處也？」道士笑云：「陛下不知。他昨日來的，在東門外打殺了我兩個徒弟，放了五百個囚僧，眺碎車輛，夜間闖進觀來，把三清聖像毀壞，偷吃了御賜供養。我等被他蒙蔽了，只道是天尊下降；求些聖水金丹，進與陛下，指望延壽長生；不期他遺些小便，哄瞞我等。我等各喝了一口，嘗出滋味，正欲下手擒拿，他卻走了。今日還在此間，正所謂『冤家路兒窄』也！」那國王聞言發怒，欲誅四眾。

孫大聖合掌開言，厲聲高叫道：「陛下暫息雷霆之怒，容僧等啟奏。」國王道：「你衝撞了國師，國師之言，豈有差謬！」行者道：「他說我昨日到城外打殺他兩個徒弟，是誰知證？我等且屈認了，著兩個和尚償命，還放兩個去取經。他又說我捽碎車輛，放了囚僧，此事亦無見證，料不該死，再著一個和尚領罪罷了。他說我毀了三清，鬧了觀宇，這又是栽害我也。」國王道：「怎見栽害？」行者道：「我僧乃東土之人，乍來此處，街道尚且不通，如何夜裡就知他觀中之事？既遺下小便，就該當時捉住，卻這早晚坐名害人。天下假名托姓的無限，怎麼就說是我？望陛下回嗔詳察。」那國王本來昏亂，被行者說了一遍，他就決斷不定。

正疑惑之間，又見黃門官來奏：「陛下，門外有許多鄉老聽宣。」國王道：「有何事幹？」即命宣來。宣至殿前，有三四十名鄉老，朝上磕頭道：「萬歲，今年一春無雨，但恐夏月乾荒，特來啟奏，請那位國師爺爺祈一場甘雨，普濟黎民。」國王道：「鄉老且退，就有雨來也。」鄉老謝恩而出。國王道：「唐朝僧眾，朕敬道滅僧為何？只為當年求雨，我朝僧人，更未嘗求得一點；幸天降國師，拯援塗炭。你今遠來，冒犯國師，本當即時問罪；姑且恕你，敢與我國師賭勝求雨麼？若祈得一場甘雨，濟度萬民，朕即饒你罪名，倒換關文，放你西去。若賭不過，無雨，就將汝等推赴殺場，典刑示眾。」行者笑道：「小和尚也曉得些兒求禱。」

國王見說，即命打掃壇場；一壁廂教：「擺駕，寡人親上五鳳樓觀看。」當時多官擺駕。須臾，上樓坐了。唐三藏隨著行者、沙僧、八戒，侍立樓下。那三道士陪國王坐在樓上。少時間，一員官飛馬來報：「壇場諸色皆備，請國師爺爺登壇。」

那虎力大仙，欠身拱手，辭了國王，徑下樓來。行者向前攔住道：「先生那裡去？」大仙道：「登壇祈雨。」行者道：「你也忒自重了，更不讓我遠鄉之僧。也罷，這正是『強龍不壓地頭蛇』。先生先去，必須對君前講開。」大仙道：「講甚麼？」行者道：「我與你都上壇祈雨，知雨是你的，是我的？不見是誰的功績了。」國王在上聽見，心中暗喜道：「那小和尚說話，倒有些筋節。」沙僧聽見，暗笑道：「不知一肚子筋節，還不曾拿出來哩！」大仙道：「不消講，陛下自然知之。」行者道：「雖然知之，奈我遠來之僧，未曾與你相會。那時彼此混賴，不成勾當。須講開方好行事。」大仙道：「這一上壇，只看我的令牌為號：一聲令牌響，風來；二聲響，雲起；三聲響，雷閃齊鳴；四聲響，雨至；五聲響，雲散雨收。」行者笑道：「妙啊！我僧是不曾見！請了！請了！」

大仙拽開步前進，三藏等隨後，徑到了壇門外。抬頭觀看，那裡有一座高台，約有三丈多高。台左右插著二十八宿旗號，頂上放一張桌子，桌上有一個香爐，爐中香煙靄靄。兩邊有兩隻燭台，台上風燭煌煌。爐邊靠著一個金牌，牌上鐫的是雷神名號。底下有五個大缸，都注著滿缸清水，水上浮著楊柳枝。楊柳枝上，托著一面鐵牌，牌上書的是雷霆都司的符字。左右有五個大樁，樁上寫著五方蠻雷使者的名錄。每一樁邊，立兩個道士，各執鐵錘，伺候著打樁。台後面有許多道士，在那裡寫作文書。正中間設一架紙爐，又有幾個像生的人物（用紙、布等紮成的人），都是那執符使者，土地贊教之神。

那大仙走進去，更不謙遜，直上高台立定。旁邊有個小道士，捧了幾張黃紙書就的符字，一口寶劍，遞與大仙。大仙執著寶劍，念聲咒語，將一道符在燭上燒了。那底下兩三個道士，拿過一個執符的像生，一道文書，亦點火焚之。那上面乒的一聲令牌響，只見那半空裡，悠悠的風色飄來。豬八戒口裡作念道：「不好了！不好了！這道士果然有本事！令牌響了一下，果然就刮風！」行者道：「兄弟悄悄的，你們再莫與我說話，只管護持師父，等我幹事去來。」

好大聖，拔下一根毫毛，吹口仙氣，叫「變！」就變作一個「假行者」，立在唐僧手下。他的真身，出了元神，趕到半空中。高叫：「那司風的是那個？」慌得那風婆婆捻住布袋，巽二郎紮住口繩，上前施禮。行者道：「我保護唐朝聖僧西天取經，路過車遲國，與那妖道賭勝祈雨，你怎麼不助老孫，反助那道士？我且饒你，把風收了。若有一些風兒，把那道士的鬍子吹得動動，各打二十鐵棒！」風婆婆道：「不敢！不敢！」遂而沒些風氣。八戒忍不住，亂嚷道：「那先生請退！令牌已響，怎麼不見一些風兒？你下來，讓我們上去！」

那道士又執令牌，燒了符檄，撲的又打了一下，只見那空中雲霧遮滿。孫大聖又當頭叫道：「布雲的是那個？」慌得那推雲童子、布霧郎君當面施禮。行者又將前事說了一遍。那雲童、霧子也收了雲霧，放出太陽星耀耀，一天萬里更無雲。八戒笑道：「這先兒只好哄這皇帝，搪塞黎民，全沒些真實本事！令牌響了兩下，如何又不見雲生？」

那道士心中焦躁，仗寶劍，解散了頭髮，念著咒，燒了符，再一令牌打將下去，只見那南天門裡，鄧天君領著雷公、電母到當空，迎著行者施禮。行者又將前項事說了一遍。道：「你們怎麼來的志誠！是何法旨！」天君道：「那道士五雷法是個真的。他發了文書，燒了文檄，驚動玉帝，玉帝擲下旨意，逕至『九天應元雷聲普化天尊』府下。我等奉旨前來，助雷電下雨。」行者道：「既如此，且都住了，同候老孫行事。」果然雷也不鳴，電也不灼（明亮）。

那道士愈加著忙，又添香、燒符、念咒、打下令牌。半空中，又有四海龍王，一齊擁至。行者當頭喝道：「敖廣！那裡去？」那敖廣、敖順、敖欽、敖閏上前施禮。行者又將前項事說了一遍。道：「向日有勞，未曾成功；今日之事，望為助力。」龍王道：「遵命！遵命！」行者又謝了敖順道：「前日虧令郎縛怪，搭救師父。」龍王道：「那廝還鎖在海中，未敢擅便，正欲請大聖發落。」行者道：「憑你怎麼處治了罷。如今且助我一功。那道士四聲令牌已畢，卻輪到老孫下去幹事了。但我不會發符、燒檄，打甚令牌，你列位卻要助我行行。」

鄧天君道：「大聖吩咐，誰敢不從！但只是得一個號令，方敢依令而行；不然，雷雨亂了，顯得大聖無款也。」行者道：「我將棍子為號罷。」那雷公大驚道：「爺爺呀！我們怎吃得這棍子？」行者道：「不是打你們，但看我這棍子往上一指，就要刮風。」那風婆婆、巽二郎沒口的答應道：「就放風！」──「棍子第二指，就要布雲。」那推雲童子、布霧郎君道：「就布雲！就布雲！」──「棍子第三指，就要雷電皆鳴。」那雷公、電母道：「奉承！奉承！」──「棍子第四指，就要下雨。」那龍王道：「遵命！遵命！」──「棍子第五指，就要大日晴天，卻莫違誤。」

吩咐已畢，遂按下雲頭，把毫毛一抖，收上身來。那些人肉眼凡胎，那裡曉得？行者遂在旁邊高叫道：「先生請了。四聲令牌俱已響畢，更沒有風雲雷雨，該讓我了。」那道士無奈，不敢久占，只得下了台讓他。努著嘴，徑往樓上見駕。行者道：「等我跟他去，看他說些甚的。」只聽得那國王問道：「寡人這裡洗耳誠聽，你那裡四聲令響，不見風雨，何也？」道士云：「今日龍神都不在家。」行者厲聲道：「陛下，龍神俱有家；只是這國師法不靈，請他不來。等和尚請來你看。」國王道：

「即去登壇，寡人還在此候雨。」

行者得旨，急抽身到壇所，扯著唐僧道：「師父請上台。」唐僧道：「徒弟，我卻不會祈雨。」八戒笑道：「他害你了。若還沒雨，拿上柴蓬，一把火了帳！」行者道：「你不會求雨，好的會念經。等我助你。」那長老才舉步登壇，到上面，端然坐下，定性歸神，默念那《密多心經》。正坐處，忽見一員官，飛馬來問：「那和尚，怎麼不打令牌，不燒符檄？」行者高聲答道：「不用！不用！我們是靜功祈禱。」那官去回奏不題。

行者聽得老師父經文念盡，卻去耳朵內取出鐵棒，迎風幌了一幌，就有丈二長短，碗來粗細。將棍望空一指，那風婆婆見了，急忙扯開皮袋，巽二郎解放口繩；只聽得呼呼風響，滿城中揭瓦翻磚，揚砂走石。看起來，真個好風，卻比那尋常之風不同也。但見：

折柳傷花，摧林倒樹。九重殿損壁崩牆，五鳳樓搖梁撼柱。天邊紅日無光，地下黃砂有翅。演武廳前武將驚，會文閣內文官懼。三宮粉黛亂青絲，六院嬪妃蓬寶髻。侯伯金冠落繡纓，宰相烏紗飄展翅。當駕有言不敢談，黃門執本無由遞。金魚玉帶不依班，象簡羅衫無品敘。彩閣翠屏盡損傷，綠窗朱戶皆狼狽。金鑾殿瓦走磚飛，錦雲堂門歪槅碎。這陣狂風果是凶，刮得那君王父子難相會；六街三市沒人蹤，萬戶千門皆緊閉！

正是那狂風大作，孫行者又顯神通，把金箍棒鑽一鑽，望空又一指。只見那：

推雲童子，布霧郎君。推雲童子顯神威，骨都都觸石遮天；布霧郎君施法力，濃漠漠飛煙蓋地。茫茫三市暗，冉冉六街昏。因風離海上，隨雨出昆侖。頃刻漫天地，須臾蔽世塵。宛然如混沌，不見鳳樓門。

此時昏霧朦朧，濃雲靉靆。孫行者又把金箍棒鑽一鑽。望空又一指。慌得那：

雷公奮怒，電母生嗔。雷公奮怒，倒騎火獸下天關；電母生嗔，亂掣金蛇離斗府。唿喇喇施霹靂，振碎了鐵叉山；淅瀝瀝閃紅綃，飛出了東洋海。呼呼隱隱滾車聲，燁燁煌煌飄稻米。萬萌萬物精神改，多少昆蟲蟄已開。君臣樓上心驚駭，商賈聞聲膽怯忙。

那沉雷護閃，乒乒乓乓，一似那地裂山崩之勢，唬得那滿城人，戶戶焚香，家家化紙。孫行者高呼：「老鄧！仔細替我看那貪贓壞法之官，忤逆不孝之子，多打死幾個示眾！」那雷越發振響起來。行者卻又把鐵棒望上一指。只見那：

龍施號令，雨漫乾坤。勢如銀漢傾天塹，疾似雲流過海門。樓頭聲滴滴，窗外響瀟瀟。天上銀河瀉，街前白浪滔。淙淙如甕撿，滾滾似盆澆。孤莊將漫屋，野岸欲平橋。真個桑田變滄海，霎時陸岸滾波濤。神龍借此來相助，抬起長江望下澆。

這場雨，自辰時下起，只下到午時前後。下得那車遲城，裡裡外外，水漫了街衢。那國王傳旨道：「雨彀了！雨彀了！十分再多，又渰壞了禾苗，反為不美。」五鳳樓下聽事官策馬冒雨來報：「聖僧，雨彀了。」

行者聞言，將金箍棒往上又一指。只見霎時間，雷收風息，雨散雲收。國王滿心歡喜，文武盡皆稱贊道：「好和尚！這正是『強中更有強中手』！就是我國師求雨雖靈，若要晴，細雨兒還下半日，便不清爽；怎麼這和尚要晴就晴，頃刻間杲杲日出，萬里就無雲也？」

國王教回鑾，倒換關文，打發唐僧過去。正用御寶時，又被那三個道士上前阻住道：「陛下，這場雨全非和尚之功，還是我道門之力。」國王道：「你才說龍王不在家，不曾有雨；他走上去，以靜功祈禱，就雨下來，怎麼又與他爭功，何也？」虎力大仙道：「我上壇發了文書，燒了符檄，擊了令牌，那龍王誰敢不來？想是別方召請，風、雲、雷、雨五司俱不在，一聞我令，隨趕而來；適遇著我下他上，一時撞著這個機會，所以就雨。從根算來，還是我請的龍，下的雨，怎麼算作他的功果？」那國王昏亂，聽此言，卻又疑惑未定。

行者近前一步，合掌奏道：「陛下，這些旁門法術，也不成個功果，算不得我的他的；如今有四海龍王，現在空中，我僧未曾發放，他還不敢遽退。那國師若能叫得龍王現身，就算他的功勞。」國王大喜道：「寡人做了二十三年皇帝，更不曾看見活龍是怎麼模樣。你兩家各顯法力，不論僧道，但叫得來的，就是有功；叫不出的，有罪。」那道士怎麼有那樣本事？就叫，那龍王見大聖在此，也不敢出頭。道士云：「我輩不能，你是叫來。」

那大聖仰面朝空，厲聲高叫：「敖廣何在？弟兄們都現原身來看！」那龍王聽喚，即忙現了本身。四條龍，在半空中度霧穿雲，飛舞向金鑾殿上。但見：

飛騰變化，繞霧盤雲。玉爪垂鉤白，銀鱗舞鏡明。髯飄素練根根爽，角聳軒昂挺挺清。磕額崔巍，圓睛幌亮。隱顯莫能測，飛揚不可評。禱雨隨時布雨，求晴即便天晴。這才是有靈有聖真龍相，祥瑞繽紛繞殿庭。

那國王在殿上焚香，眾公卿在階前禮拜。國王道：「有勞貴體降臨，請回。寡人改日醮謝。」行者道：「列位眾神各自歸去，這國王改日醮謝哩。」那龍王徑自歸海，眾神各各回天。這正是：廣大無邊真妙法，至真了性劈旁門。畢竟不知怎麼除邪，且聽下回分解。

第四十六回

外道弄強欺正法　心猿顯聖滅諸邪

話說那國王見孫行者有呼龍使聖之法，即將關文用了寶印，便要遞與唐僧，放行西路。那三個道士，慌得拜倒在金鑾殿上啟奏。那皇帝即下龍位，御手忙攙道：「國師今日行此大禮，何也？」道士說：「陛下，我等至此，匡扶社稷，保國安民，苦歷二十年來，今日這和尚弄法力，抓了丟（占了先）去，敗了我們聲名，陛下以一場之雨，就恕殺人之罪，可不輕了我等也？望陛下且留住他的關文，讓我兄弟與他再賭一賭，看是何如。」

那國王著實昏亂，東說向東，西說向西，真個收了關文，道：「國師，你怎麼與他賭？」虎力大仙道：「我與他賭坐禪。」國王道：「國師差矣。那和尚乃禪教出身，必然先會禪機，才敢奉旨求經；你怎與他賭此？」大仙道：「我這坐禪，比常不同：有一異名，教做『雲梯顯聖』。」國王道：「何為『雲梯顯聖』？」大仙道：「要一百張桌子，五十張作一禪台，一張一張迭將起去，不許手攀而上，亦不用梯凳而登，各駕一朵雲頭，上台坐下，約定幾個時辰不動。」

國王見此有些難處，就便傳旨問道：「那和尚，我國師要與你賭『雲梯顯聖』坐禪，那個會麼？」行者聞言，沉吟不答。八戒道：「哥哥，怎麼不言語？」行者道：「兄弟，實不瞞你說。若是踢天弄井，攪海翻江，擔山趕月，換斗移星，諸般巧事，我都幹得；就是砍頭剁腦，剖腹剜心，異樣騰那，卻也不怕；但說坐禪，我就輸了。我那裡有這坐性？你就把我鎖在鐵柱子上，我也要上下爬踏，莫想坐得住。」三藏忽的開言道：「我會坐禪。」行者歡喜道：「卻好！卻好！可坐得多少時？」三藏道：「我幼年遇方上禪僧講道，那性命根本上，定性存神，在死生關裡，也坐二三個年頭。」行者道：「師父若坐二三年，我們就不取經罷；多也不上二三個時辰，就下來了。」三藏道：「徒弟呀，卻是不能上去。」行者道：「你上前答應，我送你上去。」那長老果然合掌當胸道：「貧僧會坐禪。」國王教傳旨，立禪台。國家有倒山之力，不消半個時辰，就設起兩座台，在金鑾殿左右。

那虎力大仙下殿，立於階心，將身一縱，踏一朵席雲，徑上西邊台上坐下。行者拔一根毫毛，變做假像，陪著八戒、沙僧，立於下面，他卻作五色祥雲，把唐僧撮起空中，徑至東邊台上坐下。他又斂祥光，變作一個蟭蟟蟲，飛在八戒耳朵邊道：「兄弟，仔細看著師父，再莫與老孫替身說話。」那呆子笑道：「理會得！理會得！」

卻說那鹿力大仙在繡墩上坐看多時，他兩個在高台上，不分勝負，這道士就助他師兄一功：將腦後短髮，拔了一根，捻著一團，彈將上去，徑至唐僧頭上，變作一個大臭蟲，咬住長老。那長老先前覺癢，然後覺疼。原來坐禪的不許動手，動手算輸。一時間疼痛難禁，他縮著頭，就著衣襟擦癢。八戒道：「不好了！師父羊兒風發了。」沙僧道：「不是，是頭風發了。」行者聽見道：「我師父乃志誠君子，他說會坐禪，斷然會坐；說不會，只是不會。君子家，豈有謬乎？你兩個休言，等我上去看看。」好行者，嚶的一聲，飛在唐僧頭上，只見有豆粒大小一個臭蟲叮他師父。慌忙用手捻下，替師父撓撓摸摸。那長老不痛不癢，端坐上面。行者暗想道：「和尚頭光，蝨子也安不得一個，如何有此臭蟲？……想是那道士弄的玄虛，害我師父。哈哈！枉自也不見輸贏，等老孫去弄他一弄！」這行者飛將去，金殿獸頭上落下，搖身一變，變作一條七寸長的蜈蚣，徑來道士鼻凹裡叮了一下。那道士坐不穩，一個筋斗，翻將下去，幾乎喪了性命；幸虧大小官員人多救起。國王大驚，即著當駕太師領他往文華殿裡梳洗去了。行者仍駕祥雲，將師父馱下階前，已是長老得勝。

那國王只教放行。鹿力大仙又奏道：「陛下，我師兄原有暗風疾，因到了高處，冒了天風，舊疾舉發，故令和尚得勝。且留下他，等我與他賭『隔板猜枚』。」國王道：「怎麼叫做『隔板猜枚』？」鹿力道：「貧道有隔板知物之法，看那和尚可能彀。他若猜得過我，讓他出去；猜不著，憑陛下問擬罪名，雪我昆仲之恨，不污了二十年保國之恩也。」

真個那國王十分昏亂，依此讒言。即傳旨，將一朱紅漆的櫃子，命內官抬到宮殿。教娘娘放上件寶貝。須臾抬出，放在白玉階前，教僧道：「你兩家各賭法力，猜那櫃中是何寶貝。」三藏道：「徒弟，櫃中之物，如何得知？」行者斂祥光，還變作蟭蟟蟲，釘在唐僧頭上道：「師父放心，等我去看看來。」好大聖，輕輕飛到櫃上，爬在那櫃腳之下，見有一條板縫兒。他鑽將進去，見一個紅漆丹盤，內放一套宮衣，乃是山河社稷襖，乾坤地理裙。用手拿起來，拌亂了，咬破舌尖上，一口血哨噴將去，叫聲「變！」即變作一件破爛流丟一口鐘；臨行又撒上一泡臊溺，卻還從板縫裡鑽出來，飛在唐僧耳朵上道：「師父，你只猜是破爛流丟一口鐘。」三藏道：「他教猜寶貝哩，流丟是件甚寶貝？」行者道：「莫管他，只猜著便是。」

唐僧進前一步，正要猜，那鹿力大仙道：「我先猜，那櫃裡是山河社稷襖，乾坤地理裙。」唐僧道：「不是，不是，櫃裡是件破爛流丟一口鐘。」國王道：「這和尚無禮！敢笑我國中無寶，猜甚麼流丟一口鐘！」教：「拿了！」那兩班校尉，就要動手，慌得唐僧合掌高呼：「陛下，且赦貧僧一時，待打開櫃看。端的是寶，貧僧領罪；如不是寶，卻不屈了貧僧也？」國王教打開看。當駕官即開了，捧出丹盤來看，果然是件破爛流丟一口鐘。國王大怒道：「是誰放上此物？」龍座後面，閃上三宮皇后道：「我主，是梓童親手放的山河社稷襖，乾坤地理裙，卻不知怎麼變成此物。」國王道：「御妻請退，寡人知之。宮中所用之物，無非是緞絹綾羅，那有此甚麼流丟？」教：「抬上櫃來，等朕親藏一寶貝，再試如何。」

那皇帝即轉後宮，把御花園裡仙桃樹上結得一個大桃子，有碗來大小，摘下放在櫃內，又抬下叫猜。唐僧道：「徒弟啊，又來猜了。」行者道：「放心，等我再去看看。」又嚶的一聲，飛將去，還從板縫兒鑽進去；見是一個桃子，正合他意，即現了原身，坐在櫃裡，將桃子一頓口啃得乾乾淨淨，連兩邊腮凹兒都啃淨了，將核兒安在裡面。仍變蟭蟟蟲，飛將出去，釘在唐僧耳朵上道：「師父，只猜是個桃核子。」長老道：「徒弟啊，休要弄我。先前不是口快，幾乎拿去典刑。這番須猜寶貝方好。桃核子是甚寶貝？」行者道：「休怕，只管贏他便了。」

三藏正要開言，聽得那羊力大仙道：「貧道先猜，是一顆仙桃。」三藏猜道：「不是桃，是個光桃核子。」那國王喝道：「是朕放的仙桃，如何是核？三國師猜著了。」三藏道：「陛下，打開來看就是。」當駕官又抬上去打開，捧出丹盤，果然是一個核子，皮內俱無。國王見了，心驚道：「國師，休與他賭鬥了，讓他去罷。寡人親手藏的仙桃，如今只是一核子，是甚人吃了？想是有鬼神暗助

第四十六回

外道弄強欺正法　心猿顯聖滅諸邪

他也。」八戒聽說，與沙僧微微冷笑道：「還不知他是會吃桃子的積年（老手）哩！」

正話間，只見那虎力大仙從文華殿梳洗了，走上殿道：「陛下，這和尚有搬運抵物之術，抬上櫃來，我破他術法，與他再猜。」國王道：「國師還要猜甚？」虎力道：「術法只抵得物件，卻抵不得人身。將這道童藏在裡面，管教他抵換不得。」這小童果藏在櫃裡，掩上櫃蓋，抬將下去，教：「那和尚再猜，這三番是甚寶貝。」三藏道：「又來了！」行者道：「等我再去看看。」嚶的又飛去，鑽入裡面，見是一個小童兒。好大聖，他卻有見識。果然是騰那天下少，似這伶俐世間稀！他就搖身一變，變作個老道士一般容貌。進櫃裡叫聲：「徒弟。」童兒道：「師父，你從那裡來的？」行者道：「我使遁法來的。」童兒道：「你來有麼教誨？」行者道：「那和尚看見你進櫃來了，他若猜個道童，卻不又輸了？是特來和你計較計較，剃了頭，我們猜和尚罷。」童兒道：「但憑師父處治，只要我們贏他便了。若是再輸與他，不但低了聲名，又恐朝廷不敬重了。」行者道：「說得是。我兒過來。贏了他，我重重賞你。」將金箍棒就變作一把剃頭刀，摟抱著那童兒，口裡叫道：「乖乖，忍著痛，莫放聲，等我與你剃頭。」須臾，剃下髮來，窩作一團，塞在那櫃腳紇絡（角落）裡。收了刀兒，摸著他的光頭道：「我兒，頭便像個和尚，只是衣裳不趁。脫下來，我與你變一變。」那道童穿的一領蔥白色雲頭花絹繡錦沿邊的鶴氅，真個脫下來，被行者吹一口仙氣，叫「變！」即變做一件土黃色的直裰兒，與他穿了。卻又拔下兩根毫毛，變作一個木魚兒，遞在他手裡道：「徒弟，須聽著。但叫道童，千萬莫出去；若叫和尚，你就與我頂開櫃蓋，敲著木魚，念一卷佛經鑽出來，方得成功也。」童兒道：「我只會念《三官經》、《北斗經》、《消災經》，不會念佛家經。」行者道：「你可會念佛？」童兒道：「阿彌陀佛，那個不會念？」行者道：「也罷，也罷，就念佛，省得我又教你。切記著，我去也。」還變蟭蟟蟲，鑽出去，飛在唐僧耳輪邊道：「師父，你只猜是個和尚。」三藏道：「這番他準贏了。」行者道：「你怎麼定得？」三藏道：「經上有云：『佛、法、僧三寶。』和尚卻也是一寶。」

正說處，只見那虎力大仙道：「陛下，第三番是個道童。」只管叫，他那裡肯出來。三藏合掌道：「是個和尚。」八戒盡力高叫道：「櫃裡是個和尚！」那童兒忽的頂開櫃蓋，敲著木魚，念著佛，鑽出來。喜得那兩班文武，齊聲喝采。唬得那三個道士，拑口無言。國王道：「這和尚是有鬼神輔佐！怎麼道士入櫃，就變做和尚？縱有待詔跟進去，也只剃得頭便了，如何衣服也能趁體，口裡又會念佛？——國師啊！讓他去罷！」

虎力大仙道：「陛下，左右是『棋逢對手，將遇良材。』貧道將鍾南山幼時學的武藝，索性與他賭一賭。」國王道：「有甚麼武藝？」虎力道：「弟兄三個，都有些神通。會砍下頭來，又能安上；剖腹剜心，還再長完；滾油鍋裡，又能洗澡。」國王大驚道：「此三事都是尋死之路！」虎力道：「我等有此法力，才敢出此朗言，斷要與他賭個才休。」那國王叫道：「東土的和尚，我國師不肯放你，還要與你賭砍頭剖腹，下滾油鍋洗澡哩。」

行者正變作蟭蟟蟲，往來報事。忽聽此言，即收了毫毛，現出本相，哈哈大笑道：「造化！造化！買賣上門了！」八戒道：「這三件都是喪性命的事，怎麼說買賣上門？」行者道：「你還不知我的本事。」八戒道：「哥哥，你只像這等變化騰那也彀了，怎麼還有這等本事？」行者道：「我啊：

砍下頭來能說話，剁了臂膊打得人。紮去腿腳會走路，剖腹還平妙絕倫。

就似人家包扁食，一捻一個就囫圇。油鍋洗澡更容易，只當溫湯滌垢塵。」

八戒、沙僧聞言，呵呵大笑。行者上前道：「陛下，小和尚會砍頭。」國王道：「你怎麼會砍頭？」行者道：「我當年在寺裡修行，曾遇著一個方上禪和子，教我一個砍頭法，不知好也不好，如今且試試新。」國王笑道：「那和尚年幼不知事。砍頭那裡好試新？頭乃六陽之首，砍下即便死矣。」虎力道：「陛下，正要他如此，方才出得我們之氣。」那昏君信他言語，即傳旨，教設殺場。一聲傳旨，即有御林軍三千，擺列朝門之外。國王教：「和尚先去砍頭。」行者欣然應道：「我先去！我先去！」拱著手，高呼道：「國師，恕大膽，占先了。」拽回頭，往外就走。唐僧一把扯住道：「徒弟呀，仔細些。那裡不是耍處。」行者道：「怕他怎的！撇了手，等我去來。」

那大聖徑至殺場裡面，被劊子手撾住了，捆做一團。按在那土墩高處，只聽喊一聲「開刀！」颼的把個頭砍將下來。又被劊子手一腳踢了去，好似滾西瓜一般，滾有三四十步遠近。行者腔子中更不出血。只聽得肚裡叫聲：「頭來！」慌得鹿力大仙見有這般手段，即念咒語，教本坊土地神祇：「將人頭扯住，待我贏了和尚，奏了國王，與你把小祠堂蓋作大廟宇，泥塑像改作正金身。」原來那些土地神祇因他有五雷法，也服他使喚，暗中真個把行者頭按住了。行者又叫聲：「頭來！」那頭一似生根，莫想得動。行者心焦，捻著拳，掙了一掙，將捆的繩子就皆掙斷，喝聲：「長！」颼的腔子內長出一個頭來。唬得那劊子手，個個心驚；御林軍，人人膽戰。那監斬官急走入朝奏道：「萬歲，那小和尚砍了頭，又長出一顆來了。」八戒冷笑道：「沙僧，那知哥哥還有這般手段。」沙僧道：「他有七十二般變化，就有七十二個頭哩。」

說不了，行者走來，叫聲：「師父。」三藏大喜道：「徒弟，辛苦麼？」行者道：「不辛苦，倒好耍子。」八戒道：「哥哥，可用刀瘡藥麼？」行者道：「你是摸摸看，可有刀痕？」那呆子伸手一摸，就笑得呆呆睜睜道：「妙哉！妙哉！卻也長得完全，截疤兒也沒些兒！」

兄弟們正都歡喜，又聽得國王叫領關文：「赦你無罪。快去！快去！」行者道：「關文雖領，必須國師也赴曹砍砍頭，也當試新去來。」國王道：「大國師，那和尚也不肯放你哩。你與他賭勝，且莫唬了寡人。」虎力也只得去，被幾個劊子手，也捆翻在地，幌一幌，把頭砍下，一腳也踢將去，滾了有三十餘步，他腔子裡也不出血，也叫一聲：「頭來！」行者即忙拔下一根毫毛，吹口仙氣，叫「變！」變作一條黃犬，跑入場中，把那道士頭，一口銜來，徑跑到御水河邊丟下不題。

卻說那道士連叫三聲，人頭不到，怎似行者的手段，長不出來，腔子中，骨都都紅光迸出。可憐空有喚雨呼風法，怎比長生果正仙？須臾，倒在塵埃。眾人觀看，乃是一隻無頭的黃毛虎。

那監斬官又來奏：「萬歲，大國師砍下頭來，不能長出，死在塵埃，是一隻無頭的黃毛虎。」國王聞奏，大驚失色。目不轉睛，看那兩個道士。鹿力起身道：「我師兄已是命到祿絕了，如何是隻黃虎！這都是那和尚憊懶，使的掩樣法兒，將我師兄變作畜類！我今定不饒他，定要與他賭那剖腹剜心！」

國王聽說，方才定性回神。又叫：「那和尚。二國師還要與你賭哩。」行者道：「小和尚久不吃煙火食，前日西來，忽遇齋公家勸飯，多吃了幾個饃饃；這幾日腹中作痛，想是生蟲，正欲借陛下之刀，剖開肚皮，拿出臟腑，洗淨脾胃，方好上西天見佛。」國王聽說，教：「拿他赴曹。」那許多人，攙的攙，扯的扯。行者展脫手道：「不用人攙，自家走去。但一件，不許縛手，我好用手洗刷臟腑。」國王傳旨，教：「莫綁他手。」

行者搖搖擺擺，徑至殺場。將身靠著大樁，解開衣帶，露出肚腹。那劊子手將一條繩套在他膊項上，一條繩扎住他腿足，把一口牛耳短刀，幌一幌，著肚皮下一割，搠個窟窿。這行者雙手爬開肚腹，拿出腸臟來，一條條理彀多時，依然安在裡面。照舊盤曲，捻著肚皮，吹口仙氣，叫「長！」依然長合。國王大驚，將他那關文捧在手中道：「聖僧莫誤西行，與你關文去罷。」行者笑道：「關文小可，也請二國師剖剖剜剜，何如？」國王對鹿力說：「這事不與寡人相干，是你要與他做對頭的。請去，請去。」鹿力道：「寬心，料我決不輸與他。」

你看他也像孫大聖，搖搖擺擺，徑入殺場，被劊子手套上繩，將牛耳短刀，唿喇的一聲，割開肚腹，他也拿出肝腸，用手理弄。行者即拔一根毫毛，吹口仙氣，叫「變！」即變作一隻餓鷹，展開翅爪，颼的把他五臟心肝，盡情抓去，不知飛向何方受用。這道士弄做一個空腔破肚淋漓鬼，少臟無腸浪蕩魂。那劊子手蹬倒大樁，拖屍來看，呀！原來是一隻白毛角鹿！

慌得那監斬官又來奏道：「二國師晦氣，正剖腹時，被一隻餓鷹將臟腑肝腸都叼去了，死在那裡。原身是個白毛角鹿也。」國王害怕道：「怎麼是個角鹿？」那羊力大仙又奏道：「我師兄既死，如何得現獸形？這都是那和尚弄術法坐害我等。等我與師兄報仇者。」國王道：「你有甚麼法力贏他？」羊力道：「我與他賭下滾油鍋洗澡。」國王便教取一口大鍋，滿著香油，教他兩個賭去。行者道：「多承下顧。小和尚一向不曾洗澡，這兩日皮膚燥癢，好歹蕩蕩去。」

那當駕官果安下油鍋，架起乾柴，燃著烈火，將油燒滾，教和尚先下去。行者合掌道：「不知文洗，武洗？」國王道：「文洗如何？武洗如何？」行者道：「文洗不脫衣服，似這般叉著手，下去打個滾，就起來，不許污壞了衣服，若有一點油膩算輸。武洗要取一張衣架，一條手巾，脫了衣服，跳將下去，任意翻筋斗，豎蜻蜓，當耍子洗也。」國王對羊力說：「你要與他文洗，武洗？」羊力道：「文洗恐他衣服是藥煉過的，隔油。武洗罷。」行者又上前道：「恕大膽，屢次占先了。」你看他脫了布直裰，褪了虎皮裙，將身一縱，跳在鍋內，翻波鬥浪，就似負水一般頑耍。

八戒見了，咬著指頭，對沙僧道：「我們也錯看了這猴子了！平時間劖言訕語，鬥他耍子，怎知他有這般真實本事！」他兩個唧唧噥噥，誇獎不盡。行者望見，心疑道：「那呆子笑我哩！正是『巧者多勞拙者閒』。老孫這般舞弄，他倒自在。等我作成他捆一繩，看他可怕。」正洗浴，打個水花，淬在油鍋底上，變作個棗核釘兒，再也不起來了。

那監斬官近前又奏：「萬歲，小和尚被滾油烹死了。」國王大喜，教撈上骨骸來看。劊子手將一把鐵笊籬，在油鍋裡撈，原來那笊籬眼稀，行者變得釘小，往往來來，從眼孔漏下去了，那裡撈得著！又奏道：「和尚身微骨嫩，俱炸化了。」

國王教：「拿三個和尚下去！」兩邊校尉，見八戒面凶，先揪翻，把背心捆了。慌得三藏高叫：「陛下，赦貧僧一時。我那個徒弟，自從皈教，歷歷有功；今日衝撞國師，死在油鍋之內，奈何先死者為神，我貧僧怎敢貪生！正是天下官員也管著天下百姓。陛下若教臣死，臣豈敢不死。只望寬恩，賜我半盞涼漿水飯，三張紙馬，容到油鍋邊，燒此一陌紙，也表我師徒一念，那時再領罪也。」國王聞言道：「也是，那中華人多有義氣。」命取些漿飯、黃錢與他。果然取了，遞與唐僧。

唐僧教沙和尚同去。行至階下，有幾個校尉，把八戒揪著耳朵，拉在鍋邊，三藏對鍋祝曰：「徒弟孫悟空！

自從受戒拜禪林，護我西來恩愛深。指望同時成大道，何期今日你歸陰！
生前只為求經意，死後還存念佛心。萬里英魂須等候，幽冥做鬼上雷音！」

八戒聽見道：「師父，不是這般祝了。沙和尚，你替我奠漿飯，等我禱。」那呆子捆在地下，氣呼呼的道：

「闖禍的潑猴子，無知的弼馬溫！
該死的潑猴子，油烹的弼馬溫！
猴兒了帳，馬溫斷根！」

孫行者在油鍋底上，聽得那呆子亂罵，忍不住現了本相。赤淋淋的，站在油鍋底道：「饢糟的夯貨！你罵那個哩！」唐僧見了道：「徒弟，唬殺我也！」沙僧道：「大哥乾淨推佯死慣了！」慌得那兩班文武，上前來奏道：「萬歲，那和尚不曾死，又打油鍋裡鑽出來了。」監斬官恐怕虛誑朝廷，卻又奏道：「死是死了，只是日期犯凶，小和尚來顯魂哩。」

行者聞言大怒，跳出鍋來，揩了油膩，穿上衣服，掣出棒，撾過監斬官，著頭一下，打做了肉團，道：「我顯甚麼魂哩！」唬得多官連忙解了八戒，跪地哀告：「恕罪！恕罪！」國王走下龍座。行者上殿扯住道：「陛下不要走，且教你三國師也下下油鍋去。」那皇帝戰戰兢兢道：「三國師，你救朕之命，快下鍋去，莫教和尚打我。」

羊力下殿，照依行者脫了衣服，跳下油鍋，也那般支吾洗浴。

行者放了國王，近油鍋邊，叫燒火的添柴，卻伸手探了一把，——呀！——那滾油都冰冷，心中暗想道：「我洗時滾熱，他洗時卻冷。我曉得了，這不知是那個龍王，在此護持他哩。」急縱身跳在空中，念聲『唵』字咒語，把那北海龍王喚來：「我把你這個帶角的蚯蚓，有鱗的泥鰍！你怎麼助道士冷龍護住鍋底，教他顯聖贏我！」唬得那龍王喏喏連聲道：「敖順不敢相助。大聖原來不知。這個孽畜，苦修行了一場，脫得本殼，卻只是五雷法真受，其餘都屣了旁門，難歸仙道。這個是他在小茅山學來的『大開剝』。那兩個已是大聖破了他法，現了本相。這一個也是他自已煉的冷龍，只好哄瞞世俗之人耍子，怎瞞得大聖！小龍如今收了他冷龍，管教他骨碎皮焦，顯什麼手段。」行者道：「趁早收了，免打！」那龍王化一陣旋風，到油鍋邊，將冷龍捉下海去不題。

行者下來，與三藏、八戒、沙僧立在殿前，見那道士在滾油鍋裡打掙，爬不出來。滑了一跌，霎時間骨脫皮焦肉爛。

監斬官又來奏道：「萬歲，三國師煤化了也。」那國王滿眼垂淚，手撲著御案，放聲大哭道：

「人身難得果然難，不遇真傳莫煉丹。空有驅神咒水術，卻無延壽保生丸。
圓明混，怎涅槃？徒用心機命不安。早覺這般輕折挫，何如秘食穩居山！」

這正是：點金煉汞成何濟，喚雨呼風總是空！畢竟不知師徒們怎的維持，且聽下回分解。

第四十七回

聖僧夜阻通天水　金木垂慈救小童

卻說那國王倚著龍床，淚如泉湧，只哭到天晚不住。行者上前高呼道：「你怎麼這等昏亂！見放著那道士的屍骸，一個是虎，一個是鹿，那羊力是一個羚羊。不信時，撈上骨頭來看。那裡人有那樣骷髏？他本是成精的山獸，同心到此害你。因見氣數還旺，不敢下手。若再過二年，你氣數衰敗，他就害了你性命，把你江山一股兒盡屬他了。幸我等早來，除妖邪救了你命。你還哭甚！哭甚！急打發關文，送我出去。」國王聞此，方才省悟。那文武多官俱奏道：「死者果然是白鹿、黃虎；油鍋裡果是羊骨。聖僧之言，不可不聽。」國王道：「既是這等，感謝聖僧。今日天晚。」教：「太師，且請聖僧至智淵寺。明日早朝，大開東閣，教光祿寺安排素淨筵宴酬謝。」果送至寺裡安歇。

次日五更時候，國王設朝，聚集眾官，傳旨：「快出招僧榜文，四門各路張掛。」一壁廂大排筵宴，擺駕出朝，至智淵寺門外，請了三藏等，共入東閣赴宴，不在話下。

卻說那脫命的和尚聞有招僧榜，個個欣然，都入城來尋孫大聖，交納毫毛謝恩。這長老散了宴，那國王換了關文，同皇后嬪妃，兩班文武，送出朝門。只見那些和尚跪拜道旁，口稱：「齊天大聖爺爺！我等是沙灘上脫命僧人。聞知爺爺掃除妖孽，救拔我等，又蒙我王出榜招僧，特來交納毫毛，叩謝天恩。」行者笑道：「汝等來了幾何？」僧人道：「五百名，半個不少。」行者將身一抖，收了毫毛。對君臣僧俗人說道：「這些和尚，實是老孫放了。車輛是老孫運轉雙關，穿夾脊，捽碎了。那兩個妖道也是老孫打死了。今日滅了妖邪，方知是禪門有道。向後來，再不可胡為亂信。望你把三教歸一：也敬僧，也敬道，也養育人才。我保你江山永固。」國王依言，感謝不盡，遂送唐僧出城去訖。

這一去，只為殷勤經三藏，努力修持光一元。曉行夜住，渴飲飢餐，不覺的春盡夏殘，又是秋光天氣。一日，天色已晚。唐僧勒馬道：「徒弟，今宵何處安身也。」行者道：「師父，出家人莫說那在家人的話。」三藏道：「在家人怎麼？出家人怎麼？」行者道：「在家人，這時候溫床暖被，懷中抱子，腳後蹬妻，自自在在睡覺；我等出家人，那裡能夠！便是要帶月披星，餐風宿水，有路且行，無路方住。」八戒道：「哥哥，你只知其一，不知其二。如今路多險峻，我挑著重擔，著實難走，須要尋個去處，好眠一覺，養養精神，明日方好捱擔；不然，卻不累倒我也？」行者道：「趁月光再走一程，到有人家之所再住。」

師徒們沒奈何，只得相隨行者往前。又行不多時，只聽得滔滔浪響。八戒道：「罷了！來到盡頭路了！」沙僧道：「是一股水擋住也。」唐僧道：「卻怎生得渡？」八戒道：「等我試之，看深淺何如。」三藏道：「悟能，你休亂談。水之淺深，如何試得？」八戒道：「尋一個鵝卵石，拋在當中。若是濺起水泡來，是淺；若是骨都都沉下有聲，是深。」行者道：「你去試試看。」那呆子在路旁摸了一塊頑石，望水中拋去，只聽得骨都都泛起魚津（水泡兒），沉下水底。他道：「深！深！深！去不得！」唐僧道：「你雖試得深淺，卻不知有多少寬闊。」八戒道：「這個卻不知，不知。」行者道：

第四十七回

聖僧夜阻通天水　金木垂慈救小童

「等我看看。」好大聖，縱筋斗雲，跳在空中，定睛觀看，但見那：

洋洋光浸月，浩浩影浮天。
靈派吞華岳，長流貫百川。
千層洶浪滾，萬迭峻波顛。
岸口無漁火，沙頭有鷺眠。
茫然渾似海，一望更無邊。

急收雲頭，按落河邊道：「師父，寬哩！寬哩！去不得！老孫火眼金睛，白日裡常看千里，凶吉曉得是。夜裡也還看三五百里。如今通看不見邊岸，怎定得寬闊之數？」

三藏大驚，口不能言，聲音哽咽道：「徒弟啊，似這等怎了？」沙僧道：「師父莫哭。你看那水邊立的，可不是個人麼？」行者道：「想是扳罾的漁人，等我問他去來。」拿了鐵棒，兩三步，跑到面前看處，呀！不是人，是一面石碑。碑上有三個篆文大字，下邊兩行，有十個小字。三個大字，乃「通天河」。十個小字，乃「徑過八百里，亙古少人行。」行者叫：「師父，你來看看。」三藏看見，滴淚道：「徒弟呀，我當年別了長安，只說西天易走；那知道妖魔阻隔，山水迢遙！」

八戒道：「師父，你且聽，是那裡鼓鈸聲音？想是做齋的人家。我們且去趕些齋飯吃，問個渡口尋船，明日過去罷。」三藏馬上聽得，果然有鼓鈸之聲。「卻不是道家樂器，足是我僧家舉事。我等去來。」行者在前引馬，一行聞響而來。那裡有甚正路，沒高沒低，漫過沙灘，望見一簇人家住處，約摸有四五百家，卻也都住得好。但見：

倚山通路，傍岸臨溪。處處柴扉掩，家家竹院關。沙頭宿鷺夢魂清，柳外啼鵑喉舌冷。短笛無聲，寒砧不韻。紅蓼枝搖月，黃蘆葉鬥風。陌頭村犬吠疏籬，渡口老漁眠釣艇。燈火稀，人煙靜，半空皎月如懸鏡。忽聞一陣白蘋香，卻是西風隔岸送。

三藏下馬，只見那路頭上有一家兒，門外豎一首幢幡，內裡有燈燭熒煌，香煙馥郁。三藏道：「悟空，此處比那山凹河邊，卻是不同。在人間屋簷下，可以遮得冷露，放心穩睡。你都莫來，讓我先到那齋公門首告求。若肯留我，我就招呼汝等；假若不留，你卻休要撒潑。汝等臉嘴醜陋，只恐唬了人，闖出禍來，卻倒無住處矣。」行者道：「說得有理。請師父先去，我們在此守待。」

那長老才摘了斗笠，光著頭，抖抖褊衫，拖著錫杖，徑來到人家門外。見那門半開半掩，三藏不敢擅入。聊站片時，只見裡面走出一個老者，項下掛著數珠，口念阿彌陀佛，徑自來關門，慌得這長老合掌高叫：「老施主，貧僧問訊了。」那老者還禮道：「你這和尚，卻來遲了。」三藏道：「怎麼說？」老者道：「來遲無物了。早來啊，我捨下齋僧，盡飽吃飯，熟米三升，白布一段，銅錢十文。你怎麼這時才來？」三藏躬身道：「老施主，貧僧不是趕齋的。」老者道：「既不趕齋，來此何幹？」三藏道：「我是東土大唐欽差往西天取經者。今到貴處，天色已晚。聽得府上鼓鈸之聲，特來告借一宿，天明就行也。」那老者搖手道：「和尚，出家人休打誑語。東土大唐，到我這裡，有五萬四千里路。你這等單身，如何來得？」三藏道：「老施主見得最是。但我還有三個小徒，逢山開路，遇水迭橋，保護貧僧，方得到此。」老者道：「既有徒弟，何不同來？」教：「請，請，我舍下有處安歇。」三藏回頭，叫聲：「徒弟，這裡來。」

那行者本來性急，八戒生來粗魯，沙僧卻也莽撞，三個人聽得師父招呼，牽著馬，挑著擔，不問好歹，一陣風，闖將進去。那老者看見，唬得跌倒在地，口裡只說是：「妖怪來了！妖怪來了！」三藏攙起道：「施主莫怕。不是妖怪，是我徒弟。」老者戰兢兢道：「這般好俊師父，怎麼尋這樣醜徒弟！」三藏道：「雖然相貌不終卻倒會降龍伏虎，捉怪擒妖。」老者似信不信的，扶著唐僧慢走。

卻說那三個凶頑，闖入廳房上，拴了馬，丟下行李。那廳中原有幾個和尚念經。八戒掬（撅）著長嘴，喝道：「那和尚，念的是甚麼經？」那些和尚，聽見問了一聲，忽然抬頭：

觀看外來人，嘴長耳朵大，身粗背膊寬，聲響如雷咋。
行者與沙僧，容貌更醜陋。廳堂幾眾僧，無人不害怕。
闍黎還念經，班首教行罷。難顧磬和鈴，佛像且丟下。
一齊吹息燈，驚散光乍乍。跌跌與爬爬，門檻何曾跨！
你頭撞我頭，似倒葫蘆架。清清好道場，翻成大笑話。

這兄弟三人，見那些人跌跌爬爬，鼓著掌哈哈大笑。那些僧越加悚懼，磕頭撞腦，各顧性命，通跑淨了。三藏攙那老者，走上廳堂，燈火全無，三人嘻嘻哈哈的還笑。唐僧罵道：「這潑物，十分不善！我朝朝教誨，日日叮嚀。古人云『不教而善，非聖而何！教而後善，非賢而何！教亦不善，非愚而何！』汝等這般撒潑，誠為至下至愚之類！走進門不知高低，唬倒了老施主，驚散了念經僧，把人家好事都攪壞了，卻不是墮罪與我？」說得他們不敢回言。那老者方信是他徒弟，急回頭作禮道：「老爺，沒大事，沒大事，才然關了燈，散了花，佛事將收也。」八戒道：「既是了賬，擺出滿散的齋來，我們吃了睡覺。」老者叫：「掌燈來！掌燈來！」家裡人聽得，大驚小怪道：「廳上念經，有許多香燭，如何又教掌燈？」幾個僮僕出來看時，這個黑洞洞的，即便點火把燈籠，一擁而至。忽抬頭見八戒、沙僧，慌得丟了火把，忽抽身關了中門。往裡嚷道：「妖怪來了！妖怪來了！」

行者拿起火把，點上燈燭，扯過一張交椅，請唐僧坐在上面。他兄弟們坐在兩旁。那老者坐在前面。正敘坐間，只聽得裡面門開處，又走出一個老者，拄著拐杖，道：「是甚麼邪魔，黑夜裡來我善門之家？」前面坐的老者，急起身迎到屏門後道：「哥哥莫嚷，不是邪魔，乃東土大唐取經的羅漢。徒弟們相貌雖凶，果然是山惡人善。」那老者方才放下拄杖，與他四位行禮。禮畢，也坐了面前，叫：「看茶來。排齋。」一連叫數聲，幾個僮僕，戰戰兢兢，不敢攏帳。

八戒忍不住問道：「老者，你這盛價（對別人僕人的尊稱），兩邊走怎的？」老者道：「教他們捧齋來侍奉老爺。」八戒道：「幾個人伏侍？」老者道：「八個人。」八戒道：「這八個人伏侍那個？」老者道：「伏侍你四位。」八戒道：「那白面師父，只消一個人；毛臉雷公嘴的，只消兩個人；那晦氣臉的，要八個人；我得二十個人伏侍方彀。」老者道：「這等說，想是你的食腸大些。」八戒道：「也將就看得過。」老者道：「有人，有人。」七大八小，就叫出有三四十人出來。

那和尚與老者，一問一答的講話，眾人方才不怕。卻將上面排了一張桌，請唐僧上坐；兩邊擺了三張桌，請他三位坐；前面一張桌，坐了二位老者。先排上素果品菜蔬，然後是麵飯、米飯、閒食、

第四十七回

聖僧夜阻通天水　金木垂慈救小童

粉湯，排得齊齊整整。唐長老舉起箸來，先念一卷《啟齋經》。那呆子一則有些急吞，二來有些餓了，那裡等唐僧經完，拿過紅漆木碗來，把一碗白米飯，撲的丟下口去，就了了。旁邊小的道：「這位老爺忒沒算計，不籠饅頭，怎的把飯籠了，卻不污了衣服？」八戒笑道：「不曾籠，吃了。」小的道：「你不曾舉口，怎麼就吃了？」八戒道：「兒子們便說謊！分明吃了；不信，再吃與你看。」那小的們，又端了碗，盛一碗遞與八戒。呆子幌一幌，又丟下口去就了了。眾僮僕見了道：「爺爺呀！你是『磨磚砌的喉嚨，著實又光又溜！』」那唐僧一卷經還未完，他已五六碗過手了。然後卻才同舉箸，一齊吃齋。呆子不論米飯麵飯，果品閒食，只情一撈亂嚾，口裡還嚷：「添飯！添飯！」漸漸不見來了！行者叫道：「賢弟，少吃些罷。也強似在山凹裡忍餓，將就彀得半飽也好了。」八戒道：「嘴臉！常言道：『齋僧不飽，不如活埋』哩。」行者教：「收了家伙，莫睬他！」二老者躬身道：「不瞞老爺說。白日裡倒也不怕，似這大肚子長老，也齋得起百十眾；只是晚了，收了殘齋，只蒸得一石麵飯、五斗米飯與幾桌素食，要請幾個親鄰與眾僧們散福；不期你列位來，唬得眾僧跑了，連親鄰也不曾敢請，盡數都供奉了列位。如不飽，再教蒸去。」八戒道：「再蒸去！再蒸去！」

話畢，收了家伙桌席。三藏拱身，謝了齋供。才問：「老施主，高姓？」老者道：「姓陳。」三藏合掌道：「這是我貧僧華宗（同姓）了。」老者道：「老爺也姓陳？」三藏道：「是，俗家也姓陳。請問適才做的甚麼齋事？」八戒笑道：「師父問他怎的！豈不知道？必然是『青苗齋』、『平安齋』、『了場齋』罷了。」老者道：「不是，不是。」三藏又問：「端的為何？」老者道：「是一場『預修亡齋』。」八戒笑得打跌道：「公公忒沒眼力！我們是扯謊架橋，哄人的大王，你怎麼把這謊話哄我！和尚家豈不知齋事？只有個『預修寄庫齋』、『預修填還齋』，那裡有個『預修亡齋』的？

你家人又不曾有死的，做甚亡齋？」

行者聞言，暗喜道：「這呆子乖了些也。老公公，你是錯說了。怎麼叫做『預修亡齋』？」那二位欠身道：「你等取經，怎麼不走正路，卻蹌到我這裡來？」行者道：「走的是正路，只見一股水擋住，不能得渡；因聞鼓鈸之聲，特來造（到）府借宿。」老者道：「你們到水邊，可曾見些甚麼？」行者道：「止見一面石碑，上書『通天河』三字，下書『徑過八百里，亙古少人行』十字，再無別物。」老者道：「再往上岸走走，好的離那碑記只有里許，有一座靈感大王廟，你不曾見？」行者道：「未見。請公公說說，何為靈感？」那兩個老者一齊垂淚道：「老爺啊！那大王：

感應一方興廟宇，威靈千里佑黎民。
年年莊上施甘露，歲歲村中落慶雲。」

行者道：「施甘雨，落慶雲，也是好意思，你卻這等傷情煩惱，何也？」那老者跌腳捶胸，哏了一聲道：「老爺啊！

雖則恩多還有怨，縱然慈惠卻傷人。
只因要吃童男女，不是昭彰正直神。」

行者道：「要吃童男女麼？」老者道：「正是。」行者道：「想必輪到你家了？」老者道：「今年正到舍下。我們這裡，有百家人家居住。此處屬車遲國元會縣所管，喚做陳家莊。這大王一年一次祭賽，要一個童男，一個童女，豬羊牲醴供獻他。他一頓吃了，保我們風調雨順；若不祭賽，就來降禍生災。」行者道：「你府上幾位令郎？」老者捶胸道：「可憐！可憐！說甚麼令郎，羞殺我等！這個是我舍弟，名喚陳清。老拙叫做陳澄。我今年六十三歲，他今年五十八歲，兒女上都艱難。我五十歲上還沒兒子，親友們勸我納了一妾，沒奈何，尋下一房，生得一女。今年才交八歲，取名喚做一秤金。」八戒道：「好貴名！怎麼叫做一秤金？」老者道：「我因兒女艱難，修橋補路，建寺立塔，布施齋僧，有一本賬目，那裡使三兩，那裡使五兩，到生女之年，卻好用過有三十斤黃金。三十斤為一秤，所以喚做一秤金。」

行者道：「那個的兒子麼？」老者道：「舍弟有個兒子，也是偏出（妾生的孩子），今年七歲了，取名喚做陳關保。」行者問：「何取此名？」老者道：「家下供養關聖爺爺，因在關爺之位下求得這個兒子，故名關保。我兄弟二人，年歲百二，止得這兩個人種，不期輪次到我家祭賽，所以不敢不獻。故此父子之情，難割難捨，先與孩兒做個超生道場。故曰『預修亡齋』者，此也。」

三藏聞言，止不住腮邊淚下道：「這正是古人云：『黃梅不落青梅落，老天偏害沒兒人』。」行者笑道：「等我再問他。老公公，你府上有多大家當？」二老道：「頗有些兒，水田有四五十頃，旱田有六七十頃，草場有八九十處；水黃牛有二三百頭，驢馬有三二十匹，豬羊雞鵝無數。舍下也有吃不著的陳糧，穿不了的衣服。家財產業，也盡得數。」行者道：「你這等家業，也虧你省將起來的。」老者道：「怎見我省？」行者道：「既有這家私，怎麼捨得親生兒女祭賽？拼了五十兩銀子，可買一個童男；拼了一百兩銀子，可買一個童女。連絞纏（指吃喝等費用）不過二百兩之數，可就留下自己兒女後代，卻不是好？」二老滴淚道：「老爺！你不知道。那大王甚是靈感，常來我們人家行走。」行者道：「他來行走，你們看見他是甚麼嘴臉？有幾多長短？」二老道：「不見其形，只聞得一陣香風，就知是大王爺爺來了，即忙滿斗焚香，老少望風下拜。他把我們這人家，匙大碗小之事，他都知道。老幼生時年月，他都記得。只要親生兒女，他方受用。不要說二三百兩沒處買，就是幾千萬兩，也沒處買這般一模一樣同年同月的兒女。」

行者道：「原來這等。也罷，也罷，你且抱你令郎出來，我看看。」那陳清急入裡面，將關保兒抱出廳上，放在燈前。小孩兒那知死活，籠著兩袖果子，跳跳舞舞的，吃著耍子。行者見了，默默念聲咒語，搖身一變，變作那關保兒一般模樣。兩個孩兒，攙著手，在燈前跳舞，唬得那老者謊忙跪著唐僧道：「老爺，不當人子！不當人子！這位老爺才然說話，怎麼就變作我兒一般模樣，叫他一聲，齊應齊走！卻折了我們年壽！請現本相！請現本相！」行者把臉抹了一把，現了本相。那老者跪在面前道：「老爺原來有這樣本事。」行者笑道：「可像你兒子麼？」老者道：「像！像！像！果然一般嘴臉，一般聲音，一般衣服，一般長短。」行者道：「你還沒細看哩。取秤來稱稱，可與他一般輕重。」老者道：「是，是，是一般重。」行者道：「似這等可祭賽得過麼？」老者道：「忒好！忒好！祭得過了！」

行者道：「我今替這個孩兒性命，留下你家香煙後代，我去祭賽那大王去也。」那陳清跪地磕頭道：「老爺果若慈悲替得，我送白銀一千兩，與唐老爺做盤纏往西天去。」行者道：「就不謝謝老孫？」老者道：「你已替祭，沒了你也。」行者道：「怎的得沒了？」老者道：「那大王吃了。」行者道：「他敢吃我？」老者道：「不吃你，好道嫌腥。」行者笑道：「任從天命。吃了我，是我的命短；不吃，是我的造化。我與你祭賽去。」

那陳清只管磕頭相謝，又允送銀五百兩；惟陳澄也不磕頭，也不說謝，只是倚著那屏門痛哭。行者知之，上前扯住道：「老大，你這不允我，不謝我，想是捨不得你女兒麼？」陳澄才跪下道：「是，捨不得。敢蒙老爺盛情，救替了我侄子也彀了。但只是老拙無兒，止此一女，就是我死之後，他也哭得痛切，怎麼捨得！」行者道：「你快去蒸上五斗米的飯，整治些好素菜，與我那長嘴師父吃。教他變作你的女兒，我兄弟同去祭賽。索性行個陰騭（陰德），救你兩個兒女性命，如何？」那八戒聽得此言，心中大驚，道：「哥哥，你要弄精神，不管我死活，就要攀扯我。」行者道：「賢弟，常言道：『雞兒不吃無工之食。』你我進門，感承盛齋，你還嚷吃不飽哩，怎麼就不與人家救些患難？」八戒道：「哥啊，你便會變化，我卻不會哩。」行者道：「你也有三十六般變化，怎麼不會？」唐僧叫：「悟能，你師兄說得最是，處得甚當。常言『救人一命，勝造七級浮屠。』一則感謝厚情，二來當積陰德。況涼夜無事，你兄弟耍耍去來。」八戒道：「你看師父說的話！我只會變山，變樹，變石頭，變癩象，變水牛，變大胖漢還可；若變小女兒，有幾分難哩。」行者道：「老大莫信他，抱出你令愛來看。」那陳澄急入裡邊，抱將一秤金孩兒，到了廳上。一家子，妻妾大小，不分老幼內外，都出來磕頭禮拜，只請救孩兒性命。那女兒頭上戴一個八寶垂珠的花翠箍；身上穿一件紅閃黃的紵絲襖，上套著一件官綠緞子棋盤領的披風；腰間繫一條大紅花絹裙；腳下踏一雙蝦蟆頭淺紅紵絲鞋；腿上繫兩隻綃金膝褲兒；也袖著果子吃哩。行者道：「八戒，這就是女孩兒。你快變的像他，我們祭賽去。」八戒道：「哥呀，似這般小巧俊秀，怎變？」行者叫：「快些！莫討打！」八戒謊了道：「哥哥不要打，等我變了看。」這呆子念動咒語，把頭搖了幾搖，叫「變！」真個變過頭來，就也像女孩兒面目，只是肚子胖大，狼犺不像。行者笑道：「再變變！」八戒道：「憑你打了罷！變不過來，奈何？」行者道：「莫成是丫頭的頭，和尚的身子？弄的這等不男不女，卻怎生是好？你可布起罡來。」他就吹他一口仙氣，果然即時把身子變過，與那孩兒一般。便教：「二位老者，帶你寶眷與令郎令愛進去，不要錯了。」一會家，我兄弟躲懶討乖，走進去，轉難識認。你將好果子與他吃，不可教他哭叫；恐大王一時知覺，走了風訊（消息）。等我兩人耍子去也！」

好大聖，吩咐沙僧保護唐僧，他變做陳關保，八戒變作一秤金。二人俱停當（妥當）了，卻問：「怎麼供獻？還是捆了去，是綁了去？蒸熟了去，是剁碎了去？」八戒道：「哥哥，莫要弄我。我沒這個手段。」老者道：「不敢！不敢！只是用兩個紅漆丹盤，請二位坐在盤內，放在桌上，著兩個後生抬一張桌子，把你們抬上廟去。」行者道：「好！好！好！拿盤子出來，我們試試。」那老者即取出兩個丹盤。行者與八戒坐上，四個後生，抬起兩張桌子，往天井裡走走兒，又抬回放在堂上。行者歡喜道：「八戒，像這般子走走耍耍，我們也是上台盤（在正式、莊重場合露臉。這裡是雙關語）的和尚了。」八戒道：「若是抬了去，還抬回來，兩頭抬到天明，我也不怕；只是抬到廟裡，就要吃哩，這個卻不是耍子！」行者道：「你只看著我。剗著吃我時，你就走了罷。」八戒道：「知他怎麼吃哩？如先吃童男，我便好跑；如先吃童女，我卻如何？」老者道：「常年祭賽時，我這裡有膽大的，鑽在廟後，或在供桌底下，看見他先吃童男，後吃童女。」八戒道：「造化！造化！」

兄弟正然談論，只聽得外面鑼鼓喧天，燈火照耀，同莊眾人打開前門，叫：「抬出童男童女來！」這老者哭哭啼啼，那四個後生將他二人抬將出去。端的不知性命何如，且聽下回分解。

第四十八回

魔弄寒風飄大雪　僧思拜佛履層冰

話說陳家莊眾信人等，將豬羊牲醴與行者、八戒，喧喧嚷嚷，直抬至靈感廟裡排下。將童男女設在上首。行者回頭，看見那供桌上香花蠟燭，正面一個金字牌位，上寫「靈感大王之神」，更無別的神像。眾信擺列停當，一齊朝上叩頭道：「大王爺爺，今年、今月、今日、今時，陳家莊祭主陳澄等眾信，年甲不齊，謹遵年例，供獻童男一名陳關保，童女一名陳一秤金，豬羊牲醴如數，奉上大王享用。保祄風調雨順，五穀豐登。」祝罷，燒了紙馬，各回本宅不題。

那八戒見人散了，對行者道：「我們家去罷。」行者道：「你家在那裡？」八戒道：「往老陳家睡覺去。」行者道：「呆子又亂談了。既允了他，須與他了這願心才是哩。」八戒道：「你倒不是呆子，反說我是呆子！只哄他耍耍便罷，怎麼就與他祭賽，當起真來！」行者道：「莫胡說。為人為徹。一定等那大王來吃了，才是個全始全終；不然，又教他降災貽害，反為不美。」

正說間，只聽得呼呼風響。八戒道：「不好了！風響是那話兒來了！」行者只叫：「莫言語，等我答應。」頃刻間，廟門外來了一個妖邪。你看他怎生模樣：

金甲金盔燦爛新，腰纏寶帶繞紅雲。
眼如晚出明星皎，牙似重排鋸齒分。
足下煙霞飄蕩蕩，身邊霧靄暖熏熏。
行時陣陣陰風冷，立處層層煞氣溫。
卻似捲簾扶駕將，猶如鎮寺大門神。

那怪物攔住廟門問道：「今年祭祀的是那家？」行者笑吟吟的答道：「承下問，莊頭是陳澄、陳清家。」那怪聞答，心中疑似道：「這童男膽大，言談伶俐。常來供養受用的，問一聲不言語；再問聲，唬了魂；用手去捉，已是死人。怎麼今日這童男善能應對？」怪物不敢來拿，又問：「童男女叫甚名字？」行者笑道：「童男陳關保，童女一秤金。」怪物道：「這祭賽乃上年舊規，如今供獻我，當吃你。」行者道：「不敢抗拒，請自在受用。」怪物聽說，又不敢動手，攔住門喝道：「你莫頂嘴！我常年先吃童男，今年倒要先吃童女！」八戒慌了道：「大王還照舊罷，不要吃壞例子。」

那怪不容分說，放開手，就捉八戒。呆子撲的跳下來，現了本相，掣釘鈀，劈手一築，那怪物縮了手，往前就走，只聽得當的一聲響。八戒道：「築破甲了！」行者也現本相看處，原來是冰盤大小兩個魚鱗。喝聲「趕上！」二人跳到空中。那怪物因來赴會，不曾帶得兵器，空手在雲端裡問道：「你是那方和尚，到此欺人，破了我的香火，壞了我的名聲！」行者道：「這潑物原來不知。我等乃東土大唐聖僧三藏奉欽差西天取經之徒弟。昨因夜寓陳家，聞有邪魔，假號靈感，年年要童男女祭賽，是我等慈悲，拯救生靈，捉你這潑物！趁早實實供來！一年吃兩個童男女，你在這裡稱了幾年大

第四十八回

魔弄寒風飄大雪　僧思拜佛履層冰

王，吃了多少男女？一個個算還我，饒你死罪！」那怪聞言就走，被八戒又一釘鈀，未曾打著。他化一陣狂風，鑽入通天河內。

行者道：「不消趕他了。這怪想是河中之物。且待明日設法拿他，送我師父過河。」八戒依言，徑回廟裡，把那豬羊祭醴，連桌面一齊搬到陳家。此時唐長老、沙和尚，共陳家兄弟，正在廳中候信，忽見他二人將豬羊等物都丟在天井裡。三藏迎來問道：「悟空，祭賽之事何如？」行者將那稱名趕怪鑽入河中之事，說了一遍。二老十分歡喜，即命打掃廂房，安排床鋪，請他師徒就寢不題。

卻說那怪得命，回歸水內，坐在宮中，默默無言。水中大小眷族問道：「大王每年享祭，回來歡喜，怎麼今日煩惱？」那怪道：「常年享畢，還帶些餘物與汝等受用，今日連我也不曾吃得。造化低，撞著一個對頭，幾乎傷了性命。」一眾水族問：「大王，是那個？」那怪道：「是一個東土大唐聖僧的徒弟，往西天拜佛求經者，假變男女，坐在廟裡。我被他現出本相，險些兒傷了性命。一向聞得人講，唐三藏乃十世修行好人，但得吃他一塊肉延壽長生。不期他手下有這般徒弟。我被他壞了名聲，破了香火，有心要捉唐僧，只怕不得能彀。」

那水族中，閃上一個斑衣鱖婆，對怪物跬跬拜拜，笑道：「大王，要捉唐僧，有何難處！但不知捉住他，可賞我些酒肉？」那怪道：「你若有謀，合同用力，捉了唐僧，與你拜為兄妹，共席享之。」鱖婆拜謝了道：「久知大王有呼風喚雨之神通，攪海翻江之勢力，不知可會降雪？」那怪道：「會降。」又道：「既會降雪，不知可會作冷結冰？」那怪道：「更會！」鱖婆鼓掌笑道：「如此，極易！極易！」那怪道：「你且將極易之功，講來我聽。」鱖婆道：「今夜有三更天氣，大王不必遲疑，趁早作法，起一陣寒風，下一陣大雪，把通天河盡皆凍結。著我等善變化者，變作幾個人形，在於路口，背包持傘，擔擔推車，不住的在冰上行走。那唐僧取經之心甚急，看見如此人行，斷然踏冰而渡。大王穩坐河心，待他腳蹤響處，迸裂寒冰，連他那徒弟們一齊墜落水中，一鼓可得也！」那怪聞言，滿心歡喜道：「甚妙！甚妙！」即出水府，踏長空興風作雪，結冷凝凍成冰不題。

卻說唐長老師徒四人，歇在陳家。將近天曉，師徒們衾寒枕冷。八戒咳歌打戰睡不得，叫道：「師兄，冷啊！」行者道：「你這呆子，忒不長俊！出家人寒暑不侵，怎麼怕冷？」三藏道：「徒弟，果然冷。你看，就是那：

重衾無暖氣，袖手似揣冰。此時敗葉垂霜蕊，蒼松掛凍鈴。地裂因寒甚，池平為水凝。漁舟不見叟，山寺怎逢僧。樵子愁柴少，王孫喜炭增。征人鬚似鐵，詩客筆如菱。皮襖猶嫌薄，貂裘尚恨輕。蒲團僵老衲，紙帳旅魂驚。繡被重茵褥，渾身戰抖鈴。」

師徒們都睡不得，爬起來穿了衣服。開門看處，呀！外面白茫茫的，原來下雪哩！行者道：「怪道你們害冷哩。卻是這般大雪！」四人眼同觀看，好雪！但見那：

彤雲密布，慘霧重浸。彤雲密布，朔風凜凜號空；慘霧重浸，大雪紛紛蓋地。真個是：六出花，片片飛瓊；千林樹，株株帶玉。須臾積粉，頃刻成鹽。白鸚歌失素，皓鶴羽毛同。平添吳楚千江水，壓倒東南幾樹梅。卻便似戰退玉龍三百萬，果然如敗鱗殘甲滿天飛。那裡得東郭履，袁安臥，孫康映讀；更不見子猷舟，王恭幣，蘇武餐氈。但只是幾家村舍如銀砌，萬里江山似玉團。好雪！柳絮漫橋，梨花蓋舍。柳絮漫橋，橋邊漁叟掛蓑衣；梨花蓋舍，舍下野翁煨榾柮。客子難沽酒，蒼頭苦覓梅。灑灑瀟瀟裁蝶翅，飄飄蕩蕩剪鵝衣。團團滾滾隨風勢，迭迭層層道路迷。陣陣寒威穿小幕，颼颼冷氣透幽幃。豐年祥瑞從天降，堪賀人間好事宜。

那場雪，紛紛灑灑，果如剪玉飛綿。師徒們嘆玩多時，只見陳家老者，著兩個僮僕，掃開道路，又兩個送出熱湯洗面。須臾，又送滾茶乳餅，又抬出炭火；俱到廂房，師徒們敘坐。長老問道：「老施主，貴處時令，不知可分春夏秋冬？」陳老笑道：「此間雖是僻地，但只風俗人物，與上國不同，至於諸凡谷苗牲畜，都是同天共日，豈有不分四時之理？」三藏道：「既分四時，怎麼如今就有這般大雪，這般寒冷？」陳老道：「此時雖是七月，昨日已交白露，就是八月節了。我這裡常年八月間就有霜雪。」三藏道：「甚比我東土不同。我那裡交冬節方有之。」

正話間，又見僮僕來安桌子，請吃粥。粥罷之後，雪比早間又大，須臾，平地有二尺來深。三藏心焦垂淚。陳老道：「老爺放心，莫見雪深憂慮。我舍下頗有幾石糧食，供養得老爺們半生。」三藏道：「老施主不知貧僧之苦。我當年蒙聖恩賜了旨意，擺大駕親送出關，唐王御手擎杯奉餞，問道：『幾時可回？』貧僧不知有山川之險，順口回奏：『只消三年，可取經回國。』自別後，今已七八個年頭，還未見佛面，恐違了欽限；又怕的是妖魔凶狠，所以焦慮。今日有緣得寓潭府，昨夜愚徒們略施小惠報答，實指望求一船隻渡河；不期天降大雪，道路迷漫，不知幾時才得功成回故土也！」陳老道：「老爺放心，正是多的日子過了，那裡在這幾日。且待天晴，化了冰，老拙傾家費產，必處置送老爺過河。」

只見一僮又請進早齋。到廳上吃畢。敘不多時，又午齋相繼而進。三藏見品物豐盛，再四不安道：「既蒙見留，只可以家常相待。」陳老道：「老爺，感蒙替祭救命之恩，雖逐日設筵奉款，也難酬難謝。」

此後大雪方住，就有人行走。陳老見三藏不快，又打掃花園，大盆架火，請去雪洞裡閒耍散悶。八戒笑道：「那老兒忒沒算計！春二三月好賞花園；這等大雪，又冷，賞玩何物！」行者道：「呆子不在事！雪景自然幽靜。一則游賞，二來與師父寬懷。」陳老道：「正是，正是。」遂此邀請到園。但見：

景值三秋，風光如臘。蒼松結玉蕊，衰柳掛銀花。階下玉苔堆粉屑，窗前翠竹吐瓊芽。巧石山頭，養魚池內。巧石山頭，削削尖峰排玉筍；養魚池內，清清活水作冰盤。臨岸芙蓉妖色淺，傍崖木槿嫩枝垂。秋海棠，全然壓倒；臘梅樹，聊發新枝。牡丹亭、海榴亭、丹桂亭，亭亭盡鵝毛堆積；放懷處、款客處、道興處，處處皆蝶翅鋪漫。兩籬黃菊玉綃金，幾樹丹楓紅間白。無數閒庭冷難到，且觀雪洞冷如冰。那裡邊放一個獸面象足銅火盆，熱烘烘炭火才生；那上下有幾張虎皮搭苫漆交椅，軟溫溫紙窗鋪設。

四壁上掛幾軸名公古畫，卻是那：

第四十八回

魔弄寒風飄大雪　僧思拜佛履層冰

七賢過關，寒江獨釣，迭嶂層巒團雪景；蘇武餐氈，折梅逢使，瓊林玉樹寫寒文。說不盡那：家近水亭魚易買，雪迷山徑酒難沽。真個可堪容膝處，算來何用訪蓬壺？

眾人觀玩良久，就於雪洞裡坐下，對鄰叟道取經之事。又捧香茶飲畢。陳老問：「列位老爺，可飲酒麼？」三藏道：「貧僧不飲，小徒略飲幾杯素酒。」陳老大喜，即命：「取素果品，燉暖酒，與列位盪寒。」那僮僕即抬桌圍爐，與兩個鄰叟，各飲了幾杯，收了家伙。

不覺天色將晚，又仍請到廳上晚齋。只聽得街上行人都說：「好冷天啊！把通天河凍住了！」三藏聞言道：「悟空，凍住河，我們怎生是好？」陳老道：「乍寒乍冷，想是近河邊淺水處凍結。」那行人道：「把八百里都凍的似鏡面一般，路口上有人走哩！」三藏聽說有人走，就要去看。陳老道：「老爺莫忙。今日晚了，明日去看。」遂此別卻鄰叟。又晚齋畢，依然歇在廂房。

及次日天曉，八戒起來道：「師兄，今夜更冷，想必河凍住也。」三藏迎著門，朝天禮拜道：「眾位護教大神，弟子一向西來，虔心拜佛，苦歷山川，更無一聲報怨；今至於此，感得皇天昤助，結凍河水，弟子空心權謝，待得經回，奏上唐皇，竭誠酬答。」禮拜畢，遂教悟淨背馬，趁冰過河。陳老又道：「莫忙，待幾日雪融冰解，老拙這裡辦船相送。」沙僧道：「就行也不是話，再住也不是話。口說無憑，耳聞不如眼見。我背了馬，且請師父親去看看。」陳老道：「言之有理。」教：「小的們，快去背我們六匹馬來！且莫背唐僧老爺馬。」

就有六個小價（僕人）跟隨。一行人徑往河邊來看，真個是：

雪積如山聳，雲收破曉晴。寒凝楚塞千峰瘦。冰結江湖一片平。朔風凜凜，滑凍棱棱。
池魚偎密藻，野鳥戀枯槎。塞外征夫俱墜指，江頭梢子亂敲牙。裂蛇腹，斷鳥足，果然冰山
千百尺。萬壑冷浮銀，一川寒浸玉。東方自信出僵蠶，北地果然有鼠窟。王祥臥，光武渡，
一夜溪橋連底固。曲沼結棱層，深淵重迭沍。通天闊水更無波，皎潔冰漫如陸路。

三藏與一行人到了河邊，勒馬觀看。真個那路口上有人行走。三藏問道：「施主，那些人上冰往那裡去？」陳老道：「河那邊乃西梁女國。這起人都是做買賣的。我這邊百錢之物，到那邊可值萬錢；那邊百錢之物，到這邊亦可值萬錢。利重本輕，所以人不顧生死而去。常年家有五七人一船，或十數人一船，飄洋而過。見如今河道凍住，故捨命而步行也。」三藏道：「世間事惟名利最重。似他為利的，捨死忘生；我弟子奉旨全忠，也只是為名，與他能差幾何！」教：「悟空，快回施主家，收拾行囊，叩背馬匹，趁此層冰，早奔西方去也。」行者笑吟吟答應。

沙僧道：「師父啊，常言道：『千日吃了千升米。』今已托賴陳府上，且再住幾日，待天晴化凍，辦船而過。忙中恐有錯也。」三藏道：「悟淨，怎麼這等愚見！若是正二月，一日暖似一日，可以待得凍解。此時乃八月，一日冷似一日，如何可便望解凍！卻不又誤了半載行程？」

八戒跳下馬來：「你們且休講閒口，等老豬試看有多少厚薄。」行者道：「呆子，前夜試水，能去拋石；如今冰凍重漫，怎生試得？」八戒道：「師兄不知。等我舉釘鈀築他一下。假若築破，就是冰薄，且不敢行；若築不動，便是冰厚，如何不行？」三藏道：「正是，說得有理。」那呆子撩衣拽步，走上河邊，雙手舉鈀，盡力一築，只聽撲的一聲，築了九個白跡，手也振得生疼。呆子笑道：

第四十八回

魔弄寒風飄大雪　僧思拜佛履層冰

「去得！去得！連底都錮住了。」

三藏聞言，十分歡喜，與眾同回陳家。只教收拾走路。那兩個老者苦留不住，只得安排些乾糧烘炒，做些燒餅饃饃相送。一家子磕頭禮拜，又捧出一盤子散碎金銀，跪在面前道：「多蒙老爺活子之恩，聊表途中一飯之敬。」三藏擺手搖頭，只是不受道：「貧僧出家人，財帛何用？就途中也不敢取出。只是以化齋度日為正事。收了乾糧足矣。」二老又再三央求，行者用指尖兒捻了一小塊，約有四五錢重，遞與唐僧道：「師父，也只當些襯錢，莫教空負二老之意。」

遂此相向而別。徑至河邊冰上，那馬蹄滑了一滑，險些兒把三藏跌下馬來。沙僧道：「師父，難行！」八戒道：「且住！問陳老官討個稻草來我用。」行者道：「要稻草何用？」八戒道：「你那裡得知？要稻草包著馬蹄方才不滑，免教跌下師父來也。」陳老在岸上聽言，急命人家中取一束稻草，卻請唐僧上岸下馬。八戒將草包裹馬足，然後踏冰而行。

別陳老離河邊，行有三四里遠近，八戒把九環錫杖遞與唐僧道：「師父，你橫此在馬上。」行者道：「這呆子奸詐！錫杖原是你挑的，如何又叫師父拿著？」八戒道：「你不曾走過冰凌，不曉得；凡是冰凍之上，必有凌眼；倘或屣著凌眼，脫將下去，若沒橫擔之物，骨都的落水，就如一個大鍋蓋蓋住，如何鑽得上來！須是如此架住方可。」行者暗笑道：「這呆子倒是個積年走冰的！」果然都依了他。長老橫擔著錫杖，行者橫擔著鐵棒，沙僧橫擔著降妖寶杖，八戒肩挑著行李，腰橫著釘鈀，師徒們放心前進。這一直行到天晚，吃了些乾糧，卻又不敢久停，對著星月光華，映的冰凍上亮灼灼、白茫茫，只情奔走，果然是馬不停蹄。師徒們莫能合眼，走了一夜。天明又吃些乾糧，望西又進。正行時，只聽得冰底下撲喇喇一聲響亮，險些兒唬倒了白馬。三藏大驚道：「徒弟呀！怎麼這般響亮？」八戒道：「這河忒也凍得結實，地凌響了。或者這半中間連底通錮住了也。」三藏聞言，又驚又喜，策馬前進，趲行不題。

卻說那妖邪自從回歸水府，引眾精在於冰下。等候多時，只聽得馬蹄響處，他在底下弄個神通，滑喇的迸開冰凍，慌得孫大聖跳上空中。早把那白馬落於水內，三人盡皆脫下。

那妖邪將三藏捉住，引群精徑回水府。厲聲高叫：「鱖妹何在？」老鱖婆迎門施禮道：「大王，不敢！不敢！」妖邪道：「賢妹何出此言！『一言既出，駟馬難追。』原說聽從汝計，捉了唐僧，與你拜為兄妹。今日果成妙計，捉了唐僧，就好昧了前言？」教：「小的們，抬過案桌，磨快刀來，把這和尚剖腹剜心，剝皮剮肉；一壁廂響動樂器，與賢妹共而食之，延壽長生也。」鱖婆道：「大王，且休吃他，恐他徒弟們尋來吵鬧。且寧耐兩日，讓那廝不來尋，然後剖開，請大王上坐，眾眷族環列，吹彈歌舞，奉上大王，從容自在享用，卻不好也？」那怪依言，把唐僧藏於宮後，使一個六尺長的石匣，蓋在中間不題。

卻說八戒、沙僧，在水裡撈著行囊，放在白馬身上馱了。分開水路，湧浪翻波，負水而出。只見行者在半空中看見，問道：「師父何在？」八戒道：「師父姓『陳』，名『到底』了。如今沒處找尋，且上岸再作區處。」原來八戒本是天蓬元帥臨凡，他當年掌管天河八萬水兵大眾；沙和尚是流沙河內出身；白馬本是西海龍孫：故此能知水性。大聖在空中指引。須臾，回轉東崖，曬刷了馬匹，紾掠了衣裳，大聖雲頭按落，一同到於陳家莊上。早有人報與二老道：「四個取經的老爺，如今只剩了三個來也。」兄弟即忙接出門外，果見衣裳還濕，道：「老爺們，我等那般苦留，卻不肯住，只要這樣方休。——怎麼不見三藏老爺？」八戒道：「不叫做三藏了，改名叫做『陳到底』也。」二老垂淚道：「可憐！可憐！我說等雪融備船相送，堅執不從，致令喪了性命！」行者道：「老兒，莫替古人擔憂。我師父管他不死長命。老孫知道，決然是那靈感大王弄法算計去了。你且放心，與我們漿漿衣服，曬曬關文，取草料餵著白馬，等我弟兄尋著那廝，救出師父，索性剪草除根，替你一莊人除了後患，庶幾永永得安生也。」陳老聞言，滿心歡喜，即命安排齋供。

兄弟三人，飽餐一頓。將馬匹、行囊，交與陳家看守。各整兵器，徑赴道邊尋師擒怪。正是：

誤踏層冰傷本性，
大丹脫漏怎周全？

畢竟不知怎麼救得唐僧，且聽下回分解。

第四十九回

三藏有災沉水宅　觀音救難現魚籃

卻說孫大聖與八戒、沙僧辭陳老來至河邊，道：「兄弟，你兩個議定，那一個先下水。」八戒道：「哥啊，我兩個手段不見怎的，還得你先下水。」行者道：「不瞞賢弟說，若是山裡妖精，全不用你們費力；水中之事，我去不得。就是下海行江，我需要捻著避水訣，或者變化甚麼魚蟹之形，才去得；若是那般捻訣，卻掄不得鐵棒，使不得神通，打不得妖怪，我久知你兩個乃慣水之人，所以要你兩個下去。」沙僧道：「哥啊，小弟雖是去得，但不知水底如何。我等大家都去。哥哥變作甚麼模樣；或是我馱著你，分開水道，尋著妖怪的巢穴，你先進去打聽打聽。若是師父不曾傷損，還在那裡，我們好努力征討；假若不是這怪弄法，或者渰殺師父，或者被妖吃了，我等不須苦求，早早的別尋道路何如？」行者道：「賢弟說得有理。你們那個馱我？」八戒暗喜道：「這猴子不知捉弄了我多少，今番原來不會水，等老豬馱他，也捉弄他捉弄！」呆子笑嘻嘻的叫道：「哥哥，我馱你。」行者就知有意，卻便將計就計道：「是，也好，你比悟淨還有些膂力。」八戒就背著他。

沙僧剖開水路，弟兄們同入通天河內。向水底下行有百十里遠近，那呆子要捉弄行者，行者隨即拔下一根毫毛，變做假身，伏在八戒背上，真身變作一個豬蝨子，緊緊的貼在他耳朵裡。八戒正行，忽然打個躘踵，得故子把行者往前一摜，撲的跌了一跤。原來那個假身本是毫毛變的，卻就飄起去，無影無形。沙僧道：「二哥，你是怎麼說？不好生走路，就跌在泥裡，便也罷了，卻把大哥不知跌了那裡去了！」八戒道：「那猴子不禁跌，一跌就跌化了。兄弟，莫管他死活，我和你且去尋師父去。」沙僧道：「不好，還得他來。他雖不知水性，他比我們乖巧。若無他來，我不與你去。」行者在八戒耳朵裡，忍不住高叫道：「悟淨！老孫在這裡也。」沙僧聽得，笑道：「罷了！這呆子是死了！你怎麼就敢捉弄他！如今弄得聞聲不見面，卻怎是好？」八戒慌得跪在泥裡磕頭道：「哥哥，是我不是了。待救了師父，上岸陪禮。你在那裡做聲？就影殺（方言：感到恐怖）我也！你請現原身出來。我馱著你，再不敢衝撞你了。」行者道：「是你還馱著我哩。我不弄你，你快走！快走！」那呆子絮絮叨叨，只管念誦著陪禮，爬起來與沙僧又進。

行了又有百十里遠近，忽抬頭望見一座樓台，上有「水黿之第」四個大字。沙僧道：「這廂想是妖精住處，我兩個不知虛實，怎麼上門索戰。」行者道：「悟淨，那門裡外可有水麼？」沙僧道：「無水。」行者道：「既無水，你再藏隱在左右，待老孫去打聽打聽。」

好大聖，爬離了八戒耳朵裡，卻又搖身一變，變作個長腳蝦婆，兩三跳跳到門裡。睜眼看時，只見那怪坐在上面，眾水族擺列兩邊，有個斑衣鱖婆坐於側手，都商議要吃唐僧。行者留心，兩邊尋找不見，忽看見一個大肚蝦婆走將來，徑往西廊下立定。行者跳到面前，稱呼道：「姆姆，大王與眾商議要吃唐僧，唐僧卻在那裡？」蝦婆道：「唐僧被大王降雪結冰，昨日拿在宮後石匣中間，只等明日，他徒弟們不來吵鬧，就奏樂享用也。」

行者聞言，演了一會，徑直尋到宮後，看果有一個石匣，卻像人家槽房裡的豬槽，又似人間一口石棺材之樣，量量足有六尺長短；卻伏在上面，聽了一會，只聽得三藏在裡面嚶嚶的哭哩。行者不言語，側耳再聽，那師父挫得牙響，哏了一聲道：

「自恨江流命有愆，生時多少水災纏。出娘胎腹淘波浪，拜佛西天墮渺淵。前遇黑河身有難，今逢冰解命歸泉。不知徒弟能來否，可得真經返故園？」

行者忍不住叫道：「師父莫恨水災。《經》云：『土乃五行之母，水乃五行之源。無土不生，無水不長。』老孫來了！」三藏聞得道：「徒弟啊，救我耶！」行者道：「你且放心，待我們擒住妖精，管教你脫難。」三藏道：「快些兒下手！再停一日，足足悶殺我也！」行者道：「沒事！沒事！我去也！」急回頭，跳將出去，到門外現了原身，叫：「八戒！」那呆子與沙僧近道：「哥哥，如何？」行者道：「正是此怪騙了師父。師父未曾傷損，被怪物蓋在石匣之下。你兩個快早挑戰，讓老孫先出水面。你若擒得他就擒；擒不得，做個佯輸，引他出水，等我打他。」沙僧道：「哥哥放心先去，待小弟們鑑貌辨色。」這行者捻著避水訣，鑽出波中，停立岸邊等候不題。

你看那豬八戒行凶，闖至門前，厲聲高叫：「潑怪物！送我師父出來！」慌得那門裡小妖，急報：「大王，門外有人要師父哩！」妖邪道：「這定是那潑和尚來了。」教：「快取披掛兵器來！」眾小妖連忙取出。妖邪結束了，執兵器在手，即命開門，走將出來。八戒與沙僧對列左右，見妖邪怎生披掛。好怪物！你看他：

頭戴金盔晃且輝，身披金甲掣虹霓。腰圍寶帶團珠翠，足踏煙黃靴樣奇。
鼻準高隆如嶠聳，天庭廣闊若龍儀。眼光閃灼圓還暴，牙齒鋼鋒尖又齊。
短髮蓬鬆飄火焰，長鬚瀟灑挺金錐。口咬一枝青嫩藻，手拿九瓣赤銅鎚。
一聲咿啞門開處，響似三春驚蟄雷。這等形容人世少，敢稱靈顯大王威。

妖邪出得門來，隨後有百十個小妖，一個個掄槍舞劍，擺開兩哨，對八戒道：「你是那寺裡和尚？為甚到此喧嚷？」八戒喝道：「我把你這打不死的潑物！你前夜與我頂嘴，今日如何推不知來問我？我本是東土大唐聖僧之徒弟，往西天拜佛求經者。你弄玄虛，假做甚麼靈感大王，專在陳家莊要吃童男童女，我本是陳清家一秤金，你不認得我麼？」那妖邪道：「你這和尚，甚沒道理！你變做一秤金，該一個冒名頂替之罪。我倒不曾吃你，反被你傷了我手背。已此讓了你，你怎麼又尋上我的門來？」八戒道：「你既讓我，卻怎麼又弄冷風，下大雪，凍結堅冰，害我師父？快早送我師父出來，萬事皆休！牙迸半個『不』字，你只看看手中鈀！決不饒你！」妖邪聞言，微微冷笑道：「這和尚賣此長舌，胡誇大口。果然是我作冷下雪凍河，攝你師父。你今嚷上門來，思量取討，只怕這一番不比那一番了。那時節，我因赴會，不曾帶得兵器，誤中你傷。你如今且休要走，我與你交敵三合。三合敵得我過，還你師父；敵不過，連你一發吃了。」

八戒道：「好乖兒子！正是這等說！仔細看鈀！」妖邪道：「你原來是半路上出家的和尚。」八戒道：「我的兒，你真個有些靈感，怎麼就曉得我是半路出家的？」妖邪道：「你會使鈀，想是雇在那裡種園，把他釘鈀拐將來也。」八戒道：「兒子，我這鈀，不是那築地之鈀。你看：

巨齒鑄就如龍爪，遜金裝來似蟒形。若逢對敵寒風灑，但遇相持火焰生。
能與聖僧除怪物，西方路上捉妖精。掄動煙雲遮日月，使開霞彩照分明。
築倒太山千虎怕，掀翻大海萬龍驚。饒你威靈有手段，一築須教九窟窿！」

那個妖邪，那裡肯信，舉銅錘劈頭就打。八戒使釘鈀架住道：「你這潑物，原來也是半路上成精的邪魔！」那怪道：「你怎麼認得我是半路上成精的？」八戒道：「你會使銅錘，想是雇在那個銀匠家扯爐，被你得了手，偷將出來的。」妖邪道：「這不是打銀之錘。你看：

九瓣攢成花骨朵，一竿虛孔萬年青。原來不比凡間物，出處還從仙苑名。
綠房紫菂瑤池老，素質清香碧沼生。因我用功摶煉過，堅如鋼銳徹通靈。
槍刀劍戟渾難賽，鉞斧戈矛莫敢經。縱讓你鈀能利刃，湯著吾錘進折釘！」

沙和尚見他兩個攀話，忍不住近前高叫道：「那怪物！休得浪言！古人云：『口說無憑，做出便見。』不要走！且吃我一杖！」妖邪使錘桿架住道：「你也是半路裡出家的和尚。」沙僧道：「你怎麼認得？」妖邪道：「你這個模樣，像一個磨博士出身。」沙僧道：「如何認得我像個磨博士？」妖邪道：「你不是磨博士，怎麼會使趕麵杖？」沙僧罵道：「你這孽障，是也不曾見！

這般兵器人間少，故此難知寶杖名。出自月宮無影處，梭羅仙木琢磨成。

第四十九回
三藏有災沉水宅　觀音救難現魚籃

外邊嵌寶霞光耀，內裡鑽金瑞氣凝。先日也曾陪御宴，今朝秉正保唐僧。
西方路上無知識，上界宮中有大名。喚做降妖真寶杖，管教一下碎天靈！」

那妖邪不容分說，三家變臉，這一場，在水底下好殺：

銅錘寶杖與釘鈀，悟能悟淨戰妖邪。一個是天蓬臨世界，一個是上將降天涯。他兩個夾攻水怪施威武，這一個獨抵神僧勢可誇。有分有緣成大道，相生相克秉恆沙。土克水，水乾見底；水生木，木旺開花。禪法參修歸一體，還丹炮煉伏三家。土是母，發金芽，金生神水產嬰娃；水為本，潤木華，木有輝煌烈火霞。攢簇五行皆別異，故然變臉各爭差。看他那銅錘九瓣光明好，寶杖千絲彩繡佳。鈀按陰陽分九曜，不明解數亂如麻。捐軀棄命因僧難，捨死忘生為釋迦。至使銅錘忙不墜，左遮寶杖右遮鈀。

三人在水底下鬥經兩個時辰，不分勝敗。豬八戒料道不得贏他，對沙僧丟了個眼色，二人詐敗佯輸，各拖兵器，回頭就走。那怪物教：「小的們，紮住在此，等我趕上這廝，捉將來與汝等湊吃啞！」你看他如風吹敗葉，似雨打殘花，將他兩個趕出水面。

那孫大聖在東岸上，眼不轉睛，只望著河邊水勢。忽然見波浪翻騰，喊聲號吼，八戒先跳上岸道：「來了！來了！」沙僧也到岸邊道：「來了！來了！」那妖邪隨後叫：「那裡走！」才出頭，被行者喝道：「看棍！」那妖邪閃身躲過，使銅錘急架相還。一個在河邊湧浪，一個在岸上施威。搭上手未經三合，那妖遮架不住，打個花，又淬於水裡，遂此風平浪息。

行者回轉高崖道：「兄弟們，辛苦啊。」沙僧道：「哥啊，這妖精，他在岸上覺到不濟，在水底也盡利害哩！我與二哥左右齊攻，只戰得個兩平，卻怎麼處置，救師父也？」行者道：「不必疑遲，恐被他傷了師父。」八戒道：「哥哥，我這一去哄他出來，你莫做聲，但只在半空中等候。估著他鑽出頭來，卻使個搗蒜打，照他頂門上著著實實一下！縱然打不死他，好道也護疼發暈，卻等老豬趕上一鈀，管教他了帳！」行者道：「正是！正是！這叫做『裡迎外合』，方可濟事。」他兩個復入水中不題。

卻說那妖邪敗陣逃生，回歸本宅。眾妖接到宮中，鱖婆上前問道：「大王趕那兩個和尚到那方來？」妖邪道：「那和尚原來還有一個幫手。他兩個跳上岸去，那幫手掄一條鐵棒打我，我閃過與他相持。也不知他那棍子有多少斤重，我的銅錘莫想架得他住。戰未三合，我卻敗回來也。」鱖婆道：「大王，可記得那幫手是甚相貌？」妖邪道：「是一個毛臉雷公嘴，查耳朵，折鼻梁，火眼金睛和尚。」鱖婆聞說，打了一個寒噤道：「大王啊！虧了你識俊，逃了性命！若再三合，決然不得全生！那和尚我認得他。」妖邪道：「你認得他是誰？」鱖婆道：「我當年在東洋海內，曾聞得老龍王說他的名譽，乃是五百年前大鬧天宮，混元一氣上方太乙金仙美猴王齊天大聖。如今皈依佛教，保唐僧往西天取經，改名喚做孫悟空行者。他的神通廣大，變化多端。大王，你怎麼惹他！今後再莫與他戰了。」

說不了，只見門裡小妖來報：「大王，那兩個和尚又來門前索戰哩！」妖精道：「賢妹所見甚長，再不出去，看他怎麼。」急傳令，教：「小的們，把門關緊了。正是『任君門外叫，只是不開門。』讓他纏兩日，性攤了回去時，我們卻不自在受用唐僧也？」那小妖一齊都搬石頭，塞泥塊，把門閉殺。八戒與沙僧連叫不出，呆子心焦，就使釘鈀築門。那門已此緊閉牢關，莫想能彀；被他七八鈀，築破門扇，裡面卻都是泥土石塊，高迭千層。沙僧見了道：「二哥，這怪物懼怕之甚，閉門不出，我和你且回上河崖，再與大哥計較去來。」八戒依言，徑轉東岸。

那行者半雲半霧，提著鐵棒等哩。看見他兩個上來，不見妖怪，即按雲頭，迎至岸邊，問道：「兄弟，那話兒怎麼不上來？」沙僧道：「那怪物緊閉宅門，再不出來見面；被二哥打破門扇看時，那裡面都使些泥土石塊實實的迭住了。故此不能得戰，卻來與哥哥計較，再怎麼設法去救師父。」行者道：「似這般卻也無法可治。你兩個只在河岸上巡視著，不可放他往別處走了，待我去來。」八戒道：「哥哥，你往那裡去？」行者道：「我上普陀岩拜問菩薩，看這妖怪是那裡出身，姓甚名誰。尋著他的祖居，拿了他的家屬，捉了他的四鄰，卻來此擒怪救師。」八戒笑道：「哥啊，這等幹，只是忒費事，擔擱了時辰了。」行者道：「管你不費事，不擔擱！我去就來！」

好大聖，急縱祥光，躲離河口，徑赴南海。那裡消半個時辰，早望見落伽山不遠。低下雲頭，徑至普陀崖上。只見那二十四路諸天與守山大神、木吒行者、善財童子、捧珠龍女，一齊上前，迎著施禮道：「大聖何來？」行者道：「有事要見菩薩。」眾神道：「菩薩今早出洞，不許人隨，自入竹林裡觀玩。知大聖今日必來，吩咐我等在此候接大聖，不可就見。請在翠岩前聊坐片時，待菩薩出來，自有道理。」

行者依言，還未坐下，又見那善財童子上前施禮道：「孫大聖，前蒙盛意，幸菩薩不棄收留，早晚不離左右，專侍蓮台之下，甚得善慈。」行者知是紅孩兒，笑道：「你那時節魔業迷心，今朝得成正果，才知老孫是好人也。」

行者久等不見，心焦道：「列位與我傳報傳報，但遲了，恐傷吾師之命。」諸天道：「不敢報，菩薩吩咐，只等他自出來哩。」行者性急，那裡等得，急縱身往裡便走。噫！

這個美猴王，性急能鵲薄。諸天留不住，要往裡邊踤。
拽步入深林，睜眼偷覷著。遠觀救苦尊，盤坐襯殘箬。
懶散怕梳妝，容顏多綽約。散挽一窩絲，未曾戴纓絡。
不掛素藍袍，貼身小襖縛。漫腰束錦裙，赤了一雙腳。
披肩繡帶無，精光兩臂膊。玉手執鋼刀，正把竹皮削。

行者見了，忍不住厲聲高叫道：「菩薩，弟子孫悟空志心朝禮。」菩薩教：「外面俟候。」行者叩頭道：「菩薩，我師父有難，特來拜問通天河妖怪根源。」菩薩道：「你且出去，待我出來。」行者不敢強，只得走出竹林，對眾諸天道：「菩薩今日又重置家事哩。怎麼不坐蓮台，不妝飾，不喜歡，在林裡削蔑做甚？」諸天道：「我等卻不知。今早出洞，未曾妝束，就入林中去了。又教我等在此接候大聖，必然為大聖有事。」

行者沒奈何，只得等候。不多時，只見菩薩手提一個紫竹籃兒出林，道：「悟空，我與你救唐僧去來。」行者慌忙跪下道：「弟子不敢催促，且請菩薩著衣登座。」菩薩道：「不消著衣，就此去也。」那菩薩撇下諸天，縱祥雲騰空而去。孫大聖只得相隨。

第四十九回
三藏有災沉水宅　觀音救難現魚籃

頃刻間，到了通天河界，八戒與沙僧看見道：「師兄性急，不知在南海怎麼亂嚷亂叫，把一個未梳妝的菩薩逼將來也。」說不了，到於河岸。二人下拜道：「菩薩，我等擅幹，有罪！有罪！」菩薩即解下一根束襖的絲條，將籃兒拴定，提著絲條，半踏雲彩，拋在河中，往上溜頭扯著，口念頌子道：「死的去，活的住！死的去，活的住！」念了七遍，提起籃兒，但見那籃裡亮灼灼一尾金魚，還斬眼動鱗。菩薩叫：「悟空，快下水救你師父耶。」行者道：「未曾拿住妖邪，如何救得師父？」菩薩道：「這籃兒裡不是？」八戒與沙僧拜問道：「這魚兒怎生有那等手段？」菩薩道：「他本是我蓮花池裡養大的金魚。每日浮頭聽經，修成手段。那一柄九瓣銅錘，乃是一枝未開的菡萏，被他運煉成兵。不知是那一日，海潮泛漲，走到此間。我今早扶欄看花，卻不見這廝出拜。掐指巡紋（用手指推算），算著他在此成精，害你師父，故此未及梳妝，運神功，織個竹籃兒擒他。」

行者道：「菩薩，既然如此，且待片時，我等叫陳家莊眾信人等，看看菩薩的金面：一則留恩，二來說此收怪之事，好教凡人信心供養。」菩薩道：「也罷，你快去叫來。」那八戒與沙僧，一齊飛跑至莊前，高呼道：「都來看活觀音菩薩！都來看活觀音菩薩！」一莊老幼男女，都向河邊，也不顧泥水，都跪在裡面，磕頭禮拜。內中有善圖畫者，傳下影神，這才是魚籃觀音現身。當時菩薩就歸南海。

八戒與沙僧，分開水道，徑往那水黿之第，找尋師父。原來那裡邊水怪魚精，盡皆死爛。卻入後宮，揭開石匣，馱著唐僧，出離波津，與眾相見。那陳清兄弟，叩頭稱謝道：「老爺不依小人勸留，致令如此受苦。」行者道：「不消說了。你們這裡人家，下年再不用祭賽。那大王已此除根，永無傷害。陳老兒，如今才好累你，快尋一隻船兒，送我們過河去也。」那陳清道：「有！有！有！」就教解板打船。眾莊客聞得此言，無不喜捨。那個道，我買桅篷；這個道，我辦篙槳。有的說，我出繩索；有的說，我雇水手。

正都在河邊上吵鬧，忽聽得河中間高叫：「孫大聖不要打船，花費人家財物。我送你師徒們過去。」眾人聽說，個個心驚，膽小的走了回家，膽大的戰戰兢兢貪看。須臾，那水裡鑽出一個怪來，你道怎生模樣：

方頭神物非凡品，九助靈機號水仙。曳尾能延千紀壽，潛身靜隱百川淵。
翻波跳浪沖江岸，向日朝風臥海邊。養氣含靈真有道，多年粉蓋癩頭黿。

那老黿又叫：「大聖，不要打船，我送你師徒過去。」行者掄著鐵棒道：「我把你這個孽畜！若到邊前，這一棒就打死你！」老黿道：「我感大聖之恩，情願辦好心送你師徒，你怎麼反要打我？」行者道：「與你有甚恩惠？」老黿道：「大聖，你不知這底下水黿之第，乃是我的住宅。自歷代以來，祖上傳留到我。我因省悟本根，養成靈氣，在此處修行，被我將祖居翻蓋了一遍，立做一個水黿之第。那妖邪乃九年前海嘯波翻，他趕潮頭，來於此處，仗逞凶頑，與我爭鬥；被他傷了我許多兒女，奪了我許多眷族。我鬥他不過，將巢穴白白的被他占了。今蒙大聖至此搭救唐師父，請了觀音菩薩掃淨妖氛，收去怪物，將第宅還歸於我，我如今團圞老小，再不須挨土幫泥，得居舊舍。此恩重若丘山，深如大海。且不但我等蒙惠，只這一莊上人，免得年年祭賽，全了多少人家兒女，此誠所謂『一舉而兩得』之恩也！敢不報答？」

第四十九回
三藏有災沉水宅　觀音救難現魚籃

行者聞言，心中暗喜，收了鐵棒道：「你端的是真實之情麼？」老黿道：「因大聖恩德洪深，怎敢虛謬？」行者道：「既是真情，你朝天賭咒。」那老黿張著紅口，朝天發誓道：「我若真情不送唐僧過此通天河，將身化為血水！」行者笑道：「你上來，你上來。」老黿卻才負近岸邊，將身一縱，爬上河崖。眾人近前觀看，有四丈圍圓的一個大白蓋。行者道：「師父，我們上他身，渡過去也。」三藏道：「徒弟呀，那層冰厚凍，尚且迍邅（不順利），況此黿背，恐不穩便。」老黿道：「師父放心。我比那層冰厚凍，穩得緊哩。但歪一歪，不成功果！」行者道：「師父啊，凡諸眾生，會說人話，決不打誑語。」教：「兄弟們，快牽馬來。」

到了河邊，陳家莊老幼男女，一齊來拜送。行者教把馬牽在白黿蓋上，請唐僧站在馬的頸項左邊，沙僧站在右邊，八戒站在馬後，行者站在馬前；又恐那黿無禮，解下虎筋縧子，穿在老黿的鼻之內，扯起來，像一條韁繩；卻使一隻腳踏在蓋上，一隻腳登在頭上；一隻手執著鐵棒，一隻手扯著韁繩，叫道：「老黿，慢慢走啊。歪一歪兒，就照頭一下！」老黿道：「不敢！不敢！」他卻蹬開四足，踏水面如行平地。眾人都在岸上，焚香叩頭，都念：「南無阿彌陀佛。」這正是真羅漢臨凡，活菩薩出現。眾人只拜的望不見形影方回，不題。

卻說那師父駕著白黿，那消一日，行過了八百里通天河界，乾手乾腳的登岸。三藏上崖，合手稱謝道：「老黿累你，無物可贈，待我取經回謝你罷。」老黿道：「不勞師父賜謝。我聞得西天佛祖無滅無生，能知過去未來之事。我在此間，整修行了一千三百餘年；雖然延壽身輕，會說人語，只是難脫本殼。萬望老師父到西天與我問佛祖一聲，看我幾時得脫本殼，可得一個人身。」三藏響允道：「我問，我問。」那老黿才淬水中去了。行者遂伏侍唐僧上馬。八戒挑著行囊，沙僧跟隨左右。師徒們找大路，一直奔西。這的是：

聖僧奉旨拜彌陀，水遠山遙災難多。
意志心誠不懼死，白鼉馱渡過天河。

畢竟不知此後還有多少路程，還有甚麼凶吉，且聽下回分解。

第五十回

情亂性從因愛欲　神昏心動遇魔頭

詩曰：

心地頻頻掃，塵情細細除，莫教坑塹陷毗盧。本體常清淨，方可論元初。
性燭須挑剔，曹溪任吸呼，勿令猿馬氣聲粗。晝夜綿綿息，方顯是功夫。

這一首詞，牌名《南柯子》，單道著唐僧脫卻通天河寒冰之災，踏白黿負登彼岸。四眾奔西，正遇嚴冬之景，但見那林光漠漠煙中淡，山骨棱棱水外清。師徒們正當行處，忽然又遇一山，阻住去道。路窄崖高，石多嶺峻，人馬難行。三藏在馬上兜住轠繩，叫聲：「徒弟。」一時有孫行者引八戒、沙僧近前侍立道：「師父，有何吩咐？」三藏道：「你看那前面山高，只恐有虎狼作怪，妖獸傷人，今番是必仔細！」行者道：「師父放心莫慮。我等兄弟三人，性和意合，歸正求真，使出蕩怪降妖之法，怕甚麼虎狼妖獸！」三藏聞言，只得放懷前進。到於谷口，促馬登崖，抬頭觀看，好山：

嵯峨矗矗，巒削巍巍。嵯峨矗矗沖霄漢，巒削巍巍礙碧空。怪石亂堆如坐虎，蒼松斜掛似飛龍。嶺上鳥啼嬌韻美，崖前梅放異香濃。澗水潺潺流出冷，巔雲黯淡過來凶。又見那飄飄雪，凜凜風，咆哮餓虎吼山中。寒鴉揀樹無棲處，野鹿尋窩沒定蹤。可嘆行人難進步，皺眉愁臉把頭蒙。

師徒四眾，冒雪衝寒，戰澌澌，行過那巔峰峻嶺，遠望見山凹中有樓台高聳，房舍清幽。唐僧馬上欣然道：「徒弟啊，這一日又飢又寒，幸得那山凹裡有樓台房舍，斷乎是莊戶人家，庵觀寺院；且去化些齋飯，吃了再走。」行者聞言，急睜睛看，只見那壁廂凶雲隱隱，惡氣紛紛，回首對唐僧道：「師父，那廂不是好處。」三藏道：「見有樓台亭宇，如何不是好處？」行者笑道：「師父啊，你那裡知道？西方路上多有妖怪邪魔，善能點化莊宅。不拘甚麼樓台房舍，館閣亭宇，俱能指化了哄人。你知道『龍生九種』，內有一種名『蜃』。蜃氣放出，就如樓閣淺池。若遇大江昏迷，蜃現此勢。倘有鳥鵲飛騰，定來歇翅。那怕你上萬論千，盡被他一氣吞之。此意害人最重。那壁廂氣色凶惡，斷不可入。」

三藏道：「既不可入，我卻著實飢了。」行者道：「師父果飢，且請下馬，就在這平處坐下，待我別處化些齋來你吃。」三藏依言下馬。八戒采定轡繩，沙僧放下行李，即去解開包裹，取出缽盂，遞與行者。行者接缽盂在手，吩咐沙僧道：「賢弟，卻不可前進。好生保護師父穩坐於此，待我化齋回來，再往西去。」沙僧領諾。行者又向三藏道：「師父，這去處少吉多凶，切莫要動身別往。老孫化齋去也。」唐僧道：「不必多言，但要你快去快來。我在這裡等你。」行者轉身欲行，卻又回來道：「師父，我知你沒甚坐性，我與你個安身法兒。」即取金箍棒，幌了一幌，將那平地下周圍畫了一道圈子，請唐僧坐在中間；著八戒、沙僧侍立左右，把馬與行李都放在近身。對唐僧合掌道：「老孫畫的這圈，強似那銅牆鐵壁。憑他甚麼虎豹狼蟲，妖魔鬼怪，俱莫敢近。但只不許你們走出圈外，只在中間穩坐，保你無虞；但若出了圈兒，定遭毒手。千萬，千萬！至囑，至囑！」三藏依言，師徒俱端然坐下。

行者才起雲頭，尋莊化齋，一直南行，忽見那古樹參天，乃一村莊舍。按下雲頭，仔細觀看，但只見：

雪欺衰柳，冰結方塘。疏疏修竹搖青，鬱鬱喬松凝翠。幾間茅屋半裝銀，一座小橋斜砌粉。籬邊微吐水仙花，簷下長垂冰凍筋。颯颯寒風送異香，雪漫不見梅開處。

行者隨步觀看莊景，只聽得呀的一聲，柴扉響處，走出一個老者，手拖藜杖，頭頂羊裘（皮衣），身穿破衲，足踏蒲鞋，拄著杖，仰身朝天道：「西北風起，明日晴了。」說不了，後邊跑出一個哈巴狗兒來，望著行者，汪汪的亂吠。老者卻才轉過頭來，看見行者捧著缽盂，打個問訊道：「老施主，我和尚是東土大唐欽差上西天拜佛求經者。適路過寶方，我師父腹中飢餒，特造尊府募化一齋。」老者聞言，點頭頓杖道：「長老，你且休化齋，你走錯路了。」行者道：「不錯。」老者道：「往西天大路，在那直北下。此間到那裡有千里之遙，還不去找大路而行？」行者笑道：「正是直北下。我師父現在大路上端坐，等我化齋哩。」那老者道：「這和尚胡說了。你師父在大路上等你化齋，似這千里之遙，就會走路，也須得六七日；走回去又要六七日，卻不餓壞他也？」行者笑道：「不瞞老施主說。我才然離了師父，還不上一盞熱茶之時，卻就走到此處。如今化了齋，還要趁去作午齋哩。」老者見說，心中害怕道：「這和尚是鬼！是鬼！」急抽身往裡就走。行者一把扯住道：「施主那裡去？有齋快化些兒。」老者道：「不方便！不方便！別轉一家兒罷！」行者道：「你這施主，好不會事！你說我離此有千里之遙，若再轉一家，卻不又有千里？真是餓殺我師父也。」那老者道：「實不瞞你說。我家老小六七口，才淘了三升米下鍋，還未曾煮熟。你且到別處去轉轉再來。」行者道：「古人云：『走三家不如坐一家。』我貧僧在此等一等罷。」那老者見纏得緊，惱了，舉藜杖就打。行者公然不懼，被他照光頭上打了七八下，只當與他拂癢。那老者道：「這是個撞頭的和尚！」行者笑道：「老官兒，憑你怎麼打，只要記得杖數明白。一杖一升米，慢慢量來。」那老者聞言，急丟了藜杖，跑進去把門關了。只嚷：「有鬼！有鬼！」慌得那一家兒戰戰兢兢，把前後門俱關上。行者見他關了門，心中暗想：「這老賊才說淘米下鍋，不知是虛是實。常言道：『道化賢良釋化愚。』且等老孫進去看看。」好大聖，捻著訣，使個隱身遁法，徑走入廚中看處，果然那鍋裡氣騰騰的，煮了半鍋乾飯。就把鉢盂往裡一挜，滿滿的挜了一鉢盂，即駕雲回轉不題。

卻說唐僧坐在圈子裡，等待多時，不見行者回來，欠身悵望道：「這猴子往那裡化齋去了！」八戒在旁笑道：「知他往那裡耍子去來！化甚麼齋，卻教我們在此坐牢！」三藏道：「怎麼謂之坐牢？」八戒道：「師父，你原來不知。古人劃地為牢。他將棍子劃個圈兒，強似鐵壁銅牆，假如有虎狼妖獸來時，如何擋得他住？只好白白的送與他吃罷了。」三藏道：「悟能，憑你怎麼處治。」八戒道：「此間又不藏風，又不避冷，若依老豬，只該順著路，往西且行。師兄化了齋，駕了雲，必然來快，讓他趕來。如今坐了這一會，老大腳冷！」

三藏聞此言，就是晦氣星進宮：遂依呆子，一齊出了圈外。沙僧牽了馬，八戒擔了擔，那長老順路步行前進。不一時，到了那樓閣之所，原來是坐北向南之家。門外八字粉牆，有一座倒垂蓮升斗門樓，都是五色裝的。那門兒半開半掩。八戒就把馬拴在門枕石鼓上。沙僧歇了擔子。三藏畏風，坐於門限之上。八戒道：「師父，這所在想是公侯之宅，相輔之家。前門外無人，想必都在裡面烘火。你們坐著，讓我進去看看。」唐僧道：「仔細耶！莫要衝撞了人家。」呆子道：「我曉得。自從歸正禪門，這一向也學了些禮數，不比那村莽之夫也。」

那呆子把釘鈀撒在腰裡，整一整青錦直裰，斯斯文文，走入門裡。只見是三間大廳，簾櫳高控，靜悄悄全無人跡，也無桌椅家伙。轉過屏門，往裡又走，乃是一座穿堂。堂後有一座大樓，樓上窗格半開，隱隱見一頂黃綾帳幔。呆子道：「想是有人怕冷，還睡吧。」他也不分內外，拽步走上樓來。用手掀開看時，把呆子唬了一個躘踵。原來那帳裡，象牙床上，白媸媸的一堆骸骨，骷髏有巴斗大，腿挺骨有四五尺長。呆子定了性，止不住腮邊淚落，對骷髏點頭嘆云：「你不知是：

　　那代那朝元帥體，何邦何國大將軍。當時豪傑爭強勝，今日淒涼露骨筋。
　　不見妻兒來侍奉，那逢士卒把香焚？謾觀這等真堪嘆，可惜興王霸業人。」

八戒正才感嘆，只見那帳幔後有火光一幌。呆子道：「想是有侍奉香火之人在後面哩。」急轉步過帳觀看，卻是穿樓的窗扇透光。那壁廂有一張彩漆的桌子，桌子上亂搭著幾件錦繡綿衣。呆子提起來看時，卻是三件納錦背心兒。他也不管好歹，拿下樓來，出廳房，徑到門外道：「師父，這裡全沒人煙，是一所亡靈之宅。老豬走進裡面，直至高樓之上，黃綾帳內，有一堆骸骨。串樓旁有三件納錦的背心，被我拿來了，也是我們一程兒造化。此時天氣寒冷，正當用處。師父，且脫了褊衫，把他且穿在底下，受用受用，免得吃冷。」三藏道：「不可！不可！律云：『公取竊取皆為盜。』倘或有人知覺，趕上我們，到了當官，斷然是一個竊盜之罪。還不送進去與他搭在原處！我們在此避風坐一坐，等悟空來時走路。出家人不要這等愛小。」八戒道：「四顧無人，雖雞犬亦不知之，但只我們知道，誰人告我？有何證見？就如拾到的一般，那裡論甚麼公取竊取也！」三藏道：「你胡做啊！雖是人不知之，天何蓋焉！玄帝垂訓云：『暗室虧心，神目如電。』趁早送去還他，莫愛非禮之物。」

那呆子莫想肯聽，對唐僧笑道：「師父啊，我自為人，也穿了幾件背心，不曾見這等納錦的。你不穿，且待老豬穿一穿，試試新，晤晤脊背。等師兄來，脫了還他走路。」沙僧道：「既如此說，我也穿一件兒。」兩個齊脫了上蓋直裰，將背心套上。才緊帶子，不知怎麼立站不穩，撲的一跌。原來這背心兒賽過綁縛手，霎時間，把他兩個背剪手貼心捆了。慌得個三藏跌足報怨，急忙上前來解，那裡便解得開？三個人在那裡吆喝之聲不絕，卻早驚動了魔頭也。

話說那座樓房果是妖精點化的，終日在此拿人。他在洞裡正坐，忽聞得怨恨之聲，急出門來看，果見捆住幾個人了。妖魔即喚小妖，同到那廂，收了樓台房屋之形，把唐僧攙住，牽了白馬，挑了行李，將八戒、沙僧一齊捉到洞裡。老妖魔登台高坐，眾小妖把唐僧推近台邊，跪伏於地。妖魔問道：「你是那方和尚？怎麼這般膽大，白日裡偷盜我的衣服？」三藏滴淚告曰：「貧僧是東土大唐欽差往

第五十回

情亂性從因愛欲　神昏心動遇魔頭

西方取經的。因腹中飢餒，著大徒弟去化齋未回，不曾依得他的言語，誤撞仙庭避風。不期我這兩個徒弟愛小，拿出這衣物。貧僧決不敢壞心，當教送還本處。他不聽語言，要穿此晤晤脊背，不料中了大王機會（圈套），把貧僧拿來。萬望慈憫，留我殘生，求取真經，永注大王恩情，回東土千古傳揚也！」那妖魔笑道：「我這裡常聽得人言：有人吃了唐僧一塊肉，髮白還黑，齒落更生。幸今日不請自來，還指望饒你哩！你那大徒弟叫做甚麼名字？往何方化齋？」八戒聞言，即開口稱揚道：「我師兄乃五百年前大鬧天宮齊天大聖孫悟空也。」

那妖魔聽說是齊天大聖孫悟空，老大有些悚懼，口內不言，心中暗想道：「久聞那廝神通廣大，如今不期而會。」教：「小的們，把唐僧捆了；將那兩個解下寶貝，換兩條繩子，也捆了。且抬在後邊，待我拿住他大徒弟，一發刷洗，卻好湊籠蒸吃。」眾小妖答應一聲，把三人一齊捆了，抬在後邊。將白馬拴在槽頭，行李挑在屋裡。眾妖都磨兵器，準備擒拿行者不題。

卻說孫行者自南莊人家攝了一鉢盂齋飯，駕雲回返舊路；徑至山坡平處，按下雲頭，早已不見唐僧，不知何往。棍劃的圈子還在，只是人馬都不見了。回看那樓台處所，亦俱無矣，惟見山根怪石。行者心驚道：「不消說了！他們定是遭那毒手也！」急依路看著馬蹄，向西而趕。

行有五六里，正在淒愴之際，只聞得北坡外有人言語。看時，乃一個老翁，氈衣苫體，暖帽蒙頭，足下踏一雙半新半舊的油靴，手持著一根龍頭拐棒，後邊跟一個年幼的僮僕，折一枝臘梅花，自坡前念歌而走。行者放下鉢盂，覿面道個問訊，叫：「老公公，貧僧問訊了。」那老翁即便回禮道：「長老那裡來的？」行者道：「我們東土來的，往西天拜佛求經。一行師徒四眾。我因師父飢了，特去化齋，教他三眾坐在那山坡平處相候。及回來不見，不知往那條路上去了。動問公公，可曾看見？」老者聞言，呵呵冷笑道：「你那三眾，可有一個長嘴大耳的麼？」行者道：「有！有！有！」「又有一個晦氣色臉的，牽著一匹白馬，領著一個白臉的胖和尚麼？」行者道：「是！是！是！」老翁道：「你們走錯路了。你休尋他，各人顧命去也。」行者道：「那白臉者是我師父，那怪樣者是我師弟。我與他共發虔心，要往西天取經，如何不尋他去！」老翁道：「我才然從此過時，看見他錯走了路徑，闖入妖魔口裡去了。」行者道：「煩公公指教指教，是個甚麼妖魔，居於何方，我好上門取索他等，往西天去也。」老翁道：「這座山，叫做金兜山。山前有個金兜洞。那洞中有個獨角兕大王。那大王神通廣大，威武高強。那三眾此回斷沒命了。你若去尋，只怕連你也難保，不如不去之為愈也。我也不敢阻你，也不敢留你，只憑你心中度量。」

行者再拜稱謝道：「多蒙公公指教。我豈有不尋之理！」把這齋飯倒與他，將這空鉢盂自家收拾。那老翁放下拐棒，接了鉢盂，遞與僮僕，現出本相，雙雙跪下，叩頭叫：「大聖，小神不敢隱瞞。我們兩個就是此山山神、土地，在此候接大聖。這齋飯連鉢盂，小神收下，讓大聖身輕好施法力。待救唐僧出難，將此齋還奉唐僧，方顯得大聖至恭至孝。」行者喝道：「你這毛鬼討打！既知我到，何不早迎？卻又這般藏頭露尾，是甚道理？」土地道：「大聖性急，小神不敢造次，恐犯威顏，故此隱相告知。」行者息怒道：「你且記打！好生與我收著鉢盂！待我拿那妖精去來！」土地、山神遵領。

這大聖卻才束一束虎筋條，拽起虎皮裙，執著金箍捧，徑奔山前，找尋妖洞。轉過山崖，只見那亂石嶙嶙，翠崖邊有兩扇石門，門外有許多小妖，在那裡掄槍舞劍。真個是：

煙雲凝瑞，苔蘚堆青。崚嶒怪石列，崎嶇曲道縈。猿嘯鳥啼風景麗，鸞飛鳳舞若蓬瀛。向陽幾樹梅初放，弄暖千竿竹自青。陡崖之下，深澗之中，陡崖之下雪堆粉，深澗之中水結冰。兩林松柏千年秀，幾簇山茶一樣紅。

這大聖觀看不盡，拽開步徑至門前，厲聲高叫道：「那小妖，你快進去與你那洞主說，我本是唐朝聖僧徒弟齊天大聖孫悟空。快教他送我師父出來，免教你等喪了性命！」

那伙小妖，急入洞裡報道：「大王，前面有一個毛臉勾嘴的和尚，稱是齊天大聖孫悟空，來要他師父哩。」那魔王聞得此言，滿心歡喜道：「正要他來哩！我自離了本宮，下降塵世，更不曾試試武藝。今日他來，必是個對手。」即命：「小的們取出兵器。」那洞中大小群魔，一個個精神抖擻，即忙抬出一根丈二長的點鋼槍，遞與老怪。老怪傳令，教：「小的們，各要整齊。進前者賞，退後者誅！」眾妖得令，隨著老怪，騰出門來。叫道：「那個是孫悟空？」行者在旁閃過，見那魔王生得好不凶醜：

獨角參差，雙眸幌亮。頂上粗皮突，耳根黑肉光。舌長時攪鼻，口闊版牙黃。毛皮青似靛，筋攣硬如鋼。比犀難照水（傳說點燃犀角可以使水中通明，照出事物真相），像牯不耕荒。全無喘月（這裡指牛。水牛怕熱，見月以為日，所以氣喘）犁雲用，倒有欺天振地強。兩隻焦筋藍靛手，雄威直挺點鋼槍。細看這等凶模樣，不枉名稱兕大王！

孫大聖上前道：「你孫外公在這裡也！快早還我師父，兩無毀傷！若道半個『不』字，我教你死無葬身之地！」那魔喝道：「我把你這個大膽潑猴精！你有些甚麼手段，敢出這般大言！」行者道：「你這潑物，是也不曾見我老孫的手段！」那妖魔道：「你師父偷盜我的衣服，實是我拿住了，如今待要蒸吃。你是個甚麼好漢，就敢上我的門來取討！」行者道：「我師父乃忠良正直之僧，豈有偷你甚麼妖物之理？」妖魔道：「我在山路邊點化一座仙莊，你師父潛入裡面，心愛情欲，將我三領納錦綿裝背心兒偷穿在身，見有贓證，故此我才拿他。你今果有手段，即與我比勢，假若三合敵得我，饒了你師之命；如敵不過我，教你一路歸陰！」

行者笑道：「潑物！不須講口！但說比勢，正合老孫之意。走上來，吃吾之棒！」那怪物那怕甚麼賭鬥，挺鋼槍劈面迎來。這一場好殺！你看那：

金箍棒舉，長桿槍迎。金箍棒舉，亮藿藿似電掣金蛇；長桿槍迎，明幌幌如龍離黑海。那門前小妖擂鼓，排開陣勢助威風；這壁廂大聖施功，使出縱橫逞本事。他那裡一桿槍，精神抖擻；我這裡一條棒，武藝高強。正是英雄相遇英雄漢，果然對手才逢對手人。那魔王口噴紫氣盤煙霧，這大聖眼放光華結繡雲。只為大唐僧有難，兩家無義苦爭掄。

他兩個戰經三十合，不分勝負。那魔王見孫悟空棍法齊整，一往一來，全無些破綻，喜得他連聲喝采道：「好猴兒！好猴兒！真個是那鬧天宮的本事！」這大聖也愛他槍法不亂，右遮左擋，甚有解數，也叫道：「好妖精！好妖精！果然是一個偷丹的魔頭！」二人又鬥了一二十合。

第五十回

情亂性從因愛欲　神昏心動遇魔頭

那魔王把槍尖點地，喝令小妖齊來。那些潑怪，一個個拿刀弄杖，執劍掄槍，把個孫大聖圍在中間。行者公然不懼，只叫：「來得好！來得好！正合吾意！」使一條金箍棒，前迎後架，東擋西除。那伙群妖，莫想肯退。行者忍不住焦躁，把金箍棒丟將起來，喝聲「變！」即變作千百條鐵棒，好便似飛蛇走蟒，盈空裡亂落下來。那伙妖精見了，一個個魄散魂飛，抱頭縮頸，盡往洞中逃命。老魔王唏唏冷笑道：「那猴不要無禮！看手段！」即忙袖中取出一個亮灼灼白森森的圈子來，望空拋起，叫聲「著！」唿喇一下，把金箍棒收做一條，套將去了。弄得孫大聖赤手空拳，翻筋斗逃了性命。那妖魔得勝回歸洞，行者朦朧失主張。這正是：

道高一尺魔高丈，性亂情昏錯認家。
可恨法身無坐位，當時行動念頭差。

畢竟不知這番怎麼結果，且聽下回分解。

第五十一回　心猿空用千般計　水火無功難煉魔

話說齊天大聖，空著手敗了陣，來坐於金兜山後，撲梭梭兩眼滴淚，叫道：「師父啊！指望和你：

佛恩有德有和融，同幼同生意莫窮。同住同修同解脫，同慈同念顯靈功。
同緣同相心真契，同見同知道轉通。豈料如今無主杖，空拳赤腳怎興隆！」

大聖淒慘多時，心中暗想道：「那妖精認得我。我記得他在陣上誇獎道：『真個是鬧天宮之類！』這等啊，決不是凡間怪物，定然是天上凶星。想因思凡下界。又不知是那裡降下來魔頭，且須上去查勘查勘。」

行者這才是以心問心，自張自主，急翻身，縱起祥雲，直至南天門外。忽抬頭見廣目天王，當面迎著長揖道：「大聖何往？」行者道：「有事要見玉帝。你在此何幹？」廣目道：「今日輪該巡視南

第五十一回
心猿空用千般計　水火無功難煉魔

天門。」說未了，又見那馬、趙、溫、關四大元帥作禮道：「大聖，失迎。請待茶。」行者道：「有事哩。」遂辭了廣目並四元帥，徑入南天門裡。直至靈霄殿外，果又見張道陵、葛仙翁、許旌陽、丘弘濟四天師並南斗六司、北斗七元都在殿前迎著行者，一齊起手道：「大聖如何到此？」又問：「保唐僧之功完否？」行者道：「早哩！早哩！路遙魔廣，才有一半之功。見如今阻住在金兜山金兜洞。有一個兕怪，把唐師父拿於洞裡，是老孫尋上門與他交戰一場，那廝的神通廣大，把老孫的金箍棒搶去了，因此難縛魔王。疑是上界那個凶星思凡下界，又不知是那裡降來的魔頭，老孫因此來尋尋玉帝，問他個鉗束不嚴。」許旌陽笑道：「這猴頭還是如此放刁！」行者道：「不是放刁，我老孫一生是這口兒緊些，才尋的著個頭兒。」張道陵道：「不消多說，只與他傳報便了。」行者道：「多謝！多謝！」

當時四天師傳奏靈霄，引見玉陛。行者朝上唱個大喏道：「老官兒，累你！累你！我老孫保護唐僧往西天取經，一路凶多吉少，也不消說。於今來在金兜山金兜洞，有一兕怪，把唐僧拿在洞裡，不知是要蒸，要煮，要曬。是老孫尋上他門，與他交戰，那怪卻就有些認得老孫，卓是神通廣大，把老孫的金箍棒搶去，因此難縛妖魔。疑是上天凶星，思凡下界，為此老孫特來啟奏。伏乞天尊垂慈洞鑑，降旨查勘凶星，發兵收剿妖魔，老孫不勝戰栗屏營之至！」卻又打個深躬道：「以聞。」旁有葛仙翁笑道：「猴子是何前倨後恭？」行者道：「不敢！不敢！不是甚前倨後恭，老孫於今是沒棒弄了。」

彼時玉皇天尊聞奏，即忙降旨可韓司知道：「既如悟空所奏，可隨查諸天星斗，各宿神王，有無思凡下界，隨即復奏施行，以聞。」可韓丈人真君領旨，當時即同大聖去查。先查了西天門門上神王官吏；次查了三微垣垣中大小群真；又查了雷霆官將陶、張、辛、鄧，苟、畢、龐、劉；最後才查三十三天，天天自在；又查二十八宿：東七宿，角、亢、氐、房、參、尾、箕；西七宿，斗、牛、女、虛、危、室、壁；南七宿，北七宿，宿宿安寧；又查了太陽、太陰、水、火、木、金、土七政；羅睺、計都、炁、孛四餘。滿天星斗，並無思凡下界。行者道：「既是如此，我老孫也不消上那靈霄寶殿。打攪玉皇大帝，深為不便。你自回旨去罷。我只在此等你回話便了。」那可韓丈人真君依命。孫行者等候良久，作詩紀興曰：

「風清雲霽樂升平，神靜星明顯瑞禎。
河漢安寧天地泰，五方八極偃戈旌。」

那可韓司丈人真君，歷歷查勘，回奏玉帝道：「滿天星宿不少，各方神將皆存，並無思凡下界者。」玉帝聞奏：「著孫悟空挑選幾員大將，下界擒魔去也。」四大天師奉旨意，即出靈霄寶殿，對行者道：「大聖啊，玉帝寬恩，言天宮無神思凡，著你挑選幾員大將，擒魔去哩。」行者低頭暗想道：「天上將不如老孫者多，勝似老孫者少。想我鬧天宮時，玉帝遣十萬天兵，布天羅地網，更不曾有一將敢與我比手。向後來，調了小聖二郎，方是我的對手。如今那怪物手段又強似老孫，卻怎麼得能彀取勝？」許旌陽道：「此一時，彼一時，大不同也。常言道，『一物降一物』哩。你好違了旨意？但憑高見，選用天將，勿得遲疑誤事。」行者道：「既然如此，深感上恩。果是不好違旨。一則老孫又不可空走這遭，煩旌陽轉奏玉帝，只教托塔李天王與哪吒

第五十一回

心猿空用千般計　水火無功難煉魔

太子。他還有幾件降妖兵器，且下界與那怪見一仗，以看如何。果若能擒得他，是老孫之幸；若不能，那時再作區處。」

真個那天師啟奏了玉帝，玉帝即令李天王父子，率領眾部天兵，與行者助力。那天王即奉旨來會行者。行者又對天師道：「蒙玉帝遣差大王，謝謝不盡。還有一事，再煩轉達：但得兩個雷公使用，等天王戰鬥之時，教雷公在雲端裡下個雷揙，照頂門上錠死那妖魔，深為良計也。」天師笑道：「好！好！好！」天師又奏玉帝，傳旨教九天府下點（指定）鄧化、張蕃二雷公，與天王合力縛妖救難。遂與天王、孫大聖徑下南天門外。

頃刻而到。行者道：「此山便是金兜山。山中間乃是金兜洞。列位商議，卻教那個先去索戰？」天王停下雲頭，紮住天兵在於山南坡下，道：「大聖素知小兒哪吒，曾降九十六洞妖魔，善能變化，隨身有降妖兵器，須教他先去出陣。」行者道：「既如此，等老孫引太子去來。」

那太子抖擻雄威，與大聖跳在高山，徑至洞口，但見那洞門緊閉，崖下無精。行者上前高叫：「潑魔！快開門！還我師父來也！」那洞裡把門的小妖看見，急報道：「大王，孫行者領著一個小童男，在門前叫戰哩。」那魔王道：「這猴子鐵棒被我奪了，空手難爭，想是請得救兵來也。」叫：「取兵器！」魔王綽槍在手，走到門外觀看，那小童男，生得相貌清奇，十分精壯。真個是：

玉面嬌容如滿月，朱唇方口露銀牙。
眼光掣電睛珠暴，額闊凝霞發髻鬔。
繡帶舞風飛彩焰，錦袍映日放金花。

環條灼灼攀心鏡，寶甲輝輝襯戰靴。
身小聲洪多壯麗，三天護教惡哪吒。

魔王笑道：「你是李天王第三個孩兒，名喚做哪吒太子，卻如何到我這門前呼喝？」太子道：「因你這潑魔作亂，困害東土聖僧，奉玉帝金旨，特來拿你！」魔王大怒道：「你想是孫悟空請來的，我就是那聖僧的魔頭哩！量你這小兒曹有何武藝，敢出浪言！不要走！吃吾一槍！」這太子使斬妖劍，劈手相迎。他兩個搭上手，卻才賭鬥，那大聖急轉山坡，叫：「雷公何在？快早去，著妖魔下個雷楔，助太子降伏來也！」鄧、張二公，即踏雲光。正欲下手，只見那太子使出法來，將身一變，變作三頭六臂，手持六般兵器，望妖魔砍來；那魔王也變作三頭六臂，三柄長槍抵住。這太子又弄出降妖法力，將六般兵器拋將起去。是那六般兵器？卻是砍妖劍、斬妖刀、縛妖索、降魔杵、繡球、火輪兒。大叫一聲「變！」一變十，十變百，百變千，千變萬，都是一般兵器，如驟雨冰雹，紛紛密密，望妖魔打將去。那魔王公然不懼，一隻手取出那白森森的圈子來，望空拋起，叫聲「著！」唿喇的一下，把六般兵器套將下來，慌得那哪吒太子，赤手逃生。魔王得勝而回。

鄧、張二雷公，在空中暗笑道：「早是我先看頭勢，不曾放了雷楔。假若被他套將去，卻怎麼回見天尊？」二公按落雲頭，與太子來山南坡下，對李天王道：「妖魔果神通廣大！」悟空在旁笑道：「那廝神通也只如此，爭奈那個圈子利害。不知是甚麼寶貝，丟起來善套諸物。」哪吒恨道：「這大聖甚不成人！我等折兵敗陣，十分煩惱，都只為你；你反喜笑何也！」行者道：「你說煩惱，終然我老孫不煩惱？我如今沒計奈何，哭不得，所以只得笑也。」天王道：「似此怎生結果？」行者道：

「憑你等再怎計較；只是圈子套不去的，就可拿住他了。」天王道：「套不去者，惟水火最利。常言道：『水火無情。』」行者聞言道：「說得有理！你且穩坐在此，待老孫再上天走走來。」鄧、張二公道：「又去做甚的？」行者道：「老孫這去，不消啟奏玉帝，只到南天門裡，上彤華宮，請熒惑火德星君來此放火，燒那怪物一場，或者連那圈子燒做灰燼，捉住妖魔。一則取兵器還汝等歸天，二則可解脫吾師之難。」太子聞言甚喜，道：「不必遲疑，請大聖早去早來。我等只在此拱候。」

行者縱起祥光，又至南天門外。那廣目與四將迎道：「大聖如何又來？」行者道：「李天王著太子出師，只一陣，被那魔王把六件兵器擄了去了。我如今要到彤華宮請火德星君助陣哩。」四將不敢久留，讓他進去。至彤華宮，只見那火部眾神，即入報道：「孫悟空欲見主公。」那南方三炁火德星君，整衣出門迎進道：「昨日可韓司查點小宮，更無一人思凡。」行者道：「已知。但李天王與太子敗陣，失了兵器，特來請你救援救援。」星君道：「那哪吒乃三壇海會大神，他出身時，曾降九十六洞妖魔，神通廣大；若他不能，小神又怎敢望也？」行者道：「因與李天王計議，天地間至利者，惟水火也。那怪物有一個圈子，善能套人的物件，不知是甚麼寶貝，故此說火能滅諸物，特請星君領火部到下方縱火燒那妖魔，救我師父一難。」

火德星君聞言，即點本部神兵，同行者到金兜山南坡下，與天王、雷公等相見了。天王道：「孫大聖，你還去叫那廝出來，等我與他交戰。待他拿動圈子，我卻閃過，教火德帥眾燒他。」行者笑道：「正是，我和你去來。」火德共太子、鄧、張二公立於高峰之上，與他挑戰。

這大聖到了金兜洞口，叫聲：「開門！快早還我師父！」那妖又急通報道：「孫悟空又來了！」那魔帥眾出洞，見了行者道：「你這潑猴，又請了甚麼兵來耶？」這壁廂轉上托塔天王，喝道：「潑魔頭！認得我麼？」魔王笑道：「李天王，想是要與你令郎報仇，欲討兵器麼？」天王道：「一則報仇要兵器，二來是拿你救唐僧！不要走！吃吾一刀！」那怪物側身躲過，挺長槍，隨手相迎。他這兩個在洞前，這場好殺！你看那：

天王刀砍，妖怪槍迎。刀砍霜光噴烈火，槍迎銳氣迸愁雲。一個是金兜山生成的惡怪，一個是靈霄殿差下的天神。那一個因欺禪性施威武，這一個為救師災展大倫。天王使法飛沙石，魔怪爭強播土塵。播土能教天地暗，飛沙善著海江渾。兩家努力爭功績，皆為唐僧拜世尊。

那孫大聖，見他兩個交戰，即轉身跳上高峰，對火德星君道：「三炁用心者！」你看那個妖魔與天王正鬥到好處，卻又取出圈子來。天王看見，即撥祥光，敗陣而走。這高峰上火德星君，忙傳號令，教眾部火神，一齊放火。這一場真個利害。好火：

經云：「南方者火之精也。」雖星星之火，能燒萬頃之田；乃三炁之威，能變百端之火。今有火槍、火刀、火弓、火箭，各部神祇，所用不一，但見那半空中，火鴉飛噪；滿山頭，火馬奔騰。雙雙赤鼠，對對火龍。雙雙赤鼠噴烈焰，萬里通紅；對對火龍吐濃煙，千方共黑。火車兒推出，火葫蘆撒開。火旗搖動一天霞，火棒攪行盈地燎。說甚麼寧戚鞭牛，勝強似周郎赤壁。這個是天火非凡真利害，烘烘烕烕（火勢很盛的樣子）火風紅！

那妖魔見火來時，全無恐懼。將圈子望空抛起，唿喇一聲，把這火龍、火馬、火鴉、火鼠、火槍、火刀、火弓、火箭，一圈子又套將下去，轉回本洞，得勝收兵。

這火德星君，手執著一桿空旗，招回眾將，會合天王等，坐於山南坡下，對行者道：「大聖啊，這個凶魔，真是罕見！我今折了火具，怎生是好？」行者笑道：「不須報怨。列位且請寬坐坐，待老孫再去去來。」天王道：「你又往那裡去？」行者道：「那怪物既不怕火，斷然怕水。常言道：『水能克火。』等老孫去北天門裡，請水德星君施布水勢，往他洞裡一灌，把魔王淹死，取物件還你們。」天王道：「此計雖妙，但恐連你師父都淹殺也。」行者道：「沒事；淹死我師，我自有個法兒教他活來。如今稽遲列位，甚是不當。」火德道：「既如此，且請行，請行。」

好大聖，又駕筋斗雲，徑到北天門外。忽抬頭，見多聞天王向前施禮道：「孫大聖何往？」行者道：「有一事要入烏浩宮見水德星君。你在此作甚？」多聞道：「今日輪該巡視。」正說處，又見那龐、劉、苟、畢四大天將，進禮邀茶。行者道：「不勞！不勞！我事急矣！」遂別卻諸神，直至烏浩宮，著水部眾神即時通報。眾神報道：「齊天大聖孫悟空來了。」水德星君聞言，即將查點四海五湖、八河四瀆、三江九派並各處龍王俱遣退。整冠束帶，接出宮門，迎進宮內道：「昨日可韓司查勘小宮，恐有本部之神，思凡作怪，正在此點查江海河瀆之神。尚未完也。」行者道：「那魔王不是江河之神，此乃廣大之精。先蒙玉帝差李天王父子並兩個雷公下界擒拿，被他弄個圈子，將六件神兵套去。老孫無奈，又上彤華宮請火德星君帥火部眾神放火，又將火龍、火馬等物，一圈子套去。我想此物既不怕火，必然怕水，特來告請星君，施水勢，與我捉那妖精，取兵器歸還天將。吾師之難，亦可救也。」

水德聞言，即令黃河水伯神王：「隨大聖去助功。」水伯自衣袖中取出一個白玉盂兒道：「我有此物盛水。」行者道：「看這盂兒能盛幾何？妖魔如何渰得？」水伯道：「不瞞大聖說。我這一盂，乃是黃河之水。半盂就是半河，一盂就是一河。」行者喜道：「只消半盂足矣。」遂辭別水德，與黃河神急離天闕。

那水伯將盂兒望黃河舀了半盂，跟大聖至金兜山，向南坡下見了天王、太子、雷公、火德，具言前事。行者道：「不必細講，且教水伯跟我去。待我叫開他門，不要等他出來，就將水往門裡一倒，那怪物一窩子可都渰死，我卻去撈師父的屍首，再救活不遲。」那水伯依命，緊隨行者，轉山坡，徑至洞口，叫聲「妖怪開門！」那把門的小妖，聽得是孫大聖的聲音，急又去報道：「孫悟空又來矣！」

那魔聞說，帶了寶貝，綽槍就走；響一聲，開了石門。這水伯將白玉盂向裡一傾，那妖見是水來，撒了長槍，即忙取出圈子，撐住二門。只見那股水骨都都的都往外泛將出來，慌得孫大聖急縱筋斗，與水伯跳在高峰。那天王同眾都駕雲停於高峰之前觀看，那水波濤泛漲，著實狂瀾。好水！真個是：

一勺之多，果然不測。蓋惟神功運化，利萬物而流漲百川。只聽得那潺潺聲振谷，又見那滔滔勢漫天。雄威響若雷奔走，猛湧波如雪捲顛。千丈波高漫路道，萬層濤激泛山岩。泠泠如漱玉，滾滾似鳴弦。觸石滄滄噴碎玉，回湍渺渺漩窩圓。低低凹凹隨流蕩，滿澗平溝上下連。

行者見了心慌道：「不好啊！水漫四野，渰了民田，未曾灌在他的洞裡，曾奈之何？」喚水伯急忙收水。水伯道：「小神只會放水，卻不會收水。常言道：『潑水難收。』咦！那座山卻也高峻，這場水只奔低流。須臾間，四散而歸澗壑。

又只見那洞外跳出幾個小妖，在外邊吆吆喝喝，伸拳邏袖，弄棒拈槍，依舊喜喜歡歡耍子。天王道：「這水原來不曾灌入洞內，枉費一場之功也！」行者忍不住心中怒發，雙手掄拳，闖至妖魔門首，喝道：「那裡走！看打！」唬得那幾個小妖，丟了槍棒，跑入洞裡，戰兢兢的報道：「大王！打將來了！」魔王挺長槍，迎出門前道：「這潑猴老大憊懶！你幾番家敵不過我，縱水火亦不能近，怎麼又踵將來送命？」行者道：「這兒子反說了哩！不知是我送命，是你送命！走過來，吃老外公一拳！」那妖魔笑道：「這猴兒強勉纏帳！我倒使槍，他卻使拳。那般一個筋䯏子拳頭，只好有個核桃兒大小，怎麼稱得個錘子起也？罷！罷！罷！我且把槍放下，與你走一路拳看看！」行者笑道：「說得是！走上來！」

那妖撩衣進步，丟了個架手，舉起兩個拳來，真似打油的鐵錘模樣。這大聖展足挪身，擺開解數，在那洞門前，與那魔王遞走拳勢。這一場好打！咦！

拽開大四平，踢起雙飛腳。韜脅劈胸墩，剜心摘膽著。仙人指路，老子騎鶴。餓虎撲食最傷人，蛟龍戲水能凶惡。魔王使個蟒翻身，大聖卻施鹿解角。翹跟淬地龍，扭腕拿天橐。青獅張口來，鯉魚跌子躍。蓋頂撒花，繞腰貫索。迎風貼扇兒，急雨催花落。妖精便使觀音掌，行者就對羅漢腳。長拳開闊自然鬆，怎比短拳多緊削？兩個相持數十回，一般本事無強弱。

他兩個在那洞門前廝打，只見這高峰頭，喜得個李天王厲聲喝采，火德星鼓掌誇稱。那兩個雷公與哪吒太子，帥眾神跳到跟前，都要來相助；這壁廂群妖搖旗擂鼓，舞劍掄刀一齊護。孫大聖見事不諧，將毫毛拔下一把，望空撒起，叫「變！」即變做三五十個小猴，一擁上前，把那妖纏住，抱腿的抱腿，扯腰的扯腰，抓眼的抓眼，撏毛的撏毛。那怪物慌了，急把圈子拿將出來。大聖與天王等見他弄出圈套，撥轉雲頭，走上高峰逃奔。那妖把圈子往上拋起，唿喇的一聲，把那三五十個毫毛變的小猴，收為本相套入洞中，得了勝，領兵閉門，賀喜而去。

這太子道：「孫大聖還是個好漢！這一路拳，走得似錦上添花；使分身法，正是人前顯貴。」行者笑道：「列位在此遠觀，那怪的本事，比老孫如何？」李天王道：「他拳鬆腳慢，不如大聖的緊疾。他見我們去時，也就著忙；又見你使出分身法來，他就急了；所以大弄個圈套。」行者道：「魔王好治，只是圈子難降。」火德與水伯道：「若還取勝，除非得了他那寶貝，然後可擒。」行者道：「他那寶貝如何可得？只除是偷去來。」鄧、張二公笑道：「若要行偷禮，除大聖再無能者，想當年大鬧天宮時，偷御酒，偷蟠桃，偷龍肝、鳳髓及老君之丹，那是何等手段！今日正該拿此處用也。」行者道：「好說！好說！既如此，你們且坐，等老孫打聽去來。」

好大聖，跳下峰頭，私至洞口，搖身一變，變做個麻蒼蠅兒。真個秀溜！你看他：

翎翅薄如竹膜，身軀小似花心。手足比毛更奘，星星眼窟明明。善自聞香逐氣，飛時迅速乘風。稱來剛壓定盤星，可愛些些有用。

輕輕的飛在門上，爬到門縫邊，鑽進去，只見那大小群妖，舞的舞，唱的唱，排列兩旁；老魔王高坐台上，面前擺著些蛇肉、鹿脯、熊掌、駝峰、山蔬果品，有一把青磁酒壺，香噴噴的羊酪椰醪，大碗家寬懷暢飲。行者落於小妖叢裡，又變做一個獾頭精，慢慢的演近台邊，看彀多時，全不見寶貝放在何方。急抽身轉至台後，又見那後廳上高吊著火龍吟嘯，火馬號嘶。忽抬頭，見他的那金箍棒靠在東壁，喜得他心癢難撾，忘記了更容變相，走上前拿了鐵棒，現原身丟開解數，一路棒打將出去。慌得那群妖膽戰心驚，老魔王措手不及，卻被他推倒三個，放倒兩個，打開一條血路，徑自出了洞門。這才是：魔頭驕傲無防備，主杖還歸與本人。畢竟不知吉凶如何，且聽下回分解。

第五十一回

心猿空用千般計　水火無功難煉魔

第五十二回 悟空大鬧金兜洞 如來暗示主人公

話說孫大聖得了金箍棒，打出了門前，跳上高峰，對眾神滿心歡喜。李天王道：「你這場如何？」行者道：「老孫變化進他洞去，那怪物越發唱唱舞舞的，吃得勝酒哩，更不曾打聽得他的寶貝在那裡。我轉他後面，忽聽得馬叫龍吟，知是火部之物。東壁廂靠著我的金箍棒，是老孫拿在手中，一路打將出來也。」眾神道：「你的寶貝得了，我們的寶貝何時到手？」行者道：「不難！不難！我有了這根鐵棒，不管怎的，也要打倒他，取寶貝還你。」

正講處，只聽得那山坡下鑼鼓齊鳴，喊聲振地。原來是兕大王帥眾精靈來趕行者。行者見了，叫道：「好！好！好！正合吾意！列位請坐，待老孫再去捉他。」

好大聖，舉鐵棒劈面迎來，喝道：「潑魔那裡走！看棍！」那怪使槍支住，罵道：「賊猴頭！著實無禮！你怎麼白晝劫吾物件？」行者道：「我把你這個不知死的孽畜！你倒弄圈套白晝搶奪我物！那件兒是你的？不要走！吃老爺一棍！」那怪物掄槍隔架。這一場好戰：

大聖施威猛，妖魔不順柔。兩家齊鬥勇，那個肯干休！這一個鐵棒如龍尾，那一個長槍似蟒頭。這一個棒來解數如風響，那一個槍架雄威似水流。只見那彩霧朦朦山嶺暗，祥雲靉靉樹林愁。滿空飛鳥皆停翅，四野狼蟲盡縮頭。那陣上小妖吶喊，這壁廂行者抖擻。一條鐵棒無人敵，打遍西方萬里游。那桿長槍真對手，永鎮金兜稱上籌。相遇這場無好散，不見高低誓不休。

那魔王與孫大聖戰經三個時辰，不分勝敗，早又見天色將晚。妖魔支著長槍道：「悟空，你住了。天昏地暗，不是個賭鬥之時，且各歇息歇息，明朝再與你比迸。」行者罵道：「潑畜休言！老孫的興頭才來，管甚麼天晚！是必與你定個輸贏！」那怪物喝一聲，虛幌一槍，逃了性命，帥群妖收轉干戈，入洞中將門緊緊閉了。

這大聖拽棍方回，天神在岸頭賀喜，都道：「是有能有力的大齊天，無量無邊的真本事！」行者笑道：「承過獎！承過獎！」李天王近前道：「此言實非褒獎，真是一條好漢子！這一陣也不亞當時瞞地網罩天羅也！」行者道：「且休題夙話。那妖魔被老孫打了這一場，必然疲倦。我也說不得辛苦，你們都放懷坐坐，等我再進洞去打聽他的圈子，務要偷了他的，捉住那怪，尋取兵器，奉還汝等歸天。」太子道：「今已天晚，不若安眠一宿，明早去罷。」行者笑道：「這小郎不知世事！那見做賊的好白日裡下手？似這等掏摸的，必須夜去夜來，不知不覺，才是買賣哩。」火德與雷公道：「三太子休言。這件事我們不知。大聖是個慣家熟套，須教他趁此時候，一則魔頭困倦，二來夜黑無防，就請快去！快去！」

好大聖，笑嘻嘻的，將鐵棒藏了。跳下高峰，又至洞口。搖身一變，變作一個促織兒（小蟋蟀）。真個：

嘴硬鬚長皮黑，眼明爪腳丫叉。風清月明叫牆涯，夜靜如同人話。
泣露淒涼景色，聲音斷續堪誇。客窗旅思怕聞他，偏在空階床下。

蹬開大腿三五跳，跳到門邊，自門縫裡鑽將進去，蹲在那壁根下，迎著裡面燈光，仔細觀看。只見那大小群妖，一個個狼餐虎咽，正都吃東西哩。行者揲揲錘錘的叫了一遍。少時間，收了家伙，又都去安排窩鋪，各各安身。約摸有一更時分，行者才到他後邊房裡，只聽那老魔傳令，教：「各門上小的醒睡！恐孫悟空又變甚麼，私入家偷盜。」又有些該班坐夜的，滌滌托托，梆鈴齊響。這大聖越好行事。鑽入房門，見有一架石床，左右列幾個抹粉搽胭的山精樹鬼，展鋪蓋伏侍老魔，脫腳的脫腳，解衣的解衣。只見那魔王寬了衣服，左胳膊上，白森森的套著那個圈子，原來像一個連珠鐲頭模樣。你看他更不取下，轉往上抹了兩抹，緊緊的勒在胳膊上，方才睡下。行者見了，將身又變，變作一個黃皮虼蚤，跳上石床，鑽入被裡，爬在那怪的胳膊上，著實一口，叮的那怪翻身罵道：「這些少打的奴才！被也不抖，床也不拂，不知甚麼東西，咬了我這一下！」他卻把圈子又捋上兩捋，依然睡下。行者爬上那圈子，又咬一口。那怪睡不得，又翻過身來道：「刺鬧殺我也！」

行者見他關防得緊，寶貝又隨身，不肯除下，料偷他的不得。跳下床來，還變做促織兒，出了房門，徑至後面，又聽得龍吟馬嘶。原來那層門緊鎖，火龍、火馬，都吊在裡面。行者現了原身，走近

第五十二回

悟空大鬧金兜洞　如來暗示主人公

門前，使個解鎖法，念動咒語，用手一抹，喀嚓一聲，那鎖雙簧俱就脫落；推開門，闖將進去觀看，原來那裡面被火器照得明晃晃的，如白日一般。忽見東西兩邊斜靠著幾件兵器，都是太子的砍妖刀等物，並那火德的火弓、火箭等物。行者映火光，周圍看了一遍，又見那門背後一張石桌子上有一個篾絲盤兒，放著一把毫毛。大聖滿心歡喜，將毫毛拿起來，呵了兩口熱氣，叫聲「變！」即變作三五十個小猴；教他都拿了刀、劍、杵、索、球、輪及弓、箭、槍、車、葫蘆、火鴉、火鼠、火馬，一應套去之物，跨了火龍，縱起火勢，從裡邊往外燒來。只聽得烘烘哧哧，撲撲乒乒，好便似炸雷連炮之聲。慌得那些大小妖精，夢夢查查（迷迷糊糊）的，抱著被，蒙著頭，喊的喊，哭的哭，一個個走投無路，被這火燒死大半。美猴王得勝回來，只好有三更時候。

卻說那高峰上，李天王眾位，忽見火光幌亮，一擁前來。見行者騎著龍，喝喝呼呼，縱著小猴，徑上峰頭，厲聲高叫道：「來收兵器！來收兵器！」火德與哪吒答應一聲，這行者將身一抖，那把毫毛復上身來。哪吒太子收了他六件兵器，火德星君著眾火部收了火龍等物，都笑吟吟贊賀行者不題。

卻說那金兜洞裡火焰紛紛，唬得個兕大王魂不附體，急欠身開了房門，雙手拿著圈子，東推東火滅，西推西火消，滿空中冒煙突火，執著寶貝跑了一遍，四下裡煙火俱熄。急忙收救群妖，已此燒殺大半，男男女女，收不上百十餘丁；又查看藏兵之內，各件皆無；又去後面看處，見八戒、沙僧與長老還捆住未解，白龍馬還在槽上，行李擔亦在屋裡。

妖魔遂恨道：「不知是那個小妖不仔細，失了火，致令如此！」旁有近侍的告道：「大王，這火不干本家之事，多是個偷營劫寨之賊，放了那火部之物，盜了神兵去也。」老魔方然省悟道：「沒有別人，斷乎是孫悟空那賊！怪道我臨睡時不得安穩！想是那賊猴變化進來，在我這胳膊叮了兩口。一定是要偷我的寶貝，見我抹勒得緊，不能下手，故此盜了兵器，縱著火龍，放此狠毒之心，意欲燒殺我也。賊猴啊！你枉使機關，不知我的本事！我但帶了這件寶貝，就是入大海而不能溺，赴火池而不能焚哩！這番若拿住那賊，只把刮了點垛（點天燈），方趁我心！」

說著話，懊惱多時，不覺的雞鳴天曉。那高峰上太子得了六件兵器，對行者道：「大聖，天色已明，不須怠慢。我們趁那妖魔挫了銳氣，與火部等扶住你，再去力戰，庶幾這次可擒拿也。」行者笑道：「說得有理。我們齊了心，耍子兒去耶！」一個個抖擻威風，喜弄武藝，徑至洞口。行者叫道：「潑魔出來！與老孫打者！」原來那裡兩扇石門被火氣化成灰燼，門裡邊有幾個小妖，正然掃地撮灰。忽見眾聖齊來，慌得丟了掃帚，撇下灰耙，跑入裡面，又報道：「孫悟空領著許多天神，又在門外罵戰哩！」那兕怪聞報大驚。扢迸迸，鋼牙咬響；滴溜溜，環眼睜圓。挺著長槍，帶了寶貝，走出門來，潑口亂罵道：「我把你這個偷營放火的賊猴！你有多大手段，敢這等藐視我也？」行者笑臉兒罵道：「潑怪物！你要知我的手段，且上前來，我說與你聽：

自小生來手段強，乾坤萬里有名揚。當時穎悟修仙道，昔日傳來不老方。立志拜投方寸地，虔心參見聖人鄉。學成變化無量法，宇宙長空任我狂。閒在山前將虎伏，悶來海內把龍降。祖居花果稱王位，水簾洞裡逞剛強。幾番有意圖天界，數次無知奪上方。御賜齊天名大聖，敕封又贈美猴王。只因宴設蟠桃會，無簡相邀我性剛。暗闖瑤池偷玉液，私行寶閣飲瓊漿；龍肝鳳髓曾偷吃，百味珍饈我竊嘗；千載蟠桃隨受用，萬年丹藥任充腸；天宮異物般般取，聖府奇珍件件藏。玉帝訪我有手段，即發天兵擺戰場。九曜惡星遭我貶，五方凶宿被吾

第五十二回
悟空大鬧金兜洞　如來暗示主人公

傷。普天神將皆無敵，十萬雄師不敢當。威逼玉皇傳旨意，灌江小聖把兵揚。相持七十單二變，各弄精神個個強。南海觀音來助戰，淨瓶楊柳也相幫。老君又使金鋼套，把我擒拿到上方。綁見玉皇張大帝，曹官拷較罪該當。即差大力開刀斬，刀砍頭皮火焰光。百計千方弄不死，將吾押赴老君堂。六丁神火爐中煉，煉得渾身硬似鋼。七七數完開鼎看，我身跳出又凶張。諸神閉戶無遮擋，眾聖商量把佛央。其實如來多法力，果然智慧廣無量。手中賭賽翻筋斗，將山壓我不能強。玉皇才設『安天會』，西域方稱極樂場。壓困老孫五百載，一些茶飯不曾嘗。金蟬長老（指唐僧）臨凡世，東土差他拜佛鄉。欲取真經回上國，大唐帝主度先亡。觀音勸我皈依善，秉教迦持不放狂。解脫高山根下難，如今西去取經章。潑魔休弄獐狐智，還我唐僧拜法王（指佛祖釋迦牟尼）！」

那怪聞言，指著行者道：「你原來是個偷天的大賊！不要走！吃吾一槍！」這大聖使棒來迎。兩個正自相持，這壁廂哪吒太子生嗔，火德星君發狠，即將那六件神兵，火部等物，望妖魔身上拋來。孫大聖更加雄勢。一邊又雷公使，天王舉刀，不分上下，一擁齊來。那魔頭巍巍冷笑，袖子中暗暗將寶貝取出，撒手拋起空中，叫聲「著！」唿喇的一下，把六件神兵、火部等物、雷公掮、天王刀、行者棒，盡情又都撈去。眾神靈依然赤手，孫大聖仍是空拳。妖魔得勝回身，叫：「小的們，搬石砌門，動土修造，從新整理房廊。待齊備了，殺唐僧三眾來謝土，大家散福受用。」眾小妖領命維持不題。

卻說那李天王帥眾回上高峰，火德怨哪吒性急，雷公怪天王放刁，惟水伯在旁無語。行者見他們面不廝睹，心有縈思，沒奈何，懷恨強歡，對眾笑道：「列位不須煩惱。自古道：『勝敗兵家之常。』我和他論武藝，也只如此；但只是他多了這個圈子，所以為害，把我等兵器又套將去了。你且放心，待老孫再去查查他的腳色來也。」太子道：「你前啟奏玉帝，查堪滿天世界，更無一點蹤跡；如今卻又何處去查？」行者道：「我想起來，佛法無邊。如今且上西天問我佛如來，教他著慧眼觀看大地四部洲，看這怪是那方生長，何處鄉貫住居，圈子是件甚麼寶貝。不管怎的，一定要拿他，與列位出氣，還汝等歡喜歸天。」眾神道：「既有此意，不須久停，快去！快去！」

好行者，說聲去，就縱筋斗雲，早至靈山。落下祥光，四方觀看，好去處：

靈峰疏傑，迭嶂清佳，仙岳頂巔摩碧漢。西天瞻巨鎮，形勢壓中華。元氣流通天地遠，威風飛徹滿台花。時聞鐘磬音長，每聽經聲明朗。又見那青松之下優婆（梵文。意為善男信女）講，翠柏之間羅漢行。白鶴有情來鷲嶺，青鸞著意佇閒亭。玄猴對對擎仙果，壽鹿雙雙獻紫英。幽鳥聲頻如訴語，奇花色絢不知名。回巒盤繞重重顧，古道灣環處處平。正是清虛靈秀地，莊嚴大覺（佛的覺悟，泛指佛）佛家風。

那行者正然點看山景，忽聽得有人叫道：「孫悟空，從那裡來？往何處去？」急回頭看，原來是比丘尼尊者。大聖作禮道：「正有一事，欲見如來。」比丘尼道：「你這個頑皮！既然要見如來，怎麼不登寶剎，且在這裡看山？」行者道：「初來貴地，故此大膽。」比丘尼道：「你快跟我來也。」這行者緊隨至雷音寺山門下，又見那八大金剛，雄糾糾的，兩邊擋住。比丘尼道：「悟空，暫候片時，等我與你奏上去來。」行者只得住立門外。那比丘尼至佛前合掌道：「孫悟空有事，要見如來。」如來傳旨令入，金剛才閃路放行。

行者低頭禮拜畢，如來問道：「悟空，前聞得觀音尊者解脫汝身，皈依釋教，保唐僧來此求經，你怎麼獨自到此？有何事故？」行者頓首道：「上告我佛。弟子自秉迦持，與唐朝師父西來，行至金兜山金兜洞，遇著一個惡魔頭，名喚兕大王，神通廣大，把師父與師弟等攝入洞中。弟子向伊求取，沒好意，兩家比迸，被他將一個白森森的一個圈子，搶了我的鐵棒。我恐他是天將思凡，急上界查勘不出。蒙玉帝差遣李天王父子助援，又被他搶了太子的六般兵器。及請火德星君放火燒他，又被他將火具搶去。又請水德星君放水渰他，一毫又渰他不著。弟子費若干精神氣力，將那鐵棒等物偷出，復去索戰，又被他將前物依然套去，無法收降。因此特告我佛：望垂慈與弟子看看，果然是何物出身，我好去拿他家屬四鄰，擒此魔頭，救我師父，合拱虔誠，拜求正果。」如來聽說，將慧眼遙觀，早已知識。對行者道：「那怪物我雖知之，但不可與你說。你這猴兒口敞（嘴不嚴，不能保密），一傳道是我說他，他就不與你鬥，定要嚷上靈山，反遺禍於我也。我這裡著法力助你擒他去罷。」行者再拜稱謝道：「如來助我甚麼法力？」如來即令十八尊羅漢開寶庫取十八粒「金丹砂」與悟空助力。行者道：「金丹砂卻如何？」如來道：「你去洞外，叫那妖魔比試。演（騙誘）他出來，卻教羅漢放砂，陷住他，使他動不得身，拔不得腳，憑你揪打便了。」行者笑道：「妙！妙！妙！趁早去來！」

那羅漢不敢遲延，即取金丹砂出門。行者又謝了如來。一路查看，止有十六尊羅漢，行者嚷道：「這是那個去處，卻賣放人！」眾羅漢道：「那個賣放？」行者道：「原差十八尊，今怎麼只得十六尊？」說不了，裡邊走出降龍、伏虎二尊，上前道：「悟空，怎麼就這等放刁？我兩個在後聽如來吩咐話的。」行者道：「忒賣法！忒賣法！才自若嚷遲了些兒，你敢就不出來了。」眾羅漢笑呵呵駕起祥雲。

不多時，到了金兜山界。那李天王見了，帥眾相迎，備言前事。羅漢道：「不必絮繁，快去叫他出來。」這大聖捻著拳頭，來於洞口，罵道：「腯潑怪物，快出來與你孫外公見個上下！」那小妖又飛跑去報。魔王怒道：「這賊猴又不知請誰來猖獗也！」小妖道：「更無甚將，止他一人。」魔王道：「那根棒子已被我收來，怎麼卻又一人到此？敢是又要走拳？」隨帶了寶貝，綽槍在手，叫小妖搬開石塊，跳出門來，罵道：「賊猴！你幾番家不得便宜，就該回避，如何又來吆喝？」行者道：「這潑魔不識好歹！若要你外公不來，除非你服了降，陪了禮，送出我師父、師弟，我就饒你！」那怪道：「你那三個和尚已被我洗淨了，不久便要宰殺，你還不識起倒？去了罷！」

行者聽說「宰殺」二字，扢蹬蹬，腮邊火發，按不住心頭之怒，丟了架子，掄著拳，斜行勾步，望妖魔使個掛面。那怪展長槍，劈手相迎。行者左跳右跳，哄那妖魔。妖魔不知是計，趕離洞口南來。行者即招呼羅漢把金丹砂望妖魔一齊拋下，共顯神通，好砂！正是那：

似霧如煙初散漫，紛紛靄靄下天涯。白茫茫，到處迷人眼；昏漠漠，飛時找路差。打柴的樵子失了伴，採藥的仙童不見家。細細輕飄如麥麵，粗粗翻復似芝麻。世界朦朧山頂暗，長空迷沒太陽遮。不比囂塵隨駿馬，難言輕軟襯香車。此砂本是無情物，蓋地遮天把怪拿。只為妖魔侵正道，阿羅奉法逞豪華。手中就有明珠現，等時刮得眼生花。

第五十二回

悟空大鬧金兜洞　如來暗示主人公

那妖魔見飛砂迷目，把頭低了一低，足下就有三尺餘深；慌得他將身一縱，跳在浮上一層，未曾立得穩，須臾，又有二尺餘深。那怪急了，拔出腳來，即忙取圈子，往上一撇，叫聲「著！」唿喇的一下，把十八粒金丹砂又盡套去，拽回步，徑歸本洞。

那羅漢一個個空手停雲。行者近前問道：「眾羅漢，怎麼不下砂了？」羅漢道：「適才響了一聲，金丹砂就不見矣。」行者笑道：「又是那話兒套將去了。」天王等眾道：「這般難伏啊，卻怎麼捉得他，何日歸天，何顏見帝也！」旁有降龍、伏虎二羅漢，對行者道：「悟空，你曉得我兩個出門遲滯何也？」行者道：「老孫只怪你躲避不來，卻不知有甚話說。」羅漢道：「如來吩咐我兩個說：『那妖魔神通廣大，如失了金丹砂，就教孫悟空上離恨天兜率宮太上老君處尋他的蹤跡，庶幾可一鼓而擒也。』」行者聞言道：「可恨！可恨！如來卻也閃賺老孫！當時就該對我說了，卻不免教汝等遠涉？」李天王道：「既是如來有此明示，大聖就當早起。」

好行者，說聲去，就縱一道筋斗雲，直入南天門裡。時有四大元帥，擎拳拱手道：「擒怪事如何？」行者且行且答道：「未哩！未哩！如今有處尋根去也。」四將不敢留阻，讓他進了天門。不上靈霄殿，不入斗牛宮，徑至三十三天之外離恨天兜率宮前，見兩仙童侍立，他也不通姓名，一直徑走，慌得兩童扯住道：「你是何人？待往何處去？」行者才說：「我是齊天大聖，欲尋李老君哩。」仙童道：「你怎這樣粗魯？且住下，讓我們通報。」行者那容分說，喝了一聲，往裡徑走。忽見老君自內而出，撞個滿懷。行者躬身唱個喏道：「老官，一向少看。」老君笑道：「這猴兒不去取經，卻來我處何幹？」行者道：「取經取經，晝夜無停；有些阻礙，到此行行。」老君道：「西天路阻，與我何幹？」行者道：「西天西天，你且休言；尋著蹤跡，與你纏纏。」老君道：「我這裡乃是無上仙宮，有甚蹤跡可尋？」

行者入裡，眼不轉睛，東張西看。走過幾層廊宇，忽見那牛欄邊一個童兒盹睡，青牛不在欄中。行者道：「老官，走了牛也！走了牛也！」老君大驚道：「這孽畜幾時走了？」正嚷間，那童兒方醒，跪於當面道：「爺爺，弟子睡著了，不知是幾時走的。」老君罵道：「你這廝如何盹睡？」童兒叩頭道：「弟子在丹房裡拾得一粒丹，當時吃了，就在此睡著。」老君道：「想是前日煉的『七返火丹』，吊了一粒，被這廝拾吃了。那丹吃一粒，該睡七日哩。那孽畜因你睡著，無人看管，遂乘機走下界去，今亦是七日矣。」即查可曾偷甚寶貝。行者道：「無甚寶貝，只見他有一個圈子，甚是利害。」

老君急查看時，諸般俱在，止不見了「金鋼琢」。老君道：「是這孽畜偷了我『金鋼琢』去了！」行者道：「原來是這件寶貝！當時打著老孫的是他！如今在下界張狂，不知套了我等多少物件！」老君道：「這孽畜在甚地方？」行者道：「現住金兜山金兜洞。他捉了我唐僧進去，搶了我金箍棒。請天兵相助，又搶了太子的神兵。及請火德星君，又搶了他的火具。惟水伯雖不能渰死他，倒還不曾搶他物件。至請如來著羅漢下砂，又將金丹砂搶去。似你這老官，縱放怪物，搶奪傷人，該當何罪？」老君道：「我那『金鋼琢』，乃是我過函谷關化胡之器，自幼煉成之寶。憑你甚麼兵器、水火，俱莫能近他。若偷去我的『芭蕉扇兒』，連我也不能奈他何矣。」

大聖才歡歡喜喜，隨著老君。老君執了芭蕉扇，駕著祥雲同行，出了仙宮。南天門外，低下雲頭，徑至金兜山界。見了十八尊羅漢、雷公、水伯、火德、李天王父子，備言前事一遍。老君道：「孫悟空還去誘他出來，我好收他。」

這行者跳下峰頭，又高聲罵道：「腯潑孽畜！趁早出來受死！」那小妖又去報知。老魔道：「這賊猴又不知請誰來也。」急綽槍帶寶，迎出門來。行者罵道：「你這潑魔，今番坐定是死了！不要走！吃吾一掌！」急縱身跳個滿懷，劈臉打了一個耳括子，回頭就跑。那魔掄槍就趕，只聽得高峰上叫道：「那牛兒還不歸家，更待何日？」那魔抬頭，看見是太上老君，就唬得心驚膽戰道：「這賊猴真個是個地裡鬼！卻怎麼就訪得我的主公來也？」

老君念個咒語，將扇子扇了一下，那怪將圈子丟來，被老君一把接住；又一扇，那怪物力軟筋麻，現了本相，原來是一隻青牛。老君將「金鋼琢」吹口仙氣，穿了那怪的鼻子，解下勒袍帶，繫於琢上，牽在手中。至今留下個拴牛鼻的拘兒，又名「賓郎」，職此之謂。老君辭了眾神，跨上青牛背上，駕彩雲，徑歸兜率宮；縛妖怪，高升離恨天。

孫大聖才同天王等眾打入洞裡，把那百十個小妖盡皆打死。各取兵器，謝了天王父子回天，雷公入府，火德歸宮，水伯回河，羅漢向西；然後才解放唐僧、八戒、沙僧，拿了鐵棒。他三人又謝了行者，收拾馬匹行裝，師徒們離洞，找大路方走。

正走間，只聽得路旁叫：「唐聖僧，吃了齋飯去。」那長老心驚。不知是甚麼人叫喚，且聽下回分解。

第五十三回 禪主吞餐懷鬼孕　黃婆運水解邪胎

德行要修八百，陰功須積三千。均平物我與親冤，始合西天本願。
魔兕刀兵不怯，空勞水火無愆。老君降伏卻朝天，笑把青牛牽轉。

話說那大路旁叫喚者誰？乃金兜山山神、土地，捧著紫金缽盂叫道：「聖僧啊，這缽盂飯是孫大聖向好處化來的。因你等不聽良言，誤入妖魔之手，致令大聖勞苦萬端，今日方救得出。且來吃了飯，再去走路。莫孤負孫大聖一片恭孝之心也。」三藏道：「徒弟，萬分虧你！言謝不盡！早知不出圈痕，那有此殺身之害。」行者道：「不瞞師父說。只因你不信我的圈子，卻教你受別人的圈子。多少苦楚，可嘆！可嘆！」八戒道：「怎麼又有個圈子？」行者道：「都是你這孽嘴孽舌的夯貨，弄師父遭此一場大難！著老孫翻天覆地，請天兵水火與佛祖丹砂，盡被他使一個白森森的圈子套去。如來暗示了羅漢，對老孫說出那妖的根源，才請老君來收伏，卻是個青牛作怪。」三藏聞言，感激不盡道：「賢徒，今番經此，下次定然聽你吩咐。」遂此四人分吃那飯。那飯熱氣騰騰的。行者道：「這飯多時了，卻怎麼還熱？」土地跪下道：「是小神知大聖功完，才自熱來伺候。」須臾飯畢。收拾了鉢盂，辭了土地、山神。那師父才攀鞍上馬，過了高山。正是滌慮洗心皈正覺，餐風宿水向西行。行彀多時，又值早春天氣。聽了些：

紫燕呢喃，黃鸝睍睆（美好）。紫燕呢喃香嘴困，黃鸝瘖瘂巧音頻。滿地落紅如布錦，遍山發翠似堆茵。嶺上青梅結豆，崖前古柏留雲。野潤煙光淡，沙暄日色曛。幾處園林花放蕊，陽回大地柳芽新。

正行處，忽遇一道小河，澄澄清水，湛湛寒波。唐長老勒過馬觀看，遠見河那邊有柳陰垂碧，微露著茅屋幾椽。行者遙指那廂道：「那裡人家，一定是擺渡的。」三藏道：「我見那廂也似這般，卻不見船隻，未敢開言。」八戒旋下行李，厲聲高叫道：「擺渡的！撐船過來！」連叫幾遍，只見那柳陰裡面，咿咿啞啞的，撐出一隻船兒。不多時，相近這岸。師徒們仔細看了那船兒，真個是：

短棹分波，輕橈泛浪。櫓堂油漆彩，艎板滿平倉。船頭上鐵纜盤窩，船後邊舵樓明亮。雖然是一葦之航，也不亞泛湖浮海。縱無錦纜牙檣，實有松樁桂楫。固不如萬里神舟，真可渡一河之隔。往來只在兩崖邊，出入不離古渡口。

那船兒須臾頂岸。有梢子叫云：「過河的，這裡去。」三藏縱馬近前看處，那梢子怎生模樣：

頭裹錦絨帕，足踏皂絲鞋。身穿百納綿襠襖，腰束千針裙布衫。手腕皮粗筋力硬，眼花眉皺面容衰。聲音嬌細如鶯囀，近觀乃是老裙釵。

行者近於船邊道：「你是擺渡的？」那婦人道：「是。」行者道：「梢公如何不在，卻著梢婆撐船？」婦人微笑不答，用手拖上跳板。沙和尚將行李挑上去，行者扶著師父上跳，然後順過船來，八戒牽上白馬，收了跳板。那婦人撐開船，搖動槳，頃刻間過了河。

身登西岸，長老教沙僧解開包，取幾文錢鈔與他。婦人更不爭多寡，將纜拴在傍水的樁上，笑嘻嘻徑入莊屋裡去了。三藏見那水清，一時口渴，便著八戒：「取缽盂，舀些水來我吃。」那呆子道：「我也正要些兒吃哩。」即取缽盂，舀了一缽，遞與師父。師父吃了有一少半，還剩了多半，呆子接來，一氣飲乾，卻伏侍三藏上馬。

師徒們找路西行，不上半個時辰，那長老在馬上呻吟道：「腹痛！」八戒隨後道：「我也有些腹痛。」沙僧道：「想是吃冷水了？」說未畢，師父聲喚道：「疼的緊！」八戒也道：「疼得緊！」他兩個疼痛難禁，漸漸肚子大了。用手摸時，似有血團肉塊，不住的骨冗骨冗亂動。三藏正不穩便，忽然見那路旁有一村舍，樹梢頭挑著兩個草把。行者道：「師父，好了。那廂是個買酒的人家。我們且去化他些熱湯與你吃，就問可有賣藥的，討貼藥，與你治治腹痛。」

三藏聞言甚喜，卻打白馬。不一時，到了村舍門口下馬。但只見那門兒外有一個老婆婆，端坐在草墩上績麻。行者上前，打個問訊道：「婆婆，貧僧是東土大唐來的，我師父乃唐朝御弟。因為過河吃了河水，覺肚腹疼痛。」那婆婆喜哈哈的道：「你們在那邊河裡吃水來？」行者道：「是，在此東

第五十三回

禪主吞餐懷鬼孕　黃婆運水解邪胎

邊清水河吃的。」那婆婆欣欣的笑道：「好耍子！好耍子！你都進來，我與你說。」

行者即攙唐僧，沙僧即扶八戒。兩人聲聲喚喚，腆著肚子，一個個只疼得面黃眉皺，入草舍坐下。行者只叫：「婆婆，是必燒些熱湯與我師父。我們謝你。」那婆婆且不燒湯，笑唏唏跑走後邊，叫道：「你們來看！你們來看！」那裡面，蹼踍蹼踏的，又走出兩三個半老不老的婦人，都來望著唐僧灑笑。行者大怒，喝了一聲，把牙一嗟，唬得那一家子跌跌蹡蹡，往後就走。行者上前，扯住那老婆子道：「快早燒湯，我饒了你！」那婆子戰兢兢的道：「爺爺呀，我燒湯也不濟事，也治不得他兩個肚疼。你放了我，等我說。」行者放了他，他說：「我這裡乃是西梁女國。我們這一國盡是女人，更無男子，故此見了你們歡喜。你師父吃的那水不好了，那條河，喚做子母河。我那國王城外，還有一座迎陽館驛，驛門外有一個『照胎泉』。我這裡人，但得年登二十歲以上，方敢去吃那河裡水。吃水之後，便覺腹痛有胎。至三日之後，到那迎陽館照胎水邊照去。若照得有了雙影，便就降生孩兒。你師吃了子母河水，以此成了胎氣，也不日要生孩子。熱湯怎麼治得？」

三藏聞言，大驚失色道：「徒弟啊！似此怎了？」八戒扭腰撒胯的哼道：「爺爺呀！要生孩子，我們卻是男身！那裡開得產門？如何脫得出來？」行者笑道：「古人云：『瓜熟自落』。若到那個時節，一定從脅下裂個窟窿，鑽出來也。」

八戒見說，戰兢兢，忍不得疼痛道：「罷了，罷了！死了，死了！」沙僧笑道：「二哥，莫扭，莫扭！只怕錯了養兒腸，弄做個胎前病。」那呆子越發慌了，眼中噙淚，扯著行者道：「哥哥！你問這婆婆，看那裡有手輕的穩婆（接生婆），預先尋下幾個，這半會一陣陣的動蕩得緊，想是摧陣疼（分娩時的陣痛）。快了！快了！」沙僧又笑道：「二哥，既知催陣疼，不要扭動；只恐擠破漿泡耳。」

三藏哼著道：「婆婆啊，你這裡可有醫家？教我徒弟去買一貼墮胎藥吃了，打下胎來罷。」那婆子道：「就有藥也不濟事。只是我們這正南街上有一座解陽山，山中有一個破兒洞，洞裡有一眼『落胎泉』。須得那泉裡水吃一口，方才解了胎氣。卻如今取不得水了，向年來了一個道人，稱名如意真仙，把那破兒洞改作聚仙庵，護住落胎泉水，不肯善賜與人；但欲求水者，須要花紅表禮，羊酒果盤，志誠奉獻，只拜求得他一碗兒水哩。你們這行腳僧，怎麼得許多錢財買辦？但只可挨命，待時而生產罷了。」行者聞得此言，滿心歡喜道：「婆婆，你這裡到那解陽山有幾多路程？」婆婆道：「有三十里。」行者道：「好了！好了！師父放心，待老孫取些水來你吃。」

好大聖，吩咐沙僧道：「你好仔細看著師父。若這家子無禮，侵哄師父，你拿出舊時手段來，裝㜸虎唬他，等我取水去。」沙僧依命。只見那婆子端出一個大瓦缽來，遞與行者道：「拿這缽頭兒去，是必多取些來，與我們留著用急。」行者真個接了瓦缽，出草舍，縱雲而去。那婆子才望空禮拜道：「爺爺呀！這和尚會駕雲！」才進去叫出那幾個婦人來，對唐僧磕頭禮拜，都稱為羅漢菩薩。一壁廂（一邊）燒湯辦飯，供奉唐僧不題。

卻說那孫大聖筋斗雲起，少頃間見一座山頭，阻住雲角，即按雲光，睜睛看處，好山！但見那：

幽花擺錦，野草鋪藍。澗水相連落，溪雲一樣閒。重重谷壑藤蘿密，遠遠峰巒樹木蘩。鳥啼雁過，鹿飲猿攀。翠岱如屏嶂，青崖似髻鬟。塵埃滾滾真難到，泉石涓涓不厭看。每見仙童採藥去，常逢樵子負薪還。果然不亞天台景，勝似三峰西華山！

這大聖正然觀看那山不盡，又只見背陰處，有一所莊院，忽聞得犬吠之聲。大聖下山，徑至莊所，卻也好個去處。看那：

小橋通活水，茅舍倚青山。
村犬汪籬落，幽人自往還。

不時來至門首，見一個老道人，盤坐在綠茵之上。大聖放下瓦缽，近前道問訊。那道人欠身還禮道：「那方來者？至小庵有何勾當？」行者道：「貧僧乃東土大唐欽差西天取經者。因我師父誤飲了子母河之水，如今腹疼腫脹難禁。問及土人，說是結成胎氣，無方可治。訪得解陽山破兒洞有『落胎泉』可以消得胎氣，故此特來拜見如意真仙，求些泉水，搭救師父。累煩老道指引指引。」那道人笑道：「此間就是破兒洞，今改為聚仙庵了。我卻不是別人，即是如意真仙老爺的大徒弟。你叫做甚麼名字？待我好與你通報。」行者道：「我是唐三藏法師的大徒弟，賤名孫悟空。」那道人問曰：「你的花紅、酒禮，都在那裡？」行者道：「我是個過路的掛搭僧，不曾辦得來。」道人笑道：「你好痴呀！我老師父護住山泉，並不曾白送與人。你回去辦將禮來，我好通報。不然請回。莫想！莫想！」行者道：「人情大似聖旨。你去說我老孫的名字，他必然做個人情，或者連井都送我也。」

那道人聞此言，只得進去通報。卻見那真仙撫琴，只待他琴終，方才說道：「師父，外面有個和尚，口稱是唐三藏大徒弟孫悟空，欲求落胎泉水，救他師父。」那真仙不聽說便罷；一聽得說個悟空名字，卻就怒從心上起，惡向膽邊生；急起身，下了琴床，脫了素服，換上道衣，取一把如意鉤子，跳出庵門。叫道：「孫悟空何在？」行者轉頭，觀見那真仙打扮：

頭戴星冠飛彩豔，身穿金縷法衣紅。
足下雲鞋堆錦繡，腰間寶帶繞玲瓏。
一雙納錦凌波襪，半露裙襴閃繡絨。
手拿如意金鉤子，鐏利桿長若蟒龍。
鳳眼光明眉菂豎，鋼牙尖利口翻紅。
額下髯飄如烈火，鬢邊赤髮短蓬鬆。
形容惡似溫元帥，爭奈衣冠不一同。

行者見了，合掌作禮道：「貧僧便是孫悟空。」那先生笑道：「你真個是孫悟空，卻是假名托姓者？」行者道：「你看先生說話。常言道：『君子行不更名，坐不改姓』。我便是悟空。豈有假托之理？」先生道：「你可認得我麼？」行者道：「我因皈正釋門，秉誠僧教，這一向登山涉水，把我那幼時的朋友也都疏失，未及拜訪，少識尊顏。適間問道子母河西鄉人家，言及先生乃如意真仙，故此知之。」那先生道：「你走你的路，我修我的真，你來訪我怎的？」行者道：「因我師父誤飲了子母河水，腹疼成胎，特來仙府，拜求一碗落胎泉水，救解師難也。」

那先生怒目道：「你師父可是唐三藏麼？」行者道：「正是，正是。」先生咬牙恨道：「你們可曾會著一個聖嬰大王麼？」行者道：「他是號山枯松澗火雲洞紅孩兒妖怪的綽號。真仙問他怎的？」

先生道：「是我之舍侄。我乃牛魔王的兄弟。前者家兄處有信來報我，稱說唐三藏的大徒弟孫悟空憊懶，將他害了。我這裡正沒處尋你報仇，你倒來尋我，還要甚麼水哩！」行者陪笑道：「先生差了。你令兄也曾與我做朋友，幼年間也曾拜七弟兄。但只是不知先生尊府，有失拜望。如今令侄得了好處，現隨著觀音菩薩，做了善財童子，我等尚且不如，怎麼反怪我也？」先生喝道：「這潑猢猻！還弄巧舌！我舍侄還是自在為王好，還是與人為奴好？不得無禮！吃我這一鉤！」大聖使鐵棒架住道：「先生莫說打的話，且與些泉水去也。」那先生罵道：「潑猢猻！不知死活！如若三合敵得我，與你水去；敵不過，只把你剁成肉醬，方與我侄子報仇。」大聖罵道：「我把你不識起倒的孽障！既要打，走上來看棍！」那先生如意鉤劈手相還。二人在聚仙庵好殺：

聖僧誤食成胎水，行者來尋如意仙。那曉真仙原是怪，倚強護住落胎泉。及至相逢講仇隙，爭持決不遂如然。言來語去成僝僽，意惡情凶要報冤。這一個因師傷命來求水，那一個為侄亡身不與泉。如意鉤強如蠍毒，金箍棒狠似龍巔。當胸亂刺施威猛，著腳斜鉤展妙玄。陰手棍丟傷處重，過肩鉤起近頭鞭。鎖腰一棍鷹持雀，壓頂三鉤螂捕蟬。往往來來爭勝敗，反反覆覆兩回還。鉤攣棒打無前後，不見輸贏在那邊。

那先生與大聖戰經十數合，敵不得大聖。這大聖越加猛烈，一條棒似滾滾流星，著頭亂打。先生敗了筋力，倒拖著如意鉤，往山上走了。

大聖不去趕他，卻來庵內尋水。那個道人早把庵門關了。大聖拿著瓦缽，趕至門前，盡力氣一腳，踢破庵門，闖將進去。見那道人伏在井欄上，被大聖喝了一聲，舉棒要打，那道人往後跑了。卻才尋出吊桶來，正自打水，又被那先生趕到前邊，使如意鉤子把大聖鉤著腳一跌，跌了個嘴啃地。大聖爬起來，使鐵棒就打。他卻閃在旁邊，執著鉤子道：「看你可取得我的水去！」大聖罵道：「你上來！你上來！我把你這個孽障，直打殺你！」那先生也不上前拒敵，只是禁住了，不許大聖打水。大聖見他不動，卻使左手掄著鐵棒，右手使吊桶，將索子才突魯魯的放下。他又來使鉤。大聖一隻手撐持不得，又被他一鉤鉤著腳，扯了個躘踵，連井索通跌下井去了。大聖道：「這廝卻是無禮！」爬起來，又手掄棒，沒頭沒臉的打將上去。那先生依然走了，不敢迎敵，大聖又要去取水，奈何沒有吊桶，又恐怕來鉤扯，心中暗暗想道：「且去叫個幫手來！」好大聖，撥轉雲頭，徑至村舍門首，叫一聲：「沙和尚。」那裡邊三藏忍痛呻吟，豬八戒哼聲不絕。聽得叫喚，二人歡喜道：「沙僧啊，悟空來也。」沙僧連忙出門接著道：「大哥，取水來了？」大聖進門，對唐僧備言前事。三藏滴淚道：「徒弟啊，似此怎了？」大聖道：「我來叫沙兄弟與我同去。到那庵邊，等老孫和那廝敵鬥，教沙僧乘便取水來救你。」三藏道：「你兩個沒病的都去了，丟下我兩個有病的，教誰伏侍？」那個老婆婆在旁道：「老羅漢只管放心。不須要你徒弟，我家自然看顧伏侍你。你們早間到時，我等實有愛憐之意；卻才見這位菩薩雲來霧去，方知你是羅漢菩薩。我家決不敢復害你。」

行者咄的一聲道：「汝等女流之輩，敢傷那個？」老婆子笑道：「爺爺呀，還是你們有造化，來到我家！若到第二家，你們也不得囫圇了！」八戒哼哼的道：「不得囫圇，是怎麼的？」婆婆道：「我一家兒四五口，都是有幾歲年紀的，把那風月事盡皆休了，故此不肯傷你。若還到第二家，老小眾大，那年小之人，那個肯放過你去！就要與你交合。假如不從，就要害你性命，把你們身上肉，都割了去做香袋兒哩。」八戒道：「若這等，我決無傷。他們都是香噴噴的，好做香袋；我是個臊豬，就割了肉去，也是臊的，故此可以無傷。」行者笑道：「你不要說嘴；省些力氣，好生產也。」那婆婆道：「不必遲疑，快求水去。」行者道：「你家可有吊桶？借個使使。」那婆子即往後邊取出一個吊桶，又窩了一條索子，遞與沙僧。沙僧道：「帶兩條索子去。恐一時井深要用。」

沙僧接了桶索，即隨大聖出了村舍，一同駕雲而去。那消半個時辰，卻到解陽山界。按下雲頭，徑至庵外。大聖吩咐沙僧道：「你將桶索拿了，且在一邊躲著，等老孫出頭索戰。你待我兩人交戰正濃之時，你乘機進去，取水就走。」沙僧謹依言命。

孫大聖掣了鐵棒，近門高叫：「開門！開門！」那守門的看見，急入裡通報道：「師父，那孫悟空又來了也。」那先生心中大怒道：「這潑猴老大無狀！一向聞他有些手段，果然今日方知。他那條棒真是難敵。」道人道：「師父，他的手段雖高，你亦不亞與他，正是個對手。」先生道：「前面兩回，被他贏了。」道人道：「前兩回雖贏，不過是一猛之性；後面兩次打水之時，被師父鉤他兩跌，卻不是相比肩也？先既無奈而去，今又復來，必然是三藏胎成身重，埋怨得緊，不得已而來也。決有慢他師之心。管取我師決勝無疑。」

真仙聞言，喜孜孜滿懷春意，笑盈盈一陣威風，挺如意鉤子，走出門來喝道：「潑猢猻！你又來作甚？」大聖道：「我來只是取水。」真仙道：「泉水乃吾家之井，憑是帝王宰相，也須表禮羊酒來求，方才僅與些須；況你又是我的仇人，擅敢白手來取？」大聖道：「真個不與？」真仙道：「不與，不與！」大聖罵道：「潑孽障！既不與水，看棍！」丟一個架手，搶個滿懷，不容說，著頭便打。那真仙側身躲過，使鉤子急架相還。

這一場比前更勝。好殺：

金箍棒，如意鉤，二人奮怒各懷仇。飛砂走石乾坤暗，播土揚塵日月愁。大聖救師來取水，妖仙為侄不容求。兩家齊努力，一處賭安休。咬牙爭勝負，切齒定剛柔。添機見，越抖擻，噴雲噯霧鬼神愁。撲撲乒乒鉤棒響，喊聲哮吼振山丘。狂風滾滾催林木，殺氣紛紛過斗牛。大聖愈爭愈喜悅，真仙越打越綢繆。有心有意相爭戰，不定存亡不罷休。

他兩個在庵門外交手，跳跳舞舞的，鬥到山坡之下，艱苦相持不題。卻說那沙和尚提著吊桶，闖進門去，只見那道人在井邊擋住道：「你是甚人，敢來取水！」沙僧放下吊桶，取出降妖寶杖，不對話，著頭便打。那道人躲閃不及，把左臂膊打折，道人倒在地下掙命。沙僧罵道：「我要打殺你這孽畜，怎奈你是個人身！我還憐你，饒你去罷！讓我打水！」那道人叫天叫地的，爬到後面去了。沙僧卻才將吊桶向井中滿滿的打了一吊桶水，走出庵門，駕起雲霧，望著行者喊道：「大哥，我已取了水去也！饒他罷！饒他罷！」

大聖聽得，方才使鐵棒支住鉤子道：「你聽老孫說，我本待斬盡殺絕，爭奈你不曾犯法；二來看你令兄牛魔王的情上。先頭來，我被鉤了兩下，未得水去。才然來，我是個調虎離山計，哄你出來爭戰，卻著我師弟取水去了。老孫若肯拿出本事來打你，莫說你是一個甚麼如意真仙，就是再有幾個，也打死了。正是打死不如放生，且饒你教你活幾年耳。以後再有取水者，切不可勒掯他。」那妖仙不識好歹，演一演，就來鉤腳；被大聖閃過鉤頭，趕上前，喝聲：「休走！」那妖仙措手不及，推了一個蹼辣，掙扎不起。大聖奪過如意鉤來，折為兩段，總拿著又一抉，抉作四段，擲之於地道：「潑孽畜！再敢無禮麼？」那妖仙戰戰兢兢，忍辱無言。這大聖笑呵呵，駕雲而起。有詩為證。詩曰：

真鉛若煉須真水，真水調和真汞乾。真汞真鉛無母氣，靈砂靈藥是仙丹。
嬰兒枉結成胎象，土母施功不費難。推倒旁門宗正教，心君得意笑容還。

大聖縱著祥光，趕上沙僧。得了真水，喜喜歡歡，回於本處。按下雲頭，徑來村舍。只見豬八戒腆著肚子，倚在門枋上哼哩。行者悄悄上前道：「呆子，幾時占房的？」呆子慌了道：「哥哥莫取笑。可曾有水來麼？」行者還要耍他，沙僧隨後就到，笑道：「水來了！水來了！」三藏忍痛欠身道：「徒弟呀，累了你們也！」那婆婆卻也歡喜，幾口兒都出禮拜道：「菩薩呀，卻是難得！難得！」即忙取個花磁盞子，舀了半盞兒，遞與三藏道：「老師父，細細的吃；只消一口，就解了胎氣。」八戒道：「我不用盞子，連吊桶等我喝了罷。」那婆子道：「老爺爺，唬殺人罷了！若吃了這吊桶水，好道連腸子肚子都化盡了！」嚇得呆子不敢胡為，也只吃了半盞。

那裡有頓飯之時，他兩個腹中絞痛，只聽轂轆轂轆三五陣腸鳴。腸鳴之後，那呆子忍不住，大小便齊流。唐僧也忍不住要往靜處解手。行者道：「師父啊，切莫出風地裡去。怕人子，一時冒了風，弄做個產後之疾。」那婆婆即取兩個淨桶來，教他兩個方便。須臾間，各行了幾遍，才覺住了疼痛，漸漸的銷了腫脹，化了那血團肉塊。那婆婆家又熬些白米粥與他補虛。八戒道：「婆婆，我的身子實落，不用補虛。且燒些湯水與我洗個澡，卻好吃粥。」沙僧道：「哥哥，洗不得澡。坐月子的人弄了

第五十三回
禪主吞餐懷鬼孕　黃婆運水解邪胎

水漿致病。」八戒道：「我又不曾大生，左右只是個小產，怕他怎的？洗洗兒乾淨。」真個那婆子燒些湯與他兩個淨了手腳。唐僧才吃兩盞兒粥湯，八戒就吃了十數碗，還只要添。行者笑道：「夯貨！少吃些！莫弄做個『沙包肚』，不像模樣。」八戒道：「沒事！沒事！我又不是母豬，怕他做甚？」那家子真個又去收拾煮飯。老婆婆對唐僧道：「老師父，把這水賜了我罷。」行者道：「呆子，不吃水了？」八戒道：「我的肚腹也不疼了，胎氣想是已行散了。灑然無事，又吃水何為？」行者道：「既是他兩個都好了，將水送你家罷。」那婆婆謝了行者，將餘剩之水，裝於瓦罐之中，埋在後邊地下，對眾老小道：「這罐水，彀我的棺材本也！」眾老小無不歡喜。整頓齋飯，調開桌凳，唐僧們吃了齋。消消停停，將息了一宿。

次日天明，師徒們謝了婆婆家，出離村舍。唐三藏攀鞍上馬，沙和尚挑著行囊，孫大聖前邊引路，豬八戒攏了轡繩。這裡才是：洗淨口孽身乾淨，銷化凡胎體自然。畢竟不知到國界中還有甚麼理會，且聽下回分解。

第五十四回

法性西來逢女國　心猿定計脫煙花

話說三藏師徒別了村舍人家，依路西進，不上三四十里，早到西梁國界。唐僧在馬上指道：「悟空，前面城池相近，市井上人語喧嘩，想是西梁女國。汝等須要仔細，謹慎規矩，切休放蕩情懷，紊亂法門教旨。」三人聞言，謹遵嚴命。

言未盡，卻至東關廂街口。那裡人都是長裙短襖，粉面油頭。不分老少，盡是婦女。正在兩街上做買做賣，忽見他四眾來時，一齊都鼓掌呵呵，整容歡笑道：「人種來了！人種來了！」慌得那三藏勒馬難行。須臾間就塞滿街道，惟聞笑語。八戒口裡亂嚷道：「我是個銷豬！我是個銷豬！」行者道：「呆子，莫胡談。拿出舊嘴臉便是。」八戒真個把頭搖上兩搖，豎起一雙蒲扇耳，扭動蓮蓬吊搭脣，發一聲喊，把那些婦女們唬得跌跌爬爬。有詩為證。詩曰：

聖僧拜佛到西梁，國內衠陰世少陽。農士工商皆女輩，漁樵耕牧盡紅妝。
嬌娥滿路呼人種，幼婦盈街接粉郎。不是悟能施醜相，煙花圍困苦難當！

遂此眾皆恐懼，不敢上前。一個個都捻手矬腰，搖頭咬指，戰戰兢兢，排塞街傍路下，都看唐僧。孫大聖卻也弄出醜相開路，沙僧也裝嫯虎維持。八戒採著馬，掬著嘴，擺著耳朵。一行前進，又見那市井上房屋齊整，鋪面軒昂，一般有賣鹽賣米，酒肆茶房；鼓角樓台通貨殖，旗亭候館掛簾櫳。師徒們轉灣抹角，忽見有一女官侍立街下，高聲叫道：「遠來的使客，不可擅入城門。請投館驛注名上簿，待下官執名奏駕，驗引放行。」三藏聞言下馬，觀看那衙門上有一匾，上書「迎陽驛」三字。長老道：「悟空，那村舍人家傳言是實，果有迎陽之驛。」沙僧笑道：「二哥，你卻去『照胎泉』邊照照，看可有雙影。」八戒道：「莫弄我！我自吃了那盞兒落胎泉水，已此打下胎來了，還照他怎的？」三藏回頭吩咐道：「悟能，謹言！謹言！」遂上前與那女官作禮。

女官引路，請他們都進驛內，正廳坐下，即喚看茶。又見那手下人盡是三綹梳頭，兩截穿衣之類。你看他拿茶的也笑。少頃茶罷。女官欠身問曰：「使客何來？」行者道：「我等乃東土大唐王駕下欽差上西天拜佛求經者。我師父便是唐王御弟，號曰唐三藏。我乃他大徒弟孫悟空。這兩個是我師弟：豬悟能、沙悟淨。一行連馬五口。隨身有通關文牒，乞為照驗放行。」那女官執筆寫罷，下來叩頭道：「老爺恕罪。下官乃迎陽驛驛丞，實不知上邦老爺，知當遠接。」拜畢起身，即令管事的安排飲饌。道：「爺爺們寬坐一時，待下官進城啟奏我王，倒換關文，打發領給，送老爺們西進。」三藏欣然而坐不題。

且說那驛丞整了衣冠，徑入城中五鳳樓前，對黃門官道：「我是迎陽館驛丞，有事見駕。」黃門即時啟奏。降旨傳宣至殿，問曰：「驛丞有何事來奏？」驛丞道：「微臣在驛，接得東土大唐王御弟唐三藏。有三個徒弟，名喚孫悟空、豬悟能、沙悟淨，連馬五口，欲上西天拜佛取經。特來啟奏主

第五十四回

法性西來逢女國　心猿定計脫煙花

公，可許他倒換關文放行？」女王聞奏，滿心歡喜，對眾文武道：「寡人夜來夢見金屏生彩豔，玉鏡展光明，乃是今日之喜兆也。」眾女官擁拜丹墀道：「主公，怎見得是今日之喜兆？」女王道：「東土男人，乃唐朝御弟。我國中自混沌開辟之時，累代帝王，更不曾見個男人至此。幸今唐王御弟下降，想是天賜來的。寡人以一國之富，願招御弟為王，我願為后，與他陰陽配合，生子生孫，永傳帝業，卻不是今日之喜兆也？」眾女官拜舞稱揚，無不歡悅。

驛丞又奏道：「主公之論，乃萬代傳家之好；但只是御弟三徒凶惡，不成相貌。」女王道：「卿見御弟怎生模樣？他徒弟怎生凶醜？」驛丞道：「御弟相貌堂堂，豐姿英俊，誠是天朝上國之男兒，南贍中華之人物。那三徒卻是形容獰惡，相貌如精。」女王道：「既如此，把他徒弟與他領給，倒換關文，打發他往西天，只留下御弟，有何不可？」眾官拜奏道：「主公之言極當，臣等欽此欽遵。但只是匹配之事，無媒不可。自古道：『姻緣配合憑紅葉，月老夫妻繫赤繩。』」女王道：「依卿所奏，就著當駕太師作媒，迎陽驛丞主婚，先去驛中與御弟求親。待他許可，寡人卻擺駕出城迎接。」那太師、驛丞，領旨出朝。

卻說三藏師徒們在驛廳上正享齋飯，只見外面人報：「當駕太師與我們本官老姆來了。」三藏道：「太師來卻是何意？」八戒道：「怕是女王請我們也。」行者道：「不是相請，就是說親。」三藏道：「悟空，假如不放，強逼成親，卻怎麼是好？」行者道：「師父只管允他，老孫自有處治。」

說不了，二女官早至，對長老下拜。長老一一還禮道：「貧僧出家人，有何德能，敢勞大人下拜？」那太師見長老相貌軒昂，心中暗喜道：「我國中實有造化，這個男子，卻也做得我王之夫。」二官拜畢起來，侍立左右道：「御弟爺爺，萬千之喜了！」三藏道：「我出家人，喜從何來？」太師躬身道：「此處乃西梁女國，國中自來沒個男子。今幸御弟爺爺降臨，臣奉我王旨意，特來求親。」三藏道：「善哉！善哉！我貧僧只身來到貴地，又無兒女相隨，止有頑徒三個，不知大人求的是那個親事？」驛丞道：「下官才進朝啟奏，我王十分歡喜道，夜來得一吉夢，夢見金屏生彩豔，玉鏡展光明。知御弟乃中華上國男兒，我王願以一國之富，招贅御弟爺爺為夫，坐南面稱孤，我王願為帝后。傳旨著太師作媒，下官主婚，故此特來求這親事也。」

三藏聞言，低頭不語。太師道：「大丈夫遇時，不可錯過。似此招贅之事，天下雖有；托國之富，世上實稀。請御弟速允，庶好回奏。」長老越加痴痖。

八戒在旁掬著碓挺嘴，叫道：「太師，你去上覆國王：我師父乃久修得道的羅漢，決不愛你托國之富，也不愛你傾國之容；快些兒倒換關文，打發他往西去，留我在此招贅，如何？」太師聞說，膽戰心驚，不敢回話。驛丞道：「你雖是個男身，但只形容醜陋，不中我王之意。」八戒笑道：「你甚不通變。常言道：『粗柳簸箕細柳斗，世上誰見男兒醜？』」行者道：「呆子，勿得胡談，任師父尊意。可行則行，可止則止。莫要耽擱了媒妁工夫。」

三藏道：「悟空，憑你怎麼說好。」行者道：「依老孫說，你在這裡也好。自古道，『千里姻緣似線牽』哩。那裡再有這般相應處？」三藏道：「徒弟，我們在這裡貪圖富貴，誰卻去西天取經？那不望壞了我大唐之帝主也？」太師道：「御弟在上，微臣不敢隱言。我王旨意，原只教求御弟為親，教你三位徒弟赴了會親筵宴，發付領給，倒換關文，往西天取經去哩。」行者道：「太師說得有理。我等不必作難，情願留下師父，與你主為夫。快換關文，打發我們西去。待取經回來，好到此拜爺娘，討盤纏，回大唐也。」

第五十四回

法性西來逢女國　心猿定計脫煙花

那太師與驛丞對行者作禮道：「多謝老師玉成之恩！」八戒道：「太師，切莫要『口裡擺菜碟兒』（說空話而沒有實惠）。既然我們許諾，且教你主先安排一席，與我們吃盅肯酒，如何？」太師道：「有，有，有，就教擺設筵宴來也。」那驛丞與太師，歡天喜地，回奏女主不題。

卻說唐長老一把扯住行者，罵道：「你這猴頭，弄殺我也！怎麼說出這般話來，教我在此招婚，你們西天拜佛，我就死也不敢如此！」行者道：「師父放心。老孫豈不知你性情，但只是到此地，遇此人，不得不將計就計。」三藏道：「怎麼叫做將計就計？」行者道：「你若使住法兒不允他，他便不肯倒換關文，不放我們走路。倘或意惡心毒，喝令多人，割了你肉，做甚麼香袋啊，我等豈有善報？一定要使出降魔蕩怪的神通。你知我們的手腳又重，器械又凶，但動動手兒，這一國的人，盡打殺了。他雖然阻擋我等，卻不是怪物妖精，還是一國人身；你又平素是個好善慈悲的人，在路上一靈（泛指有生命之物）不損；若打殺無限的平人，你心何忍！誠為不善了也。」

三藏聽說，道：「悟空，此論最善。但恐女主招我進去，要行夫婦之禮，我怎肯喪元陽，敗壞了佛家德行；走真精，墜落了本教人身。」

行者道：「今日允了親事，他一定以皇帝禮，擺駕出城接你；你更不要推辭，就坐他鳳輦龍車，登寶殿，面南坐下，問女王取出御寶印信來，宣我們兄弟進朝，把通關文牒用了印，再請女王寫個手字花押，僉押了交付與我們。一壁廂教擺筵宴，就當與女王會喜，就與我們送行。待筵宴已畢，再叫排駕，只說送我們三人出城，回來與女王配合。哄得他君臣歡悅，更無阻擋之心，亦不起毒惡之念，卻待送出城外，你下了龍車鳳輦，教沙僧伺候左右，伏侍你騎上白馬，老孫卻使個定身法兒，教他君臣人等皆不能動，我們順大路只管西行。行得一晝夜，我卻念個咒，解了術法，還教他君臣們蘇醒回城。一則不傷了他的性命，二來不損了你的元神。這叫做『假親脫網』之計。豈非一舉兩全之美也？」三藏聞言，如醉方醒，似夢初覺，樂以忘憂，稱謝不盡，道：「深感賢徒高見。」四眾同心合意，正自商量不題。

卻說那太師與驛丞，不等宣詔，直入朝門白玉階前，奏道：「主公佳夢最準，魚水之歡就矣。」女王聞奏，捲珠簾，下龍床，啟櫻唇，露銀齒，笑吟吟嬌聲問曰：「賢卿見御弟，怎麼說來？」太師道：「臣等到驛，拜見御弟畢，即備言求親之事。御弟還有推托之辭，幸虧他大徒弟慨然見允，願留他師父與我王為夫，面南稱帝，只教先倒換關文，打發他三人西去；取得經回，好到此拜認爺娘，討盤費回大唐也。」女王笑道：「御弟再有何說？」太師奏道：「御弟不言，願配我主；只是他那二徒弟，先要吃席肯酒。」

女王聞言，即傳旨，教光祿寺排宴。一壁廂排大駕，出城迎接夫君。眾女官即欽遵王命，打掃宮殿，鋪設庭台。一班兒擺宴的，火速安排；一班兒擺駕的，流星整備。你看那西梁國雖是婦女之邦，那鑾輿不亞中華之盛。但見：

六龍噴彩，雙鳳生祥。六龍噴彩扶車出，雙鳳生祥駕輦來。馥郁異香藹，氤氳瑞氣開。金魚玉佩多官擁，寶髻雲鬟眾女排。鴛鴦掌扇遮鑾駕，翡翠珠簾影鳳釵。笙歌音美，弦管聲諧。一片歡情沖碧漢，無邊喜氣出靈台。三簷羅蓋搖天宇，五色旌旗映御階。此地自來無合卺，女王今日配男才。

不多時，大駕出城，早到迎陽館驛。忽有人報三藏師徒道：「駕到了。」三藏聞言，即與三徒，整衣出廳迎駕。女王捲簾下輦道：「那一位是唐朝御弟？」太師指道：「那驛門外香案前穿襴衣者便是。」女王閃鳳目，簇蛾眉，仔細觀看，果然一表非凡。你看他：

豐姿英偉，相貌軒昂。齒白如銀砌，唇紅口四方。頂平額闊天倉滿，目秀眉清地閣長。兩耳有輪真傑士，一身不俗是才郎。好個妙齡聰俊風流子，堪配西梁窈窕娘。

女王看到那心歡意美之處，不覺淫情汲汲，愛欲恣恣，展放櫻桃小口，呼道：「大唐御弟，還不來占鳳乘鸞也？」三藏聞言，耳紅面赤，羞答答不敢抬頭。豬八戒在旁，掬著嘴，餳眼觀看那女王，卻也裊娜。真個：

眉如翠羽，肌似羊脂。臉襯桃花瓣，鬟堆金鳳絲。秋波湛湛妖嬈態，春筍纖纖妖媚姿。斜嚲紅綃飄彩豔，高簪珠翠顯光輝。說甚麼昭君美貌，果然是賽過西施。柳腰微展鳴金珮，蓮步輕移動玉肢。月裡嫦娥難到此，九天仙子怎如斯。宮妝巧樣非凡類，誠然王母降瑤池。

那呆子看到好處，忍不住口嘴流涎，心頭撞鹿，一時間骨軟筋麻。好便似雪獅子向火，不覺的都化去也。只見那女王走近前來，一把扯住三藏，俏語嬌聲，叫道：「御弟哥哥，請上龍車，和我同上金鑾寶殿，匹配夫婦去來。」這長老戰兢兢立站不住，似醉如痴。行者在側教道：「師父不必太謙，請共師娘上輦。快快倒換關文，等我們取經去罷。」長老不敢回言，把行者抹了兩抹，止不住落下淚來。行者道：「師父切莫煩惱。這般富貴，不受用還待怎麼哩？」三藏沒及奈何，只得依從。揩了眼淚，強整歡容，移步近前，與女主：

同攜素手，共坐龍車。那女主喜孜孜欲配夫妻，這長老憂惶惶只思拜佛。一個要洞房花燭交鴛侶，一個要西宇靈山見世尊。女帝真情，聖僧假意。女帝真情，指望和諧同到老；聖僧假意，牢藏情意養元神。一個喜見男身，恨不得白晝並頭諧伉儷；一個怕逢女色，只思量即時脫網上雷音。二人和會同登輦，豈料唐僧各有心！

那些文武官，見主公與長老同登鳳輦，並肩而坐，一個個眉花眼笑，撥轉儀從，復入城中。孫大聖才教沙僧挑著行李，牽著白馬，隨大駕後邊同行。豬八戒往前亂跑，先到五鳳樓前，嚷道：「好自在，好現成呀！這個弄不成！這個弄不成！吃了喜酒進親才是！」唬得些執儀從引導的女官，一個個回至駕邊道：「主公，那一個長嘴大耳的，在五鳳樓前嚷道，要喜酒吃哩。」女主聞奏，與長老倚香肩，偎並桃腮，開檀口，俏聲叫道：「御弟哥哥，長嘴大耳的是你那個高徒？」三藏道：「是我第二個徒弟。他生得食腸寬大，一生要圖口肥，須是先安排些酒食與他吃了，方可行事。」女主急問：「光祿寺安排筵宴，完否？」女官奏道：「已完，設了葷素兩樣，在東閣上哩。」女王又問：「怎麼兩樣？」女官奏道：「臣恐唐朝御弟與高徒等平素吃齋，故有葷素兩樣。」女王卻又笑吟吟，偎著長老的香腮道：「御弟哥哥，你吃葷吃素？」三藏道：「貧僧吃素，但是未曾戒酒。須得幾杯素酒，與我二徒弟吃些。」

說未了，太師啟奏：「請赴東閣會宴。今宵吉日良辰，就可與御弟爺爺成親。明日天開黃道，請御弟爺爺登寶殿，面南，改年號即位。」女王大喜，即與長老攜手相攙，下了龍車，共入端門裡。但見那：

風飄仙樂下樓台，閶闔中間翠輦來。鳳闕大開光藹藹，皇宮不閉錦排排。
麒麟殿內爐煙裊，孔雀屏邊房影回。亭閣崢嶸如上國，玉堂金馬更奇哉。

既至東閣之下，又聞得一派笙歌聲韻美，又見兩行紅粉貌嬌嬈。正中堂排設兩般盛宴：左邊上首是素筵，右邊上首是葷筵。下兩路盡是單席。那女王斂袍袖，十指尖尖，奉著玉杯，便來安席。行者近前道：「我師徒都是吃素。先請師父坐了左手素席，轉下三席，分左右，我兄弟們好坐。」太師喜道：「正是，正是。師徒即父子也，不可並肩。」眾女官連忙調了席面。女王一一傳杯，安了他弟兄三位。行者又與唐僧丟個眼色，教師父回禮。三藏下來，卻也擎玉杯，與女王安席。那些文武官，朝上拜謝了皇恩，各依品從，分坐兩邊，才住了音樂請酒。

那八戒那管好歹，放開肚子，只情吃起。也不管甚麼玉屑米飯、蒸餅、糖糕、蘑菇、香蕈、筍芽、木耳、黃花菜、石花菜、紫菜、蔓菁、芋頭、蘿菔、山藥、黃精，一骨辣　了個罄盡。喝了五七杯酒，口裡嚷道：「看添換來！拿大觥來！再吃幾觥，各人幹事去。」沙僧問道：「好筵席不吃，還要幹甚事？」呆子笑道：「古人云：『造弓的造弓，造箭的造箭。』我們如今招的招，嫁的嫁，取經的還去取經，走路的還去走路，莫只管貪杯誤事。快早兒打發關文。正是『將軍不下馬，各自奔前程。』」女王聞說，即命取大杯來。近侍官連忙取幾個鸚鵡杯、鸕鷀杓、金叵羅、銀鑿落、玻璃盞、水晶盆、蓬萊碗、琥珀鍾，滿斟玉液，連注瓊漿。果然都各飲一巡。

三藏欠身而起，對女王合掌道：「陛下，多蒙盛設，酒已彀了。請登寶殿，倒換關文，趕天早，送他三人出城罷。」女王依言，攜著長老，散了筵宴，上金鑾寶殿，即讓長老即位。三藏道：「不可！不可！適太師言過，明日天開黃道，貧僧才敢即位稱孤。今日即印關文，打發他去也。」女王依言，仍坐了龍床，即取金交椅一張，放在龍床左手，請唐僧坐了，叫徒弟們拿上通關文牒來。大聖便教沙僧解開包袱，取出關文。大聖將關文雙手捧上。那女王細看一番，上有大唐皇帝寶印九顆，下有寶象國印，烏雞國印，車遲國印。女王看罷，嬌滴滴笑語道：「御弟哥哥又姓陳？」三藏道：「俗家姓陳，法名玄奘。因我唐王聖恩認為御弟，賜姓我為唐也。」女王道：「關文上如何沒有高徒之名？」三藏道：「三個頑徒，不是我唐朝人物。」女王道：「既不是你唐朝人物，為何肯隨你來？」三藏道：「大的個徒弟，祖貫東勝神洲傲來國人氏；第二個乃西牛賀洲烏斯莊人氏；第三個乃流沙河人氏：他三人都因罪犯天條，南海觀世音菩薩解脫他苦，秉善皈依，將功折罪，情願保護我上西天取經。皆是途中收得，故此未注法名在牒。」女王道：「我與你添注法名，好麼？」三藏道：「但憑陛下尊意。」女王即令取筆硯來，濃磨香翰，飽潤香毫，牒文之後，寫上孫悟空、豬悟能、沙悟淨三人名諱，卻才取出御印，端端正正印了；又畫個手字花押，傳將下去。孫大聖接了，教沙僧包裹停當。

那女王又賜出碎金碎銀一盤，下龍床遞與行者道：「你三人將此權為路費，早上西天；待汝等取經回來，寡人還有重謝。」行者道：「我們出家人，不受金銀，途中自有乞化之處。」女王見他不

第五十四回

法性西來逢女國　心猿定計脫煙花

受，又取出綾錦十匹，對行者道：「汝等行色匆匆，裁製不及，將此路上做件衣服遮寒。」行者道：「出家人穿不得綾錦，自有護體布衣。」女王見他不受，教：「取御米三升，在路權為一飯。」八戒聽說個「飯」字，便就接了，捎在包袱之間。行者道：「兄弟，行李見今沉重，且倒有氣力挑米？」八戒笑道：「你那裡知道，米好的是個日消貨。只消一頓飯，就了帳也。」遂此合拿謝恩。

三藏道：「敢煩陛下相同貧僧送他三人出城，待我囑咐他們幾句，教他好生西去，我卻回來，與陛下永受榮華。無掛無牽，方可會鸞交鳳友也。」女王不知是計，便傳旨擺駕，與三藏並倚香肩，同登鳳輦，出西城而去。滿城中都盞添淨水，爐降真香。一則看女王鸞駕，二來看御弟男身。沒老沒小，盡是粉容嬌面，綠鬢雲鬟之輩。不多時，大駕出城，到西關之外。

行者、八戒、沙僧，同心合意，結束整齊，徑迎著鑾輿，厲聲高叫道：「那女王不必遠送，我等就此拜別。」長老慢下龍車，對女王拱手道：「陛下請回，讓貧僧取經去也。」女王聞言，大驚失色，扯住唐僧道：「御弟哥哥，我願將一國之富，招你為夫，明日高登寶位，即位稱君，我願為君之後，喜筵通皆吃了，如何卻又變卦？」八戒聽說，發起個瘋來，把嘴亂扭，耳朵亂搖，闖至駕前，嚷道：「我們和尚家和你這粉骷髏做甚夫妻！放我師父走路！」那女王見他那等撒潑弄醜，唬得魂飛魄散，跌入輦駕之中。沙僧卻把三藏搶出人叢，伏侍上馬。只見那路旁閃出一個女子，喝道：「唐御弟，那裡走！我和你耍風月兒去來！」沙僧罵道：「賊輩無知！」掣寶杖劈頭就打。那女子弄陣旋風，嗚的一聲，把唐僧攝將去了，無影無蹤，不知下落何處。咦！正是：脫得煙花網，又遇風月魔。

畢竟不知那女子是人是怪，老師父的性命得死得生，且聽下回分解。

第五十五回　色邪淫戲唐三藏　性正修持不壞身

卻說孫大聖與豬八戒正要使法定那些婦女，忽聞得風響處，沙僧嚷鬧，急回頭時，不見了唐僧。行者道：「是甚人來搶師父去了！」沙僧道：「是一個女子，弄陣旋風，把師父攝了去也。」行者聞言，唿哨跳在雲端裡，用手搭涼篷，四下裡觀看。只見一陣灰塵，風滾滾，往西北上去了。急回頭叫道：「兄弟們，快駕雲同我趕師父去來！」八戒與沙僧，即把行囊捎在馬上，響一聲，都跳在半空裡去。

慌得那西梁國君臣女輩，跪在塵埃，都道：「是白日飛升的羅漢，我主不必驚疑。唐御弟也是個有道的禪僧，我們都有眼無珠，錯認了中華男子，枉費了這場神思。請主公上輦回朝也。」女王自覺慚愧，多官都一齊回國不題。

卻說孫大聖兄弟三人騰空踏霧，望著那陣旋風，一直趕來，前至一座高山，只見灰塵息靜，風頭散了，更不知怪向何方。兄弟們按落雲霧，找路尋訪，忽見一壁廂，青石光明，卻似個屏風模樣。三人牽著馬轉過石屏，石屏後有兩扇石門，門上有六個大字，乃是「毒敵山琵琶洞」。八戒無知，上前就使釘鈀築門。行者急止住道：「兄弟莫忙。我們隨旋風趕便趕到這裡，尋了這會，方遇此門，又不知深淺如何。倘不是這個門兒，卻不惹他見怪？你兩個且牽了馬，還轉石屏前立等片時，待老孫進去打聽打聽，察個有無虛實，卻好行事。」沙僧聽說，大喜道：「好！好！好！正是粗中有細，果然急處從寬。」他二人牽馬回來。孫大聖顯個神通，捻著訣，念個咒語，搖身一變，變作蜜蜂兒，真個輕巧！你看他：

翅薄隨風軟，腰輕映日纖。嘴甜曾覓蕊，尾利善降蟾。
釀蜜功何淺，投衙禮自謙。如今施巧計，飛舞入門簷。

行者自門瑕處鑽將進去，飛過二層門裡，只見正當中花亭子上端坐著一個女怪，左右列幾個彩衣繡服，丫髻兩揫的女童，都歡天喜地，正不知講論甚麼。這行者輕輕的飛上去，釘在那花亭格子上，側耳才聽，又見兩個總角蓬頭女子，捧兩盤熱騰騰的面食，上亭來道：「奶奶，一盤是人肉餡的葷饃饃，一盤是鄧沙餡的素饃饃。」那女怪笑道：「小的們，攙出唐御弟來。」幾個彩衣繡服的女童，走向後房，把唐僧扶出。那師父面黃唇白，眼紅淚滴。行者在暗中嗟嘆道：「師父中毒了！」

那怪走下亭，露春蔥十指纖纖，扯住長老道：「御弟寬心。我這裡雖不是西梁女國的宮殿，不比富貴奢華，其實卻也清閒自在，正好念佛看經。我與你做個道伴兒，真個是百歲和諧也。」三藏不語。那怪道：「且休煩惱。我知你在女國中赴宴之時，不曾進得飲食。這裡葷素麵飯兩盤，憑你受用些兒壓驚。」三藏沉思默想道：「我待不說話，不吃東西，此怪比那女王不同，女王還是人身，行動以禮；此怪乃是妖神，恐為加害，奈何？我三個徒弟，不知我困陷在於這裡，倘或加害，卻不枉丟性命？」以心問心，無計所奈，只得強打精神，開口道：「葷的何如？素的何如？」女怪道：「葷的是人肉餡饃饃，素的是鄧沙餡饃饃。」三藏道：「貧僧吃素。」那怪笑道：「女童，看熱茶來，與你家長爺爺吃素饃饃。」一女童，果捧著香茶一盞，放在長老面前。那怪將一個素饃饃劈破，遞與三藏。三藏將個葷饃饃囫圇遞與女怪。女怪笑道：「御弟，你怎麼不劈破與我？」三藏合掌道：「我出家人，不敢破葷。」那女怪道：「你出家人不敢破葷，怎麼前日在子母河邊吃水高（即水糕），今日又好吃鄧沙餡？」三藏道：「水高船去急，沙陷馬行遲。」

行者在格子眼聽著兩個言語相攀，恐怕師父亂了真性，忍不住，現了本相，掣鐵棒喝道：「孽畜無禮！」那女怪見了，口噴一道煙光，把花亭子罩住，教：「小的們，收了御弟！」他卻拿一柄三股鋼叉，跳出亭門，罵道：「潑猴憊懶！怎麼敢私入吾家，偷窺我容貌！不要走！吃老娘一叉！」這大聖使鐵棒架住，且戰且退。

二人打出洞外。那八戒、沙僧，正在石屏前等候，忽見他兩個爭持，慌得八戒將白馬牽過道：「沙僧，你只管看守行李、馬匹，等老豬去幫打幫打。」好呆子，雙手舉鈀，趕上前叫道：「師兄靠後，讓我打這潑賤！」那怪見八戒來，他又使個手段，呼了一聲，鼻中出火，口內生煙，把身子抖了一抖，三股叉飛舞衝迎。那女怪也不知有幾隻手，沒頭沒臉的滾將來。這行者與八戒，兩邊攻住。那怪道：「孫悟空，你好不識進退！我便認得你，你是不認得我。你那雷音寺裡佛如來，也還怕我哩。量你這兩個毛人，到得那裡！都上來，一個個仔細看打！」這一場怎見得好戰：

第五十五回

色邪淫戲唐三藏　性正修持不壞身

女怪威風長，猴王氣概興。天蓬元帥爭功績，亂舉釘鈀要顯能。那一個手多叉緊煙光繞，這兩個性急兵強霧氣騰。女怪只因求配偶，男僧怎肯洩元精！陰陽不對相持鬥，各逞雄才恨苦爭。陰靜養榮思動動，陽收息衛愛清清。致令兩處無和睦，叉鈀鐵棒賭輸贏。這個棒有力，鈀更能，女怪鋼叉丁對丁。毒敵山前三不讓，琵琶洞外兩無情。那一個喜得唐僧諧鳳侶，這兩個必隨長老取真經。驚天動地來相戰，只殺得日月無光星斗更！

三個鬥罷多時，不分勝負。那女怪將身一縱，使出個倒馬毒樁（蠍子用尾尖螫人），不覺的把大聖頭皮上扎了一下。行者叫聲：「苦啊！」忍耐不得，負痛敗陣而走。八戒見事不諧，拖著鈀徹身而退。那怪得了勝，收了鋼叉。

行者抱頭，皺眉苦面，叫聲：「利害！利害！」八戒到跟前問道：「哥哥，你怎麼正戰到好處，卻就叫苦連天的走了？」行者抱著頭，只叫：「疼！疼！疼！」沙僧道：「想是你頭風發了？」行者跳道：「不是！不是！」八戒道：「哥哥，我不曾見你受傷，卻頭疼，何也？」行者哼哼的道：「了不得！了不得！我與他正然打處，他見我破了他的叉勢，他就把身子一縱，不知是件甚麼兵器，著我頭上扎了一下，就這般頭疼難禁；故此敗了陣來。」八戒笑道：「只這等靜處常誇口，說你的頭是修煉過的。卻怎麼就不禁這一下兒？」行者道：「正是。我這頭，自從修煉成真，盜食了蟠桃仙酒，老子金丹；大鬧天宮時，又被玉帝差大力鬼王、二十八宿，押赴斗牛宮外處斬，那些神將使刀斧錘劍，雷打火燒；及老子把我安於八卦爐，鍛煉四十九日，俱未傷損。今日不知這婦人用的是甚麼兵器，把老孫頭弄傷也！」沙僧道：「你放了手，等我看看。莫破了！」行者道：「不破！不破！」八戒道：

「我去西梁國討個膏藥你貼貼。」行者道：「又不腫不破，怎麼貼得膏藥？」八戒笑道：「哥啊，我的胎前產後病倒不曾有，你倒弄了個腦門癰（皮膚化膿的炎症）了。」沙僧道：「二哥且休取笑。如今天色晚矣，大哥傷了頭，師父又不知死活，怎的是好！」

行者哼道：「師父沒事。我進去時，變作蜜蜂兒，飛入裡面，見那婦人坐在花亭子上。少頃，兩個丫鬟，捧兩盤饃饃：一盤是人肉餡，葷的；一盤是鄧沙餡，素的。又著兩個女童扶師父出來吃一個壓驚，又要與師父做甚麼道伴兒。師父始初不與那婦人答話，也不吃饃饃；後見他甜言美語，不知怎麼，就開口說話，卻說吃素的。那婦人就將一個素的劈開，遞與師父。師父將個囫圇葷的遞與那婦人。婦人道：『怎不劈破？』師父道：『出家人不敢破葷。』那婦人道：『既不破葷，前日怎麼在子母河邊飲水高，今日又好吃鄧沙餡？』師父不解其意，答他兩句道：『水高船去急，沙陷馬行遲。』我在格子上聽見，恐怕師父亂性，便就現了原身，掣棒就打。他也使神通，噴出煙霧，叫『收了御弟』，就掄鋼叉，與老孫打出洞來也。」沙僧聽說，咬指道：「這潑賤也不知從那裡就隨將我們來，把上項事都知道了！」

八戒道：「這等說，便我們安歇不成？莫管甚麼黃昏半夜，且去他門上索戰，嚷嚷鬧鬧，攪他個不睡，莫教他捉弄了我師父。」行者道：「頭疼，去不得！」沙僧道：「不須索戰。一則師兄頭痛；二來我師父是個真僧，決不以色空亂性。且就在山坡下，閉風處，坐這一夜，養養精神，待天明再作理會。」遂此，三個弟兄，拴牢白馬，守護行囊，就在坡下安歇不題。

卻說那女怪放下凶惡之心，重整歡愉之色，叫：「小的們，把前後門都關緊了。」又使兩個支更（更夫），防守行者。但聽門響，即時通報。卻又教：「女童，將臥房收拾齊整，掌燭焚香，請唐御弟來，我與他交歡。」遂把長老從後邊攙出。那女怪弄出十分嬌媚之態，攜定唐僧道：「常言『黃金未為貴，安樂值錢多。』且和你做會夫妻兒，耍子去也。」

這長老咬定牙關，聲也不透。欲待不去，恐他生心害命，只得戰兢兢，跟著他步入香房。卻如痴如啞，那裡抬頭舉目，更不曾看他房裡是甚床鋪幔帳，也不知有甚箱籠梳妝。那女怪說出的雨意雲情，亦漠然無聽。好和尚，真是那：

目不視惡色，耳不聽淫聲。他把這錦繡嬌容如糞土，金珠美貌若灰塵。一生只愛參禪，半步不離佛地。那裡會惜玉憐香，只曉得修真養性。那女怪，活潑潑，春意無邊；這長老，死丁丁，禪機有在。一個似軟玉溫香，一個如死灰槁木。那一個，展鴛衾，淫興濃濃；這一個，束褊衫，丹心耿耿。那個要貼胸交股和鸞鳳，這個要面壁歸山訪達摩。女怪解衣，賣弄他肌香膚膩；唐僧斂衽，緊藏了糙肉粗皮。女怪道：「我枕剩衾閒何不睡？」唐僧道：「我頭光服異怎相陪！」那個道：「我願作前朝柳翠翠。」這個道：「貧僧不是月闍黎。」女怪道：「我美若西施還裊娜。」唐僧道：「我越王因此久埋屍。」女怪道：「御弟，你記得『寧教花下死，做鬼也風流』？」唐僧道：「我的真陽為至寶，怎肯輕與你這粉骷髏。」

他兩個散言碎語的，直鬥到更深，唐長老全不動念。那女怪扯扯拉拉的不放，這師父只是老老成成的不肯。直纏到有半夜時候，把那怪弄得惱了，叫：「小的們，拿繩來！」可憐將一個心愛的人兒，一條繩，捆的像個猱獅模樣。又教拖在房廊下去，卻吹滅銀燈，各歸寢處。一夜無詞。

不覺的雞聲三唱。那山坡下孫大聖欠身道：「我這頭疼了一會，到如今也不疼不麻，只是有些作癢。」八戒笑道：「癢便再教他扎一下，何如？」行者啐了一口道：「放！放！放！」八戒又笑道：「放！放！放！我師父這一夜倒浪！浪！浪！」沙僧道：「且莫鬥口。天亮了，快趕早兒捉妖怪去。」行者道：「兄弟，你只管在此守馬，休得動身。豬八戒跟我去。」

那呆子抖擻精神，束一束皂錦直裰，相隨行者，各帶了兵器，跳上山崖，徑至石屏之下。行者道：「你且立住。只怕這怪物夜裡傷了師父，先等我進去打聽打聽。倘若被他哄了，喪了元陽，真個虧了德行，卻就大家散伙；若不亂性情，禪心未動，卻好努力相持，打死精怪，救師西去。」八戒道：「你好痴啞！常言道：『乾魚可好與貓兒作枕頭？』就不如此，就不如此，也要抓你幾把是！」行者道：「莫胡疑亂說，待我看去。」

好大聖，轉石屏，別了八戒。搖身還變個蜜蜂兒，飛入門裡。見那門裡有兩個丫鬟，頭枕著梆鈴，正然睡哩。卻到花亭子觀看，那妖精原來弄了半夜，都辛苦了，一個個都不知天曉，還睡著哩。行者飛來後面，隱隱的只聽見唐僧聲喚。忽抬頭，見那步廊下四馬攢蹄捆著師父。行者輕輕的釘在唐僧頭上，叫：「師父。」唐僧認得聲音，道：「悟空來了？快救我命！」行者道：「夜來好事如何？」三藏咬牙道：「我寧死也不肯如此！」行者道：「昨日我見他有相憐相愛之意，卻怎麼今日把你這般挫折？」三藏道：「他把我纏了半夜，我衣不解帶，身未沾床。他見我不肯相從，才捆我在此。你千萬救我取經去也！」

他師徒們正然問答，早驚醒了那個妖精。妖精雖是下狠，卻還有流連不捨之意。一覺翻身，只聽見「取經去也」一句，他就滾下床來，厲聲高叫道：「好夫妻不做，卻取甚麼經去？」

行者慌了，撇卻師父，急展翅，飛將出去，現了本相，叫聲：「八戒。」那呆子轉過石屏道：「那話兒成了否？」行者笑道：「不曾！不曾！老師父被他摩弄不從，惱了，捆在那裡。正與我訴說前情，那怪驚醒了，我慌得出來也。」八戒道：「師父曾說甚來？」行者道：「他只說衣不解帶，身未沾床。」八戒笑道：「好！好！好！還是個真和尚！我們救他去！」

呆子粗魯，不容分說，舉釘鈀，望他那石頭門上盡力氣一鈀，唿喇喇築做幾塊。唬得那幾個枕梆鈴睡的丫環，跑至二層門外，叫聲：「開門！前門被昨日那兩個醜男人打破了！」那女怪正出房門，只見四五個丫鬟跑進去報道：「奶奶，昨日那兩個醜男人又來把前門已打碎矣。」那怪聞言，即忙叫：「小的們！快燒湯洗面梳妝！」叫：「把御弟連繩抬在後房收了。等我打他去！」好妖精，走出來，舉著三股叉，罵道：「潑猴！野彘！老大無知！你怎敢打破我門！」八戒罵道：「濫淫賤貨！你倒困陷我師父，返敢硬嘴！我師父是你哄將來做老公的，快快送出饒你！敢再說半個『不』字，老豬一頓鈀，連山也築倒你的！」

那妖精那容分說，抖擻身軀，依前弄法，鼻口內噴煙冒火，舉鋼叉就刺八戒。八戒側身躲過，著鈀就築。孫大聖使鐵棒並力相幫。那怪又弄神通，也不知是幾隻手，左右遮攔。交鋒三五個回合，不知是甚兵器，把八戒嘴唇上，也又扎了一下。那呆子拖著鈀，捂著嘴，負痛逃生。行者卻也有些醋(怕)他，虛丟一棒，敗陣而走。那妖精得勝而回，叫小的們搬石塊壘迭了前門不題。

卻說那沙和尚正在坡前放馬，只聽得那裡豬哼。忽抬頭，見八戒捂著嘴，哼將來。沙僧道：「怎的說？」呆子哼道：「了不得了！了不得！——疼！疼！疼！」說不了，行者也到跟前，笑道：「好呆子啊！昨日咒我是腦門癰，今日卻也弄做個腫嘴瘟了！」八戒哼道：「難忍難忍！疼得緊！利害，利害！」

三人正然難處，只見一個老媽媽兒，左手提著一個青竹籃兒，自南山路上挑菜而來。沙僧道：「大哥，那媽媽來得近了，等我問他個信兒，看這個是甚妖精，是甚兵器，這般傷人。」行者道：「你且住，等老孫問他去來。」行者急睜睛看，只見頭直上有祥雲蓋頂，左右有香霧籠身。行者認得，即叫：「兄弟們，還不來叩頭！那媽媽是菩薩來也。」慌得豬八戒忍疼下拜，沙和尚牽馬躬身，孫大聖合掌跪下，叫聲：「南無大慈大悲救苦救難靈感觀世音菩薩。」

那菩薩見他們認得元光，即踏祥雲，起在半空，現了真相。原來是魚籃之相。行者趕到空中，拜告道：「菩薩，恕弟子失迎之罪！我等努力救師，不知菩薩下降；今遇魔難難收，萬望菩薩搭救搭救！」菩薩道：「這妖精十分利害。他那三股叉是生成的兩隻鉗腳。扎人痛者，是尾上一個鉤子，喚做『倒馬毒』。本身是個蠍子精。他前者在雷音寺聽佛談經，如來見了，不合用手推他一把，他就轉過鉤子，把如來左手中拇指上扎了一下。如來也疼難禁，即著金剛拿他。他卻在這裡。若要救得唐僧，除是別告一位方好。我也是近他不得。」行者再拜道：「望菩薩指示指示，別告那位去好，弟子即去請他也。」菩薩道：「你去東天門裡光明宮告求昴（二十八宿之一）日星官，方能降伏。」言罷，遂化作一道金光，徑回南海。

孫大聖才按雲頭，對八戒、沙僧道：「兄弟放心，師父有救星了。」沙僧道：「是那裡救星？」行者道：「才然菩薩指示，教我告請昴日星官。老孫去來。」八戒捂著嘴哼道：「哥啊！就問星官討些止疼的藥餌來！」行者笑道：「不須用藥，只似昨日疼過夜就好了。」沙僧道：「不必煩敘，快早去罷。」好行者，急忙駕筋斗雲。須臾，到東天門外。忽見增長天王當面作禮道：「大聖何往？」行者道：「因保唐僧西方取經，路遇魔障纏身，要到光明宮見昴日星官走走。」忽又見陶、張、辛、鄧四大元帥，也問何往。行者道：「要尋昴日星官去降妖救師。」四元帥道：「星官今日奉玉帝旨意，上觀星台巡札去了。」行者道：「可有這話？」辛天君道：「小將等與他同下斗牛宮，豈敢說假？」陶天君道：「今已許久，或將回矣。大聖還先去光明宮；如未回，再去觀星台可也。」大聖遂喜，即別他們，至光明宮門前，果是無人，復抽身就走，只見那壁廂有一行兵士擺列，後面星官來了。那星官還穿的是拜駕朝衣，一身金縷。但見他：

冠簪五岳金光彩，笏執山河玉色瓊。袍掛七星雲靉靆，腰圍八極寶環明。
叮噹珮響如敲韻，迅速風聲似擺鈴。翠羽扇開來昴宿，天香飄襲滿門庭。

前行的兵士，看見行者立於光明宮外，急轉身報道：「主公，孫大聖在這裡也。」那星官斂雲霧整束朝衣，停執事分開左右，上前作禮道：「大聖何來？」行者道：「專來拜煩救師父一難。」星官道：「何難？在何地方？」行者道：「在西梁國毒敵山琵琶洞。」星官道：「那山洞有甚妖怪，卻來呼喚小神？」行者道：「觀音菩薩適才顯化，說是一個蠍子精。特舉先生方能治得，因此來請。」星官道：「本欲回奏玉帝；奈大聖至此，又感菩薩舉薦，恐遲誤事，小神不敢請獻茶，且和你去降妖精，卻再來回旨罷。」

大聖聞言，即同出東天門，直至西梁國。望見毒敵山不遠，行者指道：「此山便是。」星官按下雲頭，同行者至石屏前山坡之下。沙僧見了道：「二哥起來，大哥請得星官來了。」那呆子還捂著嘴道：「恕罪！恕罪！有病在身，不能行禮。」星官道：「你是修行之人，何病之有？」八戒道：「早間與那妖精交戰，被他著我唇上扎了一下，至今還疼呀。」星官道：「你上來，我與你醫治醫治。」呆子才放了手，口裡哼哼嘰嘰道：「千萬治治！待好了謝你。」那星官用手把嘴唇上摸了一摸，吹一口氣，就不疼了。呆子歡喜下拜道：「妙啊！妙啊！」行者笑道：「煩星官也把我頭上摸摸。」星官道：「你未遭毒，摸他何為？」行者道：「昨日也曾遭過，只是過了夜，才不疼；如今還有些麻癢，只恐發天陰，也煩治治。」星官真個也把頭上摸了一摸，吹口氣，也就解了餘毒，不麻不癢了。八戒發狠道：「哥哥，去打那潑賊去！」星官道：「正是，正是。你兩個叫他出來，等我好降他。」

行者與八戒跳上山坡，又至石屏之後。呆子口裡亂罵，手似撈鉤，一頓釘鈀，把那洞門外壘迭的石塊爬開；闖至二層門，又一釘鈀，將二門築得粉碎。慌得那門裡小妖飛報：「奶奶！那兩個醜男人，又把二層門也打破了！」那怪正教解放唐僧，討素茶飯與他吃哩，聽見打破二門，即便跳出花亭子，掄叉來刺八戒。八戒使釘鈀迎架。行者在旁，又使鐵棒來打。那怪趕至身邊，要下毒手，他兩個識得方法，回頭就走。

那怪趕過石屏之後，行者叫聲：「昴宿何在？」只見那星官立於山坡上，現出本相，原來是一隻雙冠子大公雞，昂起頭來，約有六七尺高，對著妖精叫一聲，那怪即時就現了本相，是個琵琶來大小的蠍子精。星官再叫一聲，那怪渾身酥軟，死在坡前。有詩為證。詩曰：

花冠繡頸若團纓，爪硬距長目怒睛。踴躍雄威全五德，崢嶸壯勢羨三鳴。
豈如凡鳥啼茅屋，本是天星顯聖名。毒蠍枉修人道行，還原反本見真形。

八戒上前，一隻腳屣住那怪的胸背道：「孽畜！今番使不得倒馬毒了！」那怪動也不動，被呆子一頓釘鈀，搗作一團爛醬。那星官復聚金光，駕雲而去。

行者與八戒、沙僧朝天拱謝道：「有累！有累！改日赴宮拜酬。」三人謝畢。卻才收拾行李、馬匹，都進洞裡。見那大小丫環，兩邊跪下，拜道：「爺爺，我們不是妖邪，都是西梁國女人，前者被這妖精攝來的。你師父在後邊香房裡坐著哭哩。」

行者聞言，仔細觀看，果然不見妖氣，遂入後邊叫道：「師父！」那唐僧見眾齊來，十分歡喜道：「賢徒，累及你們了！那婦人何如也？」八戒道：「那廝原是個大母蠍子。幸得觀音菩薩指示，大哥去天宮裡請得那昴日星官下降，把那廝收伏。才被老豬築做個泥了，方敢深入於此，得見師父之面。」唐僧謝之不盡。又尋些素米、素麵，安排了飲食，吃了一頓。把那些攝將來的女子趕下山，指與回家之路。點上一把火，把幾間房宇，燒毀罄盡。請唐僧上馬，找尋大路西行。

正是：割斷塵緣離色相，推乾金海悟禪心。畢竟不知幾年上才得成真，且聽下回分解。

第五十六回

神狂誅草寇　道昧放心猿

詩曰：

靈台無物謂之清，寂寂全無一念生。猿馬牢收休放蕩，精神謹慎莫崢嶸。
除六賊，悟三乘，萬緣都罷自分明。色邪永滅超真界，坐享西方極樂城。

話說唐三藏咬釘嚼鐵，以死命留得一個不壞之身；感蒙行者等打死蠍子精，救出琵琶洞。一路無詞，又早是朱明（夏天）時節。但見那：

熏風時送野蘭香，濯雨才晴新竹涼。艾葉滿山無客采，蒲花盈澗自爭芳。
海榴嬌豔游蜂喜，溪柳陰濃黃雀狂。長路那能包角黍，龍舟應吊汨羅江。

第五十六回
神狂誅草寇　道昧放心猿

他師徒們行賞端陽之景，虛度中天之節，忽又見一座高山阻路。長老勒馬回頭叫道：「悟空，前面有山，恐又生妖怪！是必謹防。」行者等道：「師父放心。我等皈命投誠，怕甚妖怪！」長老聞言甚喜。加鞭催駿馬，放轡趲蛟龍。須臾，上了山崖，舉頭觀看，真個是：

頂巔松柏接雲青，石壁荊榛掛野藤。萬丈崔巍，千層懸削。萬丈崔巍峰嶺峻，千層懸削壑崖深。蒼苔碧蘚鋪陰石，古檜高槐結大林。林深處，聽幽禽，巧聲睍睆實堪吟。澗內水流如瀉玉，路旁花落似堆金。山勢惡，不堪行，十步全無半步平。狐狸麋鹿成雙遇，白鹿玄猿作對迎。忽聞虎嘯驚人膽，鶴鳴振耳透天庭。黃梅紅杏堪供食，野草閒花不識名。

四眾進山，緩行良久，過了山頭。下西坡，乃是一段平陽之地。豬八戒賣弄精神，教沙和尚挑著擔子，他雙手舉鈀，上前趕馬。那馬更不懼他，憑那呆子嗒笞笞的趕，只是緩行不緊。行者道：「兄弟，你趕他怎的？讓他慢慢走罷了。」八戒道：「天色將晚，自上山行了這一日，肚裡餓了，大家走動些，尋個人家化些齋吃。」行者聞言道：「既如此，我等教他快走。」把金箍棒晃一晃，喝了一聲，那馬溜了韁，如飛似箭，順平路往前去了。你說馬不怕八戒，只怕行者何也？行者五百年前曾受玉帝封在大羅天御馬監養馬，官名「弼馬溫」，故此傳留至今，是馬皆懼猴子。那長老挽不住韁口，只扳緊著鞍橇，讓他放了一路轡頭，有二十里向開田地，方才緩步而行。

正走處，忽聽得一棒鑼聲，路兩邊閃出三十多人，一個個槍刀棍棒，攔住路口道：「和尚！那裡走！」唬得個唐僧戰兢兢，坐不穩，跌下馬來，蹲在路旁草科裡，只叫：「大王饒命！大王饒命！」

那為頭的兩個大漢道：「不打你，只是有盤纏留下。」長老方才省悟，知他是伙強人，卻欠身抬頭觀看。但見他：

一個青臉獠牙欺太歲，一個暴睛圜眼賽喪門。鬢邊紅髮如飄火，頷下黃鬚似插針。他兩個頭戴虎皮花磕腦，腰繫貂裘彩戰裙。一個手中執著狼牙棒，一個肩上横擔扢撻藤。果然不亞巴山虎，真個猶如出水龍。

三藏見他這般凶惡，只得走起來，合掌當胸道：「大王，貧僧是東土唐王差往西天取經者。自別了長安，年深日久，就有些盤纏也使盡了。出家人專以乞化為由，那得個財帛！萬望大王方便方便，讓貧僧過去罷！」那兩個賊帥眾向前道：「我們在這裡起一片虎心，截住要路，專要些財帛，甚麼方便方便？你果無財帛，快早脫下衣服，留下白馬，放你過去！」三藏道：「阿彌陀佛！貧僧這件衣服，是東家化布，西家化針，零零碎碎化來的。你若剝去，可不害殺我也？只是這世裡做得好漢，那世裡變畜生哩！」

那賊聞言大怒，掣大棍，上前就打。這長老口內不言，心中暗想道：「可憐！你只說你的棍子，還不知我徒弟的棍子哩！」那賊那容分說，舉著棒，沒頭沒臉的打來。長老一生不會說謊，遇著這急難處，沒奈何，只得打個誑語道：「二位大王，且莫動手。我有個小徒弟，在後面就到。他身上有幾兩銀子，把與你罷。」那賊道：「這和尚是也吃不得虧，且捆起來。」眾嘍羅一齊下手，把一條繩捆了，高高吊在樹上。

第五十六回

神狂誅草寇　道昧放心猿

卻說三個撞禍精，隨後趕來。八戒呵呵大笑道：「師父去得好快，不知在那裡等我們哩。」忽見長老在樹上，他又說：「你看師父。等便罷了，卻又有這般心腸，爬上樹去，扯著藤兒打秋千耍子哩！」行者見了道：「呆子，莫亂談。師父吊在那裡不是？你兩個慢來，等我去看看。」好大聖，急登高坡細看，認得是伙強人。心中暗喜道：「造化！造化！買賣上門了！」即轉步，搖身一變，變做個乾乾淨淨的小和尚，穿一領緇衣，年紀只有二八，肩上背著一個藍布包袱。拽開步，來到前邊，叫道：「師父，這是怎麼說話？這都是些甚麼歹人？」三藏道：「徒弟呀，還不救我一救，還問甚的？」行者道：「是幹甚勾當的？」三藏道：「這一伙攔路的，把我攔住，要買路錢。因身邊無物，遂把我吊在這裡，只等你來計較計較。不然，把這匹馬送與他罷。」行者聞言笑道：「師父不濟。天下也有和尚，似你這樣皮鬆的卻少。唐太宗差你往西天見佛，誰教你把這龍馬送人？」三藏道：「徒弟呀，似這等吊起來，打著要，怎生是好？」行者道：「你怎麼與他說來？」三藏道：「他打的我急了，沒奈何，把你供出來也。」行者道：「師父，你好沒搭撒。你供我怎的？」三藏道：「我說你身邊有些盤纏，且教道莫打我，是一時救難的話兒。」行者道：「好！好！好！承你抬舉。正是這樣供。若肯一個月供得七八十遭，老孫越有買賣。」

那伙賊見行者與他師父講話，撒開勢，圍將上來道：「小和尚，你師父說你腰裡有盤纏，趁早拿出來，饒你們性命！若道半個『不』字，就都送了你的殘生！」行者放下包袱道：「列位長官，不要嚷。盤纏有些在此包袱，不多，只有馬蹄金二十來錠，粉面銀二三十錠，散碎的未曾見數。要時就連包兒拿去，切莫打我師父。古書云：『德者，本也；財者，末也。』此是末事。我等出家人，自有化處；若遇著個齋僧的長者，襯錢也有，衣服也有，能用幾何？只望放下我師父來，我就一並奉承。」

那伙賊聞言，都甚歡喜道：「這老和尚慳吝，這小和尚倒還慷慨。」教：「放下來。」那長老得了性命，跳上馬，顧不得行者，操著鞭，一直跑回舊路。

行者忙叫道：「走錯路了。」提著包袱，就要追去。那伙賊攔住道：「那裡走？將盤纏留下，免得動刑！」行者笑道：「說開，盤纏須三分分之。」那賊頭道：「這小和尚忒乖，就要瞞著他師父留起些兒。——也罷，拿出來看。若多時，也分些與你背地裡買果子吃。」行者道：「哥呀，不是這等說。我那裡有甚盤纏？說你兩個打劫別人的金銀，是必分些與我。」那賊聞言大怒，罵道：「這和尚不知死活！你倒不肯與我，反問我要！不要走！看打！」掄起一條扢撻藤棍，照行者光頭上打了七八下。行者只當不知，且滿面陪笑道：「哥呀，若是這等打，就打到來年打罷春（立春以後），也是不當真的。」那賊大驚道：「這和尚好硬頭！」行者笑道：「不敢，不敢，承過獎了。也將就看得過。」那賊那容分說，兩三個一齊亂打。行者道：「列位息怒，等我拿出來。」好大聖，耳中摸一摸，拔出一個繡花針兒道：「列位，我出家人，果然不曾帶得盤纏，只這個針兒送你罷。」那賊道：「晦氣呀！把一個富貴和尚放了，卻拿住這個窮禿驢！你好道會做裁縫？我要針做甚的？」行者聽說不要，就拈在手中，晃了一晃，變成碗來粗細的一條棍子。那賊害怕道：「這和尚生得小，倒會弄術法兒。」行者將棍子插在地下道：「列位拿得動，就送你罷。」兩個賊上前搶奪，可憐就如蜻蜓撼石柱，莫想弄動半分毫。這條棍本是如意金箍棒，天秤稱的，一萬三千五百斤重，那伙賊怎麼知得。大聖走上前，輕輕的拿起，丟一個蟒翻身拗步勢，指著強人道：「你都造化低，遇著我老孫了！」那賊上前來，又打了五六十下。行者笑道：「你也打得手困了，且讓老孫打一棒兒，卻休當真。」你看他展開棍子，晃一晃，有井欄粗細，七八丈長短；蕩的一棍，把一個打倒在地，嘴唇揞土，再不做聲。

第五十六回

神狂誅草寇　道昧放心猿

那一個開言罵道：「這禿廝老大無禮！盤纏沒有，轉傷我一個人！」行者笑道：「且消停，且消停！待我一個個打來，一發教你斷了根罷！」蕩的又一棍，把第二個又打死了，唬得那眾婁羅撇槍棄棍，四路逃生而走。

卻說唐僧騎著馬，往東正跑，八戒、沙僧攔住道：「師父往那裡去？錯走路了。」長老兜馬道：「徒弟啊，趁早去與你師兄說，教他棍下留情，莫要打殺那些強盜。」八戒道：「師父住下，等我去來。」呆子一路跑到前邊，厲聲高叫道：「哥哥，師父教你莫打人哩。」行者道：「兄弟，那曾打人？」八戒道：「那強盜往那裡去了？」行者道：「別個都散了，只是兩個頭兒在這裡睡覺哩。」八戒笑道：「你兩個遭瘟的，好道是熬了夜，這般辛苦，不往別處睡，卻睡在此處！」呆子行到身邊，看看道：「倒與我是一起的，乾淨張著口睡，淌出些粘涎來了。」行者道：「是老孫一棍子打出豆腐來了。」八戒道：「人頭上又有豆腐？」行者道：「打出腦子來了！」

八戒聽說打出腦子來，慌忙跑轉去，對唐僧道：「散了伙也！」三藏道：「善哉！善哉！往那條路上去了？」八戒道：「打也打得直了腳，又會往那裡去走哩！」三藏道：「你怎麼說散伙？」八戒道：「打殺了，不是散伙是甚的？」三藏問：「打的怎麼模樣？」八戒道：「頭上打了兩個大窟窿。」三藏教：「解開包，取幾文襯錢，快去那裡討兩個膏藥與他兩個貼貼。」八戒笑道：「師父好沒正經。膏藥只好貼得活人的瘡腫，那裡好貼得死人的窟窿？」三藏道：「真打死了？」就惱起來，口裡不住的絮絮叨叨，猢猻長，猴子短，兜轉馬，與沙僧、八戒至死人前，見那血淋淋的，倒臥山坡之下。

這長老甚不忍見，即著八戒：「快使釘鈀，築個坑子埋了，我與他念卷《倒頭經》。」八戒道：

「師父左使了人也。行者打殺人，還該教他去燒埋，怎麼教老豬做土工？」行者被師父罵惱了，喝著八戒道：「潑懶夯貨！趁早兒去埋！遲了些兒，就是一棍！」呆子慌了，往山坡下築了有三尺深，下面都是石腳石根，擱住鈀齒；呆子丟了鈀，便把嘴拱；拱到軟處，一嘴有二尺五，兩嘴有五尺深，把兩個賊屍埋了，盤作一個墳堆。三藏叫：「悟空，取香燭來，待我禱祝，好念經。」行者努著嘴道：「好不知趣！這半山之中，前不巴村，後不著店，那討香燭？就有錢也無處去買。」三藏恨恨的道：「猴頭過去！等我撮土焚香禱告。」這是三藏離鞍悲野冢，聖僧善念祝荒墳。祝雲：

「拜惟好漢，聽禱原因：念我弟子，東土唐人。奉太宗皇帝旨意，上西方求取經文。適來此地，逢爾多人，不知是何府、何州、何縣，都在此山內結黨成群。我以好話，哀告殷勤。爾等不聽，返善生嗔。卻遭行者，棍下傷身。切念屍骸暴露，吾隨掩土盤墳。折青竹為香燭，無光彩，有心勤；取頑石作施食，無滋味，有誠真。你到森羅殿下興詞，倒樹尋根，他姓孫，我姓陳，各居異姓。冤有頭，債有主，切莫告我取經僧人。」

八戒笑道：「師父推了乾淨。他打時卻也沒有我們兩個。」三藏真個又撮土禱告道：「好漢告狀，只告行者，也不干八戒、沙僧之事。」大聖聞言，忍不住笑道：「師父，你老人家忒沒情義。為你取經，我費了多少殷勤勞苦，如今打死這兩個毛賊，你倒教他去告老孫。雖是我動手打，卻也只是為你。你不往西天取經，我不與你做徒弟，怎麼會來這裡，會打殺人！索性等我祝他一祝。」攥著鐵棒，望那墳上搗了三下，道：「遭瘟的強盜，你聽著！我被你前七八棍，後七八棍，打得我不疼不癢的，觸惱了性子，一差二誤，將你打死了，盡你到那裡去告，我老孫實是不怕：玉帝認得我，天王隨得我；二十八宿懼我，九曜星官怕我；府縣城隍跪我，東岳天齊怖我；十代閻君曾與我為僕從，五路猖神曾與我當後生；不論三界五司，十方諸宰，都與我情深面熟，隨你那裡去告！」三藏見說出這般惡話，卻又心驚道：「徒弟呀，我這禱祝是教你體好生之德，為良善之人；你怎麼就認真起來？」行者道：「師父，這不是好耍子的勾當。且和你趕早尋宿去。」那長老只得懷嗔上馬。

孫大聖有不睦之心，八戒、沙僧亦有嫉妒之意，師徒都面是背非。依大路向西正走，忽見路北下有一座莊院。三藏用鞭指定道：「我們到那裡借宿去。」八戒道：「正是。」遂行至莊舍邊下馬。看時，卻也好個住場。但見：

野花盈徑，雜樹遮扉。遠岸流山水，平畦種麥葵。蒹葭露潤輕鷗宿，楊柳風微倦鳥棲。青柏間松爭翠碧，紅蓬映蓼鬥芳菲。村犬吠，晚雞啼，牛羊食飽牧童歸。爨（燒火做飯）煙結霧黃粱熟，正是山家入暮時。

長老向前，忽見那村舍門裡走出一個老者，即與相見，道了問訊。那老者問道：「僧家從那裡來？」三藏道：「貧僧乃東土大唐欽差往西天求經者。適路過寶方，天色將晚，特來檀府告宿一宵。」老者笑道：「你貴處到我這裡，程途迢遞，怎麼涉水登山，獨自到此？」三藏道：「貧僧還有三個徒弟同來。」老者問：「高徒何在？」三藏用手指道：「那大路旁立的便是。」老者猛抬頭，看見他們面貌醜陋，急回身往裡就走；被三藏扯住道：「老施主，千萬慈悲，告借一宿！」老者戰兢兢鉗口難言，搖著頭，擺著手道：「不，不，不，不像人模樣！是，是，是幾個妖精！」三藏陪笑道：「施主切休恐懼。我徒弟生得是這等相貌，不是妖精。」老者道：「爺爺呀，一個夜叉，一個馬面，一個雷公！」行者聞言，厲聲高叫道：「雷公是我孫子，夜叉是我重孫，馬面是我玄孫哩！」那老者聽見，魄散魂飛，面容失色，只要進去。三藏攙住他，同到草堂，陪笑道：「老施主，不要怕他。他都是這等粗魯，不會說話。」

正勸解處，只見後面走出一個婆婆，攙著五六歲的一個小孩兒，道：「爺爺，為何這般驚恐？」老者才叫：「媽媽，看茶來。」那婆婆真個丟了孩兒，入裡面捧出二盅茶來。茶罷，三藏卻轉下來，對婆婆作禮道：「貧僧是東土大唐差往西天取經的。才到貴處，拜求尊府借宿，因是我三個徒弟貌醜，老家長見了虛驚也。」婆婆道：「見貌醜的就這等虛驚，若見了老虎豺狼，卻怎麼好？」老者道：「媽媽呀，人面醜陋還可，只是言語一發嚇人。我說他像夜叉、馬面、雷公，他吆喝道：『雷公是他孫子，夜叉是他重孫，馬面是他玄孫。』我聽此言，故然悚懼。」唐僧道：「不是，不是。像雷公的，是我大徒孫悟空。像馬面的，是我二徒豬悟能。像夜叉的，是我三徒沙悟淨。他們雖是醜陋，卻也秉教沙門，皈依善果，不是甚麼惡魔毒怪，怕他怎麼！」

公婆兩個，聞說他名號，皈正沙門之言，卻才定性回驚，教：「請來，請來。」長老出門叫來。又吩咐道：「適才這老者甚惡你等。今進去相見，切勿抗禮，各要尊重些。」八戒道：「我俊秀，我斯文，不比師兄撒潑。」行者笑道：「不是嘴長、耳大、臉醜，便也是一個好男子。」沙僧道：「莫爭講，這裡不是那抓乖弄俏之處。且進去！且進去！」

遂此把行囊、馬匹，都到草堂上，齊同唱了個喏，坐定。那媽媽兒賢慧，即便攙轉小兒，吩咐煮飯，安排一頓素齋，他師徒吃了。漸漸晚了，又拿起燈來，都在草堂上閒敘。長老才問：「施主高姓？」老者道：「姓楊。」又問年紀。老者道：「七十四歲。」又問：「幾位令郎？」老者道：「止得一個。適才媽媽攜的是小孫。」長老：「請令郎相見拜揖。」老者道：「那廝不中拜。老拙命苦，養不著他，如今不在家了。」三藏道：「何方生理（指謀生）？」老者點頭而嘆：「可憐！可憐！若肯何方生理，是吾之幸也！那廝專生惡念，不務本等，專好打家截道，殺人放火！相交的都是些狐群狗黨！自五日之前出去，至今未回。」三藏聞說，不敢言喘，心中暗想道：「或者悟空打殺的就是他」長老神思不安，欠身道：「善哉！善哉！如此賢父母，何生惡逆兒！」行者近前道：「老官兒，似這等不良不肖，奸盜邪淫之子，連累父母，要他何用！等我替你尋他來打殺了罷。」老者道：「我待也要送了他，奈何再無以次人丁，縱是不才，一定還留他與老漢掩土（下葬。指給老人送終）。」沙僧與八戒笑道：「師兄，莫管閒事，你我不是官府。他家不肖，與我何干！且告施主，見賜一束草兒，在那廂打鋪睡覺，天明走路。」老者即起身，著沙僧到後園裡拿兩個稻草，教他們在園中草團瓢內安歇。行者牽了馬，八戒挑了行李，同長老俱到團瓢內安歇不題。

卻說那伙賊內果有老楊的兒子。自天早在山前被行者打死兩個賊首，他們都四散逃生。約摸到四更時候，又結坐一伙，在門前打門。老者聽得門響，即披衣道：「媽媽，那廝們來也。」媽媽道：「既來，你去開門，放他來家。」老者方才開門，只見那一伙賊都嚷道：「餓了！餓了！」這老楊的兒子忙入裡面，叫起他妻來，打米煮飯；卻廚下無柴，往後園裡拿柴到廚房裡，問妻道：「後園裡白馬是那裡的？」其妻道：「是東土取經的和尚，昨晚至此借宿，公公婆婆管待他一頓晚齋，教他在草團瓢內睡哩。」

那廝聞言，走出草堂，拍手打掌笑道：「兄弟們，造化！造化！冤家在我家裡也！」眾賊道：「那個冤家？」那廝道：「卻是打死我們頭兒的和尚，來我家借宿，現睡在草團瓢裡。」眾賊道：「卻好！卻好！拿住這些禿驢，一個個剁成肉醬，一則得那行囊、白馬，二來與我們頭兒報仇！」那廝道：「且莫忙。你們且去磨刀。等我煮飯熟了，大家吃飽些，一齊下手。」真個那些賊磨刀的磨刀，磨槍的磨槍。

那老兒聽得此言，悄悄的走到後園，叫起唐僧四位道：「那廝領眾來了。知得汝等在此，意欲圖害。我老拙念你遠來，不忍傷害。快早收拾行李，我送你往後門出去罷！」三藏聽說，戰戰兢兢的叩頭謝了老者，即喚八戒牽馬，沙僧挑擔，行者拿了九環錫杖。老者開後門，放他去了，依舊悄悄的來前睡下。

卻說那廝們磨快了刀槍，吃飽了飯食，時已五更天氣，一齊來到園中看處，卻不見了。即忙點燈著火。尋彀多時，四無蹤跡，但見後門開著。都道：「從後門走了！走了！」發一聲喊，「趕將上拿來。」

一個個如飛似箭，直趕到東方日出，卻才望見唐僧。那長老忽聽得喊聲，回頭觀看，後面有二三十人，槍刀簇簇而來。便叫：「徒弟啊，賊兵追至，怎生奈何！」行者道：「放心！放心！老孫了他去來！」三藏勒馬道：「悟空，切莫傷人，只嚇退他便罷。」行者那肯聽信，急掣棒回首相迎道：「列位那裡去？」眾賊罵道：「禿廝無禮！還我大王的命來！」那廝們圈子陣把行者圍在中間，舉槍刀亂砍亂搠（扎）。這大聖把金箍棒晃一晃，碗來粗細，把那伙賊打得星落雲散，蹚（擋，撞）著的就死，挽著的就亡；磕著的骨折，擦著的皮傷；乖些的跑脫幾個，痴些的都見閻王！

第五十六回

神狂誅草寇　道昧放心猿

三藏在馬上，見打倒許多人，慌的放馬奔西。豬八戒與沙和尚，緊隨鞭鐙而去。行者問那不死帶傷的賊人道：「那個是那楊老兒的兒子？」那賊哼哼的告道：「爺爺，那穿黃的是！」行者上前，奪過刀來，把個穿黃的割下頭來，血淋淋提在手中，收了鐵棒，拽開雲步，趕到唐僧馬前，提著頭道：「師父，這是楊老兒的逆子，被老孫取將首級來也。」三藏見了，大驚失色，慌得跌下馬來，罵道：「這潑猢猻唬殺我也！快拿過！快拿過！」八戒上前，將人頭一腳踢下路旁，使釘鈀築些土蓋了。

沙僧放下擔子，攙著唐僧道：「師父請起。」那長老在地下正了性，口中念起《緊箍兒咒》來，把個行者勒得耳紅面赤，眼脹頭昏，在地下打滾，只教：「莫念！莫念！」那長老念彀有十餘遍，還不住口。行者翻筋斗，豎蜻蜓，疼痛難禁，只叫：「師父饒我罪罷！有話便說。莫念！莫念！」三藏卻才住口道：「沒話說，我不要你跟了，你回去罷！」行者忍疼磕頭道：「師父，怎的就趕我去耶？」三藏道：「你這潑猴，凶惡太甚，不是個取經之人。昨日在山坡下，打死那兩個賊頭，我已怪你不仁。及晚了到老者之家，蒙他賜齋借宿；又蒙他開後門放我等逃了性命；雖然他的兒子不肖，與我無干，也不該就梟他首；況又殺死多人，壞了多少生命，傷了天地多少和氣。屢次勸你，更無一毫善念，要你何為！快走！快走！免得又念真言！」行者害怕，只教：「莫念，莫念！我去也！」說聲去，一路筋斗雲，無影無蹤，遂不見了。

咦！這正是：心有凶狂丹不熟，神無定位道難成。畢竟不知那大聖投向何方，且聽下回分解。

第五十七回

真行者落伽山訴苦　假猴王水簾洞謄文

卻說孫大聖惱惱悶悶，起在空中，欲待回花果山水簾洞，恐本洞小妖見笑，笑我出乎爾反乎爾（指言行反覆無常），不是個大丈夫之器；欲待要投奔天宮，又恐天宮內不容久住；欲待要投海島，卻又羞見那三島諸仙；欲待要奔龍宮，又不伏氣求告龍王；真個是無依無倚，苦自忖量道：「罷！罷！罷！我還去見我師父，還是正果。」

遂按下雲頭，徑至三藏馬前侍立道：「師父，恕弟子這遭！向後再不敢行凶。一一受師父教誨。千萬還得我保你西天去也。」唐僧見了，更不答應，兜住馬，即念《緊箍兒咒》。顛來倒去，又念有二十餘遍，把大聖咒倒在地，箍兒陷在肉裡有一寸來深淺，方才住口道：「你不回去，又來纏我怎的？」行者只教：「莫念！莫念！我是有處過日子的，只怕你無我去不得西天。」三藏發怒道：「你這猢猻殺生害命，連累了我多少，如今實不要你了！我去得去不得，不干你事！快走，快走！遲了些兒，我又念真言。這番決不住口，把你腦漿都勒出來哩！」大聖疼痛難忍，見師父更不回心，沒奈何，只得又駕筋斗雲，起在空中。忽然省悟道：「這和尚負了我心，我且向普陀崖告訴觀音菩薩去來。」

好大聖，撥回筋斗，那消一個時辰，早至南洋大海。住下祥光，直至落伽山上，撞入紫竹林中，忽見木吒行者迎面作禮道：「大聖何往？」行者道：「要見菩薩。」木吒即引行者至潮音洞口，又見善財童子作禮道：「大聖何來？」行者道：「有事要告菩薩。」善財聽見一個「告」字，笑道：「好刁嘴猴兒！還像當時我拿住唐僧被你欺哩！我菩薩是個大慈大悲，大願大乘，救苦救難，無邊無量的聖善菩薩，有甚不是處，你要告他？」行者滿懷悶氣，一聞此言，心中怒發，咄的一聲，把善財童子喝了個倒退，道：「這個背義忘恩的小畜生，著實愚魯！你那時節作怪成精，我請菩薩收了你，皈正迦持，如今得這等極樂長生，自在逍遙，與天同壽，還不拜謝老孫，轉倒這般侮慢！我是有事來告求菩薩，卻怎麼說我刁嘴要告菩薩？」善財陪笑道：「還是個急猴子。我與你作笑耍子，你怎麼就變臉了？」

正講處，只見白鸚哥飛來飛去，知是菩薩呼喚，木吒與善財，遂向前引導，至寶蓮台下。行者望見菩薩，倒身下拜，止不住淚如泉湧，放聲大哭。菩薩教木吒與善財扶起道：「悟空，有甚傷感之事，明明說來。莫哭，莫哭，我與你救苦消災也。」行者垂淚再拜道：「當年弟子為人，曾受那個氣來？自蒙菩薩解脫天災，秉教沙門，保護唐僧往西天拜佛求經，我弟子捨身拚命，救解他的魔障，就如老虎口裡奪脆骨，蛟龍背上揭生鱗。只指望歸真正果，洗業除邪，怎知那長老背義忘恩，直迷了一片善緣，更不察皂白之苦！」菩薩道：「且說那皂白原因來我聽。」行者即將那打殺草寇前後始終，細陳了一遍。卻說唐僧因他打死多人，心生怨恨，不分皂白，遂念《緊箍兒咒》，趕他幾次。上天無路，入地無門，特來告訴菩薩。菩薩道：「唐三藏奉旨投西，一心要秉善為僧，決不輕傷性命。似你有無量神通，何苦打死許多草寇！草寇雖是不良，到底是個人身，不該打死。比那妖禽怪獸、鬼魅精魔不同。那個打死，是你的功績；這人身打死，還是你的不仁。但祛退散，自然救了你師父。據我公論，還是你的不善。」

行者噙淚叩頭道：「縱是弟子不善，也當將功折罪，不該這般逐我。萬望菩薩，捨大慈悲，將《鬆箍兒咒》念念，褪下金箍，交還與你，放我仍往水簾洞逃生去罷！」菩薩笑道：「《緊箍兒咒》，本是如來傳我的。當年差我上東土尋取經人，賜我三件寶貝，乃是錦襴袈裟、九環錫杖、金緊禁三個箍兒。秘授與咒語三篇，卻無甚麼《鬆箍兒咒》。」行者道：「既如此，我告辭菩薩去也。」菩薩道：「你辭我往那裡去？」行者道：「我上西天，拜告如來，求念《鬆箍兒咒》去也。」菩薩道：「你且住，我與你看看祥晦（吉凶，禍福）如何。」行者道：「不消看，只這樣不祥也彀了。」菩薩道：「我不看你，看唐僧的祥晦。」

好菩薩，端坐蓮台，運心三界，慧眼遙觀，遍周宇宙，霎時間開口道：「悟空，你那師父頃刻之際，就有傷身之難，不久便來尋你。你只在此處，待我與唐僧說，教他還同你去取經，了成正果。」孫大聖只得皈依，不敢造次，侍立於寶蓮台下不題。

卻說唐長老自趕回行者，教八戒引馬，沙僧挑擔，連馬四口，奔西走不上五十里遠近，三藏勒馬道：「徒弟，自五更時出了村舍，又被那弼馬溫著了氣惱，這半日飢又飢，渴又渴，那個去化些齋來我吃？」八戒道：「師父且請下馬，等我看可有鄰近的莊村，化齋去也。」三藏聞言，滾下馬來。呆子縱起雲頭，半空中仔細觀看，一望盡是山嶺，莫想有個人家。八戒按下雲來，對三藏道：「卻是沒處化齋。一望之間，全無莊舍。」三藏道：「既無化齋之處，且得些水來解渴也可。」八戒道：「等我去南山澗下取些水來。」沙僧即取鉢盂，遞與八戒。八戒托著鉢盂，駕起雲霧而去。那長老坐在路旁，等彀多時，不見回來，可憐口乾舌苦難熬。有詩為證。詩曰：

保神養氣謂之精，情性原來一稟形。心亂神昏諸病作，形衰精敗道元傾。
三花不就空勞碌，四大蕭條枉費爭。土木無功金水絕，法身疏懶幾時成！

沙僧在旁，見三藏飢渴難忍，八戒又取水不來，只得穩了行囊，拴牢了白馬道：「師父，你自在著，等我去催水來。」長老含淚無言，但點頭相答。沙僧急駕雲光，也向南山而去。

那師父獨煉自熬，困苦太甚。正在愴惶之際，忽聽得一聲響亮，唬得長老欠身看處，原來是孫行者跪在路旁，雙手捧著一個磁杯道：「師父，沒有老孫，你連水也不能彀哩。這一杯好涼水，你且吃口水解渴，待我再去化齋。」長老道：「我不吃你的水！立地渴死，我當任命！不要你了！你去罷！」行者道：「無我你去不得西天也。」三藏道：「去得去不得，不干你事！潑猢猻！只管來纏我做甚！」那行者變了臉，發怒生嗔，喝罵長老道：「你這個狠心的潑禿，十分賤我！」掄鐵棒，丟了磁杯，望長老脊背上砑了一下。那長老昏暈在地，不能言語，被他把兩個青氈包袱，提在手中，駕筋斗雲，不知去向。

卻說八戒托著鉢盂，只奔山南坡下，忽見山凹之間，有一座草舍人家。原來在先看時，被山高遮住，未曾見得；今來到邊前，方知是個人家。呆子暗想道：「我若是這等醜嘴臉，決然怕我，枉勞神思，斷然化不得齋飯。須是變好！須是變好！」

好呆子，捻著訣，念個咒，把身搖了七八搖，變作一個食癆病黃胖和尚，口裡哼哼嘰嘰的，挨近門前，叫道：「施主，廚中有剩飯，路上有飢人。貧僧是東土來，往西天取經的。我師父在路飢渴了，家中有鍋巴冷飯，千萬化些兒救口。」原來那家子男人不在，都去插秧種穀去了；只有兩個女人在家，正才煮了午飯，盛起兩盆，卻收拾送下田，鍋裡還有些飯與鍋巴，未曾盛了。那女人見他這等病容，卻又說東土往西天去的話，只恐他是病昏了胡說；又怕跌倒，死在門首。只得哄哄翕翕，將些剩飯鍋巴，滿滿的與了一缽。呆子拿轉來，現了本相，徑回舊路。

正走間，聽得有人叫：「八戒。」八戒抬頭看時，卻是沙僧站在山崖上喊道：「這裡來！這裡來！」及下崖，迎至面前道：「這澗裡好清水不舀，你往那裡去的？」八戒笑道：「我到這裡，見山凹子有個人家，我去化了這缽乾飯來了。」沙僧道：「飯也用著，只是師父渴得緊了，怎得水去？」八戒道：「要水也容易；你將衣襟來兜著這飯，等我使缽盂去舀水。」

二人歡歡喜喜，回至路上，只見三藏面磕地，倒在塵埃；白馬撒韁，在路旁長嘶跑跳；行李擔不見蹤影。慌得八戒跌腳捶胸，大呼小叫道：「不消講！不消講！這還是孫行者趕走的餘黨，來此打殺師父，搶了行李去了！」沙僧道：「且去把馬拴住！」只叫：「怎麼好！怎麼好！這誠所謂半途而廢，中道而止也！」叫一聲：「師父！」滿眼拋珠，傷心痛哭。八戒道：「兄弟，且休哭。如今事已到此，取經之事，且莫說了。你看著師父的屍靈，等我把馬騎到那個府州縣鄉村店集賣幾兩銀子，買口棺木，把師父埋了，我兩個各尋道路散伙。」

沙僧實不忍捨，將唐僧扳轉身體，以臉溫臉，哭一聲：「苦命的師父！」只見那長老口鼻中吐出熱氣，胸前溫暖。連叫：「八戒，你來！師父未傷命哩！」那呆子才近前扶起。長老蘇醒，呻吟一

第五十七回
真行者落伽山訴苦　假猴王水簾洞謄文

會，罵道：「好潑猢猻，打殺我也！」沙僧、八戒問道：「是那個猢猻？」長老不言，只是嘆息。卻討水吃了幾口，才說：「徒弟，你們剛去，那悟空更來纏我。是我堅執不收，他遂將我打了一棒，青氈包袱都搶去了。」八戒聽說，咬響口中牙，發起心頭火道：「叵耐這潑猴子，怎敢這般無禮！」教沙僧道：「你伏侍師父，等我到他家討包袱去！」沙僧道：「你且休發怒。我們扶師父到那山凹人家化些熱茶湯，將先化的飯熱熱，調理師父，再去尋他。」

八戒依言，把師父扶上馬，拿著缽盂，兜著冷飯，直至那家門首。只見那家止有個老婆子在家，忽見他們，慌忙躲過。沙僧合掌道：「老母親，我等是東土唐朝差往西天去者。師父有些不快，特拜府上，化口熱茶湯，與他吃飯。」那媽媽道：「適才有個食癆病和尚，說是東土差來的，已化齋去了，又有個甚麼東土的。我沒人在家，請別轉轉。」長老聞言，扶著八戒，下馬躬身道：「老婆婆，我弟子有三個徒弟，合意同心，保護我上天竺國大雷音拜佛求經。只因我大徒弟喚孫悟空一生凶惡，不遵善道，是我逐回。不期他暗暗走來，著我背上打了一棒，將我行囊衣缽搶去。如今要著一個徒弟尋他取討，因在那空路上不是坐處，特來老婆婆府上權安息一時。待討將行李來就行，決不敢久住。」那媽媽道：「剛才一個食癆病黃胖和尚，他化齋去了，也說是東土往西天去的，怎麼又有一起？」八戒忍不住笑道：「就是我。因我生得嘴長耳大，恐你家害怕，不肯與齋，故變作那等模樣。你不信，我兄弟衣兜裡不是你家鍋巴飯？」

那媽媽認得果是他與的飯，遂不拒他，留他們坐了。卻燒了一罐熱茶，遞與沙僧泡飯。沙僧即將冷飯泡了，遞與師父。師父吃了幾口，定性多時道：「那個去討行李？」八戒道：「我前年因師父趕他回去，我曾尋他一次，認得他花果山水簾洞。等我去！等我去！」長老道：「你去不得。那猢猻原與你不和，你又說話粗魯，或一言兩句之間，有些差池，他就要打你。著悟淨去罷。」沙僧應承道：「我去，我去。」長老又吩咐沙僧道：「你到那裡，須看個頭勢。他若肯與你包袱，你就假謝謝拿來；若不肯，切莫與他爭競，徑至南海菩薩處，將此情告訴，請菩薩去問他要。」沙僧一一聽從。向八戒道：「我今尋他去，你千萬莫僝僽，好生供養師父。這人家亦不可撒潑，恐他不肯供飯。我去就回。」八戒點頭道：「我理會得。但你去，討得討不得，次早回來，不要弄做『尖擔擔柴兩頭脫』（比喻想得到的沒得到，反而又損失了原有的）也。」

沙僧遂捻了訣，駕起雲光，直奔東勝神洲而去。真個是：

身在神飛不守舍，有爐無火怎燒丹。黃婆別主求金老，木母延師奈病顏。
此去不知何日返，這回難量幾時還。五行生克情無順，只待心猿復進關。

那沙僧在半空裡，行經三晝夜，方到了東洋大海。忽聞波浪之聲，低頭觀看，真個是黑霧漲天陰氣盛，滄溟銜日曉光寒。他也無心觀玩，望仙山渡過瀛洲，向東方直抵花果山界。乘海風，踏水勢，又多時，卻望見高峰排戟，峻壁懸屏。即至峰頭，按雲找路下山，尋水簾洞。步近前，只聽得一派喧聲，見那山中無數猴精，滔滔亂嚷。沙僧又近前仔細再看，原來是孫行者高坐石台之上，雙手扯著一張紙，朗朗的念道：

「東土大唐王皇帝李，駕前敕命御弟聖僧陳玄奘法師，上西方天竺國娑婆靈山大雷音寺專拜如來佛祖求經。朕因促病侵身，魂游地府，幸有陽數臻長，感冥君放送回生，廣陳善會，修建度亡道場。盛蒙救苦救難觀世音菩薩金身出現，指示西方有佛有經，可度幽亡超脫，特著法師玄奘，遠歷千山，詢求經偈。倘過西邦諸國，不滅善緣，照牒施行。

大唐貞觀一十三年秋吉日御前文牒。自別大國以來，經度諸邦，中途收得大徒弟孫悟空行者，二徒弟豬悟能八戒，三徒弟沙悟淨和尚。」

念了從頭又念。沙僧聽得是通關文牒，止不住近前厲聲高叫：「師兄，師父的關文你念他怎的？」那行者聞言，急抬頭，不認得是沙僧，叫：「拿來！拿來！」眾猴一齊圍繞，把沙僧拖拖扯扯，拿近前來，喝道：「你是何人，擅敢近吾仙洞？」沙僧見他變了臉，不肯相認，只得朝上行禮道：「上告師兄。前者實是師父性暴，錯怪了師兄，把師兄咒了幾遍，逐趕回家。一則弟等未曾勸解，二來又為師父飢渴去尋水化齋。不意師兄好意復來，又怪師父執法不留，遂把師父打倒，昏暈在地，將行李搶去。後救轉師父，特來拜兄。若不恨師父，還念昔日解脫之恩，同小弟將行李回見師父，共上西天，了此正果。倘怨恨之深，不肯同去，千萬把包袱賜弟，兄在深山，樂桑榆晚景（指晚年的生活），亦誠兩全其美也。」

行者聞言，呵呵冷笑道：「賢弟，此論甚不合我意。我打唐僧，搶行李，不因我不上西方，亦不因我愛居此地；我今熟讀了牒文，我自己上西方拜佛求經，送上東土，我獨成功，教那南贍部洲人立我為祖，萬代傳名也。」沙僧笑道：「師兄言之欠當。自來沒個『孫行者取經』之說。我佛如來造下三藏真經，原著觀音菩薩向東土尋取經人求經，要我們苦歷千山，詢求諸國，保護那取經人。菩薩曾言：取經人乃如來門生，號曰金蟬長老。只因他不聽佛祖談經，貶下靈山，轉生東土，教他果正西方，復修大道。遇路上該有這般魔障，解脫我等三人，與他做護法。兄若不得唐僧去，那個佛祖肯傳經與你！卻不是空勞一場神思也？」那行者道：「賢弟，你原來懵懂，但知其一，不知其二。諒你說你有唐僧，同我保護，我就沒有唐僧？我這裡另選個有道的真僧在此，老孫獨力扶持，有何不可！已選明日大走（遠行）起身去矣。你不信，待我請來你看。」叫：「小的們，快請老師父出來。」果跑進去，牽出一匹白馬，請出一個唐三藏，跟著一個八戒，挑著行李；一個沙僧，拿著錫杖。

這沙僧見了大怒道：「我老沙行不更名，坐不改姓，那裡又有一個沙和尚！不要無禮！吃我一杖！」好沙僧，雙手舉降妖杖，把一個「假沙僧」劈頭一下打死，原來這是一個猴精。那行者惱了，掄金箍棒，帥眾猴，把沙僧圍了。沙僧東衝西撞，打出路口，縱雲霧逃生道：「這潑猴如此憊懶，我告菩薩去來！」那行者見沙僧打死一個猴精，把沙和尚逼得走了，他也不來追趕。回洞教小的們把打死的妖屍拖在一邊，剝了皮，取肉煎炒，將椰子酒、葡萄酒，同眾猴都吃了。另選一個會變化的妖猴，還變一個沙和尚，從新教道，要上西方不題。

沙僧一駕雲離了東海，行徑一晝夜，到了南海。正行時，早見落伽山不遠，急至前，低停雲霧觀看。好去處！果然是：

包乾之奧，括坤之區。會百川而浴日滔星，歸眾流而生風漾月。潮發騰凌大鯤化，波翻浩蕩巨鰲游。水通西北海，浪合正東洋。四海相連同地脈，仙方洲島各仙宮。休言滿地蓬萊，且看普陀雲洞。好景致！山頭霞彩壯元精，岩下祥風漾月晶。紫竹林中飛孔雀，綠楊枝上語靈鸚。琪花瑤草年年秀，寶樹金蓮歲歲生。白鶴幾番朝頂上，素鸞數次到山亭。游魚也解修真性，躍浪穿波聽講經。

沙僧徐步落伽山，玩看仙境。只見木吒行者當面相迎道：「沙悟淨，你不保唐僧取經，卻來此何幹？」沙僧作禮畢，道：「有一事特來朝見菩薩，煩為引見引見。」木吒情知是尋行者，更不題起，即先進去對菩薩道：「外有唐僧的小徒弟沙悟淨朝拜。」孫行者在台下聽見，笑道：「這定是唐僧有難，沙僧來請菩薩的。」菩薩即命木吒門外叫進。這沙僧倒身下拜。拜罷，抬頭正欲告訴前事，忽見孫行者站在旁邊，等不得說話，就掣降妖杖望行者劈臉便打。這行者更不回手，徹身躲過。沙僧口裡亂罵道：「我把你個犯十惡造反的潑猴！你又來影瞞菩薩哩！」菩薩喝道：「悟淨不要動手。有甚事先與我說。」

沙僧收了寶杖，再拜台下，氣沖沖的對菩薩道：「這猴一路行凶，不可數計。前日在山坡下打殺兩個剪路的強人，師父怪他；不期晚間就宿在賊窩主家裡，又把一伙賊人盡情打死，又血淋淋提一個人頭來與師父看。師父唬得跌下馬來，罵了他幾句，趕他回來。分別之後，師父飢渴太甚，教八戒去尋水。久等不來，又教我去尋他。不期孫行者見我二人不在，復回來把師父打一鐵棍，將兩個青氈包袱搶去。我等回來，將師父救醒，特來他水簾洞尋他討包袱，不想他變了臉，不肯認我，將師父關文念了又念。我問他念了做甚，他說不保唐僧，他要自上西天取經，送上東土，算他的功果，立他為祖，萬古傳揚。我又說：『沒唐僧，那肯傳經與你？』他說他選了一個有道的真僧。及請出，果是一匹白馬，一個唐僧，後跟著八戒、沙僧。我道：『我便是沙和尚，那裡又有個沙和尚？』是我趕上前，打了他一寶杖，原來是個猴精。他就帥眾拿我，是我特來告請菩薩。不知他會使筋斗雲，預先到此處；又不知他將甚巧語花言，隱瞞菩薩也。」

菩薩道：「悟淨，不要賴人。悟空到此，今已四日。我更不曾放他回去，他那裡有另請唐僧，自去取經之意？」沙僧道：「見如今水簾洞有一個孫行者，怎敢欺誑？」菩薩道：「既如此，你休發急，教悟空與你同去花果山看看。是真難滅，是假易除。到那裡自見分曉。」這大聖聞言，即與沙僧辭了菩薩。這一去，到那：花果山前分皂白，水簾洞口辨真邪。畢竟不知如何分辨，且聽下回分解。

第五十八回

二心攪亂大乾坤　一體難修真寂滅

這行者與沙僧拜辭了菩薩，縱起兩道祥光，離了南海。原來行者筋斗雲快，沙和尚仙雲覺遲，行者就要先行。沙僧扯住道：「大哥不必這等藏頭露尾，先去安根。待小弟與你一同走。」大聖本是良心，沙僧卻有疑意。真個二人同駕雲而去。不多時，果見花果山。按下雲頭，二人洞外細看，果見一個行者，高坐石台之上，與群猴飲酒作樂。模樣與大聖無異：也是黃髮金箍，金睛火眼；身穿也是綿布直裰，腰繫虎皮裙；手中也拿一條兒金箍鐵棒；足下也踏一雙麂皮靴；也是這等毛臉雷公嘴，朔腮別土星，查耳額顱闊，獠牙向外生。

這大聖怒發，一撒手，撇了沙和尚，掣鐵棒上前罵道：「你是何等妖邪，敢變我的相貌，敢占我的兒孫，擅居吾仙洞，擅作這威福！」那行者見了，公然不答，也使鐵棒來迎。二行者在一處，果是不分真假。好打呀：

兩條棒，二猴精，這場相敵實非輕。都要護持唐御弟，各施功績立英名。真猴實受沙門教，假怪虛稱佛子情。蓋為神通多變化，無真無假兩相平。一個是混元一氣齊天聖，一個是久煉千靈縮地精。這個是如意金箍棒，那個是隨心鐵桿兵。隔架遮攔無勝敗，撐持抵敵沒輸贏。先前交手在洞外，少頃爭持起半空。

他兩個各踏雲光，跳鬥上九霄雲內。沙僧在旁，不敢下手，見他們戰此一場，誠然難認真假；欲待拔刀相助，又恐傷了真的。忍耐良久，且縱身跳下山崖，使降妖寶杖，打近水簾洞外，驚散群妖，掀翻石凳，把飲酒食肉的器皿，盡情打碎；尋他的青氈包袱，四下裡全然不見。原來他水簾洞本是一股瀑布飛泉，遮掛洞門，遠看似一條白布簾兒，近看乃是一股水脈，故曰水簾洞。沙僧不知進步來歷，故此難尋。即便縱雲，趕到九霄雲裡，掄著寶杖，又不好下手。大聖道：「沙僧，你既助不得力，且回覆師父，說我等這般這般，等老孫與此妖打上南海落伽山菩薩前辨個真假。」道罷，那行者也如此說。沙僧見兩個相貌、聲音，更無一毫差別，皂白難分，只得依言，撥轉雲頭，回覆唐僧不題。

你看那兩個行者，且行且鬥，直嚷到南海，徑至落伽山，打打罵罵，喊聲不絕。早驚動護法諸天，即報入潮音洞裡道：「菩薩，果然兩個孫悟空打將來也。」那菩薩與木吒行者、善財童子、龍女降蓮台出門喝道：「那孽畜那裡走！」這兩個遞相揪住道：「菩薩，這廝果然像弟子模樣。才自水簾洞打起，戰鬥多時，不分勝負。沙悟淨肉眼愚蒙，不能分識，有力難助，是弟子教他回西路去回覆師父，我與這廝打到寶山，借菩薩慧眼，與弟子認個真假，辨明邪正。」道罷，那行者也如此說一遍。眾諸天與菩薩都看良久，莫想能認。

菩薩道：「且放了手，兩邊站下，等我再看。」果然撒手，兩邊站定。這邊說：「我是真的！」那邊說：「他是假的！」

菩薩喚木吒與善財上前，悄悄吩咐：「你一個幫住一個，等我暗念《緊箍兒咒》，看那個害疼的便是真，不疼的便是假。」他二人果各幫一個。菩薩暗念真言，兩個一齊喊疼，都抱著頭，地下打滾，只叫：「莫念！莫念！」菩薩不念，他兩個又一齊揪住，照舊嚷鬥。菩薩無計奈何，即令諸天、木吒，上前助力。眾神恐傷真的，亦不敢下手。菩薩叫聲：「孫悟空」，兩個一齊答應。菩薩道：「你當年官拜『弼馬溫』，大鬧天宮時，神將皆認得你；你且上界去分辨回話。」這大聖謝恩，那行者也謝恩。

二人扯扯拉拉，口裡不住的嚷鬥，徑至南天門外，慌得那廣目天王帥馬、趙、溫、關四大天將，及把門大小眾神，各使兵器擋住道：「那裡走！此間可是爭鬥之處？」

大聖道：「我因保護唐僧往西天取經，在路上打殺賊徒，那三藏趕我回去，我徑到普陀崖見觀音菩薩訴告，不想這妖精，幾時就變作我的模樣，打倒唐僧，搶去包袱。有沙僧至花果山尋討，只見這妖精占了我的巢穴。後到普陀崖告請菩薩，又見我侍立台下，沙僧誑說是我駕筋斗雲，又先在菩薩處遮飾。菩薩卻是個證明，不聽沙僧之言，命我同他到花果山看驗。原來這妖精果像老孫模樣。才自水簾洞打到普陀山見菩薩，菩薩也難識認，故打至此間，煩諸天眼力，與我認個真假。」道罷，那行者也似這般這般說了一遍。眾天神看彀多時，也不能辨。他兩個吆喝道：「你們既不能認，讓開路，等我們去見玉帝！」

眾神搪抵不住，放開天門，直至靈霄寶殿。馬元帥同張、葛、許、丘四天師奏道：「下界有一般兩個孫悟空，打進天門，口稱見王。」說不了，兩個直嚷將進來，唬得那玉帝即降立寶殿，問曰：「你兩個因甚事擅鬧天宮，嚷至朕前尋死！」大聖口稱：「萬歲！萬歲！臣今皈命，秉教沙門，再不敢欺心誑上；只因這個妖精變作臣的模樣。」如此如彼，把前情備陳了一遍。「指望與臣辨個真假！」那行者也如此陳了一遍。玉帝即傳旨宣托塔李天王，教：「把『照妖鏡』來照這廝誰真誰假，教他假滅真存。」天王即取鏡照住，請玉帝同眾神觀看。鏡中乃是兩個孫悟空的影子；金箍、衣服，毫髮不差。玉帝亦辨不出，趕出殿外。

這大聖呵呵冷笑，那行者也哈哈歡喜，揪頭抹頸，復打出天門，墜落西方路上道：「我和你見師父去！我和你見師父去！」

卻說那沙僧自花果山辭他兩個，又行了三晝夜，回至本莊，把前事對唐僧說了一遍。唐僧自家悔恨道：「當時只說是孫悟空打我一棍，搶去包袱，豈知卻是妖精假變的行者！」沙僧又告道：「這妖又假變一個長老，一匹白馬；又有一個八戒挑著我們包袱，又有一個變作是我。我忍不住惱怒，一杖打死，原是一個猴精。因此驚散，又到菩薩處訴告。菩薩著我與師兄又同去識認，那妖果與師兄一般模樣。我難助力，故先來回覆師父。」三藏聞言，大驚失色。八戒哈哈大笑道：「好！好！好！應了這施主家婆婆之言了！他說有幾起取經的，這卻不又是一起？」

那家子老老小小的，都來問沙僧：「你這幾日往何處討盤纏去的？」沙僧笑道：「我往東勝神洲花果山尋大師兄取討行李，又到南海普陀山拜見觀世音菩薩，卻又到花果山，方才轉回至此。」那老者又問：「往返有多少路程？」沙僧道：「約有二十餘萬里。」老者道：「爺爺呀，似這幾日，就走了這許多路，只除是駕雲，方能彀得到！」八戒道：「不是駕雲，如何過海？」沙僧道：「我們那算得走路，若是我大師兄，只消一二日，可往回也。」那家子聽言，都說是神仙。八戒道：「我們雖不是神仙，——神仙還是我們的晚輩哩！」

正說間，只聽半空中喧嘩人嚷。慌得都出來看，卻是兩個行者打將來。八戒見了，忍不住手癢道：「等我去認識看。」好呆子，急縱身跳起，望空高叫道：「師兄莫嚷，我老豬來也！」那兩個一齊應道：「兄弟，來打妖精！來打妖精！」那家子又驚又喜道：「是幾位騰雲駕霧的羅漢歇在我家！就是發願齋僧的，也齋不著這等好人！」更不計較茶飯，愈加供養。又說：「這兩個行者只怕鬥出不好來，地覆天翻，作禍在那裡！」

三藏見那老者當面是喜，背後是憂，即開言道：「老施主放心，莫生憂嘆。貧僧收伏了徒弟，去惡歸善，自然謝你。」那老者滿口回答道：「不敢！不敢！」沙僧道：「施主休講，師父可坐在這裡，等我和二哥去，一家扯一個來到你面前，你就念念那話兒，看那個害疼的就是真的，不疼的就是假的。」三藏道：「言之極當。」

沙僧果起在半空道：「二位住了手，我同你到師父面前辨個真假去。」這大聖放了手，那行者也放了手。沙僧攙住一個，叫道：「二哥，你也攙住一個。」果然攙住，落下雲頭，逕至草舍門外。三藏見了，就念《緊箍兒咒》。二人一齊叫苦道：「我們這等苦鬥，你還咒我怎的？莫念！莫念！」那長老本心慈善，遂住了口不念，卻也不認得真假。他兩個掙脫手，依然又打。這大聖道：「兄弟們，保著師父，等我與他打到閻王前折辨去也！」那行者也如此說。二人抓抓挜挜，須臾，又不見了。

八戒道：「沙僧，你既到水簾洞，看見『假八戒』挑著行李，怎麼不搶將來？」沙僧道：「那妖精見我使寶杖打他『假沙僧』，他就亂圍上來要拿，是我顧性命走了。及告菩薩，與行者復至洞口，他兩個打在空中，是我去掀翻他的石凳，打散他的小妖，只見一股瀑布泉水流，竟不知洞門開在何處，尋不著行李，所以空手回覆師命也。」八戒道：「你原來不曉得。我前年請他去時，先在洞門外相見；後被我說泛了他，他就跳下，去洞裡換衣來時，我看見他將身往水裡一鑽。那一股瀑布水流，就是洞門。想必那怪將我們包袱收在那裡面也。」三藏道：「你既知此門，你可趁他都不在家，可先到他洞裡取出包袱，我們往西天去罷。他就來，我也不用他了！」八戒道：「我去。」沙僧說：「二哥，他那洞前有千數小猴，你一人恐弄他不過，反為不美。」八戒道：「不怕！不怕！」急出門，縱著雲霧，徑上花果山尋取行李不題。

卻說那兩個行者又打嚷到陰山背後，唬得那滿山鬼戰戰兢兢，藏藏躲躲。有先跑的，撞入陰司門裡，報上森羅寶殿道：「大王，背陰山上，有兩個齊天大聖打得來也！」慌得那第一殿秦廣王傳報與二殿楚江王、三殿宋帝王、四忤官王、五殿閻羅王、六殿平等王、七殿泰山王、八殿都市王、九殿卞城王、十殿轉輪王。一殿轉一殿，霎時間，十王會齊，又著人飛報與地藏王。盡在森羅殿上，點聚陰兵，等擒真假。只聽得那強風滾滾，慘霧漫漫，二行者一翻一滾的，打至森羅殿下。

陰君（指閻王）近前擋住道：「大聖有何事，鬧我幽冥？」這大聖道：「我因保唐僧西天取經，路過西梁國，至一山，有強賊截劫我師，是老孫打死幾個，師父怪我，把我逐回。我隨到南海菩薩處訴告，不知那妖精怎麼就綽著口氣，假變作我的模樣，在半路上打倒師父，搶奪了行李。師弟沙僧，向我本山取討包袱，這妖假立師名，要往西天取經。沙僧逃遁至南海見菩薩，我正在側。他備說原因，菩薩又命我同他至花果山觀看，果被這廝占了我巢穴。我與他爭辨到菩薩處，其實相貌、言語等俱一般，菩薩也難辨真假。又與這廝打上天堂，眾神亦果難辨，因見我師。我師念《緊箍咒》試驗，與我

第五十八回
二心攪亂大乾坤　一體難修真寂滅

一般疼痛。故此鬧至幽冥，望陰君與我查看生死簿，看『假行者』是何出身，快早追他魂魄，免教二心沌亂。」

那怪亦如此說一遍。陰君聞言，即喚管簿判官一一從頭查勘，更無個『假行者』之名。再看毛蟲之簿，那猴子一百三十條已是孫大聖幼年得道之時，大鬧陰司，消死名一筆勾之，自後來凡是猴屬，盡無名號。查勘畢，當殿回報。陰君各執笏，對行者道：「大聖，幽冥處既無名號可查，你還到陽間去折辨。」

正說處，只聽得地藏王菩薩道：「且住！且住！等我著諦聽與你聽個真假。」原來那諦聽是地藏菩薩經案下伏的一個獸名。他若伏在地下，一霎時，將四大部洲山川社稷，洞天福地之間，蠃蟲、鱗蟲、毛蟲、羽蟲、昆蟲、天仙、地仙、神仙、人仙、鬼仙可以照鑑善惡，察聽賢愚。那獸奉地藏鈞旨，就於森羅庭院之中，俯伏在地。須臾，抬起頭來，對地藏道：「怪名雖有，但不可當面說破，又不能助力擒他。」地藏道：「當面說出便怎麼？」諦聽道：「當面說出，恐妖精惡發，搔擾寶殿，致令陰府不安。」又問：「何為不能助力擒拿？」諦聽道：「妖精神通，與孫大聖無二。幽冥之神，能有多少法力，故此不能擒拿。」地藏道：「似這般怎生祛除？」諦聽言：「佛法無邊。」

地藏早已省悟。即對行者道：「你兩個形容如一，神通無二，若要辨明，須到雷音寺釋迦如來那裡，方得明白。」兩個一齊嚷道：「說的是！說的是！我和你西天佛祖之前折辨去！」那十殿陰君送出，謝了地藏，回上翠雲宮，著鬼使閉了幽冥關隘不題。

看那兩個行者，飛雲奔霧，打上西天。有詩為證。詩曰：

人有二心生禍災，天涯海角致疑猜。欲思寶馬三公位，又憶金鑾一品台。
北討南征空擾攘，東馳西逐未定哉。禪門須學無心訣，靜養嬰兒結聖胎。

他兩個在那半空裡，扯扯拉拉，抓抓掗掗，且行且鬥。直嚷至大西天靈鷲仙山雷音寶剎之外。早見那四大菩薩、八大金剛、五百阿羅、三千揭諦、比丘尼、比丘僧、優婆塞、優婆夷諸大聖眾，都到七寶蓮台之下，各聽如來說法。那如來正講到這：

不有中有，不無中無。不色中色，不空中空。非有為有，非無為無。
非色為色，非空為空。空即是空，色即是色。色無定色，色即是空。
空無定空，空即是色。知空不空，知色不色。名為照了，始達妙音。

概眾稽首皈依。流通誦讀之際，如來降天花普散繽紛，即離寶座，對大眾道：「汝等俱是一心，且看二心競鬥而來也。」

大眾舉目看之，果是兩個行者，吆天喝地，打至雷音勝境。慌得那八大金剛，上前擋住道：「汝等欲往那裡去？」這大聖道：「妖精變作我的模樣，欲至寶蓮台下，煩如來為我辨個虛實也。」眾金剛抵擋不住，直嚷至台下，跪於佛祖之前，拜告道：「弟子保護唐僧，來造寶山，求取真經，一路上煉魔縛怪，不知費了多少精神。前至中途，偶遇強徒劫擄，委是弟子二次打傷幾人。師父怪我趕回，不容同拜如來金身。弟子無奈，只得投奔南海，見觀音訴苦。不期這個妖精，假變弟子聲音、相貌，將師父打倒，把李行搶去。師弟悟淨尋至我山，被這妖假捏巧言，說有真僧取經之故。悟淨脫身至南海，備說詳細。觀音知之，遂令弟子同悟淨再至我山。因此，兩人比並真假，打至南海，又打到天宮，又曾打見唐僧，打見冥府，俱莫能辨認。故此大膽輕造，千乞大開方便之門，廣垂慈憫之念，與弟子辨明邪正，庶好保護唐僧親拜金身，取經回東土，永揚大教。」

大眾聽他兩張口一樣聲俱說一遍，眾亦莫辨；惟如來則通知之。正欲道破，忽見南下彩雲之間，來了觀音，參拜我佛。

我佛合掌道：「觀音尊者，你看那兩個行者，誰是真假？」菩薩道：「前日在弟子荒境，委不能辨。他又至天宮、地府，亦俱難認。特來拜告如來，千萬與他辨明辨明。」如來笑道：「汝等法力廣大，只能普閱周天之事，不能遍識周天之物，亦不能廣會周天之種類也。」菩薩又請示周天種類。如來才道：「周天之內有五仙：乃天、地、神、人、鬼。有五蟲：乃贏、鱗、毛、羽、昆。這廝非天、非地、非神、非人、非鬼；亦非贏、非鱗、非毛、非羽、非昆。又有四猴混世，不入十類之種。」菩薩道：「敢問是那四猴？」

如來道：「第一是靈明石猴，通變化，識天時，知地利，移星換斗。第二是赤尻馬猴，曉陰陽，會人事，善出入，避死延生。第三是通臂猿猴，拿日月，縮千山，辨休咎（吉凶），乾坤摩弄。第四是六耳獼猴，善聆音，能察理，知前後，萬物皆明。此四猴者，不入十類之種，不達兩間（天地之間）之名。我觀『假悟空』乃六耳獼猴也。此猴若立一處，能知千里外之事；凡人說話，亦能知之；故此善聆音，能察理，知前後，萬物皆明。——與真悟空同相同音者，六耳獼猴也。」

那獼猴聞得如來說出他的本相，膽戰心驚，急縱身，跳起來就走。如來見他走時，即令大眾下手。早有四菩薩、八金剛、五百阿羅，三千諸諦、比丘僧、比丘尼、優婆塞、優婆夷、觀音、木吒，一齊圍繞。孫大聖也要上前。

如來說：「悟空休動手，待我與你擒他。」那獼猴毛骨悚然，料著難脫，即忙搖身一變，變作個蜜蜂兒，往上便飛。如來將金鉢盂撇起去，正蓋著那蜂兒，落下來。大眾不知，以為走了。如來笑云：「大眾休言。妖精未走，見在我這鉢盂之下。」大眾一發上前，把鉢盂揭起，果然見了本相，是一個六耳獼猴。孫大聖忍不住，掄起鐵棒，劈頭一下打死，至今絕此一種。如來不忍，道聲：「善哉！善哉！」大聖道：「如來不該慈憫他。他打傷我師父，搶奪我包袱，依律問他個得財傷人，白晝搶奪，也該個斬罪哩！」如來道：「你自快去保護唐僧來此求經罷。」大聖叩頭謝道：「上告如來得知。那師父定是不要我；我此去，若不收留，卻不又勞一番神思！望如來方便，把《鬆箍兒咒》念一念，褪下這個金箍，交還如來，放我還俗去罷。」如來道：「你休亂想，切莫放刁。我教觀音送你去，不怕他不收。好生保護他去，那時功成歸極樂，汝亦坐蓮台。」

那觀音在旁聽說，即合掌謝了聖恩。領悟空，輒駕雲而去。隨後木吒行者、白鸚哥，一同趕上。不多時，到了中途草舍人家。沙和尚看見，急請師父拜門迎接。菩薩道：「唐僧，前日打你的，乃『假行者』六耳獼猴也。幸如來知識，已被悟空打死。你今須是收留悟空。一路上魔障未消，必得他保護你，才得到靈山，見佛取經。再休嗔怪。」三藏叩頭道：「謹遵教旨。」

正拜謝時，只聽得正東上狂風滾滾，眾目視之，乃豬八戒背著兩個包袱，駕風而至。呆子見了菩薩，倒身下拜道：「弟子前日別了師父至花果山水簾洞尋得包袱，果見一個『假唐僧』、『假八戒』，都被弟子打死，原是兩個猴身。卻入裡，方尋著包袱。當時查點，一物不少。卻駕風轉此。更不知兩行者下落如何。」

菩薩把如來識怪之事，說了一遍。那呆子十分歡喜，稱謝不盡。師徒們拜謝了，菩薩回海，卻都照舊合意同心，洗冤解怒。又謝了那村舍人家，整束行囊、馬匹，找大路而西。正是：

中道分離亂五行，降妖聚會合元明。
神歸心捨禪方定，六識袪降丹自成。

畢竟這去，不知三藏幾時得面佛求經，且聽下回分解。

第五十九回

唐三藏路阻火焰山　孫行者一調芭蕉扇

若干種性本來同，海納無窮。千思萬慮終成妄，般般色色和融。有日功完行滿，圓明法性高隆。休教差別走西東，緊鎖牢籠。收來安放丹爐內，煉得金烏（太陽）一樣紅。朗朗輝輝嬌豔，任教出入乘龍。

話表三藏遵菩薩教旨，收了行者，與八戒、沙僧剪斷二心，鎖籠猿馬（收回凡心。猿馬：心猿意馬，即意志不專一），同心戮力，趕奔西天。說不盡光陰似箭，日月如梭。歷過了夏月炎天，卻又值三秋霜景。但見那：

薄雲斷絕西風緊，鶴鳴遠岫霜林錦。光景正蒼涼，山長水更長。征鴻（鴻雁）來北塞，玄鳥（燕子）歸南陌。客路怯孤單，衲衣容易寒。

第五十九回
唐三藏路阻火焰山　孫行者一調芭蕉扇

師徒四眾，進前行處，漸覺熱氣蒸人。三藏勒馬道：「如今正是秋天，卻怎返有熱氣？」八戒道：「原來不知。西方路上有個斯哈哩國，乃日落之處，俗呼為『天盡頭』。若到申酉時，國王差人上城，擂鼓吹角，混雜海沸之聲。日乃太陽真火，落於西海之間，如火淬水，接聲滾沸；若無鼓角之聲混耳，即振殺城中小兒。此地熱氣蒸人，想必到日落之處也。」大聖聽說，忍不住笑道：「呆子莫亂談！若論斯哈哩國，正好早哩。似師父朝三暮二的，這等擔擱，就從小至老，老了又小，老小三生，也還不到。」八戒道：「哥啊，據你說，不是日落之處，為何這等酷熱？」沙僧道：「想是天時不正，秋行夏令（秋天卻是夏天的氣候）故也。」他三個正都爭講，只見那路旁有座莊院，乃是紅瓦蓋的房舍，紅磚砌的垣牆，紅油門扇，紅漆板榻，一片都是紅的。三藏下馬道：「悟空，你去那人家問個消息，看那炎熱之故何也。」

大聖收了金箍棒，整肅衣裳，扭捏作個斯文氣象，綽下大路，徑至門前觀看。那門裡忽然走出一個老者，但見他：

穿一領黃不黃，紅不紅的葛布深衣；戴一頂青不青、皂不皂的篾絲涼帽。手中拄一根彎不彎、直不直、暴節竹杖；足下踏一雙新不新、舊不舊、搫靸𩌦鞋（長筒皮靴）。面似紅銅，鬚如白練。兩道壽眉遮碧眼，一張哈口（嘴角含笑）露金牙。

那老者猛抬頭，看見行者，吃了一驚，拄著竹杖，喝道：「你是那裡來的怪人？在我這門首何幹？」行老答禮道：「老施主，休怕我。我不是甚麼怪人。貧僧是東土大唐欽差上西方求經者。師徒四人，適至寶方，見天氣蒸熱，一則不解其故，二來不知地名，特拜問指教一二。」那老者卻才放心，笑云：「長老勿罪。我老漢一時眼花，不識尊顏。」行者道：「不敢。」老者又問：「令師在那條路上？」行者道：「那南首大路上立的不是！」老者教：「請來，請來。」行者歡喜，把手一招，三藏即同八戒、沙僧，牽白馬，挑行李近前，都對老者作禮。

老者見三藏豐姿標致，八戒、沙僧相貌奇稀，又驚又喜：只得請入裡坐，教小的們看茶，一壁廂辦飯。三藏聞言，起身稱謝道：「敢問公公：貴處遇秋，何返炎熱？」老者道：「敝地喚做火焰山。無春無秋，四季皆熱。」三藏道：「火焰山卻在那邊？可阻西去之路？」老者道：「西方卻去不得。那山離此有六十里遠，正是西方必由之路，卻有八百里火焰，四周圍寸草不生。若過得山，就是銅腦蓋，鐵身軀，也要化成汁哩。」三藏聞言，大驚失色，不敢再問。

只見門外一個少年男子，推一輛紅車兒，住在門旁，叫聲：「賣糕！」大聖拔根毫毛，變個銅錢，問那人買糕。那人接了錢，不論好歹，揭開車兒上衣裹，熱氣騰騰，拿出一塊糕遞與行者。行者托在手中，好似火盆裡的灼炭，煤爐內的紅釘。你看他左手倒在右手，右手換在左手，只道：「熱，熱，熱！難吃，難吃！」那男子笑道：「怕熱，莫來這裡。這裡是這等熱。」行者道：「你這漢子，好不明理。常言道：『不冷不熱，五穀不結。』他這等熱得很，你這糕粉，自何而來？」那人道：「若知糕粉米，敬求鐵扇仙。」行者道：「鐵扇仙怎的？」那人道：「鐵扇仙有柄『芭蕉扇』。求得來，一扇息火，二扇生風，三扇下雨，我們就布種，及時收割，故得五穀養生；不然，誠寸草不能生也。」

行者聞言，急抽身走入裡面，將糕遞與三藏道：「師父放心，且莫隔年焦著，吃了糕，我與你說。」長老接糕在手，向本宅老者道：「公公請糕。」老者道：「我家的茶飯未奉，敢吃你糕？」行者笑道：「老人家，茶飯倒不必賜。我問你：鐵扇仙在那裡住？」老者道：「你問他怎的？」行者道：「適才那賣糕人說，此仙有柄『芭蕉扇』。求將來，一扇息火，二扇生風，三扇下雨，你這方布種收割，才得五穀養生。我欲尋他討來扇息火焰山過去，且使這方依時收種，得安生也。」老者道：「固有此說；你們卻無禮物，恐那聖賢不肯來也。」三藏道：「他要甚禮物？」老者道：「我這裡人家，十年拜求一度。四豬四羊，花紅表裡，異香時果，雞鵝美酒，沐浴虔誠，拜到那仙山，請他出洞，至此施為。」行者道：「那山坐落何處？喚甚地名？有幾多里數？等我問他要扇子去。」老者道：「那山在西南方，名喚翠雲山。山中有一仙洞，名喚芭蕉洞。我這裡眾信人等去拜仙山，往回要走一月，計有一千四百五六十里。」行者笑道：「不打緊，就去就來。」那老者道：「且住，吃些茶飯，辦些乾糧，須得兩人做伴。那路上沒有人家，又多狼虎，非一日可到。莫當耍子。」行者笑道：「不用，不用！我去也！」說一聲，忽然不見。那老者慌張道：「爺爺呀！原來是騰雲駕霧的神人也！」

且不說這家子供奉唐僧加倍。卻說那行者霎時徑到翠雲山，按住祥光，正自找尋洞口，忽然聞得丁丁之聲，乃是山林內一個樵夫伐木。行者即趨步至前，又聞得他道：

「雲際依依認舊林，斷崖荒草路難尋。
西山望見朝來雨，南澗歸時渡處深。」

行者近前作禮道：「樵哥，問訊了。」那樵子撇了柯斧，答禮道：「長老何往？」行者道：「敢問樵哥，這可是翠雲山？」樵子道：「正是。」行者道：「有個鐵扇仙的芭蕉洞，在何處？」樵子笑道：「這芭蕉洞雖有，卻無個鐵扇仙，只有個鐵扇公主，又名羅剎女。」行者道：「人言他有一柄芭蕉扇，能熄得火焰山，敢是他麼？」樵子道：「正是，正是。這聖賢有這件寶貝，善能熄火，保護那方人家，故此稱為鐵扇仙。我這裡人家用不著他，只知他叫做羅剎女，乃大力牛魔王妻也。」

行者聞言，大驚失色。心中暗想道：「又是冤家了！當年伏了紅孩兒，說是這廝養的。前在那解陽山破兒洞遇他叔子，尚且不肯與水，要作報仇之意；今又遇他父母，怎生借得這扇子耶？」樵子見行者沉思默慮，嗟嘆不已，便笑道：「長老，你出家人，有何憂疑？這條小路兒向東去，不上五六里，就是芭蕉洞。休得心焦。」行者道：「不瞞樵哥說，我是東土唐朝差往西天求經的唐僧大徒弟。前年在火雲洞，曾與羅剎之子紅孩兒有些言語（這裡指舊怨、嫌隙），但恐羅剎懷仇不與，故生憂疑。」樵子道：「大丈夫鑑貌辨色，只以求扇為名，莫認往時之溲話，管情借得。」行者聞言，深深唱個大喏道：「謝樵哥教誨。我去也。」

遂別了樵夫，徑至芭蕉洞口。但見那兩扇門緊閉牢關，洞外風光秀麗。好去處！正是那：

山以石為骨，石作土之精。煙霞含宿潤，苔蘚助新青。嵯峨勢聳欺蓬島，幽靜花香若海瀛。幾樹喬松棲野鶴，數株衰柳語山鶯。誠然是千年古跡，萬載仙蹤。碧梧鳴彩鳳，活水隱蒼龍。曲徑葷蘿垂掛，石梯藤葛攀籠。猿嘯翠岩忻月上，鳥啼高樹喜晴空。兩林竹蔭涼如雨，一徑花濃沒繡絨。時見白雲來遠岫，略無定體漫隨風。

第五十九回

唐三藏路阻火焰山　孫行者一調芭蕉扇

行者上前叫：「牛大哥，開門，開門！」呀的一聲，洞門開了，裡邊走出一個毛兒女，手中提著花籃，肩上擔著鋤子，真個是一身襤褸無妝飾，滿面精神有道心。行者上前迎著，合掌道：「女童，累你轉報公主一聲。我本是取經的和尚，在西方路上，難過火焰山，特來拜借芭蕉扇一用。」那毛女道：「你是那寺裡和尚？叫甚名字？我好與你通報。」行者道：「我是東土來的，叫做孫悟空和尚。」

那毛女即便回身，轉於洞內，對羅剎跪下道：「奶奶，洞門外有個東土來的孫悟空和尚，要見奶奶，拜求芭蕉扇，過火焰山一用。」那羅剎聽見「孫悟空」三字，便似撮鹽入火，火上澆油；骨都都紅生臉上；惡狠狠怒發心頭。口中罵道：「這潑猴！今日來了！」叫：「丫環，取披掛，拿兵器來！」隨即取了披掛，拿兩口青鋒寶劍，整束出來。行者在洞外閃過，偷看怎生打扮。只見他：

頭裹團花手帕，身穿納錦雲袍。腰間雙束虎筋條，微露繡裙偏綃。
鳳嘴弓鞋三寸，龍鬚膝褲金銷。手提寶劍怒聲高，凶比月婆容貌。

那羅剎出門，高叫道：「孫悟空何在？」行者上前，躬身施禮道：「嫂嫂，老孫在此奉揖。」羅剎咄的一聲道：「誰是你的嫂嫂！那個要你奉揖！」行者道：「尊府牛魔王，當初曾與老孫結義，乃七兄弟之親。今聞公主是牛大哥令正（正指妻子，令是敬辭），安得不以嫂嫂稱之！」羅剎道：「你這潑猴！既有兄弟之親，如何坑陷我子？」行者佯問道：「令郎是誰？」羅剎道：「我兒是號山枯松澗火雲洞聖嬰大王紅孩兒，被你傾（陷害）了。我們正沒處尋你報仇，你今上門納命（送命），我肯饒你！」

行者滿臉陪笑道：「嫂嫂原來不察理，錯怪了老孫。你令郎因是捉了師父，要蒸要煮，幸虧了觀音菩薩收他去，救出我師。他如今現在菩薩處做善財童子，實受了菩薩正果，不生不滅，不垢不淨，與天地同壽，日月同庚。你倒不謝老孫保命之恩，反怪老孫，是何道理！」羅剎道：「你這個巧嘴的潑猴！我那兒雖不傷命，再怎生得到我的跟前，幾時能見一面？」行者笑道：「嫂嫂要見令郎，有何難處？你且把扇子借我，扇息了火，送我師父過去，我就到南海菩薩處請他來見你，就送扇子還你，有何不可！那時節，你看他可曾損傷一毫。如有些須之傷，你也怪得有理；如比舊時標致，還當謝我。」羅剎道：「潑猴！少要饒舌！伸過頭來，等我砍上幾劍！若受得疼痛，就借扇子與你；若忍耐不得，教你早見閻君！」行者叉手向前，笑道：「嫂嫂切莫多言。老孫伸著光頭，任尊意砍上多少，但沒氣力便罷。是必借扇子用用。」那羅剎不容分說，雙手掄劍，照行者頭上乒乒乓乓，砍有十數下，這行者全不認真。羅剎害怕，回頭要走。行者道：「嫂嫂，那裡去？快借我使使！」那羅剎道：「我的寶貝原不輕借。」行者道：「既不肯借，吃你老叔一棒！」

好猴王，一隻手扯住，一隻手去耳內掣出棒來，幌一幌，有碗來粗細。那羅剎掙脫手，舉劍來迎。行者隨又掄棒便打。兩個在翠雲山前，不論親情，卻只講仇隙。這一場好殺：

裙釵本是修成怪，為子懷仇恨潑猴。行者雖然生狠怒，因師路阻讓娥流。先言拜借芭蕉扇，不展驍雄耐性柔。羅剎無知掄劍砍，猴王有意說親由。女流怎與男兒鬥，到底男剛壓女流。這個金箍鐵棒多凶猛，那個霜刃青鋒甚緊稠。劈面打，照頭丟，恨苦相持不罷休。左擋右遮施武藝，前迎後架騁奇謀。卻才鬥到沉酣處，不覺西方墜日頭。羅剎忙將真扇子，一扇揮動鬼神愁！

那羅剎女與行者相持到晚，見行者棒重，卻又解數周密，料鬥他不過，即便取出芭蕉扇，幌一幌，一扇陰風，把行者扇得無影無蹤，莫想收留得住。這羅剎得勝回歸。

那大聖飄飄蕩蕩，左沉不能落地，右墜不得存身。就如旋風翻敗葉，流水淌殘花。滾了一夜，直至天明，方才落在一座山上，雙手抱住一塊峰石，定性良久，仔細觀看，卻才認得是小須彌山。大聖長嘆一聲道：「好利害婦人！怎麼就把老孫送到這裡來了？我當年曾記得在此處告求靈吉菩薩降黃風怪救我師父。那黃風嶺至此直南上有三千餘里，今在西路轉來，乃東南方隅，不知有幾萬里。等我下去問靈吉菩薩一個消息，好回舊路。」

正躊躇間，又聽得鐘聲響亮，急下山坡，徑至禪院。那門前道人認得行者的形容，即入裡面報道：「前年來請菩薩去降黃風怪的那個毛臉大聖又來了。」菩薩知是悟空，連忙下寶座相迎，入內施禮道：「恭喜！取經來耶？」悟空答道：「正好未到！早哩，早哩！」靈吉道：「既未曾得到雷音，何以回顧荒山？」行者道：「自上年蒙盛情降了黃風怪，一路上，不知歷過多少苦楚。今到火焰山，不能前進，詢問土人，說有個鐵扇仙芭蕉扇，扇得火滅，老孫特去尋訪。原來那仙是牛魔王的妻，紅孩兒的母。他說我把他兒子做了觀音菩薩的童子，不得常見，跟我為仇，不肯借扇，與我爭鬥。他見我的棒重難撐，遂將扇子把我一扇，扇得我悠悠蕩蕩，直至於此，方才落住。故此輕造禪院，問個歸路。此處到火焰山，不知有多少里數？」靈吉笑道：「那婦人喚名羅剎女，又叫做鐵扇公主。他的那芭蕉扇本是昆侖山後，自混沌開闢以來，天地產成的一個靈寶，乃太陰之精葉，故能滅火氣。假若扇著人，要飄八萬四千里，方息陰風。我這山到火焰山，只有五萬餘里。此還是大聖有留雲之能，故止住了。若是凡人，正好不得住也。」行者道：「利害！利害！我師父卻怎生得度那方？」靈吉道：「大聖放心。此一來，也是唐僧的緣法，合教大聖成功。」行者道：「怎見成功？」靈吉道：「我當年受如來教旨，賜我一粒『定風丹』，一柄『飛龍杖』。飛龍杖已降了風魔。這定風丹尚未曾見用，如今送了大聖，管教那廝扇你不動，你卻要了扇子，扇息火，卻不就立此功也！」行者低頭作禮，感謝不盡。那菩薩即於衣袖中取出一個錦袋兒，將那一粒定風丹與行者安在衣領裡邊，將針線緊緊縫了。送行者出門道：「不及留款。往西北上去，就是羅剎的山場也。」

行者辭了靈吉，駕筋斗雲，徑返翠雲山，頃刻而至。使鐵棒打著洞門叫道：「開門！開門！老孫來借扇子使使哩！」慌得那門裡女童即忙來報：「奶奶，借扇子的又來了！」羅剎聞言，心中悚懼道：「這潑猴真有本事！我的寶貝，扇著人，要去八萬四千里，方能停止；他怎麼才吹去就回來也？這番等我一連扇他兩三扇，教他找不著歸路！」急縱身，結束整齊，雙手提劍，走出門來道：「孫行者！你不怕我，又來尋死！」行者笑道：「嫂嫂勿得慳吝，是必借我使使。保得唐僧過山，就送還你。我是個志誠有餘的君子，不是那借物不還的小人。」

羅剎又罵道：「潑猢猻！好沒道理，沒分曉！奪子之仇，尚未報得；借扇之意，豈得如心！你不要走！吃我老娘一劍！」大聖公然不懼，使鐵棒劈手相迎。他兩個往往來來，戰經五七回合，羅剎女手軟難掄，孫行者身強善敵。他見事勢不諧，即取扇子，望行者扇了一扇，行者巍然不動。行者收了鐵棒，笑吟吟的道：「這番不比那番！任你怎麼扇來，老孫若動一動，就不算漢子！」那羅剎又扇兩扇，果然不動。羅剎慌了，急收寶貝，轉回走入洞裡，將門緊緊關上。

第五十九回

唐三藏路阻火焰山　孫行者一調芭蕉扇

行者見他閉了門，卻就弄個手段，拆開衣領，把定風丹噙在口中，搖身一變，變作一個蟭蟟蟲兒，從他門隙處鑽進。只見羅剎叫道：「渴了！渴了！快拿茶來！」近侍女童，即將香茶一壺，沙沙的滿斟一碗，沖起茶沫漕漕。行者見了歡喜，嚶的一翅，飛在茶沫之下。那羅剎渴極，接過茶，兩三氣都喝了。行者已到他肚腹之內，現原身厲聲高叫道：「嫂嫂，借扇子我使使！」羅剎大驚失色，叫：「小的們，關了前門否？」俱說：「關了。」他又說：「既關了門，孫行者如何在家裡叫喚？」女童道：「在你身上叫哩。」羅剎道：「孫行者，你在那裡弄術哩？」行者道：「老孫一生不會弄術，都是些真手段，實本事，已在尊嫂嫂腹之內耍子，已見其肺肝矣。我知你也飢渴了，我先送你個坐碗兒解渴！」卻就把腳往下一登。那羅剎小腹之中，疼痛難禁，坐於地下叫苦。行者道：「嫂嫂休得推辭，我再送你個點心充飢！」又把頭往上一頂。那羅剎心痛難禁，只在地上打滾，疼得他面黃唇白，只叫：「孫叔叔饒命！」

行者卻才收了手腳道：「你才認得叔叔麼？我看牛大哥情上，且饒你性命。快將扇子拿來我使使。」羅剎道：「叔叔，有扇！有扇！你出來拿了去！」行者道：「拿扇子我看了出來。」羅剎即叫女童拿一柄芭蕉扇，執在旁邊。行者探到喉嚨之上見了道：「嫂嫂，我既饒你性命，不在腰肋之下搠個窟窿出來，還自口出。你把口張三張兒。」那羅剎果張開口。行者還作個蟭蟟蟲，先飛出來，丁在芭蕉扇上。那羅剎不知，連張三次，叫：「叔叔出來罷。」行者化原身，拿了扇子，叫道：「我在此間不是？謝借了！謝借了！」拽開步，往前便走。小的們連忙開了門，放他出洞。

這大聖撥轉雲頭，徑回東路。霎時按落雲頭，立在紅磚壁下。八戒見了歡喜道：「師兄，師兄來了！來了！」三藏即與本莊老者同沙僧出門接著，同至舍內。把芭蕉扇靠在旁邊道：「老官兒，可是這個扇子？」老者道：「正是！正是！」唐僧喜道：「賢徒有莫大之功。求此寶貝，甚勞苦了。」行者道：「勞苦倒也不說。那鐵扇仙，你道是誰？那廝原來是牛魔王的妻，紅孩兒的母，名喚羅剎女，又喚鐵扇公主。我尋到洞外借扇，他就與我講起仇隙，把我砍了幾劍。是我使棒嚇他，他就把扇子扇了我一下，飄飄蕩蕩，直刮到小須彌山。幸見靈吉菩薩，送了我一粒定風丹，指與歸路，復至翠雲山。又見羅剎女，羅剎女又使扇子，扇我不動，他就回洞。是老孫變作一個蟭蟟蟲，飛入洞去。那廝正討茶吃，是我又鑽在茶沫之下，到他肚裡，做起手腳。他疼痛難禁，不住口的叫我做叔叔饒命，情願將扇借與我，我卻饒了他，拿將扇來。待過了火焰山，仍送還他。」三藏聞言，感謝不盡。師徒們俱拜辭老者。

一路西來，約行有四十里遠近，漸漸酷熱蒸人。沙僧只叫：「腳底烙得慌！」八戒又道：「爪子燙得痛！」馬比尋常又快。只因地熱難停，十分難進。行者道：「師父且請下馬。兄弟們莫走。等我扇息了火，待風雨之後，地土冷些，再過山去。」行者果舉扇，徑至火邊，盡力一扇，那山上火光烘烘騰起；再一扇，更著百倍；又一扇，那火足有千丈之高，漸漸燒著身體。行者急回，已將兩股毫毛燒淨，徑跑至唐僧面前叫：「快回去！快回去！火來了，火來了！」

那師父爬上馬，與八戒、沙僧，復東來有二十餘里，方才歇下，道：「悟空，如何了呀！」行者丟下扇子道：「不停當！不停當！被那廝哄了！」三藏聽說，愁促眉尖，悶添心上，止不住兩淚交流，只道：「怎生是好！」八戒道：「哥哥，你急急忙忙叫回去是怎麼說？」行者道：「我將扇子扇了一下，火光烘烘；第二扇，火氣愈盛；第三扇，火頭飛有千丈之高。若是跑得不快，把毫毛都燒盡矣！」八戒笑道：「你常說雷打不傷，火燒不損，如今何又怕火？」行者道：「你這呆子，全不知事！那時節用心防備，故此不傷；今日只為扇息火光，不曾捻避火訣，又未使護身法，所以把兩股毫毛燒了。」沙僧道：「似這般火盛，無路通西，怎生是好？」八戒道：「只揀無火處走便罷。」三藏道：「那方無火？」八戒道：「東方、南方、北方，俱無火。」又問：「那方有經？」八戒道：「西方有經。」三藏道：「我只欲往有經處去哩！」沙僧道：「有經處有火，無火處無經，誠是進退兩難！」

師徒們正自胡談亂講，只聽得有人叫道：「大聖不須煩惱，且來吃些齋飯再議。」四眾回看時，見一老人，身披飄風氅，頭頂偃月冠，手持龍頭杖，足踏鐵勒靴，後帶著一個雕嘴魚腮鬼，鬼頭上頂著一個銅盆，盆內有些蒸餅糕糜，黃糧米飯，在於西路下躬身道：「我本是火焰山土地。知大聖保護聖僧，不能前進，特獻一齋。」行者道：「吃齋小可，這火光幾時滅得，讓我師父過去？」土地道：「要滅火光，須求羅剎女借芭蕉扇。」行者去路旁拾起扇子道：「這不是！那火光越扇越著，何也？」土地看了，笑道：「此扇不是真的，被他哄了。」行者道：「如何方得真的？」那土地又控背躬身，微微笑道：「若還要借真蕉扇，須是尋求大力王。」

畢竟不知大力王有甚緣故，且聽下回分解。

第六十回

牛魔王罷戰赴華筵 孫行者二調芭蕉扇

土地說：「大力王即牛魔王也。」行者道：「這山本是牛魔王放的火，假名火焰山？」土地道：「不是，不是。大聖若肯赦小神之罪，方敢直言。」行者道：「你有何罪？直說無防。」土地道：「這火原是大聖放的。」行者怒道：「我在那裡，你這等亂談！我可是放火之輩？」土地道：「是你也認不得我了。此間原無這座山；因大聖五百年前，大鬧天宮時，被顯聖擒了，壓赴老君，將大聖安於八卦爐內，鍛煉之後開鼎，被你蹬倒丹爐，落了幾個磚來，內有餘火，到此處化為火焰山。我本是兜率宮守爐的道人。當被老君怪我失守，降下此間，就做了火焰山土地也。」豬八戒聞言，恨道：「怪道你這等打扮！原來是道士變的土地！」

行者半信不信道：「你且說，早尋大力王何故？」土地道：「大力王乃羅剎女丈夫。他這向撇了羅剎，現在積雷山摩雲洞。有個萬歲狐王。那狐王死了，遺下一個女兒，叫做玉面公主。那公主有百萬家私，無人掌管；二年前，訪著牛魔王神通廣大，情願倒陪家私，招贅為夫。那牛王棄了羅剎，久不回顧。若大聖尋著牛王，拜求來此，方借得真扇。一則扇息火焰，可保師父前進；二來永除火患，可保此地生靈；三者赦我歸天，回繳老君法旨。」行者道：「積雷山坐落何處？到彼有多少程途？」土地道：「在正南方。此間到彼，有三千餘里。」行者聞言，即吩咐沙僧、八戒保護師父。又教土地，陪伴勿回。隨即忽的一聲，渺然不見。

那裡消半個時辰，早見一座高山凌漢。按落雲頭，停立巔峰之上觀看，真是好山：

高不高，頂摩碧漢；大不大，根紮黃泉。山前日暖，嶺後風寒。山前日暖，有三冬草木無知；嶺後風寒，見九夏冰霜不化。龍潭接澗水長流，虎穴依崖花放早。水流千派似飛瓊，花放一心如布錦。灣環嶺上灣環樹，扢杈石外扢杈松。真個是，高的山，峻的嶺，陡的崖，深的澗，香的花，美的果，紅的藤，紫的竹，青的松，翠的柳。八節四時顏不改，千年萬古色如龍。

大聖看彀多時，步下尖峰，入深山，找尋路徑。正自沒個消息，忽見松蔭下，有一女子，手折了一枝香蘭，裊裊娜娜而來。大聖閃在怪石之旁，定眼觀看，那女子怎生模樣：

嬌嬌傾國色，緩緩步移蓮。貌若王嬙，顏如楚女。如花解語，似玉生香。高髻堆青軃碧鴉，雙睛蘸綠橫秋水。緗裙半露弓鞋小，翠袖微舒粉腕長。說甚麼暮雨朝雲，真個是朱唇皓齒。錦江滑膩蛾眉秀，賽過文君與薛濤。

那女子漸漸走近石邊，大聖躬身施禮，緩緩而言曰：「女菩薩何往？」那女子未曾觀看，聽得叫問，卻自抬頭；忽見大聖的相貌醜陋，老大心驚，欲退難退，欲行難行，只得戰兢兢，勉強答道：「你是何方來者？敢在此間問誰？」大聖沉思道：「我若說出取經求扇之事，恐這廝與牛王有親，且只以假親托意，來請魔王之言而答方可。……」那女子見他不語，變了顏色，怒聲喝道：「你是何人，敢來問我！」大聖躬身陪笑道：「我是翠雲山來的，初到貴處，不知路徑。敢問菩薩，此間可是積雷山？」那女子道：「正是。」大聖道：「有個摩雲洞，坐落何處？」那女子道：「你尋那洞做甚？」大聖道：「我是翠雲山芭蕉洞鐵扇公主央來請牛魔王的。」

那女子一聽鐵扇公主請牛魔王之言，心中大怒，徹耳根子通紅，潑口罵道：「這賤婢，著實無知！牛王自到我家，未及二載，也不知送了他多少珠翠金銀，綾羅緞匹；年供柴，月供米，自自在在受用，還不識羞，又來請他怎的！」大聖聞言，情知是玉面公主，故意子掣出鐵棒大喝一聲道：「你這潑賤，將家私買住牛王，誠然是陪錢嫁漢！你倒不羞，卻敢罵誰！」那女子見了，唬得魄散魂飛，沒好步亂屣金蓮；戰兢兢回頭便走。這大聖吆吆喝喝，隨後相跟。原來穿過松蔭，就是摩雲洞口。女子跑進去，撲的把門關了。大聖卻收了鐵棒，咳咳停步看時，好所在：

樹林森密，崖削崚嶒。薜蘿蔭冉冉，蘭蕙味馨馨。流泉漱玉穿修竹，巧石知機帶落英。煙霞籠遠岫，日月照雲屏。龍吟虎嘯，鶴唳鶯鳴。一片清幽真可愛，琪花瑤草景常明。不亞天台仙洞，勝如海上蓬瀛。

且不言行者這裡觀看景致。卻說那女子跑得粉汗淋淋，唬得蘭心吸吸，徑入書房裡面。原來牛魔王正在那裡靜玩丹書。這女子沒好氣倒在懷裡，抓耳撓腮，放聲大哭。牛王滿面陪笑道：「美人，休得煩惱。有甚話說？」那女子跳天索地，口中罵道：「潑魔害殺我也！」牛王笑道：「你為甚事罵我？」女子道：「我因父母無依，招你護身養命。江湖中說你是條好漢，你原來是個懼內的庸夫！」牛王聞說，將女子抱住道：「美人，我有那些不是處，你且慢慢說來，我與你陪禮。」女子道：「適才我在洞外閒步花陰，折蘭採蕙，忽有一個毛臉雷公嘴的和尚，猛地前來施禮，把我嚇了個呆掙。及定性問是何人，他說是鐵扇公主央他來請牛魔王的。被我說了兩句，他倒罵了我一場，將一根棍子，趕著我打。若不是走得快些，幾乎被他打死！這不是招你為禍？害殺我也！」牛王聞言，卻與他整容陪禮。溫存良久，女子方才息氣。魔王卻發狠道：「美人在上，不敢相瞞。那芭蕉洞雖是僻靜，卻清幽自在。我山妻自幼修持，也是個得道的女仙，卻是家門嚴謹，內無一尺之童，焉得有雷公嘴的男子央來，這想是那裡來的怪妖，或者假綽名聲，至此訪我。等我出去看看。」

好魔王，拽開步，出了書房；上大廳取了披掛，結束了。拿了一條混鐵棍，出門高叫道：「是誰人在我這裡無狀？」行者在旁，見他那模樣，與五百年前又大不同。只見：

頭上戴一頂水磨銀亮熟鐵盔，身上貫一副絨穿錦繡黃金甲；足下踏一雙捲尖粉底麂皮靴；腰間束一條攢絲三股獅蠻帶。一雙眼光如明鏡，兩道眉豔似紅霓。口若血盆，齒排銅板。吼聲響震山神怕，行動威風惡鬼慌。四海有名稱混世，西方大力號魔王。

這大聖整衣上前，深深的唱個大喏道：「長兄，還認得小弟麼？」牛王答禮道：「你是齊天大聖孫悟空麼？」大聖道：「正是，正是，一向久別未拜。適才到此問一女子，方得見兄。豐采果勝常，真可賀也！」牛王喝道：「且休巧舌！我聞你鬧了天宮，被佛祖降壓在五行山下，近解脫天災，保護唐僧西天見佛求經，怎麼在號山枯松澗火雲洞把我小兒牛聖嬰害了？正在這裡惱你，你卻怎麼又來尋我？」大聖作禮道：「長兄勿得誤怪小弟。當時令郎捉住吾師，要食其肉，小弟近他不得，幸觀音菩薩欲救我師，勸他歸正。現今做了善財童子，比兄長還高，享極樂之門堂，受逍遙之永壽，有何不可，反怪我耶？」牛王罵道：「這個乖嘴的猢猻！害子之情，被你說過；你才欺我愛妾，打上我門何也？」大聖笑道：「我因拜謁長兄不見，向那女子拜問，不知就是二嫂嫂；因他罵了我幾句，是小弟一時粗鹵，驚了嫂嫂。望長兄寬恕寬恕！」牛王道：「既如此說，我看故舊之情，饒你去罷。」大聖道：「既蒙寬恩，感謝不盡；但尚有一事奉瀆（等於說打擾、麻煩），萬望周濟周濟。」牛王罵道：「這猢猻不識起倒！饒了你，倒還不走，反來纏我！甚麼周濟周濟！」大聖道：「實不瞞長兄。小弟因保唐僧西進，路阻火焰山，不能前進。詢問土人，知尊嫂羅剎女有一柄芭蕉扇，欲求一用。昨到舊府，奉拜嫂嫂，嫂嫂堅執不借，是以特求長兄。望兄長開天地之心，同小弟到大嫂處一行，千萬借扇扇滅火焰，保得唐僧過山，即時完璧。」

牛王聞言，心如火發。咬響鋼牙罵道：「你說你不無禮，你原來是借扇之故！一定先欺我山妻，山妻想是不肯，故來尋我！且又趕我愛妾！常言道：『朋友妻，不可欺；朋友妾，不可滅。』你既欺我妻，又滅我妾，多大無禮？上來吃我一棍！」大聖道：「哥要說打，弟也不懼。但求寶貝，是我真心。萬乞借我使使！」牛王道：「你若三合敵得我，我著山妻借你；如敵不過，打死你，與我雪恨！」大聖道：「哥說得是。小弟這一向疏懶，不曾與兄相會，不知這幾年武藝比昔日如何，我兄弟們請演演棍看。」這牛王那容分說，掣混鐵棍，劈頭就打。這大聖持金箍棒，隨手相迎。兩個這場好鬥：

金箍棒，混鐵棍，變臉不以朋友論。那個說：「正怪你這猢猻害子情！」這個說：「你令郎已得道休嗔恨！」那個說：「你無知怎敢上我門？」這個說：「我有因特地來相問。」一個要求扇子保唐僧，一個不借芭蕉忒鄙吝。語去言來失舊情，舉家無義皆生忿。牛王棍起賽蛟龍，大聖棒迎神鬼遁。初時爭鬥在山前，後來齊駕祥雲進。半空之內顯神通，五彩光中施妙運。兩條棍響振天關，不見輸贏皆傍寸。

這大聖與那牛王鬥經百十回合，不分勝負。正在難解難分之際，只聽得山峰上有人叫道：「牛爺爺，我大王多多拜上，幸賜早臨，好安座也。」牛王聞說，使混鐵棍支住金箍棒，叫道：「猢猻，你且住了，等我去一個朋友家赴會來者！」言畢，按下雲頭，徑至洞裡。對玉面公主道：「美人，才那雷公嘴的男子乃孫悟空猢猻，被我一頓棍打走了，再不敢來。你放心耍子。我到一個朋友處吃酒去也。」他才卸了盔甲，穿一領鴉青剪絨襖子，走出門，跨上「辟水金睛獸」，著小的們看守門庭，半雲半霧，一直向西北方而去。

大聖在高峰上看著，心中暗想道：「這老牛不知又結識了甚麼朋友，往那裡去赴會。等老孫跟他走走。」好行者，將身幌一幌，變作一陣清風趕上，隨著同走。不多時，到了一座山中，那牛王寂然不見。大聖聚了原身，入山尋看，那山中有一面清水深潭，潭邊有一座石碣，碣上有六個大字，乃「亂石山碧波潭」。大聖暗想道：「老牛斷然下水去了。水底之精，若不是蛟精，必是龍精、魚精，或是龜鱉黿鼉之精。等老孫也下去看看。」

好大聖，捻著訣，念個咒語，搖身一變，變作一個螃蟹，不大不小的，有三十六斤重。撲的跳在水中，徑沉潭底。忽見一座玲瓏剔透的牌樓，樓下拴著那個辟水金睛獸。進牌樓裡面，卻就沒水。大聖爬進去，仔細看時，只見那壁廂一派音樂之聲，但見：

朱宮貝闕，與世不殊。黃金為屋瓦，白玉作門樞。展開玳瑁甲，檻砌珊瑚珠。祥雲瑞藹輝蓮座，上接三光下八衢。非是天宮並海藏，果然此處賽蓬壺。高堂設宴羅賓主，大小官員冠冕珠。忙呼玉女捧牙槃，催喚仙娥調律呂。長鯨鳴，巨蟹舞，鱉吹笙，鼉撃鼓，驪頷之珠照樽俎。鳥篆之文列翠屏，蝦鬚之簾掛廊廡。八音迭奏雜仙韶，宮商響徹遏雲霄。青頭鱸妓撫瑤瑟，紅眼馬郎品玉簫。鱖婆頂獻香獐脯，龍女頭簪金鳳翹。吃的是，天廚八寶珍饈味；飲的是，紫府瓊漿熟醞醪。

那上面坐的是牛魔王，左右有三四個蛟精，前面坐著一個老龍精，兩邊乃龍子、龍孫、龍婆、龍女。正在那裡觥籌交錯之際，孫大聖一直走將上去，被老龍看見，即命：「拿下那個野蟹來！」龍子、龍孫一擁上前，把大聖拿住。大聖忽作人言，只叫：「饒命！饒命！」老龍道：「你是那裡來的野蟹？怎麼敢上廳堂，在尊客之前，橫行亂走？快早供來，免汝死罪！」好大聖，假捏虛言，對眾供道：

「生自湖中為活，傍崖作窟權居。蓋因日久得身舒，官受橫行介士。踏草拖泥落索（孤單，冷清），從來未習行儀。不知法度冒王威，伏望尊慈恕罪！」

座上眾精聞言，都拱身對老龍作禮道：「蟹介士初入瑤宮，不知王禮，望尊公饒他去罷。」老龍稱謝了。眾精即教：「放了那廝，且記打，外面伺候。」大聖應了一聲，往外逃命，徑至牌樓之下。心中暗想道：「這牛王在此貪杯，那裡等得他散？就是散了，也不肯借扇與我。不如偷了他的金睛獸，變做牛魔王，去哄那羅剎女，騙他扇子，送我師父過山為妙。」

好大聖，即現本相，將金睛獸解了轡繩，撲一把跨上雕鞍，徑直騎出水底。到於潭外，將身變作牛王模樣。打著獸，縱著雲，不多時，已至翠雲山芭蕉洞口。叫聲：「開門！」那洞門裡有兩個女童，聞得聲音開了門，看見是牛魔王嘴臉，即入報：「奶奶，爺爺來家了。」那羅剎聽言，忙整雲鬟，急移蓮步，出門迎接。這大聖下雕鞍，牽進金睛獸；弄大膽，誆騙女佳人。羅剎女肉眼，認他不出，即攜手而入。著丫鬟設座看茶，一家子見是主公，無不敬謹。

須臾間，敘及寒溫。「牛王」道：「夫人久闊。」羅剎道：「大王萬福。」又云：「大王寵幸新婚，抛撇奴家，今日是那陣風兒吹你來的？」大聖笑道：「非敢抛撇，只因玉面公主招後，家事繁冗，朋友多顧，是以稽留在外；卻也又治得一個家當了。」又道：「近聞悟空那廝，保唐僧，將近火焰山界，恐他來向你借扇子。我恨那廝害子之仇未報，但來時，可差人報我，等我拿他，分屍萬段，以雪我夫妻之狠。」

羅剎聞言，滴淚告道：「大王，常言說：『男兒無婦財無主，女子無夫身無主。』我的性命，險些兒不著這猢猻害了！」大聖聽得，故意發怒罵道：「那潑猴幾時過去了？」羅剎道：「還未去。昨日到我這裡借扇子，我因他害孩兒之故，披掛了，掄寶劍出門，就砍那猢猻。他忍著疼，叫我做嫂嫂，說大王曾與他結義。」大聖道：「是，五百年前曾拜為七兄弟。」羅剎道：「被我罵也不敢回言，砍也不敢動手，後被我一扇子扇去；不知在那裡尋得個定風法兒，今早又在門外叫喚。是我又使扇扇，莫想得動。急掄劍砍時，他就不讓我了。我怕他棒重，就走入洞裡，緊關上門。不知他又從何處，鑽在我肚腹之內，險被他害了性命！是我叫他幾聲叔叔，將扇與他去也。」大聖又假意捶胸道：「可惜！可惜！夫人錯了，怎麼就把這寶貝與那猢猻？惱殺我也！」

羅剎笑道：「大王息怒。與他的是假扇，但哄他去了。」大聖問：「真扇在於何處？」羅剎道：「放心！放心！我收著哩。」叫丫鬟整酒接風賀喜。遂擎杯奉上道：「大王，燕爾新婚，千萬莫忘結髮，且吃一杯鄉中之水。」大聖不敢不接，只得笑吟吟，舉觴在手道：「夫人先飲。我因圖治外產，久別夫人，早晚蒙護守家門，權為酬謝。」羅剎復接杯斟起，遞與大王道：「自古道：『妻者，齊也。』夫乃養身之父，講甚麼謝。」兩人謙謙講講，方才坐下巡酒。大聖不敢破葷，只吃幾個果子，與他言言語語。

酒至數巡，羅剎覺有半酣，色情微動，就和孫大聖挨挨擦擦，搭搭拈拈；攜著手，俏語溫存；並著肩，低聲俯就。將一杯酒，你喝一口，我喝一口，卻又哺果。大聖假意虛情，相陪相笑；沒奈何，也與他相倚相偎。果然是：

釣詩鉤，掃愁帚，破除萬事無過酒。男兒立節放襟懷，女子忘情開笑口。面赤似夭桃，身搖如嫩柳。絮絮叨叨話語多，捻捻掐掐風情有。時見掠雲鬢，又見掄尖手。幾番常把腳兒蹺，數次每將衣袖抖。粉項自然低，蠻腰漸覺扭。合歡言語不曾丟，酥胸半露鬆金鈕。醉來真個玉山頹，餳眼摩娑幾弄醜。

大聖見他這等酣然，暗自留心，挑鬥道：「夫人，真扇子你收在那裡？早晚仔細。但恐孫行者變化多端，卻又來騙去。」羅剎笑嘻嘻的，口中吐出，只有一個杏葉兒大小，遞與大聖道：「這個不是寶貝？」大聖接在手中，卻又不信，暗想著：「這些些兒，怎生扇得火滅？怕又是假的。」羅剎見他看著寶貝沉思，忍不住上前，將粉面搵在行者臉上，叫道：「親親，你收了寶貝吃酒罷。只管出神想甚麼哩？」大聖就趁腳兒蹺，問他一句道：「這般小小之物，如何扇得八百里火焰？」羅剎酒陶真性，無忌憚，就說出方法道：「大王，與你別了二載，你想是晝夜貪歡，被那玉面公主弄傷了神思；怎麼自家的寶貝事情，也都忘了？──只將左手大指頭捻著那柄兒上第七縷紅絲，念一聲『洄噓呵吸嘻吹呼』，即長一丈二尺長短。這寶貝變化無窮！那怕他八萬里火焰，可一扇而消也。」

大聖聞言，切切記在心上。卻把扇兒也噙在口裡，把臉抹一抹，現了本相。厲聲高叫道：「羅剎女！你看看我可是你親老公！就把我纏了這許多醜勾當！不羞！不羞！」那女子一見是孫行者，慌得推倒桌椅，跌落塵埃，羞愧無比，只叫：「氣殺我也！氣殺我也！」

這大聖，不管他死活，捽脫手，拽大步，徑出了芭蕉洞。正是無心貪美色，得意笑顏回。將身一縱，踏祥雲，跳上高山，將扇子吐出來，演演方法。將左手大指頭捻著那柄上第七縷紅絲，念了一聲

「洄嘘呵吸嘻吹呼」，果然長了有一丈二尺長短。拿在手中，仔細看了又看，比前番假的果是不同，只見祥光幌幌，瑞氣紛紛，上有三十六縷紅絲，穿經度絡，表裡相聯。原來行者只討了個長的方法，不曾討他個小的口訣，左右只是那等長短。沒奈何，只得搴在肩上，找舊路而回，不題。

卻說那牛魔王在碧波潭底與眾精散了筵席，出得門來，不見了辟水金睛獸。老龍王聚眾精問道：「是誰偷放牛爺的金睛獸也？」眾精跪下道：「沒人敢偷。我等俱在筵前供酒捧盤，供唱奏樂，更無一人在前。」老龍道：「家樂兒斷乎不敢，可曾有甚生人進來？」龍子、龍孫道：「適才安座之時，有個蟹精到此。那個便是生人。」牛王聞說，頓然省悟道：「不消講了！早間賢友著人邀我時，有個孫悟空保唐僧取經，路遇火焰山難過，曾向我求借芭蕉扇。我不曾與他，他和我賭鬥一場，未分勝負，我卻丟了他，徑赴盛會。那猴子千般伶俐，萬樣機關（計謀），斷乎是那廝變作蟹精，來此打探消息，偷了我獸，去山妻處騙了那一把芭蕉扇兒也！」

眾精見說，一個個膽戰心驚，問道：「可是那大鬧天宮的孫悟空麼？」牛王道：「正是。列公若在西天路上，有不是處，切要躲避他些兒。」老龍道：「似這般說，大王的駿騎，卻如之何？」牛王笑道：「不妨，不妨。列公各散，等我趕他去來。」

遂而分開水路，跳出潭底，駕黃雲，徑至翠雲山芭蕉洞。只聽得羅剎女跌腳捶胸，大呼叫小。推開門，又見辟水金睛獸拴在下邊，牛王高叫：「夫人，孫悟空那廂去了？」眾女童看見牛魔，一齊跪下道：「爺爺來了！」

羅剎女扯住牛王，磕頭撞腦，口裡罵道：「潑老天殺的！怎樣這般不謹慎，著那猢猻偷了金睛獸，變作你的模樣，到此騙我！」牛王切齒道：「猢猻那廂去了？」羅剎捶著臉膛罵道：「那潑猴賺了我的寶貝，現出原身走了！氣殺我也！」牛王道：「夫人保重，忽得心焦。等我趕上猢猻，奪了寶貝，剝了他皮，銼碎他骨，擺出他的心肝，與你出氣！」叫：「拿兵器來！」女童道：「爺爺的兵器，不在這裡。」牛王道：「拿你奶奶的兵器來罷！」侍婢將兩把青鋒寶劍捧出。牛王脫了那赴宴的鴉青絨襖，束一束貼身的小衣，雙手綽（抓取）劍，走出芭蕉洞，徑奔火焰山上趕來。

正是那：忘恩漢，騙了痴心婦；烈性魔，來近木叉人。畢竟不知此去吉凶如何，且聽下回分解。

第六十一回

豬八戒助力敗魔王　孫行者三調芭蕉扇

話表牛魔王趕上孫大聖，只見他肩膊上掮著那柄芭蕉扇，怡顏悅色而行。魔王大驚道：「猢猻原來把運用的方法兒也叨餂（誆騙）得來了。我若當面問他索取，他定然不與。倘若扇我一扇，要去十萬八千里遠，卻不遂了他意？我聞得唐僧在那大路上等候。他二徒弟豬精，三徒弟沙流精，我當年做妖怪時，也曾會他。且變作豬精的模樣，反騙他一場。料猢猻以得意為喜，必不詳細提防。」好魔王，他也有七十二變，武藝也與大聖一般，只是身子狼犺（笨拙）些，欠鑽疾，不活達些；把寶劍藏了，念個咒語，搖身一變，即變作八戒一般嘴臉，抄下路，當面迎著大聖，叫道：「師兄，我來也！」

這大聖果然歡喜。古人云：「得勝的貓兒歡似虎。」也，只倚著強能，更不察來人的意思。見是個八戒的模樣，便就叫道：「兄弟，你往那裡去？」牛魔王綽著經兒道：「師父見你許久不回，恐牛魔王手段大，你鬥他不過，難得他的寶貝，教我來迎你的。」行者笑道：「不必費心，我已得了手了。」牛王又問道：「你怎麼得的？」行者道：「那老牛與我戰經百十合，不分勝負。他就撇了我，去那亂石山碧波潭底，與一伙蛟精、龍精飲酒。是我暗跟他去，變作個螃蟹，偷了他所騎的辟水金睛獸，變了老牛的模樣，徑至芭蕉洞哄那羅剎女。那女子與老孫結了一場乾夫妻，是老孫設法騙將來的。」牛王道：「卻是生受了。哥哥勞碌太甚，可把扇子我拿。」孫大聖那知真假，也慮不及此，遂將扇子遞與他。

原來那牛王，他知那扇子收放的根本；接過手，不知捻個甚麼訣兒，依然小似一片杏葉，現出本相。開言罵道：「潑猢猻！認得我麼？」行者見了，心中自悔道：「是我的不是了！」恨了一聲，跌足高呼道：「咦！逐年家打雁，今卻被小雁兒鵮了眼睛（比喻家行家裡手反被欺騙）。」狠得他暴躁如雷，掣鐵棒，劈頭便打，那魔王就使扇子扇他一下；不知那大聖先前變蟭蟟蟲入羅剎女腹中之時，將定風丹噙在口裡，不覺的咽下肚裡，所以五臟皆牢，皮骨皆固；憑他怎麼扇，再也扇他不動。牛王慌了，把寶貝丟入口中，雙手掄劍就砍。那兩個在半空中這一場好殺：

齊天孫大聖，混世潑牛王，只為芭蕉扇，相逢各騁強。粗心大聖將人騙，大膽牛王把扇誆。這一個，金箍棒起無情義；那一個，雙刃青鋒有智量。大聖施威噴彩霧，牛王放潑吐毫光。齊鬥勇，兩不良，咬牙銼齒氣昂昂。播土揚塵天地暗，飛砂走石鬼神藏。這個說：「你敢無知返騙我！」那個說：「我妻許你共相將！」言村語潑（語言粗魚粗魯低俗），性烈情剛。那個說：「你哄人妻女真該死！告到官司有罪殃！」伶俐的齊天聖，凶頑的大力王，一心只要殺，更不待商量。棒打劍迎齊努力，有些鬆慢見閻王。

且不說他兩個相鬥難分。卻表唐僧坐在途中，一則火氣蒸人，二來心焦口渴，對火焰山土地道：

「敢問尊神，那牛魔王法力如何？」土地道：「那牛王神通不小，法力無邊，正是孫大聖的敵手。」三藏道：「悟空是個會走路的，往常家二千里路，一霎時便回，怎麼如今去了一日？斷是與那牛王賭鬥。」叫：「悟能，悟淨！你兩個，那一個去迎你師兄一迎？倘或遇敵，就當用力相助，求得扇子來，解我煩躁，早早過山，趕路去也。」八戒道：「今日天晚，我想著要去接他，但只是不認得積雷山路。」土地道：「小神認得。且教捲簾將軍與你師父做伴，我與你去來。」三藏大喜道：「有勞尊神，功成再謝。」

那八戒抖擻精神，束一束皂錦直裰，搴著鈀，即與土地縱起雲霧，徑回東方而去。正行時，忽聽得喊殺聲高，狂風滾滾。八戒按住雲頭看時，原來孫行者與牛王廝殺哩。土地道：「天蓬還不上前怎的？」呆子掣釘鈀，厲聲高叫道：「師兄，我來也！」行者恨道：「你這夯貨，誤了我多少大事！」八戒道：「師父教我來迎你，因認不得山路，商議良久，教土地引我，故此來遲；如何誤了大事？」行者道：「不是怪你來遲。這潑牛十分無禮！我向羅刹處弄得扇子來，卻被這廝變作你的模樣，口稱迎我，我一時歡悅，轉把扇子遞在他手，他卻現了本相，與老孫在此比並（爭勝負），所以誤了大事也。」八戒聞言大怒。舉釘鈀，當面罵道：「我把你這血皮脹的遭瘟！你怎敢變作你祖宗的模樣，騙我師兄，使我兄弟不睦！」你看他沒頭沒臉的使釘鈀亂築。那牛王，一則是與行者鬥了一日，力倦神疲；二則是見八戒的釘鈀凶猛，遮架不住，敗陣就走。只見那火焰山土地，帥領陰兵，當面擋住道：「大力王，且住手。唐三藏西天取經，無神不保，無天不佑，三界通知，十方擁護。快將芭蕉扇來扇息火焰，教他無災無障，早過山去；不然，上天責你罪愆，定遭誅也。」牛王道：「你這土地，全不察理！那潑猴奪我子，欺我妾，騙我妻，番番無道，我恨不得囫圇吞他下肚，化作大便餵狗，怎麼肯將寶貝借他！」

說不了，八戒趕上罵道：「我把你個結心癀！快拿出扇來，饒你性命！」那牛王只得回頭，使寶劍又戰八戒。孫大聖舉棒相幫。這一場在那裡好殺：

成精豕，作怪牛，兼上偷天得道猴。禪性自來能戰煉，必當用土合元由。釘鈀九齒尖還利，寶劍雙鋒快更柔。鐵棒捲舒為主仗，土神助力結丹頭。三家刑克相爭競，各展雄才要運籌。捉牛耕地金錢長，喚豕歸爐木氣收。心不在焉何作道，神常守舍要拴猴。胡亂嚷，苦相求，三般兵刃響搜搜。鈀築劍傷無好意，金箍棒起有因由。只殺得星不光兮月不皎，一天寒霧黑悠悠！

那魔王奮勇爭強，且行且鬥，鬥了一夜，不分上下，早又天明。前面是他的積雷山摩雲洞口，他三個與土地、陰兵，又喧嘩振耳，驚動那玉面公主，喚丫鬟看是那裡人嚷。只見守門小妖來報：「是我家爺爺與昨日那雷公嘴漢子並一個長嘴大耳的和尚同火焰山土地等眾廝殺哩！」玉面公主聽言，即命外護的大小頭目，各執槍刀助力。前後點起七長八短，有百十餘口。一個個賣弄精神，拈槍弄棒，齊告：「大王爺爺，我等奉奶奶內旨，特來助力也！」牛王大喜道：「來得好！來得好！」眾妖一齊上前亂砍。八戒措手不及，倒拽著鈀，敗陣而走。大聖縱筋斗雲，跳出重圍。眾陰兵亦四散奔走。老牛得勝，聚眾妖歸洞，緊閉了洞門不題。

行者道：「這廝驍勇！自昨日申時前後，與老孫戰起，直到今夜，未定輸贏，卻得你兩個來接力。如此苦鬥半日一夜，他更不見勞困。才這一伙小妖，卻又莽壯。他將洞門緊閉不出，如之奈何？」八戒道：「哥哥，你昨日巳時離了師父，怎麼到申時才與他鬥起？你那兩三個時辰，在那裡的？」行者道：「別你後，頃刻就到這座山上，見一個女子，問訊，原來就是他愛妾玉面公主。被我使鐵棒唬他一唬，他就跑進洞，叫出那牛王來。與老孫劖言劖語，嚷了一會，又與他交手，鬥了有一個時辰。正打處，有人請他赴宴去了。是我跟他到那亂石山碧波潭底，變作一個螃蟹，探了消息，偷了他辟水金睛獸，假變牛王模樣，復至翠雲山芭蕉洞，騙了羅剎女，哄得他扇子。出門試演試演方法，把扇子弄長了，只是不會收小。正掮了走處，被他假變做你的嘴臉，返騙了去。故此耽擱兩三個時辰也。」

八戒道：「這正是俗語云：『大海裡翻了豆腐船，湯裡來，水裡去。』如今難得他扇子，如何保得師父過山？且回去，轉路走他娘罷！」土地道：「大聖休焦惱，天蓬莫懈怠。但說轉路，就是入了傍門，不成個修行之類，古語云：『行不由徑』，豈可轉走？你那師父，在正路上坐著，眼巴巴只望你們成功哩！」行者發狠道：「正是，正是！呆子莫要胡談！土地說得有理。我們正要與他：

賭輸贏，弄手段，等我施為地煞變。自到西方無對頭，牛王本是心猿變。今番正好會源流，斷要相持借寶扇。趁清涼，息火焰，打破頑空參佛面。行滿超升極樂天，大家同赴龍華宴！」

那八戒聽言，便生努力。殷勤道：

「是，是，是！去，去，去！管甚牛王會不會，木生在亥配為豬，牽轉牛兒歸土類。申下生金本是猴，無刑無克多和氣。用芭蕉，為水意，焰火消除成既濟。晝夜休離苦盡功，功完趕赴盂蘭會。」

他兩個領著土地、陰兵一齊上前，使釘鈀，掄鐵棒，乒乒乓乓，把一座摩雲洞的前門，打得粉碎。唬得那外護頭目，戰戰兢兢，闖入裡邊報道：「大王！孫悟空率眾打破前門也！」那牛王正與玉面公主備言其事，懊恨孫行者哩。聽說打破前門，十分發怒，急披掛，拿了鐵棍，從裡邊罵出來道：「潑猢猻！你是多大個人兒，敢這等上門撒潑，打破我門扇？」八戒近前亂罵道：「潑老剝皮！你是個甚樣人物，敢量那個大小！不要走！看鈀！」牛王喝道：「你這個囔糟食的夯貨，不見怎的！快叫那猴兒上來！」行者道：「不知好歹的餇草（罵人話：吃草的畜生）！我昨日還與你論兄弟，今日就是仇人了！仔細吃吾一棒！」那牛王奮勇而迎。這場比前番更勝。三個英雄，廝混在一處。好殺：

釘鈀鐵棒逞神威，同帥陰兵戰老犧（指牛王）。犧牲獨展凶強性，遍滿同天法力恢。使鈀築，著棍擂，鐵棒英雄又出奇。三般兵器叮當響，隔架遮攔誰讓誰？他道他為首，我道我奪魁。土兵為證難分解，木土相煎上下隨。這兩個說：「你如何不借芭蕉扇！」那一個道：「你焉敢欺心騙我妻！趕妾害兒仇未報，敲門打戶又驚疑！」這個說：「你仔細提防如意棒，擦著些兒就破皮！」那個說：「好生躲避鈀頭齒，一傷九孔血淋漓！」牛魔不怕施威猛，鐵棍高擎有見機。翻雲覆雨隨來往，吐霧噴風任發揮。恨苦這場都拚命，各懷惡念喜相持。丟架手，讓高低，前迎後擋總無虧。兄弟二人齊努力，單身一棍獨施為。卯時戰到辰時後，戰罷牛魔束手回。

他三個捨死忘生，又鬥有百十餘合。八戒發起呆性，仗著行者神通，舉鈀亂築。牛王遮架不住，敗陣回頭，就奔洞門。卻被土地、陰兵攔住洞口，喝道：「大力王，那裡走！吾等在此！」那老牛不得進洞，急抽身，又見八戒、行者趕來，慌得卸了盔甲，丟了鐵棍，搖身一變，變做一隻天鵝，望空飛走。

行者看見，笑道：「八戒！老牛去了。」那呆子漠然不知，土地亦不能曉，一個個東張西覷，只在積雷山前後亂找。行者指道：「那空中飛的不是？」八戒道：「那是一隻天鵝。」行者道：「正是老牛變的。」土地道：「既如此，卻怎生麼？」行者道：「你兩個打進此門，把群妖盡情剿除，拆了他的窩巢，絕了他的歸路，等老孫與他賭變化去。」那八戒與土地，依言攻破洞門不題。

這大聖收了金箍棒，捻訣念咒，搖身一變，變作一個海東青，颼的一翅，鑽在雲眼裡，倒飛下來，落在天鵝身上，抱住頸項嗛眼。那牛王也知是孫行者變化，急忙抖抖翅，變作一隻黃鷹，返來嗛海東青。行者又變作一個烏鳳，專一趕黃鷹。牛王識得，又變作一隻白鶴，長唳一聲，向南飛去。行者立定，抖抖翎毛，又變作一隻丹鳳，高鳴一聲。那白鶴見鳳是鳥王，諸禽不敢妄動，刷的一翅，淬下山崖，將身一變，變作一隻香獐，乜乜些些，在崖前吃草。行者認得，也就落下翅來，變作一隻餓虎，剪尾跑蹄，要來趕獐作食。魔王慌了手腳，又變作一隻金錢花斑的大豹，要傷餓虎。行者見了，迎著風，把頭一幌，又變作一隻金眼狻猊，聲如霹靂，鐵額銅頭，復轉身要食大豹。牛王著了急，又變作一個人熊，放開腳，就來擒那狻猊。行者打個滾，就變作一隻賴象，鼻似長蛇，牙如竹筍，撒開鼻子，要去捲那人熊。

牛王嘻嘻的笑了一笑，現出原身——一隻大白牛。頭如峻嶺，眼若閃光。兩隻角，似兩座鐵塔。牙排利刃。連頭至尾，有千餘丈長短；自蹄至背，有八百丈高下。對行者高叫道：「潑猢猻！你如今將奈我何？」

行者也就現了原身，抽出金箍棒來，把腰一躬，喝聲叫「長！」長得身高萬丈，頭如泰山，眼如日月，口似血池，牙似門扇，手執一條鐵棒，著頭就打。那牛王硬著頭，使角來觸。這一場，真個是撼嶺搖山，驚天動地！有詩為證。詩曰：

道高一尺魔千丈，奇巧心猿用力降。若得火山無烈焰，必須寶扇有清涼。
黃婆矢志扶元老，木母留情掃蕩妖。和睦五行歸正果，煉魔滌垢上西方。

他兩個大展神通，在半山中賭鬥，驚得那過往虛空，一切神眾與金頭揭諦、六甲六丁、一十八位護教伽藍都來圍困魔王。那魔王公然不懼，你看他東一頭，西一頭，直挺挺，光耀耀的兩隻鐵角，往來抵觸；南一撞，北一撞，毛森森，筋暴暴的一條硬尾，左右敲搖。孫大聖當面迎，眾多神四面打，牛王急了，就地一滾，復本相，便投芭蕉洞去。行者也收了法相，與眾多神隨後追襲。那魔王闖入洞裡，閉門不出。概眾把一座翠雲山圍得水洩不通。

正都上門攻打，忽聽得八戒與土地、陰兵嚷嚷而至。行者見了，問曰：「那摩雲洞事體如何？」

八戒笑道：「那老牛的娘子，被我一鈀築死，剝開衣看，原來是個玉面狸精。那伙群妖，俱是些驢、騾、犢、特、獾、狐、貉、獐、羊、虎、麋、鹿等類。已此盡皆剿戮，又將他洞府房廊放火燒了。土地說他還有一處家小，住居此山，故又來這裡掃蕩也。」行者道：「賢弟有功。可喜！可喜！老孫空與那老牛賭變化，未曾得勝。他變做無大不大的白牛，我變了法天象地的身量。正和他抵觸之間，幸蒙諸神下降。圍困多時，他卻復原身，走進洞去矣。」八戒道：「那可是芭蕉洞麼？」行者道：「正是！正是！羅剎女正在此間。」八戒發狠道：「既是這般，怎麼不打進去，剿除那廝，問他要扇子，倒讓他停留長智，兩口兒敘情！」

那呆子，抖擻威風，舉鈀照門一築，忽辣的一聲，將那石崖連門築倒了一邊。慌得那女童忙報：「爺爺！不知甚人把前門都打壞了！」牛王方跑進去，喘噓噓的，正告訴羅剎女與孫行者奪扇子賭鬥之事，聞報，心中大怒。就口中吐出扇子，遞與羅剎女。羅剎女接扇在手，滿眼垂淚道：「大王！把這扇子送與那猢猻，教他退兵去罷。」牛王道：「夫人啊，物雖小而恨則深。你且坐著，等我再和他比並去來。」

那魔重整披掛，又選兩口寶劍，走出門來。正遇著八戒使鈀築門，老牛更不打話，掣劍劈臉便砍。八戒舉鈀迎著，向後倒退了幾步，出門來，早有大聖掄棒當頭。那牛魔即駕狂風，跳離洞府，又都在那翠雲山上相持。眾多神四面圍繞，土地兵左右攻擊。這一場，又好殺哩：

雲迷世界，霧罩乾坤。颯颯陰風砂石滾，巍巍怒氣海波渾。重磨劍二口，復掛甲全身。結冤深似海，懷恨越生嗔。你看齊天大聖因功績，不講當年老故人。八戒施威求扇子，眾神護法捉牛君。牛王雙手無停息，左遮右擋弄精神。只殺得那過鳥難飛皆斂翅，游魚不躍盡潛鱗；鬼泣神嚎天地暗，龍愁虎怕日光昏！

那牛王拼命捐軀，鬥經五十餘合，抵敵不住，敗了陣，往北就走。早有五台山秘魔岩神通廣大潑法金剛阻住，道：「牛魔，你往那裡去！我等乃釋迦牟尼佛祖差來，布列天羅地網，至此擒汝也！」正說間，隨後有大聖、八戒、眾神趕來。那魔王慌轉身向南走；又撞著峨眉山清涼洞法力無量勝至金剛擋住，喝道：「吾奉佛旨在此，正要拿住你也！」

牛王心慌腳軟，急抽身往東便走；卻逢著須彌山摩耳崖毗盧沙門大力金剛迎住道：「你老牛何往！我蒙如來密令，教來捕獲你也！」牛王又悚然而退，向西就走；又遇著昆侖山金霞嶺不壞尊王永住金剛敵住，喝道：「這廝又將安走！我領西天大雷音寺佛老親言，在此把截，誰放你也！」那老牛心驚膽戰，悔之不及。見那四面八方都是佛兵天將，真個似羅網高張，不能脫命。正在倉惶之際，又聞得行者帥眾趕來，他就駕雲頭，望上便走。

卻好有托塔李天王並哪吒太子，領魚肚藥叉、巨靈神將，幔住空中，叫道：「慢來！慢來！吾奉玉帝旨意，特來此剿除你也！」牛王急了，依前搖身一變，還變做一隻大白牛，使兩隻鐵角去觸天王。天王使刀來砍。隨後孫行者又到。哪吒太子厲聲高叫：「大聖，衣甲在身，不能為禮。愚父子昨日見佛如來，發檄奏聞玉帝，言唐僧路阻火焰山，孫大聖難伏牛魔王，玉帝傳旨，特差我父王領眾助力。」行者道：「這廝神通不小！又變作這等身軀，卻怎奈何？」太子笑道：「大聖勿疑，你看我擒他。」

這太子即喝一聲「變！」變得三頭六臂，飛身跳在牛王背上，使斬妖劍望頸項上一揮，不覺得把個牛頭斬下。天王收刀，卻才與行者相見。那牛王腔子裡又鑽出一個頭來，口吐黑氣，眼放金光。被哪吒又砍一劍，頭落處，又鑽出一個頭來。一連砍了十數劍，隨即長出十數個頭。哪吒取出火輪兒掛在那老牛的角上，便吹真火，焰焰烘烘，把牛王燒得張狂哮吼，搖頭擺尾。才要變化脫身，又被托塔天王將照妖鏡照住本相，騰那不動，無計逃生，只叫「莫傷我命！情願歸順佛家也！」哪吒道：「既惜身命，快拿扇子出來！」牛王道：「扇子在我山妻處收著哩。」

哪吒見說，將縛妖索子解下，跨在他那頸項上，一把拿住鼻頭，將索穿在鼻孔裡，用手牽來。孫行者卻會聚了四大金剛、六丁六甲、護教伽藍、托塔天王、巨靈神將並八戒、土地、陰兵，簇擁著白牛，回至芭蕉洞口。老牛叫道：「夫人，將扇子出來，救我性命！」羅剎聽叫，急卸了釵環，脫了色服，挽青絲如道姑，穿縞素似比丘，雙手捧那柄丈二長短的芭蕉扇子，走出門；又見有金剛眾聖與天王父子，慌忙跪在地下，磕頭禮拜道：「望菩薩饒我夫妻之命，願將此扇奉承孫叔叔成功去也！」行者近前接了扇，同大眾共駕祥雲，徑回東路。

卻說那三藏與沙僧，立一會，坐一會，盼望行者，許久不回，何等憂慮！忽見祥雲滿空，瑞光滿地，飄飄搖搖，蓋眾神行將近，這長老害怕道：「悟淨！那壁廂是誰神兵來也？」沙僧認得道：「師父啊，那是四大金剛、金頭揭諦、六甲六丁、護教伽藍與過往眾神。牽牛的是哪吒三太子。拿鏡的是托塔李天王。大師兄執著芭蕉扇，二師兄並土地隨後，其餘的都是護衛神兵。」三藏聽說，換了毗盧帽，穿了袈裟，與悟淨拜迎眾聖，稱謝道：「我弟子有何德能，敢勞列位尊聖臨凡也！」四大金剛道：「聖僧喜了，十分功行將完！吾等奉佛旨差來助汝，汝當竭力修持，勿得須臾怠惰。」三藏叩齒叩頭，受身受命。

孫大聖執著扇子，行近山邊，盡氣力揮了一扇，那火焰山平平息焰，寂寂除光；行者喜喜歡歡，又扇一扇，只聞得習習瀟瀟，清風微動；第三扇，滿天雲漠漠，細雨落霏霏。有詩為證。詩曰：

火焰山遙八百程，火光大地有聲名。火煎五漏丹難熟，火燎三關道不清。
時借芭蕉施雨露，幸蒙天將助神兵。牽牛歸佛休顛劣，水火相聯性自平。

此時三藏解燥除煩，清心了意。四眾皈依，謝了金剛，各轉寶山。六丁六甲，升空保護。過往神祇四散。天王、太子，牽牛徑歸佛地回繳。止有本山土地，押著羅剎女，在旁伺候。

行者道：「那羅剎，你不走路，還立在此等甚？」羅剎跪道：「萬望大聖垂慈，將扇子還了我罷。」八戒喝道：「潑賤人，不知高低！饒了你的性命，就彀了，還要討甚麼扇子，我們拿過山去，不會賣錢買點心吃？費了這許多精神力氣，又肯與你！雨濛濛的，還不回去哩！」羅剎再拜道：「大聖原說扇息了火還我。今此一場，誠悔之晚矣。只因不倜儻，致令勞師動眾。我等也修成人道，只是未歸正果。見今真身現相歸西，我再不敢妄作。願賜本扇，從立自新，修身養命去也。」土地道：「大聖！趁此女深知息火之法，斷絕火根，還他扇子，小神居此苟安，拯救這方生民，求些血食，誠為恩便。」行者道：「我當時問著鄉人說：『這山扇息火，只收得一年五穀，便又火發。』如何治得除根？」羅剎道：「要是斷絕火根，只消連扇四十九扇，永遠再不發了。」

行者聞言，執扇子，使盡筋力，望山頭連扇四十九扇，那山上大雨淙淙。果然是寶貝：有火處下雨，無火處天晴。他師徒們立在這無火處，不遭雨濕。坐了一夜，次早才收拾馬匹、行李，把扇子還了羅剎。又道：「老孫若不與你，恐人說我言而無信。你將扇子回山，再休生事。看你得了人身，饒你去罷。」那羅剎接了扇子，念個咒語，捏做個杏葉兒，噙在口裡。拜謝了眾聖，隱姓修行。後來也得了正果，經藏中萬古流名。羅剎、土地，俱感激謝恩，隨後相送。行者、八戒、沙僧，保著三藏遂此前進，真個是身體清涼，足下滋潤。誠所謂：坎離既濟（《易經》的三個卦名。坎代表水，離代表火，既濟卦的符號是坎、離兩卦符號的組成。此卦有成功、解決之義）真元合，水火均平大道成。

畢竟不知幾年才回東土，且聽下回分解。

第六十二回

滌垢洗心惟掃塔　縛魔歸正乃修身

十二時中忘不得，行功百刻全收。五年十萬八千周，休教神水涸，莫縱火光愁。
水火調停無損處，五行聯絡如鉤。陰陽和合上雲樓，乘鸞登紫府，跨鶴赴瀛洲。

這一篇詞，牌名《臨江仙》。單道唐三藏師徒四眾，水火既濟，本性清涼。借得純陰寶扇，扇息燥火遙山。不一日行過了八百之程。師徒們散誕逍遙，向西而去。正值秋末冬初時序，見了些：

野菊残英落，新梅嫩蕊生。村村納禾稼，處處食香羹。平林木落遠山現，曲澗霜濃幽壑清。應鍾氣，閉蟄營，純陰陽，月帝玄溟，盛水德，舜日憐晴。地氣下降，天氣上升。虹藏不見影，池沼漸生冰。懸崖掛索藤花敗，松竹凝寒色更青。

四眾行彀多時，前又遇城池相近。唐僧勒住馬叫徒弟：「悟空，你看那廂樓閣崢嶸，是個甚麼去處？」行者抬頭觀看，乃是一座城池。真個是：

龍蟠形勢，虎踞金城。四垂華蓋近，百轉紫墟平。玉石橋欄排巧獸，黃金台座列賢明。真個是神洲都會，天府瑤京。萬里邦畿固，千年帝業隆。蠻夷拱服君恩遠，海岳朝元聖會盈。御階潔淨，輦路清寧。酒肆歌聲鬧，花樓喜氣生。未央宮外長春樹，應許朝陽彩鳳鳴。

行者道：「師父，那座城池，是一國帝王之所。」八戒笑道：「天下府有府城，縣有縣城，怎麼就見是帝王之所？」行者道：「你不知帝王之居，與府縣自是不同。你看他四面有十數座門，周圍有百十餘里，樓台高聳，雲霧繽紛。非帝京邦國，何以有此壯麗？」沙僧道：「哥哥眼明，雖識得是帝王之處，卻喚做甚麼名色？」行者道：「又無牌匾旌號，何以知之？須到城中詢問，方可知也。」

長老策馬，須臾到門。下馬過橋，進門觀看。只見六街三市，貨殖通財；又見衣冠隆盛，人物豪華。正行時，忽見有十數個和尚，一個個披枷戴鎖，沿門乞化，著實的襤褸不堪。三藏嘆曰：「兔死狐悲，物傷其類。」叫：「悟空，你上前去問他一聲，為何這等遭罪？」行者依言，即叫：「那和尚，你是那寺裡的？為甚事披枷戴鎖？」眾僧跪倒道：「爺爺，我等是金光寺負屈的和尚。」行者道：「金光寺坐落何方？」眾僧道：「轉過隅頭就是。」行者將他帶在唐僧前，問道：「怎生負屈，你說我聽。」眾僧道：「爺爺，不知你們是那方來的，我等似有些面善。此問不敢在此奉告，請到荒山，具說苦楚。」長老道：「也是。我們且到他那寺中去，仔細詢問緣由。」同至山門，門上橫寫七個金字，「敕建護國金光寺」。師徒們進得門來觀看，但見那：

第六十二回

滌垢洗心惟掃塔　縛魔歸正乃修身

古殿香燈冷，虛廊葉掃風。凌雲千尺塔，養性幾株松。滿地落花無客過，簷前蛛網任攀籠。空架鼓，枉懸鐘，繪壁塵多彩像朦。講座幽然僧不見，禪堂靜矣鳥常逢。淒涼堪嘆息，寂寞苦無窮。佛前雖有香爐設，灰冷花殘事事空。

三藏心酸，止不住眼中出淚。眾僧們頂著枷鎖，將正殿推開，請長老上殿拜佛。長老進殿，奉上心香，叩齒三匝。卻轉於後面，見那方丈簷柱上又鎖著六七個小和尚，三藏甚不忍見。及到方丈，眾僧俱來叩頭，問道：「列位老爺相貌不一，可是東土大唐來的麼？」行者笑道：「這和尚有甚未卜先知之法？我們正是。你怎麼認得？」眾僧道：「爺爺，我等有甚未卜先知之法，只是痛負了屈苦，無處分明，日逐家只是叫天叫地。想是驚動天神，昨日夜間，各人都得一夢：說有個東土大唐來的聖僧，救得我等性命，庶此冤苦可伸。今日果見老爺這般異相，故認得也。」

三藏聞言大喜道：「你這裡是何地方？有何冤屈？」眾僧跪告：「爺爺，此城名喚祭賽國，乃西邦大去處。當年有四夷朝貢：南，月陀國；北，高昌國；東，西梁國；西，本缽國。年年進貢美玉明珠，嬌妃駿馬。我這裡不動干戈，不去征討，他那裡自然拜為上邦。」三藏道：「既拜為上邦，想是你這國王有道，文武賢良。」眾僧道：「爺爺，文也不賢，武也不良，國君也不是有道。我這金光寺，自來寶塔上祥雲籠罩，瑞靄高升；夜放霞光，萬里有人曾見；晝噴彩氣，四國無不同瞻。故此以為天府神京，四夷朝貢。只是三年之前，孟秋朔日，夜半子時，下了一場血雨。天明時，家家害怕，戶戶生悲。眾公卿奏上國王，不知天公甚事見責。當時延請道士打醮，和尚看經，答天謝地。誰曉得我這寺裡黃金寶塔污了，這兩年外國不來朝貢。我王欲要征伐，眾臣諫道：我寺裡僧人偷了塔上寶貝，所以無祥雲瑞靄，外國不朝。昏君更不察理。那些贓官，將我僧眾拿了去，千般拷打，萬樣追求。當時我這裡有三輩和尚：前兩輩已被拷打不過，死了；如今又捉我輩，問罪枷鎖。老爺在上，我等怎敢欺心，盜取塔中之寶！萬望爺爺憐念，方以類聚，物以群分，捨大慈大悲，廣施法力，拯救我等性命！」

三藏聞言，點頭嘆道：「這樁事暗昧難明。一則是朝廷失政，二來是汝等有災。既然天降血雨，污了寶塔，那時節何不啟本奏君，致令受苦？」眾僧道：「爺爺，我等凡人，怎知天意，況前輩俱未辨得，我等如何處之！」三藏道：「悟空，今日甚時分了？」行者道：「有申時前後。」三藏道：「我欲面君倒換關文，奈何這眾僧之事，不得明白，難以對君奏言。我當時離了長安，在法門寺裡立願：上西方逢廟燒香，遇寺拜佛，見塔掃塔。今日到此，遇有受屈僧人，乃因寶塔之累。你與我辦一把新笤帚，待我沐浴了，上去掃掃，即看這污穢之事何如，不放光之故何如，訪著端的，方好面君奏言，解救他們這苦難也。」

這些枷鎖的和尚聽說，連忙去廚房取把廚刀，遞與八戒道：「爺爺，你將此刀打開那柱子上鎖的小和尚鐵鎖，放他去安排齋飯香湯，伏侍老爺進齋沐浴。我等且上街化把新笤帚來與老爺掃塔。」八戒笑道：「開鎖有何難哉？不用刀斧，教我那一位毛臉老爺，他是開鎖的積年。」行者真個近前，使個解鎖法，用手一抹，幾把鎖俱退落下。那小和尚俱跑到廚中，淨刷鍋灶，安排茶飯。三藏師徒們吃了齋，漸漸天昏。只見那枷鎖的和尚，拿了兩把笤帚進來，三藏甚喜。正說處，一個小和尚點了燈，來請洗澡。此時滿天星月光輝，譙樓上更鼓齊發。正是那：

四壁寒風起，萬家燈火明。六街關戶牖，三市閉門庭。
釣艇歸深樹，耕犁罷短繩。樵夫柯斧歇，學子誦書聲。

三藏沐浴畢，穿了小袖褊衫，束了環絛，足下換一雙軟公鞋，手裡拿一把新笤帚，對眾僧道：「你等安寢，待我掃塔去來。」行者道：「塔上既被血雨所污，又況日久無光，恐生惡物；一則夜靜風寒，又沒個伴侶：自去恐有差池。老孫與你同上如何？」三藏道：「甚好！甚好！」兩人各持一把，先到大殿上，點起琉璃燈，燒了香，佛前拜道：「弟子陳玄奘奉東土大唐差往靈山參見我佛如來取經，今至祭賽國金光寺，遇本僧言寶塔被污，國王疑僧盜寶，銜冤取罪，上下難明。弟子竭誠掃塔，望我佛威靈，早示污塔之原因，莫致凡夫之冤屈。」祝罷，與行者開了塔門，自下層望上而掃。只見這塔，真是：

崢嶸倚漢，突兀凌空。正喚做五色琉璃塔，千金舍利峰。梯轉如穿窟，門開似出籠。寶瓶影射天邊月，金鐸聲傳海上風。但見那虛簷拱斗，絕頂留雲。虛簷拱斗，作成巧石穿花鳳；絕頂留雲，造就浮屠繞霧龍。遠眺可觀千里外，高登似在九霄中。層層門上琉璃燈，有塵無火；步步簷前白玉欄，積垢飛蟲。塔心裡，佛座上，香煙盡絕；窗櫺外，神面前，蛛網牽蒙。爐中多鼠糞，盞內少油熔。只因暗失中間寶，苦殺僧人命落空。三藏發心將塔掃，管教重見舊時容。

唐僧用帚子掃了一層，又上一層。如此掃至第七層上，卻早二更時分。那長老漸覺困倦，行者道：「困了，你且坐下，等老孫替你掃罷。」三藏道：「這塔是多少層數？」行者道：「怕不有十三層哩。」長老耽著勞倦道：「是必掃了，方趁本願。」又掃了三層，腰酸腿痛，就於十層上坐倒道：「悟空，你替我把那三層掃淨下來罷。」行者抖擻精神，登上第十一層，霎時又上到第十二層。正掃處，只聽得塔頂上有人言語。行者道：「怪哉！怪哉！這早晚有三更時分，怎麼得有人在這頂上言語？斷乎是邪物也！且看看去。」

好猴王，輕輕的挾著笤帚，撒起衣服，鑽出前門，踏著雲頭觀看。只見第十三層塔心裡坐著兩個妖精，面前放一盤下飯，一隻碗，一把壺，在那裡猜拳吃酒哩。行者使個神通，丟了笤帚，掣出金箍棒，攔住塔門喝道：「好怪物！偷塔上寶貝的原來是你！」兩個怪物慌了，急起身，拿壺拿碗亂摜，被行者橫鐵棒攔住道：「我若打死你，沒人供狀。」只把棒逼將去。那怪貼在壁上，莫想掙扎得動。口裡只叫：「饒命！饒命！不干我事！自有偷寶貝的在那裡也。」行者使個拿法，一隻手抓將過來，徑拿下第十層塔中。報道：「師父，拿住偷寶貝之賊了！」三藏正自盹睡，忽聞此言，又驚又喜道：「是那裡拿來的？」行者把怪物揪到面前跪下道：「他在塔頂上猜拳吃酒耍子，是老孫聽得喧嘩，一縱雲，跳到頂上攔住，未曾著力。但恐一棒打死，沒人供狀，故此輕輕捉來。師父可取他個口詞，看他是那裡妖精，偷的寶貝在於何處。」

那怪物戰戰兢兢，口叫「饒命！」遂從實供道：「我兩個是亂石山碧波潭萬聖龍王差來巡塔的。他叫做奔波兒灞，我叫做灞波兒奔。他是鯰魚怪，我是黑魚精。因我萬聖老龍生了一個女兒，就喚做萬聖公主。那公主花容月貌，有二十分人才。招得一個駙馬，喚做九頭駙馬，神通廣大。前年與龍王來此，顯大法力，下了一陣血雨，污了寶塔，偷了塔中的舍利子佛寶。公主又去大羅天上，靈霄殿前，偷了王母娘娘的九葉靈芝草，養在那潭底下，金光霞彩，晝夜光明。近日聞得有個孫悟空往西天取經，說他神通廣大，沿路上專一尋人的不是，所以這些時常差我等來此巡攔。若還有那孫悟空到時，好準備也。」行者聞言，嘻嘻冷笑道：「那孽畜等這等無禮！怪道前日請牛魔王在那裡赴會！原來他結交這伙潑魔，專幹不良之事！」

說未了，只見八戒與兩三個小和尚，自塔下提著兩個燈籠，走上來道：「師父，掃了塔不去睡覺，在這裡講甚麼哩？」行者道：「師弟，你來正好。塔上的寶貝，乃是萬聖老龍偷了去。今著這兩個小妖巡塔，探聽我等來的消息，卻才被我拿住也。」八戒道：「叫做甚麼名字，甚麼妖精？」行者道：「才然供了口詞，一個叫做奔波兒灞，一個叫做灞波兒奔；一個是鯰魚怪，一個是黑魚精。」八戒掣鈀就打，道：「既是妖精，取了口詞，不打死何待？」行者道：「你不知。且留著活的，好去見皇帝講話，又好做鑿眼（眼線，向導）去尋賊追寶。」好呆子，真個收了鈀，一家一個，都抓下塔來。那怪只叫：「饒命！」八戒道：「正要你鯰魚、黑魚做些鮮湯，與那負冤屈的和尚吃哩！」

兩三個小和尚，喜喜歡歡，提著燈籠，引長老下了塔。一個先跑報眾僧道：「好了！好了！我們得見青天了！偷寶貝的妖怪，已是爺爺們捉將來矣！」行者教：「拿鐵索來，穿了琵琶骨，鎖在這裡。汝等看守，我們睡覺去，明日再做理會。」那些和尚都緊緊的守著，讓三藏們安寢。

不覺的天曉。長老道：「我與悟空入朝，倒換關文去來。」長老即穿了錦襴袈裟，戴了毗盧帽，整束威儀，拽步前進。行者也束一束虎皮裙，整一整綿布直裰，取了關文同去。八戒道：「怎麼不帶這兩個妖賊？」行者道：「待我們奏過了，自有駕帖著人來提他。」遂行至朝門外。看不盡那朱雀黃龍，清都絳闕。三藏到東華門，對閣門大使作禮道：「煩大人轉奏，貧僧是東土大唐差去西天取經者，意欲面君，倒換關文。」那黃門官果與通報，至階前奏道：「外面有兩個異容異服僧人，稱言南贍部洲東土唐朝差往西方拜佛求經，欲朝我王，倒換關文。」

國王聞言，傳旨教宣。長老即引行者入朝。文武百官，見了行者，無不驚怕。有的說是猴和尚，有的說是雷公嘴和尚。個個悚然，不敢久視。長老在階前舞蹈山呼的行拜，大聖叉著手，斜立在旁，公然不動。長老啟奏道：「臣僧乃南贍部洲東土大唐國差來拜西方天竺國大雷音寺佛，求取真經者。路經寶方，不敢擅過。有隨身關文，乞倒驗方行。」那國王聞言大喜。傳旨教宣唐朝聖僧上金鑾殿，安繡墩賜坐。長老獨自上殿，先將關文捧上，然後謝恩敢坐。

那國王將關文看了一遍，心中喜悅道：「似你大唐王有疾，能選高僧，不避路途遙遠，拜我佛取經；寡人這裡和尚，專心只是做賊，敗國傾君！」三藏聞言，合掌道：「怎見得敗國傾君？」國王道：「寡人這國，乃是西域上邦，常有四夷朝貢，皆因國內有個金光寺，寺內有座黃金寶塔，塔上有光彩沖天。近被本寺賊僧，暗竊了其中之寶，三年無有光彩，外國這二年也不來朝，寡人心痛恨之。」三藏合掌笑道：「萬歲，『差之毫釐，失之千里』矣。貧僧昨晚到於天府，一進城門，就見十數個枷紐之僧。問及何罪，他道是金光寺負冤屈者。因到寺細審，更不干本寺僧人之事：貧僧入夜掃塔，已獲那偷寶之妖賊矣。」國王大喜道：「妖賊安在？」三藏道：「現被小徒鎖在金光寺裡。」

那國王急降金牌：「著錦衣衛快到金光寺取妖賊來，寡人親審。」三藏又奏道：「萬歲，雖有錦衣衛，還得小徒去方可。」國王道：「高徒在那裡？」三藏用手指道：「那玉階旁立者便是。」國王見了，大驚道：「聖僧如此豐姿，高徒怎麼這等相貌？」孫大聖聽見了，厲聲高叫道：「陛下，『人不可貌相，海水不可斗量。』若愛豐姿者，如何捉得妖賊也？」國王聞言，回驚作喜道：「聖僧說的是。朕這裡不選人材，只要獲賊得寶歸塔為上。」再著當駕官看車蓋，教錦衣衛好生伏侍聖僧去取妖賊來。那當駕官即備大轎一乘，黃傘一柄，錦衣衛點起校尉，將行者八抬八綽，大四聲喝路，徑至金光寺。自此驚動滿城百姓，無處無一人不來看聖僧及那妖賊。

八戒、沙僧聽得喝道，只說是國王差官，急出迎接，原來是行者坐在轎上。呆子當面笑道：「哥哥，你得了本身也！」行者下了轎，攙著八戒道：「我怎麼得了本身？」八戒道：「你打著黃傘，抬著八人轎，卻不是猴王之職分？故說你得了本身。」行者道：「且莫取笑。」遂解下兩個妖物，押見國王。沙僧道：「哥哥，也帶挈小弟帶挈。」行者道：「你只在此看守行李、馬匹。」那枷鎖之僧道：「爺爺們都去承受皇恩，等我們在此看守。」行者道：「既如此，等我去奏過國王，卻來放你。」八戒揪著一個妖賊，沙僧揪著一個妖賊，孫大聖依舊坐了轎，擺開頭搭，將兩個妖怪押赴當朝。

須臾，至白玉階。對國王道：「那妖賊已取來了。」國王遂降龍床，與唐僧及文武多官，同目視之。那怪一個是暴腮烏甲，尖嘴利牙；一個是滑皮大肚，巨口長鬚。雖然是有足能行，大抵是變成的人相。國王問曰：「你是何方賊怪，那處妖精，幾年侵吾國土，何年盜我寶貝，一盤共有多少賊徒，都喚做甚麼名字，從實一一供來！」二怪朝上跪下，頸內血淋淋的，更不知疼痛。供道：

「三載之外，七月初一，有個萬聖龍王，帥領許多親戚，住居在本國東南，離此處路有百十。潭號碧波，山名亂石。生女多嬌，妖嬈美色。招贅一個九頭駙馬，神通無敵。他知你塔上珍奇，與龍王合盤做賊，先下血雨一場，後把舍利偷訖。見如今照耀龍宮，縱黑夜明如白日。公主施能，寂寂密密，又偷了王母靈芝，在潭中溫養寶物。我兩個不是賊頭，乃龍王差來小卒。今夜被擒，所供是實。」

國王道：「既取了供，如何不供自家名字？」那怪道：「我喚做奔波兒灞，他喚做灞波兒奔。奔波兒灞是個鯰魚怪，灞波兒奔是個黑魚精。」國王教錦衣衛好生收監。傳旨：「赦了金光寺眾僧的枷鎖，快教光祿寺排宴，就於麒麟殿上謝聖僧獲賊之功，議請聖僧捕擒賊首。」

光祿寺即時備了葷素兩樣筵席。國王請唐僧四眾上麒麟殿敘坐。問道：「聖僧尊號？」唐僧合掌道：「貧僧俗家姓陳，法名玄奘。蒙君賜姓唐，賤號三藏。」國王又問：「聖僧高徒何號？」三藏道：「小徒俱無號。第一個名孫悟空，第二個名豬悟能，第三個名沙悟淨：此乃南海觀世音菩薩起的名字。因拜貧僧為師，貧僧又將悟空叫做行者；悟能叫做八戒；悟淨叫做和尚。」國王聽畢，請三藏坐了上席；孫行者坐了側首左席；豬八戒、沙和尚坐了側首右席。俱是素果、素菜、素茶、素飯。前面一席葷的，坐了國王；下首有百十席葷的，坐了文武多官。眾臣謝了君恩，徒告了師罪，坐定。國王把盞，三藏不敢飲酒，他三個各受了安席酒。下邊只聽得管弦齊奏，乃是教坊司動樂。你看八戒放開食嗓，真個是虎咽狼吞，將一席果菜之類，吃得罄盡。少頃間，添換湯飯又來，又吃得一毫不剩。巡酒的來，又杯杯不辭。這場筵席，直樂到午後方散。

三藏謝了盛宴。國王又留住道：「這一席聊表聖僧獲怪之功。」教光祿寺：「快翻席到建章宮裡，再請聖僧定捕賊首，取寶歸塔之計。」三藏道：「既要捕賊取寶，不勞再宴。貧僧等就此辭王，

第六十二回

滌垢洗心惟掃塔　縛魔歸正乃修身

就擒捉妖怪去也。」國王不肯，一定請到建章宮，又吃了一席。國王舉酒道：「那位聖僧帥眾出師，降妖捕賊？」三藏道：「教大徒弟孫悟空去。」大聖拱手應承。國王道：「孫長老既去，用多少人馬？幾時出城？」八戒忍不住高聲叫道：「那裡用甚麼人馬！又那裡管甚麼時辰！趁如今酒醉飯飽，我共師兄去，手到擒來！」三藏甚喜道：「八戒這一向勤緊啊！」行者道：「既如此，著沙僧弟保護師父，我兩個去來。」那國王道：「二位長老既不用人馬，可用兵器？」八戒笑道：「你家的兵器，我們用不得。我弟兄自有隨身器械。」國王聞說，即取大觥來，與二位長老送行。孫大聖道：「酒不吃了，只教錦衣衛把兩個小妖拿來，我們帶了他去做鑿眼。」國王傳旨，即時提出。二人挾著兩個小妖，駕風頭，使個攝法，徑上東南去了。

噫！他那：君臣一見騰風霧，才識師徒是聖僧。畢竟不知此去如何擒獲，且聽下回分解。

第六十三回

二僧蕩怪鬧龍宮　群聖除邪獲寶貝

卻說祭賽國王與大小公卿，見孫大聖與八戒騰風駕霧，提著兩個小妖，飄然而去。一個個朝天禮拜道：「話不虛傳！今日方知有此輩神仙活佛！」又見他遠去無蹤，卻拜謝三藏、沙僧道：「寡人肉眼凡胎，只知高徒有力量，拿住妖賊便了；豈知乃騰雲駕霧之上仙也。」三藏道：「貧僧無些法力，一路上多虧這三個小徒。」沙僧道：「不瞞陛下說。我大師兄乃齊天大聖皈依。他曾大鬧天宮，使一條金箍棒，十萬天兵，無一個對手。只鬧得太上老君害怕，玉皇大帝心驚。我二師兄乃天蓬元帥果正。他也曾掌管天河八萬水兵大眾。惟我弟子無法力，乃捲簾大將受戒。愚弟兄若幹別事無能，若說擒妖縛怪，拿賊捕亡，伏虎降龍，踢天弄井，以至攪海翻江之類，略通一二。這騰雲駕霧，喚雨呼風，與那換斗移星，擔山趕月，特餘事耳，何足道哉！」國王聞說，愈十分加敬。請唐僧上坐，口口稱為「老佛」，將沙僧等皆稱為「菩薩」。滿朝文武欣然，一國黎民頂禮不題。

卻說孫大聖與八戒駕著狂風，把兩個小妖攝到亂石山碧波潭，住定雲頭。將金箍捧吹了一口仙氣，叫「變！」變作一把戒刀，將一個黑魚怪割了耳朵，鯰魚精割了下唇，撇在水裡，喝道：「快早去對那萬聖龍王報知，說我齊天大聖孫爺爺在此，著他即送祭賽國金光寺塔上的寶貝出來，免他一家性命！若迸半個『不』字，我將這潭水攪淨，教他一門兒老幼遭誅！」

那兩個小妖，得了命，負痛逃生，拖著鎖索，淬入水內，唬得那些鼉鼉龜鱉，蝦蟹魚精，都來圍住問道：「你兩個為何拖繩帶索？」一個掩著耳，搖頭擺尾；一個捂著嘴，跌腳捶胸；都嚷嚷鬧鬧，徑上龍王宮殿報：「大王，禍事了！」那萬聖龍王正與九頭駙馬飲酒，忽見他兩個來，即停杯問何禍事。那兩個即告道：「昨夜巡攔，被唐僧、孫行者掃塔捉獲，用鐵索拴鎖。今早見國王，又被那行者與豬八戒抓著我兩個，一個割了耳朵，一個割了嘴唇，拋在水中，著我來報，要索那塔頂寶貝。」遂將前後事，細說了一遍。

那老龍聽說是孫行者齊天大聖，唬得魂不附體，魄散九霄。戰兢兢對駙馬道：「賢婿啊，別個來還好計較，若果是他，卻不善也！」駙馬笑道：「太岳放心。愚婿自幼學了些武藝，四海之內，也曾會過幾個豪傑，怕他做甚！等我出去與他交戰三合，管取那廝縮首歸降，不敢仰視。」

好妖怪，急縱身披掛了，使一般兵器，叫做月牙鏟，步出宮，分開水道，在水面上叫道：「是甚麼齊天大聖！快上來納命！」行者與八戒，立在岸邊，觀看那妖精怎生打扮：

戴一頂爛銀盔，光欺白雪；貫一副兜鍪甲，亮敵秋霜。上罩著錦征袍，真個是彩雲籠玉；腰束著犀紋帶，果然象花蟒纏金。手執著月牙鏟，霞飛電掣；腳穿著豬皮靴，水利波分。遠看時一頭一面，近睹處四面皆人。前有眼，後有眼，八方通見；左也口，右也口，九口言論。一聲吆喝長空振，似鶴飛鳴貫九宸。

他見無人對答，又叫一聲：「那個是齊天大聖？」行者按一按金箍，理一理鐵棒道：「老孫便是。」那怪道：「你家居何處？身出何方？怎生得到祭賽國，與那國王守塔，卻大膽獲我頭目，又敢行凶，上吾寶山索戰？」行者罵道：「你這賊怪，原來不識你孫爺爺哩！你上前，聽我道：

老孫祖住花果山，大海之間水簾洞。自幼修成不壞身，玉皇封我齊天聖。
只因大鬧斗牛宮，天上諸神難取勝。當請如來展妙高，無邊智慧非凡用。
為翻筋斗賭神通，手化為山壓我重。整到如今五百年，觀音勸解方逃命。
大唐三藏上西天，遠拜靈山求佛頌。解脫吾身保護他，煉魔淨怪從修行。
路逢西域祭賽城，屈害僧人三代命。我等慈悲問舊情，乃因塔上無光映。
吾師掃塔探分明，夜至三更天籟靜。捉住魚精取實供，他言汝等偷寶珍。
合盤為盜有龍王，公主連名稱萬聖。血雨澆淋塔上光，將他寶貝偷來用。
殿前供狀更無虛，我奉君言馳此境。所以相尋索戰爭，不須再問孫爺姓。
快將寶貝獻還他，免汝老少全家命。敢若無知聘勝強，教你水涸山頽都蹭蹬！」

那駙馬聞言，微微冷笑道：「你原來是取經的和尚，沒要緊羅織管事！我偷他的寶貝，你取佛的經文，與你何干，卻來廝鬥！」行者道：「這賊怪甚不達理！我雖不受國王的恩惠，不食他的水米，不該與他出力；但是你偷他的寶貝，污他的寶塔，屢年屈苦金光寺僧人，他是我一門同氣，我怎麼不與他出力，辨明冤枉？」駙馬道：「你既如此，想是要行賭賽。常言道：『武不善作。』但只怕起手處，不得留情，一時間傷了你的性命，誤了你去取經！」行者大怒，罵道：「這潑賊怪，有甚強能，敢開大口！走上來，吃老爺一棒！」那駙馬更不心慌，把月牙鏟架住鐵棒，就在那亂石山頭，這一場真個好殺：

妖魔盜寶塔無光，行者擒妖報國王。小怪逃生回水內，老龍破膽各商量。九頭駙馬施威武，披掛前來展素強。怒發齊天孫大聖，金箍棒起十分剛。那怪物，九個頭顱十八眼，前前後後放毫光；這行者，一雙鐵臂千斤力，藹藹紛紛並瑞祥。鏟似一陽初現月，棒如萬里遍飛霜。他說：「你無干休把不平報！」我道：「你有意偷寶真不良！那潑賊，少輕狂，他還寶貝得安康！」棒迎鏟架爭高下，不見輸贏練戰場。

他兩個往往來來，鬥經三十餘合，不分勝負。豬八戒立在山前，見他們戰到酣美之處，舉著釘鈀，從妖精背後一築。原來那怪九個頭，轉轉都是眼睛，看得明白。見八戒在背後來時，即使鏟鐏架著釘鈀，鏟頭抵著鐵棒。又耐戰五七合，擋不得前後齊掄，他卻打個滾，騰空跳起，現了本相，乃是一個九頭蟲，觀其形象十分惡，見此身模怕殺人！他生得：

毛羽鋪錦，團身結絮。方圓有丈二規模，長短似黿鼉樣致。兩隻腳尖利如鉤，九個頭攢環一處。展開翅極善飛揚，縱大鵬無他力氣；發起聲遠振天涯，比仙鶴還能高唳。眼多閃灼幌金光，氣傲不同凡鳥類。

豬八戒看見心驚道：「哥啊！我自為人，也不曾見這等個惡物！是甚血氣生此禽獸也？」行者道：「真個罕有！真個罕有！等我趕上打去！」好大聖，急縱祥雲，跳在空中，使鐵棒照頭便打。那怪物大顯身，展翅斜飛，颼的打個轉身，掠到山前，半腰裡又伸出一個頭來，張開口如血盆相似，把八戒一口咬著鬃，半施半扯，捉下碧波潭水內而去。及至龍宮外，還變作前番模樣，將八戒擲之於地，叫：「小的們何在？」那裡面鯖、魚白、鯉、鱖之魚精，龜、鱉、黿、鼉之介怪，一擁齊來，道聲：「有！」駙馬道：「把這個和尚，綁在那裡，與我巡攔的小卒報仇！」眾精推推嚷嚷，抬進八戒去時，那老龍王歡喜，迎出道：「賢婿有功，怎生捉他來也？」那駙馬把上項原故，說了一遍。龍王即命排酒賀功不題。

卻說孫行者見妖精擒了八戒，心中懼道：「這廝恁般利害！我待回朝見師，恐那國王笑我。待要開言罵戰，曾奈我又單身？況水面之事不慣。且等我變化了進去，看那怪把呆子怎生擺布。若得便，且偷他出來幹事。」好大聖，捻著訣，搖身一變，還變做一個螃蟹，淬於水內，徑至牌樓之前。原來這條路是他前番襲牛魔王盜金睛獸走熟了的。直至那宮闕之下，橫爬過去。又見那老龍王與九頭蟲合家兒歡喜飲酒。行者不敢相近，爬過東廊之下，見幾個蝦精蟹精，紛紛紜紜耍子。行者聽了一會言談，卻就學語學話，問道：「駙馬爺爺拿來的那長嘴和尚，這會死了不曾？」眾精道：「不曾死。縛在那西廊下哼的不是？」

行者聽說，又輕輕的爬過西廊。真個那呆子綁在柱上哼哩。行者近前道：「八戒，認得我麼？」八戒聽得聲音，知是行者，道：「哥哥，怎麼了！反被這廝捉住我也！」行者四顧無人，將鉗咬斷索子叫走。那呆子脫了手道：「哥哥，我的兵器，被他收了，又奈何？」行者道：「你可知道收在那裡？」八戒道：「當被那怪拿上宮殿去了。」行者道：「你先去牌樓下等我。」八戒逃生，悄悄的溜出。行者復身爬上宮殿，觀看左首下有光彩森森，乃是八戒的釘鈀放光，使個隱身法，將鈀偷出。到牌樓下，叫聲「八戒！接兵器！」呆子得了鈀，便道：「哥哥，你先走，等老豬打進宮殿。若得勝，就捉住他一家子；若不勝，敗出來，你在這潭岸上救應。」行者大喜，只教仔細。八戒道：「不怕他！水裡本事，我略有些兒。」行者丟了他，負出水面不題。

這八戒束了皂直裰，雙手纏鈀，一聲喊，打將進去。慌得那大小水族，奔奔波波，跑上宮殿，吆喝道：「不好了！長嘴和尚掙斷繩返打進來了！」那老龍與九頭蟲並一家子俱措手不及，跳起來，藏藏躲躲。這呆子不顧死活！闖上宮殿，一路鈀，築破門扇，打破桌椅，把些吃酒的家伙之類，盡皆打碎。有詩為證。詩曰：

木母遭逢水怪擒，心猿不捨苦相尋。暗施巧計偷開鎖，大顯神威怒恨深。
駙馬忙攜公主躲，龍王戰栗絕聲音。水宮絳闕門窗損，龍子龍孫盡沒魂。

這一場，被八戒把玳瑁屏打得粉碎，珊瑚樹摜得雕零。那九頭蟲將公主安藏在內，急取月牙鏟，趕至前宮，喝道：「潑夯豕彘！怎敢欺心驚吾眷族！」八戒罵道：「這賊怪，你焉敢將我捉來！這場不干我事，是你請我來家打的！快拿寶貝還我，回見國王了事；不然，決不饒你一家命也！」那怪那肯容情，咬定牙齒，與八戒交鋒。那老龍才定了神思，領龍子、龍孫，各執槍刀，齊來攻取。八戒見事體不諧，虛幌一鈀，撤身便走。那老龍帥眾追來。須臾，攛出水中，都到潭面上翻騰。

卻說孫行者立於潭岸等候，忽見他們追趕八戒，出離水中，就半踏雲霧，掣鐵棒，喝聲：「休走！」只一下，把個老龍頭打得稀爛。可憐血濺潭中紅水泛，屍飄浪上敗鱗浮！唬得那龍子、龍孫各各逃命；九頭駙馬收龍屍，轉宮而去。

行者與八戒且不追襲，回上岸，備言前事。八戒道：「這廝銳氣挫了！被我那一路鈀，打進去時，打得落花流水，魂散魄飛！正與那駙馬廝鬥，卻被老龍王趕著，卻虧了你打死。那廝們回去，一定停喪掛孝，決不肯出來。今又天色晚了，卻怎奈何？」行者道：「管甚麼天晚！乘此機會，你還下去攻戰。務必取出寶貝，方可回朝。」那呆子意懶情疏，徉徉推托。行者催逼道：「兄弟不必多疑，還像剛才引出來，等我打他。」

兩人正自商量，只聽得狂風滾滾，慘霧陰陰，忽從東方徑往南去。行者仔細觀看，乃二郎顯聖，領梅山六兄弟，架著鷹犬，挑著狐兔，抬著獐鹿，一個個腰挎彎弓，手持利刃，縱風霧踴躍而來。行者道：「八戒，那是我七聖兄弟，倒好留請他們，與我助戰。若得成功，倒是一場大機會也。」八戒道：「既是兄弟，極該留請。」行者道：「但內有顯聖大哥，我曾受他降伏，不好見他。你去攔住雲頭，叫道：『真君，且略住住。齊天大聖在此進拜。』他若聽見是我，斷然住了。待他安下，我卻好見。」

那呆子急縱雲頭，上山攔住，厲聲高叫道：「真君，且慢車駕。有齊天大聖請見哩。」那爺爺見說，即傳令，就停住六兄弟，與八戒相見畢。問：「齊天大聖何在？」八戒道：「現在山下聽呼喚。」二郎道：「兄弟們，快去請來。」六兄弟乃是康、張、姚、李、郭、直，各各出營叫道：「孫悟空哥哥，大哥有請。」行者上前，對眾作禮，遂同上山。二郎爺爺迎見，攜手相攙，一同相見道：

第六十三回

二僧蕩怪鬧龍宮　群聖除邪獲寶貝

「大聖，你去脫大難，受戒沙門，刻日功完，高登蓮座，可賀！可賀！」行者道：「不敢。向蒙莫大之恩，未展斯須之報。雖然脫難西行，未知功行何如。今因路遇祭賽國，搭救僧災，在此擒妖索寶。偶見兄長車駕，大膽請留一助。未審兄長自何而來，肯見愛否。」二郎笑道：「我因閒暇無事，同眾兄弟採獵而回。幸蒙大聖不棄留會，只感故舊之情。若命挾力降妖，敢不如命；卻不知此地是何怪賊？」六聖道：「大哥忘了？此間是亂石山，山下乃碧波潭，萬聖之龍宮也。」二郎驚訝道：「萬聖老龍卻不生事，怎麼敢偷塔寶？」行者道：「他近日招了一個駙馬，乃是九頭蟲成精。他郎丈兩個做賊，將祭賽國下了一場血雨，把金光寺塔頂舍利佛寶偷來。那國王不解其意，苦拿著僧人拷打。是我師父慈悲，夜來掃塔，當被我在塔上拿住兩個小妖，是他差來巡探的。今早押赴朝中，實實供招了。那國王就請我師收降，師命我等到此。先一場戰，被九頭蟲腰裡伸出一個頭來，把八戒銜了去，我卻又變化下水，解了八戒。才然大戰一場，是我把老龍打死，那廝們收屍掛孝去了。我兩個正議索戰，卻見兄長儀仗降臨，故此輕瀆也。」二郎道：「既傷了老龍，正好與他攻擊，使那廝不能措手，卻不連窩巢都滅絕了？」八戒道：「雖是如此，奈天晚何。」二郎道：「兵家云：『征不待時，』何怕天晚！」

康、姚、郭、直道：「大哥莫忙。那廝家眷在此，料無處去。孫二哥也是貴客，豬剛鬣又歸了正果，我們營內，有隨帶的酒肴。教小的們取火，就此鋪設：一則與二位賀喜，二來也當敘情。且歡會這一夜，待天明索戰何遲？」二郎大喜道：「賢弟說得極當。」卻命小校安排。行者道：「列位盛情，不敢固卻。但自做和尚，都是齋戒，恐葷素不便。」二郎道：「有素果品。酒也是素的。」眾兄弟在星月光前，幕天席地，舉杯敘舊。

正是寂寞更長，歡娛夜短。早不覺東方發白。那八戒幾盅酒吃得興抖抖的道：「天將明了，等老豬下水去索戰也。」二郎道：「元帥仔細。只要引他出來，我兄弟們好下手。」八戒笑道：「我曉得！我曉得！」你看他斂衣纏鈀，使分水法，跳將下去，徑至那牌樓下。發聲喊，打入殿內。

此時那龍子披了麻，看著龍屍哭；龍孫與那駙馬，在後面收拾棺材哩。這八戒罵上前，手起處，鈀頭著重，把個龍子夾腦連頭，一鈀築了九個窟窿。唬得那龍婆與眾往裡亂跑，哭道：「長嘴和尚又把我兒打死了！」那駙馬聞言，即使月牙鏟，帶龍孫往外殺來。這八戒舉鈀迎敵，且戰且退，跳出水中。這岸上齊天大聖與七兄弟一擁上前，槍刀亂扎，把個龍孫剁成幾斷肉餅。那駙馬見不停當，在山前打個滾，又現了本相，展開翅，旋繞飛騰。二郎即取金弓，安上銀彈，扯滿弓，往上就打。那怪急鎩翅，掠到邊前，要咬二郎；半腰裡才伸出一個頭來，被那頭細犬，攛上去，汪的一口，把頭血淋淋的咬將下來。那怪物負痛逃生，徑投北海而去。八戒便要趕去。行者止住道：「且莫趕他。正是『窮寇勿追』。他被細犬咬了頭，必定是多死少生。等我變做他的模樣，你分開水路，趕我進去，尋那宮主，詐他寶貝來也。」二郎與六聖道：「不趕他，倒也罷了；只是遺這種類在世，必為後人之害。」至今有個九頭蟲滴血，是遺種也。

那八戒依言，分開水路。行者變作怪相前走，八戒吆吆喝喝後追。漸漸追至龍宮，只見那萬聖公主道：「駙馬，怎麼這等慌張？」行者道：「那八戒得勝，把我趕將進來，覺道不能敵他。你快把寶貝好生藏了！」那公主急忙難識真假，即於後殿裡取出一個渾金匣子來，遞與行者道：「這是佛寶。」又取出一個白玉匣子，也遞與行者道：「這是九葉靈芝。你拿這寶貝藏去，等我與豬八戒鬥上兩三合，擋住他。你將寶貝收好了，再出來與他合戰。」行者將兩個匣兒收在身邊，把臉一抹，現了本相道：「公主，你看我可是駙馬麼？」公主慌了，便要搶奪匣子，被八戒跑上去，著背一鈀，築倒在地。

還有一個老龍婆撤身就走，被八戒扯住，舉鈀才築，行者道：「且住！莫打死他。留個活的，好去國內見功。」遂將龍婆提出水面。行者隨後捧著兩個匣子上岸，對二郎道：「感兄長威力，得了寶貝，掃淨妖賊也。」二郎道：「一則是那國王洪福齊天，二則是賢昆玉神通無量，我何功之有！」兄弟們俱道：「孫二哥既已功成，我們就此告別。」行者感謝不盡，欲留同見國王。諸公不肯，遂帥眾回灌口去訖。

行者捧著匣子，八戒拖著龍婆，半雲半霧，頃刻間到了國內。原來那金光寺解脫的和尚，都在城外迎接。忽見他兩個雲霧定時，近前磕頭禮拜，接入城中。那國王與唐僧正在殿上講論。這裡有先走的和尚，仗著膽，入朝門奏道：「萬歲，孫、豬二老爺擒賊獲寶而來也。」那國王聽說，連忙下殿，共唐僧、沙僧，迎著稱謝神功不盡，隨命排筵謝恩。三藏道：「且不須賜飲，著小徒歸了塔中之寶，方可飲宴。」三藏又問行者道：「汝等昨日離國，怎麼今日才來？」行者把那戰駙馬，打龍王，逢真君，敗妖怪，及變化詐寶貝之事，細說了一遍。三藏與國王，大小文武，俱喜之不勝。

國王又問：「龍婆能人言語否？」八戒道：「乃是龍王之妻，生了許多龍子、龍孫，豈不知人言？」國王道：「既知人言，快早說前後做賊之事。」龍婆道：「偷佛寶，我全不知，都是我那夫君龍鬼與那駙馬九頭蟲，知你塔上之光乃是佛家舍利子，三年前下了血雨，乘機盜去。」又問：「靈芝草是怎麼偷的？」龍婆道：「只是我小女萬聖公主私入大羅天上，靈霄殿前，偷的王母娘娘九葉靈芝草。那舍利子得這草的仙氣溫養著，千年不壞，萬載生光，去地下，或田中，掃一掃，即有萬道霞光，千條瑞氣。如今被你奪來，弄得我夫死子絕，婿喪女亡，千萬饒了我的命罷！」八戒道：「正不饒你哩！」行者道：「家無全犯。我便饒你，只便要你長遠替我看塔。」龍婆道：「好死不如惡活。但留我命，憑你教做甚麼。」行者叫取鐵索來。當駕官即取鐵索一條，把龍婆琵琶骨穿了。教沙僧：「請國王來看我們安塔去。」

那國王即忙排駕，遂同三藏攜手出朝，並文武多官，隨至金光寺上塔。將舍利子安在第十三層塔頂寶瓶中間，把龍婆鎖在塔心柱上。念動真言，喚出本國土地、城隍與本寺伽藍，每三日送飲食一餐，與這龍婆度口；少有差訛，即行處斬。眾神暗中領護。行者卻將芝草把十三層塔層層掃過，安在瓶內，溫養舍利子。這才是整舊如新，霞光萬道，瑞氣千條，依然八方共睹，四國同瞻。下了塔門，國王就謝道：「不是老佛與三位菩薩到此，怎生得明此事也！」

行者道：「陛下，『金光』二字不好，不是久住之物：金乃流動之物，光乃閃灼之氣。貧僧為你勞碌這場，將此寺改作伏龍寺，教你永遠常存。」那國王即命換了字號，懸上新匾，乃是「敕建護國伏龍寺」。一壁廂安排御宴，一壁廂召丹青寫下四眾生形，五鳳樓注了名號。國王擺鑾駕，送唐僧師徒，賜金玉酬答，師徒們堅辭，一毫不受。這真個是：邪妖剪滅諸天樂，寶塔回光大地明。畢竟不知此去前路如何，且聽下回分解。

第六十四回

荊棘嶺悟能努力　木仙庵三藏談詩

話表祭賽國王謝了唐三藏師徒獲寶擒怪之恩。所贈金玉，分毫不受。卻命當駕官照依四位常穿的衣服，各做兩套，鞋襪各做兩雙，絛環各做兩條，外備乾糧烘炒，倒換了通關文牒（公文），大排鑾駕，並文武多官，滿城百姓，伏龍寺僧人，大吹大打，送四眾出城。約有二十里，先辭了國王。眾人又送二十里辭回。伏龍寺僧人，送有五六十里不回。有的要同上西天，有的要修行伏侍。行者見都不肯回去，遂弄個手段，把毫毛拔了三四十根，吹口仙氣，叫「變！」都變作斑斕猛虎，攔住前路，哮吼踴躍。眾僧方懼，不敢前進。大聖才引師父策馬而去。少時間，去得遠了。眾僧人放聲大哭，都喊：「有恩有義的老爺！我等無緣，不肯度我們也！」

且不說眾僧啼哭。卻說師徒四眾，走上大路，卻才收回毫毛，一直西去。正是時序易遷，又早冬殘春至，不暖不寒，正好逍遙行路。忽見一條長嶺，嶺頂上是路。三藏勒馬觀看，那嶺上荊棘丫叉，薜蘿牽繞。雖是有道路的痕跡，左右卻都是荊刺棘針。唐僧叫：「徒弟，這路怎生走得？」行者道：「怎麼走不得？」又道：「徒弟啊，路痕在下，荊棘在上，只除是蛇蟲伏地而游，方可去了；若你們走，腰也難伸，教我如何乘馬？」八戒道：「不打緊，等我使出鈀柴手來，把釘鈀分開荊棘，莫說乘馬，就抬轎也包你過去。」三藏道：「你雖有力，長遠難熬。卻不知有多少遠近，怎生費得這許多精神！」行者道：「不須商量，等我去看看。」將身一縱，跳在半空看時，一望無際。真個是：

匝地遠天，凝煙帶雨。夾道柔茵亂，漫山翠蓋張。密密搓搓初發葉，攀攀扯扯正芬芳。遙望不知何所盡，近觀一似綠雲茫。濛濛茸茸（蓬鬆的樣子），鬱鬱蒼蒼。風聲飄索索，日影映煌煌。那中間有松有柏還有竹，多梅多柳更多桑。薜蘿纏古樹，藤葛繞垂楊。盤團似架，聯絡如床。有處花開真布錦，無端卉發遠生香。為人誰不遭荊棘，那見西方荊棘長！

行者看罷多時，將雲頭按下道：「師父，這去處遠哩！」三藏問：「有多少遠？」行者道：「一望無際，似有千里之遙。」三藏大驚道：「怎生是好？」沙僧笑道：「師父莫愁，我們也學燒荒的，放上一把火，燒絕了荊棘過去。」八戒道：「莫亂談！燒荒的須在十來月，草衰木枯，方好引火。如今正是蕃盛之時，怎麼燒得！」行者道：「就是燒得，也怕人子。」三藏道：「這般怎生得度？」八戒笑道：「要得度，還依我。」

好呆子，捻個訣，念個咒語，把腰躬一躬，叫「長！」就長了有二十丈高下的身軀；把釘鈀幌一幌，教「變！」就變了有三十丈長短的鈀柄；拽開步，雙手使鈀，將荊棘左右摟開：「請師父跟我來也！」三藏見了甚喜，即策馬緊隨。後面沙僧挑著行李，行者也使鐵棒撥開。這一日未曾住手，行有百十里，將次天晚，見有一塊空闊之處。當路上有一通石碣，上有三個大字，乃「荊棘嶺」；下有兩

第六十四回

荊棘嶺悟能努力　木仙庵三藏談詩

行十四個小字，乃「荊棘蓬攀八百里，古來有路少人行。」八戒見了，笑道：「等我老豬與他添上兩句：『自今八戒能開破，直透西方路盡平！』」三藏欣然下馬道：「徒弟啊，累了你也！我們就在此住過了今宵，待明日天光再走。」八戒道：「師父莫住，趁此天色晴明，我等有興，連夜摟開路走他娘！」那長老只得相從。

八戒上前努力。師徒們，人不住手，馬不停蹄，又行了一日一夜，卻又天色晚矣。那前面蓬蓬結結，又聞得風敲竹韻，颯颯松聲。卻好又有一段空地，中間乃是一座古廟。廟門之外，有松柏凝青，桃梅鬥麗。三藏下馬，與三個徒弟同看。只見：

岩前古廟枕寒流，落日荒煙鎖廢丘。白鶴叢中深歲月，綠蕪台下自春秋。
竹搖青珮疑聞語，鳥弄餘音似訴愁。雞犬不通人跡少，閒花野蔓遶牆頭。

行者看了道：「此地少吉多凶，不宜久坐。」沙僧道：「師兄差疑了。似這杳無人煙之處，又無個怪獸妖禽，怕他怎的？」說不了，忽見一陣陰風，廟門後，轉出一個老者，頭戴角巾，身穿淡服，手持拐杖，足踏芒鞋，後跟著一個青臉獠牙，紅鬚赤身鬼使，頭頂著一盤面餅，跪下道：「大聖，小神乃荊棘嶺土地。知大聖到此，無以接待，特備蒸餅一盤，奉上老師父，各請一餐。此地八百里，更無人家，聊吃些兒充飢。」八戒歡喜，上前舒手，就欲取餅。不知行者端詳已久，喝一聲「且住！這廝不是好人！休得無禮！你是甚麼土地，來誑老孫！看棍！」那老者見他打來，將身一轉，化作一陣陰風，呼的一聲，把個長老攝將起去，飄飄蕩蕩，不知攝去何所。慌得那大聖沒跟尋處；八戒、沙僧俱相顧失色；白馬亦自驚。三兄弟連馬四口，恍恍忽忽，遠望高張，並無一毫下落，前後找尋不題。

卻說那老者同鬼使，把長老抬到一座煙霞石屋之前，輕輕放下。與他攜手相攙道：「聖僧休怕。我等不是歹人，乃荊棘嶺十八公是也。因風清月霽之宵，特請你來會友談詩，消遣情懷故耳。」那長老卻才定性，睜眼仔細觀看。真個是：

漠漠煙雲去所，清清仙境人家。正好潔身修煉，堪宜種竹栽花。
每見翠岩來鶴，時聞青沼鳴蛙。更賽天台丹灶，仍期華岳明霞。
說甚耕雲釣月，此間隱逸堪誇。坐久幽懷如海，朦朧月上窗紗。

三藏正自點看，漸覺月明星朗，只聽得人語相談。都道：「十八公請得聖僧來也。」長老抬頭觀看，乃是三個老者：前一個霜姿豐采，第二個綠鬢婆娑，第三個虛心黛色。各各面貌、衣服俱不相同，都來與三藏作禮。長老還了禮，道：「弟子有何德行，敢勞列位仙翁下愛？」十八公笑道：「一向聞知聖僧有道，等待多時，今幸一遇。如果不吝珠玉，寬坐敘懷，足見禪機真派。」三藏躬身道：「敢問仙翁尊號？」十八公道：「霜姿者號孤直公，綠鬢者號凌空子，虛心者號拂雲叟。老拙號曰勁節。」三藏道：「四翁尊壽幾何？」孤直公道：

「我歲今經千歲古，撐天葉茂四時春。香枝鬱鬱龍蛇狀，碎影重重霜雪身。
自幼堅剛能耐老，從今正直喜修真。烏棲鳳宿非凡輩，落落森森遠俗塵。」

凌空子笑道：

「吾年千載傲風霜，高幹靈枝力自剛。夜靜有聲如雨滴，秋晴蔭影似雲張。盤根已得長生訣，受命尤宜不老方。留鶴化龍非俗輩，蒼蒼爽爽近仙鄉。」

拂雲叟笑道：

「歲寒虛度有千秋，老景瀟然清更幽。不雜囂塵終冷淡，飽經霜雪自風流。七賢作侶同談道，六逸為朋共唱酬。戛玉敲金非瑣瑣，天然情性與仙游。」

勁節十八公笑道：

「我亦千年約有餘，蒼然貞秀自如如。堪憐雨露生成力，借得乾坤造化機。萬壑風煙惟我盛，四時瀟落讓吾疏。蓋張翠影留仙客，博弈調琴講道書。」

三藏稱謝道：「四位仙翁，俱享高壽，但勁節翁又千歲餘矣。高年得道，豐采清奇，得非漢時之『四皓』（即「商山四皓」，漢初的四位隱士。東園公用裡先生、綺裡季、夏黃公四人，避亂隱居商山，年過八十不做官，所以叫商山四皓）乎？」四老道：「承過獎！承過獎！吾等非四皓，乃深山之『四操』也。敢問聖僧，妙齡幾何？」三藏合掌躬身答曰：

「四十年前出母胎，未產之時命已災。逃生落水隨波滾，幸遇金山脫本骸。
養性看經無懈怠，誠心拜佛敢俄捱？今蒙皇上差西去，路遇仙翁下愛來。」

四老俱稱道：「聖僧自出娘胎，即從佛教，果然是從小修行，真中正有道之上僧也。我等幸接台顏，敢求大教。望以禪法指教一二，足慰生平。」長老聞言，慨然不懼，即對眾言曰：

「禪者，靜也；法者，度也。靜中之度，非悟不成。悟者，洗心滌慮，脫俗離塵是也。夫人身難得，中土難生，正法難遇：全此三者，幸莫大焉。至德妙道，渺漠希夷，六根六識，遂可掃除。菩提者，不死不生，無餘無欠，空色包羅，聖凡俱遣。訪真了元始鉗錘，悟實了牟尼手段。發揮象罔，踏碎涅槃。必須覺中覺了悟中悟，一點靈光全保護。放開烈焰照娑婆，法界縱橫獨顯露。至幽微，更守固，玄關口說誰人度？我本元修大覺禪，有緣有志方記悟。」

四老側耳受了，無邊喜悅。一個個稽首皈依，躬身拜謝道：「聖僧乃禪機之悟本也！」拂雲叟道：「禪雖靜，法雖度，須要性定心誠。縱為大覺真仙，終坐無生之道。我等之玄，又大不同也。」三藏云：「道乃非常，體用合一，如何不同？」拂雲叟笑云：

「我等生來堅實，體用比爾不同。感天地以生身，蒙雨露而滋色。笑傲風霜，消磨日月。一葉不雕，千枝節操。似這話不叩沖虛。你執持梵語。道也者，本安中國，反來求證西方。空費了草鞋，不知尋個甚麼？石獅子剜了心肝，野狐涎灌徹骨髓。忘本參禪，妄求佛果，都似我荊棘嶺葛藤謎語，羅蓏渾言（糾纏不清的道理）。此般君子，怎生接引？這等規模，如何印授？必須要檢點見前面目，靜中自有生涯。沒底竹籃汲水，無根鐵樹生花。靈寶峰頭牢著腳，歸來雅會上龍華（一種佛教廟會）。」

三藏聞言，叩頭拜謝。十八公用手攙扶。孤直公將身扯起。凌空子打個哈哈道：「拂雲之言，分明漏洩。聖僧請起，不可盡信。我等趁此月明，原不為講論修持，且自吟哦逍遙，放蕩襟懷也。」拂雲叟笑指石屋道：「若要吟哦，且入小庵一茶，何如？」

長老真個欠身，向石屋前觀看。門上有三個大字，乃「木仙庵」。遂此同入，又敘了坐次。忽見那赤身鬼使，捧一盤茯苓膏，將五盞香湯奉上。四老請唐僧先吃，三藏驚疑，不敢便吃。那四老一齊享用，三藏卻才吃了兩塊。各飲香湯收去。三藏留心偷看，只見那裡玲瓏光彩，如月下一般：

水自石邊流出，香從花裡飄來。
滿座清虛雅致，全無半點塵埃。

那長老見此仙境，以為得意，情樂懷開，十分歡喜。忍不住念了一句道：

「禪心似月迥無塵。」

勁節老笑而即聯道：

「詩興如天青更新。」

孤直公道：

「好句漫裁摶錦繡。」

凌空子道：

「佳文不點唾奇珍。」

拂雲叟道：

「六朝一洗繁華盡，四始重刪雅頌分。」

第六十四回
荊棘嶺悟能努力　木仙庵三藏談詩

三藏道：「弟子一時失口，胡談幾字，誠所謂『班門弄斧』。適聞列仙之言，清新飄逸，真詩翁也。」勁節老道：「聖僧不必閒敘。出家人全始全終。既有起句，何無結句？望卒成之。」三藏道：「弟子不能，煩十八公結而成篇為妙。」勁節道：「你好心腸！你起的句，如何不肯結果？慳吝珠璣，非道理也。」三藏只得續後二句云：

「半枕松風茶未熟，吟懷瀟灑滿腔春。」

十八公道：「好個『吟懷瀟灑滿腔春！』」孤直公道：「勁節，你深知詩味，所以只管咀嚼。何不再起一篇？」十八公亦慨然不辭道：「我卻是頂針（頂真、修辭、對聯手法）字起：

春不榮華冬不枯，雲來霧往只如無。」

凌空子道：「我亦體前頂針二句：

無風搖拽婆娑影，有客欣憐福壽圖。」

拂雲叟亦頂針道：

「圖似西山堅節老，清如南國沒心夫。」

孤直公亦頂針道：

「夫因側葉稱梁棟，台為橫柯作憲烏。」

長老聽了，贊嘆不已道：「真是陽春白雪，浩氣沖霄！弟子不才，敢再起兩句。」孤直公道：「聖僧乃有道之士，大養之人也。不必再相聯句，請賜教全篇，庶我等亦好勉強而和。」三藏無已，只得笑吟一律曰：

「杖錫西來拜法王，願求妙典遠傳揚。金芝三秀詩壇瑞，寶樹千花蓮蕊香。
百尺竿頭須進步，十方世界立行藏。修成玉像莊嚴體，極樂門前是道場。」

四老聽畢，俱極贊揚。十八公道：「老拙無能，大膽僭越，也勉和一首。」云：

「勁節孤高笑木王，靈椿不似我名揚。山空百丈龍蛇影，泉泌千年琥珀香。
解與乾坤生氣概，喜因風雨化行藏。衰殘自愧無仙骨，惟有苓膏結壽場。」

孤直公道：「此詩起句豪雄，聯句有力，但結句自謙太過矣。堪羨！堪羨！老拙也和一首。」云：

「霜姿常喜宿禽王，四絕堂前大器揚。露重珠纓蒙翠蓋，風輕石齒碎寒香。
長廊夜靜吟聲細，古殿秋陰淡影藏。元日迎春曾獻壽，老來寄傲在山場。」

凌空子笑而言曰：「好詩！好詩！真個是月脅天心，老拙何能為和？但不可空過，也須扯淡幾句。」曰：

「梁棟之材近帝王，太清宮外有聲揚。晴軒恍若來青氣，暗壁尋常度翠香。
壯節凜然千古秀，深根結矣九泉藏。凌雲勢蓋婆娑影，不在群芳豔麗場。」

拂雲叟道：「三公之詩，高雅清淡，正是放開錦繡之囊也。我身無力，我腹無才，得三公之教，茅塞頓開。無已，也打油幾句，幸勿哂焉。」詩曰：

「淇澳園中樂聖王，渭川千畝任分揚。翠筠不染湘娥淚，班籜堪傳漢史香。
霜葉自來顏不改，煙梢從此色何藏？子猷去世知音少，亙古留名翰墨場。」

三藏道：「眾仙老之詩，真個是吐鳳噴珠，游夏莫贊（孔子作《春秋》時，學生子游、子夏無一句可補充。此處形容詩寫得完美無瑕）。厚愛高情，感之極矣。但夜已深沉，三個小徒，不知在何處等我。意者弟子不能久留，敢此告回尋訪，尤無窮之至愛也。望老仙指示歸路。」四老笑道：「聖僧勿慮。我等也是千載奇逢。況天光晴爽，雖夜深卻月明如晝，再寬坐坐，待天曉自當遠送過嶺，高徒一定可相會也。」

正話間，只見石屋之外，有兩個青衣女童，挑一對絳紗燈籠，後引著一個仙女。那仙女拈著一枝杏花，笑吟吟進門相見。那仙女怎生模樣？他生得：

青姿妝翡翠，丹臉賽胭脂。星眼光還彩，蛾眉秀又齊。下襯一條五色梅淺紅裙子，上穿一件煙裡火比甲輕衣。弓鞋彎鳳嘴，綾襪錦拖泥。妖嬈嬌似天台女，不亞當年俏妲姬。

四老欠身問道：「杏仙何來？」那女子對眾道了萬福，道：「知有佳客在此賡酬，特來相訪。敢求一見。」十八公指著唐僧道：「佳客在此，何勞求見！」三藏躬身，不敢言語。那女子叫：「快獻茶來。」又有兩個黃衣女童，捧一個紅漆丹盤，盤內有六個細磁茶盂，盂內設幾品異果，橫擔著匙兒，提一把白鐵嵌黃銅的茶壺，壺內香茶噴鼻。斟了茶，那女子微露春蔥，捧磁盂先奉三藏，次奉四老，然後一盞，自取而陪。

凌空子道：「杏仙為何不坐？」那女子方才去坐。茶畢，欠身問道：「仙翁今宵盛樂，佳句請教一二如何？」拂雲叟道：「我等皆鄙俚之言，惟聖僧真盛唐之作，甚可嘉羨。」那女子道：「如不吝教，乞賜一觀。」四老即以長老前詩後詩並禪法論，宣了一遍。那女子滿面春風，對眾道：「妾身不才，不當獻醜。但聆此佳句，似不可虛也，勉強將後詩奉和一律如何？」遂朗吟道：

「上蓋留名漢武王，周時孔子立壇場。董仙偏愛春林蔭，孫楚曾憐寒食香。
雨潤紅姿嬌且嫩，煙蒸翠色顯還藏。自知過熟微酸意，落處年年伴麥場。」

四老聞詩，人人稱賀。都道：「清雅脫塵，句內包含春意。好個『雨潤紅姿嬌且嫩』！」那女子笑而悄答道：「惶恐！惶恐！適聞聖僧之章，誠然錦心繡口。如不吝珠玉，賜教一闋如何？」唐僧不敢答應。那女子漸有見愛之情，挨挨軋軋，漸近坐邊，低聲悄語，呼道：「佳客莫者，趁此良宵，不耍子待要怎的？人生光景，能有幾何？」十八公道：「杏仙盡有仰高之情，聖僧豈可無俯就之意？如不見憐，是不知趣了也。」孤直公道：「聖僧乃有道有名之士，決不苟且行事。如此樣舉措，是我等取罪過了。污人名，壞人德，非遠達也。果是杏仙有意，可教拂雲叟與十八公做媒，我與凌空子保親，成此姻眷，何不美哉！」

三藏聽言，遂變了顏色，跳起來高叫道：「汝等皆是一類邪物，這般誘我！當時只以砥礪之言，談玄談道可也；如今怎麼以美人局來騙害貧僧！是何道理！」四老見三藏發怒，一個個咬指擔驚，再不復言。那赤身鬼使，暴躁如雷道：「這和尚好不識抬舉！我這姐姐，那些兒不好？他人材俊雅，玉質嬌姿，不必說那女工針指，只這一段詩才，也配得過你。你怎麼這等推辭！休錯過了！孤直公之言甚當。如果不可苟合，待我再與你主婚。」三藏大驚失色。憑他們怎麼胡談亂講，只是不從。鬼使又道：「你這和尚，我們好言好語，你不聽從，若是我們發起村野之性，還把你攝了去，教你和尚不得做，老婆不得娶，卻不枉為人一世也？」那長老心如金石，堅執不從。暗想道：「我徒弟們不知在那裡尋我哩！」說一聲，止不住眼中墮淚。那女子陪著笑，挨至身邊，翠袖中取出一個蜜合綾汗巾兒，與他揩淚，道：「佳客勿得煩惱。我與你倚玉偎香，耍子去來。」長老咄的一聲吆喝，跳起身來就走；被那些人扯扯拽拽，嚷到天明。

忽聽得那裡叫聲：「師父！師父！你在那方言語也？」原來那孫大聖與八戒、沙僧，牽著馬，挑著擔，一夜不曾住腳，穿荊度棘，東尋西找；卻好半雲半霧的，過了八百里荊棘嶺西下，聽得唐僧吆喝，卻就喊了一聲。那長老掙出門來，叫聲「悟空，我在這裡哩。快來救我！快來救我！」那四老與鬼使，那女子與女童，幌一幌，都不見了。

須臾間，八戒、沙僧俱到邊前道：「師父，你怎麼得到此也？」三藏扯住行者道：「徒弟啊，多累了你們了！昨日晚間見的那個老者，言說土地送齋一事，是你喝聲要打，他就把我抬到此方。他與我攜手相攙，走入門，又見三個老者，來此會我，俱道我做『聖僧』。一個個言談清雅，極善吟詩。我與他賡和相攀，覺有夜半時候，又見一個美貌女子，執燈火，也來這裡會我，吟了一首詩，稱我做『佳客』。因見我相貌，欲求配偶，我方省悟。正不從時，又被他做媒的做媒，保親的保親，主婚的主婚，我立誓不肯。正欲掙著要走，與他嚷鬧，不期你們到了。一則天明，二來還是怕你，只才還扯扯拽拽，忽然就不見了。」行者道：「你既與他敘話談詩，就不曾問他個名字？」三藏道：「我曾問他之號。那老者喚做十八公，號勁節；第二個號孤直公；第三個號凌空子；第四個號拂雲叟；那女子，人稱他做杏仙。」八戒道：「此物在於何處？才往那方去了？」三藏道：「去向之方，不知何所；但只談詩之處，去此不遠。」

第六十四回

荊棘嶺悟能努力　木仙庵三藏談詩

他三人同師父看處，只見一座石崖，崖上有「木仙庵」三字。三藏道：「此間正是。」行者仔細觀之，卻原來是一株大檜樹，一株老柏，一株老松，一株老竹。竹後有一株丹楓。再看崖那邊，還有一株老杏，二株臘梅，二株丹桂。行者笑道：「你可曾看見妖怪？」八戒道：「不曾。」行者道：「你不知。就是這幾株樹木在此成精也。」八戒道：「哥哥怎得知成精者是樹？」行者道：「十八公乃松樹；孤直公乃柏樹；凌空子乃檜樹；拂雲叟乃竹竿；赤身鬼乃楓樹；杏仙即杏樹；女童即丹桂、臘梅也。」八戒聞言，不論好歹，一頓釘鈀，三五長嘴，連拱帶築，把兩棵臘梅、丹桂、老杏、楓楊俱揮倒在地，果然那根下俱鮮血淋漓。三藏近前扯住道：「悟能，不可傷了他！他雖成了氣候，卻不曾傷我。我等找路去罷。」行者道：「師父不可惜他。恐日後成了大怪，害人不淺也。」那呆子索性一頓鈀，將松、柏、檜、竹一齊皆築倒，卻才請師父上馬，順大路一齊西行。

畢竟不知前去如何，且聽下回分解。

第六十五回

妖邪假設小雷音　四眾皆遭大厄難

這回因果，勸人為善，切休作惡。一念生，神明照鑑，任他為作。拙蠢乖能君怎學，兩般還是無心藥。趁生前有道正該修，莫浪泊。認根源，脫本殼。訪長生，須把捉。要時時明見，醍醐斟酌。貫徹三關填黑海，管教善者乘鸞鶴。那其間愍故更慈悲，登極樂。

話表三藏一念虔誠，且休言天神保護，似這草木之靈，尚來引送，雅會一宵，脫出荊棘針刺，再無蘿蓏攀纏。四眾西進，行彀多時，又值冬殘，正是那三春之日：

物華交泰，斗柄回寅（指進入春天）。草芽遍地綠，柳眼滿堤青。一嶺桃花紅錦浣，半溪煙水碧羅明。幾多風雨，無限心情。日曬花心豔，燕銜苔蕊輕。山色王維畫濃淡，鳥聲季子舌縱橫。芳菲鋪繡無人賞，蝶舞蜂歌卻有情。

第六十五回

妖邪假設小雷音　四眾皆遭大厄難

師徒們也自尋芳踏翠，緩隨馬步。正行之間，忽見一座高山，遠望著與天相接。三藏揚鞭指道：「悟空，那座山也不知有多少高，可便似接著青天，透沖碧漢。」行者道：「古詩不云：『只有天在上，更無山與齊。』但言山之極高，無可與他比並。豈有接天之理！」八戒道：「若不接天，如何把昆侖山號為『天柱』？」行者道：「你不知。自古『天不滿西北』。昆侖山在西北乾位上，故有頂天塞空之意，遂名天柱。」沙僧笑道：「大哥把這好話兒莫與他說。他聽了去，又降別人。我們且走路。等上了那山，就知高下也。」

那呆子趕著沙僧，廝耍廝鬥。老師父馬快如飛。須臾，到那山崖之邊。一步步往上行來，只見那山：

林中風颯颯，澗底水潺潺。鴉雀飛不過，神仙也道難。千崖萬壑，億曲百灣。塵埃滾滾無人到，怪石森森不厭看。有處有雲如水滉，是方是樹鳥聲繁。鹿銜芝去，猿摘桃還。狐貉往來崖上跳，麋獐出入嶺頭頑。忽聞虎嘯驚人膽，斑豹蒼狼把路攔。

唐三藏一見心驚。孫行者神通廣大，你看他一條金箍棒，哮吼一聲，嚇過了狼蟲虎豹，剖開路，引師父直上高山。行過嶺頭，下西平處，忽見祥光藹藹，彩霧紛紛，有一所樓台殿閣，隱隱的鐘磬悠揚。三藏道：「徒弟們，看是個甚麼去處。」行者抬頭，用手搭涼篷，仔細觀看，那壁廂好個所在！真個是：

珍樓寶座，上剎名方。谷虛繁地籟，境寂散天香。青松帶雨遮高閣，翠竹留雲護講堂。霞光縹緲龍宮顯，彩色飄搖沙界長。朱欄玉戶，畫棟雕梁。談經香滿座，語籙月當窗。鳥啼丹樹內，鶴飲石泉旁。四圍花發琪園秀，三面門開舍衛光。樓台突兀門迎嶂，鐘磬虛徐聲韻長。窗開風細，簾捲煙茫。有僧情散淡，無俗意和昌。紅塵不到真仙境，靜土招提好道場。

行者看罷，回覆道：「師父，那去處便是座寺院，卻不知禪光瑞靄之中，又有些凶氣何也。觀此景象，也似雷音，卻又路道差池。我們到那廂，決不可擅入，恐遭毒手。」唐僧道：「既有雷音之景，莫不就是靈山？你休誤了我誠心，擔擱了我來意。」行者道：「不是，不是！靈山之路，我也走過幾遍，那是這路途！」八戒道：「縱然不是，也必有個好人居住。」沙僧道：「不必多疑。此條路未免從那門首過，是不是一見可知也。」行者道：「悟淨說得有理。」

那長老策馬加鞭，至山門前，見「雷音寺」三個大字，慌得滾下馬來，倒在地下。口裡罵道：「潑猢猻！害殺我也！現是雷音寺，還哄我哩！」行者陪笑道：「師父莫惱，你再看看。山門上乃四個字，你怎麼只念出三個來，倒還怪我？」長老戰戰兢兢的爬起來再看，真個是四個字，乃「小雷音寺」。三藏道：「就是小雷音寺，必定也有個佛祖在內。經上言三千諸佛，想是不在一方：似觀音在南海，普賢在峨眉，文殊在五台。這不知是那一位佛祖的道場。古人云：『有佛有經，無方無寶。』我們可進去來。」行者道：「不可進去。此處少吉多凶。若有禍患，你莫怪我。」三藏道：「就是無佛，也必有個佛像。我弟子心願，遇佛拜佛，如何怪你。」即命八戒取袈裟，換僧帽，結束了衣冠，舉步前進。

只聽得山門裡有人叫道：「唐僧，你自東土來拜見我佛，怎麼還這等怠慢？」三藏聞言，即便下拜。八戒也磕頭，沙僧也跪倒；惟大聖牽馬，收拾行李，在後。方入到二層門內，就見如來大殿。殿門外寶台之下，擺列著五百羅漢、三千揭諦、四金剛、八菩薩、比丘尼、優婆塞、無數的聖僧、道者。真個也香花豔麗，瑞氣繽紛。慌得那長老與八戒、沙僧一步一拜，拜上靈台之間。行者公然不拜。又聞得蓮台座上厲聲高叫道：「那孫悟空，見如來怎麼不拜？」不知行者又仔細觀看，見得是假，遂丟了馬匹、行囊，掣棒在手，喝道：「你這伙孽畜，十分膽大！怎麼假倚佛名，敗壞如來清德！不要走！」雙手掄棒，上前便打。只聽得半空中叮噹一聲，撇下一副金鐃，把行者連頭帶足，合在金鐃之內。慌得豬八戒、沙和尚連忙使起鈀杖，就被些阿羅、揭諦、聖僧、道者一擁近前圍繞。他兩個措手不及，盡被拿了。將三藏捉住，一齊都繩纏索綁，緊縛牢拴。

原來那蓮花座上裝佛祖者乃是個妖王，眾阿羅等，都是些小怪。遂收了佛祖體像，依然現出妖身。將三眾抬入後邊收藏；把行者合在金鐃之中，永不開放。只擱在寶台之上，限三晝夜化為膿血。化後，才將鐵籠蒸他三個受用。這正是：

碧眼猢兒識假真，禪機見像拜金身。黃婆盲目同參禮，木母痴心共話論。
邪怪生強欺本性，魔頭懷惡詐天人。誠為道小魔頭大，錯入旁門枉費身。

那時群妖將唐僧三眾收藏在後；把馬拴在後邊；把他的袈裟、僧帽安在行李擔內，亦收藏了。一壁廂嚴緊不題。

卻說行者合在金鐃裡，黑洞洞的，燥得滿身流汗，左拱右撞，不能得出。急得他使鐵棒亂打，莫想得動分毫。他心裡沒了算計，將身往外一掙，卻要掙破那金鐃；遂捻著一個訣，就長有千百丈高，那金鐃也隨他身長，全無一些瑕縫光明。卻又捻訣把身子往下一小，小如芥菜子兒，那鐃也就隨身小了，更沒些孔竅。他又把鐵棒，吹口仙氣，叫「變！」即變做幡竿一樣，撐住金鐃。他卻把腦後毫毛，選長的，拔下兩根，叫「變！」即變做梅花頭，五瓣鑽兒，挨著棒下，鑽有千百下，只鑽得蒼蒼響亮，再不鑽動一些。行者急了，卻捻個訣，念一聲「唵藍靜法界，乾元亨利貞」的咒語。拘得那五方揭諦、六丁六甲、一十八位護教伽藍，都在金鐃之外道：「大聖，我等俱保護著師父，不教妖魔傷害，你又拘喚我等做甚？」行者道：「我那師父，不聽我勸解，就弄死他也不虧！但只你等怎麼快作法將這鐃鈸掀開，放我出來，再作處治。這裡面不通光亮，滿身暴躁，卻不悶殺我也？」眾神真個掀鐃，就如長就的一般，莫想揭得分毫。金頭揭諦道：「大聖，這鐃鈸不知是件甚麼寶貝，連上帶下，合成一塊。小神力薄，不能掀動。」行者道：「我在裡面，不知使了多少神通，也不得動。」

揭諦聞言，即著六丁神保護著唐僧，六甲神看守著金鐃，眾伽藍前後照察；他卻縱起祥光，須臾間，闖入南天門裡。不待宣召，直上靈霄寶殿之下，見玉帝俯伏啟奏道：「主公，臣乃五方揭諦使。今有齊天大聖保唐僧取經，路遇一山，名小雷音寺。唐僧錯認靈山進拜，原來是妖魔假設，困陷他師徒，將大聖合在一副金鐃之內，進退無門，看看至死，特來啟奏。」即傳旨：「差二十八宿星辰，快去釋厄降妖。」

那星宿不敢少緩，隨同揭諦，出了天門，至山門之內。有二更時分，那些大小妖精，因獲了唐僧，老妖俱犒賞了，各去睡覺。眾星宿更不驚張，都到鐃鈸之外，報道：「大聖，我等是玉帝差來二十八宿，到此救你。」行者聽說大喜。便教：「動兵器打破，老孫就出來了！」眾星宿道：「不敢打。此物乃渾金之寶，打著必響；響時驚動妖魔，卻難救拔。等我們用兵器捎他。你那裡但見有一些光處就走。」行者道：「正是。」你看他們使槍的使槍，使劍的使劍，使刀的使刀，使斧的使斧；扛的扛，抬的抬，掀的掀，捎的捎；弄到有三更天氣，漠然不動，就是鑄成了囫圇的一般。那行者在裡邊，東張張，西望望，爬過來，滾過去，莫想看見一些光亮。

亢金龍道：「大聖啊，且休焦躁。觀此寶定是個如意之物，斷然也能變化。你在那裡面，於那合縫之處，用手摸著，等我使角尖兒拱進來，你可變化了，順鬆處脫身。」行者依言，真個在裡面亂摸。這星宿把身變小了，那角尖兒就似個針尖一樣，順著鈸合縫口上，伸將進去。可憐用盡千斤之力，方能穿透裡面。卻將本身與角使法相，叫「長！長！長！」角就長有碗來粗細。那鈸口倒也不像金鑄的，好似皮肉長成的，順著亢金龍的角，緊緊噙住，四下裡更無一絲拔縫。行者摸著他的角，叫道：「不濟事！上下沒有一毫鬆處！沒奈何，你忍著些兒疼，帶我出去。」好大聖，即將金箍棒變作一把鋼鑽兒，將他那角尖上鑽了一個孔竅，把身子變得似個芥菜子兒，拱在那鑽眼裡蹲著，叫：「扯出角去！扯出角去！」這星宿又不知費了多少力，方才拔出，使得力盡筋柔，倒在地下。

行者卻自他角尖鑽眼裡鑽出，現了原身，掣出鐵棒，照鐃鈸當的一聲打去，就如崩倒銅山，炸開金鐃。可惜把個佛門之器，打做個千百塊散碎之金！唬得那二十八宿驚張，五方揭諦發豎。大小群妖皆夢醒。老妖王睡裡慌張，急起來，披衣擂鼓，聚點群妖，各執器械。此時天將黎明。一擁趕到寶台之下。只見孫行者與列宿圍在碎破金鐃之外，大驚失色，即令：「小的們！緊關了前門，不要放出人去！」

行者聽說，即攛星眾，駕雲跳在九霄空裡。那妖王收了碎金，排開妖卒，列在山門外。妖王懷恨，沒奈何披掛了，使一根短軟狼牙棒，出營高叫：「孫行者！好男子不可遠走高飛！快向前與我交戰三合！」行者忍不住，即引星眾，按落雲頭，觀看那妖精怎生模樣。但見他：

蓬著頭，勒一條扁薄金箍；光著眼，簇兩道黃眉的豎。懸膽鼻，孔竅開查；四方口，牙齒尖利。穿一副叩結連環鎧，勒一條生絲攢穗條。腳踏烏喇鞋一對，手執狼牙棒一根。此形似獸不如獸，相貌非人卻似人。

行者挺著鐵棒喝道：「你是個甚麼怪物，擅敢假裝佛祖，侵占山頭，虛設小雷音寺！」那妖王道：「這猴兒是也不知我的姓名，故來冒犯仙山。此處喚做小西天。因我修行，得了正果，天賜與我的寶閣珍樓。我名乃是黃眉老佛。這裡人不知，但稱我為黃眉大王、黃眉爺爺。一向久知你往西去，有些手段，故此設像顯能，誘你師父進來，要和你打個賭賽。如若鬥得過我，饒你師徒，讓汝等成個正果；如若不能，將汝等打死，等我去見如來取經，果正中華也。」行者笑道：「妖精，不必海口（誇口，吹牛）！既要賭，快上來領棒！」那妖王喜孜孜，使狼牙棒抵住。這一場好殺：

兩條棒，不一樣，說將起來有形狀：一條短軟佛家兵，一條堅硬藏海藏。都有隨心變化功，今番相遇爭強壯。短軟狼牙雜錦妝，堅硬金箍蛟龍像。若粗若細實可誇，要短要長甚停當。猴與魔，齊打仗，這場真個無虛誑。馴猴秉教作心猿，潑怪欺天弄假像。嗔嗔恨恨各無情，惡惡凶凶都有樣。那一個當頭手起不放鬆，這一個架丟劈面難推讓。噴雲照日昏，吐霧遮峰嶂。棒來棒去兩相迎，忘生忘死因三藏。

看他兩個鬥經五十回合，不見輸贏。那山門口，鳴鑼擂鼓，眾妖精吶喊搖旗。這壁廂有二十八宿天兵共五方揭諦眾聖，各掮器械，吆喝一聲，把那魔頭圍在中間，嚇得那山門外群妖難擂鼓，戰兢兢手軟不敲鑼。

老妖魔公然不懼，一隻手使狼牙棒，架著眾兵；一隻手去腰間解下一條舊白布搭包兒，往上一抛，滑的一聲響亮，把孫大聖、二十八宿與五方揭諦，一搭包兒通裝將去，挎在肩上，拽步回身。眾小妖個個歡然得勝而回。老妖教小的們取了三五十條麻索，解開搭包，拿一個，捆一個。一個個都骨軟筋麻，皮膚窊皺。捆了抬去後邊，不分好歹，俱擲之於地。妖王又命排筵暢飲，自旦至暮方散，各歸寢處不題。

卻說孫大聖與眾神捆至夜半，忽聞有悲泣之聲。側耳聽時，卻原來是三藏聲音。哭道：「悟空啊！我

自恨當時不聽伊，致令今日受災危。金鐃之內傷了你，麻繩捆我有誰知。
四眾遭逢緣命苦，三千功行盡傾頹。何由解得迍邅難，坦蕩西方去復歸！」

行者聽言，暗自憐憫道：「那師父雖是未聽吾言，今遭此毒，然於患難之中，還有憶念老孫之意。趁此夜靜妖眠，無人防備，且去解脫眾等逃生也。」

好大聖，使了個遁身法，將身一小，脫下繩來，走近唐僧身邊，叫聲：「師父。」長老認得聲

音，叫道：「你為何到此？」行者悄悄的把前項事告訴了一遍。長老甚喜道：「徒弟！快救我一救！向後事但憑你處，再不強了！」行者才動手，先解了師父，放了八戒、沙僧，又將二十八宿、五方揭諦，個個解了，又牽過馬來，教快先走出去。方出門，卻不知行李在何處，又來找尋。亢金龍道：「你好重物輕人！既救了你師父就彀了，又還尋甚行李？」行者道：「人固要緊，衣鉢尤要緊。包袱中有通關文牒、錦襴袈裟、紫金鉢盂，俱是佛門至寶，如何不要！」八戒道：「哥哥，你去找尋，我等先去路上等你。」你看那星眾，簇擁著唐僧，使個攝法，共弄神通，一陣風，撮出垣圍，奔大路，下了山坡，卻屯於平處等候。

約有三更時分，孫大聖輕挪慢步，走入裡面，原來一層層門戶甚緊。他就爬上高樓看時，窗牖皆關。欲要下去，又恐怕窗櫺兒響，不敢推動。捻著訣，搖身一變，變做一個仙鼠，俗名蝙蝠。你道他怎生模樣：

頭尖還似鼠，眼亮亦如之。有翅黃昏出，無光白晝居。
藏身穿瓦穴，覓食撲蚊兒。偏喜晴明月，飛騰最識時。

他順著不封瓦口椽子之下，鑽將進去。越門過戶，到了中間看時，只見那第三重樓窗之下，閃灼灼一道毫光，也不是燈燭之光，螢火之光，又不是飛霞之光，掣電之光。他半飛半跳，近於窗前看時，卻是包袱放光。那妖精把唐僧的袈裟脫了，不曾折，就亂亂的揌在包袱之內。那袈裟本是佛寶，上邊有如意珠、摩尼珠、紅瑪瑙、紫珊瑚、舍利子、夜明珠，所以透的光彩。他見了此衣鉢，心中一喜，就現了本相，拿將過去，也不管擔繩偏正，抬上肩，往下就走。不期脫了一頭，撲的落在樓板上，唿喇的一聲響亮。噫！有這般事：可可的老妖精在樓下睡覺，一聲響，把他驚醒，跳起來，亂叫道：「有人了！有人了！」那些大小妖都起來，點燈打火，一齊吆喝，前後去看。有的來報道：「唐僧走了！」又有的來報道：「行者眾人俱走了！」老妖急傳號令，教：「拿！各門上謹慎！」行者聽言，恐又遭他羅網，挑不成包袱，縱筋斗，就跳出樓窗外走了。

那妖精前前後後，尋不著唐僧等。又見天色將明，取了棒，帥眾來趕，只見那二十八宿與五方揭諦等神，雲霧騰騰，屯住山坡之下。妖王喝了一聲「那裡去！吾來也！」角木蛟急喚：「兄弟們！怪物來了！」亢金龍、女土蝠、房日兔、心月狐、尾火虎、箕水豹、斗木獬、牛金牛、氐土貉、虛日鼠、危月燕、室火豬、壁水貐、奎木狼、婁金狗、胃土彘、昴日雞、畢月烏、觜火猴、參水猿、井木犴、鬼金羊、柳土獐、星日馬、張月鹿、翼火蛇、軫水蚓，領著金頭揭諦、銀頭揭諦、六甲、六丁等神、護教伽藍，同八戒、沙僧——不領唐三藏，丟了白龍馬——各執兵器，一擁而上。這妖王見了，呵呵冷笑，叫一聲哨子，有四五千大小妖精，一個個威強力勝，渾戰在西山坡上。好殺：

魔頭潑惡欺真性，真性溫柔怎奈魔。百計施為難脫苦，千方妙用不能和。諸天來擁護，眾聖助干戈。留情虧木母，定志感黃婆。渾戰驚天並振地，強爭設網與張羅。那壁廂搖旗吶喊，這壁廂擂鼓篩鑼。槍刀密密寒光蕩，劍戟紛紛殺氣多。妖卒凶還勇，神兵怎奈何。愁雲遮日月，慘霧罩山河。苦掤苦拽來相戰，皆因三藏拜彌陀。

那妖精倍加勇猛，帥眾上前掩殺。正在那不分勝敗之際，只聞得行者叱吒一聲道：「老孫來了！」八戒迎著道：「行李如何？」行者道：「老孫的性命幾乎難免，卻便說甚麼行李！」沙僧執著寶杖道：「且休敘話，快去打妖精也！」那星宿、揭諦、丁甲等神，被群妖圍在垓心渾殺，老妖使棒來打他三個。這行者、八戒、沙僧丟開棍杖，掄著釘鈀抵住。真個是地暗天昏，不能取勝。只殺得太陽星，西沒山根；太陰星，東生海嶠。那妖見天晚，打個哨子，教群妖各各留心，他卻取出寶貝。孫行者看得分明。那怪解下搭包，拿在手中。行者道聲：「不好了！走啊！」他就顧不得八戒、沙僧、諸天等眾，一路筋斗，跳上九霄空裡。眾神、八戒、沙僧不解其意，被他抛起去，又都裝在裡面，只是走了行者。那妖王收兵回寺，又教取出繩索，照舊綁了。將唐僧、八戒、沙僧懸梁高吊；白馬拴在後邊；諸神亦俱綁縛，抬在地窖子內，封了蓋鎖。那眾妖遵依，一一收了不題。

卻說行者跳在九霄，全了性命；見妖兵回轉，不張旗號，已知眾等遭擒。他卻按下祥光，落在那東山頂上，咬牙恨怪物，滴淚想唐僧，仰面朝天望，悲嗟忽失聲。叫道：「師父啊！你是那世裡造下這迍邅難，今生裡步步遇妖精。似這般苦楚難逃，怎生是好！」獨自一個，嗟嘆多時，復又寧神思慮，以心問心道：「這妖魔不知是個甚麼搭包子，那般裝得許多物件？如今將天神、天將，許多人又都裝進去了。我待求救於天，奈恐玉帝見怪。我記得有個北方真武，號曰蕩魔天尊，他如今現在南贍部洲武當山上，等我去請他來搭救師父一難。」

正是：仙道未成猿馬散，心神無主五行枯。畢竟不知此去端的如何，且聽下回分解。

第六十六回
諸神遭毒手　彌勒縛妖魔

話表孫大聖無計可施，縱一朵祥雲，駕筋斗，徑轉南贍部洲去拜武當山，參請蕩魔天尊，解釋（解除）三藏、八戒、沙僧、天兵等眾之災。他在半空裡無停止。不一日，早望見祖師仙境，輕輕按落雲頭，定睛觀看，好去處：

巨鎮東南，中天神嶽。芙蓉峰竦傑，紫蓋嶺巍峨。九江水盡荊揚遠，百越山連翼軫（翼和軫都是二十八星宿之一）多。上有太虛之寶洞，朱陸之靈台。三十六宮金磬響，百千萬客進香來。舜巡禹禱，玉簡金書。樓閣飛青鳥，幢幡擺赤裾。地設名山雄宇宙，天開仙境透空虛。幾樹榔梅花正放，滿山瑤草色皆舒。龍潛澗底，虎伏崖中。幽含如訴語，馴鹿近人行。白鶴伴雲棲老檜，青鸞丹鳳向陽鳴。玉虛師相真仙地，金闕仁慈治世門。

上帝祖師，乃淨樂國王與善勝皇后夢吞日光，覺而有孕，懷胎一十四個月，於開皇元年甲辰之歲三月初一日午時降誕於王宮。那爺爺：

幼而勇猛，長而神靈。不統王位，惟務修行。父母難禁，棄舍皇宮。參玄入定，在此山中。功完行滿，白日飛升。玉皇敕號，真武之名。玄虛上應，龜蛇合形。周天六合，皆稱萬靈。無幽不察，無顯不成。劫終劫始，剪伐魔精。

孫大聖玩著仙境景致，早來到一天門、二天門、三天門。卻至太和宮外，忽見那祥光瑞氣之間，簇擁著五百靈官。那靈官上前迎著道：「那來的是誰？」大聖道：「我乃齊天大聖孫悟空，要見師相。」眾靈官聽說，隨報。祖師即下殿，迎到太和宮。行者作禮道：「我有一事奉勞。」問：「何事？」行者道：「保唐僧西天取經，路遭險難。至西牛賀洲，有座山喚小西天，小雷音寺有一妖魔。我師父進得山門，見有阿羅、揭諦、比丘、聖僧排列，以為真佛，倒身才拜，忽被他拿住綁了。我又失於防閑，被他拋一副金鐃，將我罩在裡面，無纖毫之縫，口合如鉗。甚虧金頭揭諦請奏玉帝，欽差二十八宿，當夜下界，掀揭不起。幸得亢金龍將角透入鐃內，將我度出，被我打碎金鐃，驚醒怪物。趕戰之間，又被撒一個白布搭包兒，將我與二十八宿並五方揭諦，盡皆裝去，復用繩捆了。是我當夜脫逃，救了星辰等眾，與我唐僧等。後為找尋衣鉢，又驚醒那妖，與天兵趕戰。那怪又拿出搭包兒，理弄之時，我卻知道前音，遂走了。眾等被他依然裝去。我無計可施，特來拜求師相一助力也。」

祖師道：「我當年威鎮北方，統攝真武之位，剪伐天下妖邪，乃奉玉帝敕旨。後又披髮跣足，踏騰蛇神龜，領五雷神將、巨虬獅子、猛獸毒龍，收降東北方黑氣妖氛，乃奉元始天尊符召。今日靜享武當山，安逸太和殿，一向海嶽平寧，乾坤清泰。奈何我南贍部洲並北俱蘆洲之地，妖魔剪伐，邪鬼潛蹤。今蒙大聖下降，不得不行；只是上界無有旨意，不敢擅動干戈。假若法遣眾神，又恐玉帝見罪；十分卻了大聖，又是我逆了人情。我諒著那西路上縱有妖邪，也不為大害。我今著龜、蛇二將並五大神龍與你助力，管教擒妖精，救你師之難。」

行者拜謝了祖師，即同龜、蛇、龍神各帶精銳之兵，復轉西洲之界。不一日，到了小雷音寺，按下雲頭，徑至山門外叫戰。

卻說那黃眉大王聚眾怪在寶閣下說：「孫行者這兩日不來，又不知往何方去借兵也。」說不了，只見前門上小妖報道：「行者引幾個龍蛇龜相，在門外叫戰！」妖魔道：「這猴兒怎麼得個龍蛇龜相？此等之類，卻是何方來者？」隨即披掛，走出山門高叫：「汝等是那路龍神，敢來造吾仙境？」五龍、二將相貌崢嶸，精神抖擻，喝道：「那潑怪！我乃武當山太和宮混元教主蕩魔天尊之前五位龍神、龜、蛇二將。今蒙齊天大聖相邀，我天尊符召，到此捕你這妖精，快送唐僧與天星等出來，免你一死！不然，將這一山之怪，碎劈其屍，幾間之房，燒為灰燼！」那怪聞言，心中大怒道：「這畜生，有何法力，敢出大言！不要走！吃吾一棒！」這五條龍，翻雲使雨；那兩員將，播土揚沙，各執槍刀劍戟，一擁而攻。孫大聖又使鐵棒隨後。這一場好殺：

凶魔施武，行者求兵。凶魔施武，擅據珍樓施佛像；行者求兵，遠參寶境借龍神。龜蛇生水火，妖怪動刀兵。五龍奉旨來西路，行者因師在後收。劍戟光明搖彩電，槍刀晃亮閃霓虹。這個狼牙棒，強能短軟；那個金箍棒，隨意如心。只聽得扢撲響聲如爆竹，叮噹音韻似敲金。水火齊來征怪物，刀兵共簇繞精靈。喊殺驚狼虎，喧嘩振鬼神。渾戰正當無勝處，妖魔又取寶和珍。

行者帥五龍、二將，與妖魔戰經半個時辰，那妖精即解下搭包在手。行者見了心驚，叫道：「列位仔細！」那龍神、蛇、龜不知甚麼仔細，一個個都停住兵，近前抵擋。那妖精幌的一聲，把搭包兒撇將起去；孫大聖顧不得五龍、二將，駕筋斗，跳在九霄逃脫。他把個龍神、龜、蛇一搭包子又裝將去了。妖精得勝回寺，也將繩捆了，抬在地窖子裡蓋住不題。

你看那大聖落下雲頭，斜倚在山巔之上，沒精沒采，懊恨道：「這怪物十分利害！」不覺的合著眼，似睡一般。猛聽得有人叫道：「大聖，休推睡，快早上緊求救。你師父性命，只在須臾間矣！」行者急睜睛跳起來看，原來是日值功曹。行者喝道：「你這毛神，這向在那方貪圖血食，不來點卯，今日卻來驚我！伸過孤拐來，讓老孫打兩棒解悶！」功曹慌忙施禮道：「大聖，你是人間之喜仙，何悶之有！我等早奉菩薩旨令，教我等暗中護佑唐僧，乃同土地等神，不敢暫離左右，是以不得常來參見。怎麼反見責也？」行者道：「你既是保護，如今那眾星、揭諦、伽藍並我師等，被妖精困在何方？受甚罪苦？」功曹道：「你師父、師弟，都吊在寶殿廊下；星辰等眾，都收在地窖之間受罪。這兩日不聞大聖消息，卻才見妖精又拿了神龍、龜、蛇，又送在地窖裡去了，方知是大聖請來之兵，小神特來尋大聖。大聖莫辭勞倦，千萬再急急去求救援。」

行者聞言及此，不覺對功曹滴淚道：「我如今愧上天宮，羞臨海藏！怕問菩薩之原由，愁見如來之玉像！才拿去者，乃真武師相之龜、蛇、五龍聖眾。教我再無方求救，奈何？」功曹笑道：「大聖寬懷。小神想起一處精兵，請來斷然可降。適才大聖至武當，是南贍部洲之地。這枝兵也在南贍部洲盱眙山蠙城，即今泗州是也。那裡有個大聖國師王菩薩，神通廣大。他手下有一個徒弟，喚名小張太子，還有四大神將，昔年曾降伏水母娘娘。你今若去請他。他來施恩相助，準可捉怪救師也。」行者心喜道：「你且去保護我師父，勿令傷他，待老孫去請也。」

行者縱起筋斗雲，躲離怪處，直奔盱眙山。不一日，早到。細觀，真好去處：

南近江津，北臨淮水。東通海嶠，西接封浮。山頂上有樓觀崢嶸，山凹裡有澗泉浩湧。嵯峨怪石，皊秀喬松。百般果品應時新，千樣花枝迎日放。人如蟻陣往來多，船似雁行歸去廣。上邊有瑞岩觀、東岳宮、五顯祠、龜山寺，鐘韻香煙沖碧漢；又有玻璃泉、五塔峪、八仙台、杏花園，山光樹色映蠙城。白雲橫不度，幽鳥倦還鳴。說甚泰嵩衡華秀，此間仙景若蓬瀛。

大聖點玩不盡，徑過了淮河，入蠙城之內，到大聖禪寺山門外。又見那殿宇軒昂，長廊彩麗，有一座寶塔崢嶸。真是：

插雲倚漢高千丈，仰視金瓶透碧空。上下有光凝宇宙，東西無影映簾櫳。
風吹寶鐸聞天樂，日映冰蚪對梵宮。飛宿靈禽時訴語，遙瞻淮水渺無窮。

行者且觀且走，直至二層門下。那國師王菩薩早已知之，即與小張太子出門迎迓。相見敘禮畢，行者道：「我保唐僧西天取經，路上有個小雷音寺，那裡有個黃眉怪，假充佛祖。我師父不辨真偽，就下拜，被他拿了。又將金鐃把我罩了，幸虧天降星辰救出。是我打碎金鐃，與他賭鬥，又將一個布搭包兒，把天神、揭諦、伽藍與我師父、師弟盡皆裝了進去。我前去武當山請玄天上帝救援，他差五龍、龜、蛇拿怪，又被他一搭包子裝去。弟子無依無倚，故來拜請菩薩，大展威力，將那收水母之神通，拯生民之妙用，同弟子去救師父一難！取得經回，永傳中國，揚我佛之智慧，興般若之波羅也。」國師王道：「你今日之事，誠我佛教之興隆，理當親去；奈時值初夏，正淮水泛漲之時。新收了水猿大聖，那廝遇水即興；恐我去後，他乘空生頑，無神可治。今著小徒領四將和你去助力，煉魔收伏罷。」行者稱謝。即同四將並小張太子，又駕雲回小西天。直至小雷音寺，小張太子使一條楮白槍，四大將掄四把鋸鍈劍，和孫大聖上前罵戰。

小妖又去報知，那妖王復帥群妖，鼓噪而出道：「猢猻！你今又請得何人來也？」說不了，小張太子，指揮四將，上前喝道：「潑妖精！你面上無肉，不認得我等在此！」妖王道：「是那方小將，敢來與他助力？」太子道：「吾乃泗州大聖國師王菩薩弟子，帥領四大神將，奉令擒你！」妖王笑道：「你這孩兒有甚武藝，擅敢到此輕薄？」太子道：「你要知我武藝，等我道來：

祖居西土流沙國，我父原為沙國王。自幼一身多疾苦，命干華蓋惡星妨。
因師遠慕長生訣，有分相逢捨藥方。半粒丹砂祛病退，願從修行不為王。
學成不老同天壽，容顏永似少年郎。也曾趕赴龍華會，也曾騰雲到佛堂。

第六十六回

諸神遭毒手　彌勒縛妖魔

捉霧拿風收水怪，擒龍伏虎鎮山場。撫民高立浮屠塔，靜海深明舍利光。

楮白槍尖能縛怪，淡緇衣袖把妖降。如今靜樂蠙城內，大地揚名說小張！」

妖王聽說，微微冷笑道：「那太子，你捨了國家，從那國師王菩薩，修的是甚麼長生不老之術？只好收捕淮河水怪。卻怎麼聽信孫行者誑謬之言，千山萬水，來此納命！看你可長生可不老也！」小張聞言，心中大怒，纏槍當面便刺，四大將一擁齊攻，孫大聖使鐵棒上前又打。好妖精，公然不懼，掄著他那短軟狼牙棒，左遮右架，直挺橫衝。這場好殺：

小太子，楮白槍，四柄錕鋙劍更強。悟空又使金箍棒，齊心圍繞殺妖王。妖王其實神通大，不懼分毫左右搪。狼牙棒是佛中寶，劍砍槍掄莫可傷。只聽狂風聲吼吼，又觀惡氣混茫茫。那個有意思凡弄本事，這個專心拜佛取經章。幾番馳騁，數次張狂。噴雲霧，閉三光（指日、月、星），奮怒懷嗔各不良。多時三乘（指佛教的大乘、中乘、小乘）無上法，致令百藝苦相將。

概眾（眾人）爭戰多時，不分勝負。那妖精又解搭包兒。行者又叫：「列位仔細！」太子並眾等不知「仔細」之意。那怪滑的一聲，把四大將與太子，一搭包又裝將進去，只是行者預先知覺走了，那妖王得勝回寺，又教取繩捆了，送在地窖，牢封固鎖不題。

這行者縱筋斗雲，起在空中，見那怪回兵閉門，方才按下祥光，立於西山坡上，悵望悲啼道：

「師父啊！我

自從秉教入禪林，感荷菩薩脫難深。保你西來求大道，相同輔助上雷音。
只言平坦羊腸路，豈料崔巍怪物侵。百計千方難救你，東求西告枉勞心！」

大聖正當淒慘之時，忽見那西南上一朵彩雲墜地，滿山頭大雨繽紛，有人叫道：「悟空，認得我麼？」行者急走前看處，那個人：

大耳橫頤方面相，肩查腹滿身軀胖。一腔春意喜盈盈，兩眼秋波光蕩蕩。
敞袖飄然福氣多，芒鞋灑落精神壯。極樂場中第一尊，南無彌勒笑和尚。

行者見了，連忙下拜道：「東來佛祖，那裡去？弟子失回避了。萬罪！萬罪！」佛祖道：「我此來，專為這小雷音妖怪也。」行者道：「多蒙老爺盛德大恩。敢問那妖是那方怪物，何處精魔，不知他那搭包兒是件甚麼寶貝，煩老爺指示指示。」佛祖道：「他是我面前司磬的一個黃眉童兒。三月三日，我因赴元始會去，留他在宮看守，他把我這幾件寶貝拐來，假佛成精。那搭包兒是我的後天袋子，俗名喚做『人種袋』。那條狼牙棒是個敲磬的槌兒。」

行者聽說，高叫一聲道：「好個笑和尚！你走了這童兒，教他誑稱佛祖，陷害老孫，未免有個家法不謹之過！」彌勒道：「一則是我不謹，走失人口；二則是你師徒們魔障未完：故此百靈下界，應該受難。我今來與你收他去也。」行者道：「這妖精神通廣大，你又無些兵器，何以收之？」

彌勒笑道：「我在這山坡下，設一草庵，種一田瓜果在此，你去與他索戰。交戰之時，許敗不許勝，引他到我這瓜田裡。我別的瓜都是生的，你卻變做一個大熟瓜。他來定要瓜吃，我卻將你與他吃。吃下肚中，任你怎麼在內擺布他。那時等我取了他的搭包兒，裝他回去。」行者道：「此計雖妙，你卻怎麼認得變的熟瓜？他怎麼就肯跟我來此？」彌勒笑道：「我為治世之尊，慧眼高明，豈不認得你！憑你變作甚物，我皆知之。但恐那怪不肯跟來耳。我卻教你一個法術。」行者道：「他斷然是以搭包兒裝我，怎肯跟來！有何法術可來也？」彌勒笑道：「你伸手來。」

行者即舒左手，遞將過去。彌勒將右手食指，蘸著口中神水，在行者掌上寫了一個「禁」字，教他捏著拳頭，見妖精當面放手，他就跟來。

行者攥拳，欣然領教。一隻手掄著鐵棒，直至山門外，高叫道：「妖魔，你孫爺爺又來了！可快出來，與你見個上下！」

小妖又忙忙奔告。妖王問道：「他又領多少兵來叫戰？」小妖道：「別無甚兵，止他一個。」妖王笑道：「那猴兒計窮力竭，無處求人，斷然是送命來也。」隨又結束整齊，帶了寶貝，舉著那輕軟狼牙棒，走出門來，叫道：「孫悟空，今番掙挫不得了！」行者罵道：「潑怪物！我怎麼掙挫不得？」妖王道：「我見你計窮力竭，無處求人，獨自個強來支持，如今拿住，再沒個甚麼神兵救拔，此所以說你掙挫不得也。」行者道：「這怪不知死活！莫說嘴！吃吾一棒！」那妖王見他一隻手掄棒，忍不住笑道：「這猴兒，你看他弄巧！怎麼一隻手使棒支吾？」行者道：「兒子！你禁不得我兩隻手打！若是不使搭包子，再著三五個，也打不過老孫這一隻手！」妖王聞言，道：「也罷！也罷！

我如今不使寶貝，只與你實打，比個雌雄。」即舉狼牙棒，上前來鬥。孫行者迎著面，把拳頭一放，雙手掄棒。那妖精著了禁，不思退步，果然不弄搭包，只顧使棒來趕。行者虛幌一下，敗陣就走。那妖精直趕到西山坡下。

行者見有瓜田，打個滾，鑽入裡面，即變做一個大熟瓜，又熟又甜。那妖精停身四望，不知行者那方去了。他卻趕至庵邊叫道：「瓜是誰人種的？」彌勒變作一個種瓜叟，出草庵答道：「大王，瓜是小人種的。」妖王道：「可有熟瓜麼？」彌勒道：「有熟的。」妖王叫：「摘個熟的來，我解渴。」

彌勒即把行者變的那瓜，雙手遞與妖王。妖王更不察情，到此接過手，張口便啃。那行者乘此機會，一轂轆鑽入咽喉之下，等不得好歹，就弄手腳。抓腸蒯腹，翻跟頭，豎蜻蜓，任他在裡面擺布。那妖精疼得傞牙倈嘴，眼淚汪汪，把一塊種瓜之地，滾得似個打麥之場，口中只叫：「罷了！罷了！誰人救我一救！」

彌勒卻現了本相，嘻嘻笑叫道：「孽畜！認得我麼？」那妖抬頭看見，慌忙跪倒在地，雙手揉著肚子，磕頭撞腦，只叫：「主人公！饒我命罷！饒我命罷！再不敢了！」彌勒上前，一把揪住，解了他的後天袋兒，奪了他的敲磬槌兒，叫：「孫悟空，看我面上，饒他命罷。」行者十分恨苦，卻又左一拳，右一腳，在裡面亂掏亂搗。那怪萬分疼痛難忍，倒在地下。

彌勒又道：「悟空，他也彀了，你饒他罷。」行者才叫：「你張大口，等老孫出來。」那怪雖是肚腹絞痛，還未傷心。俗語云：「人未傷心不得死，花殘葉落是根枯。」他聽見叫張口，即便忍著疼，把口大張。

行者方才跳出，現了本相，急掣棒還要打時，早被佛祖把妖精裝在袋裡，斜跨在腰間。手執著磬槌，罵道：「孽畜！金鐃偷了那裡去了？」那怪卻只要憐生，在後天袋內哼哼嘰嘰的道：「金鐃是孫悟空打破了。」佛祖道：「鐃破，還我金來。」那怪道：「碎金堆在殿蓮台上哩。」

那佛祖提著袋子，執著磬槌，嘻嘻笑叫道：「悟空，我和你去尋金還我。」行者見此法力，怎敢違誤。只得引佛上山，回至寺內，收取金碴。只見那山門緊閉。佛祖使槌一指，門開入裡看時，那些小妖，已得知老妖被擒，各自收拾囊底，都要逃生四散。被行者見一個，打一個；見兩個，打兩個；把五七百個小妖，盡皆打死。各現原身，都是些山精樹怪，獸孽禽魔。佛祖將金收攢一處，吹口仙氣，念聲咒語，即時返本還原，復得金鐃一副。別了行者，駕祥雲，徑轉極樂世界。

這大聖卻才解下唐僧、八戒、沙僧。那呆子吊了幾日，餓得慌了，且不謝大聖，卻就鰕著腰，跑到廚房尋飯吃。原來那怪正安排了午飯，因行者索戰，還未得吃。這呆子看見，即吃了半鍋，卻拿出兩鉢頭叫師父、師弟們各吃了兩碗，然後才謝了行者。問及妖怪原由。行者把先請祖師，龜、蛇，後請大聖借太子，並彌勒收降之事，細陳了一遍。三藏聞言，謝之不盡，頂禮了諸天，道：「徒弟，這些神聖，困於何所？」行者道：「昨日日值功曹對老孫說，都在地窖之內。」叫：「八戒，我與你去解脫他等。」

那呆子得食力壯，抖擻精神，尋著他的釘鈀，即同大聖到後面，打開地窖，將眾等解了繩，請出珍樓之下。三藏披了袈裟，朝上一一拜謝。這大聖才送五龍、二將回武當；送小張太子與四將回蠙城；後送二十八宿歸天府；發放揭諦、伽藍各回境。師徒們卻寬住了半日。餵飽了白馬，收拾行囊，至次早登程。臨行時，放上一把火，將那些珍樓、寶座、高閣、講堂，俱盡燒為灰燼。這裡才：無掛無牽逃難去，消災消障脫身行。

畢竟不知幾時才到大雷音，且聽下回分解。